國譯. 增補

四禮便覽

善光 金 錠 編譯

韓國傳統禮節研究院

序 文

우리민족은 檀君朝鮮 이래 예절과 弘益人間을 國是로 삼아 半萬年의 역사를 가진 文化民族이다. 국가의 어떠한 수난기에도 예절 즉 禮儀와 凡節은 변함없이 崇尙하며 실천하여 왔다.

黃河 文明의 발산지인 중국에서도 孔夫子와 그 후손들이 손수 기록하여 傳하기를 '동쪽에 東夷라는 나라가 있었는데 그 나라는 크지만 교만하지 않고 그 軍隊가 强하지만 남의 나라를 침범하지 않았다. 또한 風俗이 淳厚하여 서로 길을 양보하고, 밥을 먹을 때에도 서로 양보하여 예의 바른 나라가 있으니 그 나라가 東方禮儀之君子國이다.'라고 존경 받고 살아온 문화민족이다.

그렇게 훌륭한 우리의 예절 문화는 1945년 光復이 되고, 곧 이어 6.25동란으로 서양문화의 소용돌이 속에서 黃金萬能의 호구지책에 밀려 예절은 말살되고 말았다.

우리나라는 현재 東方禮儀之國의 후손이지만 학교에서 예절교육이 이루어지지 않고 있고, 국민들 또한 예절교육의 필요성을 절실히 느끼면서도 인성교육이 거국적으로 이루어 지지 않고 있음은 심히 통탄스러운 일이다.

禮節을 알지도 못하고 行하지도 않으면서 自己는 어른 대접 받고, 사람 대접 받고자 함은 우리 어른들이 깊이 반성하고 책임져야 할 중대한 과제이다.

西洋의 철학자 Platon이 말하기를 道德이 땅에 떨어지고 奢侈가 극에 달하면서 스승이 제자를 훈육하고자 할 때에 학생이 두려워서 指導하지 못한다면 그 나라는 亡한다고 亡國論을 주장하였습니다. 어찌 이 나라가 지금의 현실과 같지 않다고 장담할 수 있겠습니까?

傳統禮節 즉 冠婚喪祭를 먼저 익히고 學問에 그리고 職場에 진출함이 순서인데 사람의 人性교육이 退色되고 있어 이 필자는 禮節敎育과 人性 涵養에 깊이 느끼고 뜻한바 있어 成均館과 성균관대 儒學大學院에서 익히고 연구하여 禮節敎育을 傳授하여 오다가 懸吐만 되어있는 황필수.홍순필 선생 저 증보 사례편람을 (우리나라에서 최근 까지 가장 많이 인용하는 사례편람) 淺學非材한 이 사람이 뜻만이라도 통하여 알기 쉽게 이해 할 수 있도록 주자가례 해석문 그리고 우봉이씨 국역사례편람과 사례정해의 번역서를 참고하고 直譯하여 出刊하는 바이니 아무쪼록 예절교육에 관심 있는 後學들이 이 미흡한 예절 교재를 참고서로 하여 이 나라 온 국민의 仁性을 바르게 함에 큰 밑거름이 되기를 懇切히 祈願하는 바이다.

서기 2013년 (庚寅. 仲秋) 4 월 10 일

前 보건복지부 家庭儀禮審議委員 & 成均館 典禮委員 & 社團法人 韓國典禮院長 010-2238-9345

http://cafe.daum.net/ junre, junre2002@hanmail.netl

論山胎生 光山 後人 善光 **金 錠** 識

重刊四禮便覽序

議禮之家,名爲聚訟은 以其折衷之難也러니 自有陶庵先生(姓 李 名縡 牛峯人) 四禮便覽一書로 措之古凶에 條理不紊하고 煩簡得當에 人易奉行하야 無敢異言하고 遂爲禮門法律하야 斷案一定에 年久板刓하니 孰不愛惜이리오 池君松旭은 好人也라 有志經籍하야 多所刊行하고 今欲重鋟是書하야 請余證訂하니 余非其人이라 雖不敢當이나 然亦嘗得侍君子하야 略有與聞하고 又恨類會一編의 載之凡例를 逸而不見이나 凡於常變有可發明者난 採摭先儒成說하야 以效補亡之意라 今於是役에 謂可並刊이라하야 請益勤而辭不得하야 乃於原本에 遂一詳校하야 附之以曾所類次者하고 顔之以增補四禮便覽하니 其敢曰有功於類會也리오 竊恐有僭越之罪나 僅次原因하야 以竢夫覽之者有所參恕云爾라

光武四年春三月癸卯檜山黃泌秀書

凡例

一. 古今禮書_ 詳略不同하야 太詳者난 失於煩하고 太略者난 傷於簡이로대 惟家禮則是朱夫子酌古通今之制니 固當一一遵奉이나 然其節目之閒에 或不無疏略處하야 先儒_ 多以未成書爲言故로 沙溪先生이 於喪祭禮에 祖述家禮하고 參證諸說하야 作爲備要之書나 然其爲書_ 猶有所未盡備者키로 今一依其例하야 以朱夫子本文爲主하고 參之以古禮하며 訂之以先儒說하야 以補其闕略而又添入冠昏二儀하야 合爲一書하니 蓋爲其便於考覽하야 以作巾衍之藏而已라

一. 家禮正文則並以大字書之而其有疏略處則旁探諸書. 補入(如冠禮笄者見于祠堂之類) 而細其字樣하며 註以書名하고 其有古今異宜. 事勢難行者則刪之(如冠禮公服喪禮明器之類)

一. 家禮本註則以大字난 低一格書之而或刪其煩하며 或易其次하야 以便考閱하고 其本註中有訓釋註意者, 及辭命中, 有改用他句者則以單行小字로 書於本段下而不書出處하고 以古禮及先儒說, 添補者則先書書名하고 加匡而別之하고 諸說之發明註說者則雙書而亦書書名, 或姓氏別號하고 其雙書而不書出處者난 瞽說也오

一. 古禮及先儒說에 有可參考而不涉於註說者則各條下에 低二格雙書하고 以愚見附論者則又低一格雙書,加按字하고 一. 此編이 雖以家禮爲主나 而旣名以四禮便覽故로 通禮中, 祠堂章則移置於祭禮之首하고 深衣制度則略加刪節하야 移置於冠禮諸具之中하고 司馬氏居家雜儀及喪禮之居喪雜儀난 雖甚緊要而與應行儀節有異하고 初祖先祖二祭난 朱先生이 已自不行故로 玆並不錄하고

一. 家禮諸具之見載於本註者, 或欠詳備故로 別爲蒐輯하고 且採世俗之所遵行者하야 以附於每條之下하고 一. 告祝狀書之式은 爲便考據하야 附錄於每條諸具之下하고

一. 旣有諸具 대 不可不以圖明之오 且諸書之, 以圖式列之編首者_ 不便於考閱故로 此書則以圖式, 置之每編末하고 一.世人이多有行其禮而不知其義者故로博考諸書하고詳其名義하야以次於圖式하고(今逸)

一. 便覽之作은 蓋欲一開劵瞭然而編帙尙多하야 倉卒之際에 考檢亦難故로 別爲類會一編하야 比類相次하야(如一事而異用則註之曰某時如此某時如此之類) 以附編末이로다

新增凡例 一. 是書之行이 幾近百年에 求者日衆하야 字刓不可讀일새 欲壽其傳하야 玆鋟兼本하고

一. 校書之難이 如掃落葉하야 易致註誤而禮尤難愼故로 精加查櫛하야 俾不失本來面目하고 愚按等字난 亦不敢改稱先生하야 以存其舊하고 一. 類會一編은 逸而不見하니 非徒先生之書, 手澤可惜이라 且於變禮에 有欠詳備故로 類次羣書하야 以足其志하고 因於書名에 乃敢加之以增補二字하고

一. 增補所編은 皆以古書요 雖非臆見이나 有不敢別爲成書하야 妄擬類會하고 又不是原文故로 猶加新增二字하고 書必低其三格하야 將欲步趨下塵하노라

國譯 增補四禮便覽 目錄

국역 四禮便覽 내용중 重要한 常識 조건표

12P:三辭의 根據
삼 사 근 거

35P:壻西婦東=조선의 禮法
서 서 부 동 예 법

47P:목거리는 누가 매어주나

50P:婚禮床위의 饌品
혼 례 상 찬 품

51P:봉치떡의 意味
의 미

54P:혼례시 新婦의 服色
신 부 복 색

54P:교배상의 椅는 方席이다
의 방 석

55P:전안례시신랑 就阼階上
취 조 계 상

55P:女必從夫의 由來
여 필 종 부 유 래

59P:禮節의 方位由來
예 절 방위 유래

63P:嫁女之家와 娶婦之家
가 녀 지 가 취 부 지 가

72P:皐復은 天地四方에
고복 천지 사방

74P:禮成於三의 由來
예 성 어 삼 유래

81:幎目은 上은黑色 下는
멱목 상 흑색 하

赤色에 中間에 솜을 넣는다
적색 중간

108:참최는 三升벼
삼 승

1升=80올(3X80올)=240올
승

129P下7행 出嫁外人의 根據

135:苴杖은 自死之竹也
저 장 자 사 지 죽 야

저절로 말라죽은 대나무를 쓴다

136p 弔問을 가서 올바른 獻花방법

138p:死而不弔者三
사 이 부 조 자 삼

조문 않가는 곳 3군데

144P:凡死者是適以上則拜
범 사자 시 적 이상 즉 배

11세 이하는 절하지 않는다

146P:先降神 後參神의 例
선 강신 후 참신 예

153P:山神祭에 神位를 設位한다
산신제 신위 설 위

159P:과일접시는 짝수로 놓음

183P:虞祭지내는 目的
우제 목적

先輕而後重아랫사람부터 장례한다.
선 경 이 후 중

204P:孤獨의 由來
고독 유래

295P:祭禮의 目的
제례 목적

309P:儀式때 起居動作
의식 기거동작

311P:讀祝하는 方法
독축 방법

312P:養子간자의 生父母제사
양자 생부모

327P:墓祭지낼때 神位를 設位
묘제 신위 설 위

330P:墓祭후 山神祭는 三獻
묘제 산신제 삼헌

331P:夏殷周 三代文化의 特色
하 은 주 삼대 문화 특색

337P:國朝五禮儀 圖說에
국조오례의

7품이하는과일 1접시만 陳設
진설

冠　禮

增補 四禮便覽 券之 一冠 笄附=사례 권1 관 1쪽

<<解義>>남자의 나이 15세부터 20세 사이 모두 관례를 한다.

사마온공(司馬光)이 말하기를, "예전에는 이십 세에 관례를 하였는데 모두 성인(成人)이 되는 의례禮인 것이다. 근세(近世)에 이르러 인정이 경박(輕薄)해져서 10세가 지나면 총각(總角:아이의 머리를 두 갈래로 묶어 마치 어린 송아지 뿔처럼 생겼으므로 아이들을 총각이라 함)인 자가 적으니 십 오세 이상의 아이부터 「효경孝經」과 「논어論語」를 통달하고 예의를 알게 될 때에 관례를 하는 것이 가하다."라고 하였다.

정자가 말하기를 관례가 폐하여짐에 천하에 성인이 없고 이미 어른이라고 하나 성인의 책무를 다하지 못하면서 생을 다 할 때까지 성인의 덕망이 없으니 어찌 이 예절을 다하였다 할 것이요.

반드시 부모에게 기년(朞年:일 년)이상 상(喪)이 없을 때 비로소 행할 수 있다.
대공(大功:(상기는 9개월 四寸간의 喪期)의 喪이라도 아직 장사(葬事)를 지내지 않았으면 행할 수 없다.
南溪(박세채)가 묻기를 관례에는 부모가 일 년 이상의 상이 없어야 하고 혼례에는 자신과 주혼자가 일 년 이상의 상이 없어야 한다고 한 것을 우암(송시열)은 이는 같은 의미라고 하였다.

<新證> 증자가 묻기를 장차 아들을 관례 할 때에 관자가 읍을 하고 들어오다가 재최나 대공의 상을 들으면 어찌 합니까 하니 공자의 말씀이 내상이면 관례를 폐하고 외상이면 관례를 하되 술과 전은 먹지 않고 자리에 나아가 곡한다. 관자가 도착하지 않았으면 관례를 폐한다고 하셨다. 관자는 빈과 찬조자 모두이며 대문내상은 폐하고 집 밖의 상이면 삼가 례만 하고 술 의식은 않는다.

冠禮

<<原文>>

男子-年十五至二十皆加冠이니라

司馬溫公(光)曰古者二十而冠은所以責成人之禮也어늘近世以來로人情輕薄하야 過十歲而總角者少矣오 今且,自十五以上으로竢其能通孝經,論語하고粗知禮義然後에冠之도,其亦可也니라

(程子)曰冠所以責成人일새冠禮廢에天下無成人하고既冠矣나不責以成人之事則終其身토록不以成人望之也하니徒行此節文에何益고

必父母,無朞以上喪이니라始可行之니라
大功未葬도亦不可行이니라
(南溪)問冠禮에云父母,無朞以上喪이라하고 昏禮에云身及主昏者-無朞以上喪이라하니 此未知互文之義否아尤庵曰恐是互文也니라

<新增> (曾子問)2> 將冠子에 冠者-揖讓而入이라가聞齊衰大功之喪엔 如之何잇고 孔子曰內喪則廢하고外喪則冠而不醴하고徹奠而掃하고 卽位而哭하고 如冠者未至則廢하고(註) 冠者난賓與贊禮之人也라若是大門內之喪則廢而不行하고喪在他處면 但三加而止하고不醴之也요醴及膳具난悉徹去하고又掃除冠之舊位하고乃卽位而哭如將冠子-未及期日而有齊衰大功

☞ 編譯者 善光 註 ; 20세는 陰의 數

@ 남자가 20세에 관례 하는 것은 남자는 陽에 속하고 19세 인데 20은 陰의 數이니 陰으로서 陽을 이루는 것이다,

여자는 陰에 속하고 15는 陽의 수이니 15세에 계례를 하는 것은 陽으로써 陰을 이루는 것이다 = 가례집람 관 3쪽 =

@ 高麗 光宗 ;고려 4대왕 재위 949-975 諱: 昭 태조의 3자; 高麗 光宗 16년 서기 965년 乙丑년 2월 王子 주(伷)에게 복식을 입혀 태자로 봉함. = 국사 대사전 =

<<解義>> 冠禮 사례 권1 冠 1쪽

行事 삼일 전에 주인(主人)이 사당에 고한다.

고례(古禮)에는 관례 날짜를 점쳤으나 지금은 그렇게 할 수 없다. 다만 정월 중에서 하루를 택하는 것이 옳다.

주인은 관자(冠者:관례하는 자)의 祖나 父인데 가례 집람에 이르기를 고조(高祖)를 이어 종자(宗子)가 되는 자를 말한다.

만약 종자가 아니면 반드시 고조를 잇는 종자가 주인이 되며, 유고시에는 그 다음의 종자에게 명하거나 그 아버지가 스스로 주인이 된다.
종자 자신이 관례 할 때에는 본인이 주인이 된다.
사관례에 전기 3일은 완전히 2일은 빼놓고 계산 하며

위 씨가 말하기를 사계절 모두 관례를 함이 가하며 정월에만 하는 것은 부당하다.
제구=사당에 고 할 때 준비는 有事則告 때와 같이한다.
만약 관자의 어머니가 이미 죽어서 부위에 있을 지라도 마땅히 고하여야 한다.

아무 날 효현 손 아무벼슬한 아무개는 감히 현 고조 조비에 고하나이다. '아무개의 아들 아무개가 나이가 점점 장성하여서 장차 몇 월 몇 일에 그 머리에 관을 씌우고자 하옵고, '삼가' 주과를 올리고 고하나이다.'

之喪則因喪服而冠이니라(註) 未及期日은在期日之前也오因喪服而冠者난因着喪之成服而加喪冠也니齊衰以下난因喪服而冠하되斬衰난 不可니라
(雜記) 以喪冠者난 雖三年之喪이라도可也오旣冠於次엔入哭踊三者-三하고乃出이니라
(註)旣冠於居喪之次엔乃入哭踊三者三은言如此者三次也오乃出은 就次所也니라

<原文>>冠禮
前期三日에主人이告于祠堂이니라
古禮엔筮日이러니今不能然이나但正月內擇一日이 可也니라
主人은謂冠者之祖父니(輯覽)謂祖及父
自爲繼高祖之宗子者라

若非宗子則必繼高祖之宗子 主之하고 有故則命其次宗子하고若其父一自主之어나若宗子自冠則亦自爲主人이니라
(士冠禮註)前期三日은空二日也라
(魏氏)曰四時皆可冠이오不當以正月爲拘也라
<諸具><告祠堂>同下祭禮有事則告條<告辭式>
若冠者之母一己歿이면雖在祔位라도亦堂有告니下에도同하니라

維
年號幾年, 歲次干支,幾月干支朔,幾日干支,孝玄孫繼曾祖以下之宗은 隨屬稱某官某,敢昭告于
顯高祖考某官府君
顯高祖妣某封某氏曾祖考妣, 至考妣난 列書하고 祔

☞ **編譯者 善光 註 ; 천자 12세 冠禮**

@ 天子가 12세에 관례 함은 (歲星)木星이 12년을 한주기로 1회전하기 때문이다.
=沙溪全書 26권家禮輯覽 冠禮1쪽=

<<解義>>
계빈(戒賓)賓 즉主禮될 손님을 청함.=四禮 권 1 冠 2쪽
고례에는 점을 처서 주례를 정하였으나 지금은 그렇게 아니 한다. 다만 친구 가운데 어질고 예를 아는 자를 한 사람 택하는 것이 옳다.
이날 주인이 심의(深衣)를 입고 빈의 집문서 쪽에 이르면 빈(賓)이 문 동쪽에 나와서 평소의 의식대로 한다. 아무개의 아들 아무개가 장차 그 머리에 관을 씌우고자 합니다. 그대가 가르쳐 주시기 바랍니다."라고 말하면.

대답하기를, "제가 불민(不敏)하여 일을 받들 수 없고 그대를 욕되게 할까 두려워 감히 사양합니다."라고 한다. 다시 청하기를 "원컨대 그대가 끝내 가르쳐 주기를 바랍니다.."라고 한다.
대답하기를, "그대가 거듭 명(命)하시니 제가 감히 따르지 않을 수 있겠습니까?"라고 한다. 주인이 재배하고 물러가면 빈도 답배를 한다.

거리가 멀면 편지로 한다. 처음에 청하는 말을 적은 편지를 통하여 보내 드린다. 청을 받은 자는 사양한다. 심부름하는 자가 굳이 청하면 이에 허락하고, "그대의 명이 있으니 제가 감히 따르지 않을 수 있겠습니까?"라고 답장을 한다. 만약_종자 자신이 관례를 하면 청하는 말을 다만 "제가 장차 머리에 관을 쓰고자 합니다."라고 하고 이후는 같다.

제구= 심의, 치관, 복건, 큰 띠. 신.

이하 서식은 국역생략.

位난 不書非宗子之子則只告冠者一 祖先之位 某之非宗子之子則此下에(직계가 아닌 부위는쓰지 않고 종손이 아니면 관자의 조상에게고한다.)當添(某親某之)四字子某 若宗子自冠則去<之子某> 三字 年漸長成, 將以某月某日,加冠於其若宗子自冠則去<其>字首,謹以酒果,用伸虔告謹告

<<原文>>**冠禮**
戒賓=四禮권1冠2쪽
古禮에는筮賓이러니 今不能然이나但擇朋友賢而有禮者一可也라
是日에主人이深衣로 詣其門이어든所戒者一出見如常儀하고戒者起言曰某有子某(若某之某親有子某)將加冠於其首하니(若宗子自冠則但曰某將加冠於首)願吾子난敎之也어다
對曰某不敏하야恐不能供事오 以病吾子니 敢辭하노라戒者曰願吾子之終敎之也하노라對曰吾子一重有命하니某一敢不從이리오
<士冠禮>主人이再拜에賓答拜하고主人이退에賓拜送이라地遠則爲書하야云云遺子弟致之하되 所戒者一 辭1>하고使者一固請이어든乃許而復書 云云 이니라

<諸具>(戒賓)<深衣>緇冠,幅巾,大帶條履具난主人及賓所服이니 幵制見下陳冠服條
<牋紙>用以爲書者袱具下同<書式>(儀節)
某郡姓某난再拜奉啓(備要)本朝進御文字에 皆稱啓字니私書엔恐不敢

☞ 編譯者 善光 註

三辭: 3번 사양 하는 것

1. 禮辭: 예의로써 사양함 :
   一辭而 許=한 번 사양하고 다시 요청하면 허락함.

2. 固辭: 굳이 사양함 :
   再辭而 許 =두 번 사양하고 다시 요청하면 허락함.

3. 終辭: 끝내 사양하는 것:
   不許 = 끝내 허락하지 않는 것.
   考證 : 儀禮 士冠禮 2쪽

<<解義>>冠禮 宿賓 = 거듭 청한다 사례 권1 冠 5쪽

하루 전에 거듭 빈(賓)에게 청한다.

자제를 보내 편지로써 말한다. 내일 某가 자식의 머리에 가관례를 행하고자 하오니 그대가 왕림 하여줄 것을 거듭 청합니다. 아무개가 아무개에게 올립니다. 라고하고, 답서에는 아무개 감히 일찍부터 서두르겠습니다. 아무개가 아무개에게 올립니다. 라고 한다.
만약 종자자신이 관례를 하면 빈객을 청할 때처럼 한다.
하루 전에 거듭 주례에게 청한다.

用하야代以白字後倣此某官執事하노라 某 一非宗子之子則此下에當添<之某親某> 四字 有子某(若宗子自冠則去<有子某>三字) 年及成人에將以某月某日에 加冠於其<若宗子自冠則去其>字首할새 求所以敎之者러니僉曰以德以齒에咸莫吾子라하니 宜至日不棄寵臨하야 以惠敎之則某之父子一 若宗子自冠則去<之父子>三字 感荷無極矣라 未及躬詣門下하고尙祈 照亮不宣具位姓某再拜 具位上에當有年月日하니後倣此[皮封式]{新補}上狀某官執事具位姓某謹封[腹書式]儀節} 某郡姓某,再拜奉腹某官執事하노라某一無似로伏承吾子不棄,召爲冠賓하니深恐不克供事하야 以病盛禮나 然嚴命有加에敢不勉從이리오 至日에謹當躬造 治報니 弗虔하라 餘需面旣不宣 具位姓某再拜奉腹[皮封式]同前式

<<原文>>

前一日에宿賓이니라

[新增](周禮春官)宿戒註에 豫告之也라 遣子弟하야以書致辭云云 答書云云[新增]{士冠禮}宿贊冠者如宿賓儀 [諸具]{宿賓}[牋紙][書式]{儀節}某난官執事하노이다某一將以來日加冠於非宗子之子則此下에當添<某之某親某之>六字子某에若宗子自冠則去<於子某>三字吾子旣許以惠臨矣키로 宿하노이다 某再拜上皮式]

☞ 編譯者 善光 註 ; 宿賓

宿賓=숙은 나간다는 뜻, 빈에게 거듭 청한다는 뜻.
=가례집람 4쪽 숙빈 =

<<解義>> 진설(陳設)한다.

대청의 동북쪽에 장막을 쳐서 방을 만든다.

혹 대청에 두 계단이 없으면 흰 흙으로 금을 그어 나누고 세수 대야와 수건을 설치한다.

제구=휘장2 적은 휘장이다.

병풍,

자리=3, 빈의 것, 관자의 것, 초례용.

세수 대야=2 빈용 받침 있는 것과 집사용 받침 없는 것.

수건= 2. 술잔 2.

<<解義>> 아침에 일찍 일어나 冠禮의 衣服을 진설(陳設)한다. =四禮 卷1 冠 6쪽

벼슬이 있는 자는 공복(公服)·대(帶)·화(靴)·홀(笏)을 갖추고, 벼슬이 없는 자는 난삼(襴衫)·대(帶)·화(靴)를 쓰는데. 조삼(皁衫)·심의(深衣)·대대(大帶)·이(履신)·즐(櫛빗)·약(掠망건)을 통용한다. 모두 방 가운데 탁자에 진설하고,_옷깃을 동쪽으로 하고 북쪽을 위로 한다. 술 주전자와 술잔, 잔 받침은 탁자에 옷의 북쪽으로 진설한다.

복두(幞頭)·모자(帽子)·관과 비녀와 수건은 각각 쟁반에 담고, 보로 덮어서 서쪽 계단 아래 탁자에 진설하고 집사자 한 사람이 지킨다.

同前式[腹書式]{儀節}某一腹某官執事하노이다承命以來日行禮에既蒙見宿하니敢不夙興이리오某再拜上[皮封式]同前式

<<原文>> 陳設

以帟幕으로爲房於廳事之東北하되或廳事에 無兩階則以堊,畫而分之하고並設席設盥帨라 (士冠禮)直 音値于東榮<註>翼也屋 南北以堂深하고(鄕飮酒禮疏) 假令, 堂深二丈이면 洗亦去堂二丈水在洗東이라(儀節) 用帷幕, 爲賓次라 在外門外之西 [諸具]{陳設}[帟幕]二, 卽小幕이니制見下祭禮祭器條[屛][席]用以爲舖陳,又爲賓席及冠席醮席者니 冠與醮엔 無純이니라[堊]卽白土[盥盆]二,一有臺니賓所盥이오一無臺니贊及執事者一所盥 [勺]二,[帨巾]二,一有架오 一無架

<<原文>> 冠禮

厥明에夙興하야陳冠服이니라

襴衫, 帶, 靴, 皁衫, 革帶鞋 深衣, 大帶, 履, 櫛, 掠을 皆(龜峯)曰恐有<以>字 卓, 陳于房中하고(士冠禮)西墉下東領北上,酒注盞盤,(士冠禮)角柶脯醢南上, 亦以卓, 陳于服北하고(士冠禮註) 洗在北堂,(士昏記註)房中半以北直室東隅,幞頭帽子冠笄巾을 各以盤盛之하고蒙以帕以卓, 陳于西階下하고少西執事者守之니라置冠者席於東序

☞ 編譯者 善光 註;

옷 또는 옷깃을 진설할 때에 東向하는 것은 嘉禮이기 때문이다. 흉사복은 西向하여 진설 =가례집람 관 6쪽=

<<解義>> 제구=관례를 행 할 때에 진설하는 모든 물건

탁자 3.

치포관; 두꺼운 종이에 풀칠하여 만드는데 긴 조각으로 테두리를 하고,
무의 높이는 1치, 길이는 1자 4치를 둘려서 양끝을 있고,

한 조각은 모가 8치로 해서 5줄로 주름잡는다,

검은 칠을 하여 쓴다.

치포관의 색이 검은 것은 옛것을 보존하기 위함이다.
= 가례집람 7 쪽

비녀; 관자용.

복건. 치포관 위에 쓴다. 심의를 입을 때는 치포관을 쓰고 복건을 더한다.

☞ 編譯者 善光 註; 序立의 뜻

序=爾雅에 東과 西의벽 즉 序立은 東과 西에서 마주 보고 서는 것.
=사계전서 26권 家禮 7 쪽=

(按) 家禮本註에 有襵而今人는 既不用其制하고 又不可詳故로 刪之라

<原文>> 冠禮

[諸具]{陳冠服}[執事者], [卓]三, [緇冠] 用厚紙糊爲材하고 裁一長條爲武하되武高寸許오長一尺四寸許로(指尺)環之하야 聯其兩端하고又用一條,方八寸許하야襞積爲五梁하니 其法이從一旁하야 計六分六釐有寄之外에又中摺八分爲梁하되如是者凡五에 所餘又爲六分六釐有奇오 襞積之則爲廣四寸이니 跨頂前後下하야 著於武外하고 屈其兩端各半寸하야自外向內하야 黏於武之內則武左右各廣三寸이오前後各廣四寸이오武之兩旁中央,各半寸之上에爲竅하야 以受笄冠하고五梁襞積縫은 皆向左而黑漆之하되 或用烏紗에 加漆爲之니라
(尤庵)曰緇冠은 只用家禮寸數則譬大者高濶하야頗不著이니 不得已當稍寬其寸數하야以相著爲度니라
[笄]用以揷於冠者一니圓首尖末0(家禮本註)用齒骨이니凡白物
[幅巾]用以加於緇冠上者니凡服深衣에必著緇冠,加幅巾이니後에 凡言深衣난皆倣此하되其制가用黑繒或紬로長六尺四寸許,廣一尺四寸許로 (指尺) 中摺其長爲兩葉而反屈之하고就屈處에 圓殺一角如規하고合縫循其邊而下하야至于兩末面止하고下邊及不縫處에皆납二寸許하야 爲緣而翻轉之하고使縫餘及緣을皆藏在裏하야 爲長三尺,廣一尺二寸하나通廣二尺四寸이오 既而從不殺邊中屈處에 提起左旁小許하야摺向左하고又提起右旁少許하야摺向右하야兩相輳著에相輳在內하고用線綴

심의. 백색 가는베로 만든다.
위에는 衣 1로써 하늘을 의미하고, 아래는 앞이 6폭이며, 뒤가6폭 도합 12폭 치마인데 땅을 의미하고 12달을 상징함이다.

☞ 編譯者 善光 註 <周尺>

10釐=1分,
10分=1寸,=中指中節爲寸.
10寸=1尺,
10尺=1丈,(10丈=1引,1尋=8尺:說文)

周尺對比 黃鍾尺 1尺=現 17.4 cm 周尺6寸6釐. 營造尺1尺=現 15.5cm 黃鍾尺8寸9分. 造禮器尺1尺=現24.2 cm 黃鍾尺8寸2分3釐. 布帛尺1尺=現24.8cm 黃鍾尺1尺3寸4分8釐.
考 證 國朝五禮儀 序例 卷之一古禮 度圖說
* 周尺 1尺은 現 m 法으로 約 22.5cm 임.

@ 適長子는 阼階위에서 서향하여 삼가례를 하는데
禮記 郊特牲에 適子冠於阼, 以著代也 란 말이 있다.
이는 적자(適子)가 主人의 位次인 조계(阼階) 즉 주인이 오르내리는 동쪽층계 위에서 관례 하는 것은 대를 이어 주인이 된다는 것이다.

☞ 編譯者 善光 註; 數理

60歲=六旬, 61=回甲,還甲. 62=進甲. 66=美壽. 70=古稀, 七旬. 77=喜壽. 80=傘壽 88=米壽. 90=卒壽. 99=白壽. 100=百壽. 108=茶壽. 125=天壽

住而空其中하야爲撮子하고從撮子兩旁으로循邊而下하야左右每三寸許當髻旁하야各綴小帶一하니廣二寸,長二尺으로用巾覆首하고以撮當額前,裹之하고以兩小帶로自巾外過頂하야相結於腦後而垂其餘니라

[深衣]用白細布하야鍛濯灰治爲之하되 布廣二尺二寸이오(指尺)後에凡言布帛廣全幅者,皆倣此라衣用布二幅,各長四尺六寸으로中屈下垂하야 前後共爲四幅이오兩肩上中屈處에各裁入三寸하야 縫合背後直縫하고除縫餘兩邊各一寸則兩肩上裁入이合爲四寸이오 自裁入處向前,反납至衣下히卽翦去之하야以備綴領0(儀節)家禮에衣長二尺二寸이나今裁法엔前加四寸後加一寸하야裁時에其在前兩葉이 從一邊修起하야除去四寸에 漸漸斜修-至將近邊處不動하고其在後兩葉이亦從一邊修起하야 除去一寸에漸漸斜修至將近邊處不動이니不如此則兩衿相疊에衣領交而不齊矣(按)若從裁法則(衣)用布長五尺一寸,前垂二尺七寸이오後垂二尺四寸이오(領)은用布長五尺八寸이니自項後로납轉向前하야 綴於肩上左右,至납翦處에表裏各二寸이니衣初裁時에通前後四幅, 廣八尺八寸이니除背後縫餘兩邊各一寸,及兩衿납剪處三寸則爲八尺이오 左右各綴領廣二寸則爲八尺四寸이오又除兩腋之餘前後各三寸則爲七尺二寸이니以備下聯於裳하고 聯裳時에 除縫餘一寸則衣長爲二尺二寸이오每幅에屬裳三幅하되(裳)은用布六幅에 其長은隨體之長短,並衣身,以及踝爲準하고交解爲十二幅하되一頭廣一頭狹하니廣頭爲一尺四寸이오狹頭爲八寸이니以狹頭向上而聯其縫하대

☞ 1

單. 拾. 百. 千. 萬. 十萬. 百萬. 千萬. 億. 十億.

1. 10. 10X2. 10X3. 10X4 10X5. 10X6. 10X7. 10X8. 10X9.

百億. 千億 兆. 十兆. 百". 千"

10X10. 10X11 10X12. 10X13. 10X14. 10X15

京. 十". 百". 千" 垓. 十". 百". 千"

10X16. 10X17. 10X18. 10X19. 10X20. 10X21. 10X22. 10X23.

秭. 十". 百". 千". 穰. 十". 百". 千".

10X24. 10X25. 10X26. 10X27. 10X28. 10X29. 10X30. 10X31

溝. 十". 百". 千".澗. 十". 百". 千"

10X32. 10X33. 10X34 10X35. 10X36. 10X37. 10X38. 10X39.

正. 十". 百". 千". 載. 十". 百". 千". 極

10X40. 10X41. 10X42. 10X43. 10X44. 10X45. 10X46. 10X47. 10X48

恒河沙항아사. 阿僧祇.아승기 那由他.나유타

10X56 10X 64 10X72

不可思議 불가사의 無量大數무량대수 (억단위로 많아진다.)

10 X 80 10 X 88

☞2

kilo=1,000. mega=百萬. giga=10億. tera=1兆.

milli=1000분의1micro=100만분의1 nano=10억분의1 pico=1조분의1.

☞ 3 單. 分. 釐. 毛. 絲. 忽. 微. 纖. 沙. 塵.

1. 1/10. 1/100. 1/千. 1/萬 1/10萬 1/百萬. 千萬. 1/億. 1/10億

埃. 渺. 漠. 模糊. 浚巡. 須臾. 瞬息. 彈指. 刹那. 六德. 虛空. 淸淨.

애 묘 막 모호 준순 수유 순식 탄지 찰라 육덕 허공 청정

每幅兩邊에各除縫餘一寸則上頭每幅六寸이니通廣七尺二寸이오下薺每幅一尺二寸이니 通廣十四尺四寸이오 上屬於衣하고背後衣裳之縫이相當直下하되此縫兩幅은皆用不裁開處나(俗)稱直緖合縫이오其當兩腋之縫,前後幅은皆用裁開處니(俗稱解緖)合縫이오(圓抉)난用布二幅,各長四尺六寸으로中屈之하야 屬於衣之左右而縫合其下爲抉하되 除縫餘一寸즉 爲長二尺二寸하야 如衣之長이니袖端下旁圓殺를如規縫之하고留抉口一尺二寸하며屬衣處에各除縫餘一寸하고抉口綴緣處에又各除一寸而衣屬袖處에亦除縫餘各一寸則袖廣이通衣兩腋餘二寸하야爲二尺二寸이오袂之長短反詘之及肘난不以一幅爲拘요(黑緣)은用黑繒하야 飾領及袂口하되裳旁下際,表裏,各一寸半이오領及裳旁下際則疊縫이在布上하고袂口則布外別綴하니 此緣之廣이라0(丘氏)曰按白雲朱氏曰袵은說文에曰衿이니 註에交袵爲襟이오爾雅에襟은通作衿이오正義에云深衣外衿之邊에 有緣則深衣有袵이明矣니宜用布一幅으로交解裁之하되上尖下濶하고 內連衣爲六幅하고下屬於裳이라玉藻曰深衣袵은當旁이오王氏난謂袷下施衿이오趙氏난謂上六幅이皆是也,後人이 不察하고至有無袵之衣하니 朱氏此說이 蓋欲於衣身上,加內外兩衿하야如世常服之衣니如此則便於穿著이나但以非家禮本制로不敢從키로姑存以備一說이라又曰深衣制度난乃溫公이據禮深衣篇所新製오非古相傳者也라愚난於考證에 疑其裳制,深衣篇에文勢不倫하야 固己著其說矣러니後又得吳興敖繼公說하니 謂衣六幅,裳六幅,通十二幅이오吳草

☞ 編譯者 善光 註 : 丁或亥일에 祭祀하는 來歷

[禫吉祭或丁或亥]증보 사례편람 314 P

(小牢饋食禮)來日丁亥에用薦歲事于皇祖라하고(註)丁에未必亥也오直擧一日以言之耳라(禫于太廟禮) 日用丁亥하되不得丁亥則己亥辛亥도亦用之오無則苟有亥焉도可也라(疏)丁에未必亥오直擧一日以言之耳라(鄭氏) 云必須亥者난按陰陽式法컨대亥爲天倉이라祭祀所以求福이니宜稼于田故로先取亥니라 (劉氏敞)曰丁巳丁亥-皆取於丁이니以先庚三日,後甲三日故也니라大抵,郊祭엔卜辛하고社祭엔卜甲하고宗廟祭엔卜丁이오無取於亥라 註家-不論十干之丁巳하고專取十二干支之亥하니以爲解,其失經文之意遠矣라.

(朱子)曰先甲三日은是辛이오後甲三日은是丁이오先庚三日도亦是丁이오.後庚三日은是癸니丁與辛이皆是古人祭祀之日이오但癸日은不見用處라又曰庚之言은更也오辛之言은新也오丁은有丁寧意니라.

담길제혹정혹해

살피여 보매 종묘 제사에 정일을 쓰는 것이니 정자의 의미는 정녕이라는 의미를 포함한 것이요 해이라는 것은 음양식 법에 보면 해가 천창이라 제사에 복을 구하는 것이니 곡식을 밭에 심은 고로 해를 먼저 취하는 것이다.

대대=심의의 혁대. 갓에 검은 띠를 둘러 있다.

검은 비단 신발.

모자.

盧一亦謂裳以六幅으로裁爲十二片이니不可言十二幅이오又但言裳之幅而不言衣之幅하니尤不可良以敖說爲是라蓋衣裳各六幅은象一歲十二月之六陰六陽也라愚난因參以白雲朱氏之說컨대衣身은用布二幅이오袖用二幅이오別用一幅裁領하고又用一幅하야交解裁兩片爲內外衿하고綴連衣身則衣爲六幅矣요 裳用布六幅하야裁十二片하니後六片如舊式하고前四片은綴連外衿하고二片은綴連內衿하야 上衣下裳이通爲十二幅則於深衣本章에文勢順矣오舊制에無衿故로領徹直而不方이오今以領之兩端을各綴內外衿上하야穿著之際에右衿之末斜난交於左脅하고左衿之末斜난交於右脅하야自然兩領交會하야方知矩矣라(按)家禮云裳每三幅에屬衣一幅而若丘氏說也오又用布一幅하야交解兩片爲內外衿則衿之濶頭向下者一恰受裳之狹頭向上者하야 二片之廣이每裳二片에屬衣一幅然後에可無空闕處니如是則裳居後四片이오居前者內外各爲四片이니其云後六片이如舊式者,成不得矣

[大帶]用以帶於深衣者니其制-用白繒廣四寸許하야夾縫之爲廣二寸,長圍腰而結於前하고 再繚之爲兩耳하고乃垂其餘爲紳하되下與裳齊하고以黑繒飾其紳兩旁及下하되表裏各半寸이오大夫則兩耳에亦緣之라[條]用以約結大帶相結處者니其制-用五色絲하야織成廣三分이오 或用靑小組爲之하니長可中屈而垂其兩末,與紳齊[履]用黑絹或皂布褙紙爲材오又用二白帶或組長二尺餘하야橫綴於履後跟하고又於履頭에以條爲絇而受繫穿貫緇冠以下난始加服[帽子](丘氏)曰今世

조삼=흑단령 도포.

혁대=조삼용.
혜=가죽신.

복두. 사모와 같은 검정 모자인데 국가의 고관이 쓴다.

난삼= 남색 장원급제용 옷. 앵삼이라고도 한다.

대=난삼용. 혁대.

화=신발.

빗.
망건. 소반. 포혜=술안주.
술병. 주전자. 주가=술상. 잔반.
모사기=천지인께 고시례용.

<신중> 율곡은 시가에 갓. 재가에 유건. 삼가에 사모.

沙溪 金 長生 선생은 시가에 정자관. 재가에 갓.
삼가에는 유건을 쓰라했다.

<<解義>> 冠禮 =四禮 卷1 冠 10쪽

주인 이하 차례로 선다.

주인 이하 옷을 갖 추워 입고 주인은 동쪽 계단 아래 조금 동쪽에서 서향하고, 자제와 친척은 그 뒤에서 두 줄로 서향을 하

帽子有貳等하니所謂大帽者난乃是笠子니以蔽雨日이오所謂小帽者난或紗或羅或緞爲之0小帽卽今(敢頭)(圖會)用帛六辨,縫成之니其制-類古皮弁하야特縫間少玉飾耳이니此爲齊民之服

[皁衫](按)昔有問皁衫之制에世所罕傳者라尤庵答曰如今黑團領하니　凡上衣之染黑者-皆可用이오于答人間에有再加常服之說하니常服은卽今道袍之類니

[革帶]用以帶於皁衫者

[鞋](尤庵)曰革履를謂之鞋이오又履之無絇를謂之鞋0帽子以下난再加服

[幞頭]卽國朝新恩所著者니畧似紗帽오今代用皇朝儒巾或稱軟巾

[襴衫]用藍絹或玉色絹布爲材0(沙溪)曰以靑黑絹,廣四五寸으로(尤庵)曰制如團領而但傍耳一葉

[帶]用以帶於襴衫者니皇朝太學儒服襴衫之帶니名條帶오一名鈴帶니其制-織絲爲之하고再圍腰하고其麗縮處에有二小鈴하야垂其餘於後하고兩末相合處에有一大鈴하고無則代以細條帶니라

[靴]幞頭以下난三加服

[櫛]用以理髮者니盛以函

[掠](儀節) 代以網巾 包髮者니織騣爲之[盤]帕具三加各具[脯][醢]幷盛于楪하야醮時에以盤捧之[角柶]用以祭醴者(士)如匕冠禮註狀[酒甁][酒架][酒注][盞盤]脯以下用以醮冠者者

[新增](栗谷)曰初加엔笠子오再加엔儒巾이오三加엔紗帽라

(沙溪)曰無幅巾則初加엔程子冠,再加엔笠子,三加엔儒巾이라

<<原文>>主人以下序立　主人以下,盛服就位하대　主人은阼階下少東,西向하고子弟親戚은在其後,重行西

여 북쪽을 상으로 하여 선다.

向北上하고

자제와 친척 가운데 예를 익힌 자를 한 사람 택하여 주례(賓)를 맞이하기 위하여 동쪽문 밖에서 서향 하여 서있게 한다. 관례를 할 자는 쌍계(雙紒:쌍상투)·사규삼(四揆衫)·늑백(勒帛행전)·채리(采履고혼신)를 갖추고 방 가운데 남향(南向)하고 기다린다.

擇子弟親戚,習禮者爲儐하야立於外門外西向하고(儀節)(請習禮者爲禮生引導唱贊)將冠者,雙紒,(丘氏)(曰紒是髻字니作兩圓圈子也)四揆衫,勒帛彩屐으로在房中南面이니라

만약 종자의 아들이 아니면 그 아버지가 주인의 오른쪽에 서며, 손위면 조금 앞으로 나오고 손아래면 조금 뒤로 물러난다.
종자 자신이 관례를 할 때는 의복은 관례를 하는 자와 같으나 주인의 자리(東쪽)에서 서향한다.

若非宗子之則其父-立於主人之右하고尊則少進하고 卑則少退하되宗子自冠則服如將冠者而就主人之位니라[諸具]{序立}[儐][禮生]

성복은 아래 제례의 정지삭망조를 보라.
사규삼:흑칭 과삼이라 하고. 남색비단으로 흑색 소매를 하고 맛섶에 둥근 소매를 하고 옆은 열리고 뒤는 터지게 하고 비단으로 단과 깃을 그리고 소매 끝을 하여 동자들 옷이다

[盛服]賓主以下所服은見下祭禮朔參條
[四揆衫]或稱(缺骻衫)이니用藍絹,或紬爲之하되對衿圓袂,開旁析後하고以錦緣領及紬端하야與裾兩旁及下齊하야童子常服이니 如俗(中赤莫)之類오可代用

늑백: 행전인데 길이가 3자이고 폭이 3치 윗 쪽에 두 갈래로 하여 무릎 쪽에 동여맨다.

[勒帛]俗稱(行纏)이니 用綿布爲之하되長三尺許,廣三寸許,(布帛尺)一頭에有二繫하야束脛至膝히纏繞袴管

채리: 나막신 인데 동자 상복으로 대신하라.

[彩屐](丘氏)曰屐是木屐이니今云衫屐이라蓋當時童子服이니今不必泥요隨時하야用童字所常服者로代之無害니라

<<解義>> =四禮 卷1 冠 11쪽

빈(賓)이 집에 오면 주인이 맞이하여 당(堂)으로 오른다.

빈(賓)은 그 子弟와 친척 中에 禮를 익힌 자를 가려서 찬자(贊者:도우미)로 삼아서 성복을 한 후, 문 밖 서쪽에서 동향을 하여서 있는데 찬자는 오른쪽 조금 물러 서 기다린다.
빈자(儐者:주인댁 안내자)가 들어가서 주인에게 빈이 도착 된 것을 고하면 주인은 나와서 문 왼쪽(동쪽)에서 서향 하여 賓에게 두 번 절하면 賓은 답배를 한다.

<<原文>>賓至어든主人이迎入升堂이니라賓이自擇其子弟親戚習禮者하야爲贊하고 至門外에 先入次改服,俱盛服,出次 東面立하고贊者-在右少退어든儐이入告主人하고 主人이出門左,(士冠禮註)出以東爲左西向再拜어든賓答拜하고

주인이 찬자에게도 읍하면 찬자는 읍으로써 답한다. 주인이 들어가면 빈과 찬자가 문으로 따라간다. 문에 들어가서는 뜰에서 나누어 들어가면서 읍하고 사양 하면서 계단에 오르고, 또 읍하고 사양을 하고 계단을 오른다. 주인은 동쪽 계단으로 먼저 올라가서 조금 동쪽에서 서향을 한다. 賓은 서쪽 계단으로 이어서 올라와 조금 서쪽에서 동향을 한다. 찬자가 손을 씻고 수건으로 닦은 후에 서쪽 계단으로 올라와서 방 가운데 서향을 하고 선다. 儐者(도우미)는 동북쪽에서 서향 하여 자리를 펴고. 중자일 때는 북에서 남향하여 자리를 편다. 장관자(將冠者:관례를 할 자)는 방에서 빈의 명을 받고 방에서 나와 南向을 한다. 종자(宗子)의 아들이 아니면 그 아버지가 따라 나와서 賓을 맞이하고, 주인을 따라 들어와서 賓보다 뒤에 계단을 올라오고, 주인의 오른쪽에 앞에서처럼 선다.	主人이揖贊者어든贊者報揖하고主人遂揖而行이어든賓,贊,從之하야入門分庭而行하대揖讓而至階하고又揖讓而升하고主人은由阼階先升少東西向하고 賓은由西階繼升하야少西東向하고贊者난盥帨하고 西階升하야立於房中西向하고(朱子)曰在將冠者之東儐筵(士冠禮註)布席也于阼階上之東少北西向하고衆子則少西南向하고宗子自冠則如長子之席少南將冠者-出房南面이니라 (士冠禮註)立于房外之西하야 待賓命0 若非宗子之子則其父-從出,迎賓入하야 從主人後賓而升하야 立於主人之右如前이니라
<<解義>> =사례 권1관12쪽 = 冠禮 **賓이 읍하면 장관자(將冠者:관례할자)가 자리에 나와서 관과건을 쓰며, 將冠者는 방으로 들어가서 심의를 입고 신발을 신고 나오는** 始加禮 儀式 관례를 할 자가 방에서 나와 서 있는다. 빈(賓:큰손님)이 將冠者에게 읍하고 자리 오른쪽에서 자리를 향하여 서 있는다. 찬자는 빗과 망건을 가져다가 자리 왼쪽에 놓고 將冠者의 왼쪽에 선다. 賓이 읍하면 관례 할 자는 그 자리에서 서향(衆子는 南向)을 하고 무릎을 꿇는다. 찬자는 그 자리에서 같은 방향으로 무릎을 꿇고서 빗질을 하여 쌍상투를 틀어 합치고 망건을 씌우고 내려온다. 賓이 내려가면 주인도 내려간다. 賓이 손을 다 씻으면 주인이 읍하고 올라가서 자리로 돌아간다. 집사자(執事者)는 관과 건 을 쟁반에 담아 드리면	<<原文>>賓이揖將冠者就席하야 爲加冠巾이어든冠者-適房하야服深衣,納履出하는의식임 賓이揖將冠者,立于席右(河西)曰席之北端 向席이어든贊者-收櫛掠, 置于席左,(揖覽)席之南端興,立於將冠者之左하고 賓이揖將冠者卽席西向跪하고(溫公)曰衆子南向坐贊者-則席,如其向跪하야爲之櫛合紒하고(儀節)包網巾訖,贊者降 賓이乃降에主人이 亦降하고賓이盥畢에主人이揖升(儀節)有俱字復位하고執事者-以冠巾盤進이어든(士冠禮)升一

賓이 한 계단을 내려가서 왼손으로 앞을 잡고 오른손으로 관의 뒤를 받아서 잡고 용모를 반듯이 하여 천천히 관례 할 자의 앞으로 가서 축(祝辭)하기를, "좋은 달 좋은 날에 비로소 원복(元服: 冠)을 씌우니 너의 어린 뜻을 버리고 어른의 덕성을 이루어 장수하면서 상서로움으로 너의 복을 크게 하라."라고 한다. 곧 무릎을 꿇고 관을 씌우면 찬자가 비녀를 꽂는다, 찬자가 무릎 꿇고 건을 드리면 賓이 받아서 씌워주고 일어서면 관자도 일어나 읍하면 빈도 읍하고 돌아간다. ☞ 編譯者 善光 註; 元服 首服 謂冠也= = 가례집람 관 8쪽= 始加에 흑색 치포관(緇布冠을 쓰는 이유는 孔子曰 (不忘古今)옛것을 잊지 말라는 뜻 = =가례집람 冠 7 쪽 冠者는 방에 들어가서 사규삼 (四楑衫)을 벗고 심의(深衣)를 입으며 대대(大帶)를 하고 신발을 신고 방에서 나와 용모를 바로하고 南向을 하고서 서 있는다. 만약 종자가 자신이 관례를 하면, 賓이 읍하면 자리에 나가고 賓이 내려가서 손을 씻어도 主人은 내려가지 않는다. <<解義>> =四禮 卷1 冠 13쪽 **재가(再加)에 모자(帽子)를 씌우고 조삼(皁衫)을 입고 혁대를 하고 가죽신을 신는다.** 賓이 읍하면 冠者가 그 자리에서 꿇어 앉는다. 빈이 손을 씻으려 내려오면 주인도 따라 내려온다. 손을 다 씻으면 주인이 읍하고 다시올라간다 집사자가 모자를 쟁반에 담아 드리면 賓이 두 계단을 내려가 받아서 잡고 관자의 앞으로 가서 祝 하기를, "좋은 달 좋은 날에 관과 옷을 거듭 입히니, 너의 몸가짐을 삼가고 너의 덕을 맑게 하여 영원토록 살면서 큰 복을 누리게 하라." 라고 한다.	等,東面授賓 賓이降一等,受冠笄執之하고(士冠禮)右手執項,左手執前 正容徐詣將冠者前贊者受巾從之向之 祝曰 云云乃跪加之어든 [始加 祝辭式] 吉月今日에始加元服하노니棄爾幼志하고順爾成德하야壽考維祺에 以介景福하라 (儀節)贊者-代贊之贊者- 以巾跪進하면 賓이受加之,贊者繫其帶興復位, (士冠禮)冠者興揖이어든(士冠禮)賓揖 冠者-適房하야釋四揆衫하고服深衣,加大帶,條納履出房하야 正容南向立良久니라若宗子自冠則賓이揖之就席하고賓이降盥하고主人은不降하니餘幷同하니라 <<原文>> **再加엔帽子**하고服皁 衫,革帶, 繫鞋니라 賓이揖冠者,即席跪어든賓乃降에主人亦降하고賓盥畢에主人揖升俱復位執事者以帽子盤進하면賓이降二等受之하야執以詣冠者前祝曰云云(儀節)贊者-徹巾冠(龜峯)曰執事者,受冠巾入房乃跪加之,贊者結纓興復位冠者亦興揖이어든冠者適房하야釋深衣,服皁衫革帶,繫鞋하고出房立이니라 [再加祝辭式] 吉月今辰에 乃申爾服

집사는 관을 걷고 방으로 들어가면 빈은 무릎을 꿇고 모자(帽子)를 씌우고 찬자는 끈을 묶어주면 빈이 일어나 자리로 돌아와 읍한다. 관자도 읍하고 방으로 들어가서 심의(深衣)를 벗고 조삼(皁衫)을 입고 혁대(革帶)를 하고 가죽신을 신고서 방에서 나와 선다.

<<解義>> 삼가(三加)에는 복두(幞頭)와 공복(公服)과 혁대를 하고 홀(笏)을 잡는다. 또는 난삼(襴衫)을 입고 가죽신을 신는다.

禮는 再加와 같다. 오직 집사자가 복두(幞頭)를 쟁반에 담아 나오면 賓이 계단을 다 내려가서 받는다. 축사를 말하기를,

좋은 해 좋은 달에 너의 관과 옷을 모두 입혔으니 형제가 함께 살면서 그 덕을 이루고, 검버섯이 필 때까지 오래 오래 살아서 하늘의 경사를 받아라."라고 한다. 찬자(贊者)가 모자를 벗기면 執事者가 모자(帽子)를 받고 빗을 치우고 방으로 들어간다.

賓이 곧 복두(幞頭)를 씌우고. 찬자는 끈을 매고 일어나 제자리로 들어가면 관자도 일 어 나서 빈이 읍하면 관자도 읍하고 방으로 들어가 조삼을 벗고 난삼을 입고 관대와 신을 신고 방에서 나와 선다.

☞ 編譯者 善光 註; 관례의 目的

冠而後 服備 服備而後容體正 顔色齊 辭令順
故曰 冠者 禮之始也
관을 먼저 씌우고 예복을 입는 것은 어른의 옷을 입음으로써 몸과 자태가 바로 되고 안색도 말씨도 정리되고 순조롭게 되므로 관례의식이 통과의례의 시작이다
= 禮記 冠儀 =

<<解義>> 초례(醮禮)를 한다. =四禮 卷1 冠 14쪽
당 중간에 조금 서쪽에서 남향하여 자리를 한다. 중자(衆子)면 본래 자리에 있는다.
찬자는 방 가운데서 술잔을 씻고 술을 따르고 방에서 나와서 冠者의 왼쪽에 선다.
賓이 관자에게 읍하면 관자는 자리의 오른쪽에 나와 南向을 한

하노니謹爾威儀하고 淑愼爾德하야 眉壽永年에 享受遐福하라

<<原文>>
三加幞頭,襴衫,納靴니라
禮如再加하대 執事者-以幞頭盤進이어든賓이降沒階受之하야執以詣冠者前

祝曰云云이면 贊者徹帽하고 執事者-受帽徹櫛入于房賓이 乃跪加幞頭,贊者結纓(儀節)興復位,冠者亦興 揖이어든冠者適房이니라 釋皁衫,服襴衫,加帶納靴,出房立
(按)家禮陳冠服條註에有有冠者公服하니此條正文에有公服,革帶納靴 ,執笏之語라蓋宋時에 多未冠而官者故有是制而今無未冠而官者하니公服一節은似無所用일새正文中刪去九字하노라
[三加祝辭式]
以歲之正과 以月之令으로 咸加爾服하노니 兄弟具在하야 以成厥德하고 黃耈無疆하야 受天之慶하라
@俱=증보사례편람과 현토사례편람에 착오임 =주자가례.가례언해.사례편람에 없음.

乃醮 <<原文>> 賓이 改席于堂中閒, 少西南向하고 (衆字則仍故席) 贊者-(士冠禮註)房中洗東北面,盥而洗爵 酌酒于房中하고 (士冠禮加柶)

다. 찬자가 서향하여 술잔을 주면 술을 가지고 자리 앞에 나아가 北向하여 축하기를,

지주기청에가천영방하노니 배수제지하야
이정이상하고 승천지휴하야 수고불망하라

"맛있는 술이 이미 맑게 되었으니 좋은 안주와 향기로운 술을 절하고 받아서 제사 한 후 너의 상서로움을 안정시키고 하늘의 경사를 이어서 오래 살며 잊지 말아라."라고 한다.

冠者는 두 번 절하고 자리에 올라가 南向하여 잔을 받는다. 賓은 자리에 돌아가 東向하여 답배(答拜)한다.

찬자는 포와 안주상을 방에서 갖고 나와 내놓으면 관자는 자리 앞에 나가서 무릎 꿇고 왼손은 잔을 잡고 오른손은 포를 당겨놓고 술을 세 번 모사기에 제주를 드리고 일어난다. 자리의 끝에 가서 무릎을 꿇고 술을 맛본다.
자리에서 일어나 찬자(贊者)에게 잔을 주면 찬자는 집사자에게 주어,
방으로 철상한 후에 찬자는 빈의 조금 좌측에 서 있는다.
관자는 南向하여 빈에게 두 번 절한다.

賓은 東向하여 答拜한다.
관자(冠者)가 찬자(贊者)에게도 두 번 절하면 贊者는 賓의 왼쪽에서 東向을 하여 답배(答拜)를 한다.

新增: 관자가 자리에서 내려와 북향하여 앉아서 포를 갖이고 나와 서계로 내려와서 어머니에게 절하면 어머니가 절을 받고 아들이 갈 때에 어머니도 답배로 절을 한다.

出房하야立冠者之左어든 賓이 揖冠者就席右南向하야乃取酒,(士冠禮疏)賓自至房戶, 贊者西向授賓就席前하야北向祝曰云云이아든冠者再拜하고升席南向受盞하면賓이復位東向答拜하고(儀節) 贊者以楪脯醢楪幷置一小盤自房中出 冠者-進席前跪하야 儀節左手執盞하고右手執脯醢楪하야置于席前空地라又曰少傾也興하고就席末(鄕飮酒義疏)席西頭跪,啐 (士昏禮註) 嘗也酒,興降席하고 授贊者盞,(贊者)-受하야以授執事者이어든執事者-受盞하고徹脯醢斂祭하고俱入于房하고贊者,退立于賓左,少退南向再拜하고

賓이東向答拜하고冠者-遂拜贊者에贊者-東向答拜니라

[新增](士冠禮) 冠者降筵하야北面坐取脯하고降自西階하야(宗子自冠이면 降自阼階) 北面見于母하면母拜受하고 子拜送이면母又拜니라
(疏)冠義云旣冠而字之난成人之道也오見於母에 母拜之난據彼則字訖乃見母어늘此文엔先見母乃字者하니
此-先見母是正禮라 彼見母, 在下者- 記人以下有兄弟之等이皆拜之故로退見母於下하야 使與兄弟로拜之相近也라 若然, 朱子先見母와 字訖乃見兄弟之等이 急於母緩於兄弟也라

☞ 編譯者 善光 註: 관자가 동쪽 층계 위에서 행사하는 이유

冠於阼 以著代也 관례를 동쪽에서 행하는 것은 主東客西이듯 이대를 물려주기 위함이고

醮於客位는 술대접은 밖에 사랑채에서 행하기 때문에 자리를 서쪽으로 옮겨서 행한다.

= 禮記 冠儀 =

夏.殷之禮 一加而 醮 , 周 三加畢에 一醮也 : 禮記 郊特牲

☞ 編譯者 善光註:

子는 스승 稱. 名은 字만 못하고 字는 子만 못하다.

=가례집람, 계빈,가례 4쪽.=

=四禮 卷1 冠 15쪽

<<解義>> **賓이 관자에게 자(字)를 지어준다.**

빈(賓)이 계단을 내려와서 東向을 하면 主人은 계단을 내려와 西向을 한다. 관자는 西쪽 계단으로 내려와 조금 東쪽에서 南向 한다. 賓이 자(字)를 지어 주면서 말하기를,

"예의가 이미 갖추어졌으니, 좋은 달 좋은 날에 너에게 자를 밝혀 준다. 자는 매우 아름다워서 선비에게 꼭 지녀야하고 마땅히 복을 이루어 길이 보존하여라." 하면 '관자(冠者)는 대답(對答)하기를, *"아무개가 비록 불민(不敏)하오나 밤낮으로 공경하여 받들지 않겠습니까?"* 라고 하며 절을 하면 빈은 절하지 않는다.

<<解義>> **賓이 禮를 마치고 객실로 간다.** 冠禮

빈(賓)이 주인에게 읍하고 예를 다 이루었으니 돌아가기를 청한다,

主人은 賓에게 읍하고 박주가 있어 대접(待接)하기를 청하면

빈이 사양하여 말하되 감당하기 어렵습니다. 하면 주인은 부디 잠시만 머물렀다 가시죠. 한다. 빈이 감히 따르지 않으리 있가?

주인이 빈에게 읍하여 나가며 찬자와 여러 손이 따라가서 처소에 이르면 빈과 주인이 읍하고 돌아와 집사에게 명하여 술상과 관복과 방안의 진설 물을 치우도록 한다.

男子居外하고女子居內故로入見에不見父與賓者하니蓋冠畢則己見也0(溫公)曰冠義曰見於母에母拜之난 今則難行이오 但於拜時에母爲之起立이 可也(士冠禮疏)見兄弟下에始見贊者난明贊者後賓出也니라0(郊特牲註)夏殷之禮에醮用酒하되 每一加而一醮하고周則用醴되 三加畢에乃總一醮也니라

[醮祝辭式]

旨酒旣淸에 嘉薦令芳하노니 拜受祭之하야 以定爾祥하고 承天之休하야 壽考不忘하라

<<原文>>

賓이 字冠者니라

賓은降階東向하고 (士冠禮)直西序 主人은降階西向하고(士冠禮)腹初位冠者난降自西階,少東南向하고賓이 字之云云曰伯某父라하면 (仲叔季惟所當)冠者- 對曰某-雖不敏이나 敢不夙夜祇奉하릿가(儀節)冠者拜에賓은不答이라[字冠者祝辭式]賓이 或別作辭命以字之之意,亦可니라 禮儀旣備라今月吉日에 昭告爾字하니 爰字孔嘉하야髦士攸宜하고 宜之于嘏하니永受保之하라

<<原文>>出就次

(儀節)賓이 揖主人曰盛禮旣成하니請退하소서主人이 揖賓曰某- 有簿酒하야敢禮從者하노이다 賓이 辭曰某- 不敢當이로소이다主人이請曰姑少留하소서賓曰敢不從命이릿가

主人이揖賓하야 送出外어든 (士冠禮註)不出外門 贊이 從之 衆賓皆從

之 至次에 賓主對揖하고 主人乃退에還入命執事- =治具니라 徹醮席, 及所陳冠服卓,房中之陳을 亦並徹之

<<解義>> =四禮 卷1 冠 16쪽

主人은 관자(冠者)를 데리고 사당(祠堂)에 뵙게 한다.

아들을 낳고서 뵙는 의례(儀禮)와 같이 한다. 관자가 나가서 두 계단 사이에서서 재배 한다.
만약 관자가 자기 집에 증조와조고 사당이 있으면 종손이고하고 종손이 아니면 스스로 고한다.新增: 공자 왈 무왕이 죽으니 성왕이 13세에 대를 다음해 6월에 장례하고 관례를 하고 정사를 보았다
다만 고(告)하는 말에, "'*아무개의 아들 아무개'가 또는 '아무개의 친족 아무개의 아들 아무개'가 오늘 관례를 마치고 감히 뵙습니다.*"라고 고한다.

<<原文>>
主人이以冠者로見于祠堂이라如生子而見之儀니冠者-進立於兩階間再拜니라 若冠者-私室에 有曾祖考以下祠堂則各因其宗子而見하고自爲繼曾祖以下之宗則自見이니라[新增]孔子曰武王이崩에 成王이年十三而嗣立하야明年六月에 旣葬하고冠而朝於祖니라[諸具]見祠堂同下祭禮有事則告條[告辭式]主人自告某之子某,改措語난見上告式今日冠畢敢見,

<<解義>> 관자는 손위 어른을 뵙는다.

父母가 당 가운데 南向하여 앉으면, 여러 숙부(叔父)와 兄은 東쪽을 상으로 하여 여러 숙부(叔父)는 南向을 하고, 여러 兄은 西向을 한다. 여러 숙모(叔母)와 고모(姑母)는 西쪽 에서 南向을 하고, 여러 누님과 형수(兄嫂)는 東向한다.

冠者는 北向하여 父母에게 절하면. 父母가 그(冠者)를 위하여 일어나준다. 동거(同居)하는(부모의)손위 어른이 계시면 父母가 冠者를 데리고 그 방에 가서 절하게 하면 손위 어른도(祖父母) 그(관자)를 위하여 일어난다. 돌아와 東쪽 벽과 西쪽 벽에 가서 두 번 절한다. 답배(答拜)하여야 하는 者는 答拜한다.

만약 종자의 아들이 아니면 먼저 종자와 아버지의 손위 어른들을 당에서 뵙고서, 사실(私室)에서 부모와 나머지 친족을 뵙는다. 만약 종자 자신이 관례를 하였는데 어머니가 있으면 의절에 따라 어머니를 뵙고 족인이 종(宗)으로 삼는 자는 모두 당상에 나와서 뵙는다. 종자는 서향하여 손위 어른에게 절을 하는데 줄마다 두 번 절한다.   손아래의 어린 사람에게는 절을 받는다.

<<原文>>
冠者-見于尊長이니라 父母난堂中南面坐하고 諸叔父兄은在東序하되 諸叔父난 南向하고 諸兄은 西向하 諸婦女난在西序하고諸叔母姑난南向하고 諸姊嫂난 東向하고冠者난北向拜父母어父母-爲之起하고同居에 有尊長則父母以冠者로詣其室拜之하면尊長이 爲之起하고還就東西序하야每列再拜하고 應答拜者答이니라 若非宗子之子則先見宗子及諸尊於父者於堂하고 乃就私室하야 見於父母及餘親하고若宗子自冠에有母則見于母如儀하고族人宗之者- 皆來見於堂上이어든宗子

<<解義>> **빈(賓)을 대접한다.**

찬자가 접대자가 되어 친한 벗과 참관 한자를 자리를 펴서 아울러 대접한다. 주인이 빈과 여러 손님을 자리를 같이한다.

빈은 서쪽 창 앞에서 남향 하고 주인은 동쪽 층계위에서 서향하고 개는 서쪽 계단에서 동향하고 여러 손님들은 큰손님의 서쪽에서 남향하여 앉는데 다 앉지 못하면 북을 상으로 하여 동향 한다. 주인의 식구들은 북을 상으로 하여 주인의 뒤에 서 서향한다.

대전에 탁자를 두 기둥 사이에 설치하고 그 위에 술항아리(大梧=종 다래기)를 놓는다. 주전자 와 잔 씻을 물도 그 위에 놓고 집사자가 주관한다.

주인이 자리에 나와 손을 맞이하되 주인이 앞서가고 손님이 뒤따르고 찬조자와 손을 대접하는 이와 모든 친분이 각기 서열대로 따라와 당의 층계에 이르면 주인이 손에게 읍하고 오르기를 청하되 손이 사양하면 주인이 동쪽계단으로 먼저 오르고 손님은 서쪽계단으로 오른다. 찬자이하는 각각 차례대로 자리에 나간다.

주인이 공수하고 손에게 말하기를 아모개의 아들에게 관례 함에 당신의 가르침을 입어 감사합니다. 하고 주인이 재배하면 손님은 답배하고 주인은 다시 감사의 뜻을 표한다.
찬자가 재배하면 감사의 뜻을 표하고 손 대접하는 이도 위와 같이 한다.

주인이 자리에 내려가서 탁자의 동쪽에서 서향 한다 큰손님도 내려가서 탁자의 서쪽에서 동향한다. 주인이 술잔을 손수 씻으면 손이 사양한다. 주인이 잔을 다 씻고 탁상에 놓고 친히 술을 따라 그릇에 바쳐 집사에게 주고 집사자는 술잔을 상객에게 드린다. 손이 받아서 다시 탁자위에 놓고

주인이 서향 재배하면 상객은 동향 재배한다. 동향 하여 무릎

西向하야拜其尊長하되每列再拜하고受卑幼者拜니라

<<原文>> 乃禮賓
(士冠禮) 贊者爲介하고(儀節)親朋有來觀者,並待之라하고(鄉飮酒禮)乃席{註}敷席也賓이어든主人이介衆賓之席이니라{註}
賓은席牖前南面하고 主人은席阼階上西面하고介난席西階上東面하고衆賓은於賓席之西(疏)에同南面하되(圖)에 坐不盡則東面北上이라0主人親屬은 席于主人之後,西面北上이니라
(大全)設卓於兩楹閒하고 置大梧於其上하고酒註及洗梧水난亦陳於卓上하고令執事者守之니라(儀節)主人이 至次迎賓하되主人先行에 賓從之하고 贊儐禮生及諸親朋은各以序隨至堂 堂恐當階하면主人이揖賓請升에賓辭어든主人이先升自東階하고 賓이繼升自西階하고贊以下各以序升就位하고
主人이拱手向賓曰某子加冠에賴吾子敎之하니敢謝하여이다主人再拜하면賓答拜에謝하고主人謝也贊者再拜에謝하고賓도同上이니라贊賓皆答拜
(大全)
主人降席하야 立於卓東西向하고上客이 卽賓下同亦降席, 立於卓西東向하고主人이 取梧親洗어든上客이 辭하고主人이洗畢置梧卓上하고親執酒斟之以器하야卽注 授執事者하고遂執梧以獻上客이면上客이受之하야復置卓上하고
主人이 西向再拜어든上客

꿇고 祭 하고 마신다. 잔을 집사에게 주고 절하면 주인은 한번만 상객이 주인에게 술을 드리되

빈에게 올린 의식대로 한다. 주인이 찬조자 에게 술을 드리되 여러 손님에게 드리는 의식대로 하며 절은 하지 않는다. 술이 끝나면 주인은 자리에 오르기를 청 한다 주인은 자리 끝으로 올라가서 상객이 다음에 오르고 찬조자 배석자 차례로 올라가 앉으면 관자와 집사자가 술을 돌리기를 세 순배 혹은 다섯 순배를 한다. 여타 음식은 형편에 따른다.

잔치가 끝나 손이 물러가기를 청하면 집사는 술상을 치운다. 집사가 폐백을 받들러 오면 주인이 받아 손에게 주면 받아서 종자에게 주고 감사의 재배를 한다. 주인도 답배를 한다.

찬자와 손을 도운 자에게도 폐백을 주면 재배를 한다. 주인도 답배를 한다. 큰손님이 대문밖에 이르면 읍하여 전송하고 손님이 말에 오르기를 기다린다. 손님이 돌아가면 손님의 상을 빈에게 보낸다.

☞ 編譯者 善光 註; 一獻之禮

사관례士冠禮에 '賓에게 한 번(술을) 드리는
一獻之禮일헌지례==

主人이 한 잔 →賓에게, 드리는 것을 : 獻,

賓이 답으로→主人에게 드리는 것을 :酌,

主人이 권하여→賓에게 드리는 것을: 酬.

이東向再拜하고取酒東向跪,祭,遂飮하고以栢授贊者則執事者遂拜어든(鄕飮酒禮疏)遂拜不起하고因拜也主人答拜하고一拜上客이酢主人하면 如主人獻賓儀(鄕飮酒禮) 主人이 酬賓하고主人取栢洗置卓上하고執酒斟之하야 以注授執事者하야 取酒西向跪,

祭,遂飮하고 以栢授執事者하고遂拜興에 賓答拜하고主人이復洗栢에賓辭하고主人洗畢에 置栢卓上하고執酒斟之하고 以注授執事者하고 遂執栢以酬賓이면賓受之하야 復置卓上하고東向再拜하고 主人은西向再拜하고 賓取酒復位하야奠於席前而不擧(儀節)主人이獻贊하고如獻賓儀(鄕飮酒禮)介-酌主人하고 贊取栢洗에主人辭하고 贊洗畢에執栢授主人하면 主人授之하야 置卓上하고執酒斟之하고 以注授執事者하고取酒西向跪,祭,遂飮하고以栢授執事者, 授拜興하면贊答拜, 復位
(儀節)主人獻儐하고如獻贊儀0儐復位(大全)主人이 乃獻衆賓如前儀하되 惟獻不拜하고(鄕飮酒禮)衆賓이每一人獻則不拜하고 受爵坐祭,立飮不拜하고授主人爵,復位(儀節)酒遍에請主人請也升席하되主人이自席末先升하고賓次升하고贊儐及陪席者-以次皆升坐어든冠者及執事者-行酒或三行,或五行하되贊은 隨宜하고盡歡에賓請退어든執事者-徹栢盤執事者-以盤奉幣어든幣各有差0主人이降席就兩楹間하고 賓以下皆降席0新增寒崗曰幣帛은貧不能辦어든用紙墨之屬이라도似亦可矣主人이 受以獻賓하면 賓 就兩楹間 受以授從者하고 賓謝再拜에 主人答拜하고 以次捧贊者及儐者幣어든贊儐이謝에

☞ 編譯者 善光 註; 읍과 의 (揖禮) :

(說文) 揖攘也, 攘推也 (註)推手曰 揖,

凡拱其手 使前曰 揖, 凡推手小下之爲 土揖, 小擧之爲天揖, 平之爲 時揖.-- -

읍은 사양함이니 끌어서 밀어냄이다. <주>에 손을 미는 것을 읍이라 한다.

무릇 그 손을 맞잡아 앞으로 가게 하는 것을 읍이라 하는데, 무릇 손을 조금 아래로 미는 것이 土揖 이고, 조금 드는 것이 天揖이며, 평평하게 하는 것이 時揖이다.

일설에는 손을 가슴에 붙이는 것을 읍이라 한다. <주>에 읍을 하여 사양 함이니 손을 가슴에서 멀리하는 것이라 하였다. 여기서 손을 가슴에 대는 것을 읍이라고 하는 것은 예에는 읍이 있고 厭이 있는데 손을 미는 것을 읍이라 하고 손을 끌어 당기는 것을 厭이라 하기 때문이다.

厭(염)은 간혹 扌壹(의) 로도 쓴다“ 하였다.

= 考證 士儀 卷之 四 8쪽 揖禮 =(국역본 권4 成人篇 391쪽)

<<解義>> 冠禮

冠者가 드디어 나가서 마을의 선생님과 아버지의 친구를 뵙는다.

冠者가 先生님과 아버지의 친구에게 절하면 모두 답배(答拜)한다. 만약 가르침이 있으면 賓에게 대답하고 또 절을 한다. 선생님과 아버지의 친구는 답배를 하지 않는다.

관례는 성인의 도를 이루는 것이다. 장차 남의 자식 일때, 신하일 때, 아우가 되어 그 사람의 행할 책임을 짓는 것 인즉 관례가 막중한 예 인 것이다.

성인이 되는 첫 번째 예를 가르치지 아니하면 장차 어찌 예를 준행함에 옛 어른들에 비하여 부끄러움이 없다 할 수 있으랴.

주자 왈 사례 중에 가장 중요한 관례를 집에서 간단하게 행하는 자가 적으니 탄식한다.

再拜主人答拜하고送賓至大門外揖하고竢賓上馬하야 歸賓俎니라 按家禮此段本註컨대本於書儀에不無疏畧而士冠禮曰禮賓은以一獻之禮오一獻之禮난 卽鄕飮酒禮而若用鄕飮全文則儀文이 太繁하야 難於奉行 故로 以士冠禮註所云獻酬酢에 賓主人이 各兩爵而禮成爲主하야 取用朱子增損鄕約兼採丘儀而錄之如此하노라 [諸具]{禮賓}[席]主人及賓介席은各一이오 衆賓及親屬席은無常數[卓饌]多少난 隨宜니如俗待賓客之禮[酒甁][酒架][酒註][盞盤][幣] 布帛은 隨宜니 紙束亦可 [盤]三 用以盛幣者[俎][潔滌盆][拭巾]幷用以洗栝者

[盥盆]四二有臺니 主人及賓所盥이오二無臺니 賓贊及執事所盥[勺]四 [帨巾] 四二有架요二無架라

<<原文>>

冠者-遂出見于鄕先生, 及父之執友니라

冠者拜에先生執友皆答拜하고若有誨之則對니如對賓之辭하고且拜之에先生執友-不答拜니라

(按)冠者난所以責成人之道니將責爲人子,爲人臣,爲人弟,爲人少者之行於其人則禮莫重於冠禮라不於成人之初에 以禮導之則將何望其動遵禮敎하야以無忝古人之行也리오

朱子曰古禮에惟冠禮-最易行은只一家事라蓋四禮之中에 冠禮最爲簡易而今人이尠有行之者하니誠可歎也로다

계(笄) =四禮 卷1 冠 20 쪽

<<解義>>**여자가 혼인을 허락하면 계례를 한다.**

나이가 15세가 되면 혼인(婚姻)을 허락하지 않았더라도 계례(笄禮)를 한다.

혼인이 정해지지 않았으면 평상시에는 다시 비녀를 뽑고 머리를 갈라땋아 내린다.

관의 소 남자는 양이니 20에 관례를 하여서 음수로써 양을 이루게 하고

여자는 음이니 15세에 계례를 하여서 양수로써 음을 이룬다. 음양이 서로 이루고 성과 명이 서로 통하게 함이다.

<<解義>> **어머니가 主賓이 된다.**

종자의 주부는 중당에서 하고, 종자의 주부는 아니지만 종자와 동거하면 사실(私室)에서 한다. 종자와 동거(同居)하지 않으면 위와 같이 한다.

부인이 계례를 할 때에 어머니가 주인이 되고 종자의 부인을 주장을 안 하는 것은 종자와 달리 사당에 고 하는 일이 없는 고로 종부를 주장으로 하지 않는다.

☞ 編譯者 善光 註;

未許嫁 母爲主는 예기 내칙에 15세 笄 는 달이 15일에 만월 이다. = 가례집람 계례 =

<<解義>>**정한 날의 3일전에 주례에게 청하고, 하루 전에 주례에게 거듭 청한다.**

빈(賓)은 친인척의 부녀자 중에서 어질고 禮를 아는 사람을 택한다. 편지를 써서 사람을 시켜 보낸다. 그 말은 관례와 같다.

朱子왈:허가계 일 때는 외부의 주부가 빈이 되게 하고 미허가 일 때는 자기 집 부녀자로 빈이 된다.

☞ 編譯者 善光 註 宿賓

宿賓=宿은 나간다는 뜻, 빈에게 거듭 청한다는 뜻.

=가례집람 4쪽 숙빈 =

笄 <<原文>>

女子許嫁거든笄니라 年十五어든雖未許嫁라도亦笄라 (雜記)燕則鬈首니라[䟽]未許嫁則燕居에 復去笄而分髮爲鬌紒[新增]冠儀䟽曰男者는陽類니二十而冠하야以陰成乎陽하고女者난陰類니十五而笄하야 以陽成乎陰하니陰陽之相成과性命之相通也니라

<<原文>>母-爲主-니라

宗子主婦則於中堂이오 0 非宗子而與宗子同居則於私室이오 與宗子不同居則如上儀니라

[新增]問婦人之笄母爲主不以宗子婦爲主何也 (寒岡)曰禮殺於宗子無告祠堂一節故不用宗婦爲主

<<原文>> 계(笄)

前期三日,戒賓하고 一日, 宿賓이니라

賓이 亦擇親姻婦女之賢而有禮者爲之하고 以牋紙로 書其辭하야云云使人置之니라

(朱子)曰許嫁則主婦-當戒外姻爲女賓하야 使之著笄而遂禮之하고 未許嫁而笄則不戒女賓而自以家之諸婦로行笄禮也니라[諸具]{戒賓} (宿賓)[牋紙]二[書式] [儀節]忝親 非親則云辱交,或辱識下同某氏拜白某親某封,非親則但云某封夫人孺人을 隨所稱이니下同糕次,妶[家禮本註]凡婦人이 稱於己之尊長

☞ 編譯者 善光 註 심의(深衣)

조선 시대에 高士 들이 입던 便服이다. 홑겹의 袍로써 흰색 천으로 만들되 直領으로 된 것과 단, 도련 둘래에 검은 색의 襈을 둘렀다.
이것은 철릭과 襴衫과 鶴氅衣에 영향을 끼친 의복이기도 하다. 아래의 裳은 12폭으로 지어서 上衣의 허리와 연결시켜 여유를 보여준 것이 특징이다.
深衣를 입을 때는 紗로 만든 검정색 복건을 m고 띄를 매었는데 심의의 흰색과 襈의 검은색, 복건의 검은 색이 조화를 이루어 학자다운 고귀한 기풍을 풍기는 옷이다.
衣와 裳은 乾坤을 뜻하며 1년 12달을 의미하며 襈을 두른것은 부모에 대한 효도나 공경의 뜻을 나타내고 있다.
=고증 조선 왕조 한국 복식도감 김영숙, 손경자 공저 35쪽 심의 =

<<解義>> 진 설 계(笄)
관례와 같이 하나, 중당에 자리를 깔고 중자(衆子)의 위치와 같다.

=四禮 卷1 冠 22 쪽

<<解義>> 그날 아침에 의복을 진설한다.
배자, 빗, 주전자와 잔을 방 가운데 진설하되 관례와 같이한다. 관과 비녀를 반에 담아서 서쪽 뜰아래에 놓는다.
신증 한강 왈 부인의 관이 예로 쓰는 것은 없었으나 현재의 관은 진한 이후의 것이다.
관:중국의 봉관이며, 명부의 복식이며 세칭 화관임.
배자:비단으로 만들고 장삼, 군삼과 같은데 만섭과 옆이 벌려있고 소매가 둥글되 반소매이거나 없는 것도 있다 조선조 때의 몽두의 이다.

☞ 編譯者 善光 註; 행사의 格에 맞는 屛風

冠禮와 婚禮= 花鳥圖 屛風(목단꽃과 새종류)
喪葬禮 用 = 백색 병풍 (소박한것)
祭禮 用 = = 글씨 나 백색 병풍.
壽宴禮 用 = 십장생 , 사습, 鶴 ,松月圖 屛風)
王의 행사=日月圖 병풍(五方山圖에 동쪽은 태양, 서쪽은 달)

則曰兒오 年幼則以屬이오 於夫黨尊長則曰新婦오卑幼則曰老婦오 非親戚而往來者난以其黨爲稱有女年,適可笄,欲擧行之,伏聞吾親,閑於禮度,敢屈惠臨,以敎之,不勝幸甚,月日某氏拜白
[復書式]{儀節}忝親某氏拜復,某親某封,粗次,蒙不棄召爲笄賓,自念粗俗, 不足以相盛禮,然旣有命 敢不勉從, 謹此奉復月日某氏拜復

<<原文>> 陳設
加冠禮하되但於中堂布席,加衆子之位니라不設門外次[諸具]{陳設}[屛][席]用以爲舖陳하고 又爲賓席及笄席醮席者[盥盆][帨巾]幷賓所盥洗
<<原文>> 厥明陳服
用背子幷櫛注盞,陳於房中,如冠禮冠笄(儀節)以盤, 盛置西階下
[新增]寒岡曰禮無婦人冠이오今之有冠,自泰漢以後始라[諸具]{陳服}[侍者]守冠卓者 [卓]三一,陳冠笄오一,陳背子오陳注盞[冠]卽中國鳳冠이니 爲命婦服이오俗稱華冠이라[笄]卽簪[纚]士冠禮用以包髮,裏髻者니用黑繒,長六尺으로(周尺)疊爲之하야自頂而前으로交於額上하야却繞於髻이니一名은縱라古者에男女通用이니今男子網巾이卽此遺制[背子]用色紬或絹爲之니長與裙齊하고 對衿開旁圓袂,或半臂或無袖0(五禮儀)本國(蒙頭衣)[盤][酒注][盞盤] 幷用以醮笄者者

<<解義>> **차례로 선다.** 계(笄)

주부는 주인의 자리에 가고, 계례(笄禮)를 할 자는 쌍계(雙紒)를 하고 삼자(衫子)를 입고 방 가운데 에서 南向한다.
삼자: 속칭 당의 이고 길이가 무릎 까지 이르고 소매가 좁고 여자가 입는 평상복이다.

<<原文>>序立主婦-如主人之位하야將笄者-雙紒衫子,房中南面이니라[諸具]{序立}[盛服]賓主以下所服은見下祭禮朔參條[衫子]俗稱唐衣니 長至膝袖狹이니女子常服이라

<<解義>> =四禮 卷1 冠 22 쪽

빈(賓)이 오면 주부가 맞이하여 들어와 당으로 올라간다.

찬자가 없고, 시자로 대리하며 주부가 東쪽 계단으로 올라가서 서향하고 빈이 서쪽 계단으로 올라가서 동향 한다. 시자는 동쪽계단 위의 동에서 조금 서쪽으로 가서 남향한다.
외부의 빈이 아니면 손을 맞아드리거나 보내는 데 문밖 에 나가지 않는다.

<<原文>>**賓至에主婦**-迎入升堂이니라不用贊者어든以侍者代之
主婦-升自阼階니라賓이升自西階
(儀節)各就位에主婦난 東하고賓은西하고侍者난布席于東階之東,少西南向이니라[按]婦人이無外事어든 迎送에皆當不出門이라

<<解義>> 계(笄)

빈(賓)이 계례할 자에게 관을 씌워주고 비녀를 꽂아주면 방에 들어가서 배자를 입는다.

계례할 자가 방에서 나오면 시자가 빗을 자리의 좌편에 놓는다.
손이 계례할 자를 손으로 인도하여 자리에 나가 남향하여 꿇어앉게 하고 시자도 그를 향하여 꿇어앉아 머리를 풀어 빗질하여 갈래머리를 합하여 쪽을 찌어준다. 손님이 계단으로 내려가면 주부도 따라 내려간다. 손님이 손을 다 씻으면 주부가 손님에게 다시 올라 가기를 청하여 올라간다. 시자가 관과 비녀를 소반에 담아 올리면 손님은 계례 할 자의 앞에 나가 왼손은 관의 앞을. 오른손은 관의 뒤를 잡고 시가 축사를 한 후. 손님은 꿇어앉아 관을 씌우고 비녀를 찌르고 일어나 자리로 되돌아온다. 계자도 일어나 방으로 들어가 옷을 갈아입되 배자를 입고 방에서 나온다.
관자가 있으나 관을 머리에 직접 쓰는 것이 아니고 머리 싸개로 싸고 관을 씌우는 것이다.

☞ 編譯者 善光 註; 將笄者

@ 將笄者가 始加禮를 행하고 나면 계자라 부른다.

<<原文>>
賓이爲將笄者하야
加冠笄,適房服背子니라
(儀節)將笄者出房하고侍者-奠櫛席左어든賓이 以手導將笄者卽席하야 西 當作南 向跪하고侍者-如其向跪하야解髮梳之하야爲之合髮하고 爲髻賓이 降階에主婦-亦降하고洗訖에主婦-請賓復初位하고侍者-以冠笄盤進하면賓詣에將笄者前하야祝曰云云跪加冠笄하고起復位어든 笄者興하야適房,易服하고徹櫛에侍者徹 笄者服上衣背子出房이니라
{按} 既有冠字則不可髮上加冠이니依古禮하야 用纚包髮,以承冠似當이니라

[祝辭式]用冠禮에 始加祝,醮,與字辭가亦同冠禮하되但字辭에 改髦士爲女士니라

<<解義>> **초례(醮禮)를 지낸다.** =四禮 卷1 冠 23 쪽

시자가 술을 따라 계자의 왼쪽에 서고 손님이 읍하듯이 손으로 인도하면 계자는 자리 오른 쪽에서 남향한다. 손님은 시자가 따라놓은 술잔을 받아서 초례석으로 나가서
축사 한다. 계자가 사배를 하고 술잔을 받으면 손님은 동향하여 답배한다. 계자는 꿇어 앉아 모사기에 제주하고 술을 맛을 보고 일어나 사배한다.

<<解義>> 계(笄) **자(字)를 지어준다** @ 女子는. 堂號

손님은 西階로 내려오고 주부는 동쪽 계단으로 내려가서 주부는 동에서 서향하고 손님은 서에서 동향하며 계자는 서계로 내려가서 조금 동쪽에서 남향하면 손님이 축사를 한다. 계자는 사배를 하면 손님은 답배하지 않는다.

<<解義>> **주인이 계자와 같이 사당에 고한다.**

아들의 사당고와 같게 한다.
주인이 스스로 고하는데 아모개의 몇째 딸이 오늘 계례를 마치고 감히 알현 합니다.

☞ 編譯者 善光 註 : 禮成於 三

冠禮: 3加, 喪: 3년喪, 射禮: 3耦겨룰우,

國: 3公 太師, 太傅, 太保 考證=사계전서27권가례집람5쪽

<<解義>> 계(笄)

주례를 대접하는 것은 모두 관례의 의식과 같다.

술과 음식으로 손님을 맞아 대접하고 폐백을 드리면서 절하고 감사를 드린다.
예가 폐한지 이미 오래 되어서 계례를 하는 자가 없으니 옛적의 부인의 관복제도는 알 수가 없으니 어찌 탄식하지 않겠는가? 이제 본문에 의하여 고례를 회복하여본다 만약 한두 큰집에서 다시 시작한다면 가히 변속이나마 이루어 질것이다.

<<原文>> 乃醮

(儀節)侍者酌酒하야 立于笄者之左하고賓이 揖以手導之笄者卽席하면 笄者-立席右南向하고賓이 受酒詣醮席, 祝日云云이어든笄者四拜에賓이答拜하고笄者-跪受酒하야 祭酒 啐酒하고 興四拜니라

<<原文>> 乃字

(儀節)賓主俱降階하야 主東賓西하고 笄者-降自西階,少東,南向하고 賓이 祝 云云 曰某라하면笄者-四拜에賓은不答拜니라賓休于佗所

<<原文>>主人이以笄者로見于祠堂이니라

{儀節}{按} 此條난 家禮所無而依丘儀補入이니其儀與子冠而見同이라[諸具]{見祠堂}同下祭禮有事則告條
[告辭式]
{儀節}主人自告某之非宗子之女則此下에當添某親某之四字第幾女,今日笄畢, 敢見

<<原文>> 乃禮賓

以酒饌으로 延賓酬之하고以幣而拜謝之니라如當日賓客之禮

[按] 家禮, 於此正文云, 皆如冠儀而此書則冠禮禮賓에取用一獻之禮하니 此若云皆如冠儀則便成亦令行一獻之禮故로正文中, 四字난 刪之하고移置冠禮禮賓下,註于此라0 禮廢旣久에笄禮無復行之者하야古昔婦人冠服之制를殆廢不考니可勝歎哉아 今依本文收錄하야以爲羊存禮復之漸하니若自一二大家始則可以變俗矣리라
[諸具]{禮賓}幷見上禮賓條하니 從簡爲宜

冠笄禮　圖說

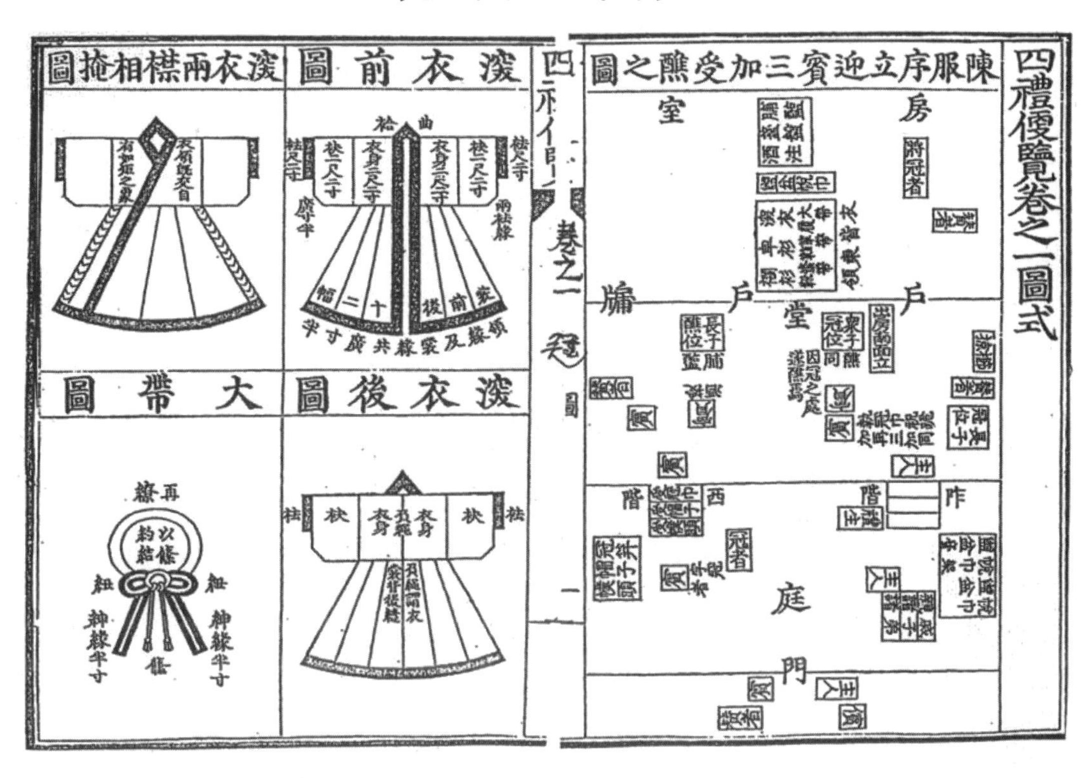

四禮便覽卷之一圖式
陳服序立迎賓三加受醮之圖
室
房
牖
戶
戶
堂
庭
門
深衣兩襟相掩圖
深衣前圖
大帶圖
深衣後圖

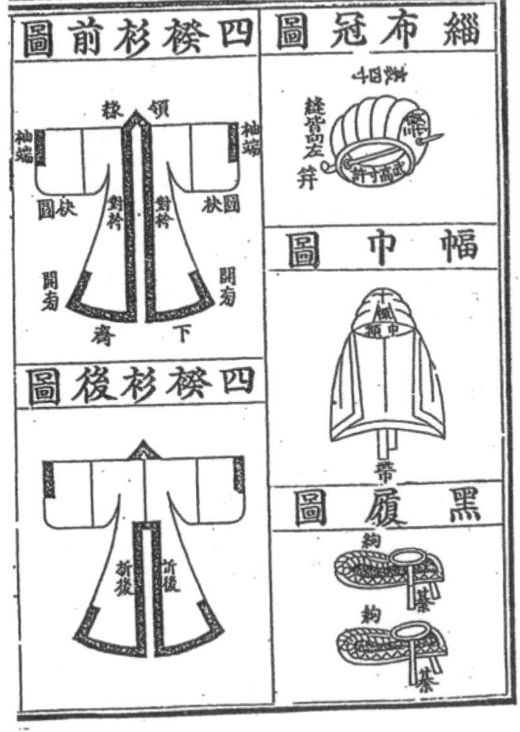

四䙆衫前圖
緇布冠圖
幅巾圖
四䙆衫後圖
黑履圖

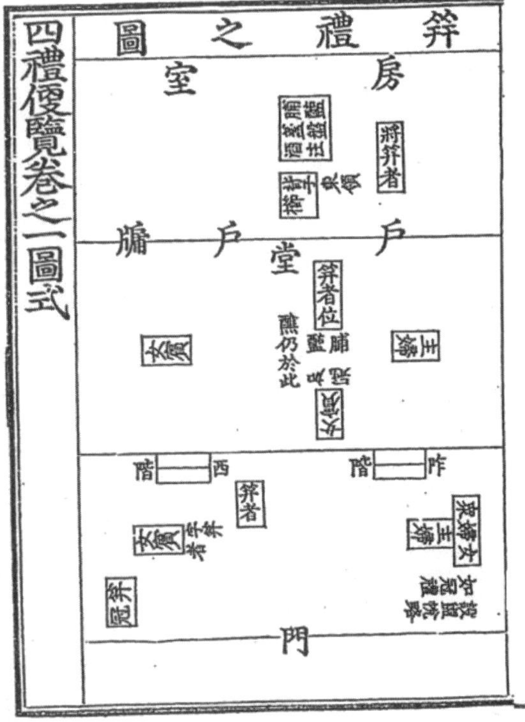

四禮便覽卷之一圖式
笄禮之圖
室
房
牖
戶
堂
戶
門

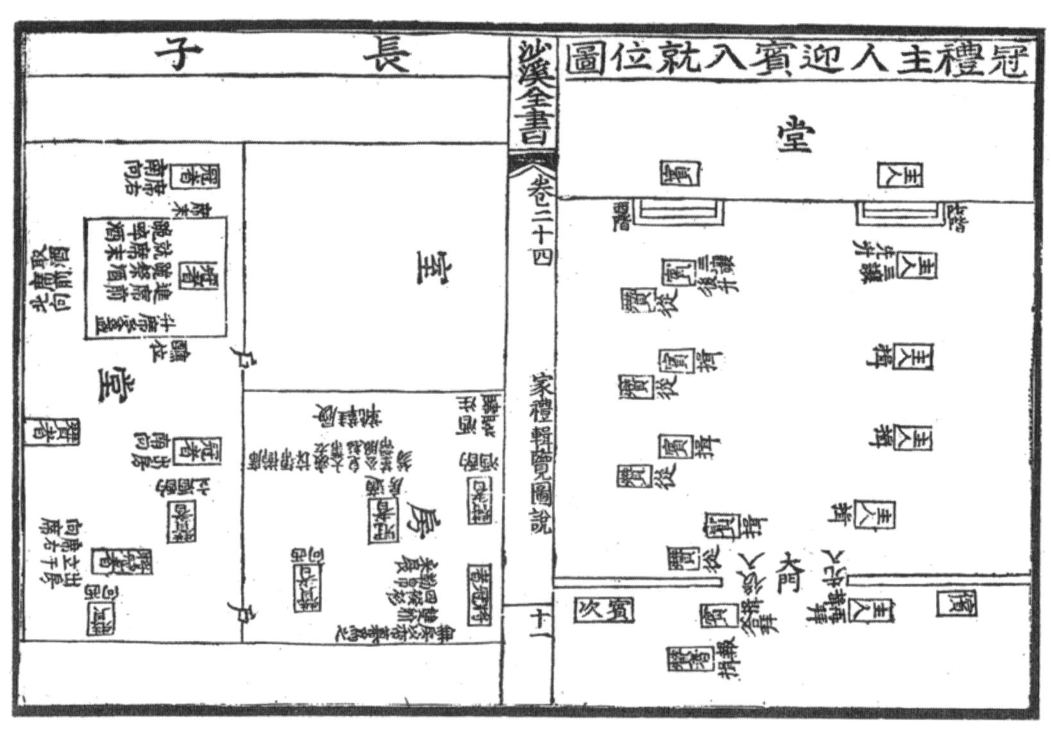

冠禮主人迎賓入就位圖
長子
沙溪全書
卷二十四
家禮輯覽圖說
十一
堂
室
房

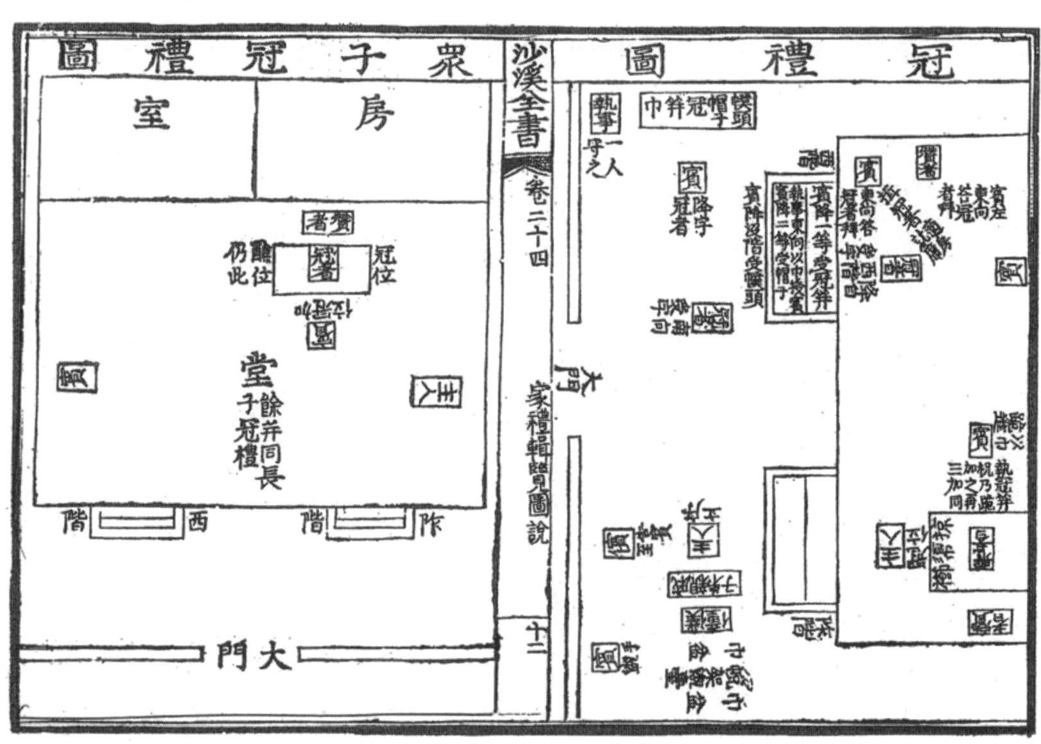

冠禮圖
衆子冠禮圖
沙溪全書
卷二十四
家禮輯覽圖說
十二
室
房
堂
餘子冠禮并同長
大門

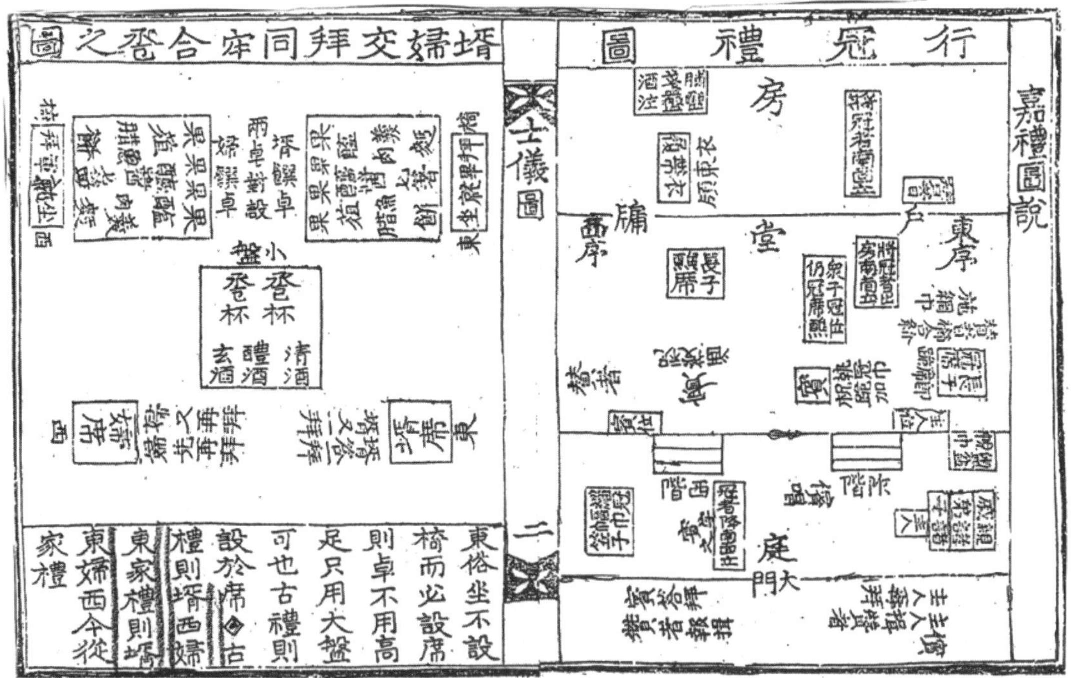
壻婦交拜同牢合卺之圖
行冠禮圖
嘉禮圖說
士儀圖
二
東俗坐不設
椅而必設席
則卓不用高
足只用大盤
可也古禮則
設於席◇古
禮則壻西婦
東家禮則壻
東婦西今從
家禮

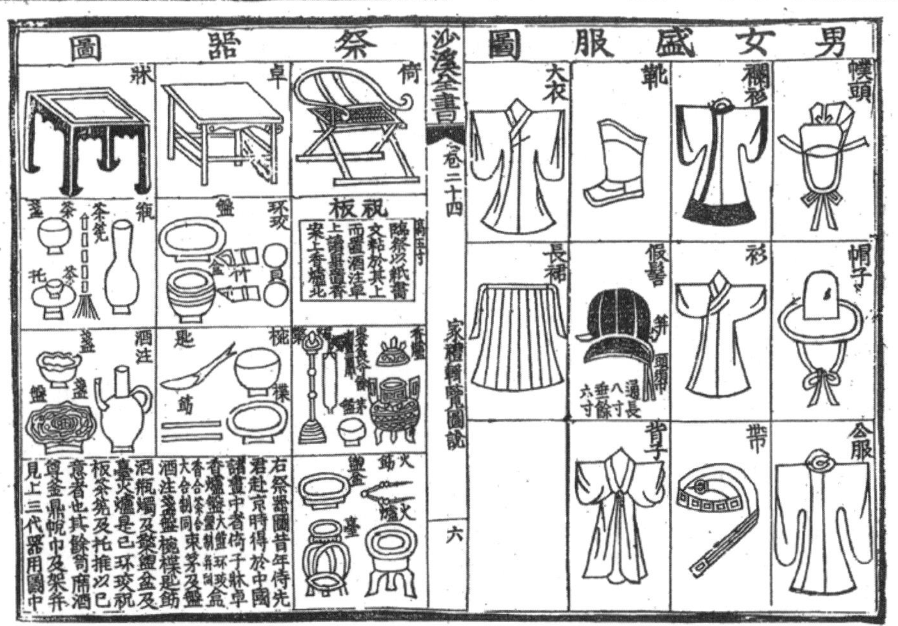
祭器圖
男女盛服圖
沙溪全書
卷二十四
家禮輯覽圖說
六
椅
卓
牀
祝板
幞頭
襴衫
靴
大衣
帽子
衫
假髻
長裙
公服
帶
背子

家禮輯覽 도설

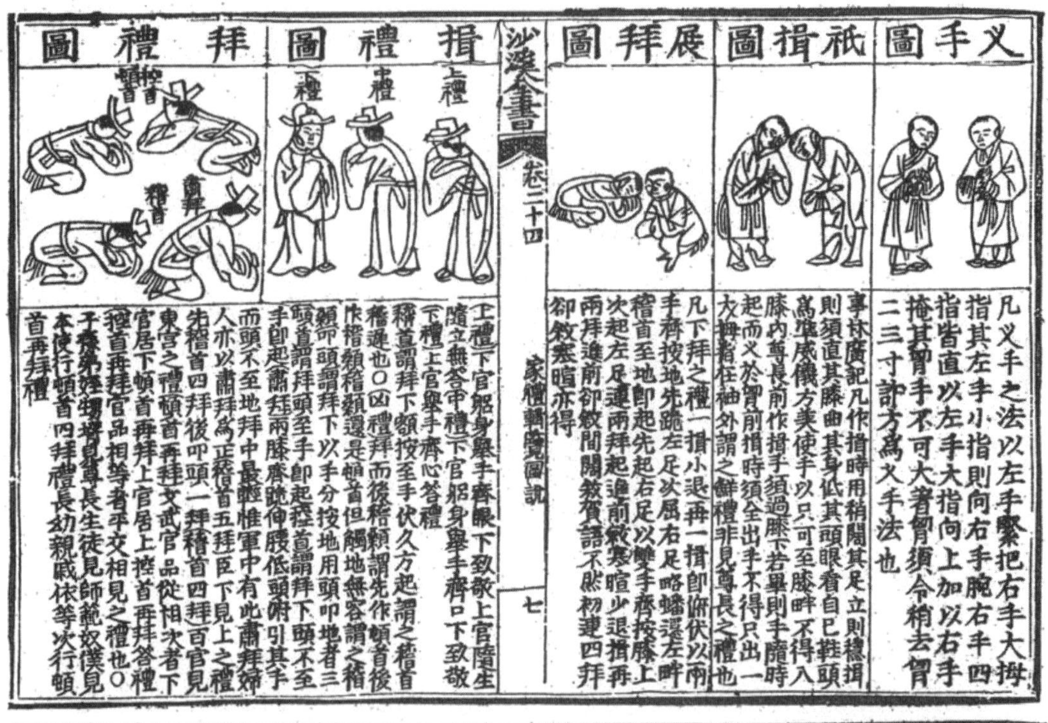

叉手圖

凡叉手之法以左手緊把右手大拇指其左手小指則向右手腕右手四指皆直以左手大指向上加以右手掩其胷手不可太著胷須令稍去胷二三寸許方爲叉手法也

祇揖圖

事林廣記凡作揖時用稍闊其足立則穩揖則須直其膝曲其身低其頭眼看自己鞋頭爲佳威儀方美使手以只可至膝畔不得入膝內尊長前作揖手須過膝下若畢則手隨時起而叉於胷前揖時須全出手不得只出一大拇指在袖外謂之鮮禮非見尊長之禮也

展拜圖

凡下拜之禮一揖小退再一揖卽俯伏以兩手齊按地先跪左足次屈右足略蟠還左畔稽首至地卽起先起右足以雙手齊按膝上次起左足連兩拜起逡前斂寒暄少退揖再兩拜逡前卻斂間闊敍賀語不然初逮四拜卻敘寒暄亦得

沙溪全書 卷二十四 家禮輯覽圖說 七

指禮圖

上禮下官躬身擧手齊眼下致敬上官隨坐隨立無答中禮下官躬身擧手齊口下致敬下禮上官擧手齊心答禮

拜禮圖

稽首謂拜下頓按至手伏久方起謂之稽首稽遲也○凶禮拜而後稽顙謂先作頓首後作稽顙稽顙還是頓首但觸地無容謂之稽顙叩頭謂拜下以手分按地用頭叩地者三頓首謂拜頭至手卽起稽首謂拜下頭不至手卽起肅拜兩膝齊跪伸腰低頭附引其手而頭不至地拜中最輕惟軍中有此肅拜婦人亦以肅拜爲正稽首五拜臣下見上之禮先稽首四拜後叩頭一拜稽首四拜百官見東宮之禮頓首再拜文武官品從相次者下官居下頓首再拜上官居上控首再拜答禮控首再拜官品相等者平交相見之禮也○子孫弟姪甥壻見尊長生徒見師範奴僕見本使行頓首四拜禮長幼親戚依等次行頓首再拜禮

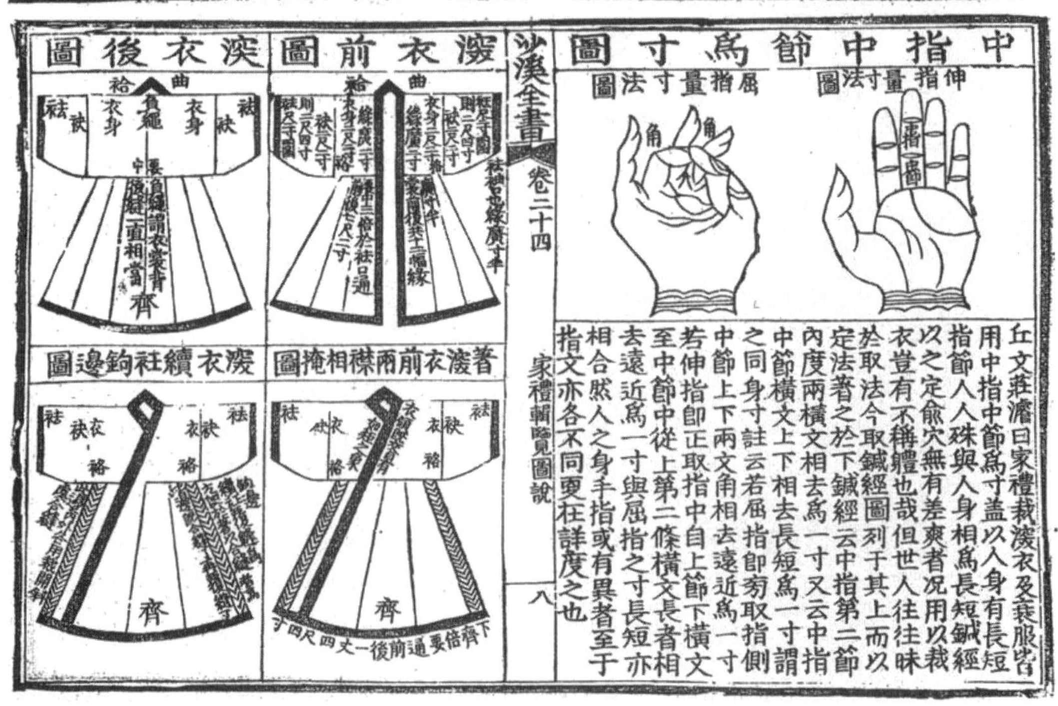

中指中節爲寸圖

丘文莊濬曰家禮裁深衣及喪服皆用中指中節爲寸蓋以人身有長短指節人人殊與人身相爲長短鍼經以之定兪穴無有差爽者況用以裁衣豈有不稱體也哉但世人往往昧於取法今取鍼經圖列于其上而以定法著之於下鍼經云中指第二節內度兩橫文相去爲一寸又云中指中節橫文上下相去長短爲一寸謂之同身寸註云若屈指卽旁取指側中節上下兩文角相去遠近爲一寸若伸指卽正取指中自上節下橫文至中節中從上第二條橫文長者相去遠近爲一寸與屈指之寸長短亦相合然人之身手指或有異者至于指文亦各不同更在詳度之也

沙溪全書 卷二十四 家禮輯覽圖說 八

深衣前圖

深衣後圖

著深衣前兩襟相掩圖

深衣續衽鉤邊圖

昏　禮

혼 례(昏 禮) 四禮便覽 卷 2 昏 1쪽

周 나라 六 禮: 납채, 문명, 납길, 납징, 청기, 친영
南宋 朱子四禮 : 납길, 납징, 청기, 친영.

<<解義>> 의혼(議昏)

남자는 나이 16세에서 30세, 여자는 14세에서 20세가 되면 혼인한다.

사마광이 말하기를, “예전에는 男子는 30세에 장가를 가고, 女子는 20세에 시집을 갔다. 지금의 법령은 男子는 15세, 女子는 13세 이상이 되면 모두 시집과 장가를 갈 수 있다. 지금 이 말은 예전과 지금의 법도를 참고해서, 예절의 중도를 참작하여 천지의 이치에 따르고 인정의 마땅한 것을 취한 것이다.”라고 하였다.

사마온공이 지저귀를 찬 어린아이 때에 경솔하게 정혼을 하거나 임신 중의 애기를 정혼하여두면 후에 성장하여 무능력 하든가, 못쓸 병이 있거나, 집이 가난하여 굶어 죽거나 상복을 계속 입게 되어 신의를 버리고 약속을 어기는 경우가 많았으니.

반드시 장성 한 후에 혼인을 하면 평생 후회가 없는 것이다.
노나라 애공이 묻기를 남자는 30세 ,여자는 20세에 혼인함은 너무 늦지 않습니까? 라고 물으니 공자께서 예는 극한을 말함이니 이는 지나치지 않다. 라고 했다.

王吉曰 부부는 인륜의 대강이며 일찍 주고 장수하는 출발점이다. 세상에 시집가고 장가가는 것이 너무 일러서 남의 부모 되는 도리를 모르고 자식을 낳게 되니 잘 가르치지도 못할 것이다.
文中子가 말하기를 너무 일찍 혼인 시키는 것은 도적질을 가르치는 것 과 같다고 했다.

昏 禮[增補](士昏禮)

六禮니
一曰納采,二曰問名,
三曰納吉,四曰納徵,
五曰請期,六曰親迎이라
(家禮)엔無問名,納吉,納徵, 請期하니 畧之也라

議 昏

<<原文>>男子난年十六至三十이오女子난年十四至二十이니라

司馬溫公曰古者에男三十而娶하고女二十而嫁러니 今令文에男年十五女年十三以上이면幷聽昏嫁라하니
今爲此說은所以參古今之道酌禮令之中하야順天地之理,合人情之宜也니라
又曰世俗이好於襁褓童幼之時에輕許爲昏하며亦有指復爲昏者하야 及其旣長하야或不肖無賴하며 或身有惡疾, 或家貧凍餒하며或喪服相仍하야遂至棄信負約者多矣니吾家男女난必竢旣長然後議昏이라故終身無此悔也니라(家語)哀公이 問曰禮에 男子三十而有室하고女子二十而有夫가豈不晚哉잇가孔子曰夫禮난言其極이니不是過也니라

(王吉)曰夫婦난人倫大綱이요夭壽之萌也어늘世俗이嫁娶太蚤하야 未知爲人父母之道而有子하니是以로敎化不明而民多夭니라 (文中子)曰蚤昏少聘은敎人以偸니라

<<解義>> 昏 禮

자신과 주혼자(主昏者)가 1년 이상의 상(喪)이 없어야 혼인을 할 수 있다.

대공(大功)에 아직 장례를 치르지 않았으면 주혼이 될 수 없다. 주혼은 관례의 주인의 법도와 같다. 다만 종자 자신이 혼인을 하면 족인의 연장자가 주혼이 된다.

관례에 부모가 일 년 이상의 상이 없어야 한다고 하는데 혼례에도 적용된다. 대개 부모는 주혼자가 되는 것 이니 관례와 혼례가 다르다고 보면 안된다.

@증자의 물음에 공자께서 답하시기를 종손은 나이가70세가 되었어도 주부가 없어서는 안되고 종손이 아니면 주부가 없어도 괜찮다. 라고 말씀 하였다.

@종자는 종친의 남자들을 밖에서 거느리고 종부는 여자들을 안에서 거느린다.
예는 결여 할 수 없으므로 종손은 70세이라도 반드시 재취를 하여야 한다. 그러나 자식이 없거나 너무 어릴 때를 말한다. 만약 아들 과 며느리가 있으면 재취 하지 않아도 된다.

@경국대전 :사대부 중에서 아내가 죽은 사람은 3년 후에 장가가는데 부모가 혼인하기를 명하거나 40세가 되었는데도 자식이 없으면 1년 후에 재취함을 허가한다.

@증자물음에 혼례에 폐백 까지 드렸고 날 택일을 잡았는데 여자의 부모가 죽으면 어떻게 합니까?
신랑이 사람을 시켜 조문을 해야 하고
만일 신랑의 부모가 죽으면 신부 집에서도 사람을 시켜 조문해야 한다. 아버지 상에는 아버지라 부르고 어머니 상에는 어머니라 부르며 조상하고 안 계시면 백부모의 이름으로 조상을 한다.

사위 집에서 장례를 마치면 백부는 여자 집에 사람을 시켜 아무개의 아들이 그 부모의 상이 있어서 사돈이 될 수 없으므로 아무개를 시켜 말을 전합니다. 라고 한다.
여자 집에서는 허락은 하되 감히 다른 곳으로 시집보내지 못하는 것이 예이다. 사위가 탈상하면 신부의 부모가 사람을 보내 혼인 할 것을 청할 때에 신랑이 혼인하지 않겠

<<原文>>

身及主昏者無朞以上喪은乃可成婚이니라

大功未葬도 亦不可主昏이니라凡主昏은 加冠禮主人之法이니但宗子自昏則以族人之長爲主니라

(按)冠禮條에父母-無朞以上喪이면 可通看於昏禮오 蓋父母난包在主昏中이니不可以冠昏異文而苟且用禮也라

[新增](曾子-問)에孔子曰宗子난 雖七十이라도無無主婦오 非宗子면雖無主婦可也니라{註} 宗子난領宗男於外하고 宗婦난領宗女於內라體不可缺故로雖七十之年이라도 猶必再娶나然此謂大宗之無子, 或子幼者오若有子有婦,可傳繼者則七十에 可不娶矣니라

(經國大全)士大夫,妻亡者-三年後改娶하되若因父母之命이니 或年四十無子者난 許期年後改娶니라

(曾子問)曰婚禮에 旣納幣有吉日하고 女之父母死則如之何잇고 孔子曰婿-使人吊하고 如婿之父母死則女之家-亦使人吊하되父喪엔稱父하고母喪엔稱母하고 父母不在則稱伯父라世母라하고

婿-己葬이어든婿之伯父-致命女氏曰某之子-有父母之喪이라 不得嗣爲兄弟일새使某致命이라하야女氏許諾而弗敢嫁난 禮也오 婿免喪에女之父母- 使人請하되

다고 하면 다른 곳으로 시집보내는 것이 예이다. 신부의 부모가 죽었을 때에도 신랑 집에서 그렇게 한다. @길일이 있다고 한 것은 이미 길일을 정하였다는 것이다.	婿不取而後, 嫁之난 禮야오 女之父母死에婿亦如之니라 {註}有吉日은 期日己定也라 彼是父之喪則此稱父之名帛之하고 彼是母喪則此稱母之名帛之하고 父母或在他所則稱伯父伯母云云
@증자가 묻기를 친영도중에 신랑의 부모가 죽으면 어떻게 합니까? 공자 왈 신부는 베로 만든 심의로 갈아입고 백색 흰색 관을 쓰고 상가에 나간다. 또는 신부가 친영하여 오는 도중에 신부의 부모가 죽으면 신부는 되돌아간다고 하였다. 신랑이 친영하여 신부가 도착하기 전에 자최 3년상 이나 9개월 상이 있으면 어떻게 합니까? 신랑은 들어가지 않고 밖에서 상복을 갈아입고 신부는 들어가서 갈아입고 자리에 가서 곡한다. 상이 끝나면 다시 혼례를 않습니까? 제사는 때가 지나면 제사하지 않음이 예인데 혼례도 어찌 처음으로 돌아가겠는가?	(曾子問) 親迎에 女在途而婿之父母死면 如之何잇고 孔子曰 女- 改服布深衣縞總以趨喪하고 女在途而女之父母-死則女反이니라 (曾子問) 婿- 親迎에 女未至而有齋衰大功之喪則如之何잇가 孔子曰男은 不入하고 改服於外次하고女난入하야 改服於內次然後에 則位而哭이니라曾子問曰除喪則不復婚禮乎잇가 孔子曰祭, 過時不祭난 禮야니又何反於初리오
@이때에 자최 와 대공은 중하고 시마는 가벼운 것 이니 혼례를 폐하지 않고 예를 마친 뒤에 곡 할뿐이다. 만약 신부 집에 자최와 대 공상이 있으면 신부는 돌아가지 않는다. 공자 왈 제사는 중하고 혼례는 가벼우니 소중한 것도 때가 지나면 폐하거늘 경미한 것을 다시 하겠는가?	{註}此時,特問齋衰大功之喪者-以小功及緦난輕不廢婚禮하고禮畢乃哭耳이오若女家 有齋衰大功喪이면 女亦不反歸也라 孔子言祭重而昏輕하니重者도過時尙廢온輕者를 豈可復行乎아
@혼인 날짜를 받아놓고 신부가 죽으면 어떻게 해야 합니까? 공자가 답하기를 신랑은 자최복을 입고 조상하고 장사지내고 복을 벗는다. 신랑이죽어도 같이한다.	(曾子問)曰取女有吉日而女死면 如之何잇고 孔子曰壻-齋衰而帛하고既葬而除之하고 夫死에 亦如之니라 {註}若夫死어든 女以斬衰往帛하고既葬而除也니라
@嚴陵方氏왈 혼인 날짜를 했기에 자최복을 입고 아직 아내가 된 것은 아니기 때문에 장례 후 탈복한다.	嚴陵方氏曰以其嘗請期故로齋衰而帛나 然未成婦故로既葬而除之니라
@寒岡 (鄭逑)왈 신랑 집에 주혼자가 없고 먼 친족 중에도	(寒岡)問納采而婿之父母

동성이 없으면 어머니가 혼주가 될 수밖에 없다.

☞ 編譯者 善光 註;

여자 측의 혼례 용구(女氏昏具)
이불, 베개, 털 담요, 요, 의복, 침석, 닦는 수건,
손 씻는 물동이, 휘장; 遮日차일이나 揮帳휘장,

병풍; 화조도 병풍. 돗자리, 방석, 탁자, 초와 촛대, 횃불,
현주병, 술주전자, 표주박, 수저, 접시, 그릇,

기장, 피, 벼, 수수, 大羹의 물고기, 육고기, 醢醬, 脯,
醢, 소채, 과일, 예단, 대추, 밤, 포, 脩 (포). 예단소반,
미나리=사당 알현용.
=考證;士儀 권5 정시편,422쪽=

死則當待服除爲婚이나 若婿死則奈何잇고(退溪)曰曾子問吉日而女死條에 夫死亦如之註에云云하니 見上未論許嫁與否나 然先儒云聖人이不能設法以禁再嫁니此女必無禁嫁之理나況吾東方婦女난 不許再嫁則此女成服往帰엔亦恐難行也니라又問定婚未納采而婚之父母死則奈何잇고(退溪)曰未納采난不可以定婚論이니라問娶婦時에彼家-旣無主婚之人하고 又無同姓强近之親이면 婚書外面에何以書之잇고新婦外祖-主之耶아 抑其母親主之耶아(寒岡)曰遠族中, 亦無同姓耶아 世俗에 無姓親則不免母親主之니라

<<解義>> 昏 禮 納采

반드시 중매로 하여금 왕래하여 말을 통하고, 여자의 집에서 허락하기를 기다린 후에 납채(納采:신랑 집에서 신부 집에 보내는 납채 서신)를 한다.
사마광이 말하기를, "婚姻을 의논하는 데는 먼저 신랑과 신부의 성행과 家法이 어떠한지를 살펴야하지, 구차하게 부귀를 흠모하지 말라.
사위가 진실로 현명하다면 지금은 비록 가난하고 천하다고 해서 어찌 다음에 부하고 귀하게 되지 않겠는가? 진실로 어리석다면 지금은 비록 부하고 넉넉하여도 어찌 다음에 가난하고 천하게 되지 않는다고 알겠는가? 며느리는 가문의 성쇠가 매인 것이다.

부귀를 바라고 장가를 가면, 그녀는 부귀를 믿고 지아비를 가볍게 여기고 시부모를 멸시하는 이가 적지 않다. 교만하고 질투하는 성품을 기르면 후일에 걱정이 되는 것이 어찌 끝이 있겠는가? 가령 며느리의 재산으로 부자가 되고, 며느리의 세력으로 귀하게 된다 해도 장부의 기개가 있는 사람이라면 부끄럼이 없지 않겠는가?

文中子 왈 혼인 하는데 재물을 논하는 것은 오랑캐들이나 하는 짓이다.

<<原文>>
必先使媒氏로往來通言하야竢女氏許之然後에納采니라
司馬溫公曰凡議昏姻에 當先察其婿與婦之性行, 及家法如何오 勿苟慕其富貴니라
婿苟賢矣이면 今雖貧賤이나 安知異時不富貴乎며苟爲不肖면 今雖富盛이나 安知異時不貧賤乎아 婦者난 家之所由盛衰也니 苟慕其一時之富

貴而娶之면 彼挾其富貴하야 鮮有不輕其夫而傲其舅姑하고 養成驕妒之性하니 異日爲患이 庸有極乎며 借使因婦財以致富하며 依婦勢以致貴라도 苟有丈夫之志氣者면 能無愧乎아又曰

文中子曰昏娶而論財난 夷虜之道也라하니夫昏

☞ 編譯者 善光 註: 婚姻의 目的

昏者將合 二姓之好 上以事宗廟而.下以繼後世 故君子重之
혼인하는 자는 姓이 다른 두 가문이 잘 화합하여 혼인을 하고,

위로는 부모와 조상을 잘 받들어 모시고, 아래로는 자녀를 낳아 부모 보다 더 훌륭하게 인재를 양성하여 가문을 일으키고 대를 이어 나가는 것이다.

그런 고로 옛날부터 군자는 혼인례를 중하게 여겼다.
= 禮記 昏儀=

胡安定 : 딸을 시집보낼 때는 반드시 내 집 보다 낳은 집으로 보낸다. 그러면 딸이 시집식구를 섬김에 매사를 조심하고 공경한다. 며느리를 얻음에는 반드시 내집 보다 못한 집을 취하라

정자가 말하기를 사위 감을 고르는 데는 신중하면서 며느리를 얻을 때는 소홀히 한다.

@ 孔子 는 며느리를 얻는데 5 가지 금하는 것이 있다
1. 반역자의 딸 2. 반란 일으킨 집 딸 3. 형벌 받은 집 딸
4. 유전병 있는 집 딸 5. 과부의 장남

☞ 編譯者 善光 註: 三從之道란

禮記 郊特牲에 男子親迎 男先於女 剛柔之義也. 해설에 친영하여 대문에 나와서, 남편이 앞 수레에 타고 앞서서 아내를 인솔하면, 아내는 남편을 따라간다.

부부의 도리가 여기서부터 시작 한다. 부인은 남에게 따르는 자이다,
어려서는 부형에게 좇고, 시집가면 남편을 좇으며, 남편이 죽으면 아들을 따른다.
= 考證 四書五經 8권 李家源, 南晩星, 李民樹 譯 273쪽=

姻者난所以合二姓之好하야以事宗廟,繼後世也어늘今世俗之貪鄙者-先問資裝之厚簿,聘財之多少하고亦有欺紿負約者하니是乃駔儈賣鬻之法이라 豈得謂之士大夫哉아 其舅姑- 旣被欺紿則殘虐其婦하야以攄其忿하나니由是로務厚其資裝하야以悅其舅姑나貨有盡而責無窮이라昏姻之家-往往爲仇讎하니然則議昏에有及於財者난勿與爲昏姻이可也니라

(胡安定)曰嫁女엔必須勝吾家者니勝吾家則女之事人이必欽必戒오 娶婦엔必須不若吾家者니不若吾家則婦之事舅姑에 必執婦道니라0

(程子)曰世人이 多謹於擇壻而忍於擇婦하니 其實은壻易見,婦難知나所係甚重하니豈可忍哉아

(孔子)曰女有五不取하니 逆家子不取오亂家子不取오 世有刑人不取오世有惡疾不取오 喪父長子不取니라 (眞氏)曰父雖喪而母賢則其敎女를必有法이니 又非所拘也니라

(程子)曰凡娶난以配身也니 若娶失節者以配身이면是난己失節也라0
(問) 孤孀貧窮無托者,可再娶否아(程子)曰餓死事난 極小오失節事난極大니라 0

(曲禮)日月以告君하고齋戒以告鬼神하고爲酒食以召鄕黨僚友난以厚

☞ 編譯者 善光 註; 昏參中 旦尾中 :
昏은 어두운 밤이고, 參은 별이름이다. 中은 남방의 중앙에 있다는 말. 즉 초저녁에 參星이 남쪽 하늘의 중앙에 있다. 旦은 아침. 尾는 별이름이니 이른 아침에 尾星이 남쪽 하늘의 중앙에 있다는 말. =禮記6권 月令 昏參中, 旦尾中 篇 =
昏時= 日入後 漏三刻 爲昏 = 해가 지고 45분이면 昏時.
旦 = 日出前 漏三脚爲明= 해뜨기전 45분이 면 旦

昏 禮 四禮 卷 2 昏 3쪽

<<解義>>신랑 집에서 신부 집에 채택된 편지를 드리는 예이다.
혼례에는 육예가 있는데 다섯 가지 예에는 기러기를 쓰고 납징 때에는 쓰지 않는다. 가례에서 생략한 것은 간소화하기 위해서이다.

<<解義>> 주인(主人)이 편지를 쓴다.
주인은 즉 주혼자이다. 편지는 전지(牋紙)를 쓰고 세속의 예와 같이 한다. 만약 종손이 아니면 그 아버지가 편지를 써서 종자에게 고한다.
서식 = 함에 담고 보에 싸서 보낸다.
* * 고을 * ** 는 ** 고을 ** 벼슬 집사에게 아뢰니다.
엎드려 높이 사랑을 입사와 저희의 한미함을 낮춰보지 않으시고 중매자의 의론함을 좇아 따님을 저의 아들 * * 의 아내로 허락하시어 이에 선인의 예에 따라 삼가 사람을 시켜 납채를 하오니 엎드려 바라건대 어른께서는 살펴주시기 바랍니다.
이만 더 사뢰지 못합니다.
**년 **월 **일 ** 고을 * ** 사뢰니다.

☞ 編譯者 善光 註; = 납채에 納 ?
납채에 納자를쓰는 것은 여자 집에서 받아들이지 않을까 두려워서 納이라고 쓴다. 납길.납징 등
= 考證 사계전서 26권 가례집람 혼 17쪽 = =

其別也오取妻에 不取同姓故로 買妾에 不知其姓이면 卜之니라
(尤庵)曰貫異而姓同者-東俗에 不嫌通婚은 得罪禮法이 深矣라 今朝家新行禁令하니 朝家以禮法導民而民乃不從이 可乎이

<<原文>> 納采
[新增](士冠禮註)曰納其采擇之禮昏禮有六에 五禮엔用鴈하고 唯納徵엔 不用鴈而家禮畧之난 從簡省也니라

<<原文>>
主人이 具書엔
主人이 卽主昏者니 書用牋紙난 如世俗之禮0若族人之子則其父具書하야 告于宗子라[諸具]{納采}[牋紙]盛以凾袱具下同[書式]{儀節}某郡姓某白某郡某官執事,
伏承
尊慈, 不鄙寒微, 曲從媒議, 許以 令愛, 姑姊妹姪女孫女에隨所稱貺室僕之 非宗子之子則此下當添某親某之四字男某 若宗子自昏而族人之長이主之則改男爲某親 玆有先人之禮,謹專人納采,伏惟尊慈俯賜鑑念不宣某年某月某日某郡姓某白
[皮封式]{新補}上狀
某郡某官執事某郡姓某謹封[告宗子書]{增補}措辭난隨宜하되告以某日納采,仍請爲主라

<<解義>> 새벽에 일어나 사당에 고한다.
관례에 고하는 의식과 같이 하고 소반에 서식을 담아 향안위에 놓는다. 종자 자신이 혼인할 때는 본인이 고 한다.
어머니가 돌아가셨으면 부위에 있어도 고한다.
다만 "' 아무개의 아들 아무개'나 '아무개의 아무개 친족의 아들 아무개'는 나이가 이미 장성하였는데 아직 짝이 없습니다. 모관(某貫) 모군에 사는 아무개의 딸을 며느리로 맞아들이기로 의논하였습니다. 오늘 납채를 하오니 감격함을 이기지 못하겠습니다."라고 하고 "삼가‥"이후는 같다.
만약 종자 자신이 혼인을 하면 자신이 고한다.

☞ 編譯者 善光 註; 七去之惡
1. 不順父母爲其逆德也
2. 無子爲其絶世也
3. 淫爲其亂族也
4. 妬爲其亂家也
5. 有惡疾爲其不可與共供粢盛也
6. 多言爲其亂親也
7. 竊盜爲其反義也
三不去
1. 無所歸 2. 三年居喪 3. 先貧後富貴
=小學 권2 明倫 제2 內編 8章 =

☞ 婚禮不用樂 : 혼례시에는 음악을 행하지 않는다.
郊特牲 昏禮不用樂, 幽陰之儀也, 樂陽氣也
=常變通攷권6혼례=

<<解義>>자제로 하여금 사자(使者)를 삼아서 여자 집에 가게 한다. 여자집안의 주인이 나와서 사자를 맞는다.
사자는 성복을 하고 여자 집에 간다. (대문밖 서쪽에 장소를 마련하였으면 들어가서 기다린다)= 중매자가 먼저 들어가 고한다. 여자 집도 宗子가 주인이 된다. 집사자는 안마당에 탁자를 설치한다. 주인이 賓服으로 성복을 하고 대문 동 쪽으로 나오면 사자는 대기소에서 나와서 대문 서쪽에서 동향하여 서로 읍하면서 들어온다, 從者(함부)도 따라 들어가 납채함을 탁자위에 놓는다. 주인과 사자는 계단에 이르면 먼저 오르기를 3번 사양하고 주인은 동쪽 층계로 올라가 서향하고 손님은 서쪽 층계로 올라가서 동향 하여선다.
사자가 말하기를, "그대는 0 00 에게 은혜롭게 아내를 내려주시었

<<原文>>
夙興하야奉以告祠堂如告冠儀라 以盤盛書, 置香案上0若宗子自昏則自告니라
[諸具]{告祠堂}同下祭禮有事則告條
[告辭式]若昏者之母已歿이면雖在祔位라도 亦當有告니下同하니라

維
年號,幾年,歲次干支,幾月干支朔,幾日干支,孝玄孫繼曾祖以下之宗은隨屬稱某官某,敢昭告于
顯高祖考某官府君
顯高祖妣某封某氏 曾祖考妣,至考妣,列書하고祔位난不書0非宗子之子則只告昏者祖先之位某之非宗子之子則此下에當添某親某之四字 子某,若宗子自昏則去<之子某>三字年已長成,未有伉儷再娶則去<年已以下八字>已議再娶則此下當添<再>字娶某官某郡姓名之女,今日納采不勝感愴,謹以酒果,用伸虔告謹告

<<原文>>乃使子弟爲使子하야如女氏어든女氏主人이出見使者니라
使者-盛服如往也女氏하면先設次于大門外之西하고入竢于次니라
(儀節)(媒氏,先入告)女氏-亦宗子爲主하되執事者,設卓于中庭主人이盛服 (士昏禮)如賓服出 使者亦出次東向入見使者어든(士昏禮)迎于門外, 揖入從者執書函隨置於卓上至階三讓하고主人

습니다. 0 00의 00친 0 0관은 선인(先人)의 예에 따라 아무개를 시켜서 하여금 납채를 청합니다."라고 하면 從者(함부)가 납채서를 사자에게 준다.

사자가 편지를 받아서 주인에게 주면 주인은 대답하기를, "아무개의 딸 이 어리석고 또 가르치지도 못 하였습니다 (만약 주인의 고모나 누님이면, "어리석고 또 가르치지 못하였습니다."라고 하지 않고) 그대가 명하시니 아무개가 감히 사양할 수 없습니다."라고 하고, 받고 조계 상에 가서 집사자에게 주고 北向을 하여 두 번 절을 한다. 사자는 피하고 답배를 하지 않는다.
사자는 물러나기를 청하고 대기소로 나와서 명을 기다린다. 종자의 딸이 아닌 경우에는 그 아버지가 혼주의 우측에서고 높으면 조금 앞에서고 낮으면 조금 뒤로 선다.

☞ 編譯者 善光 註;
주인이 납채서를 받고 北向하여 再拜하는 것은 壻의 父의 命을 恭敬하는 뜻.
@函과기러기는 붉은 보자기로 싼다. 士儀권5男씨婚具

昏 禮 <<解義>> 편지를 가지고 사당에 고한다.
신랑 집에서 한 것과 같이 하고 신랑 집에서 온 납채서를 소반에 담아 향안 상위에 놓는다.
신부의 어머니가 이미 죽었으면 부위에 있다 해도 고해야 한다.

다만 "'아무개의 몇 째 딸' 또는 '아무개의 친족 아무개의 몇 째 딸'이 장성하여 이미 '모관 모군 아무개의 아들에게 시집보내기로 하였습니다.

오늘 납채를 하니 감격을 이기지 못하겠습니다."라고 하고

'삼가……'이후는 같다.

<<解義>>
나와서 답장을 써서 사자에게 주고 대접을 한다.
주인은 나와서 사자를 인도하여 당에 올라가서 답장을 준다. 사자는 받고 물러가기를 청한다. 주인은 손님을 대접하기를 청하고. 이에 술과 음식으로 사자를 대접한다.
사자는 이때 비로소 주인과 서로 절하고 읍하고, 평일의 빈객

升阼階 西面,賓升西階東面이라使者置辭曰吾子-有惠,貺室某也일새壻名某壻名之某親某官이有先人之禮하야使某使命請納采하더이다從者-以書進하거든使者-以書授(士昏禮)搜于楹間南面主人하면主人이對曰某之子若妹姪孫惷愚하고 又弗能敎어늘若許嫁者-於主人에爲姑姉則不云惷愚又不能敎吾子命之하시니某不敢辭하노이다(儀節)受亦南而受以授執事者就阼階上授北向再拜하면使者-避(儀節)避席屛立不答拜하고使者請退竣命出就次니라非宗子之女則其父-位於主人之右하되尊則少進하고卑則少退니라
[諸具]{使者如女氏}[使者][從者]壻家僕隷之屬[媒氏][執事者]女氏子弟或隷之屬[幕]用以爲使者次者席]用以爲舖陳者[卓][盛服]使者及女氏主人所服이니見下除禮朔參條

<<原文>>遂奉書하야 以告于祠堂이니라
如壻家之儀니라(儀節)以盤盛壻家書하야置香案上이니라[諸具]{告祠堂}同下祭禮有事則告條[告辭式]若嫁者之母,己歿이면雖在祔位라도亦當有告니下同하니라 維年號幾年, 歲次干支,幾月干支朔,幾日干支,孝玄孫屬稱隨改見上告式某,敢昭告于
顯高祖考某官府君
顯高祖妣某封某氏,列書,見上告式0非宗子之女則只告昏者祖先之位某之非宗子之女則此下當添某親某之四字第幾女,年漸長成,己許嫁某官某郡姓名之子,今日納寀,不勝感愴,謹以酒果,用伸虔告謹告
<<原文>>出,以復書授使者하고 遂禮之니라
主人이 出延使者升堂하야(儀節)(執事者以書進主人)授以復書어든

(賓客)의 예와 같이 한다. 그 시 시종에게도 다른 방에서 대접하고 모두에게 폐백을 주어 보낸다. 손님들이 감사하여 재배하면 주인은 답배하고 손님을 대문 밖까지 전송하며 공수하고 말에 오를 때 까지 기다린다.

☞ 編譯者 善光 註;= 목걸이를 누가 매어 주는가 ?
女子 許嫁纓 非有大故 不入其門= 예기 曲禮上=
여자가 혼인을 정하면 목걸이를 하여주고 (너는 이제 XX가문의 며느리가 될 매인 몸이라는 뜻) 큰일이 아니면 아버지나 오빠가 그 방을 들어가지 않는다. @ 女子子 =딸, 男子子는 아들.

☞ 編譯者 善光 註; 사주 싸는 방법

① 사주단자는 길이 1자 3치(40cm), 너비 9치 2푼(28cm) 정도의 백지를 다섯 칸으로 접어 그 한가운데에 육십갑자에 따른 간지 즉, 생년월일과 출생시간을 쓴다.

② 흰 봉투에 넣은 다음 위를 풀로 봉하지 않고 뚜껑을 접는다.

③ 사주봉투는 봉투 길이보다 아래 위로 각각 1cm정도 길게 잘라 그 중앙을 쪼갠 싸리가지 사이에 끼우고 청실, 홍실의 둥근 타래실로 위쪽으로부터 매듭지지 않게 옭아 묶는다.

④ 이것을 사주보에 싼 뒤 '근봉'이라 쓴 띠를 두른다.

= 예절교육 김 정 편저 126 쪽에서 =

<<解義>> 사자가 돌아와서 아뢰면 남자 집의 주인이 다시 사당에 고한다.

축은 사용하지 않는다. 쟁반에 답장을 담아 향안 위에 놓는다.

☞ 編譯者 善光 註; 담폐자: 함진아비 인데 머슴이나 노비가 한다. 입자: 갓. 폐백: 적으면 2 끝 많으면 10끝을 색실로 양끝을 묶는다. 함: 둘인데 하나는 폐백함이고 하나는 납폐서 함. 보 :보자기

<<解義>> = 納 幣 _사례 권 2 혼 9쪽

폐백은 현(靑緞)과 훈 (紅緞)색 비단을 사용한다. 빈부에 따라서 적당하게 한다, 편지를 써서 사자를 신부 집에 보낸다.
신부 집에서는 납폐서를 받고, 답장을 하고, 손님을 대접하고 사자가 돌아와서 고 하는 것이 모두 납채와 같이한다.

使者-受之 (儀節)(以授從者)請退하면主人이 請禮賓이어든使者- (士昏禮)禮辭許至是하야 始與主人交拜揖, 如常日賓客之禮하고就坐乃以酒饌으로 禮使者하고 其從者도 亦禮之別室하고皆酬以幣니라(儀節) 賓이謝再拜에主人答拜하고 送賓之大門外하야揖拱竢賓上馬니라[諸具]{復書授使者}[牋紙][席]用以爲主人及使者席者[卓]用以陳注盞者[酒][饌]多少隨宜[幣]隨宜[盤]用以捧幣者[復書式]{儀節}

某郡姓某白

某郡某官執事, 伏承尊慈,不棄寒陋,過聽媒氏之言,擇僕之 改措語見上告式第幾女,作配令似 或令某親之子 弱息惷愚,又不能敎,姑姊妹則去弱息以下八字既辱采擇,敢不拜從,伏惟尊慈特賜鑑念不宣某年某月某日某郡姓某白

[皮封式] 同前式

<<原文>>使者復命하면壻氏主人이復以告于祠堂이니라不用祝하고(儀節)以盤으로盛所復書하야置香案이라[諸具]{告祠堂}同下祭禮有事則告條[告辭式]{儀節}主人自告某之子某,改措語난見上壻家告式聘某官某郡, 姓某之第幾女,今日納采,禮畢敢告,말로써고한다某之子某,聘某官某郡,姓某之第幾女,今日納采,禮畢敢告,

納 幣

<<原文>>幣用色繒이오(士昏禮)玄纁貧富난 隨宜니라
具書하야遣使如女氏하

예를 납채와 같이 한다. 다만 사당에 고하지는 않는다. 사자가 인사하는 말에 납채를 납폐로 고친다. 종자가 편지와 폐백을 내놓으면 사자는 편지를 주인에게 준다. 주인이 대답하기를, "그대가 선조의 법을 따라서 0 0 0에게 정중한 예를 주시니 0 0 0는 감히 사양을 못하겠습니다. 감히 명을 따르지 않겠습니까?" 라고 하고, 납폐서를 집사자에게 주고 폐백을 받는다. 집사자가 편지와 폐백을 들고 들어간다. 주인이 두 번 절을 하면 사자는 피하였다가 다시 나가서 회답하여 줄 것을 청한다. 주인은 답장을 준다. 나머지는 납채와 같이한다.
나머지는 납채 때 사자가 신부 집에 가고 신부 집에서 답서를 사자에게 주는 것과 같다.
여자 집에서는 편지를 받고 답장을 하고 손님을 대접한다. 사자는 돌아와서 고한다. 모두 납채의 의식과 같다. 사자는 인사하기를, "그대가 명한 바 있어 아무개가 이미 명을 받들었더니 아무개로 하여금 길일을 청하라 하였습니다."라고 한다. 주인이 말하기를, "아무개는 아무개에게 그대의 명을 따르라고 하였습니다."라고 한다. 주인이 말하기를 "아무개가 그대의 명을 받고자 하나 허락치 않으니 아무개가 감히 고하지 않을 수 있습니까?" 라고 하고, "某日"이라고 한다. 주인이 말하기를, "아무개가 감히 기다리지 않을 수 있습니까?"라고 하고 나머지는 모두 같다.

<<解義>>

00 고을 000는 00 고을 00벼슬 존친 집사에게 아뢰나이다. 경사스러운 명을 내리셔서 댁의 따님을 저의 아들 0 0의 아내로 허락하심으로 이에 옛 어른의 예에 따라 삼가 사람을 시켜 납폐의 예를 행하오니 엎드려 바라건대 특별히 살펴 주시옵소서 이만 줄입니다. 년 월 일
변변치 못한
성 0 0 재배하나이다.

年 月 日

<<解義>> {新增俗禮書式] 昏 禮

0 0본관 후손 0 0 0 는 재배합니다
때는 초봄(음력 정월)이옵니다.
귀하에게 만복이 깃들기를 기원합니다.

저의 몇째 아들(몇째 손자) 0 0이가 이미 나이 들고 장성하였으나 짝이 없더니 엎드려 높은 사랑을 입사와 따님(손녀)을 아내로 허락 해주셨습니다.

면受書하야復書禮賓하고使者復命을並同納采之儀니라
禮如納采하되但不告廟하고 使者致辭에辭同納采改采納幣從者-以書幣進이어든 置書幣于卓上又擧帶置兩楹間 使者-以書授主人이면主人對曰吾子-順先典하야 貺某重禮하니某不敢辭라敢不承命이리오乃授書執事者受幣하고擧書幣入 主人이再拜어든使者避之하고復進請命이면 主人이授以復書하나니 餘並同하니라
[諸具]{納幣}[擔幣者]俗에吏僕爲之하되用(笠子)珠纓,團領,帶靴하야 爲其盛服[幣]{家禮本註}少不過兩이오多不踰十俗用色絲하야每段에各束兩端 [函]二一盛幣一盛書[袱]隨函各具 餘並同上,使者如女氏復書授使者條

<<原文>>[書式]
{儀節}
忝親某郡姓某白
某郡某官尊親執事,伏承
嘉命許以 令女貺室,僕之子某,改措語난幷見上納寀書式玆有先人之禮,
敬遣使者,行納幣禮,伏惟尊慈特賜 鑑念不宣某年某月某日忝親姓某再拜[皮封式]{新補}上狀
某郡某官尊親執事
忝親姓某 謹封

<<原文>>
新增俗禮書式
某貫后人姓名拜
時維孟春 隋時
尊體百福,僕之第幾子,以祖主昏則云第幾孫,以兄主昏則云第幾弟某,年旣長成,
未有伉儷,伏蒙尊慈許以令愛,孫女則云令孫女姪女則云令姪女貺室,玆有

이에 옛 어른들의 예로 삼가 납폐의식을 행하옵니다. 갖추지 못하고 이만 줄이오니 엎드려 바라건대 높이 살펴 주십시오.. 삼가 절하고 글을 올립니다.
0 0 년 00 월 00 일

☞ 編譯者 善光 註; 玄=6, 纁 4,=合하여 10緞
雜記 納幣一束 束五兩, 兩五尋, 註兩者 合其卷,玄三 纁二 爲五兩,
陽奇 陰偶也
잡기에 납폐 1속은 5량이며 1량은 5심이다. 양자(현훈)합하여 1권인데 현(玄)은三, 훈(纁)은 二는 陽은 기수이고, 陰은 우수이다. 故로 陽은 玄(청단) 男子 이고 陰은 纁 (홍단) 女子이다.

先人之禮,謹行納幣之儀,不備伏惟 尊照 謹拜
上狀年月日[皮封式]上狀某官執事謹封上着啣
함新增俗禮再三聚書式
某貫後人姓名拜伏承
嘉名許以令愛,改措語見貺室于僕之第幾子改措語見上 某, 玆有先人之禮,謹行納幣之儀,不備伏惟 尊照 謹拜上狀
年月 日

<<解義>>복서식: 답장쓰는 양식
0 0 고을 0 0벼슬 0 0 0는 0 0 고을 0 0벼슬 존친 집사에게 아룁니다. 훌륭하신 명을 받자와 한미한 집안에 배필을 주시니 생각해보건대 저의 어린 딸자식은 교훈이 없어서 감당하지 못할까 ? 매우 걱정이 됩니다.
이에 또한 옛 어른의 법도에 따라 소중한 예물을 받았습니다. 이미 사양할 수도 없으니 감히 거듭 절을 올릴 수밖에 없습니다. 엎드려 높으신 살핌 바라옵니다. 이만 줄입니다. 00년 00월 00일 첨친 0 00재배

[復書式] 儀節
忝親某郡姓某白 某郡某官尊親執事,伏承
嘉命,委禽寒宗,顧惟弱息,敎訓無素,切恐弗堪,姑姊妹則去顧惟以下十二字 玆又蒙順先典, 貺以重禮,辭既不獲,敢不重拜,伏惟尊慈特賜 鑑念不宣 某年某月某日
忝親姓某再拜
[皮封式] 同前式

친영(親迎) 사례권 2 혼 11쪽 昏 禮

<<解義>> **하루 전에 여자 집에서는 사람을 시켜 사위를 맞을 방을 정돈한다.**

정돈할 물건은 방석과 요, 휘장 같은 필요한 물건들이다. 그 의복은 상자에 넣어두고 늘어놓을 필요는 없다.

주자(朱子)가 말하기를, “친영의 예는 가까우면 집에서 하고 멀면 여관에서 한다.

☞ 編譯者 善光 註; =回婚禮=考證: 常變通攷 卷6, 回婚禮
南溪曰, 回昏之禮徧考禮書 終無此文,想古無此禮而然也, 今不免從俗行之則, 似當略倣昏禮,設同牢床, 東西對坐,
傳杯之儀而已. 若拜跪諸節,恐不必一一遵行, 以損安老之大致也,
擧樂一款, 既非初婚,不必廢却 .

親 迎

<<原文>>前期一日에女氏使人으로張陳其壻之室이라
所張陳者난但氈褥帷幕,應用之物이오其衣服은鎖之篋笥에不必陳也니라
(朱子)曰親迎에近則迎於其國이니라(儀節)作家,遠則迎於其館이니라
[諸具]{陳壻室}[氈]則(地衣),(登每)之類니用以舖陳者[褥]二,則寢褥[席]二,,則寢席[衾]二,[枕]二, 以上壻婦寢具[帷]則寢帳0或屛[幕]則帟幕[衣服]多少隨宜[篋笥]並鑰具

<<解義>> **날이 밝기 전에 신랑 집에서는 방 가운데에 자리를 마련한다.**

의자와 탁자를 두 개씩 준비하여 신랑은 동쪽 산부는 서쪽에서 서로 마주보게 놓는다.

소채와 과일·쟁반·잔·수저 등을 빈객(賓客)을 맞는 예와 같이 한다. 술병은 동쪽자리 뒤에 놓고, 또 합근(合巹:혼례 때 신랑 신부가 마시는 표주박 술잔) 하나씩을 그 남쪽에 놓고, 남쪽과 북쪽에 손 씻을 대야와 물동이와 물 뜨는 [勺]二용작을 방 양쪽 구석에 놓는다. 또 수건은 대야 뒤에 놓는다. 술병과 잔, 주전자는 방 밖에 놓는다. 혹은 별실에서 종자(從者)들이 마시게 차린다.

돗자리, 방석 2, 교배석, 탁자, 촛대2, 과소,주병, 주전자,
잔반 2, 근배 1쌍 , 시접, 세수대야 2, 작 2, 수건 2 ,

<<原文>>
厥明에壻家設位于室中이니라
設椅卓兩位,東西壻東婦西相向하고蔬果,盞盤,匕筋난如賓客之禮하고酒壺난在東位之後하고(士昏禮)有禁,　玄酒在西又以卓,置合巹於其南하고　又南北에　設盥盆勺於室東隅하고　帨巾在盥北　又設酒壺盞注　(士昏禮)無玄酒　於室外,或別室하야　以飮從者니라
[諸具]　{壻家設位}[席]則(地衣)

[椅]二　則(坐交椅니)俗用方席　[交拜席]設於卓南　[卓]三二設同牢饌하고一置巹栝　[燭臺]二俗用紅燭0又甬紅羅炷　[果蔬]並二分　[酒瓶](玄酒瓶)　[禁]則架니甬以安瓶者[酒注][盞盤]用以爲初斟再斟者[巹栝]用伊爲第三斟者니俗或承以小盤0(家禮)(本註)以小匏一로判而兩之[匕筯楪]二[盥盆]二有臺니壻及婦所盥[勺]二[帨巾]二有架[酒瓶][盞盤]並飮從者之具

☞ 編譯者 善光 註; 혼례상의 찬품 9가지.

1. 米食=기장(黍), 피(稷), 벼(稻), 수수(粱), 조(粟)등의 알곡을 가지고 만든 밥이나 떡2, 1 그릇.

1-1. 麵食=곡물 가루로 만든 油餠, 호떡(胡餠), 증편(蒸餠)등의 음식. 위의 두 가지를 한 그릇에 놓는다.

2. 생선(魚) 14마리.
3. 대갱 한가지.
4. 물고기 1가지. 붕어(鮒)
5, 육고기 1가지, 소고기.
6. 마른고기 1가지. 토끼포.
7. 혜장 1가지. 초를 장에 탄 것.
8. 저해 2가지. 菹醢
9. 실과 네그릇에 한 품목을 둔다. =考證 士儀 권5 정시편 찬품=

<<解義>> 昏 禮

여자 집에서는 밖에다 (사위가) 머무를 역막(帟幕)을 설치한다. @[炬]俗說於門外=청홍등

<<原文>>女家-設次于外니라以帟幕,設於大門外之西라[諸具]{女家設次}[帟幕][席]並用以爲壻次者[炬]俗說於門外

<<解義>>**초저녁에 신랑은-성복(盛服)을 한다.** 命服 =官服

정자가 말하기를 예서에 초저녁이라 하였으나 양가의 거리가 멀고 가까움에 따라 한다.

<<原文>>初昏에壻盛服하고(大全)用命服이라
(程子)曰禮雖曰初昏이나然,　當量居之遠近이

<<解義>> **주인이 사당에 고 한다** = 독축 후 제자리로 가고 신랑은 양 계단 사이에서 절을 한다.
납채의 의식과 같고 축문도 같다.
다만 "'아무개의 아들' 또는 '아무개 친족의 아들 아무개'는 오늘 ○○관 ○○씨( )를 친영하려 함에 감격을 이기지 못하겠습니다."라고 하고, '삼가……'이후는 같다.

☞ 編譯者 善光 註 ; 封采餠=봉치떡

1. 찹쌀 3되(天地人)을 의미하며 차진 것 처럼 夫婦 琴瑟 和合.
2. 팥 1되(붉은 고물) 避禍(화를 피한다)의 뜻.
3. 떡 두켜(陰陽) 夫婦 한 쌍의 뜻.
4. 밤 1개를 중앙에 놓고, 대추 7개를 둥글게(자녀출산, 자손번창 기원) 놓았다가 신랑, 신부에게만 먹인다.
5. 外部로 내보내면 福 달아난다.
6. 칼로 짜르지 않고 손으로 찌저서 먹는다.

= 신랑, 신부를 위한 배달민족의 설화 =

四禮 卷 2 昏 13쪽

<<解義>>**초자례(醮子禮)를 하고 아내 데려오기를 명한다.** =사례 권 2 혼 13쪽

먼저 당위의 동북쪽에다 탁자위에 술 주전자와 쟁반과 술잔을 놓는다. 주인은 성복을 하고 당(堂)의 동쪽 에서 서향 하여 앉는다. 서북쪽에 남향하여 신랑의 자리를 놓는다. 신랑은 서쪽 계단으로 올라와 자리의 서쪽에서 남향하여 선다.

찬자는 잔에 술을 따라서 신랑의 자리 앞으로 간다.
신랑은 두 번 절하고 자리로 올라와서 남향하여 술잔을 받고 꿇어 앉아 쵀주(고수례)한다.

일어나서 자리 끝으로 가서 무릎을 꿇고 술을 마신다. 일어나 자리 서쪽으로 내려와서 잔을 찬자에게 준다. 또 재배하고 아버지의 자리 앞으로 가서 동향하여 무릎을 꿇는다.

아버지가 명하기를, "가서 너의 아내를 맞이하여 우리 종사(宗事)를 잇되 공경으로 통솔 할 것이며 상도가 있으라."라고 한다.(만약 종손이 아니면 사실에서 초례하고 우리 집 가사를 이으라고

니라[諸具]{壻盛服}[紗帽][團領品帶][黑靴]並 國俗用此

<<原文>>
主人이告于祠堂하고 如納采儀니 (儀節)讀祝畢復位하고壻立兩階間拜니라[諸具]{告祠堂}同下,祭禮有事則告條

[告辭式]
維
年號幾年,歲次干支,幾月干支朔,幾日干支,孝玄孫,屬稱隨改난見上納采告式某官,某敢昭告于
顯高祖考某官府君
顯高祖妣某封某氏列書及改措語난見上納采告式 某之子某 改措語는見上納采告式將以今日,親迎于某官某郡某氏,不勝感愴,謹以酒果,用伸虔告謹告

<<原文>>
遂醮其子而命之迎이라
先以卓,設酒注,盞盤於堂上하고東序少北 主人盛服하고坐於堂之東序西向하고設壻席於其西北,南向하고壻升自西階하야 立於席西南向하고贊者-(儀節)擇子弟之習禮者爲之取盞斟酒,執之詣壻席前이어든壻-再拜하고升席南向,受盞跪하야祭酒하고
興,就席末,跪,啐酒하고興,降席西하야授贊者盞하고 又再拜,進詣父坐前東向跪어든
父-命之曰往迎爾相하야承我宗事하되 勉帥以敬하고若則有常하라 非宗子之子則其父醮于私

한다.)
신랑은 대답하기를, "예. 오직 감당하지 못할까 두렵습니다만 명하신 말씀을 잊지 않도록 하겠습니다."하고 엎드렸다가 일어나서 두 번 절하고 나간다.
▽만약 종손자신이 혼인을 하면 이 예식은 쓰지 않는다.

<<解義>> **신랑이 말을 타고 나간다.**
촛불로 앞에서 인도한다. 사 혼례에는 일꾼이 횃불을 들고 간다고 했다.
한사람이 기러가를 들고 앞서 간다.

산 기러기를 비단 보자기로 싸서 안부가 들고 가는데 없으면 나무로 깎아서 쓴다.

초롱은 4개 아니면 2개
정자曰 지금 말하는 초는 횃부를 말한다.

<<解義>>昏 禮 **여자 집에 이르면 여막에서 기다린다.**
신랑은 대문 밖에서 말에서 내려 여막에 들어가서 기다린다.

<<解義>> **여자집 주인은 사당에 고한다.**
납채의 의식과 같고 축판도 같다. 다만 "'아무개의 몇 째 딸' 또는 '아무개의 친족 아무개의 몇 째 딸'이 오늘 ○○관 ○○군 아무개에게로 시집을 갑니다. 이루 감격을 이기지 못하겠습니다."라고 하고, "삼가…"이후는 같다.

☞編譯者 善光 註;

陽禮 = 鄕飮酒禮= 讓步를 敎育 = 故로 鬪爭이 없다.
陰禮 = 婚姻禮 = 親함을 교육 = 故로 離別이 없다.
考證 : 周禮- 地官- 司徒

室하고 改宗事爲家事
壻曰諾다 惟恐不堪이어니와不敢忘命호리이다
俛伏興,(儀節)再拜出이니라
若宗子自昏則不用此禮니라 {諸具]{醮子}[贊者][席]用以爲醮席者
[卓][酒注][盞盤]並用以醮子者
[盛服]見下祭禮朔參條

<<原文>>壻出乘馬하야 以燭前導라
{士昏禮註}에徒役이持炬,居前照道俗用一人은執鴈前行이라
[諸具]{壻乘馬}[執鴈者]則上,納幣條儈幣者[生鴈]壻執以爲贄者{家禮本註}以生色繒으로交絡之하고無則刻木爲之[袱]用以裏鴈者[馬]鞍具
[燭籠]四或二
{程子}曰今用燭 [炬]
<<原文>>至女家하야竢于次어든壻-下馬于大門外하야入竢于次니라
<<原文>>女家主人이告于祠堂하고
(儀節)其儀-如壻家라
[諸具]告祠堂同下祭禮有事則古條 [告辭式]維年號幾年,歲次干支,幾月干支朔,幾日干支,孝玄孫屬稱隨改난見上納采告式某官某,敢昭告于
顯高祖考某官府君
顯高祖妣某封某氏列書及改措語난見上納采告式某之改措語난見上 納采告式 第幾女,將以今日,歸于某官某郡姓名,(尤庵)曰恐脫之子二字不勝感愴,謹以酒果,用伸虔告謹告

(醮女禮) 四禮 卷 2 昏 15쪽

<<解義>>드디어 그 딸을 초례하고 명한다.

신부는 복장과 장식을 꾸미고 수모가 도와서 방 밖에서 남향을 하고 선다.

아버지는 동쪽에서 서향하여 앉고, 어머니는 서쪽에서 동향하여 앉는다. 어머니의 동북쪽에 남향하여 신부의 자리를 차린다.

찬자는 초례를 술로 하는데, 신랑이 한 것과 같이 한다. 수모는 신부를 인도하여 어머니의 왼쪽으로 간다.

아버지는 일어나서 명하기를, "공경하고 경계하여 밤낮으로 시부모의 명을 어기지 말라."라고 한다.

어머니가 서쪽 계단까지 전송하고, 족두리를 바로 잡아주고 대자를 여며 주며 명하기를, "부지런히 힘쓰고 공경하여 아침과 저녁으로 너의 규문(閨門)의 예를 어기지 말라."라고 한다.

여러 큰어머니와 여러 고모·자매가 중문까지 바래 다 주고, 옷을 바로 해주며,

부모님의 명을 거듭 환기시키면서 말하기를 아침과 저녁으로 허물이 없게 하라."라고 한다.

종손의 딸이 아니면 종자가 사당에 고하고 그 아버지가 사실에서 초례를 의식대로 한다.

살피어 보매 옛날의 혼인에는 염의를 입었는데 검은 옷에 붉은 단을 쓰는 것이 이치에 옳거늘 요즈음 풍속에는 붉은 장삼을 쓰는 것이 마땅하지 않은 것 같다.

예를 주장하는 집은 염의를 쓰는 것이 당연하니 고례로 돌아가게 해야 할 것이다.

수모는 곧 여스승이나 유모와 같다.

염의는 검은 색으로 저고리와 치마가 연이어져 있으며 비

<<原文>>遂醮其女而命之라女-盛飾하고 (士昏禮)純衣纁袡姆-相之하야立於室南向하고 父坐東序西向하고母坐西序東向하고設女席於母之東北南向하고
贊者-(儀節)擇侍女爲之醮以酒如壻禮하고姆導女出漁母左어든

父-起命之曰敬之戒之하야夙夜無違舅姑之命하라 母- 送至西階上하며爲之整冠斂피하고命之曰勉之敬之하야夙夜無違爾閨門之禮하라

諸母姑嫂姉- 送之于中門之內하며爲之整裙衫하고申以

父母之命曰謹聽爾父母之言하야夙夜無愆하라非宗子之女則其父- 醮於私室이니라
(語類)問出門之戒를若只以古語告之면彼將何謂오朱子曰只以今之俗語告之하야使易曉, 乃佳니라
(按)古者에昏用袡衣,玄衣而纁緣이義有所取어늘今俗用紅長衫이甚無謂니
好禮之家-當製用袡衣하야以爲變俗復古之漸矣니라[諸具]{醮女}
[姆]卽女師니若今乳母라以背子長衣之類로爲其盛服하되用玄色이라
[贊者席]用以爲醮席者
[冠]見上冠禮笄陳服條0尤菴曰註有整冠斂帔之文하니당用冠이라
[袡衣]色玄,連衣裳不異

단으로 만들며 흰 단을 안으로 바치고 붉은 색으로 단을 친다.

소매 길이는 두 자 두 치이며 소매 부리는 한 자 두 치이니 이름을 순의라고도 한다.

대는 비단으로 하니 폭이 두 자 정도이고 남자의 띠와 같다.
피는 물들인 합사천으로 한 것이며 맞 고름과 소매가 없고 옆이 벌려 있고 길이는 치마와 같으며 단이 있어서 대자와 같은 것이니 부인이 옷 위에 입는 것이다.
군은 곧 치마이니 적삼아래 입는 것이다.
삼자는 웃옷에 달린 것이니 계례항목에 참조하라.
탁은 주전자와 잔을 진설하는 것이다.

☞ 編譯者 善光 註; 新婦服色=
士婚禮 純衣 衣=玄. 裳=纁=士儀권5 嫁時盛服
席= 地衣= 돗자리.
[椅]二 則(坐交椅니)俗用方席= 방석(方席)
燭臺=청홍초 2개.
[交拜席]設於卓南= 근배상의 남쪽에 설치.
[勺]二 =물뜨는 용작 2개

@ 신랑과신부가 교배례 때에 앉아서 주거니 받거니 절을 한다.
考證
1. 조선시대 관혼상제:한국정신문화 연구원 혼례편 교배례 160쪽.
2. 관혼상제 ; 을유문고 이민수 편역 혼례 교배례.
3. 홀기집 옥천 문화원 관성 동호회장 한은섭:
(강화지방의 혼례홀기& 춘천지방 혼례홀기)

☞ 編譯者 善光 註; **함싸기**
① 혼수함 바닥에 깨끗한 종이를 깔고,
② 오낭을 넣는데 준비 방법은 각 지역에 따라 다르다.
단 오방색 주머니에 노랑콩, 붉은팥, 붉은 고추를 7~9개씩 넣고 향, 목화씨(목화송이) 또는 차씨를 넣기도 하는데 지역에 따라 다르다.
③ 패물 釵(비녀) 또는 팔찌를 넣는다.
④ 홍단을 청색 종이에 싸서 홍색 비단실로 동심결을 매어 넣

色이오用綾綺之屬爲之하고以素紗爲裏하고以纁,緣衣下하고袂長二尺二寸,袂口一尺二寸이니(指尺)一名純衣라(按)歷考禮書컨대袇衣,宵衣,緣衣가同是一衣而其制之可據者- 不過玄衣,不殊裳이니以素紗爲裏하니
袂長二尺二寸,袂口一尺二寸而袇則但有纁緣爲異耳라(尤庵)有兩說하니 一則以爲袇制로未能考나欲用古制則連上衣下裳而緣之以紅이오一則以爲袇이 亦是深衣而但緣用紅色爲異라하니今亦未敢信其必然이라 註疏에以爲袍制而古人袿袍를亦不可考나然想與男子之袍로不甚遠矣오且祿衣난是周禮王后六服之一이오六服은制度無異오 特色章各殊爾라
周禮圖에只有服之之象而衣制則未嘗著也오就考三才圖會에,有所畵皇后褘衣制度가,恰與男子袍相似오,惟文章燦爛而己,祿衣士妻得以服之則當去其文章이니,倣此製成이면,庶幾寡過矣라,今擬參酌而作一通用之服하야,於嫁時則以纁,襈衣下四五寸謂之袇衣니於見舅姑及祭祀賓客及襲時엔皆去緣而用之하야 以代宵衣하고袇衣난 用素爲之하야以代古之布深衣니用於初喪易服時及忌祭則制約而用博에 庶爲近正之衣而可革時俗婦人服,澆之幣矣라蓋婦人質略,尙專一,德無所兼故로古者婦人服은必連衣裳不異色이러니 至秦始皇하야方令短作衫하니衣裙之分이自秦始也오今世之短衣長裳은 卽莫嗣所謂服妖者라家禮에以大衣長裙爲盛服하고 朱子旣因時制而從之則賢於今服이遠矣而猶失尙專一之義오 又起隋唐之世則不可謂先王之法服矣라故로此編於喪禮婦人襲衣, 有所論說일새擧似祿衣而猶以深衣爲首者난 以緣衣制度之分明可據가不如深衣故로不得己爲從先之論也일새玆著新制於下하니覽者詳之하라 玄衣素

고 그 위에 청단을 홍색 종이에 싸서 청색 비단실로 동심결을 매어 넣고 깨끗한 한지로 덮는다.

(五禮儀 幣用紬或布二品以上 玄三纁二 三品至庶人 玄纁各一)

※ 폐백은 가례본주에 적어도 두 끝 이상이어야 하고 많아도 열 끝을 넘지 않아야 한다고 했다.
국조오례의에 2품 이상은 玄(青緞=陽) 三이고 纁(紅緞=陰) 二이며삼품에서 서인에 이르기까지는 현 훈 각각 일단씩 넣는 걸로 되어 있다.

⑤ 이때 혼수감이 놀지 않게 하기 위해서 싸리나무가지나 신우대로 두 세 군데 활같이 끼어 넣어 고정을 시킨 후 뚜껑을 닿는다.

⑥ 청홍 겹보로 싸는데 네 귀를 잡아서 묶지 않고 근봉띠를 끼운다.

⑦ 소창 한 필을 다하여 네 겹으로 접어 멜끈을 만든다.

☞ 編譯者 善光 註;
병풍을 치고 땅에 홍보를 깔고 童婢二人이 持刺燭, 청,홍등을 東西 相向立하여 들고 전안례를 한다.
考證: 士儀 正始篇 전안례

☞ 編譯者 善光 註; 女必從夫의 始作
전안례를 마치고 신부가 신랑을 따라옴
溫公曰 男率女,女從男 夫婦剛柔之義 自此始也.:
사마광이 말하기를, "남자가 여자를 이끌고, 여자가 남자를 따라가는 부부강유(夫婦剛柔)의 뜻은 女必從夫가 여기에서 비롯된 것이다."라고 하였다.
= 家禮 卷三 7쪽 =

奠 鴈 禮 =사례 권 2 혼 18 쪽 =

<<解義>> 主人은 나와서 신랑을 맞아들여 전안례를 한다.
主人은 문 밖 동쪽에서 서향하여 신랑을 맞이하고 읍하고
신랑은 문밖 서쪽에서 동향하여 서로 읍하면서 들어온다.
기러기 아범은 기러기를 신랑에게 드린다. 신랑은 기러기를 머리가 왼쪽으로 가게 안고 대청까지 따라온다.

主人은 東쪽 계단으로 올라와서 西向을 하고 선다.
新郞은 西쪽 계단으로 올라와 동쪽 계단위에 가서 北向을 하고 무릎

裏하고 衣身은用黑絹二幅하고中屈下垂하야 通衣裳長可曳地오 綴內外衿,亦通衣裳而衣身通廣하야令可容當人之身하고 衣身兩邊接袖處에度二尺二寸爲袖하되 斜人裁破腋下一尺하고 留一尺二寸爲袼하고袼下兩邊並前後幅及衿旁에皆反摺直下翦去之하고 又用三幅, 長可自袼下至衣末히 交解裁之爲六幅하되一頭尖, 一頭闊하야 尖頭向上하고 闊頭向下하고二綴於左旁袼下一尺之下하고二綴於右旁亦如之하되二各綴一於內外兩衿旁亦如之하니並衣身下垂者 前後合四幅,內外衿下垂者二幅則爲裳十二幅을 聯之而平其下齊하고領則如俗所謂(唐領)者히以綴之하고 袖各用一幅,長四尺四寸許하야中屈爲二尺二寸許하야綴於衣身兩旁하고縫合其下爲袂而袂端不圓하고袂口一尺二寸은縫合袂口下一尺이오 大夫 妻난袂長三尺三寸,袂口一尺八寸[帶]用錦爲之니 制如男子之帶오廣二寸許(尤庵)曰帶亦如深衣之帶而以紅으로緣其紳之旁及下[帔]用色縑爲之니其制-對衿無袖開旁이오 長與裙齊오旁及裔末에 皆有緣하야如蒙頭衣無袖,背子之類니中國婦人이加於衣上하고謂之(霞帔,爲命婦服)[裙]則裳在衫下者[衫者]用以承上衣者니見上冠禮笄序立條[卓]用以陳注盞者[酒注][盞盤]並用以醮女者 [盛服]主人主婦所服이니見下祭禮朔參條

<<原文>>主人出迎에 壻入奠鴈하고
主人이迎壻于門外하야, 壻出次東面하고主人西面 揖讓以入이어든 捧鴈者進鴈 壻-執鴈左首以從하야至于廳事하야

主人은 升自阼階立西向하고壻난升自西階 就阼

꿇고 기러기를 땅에 놓는다. 主人의 시자(侍者:시중하는 사람)가 받아서 방으로 들어간다.
新郞은 엎드려 있다가 일어나서 두 번 절을 한다.

主人은 答拜하지 않는다. @만약 집안의 딸이면 그 아버지가 주인을 따라서 맞이하러 나가서 그 오른쪽에 서고 손위면 조금 나아가고 손 아래면 조금 물러난다.

<<解義>>유모가 신부를 인도하여 나와서 수레에 오른다.
유모가 신부를 인도하여 (머리 가리개를 쓰고) 중문으로 나오면 신랑이 읍하고 서쪽 계단으로 내려간다. 주인은 내려오지 않는다.

신랑이 내려가면 신부가 따라 간다.
신랑은 가마의 발을 들고서 기다린다.

유모가 말하기를, "가르침이 부족하여 예를 올릴 만하지 못합니다."라고 하면, 신부가 수레에 오른다.
가마의 발을 내린다.

☞ 編譯者 善光 註;
婦車亦 以二燭前導: 신부의 수레도 역시 두개의 촛불로 인도한다(사례편람은 이촉전도에서"二"字가 빠졌음.):
고증 :家禮&家禮增解 권삼 33쪽

<<解義>>신랑이 말에 올라 신부의 수레를 앞서간다.
신부의 수레 또한 두개의 촛불로 앞에서 인도한다.
<<解義>> (신랑)집에 이르면 신부를 인도하여 들어간다.
신랑은 집에 도착하면 대청에 서서 신부가 수레에서 내리기를 기다려서 읍하고 인도하여 들어간다.

四禮 卷 2 昏 19쪽
<<解義>>신랑과 신부가 교배례(交拜禮)를 한다.
신부의 종자 (그 집의 여종)는 신랑의 자리를 동쪽에 펴고, 신랑의 종자는 서쪽에 신부의 자리를 편다. 모두 거실에 놓은 탁자의 남쪽에 편다. 신랑이 남쪽에서 손을 씻으면 신부의 종자가 수건을

階上 北向跪하야置鴈於地하고主人侍者-受之어든 壻俛伏興再拜하고

主人은不答拜라
若族人之女則其父-從主人出迎하야 立於其右하되尊則少進하고 卑則少退니라[諸具]{奠鴈}[侍者]則女僕[席]用以奠雁者[燭臺]二俗又用(紅羅炷)
<<原文>>姆-奉女出,登車하고姆-奉女(集說)有帕蒙頭出中門이어든壻揖之降西階하고主人不降하고壻遂出이어든女從之할새壻-擧轎簾以竢어든
姆辭曰未敎하니不足與爲禮也라하고女乃登車라(大全)下簾[諸具]{奉安登車}
[從者]卽女僕이니奉贄幣,先行者[轎]簾具[帕]如衣幞之類[贄]棗栗腶脯[幣]隨宜[盤]用以盛贄幣者隨品各具[袱]用以裹贄幣盤者니隨盤各具[燭籠]四 俗又用炬
<<原文>>壻乘馬하고先婦車하라婦車-亦以燭前導라
<<原文>>至家하야導婦以入하야壻至家하야大門外下馬 立于廳事하야竢婦下車하야廳前揖之하고 導以入이니라(士昏禮)及寢門揖入하고升自西階라(大全)婦從之하야適其室이니라

<<原文>>壻婦交拜하고 婦從者-布壻席於東方하고 壻從者-(溫公)曰各以其家女卜爲之 布

드리고 신부는 북쪽에서 손을 씻으면 신랑의 종자가 수건을 드린다. 신랑은 신부의 머리 가리개를 벗겨주고 신부에게 읍을 하고 자리에 앉는다. 신부가 먼저 두 번 절하면 신랑이 답배를 한번 한다. 신부가 또 두 번 절하면 신랑이 또 답으로 한번 절한다.

☞_編譯者 善光 註;교배례때 양집사가 자리 펴고, 손씻어주는 이유?
夫婦始接 情有廉恥 從者交導其志
남녀가 처음 만나면 부끄러운 마음이 있어 종자가 案內하는 뜻이 있다. = 家禮 婚禮 =

<<解義>> **자리에 나가 앉아서 음식을 먹고 나면 신랑이 나간다.**

신랑이 신부에게 읍하면 자리로 나가 서. 신랑은 동쪽에 신부는 서쪽에 앉는다.
종자는 술을 따르고 음식을 차린다. 신랑이 신부에게 읍하면 신랑과 신부는 술을 모사기에 기울여 좨주(祭酒)를 하고 술을 들어 마시고 안주를 먹고 각각 안주를 탁자의 빈 곳에 조금 놓는다.
또 술을 따른다.
신랑이 신부에게 읍하고 신랑 신부가 술을 들어서 마시되, 좨주하지 않고 안주도 들지 않는다. 우암 선생은 신랑이 먼저 마시고 신부가 뒤에 마시게 한다. 또 표주박 잔을 신랑신부 앞에 놓고 술을 따르면

신랑이 신부에게 읍을 하면 좨주하지 않고 술을 마시고 안주는 들지 않는다. 신랑이 다른 방으로 나가면 수모와 신부는 방에 남아 있고 종자가 찬을 치워서 방밖에 내 놓는다 그리고 잠자리를 마련하는데 요와 이불과 베개를 아랫목에 펴는데 발은 북쪽으로 가게 하되 신랑은 동쪽 신부는 서쪽에 편다 신랑의 종자는 신부의 자리를 펴고 신부의 종자는 신랑의 자리를 편다 신랑의 종자는 신부가 남긴 음식을 먹고, 신부의 종자는 신랑이 남긴 음식을 먹는다.

<<解義>> (合宮禮).

신랑이 다시 들어가 옷을 벗고 촛불을 내어 나간다.

新郞이 옷을 벗으면 신부 종자가 받고, 新婦가 옷을 벗으면 신랑 종자가 받는다. 촛불을 내오면 여자 시종이 방문 밖에서 대기 한다

婦席於西方하고 皆於室中卓之南 壻盥于南이어든婦從者沃之進帨하고 婦盥于北이어든壻從者沃之進帨하고 壻(大全)(爲婦 擧蒙頭) 揖婦就席하면婦拜,壻答拜니라(語類)婦先二拜에夫答一拜하고 婦又二拜에夫又答一拜니라

<<原文>>
就坐飮食畢에壻出이라
壻,揖婦就坐하되椅上當卓 壻東婦西하고從者斟酒設饌하고壻-(書儀)揖婦祭酒하고(儀節)各傾酒少許(大全)擧飮擧殽하고各以少許,置豆間空處라(大全)食畢에又斟酒하되壻揖婦擧飮尤庵曰自飮而導婦,使飮也不祭,無殽하고又取巹하야分置壻婦之前,斟酒하되

壻揖婦渠飮,不祭無殽하고壻出就佗室하고 姆與婦난留室中하고徹饌 從者徹也 置室外하고 設席하고褥衾枕具,設于奧,北趾하되壻席은在東하고婦席은在西하며壻從者,布婦席하고婦從者,布壻席이라 壻從者-餕婦之餘하고婦從者-餕壻之餘니라

<<原文>>
復入하야脫服,燭出이라 壻脫服은婦從者受之하고婦脫服은壻從者受之니라(士昏禮)燭出에媵{註}女從者侍于戶外니라

<<解義>> **주인이 손님을 대접한다.** 昏 禮

남자 손님은 사랑에서 대접하고, 여자 손님은 중당(中堂)에서 대접하는데 여자의 집에서 보내온 자들을 모두 폐백으로 보답 한다.

<<原文>>

主人이禮賓하고

男賓은於外廳하고女賓은賓皆從者於中堂이니라

(士昏禮)饗送者라 (儀節)凡女家-送來者-皆酬以幣니라[諸具] {禮賓} [席]用以爲主人及從者惜者[饌]多少隨宜[幣]隨宜[盤]用以捧饌幣者

<<解義>> **다음날 새벽에 일어나 신부가 시부모를 뵙는다.**

四禮 卷 2 昏 20쪽

며느리는 새벽에 일찍 일어나 소의(宵依)를 입고 뵙기를 기다린다.

시아버지는 당상에서 동향하고 시어머니는 서향하여 마주앉아 각자의 앞에 탁자를 놓고, 집안 사람중 시부모보다 어린 남자와 여자는 양쪽 벽에 서는데 관례 때와 같이한다.

수모가 신부를 인도하여 들어오고 시종이 폐(대추와 밤)를 들고 따라 온다.
신부는 동쪽 계단 아래에 서서 北向하여 시아버지에게 四拜 하고 손을 씻고 폐백을 받아 西階로 올라가서 폐백을 탁자 위에 드린다.

시아버지가 어루만지면 시자(侍者)는 가지고 들어간다..
며느리는 내려가서 또 四拜한다. 또 서쪽계단 아래에 가서 北向하여 四拜하고 서계로 올라가서 폐백(단수=육포)을 드린다. 시어머니는 들어서 시자에게 주고 며느리는 내려와서 또 절을 한다.

만약 종자의 아들이 아닌데 종자와 동거를 하면 먼저 시부모의 사실에서 이 예를 행한다. 종자와 동거를 하지 않으면 위의 의식과 같이 한다.

☞ 編譯者 善光 註:
한국은 중국과 달리 상고 시대(부여, 옥저)에는
장가(丈家)간다하여 신랑이 신부 댁에 가서 혼례를 마치면 서옥(壻屋)을 마련하여 주는데 여기에서 신혼생활을 하면서_자식을 낳을 때 까지 처가댁에 무보수 봉사를 하고 처와 자식을 데리고 신랑의 본댁으로 돌아오는데 이것을 우귀(于歸禮)라 하였다

이풍속이 변하여 3 일후 于歸 하였다. 그런고로 한국은 친영례가 아닌 우귀례(于歸禮)이므로 명일숙흥(明日夙興)이 아니고 우귀

<<原文>> 昏 禮

明日에夙興하야

婦見于舅姑니라

婦-夙興盛服,(士昏禮)宵衣 竢見하면

舅姑坐於堂上,東西相向하고舅東姑西 各置卓於前하고家人男女,少於舅姑者-立於兩序,加冠禮之序하고

(儀節)姆引婦에 侍女以盤盛贄幣從之라婦-進立於阼階下하야北面拜舅하고盥洗受贄幣升하야(士昏禮)自西階奠贄(士昏禮)笲棗栗 廢于卓上이어든

舅撫之에 侍子以入하고婦降又拜畢에詣西階下,北面拜姑하고升奠贄(士昏禮)笲腶조幣면姑擧以授侍者하고婦降又拜니라

若非宗子之子而與宗子同居則先行此禮於舅姑之私室이라

(尤庵)曰古禮見舅姑時에只用贄러니 (家禮)에兼用之廢나 然世俗에單用贄난 從俗이恐無妨이나若從家禮而並用贄幣則,不得不各盛一器矣오雖或用幣라도非必布帛也라 紙束도亦可니라

[新增]南溪曰儀禮疏曰舅歿姑存則見姑三月에廟見이니若以此文으로準乎今禮면親迎之明谥

하는 날 시부모님께 현구고례 하는 것이다.
제구 탁자 2, 관, 소의(宵衣), 세수대야 , 수건 ,

☞ 編譯者 善光 註; 禮節의 方位
凡屋之制는 不問何向背하고, 但以前爲南이고 後爲北이며 左爲東, 右爲西이라, 後皆放此라

집을 지었으면 어느 방향을 뒤로한 것을 묻지 않고 앞은 남쪽이요, 뒤는 북쪽이며 좌측은 동쪽이고, 우측은 서쪽이다. 이후 모두 이렇게 한다. = 考證 朱子家禮 祠堂 條 =

生者: 以東爲上,
死者: 以西爲上 = 司馬溫公 曰 所以 西上者 神道尙右 故也
= 가례 1권 3쪽 =
君臣: 昭穆之序= 廟中置主旣 以西爲上則 從神道也
= 가례집람 방제=

<<解義>> 구고예지 (舅姑禮之)=시부모가 신부에게 대접 한다 부모가 딸에게 초례(醮禮)하는 의식과 같이 한다.

四禮 卷 2 昏 22쪽
<<解義>> 며느리가 여러 어른을 뵌다.
신부가 이미 예를 행하였으면 서쪽 계단으로 내려온다. 동거하는 사람 중에 시부모보다 어른이 계시면 시부모가 며느리를 데리고 그 방에 가서 보이기를 시부모 보일 때와 같이 한다. 돌아와서 양쪽 계단에 있는 여러 어른에게 절하기를 관례 때와 같이 하되 폐백은 없으며 어른들이 많아도 모두 일렬로 절을 받아 간략하게 한다. 시동생과 시누이는 모두 맞절 한다.

신부는 내려와서 나간다.
종자의 아들이 아닌데 종자와 동거를 하면 (시부모에게) 예를 마친 후, 당상으로 가서 절을 하는데 시부모에게 하듯이 한다. 그리고 돌아와서 양쪽 벽에 있는 사람들을 뵙는다. 그 종자와 어른들 동거를 하지 않으면 사당에 뵌 후에 가서 뵌다.

에 婦先見姑하고又明日에見于祠堂爲宜니 盖先姑而後舅者난 生死人神之別也니라
[諸具]{見舅姑}[席]二用以爲舅姑席者[卓]二則食案이니用以置舅姑前者 席與卓은至饗婦히皆仍 [笄]二用以俸贄者如又用幣면當別具二盤[冠]見上,冠禮笄陳服條 [宵衣]帶具니制見上,醮女條袇衣註하되 但不施緣하고無則代以大衣長裾이니制見下祭禮朔參條(士昏禮疏)與純衣同이니亦是褖衣褖衣난 制見下喪禮陳襲衣條帔난己見上醮女條冠以下난婦盛服[盥][盆][帨巾]

<<原文>>舅姑禮之하고 如父母,醮女之儀라(士昏禮)庶婦난使人醮之니(疏)於房外之西라
[諸具]{舅姑禮之}[席]用以爲婦席者 [卓]用以陳注盞者[酒注][盞盤]

<<原文>> 昏 禮
婦-見于諸尊長하며婦-旣淬禮에降茨西鷄하고同居에柔尊漁舅姑者,尤庵曰夫之祖父母 則,舅姑以婦로遣於其實을 如謁舅姑之禮하고還拜諸尊長于兩序,如冠禮,無贄하고(溫共)曰臧屬雖多나共爲一列受拜하야以從簡易니라小朗小姑,盖相杯라
(士昏禮)婦降出非宗子之子而與宗子同居則旣受禮에詣其堂上하야排之如舅姑禮而還謁于兩序하고其宗子及尊長이不同居則廟見而後往이니라

四禮 卷 2 昏 22쪽

<<解義>>약총부즉,궤우구고(若冢婦則饋于舅姑)=
=총부(冢婦==長子婦)면시부모에게(음식을)대접한다.

이날 식사를 할 때 며느리 집에서는 잘 차린 음식과 술병을 준비한다. 신부의 시종은 당상의 시부모 앞의 탁자에 과일과 채소를 차린다. 동쪽 계단의 동남쪽에 대야와 물을 놓고 수건걸이는 동쪽에 놓는다..
시부모가 자리에 앉으면
며느리가 손 씻고 서쪽 계단으로 올라가서, 잔을 씻고 술을 따라 시아버지의 탁자 위에 놓는다.

내려와서 시아버지가 다 마시기를 기다렸다가 또 절을 한다. 이어서 시어머니에게 잔을 드리고 술을 따라 드린다.

시어머니가 받아서 다 마시면 신부는 내려와서 절을 한다. 이어서 음식을 가지고 종자가 밥과 국을 갖고 오면 신부가 찬을 들고 올라가서 시부모 앞에 올린다.
시부모의 뒤에 서서 식사가 끝나기를 기다려서 밥그릇을 치우면 시자는 음식을 치워 각각 별실에 놓는다.

며느리는 시어머니가 남긴 것을 먹고, 신부종자는 시아버지가 남긴 것을 먹는다.

신랑의 시종은 또 신부가 남긴 것을 먹는다. 종자의 아들이 아니면 사실에서 같은 의식으로 한다.

☞ 編譯者 善光 註 = 禮記 昏義 & 常變通攷 卷 六 舅姑饗之
신부가 주인의 통로인 동쪽 층계로 내려오는 것은 대를 물려주는 뜻이다.

<<解義>>구고향지(舅姑饗之) 四禮 卷 2 昏 23쪽 昏 禮
=시부모가 자부에게 음식을 베푼다.
시부모가 며느리에게 베푸는 의식대로 한다. 국과 밥은 적당하게 한다 _예가 끝나면 시부모가 서쪽 계단으로 먼저 내려가고 며느리는 동쪽 계단으로 내려간다. 신부 집에서 보내온 그릇은 다시 신부 집 하인을 시켜 보낸다.

<<原文>>若冢婦則饋于舅姑하고 是日食時에 婦家-具盛饌酒壺하야 婦宗者- 設蔬果卓于堂上하고設盥盆于阼階下東南하되帨架在東하고 舅姑炊坐어든如始見儀

(儀節)(姆引婦)婦盥하고升自西階하야洗盞斟酒, 置舅卓上하고降竢舅飮畢에拜하고復升階(儀節)(洗盞斟酒)遂獻姑,

姑飮畢에又降拜하고

(儀節)(從者-以盤盛湯, 盛飯至어든)遂執饌婦執饌也升,薦于舅姑之前하고

侍立姑後하야 以竢卒食徹飯하고侍者徹饌하야分置別室이어든

婦就餕姑之餘하고婦從者-餕舅之餘하고

壻從者-又餕婦之餘니라 非宗子之子則於私室如儀니라
(士昏記)庶婦不饋
[諸具](饋舅姑)[席卓]二[盛饌]湯飯果蔬肉魚之類니多少隨宜 [盤]二用以捧饌者[酒注] [盞盤][潔滌盆][拭巾]並用以洗盞者[盥盆][帨巾]

<<原文>>舅姑饗之
如禮婦之儀하고(儀節)湯飯은隨宜禮畢에 舅姑는先降自西階하고 婦는降自阼階니라(士昏醴)歸婦俎于婦氏人이니라 [諸具]{舅姑饗之}[席][饌][盤][俎][席] [饌][盤] [俎]

<<解義>> **사흘 째 되는 날에 주인이 며느리를 데리고 사당에 알현한다.**

옛날에는 석 달 만에 사당에 뵈었는데, 지금은 너무 멀어서 사흘로 고쳐 행한다. 아들이 관례하고 뵈는 의식과 같으나,

다만 고하는 말에 "아들 아무개의 처 ○○씨가 감히 뵙습니다."라고 하고 나머지는 같다.

만약 시부모가 이미 돌아 가셨으면 사당에 나물을 드린다. 사당문 밖에서 축관이 손을 씻고 신부도 손을 씻고 채식 상자를 들고 있으면 축관이 신부를 데리고 들어간다.

축관이 축문을 읽고 나면 신부가 채식을 집사에게 주고 절한다.다시 채식을 받아 시아버지신위 앞에올리고절한다. 사당에서 내려와 다시 채식 그릇을 들고 들어가면 축관이 축을 읽은 후에 시어머니 신위 앞에 올린다. 신부가 나오면 축관이 채식을 물리고 문을 닫고 나온다.

혼례에 사당에 뵐 때 돌아가신 시부모에게만 뵙고 조부모에게는 하지 않는 것은 종자는 법으로 행하는 것으로 종손이 아닌 자는 별도로 할아버지의 사당이 없었든 때문인데 현재는 사당을 같이 하니 어떻게 부모만 뵙고 조부모는 뵙지 않을 것인가 ? 마땅히 도리를 세워서 조부모도 뵙는 것이 옳을 것이다.

☞ 編譯者 善光 註 ; 壻西婦東

古禮則 壻西婦東 家禮則,壻東婦西, 今從家禮

옛날 조선의 혼례는 신부가 동쪽, 신랑이 서쪽에서 혼례를 행하였는데 주자가례에는 壻東婦西이라서 이제 주자가례를 따라 행한다.

= 考證: 士儀圖 2쪽 =

<<原文>>三日에主人이以婦로見于祠堂하고

古者에三月而廟見이러니今以太遠으로 改用三日하되如子冠而見之儀라(士昏禮)若舅姑旣歿則乃奠菜于廟하나니

祝盥,婦盥干門外하고 婦執笲菜,祝이帥婦以入,祝曰云云 이어든婦以菜授執事者拜, 還受菜奠菜于考位前拜하고婦降堂하야取笲菜入

祝曰云云,奠菜于妣位前如初禮하고 婦出에祝이徹菜闔牖戶니라

(語類)昏禮에廟見은舅姑之亡者而不及祖하니蓋古者에宗子난法行이라非宗子之家면不可別立祖描故로但有禰廟어니와今只共廟어니如何只見禰而不見祖리오此當以義起니亦見祖呵也니라(按)朱子義起之論은是見祖廟之謂也오非奠菜之謂也라如蚤孤者-取婦入門에不可不追伸饋奠之禮오欲行此禮者-若同見祖廟而只奠禰位則誠爲未安이오 並奠於高祖以下則事涉拕長이니先於正寢에設考妣兩位하고出主行薦,如儀禮오又依家禮,見于祖廟則恐兩行不悖矣니라[諸具]{廟見}同下祭禮有事則告條[告辭式]主人自告子某子某上에 當添某之二字라非宗子之子則字某上에 當添模之某親某之六字오若宗子自昏則但云某之婦,某氏,敢見[諸具] {奠菜}[董](士昏禮)無則代以芹[盤]用以盛菜者並同下,祭禮有事則告條오設位奉主之具난並同禰祭하되但不設簾이라[告辭式]{士昏禮}奉主時에當別有告辭 某氏 婦姓 來婦,敢奠嘉菜于皇舅某子,當改某子爲某官府君右告舅位某氏來婦,敢告于皇姑此下當添某封二字某氏,右告姑位舅在則當移用奠嘉菜之文

四禮 卷 2 昏 25쪽 昏 禮

<<解義>> 명일서현부지부모(明日壻見婦之父母).

다음날 신랑은 처의 부모를 가서 뵙는다.

장인이 맞이하여 읍하고 사양하기를 손님에게 하는 예와 같이 한다. 종자는 폐백을 가지고 신랑을 따라간다.

장인은 동쪽의 약간 북쪽으로 서고 사위는 서쪽에 약간 남쪽에서서 절하면 장인은 꿇어앉아서 두 손으로 부추겨 일으킨다.

시종이 신랑에게 폐백을 주면 신랑은 이를 장인에게 준다. 장인은 이를 받아서 시종에게 준다.

사위는 들어가서 장모를 뵙는다.
장모는 문의 좌측 문짝을 닫고 문 안에 선다.

사위는 문 밖에서 동향하여 절을 한다.
사위가 폐백을 바치면

시종이 받아드리고 장모는 답배한다.
장인이 종자가 아니면 종자 부부를 뵙는데 폐백은 사용하지 않고 위에 한의식과 같이 한다.그런 후부모를 뵌다.

장인은 사위를 데리고 사당에 가서 재배하고 향을 피우고 꿇어앉아 고하고 엎드렸다가 일어난다. 사위가 두 층계 사이에서 절한 후에 장인이 절 한다.

사위가 장인을 뵙는 절차에 의례에서는 지만 말하고 가례에서는 폐만 말하고 의절에서는 둘 다 말하였으니 현구고례 조항의 우암의 설을 참고하라.
신부 집에서 고사서식 = 0 00의 사위 0 00가 와서 뵙니다.
제구 장인에게 인사 할 때는 남자 종자,
장모 ‘ 여자 종,
폐백, 소반 ,

<<原文>> 明日에
壻往見婦之父母하고

婦父迎送揖讓을如客禮라(儀節)從者執幣隨壻하고

婦父-升笠于東少北하고壻立于西少南,拜壻拜也 則跪婦父跪也 而扶之라恐是推兩授而辭之之意

(儀節)從者-授壻幣면壻以奉에婦父受之하야以搜從者하고

入見婦母할새 婦母-闔門左扉하고 東扉也 立于門內어든

西面壻東面拜于門外하고(儀節)以幣奉이면
婦母從者-受以入이라
婦母答拜 婦父非宗子면則先見宗子夫婦하되不用幣如上儀然後에見婦之父母라
(儀節)婦父,引壻至祠堂前再拜하고上香跪告云云俯伏興이어든壻立兩階間,拜畢에婦父拜니라

(壻)按엔見婦之父母에儀禮엔單言贄하고 家禮엔單言幣하고儀禮엔並言贄幣하니當與見舅姑條尤庵說互看이니라

[諸具]{壻見}[從者]於婦父엔用男從者하고 於婦母엔用婦家女僕[幣]隨宜 [盤]用以捧幣者
[婦家告辭式]{儀節}主人自告某之改措語見上納采告式女壻某,來見

<<解義>> **다음에 처 집안의 친족을 뵌다.** 昏 禮

폐백을 사용하지 않고 사위가 부녀자를 뵐 때는 위와 같이 한다.

처가에서 사위에게 베푸는 예는 평소와 같이 한다.

찬은 세속의 의식과 같이하고 술은 3번 혹은 5번 돌린다.
친영을 한날 저녁에 장모와 모든 친족을 뵈지 않고 술과 음식을 차리지 않은 것은 신부가 아직 시부모를 뵙지 않았기 때문이다.

☞ 編譯者 善光 註;

嫁女之家 三夜不息燭 思相離也.
딸을 시집보낸 집에서는 삼일 밤을 촛불을 끄지 않으니 서로 헤어짐을 생각해서이다.

娶婦之家 三日不擧樂 思嗣親也
며느리를 얻은 집에서는 삼일 간 음악을 연주하지 않는 것은 대가 바뀌었음을 생각해서이다.

<<原文>>

次見婦黨諸親이니라 不用幣하고婦女相見, 如上儀니라
婦家禮壻난如常儀어라
(儀節)饌如俗儀니酒或三行或五行設迎之夕에不當見婦母及諸親及設酒饌은 以婦未見舅姑故也니라

(孔子)曰嫁女之家-三夜不息燭은思相離也오
取婦之家-三日不擧樂은 思嗣親也니라

[諸具] {禮壻}[饌盤]
餘並同上舅姑禮之條

<健全> 回婚禮 笏記 編輯 2011년(辛卯年) 5월 院長 善光 金 錠

1. 司會者 = 主禮선생님 入場 - -
   <入場하는 동안 주례자를 소개하면서 박수로 환영>
2. 司會者= 회혼례 당사자어른 同時入場 - -
   주례자 앞에서 男東女西로 北向하여 서시오.
   <청사초롱 인도하면서 동시 입장 박수 환영>
3. 司會者 = 회혼례 어른 경력 소개.
4. 司會者 = 點燭 長 子婦(양집사)는 촛불을 밝히시오.
5. 司會者 = 擧禮宣言
   이제부터 0 0 0선생님과 0 0 0여사의 回婚禮 儀式을 擧行하겠습니다.
6. 以下 主禮者 唱笏 = 行 交拜禮 = <回婚禮하는 어른夫婦가 맞절하는 儀式입니다>
7. 長 子婦(양집사)는 자리를 깔아 드리고 내려오시오.
8. 長 子婦(양집사)는 양 어른의 손을 씻어주시오.
9. 回婚禮하실 兩 어른은 자리에 올라가서 서로 마주보고 서세요. 長 子婦(양집사) 는 따라가서 보좌 하시요.
10. 婦先再拜 = 회혼례 여사께서 먼저 두 번 절하시요.
11. 壻答一拜 = 회혼례 남자 어른께서 한 번 절하시요.
12. 婦又再拜 = 회혼례 여사께서 또다시 두 번 절하시요.
13. 壻又答一拜 = 회혼례 남자 어른께서 또 한 번 절하시요.
14. 長 子婦(양집사) 는 술을 따라주시고 兩 어른은 자리에 앉아서 술잔을 들어올려 天地神明께 술을 올리시요.
15. 長 子婦(양집사)는 또 술을 따라주어 合歡酒하게 하시요. <반절만 마시게 하고 상대편 어른에게 傳하여 모두 마시게 하시요>
16. 長 子婦(양집사)는 잔반을 들고 제자리로 도라 오시오.
17. 長 子婦(양집사)는 표주박잔에 술을 따라주어 巹栢禮하시요
    < 표주박 잔에 술을 따라 마시면서 合巹禮를 하는 것>
18. 兩 어른은 자리에서 일어서고 주례자는 축사를 하시요.
19. 兩 어른은 자리에서 돌아 서시고 자손들은 화환과 예물을 올리시오.
20. 兩 어른은 하객에게 인사말씀을 하시요.
21. 司會者禮畢<예가 끝났음을> 宣言하고 記念撮影을 하시요.

婚禮 圖說

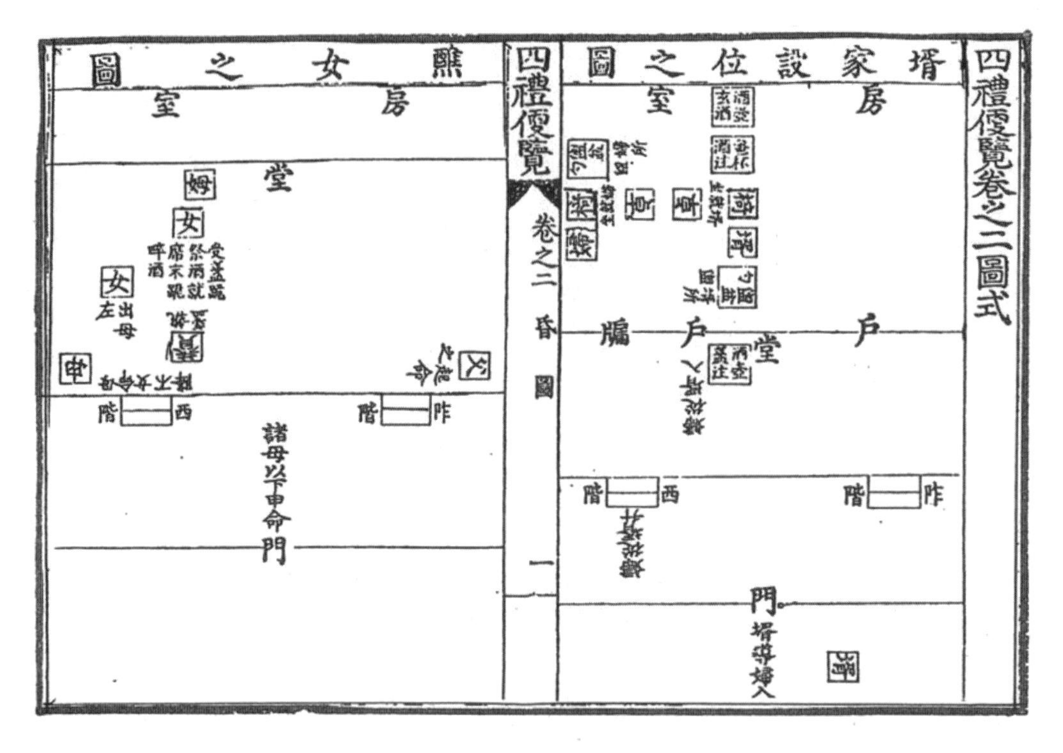

四禮便覽卷之二圖式
壻家設位之圖
房
室
堂
戶
牖
戶
阼
階
西
階
門
四禮便覽
卷之二 昏圖
一
醮女之圖
房
室
堂
女
姆
女
父
西
階
阼
階
諸母以下申命門

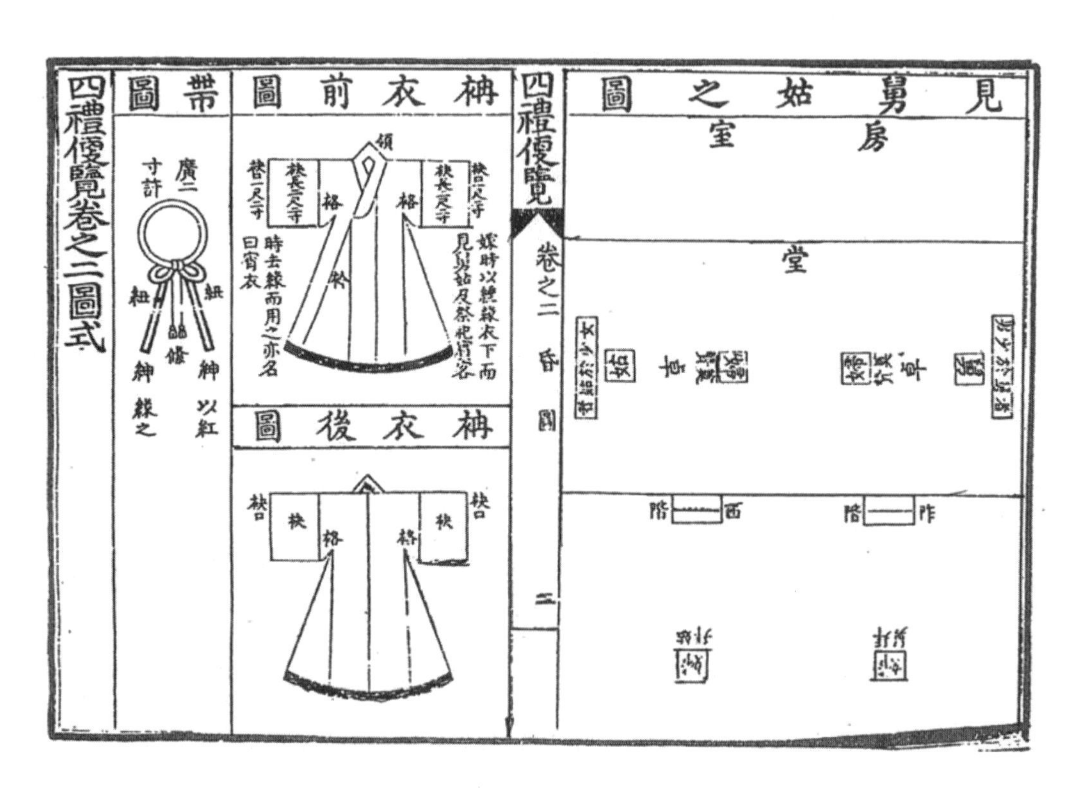

見舅姑之圖
房
室
堂
阼
階
西
階
四禮便覽
卷之二 昏圖
二
袡衣前圖
領
格
袂
衿
袡衣後圖
袂
格
帶圖
廣二寸許
紐
絛
紳
以紅絲之
四禮便覽卷之二圖式

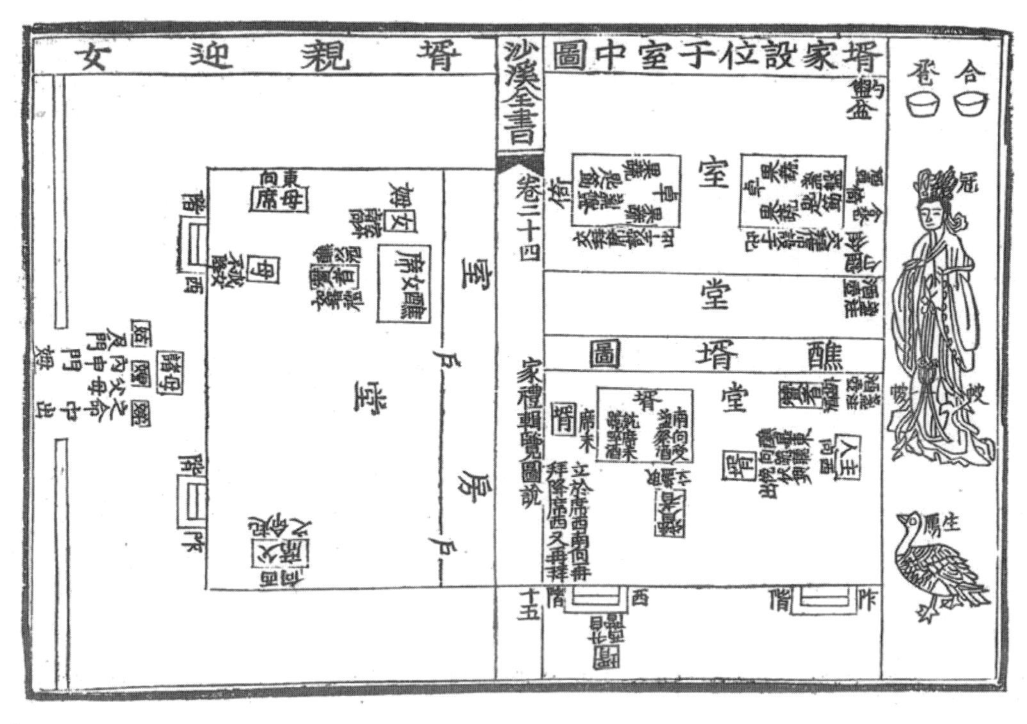
壻親迎女
壻家設位于室中圖
醮壻圖
沙溪全書
卷二十四
家禮輯覽圖說
十五
合卺
生鴈

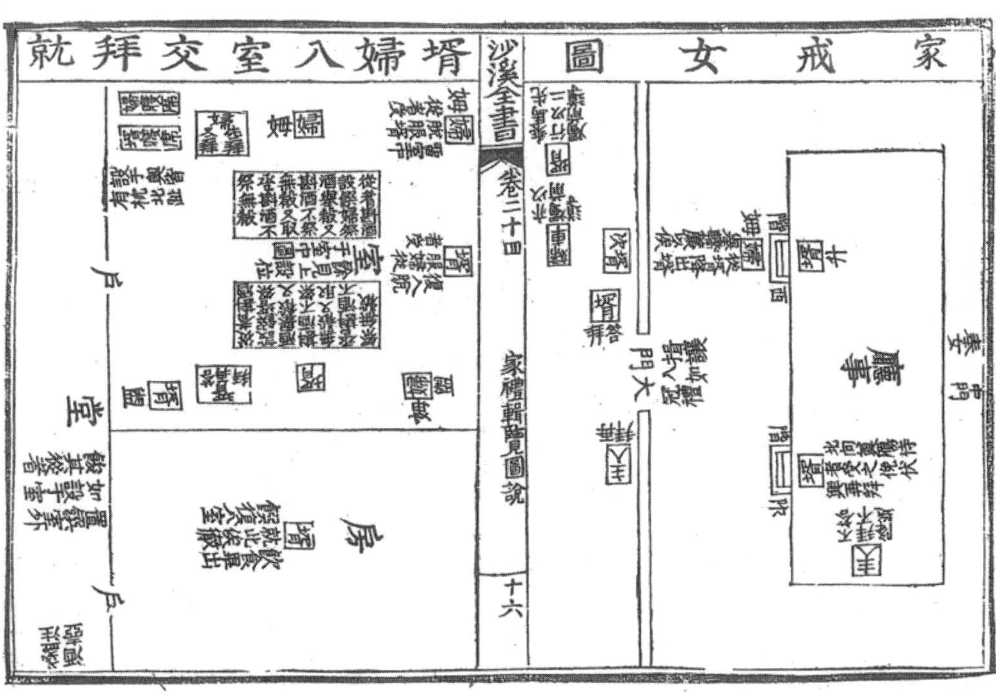
壻婦入室交拜就
家戒女圖
沙溪全書
卷二十四
家禮輯覽圖說
十六
大門
廳事
中門
堂
房
室

家禮輯覽 도설

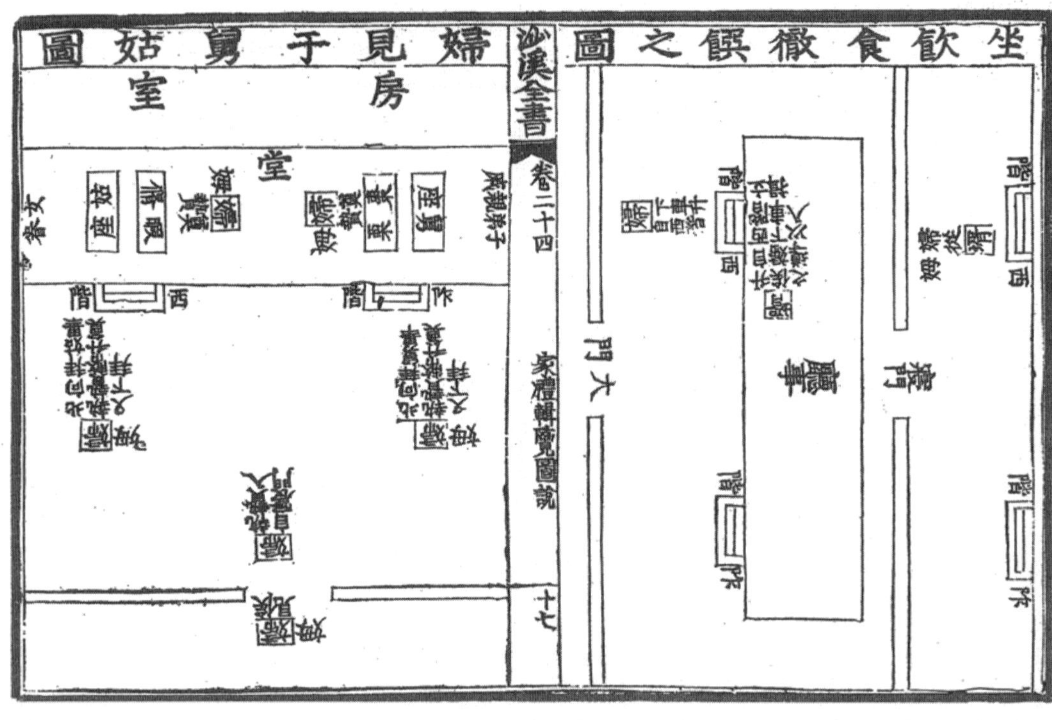

坐飲食徹饌之圖
婦見于舅姑圖
沙溪全書
卷二十四
家禮輯覽圖說
十七
房
室
堂
廳事
大門

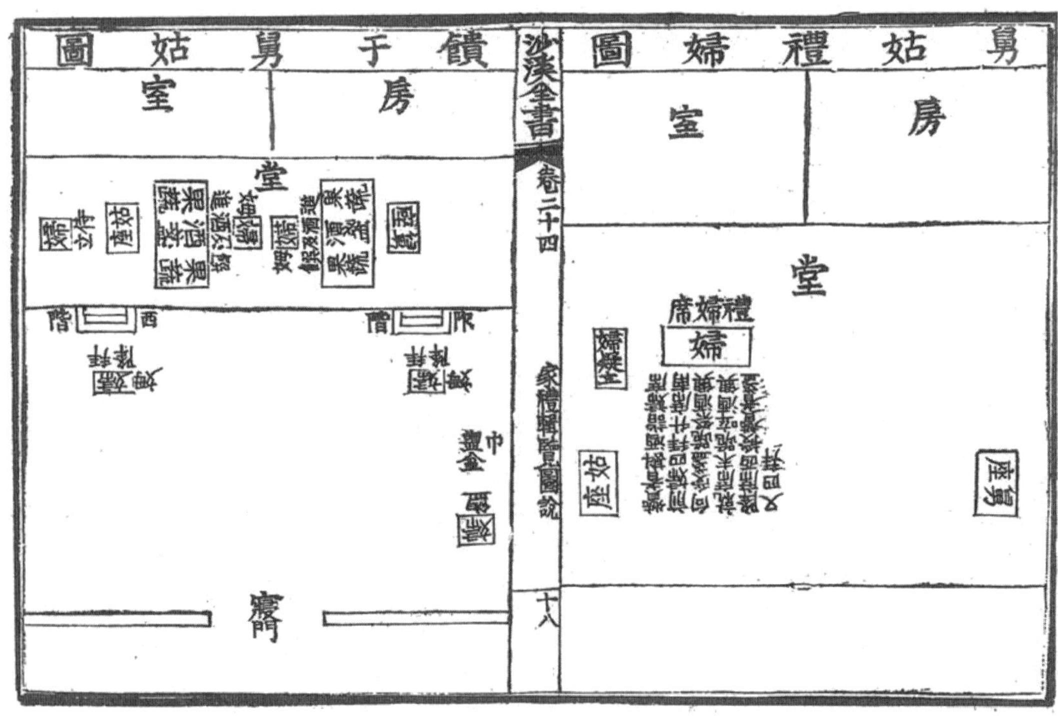

舅姑禮婦圖
饋于舅姑圖
沙溪全書
卷二十四
家禮輯覽圖說
十八
房
室
堂

家禮輯覽 도설

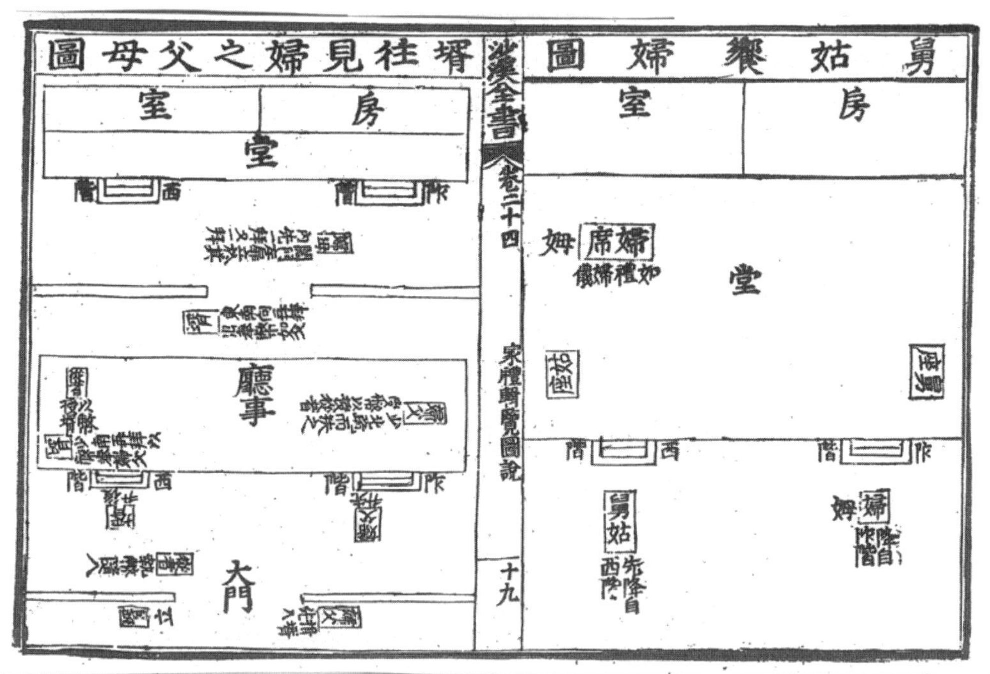

同牢設饌圖

壻卓西向

飯 魚 肉 脯

果 果 果 果 果 果 果

婦卓東向亦如之

醯醬家禮祭饌之醯醬而之義也羹飯亦從士昏與入進食之規而士昏設湆家禮爨食米食及脯從三俱是家禮之祭饌也蔬果及醯則士昏之菹醢也大從家禮之祭饌即是士昏上設位條且考士昏禮設但氏昏禮有醯醬而羹在右家之明證而家禮之昏從

家禮增解 卷三

家禮增解 도설

喪　禮

@. 초종(初終) 사례 권 3 상 1쪽 상례

<<解義>>병이 위중하면 정침(正寢)으로 옮긴다.

병이 심해지면 정침으로 옮긴다. 호주만 안방이고 다른 사람은 각기 거처하던 곳으로 모신다.

안팎을 청소하고 머리를 동쪽으로 하고 북쪽 창 아래에 침상을 치우고 땅바닥에 눕힌다.
더러운 옷은 벗기고 새로운 옷으로 바꾸어 입힌다.

4인이 앉아서 몸을 잡아주고 남녀들은 소복(素服)으로 갈아입고 집안을 조용히 하고 운명하기를 기다린다. 남자는 여자의 손에서 운명하지 않고 여자는 남자의 손에서 운명하지 않는다.

☞ 編譯者 善光 註
고씨(高氏)가 말하기를, "'평상을 치우고 바닥에 뉘인다.'는 '사람이 처음에 땅에서 태어났기 때문에 평상을 치우고 땅에다 누이는 것 이며, 그 생기가 돌아오기를 바라는 것이라고 하였는데, 이는 본래

『의례』와 『예기』「상대기」에서 나온 것이다."라고 하였다.
유장이 말하기를, "무릇 사람이 생명이 위독하여 숨이 희미해지면 광(纊:솜)을 대고 숨이 끊어지기를 기다린다.

광(纊)은 지금의 새솜(목화솜)이다. 쉽게 움직이기 때문에 코와 입 위에 대고 살피는 것이다."라고 하였다.

<<解義>> 운명하면 곡(哭)을 한다.

우복 정경세가 말하기를 부모가 돌아가시면 효자의 마음이 황망하여 목숨을 구할 수 있는 것이라면 무슨 방법이라도 쓰지 않겠는가? 그런고로 예에 초혼한다 하니 사모함을 다하는 도리이다 기도하는 마음이 있는 것이지 거짓으로 하는 것이 아니다. 지금 죽었다가 다시 살아난 사람들이 말하기를 혼이 올라가고 형체가 변하여 다시 들어가 거주하려 하여도 둘러앉아 울고 떠 들썩 하는 소리가 두려워 들어가지 못한다고 하니 귀신의 도는 고요함을 숭상하는 것 이어서 그렇다 복을 할 때에 잠시 조용히 하여 돌아오기를 바라는 정성을 다하는 도이다.

<<原文>>疾病이어든 遷居正寢하고

凡疾病에遷居正寢하고(儀節)惟家主爲然이요 餘人은 各遷于其所居室中이라

(喪大記)外內皆掃하고東首於北牖下,廢床이라主置於地(士喪記)徹褻衣, 加新衣하고 御者-

四人이坐持體하고男女改服하고內外安靜하야以竢氣絶하되(士喪記)屬纊이니(疏)置上하야男子난不絶於婦人之手하고婦人은不絶於男子之手니라
{新增}(南溪)曰正寢은謂安穩之寢室也니此說은出漁正終之義오當以病者之命으로進退니라
[諸具]{遷居正寢}[御者]丈夫病엔不用女御[新衣][纊]士喪禮疏新綿[上衣]男子養疾者,所改服이니古禮에雖云貴人은 朝服이오 賤者난深衣나今當代以道袍或直領이오 婦人服은但用新潔이라

<<原文>>旣絶乃哭이라

(儀節)以衾覆之,並覆頭面男女哭擗이니라 [新增](愚伏)曰親始死에孝子之心이皇皇焉如柔求而不得일새 凡可以求生者가可所不用故로 禮에曰復이니盡愛之道也오有禱祀之心焉이오非虛爲此也라今人有死而復生者- 多言魂氣始升하야猶戀形體하야欲還入宅之而怕人環哭呌聒하야不得便入云하니以

☞ 編譯者 善光 註: 머리 풀고 곡하는것

子生於 藁上故로 藁上坐哭.=집 방석 위에서 낳아서 보본지심 으로 집 방석위에서 곡한다.

被髮而 生故로 被髮而坐哭 = 머리풀고 나왔기 때문에 - - -

負胎根而 生故로 袒以而哭=어머니 胎 줄에 매달려 나와서 - 웃옷의 한쪽만 벗고- -곡한다.

= 考證 輪鑑錄 =

男女哭擗無數라=부인은 웃옷을 벗어 드러낼 수 없으므로 가슴을 드러내고 심장을 치며 (爵踊)참새가 뛰는 듯이 한다.

= 考證 :사계전서 27권 가례집람 4 復 =

사례 권 3 상 2쪽 상례

<<解義>>복(復) 혼 (魂) 을 부른다. 皐 復,, 招 魂

侍者(內喪 에는 여자 심부름 하는자)사람이 죽은 사람이 입었던 上衣를 가지고 왼손으로 동정을 잡고 오른손으로 허리춤을 잡고, 앞쪽 처마로부터 지붕용마루에 올라가서 북쪽을 향하여 곡을 한후에 옷을 들고 '아무개 돌아오라'고(男=名, 女=字)

1. 하늘을 향하여 한번 휘두르며 복- -.
2. 땅을 향하여 휘두르면서 복 - -.
3. 동서남북을 향하여 휘두르면서 (즉 天地四方) 복- - 하고 세 번 크고 길게 복을 부른다. 끝나면 옷을 접어 서편으로 내려와서 죽은 사람의 가슴 위에 덮는다.

남녀가 곡을 하면서 가슴을 친다. =증보사례 三 復 =

윗도리는 관직이 있으면 공복(公服)으로 하고, 관직이 없으면 (난삼襴衫 조삼皂衫 심의,深依)로 하고, 여자는 대수(大袖큰소매옷)·배자(背子)로 한다. 아무개라고 부르는 것은 생시에 부르던 호칭으로 한다.

사마광이 말하기를, " 『의례 「사상례」 에 '복(復)은 한 사람의 앞의 동쪽 처마로 올라가서 지붕 가운데에서 북쪽을 보고 옷을 흔들며 아무개 돌아오라고 세 번 부른다.'는 구절의 주석에서 고(皐)는 길게 부르는 것을 말한다. 지붕에 올라가서 부를 경우 사람들을 놀라게 할 것을 생각하여 다만 침(寢)의 남쪽 뜰에 가서 남자의 이름을 부르고 여자는 자(字)를 부른다. 혹은 (남자는) 관직이름을 부르고, (여자는) 봉호(封號)를 부르거나, 혹은 평소에 부르던 대로 한다."라고 하였다.

(신중)

사람이 죽으면 지붕위에 올라가서o oo돌아오시오 라고 소리친다. 지붕에 올라가는 것은 혼기가 위에 있기 때문이다. 고(皐)는 크고 길게 끄는 말이고, 아모는 죽은 자의 이름이다.

理求之에 神道尙靜이라 似當如此니復時에 宜令孝子로暫時輟哭하야 以專望反之誠이 乃得盡愛之道니觀疏家哭訖乃復之文則古人이 亦必輟哭而復矣라

[諸具]{旣絶}[衾]古禮則大斂衾을用於此時니好禮之家-行之亦可요制譴下小殮條(士喪禮)幠用殮衾0(備要)至小斂去之하고竢大殮用之라

<<原文>> 復

侍者(備要)內喪에 用女御라後凡言侍者난皆倣此以死者之上服嘗經衣者로(士喪禮)(左何荷也之하고扱音插領于帶라)自前榮 喪大記註에屋翼也라 升屋中霤하야(喪大記註)에屋脊也라左執領,右執要하고 北面招以衣,

(喪大記疏)哭訖乃復 三呼曰某人(從生時之號라)復畢에劵衣降하야(士喪禮降衣于前에受用비라覆尸上하고男女哭擗無數라(士喪禮)復者-降自後西榮이라

(溫公)曰今升屋而號에慮其驚衆이니但就寢庭之南하야依常時所稱이라

[新增](禮運)扱其死也에升屋而號告曰某復이라

{註}升屋者난以魂氣之在上 死者之名이니欲招

혼을 불러 몸과 영혼을 다시 합하게 하는 것이며 이렇게 하여도 살아나지 않으면 초상 의식을 하게 된다. 복을 3번 부르는 것은 예가3으로 이루어지기 때문이다. 이르기를 천지사방 가운데에 서 혼이 온다는 것이다.
임금의 사신으로 갔다가 죽으면 공관(公館)에서 복하고 사관(私館)에서는 복하지 않는다는 것은 경(卿)대부(大夫)의 집을 사관(私館)이라 하고 공적으로 지정된 곳에 머무르는 것을 공관이라 한다. 공관에서의 예는 높여야 하기 때문에 복(復)하는 것이고 사관에서의 예는 낮아야 하기 때문에 복하지 않는다.
우암 (송시열)왈 복에 쓴 옷은 습염 할 때에 쓰지 않고 장사(葬事)전에는 영좌(靈座)에 놓고 장사 후에는 유품(遺品)으로 한다.

☞ 編譯者 善光註 ;天子의 喪에는 天我鳥=고니의 소리를 낸다.
天子의 복에는 皐天子復 (아 천자여 ! 돌아오시오)
諸侯의 복에는 皐某甫復 (아 아무게여 ! 돌아오시오)
殷나라이전에는 諱 하지 않했기 때문에 신하가 군주의 이름을 부를수 있었다 婦人은 姓을 부른다:

大夫死於道則 升其乘車之左轂곡 以其綏復
사대부가 출장중에 길에서 죽으면 그 수레에 올라 왼쪽바퀴위에서 수레의 끈을 잡고 복을 부른다 =예기잡기 =

<<解義>>
집사자는 휘장으로 가려 시신을 막고 시신 앞에 침상을 세로로 놓는다.

세로로 놓는 것은 동(東)으로 놓았던 시신의 머리를 남으로 하기 위해서이다.
자리와 베개를 놓고,

시신을 그 위에 옮기는데 머리를 南쪽으로 한다.

此魂하야令其復合體魄이니如是而不生이라야乃行死事라
(喪大記)復聲必三者난禮成於三也니所謂天地四方之中而魂來也라
(曾子問)爲君使而卒於舍면禮曰公館復하고私館不復이라하니凡所使之國에有司-所授舍則公館己어늘何謂私館不復也잇고 孔子曰善乎問之也여自鄕大夫士之家曰私館이요與公所爲曰公館이니公館復이此之謂也니라{註}公館之禮宜隆故로復이오 私館之禮宜殺故로不復이라
(尤庵)曰復衣난不用襲殮하고葬前엔置靈座하고葬後에爲遺衣니라
[諸具]{復}[侍者][上服]卽死者服이니用以招魂者라嘗有官者난公服或深衣요 庶人은深衣오無則代以道袍或直領이오婦人은褖衣或大衣長裙이오公服은則團領之類오褖衣난見下陳襲衣條오大衣長裙은見下祭禮朔參條[篚]無則代以柳器

<<原文>>執事者設幃及牀하고遷尸라
執事者-以幃로障臥內하고侍者-設牀於尸前縱置之하고

廢牀時,東首故로今縱置之난將使尸南首也라 設席枕하고

遷尸其上,南首니라
(按)家禮에此條난在掘坎上而古禮에 復後엔則遷尸而楔綴이니事勢當如此故로今依古禮하야移置于此라諸具]{遷尸}[執事者][幃]或屛[牀]則寢牀[席][褥][枕]並甬以施於牀上者

<<解義>> 喪 禮

이를 벌릴 때는 각사(角柶)(뿔로 멍에 같이 구부려 만들어 중앙이 입에 들어가고 두 끝은 위로 향하게 함. 주척 6치)를 쓰고, 발을 묶을 때는 연궤 (발이 뒤 틀리지 않게 다리 굽은 책상)를 쓴다.
파리가 붙지 않도록 네 귀를 틈이 없게 여며서 이불로 덮는다.

가례(家禮)에는 없지만 상례비요(喪禮備要)에 의하여 덧붙인 것 이다.
설치철족 하는 것은 머리. 얼굴. 사지. 눈썹. 수염 전체까지 바르게 하고 수족(手足)과 팔꿈치 .무릎은 따뜻한 손으로 문질러 펴지게 하여야 한다.
만약 염을 제때에 하지 못하면 수족이 틀려서 말할 수 없는 근심이 있을 것이니 제때에 살피는 것이 옳다.
공자(孔子)의 말씀에 공경이 최상이요. 슬퍼함은 그다음이라. 자사 왈 몸에 붙어 있는 것은 정성을 다하고 후회가 없게 해야 한다. 효자는 성심을 다하여야 한다.

☞ 編譯者 善光 註; 禮成於 三.
禮는 세 번에 이루어진다
冠禮에는 三加禮, 射禮=三耦 (겨룬다우) 相見禮=三讓 祭祀=3일 치재, 喪禮=삼불식, 喪服= 3년복 國家-최고의 관직을 3公을 둔다. 考證: 사계전서 27권 가례 5쪽

<<解義>> 상주(喪主)=남자 상주를 세운다.

상주는 장자(長子)를 말한다. 장자가 없으면 장손(長孫)이 승중(承重=아버지가 이미 돌아 가셨는데 할아버지가 돌아 가셨을 때 대를 잇는 것) 하여 제사 지낸다.
상을 당하여 아버지가 게시면 아버지가 상주이고 안계시면 동거하는 형제 중에서 높은 사람이 주관한다. 문상객이 와서 조문 하면 친속이 가깝고 항렬이 높은 자가 주관 한다
『예기』 「잡기」에 '고모·누나·누이동생이 그 남편이 죽고, 그 남편의 집안에 형제가 없으면 남편의 친척으로 하여금 주상(主喪)을 하고 처의 집안에 비록 친척이 있어도 주상을 하지 않는다.
남편이 족인이 없고, 이웃에도 없으면 이장(里長)이 주상이 된다.

<<原文>>楔齒,綴足이라

(士喪禮)楔齒엔用角柶하고入口하야使不合綴足엔用燕几하고拘綴하야使不辟戾覆以衾이라
(備要)斂衾四裔에使之無隙하야以辟蠅이라
(按)此一節은家禮所無而依備要添入이라 蓋稧綴은己是見於經者而非徒此也라頭面肢體로以至眼睫鬚髮히必令正直하고 手足肘膝은 亦當以溫手按摩하야使其伸舒矣라或因凡具未辨하야斂若不能如期而於斯時也에或有泛忽則手辟足戾하야將有難言之憂니必須以時,入審可也라孔子曰敬爲上이오 哀次之니라子思曰附於身者난必盛必信하야勿之有悔라하니附於身者도猶然커든況於身體乎아孝子之盡其誠信이尤當在於正尸之節也니라[諸具]{楔齒綴足}[角柶](士喪禮疏)屈之如軛하야中央은入口하고兩末은上向이라(備要)以角爲之니長六寸(周尺)無則斲木爲之라[燕几]則書案之類[組]俗用布或紙니用以整手足者[衾]則始死時,所覆者

<<原文>> 立喪主

凡主人은謂長子오無則長孫承重이以奉饋奠하고 (奔喪)凡喪에父在어든父爲主하고父歿兄弟同居어든各主其즉喪하고親同엔長者主之하고不同엔親者主之니라 其與賓客,爲禮同居之親,且尊者-主之니라 (雜記)姑姉妹,其夫死에夫黨에無兄弟어든使夫之

고 한다. 「상대기」에 '후사가 없는 상은 있어도 주상이 없는 상은 없다. 만약 자손이 상이 있어서 조부가 주상을 하면 자손은 상주가 되고 조부는 주빈이 된다.'고 한다."라고 하였다.

族人主喪하고妻黨엔雖親이나不主니라

<<解義>> 喪 禮 주부(主婦)를 세운다.

죽은 사람의처를 말하는데 없으면 상주의 아내가 한다.
사계(沙溪) 김장생 말씀에 초상(初喪)에는 죽은 자의 아내가 주부가 되는데 집안 살림을 맏며느리에게 전하지 않았기 때문이고 우제(虞祭).부제(祔祭)를 지낸 후에는 장남의 처가 주부가 되는데 제사(祭祀)의 예를 반드시 부부가 친히 하여야 하기 때문이다.

<<原文>> 主婦
謂亡者之妻오 無則主喪者之妻라
(沙溪)曰初喪則亡者之妻, 當爲主婦니時,未傳家於冢婦故也오虞祔以後엔主喪者之妻, 當爲主婦니祭祀之禮를必夫婦-親之故也라

<<解義>> 호상(護喪)=장례 총책임자를 정한다.

자제 중에서 예를 알고 일을 잘 처리하는 자에게 하도록 하고 모든 상사(喪事)를 물어본다.
친구 또는 이웃 중에 평소에 예를 잘아는 사람으로 상례(相禮) 예를 돕는 자 로 삼아서 상사에 모두 그의 처분에 따르며 호상(護喪)을 돕는다. 축은 친척이 한다.

<<原文>> 護喪
以子弟, 知禮能幹者로爲之하야 凡喪事에 皆稟之하고(儀節)親友或鄕隣中,素習禮者로爲相禮하야 喪事에 皆聽之處分以護喪助焉이라 祝은 以親戚爲之니라

살피건대 축관에 대한 대목은 가례(家禮)에는 염습의 조항에 있지만 특별히 표출시키지 않았고 절목 사이사이에 있을 뿐이다 축관은 상례에 밝아서 주인을 대신하여 뒤에서 일을 치루는 사람이니 미리 선정하지 않을 수 없어 여기에 내놓은 것이다.

(按)祝一段은家禮在襲奠條而不爲表出이오 泛見於節目間而已로대 祝은明於喪禮하야 後主人而治事者니不可不預爲擇定일새玆移置于此라

<<解義>> 사서(司書), 사화(司貨)를 세운다.

자제나 하인에게 하도록 한다.
장부를 두개를 만들어 하나는 물건과 돈의 출납을 기록하고 하나에는 친척과 손님들의 부조(扶助)와 수의(襚衣) 보내온 것을 적는다. 상사(喪事)에 쓸 물건이면 미리 준비하고 일할 사람(목욕.염할자)을 미리 선택하여 지장이 없도록 한다.

<<原文>司書,司貨하고 以子弟,或吏僕爲之라(儀節)置二曆하야一書當用之物及財貨出入하고 一書親賓賻襚之數니 凡喪事合用之物을預爲之備하고所用之人을如浴者,襲者,斂者之類난擇經事,能幹者預求其人하야庶臨時得用에 不致缺乏이라 [諸具] {護喪} [祝] [相禮] [史書] [司貨] [曆]二又具一錄弔問者 [硯] [筆] [墨] [紙]

<<解義>> 喪 禮 **옷을 갈아입고 먹지 않는다.**

아내와 아들과 며느리와 첩은 모두 관(冠)과 웃옷을 벗고 머리를 푼다(남녀 종도 같이한다.)

남자는 심의를 입고 윗 옷섭을 끼우고, 부인은 흰색 장의를 입고 맨발을 한다. 나머지 상복을 입는 사람들은 모두 화려한 장식을 제거한다.

양자 간 자나 출가한 딸은 모두 머리를 풀지 않고 버선을 벗지 않는다.

모든 자식들은 사흘 동안 먹지 않고 기년(朞年)과 구월(九月)의

상복을 입는 자는 세 끼니를 먹지 않고, 오월과 삼월의 상복을 입는 자는 두 끼니를 먹지 않는다.

예기에 염할 때 참여 한자도 한 끼니를 먹지 않는다. 친척과 마을 사람들이 죽을 끓여와 먹이는데

어른이 강요하면 조금 먹어도 된다. 삼일 동안 불을 때지 않는다.

☞ 編譯者 善光 註

정현의 주석에서 '귀신은 형상이 없어서 전을 차려 의지한다.'고 한다

개원례(開元禮당대의 예서)에선 5품 이상은 「사상례」와 같이 하고, 6품 이하는 습한 후에 전한다고 하였다.

지금은 품계의 높고 낮음으로 하지 않으며 목욕하고 시신을 바로 하고 전을 차리는 것이 일에 마땅하다.

전은 술을 따라 탁자 위에 가져가고 降神하지 않는 것이다.

제구: 보통 때 쓰든 밥상. 과일 나물 및 다른 것도 가능.

☞ 編譯者 善光 註

小人=死, 士=亡, 君子=終, 王=薨, 皇帝=崩.

=春秋筆法=

<<原文>>乃易服不食이라

妻子婦妾이皆去冠及上服,被髮하고 婢僕同 男子난(士喪記註)服深衣라 扱上衽(喪大記註)扱前衿於帶라

(備要)婦人은白長衣라徒跣하고(問喪註)無屨而空跣餘有服者-皆去華飾하고(錦繡,紅紫,金玉珠翠之類)爲人後者-爲本生父母,及女子已嫁者난皆不被髮徒跣하고

諸子난三日不食하고朞九月之喪은三不食하고五月三月之喪은再不食하고(間傳)(士{註}朋友與斂焉則一不食이라) 親戚隣里-爲糜粥以食之호대

尊長이强之어든小食이可也니라(問喪)三日不擧火라

(按)去冠은於禮에 惟妻子婦妾爲之而朞功則不論故로 後世에議者多岐라

(沙溪)以爲祖父母與妻喪에豈有不去吉冠之禮오하고尤庵亦以爲朞而吉冠은似駭俗이니 無寧從俗去冠이라하니 先正所論이雖如此而於禮에既無明文하니 雖是哀遑之中이나頭上不冠이亦甚無儀오且被髮之制-始自開元禮則開元以前에遭父母喪者-單去冠而已니今之朞大功者-若去冠則是與古之服三年者로無異矣니 不其過乎아0去上服一節은孔子曰始死에恙裘玄冠者易之而已라하시니 以此觀之則上所云改服之爲恙裘玄冠을可知오士喪記註에亦云爲賓客之來問病者-朝服이오庶人은深衣어늘今人則侍疾憂遑에必不能具朝服이오且華飾之外에無可易之義하니若不曉此義而認上服,爲今之道袍直領之屬則非矣오 又考檀

男便喪=崩城之痛=齊나라 만리장성 杞梁의처 孟姜女痛哭중 崩城
妻喪 = 叩盆 “ =中國 莊子의 처상
子 =喪明 “ 中國 子夏 의 子 死亡
兄弟=割半 “
父喪=천붕 “ = 父나 王의 死亡.
羽鳥의 죽음=降 이라고한다.
四足의 죽음=漬

<<解義>>전(奠)을 차린다.(강신이 없다)사례 권 3 상 2쪽 상례
집사자가 탁자에 포와 절인고기를 놓고 동쪽 계단으로 올라오면, 축(祝)은 손을 씻고 잔을 씻어 술을 따라서 시신의 동쪽 어깨 앞에 놓는다.
증자문에 초상 때의 전은 주인이 애통하여 올릴 겨를이 없어서 집사를 시켜서 하고 직접 하지 않는다.
살피건대 고례에는 처음 작고하였을 때에 전제를 한다고 하였으나 주자가례에는 염습 할때만 전이 있고 상례비요도 그렇게 따랐다. 염습이 당일에 있기 때문이다.
지금은 습과 염이 여러 날 되기도 하는데 신령에게 의지할 곳이 없으니 너무 미안하지 않겠는가?
고례에 의한 예를 기술하였다 만약 쓰다 남은 주과포가 없으면 따로 차려도 무방하다
또한 하루에 한번 전을 드리는 것은 정성이므로 폐할수 없으니 만약 여러 날 동안 염습을 못하면 하루 한번 전을 드리는 것이 마땅하다.

☞ 編譯者 善光 註:
奠于尸東 萬物은 東에서나고 北에서 죽는다
= 예기단궁 사계 27권 가례 奠

@奠올리고는 不拜
@三 不拜者; 1, 시체, 2, 환자. 3, 누은자
@天子의관=4重, = 예기단궁 하 =
1,피나무관, 2,가래나무, 3,물소가죽, 4,외뿔소가죽.

<<解義>> 관 (棺) 을 만든다.=관 보는 上玄 下纁 임
호상은 장인(匠人)에게 명하여 나무를 골라 관을 만들도록 한다. 유삼(油衫:이깔나무.전나무)이 제일이고, 잣나무가 다음이다.

弓疏에始死則去朝服著深衣오崔氏云始死至成服에白布深衣不改라하니然則始死所改之服은勿論大夫士庶하고皆是深衣而今之道袍直領은可以代深衣니侍疾時改服을似當以此而如不能則易服時에不惟不可去오追服可也니라
[諸[具]{易服}[深衣][大帶]並布緣이니無則代以道袍或直領白布帶0並男子服[白大衣] [白大裙]無則代以白衣白裳0並婦人服

<<原文>>
奠(士喪禮) 執事者-以卓置脯醢하며(檀弓註)始死에以生時庋閣上, 所與脯醢爲奠이라 升自阼階하고祝이盥手洗盞斟酒하야奠于尸東,當肩이니라{曾子問註}凡喪奠에主人이以悲哀不暇執事故로不親奠이라

(按)古禮에有始死奠而家禮則有襲奠하니 備要에仍之난蓋以襲在當日故也라今或襲殮過期하고甚或至於多日하야其間에 全無使神憑依之節이면豈非未安之甚者乎아玆依古禮하야移置于此오如無閣餘酒脯之屬이면雖別具亦可오且一日一奠은誠不忍廢니若累日未襲者- 每日一易爲當이라[諸具] {始死奠}[卓]則常時食案士喪禮에用吉器니{註}未變也 [脯] [醢]果菜及他品亦可[酒]{盥盆}[帨巾]

<< 原文 >> 治棺
護喪이命匠하야擇木爲棺하되油衫이爲上이요柏이次之니라[諸具]

송판으로 하되 천판(天板)1. 지판(地板)1. 사방(四方)판 이 각각 하나이니 두께는 3치 또는 2치 반이다.

높이와 길이는 소렴할 때에 재어서 한다.

임(衽):은 은정(隱釘) 못 같은 역할 하는 것이다.

칠(漆):옷칠 인데 관의 내부와 틈을 바른다.

칠성(七星)판:송판 하나를 쓰되 길이와 넓이는 관의 안쪽을 표준하고 두께는 5푼이요 판면(板面)에 7 구멍을 뚫어서 북두칠성(北斗七星)과 같게 한다.

살펴보건대 검은 색 칠을 하는 것은 다만 관을 모실 때 아름답게 보일 뿐이다 호(糊);풀로 발라도 무익한 것이니 안 써도 그만이다.

<<解義>> 사례 권 3 상 4쪽 상례

친척과 친구에게 부고(訃告)를 보낸다.

호상과 사서(司書)가 부고를 낸다. 만약 호상이 없으면 주인이 스스로 친척에게 부고하고, 친구에게는 하지 않는다. 그 외의 편지는 모두 그만둔다.

살피건대 상례비요 유사즉고에 집에 상사가 있으면 고한다 하였다 임금이 돌아가시면 축관이 여러 사당의 신주를 모아서 조묘(祖廟)에 보관한다 하였다 흉사를 상징하여 모으는 것이다 하였으니 반드시 고한다는 것을 알 수가 있다.
그러나 사당에 고하라는 글이 없으니 행하는 자가 드물다. 아들이 태어났을 때에 이미 고하였으니 죽음에 어찌 고하지 않으리오. 가례(家禮)에 찾아 볼 수 없으니 마음대로 끼워 넣을 수는 없다. 일에 죽는 것 보다 더 큰 것이 없으니 부고하기 전에 사당에 고함이 좋을 듯하다.

{治棺} [木工] [漆工] [棺材]以松板爲之하되天板一,地板一,四旁板各一이니無白邊者爲上이오 厚三寸或二寸半이오(營造尺)高廣長短은據小斂裁定하야僅取用體而高則又量七星板,화灰之厚하야以存其剩하라
[衽]則小要니以松木爲之하야用以著天地板,左右合縫處者오或於上下頭合縫處에亦用之니俗稱隱釘이라
[漆]用以彌棺縫이니或漆棺內者 或 [蠟松脂]並用以鎔瀉 棺內, 合縫處者니若漆棺內則不用

[七星板]用松板一片하되長廣은 準棺內오厚五分이오板面에穿七孔如北斗狀이라
(按)黑繪塗棺은只爲入棺者觀美而己니糊塗無益이라 不用亦可니라

<<原文>> 喪 禮

訃告于親戚僚友라

護喪,司書-爲之發書니若無則主人이自訃親戚하고 不訃僚友하고自餘書問은悉停이니라(按)(備要)有事則告條云,家有喪에亦當告也라 蓋禮에君薨이어든祝이取群廟之主하야藏諸祖廟오註에象爲凶事而聚也라하니 以此推之면可知其必告也라 但無告廟之文故로世俗行之者甚少나然子生旣告則其死也에安得無告리오家禮에亦無所見하니 不敢擅爲補入이나然事莫大於死이니生如欲行之則似當在

부고(訃告)서식(書式) :
00 친속 0 00가 0월 0일에 병을 얻어 불행하게 0월 0일에 세상을 버렸기에 부고 합니다.
00년 년호 월 일 호상 0 00 올림

<<解義>>
좀 떨어져 깨끗한 곳에 구덩이를 판다. 가로 한자 세로 두자 깊이 석자. 파낸 흙은 남쪽에 둔다.

<<解義>> 진습의(陳襲依)=
대청 앞의 동쪽 벽 아래 탁자위에 옷깃을 서쪽으로 하고 남쪽을 상(上)으로 하여 탁자에 놓는다.
복건은 하나, 충이(充耳) 두 개 흰 솜으로 대추씨만한 크기로 귀를 막는 것이다.
심의(深依) 하나, 대대(大帶)하나, 신발 둘, 포와 오(襖:거죽에 입은 옷으로 긴 것을 포라 하고 짧은 것을 오라 함),
한삼(汗衫):여름옷의 한 가지), 고(袴:바지), 말(襪)버선, 늑백(勒帛:행전,
과두(裹肚):바지 아래에 끼어서 묶는 것),=배가리개 등은_쓰이는 수에 따라 진열한다. 잡기(雜記): 여자 옷으로 남자를 싸지 않는다.

상례(喪禮)비요: 여자의 상에 남자 옷으로 습하지 않는다.
부인의 습하는 옷은 원삼을 쓰는데 원삼의 제도는 출처가 없다 단 띄는 살펴보라 했으니 부인의 옷에는 일정한 제도가 없어서 가장 의심스럽다.

우암이 답하기를 고례에 의하면 부인은 마땅히 심의를 쓰고 심의의 띠를 써야 한다고 하였으나 지금의 풍속에 부인의 옷이 심의가 아니라 행하는 자가 없으니 고례는 폐하고 지금의 관행이 이겼기 때문이다.
심의는 옛날 귀하고 천한이나 문관이나 무관이나 남녀가 길흉 간에 통용되는 옷이니 세속의 제도는 알 수가 없고 고례에는 근거가 있으니 저것을 버리고 이것을 취함이 의심 할 것이 무엇인가?
이제도가 세속에 해당할 것 같으니 만약 한 두집 부터 시작한다면 풍속도 변할 것이다.

訃告之前이라
[訃告書式]{儀節} 某親某人이某月某日得疾하야不幸於某月某日棄世키로[新增]今俗에但云某親某公이以宿患으로今月某日某時別世라하고內喪云某親模封某氏專人不專人則改人爲書訃告年月日 護喪姓名上某位座前[皮封式]{新補}訃告某位座前 襲

<<原文>> 掘坎
掘坎于屛處潔地라(既夕記)廣尺,輪二尺,深三尺南其壤이라

<<原文>> 陳襲衣
以卓,陳干堂前,東壁下,西領南上하고 (士喪禮)不綪{註}綪屈也幅巾,充耳,幎目,握手,深衣,大帶,汗衫,裹頭,袍襖,袴,靿帛,襖,履{雜記}不襲婦服0(備要)女喪에不襲男服

(按)備要에謂婦人襲衣난用圓衫而圓衫之制,無出處오又曰帶를當考라하니以是로婦人服이未有定制하야最爲可疑라

尤庵이答人間에以爲據古禮則婦人이 亦當用深衣오帶亦當用深衣之帶나今俗이以深衣로謂非婦人之服이라하야絶無行之者하니以古禮廢而俗制勝故也라深衣者난於古에 爲貴賤文武男女吉凶通用之服이어늘俗制無稽하고 古禮有據하니去彼取此가有何可疑리오此制-雖似駭俗而若自一二家而始則或可以變俗

옥조(玉條)에 선비의 아내가 단의(褖衣)(검은 바탕에 단을 친 긴옷)를 입는다는 글이 있으니 또한 채택 할 수도 있다.

"『의례「사상례」에 습의는 세벌인데 세벌은 작변복(爵弁服 :갓선을 두른 변복),
피변복(皮弁服:백색 변복), 단의(褖衣검은색 갓선옷)이다. 모(冒: 자루 모양으로 아래 위 두 개의 덮개)를 만들어
(시신을)싼다는 구절의 주석에서 모는 시신을 싸는 것이다. 그 모양이 자루 같아서 위는 질(質)이라 하고, 아래는 쇄(殺)라 한다.
먼저 쇄로 발을 싸서 위로 올리고, 뒤에 질로 머리를 싸서내려 손까지 오게 한다. 군(君)은 비단으로 모를 하고 도끼 모양을 수놓은 쇄를 쓰며 옆을 일곱 번 꿰맨다.

대부(大夫)는 검은 모를 하고 도끼 모양을 수놓은 쇄를 쓰며 옆을 다섯 번 꿰맨다.
사 (士)는 검은 모와 붉은 쇄를 쓰며 옆은 세 번 꿰맨다. 대저 모의 질은 길게 하여 손이 덮이게 하고, 쇄는 세 자가 되게 한다."라고 하였다.
유장이 말하기를, "예전에는 사람이 죽으면 관을 쓰지 않았다. 다만 비단으로 머리를 싸는 것을 엄(掩 복두와 같은 것)이라고 하였다.

「사상례」에 엄은 표백한 비단으로 넓이는 폭대로 하고 길이는 다섯 자로 하여 그 끝을 가른다고 하는 구절의 주석에서 엄은 머리를 싸는 것이다. 그 끝을 가르는 것은 장차 턱 아래에 매고 또 돌려서 목 뒤 가운데에 매려고 하는 것이라고 한다. 대개 습하고 염( )하는 것은 신체를 보호함을 주로 하고, 부드럽고 견실함을 귀하게 여긴다.
지금의 관은 높고 커서 편안하지 않고, 더구나 복두는 쇠로 다리를 만들고 길이는 3~4 자가 되고, 모는 검은색 깁을 써서 위에는 허첨(虛簷)이 있어서 어찌 관에서 편안하겠는가?
평상복으로 습하고 위에 복건과 심의와 대대와 신발을 추가하는 것만 못하니 옛것과 부합하고 일에도 편리하다.

복건은 머리를 싸는 것이니 지금의 난모(暖帽)와 같다. 심의대신발은 제도가 있다. 만약 심의와 대와 신발이 없으면 다만 적삼과 늑백과 신발을 써도 된다.
그 복두와 허리띠와 신발과 홀(笏)은 장사지낼 때를 기다려 관 위에 놓으면 된다. 얼굴 싸게는 사방 한 자 두 치 되는 검은 천에 솜을 넣고, 네 귀에 끈을 매어 뒤에서 묶는다.
손 싸게는 길이가 한 자 두 치, 넓이가 다섯 치 되는 검붉은 천으로

矣오玉藻에有士妻-褖衣之說하니亦可採用이라
[諸具]{陳襲衣}[牀] [席] [褥] [枕] [卓] [幅巾]制見上冠禮陳冠服條[網巾](大明集禮)0用以包髮者니以黑繒爲之하야制如騣網巾[深衣]制見上冠禮陳冠服條或[團領](備要)0則公服[褡𧞤](記原)0則無袖氅衣니對衾聯旁, 祈後者니用以承團領者0並嘗有官者, 若不用深衣則用之라或[直領] (備要)則俗制常服上衣니不能具深衣者用之
[帶] 條具0(備要)無則用平日所帶 [裹肚]用以包裹腹腰者니用紬或綿布爲之오廣全幅長匝身이오四角有繫[袍襖](儀節)有綿者(韻書)袍난長襦0則裹衣니如俗(中赤莫)冬衣之類[汗衫]則 近身之小衫- 俗稱(的衫)이니用紬(或)綿布爲之라0(按)韻書에謂袞冕下白紗中單이라하니據此則當爲今俗氅衣之類라果然則當別具小衫矣오中單之制난見下成服條中衣註 [袴]有絮니用紬或綿布爲之[單袴](備要)0任袴內襯身者니用紬或綿布或布爲之
[小帶](新補)用以束袴於腰者니俗稱腰帶[勒帛]制見上冠禮序立條[履]制見上冠禮陳冠服條0幅巾以下난男子服 [掩](士喪禮)練帛이니廣終幅長五尺(周尺){註}裹首也0析其兩末,爲四脚이니或用黑繒爲之[纚]用以包髮者니制見上冠禮笄陳服條[深衣]制同男子服하되但玄衣,素裹 或[褖衣]褖或作태0(周禮六服圖釋)에褖衣난色黑(周禮內司服疏)에六服은皆袍制니不禪하고以素紗裹之니通衣裳이라
(士喪禮疏)赤緣을謂之褖者난爾雅文에彼釋嫁時褖衣오此褖衣난雖不赤緣이나褖衣之名同制見上士昏禮醮女條袡衣註或[圓衫]則大衣오用色絹或紬爲之니

피부를 덮는다. 손바닥을 길이 한 자 두 치의 중간에 두어 덮는다. 또 한쪽 끝은 위로 하여 가운데 손가락을 걸어서 팔목을 돌린 것과 같이 손바닥 뒷마디에 묶는다.

☞ 編譯者 善光 註
의식이 하나씩 행할 때 마다 방에서 멀어진다.

飯 於牖下들창유, 小殮 於戶內, 大斂 於阼, 殯 於客位,
祖 於庭, 葬於 墓所 以卽遠也
= 사계전서 27권 가례집람 1쪽 =

☞ 編譯者 善光 註=

@ 幎目 : 用帛 方1자2치 士喪禮;用緇頳裏 充之以絮
멱목(幎目 얼굴 덮는 것)은 비단으로 사방 한 자 두 치의 크기로 만든 얼굴을 덮는 것인데 겉은 흑색이고 뒤는 붉은 색으로 하여 그 속에 솜을 넣는다.

@ 幄手: 用帛 用玄 纁裏, 長1자2치,廣 5치
악수(握手)는 위에는 흑색에 아래는 분홍색 비단으로 길이는 한 자 두 치, 넓이 다섯 치로 만들어 손을 덮는 것이다.
= 士儀 권 6 幄手와 幎目 條 =

☞ 編譯者 善光 註
笄=桑 長 4寸
小囊 =명주주머니로 하고 종이에 두발,
좌수손톱,
우수손톱,
좌족,
우족손톱이라 쓴다.

制見下祭禮朔參條라0
(按)備要所謂 圓衫은則家禮之大袖而而俗制圓衫則對衾하야後長前短이오
又於袖端에以彩帛施數層하야謂之(燕香袖)니詭異不經이라若去燕香袖하고使前後無長短하고得與裙齊則爲有袖背子니制見上冠禮笄陳服條或[長襖子](備要)0袖狹이니俗稱長衣[帶]條具난制同하대男子帶난不用深衣則用錦帶니制見上昏禮醮女條 [衫子]用以承上衣自니制見上冠禮笄序立條[袍襖]俗稱(赤古里) 三稱[小衫](新補)則近身者[褁肚]俗稱腰帶니制同男子褁肚하되但下兩角務繫[裳](備要)或用二[袴][單袴](備要)[彩鞋](備要)掩以下난婦人服 [充耳]{家禮本註}用白纊,如棗核大니所以塞耳者0俗用雪綿
[幎目] (家禮本註)用帛,方尺二寸이니,所以覆面者(備要)用指尺下同(士喪禮)用緇經褁니(註)充之以絮오(疏)四角有繫오0或用紬爲之

[握手](家禮本註)用帛,長尺二寸,廣五寸이니所以褁手者(備要)三分其長하야取中央四寸하야從兩邊各裁入一村하고削約之하야以纁爲褁하야充之以絮하니兩端下角에有繫오繫長은一端은尺五六寸이오一端은三尺許라0或用紬爲之[襪]有絮充耳以下난男子婦人通用[冒](士喪禮註韜尸者用絹紬玄七尺餘하야(造禮器尺)中屈之하야縫合一邊而不縫邊上下兩葉하고各綴小待三이니(大夫五)此所謂質이오又用纁七尺中屈之하야縫合一邊而不縫邊旁하고綴小帶亦如之하니 此所謂殺니上曰質下曰殺이라[擧布]俗用以兜

사례 권 3 상 11쪽 상례

<<解義>>목욕· 과 반함(飯含)할 물품을 진열한다.

당(堂) 앞 서쪽 벽 아래에 탁자를 놓고, 돈 , 쌀, 빗 , 수건 ,을 진열한다.

격(鬲):솥 력. 목욕 물 데우는 솥 와(瓦)반(盤):세 개의 질그릇 대야 1=머리,2=상체(上體)와 하체(下體) 씻는 그릇
번(潘): 쌀뜨물 .

대부(大夫)는 피 씻은 물,

사(士)는 차조 씻은 물,

왕(王)은 향 끓인 물 즉 머리 감는 물이다,

계(笄): 뽕나무 비녀 길이 4치.

오낭(五囊):유색(有色)종이주머니 겉에 써서 표시하고 수염과 빠진 틀니와 이빨은 6량을 쓴다.

☞ 編譯者 善光 註
목(沐)건(巾): 머리 말리는 수건, 갈포 1.
욕(浴)건: 물로 적셔서 몸의 上=곻은 갈포1,
하체용=거친 갈포 1로 시체의 위와 아래를 씻는 수건
식(拭)건:마른 紬布-명주수건으로 시체의 위와 아래의 물기를 닦는 수건.
세(帨)건: 손 물끼 닦는 수건 =사례권3 상 11쪽 목욕 반함제구 =

@.목욕(沐浴:시신을 목욕)·
습(襲:시신을 염습)·
전(奠:전제를 지냄)·
위위(爲位:자리를 만듦)·
반함(飯含 :시신의입에 쌀과 돈을 먹임)

尸腋而擧者니用布三四尺(布帛尺)[盥盆][帨巾]

<<原文>>
沐浴,飯含之具以卓,陳于堂前西壁下南上하고錢米櫛巾이라[諸具]{沐浴}[卓][鬲](喪大記)0則釜니用以煖沐浴水者[瓦盤]三(喪大記)0則盆이니一盛沐髮潘하고二盛浴身水하니上下體에用各器[潘](士喪禮)0則淅米汁이니
大夫以稷이오士以粱或稻니用以沐髮者(按)君喪엔浴用香湯이니則本國之制에爲臣子者- 宜不敢僭犯而至於沐髮에並用香湯에尤極可笑[水]用以浴體者[沐巾]用以晞髮者[浴巾]二 用以浸水하야浴上下體者[拭巾]二用以拭乾上下體者니並用紬或布尺許[櫛]用以理髮者니盛以簞[組](士喪禮)用以束髮者니用黑緞或繒爲之니俗稱(唐只)

[笄] (士喪禮)用桑,長四寸이니{註}以安髮이오(疏)에兩頭闊中央狹0男女同制[小囊]五[備要]0用色紬爲之니用紙五片하야囊髮與爪하고紙面에書以頭髮,左手爪,右手爪左足爪,右足爪하고又於囊面에亦各書識或加造하야以備落鬚落齒之用이라[幎巾](備要)用布方二尺爲之或用紬[諸具]{飯含}[貝]三(備要)金玉錢貝,俱可0俗用無孔珠[米]則稻米니淅令精白이오多少난量宜0並用以爲含者[笲](士喪禮)0則箱이니用以盛珠者[盌]用以盛米者[匕]用以抄米者니俗斮柳爲之[盥盆][帨巾]並孝子所盥洗

<<解義>>목욕을 시킨다. =사례 권 3 상 12쪽 = 喪 禮

시자가 데운 물을 가지고 들어오면 주인 이하는 휘장 밖으로 나와 북향을 한다.(전(奠)올린 물건은 방서남 쪽으로 치운다))

시자가 머리를 감기고 빗질하여 수건으로 말리고 모아서 묶는다. 떨어진 머리카락은 주머니에 넣는다. 평시에 입었든 옷은 치우고 초혼 부른 옷은 영좌에 놓는다.

이불을 들고 몸을 씻기고 수건으로 닦는다. 먼저 낯을 씻기고 손을 씻고 상체(上體) ,하체(下體) 순으로 각각 다른 수건으로 씻는다.

멱건(幎巾)으로 낯을 덮고

좌우 손톱 과 발톱을 깎아서 각각 주머니에 넣는다.

만약 수염과 빠진 이가 있으면 육낭(六囊)을 써서 주머니에 담는다 .

대렴을 기다려서 다시 이불로 덮는다. 목욕하고 남은 물과 수건 및 빗은 구덩이를 파고 묻는다.

<<解義>>

어름을 그릇에 담아 屍體牀에 놓고 갈 (책석;簀席)자리를 깔고 시체를 그 위에 옮겨서 어름의 차가운 기운을 통하게 한다. 여름철에만 쓴다.

살피건대 가례(家禮)에는 없는 것인데 김(金)사계의備要에 의한 것이다.

목욕 시킨 후 염하기 전일이라 하였으니 더울 때는 즉시 실시할 것이고 목욕 전이나 후를 구애받을 필요 없다.

<<原文>> 乃沐浴

侍者-盥手以湯(備要)潘及水를各盛于盆入이어든主人以下-皆出帷外北面하고(士喪禮疏)(辟奠于室西南隅라)侍者-沐鬽(備要)以潘櫛之하고 用紙,承落髮晞以巾하고撮爲髻하고(備要)(用組하야乃施笄하니女喪에도亦用이라以組束髮하고以笄橫置髮上하고用髮纏繞於笄하고復用餘條하야重束安髮이라

髮은盛于囊하고)悉去病時衣及腹衣하고

復衣난置旁側이라가以竢置靈座杭衾而浴하고(備要)(以水)先靧面次盥手하고始抗衾而浴하되先上體,次下體하며手當各用拭以巾하되上下體各用하고以幎巾覆面剪爪하고

(備要)(左右手足爪를各盛于囊이라 先剪左右手爪하고次剪左右手爪하되如有落鬚及平日落齒則亦盛于囊 竢大斂하야還覆以衾하고)其沐浴餘水,並巾櫛은棄于坎이니라(士喪禮)主人이入卽位라(喪大記)復衣난不以衣尸,不以斂(按)悉居病時衣及復衣一段은本在襲條而移置于此난從備要也라以幎巾覆面은在飯含條而浴後에 似當則用故로亦移置于拭以巾之下

<<原文>說氷

(士喪禮)(士喪禮疏)先納氷槃하야乃說牀於其上하고袒 {註}單也簀去席而遷尸하야通冰之寒氣라(喪大記)士난無冰이오{註}盛水(備要)夏月에用之라

(按)此一節은家禮所無而依備要添入이라禮註에雖曰浴後斂前之事而當暑면恐宜隨得卽設이오不必拘於浴之前後也라[諸具]{設氷}[牀]卽有足者[冰]或水[盤]用以盛氷或水者

<解義>> **습 (襲)을 한다.**=시신에게 옷을 입히는 것

시자는 손을 씻고 습 할때 쓸 상을 휘장 밖에 차리고 자리와 요와 베개를 놓고, 먼저 대대심의·도포·옷옷·한삼(여름옷)·바지버선 바지 등을 그 위에 놓는다.

먼저 심의에서 한삼 까지 첩첩이 껴서 소매 끝을 끈으로 꿰 뚫어 동여 묶고 바지와 홑바지도 겹쳐 포개어 묶고 들고 들어가 목욕상의 서쪽에 놓고 시신을 그 浴床 위에 옮긴다.

시신의 하체를 조금 들고 한사람이 바지허리를 잡고 점점 올려 입히고 버선을 신기고 행전을 하고 바지허리를 바로 여미고 작은 띠를 묶는다. 여상일 때는 치마를 입히고 작은 띠를 매는 것이다.

<<原文>> 襲

侍者,盥手別設襲牀於幃外하야施席褥枕하고先置大帶,深衣,袍襖,汗衫,袴並單袴小帶女喪並裳　襪,勒帛,裹肚之類於其上하고先以深衣,至汗衫을疊複之하야領下直縫處及至左右袖端을用線綴住하고袴與單袴을亦疊複而綴住其腰하고

遂擧以入置浴牀之西하고於浴牀上에侍者四人이分立左右하야微擧下體하고別以新席으로承籍之하고一人이執袴腰하야納尸足於袴하고引袴漸上著之하고著左右襪하고用勒帛束脛至膝하고仍結其繫하고重引袴腰하야整而斂之에結小帶하고用집肚하야包裹腹腰而結其繫하고女喪則用裳하야著于肚上하고結小帶니라

저고리를 입힐 때 우임(右衽)으로 여민다. 시자 한사람이 시신의 머리를 바르게 하고 한사람은 두발을 받들고 좌우로 한사람씩 껴 받들어서 베 한 폭을 겨드랑이 밑으로 가로 넣어 각각 그 끝을 잡고 똑 같이 힘을 써서 들어 옮긴다.

시신의 손을 잡고 옷소매를 끼어 입히고 옷에 깃을 잡아 끌어 올려 바르게 하고 겨드랑이 밑에 횡포를 빼내고 옷깃을 좌로 여민(불용(不用)우임(右衽): 증보사례)다음 작은 띠를 매는 것이다.

복건과 심의를 입히는데 습을 기다렸다가 여미고 끈을 매고 신을 신기고 이불을 덮고 시자가 목욕시킨 상을 치운다.

遷尸於其上하대(備要)(衣之에皆右衽이라)侍者一人이奉尸首하야令直하고一人은奉兩足하고又左右各一人이夾奉하고以布一幅으로橫納于當腋處하고各執其一端하고齊心共力하야擧而遷之하야令尸腰로正在衣領上하고納尸手于袖하고共擧尸하야漸漸下之而又二人이分在左右하야各以一手로自袂口入하야迎執尸手하고又各以一手로執衣領引上整之하고抽出當腋處橫布하고不用右衽,結小帶라但未著,幅巾,深衣,深衣난古者에於此時不著이나今從便並著하되　但未斂衽未結紐하고以侍卒襲이라履니라(備要)覆以衾하고侍者-徹浴牀이라(按)備要에略有遷尸,服上之節而猶欠詳備故로以原說爲主而並採經歷慣熟者之言而參互錄之하야使便於擧而行之라

@사계의 말씀에 참최, 재최에 복을 거듭 입게 될 때는 흉복(凶服)으로 염(殮)하여야 하고 시마(緦麻)와 소공(小功) 때와 국상(國喪)이 있을 때 죽은 자도 흉복으로 염하는 것이 시행하기 어려워서 기묘년에 선비들이 모여 상중에 죽은 자의 습염을 길복(吉服)으로 쓰고 상복은 영상에 두고 장사지내어 영상을 치웠으면 영좌 곁에 놓았다가 복 벗을 때를 기다린다. 연제(練祭), 소상(小祥) 대상(大祥)때에 전을 올리고 고할 적에 수질(首絰),부판(負板),벽령,최(쇠(衰))를 제거하고 옷을 갈아입을 적에 잘 두었다가 대상일이 오면 태우는 것이 좋다.
寒岡 정구(鄭逑)에게 물었는데 다음과 같이 대답하였다 적어 보낸 말씀이 옳습니다. 장사지내기 전이면 생시와 같이 전을 올리고 상복은 영상에 놓아두고 이미 장사지냈으면 상복을 치우고 고기 제물을 올림이 어떻겠습니까?

愚伏 정경세(鄭經世)가 말하였다 염(殮)할 때에 흉복을 퇴계선생은 오른쪽 곁에 둔다고 하였는데 이는 관을 덮은 뒤에는 상복 벗는 것을 할 수가 없어서 옳지 않은 것 같다 여러 예학자에게 물으니 모두가 이대로 하면 안 되고 상례 치르는 자리에 놓았다가 대상 때에 태우는 것이 적절한듯하다 고 말하였다 장사지내기 전이면 생시대로 소찬(素饌)으로 지내야 한다고 西崖 유성룡(柳成龍)이 이와 같이 행하였다.

@의례문해(儀禮問解)=김(金)사계(沙溪)저서=조부모와 부모가 함께 죽으면 습렴은 누구를 먼저하고 누구를 나중에 해야 합니까 ?
만약 아랫사람을 먼저하고 중(重)한자 (웃어른)을 후에 하면 승중손(承重孫)에게 조부모와 부모 중 누가 중하고 가볍습니까? 습렴은 폄장(窆葬)과 다르니 先輕 後重을 구애받지 않아야하고 존비(尊卑)를 위주로 하여야 옛 예문(禮文)에 근거가 없으니 감히 어떤 것이 옳다고 하지는 못하겠다.

〈解義〉〉 사상(尸牀)을 당의 중간에 옮겨 놓는다.
당의 정 중앙에서 남쪽으로 머리를 두게한다.
처의 상에는 조금 서쪽으로 하여 중앙을 피한다. 어린이는 각기 방의 중간에 둔다.

(新增)(沙溪)曰齊斬重服에斂以凶服이於情近似나至於緦麻小功之輕服及 國恤中,死者,亦以凶服襲殮이極有妨礙難行이라己卯諸儒,議定喪中死者襲殮을皆用吉服하고喪服則陳於靈床하고若既葬而撤靈牀則置於靈座之傍하야以侍除服之期하고乃遺衣服은必置靈座之意也오練祥時奠告에去首絰負版辟領衰하고以之易服에一如生時라 曾以此問寒岡하되答曰來教得之也라梶葬前衆生時하야用素饌하고喪服은常置靈座하고既葬之朽則撤喪服而用肉祭,如何云
(愚伏)曰斂時에置凶服於右傍은退溪先生이有此說이나然但盖棺之後에永無變除가此爲未安하야曾質於諸先生知禮處則皆以爲,不當用이오只可置之生時喪次라가到大祥日焚之云하니此似得宜오葬前則專用事生之禮하야當用素膳以祭之니西厓先生이如此行之云
(問解)問祖父母與父母,皆死則襲殮을將何後先고若從先輕後重之禮則承重孫이於祖父母,與父母에何重下輕耶아曰襲殮은與窆葬有異하니不可以先輕後重爲拘오當以尊卑爲主나然古禮無據라不敢爲是라

<<原文>>
徙尸牀하야置堂中間이라[儀節]當堂正中, 南首라(朱子)曰妻喪則少西하야以避

☞ 編譯者 善光 註:
(牀에 있으면 시체요, 棺안에 들어 있으면 柩라함
在牀曰 尸, 在棺曰 柩 =禮記 曲禮)

항렬이 낮고 어린 사람은 각각 실(室)의 중간에 놓고 나머지는 당에 놓는다 한 자도 이렇게 놓기 때문이다.

<<解義>> 전(奠)을 차린다. (강신이 없다) 喪 禮
처음 운명 했을 때의 전제를 시신의 동쪽에서 했던 것과 달리 염습의 전제라 한다.

가례에 이전제는 옛예에는 처음 운명 했을 때의 제전인 것이나 이미 옛것을 따랐지만 이제는 지내지 않아야한다.

<<解義>> 주인 이하는 자리를 하여 곡(哭)을 한다.
주인은 시상의 동쪽 전의 북쪽에 앉고 삼년복을 입는 여러 남자는 그 아래에 짚을 깔고 앉는다.

일가로써 기년복과 대공복, 소공복 이하를 입는 사람은 모두 각각 입는 복의 순서대로 그 뒤에 앉는데 모두 서쪽을 향하여 남쪽을 위로 하여 앉는다.
항렬이 높은 어른은 나이 순서대로 상의 동북쪽 벽 아래 남쪽을 향하여 서쪽을 위로 하여 자리를 깔고 앉는다.

주부와 여러 부녀자는 상의 서쪽에 짚을 깔고 앉는다.
동성의 부녀자는 복(復)의 중한 순서대로 그 뒤에 동쪽을 향하여 남쪽을 위로하여 앉는다.
존항은 나이 순서대로 상의 서북쪽 벽 아래에 남향을 하여 동쪽을 위로 하여 자리를 깔고 앉는다. 첩과 계집종은 부녀자의 뒤에 선다. 따로 휘장을 펴서 안과 밖을 가린다.

正中 卑幼則各於室中間이니餘言在堂者倣此라
(按)古禮에奉尸于堂이在小斂後오家禮則在襲後하니今依本文錄之而堂有中門則可以闔門行事오 若無門而只設幃隔障則勢有難行者라蓋尸觸風則置浮氣니入棺尙遠에何可遽爲徙尸하야經累日於堂中也리오 不惟此時難行이라雖小斂後라도亦難則行이니似當於室中間徙置라가待大斂時奉遷于堂也

<<原文>> 乃設奠
[士喪禮疏]始死奠은反之於尸東하고 因名襲奠이라
家禮에此奠은則古禮之始死奠이니旣從古禮則此奠은不設爲宜故로(按)本註則移置於上文始死奠下而襲在經宿則依家禮하야 設此奠이無妨이나但旣是小斂之日則自有小殮奠이니此奠은自當闕之니라
<<原文>>
主人以下-爲位而哭이라
主人은坐於牀東奠北하고衆男應服三年者난坐其下하되皆籍以藁하고同姓朞功以下난各以服次로坐于其後하되皆西向南上하고尊行以長幼난坐于牀東,北壁下,南向西上하되籍以席薦하고
主婦衆婦女난坐于牀西에籍以藁하고同姓婦女난以服爲次하야坐于其後하되皆東向南上하고尊行以長幼난坐于牀西北壁下,南向東上에籍以席薦하고妾婢는入於婦女之後하되別設幃以障

이성(異姓)의 친척 중에서 남자는 휘장의 동쪽에 앉아 북향을 하여 서쪽을 위로 하고, 부인은 휘장의 서쪽에 앉아 북향을 하고 동쪽을 위로 하여 자리를 깐다. 복으로 순서를 하고 복이 없는 사람은 뒤에 앉는다.

內外하고
異姓之親丈夫난坐於幃外之東,北向西上하고婦人은坐於帷儀節에作幃外書儀에作內之西,北向東上하되皆籍以席하고以服爲行이無服은在後니라

만약 내상(內喪: 부녀자의 초상)이면 동성의 남자는 휘장 밖의 동쪽에서 북향을 하여 서쪽을 위로 하여 앉는다.

若內喪則同姓,丈夫尊卑난坐于幃外之東,北向西上하고

이성의 남자는 휘장 밖의 서쪽에서 북향하여 앉는데 동을 상으로 한다.

異姓丈夫난坐於帷外之西,北向東上이니라
[儀節]自是以後로凡爲位哭을皆如此儀니라

삼년상을 지내는 자는 밤에는 시신 옆에서 자며 짚을 깔고 흙덩이를 벤다.

三年之喪에夜則寢於尸傍에籍藁하고

병자와 쇠약 자는 골 자리를 깔아도 된다.

羸病者난籍以草薦하고

기년복 이하는 곁의 가까운 곳에서 자며 남자와 여자는 방을 다르게 사용한다.

朞以下난寢於側近하되男女異室이니라[諸具]爲位[編藁][席薦][席][草薦][幃帷]並用以,設于堂中間하야以別內外者未襲之前엔男女哭僻無數니奚暇爲位而哭가雖或延至二三日之後라도必死者襲而後에生者-方可爲位也니라

<<解義>> **반함을 한다.** =사례 권 3상 15쪽= 喪 禮

주인은 곡을 하여 슬픔을 다하고 남쪽을 향해 오른 소매를 벗어 좌단=(웃옷의 왼쪽소매를 벗는것)을 하고 손을 씻고 상자에 구슬을 담아 들어간다.
심부름 하는 자가 쌀그릇에 수저를 꽂아 가지고 따라온다.
축자가 구슬을 받아 시신의 서쪽에 놓고 또 쌀을 받아 구슬 북쪽에 놓는다.
나와서 받아 갖이고 시신의 남쪽을 통과하여 시체 서쪽에 놓고 주인의 우측에서 반함을 돕는다. 베개와 이에 넣은 角四를 철거한다.
주인은 시체 동쪽에 앉아서 수건을 들고 수저로 쌀을 떠서 시신의 입 오른쪽부터 채운다. 동전 한 잎도 채운다.
다음은 왼쪽에 그리고, 또한 입의 중앙에 이와같이 쌀과 돈을 채운다.

<<原文>> 乃飯含

主人이哭盡哀,(士喪禮)(出南面이라)左袒하고自前扱於腰之右하고盥手執箱盛珠以入하면侍者- 揷匕于米盌하야執以從하야(士喪禮)(祝이受貝하야今用珠奠于尸西하고又受米하야奠于貝北이라)
(疏)就尸東受하고從尸南過하야奠于尸西하고入主人之右하야佐飯事라 徹枕하고(士喪禮)(徹楔이라)主人이就尸東하야由足而西牀上坐,東面擧巾하고沐浴時,所

축이 남은 반을 치우고, 나면 주인은 벗었든 소매를 다시입고 되돌아간다.

☞ 編譯者 善光 註; 반함시 貝, 玉의 종류
周禮에 天子=玉, 諸侯=珠,大夫=璧(벽),士=貝, 庶人=錢
예기 잡기에 천자=패9개, 왕=패7개, 대부=패5개, 사=패3개 서인은 엽전. 考證; 사계27권 기례 15 쪽

抄米實于尸口 主人左 扱米實右三 實一貝左,中,亦如之
주인이 시체의 왼쪽에서 우측 입에 쌀3번 넣고 ,패옥 한개 넣는다. 입 왼쪽과 입 가운데도 같이한다.
考證 사계전서 27권 가례18쪽

<<解義>> 시자는 염습이 끝나면 이불로 덮는다.

얼굴 수건을 벗기고 망건을 씌우고 복건을 덮어 씌운다.

귀마개와 얼굴 가리개 즉 멱목을 한다.

이에 심의를 입히고 대대를 하고 손씌우개,악수를 한다. 그리고 이불을 덮는다.
신을 신키고 그끈으로 발등에 매고 남은 끈을 두발을 매어 서로 떨어지지 않게 한다.
이어 심의로 염습하되 오른 쪽으로 여며 작은 띄를 두른뒤 큰띄를 두른다.

손 씌우개악수를 낀다. 덮어 씌우기로 하여 아래 모에서 발을 싸서 올라가고 윗모에서 머리를 싸내려와 띄에다 맨다.

覆者以匕抄米하야(士喪禮)左扱米라實于尸口之右하고(尤庵)曰抄米多少난隨宜라並實一錢하고(備要)作珠 又於左於中에亦如之하고(士喪記)(祝이徹餘飯이라) 主人이襲所袒衣,復位니라
(退溪)曰不獨飯含이라如斂絞, 擧尸撫尸之類난皆喪者- 所當自爲니古人이於此에 非不知有所不忍이나當此終天之事하야不自爲而付之人은尤所不忍故로古禮如此어늘今人은不忍하야於小不忍而反忽於大不忍은竊恐不可로다

<<原文>>侍者-卒襲하고覆以衾이라(備要)(設枕,去幎巾하고先著網巾이라)加幅巾,(備要)以其帶,向巾外하야過項後,相結以垂之라0內喪엔用掩하되以掩全幅으로當顱裹之하고以後二脚으로向前結於頤下하고又以前二脚으로向後繞之하야結於項中이라
充耳하고設幎目,
(備要)以其繫로結於後 納履하고 (備要)以其繫로穿于絇中하야結于足背하고又以餘組로合繫兩足하야使不相離라

乃襲深衣,斂衣右衽하고結小帶라 結大帶,
(本註)圍腰而結於前하고再繚之爲兩耳하야垂其餘爲紳하야下與裳齊하고復以條로約其相結處하야長與紳齊라

設握手하고先以右手로置於摟中하고用下一端하야掩手背하고以朞繫로繞擊一匝하고還從上自

이불로 덮고

이를 괴었던 것 과 수건 또는 반함 쌀 남은 것은 구덩이에 묻는다.

<<解義>> 밤에 횃불을 뜰 가운데 피워 놓는다.

이런 말은 가례에는 없는데 상례비요에 첨가 된 것이다.
옛날에는 습이 죽은 날에 했는데 지금은 그렇지 않다. 상이나면 뜰 가운데 밤새도록 횃불을 놓았다가 새벽이 되면 끈다 하였으니 이것으로 보아 습전이라도 밤이 되면 설치 한 것이다.
제구: 횃불을 놓는 기구

사례 권 3 상 17쪽 상례

<<解義>> 영좌를 설치하고 혼백을 모신다.

시신의 남쪽에 횃대를 세우고 휘장으로 덮고
그 앞에. 의자와 탁자를 놓고
흰 명주로 혼백을 만들어 의자 위에 놓는다.

향로와 향합· 술잔· 술주전자· 과일을 탁자 위에 놓는다.

貫하며又用上一端하야重掩之하고以碁繫로向手裵繞寧由手表向上하야納于無名指長指之間하야 出于長指食指之間하고以鉤中指로取繫向下하야由小指後擧際하야復向手裵하고與自貫者로結於掌後節中하고(則掌擧之際)於左手도亦如之라(士喪禮)設冒櫜之라 (備要)先以殺,韜足而上하고後以質,韜首而下하야乃結其帶라乃覆以衾이니라

(備要) 楔齒與幎目은並餘米 埋于坎이라 凡襲殮時,牀席器用之屬을亦埋之하고 可燒者燒之하야勿令人褻穢니라

<<原文>>設燎(通解)
(士喪禮)宵에爲燎于中庭이라(按)此一節은家禮所無而依備要添入이라古者에 襲必在死日而今則不能盡然이라 禮疏曰有喪則於中庭에終夜設燎하고至曉滅燎하니以此觀之면雖於襲前이나當夜에似當設之니라
[諸具] 設燎 [燎] 則炬

<<原文>>
置靈座,設魂帛이라
設椸於尸南하야幃外覆以帕하고置椅卓其前하고結白絹爲魂帛하야置椅上하고(源流)以紙로裵復衣하야納諸箱中(儀節)衣上에置魂帛0(尤庵)曰蓋則未有考니以帕代之하야或覆或開設盞,注酒,果於卓上하고巾之니라 設香案於卓前하야置爐盒하되爐西,盒東이라 (備要)若日昏이면先設燭하야以照饌이라가設巾後

시자는 아침저녁으로 빗질하고 세수시킬 세면도구 갖추기를 평상시와 같이 한다.

☞ 編譯者 善光 註; 주자가례에서 발췌

사마광이 말하기를, “
예전에는 나무를 깎아 중(重 영혼이 의지하도록 목조 임시신주)을 만들어 신을 섬겼다.

지금의 격식에도 이것이 있으나 士와 백성의 집에서는 이것을 알지 못한다. 때문에 명주를 묶어서 신을 의탁하여 혼백이라고 하니 고례의 남은 뜻이다.
세속에서 모두 초상화를 그려 혼백 뒤에 놓는데, 남자는 살아있을 때의 화상이 있으면 이것을 써도 말할 바가 없다.

부인의 경우는 살아있을 때 규문에 거처하고 외출을 할 때에는 덮개 가마를 타고 얼굴을 가리다가 죽어서 어찌 화공에게 직접 안방에 들어가서 얼굴을 가린 명주를 들고서 붓을 들고 얼굴을 살피며 그 용모를 그리게 하겠는가?

이러한 것은 특히 예가 아니다. 또 세속에 관모와 의복과 신발로 사람의 모습처럼 꾸미기도 하는데 이것은 더욱 속되고 천박하여 따를 수 없다.

重에 대해서 물으니, 주자가 답하기를, 삼례도(三禮圖)에 重을 그린그림이 있어서 참고할 수가 있다. 그러나 또한 사마광의 말과 같이 당시의 행한 것을 따라서 하고 꼭 옛 것에 구애되지 않아도 된다.”라고 하였다.

<<解義>> **명정을 세운다.** = 사례 권 3 상 18쪽 =

붉은색 비단으로 명정을 만든다. 대나무로 깃대를 하여 영좌의 우측에 세운다.
글 잘쓰는 사람이 명정을 쓴다.
넓이는 온 폭으로 하고 3품 이상이면 9자, 5품 이상이면 8 자, 6품 이하면 7자로 한다. 쓰기를

모관모공지구(某官某公之柩)라고 하는데, 관직이 없으면 살아있을 때 칭호로 한다.

還滅之하나니凡奠에同이니라
侍者,朝夕에設櫛頮奉養之具하되皆如平生이니라 (問)東帛은世俗이夜則闔而臥置之하고晝則開而立置之하되尤庵曰臥置가似是禮意니라
(按)今俗魂帛之制-各殊而於禮에俱無所當이오家禮에旣有結白絹之文則只當依此用結帛也니라
[新增](同春)曰父母,偕喪則,一堂에各設床卓하고同時行奠而中間에用帷屛隔之니라
[諸具](置靈座)[椸] 則衣架니用以障椅後者니覆以大襆하고無則代以屛0又用幃以障尸난已見上遷尸條 [席]用以舖靈座處者오弔賓之席이오亦預具[椅]坐褥具난用以安魂帛箱者[大卓]座面紙具니用以設奠饌者[魂帛]則結帛이니用白絹或苧布三四尺(周尺)爲之-라
(儀節)摺爲長條하야交穿如同心結하되上出其首하고傍出兩耳하고下垂其餘하야爲兩足,[箱]用厚紙爲之[復衣][帕]則小僕이니紬爲之[果]或脯醢或疏 [酒注[盞盤] [罩巾](儀節)0用以覆奠者니裂竹爲籌하고蒙以紙或布0家禮附註에以辟塵蠅이라[香案]爐盒,匕筯,具0(按)家禮에設香爐盒於卓上而與奠饌同設이不便故로依祭禮別具[燭臺][拭巾]用以拭巾]幷平日所用者
(尤庵)曰劉氏以爲,靈座之間에盡用素器난以主人이有哀素之心故也라椅卓者[梳貼] [盥盆][帨

<<原文>> 立銘旌
以絳帛,爲銘旌하고
以竹爲杠하야倚於靈座之右라[諸具]立銘旌

[善書者][銘旌]{家禮本註}에三品以上은九尺,五品以上은八尺,六品以上은
七尺,0(備要){造禮器尺}0用絳帛, 廣全幅이오以眞楷로大

대나무로 깃대를 하는데 영좌의 右측에 기대여 놓는다.

☞ 編譯者 善光 註; 명정의 규격
天子=9자, 諸侯=7자, 대부=5자, 士=3자.=
= 禮記 士喪禮 =
사마광이 말하기를, “‘명정에 받침대를 하여 빈소의 동쪽에 세워 놓는다.’는 구절의 주석에 ‘부(跗)는 깃대의 발이니 그 제도는 우산 걸이와 같다
서쪽계단위에 두었다가 혼백을 만든 후는 혼백 뒤에두고, 빈소 마련 후는 棺東에 위치한다.=예기단궁하
無官者,庶女의 명정은 某貫 某氏之柩 =의례문해

☞ 編譯者 善光 註; 考妣 ; 예기 곡례편에
王父를 皇祖考라하고, 王母를 皇祖妣라하며,
아버지를 皇考라하고, 어머니를 皇妣,라하며
남편을 皇辟이라 한다.
그註에 皇이라 하고 王이라하는것은 모두 임금의 칭호를 높이는 것이다.
考는 成이고, 妣는 媲비이며 辟은 法이니 처가 본받는 것이다. =고증 사계전서 29권 고비 =

부인 명정식은 某封 某貫 某氏 之柩 라 쓴다.

☞ 編譯者 善光 註;
一品 대군처는 府夫人 貞敬夫人. 宗親 처는 郡夫人
二品 문무관 처는 貞夫人. 종친 처는 縣夫人.

三品	“ 堂上”	淑夫人.	” “	愼夫人.
三品	堂下	淑人.	:“ ”	愼人.
四品	參上	令人	“ ”	惠人.
五品		恭人.	“ ”	溫人.
六品		宣人.	“ ”	順人.
七品	參下	安人.		
八品		端人.		
九品 과 士庶人妻		孺人.		

= 고증 사례편람 권 3 喪 19쪽 =

書死者官封于幅中央하고上下에各摺半寸許하야用線縫住하고以細竹으로橫貫爲軸하고以繩繫于扛이라[竹杠]長與銘旌,較長]用以書銘旌者[鹿角膠]用以煎取汁,和粉者[筆][盥盆][帨巾][銘旌式]{備要}某官無官則隨所稱某公之柩(國制)一品은大匡輔國崇祿,輔國崇祿,崇祿,崇政이오宗親은顯祿興祿,宜德,嘉德이요儀賓은綏祿,成祿,靖德,明德이오二品은正憲,資憲,嘉義,嘉善이오宗親은崇憲,承憲,中義,昭義,儀賓은奉憲,通憲,資義,順義요
堂下三品은文蔭은通政이오武난折衝이오宗親은明善이오儀賓은奉順이오堂下三品은文蔭은通訓,中直,中訓이오武난禦侮,建功,保功이오宗親은彰善保信,資信이오儀賓은正順,明信,敦信이오四品은文蔭은奉正,奉列,朝散,朝奉이오武난振威,昭威足略宣略이오宗親은宣徽,廣徽,奉成,光成이오五品은文蔭은通德,通善,奉直,奉訓이오武난果毅忠毅,顯信,彰信이오宗親은,通直,秉直,謹節,愼節이오六品은文蔭은承議,承訓,宣敎,宣務오武난敦勇,進勇,勵節,秉節이오宗親은執順,從順이오七品은文蔭은務功啓功이오武난迪順,奮順,이오八品은文蔭은通仕,承仕,오武난承義,修義오 九品은文蔭은從仕,將仕오武난效力,展力이오文蔭,宗親,四品以上은大夫요五品以下난郞이오武난二品以上은大夫오堂上三品以下난 將軍이오五品以下난校尉오七品以下난副尉니라
[婦人銘旌式]{備要}某封某貫某氏之柩(國制)에一品大君妻난府夫人이오文蔭武官妻난貞敬夫人이오宗親妻난郡夫人이오二品文蔭武官妻난貞夫人이오宗親妻난縣夫人이오三品文蔭武官妻난淑夫人이오宗親妻난愼夫人이오堂下三品文蔭武官妻난淑人이오宗親妻난愼人이

<<解義>> **불사(佛事)를 하지 않는다.**

배우지 않은 자와는 본래 더불어 말할 바가 없지만, 글을 읽고 옛 일을 아는 자도 깨닫는 이가 없다.

<<解義>> **친구와 가까이 지낸 사람이 이에 들어가서 곡을 해도 된다.**

주인이 성복을 하지 않았어도 와서 곡을 하는 자는 마땅히 심의를 입어야 한다.

시신에 다가가서 곡을 하여 슬픔을 다한다. 나와서 영좌에 절하고 향을 꽂고 두 번 절한다. 그리고 나서 주인에게 조문하고 서로 향하여 곡을 하여 슬픔을 다한다.

주인은 곡으로 답하고 말하지 않는다.

☞ 編譯者 善光 註; 三魂 七魄

삼혼(三魂) ; 台光 , 爽靈, 幽精.

칠백(七魄) : 目 2穴, 耳 2, 鼻 2, 口 1穴.

<<解義>> **소 렴** = 사례 권 3 상 22쪽 =

그 다음날 새벽 집사자가 소렴할 옷과 이불을 펴놓는다.

탁자를 당의 동쪽 벽 아래 놓는다.

죽은 사람이 가지고 있던 옷에 따라 적당히 쓰되, 많으면 다 쓸 필요는 없다.

이불은 겹이불을 쓴다.

교포(絞布:묶는 끈)는 가로가 셋이고 세로가 하나인데 모두 가는 베나 비단을 쓰되,

오四品文蔭武官妻난令人이오宗親妻난惠人이오五品文蔭武官妻난恭人이오宗親妻난溫人이오六品文蔭武官妻난宜人이오宗親妻난順人이오七品文蔭武官妻난安人이오八品文蔭武官妻난端人이오九品文蔭武官妻난孺人이오爲士妻도亦得稱孺人이라凡婦人稱號는皆從夫實職하대官卑秩高,或秩卑官高者난皆不從資秩이니라

<<原文>> 不作佛事

(按)此段所載난溫公說이甚多而近世에禮敎漸明하야士夫家에鮮有作此事者故로玆不錄焉이라

<<原文>>

執友親厚之人이至是入哭이可也니라

主人未成服而來哭者난當服深衣하고臨尸哭盡哀하고出拜靈座하고(上香再拜)遂弔主人하되相向哭盡哀하면主人이以哭對無辭니라

(檀弓)大夫弔當事而至則辭焉0(尤庵)曰魂帛銘旌之具를一時皆傳則待其設而哭拜可也오或曠日未設則親厚之人인들何可等待,不入哭乎아哭尸而當拜與否난未有明文하니不敢質言0(問)入哭盡哀則出拜時,不哭耶아尤庵曰當看情義之輕重也니라(按)遂弔主人一段은儀節之見於備要者-頗詳이나然此在始死日이라孝子-哀遑罔極之中에未可語此니出見禮不出見禮난恐皆難行이오親厚之入哭者-拜靈座後還入幃內하야向主人而哭에主人은哭對無辭니如是而已오未親厚者난徐待成服而弔慰-未晚也니라

<<原文>> 小 斂

厥明에謂死之明日이라

執事者-陳小斂衣衾하고

以卓陳于堂東壁下하고(士喪禮)南領西上綪이라據死者所有之衣를隨宜用之하되若多則不必盡

한 폭은 그 양쪽 끝을 갈라서 셋으로 한다. 가로 끈은 족히 몸을 둘러서 서로 묶을 수 있게 취하고, 세로띠는 족히 머리를 덮고 발에까지 이르게 하고 몸 가운데에서 묶을 수 있어야 한다.

"습의(襲衣)는 시신에 옷을 입히는 것이고, 염의(斂衣)는 싸는 것이다. 이것이 습과 염의 차이다. 소렴의 옷은 작은 것이니 다만 온 폭의 가는 광목을 그 끝을 갈라서 쓴다.

염은 네모나게 하고자 하는 것이니 반은 시신 아래에 두고 반은 시신 위에 둔다. 때문에 산의(散衣)는 거꾸로 놓는 것이 있으나 제복(祭服)은 거꾸로 놓지 않는다.

염의를 펴는 데는 모두 띠와 홑이불은 먼저 편다. 소렴에는 좋은 것을 속에 편다. 그러므로 그 다음에 산 의를 펴고 그 다음에 제복을 편다. 대렴에는 좋은 것을 밖에 둔다. 그러므로 제복을 펴고

그 다음에 산 의를 펴는 것이다.
염은 옷으로 주로 하는데 소렴의 옷은 반드시 19벌이다. 대렴의 옷은 많으면 50벌까지 한다.
습을 하고 염의가 이렇게 많기 때문에 끈으로 묶지 않으면 견실할 수가 없다.
단단히 묶으면 작고 견실하다. 그러므로 옷과 이불이 육신이 썩어도 그 형체를 감출 수 있어 사람으로 하여금 혐오하지 않게 할 수 있는 것이다.
지금 장사지내는 데는 염의가 얇은데도 끈과 모로 묶고 싸지 않으니 형체가 드러날까 걱정스럽다.

급히 관에 넣어 입관하는 것으로 소렴을 삼고, 관 뚜껑을 덮는 것으로 대렴을 삼는데, 입관은 습을 할 때하고, 관 뚜껑을 덮는 것은 성복할 때에 하니 소렴과 대렴의 예가 모두 폐하여졌다."라고 하였다.
"『의례』「사상례」에 소렴의 옷은 19벌이고 끈은 가로가 셋, 세로가 하나로 넓이는 폭대로 하며 그 끝을 가른다는 구절의 주석에 끈은 옷을 묶어 단단히 하는 것으로 광목으로 한다.
가로는 세 폭이고, 세로는 한 폭으로 그 끝을 갈라서 묶을 수 있게 한다."고 하였다.
☞ 編譯者 善光 註;
소렴단 (小斂袒왼팔소매 벗다),
괄발(括髮머리묶음), 면(免 머리쓰개), 좌(髽머리묶음),
전(奠주과포 올림), 대곡(代哭)

用也오
衾用複者난絞니橫者三縱者一이라 下有舒絹之文하니此時에亦當具絹이라(喪大記)絺綌紵는不入[諸具]{陳小斂}[牀][席][褥][枕][卓][衾]用紬하야聯縫爲衾하되有綿하고隨人長短裁定하되長可用五尺半이라(布帛尺)下同(士喪禮)緇衾, 정裵, 無紞이니(註)凡衾制난同하니皆五幅0紞은衾領[絞]用細布鍛濯者爲之니縱者난一幅이니長十尺許로析其兩端各爲三片하되留其幅中間三分之二난不析이오橫者난三幅이오長各四尺或三尺餘니亦每幅兩端을各析爲三片하고留其幅中間八寸許不析이어늘吾東則布廣甚狹하야用四幅하고每幅兩端을各析爲二片하고又加佗半幅하야合爲九片하고凡量尺은隨其尸之長短肥瘠裁定하고橫者난取足以周身相結하고縱者난取足以掩首與足而結於正中[上衣]則深衣,團領之類니內喪엔常用褖衣,
圓衫之類오深衣난制見 上冠禮陳冠服條오圓領,褖衣,圓衫은並制見上陳襲衣條[散衣] 褻袍襖, 雜衣袴之類니或顚或倒에承籍掩집하고或以補空 (士喪禮)에凡十有九稱에陳衣繼之나不必盡用, {註}禪複具曰稱0(喪大記)衣必有裳을謂之稱0又別具一厚襖하야疊于舒絹上以掩首라[絹]三四尺或一匹로用以舒於疊衣下當首處者 或用紬十餘尺하야屈其半爲褥하고厚著新綿하야縱鋪於衣下衾上하야上下兩端에取足以裹首掩足이니俗稱長片衣오又以紬五六尺餘로屈其半爲片衣하고厚著新綿하야橫鋪於長片衣上,當背處,左右斂起하야取足以過脅而不及腹이니俗稱橫片衣라[新綿] 用以補空이니多少隨宜[剪板]二,俗用以立

<<解義>> **전(奠)을 차린다.** = 사례 권 3 상 18쪽 =

탁자를 동쪽 계단 동남쪽에 설치하고 올릴 음식과 술잔, 주전자를 그 위에 차리고 수건으로 덮는다.

대야와 수건을 각각 두 개씩 음식의 동쪽에 놓는다. 그 동쪽에 받침대가 있는 것은 축이 손 씻을 곳이며, 그 서쪽에 대가 없는 것은 집사자가 손 씻을 곳이다. 별도로 탁자에 깨끗이 씻은 대야와 새로 운 수건을 동쪽에 놓는 것은 잔을 씻고 닦으려는 것이다. 이 한 절목은 발인할 때까지 같다.

<<解義>>

괄발마(麻)와 문포(布)와 좌마(麻)를 갖춘다.

괄발은 삼끈으로 머리를 묶고 또 광목으로 끈을 만드는 것을 말한다.

문은 넓이 한 치의 찢은 광목이나 1치짜리 기운비단을 목으로부터 앞으로 이마 위에서 교차시켜 다시 상투를 거쳐 망건 쓰듯이 여미는 것이다.

좌(髽) 역시 삼끈으로 머리를 묶고 대나무나 나무로 비녀를 한다.

삼끈 과 찢은 베 혹은 꿰맨 비단, 대나무 비녀 를 다른 방에 차린다.

소기에 머리를 걷어매는 것은 삼끈으로 하고 부인이 참최에는 삼으로 머리를 걷어매고 재최에는 베로 맨다.

제구

마승,

면포,

포건, 잠,

<<解義>> = 사례 권 3 상 23쪽 상례

소렴 상을 차리고 교(絞)와 이불과 옷을 편다.

소렴 상을 차리고 자리와 요를 서쪽 계단의 서쪽에 깐다. 교와 이불과 옷을 들고 서쪽 계단으로부터 올라와 시신의 남쪽에 놓는다.

먼저 가로로 된 교 셋을 그 밑에 펴서 몸 주위를 묶을 준비를 하고 세로쓴 하나를 펴서 머리와 발 덮을 것을 준비한다.

옷은 뒤집기도 하고 거꾸로 하기도 하지만 다만 바르게 되게 한다.

윗옷만은 거꾸로 하지 않는다.

於尸傍及上下하야以樣出長及高廣者[長竹]二俗用以度兩剪板內하야以樣出長及高廣者

[偵衿]則柩衣니用以覆尸者니以綿布爲之에廣五幅,上玄下纁[盥盆] [帨巾]

<<原文>>設奠

此下에恐有具字設卓于阼階東南하고置奠饌及盞注于其上,巾之하고設盥盆,帨巾于饌東하고別以卓, 設潔滌盆,新拭巾於其東하니此一節은至遣並同이라

제구탁,찬,조접,작,식건,관분세건.

<<原文>>具括髮麻,免布,髽麻(士喪禮註)髽麻下에有布字 麻繩,裂布,或縫絹,竹木簪을設之하되皆于別室이라

(小記)括髮以麻하고免以布라0(士喪禮疏)婦人은斬衰엔以麻爲髽하고齊衰엔以布爲髽라 [諸具] {括髮}[麻繩]男子及婦人이用以括髮髽者[免布] 男子及婦人이用以免髽者(檀弓)廣一寸(周尺)0長은取足以自項交額而繞紒하되裂布爲之하고服輕者난縫絹爲之[布巾]用以承括髮麻免布者니用白布爲之라大全云斜布니據此則制當如(감頭)라[簪]婦人이用以安髮者라斬衰엔用竹爲之하되無首하고齊衰엔用榛木爲之에有首하되凡白理木이亦可0(喪服傳)笄長尺

<<原文>>

設小斂牀,布絞衾衣라

設小斂牀하야施席褥于西階之西하고鋪絞衾衣,擧之하며升自西階하야置于尸南하되先鋪絞之

<<解義>> 이에 습전(襲奠)을 옮긴다.

집사자가 탁자를 영좌의 서남쪽에 옮겨 놓고 새 전을 차리는 것을 기다렸다가 바로 치운다. 뒤에 잔을 올리는 것은 모두 이와 같이 한다.

<<解義>> 드디어 소렴을 한다.= 사례 권 3 상 23쪽 상례

사자는 손을 씻고 염하는 사람 6사람이 옷을 걷고 이불을 걷고 시신을 들어 소렴상위에 옮길때는 남녀가 협심하여 옮겨 놓고 ,

벼개를 치우고 비단을 펴 놓고 옷을 첩첩이하여서 그 머리에 펴고 두끝을 거두어 어깨의 빈곳을 고인다.

비단으로 매여 헤어지지 않게 하여 두어깨가 어끗나지 않게하여 소렴이 똑바르게 한다.

또 옷을 말아서 두 다리에 끼워서 바르게 한 후 나머지 옷으로 시신을 덮고 옷깃을 왼쪽으로 여미고 옷고름을 매지 않는다.

이불로 싸고 머리를 싸되 왼쪽을 싸고 우측을 싼 후에 먼저 길이로된 효(삼베끈)을 매고 다음에 가로로된 효를 맨다. 염이 마치면 따로 이불을 덮는다.

☞ 編譯者 善光 註;

소렴에 橫絞가 9매인데 7매로 바뀐 것은 일본 통치 시에 조선총독부령 123호 1912년 6월 15일부로 7교로 하도록 변경된 것임.

<<解義>>주인과 주부가 시신에 기대어 곡을 하고 가슴을 친다.

주인은 서향하여 시신에 기대어 곡을 하며 가슴을 치고 주부는 동향하여 이와 같이 한다.

자식은 부모에게 기대고, 부모가 자식에게, 남편이 아내에게는 붙잡고, 며느리가 시부모에게는 받들고,

橫者於下하고乃鋪縱者於上하며次衾,次上衣,次散衣衣난或顚或倒하되但取正方하고(士喪禮)(美者, 在中이라) 惟上衣난不倒니라

<<原文>> 乃遷襲奠

執事者- 遷置靈座西南이라가竢設新奠하야乃去之하니後凡奠은皆倣此라

<<原文>> 遂小斂

侍者-盥手(喪大記)斂者난 袒하니凡六人이라徹衾 擧尸할새男女-共扶助之하야遷于小斂牀上하고先去枕而舒絹하고疊衣하야以籍其首하야仍卷兩端하야以補兩肩空處하고

(尤庵)曰以絹,先鋪於當頭處然後에疊衣하야籍其首하고仍卷兩端하야補其肩虛處而以絹結之하야使不解散則肩上不殺而小斂이方正也라 又卷衣하야夾其兩脛하야取其正方然後에以餘衣로掩尸하고左衽하고裹之以衾하고先掩足,次掩首,次掩左,次掩右니라

(喪大記)結絞不紐라 先結縱者次結橫者斂畢에 用剪板長竹하야樣出長及高廣別覆以衾이라(士喪禮)偵衿

(按)丘氏曰儀禮에無未結絞, 梶掩面之文이오 家禮엔蓋本書儀也니若當暄熱之時면宜依儀禮卒斂爲是라하니此論이固有理나其事勢之行不得이不獨暄熱之時爲然也라故로結絞之節은依古禮補入이라

<<原文>>主人主婦-憑尸,哭擗하고

主人은西向하야憑尸哭擗하고主婦난東向하야亦如之라凡子於父母엔憑之하고 (喪大記註)身俯而憑之 父母於子와夫於妻엔執之하고(喪大記

시부모가 며느리에게는 어루만진다, 형제는 붙잡는다.

시신에 기대는 것은 부모가 먼저하고 자식은 나중에 한다.

<<解義>>

다른 방에서 단=소매 벗음하고 괄발=남자머리묶음하며 좌=女머리 묶음 한다.

남자로서 참최 복을 입는 사람은 소매를 빼고 머리를 묶는다.

자최복 이하를 입는 사람과 오세조를 같이 하는 사람은 모두 소매 벗고 통건을 쓰고 부인은 다른 방에서 좌한다.

대나무로 비녀를 한다.

참최에 머리를 묶고 재최에 통건을 쓰는 것과 같다.

예날에는 부모가 죽으면 비녀나 검은 댕기를 풀었다가 소렴이 끝나면 휜관을 쓰고 염이 끝나면 또 휜관을 버린다.

이때는 삼베 건으로 쓰니 삼베의 제도는 말할바가 아니다.

옜 예절에 두건을 버리고 삼베를 썼다 하니 갑자기 고쳐지기가 어렵다.

註)執持其衣　婦於舅姑엔奉之하고(喪大記註)捧持其衣舅(喪大記)有姑字於婦엔撫之하고(喪大記註)當尸之心胸處按撫之 於昆弟엔執之하고(喪大記)妻於夫엔拘之라 {註}微牽引其衣{雜記}(嫂不撫叔하고叔不撫嫂라)凡憑尸에父母先하고妻子後니라

<<原文>>袒,括髮,免髽于別室하고

男子斬衰者난袒,括髮하고(語類)束髮爲髻(小記註)以麻로自項而前하야交於額上이卻繞紒라齊衰以下, 至同五世祖者난皆袒免著之與括髮同于別室하고婦人은髽니라　(士喪禮疏)著之하야如男子括髮與免先以竹木簪으로安髻乃髽(奔喪)婦人은降而無服者난麻니(註)에雖無服이나猶袒免이라(按)斬衰括髮之制는與齊衰之免으로相等이라

蓋古禮에親始死에露笄縱하고將小斂에乃去笄縱著素冠하고斂訖에又去素冠하니於是時也에頭無所著故로以麻免代之而今則始死에披髮하고斂後束髮而例著頭巾하고旣著頭巾則麻免之制를似無所施니

固當從古禮하야去頭巾而只用麻免하니習俗之久를有難猝變이라嘗見溫公之說에有曰齊衰以下난著頭巾,加免於其上하니此則只言齊衰而不及於斬衰나然免旣加於其巾則括髮之麻를亦無不可施之義라　愚난意以爲,無論斬齊衰하고皆當著頭巾而加之以麻免이면此所謂頭巾,則丘氏所謂白布之巾也라或者-謂免之爲名이出於免冠則旣巾而免은殊無意義라하니是則有不然者로

<<解義>> **돌아와 시상을 당 안으로 옮긴다.**

집사자는 습상( )을 치우고 시신을 그곳에 옮긴다.

곡하는 사람은 자리로 돌아가며 지위가 높고 나이 많은 사람은 앉고, 낮고 어린 사람은 선다.

<<解義>> **전을 올린다.**

축이 집사자를 이끌고 손을 씻고 음식을 들어 동쪽 계단으로 올라와 영좌 앞으로 온다.

축이 분향하고 잔을 씻어 술을 부어 올린다. 지위가 낮고 어린 사람은 모두 두 번 절한다. 시자가 수건으로 덮는다.

<<解義>>

주인 이하는 곡을 하여 슬픔을 다하고 대곡(代哭)의 곡소리도 끊이지 않는다.

大斂 =사례 권3 상 26쪽 =

<<解義>> **그 이튿날에**

소렴 이튿날이니 죽은 지 사흘째 되는 날이다.

<<解義>> **집사는 대렴을 할 옷과 이불을 진설하라.**

탁자는 당(堂)의 동쪽 벽 아래에 놓고, 옷은 정한 수가 없고 이불

다蓋孝巾은所以承冠者오非冠也라龜峯이嘗論要訣中,用孝巾行祭之失曰免冠而拜先祖可乎아栗谷이亦不能難하니以此觀之면巾之不可爲冠이明矣라然則白巾上,加廠免이有何不可乎아 0頭篃一節은家禮에雖有之而今不得其制之詳故로依冠禮陳冠服條하야姑畧之하노라

<<原文>>還하야遷尸牀于堂中하고執事者-徹襲牀하고遷尸其處하고哭者(士喪禮,襲)(儀節)掩向所袒之上衣 復位하되尊長은坐하고卑幼난立이니라(按)備要에有將小斂,白巾環絰하고旣遷尸,拜賓襲絰之文하니蓋據古禮也나然,孝子哀遑罔極之中에似未暇論於此等儀節하니家禮之闕而不書無亦以是邪아玆依本文하야並不錄이라

<<原文>> 乃奠祝이帥執事者하야盥手擧饌하고升自阼階,至靈座前하야,徹襲奠徹新奠祝이焚香,洗盞斟酒奠之하고卑幼난皆再拜하고(儀節)(孝子난不拜라)侍者난巾之니라

<<原文>>主人以下,哭盡哀하고乃代哭,不絶聲이니라

大斂=사례권3상26쪽

<<原文>>厥明에小斂之明日이니死之第三日也라

<<原文>>

執事者-陳大斂衣衾하고以卓,陳于堂東壁下

은 솜이 있는 것을 사용한다.
“대렴에 쓰는 교(絞)는 세 개인데 대개 한 폭 배를 취해서 찢어 세 쪽을 만든 것이고,
가로로 된 것이 다섯 개인데 베 두 폭을 취해서 찢어 여섯 쪽을 만들어 다섯을 쓴다. 대렴의 옷은 많다. 그러므로 매 폭을 셋으로 찢어 써서 견고하고 팽팽하게 하는 것이다. 이불은 둘인데 하나는 덮고 하나는 깐다.”

“『의례』 「사상 」에서 ‘대렴의 옷은 삼십 벌이고 금(紟)은 계산에 있지 아니하니 반드시 다 쓸 것은 아니다.’라고 한 주석에서 금은 홑이불이다.

소렴의 옷의 수는 天子로부터 다 똑같지만 대렴은 다르다. 대렴의 포교(布絞)는 곧은 것은 세 개 이고 가로된 것은 다섯이다.

<<解義>> 전제지낼 도구를 설치 喪 禮
소렴할 때의 예와 같이 한다.

<<解義>>
관을 들어 당 중앙에 들여 놓되 조금 서쪽에 놓아라.
집사는 먼저 영좌를 옮겨 놓거든 일꾼들이 관을 들어 상(牀)의 서쪽에 들여 놓고 두 괴목으로 괴라.
만약 죽은 사람이 지위가 낮고 나이가 어리다면 다른 방에서 하라.

역자가 나오거든 시자는 먼저 차 조재(없으면 숫 가루)를 관 가운데에 펴놓고 그 위에 칠선 판을 놓고 요를 편다.

<<解義>> 대렴(大斂)
시자는 자손과 부녀와 함께 손을 씻고 머리를 이불을 걷고 먼저 발을 싸고 머리를 싸되 왼편을 싸고 다음에 오른편을 싼 후에 세로 매를 매고 다음에 가로 매를 매고 소렴 상을 치운다.
시체를 들고 관에 같이 시신을 들어 관 가운데에 넣을때에 조금도 기울지 않게 잘 살피고

하고衣난無常數하고(士喪禮,南領西上綪이라)衾은用有綿者니라(喪大記,絞난縮者三,横者五라)[諸具]{陳大斂}牀][席][褥][卓][衾]二(士喪禮)0(備要)一以承籍니則始死所覆者오一以覆之라制見上小斂條[絞]用細布鍛濯者爲之니縱者一幅을折其兩端하야各爲三片,如小斂하고横者난用二幅하되每幅을三破爲六片하야去其一不用하고布狹則用三幅하야每幅을半破爲六片하야去其一하되皆差長於小斂絞니其制-詳見小殮條[上衣][散衣]幷見上小斂條라士喪禮云三十稱而過多면亦不便이라[盥盆][帨巾]
<<原文>>設奠具如小斂之儀라[諸具]{設奠}同上小斂奠條

<<原文>>擧棺하야入置于堂中少西하고
執事者-先遷靈座及小斂하야奠於旁側하고(士喪禮)序西南(士喪禮,主人及親者-袒이라)(備要,設大斂牀이라)(士喪禮,美者在外라)者-擧棺하야以入置于牀西하고承以兩凳하고(若卑幼則於別室이라) 役者-出이라(備要)鋪秫灰於棺中하야使極均平하고次下七星板하고次鋪褥니라

<<原文>>乃大斂하고
侍者-與子孫婦女로俱盥手하고(備要,遷尸于大斂牀上先去枕)收衾하

	고先掩足次掩首,次掩左,次掩右하고(備要,先結絞之縱者하고次結橫者라不紐하고徹小斂牀)共擧尸하야納于棺中하고納棺之際에必須謹審하야無少偏側
살아 있을 때에 빠진 이빨과 머리카락이며 잘라 낸 손톱 발톱을 관 모서리에 매우고 빈 곳을 헤아려 옷을 말아 채워서 동요함이 없게 하고 금옥과 보배를 잘 싸서 관 속에 넣어 도적의 마음이 생기게 하지 말라.	實生時所落齒髮,髮多則依古禮埋之(備要,幷沐浴時,所落髮이라) 及所剪瓜有落鬊이어든亦當並入于棺角하고又취空缺處하야劵衣塞之하야務令充實하되勿以金玉珍玩으로置棺中하야啓盜賊心하고
天衾으로 관안에 덮고 주인과 주부는 기대어 슬프게 곡을 하고 부인은 물러나 장막 안으로 들어가면 장인을 불러 덮개를 덮고 옛적에는 못을 박았는데 지금은 隱釘(나무로 만든 못)을 쓰는데 옻칠로 메우고 상을 치우고 관을 두꺼운 종이로 싸고 새끼로 매는데 겨울이면 털요로 두껍게 싸고 유단과 큰 새끼로 싸맨 후에 관을 柩衣(관 덮개 천)로써 덮어라.	用天衾,覆棺內主人主婦-憑哭盡哀하고婦人은退入幕中하고乃召척加蓋하고古下釘而今則設衽이니設衽時에用漆彌之徹牀하고覆柩以衣하고以厚紙小索으로裹結之하고冬月則以氈,厚裹하고又以油單大索으로裹結之然後에乃覆以偩衾이라.
축이 명정을 가져다가 널의 동쪽에 틀을 만들어 세우고 다시 영좌를 옛 곳에 설치하고 부인 둘이 머물러 지켜라.	祝이取銘旌하야設跗于柩東하고復設靈座於故處하고(士喪禮,主人이復位하고襲이라)親者-亦當襲,所袒衣留婦人兩人,守之니라
사마광이 말하기를, "무릇 시신을 움직이고 관을 들 때 곡하고 가슴 치기를 수없이 하되 염을 할 때에는 마땅히 울음을 그치고서 옆에서 지켜보기를 편안하고 완고 하도록 힘쓴다. 단지 울기만 해서는 안된다.	司馬溫公曰凡動尸擧棺에哭擗無算이나然殯殮之際에亦當徹哭臨視하야務令安固오不可但哭而已니라
옛날에는 관중에서 대렴을 하고 빈을 하였으니 대렴을 하면 불경지사라, 벽을 쌓고 바르더니 이제는 혹 관에 칠을 하고 또는 모래를 모아서 형편에 따라하라.	(備要)棺中大斂은非但非古禮而已라棺中이逼窄하야結絞之際에多有不敬之事니決不可爲也라(備要)古禮에殯于坎中而塗之하고朱子-殯長子에亦然하니家禮所謂,疊墼塗之가則此意라

	今俗에亦有塗殯,或沙殯者니當隨宜라 (按)備要治棺條에有添棺之文而治棺時에勢未暇爲오當於入棺後卽時著添而加添多少난可隨力爲之오添棺後, 結裹난腹如初하되未結裹之前에成出樣子하야以待葬時憑據라塗殯則或翼廊,或斜廊에隨便爲之하되
땅을 파기를 깊이 2자, 넓이는 3-4자, 길이는 7-8자로하고 (營造尺) 안은 바닥과 사방을 벽돌로 쌓고 석회로 그 틈을 바르고 짚으로 자리를 펴고 괴목 두 개를 놓고 장차 하관시에 奠을 설하고 柩衣로 덮고 구덩이 박에 위아래로 긴 나무 하나로 세운다. 그리고 그 위에 집에 석 가래와 같이 작은 나무를 그 위에 많이	掘地深二尺許,闊三四尺,長七八尺하야(營造尺)內以火甎舖之하고四旁에亦以甎疊之하야以塞土하고用石灰하야泥塗其隙하고鋪藁席,置兩凳하고將下棺에設奠하고旣下에覆柩衣하고又於坎外上下에立(童子木)用一長木하야置其上如屋樑하고用小木하야
설치하고 지붕 엮듯이 엮고 집 방석을 두껍게 덮고 그 위를 흙으로 바르고 또는 모래를 모아 놓고 빈소 앞에는 흰색 휘장을 치고 그 안에는 병풍을 두른다.	多設於其上如屋椽하고用索,交絡以藁席하야厚覆之하고其上에塗土或聚沙하고殯前에設素帳하고施屛于帳內니라
제구 = 시체를 관에 모실 때 쓰는 모든 기구 역부, 관등 =괴목, 출회=찹쌀재 혹은 숫가루, 종이, 요=칠성판에 쓰는 명주요, 벼개=명주베개, 잡옷=빈곳을 채울것,	[諸具]{納棺[役夫][棺凳]其長은準棺之廣하고足高난三四寸이니俗稱(塊木)이라 [秫灰]則糯米灰니用以鋪於棺內者오厚簿은隨宜하야容入四五斗하고用器炒黑,或熾炭燒之하야作屑細蓰之하되不去皮者,亦可오無則代以炭屑 [紙]用以鋪於棺內하야以受秫灰而覆之者라 [褥](備要)用以鋪於七星板上者니用色紬爲之오不禪,夾縫之하되長廣은依七星板裁之라[枕]俗用以安於褥上頭者니用色紬爲之오其長은視

	褥廣이라[散衣]見上小殮條니卷塞空缺處오無則代以新綿
천금= 명주로 1폭에 5자,	[天衾]用色紬,廣一幅하되幅狹則或聯幅爲之하니長五尺(布帛尺)
구의=관보 상현 하훈임, 부=명정대,	[柩衣]則僨衾이니小斂時所用者라裁縫四隅如斗帳而單之하고四旁有剩[跗]用以立銘旌者니設機以受旌竿이라 [諸具]
칠등=관 돋음, 칠=관에 칠할 것,	{漆棺}[添凳]用以承棺於漆棺時者니高二尺許라[漆]用以漆全棺者니多少난隨宜[松炭末]用以和漆하야彌于棺縫者라
숫가루, 수건, 병풍,	[乾]二一은用布以拭棺하고一은用白苧以漉漆이라[屏]用以環하야障柩四旁者[紟]則單衾이니俗用以浸淫하야覆於屏上以乾漆者라 用厚紙하야度棺長及上下高廣하야各書識之라[諸具]{結裹}
금=이불,	
종이, 전= 이불,	[紙]俗用厚紙作柩衣하되如斗帳樣하야罩于棺上[氈](備要) 用以裹於紙上者니多少난隨宜오無則代以厚綿衾하고夏月則稍薄亦可라
유단= 요위에 싸는 것, 가는 새끼 , 초석,	[油單]用以裹於氈上者니大小난取足以裹棺[小索]俗用以結棺者 [草席]俗用以裹於油單上者
지환 = 종이 고리,	[紙環]俗用以著於棺上下四隅,當索處하야以防結裹運動時缺陷之患
큰 새끼,	[大索]俗用以重結棺하야以資擧棺者니或合布爲之하야覆以柩衣[諸具]{塗殯}0奠具視小斂條[甎]
벽돌, 석회, 목재, 집자리 , 등, 병풍, 휘장,	[石灰][材木] [藁席]並多少隨宜[凳]二[屛]

= 사례 권 3 상 29쪽 상례

<<解義>> **영상을 널의 동쪽에 설치하라.**

상, 휘장, 등 매, 자리, 병풍, 베개, 옷과 이불과 같은 것은 모두 살아 있을 때와 같이 하라.

우암의 말씀에 영좌와 영상을 설치함에 손 씻고 머리 빗는 기구는 없어도 되겠으나 영좌설명에 말이 있으니 영상이 없을 때 일이다.

제구

장막,

병풍,

휘장,

상,

집 자리, 돗자리,

요, 베개, 이불, 옷, 지팡이, 신, 책상, 붓, 벼루,

<<解義>> **이에 전(제물)을 설치하라.**

소렴할 때의 예와 같이 하라.

<<解義>>**주인 이하는 각각 상차(喪次)에 돌아가라.**

중문밖에 비루한방을 택하여 남자의 상차로 삼고

참최 복을 입은 사람은 거적을 깔고 자고 흙 베게를 벤다.
수질과 요대는 벗지 않으며 사람들과도 더불어 앉아 있지 않는다.

어머니를 뵈어도 안 되고 중문에 이르러서도 안 된다.

자최 복을 입은 사람은 자리에서 자도 된다,
대공이하 따로 사는 사람은 사는 집으로 돌아가 바깥채에서 잠을 자고

3개월 만에 침실로 들어가서 잔다.

부인들은 중문안의 별실을 상차로 하거나

혹은 빈소 옆에서 거처한다.

이불이나 요 같은 것은 화려한 것은 피한다.

[帳]

<<原文>>

設靈牀于柩東하고

牀,帳,薦,席,屛,枕,衣,被,(備要,櫛頮之屬을皆如平生이라

(尤庵)曰靈座靈牀,兩設에盥櫛之具난似無是理라靈座註說云云하니恐是未設靈牀時事也
[諸具]{設靈牀}[幕]則帟幕이니以設於靈牀上하야以承塵者[屛][帳]則寢帳[牀]則寢牀[薦]俗用登每[席]則寢席]　[枕][被]則衾[衣]薦以下난用以設於牀上者니平生日用之物은若杖履几案筆硯之類라도無所不設이니라　梳貼盥盆帨巾은見上置靈座條

<<原文>>乃設奠하고如小斂之儀라

<<原文>>

主人以下,各歸喪次라

中門外에擇朴陋之室하야爲丈夫喪次하고(喪大記,父不次於子하고兄不次於弟라)
斬衰난寢苫枕塊하고不脫絰帶하고不與人坐焉하고齊衰同非時어든見乎母也에不及中門하고

齊衰난碁之喪 寢席하고

大功以下異去者난旣殯而歸하야居宿於外라가

三月而復寢하고婦人은次于中門之內別室,或居殯側하고去帷帳衾褥之華麗者하고不得輒至南子喪次니라(備要)喪大記,父母之喪,居倚廬註에旣練에居堊室이與家禮不同하니量而行之可也　(語類)問喪之五服에皆有制하니不知캐라飮食起居에亦當從其制否아

함부로 남자의 상차에 가서도 안 된다.

☞ 編譯者 善光 註:

@ 조문을 가서 꽃을 獻花 할때는 꽃의 자루 즉 손잡이가 신위 쪽으로 헌화 하여야 한다.

=고중 한국의 너 그거 아니? 톡톡 튀는 궁금증 & 일본의 冠婚葬祭=

<<解義>>

대리로 곡하는 자를 중지하고 조석으로만 하는 곡은 이날부터 시작 한다.

성복

<<解義>> 성복(成服)= 四禮 권 四 상 1쪽 =

대렴의 다음날 새벽에 즉 사후 4일째이다.

양복이 말하기를 3일째 대렴하고 성복할 수 있는데 4일 이후에 성복함은 무슨 뜻인가?

대렴을 하였으나 자식은 부모가 돌아 가셨음을 믿겨지지 않기 때문에 서둘러 대렴과 성복을 하루에 다 행할 것이 아니며 혹은 염할 준비가 미비하여 삼일이 지난 후 대렴을 하고 눌러 그날로 성복을 하면 즉 예에 성의가 없는 것이다.

<<解義>> 五服(참최 3년, 자최 3년, 대공 9개월, 소공 5개월, 시마 3개월)을 입는 사람들은 각각 그 복을 입고 들어가 자리에선

朱子曰合當盡其制하되但今人이不能行이나然在斟酌行之니라[諸具]{喪次}[朴陋之室][別室]亦朴陋之室[苫]則編藁[塊](陳氏)曰土塊若次倚廬則依唐禮하야設廬次於東廊下하고無廊則於墻下하고北上이라凡倚廬난先以一木으로橫於墻下하고去墻五尺하야臥於地爲楣하고則立五椽於上하야斜倚於東墉上하고以草苫蓋之하고其南北面에亦以草屛之하되向北開門하니一孝,一廬門이라簾以쇠布하야形如偏屋하고其間에容半席하고廬間에施苫塊하고其廬南에爲堊室하되以墼壘三面上至屋하고如於墻下에則亦如偏屋하야以瓦覆之하고西向開戶하고室施薦木枕하고室南爲大功幕次하되中施蒲席하고次男에爲小功緦廠次하되施牀并西戶하고其堊室及幕次난不必每人爲之라共處可也오其爲母與父同하고爲妻準母오婦人은次西廊下니라

<<原文>>

止代哭者니라

(按)代哭旣止에朝夕哭은當日此日始니라

喪禮二 成服

<<原文>>

厥明大斂之明日이오死之第四日也

(備要)楊氏曰人子不忍死其親故로不忍遽成服하야必四日以後成服라하니據此컨대大斂與成服을不可同日幷行也어늘世人이或以斂具未備하야過三日而大斂이라하야仍以其日成服하니殊失禮意니라

<<原文>>

五服之人이各服其服하

후 아침 곡을 하고 조상하기를 의식대로 한다.

고入就位然後에朝哭,相弔如儀니라

이날은 일찍이 일어나 복인 들이 각각 그 복을 입고 머리를 걷어매고 통건을 썼던 것은 다 제거하고 상관을 쓰되 효건 쓰고 수질을 하고 최상을 입되 중의를 입고 교와 띠를 두르고 요질을 띠며 집신을 신고 1년 복 이상은 상장을 집는 것이요 부인은 머리 걷었든 것을 버리고 또한 관을 쓰고 최상을 입고 질을 띠고 집신을 신고 지팡이를 짚는 것이다.

(儀節)是日夙興하야五服之人이各服其服하고去括髮免하고著喪冠하되以孝巾承之하고加首絰服衰裳하되承以中衣하고帶絞,帶,腰絰,著屨하고杖朞以上은執杖하고婦人은去髽하고亦著冠,衰裳,絰帶屨杖이니라

남자는 널 동쪽에서 서향 하여서되 복을 입고 슬피 서로 조상 한 후에 모든 아들과 손자들은 조부와 또는 백부 또는 숙부 앞으로 나가서 꿇어앉아 슬피 울고 난후에

또 조모와 백모와 숙모 앞으로 나가서 또 곡하고 여자는 조모와 제모 앞에 나가서 곡하고 곧 조부와 제부 앞에 나가서 남자의 예절과 같이 하고 손님이 조상을 오면 절하고 맞이한다.

(雜記)爲長子杖則其子-不以杖卽位라 男位於柩東西向하고各以服爲序하고擧哀相弔하되諸子孫은就祖父及諸父前하야跪哭盡哀하고又就祖母及諸母前하야亦如之하고女子난就祖母及諸母前哭하고遂就祖父及諸父前하야如男子之儀니라賓至拜之

옛적에 성복을 할 적에는 반드시 아침곡이 있고 아침곡이면 절은 없으나 세속에는 아침 전에 겸하여 성복을 함으로 절이 있으니 실은 예가 아이다.

(按)古之成服에必有朝哭이오朝哭則無拜而今俗에多兼行於朝奠而成服故로有拜나實은非禮也니라

제구

<베>다섯 가지로 복을 입는 이에 최상을 마르는 것이다.

참최에는 극히 거친 생포이요

재최에는 다음으로 거친생포 기년복에는 그다음등급의 생포 대공복에는 조금 거친 숙포

소공복에는 조금 가는 숙포 시마복 에는 극히 가는 삼베이다.

[諸具](成服)

(布)用以制五服衰裳者라 (備要)斬衰엔極麤生布오齊衰엔次麤生布오朞엔次等生布오大功은稍麤熟布오小功은稍細熟布오緦난極細熟布라

다섯 가지 복에 관 효건과 교대와 영무의 베는 각각 그 옷 중에서 조금 가는 것으로 쓰고 부인에 개두와 최상에 베는 남자의 관과 상의 베를 준하는 것이다.

五服에冠及孝巾絞帶,纓武布난各於其服에用稍細者오婦人의蓋頭衰裳布난準男子冠裳之布니라

옛적에 베의 폭은 꼭 二尺二寸인데 우리나라의 베 폭은

古者에布廣은必二尺

너무나 좁아서 폭을 이어서 하는 것이다.
상복에 테두리와 띠와 관을 하는 것이며 삼은 오복자만이 띠와 수질을 쓴다.
참최에서는 거친 저마를 쓰고 재최에는 암삼을 쓰니 곧 씨가 없는 감이며 시마에는 가는 삼베를 쓰는 것이다.
옛적에 베의 폭은 꼭 二尺二寸인데 우리나라의 베 폭은 너무나 좁아서 폭을 이어서 하는 것이다.
<삼>다섯 가지 복에 테두리와 띠를 하는 것이며 참최에서는 수삼을 쓰는 것이니 씨가 있는 삼이요. 재최에는 암삼을 쓰니 곧 씨가 없는 감이며 시마에는 삶은 삼을 쓰는 것이다.
<바늘과 실>:옷을 짓는데 쓰는 것
<관>:두터운 종이로 재료를 하고 폭은 5치2분반을 베로 싸되 베의 샛수는 삼년상에는 다듬되 빨지는 아니하고 1년 이하는 빨아서 다듬어하고 접는 것은 석 줄로 하니 그 방법이 한쪽으로 향하게 하며 7푼 반 외에 또 가운데 7푼 반을 접어서 줄이 되게 하되 이같이 한 것이 모두 셋에 남은 것이 또한 7푼 반으로 접어놓은즉 폭이 3치가 되며 혹 폭이 5치 두 푼 반에 재료를 나누어 일곱을 만들어 二分 四分 大分으로 가운데를 접어서 줄을 하면 법과같이 되며

대공이상은 다 오른쪽으로 향하게 접고 소공이하는 다 왼쪽으로 향하게 실로서 곧게 그 줄을 꿰매고 길이는 이마의 앞뒤를 지나게 하고

참최에는 삼끈으로 무를 하고 재최 이하에는 베로써 좁게 꿰매여 폭이 한 치쯤 되게 하여 이마위로 따라 매되 목뒤까지 쌓이게 한 것이 앞으로 향하게 하여 귀 있는 쪽으로 매고

二寸而吾東布廣이至狹하야須連幅爲之라 喪服傳에帶緣은各視其冠이오中衣난亦依疏說하야視冠布 [麻]用以爲五服經帶者

(備要)斬衰엔用苴麻則有子麻오齊衰以下엔用枲麻則無子麻오
緦엔用熟麻라[針線]並用以制服者

[冠]用厚紙糊爲材하고廣五寸二分半을裹以布하되布升은比衰稍衰하되三年之喪엔鍛而勿灰하고朞以下난用灰鍛하고襞積은爲三梁하니其法이從一方으로計七分半之外에又中摺七分半爲梁하야如是者凡三에所餘又爲七分半으로襞積之則爲廣三寸이오或以廣五寸二分半之材로分識作七하야以第二分,第四分,第六分으로中摺之,爲梁則如法而大功以上은皆向右하고小功以下난皆向左하되用線縱縫其梁하고長足跨頂前後오斬衰엔以麻繩爲武하고齊衰以下엔用布夾縫廣一寸許하야從額上約之,至項後交向前하야各至耳邊結之하고垂其如爲纓하야使結於頤下하고屈冠兩頭를入武內하야向外反屈之하야縫於武하니所謂外畢이라
按今之喪冠,太挾하야似未安이라就考三才圖會所畵喪冠컨대其廣이恰覆人首하니豈華人所著이不似我東所著之狹耶아朱子於造主尺式에云非如律尺得一書에爲據足矣라하니如神主之重大而猶以得一書로爲據爲足則家禮喪冠下에旣無用指尺之語하니今若

그 남은 것을 늘어뜨려 끈을 하여 턱 아래에 매고 굴관에 두 머리를 무의 안으로 들어가게 하여 밖으로 향하며 구불여서 무에다 꿰매니 말한바 외필이라 하는 것 이다.	度用布帛尺則可與圖會所畵로合矣이라朱子,於喪冠之制를考之政和禮而始知之하니或以政和所用之尺으로言之而東人이未之考耶아
= 사례 권 4 상 2쪽 상례 <효건>:관을 받는 것이니 그 제도는 베로서 머리를 싸게 하고 꿰맨 것이 뒤에 가운데 있게 하고 그 양쪽을 접어서 속으로 들어가게 하고 그 위를 합하여 꿰매니 앞뒤에서 바라보면 보가 난 관과 같으니 세속에 두건이라 한다.	[孝巾](備要)用以承冠者니其制-用布裹首하고合縫이在後之中하고摺其兩旁하야藏在裏하고縫合其上에從前後望之如方冠하니俗稱頭巾이라
<의>:베를 2폭으로 하는데 길이 4尺6寸짜리를 두 폭으로 쓰되 반을 접으면 그 길이가 각각 2尺3寸이 되니 접은 곳이 억께로 가게 되며 접은 곳에서 각각 四寸씩 아랫도리 쪽으로 재여 그곳에서 곧게 옆으로 四寸을 자르고 <접은 것을 펴면 짧은 자리는 길이가 八寸이고 폭은 四寸이 되는 것이다> 자른 자리에서 밖으로 접어 넘기여서 좌 우적을 만드는 것이니 즉 이것이 벽령이다. 이미 접어 밖으로 향하게 한 빈자리를 곧 활 중이라 한다. 참조하라<대공이하에는 벽령이 없으니 밖으로 접어서 넘기는 것은 잘라 버린다.> 그 다음 베2폭을 합하되 활중끼리 서로 닿게 합하여 꿰매되 뒤쪽만 꿰매고 앞쪽은 꿰매지 아니한다. 오복에 꿰매는 방법은 꿰맨 솔기가 밖으로 나오게 꿰매는 것이며 이 아래에 꿰매는 방법은 다 이와 같이한다.	[衣]用布二幅其長四尺六寸하야(指尺)中屈下垂하니前後各長二尺三寸이오兩肩上中屈處四寸之下에前疊後兩葉左右幅各裁入四寸訖에分摺所裁者向外에各加兩肩上하야以爲左右適하니則辟領也오旣摺所裁者向外其前後左右虛處各方四寸은則闊中也(大功以下난無辟領이나其分摺向外者를則剪去之)라以後兩葉은聯合背後縫이라凡五服衣縫은皆向外니下並同이라
<소매>:베 4尺6寸짜리 두 폭을 쓰는데 반을 접어서(접은 것이 각각 2尺3寸 길이가 된다) 의신 좌우에 달고 소매아래 솔기를 1寸남기고 꿰매면 남는 것이 2尺 2寸이되며 또 소매 끝을 아래쪽으로부터 위로 一尺폭을 꿰매어 모난 소매를 하니 그 위로 남은 1尺 2寸이 소매 아가리가 되는 것이니 이것이 곧 거가 되는 것이다.	(袂)난用布二幅各長四尺六寸하야中屈之하야縫聯於衣身之左右하고又縫合其下際하되除縫餘一寸則亦各二尺二寸이오又於袂端을縫合其下一尺爲方袂하고留其上一尺二寸爲袂口하니則袪也오
<가령>:길이 1尺6寸 폭 여덟 치 짜리 베로 일척 대촌 쪽을 접어서<접으면 사방팔촌이 된다.> 바깥 쪽 아래를 사방 사촌을 베여내고 접은 것을 펴면 뒤는 일척대촌이고	(加領)은別用布長一尺六寸許闊八寸許하야縱摺而中分之하야其下一半兩端各裁斷方四寸除

아래는 팔촌이 되는 것이다. 이것을 일척 대촌 쪽을 가운데를 중심하여 아래로 곧게 양쪽을 접으면 변<아래의 길이>이 8치이고 옆에 높이 사촌의 다섯 모 끌이 된 것을 의신 안쪽 활 중에 부치되 접힌 쪽이 앞으로 가게 하는 것이다. 이때 접은 가령에 옆에 높이와 활 중에 높이는 각각 사촌으로서 직접 부치지는 못하는 것이다.	去不用只留中間八寸以加後之闊中하고從項上으로分左右對摺向前垂下하야以加於前闊中이오
<접>깃 속에는 더하는 것이니 가령과 활 중을 있는 것으로 베 한 폭을 쓰되 길이가 일척 대 촌남 남짓하게 하고 폭 1자4치를 길이로 세 쪽을 나누워 두 쪽을 포개어 꿰매어 꿰매서 깃 안으로 돌려 꿰매고 남은 한쪽은 가로로 접어서 이것을 접으면 길이가 팔촌쯤 된다. 뒤 활 중에 부치니 이것은 가령과 의신을 있는 것이다 모다 합하여 삼중이 되는 것이다.	(袷)則加於領裏者니用布一條,長一尺六寸許,廣一尺四寸하야分作三條하야二條난疊縫於領하야以加於前闊中하고一條난橫摺爲二重하야加於後闊中하야並加領하니乃三重也오
<대하척>은 베를 길이로 쓰되 폭은 1자 1치로 하고 가로는 몸(허리)에 맞도록 하여 의신에 부치는 것이다. 꿰매되 꿰맨 솔기는 일촌이 되게 꿰매니 높이는 1척이다. 임은 베 두 폭을 쓰되 베의 길이는 3척5치이며 매 폭을 왼쪽에서 아래로 1척 내려와서 6치 길이로 드리 자르고 오른쪽 아래에서 위로 1척을 올리 재고 그 곳에서 6치를 곧게 들여 자른다. 서로 들여 벤 곳에서 엇 비식하게 접어서 베여내면 된다. 서로 베어낸 베의 넓은 쪽을 머리로 하여 겹쳐 놓으면 제비꼬리 모양이 되는 것이다. 이것을 양쪽 겨드랑이 아래에 일척오촌 길이로 달되 참최에는 일척 길이로 벤 것이 뒤에서 보이게 하여 겉으로 부치며 재최 이하에는 일척 길이로 쓰되 잔 등판 가령아래 등솔기에 부치는 것이다. 옷끈은 넷이니 둘은 각각 안과 밖 섶에 달되 오른쪽 섶에 다는 것은 안에 달고 외쪽 섶에 다는 것은 밖에 다는 것이며 또 두 개 중 한 개는 오른쪽 겨드랑이 밑 밖에 달고 다른 하나는 왼쪽 겨드랑이 밑 안에다는 것이니 두루마기	(帶下尺)은用縱布廣一尺一寸하야上屬於衣하고橫繞於腰하되以腰之闊狹爲度하고除縫餘一寸則高一尺이오(衽)은用布二幅各長三尺五寸하야每幅上於左旁一尺之下에裁入六寸하고下於右旁一尺之上에亦裁入六寸하고便於盡處에相望斜裁하야以廣頭로向上疊之하야布邊이在外交暎하야垂之如燕尾狀하고沓綴於衣兩旁腋下하되斬衰난前掩其後하고齊衰以下난後掩其前이오 (衰)난用布長六寸,廣四寸하야綴於衣外衿之前,當心處하고大功以下난不用하고(負版)은用布方尺八寸하야綴於領下하야當背垂之하고大功以下난不用이라(衣繫)난四니則小帶라二난各綴於內外衿旁하고一綴於衣外右腋下하고一綴

안고름과 바깥 고름을 다는 것이다.
치마는 베 7폭을 쓰되 길이는 적당하게하며 앞폭은 3이요 뒤폭은 넷으로 하되 매 폭을 이여 꿰매고 일촌씩 솔기를 하여 꿰매며 매 폭에 첩 즉 줄음은 매 폭의 위를 손가락으로 조금씩 끌어 당기여 접어서 오른쪽으로 향하게 하고 또 한쪽을 조금씩 끌어 접어서 왼편으로 향하게 하니 즉 맞주름이 되는 것이며 복건에 줄음 잡는 것과는 다른 것이다.
또 베 한 끈을 쓰되 폭은 4-5치로 하여 길이로 접어서 앞과 뒤의 일곱 폭을 달되 앞과 뒤가 서로 닿 는 곳이 조금씩 겹치게 좁게 꿰매서 허리에 맞게 하며 두 끝에 작은 끈을 달되 뒤에 끈은 짧게 하여 뒤로 돌리여서 서로 앞에서 매게 하는 것이다.
중의는 최복자가 입는 것이며 생베와 익은 베를 스는 것은 최복과 같이하며 베의 샛수는 최복에 비하여 조금 가는 것으로 하고 그 제도는 심의와 같이하는 것이되 참최에도 베로서 아랫단을 하는 것이니 제도는 세속의 중단과 같은 것이며 일명 한삼이다.

☞ 編譯者善光 註:
(備要)斬衰엔用苴麻則有子麻오;
참최=3승벼(1승=80올)3 X 80=240올의 저마;씨 있는 삼, 거친 삼베임.
齊衰以下엔用枲麻則無子麻오:
자최=5승벼 (5승 X 80올=400올)의 시마 씨없는 삼.
緦엔用熟麻라
시마는15승 X 80올=1200올의 숙마 가는 삼베임.

☞ 編譯者善光 註: 五服 3年服=閏成, 朞년복=1년, 大功9월=3계절에 성장, 5월=五行, 3월=1계절,--家禮集解

於衣內左腋下하야使相掩結이라 [裳]用布七幅하야長短은隨宜하고縫合爲前三後四하고每縫에除左右縫餘各一寸하고前後난不連하고每幅에作三첩하고其作첩則於每幅上頭에用指提起小許하야摺向右하고又提起小許하야摺向左하야兩相夲著에用線綴住而空其中하야以爲耴하되相夲在外하야與幅巾첩不同이라如是者,三이오又以布一條,廣四五寸으로縱摺之하야綴前後七幅而前後相當處에疊複小許而夾縫之하야約圍於腰하고又交掩少許하되兩端에皆有小帶하니後帶短向前하고前帶長,向後하야사중위이相結於前이라0(備要)五服衣裳이斬衰난不緝邊하고齊衰以下난緝邊이라(家禮本註)衣縫은向外요裳縫은內向이라(備要)用線綴住 (金貢亨)曰喪禮衰衣圖에無內外衿하고與儀禮不合이로다儀禮喪服에云衰난長六寸博四寸이라하고註云廣裏當心이라하고疏云綴於外衿之上故로得廣裏當心이라니觀此에衰衣有衿이明矣어늘今圖에無衿而衰綴於衣之左하니殊失當心之義라(王廷相)曰 袵은註疏유誤之大- 莫甚於此라問喪에曰親始死에扱上袵이라하니若在裳之兩旁이면安謂之上고大記에曰小殮大斂에祭服不倒皆左袵이라하고論語曰被髮左袵이라하니謂左掩其衿也라若在裳之兩旁을謂之左袵은何居오

<< 주자가례에 나온 설명문 추가 >>

참(斬)은 끝단을 꿰 메지 않는다는 것이다. 윗옷과 치마는 굵은 생 삼베로 짓는다.

옆과 아래 끝단은 모두 꿰 메지 않는다. 웃옷은 솔 때기를 밖으로 향한다. 치마는 앞쪽이 3폭이고 뒤는 4폭이다.

솔은 안으로 향하고 앞과 뒤는 잇지 않는다. 폭마다 3개의 옷깃을 만든다. 옷깃은 양 가장 자리를 접어서 붙이고 그 가운데는 공백으로 한다. 웃옷의 길이는 허리를 지나 치마의 윗 단을 덮어야 하고 솔대기는 밖으로 향한다.

등에는 負版(등받이: 슬픔을 질머지는뜻) 이 있는데 4각형의 삼베 1자8치를 써서 뒤의 깃 아래에 꼬매 단다.

가슴 앞에는 길이 6치 폭4치의 베(눈물주머니)를 왼쪽 깃의 앞에 단다.

왼쪽과 오른 쪽에는 벽령이 있는데 각각 4방의 삼베 8치를 사용하여 양 머리 부분을 서로 겹치면 광이 4치가 되는 것을 깃 아래에 달아 부판 속으로 1치씩 넣어 부판 양 옆에 매단다.

양 겨드랑이 아래에는 임이 있는데 각각 베 3자반씩 써서 상하에 1자씩을 남겨놓고 정4각 1자 밖 위쪽 에 왼쪽 옆구리에 6치를 꿰매어 넣고 아래로는 오른쪽 옆에 6치를 꿰매어 넣고 끝단을 서로 마주대고 경사지게 꿰매어 웃옷의 양옆에 달아 아래를 향하니 그 모양이 제비 꼬리와 같아 해서 치마의 옆구리를 덮는다.

@ 관은 웃옷과 치마에 비해서 가는 삼베를 쓴다. 종이에 풀을 먹여 말려서 폭은 3치 길이는 이마 앞뒤에 걸치게 하여 삼베로 싸서 3개의 깃을 만드는데 모두 오른쪽으로 향하게 하여 꿰맨다.

삼베 끈 1조를 써서 이마 위를 감아서 정수리 뒤에 이르게 하고 교차하여 앞으로 나와서 귀에 이르면 묶어서 무끈 매듭을 만든다.

관의 양쪽 머리 부분을 접어서 매듭 안으로 넣고 밖을 향해 반대로 접어서 매듭에 꿰맨다. 나머지 끈은 아래로 느려 뜨려 턱 밑에 맨다.

@수질은 씨가 있는 삼으로 만드는데 둘레가 9치이다.(左本在下)

삼의 본은 왼쪽에서시작 하여. 이마 앞에서 우회전하여 감아서 정수리 뒤로 지난 후 그 끝을 밑동 위에 얹는다. 또는 끈으로 묶어서 고정 시키니 관과 같이한다.

@요질은 크기가 7치 남짓하고 두갈래를 새끼꼬듯 꼬아서 양 머리를 묶는다. 각각 삼 밑동을 있게 하여 3자를 흐트려 늘어 뜨린다. 꼬아서 매듭한 양 옆에는 각각 가는 끈을 매단다.

효대는 씨가 있는 삼끈 1조를 쓰는데 크기는 요질의 반이다. 중간을

許氏說文에曰衽은衿交也라若在裳之兩旁이면安有交義리오當別用布交解裁之하야綴於衣身之旁以承領하되以一爲上衽하고以一爲下衽이니黃氏所謂領下施衿이是也라近世丘氏有云註疏에有綴衰於外衿上之交하니旣曰 有外衿則必有內衿矣라今之衰衣制只有衣身而繫帶於兩旁하야如世俗所謂對衿衣者라衣著之際에遂使衰不當心하니殊失古制라今擬綴繫帶四條하야以外衿으로掩於內衿之上則具服之際에衰正當心矣니丘氏雖有是論이나然不知以衿施於袷下하고續於衣正幅之旁이면雖欲以外衿掩內나然領止於領下하니安得斜掩於脇이리오亦不通之論也오惟四明黃氏論云衽二尺五寸이라하니言用布一幅長二尺五寸으로斜尖裁하야施於領下하야作內外衿이라야乃爲得之라蓋衣必有衿而後에可以掩其胸體어늘若如鄭賈之說이면是衣皆無衽하야如對衿比甲之制矣라當心正中에其膚體暴露니豈事理之順適이며聖人制衣之善裁아(黃宗羲)曰鄭賈之說에衽綴於衣兩傍하야以掩裳旁際라하니此與深衣之曲裾로其義同이라盖以深衣之裳은一方은連一旁은不連故로曲裾兩條가重沓而掩於一方이오喪服은前後不連故로衽을分綴於兩傍也라夫旣同是一物에不應在彼爲鉤邊하고在此爲衽이면知彼曲裾之非則知此

접어서 양 갈래를 각각 1자정도로 해서 합한 것이 크기는 요질과 같다. 허리를 왼쪽으로 둘러서 뒤를 지나 앞에 이르면 곧 우측 끝으로써 양 갈래의 사이에 끼운 것을 다시 우측에 꽂아서 요질의 아래로 보낸다.

@저장(苴杖:남자 의상에 씀)은 대나무로 쓴다, 높이는 가슴과 같게하고 밑동은 아래로 한다.

@신발은 굵은 삼으로 삼는다. 부인은 굵은 생삼을 써서 옷과 치마와 머리 덮개를 만드는데 모두 꿰매지 않는다. 베 두건과 비녀와 삼신을 갖춘다. 여러 첩들은 배자로 옷을 대신한다. 기타 부인들은 지팡이를 짚지 않는다.

정복은 아들이 아버지를 위함이다. 가복(加服)은 적손이 아버지가 죽어서 할아버지 또는 증조고를 승중한지를 위한 것이다. 아버지가 당연히 적자가 되는 것인데 후자가 되었기 때문이다.

의복(義服)은 며느리가 시아버지를 위함인데 남편이 승중 하였으면 따라서 입는 것이다.

남의 후사가 된 자가 후사한 아버지를 위한 것이요. 후사한 할아버지를 승중한자를 위한 것이다.

남편이 남의 후사가 되었으면 처가 따르는 복이다. 처는 남편을 위한 것이요, 첩도 남편을 위한 것이다. 물음 >주나라 제도에 大宗의 禮가있어 적자를 세워 후사를 삼았기 때문에 아버지가 장자를 위해 3년 상을 하였다. 이제는 대종의 예가 폐하여서 적자를 세우는 법이 없으니 아들이 각각 후사가 되면 장자와 소자가 다름이 없어 서자가 장자 때문에 3년 상을 못하지 않고 아버지가 장자를 위하여 3년 상을 지낼 때 적서를 논할 이유가 없다.

상복 기에 이르기를 소매는 1자 2치라하니 거는 소맷부리이다. 소매 2자 2치는 그 아래에 1자를 꿰매서 합하고 위의 1자 2치를 남겨두었다가 소맷부리를 만든다. 또 상복에 이르기를 웃옷의 띠 아래는 1자이다. 옛날의 웃옷과 아래치마라 하여 분별하고 상하가 서로 침범하여 넘나들지 않고 웃옷의 길이가 2자 2치는 겨우 허리에 머무르고 치마를 덮지 않았다. 고로 의대의 아래에서 세로로 베 1자를 위로 웃옷에 붙이고 가로는 허리에 두르니 허리의 넓고 좁음으로 기준을 삼아 치마의 덮개를 한 후 두 개의 임을 그 옆에 달았다.

자는 지척을 기준 하는데 가운데 손가락의 가운데 마디가 1치로 삼는다. 수질과 요질 둘레는 9치, 7치라고 취하는 종류가 이 말이다. 간구는 의례에서 말하기를 비구라 하고 주자가례에서는 구를 굵은 삼으로 만든다

衽之制未爲得矣오且衣既對衿則前綴之衰- 不能居中이니鄭所謂廣當心者- 亦自牴牾矣오今用布二尺五寸으로交解裁之爲二하야挾頭向上하고廣頭向下하야綴於衣身之旁하야上以承領하고下與衣齊하고在左爲外衽하고在右爲內衽이此定制也니喪服之制난惟黃潤玉이爲得之니라(按)儀禮喪服記에具著喪服制度하니其曰衣帶下尺者난謂束帶之下一尺則衣通長이니足以掩裳上際也오其曰衽二尺五寸者난謂前衿二尺五寸則其廣이니足以交掩而結於腋下而兩領之交-自方也오其曰袂屬幅衣二尺有二寸者난謂衣袂相屬處니足以運肘也오其曰袪尺二寸者난爲袂口니足容幷兩手也라聖人制衣가皆以人身爲度하야取便而止오非有巧法而若其曰負曰適曰衰者난皆是衣外之別物이라綴於衣身之前後左右하야義各有取오其文義가本非難曉而註疏家에艱險求之에傳會已甚하고欲得巧法하야其說多반하니不必盡信이라是故로朱子於家禮에著其制而不言衣尺寸幾何하고但曰衣長過腰에足以掩裳上際라하야盡棄註疏之說하니此蓋

朱子- 深有得於聖人制作之意也오以其衣者난人之所常服이니其制랄不必更著而惟長短則有許多般하야不可不名言故로以人身爲準하고只據喪服記所謂衣帶下尺

고 하였는데 의례를 따르는 것이 옳은 것이다. 의례에 처는 남편을 위하고 첩은 군을 위하고 여자 자식이 실에 있는 것은 아버지를 위함이고 삼베로 머리를 싸고 쪽을 짓고 비녀를 꽂고 3년 상을 한다고 하는 것은 주자가례에서 이를 참고한 것이다.

의례에 소렴에는 부인이 마루에서 쪽을 짓는데 삼으로 쪽을 진다고 했다. 가례는 소렴에 부인은 삼으로 머리털을 위로하여 묶어 쪽을 진다고 했으니 그 제도가 의례와 같은 것이다.

부인이 성복에 머리를 싸는 것이 6치이니 묶은 뒤로 드리운 것이 6치이다. 앞의 쪽진 길이는 1자이다.

가례에는 부인의 성복에 머리의 두건과 비녀를 한다. 소위 머리 두건은 곧 포청이고 비녀는 의례의 전계이다. 상복은 위는 최라 하고 아래는 상이라한다. 의례에 부인인 경우 최만 말하고 상은 말하지 않는 것은 부인은 치마를 달리하지 않기 때문이다. 최는 남자의 최와 같다.

아래는 심의와 같고 띠도 없고 임도 없다 남자의 최는 부판과 벽령의 제도를 갖추는지 모르겠다.

아래는 심의와 같고 치마처럼 12폭을 쓰는지 알지 못한다. 이것은 비록 글로 밝힐 수 없지만 다만 웃옷의 길이는 반드시 2자 2치이며 소매는 반드시 폭에 속하고 치마는 반드시 웃옷에 붙이며 치마의 옆구리 2폭은 반드시 서로 이어 붙인다. 이것은 웃옷의 대하 척을 쓰지 않고 치마 옆에 임을 쓰지 않기 때문이다.

지금 가례는 이 제도를 쓰지 않아 부인은 상의와 치마 머리덮개를 사용하고 남자의 최복은 순수하게 옛 제도를 써서 부인이 옛 제도를 쓰지 않는데 이는 상세히 알지 못하겠다.

의례에 부인은 동아미와 띠가 있다고 하는데 동아미는 수질이고 띠는 요대이다. 둘레의 대소를 밝힌 글은 없지만 대략 남자와 같다. 졸곡에 장부는 마대를 벗고 갈대로 쓰지만 수질은 변하지 않는다.

부인은 칡으로 수질을 만들고 마대는 변하지 않는다.

이미 남자가 소상을 지났으면 질을 벗고 부인은 대를 벗는다. 그 질과 대를 바꾸고 없애는 것은 가례에는 부인이 질과 대를 아울러 갖춘다는 글이 없으니 의당 예경으로서 올바로 해야 할 것이다.

상복 참최 전에 말하기를 동자는 어찌하여 지팡이를 짚지 않는가? 병들지 않고 나약하지 않기 때문이다. 부인은 어찌하여 지팡이를 짚지 않는가? 병들지 않기 때문이라고 하고 소에 말했는데 이는 여러 동자들이라고 하였다.

之長曰過腰而掩裳上際라하니其義甚簡易矣오有領有衿은衣之所必然이라雖不各著其制而人自知之故로不別言而包在一衣字之中矣오非謂有巧法也며又非謂無是也오於負版辟領之下에泛云綴於領下則可知領無別般制也오於衰下에云綴於左衿之前則可知其有左右衿矣而楊氏拾取疏說於朱子所棄之餘하야乃列用布尺寸之數하야詳錄裁領綴領之法하야必於衣身中에裁成辟領爲左右適하니巧則巧矣나而未必是聖人制衣之意오乃曰吉凶異制하야喪服領與吉服領이不同은是果有見於經傳乎아同一衣也而吉凶之所以不同者난如內削幅外削幅之異하야及吉服則有黼발文章하야以明其等威하고凶服則有衰適負版하야以表其哀戚而已니上下經傳衣領不同之說을不少槪見이라凡經傳中言領者난只有玉藻袷二寸及深衣曲袷如矩則喪服領與服領吉이不同者를楊氏何證而取此說也오尤可疑者난作爲無衿之衣라若果無衿則所謂左衿者- 是何物也오是故로後儒論說이不止하야金氏以圖난爲與儀禮不合하고黃氏王氏난以袵爲衿하고丘氏則綴四繫相掩하고備要에亦取丘說하니是不過欲使衰當心而如是則衰當心이나衣前이索引不正하고袷反當胸하니亦非恰好之制오徐氏通考에以黃氏王氏說로爲最善하고至以得此數說

문상에 이르기를 동자가 집에 이르면 머리를 덮어쓰고 지팡이를 짚는다 하였으니 이는 적자를 말한다.
부인은 지팡이를 짚지 않으니 동자의 부인을 말한다.
만약 성인의 부인이라면 올바로 지팡이를 짚는다.
상대기에 이르기를 3일째에 아들의 부인이 지팡이를 짚고 5일째에 대부의 세부(대부의 아내)가 지팡이를 짚는다고 하였고 여러 질(동아미)은 모두 부인들이 지팡이와 같이 갖추고 또는 시어머니와 같이 하고 있는데 어머니를 위하여 장자가 지팡이를 짚은 것과 같이 부인도 지팡이를 짚고 같이 있다.
상복소기에 말하기를 미혼여자자식이 집에 있는 부모를 위하여 그 주상자가 지팡이를 짚지 않으면 자식 한사람이 지팡이를 짚는다고 하였다.
정씨는 말하기를 미혼한 딸자식도 역시 동자이다.
남자 형제가 없으면 친척이 대신하여 상을 주관하는데 지팡이를 짚지 않으면 자식한 사람이 지팡이를 짚어야 하니 이르기를 장녀를 말함이다

여자가 허혼하고 20세가 되면 계례를 하니 계례는 성인이 되는 것이요 성인은 반드시 지팡이를 짚는다. 동녀라도 상주가 되면 역시 지팡이를 짚는다. 가례에서는 서의의 복제를 사용하여 부인은 모두 지팡이를 짚지 않는다고 하였다. 문상, 상대기, 상복소기와 같지 않은데 올바로 알지 못함이 한스럽다.
@ 유장이 말했다. "최복의 제도는 앞서 말한 것이 이미 기재해 있지만 오직 치마 제도가 아직 상세하지 못하다.
사마온공이 말하기를 '옛날에 오복은 다 삼베를 쓰는데 거칠고, 가는베로 분별하였으니, 80가닥을 1승으로 삼았다' 또 최상의 기에 최는 바깥으로 폭을 떼어내고 치마는 안으로 폭을 떼어내며 폭에 세 주름을 한다고 하고 그 소에 최는 밖으로 떼어 낸다는 것은 꿰맨 끝이 밖으로 향하는 것을 말한다 치마는 안으로 폭을 떼어 낸다는 것은 꿰맨 끝이 안으로 향하는 것을 말한다.
폭에 세 주름을 한다는 것은 치마에 근거하여 말한 것이다. 베 7폭을 쓸 때에 폭이 2자 2치를 두 가장자리에 각각 1치씩 삭 폭을 제거하면 2가7이면 장4이므로 14자이다. 만일 그 허리의 가운데를 주름잡지 않으면 몸을 묶어 나아가지 못할 것이기 때문에 한 폭의 베를 무릇 세 곳에 붙인다고 하였다.
또 예기에 오직 참최만 꿰매지 않고 나머지 최는 모두 꿰맨다.
꿰매는 것은 반드시 밖을 향하니 길복과 분별하기 위해서 이다"

而衰裳之式이無遺憾爲言하니夫註疏之說이若果是正當之制則朱子－何不取錄於家禮之中而只以一衣字了當也리오朱子之意－ 又有可證者하니語類因論喪服에朱子曰禮난時爲大라某嘗謂衣冠이本以便身이라古人이亦未必一一有義하니若要行이면須是酌古之制하야去其重複하고使之簡易然後에乃可니此正家禮－不從註疏說之意也오又於君臣服議에引用冕服朝服曰皆直領垂之則如今婦人之服하야交掩而束帶焉則如今男子之服이오語類에又答人間衰服領曰古制에直領이如今婦人服하니以今考之컨대冕服朝服領衿之制－ 與東俗所謂直領衣之領衿으로無異오且宋之婦人服이則大衣而大衣領衿은亦如今常服之衣無異하니以彼以此에無一合於疏家之制而又於家禮斬衰註에曰旁及下際난皆不緝이라하고齊衰註에曰旁及下際난皆緝이라하니若如疏家之制則其將指何邊謂旁而可緝不可緝耶야以是로知疏家之制오非朱字之所取也라楊氏說을載於家禮附註故로則今仍襲旣久에有難廢革而以朱子로改
楊氏가恐爲當然이라今以家禮爲正而參之以大全語類之意하고證之以朝服大衣之制하며兼採王氏黃氏之說하야質之曲袷如矩之文하고略倣丘氏新制深衣衿領之樣하야著其制于下方而家禮에又無帶下尺別用布

지팡이와 짚신 한 절목은 가례에 이르기를 참최 때의 저장은 대나무이다. 아버지를 위해 지팡이로 대나무를 쓰는 것은 아버지가 자식의 하늘이기 때문이다. 대나무가 둥근 것은 하늘을 상징한 것이요 안팎으로 마디가 있는 것은 자식이 아버지를 위함이고 또한 안팎으로 슬픔이 있음을 상징한 것이다. 또 사철을 통해 늘 변치 않는 것은 자식이 아버지를 위함이 또한 추위와 더위를 지나서도 바뀌지 않기 때문에 대나무를 사용하는 것이다. 라고 하였다.
간구는 간초로 신을 만든 것을 말한다.
모전에서는 "들의 사초이다. 물에 담가야 간이 된다."고 하였다. 또 간과 비는 외납 하였는데 주공 때는 구라하고 자하 때는 비라 하였다고 하였다. 외납 이라는 것은 꾸며 만들기를 밖으로 하고 밖으로 향해 엮는 것이다.
황서절이 말했다. 선생의 큰아들 숙이 죽자 자기가 참최를 입으셨다. 예문에는 가복이라 하고 세속에서는 보복이라 하였다.
@주자가 말하기를 종법은 세워지지 않았으나 복제는 마땅히 옛것을 쫓아야 한다. 이것이 예의를 아껴 존재케 하는 것이니 망령되거나 고치거나 함부로 바꿔서는 안된다.
한나라 때 종자법이 이미 폐해졌으나 오히려 그 조령에서는 아버지의 후사가 된 자에게 벼슬 한 등급을 승급 올려 주었다. 이 예가 여전히 존재하는데 어찌 종법이 폐하여 졌다고 서자가 아버지의 후사가 될 수 있겠는가. 양복이 말하기를 상복제도에 벽령 일절이 잘못된 것을 쫓아 이어온 것은 통전에서부터 시작되었다.
상복기에 이르기를 웃옷이 두자 두치 라고 하였으니 웃옷이 깃부터 허리에 이르기까지의 길이이다. 삼배 8자 8치를 쓰는데 가운데를 잘라서 좌우로 나누니 4자 4치가 된 것이 둘이다. 또 4자 4치의 인 것을 2를 취하여 가운데를 접어서 전후를 나누니 2자 2치가된 것이 4이다. 이것이 곧 보통 웃옷의 몸길이를 재는 방법이다. 2자 2치인 것 4을 합하여 4개가 된 것을 한 각의 깃 부분의 4치 아래를 취하여 4각으로 재단하여 4치를 집어넣으니 소위 적전의 넓이가 4이라고 한 주의 벽령 4치가 바로 이것이다. 정씨의 주석에서 적은 벽령이라 하였으니 둘 다 한가지이다.
지금 얘기에서 적이라 하고 주 에서는 벽령이라 하였으니 어찌하여 그 이름이 다른가. 벽은 벌린다는 것이다.
한 각의 깃에 닿는 곳을 따라 사각으로 재단하여 4치를 넣기 때문에 벽령이라 했다. 고로 벽령 4치를 겹쳐서 밖을 향해 양 어깨위에 좌우의 적이 되었기 때문에 적이라 하였다.

之文하고明儒- 又以別用布로爲謬妄無據라하야不成法制故로亦依家禮하야不用別布而袵則王廷相所引袵字來歷이皆有可據오黃宗羲所云知曲裾之非則知袵之制未爲得者오足破註疏家袵與曲裾義同之語矣라朱子晩年에去深衣曲裾不用則喪服之袵이亦安知不在當去之中而旣無朱子不用之證卽今不敢擅爲除去하야當仍存之而姑錄諸儒說하야以竢知者하노라今擬釐正喪服之制컨대用布二幅,各長六尺八寸하야(指尺)中屈下垂,前後各長三尺四寸하고兩肩上에各裁入五寸하야縫合背後直縫하고除縫餘各一寸則兩肩上裁入이合爲八寸이니此依身正幅也오又於衣身兩傍에自中屈處로留接袖二尺三寸之下하고疊前後兩葉하야左右各裁入八寸하고(布狹則隨宜)唯一尺四寸하야反摺至衣下히剪去之하고縫合兩分하며除兩邊縫餘則每幅廣이各一尺二寸이오接袖處에除袂下合縫一寸則摺剪處,長一尺二寸이오除經帶之廣二寸(斬衰腰經은圍七寸二푼,徑一圍三,徑二寸四分故로擧大數云二寸이라)則其下一尺이니此所謂帶下尺也오又用布一幅長二尺五寸하야交解裁之爲二하되一頭廣,一頭狹하니廣頭爲一尺四寸이오狹頭爲八寸이라以狹頭向上하야各綴於衣前左右五幅之旁하고除縫餘一寸則下廣이一尺三寸이오上廣이

소에서 양쪽이 서로 밖을 향한 것이 각각 4치라고 한 것이 이것이다. 벽령 4치를 이미 접어서 밖을 향해 양 어깨위에 올려서 좌우의 적이 되었기 때문에 좌우 각각 4치의 빈 곳이 등을 향해서 서로 나란히 이르게 되고 활 중의 앞에서 좌우 각각 4치의 빈 곳이 어깨를 향하여 서로 상대하니 이것이 활 중이다. 소에서 활 중 8치라 한 것은 이것이다. 이것이 곧 몸에 쓰는 삼베의 재단하는 법이다. 주에 또 벽령 8치를 더하고 또 곱절로 한다는 것은 별도로 삼베 1자 6치를 써서 앞뒤의 빈 것을 막는 것을 활 중이라 한다.

삼베 1조는 세로길이가 1자 6치, 가로는 8치를 또 세로로 접어서 가운데를 나누고 그 아래의 반쪽 하나는 재단하여 좌우 양끝을 각각 4치씩 버리고 쓰지 않는다. 다만 중간의 8치만 남겨두었다가 원래 재단한 벽령 각4치 부위에 덧붙인다.

어깨위의 그 빈곳을 막아 서로 나란히 입게 하니 이것이 벽령 8치를 더하는 것이다. 그 위의 반은 1자 6치를 재단하지 않고 배의 중간에 이마위에 좌우로 나뉘어 마주 접은 다음 앞을 향해서 아래로 내려서 앞의 활 중의 원래 재단한 곳에 더하여 어깨를 상대한 곳에 좌우의 깃을 삼는다. 아래의 반은 뒤의 활 중에 쓴 삼베 8치로 하고 그 위의 반은 이마를 좇아서 아래로 내려서 앞의 활 중에 더한 것이 곱절로 하여 1자 6치가 된다.
소위 곱절로 한다는 것이 바로 이것이다. 이것은 옷과 깃에 소요하는 삼베를 재단하는 법이다. 옛날의 의복은 길 흉복이 달랐다. 고로 최복의 깃은 길복의 깃과 같지 않아서 이 제도가 그것이다.

주석에서 이르기를 삼베 10자 4치를 쓴다고 한 것은 웃옷의 8자 8치와 옷깃 1자 6치를 합하여 10자4치가 되는 것이다. 이것이 삼베를 쓰는 정수이다. 또는 그 베를 조금 넓게 해서 바늘로 꿰매어 쓰기도 한다. 그러나 이는 곧 웃옷의 길이와 옷깃의 수이다. 만약에 부판, 최, 대하, 양임 같은 것은 이 숫자에 들어있지 않다. 다만 깃은 반드시 겹이 있으니 이 삼베는 어디에서 나오는가. 말하건 데 옷깃에 쓰는 삼베는 넓이가 8치이고 길이가 1자 6치이다.

옛날사람들은 베의 폭이 2자 2치였다. 옷깃에 쓰는 삼베의 폭은 8치를 제외하고 남은 것이 넓이가 1자 4치이고 길이가 1자 6치이다. 3조를 나

七寸이니下與正幅齊하고上以備承領하니此則衿也오衣正幅이四니各廣一尺二寸이오左右衿이各廣一尺三寸이오衣前通廣이二尺五寸이니所謂袩二尺五寸者- 似指此也오齊衰以下난兩衿旁에各緝邊一寸則圍七尺二寸이오又自兩肩上裁入處로至衿上斜하고摺又自衿上,屬正幅處로至衿邊上,於六寸之下에斜摺은皆剪去之이라或摺向裏藏在하고又用布一條,長四尺八寸,廣八寸하야自項杇摺轉向前하야綴於肩上左右裁入處하고至兩衿上斜摺處에表裏- 各四寸을夾縫之如婦人衣領하니此則領也오又用布二幅各長四尺六寸하야中屈之하야縫聯於衣身之左右하고又縫合其下際하고除縫餘一寸則長各二尺二寸이니此所謂袂, 屬幅衣, 二尺有二寸也오又於袂端에縫合其下一尺爲方袂하고留其上一尺二寸爲袂口하니此所謂袪, 尺二寸也오又用布四條하야縫合爲衣繫四하니二各綴於內外衿旁領末하고一綴於衣外右腋下하고一綴於衣內左腋下하야使相掩結하니凡五服衣縫이皆向外로되但斬衰旁及下際난皆不緝하고齊衰以下旁及下際난皆緝之하야展出外하야用線綴住하고負版도同前하고衰도同前하고適은則辟領이오左右에有辟領하니用布各方八寸하야屈其兩頭하야相著爲廣四寸하야綴於領下하야在負版兩

누어 만들어 겹에 쓸 때 적은 여유가 없음이다.

통전에서 벽령으로서 적이 되는 것은 본래 주를 인용하여 쓴 것이다.
또 스스로 상복 기의 글을 깨닫기 어렵다 하고 억설을 써서 참고하였다. 이미 별도로 삼베를 써서 벽령을 만들고 또 옷깃을 만드는데 무슨 베를 썼는지 말하지 않고 또 웃옷 몸과 옷깃에 사용하는 삼베의 수를 계산하지 않으니 잘못이다. 다만 웃옷의 신장이 8자 8치 외에 또는 별도로 베 1자 6치를 써서 깃을 만드는 삼베는 모두 10자 4치 즉, 글의 뜻이 변명하지 않아도 스스로 밝혀 짐이다. 또 상복 기와 주를 보면 소매는 2자 2치이고 웃옷의 몸 길이는 2자 2치로 한 것이다. 그러므로 좌우 양소매도 역시 2자 2치이니 가로와 세로 모두 정사각으로 한 것이다.

☞ 編譯者 善光 註

= 相弔如儀 (成 服 禮 節次)= 考證 四禮便覽 권 四 喪 1쪽 =

男位於柩東 西向, 女位於柩西 東向, 各以服爲序, 擧哀相弔. 諸子孫就祖父及諸父前, 跪哭盡哀, 又就祖母及 諸母前,亦如之, 女子就祖母及諸母前哭, 遂就祖父及諸父前, 如男子之儀.

= 사례 권 4 상 8쪽 상례

[행전은] 소위 늑백이다. 소학에 상복으로 난 것은 아니다 요즈음은 전부가 쓰고 있으니 없앨 것이 아니며 중의를 입어도 좋을 것이다.
관례 아니 한자는 남자의 복을 입는다.
개두는 머리에 써서 몸을 가리는 것이니 조금 가는베 세폭으로 하되 길이는 몸에 맞추어 적당히 하고 혹은 5자로 한다. 참최에는 깃을 꿰매지 아니하며 재최에는 깃을 꿰매니 세속에 나울(즉 너울)과 같은 것이다.

<관>재최 이상은 흰 베를 쓰는 것이다.
<비녀>즉 위에 머리를 걷어 올릴 적에 쓰는 것이다.

傍에各攙負版一寸이오大功以下난無負版辟領하고衰衽도同前하고裳도同前이라又按儀禮에負의廣은出於適寸하고適의博四寸이出於衰라하니凡言長하고又言博者난廣也이오單言博則方也라書儀云辟領方四寸이亦以此也니似當用布兩片各方四寸하야分綴於領下左右하고搭在肩上하고後在負版兩傍하야各攙負版內一寸하야使負版左右로各出於適外一寸하고適前出於衰上左右而家禮에改書儀方四寸하야爲方八寸하고屈其兩頭하야相著爲廣四寸者- 必有意義故로不敢遽改而復從書儀하고姑依家禮本文錄之하니博識者- 宜詳考之하라[中衣]用以承衰服者니用布生熟을同衰服하고布升은比衰稍細하고制同深衣하고斬衰도亦以布緣邊이라0 或用中單衣니制如俗(周遮衣)오袂端이不圓殺오袂瑞及衿裔末에皆緣之하니一名은汗衫

[行纏]

家禮所謂勒帛이오小學所謂縛袴니禮雖不見於喪服이나今人이皆用布爲之하니固不可廢오布升은當如中衣라0 冠以下난男子服

[蓋頭]用以障身者니用布稍細者로凡三幅이니長與身齊하고或五尺이오(布帛尺)斬衰난不緝邊하고齊衰난緝邊하니今俗에(羅兀)이則其遺意라

[冠]齊衰以上用素

[簪]則上括髮時,所用者

<의상 치마>웃옷의 베의 샛수와 제도는 다 남자의 옷과 같되 다만 대하척과 염임이 없고 치마는 앞폭이 여섯 폭이며 또 뒷 폭도 여섯 폭이니 앞뒤를 합하여 십이 폭이 되는 것이며 심의의 치마와 같으며 머리 덮는것 이하는 부인복 같이한다.

<수질>건위에 쓰는 것이니 삼으로 두 줄을 서로 꽈서 만들되 꽈놓은 둘레가 참최에는 9치이요, 재최에는 7치2분, 대공에는 5치칠7분, 소공에는 4치6분, 시마에는 3치5분이다.

☞ 編譯者 善光 註; 苴杖

父是子之天, 竹圓亦象天,

아버지는 아들의 하늘이다. 대나무가 둥근것은 역시하늘을 상징함이다.

內外有節 象子爲父, 四時而不變.

안팎으로 마디가 있는 것은 자식이 아버지를 위하여 4계절 변함이 없이 공경하는 형상이다.

= 주자가례 권 4 16쪽 =

<요질>

요질은 교대위에 거듭 매는 것이니 삼 두 끈으로 서로 꽈서 수질보다 5분을 더 가늘게 해서 요질을 하는 것이니 그 굵기가 참최에는 7치 이분, 재최에는 5치7분, 대공에는 4치6분, 소공에는 3치5분, 시마에는 2치8분이다. 그 길이는 허리를 둘러 좌우에 묵는 것이다. 참최는 삼으로 하고 재최는 베로 한다.

요질의아래 좌우에 3자의 수를 내리고 졸곡 후에 묵는다. 50세 이상자와 소공이 하자와 부인은 하지 않는다.

[衣裳]衣,布升及裁制난並同男子하되但無帶下尺하고又無衽하고裳은用布六幅하야交解爲十二幅하야如深衣之裳하야連綴於衣라 蓋頭以下난婦人服

[首絰]用以加於冠上者니用麻兩股相交하되其大난斬衰난九寸,齊衰난七寸二分,大功은五寸七分,小功은四寸六分,緦난三寸五分이라

(士喪禮疏)大拇指與大巨指로搤圍,九寸이라喪服疏에齊衰以下난皆以五分去一이니經帶之等을倣此惟之라(儀節)에長一尺七八寸이라斬衰엔麻本이在左從額前向右圍之,以其末加於本上而繫之,齊衰이하엔麻本在右하니從額前向左圍之하야以其末로繫於本下하고斬衰엔以麻繩爲纓而垂之하야結於頤下하고齊衰以下난用布하고小功以下난無纓하고中殤七月은亦無纓

[腰絰]用以申束絞帶上者니用麻兩股相交하야五分首絰去一하야以爲腰絰하니其圍가斬衰난七寸二分,齊衰난五寸七分,大功은四寸六分,小功은三寸五分緦난二寸八分이오其長은中取圍腰而相結處左右에各綴小帶하야以備固結하고斬衰난用麻繩하고齊衰以下난用布하고絰相交之下左右에各散垂三尺은不絞라가至卒哭後絞之하고年五十以上者及小功以下及婦人은不散垂,初則絞之하고亦垂三

	尺하되兩頭에用麻繩結之하야使不解散
= 사례 권 4 상 9쪽 상례 <교대>삼으로 꼬아 만들어 참최자는 길이 십팔~구척 정도로 하여 중간을 접어 꼬인 눈대로 돌리어 꽈서 그 양끝을 각 1자로 하여 결합하는데 3重4股으로하고 크기는 요질보다 조금 가늘게 하고 전체의 길이는 팔~구척이니 허리에 둘러 꿰여서 앞에 매는 것이다. 재최 이하는 베를 사촌쯤을 접어 좁게 꿰매어 이촌을 하고 대공, 소공, 시마는 이에 비례하여 차례로 조금씩 가늘게 하는 것이다	[絞帶]用以束於腰經下者니斬衰엔甬麻繩一條,長十八九尺하야中屈之하야爲兩股各一尺하야結合爲彄子然後에合其餘하야順目相糾하야四脚積而相重하니則三重四股오其大난較小於腰經하고通長八九尺을圍腰從左하야過後至前하야乃以其右端으로穿彄子而反押於右하고齊衰以下난用布廣四寸許로夾縫之爲二寸하고大功,小功,緦난以此較狹하되皆屈其右端尺許하야用線綴住하야以爲彄하고布升은各如其冠하고生熟은各如其服이라
= 사례 권 4 상 9쪽 상례 <막대>참최에는 대나무를 쓰되 높이는 가슴에 닿게하고 재최에는 오동나무로 하되 깎아서 아래가 네모가 나게 하여 땅을 상징하게 한다. 크기는 요질 의 굵기로 하고 오동나무가 없으면 버드나무로 써라. <신>참최에는 집신을 신고 재최에는 삼신대공에는 노끈으로 만든 신을 신으며 소공이하에는 보통 신을 신는 것이다. 소공에는 베로 한다. 수질이하는 남자와 부인이 통용 하는 것이다.	[杖] (家禮本註)斬衰엔用竹하야高齊心本在下하고齊衰엔以桐爲之하고(附註)에削之使下方하야取象於地라 (小記)大如經(註)腰經0無桐이면用柳라 [屨](喪服)斬衰엔菅屨라(疏)齊衰엔疏,屨,不杖,麻屨오 (小記)齊衰三月與大功엔繩屨(註)小功以下난吉屨無絇(儀節)小功엔用白布爲之 首經以下난男子婦人通服
<동자복>제도는 성인과 같이하되 다만 관과 수질이 없는 것이다. 옛날에는 동자는 지팡이가 없었으나 3년 복 입는 자는 전부지팡이를 쓴다.	[童子服]制同長者服하되但無冠巾首經0 (按)古禮에雖云童子不杖이나惟當室者난杖而家禮不言이니當依家禮하야雖庶子라도服三年者난亦皆杖이라
<시자복>생배 옷이니 직령, 중단, 효건, 환질, 교대는 세속에 제도와 같이하는 것이다.	[侍者服](備要)生布衣니制如俗直領或中單,孝巾環經,絞帶齊衰난布帶

<첩이나 노비>는 생베로 만든 배자에 대나무 비녀와 허리띠를 한다.	[妾婢服]生布背子,竹木簪,絞帶[諸具](朝哭)夕哭同見上初終 設靈牀條
<<解義>> 성복 = 사례 권 4 상 10쪽 상례 **그 복제는 첫째가 참최 삼년이다**	<<原文>>其服之制난 一日斬衰三年이니
복을 입는 제도는 아들이 아버지를 위하여 입는 것이요.	其正服則子爲父也오
시집을 안가고 집에 있는 딸이나 시집을 갔다가 돌아와서 집에 있는 딸이 부모의상을 당하면 삼년이요.	(喪服)女子子在室-嫁反在室 (小記)女爲父母喪未練而出則三年이오
이미 소상을 지내고 출가하였으면 벗는 것이요. 소상을 지내지 않고 돌아오면 기년이요. 이미 소상을 지내고 돌아왔으면 마치는 것이다.	旣練而出則己오未練而反則朞오旣練而反則遂之니라
그 외에 더하는 복은 아버지가 죽어서 적손이 되어 할아버지와 증조, 고조를 위하여 승중이 된 사람과 아버지가 적자가 되어서 후계가 된 자이요.	其加服則適孫父卒에爲祖若曾高祖承重者也와父爲適子當爲後者也오(備要)不解官0
할아버지와 아버지사당과 몸을 통하여 삼대를 이여서 참이 되는 것을 얻은 것이요.	(喪服疏)繼祖禰通己,三世가則得爲斬이오
비록 승중이 되었으나 삼년을 못 입는 것에 네 가지가 있으니 첫째 적자가 폐질(못된 병)이 있어서 종묘에 중장함을 다하지 못하는 사람, 둘째는 정실의 몸이 아닌 것이니 서손이 후계가 된 사람, 셋째는 몸이 정실이 아닌 것이니 서자를 세워서 후계를 삼았을 때, 넷째는 정실이되 몸이 아닌 것이니 적손을 세워서 후계를 삼는 것이 이것이다.	雖承重이나不得三年이有四種하니一,正體不得傳重이니謂適子有廢疾하야不堪主宗廟也오二,傳重非正體니庶孫이爲後是也오三,體而不正하야立庶子爲後是也오四,正而不體니立適孫爲後是也라(小記註)將所傳重이非適에服之如庶子라(疏)養他子,爲後者라
그 의로 복을 입는 것인 즉 며느리가 시아버지를 위하는 것과 남편이 승중이 되면 좇아가는 복과 남의 후계가 된	其義服則婦爲舅也와夫承重則從服也와(小記)屬從,所從은雖沒也服爲

<table>
<tr>
<td>자가 후계된 아버지 혹은 할아버지를 위하는 것과<증조와 고조의 승중도 같다>
남편이 타인의 후계가 되면 아내가 좇는 복과 안해가 남편을 위하는 것과 첩이 남편을 위하는 것이나 첩이 남편의 아버지를 위하는 것 즉 상복도에는 첩이 남편의 당을 위하는 복은 곧 남편과 같이한다.</td>
<td>人後者爲所後父也와爲所後祖承重也와(備要)(曾高祖承重同)夫爲人後則妻從服也와妻爲夫也와妾爲君也니라
(備要)(妾爲君之父也라)(喪服圖)妾爲君之黨服은得與女君同이라</td>
</tr>
<tr>
<td>주자의 말씀에 아들이 아버지를 위하는 것이나 맏손자가 승중으로 조부를 위하는 것은 다 참최 삼년이라 하였고</td>
<td>(朱子)曰禮經勅令에子爲父,適孫,承中爲祖父,皆斬衰三年이라蓋適子當爲父後하야以承大宗之重而不能襲位執喪則適孫이繼統하야而代之執喪이義當然也라</td>
</tr>
<tr>
<td>적자가 아버지 뒤가 되어 대종에 중한 것을 잇되 능히 자리에 앉아서 집상을 못하면 적손이 계통을 이어 대신 집상하는 것이 의리에 당연한 것이다.</td>
<td>(通解)宋敏求議曰子在父喪而亡에適孫承重이禮令無文이니大凡外襄終事하고內奉靈席하야爲練祥禫祭에可無主之者乎아當因其葬而再制斬衰服三年이라하야詔如敏求議하다0</td>
</tr>
<tr>
<td>또한 아들이 아버지의 상중에 있다가 죽으면 맏손자가 승중이 예령에는 없으니 밖으로 운구하여 일을 마치고 안으로 영좌를 받들어 연상과 담제를 함에는 주장이 없는 이라 함으로 다시 참최 삼년을 마련하는 것이다.

또한 복을 마련한 후에 맏아들이 상사를 마치지 못하고 죽고 맏손자가 승중이 되었는데 죽은 것이 소상 전에 있으면 소상에 복을 받고 소상 후에 있어으면 심상으로 삼년을 지내는 것이다.

상복 글에 말하였으되 석 세배를 참하여 최를 한다 하였으니 말라서 벤다고 말을 아니 하고 참이라고 말한 것은 앒은 것이 심한 것을 취한다는 뜻이다.
최는 가슴에 다는 것이 사촌가 되는 것이니 그 슬프고 찢어지는 것 같은 마음이 온 몸에 있는 것을 취하는 것이며 옷도 또한 이름을 최라고 한 것이다.</td>
<td>又曰今服制令에適子未終喪而亡하고適孫承重에亡在小祥前者則於小祥受服하고在小祥後者則伸心喪,幷通三年而除니라
(沙溪)曰通解之說이可據나但亡在練後則只伸心喪云自-未知恰當否也라
(尤庵)曰老先生이以只伸心喪之說로爲大不安이나蓋代父承重은是禮經之大節目이고且祖喪練後에不可不祭오如祭則當服何服고故로必如老先生之說然後에節節理順矣오父喪成服後服祖服者-丕鄙說이라乃老先生之說也오且父喪成服之後에値朔望則可以服祖오若朔望遠則其間祭祖時에當服何服가以此知服父服後에不待朔望而則服祖之說이爲得也니라 (按)代服一節은自是邊禮故로家禮不載而人家之遭此變者- 當哀遑急遽之際에未亦善處니玆附先儒說,數段於此하야以備參考하노라</td>
</tr>
</table>

☞ 編譯者 善光 註; 屍身의 東首, 南首, 北首.

1, 疾病 遷居正寢에 東首한다. = 氣를 받아 回生을 祈願

2, 초혼(復) 하고 南首 한다.= 司 生의 별, 南斗六星에 向함.

3, 입관후에 北首 한다. = 司死의 北極星을 향한다.

= 사례 권 4 상 11쪽 상례

<<解義>> 성복 둘째는 재최 삼년이다.

재최는 아들이 어머니를 위하는 복으로 아버지가 계시면 내려가고 시집을 가도 내려가고 양자 나갔으면 내려가며 출가하지 않고 집에 있는 딸이나 또는 시집을 갔다가 돌아 와서 집에 있는 자도 같으며 서자가 그 어머니를 위함에도 같으며 아버지의 뒤를 이어도 내려가는 것이다.<시마조참조>

그 더하는 복은 맏손자가 아버지가 죽어서 조모를 위하는 것과<만일 조모가 쫓기어 나갔으면 복이 없다>

만일 증조모와 고조모의 승중이 된 사람과 조부, 증조, 고조가 살아계시면 내려가는 것이다.

어머니가 맏아들이 뒤가 된 때 당한 자를 위하는 것이며 3세를 이은 장자의 복도 며느리가 시어머니를 위하는 것

盖喪不可一日無主라父或廢疾未能執喪이어나或未終喪而亡이면其子之爲父代服은斷不可已라通典賀氏,雖有父死未殯而祖亡則服祖以周之說而其後에因宋敏求議하야以再制斬衰爲令하야父喪中祖死者-亦可代服則祖喪中父死者-尤豈有可論耶아 爲人後者,爲所後者, 親戚에服之女子난既有喪服傳之文則凡爲所後黨服을皆當一如正服故로不爲一一載錄於各條而惟此所後父一段은依本文錄之하야以見其例焉

[新增](喪禮疏)斬三升布以爲衰하고不言裁割而言斬者난取痛甚之意(檀弓)(註)衰난明孝子有哀摧之意라하고(疏)에衰, 是當心廣四寸者니取其哀摧在於遍體故로衣亦名爲衰 (三年間)何以三年也오曰加隆焉爾也니라(疏)에聖人이本欲爲父母期加隆焉故로三年又曰二十五月而畢이若駟之過隙이나然而遂之則是無窮也라故로先生이爲之立中制節 又曰上取象於天하고下取法於地하고中取則於人이니라

<<原文>>

二曰齊衰三年

其正服則子爲母也와父在降,嫁降,出降 (備要)(女子子在室,及嫁反在室者同이라)庶子爲其母,同爲父後則降見緦麻條也오其加服則適孫父卒에爲祖母(通典)被出無服 若曾高祖母承重者也와(備要)祖若曾高祖在則降母爲適子當爲後者也오(喪服疏)不問夫之在否0(備要)此亦此繼三世長子其義服則婦爲姑也와(備要)舅在則降夫承重則從服也와爲繼母(備要)父在則降(出則無服이라)(通典)所後母,

이며 만일 시아버지가 계시면 강복한다. 남편이 승중이 되었을 때 의복이며 계모를 위할 때도 같고 아버지가 계시면 내려가는 것이며, 양자 나갔으면 복이 없는 것이다. 며느리가 남편의 계모를 위함에도 같고, 첩의 아들이 적모고 자모를 위하는 것과 이때 아버지가 계시면 내려가고 또 아버지가 명을 하지 아니하여도 내려간다. 소공조 참조. 계모가 장자를 위하는 것과 첩이 남편의 장자를 위하는 것이다.
또한 양부모를 위하는 것 즉 3세 종자나 몸에 생부모가 있는 자는 아버지가 죽고 장자이면 내려간다.
또한 3세 전에 거두어 양육한자나 자기의 부모가 있는 자가 아버지가 죽었으면 강복하는 것이다
아버지가 죽은 삼년 안에 어머니가 죽으면 그대로 기년을 입고 아버지의 복을 끝내고 죽어야만 삼년을 입는다고 한다.

아버지가 죽어서 빈소를 모시지 않고 있다가 어머니가 죽으면 변하지 못하는 것이 옳을 것이다.
우암 왈 금년에 아버지가 죽고 명년에 어머니가 죽으면 어머니는 1년 상이다.

☞ 編譯者 善光 註;
양복이 말했다. 의례경전 보복조를 보면 마땅히 증조부가 죽은 후에 조모의 후사가 된 자가 후자의 처를 위해 자식같이 함은 당연한 것이다.
유장이 말했다. 자최의 삭장은 오동나무로 어머니를 위한 것이다.
삼가 례를 살펴보면 오동나무는 같음을 말하니 마음속의 비통함이 아버지와 같음을 취한 것이다.
밖에 마디가 없는 것은 집 안에 두 어른이 없고 밖으로 하늘에 굴종하는 것을 형상한 것이다.
깎아서 아래를 네모나게 한 것은 어머니를 땅으로 형상함을 취한 것이다.
소구는 조악한 신이다. 소는 읽기를 익히지 않은 풀의 '소'자같이 한다.
참최는 중히 여겨 간이라 말하고 풀의 본체를 나타냄으로써 그 조악한 모습을 든 것이고 자최는 가벼이 여겨 소라 하였으니 풀의

被出無服也와(備要)(婦爲夫之繼母도同하고妾子爲適母도同하고妾子之妻,爲夫之適母도同이라)爲慈母(謂庶子無母而父命佗妾之無子者,慈己라)也와父在降0父不命則降이라見小功條 繼母爲長子也와妾爲君之長子也라

(備要)亦繼三世者(備要)(妾爲君之母라)(國制)(爲養父母라)(備要)謂三歲前,收而養育者,己之父母在者,及父沒長子則降(備要)士大夫,於賤人에亦降이니(見緦麻條)(張子)曰族屬之喪不可有加나若爲族屬之親有恩而加等則待己無恩者,可不服乎아
(喪服)父卒則爲母라(疏) 父卒三年之內에母卒이면仍服朞니要父服除而母死라야乃得伸三年이라
(備要)父死未殯而母死則未忍變在난猶可어니와以通典所云父未殯에服祖, 周之說하야推之而服母朞也라하니若父喪將竟而又遭母喪則亦以父喪三年內而仍朞服 - 似未安이라0
(尤庵)曰此年父死하고明年母死者,母之朞-尙在, 父喪未沒之前則猶有壓屈之義矣오若明日父喪當畢而今日母死則亦當朞而朞盡之後에便爲無服之人耶아此不可不深思也니라
(按)父喪中,母死者,其服이最爲可疑라玆附儀禮及先儒說,數條於此하야以備參考하노라蓋儀禮父卒則爲母之文이本

총칭이다.
不杖章에는 삼신을 말하고 자최 삼월은 대공과 같이 승구라 하였으며 소공과 시마는 가벼워 구라는 이름이 없다. 삼신은 주에서 풀을 쓰지 않는다고 하였다.

☞ 編譯者 善光 註;
지팡이라는 것은 모두 밑동을 아래로 하니 그 본성을 따르는 순리이다. 높이는 각자 그 가슴에 나란하게 하고 그 굵기는 요질과 같게 한다. = (가례 권 4 성복 17쪽) =

<<解義>>= 사례 권 4 상 13쪽 상례

장기는 지팡이를 짚고 기년을 입는 것

맏손자가 아버지가 죽고 할아버지가 계신데 할머니를 입는 것, 승중을 했을 때는 증조모나 고조모의 경우도 같다. 그 내려 입는 복은 아버지가 계시는데 어머니를 위하는 것이며, 계모나 적모나 자모에도 이와 같이 입는다.
또한 시집을 간 어머니와 쫓겨난 어머니를 위하는 것은 아버지의 뒤이면 복이 없는 것이다.
의로 입는 복은 며느리가 시아버지는 계시는데 시어머니를 위하는 것과, 남편의 승중에도 같고 아버지는 죽고 계모가 시집은 갔으되 그 자식 들이 입는 것이며, 그렇지 않으면 복을 입지 아니하는 것이며, 또 남편이 안해를 위하는 것이다.
소기소에 아내를 위하는데 막내를 짚지 않으면 담제를 지내지 아니 한다.
 아버지가 계시면 아내를 위할 때 막대를 짚지 아니하는 글이 있으나 가례에는 계시나 않 계시거나를 막론하고 막대를 짚고 기년이라 하였다. 가례의 이론이 바른 것이다.

신중에 3년 복은 윤달을 상징 하는 것이요, 1년 복은 1년을 상징하고 9월복은 3계절을 의미 한 것이며, 5월복은 5행을 상징하고 3월복은 1계절을 상징한 것이다.

自明白而賈氏因一則字, 曲爲解釋하야以爲父服除而母卒然後에乃伸三年이라하고沙溪尤庵兩先生이旣以爲可疑라하니與其泥滯於可疑之疏說로無寧直依經文之爲寡過라若一依經文則父先卒而母後死者- 雖一日之間이라도亦可以伸三年이니未知果如何也

<<原文>>杖朞
其正(尤庵)曰正字난加之誤福則適孫에父卒祖在에瑋祖母也오
(備要,曾高祖母承重同이라)其降服則(喪服,父在爲母라)繼母,適母,慈母도同,義服 爲嫁母,出母(爲父後則無服)也오其義服則

(備要)(婦舅在爲姑夫承重同)爲父卒,繼母嫁而,己從之者也오
(開元禮)不從則不服夫爲妻也라

(問)小記疏爲妻不杖則不禫이라하고尤庵曰妻喪은實具三年之體段故로練杖祥禫에只是一串事니小記疏說이恐不得爲正論이라
(按)雜記에有父在爲妻不杖之文而家禮에不論父在父亡하고通爲杖朞니當以家禮爲之이라

[新增](三年間註)三年은象閏하고朞난象一歲하고九月은象物之三時而成하고五月은象五行하고三月은象一時也니라

<<解義>>부장기(자최복 지팡이 없이 1년 상, 중자, 장자부, 장손자 , 숙부, 형제 , 조카, 출가녀가 친부모에)

조부모, 백숙부모, 형제, 중자를 위하여 입는 복이다.

장자이되 참최에 해당되지 않는 자이니 아들이 남의 후계가 된 자도 같다 형제의 아들과 고모나 누이동생이 시집가지 않은 자도 같다. 시집을 갔어도 남편이나 아들이 없으면 부장기를 입는다. 남편과 자식이 없는 부인은 그 형제와 자매 및 형제의 아들을 위한 것이요 첩이 그 아들을 위한 것이다. 가복은 적손 또는 중 현손으로써 마땅히 후사가 된 자를 위한 것이요 시집 간 여자가 형제 가운데 아버지의 후사가 된 자를 위한 것이다. 의복은 계모와 시집간 어머니가 전 남편의 아들로서 자기를 따라온 자를 위한 것이요 백숙모를 위한 것이요 남편의 형제의 아들을 위한 것이다. 계부가 함께 사는데 부자가 모두 대공의 이상의자를 위한 것이요 첩이 여군을 위한 것이요 첩이 남편의 중자를 위한 것이요 시부모가 맏며느리를 위한 것이다. 또한 내려가는 복은 시집간 어머니나 쫓기어간 어머니를 그의 아들이 입는 것이요 그 의로 입는 복인즉 계조모나 계모가 시집을 가서 전남편의 아들이 몸을 쫓는 자를 위하는 것과 백모나 숙모를 위하는 것과 남편형제의 아들을 위하는 것과 계부와 동거를 하되 부자가 다 대공에도 친한 이가 없는 자와 첩이 남편을 위하는 것과 첩이 남편의 여러 아들을 위하는 것과 시부모가 맏며느리를 위하는 것이다. 또 부모가 계시며 양부모를 위하는 것과 어머니가 비록 돌아가셨으나 장자이면 기년을 입고 제상을 하는 것이다. 남의 후계가 된 자가 그의 부모를 위하여 갚는 복과 여자로서 남에게 간자가 그의 부모를 위하는 것은 다 막내 없이 기년복에 해당되는데 어찌 없을까? 아마 이 조목은 뒤에 무릇 남자가 남의 후계가 된 이와 여자가 남에게 간 이들이 자기부모를 위하여서 다 한등씩 내려가는 가운데 있는 고로 여기에 내지 아니한 것이다.

<<原文>>不杖朞

其正服則爲祖父母와女난雖適人이나不降也오庶子之子,爲父之母(爲祖後則不服) 也와爲伯叔父也와爲兄弟也와長子不當斬者子爲人後者同 爲兄弟之子也와爲姑姉妹女在室及適人而無夫與子者也와(匕要,己嫁被出同) 婦人無夫與子者,爲其兄弟姉妹及兄弟之子也와己嫁被出,同妾爲其子也와其加服則爲適孫若曾,玄孫當爲後者也와(喪服傳)有適子者無適孫女適人者爲兄弟之爲父後者也오 父在則同衆昆弟 其降服則嫁母出母,爲其子에子雖爲父後猶服也오其義服則(備要,繼祖母)繼母嫁而爲前夫之子從己者也와爲伯叔母也와爲夫兄弟之子也와繼父同居에父子皆無大功之親者也와妾爲女君也와(喪服註)女君於妾無服 妾爲君之衆子也와舅姑爲適婦也니라長子當斬者之妻(國制)父母在에爲養父母及母雖沒이나長子則朞而除라

(楊氏)曰爲人後者,爲其父母報와女子子適人者,爲其父母난此是不杖朞大節目이라何以不書也오蓋此條난在後凡男爲人後,女適人者- 爲其私親하야皆降一等中故로不見於此라

<<解義>> 5개월 복인 것이다. (자최복, 무집장, 증손자)
그의 정복은 증조부모를 위하는 것과 딸이 남에게 간자도 내려가지는 아니하는 것이다.
계 증조모도 같다함

五月 성복
其正服則爲曾祖父母, 女適人者도不降也니라
(備要)繼曾祖母도同 義服

<<解義>>
3 개월 복이다. 성복= 사례 권 4 상 14쪽 상례
고조부모를 위하는 것과 딸이 남에게 간자도 내려가지는 아니하는 것이다.
사대이상으로부터 섬기는 이는 다 재최 석 달을 입는 것이요 그 의로 입는 복이면 계고조모나 계부가 동거하지 아니하는 자이니 즉 먼저는 같이 있다가 지금은 따로 있거나 혹은 동거는 하나 계부가 아들이 있어서 이미 대공이상으로 친이 있는 자와 원래 동거하지 아니한 자는 복이 없는 것이다.
또한 대부와 부인이 종자를 위하는 것과 종자의 안해도 입으나 종자의 어머니가 계시면 종자의 처를 위하여는 복을 입지 아니한다.
무릇 대종족인 이 절족 될 듯한 이는 오세 즉 열촌 밖에도 재최로 석 달을 입고 어머니나 처도 또한 그렇게 하되 소종자를 위하는 것은 본친에 복으로서 입게 하는 것이다.

三月
其正服則爲高祖父母와 女適人者도不降也오(語類)(自四世以上,凡逮事者- 皆當齊衰三月)其義服則 (備要,繼高祖母)繼父不同居者(謂先同今異어나或雖同居而繼父有子하야已有大功以上親者)也와(其元不同居者則不服이라)(儀復)丈夫婦人爲宗者,宗子之妻라(傳)宗子之母在則不爲宗子之妻服이라
(大傳陳註)凡大宗族人이與之爲絶族者,五世外에皆爲之齊衰三月이오母妻亦然하되爲小宗者則以本親之服服之니라

<<解義>> = 사례 권 4 상 15쪽 상례
셋째로 대공에 아홉 달인 것이다.
종형제의 자매를 위한 것이니 즉 백부나 숙부의 아들을 말한 것 중손 남녀를 위하는 것이요.
손녀가 이미 시집을 갔다가 쫓기여 나온 이도 같도 서손에 승중이 된 자를 위한 늑서이다.
적자가 있음에 장손을 위하는 것과 지자가
복식의 제도는 위와 같다. 정복은 증조부를 위한 것이요 시집간 여자는 내려 입지 않는다.
적손을 위하는 것도 같으며 그 의로 입는 복인즉 중자의 며느리를 위하는 것과 장자가 참최에 해달 되지 아니한 자의 처이며 후계로 나간 아들의 며느리도 같고 형제의

<<原文>>
三曰大功九月
其正服則爲從父兄弟姉妹(謂伯叔父之子)也와爲衆孫男女也오

(備要,孫女已嫁被出도同하고爲庶孫承重者)適子在에爲長孫,支子爲適孫,同 其義服則爲衆子婦也와長子不當斬者之妻,出後者婦同爲兄弟子之婦也와爲夫之祖父母(備要,繼祖母同)伯叔父母兄弟子之婦也와夫爲人後者其妻,爲本生舅姑也와爲同母異父之兄弟

아들의 며느리를 위하는 것과 남편의 조부모를 위하는 것과 계조모도 같으며 백숙부모형제의 아들의 며느리와 남편의 후계가 된 자의 그 아내가 본생시부모를 위하는 것과 어머니는 같고 아버지가 다른 형제자매를 위한 것이다.
달수로 셈할 때는 윤달로 셈한다.
대공과 소공을 공이라고 한 것은 베를 다듬는데 공을 말한 것이니 정하고 거친 것이 있는 것이다.
또 대공이하는 달로 셈하는 것이니 혹 상고가 금을게 있어서 성복을 윤달 초순에 하였으면 성복으로부터 달수를 셈하여 그 달수를 다하여 초하루 날에 복을 벗는 것이다.

姊妹也니라

(鄭玄)曰以月數者數閏
(按)家禮同母異父兄弟姊妹一段은在小功條以附註에據先生儀禮經傳補服條하니以爲當添於大功而備要에亦採之故로移置于此라

[新增](喪服)大功,小功,謂之功者난謂治布之功이니有精粗也0
(寒岡)曰大功以下난當以月數니或喪在晦하야成服於開初則恐當以成服으로計月하야當盡其月數하야以後月朔日로釋服이라

<<解義>> **넷째는 소공 오월이다.** 성복

소공은 종조부와 종조고 즉 할아버지의 형제자매를 위하는 것 형제의 손자, 종형제자매의 복이다.
재종형제자매와 외조부모 와 외숙과 생질의 경우도 같다.
쫓기어 나간 아내의 아들은 외조부모를 위한 복은 없다함 즉 맏 누이나 누이동생의 아들들을 위하는 것 종모를 위한 것이며 그 의로 입는 복이면 종조의 조모를 위하는 것과 남편형제의 손을 위하는 것과 종조모를 위하는 것과 남편의 종형제의 아들을 위하는 것과 남편의 고모나 자매를 위하는 것이니 딸이 형제의 질의 처를 위하는 것이니 제부와 사부를 <형제의 아내끼리 서로 이름 부르는 것인데 맏며느리가 다음며느리를 말하되 제부라 하고 제부가 장부를 말하되 사부라 함> 위하는 것

서자가 적모 즉 군모의 부모와 형제자매를 위하는 것 서자가 적모 즉 군모의 부모와 형제자매를 위하는 것 서자가 적모 즉 군모의 부모와 형제자매를 위하는 이나 어머니가 죽었으면 입지 아니하고 어머니가 나갔은 즉 계모의 부모와 형제자매를 위하는 것 <비록 계모가 열이 있어도 어머니의 당의 복은 차례로 입는다 함> 서모가 몸을 키운

<原文>四曰小功五月
其正服則爲從祖,祖父,從祖祖姑(謂祖之兄弟姉妹)也와爲兄弟之孫爲從祖父從祖姑(謂父之從父兄弟姉妹)也와爲從父兄弟之子也와爲從祖兄弟姉妹(爲從祖父之子니所謂再從兄弟姉妹)也와爲外祖父母(爲母之父母)也와(喪服傳)出妻之子는爲外祖父母,無服爲舅(謂母之兄弟)也와爲甥(謂姉妹之子)也와爲從母(謂母之姉妹)也오(備要,女爲姉妹之子)外親은雖適人不降 其義服則爲從祖祖母也와爲夫兄弟之孫也와爲從祖母也와爲夫從兄弟之子也와爲夫之姑姉妹(適人者不降)也와女爲兄弟姪之妻(己適人亦不降)也와爲娣姒婦(謂兄弟之妻相名이니長婦謂次婦曰娣婦,娣婦謂長婦曰姒婦)也와庶子爲適母之父母兄弟姉妹(適母死則不服)也

이를 위하는 것 <서모가 젖으로 몸을 기른 이를 말함> 적손과 같이 증손이나 현손의 후계가 된 자의 며느리를 위하는 것 형제를 위하는 것이다

통전에 보면 나간 어미를 위해서는 복이 없지만 아비가 내쫓지 않고 그대로 시집간 어미에게야 어찌 나간 어미와 같이 할 수 있겠는가? 했다.

시집간 어미는 아비가 내 쫓지 않았다 해도 이미 아비와는 의리가 끊어진 것이니 나간 어미와 다를 것이 없을 것이다.

<<解義>> 성복 = 사례 권 4 상 17쪽 상례

다섯째는 시마 삼월이다. (사위, 8촌: 당내간, 내외종 ,유모, 개장시)

종중조부와 종증조할머니 증조의 형제나 자매 소위 삼종형제자매를 말하는 것과 증손과 현손을 위하는 것과 외손을 위하는 것이니 아들은 비록 외조의 복을 입지 아니한다.

<쫓기어 나간 아내의 아들이 외조부모를 위하여서는 복이 없으나 외조는 오히려 복을 입는 다는 것이다> 종모의 형제를 위하는 것 <고모의 아들을 말한 것> 내형제자매를 <외삼촌의 아들을 말한 것> 위하는 것이다 내려가는 복은 서자가 아버지의 후제가 되어서 그의 어머니를 위하는 것 <그 어머니의 부모와 형제자매를 위하여는 복이 없다>

와(小記,爲母之君母,母卒則不服母出則爲繼母之父母兄弟姊妹也와(盧氏)曰雖有十繼母나當服次其母者之黨 爲庶母之慈己者(謂庶母之乳養己者)也와爲適孫若曾玄孫之當爲後者之婦(其姑在則否)也와爲兄弟之妻也와爲夫之兄弟也니라

(問)喪服疏에旣爲君母父母면其己母之父母도或亦兼服之어늘若馬氏義면君母不在라야乃可申矣라(尤庵)曰妻子-爲君母之黨에只是從服也니寧有因此而遂不服其外親之理乎아

(按)通典云出母之黨은無服이어니와嫁母난父不命出이면下得同出母乎아嫁母之黨은自應服之니라愚意則嫁母난雖無父命出之節이나旣與父絶則同於出母矣니라沙溪亦於嫁出母黨之或服或不服은爲未可知니通傳說을恐不必從也니라

<<原文>>

五曰緦麻三月

其正服則爲族曾祖父,族曾祖姑(謂曾祖之兄弟姊妹)也와爲兄弟之曾孫也와爲族祖父族祖姑(謂族曾祖父之子)也와爲從父兄弟之孫也와爲族父族姑(謂族祖父之子)也와爲從祖兄弟之子也와爲族兄弟姊妹(謂族父之子所謂三從兄弟姊妹)也와爲曾孫玄孫也와爲外孫也와(通典,子雖不服外祖나謂出妻之子爲外祖父母無服者 外祖-猶爲服)爲從母兄弟姊妹(謂從母之子)也와爲外

그 의로 입는 복은 증조모를 위하는 것과 남편형제의 증손을 위하는 것과 족의 조모를 위하는 것과 남편의 종형제의 손을 위하는 것과 족모를 위하는 것과 남편의 종조형제의 아들을 위하는 것과 서손의 부를 위하는 것과 적손부에 할머니가 있는 자와 지자가 적손부를 위하는 것과 후계로 나간 손부도 같다.

서모를 위하는 것이니 아버지 첩에 아들이 있는자를 말한 것과 두 첩의 아들이 서로 서모를 위하는 것이다.

유모를 위하는 것과 사위를 위하는 것과 처의 부모를 위하는 것이니 처가죽고 다시 장가를 가도 또한 같으며 곧 처의 친모는 비록 시집을 가도 복은 입는 것이오.
<적모와 계모가 시집을 가지 아니한 이는 친모와 같다>
남편의 증조와 고조를 위하는 것과 남편의 종조부모를 위하는 것과 형제 손의 며느리를 위하는 것과 남편의 형제 손의 며느리를 위하는 것과 종부형제의 아들에 며느리를 위하는 것과 남편의 종부형제의 아들에 며느리를 위하는 것과 국제에 종부형제의 처를 위하는 것과 남편의 종부형제자매와 그 처를 위하는 것이며 남에게 간이도 내려가지 아니하며 딸이 남에게 간자가 그 종부형제의 처를 위하는 것이다.
남편의 외조부모를 위하는 것과 남편의 종모가 또는 외삼촌과 외 손부를 위하는 것과 딸이 자매의 자부를 위하는 것과 생질부를 위하는 것이다.
국제에 외삼촌의 처를 위하는 것이니 사계의 말씀에 생질이 외삼촌의 처를 위하여 이미 복이 있었으면 외삼촌의 처도 갚아야 옳을 것이다.
같이 밥하는 이도 위하고 통전에는 두 첩도 서로위하고 국제에는 양부모를 위하니 즉 사대부가 천인에게도 하는

兄弟(謂姑之子)也와爲內兄弟(謂舅之子)也오(尤庵)曰孤之子舅之子를只言兄弟而不言姉妹者난省文也 其降服則庶子爲父後者爲其母(爲其母之父母兄梯子妹則無服)也오其義服則爲族曾祖母也와爲夫兄弟之曾孫也와爲族祖母也와爲夫從兄弟之孫也와爲族母也와爲夫從祖兄弟之子也와爲庶孫之婦也와適孫婦,其姑在者,支者爲適孫婦,出後孫婦도同爲庶母(謂父妾之有子者)也와(通典,兩妾之子相爲庶母)

爲乳母也와爲壻也와爲妻之父母(妻亡而別娶도亦同하니則妻之親母난雖嫁出이나猶服)
(尤庵)曰適母繼母之不嫁出者난同於親母也와爲夫之曾祖高祖也와爲夫之從祖祖父母也와(儀節,爲夫之從祖姑)則夫之從祖祖姑 爲兄弟孫之婦也와爲夫兄弟孫之婦也와爲夫之從祖父母也와

(國制,爲夫之從祖姑)爲從父兄弟子之婦也와爲夫從父兄弟子之婦也와

(國制,爲從父兄弟之妻와爲夫從父兄弟) 爲夫從父兄弟之妻也와爲夫之從父姉妹(適人者不降)也와(備要,女適人者爲其從父兄弟之妻)爲夫之外祖父母也와爲夫之從母及舅也와爲外孫婦也와女爲姉妹之子婦也와爲甥婦也니라(國制),

것이다.
동자는 시마도 아니하고 오직 실에 당하여야 시마를 입는다.

<<解義>> **어려서 죽은 사람을 위해 복을 차례로 한 등급씩 내린다.**

나이 16세부터 19세까지는 장상, 12세부터 15세까지는 중상, 8세부터 11세까지는 하상의 복을 입는다.
기년복을 입어야 할 사람은 장상에는 대공구월로 중상에는 칠월로 하상에는 소공오월로 복을 내린다. 대공 이하의 복을 입어야 할 사람도 차례로 등급을 내린다.

8세 미만이면 복이 없는 상이 되니 곡하는 것은 날로써 달을 바꾼다*(1일이1월이다)* 태어난지 3개월이 안됐으면 곡을 하지 않는다._

남자가 이미 장가 들었거나 여자가 정혼하였으면 모두 어려서 죽은 경우가 되지 않는다.(성인 대우한다.)

장부는 관례를 하였으면 상이 되지 아니하며 부인은 계례를 하면 상이 되지 아니하는 것이다.
국제에는 남자가 직을 받으면 또한 상이 되지 아니한다 하였다.
<통전>오서정이 사자에게 묻되 팔세이상은 아이 죽은 이에 복아라 하고 팔에 미만이면 복이 없다하니

가령 원년 정월 생으로서 칠년 십이월에 죽으면 이것이 칠세가 되는 것인즉 복이 없는 것이요 혹 원년십이월 생으로서 팔년 오월에 죽으면 다만 팔년을 지냈음에 그 날과 달을 계산하면 육세에 적당한 것이나 그러나 팔세이라 하는 것은 날과 달이 너무 적고 오전한 칠세이라는 것은 날과 달이 많다하니 대답을 하신말씀이 무릇 제한한 수는 생월로부터 계산하는 것이요 햇수로 계산하는 것은 아니

爲舅之妻

(沙溪)曰甥爲舅妻에既有服則舅妻도當爲之報(楊儀)爲同爨(通典)兩妾도相爲服　(國制)爲養父母,卽士大夫於賤人이라 (問喪)童子난不緦오惟當室緦니라

<<原文>>凡爲殤服은以次降一等이니라
凡年十九至十六爲長殤이오十五至十二爲中殤이오十一至八歲爲下殤이니應服朞者-　長殤은降服大功九月이오中殤은七月,　下殤은小功五月이오應服大功以下난以次降等하되

不滿八歲난爲無服之殤이니哭之以日易月이오(馬融)曰以哭之日易服之月이오殤之朞親則旬有三日哭이오緦廠之親則以三日爲制　生未滿三月則不哭也이오
男子己娶,女子許嫁난皆不爲殤이라
(小記)丈夫난冠而不爲殤이오婦人은笄而不爲瘍0(國制)男子受職이면亦不爲殤0

(通典)吳徐整問射慈曰八世以上爲殤者服하고未滿八世爲無服이라하니假令以元年正月生으로七年十二月死면此爲七歲則無服也니或以元年十二月生으로八年正月死면以但踐八年에計其日月이면適六歲이나然號爲八歲난日月이甚少하고全七歲者난日月이爲多로다
答曰凡制數난自以生月

라고 하였다.
예라는 것은 사람의 정으로 인연한 것이요 골육의 정이라는 것은 어른이나 아이들의 사이를 들 것이 없으니 아이들이 죽은 복에 말한 것이다.

비요에 말하기를 복이라는 것은 반드시 서로 갚는 것이라고 하였는데 어른이 동자들에게 세 가지 상을 체감하는 법이 있은 즉 아이들도 어른에게 그 의복을 체감한다고 말을 하였을 것이나 고례를 상고하여 보아도 바른 증거가 없고 또는 예에미 성년을 위하여서 강등을 마련하지 아니한 것은 그 마음을 쓰는 것이 능히 일치하지 못하는 것이나 잘하는 자이면 금하지 않을 것이다.
『유지』라하는 이가 말하되 동자도 팔세이면은 복을 마련하였다하고『사자』의 말씀에는 육~칠세에는 비록 동도 되지못하나 그의 맏누이가 죽으면 베 심의를 입었든 것이다.

지금 아이들은 팔세이상이면 친당의 죽은 이를 슬퍼하는 것이 성인과 같이 하는 자도 있으며 또한 나이가 십구~구세 된 자가 오복 상중에 어찌 자기가 동자라 해서 그 복을 체감할 것일까 하였다.

計之오不以歲也니라

(按)禮,緣人情而骨肉之情은無間於長幼니此爲服之所由起也라今世에服之者- 於同室之喪之外에鮮有行者하니豈非禮敎不明之致耶아甚可歎也라然,長幼之分이不同故로詳略之制,亦殊오備要에雖據儀禮而錄之나亦欠詳備라然苟欲行之난대以家禮本文推之,可見矣라不服條列이오但存其大體如此라0又按備要에言服必相報라長子- 於童子에有三殤遞減之制則童子於長者에亦當遞減其服云而考之古禮에未有明據오且禮之不爲未成人制降은以其用心不能一也나其能勝者난不禁이라劉智云童子八歲則制服이라하고射慈曰六七歲난雖未爲童이나其姊死에宜服布深衣라

今童子八歲以上者- 哀戚親黨之喪을如成人者有之하며又況年十八九者- 於五服之喪에豈可以己爲童子而遞減其服乎아備要說을恐難遽從이라

<<解義>> = 사례 권 4 상 20쪽 상례

모든 남자가 남에게 양자 간 자와 여자가 출가한 자는 한 등급씩 감하여 입는다. 자기의 친당에 의하여 입는 복도 또한 같다.

부인이 남편의 당을 입을 적에 상사를 당하여서 쫓기여 나왔으면 복을 벗는 것이다.
첩이 자기친당을 위하는 것이면 일반사람과 같이하는 것이다.

<<原文>>
凡男爲人後와女適人者-爲其私親에皆降一等이니私親之爲之也亦然이니라
女適人者降服하고未滿에被出則服其本服하고己除則不復服也니라 凡婦服夫黨에當喪而出則除之니라0 凡妾爲其私親則如衆人이니라

우암의 말씀이 출계를 한 살 마의 자손이 다시 출계를 하여도 두 번을 내려가지는 아니하는 것이며 다만 출계를 하고 출가를 하면 두 번 내려가는 것이요.

또 출가한 후에 이미 그의 친당에 내려갔으면 그 아들도 좇아서 한등씩 내려가는 것이다.

살피여 보매 남의 후계가 된 자가 그의 부모를 위하여 갚는다 하였고 갚는다는 것은 둘이 서로 위하여 복을 입는다는 것 이니 남의 후계가 된 자가 그의 부모를 위하여 기년을 입었으면 그의 부모도 또한 기년을 입는 것이요

『가례도식』에 본생부모가 막대는 짚지 않고 기년을 입었다는 말의 근본은 여기에 있는 것이다.
이것으로 보아 본생부모는 또한 대공으로 갚을 것이요 증조부모는 시마로서 갚을 것이다.

(通典)兩女各出이면不再降하고兩男各爲人後도亦如之니라

(尤庵)曰出繼人子孫은復出繼라도亦不再降이오惟出繼而出嫁然後에得再降이니라又曰出後者-旣降其私親則其子-從而亦降一等이니라0
(通典)雖外親이라도無二統이니라
(賈氏)曰旣爲所後母黨服又爲生母黨服是二統也0(同春)問妻從夫服에皆降一等은禮也니爲人後者之妻於夫本親에又降一等乎아沙溪曰降二等無疑니라
(按)喪服에曰爲人後者- 爲其父母報라하고疏에曰報者난兩相爲服이니旣言報則爲人後者-爲其父母朞어든其父母- 亦當爲之朞오

家禮圖式에本生父母-亦爲不杖朞之說이蓋本於此라以此推之則本生祖父母난亦當報以大功이오曾祖父母난亦當報以緦니라 又按沙溪曰爲人後者- 爲所生母黨에降一等爲是라以故로今俗이多用之니然通典에有雖外親이나無二統之文하니此於禮律에極嚴正이라恐當以此爲準이니라

<<解義>> 성복 = 사례 권 4 상 20쪽 상례

마음으로 슬퍼하기를 삼년을 하는 것이다.

스승을 위하여 입는 복이다. 아버지가 계시는데 어머니를 위하는 복도 같다. 계모, 적모, 자모도 같다.
쫓기여 나간 어머니나 시집을 간 어머니나 부모가 계신데 양부모, 적손이 할아버지가 계시는데 할머니를 위한 복

<<原文>>

心喪三年 (備要)

(檀弓疏)爲師오直行三年(喪服)父在爲母오(備要)適母繼母도同하고慈母도同爲出母嫁母와父母在에爲養父母와適孫이祖在에爲祖母오曾高

도 같다. 양자 간 자가 본생부모, 며느리가 시아버니가 계신데 시어머니를 위함도 같다. 첩의 아들에 처가 남편의 적모도, 남편의 승중도 한가지로 그의 부모를 위하는 것, 이상은 기년을 입되 삼년을 마음으로 펴는 것이다. 즉 몸에는 베옷을 입지 않아도 마음에는 애척한 정이 있다는 것이다. 공자의 상 때에 문인들이 복 입을 것을 토론 했는데 자공이 말하기를 예전에 공부자께서 안연의 상을 당하여 슬퍼하실 적에 아들이 죽은 것이나 같이 하였으나 복은 복지 않고 자로가 죽어서도 그렇게 하셨으니 이제 공부 자상에 아버지가 돌아가신 것 같이하되 복은 없는 것이 옳다 하였다. 그리고 제자들은 모두 무덤 옆에 묘막을 짓고 심상의 예를 행하였다. 살펴보건대 이심상의 조목은 주자가례에는 없는 것이나 상례비요에 의하여 보충한 것이다. 또 며느리가 남편의 본생부모와 또는 가모나 출모를 위하는 것이나 아버지의 후계가 된 서자의 처가 남편의 생모를 위하는 것은 아들이 본생부모와 가모나 출모 혹은 서자가 아버지의 후계가 된 자는 그의 어머니에는 복을 다하여도 마음으로 슬퍼하는 것은 낳아서 길은 은혜를 잊지 못하는 연고이다. 만일 며느리도 시어머니가 낳아서 길은 은혜는 없지마는	祖母도謂曾高祖在者同하고謂本生父母와婦－舅在爲姑오妾子之妻,爲夫之適母도同夫承重도同爲其父母와以上은服朞而伸三年庶子－爲父後者－爲 其母니라 服緦而伸三年0爲父後者－爲出母嫁母에雖無服이나亦伸三年이라 (檀弓註)身無衰麻之服이나必有哀戚之情이라 (檀弓)孔子之喪에門人이疑所服하되子貢이曰昔者에夫子之喪顔淵에若喪子而無服하고喪子路에亦然하니請喪夫子엔若喪父而無服이니라 (補服)曰孔子之喪에弟子－皆家于墓하고行心喪之禮하니라 (程子)曰師不立,服不可立也니當以情之厚薄과事之大小로處之如顔閔於孔子면雖斬衰三年可也오其次난各有淺深하니稱其情而已라豈可一概制服이리오(尤庵)曰師服은以單股,環絰,白布巾으로並著白布衫을謂之帛服加麻오帶則或布或綿이皆無所妨이니라 (按)此條난家禮所無而依備要添入이라0婦爲夫之本生父母,及嫁母出母,及庶子爲父後者之妻爲夫所生母난見於備要而此於古禮에無所見이라蓋子於本生父母及嫁母出母及庶子爲父後者於其母에服雖盡而心伸其私者난未忘生肉之恩故也라若婦之於姑則無生育之恩故로其爲服이本是義服而今旣無可服之義則又安有心喪之可

시어머니를 위하여 입는 복은 본래 의의 복인데 여기에 복을 입는다는 의가 없으며 심상에는 말한 것이 있고 무릇 부인에 복은 남편을 좇아서 한 등식 내려가는 것이니 심상에도 그의 남편과 비 등한 것은 지나친 일은 아닐 것이다.

모든 기구

【환질】<테두리>건우에 더하는 것이니 숙마 한 가닥으로 꼬는 것이며 그 크기는 시마의 『테두리』를 보라.

【백포건】【백포삼】【띠】

이상은 스승을 위하는 복이다.

아버지가 계신데 어머니를 위하는 것은 아래 담복조에 자세히 있다.

言이며且凡婦之服이皆從夫降一等而於心喪則必令比同於其夫가不亦過乎아備要之添入을恐不可從也라退溪嘗以爲夫之生父母心喪은謂之不可而曰亦不必二鼎而烹飪이오對案而飮啖이라自有隋時之宜라하고沙溪又論此에無許伸心喪之語而但曰當從禮爲大功이오不可加服이라若居處飮食則不必以大功爲斷이라하니據此兩說則於夫之嫁母出母及庶子爲父後者之妻爲夫所生母엔恐亦當推此而處之니라

[諸具](心喪)[環絰]加於巾上者니用熟麻一股纏之오其大난視緦絰

[白布巾]制如孝巾[白布衫]如今道袍直領之類

[帶]用白巾爲之以上爲師服父在爲母以下난詳見下禫服條

<<解義>> 조상 옷에 삼을 더하는 것이다.

부인이 내려가서 복이 없는 자이니 일가에 고모이나 맏누이나 혹은 누이동생으로 시집을 간자이나 또는 친구들이나 선비, 종들이 입는 것이다.

<<原文>>弔服加麻

(補服) (奔喪)婦人降而無服者 (註)族姑姊妹嫁者也(喪服記)朋友(喪服疏)士僕隷等爲之

우암의 말씀에 친구를 조상할 때는 조복위에 베옷을 더하는 것이며 조상을 하는 옷은 흰옷으로 하고 삼이라 하는 것은 다듬어 진 삼 한 가닥으로 테두리를 하여 머리에 쓰는 것 이다.

지금 세상에는 행하기를 꺼리는 이가 있으니 그저 흰 띠로 석 달이면 정을 표한 것이다.

(尤庵)曰爲朋友弔服加麻니弔服은似以今之素衣當之오

麻者난以練麻單股爲環絰而加於首矣라今世有難行者하니只素帶三月이면亦可以伸情이라

주자의 말씀에 친구의 상에는 다만 삼만 말하고 기한은 말을 아니 하였으니 친분에 따라 예절을 차리니 일정하게 하기가 어렵다.

(朱子)曰朋友之喪은但云麻하고不言日數하니亦當以厚薄長少爲之節이오難以一定論也라

율곡의 말씀에 친구는 비록 가장 중하나 석 달을 지나지 아니한다 하셨다. 주자가례에는 없어서 첨가한 것이다.

<<解義>> = 사례 권 4 상 22쪽 상례

성복하는 날 주인과 형제는 비로소 죽을 먹는다.

성복을 한날에 주인형제들이 처음으로 죽을 먹고
1년 복이나, 9월복에 해당하는 자는 채소에 밥을 먹고 과실은 먹지 않는다. 5월이나 3월복에 해당하는 자는 술도 마시고 고기도 먹는다. 그러나 잔치를 열지는 않는다.

이때부터 모든 아들들은 무슨 연고가 없으면 밖에 나가지도 아니하고 만일 초상이나 또는 부득이한 일로 출입을 하게 되면 여윈 말에 베 안장을 깔고 타거나, 희게 꾸민 교자에 발을 늘이고 탄다.
출입을 할 때에 머리에는 방립 쓰고 생포로 직령을 만들어 입는다.
비록 옛 법은 아니나 세속을 좇아하는 것이 또한 옳은 것이다.
1년 복인의 출입에는 약간 검푸른 베 갓을 쓰는 것이 옳을 것이다.

제구 출입을 할 적에 쓰는 준비이다

【방립】【직령】【박마】【소고】【삼포립】

<<解義>> 성복 = 사례 권 4 상 23쪽 상례

무릇 중한 상을 벗지 못하고 경한 상을 만나면

그 경상의 옷을 지어입고 곡을 하고 달 초하루에 자리를 할 적에도 각각 그 옷을 입고 곡을 하고 이미 경상을 맞치면은 중한 복을 하고 또 중복을 먼저 벗으면 또한 경한 복을 입고 그 남은 날을 마치는 것이다.

(栗谷)曰朋友난雖最重이나不過三月이니라(按)此一條난家禮所無而採通解添入이라[諸具](弔服)同上心喪爲師條

<<原文>>

成服之日에主人兄弟-始食粥이니라

諸子食粥하고(妻妾及朞九月은疏食水飮에不食菜果하고五月三月者난飮酒食肉에不與宴樂이라)

自是로無故어든不出하고若以喪事及不得已而出入則乘樸馬布鞍素轎布簾이니라

(備要)出入時에方笠,生布直領은雖非古制나從俗이亦可라(按)方笠直領은載於備要而世俗所通行者나然好古禮者,往往以制服出入하니恐亦不可以駭俗爲嫌이라0朞服人出入엔著黲布笠爲可니라

[諸具](出入)[方笠][直領](備要) (愼齊)曰直領雖俗制나然斬衰當斬下齊0帶杖履난己見上各服其服條 [樸馬]布鞍具 [素轎] 布簾具 [黲布笠]皁纓具

<<原文>>

凡重喪未除而遭輕喪則制其服而哭之하고月朔設位에服其服而哭之하고既畢엔返重服하고其除之也엔亦服輕服하고若除重喪而輕服未除則服輕服하야以終其餘日이니라

(按)喪出月晦而成服於次月者-大功以下-除服

月數를以死月計하고不以成服計난己有沙溪正論하니南溪-雖擧鄭氏以月數之說以難之나然要當以死月爲準이니라

<<解義>> 성복 **아침에 전을 올리는 것**

매일 새벽에 일어나서 주인이하가 상복을 입고 들어가 자리를 하되 존상은 앉아서 곡을 하고 낮은 이들은 서서 곡을 하며 시자는 세수하고 머리 빗는 기구를 영상 곁에 갖다 놓고 혼백을 받들어 영좌에 모신다.

이때에 세수하고 머리 빗는 기구를 걷는다.

연후에 아침 전을 들이되 집사자가 대렴 때의 전을 걷우고 채소, 실과, 포애, 반, 잔 들을 진설하고 축이 세수하고 분향한 후 술을 붓고 주인이하 재배하고 곡하며 슬픔을 다하는 것이다. 나가서 자리로 가면 시자가 수건으로 덮는 것이다.)

아침 전은 해가 떠서 드리고 저녁전은 해질 무렵에 드리는 것이다. 체일은 해가 지기 전이다. 아침 전을 드릴 때는 저녁 전을 걷고 저녁 전을 드릴 때는 아침 전을 걷되 각각 덮어두고 만일 더운 때는 상하고 냄새가 날 것 같으면 식경 후에 걷고 주과만 그대로 두는 것이다.

<<原文>>朝奠하고

每日晨起하야主人以下- 皆服其服하고入就位하야尊長은坐哭하고卑者난立哭하고則朝哭侍者난設盥櫛之具于靈牀側하야奉魂帛,出就靈座徹盥櫛之具(儀節,侍者-入靈牀,斂枕被라)然後에朝奠하되執事者(士喪禮註)徹大斂奠此從成服日說이니自後로作前奠看이니設蔬果脯醢하고盞盤祝이盥手焚香斟酒하고主人以下-再拜,哭盡哀니라 出就次에侍者巾之니라

(檀弓)朝奠은日出하고夕奠은逮日이라(註)逮日은及日之未落也라0(劉氏)曰朝奠은將至徹夕奠하고夕奠은將至徹朝奠하되各用罩子하고若署月에恐臭敗則食頃에去之하고只留酒果니라

[諸具] (朝奠) 夕奠同
同上初終 小斂奠條

= 사례 권 4 상 24쪽 상례

<<解義>>**밥을 먹을 때 상식을 들이는 것이다.**

아침에 전 들이는 예절과 같이하며 다만 술 만 걷고 전은 걷지 아니하며 상식에 찬품과 또는 시저와 접시를 설하고 술을 붓고 반개를 열고 수저를 꼽고 젓갈은 바로 놓으며 밥을 자실동안에 국을 거두고 숭늉을 내온 후 조금 있다가 철 하는 것이다. 제구 상식할 때의 기구.

【반】 밥 【갱】 국 【찬】 찬밥 【시저접시】 【소반】

【차】 세속엔 숭늉을 씀. 위에 초종때 소렴의 전을 들이는 조목과 같으며 별달리 과품은 가추는 것이 아니다.

<<原文>>食時上食

하며 如朝奠儀니라

但徹酒,不徹奠하고設上食饌品及匕筋楪하고斟酒하고啓飯蓋扱匕正筋하고食頃에徹羹進熟水하고小間에徹이니라

[諸具] (上食)
[飯][羹][饌][匕筋楪]
[盤] [茶]俗用熟水
餘並同上初終小斂奠條하되但不別具果品이라

<<解義>>_夕奠 저녁에 전제를 드린다. 아침에 전제하는 의식과 같다. 마치면 주인 이하는 혼백을 만들어 영좌에 들여놓고 곡으로 슬픔을 다한다.

<<解義>> 저녁에 곡을 하는 것이다.

시자가 먼저 영상에 들어가서 이불을 펴고 베개를 편안히 놓고 나와서 혼백을 받들고 들어가 영좌에 모시고 주인 이하가 곡하여 슬픔을 다하고 나가서 자리로 간다.

문에 아침 곡은 해가 뜬 후에 하고 저녁 곡은 날이 저물기를 기다리는 것이 아침저녁으로 살피는 예절에 합당한 것입니까? 우암께서 말씀하시기를 저녁전은 해가 있어서 하라 하였고 가례에는 저녁 전을 맞치면 혼백을 받들고 영상에 들어가서 고하며 슬픔을 다한다 하였다.

또 말씀하시기는 혼백을 받들어서 이불과 베개 사이에 두는 것은 외람이 더럽히는 것 같으나 그러나 아침과 저녁에 봉양을 하는 기구를 진설하기를 평생시와 같이함이 아마 무방할 것 같다고 하셨다.

☞ 編譯者 善光 註: 苴杖 自死之 竹也

대나무 지팡이는 청색 산대나무를 쓰지 않고
저절로 말라 죽은 대나무를 쓴다. 생명 존중의 뜻.

= 사계전서 27권 가례집람 44쪽 苴杖 =

<<解義>> 성복 = 사례 권 4 상 25쪽 상례

곡을 하는 것은 때가 없는 것이다.

아침저녁을 불문하고 슬프면 상차에 가서 곡한다.

옛날 목백이 죽었을 때에 경강은 낮에 곡을 하고 문백이 죽었을 때에 밤낮으로 곡을 하였다 이것을 보고 공자는 말하기를 예법을 아는 사람이라고 했다.

남편이 죽어서 곡하는 것은 예로 하고 , 자식이 죽어서 곡하는 것은 정으로 하는 것이니 중도를 취해서 할 것이다.

<<解義>> 초하루 날은 아침 전을 한다.

찬은 육, 어, 면, 떡, 갱, 반을 각각 한 그릇씩하고 예는

<<原文>>

夕奠하며 如朝奠義

<<原文>>夕哭하며

(備要)(儀節)(侍者-先入靈牀하야舖被安枕出이라)奉魂帛入就靈座하고補註作牀主人以下-哭盡哀니라出就次

(沙溪)曰儀禮에朝夕哭與奠은節次各異而或者-以哭奠으로誤認爲一項하니非是니라0

(問)朝哭則竢日出하고夕哭則竢日暗이似合定省之儀한대尤庵曰禮記엔夕奠은逮日이오家禮엔夕奠畢에奉魂帛入靈牀하야哭盡哀니合二體觀之則似不至暗矣라0

又曰奉魂帛,置于衾枕之間이雖似猥屑이나然朝夕에設奉養之具를如平生則如此라도恐亦無妨이니라0 又曰朝夕哭時에雖葬前이나燃燭은非禮也니라

(按)家禮에哭與奠이不分言而今依備要別之라

<<原文>>哭無時하고 朝夕之間에哀至則哭於喪次하고

(檀弓)穆伯之喪에敬姜이晝哭하고文伯之喪에晝夜哭한대孔子曰知禮矣로다(註)哭夫以禮하고哭子以情이니中節矣니라

<<原文>>

朔日則於朝奠에設饌하고

饌은用肉,魚,麪,米食,羹飯各一器하야禮如朝

아침 전을 드릴 때의 절차와 같이하는 것이다.
15일에는 전을 설하지 아니하는 것이나 대부 이상이면 15일에 전을 올린다.
우리나라 풍속에는 풍부하게 음식을 차려서 초하루와 같이 했다. 이것은 예법의 본의 에는 어긋난다 하겠지만 아주 풍속이 되어 버려서 고칠 수가 없다.
그러나 이것은 낭패 될 일은 아니다.
또한 생신이나 기일에 제사를 드리는 것은 실은 예의가 아니라 해서 선유들이 배척을 하였으나 삼 년 안에는 생전과 같이하는 뜻이 있으니 아침상 식후에 별도로 몇 가지의 찬을 진설하고 조석전처럼 드리는 것도 무방할 것이다. 라고 하였다.

제구 초 하루 날과 생일의 모든 기구.

【채소】【청장】【미식】【면식】【반】【갱】【육】【어】【시저】【접】【반】【숙수】
나머지는 초종 때의 소렴에 전을 드리는 것과 같으며 생일 때는 별식을 쓰고 반갱을 설하는 것은 아니다.

☞ 編譯者 善光 註;
@ 조문을 가서 꽃을 獻花 할때는 꽃의 자루 즉 손잡이가 신위 쪽으로 헌화 하여야 한다.
=考證 한국의 너 그거 아니? 톡톡 튀는 궁금증 & 일본의 冠婚葬祭 =

성복 = 사례 권 4 상 26쪽 상례
<<解義>> 새로 난 음식물이 있으면 천신한다.
상식 때의 예절과 같이한다.
오곡이나 여러 가지 과실의 한 가지라도 새로 익은 물건이 있으면 반드시 천신을 하는 것이다.

율곡의 말씀에 오곡은 밥을 지어서 상식 때에 올리거나 전을 들일 적에 설하는 것이 마땅하며 물고기나 과실 같은류와 콩, 소맥 등은 밥을 짓지 못할 것이니 새벽에 참배

奠之儀니라
(士喪禮)月半에不殷奠이라(疏)大夫以上이라야月半又奠이라
(高氏)曰朔望節序則具盛饌하야比朝奠差衆이오士則惟朔奠而已니라 0(士喪記)朔月엔不饋于下室이니라
(同春)이問三年內俗節하되沙溪曰俗節에因朝奠하야兼上食行之가太盛이니朝上食後에別設이無妨이니라
(按)士之月半奠은不見於經而東俗에設饌甚盛하야與月朔無別하니殊非禮意나然狃於習俗하야猝難變改則依沙溪差減行之之說이면或不至大悖耶又按馮氏生忌之祭가實非禮之禮라하야先儒已斥之하나三年之內則有象生之義하니於朝上食後에別設數品饌而儀如朝夕奠이恐亦不妨否아
[諸具](朔日)俗節生日附[蔬菜]{清醬][米食]則餅[麪食][飯][羹][肉][魚][匕筯楪][盤][熟水]0餘幷同上初終小斂奠條,俗節生日則參用時食하고不設飯羹이라

<<原文>>有新物則薦之니라如上食儀니라

(劉氏)曰五穀百果에一應新熟之物은必以薦之니라

(按)栗谷이論祠堂薦新에有曰若五穀에可作飯者則當具饌數品同設하야儀如朔參하고若魚果

할 때에 독을 열고 단헌만 한다.
3 년 안에 천신하는 것은 5곡일 때는 밥을 지어서 상식으로 올리고 그 나머지는 상식때 함께 올리는 것이 옳을 것이다.

= 사례 권 4 상 26쪽 상례
<<解義>> 조상할 때는 모두 흰옷을 입는다.
복두와 띠는 모두 흰 비단으로 만든다.
퇴계의 말씀에 흰 관까지는 쓰지 못하나마 흰옷과 흰 띠를 쓰는 것이 옳은 것이다.

<<解義>> 성복가지고 가서 올리는 물건은 향,차, 양초, 술, 과일 따위로 한다. 우리나라 풍속에 차는 쓰지 않는다. 올리는 글이나 혹은 음식물이 있으면 따로 제문을 올린다.
사마온공 왈 부의는 돈이나 비단으로 하고, 정성으로 슲어하는 것이니 술이나 음식을 풍부하게 하는 것은 아니다. 풍속에 전을 드릴 것을 작만 하는데 서로 사치함을 다투어 예를 행하지 못한다고 하였다.
제구 흰옷, 흰띠, 향, 촉, 실과, 음식물 .즉 찬이 많고 적은 것은 형편대로 할 것이다.
술병, 잔과 소반, 세수대, 세수수건 모두 조상하고 전을 드리는 자가 쓰는 것이다.

장식
구위성모 모물약간 우근전송상 모인 영련요비전의
복유 흠납근장 년 월 일 모위 성모장
피봉식 신식대로 쓴다.
장상
모관모공 영연 모위 성모 근봉
사장식
삼년상의 졸곡 전에는 자질로 하여금 발서를 하되 없으면

之類及菽小麥等不可作飯者則於晨謁時에啓櫝而單獻이라하니以此推之면三年內薦新은五穀之可作飯者,作飯하야用於上食하고其餘난於上食及奠에同設이爲宜니라
[諸具] {薦新}[新物]與下祭禮俗節條參看

<<原文>>凡弔난皆素服하고幞頭衫帶를皆以白生絹爲之니라
(退溪)曰素冠은雖不可爲나白衣白帶난甚可니라

<<原文>>奠은用香茶燭酒果니라
國俗에不用茶라有狀이어나或用食物이어든卽別爲文이니라
(溫公)曰奠貴哀誠이니酒食을不必豊腆이라0
(頤庵)曰今俗致奠에爭相侈靡하야以爲不若是면不足以行禮이라하고或未易辨則遂不行之하니惑矣로다
[諸具]{弔奠}[白衣][白帶][香] [燭] [果]或[食物]卽饌이라多少난隨宜니隻雞로亦可
[酒瓶][盞盤][盥盆][帨巾]並弔奠者의所盥洗
[狀式]
具位姓某　某物若干
右謹專送上
某人(儀節)某官某公內喪云某封某氏　靈筵,聊備奠儀, 伏惟
歆納謹狀
年 月　日 具位姓某狀
[皮封式]
狀上
某官　(備要)有某公二字內喪云某封某氏靈筵

족인대로 한다.

모위 성모 모물약간 우복몽

존자 이모 모친위세 특사 전의 하성

불임애감지지 근구장상 사근장

년 월 일 모위 성모 장

피봉식 위와 같이 신식대로 할 것.

모관 모위성모 근봉

제문식 (조상)

유년호 기년 세차간지 기월간지삭 기일간지 첨친

모관성모 근이청작 서수지선 치제우 모친모관모공지구 상향

☞ 編譯者 善光 註: 死而不弔者 三 : 조문 가지 않는 3곳 .

1. 畏 :놀래서 죽든가 목매어 죽은 자,
2. 壓: 깔려서 죽은 자.
3. 溺: 물이나 변소에 빠져 죽은 자.

= 禮記 檀弓 上 =

사례 권 4 상 29쪽 상례

<<解義>> **부의에는 돈과 비단을 사용한다.**

서장은 오직 친우와 교분이 두터운 사람만이 한다.

제구 비단, 돈, 의복.

장식 전장식과 같이 하되 단지 전의를 부의로 고쳐서 쓰는 것이다.

<<解義>> **명함을 주고 통성명한다.**

먼저 사람을 시켜서 조문 왔음을 알리고 예물 이 있으면 가지고 같이 들어가는 것이다.

문장식

모위성모

[謝狀式]三年之喪未卒哭엔只令子姪로發謝書라(備要)無子姪이면以族人代니라

具位姓某某物若干右伏蒙

尊慈　平交엔改尊慈爲仁私하고降等엔去伏蒙尊慈四字　以某(發書者名)某親違世

特賜平交以下엔改賜爲貺　奠儀(襚賻난隨事)下誠(平交不用此二字)不任哀感之至,謹具狀上平交以下난改上爲陳 謝謹狀

年　月　日具位姓某狀

[皮封式]

狀上

某官(備要)有座前二字

具位姓某謹封

[祭文式] (儀節)

維

年號幾年,歲次某年,某月干支朔,某日干支忝親(備要)隨所稱某官姓某,謹以淸酌庶羞之奠,致祭于 某親某官某公之柩云云別爲文字,以叙情意 尙

饗

<<原文>>

賻用錢帛하고

有狀은惟親友分厚者-有之니라[諸具](賻)[帛][錢]卽布屬0並多少隨宜[衣服] 卽襚니斂時所助[狀式] 同上奠狀式하되但改奠儀爲賻儀[謝狀式]同上奠狀謝式

<<原文>>

具刺通名이라

賓主皆有官則具門狀(否則名紙)(備要)榜子先使人通之하고與禮物俱入이니라 門狀式]

某位姓某　右某謹詣

무오 근예 문병 지위 모위 복청처분 근장 년호 월 일 모위성모장 **방자식 지금의 명함과 같다.** 모관성모 위 【조상인의 벼슬 아무는 위로 함.】	門屏(平交엔去此四字)祇慰某位(平交엔云某官)伏聽處分(平交엔去此四字)謹狀 年號 月 日某位姓某狀 [榜子式]{備要} 某官姓某 慰
<<解義>> 弔問 사례 권 4 상 30쪽 상례 **들어가서 곡을 하고 전을 올린 뒤에 조상 하고 물러난다.**	弔問 <<原文>>入哭奠訖에乃弔而退니라
이미 이름을 통하면 등불이나 촛불을 밝히고 자리를 펴고	旣通名이어든喪家-炷火燃燭,布席하고
주인이하가 각각 제자리로 나가 영좌 동남쪽에서 곡하며 기다리면 호상이 나가서 손님을 맞아들어와 청사에서 상주에게 읍하고 말하되 아무께서 작고 하셨다는 말씀을 듣고 놀래고 슬픔을 이기지 못하여 감히 제물을 올리고 위문하기를 청합니다. 라고 하면	(儀節)(主人以下各就位)靈座東南皆哭以竢하고護喪이出迎賓하면賓이入至廳事하야進揖曰竊聞某人傾背하고不勝驚怛하야敢請入酹하고何西曰酹는當作奠0(備要)不奠則改酹爲哭並伸慰禮하노라
호상이 손을 인도하여 영좌 앞에 들어가서 슬픔을 다하고 재배와 분양을 하고 꿇어앉으면 집사자가 꿇어앉아 잔을 받들어서 손을 주면 손이 받아서 집사자를 주어 영좌에 올리게 하고 꾸부렸다 일어나면 호상이 곡을 그치게 한다.	護喪이引賓入靈座前하야哭盡哀하고再拜焚香,跪 (儀節)(若衆賓則尊者獨詣라)酹酒하고(備要)執事者,跪奉盞與賓이어든賓이受之하야還授執事하야置靈座前免伏興이면護喪이止哭者하고
弔問 축이 손입의 동쪽에서 서향하여 제문을 읽고 부조와 제문을 올리고 나면 손과 주인이 같이 슬피 곡한다.	祝이西向跪讀祭文하고奠賻狀於賓之右,畢興이어든賓主皆哭盡哀하고
손이 재배를 하면 <이때 제문을 태운다.> 주인이 곡하면서 동쪽 층계로 나와서 서향하여 이마가 땅에 닿도록 재	賓이再拜하고(儀節焚祭文) 主人이哭出(輯覽)阼階下西向稽顙再

배를 하면	拜하면
손도 또한 곡하면서 동향하여 답배를 하고 나가서 불의의 흉변으로 아무어른이 홀연히 돌아가셨으니 슬프심을 어떻게 참으십니까? 라고 한다.	賓이亦哭,東向答拜하고 進曰不意凶變으로某親某官께서奄忽傾背하시니若亡者官尊,卽云捐舘이오生者官尊則云奄棄榮養이오存亡이俱無官卽云色養이라)伏惟哀慕何以堪處잇고
주인은 대답하기를 제가 죄역이 심중하여 재화가 모친에게 미쳤습니다. 높으신 부의와 위문을 받으니 슬픈 감회를 이길 수 없습니다. 하고 또 두 번 절하면 손님이 답배한다.	主人對曰某-罪逆深重禍延某親에伏蒙奠지하시고並賜臨慰하시니(備要)不奠則無奠酹並賜四字不勝哀感이라하고又再拜하면賓이答拜하고
이때에 상주가 높은 사람이고 손님이 낮은 사람이면 손님이 먼저 행동하고 주인이 조금 늦게 한다. 또 서로 향하여 곡하며 슬픔을 다하고 손이 먼저 곡을 끝이며	(胡儀)孝子奠하고弔人卑則側身避位하야候孝子伏次하야卑者卽跪還須詳緩去就하야無令跪伏으로與孝子齊니라又相向哭盡哀하고賓이先止에
弔問 주인을 위로하여 말하되 명이 길고 짧은 것은 운명이 있는 것 인데 애통해 하신들 어찌 하겠습니까 ?	寬譬主人曰脩短이有數하니痛毒奈何오
원컨대 효도의 뜻을 억제하시고 예제를 좇으소서하고 이에 읍하고 나오면	願抑孝思하고俯從禮制하라하고乃揖而出이면
주인은 곡을 하면서 들어가고 호상은 손님을 청사에 보내면 주인이하 곡을 끝이는 것이다.	主人은哭而入하고護喪은送至廳事에主人以下- 止哭하니라出就次
곡례에 말하되 살아있는 자만알고 죽은 자는 알지 못할 때는 조상은 하되 슬퍼하지는 아니하고 죽은 자는 알고 산자는 알지 못 할 때는 슬퍼는 하되 조상은 하지 않는 것이다.	(曲禮)知生不知死어든弔以不傷하고知死不知生이어든傷而不弔니라0(曾子)曰朋友之墓엔有宿草而不哭焉이라 (曲禮)臨喪不笑하고

弔問
또 상사에 임하여서는 웃지를 아니하고 널을 보면 노래를 아니 하고 들어갈 때는 빨리하지를 아니하는 것이라 하였다.

조문을 다녀온 사람은 그날은 음악을 아니하고 술과 고기를 먹지 않는다.
또한 조문하지 않는 것 3이 있는데 놀라서 죽은 자와 무엇에 깔려 죽은 자, 물에 빠져 죽은 자는 조문하지 않는다. = 예기 단궁 =

弔問
빈소를 모시고 있는 자가 시마복을 입을 당내간 친척의 상을 당하였으면 필히 조문을 가야하고 ,
형제가 아니거나 타성이면 비록 이웃이라 할지라도
조문하지 않는 것이다.

<<解義>>남의 부모가 죽어서 위로하는 서식
아무개는 머리를 조아려 두 번 절하면서 아룁니다.
뜻하지 않은 흉변에 oo 부군지위의 부음을 듣고 놀라움을 금할 수 없습니다.
엎드려 생각건대 효심이 지극하고 사모의 울부짖음이 간절하여 어떻게 견디십니까?
세월이 흘러 벌써 달포가 지났으니 애통하심이 어떠하며 그지없는 슬픔 어떠하시겠습니까? 살피지 못하건대 스스로 견디는 괴로움에 기력이 어떠하신지?
업드려 빌건대 억지로라도 미음이나 죽을 드셔서 예의 절차를 따르소서 oo는 일에 얽매어 달려가 위로하지 못 합니다.
삼가 글을 마치오니 굽어 살피소서 예의를 가추지 못하고

望柩不歌하고入臨不翔이니라

(檀弓)弔於人이어든是日엔不樂하고不飮酒食肉이니라
又曰死以不弔者三이니畏厭溺이니라
又曰有殯에(註三年之喪)聞遠兄弟之喪이면雖緦나必往하고非兄弟異姓이면雖隣不往이니라0雜記三年之喪을不弔언정有朋而將往哭之則服其服而往이니라0少儀尊長이於己踰等에竢事不特弔니라(雜記)凡喪服未畢에有弔者則爲位而哭拜니라0(廣記)路遠或有故하야不及赴弔者난爲書慰問이니라
<<原文>>
[慰人父母亡疏式]
適孫承重者同某-頓首再拜言(平交云頓首言하고降等엔止云頓首)不意凶變(亡者官尊云邦國不幸)先某位(無官云先府君이오母云先某封이오無封云先夫人이오(備要)改夫人爲孺人承重云尊祖考某位,尊祖妣某封,(語類)問妾母之稱한대曰五峯이稱妾母爲小母라하고南軒도亦然이니라奄棄榮養(亡者官尊云　奄捐館舍라하고生者無官云奄違色養)承訃驚怛,不能已已,伏惟(平交

삼가 올립니다.

년 월 일성 명 올림

oo 큰 효자에게

피봉식 중봉도 같다.

상모관대효 점전모위

모위 성 모 근봉

☞ 編譯者 善光 註: 以下는 朱子家禮의 弔問 例示임

조상하고 부의하다

조상할 때는 모두 흰옷을 입는다. 복두와 삼 대는 모두 흰 생견으로 만든다. 지금 조상하는 사람들은 횡오를 사용하는데 이 예는 어떠합니까 라고 묻자 주자가 말했다. 이것은 현관을 쓰고서 조상하는 것이니 바로 공자가 말한 염소가죽 옷과 검은 관을 쓰고 조상하지 않는다는 것과 상반된다.

@ 전제에는 향, 차, 초, 술, 과일을 쓴다. 문장이나 혹은 음식물을 올리면 곧 별도로 제문을 쓴다.

@ 부의에는 돈과 비단을 사용한다. 서장은 오직 친우와 교분이 두터운 사람만이 한다.

사마온공이 말했다. 동한의 서치는 매번 제공이 친거하는데도 나아지지 않더니 상사에는 상자를 지고 가서 조상하였다. 일찌감치 집에서 미리 닭 한 마리를 굽고 솜 한 냥을 술에 적셔서 볕에 말려 닭을 싼다. 빨리 가서 가수 밖에 다다르면 물로 솜을 적셔 술 기운이 있게 해서 쌀밥을 만다. 흰 띠풀로 깔개를 만들어서 닭을 앞에 놓고 술을 마신다. 마치면 명함을 남겨두고 곧 가버려 상주를 뵙지 않는다. 그러니 전제에는 슬픔과 정성이 귀한 것이지 술과 음식을 반드시 풍성히 할 필요는 없다.

명함을 갖추어 통성명한다. 빈객과 주인이 모두 관직에 있으면 문장을 갖춘다. 그렇지 않으면 명지를 갖추는데 그 뒷면에 쓴다.

먼저 사람을 시켜 통지하고 예물과 함께 들여보낸다.

들어가 곡하고 전제한다. 마치면 곧 조상하고 물러난다.

이미 이름을 통지했으면 상가에서 불을 켜 초에 붙이고 자리를 펴

云恭惟오降等云緬維)孝心純至,思慕號絶,何可堪居,日月流邁,遽踰旬朔(經時云己忽經時오己葬云遽經襄奉이오卒哭小祥大祥禫에隨時라)

哀痛奈何,罔極奈何,不審自罹荼毒(父在母亡云憂苦)氣力何如,(平交云何似)伏乞(平交云伏願이오降等云惟冀)强加饘粥,(己葬云疏食)俯從禮制,某,役事所縻(在官云職業有守)末由奔慰,其於憂戀,無任下誠,(平交以下엔但云末由奉慰,悲係增湊)謹奉疏,(平交云狀)伏惟鑑察(平交以下去此四字)不備謹疏(平交云不宣謹狀)

年號 月 日具位降等云某郡姓名疏(平交云狀上)某官大孝(母亡云至孝)承重則大孝至孝上에교當加承重二字苫前 (平交以下云次)旣葬엔改苫爲哀니라

[皮封式] 重封同

疏隨改同前上

某官大孝隨改同前苫前隨改同前具位降等同前姓某謹封

[新增](翰墨大全)亦曰大哉乾元이라故로父亡曰大孝오至哉坤元이라故로母亡曰至孝요又曰葬則不可用苫前이니蓋苫은塊設於廬니葬之久廬則除

서 모두 곡을 하며 기다린다.
호상이 나가 빈객을 맞이한다.
들어가 청사에 이르면 나아가 읍하면서 아무개가 돌아가셨다는 것을 듣고 놀라움과 측은함을 이기지 못하였습니다.

감히 들어가 술을 따르고 아울러 위로하는 뜻을 펴기를 청합니다라고 말한다.
호상이 빈객을 인도하여 들어가 영좌 앞에 이르면 곡으로 슬픔을 다하고 재배 분향한다. 무릎 꿇고 차나 술을 따라 올리며 부복하였다가 일어난다.

호상이 곡하는 사람을 그치게 한다. 축은 무릎 꿇고 제문과 전부장을 빈객의 오른쪽에서 읽고 마치면 일어난다. 빈객과 주인 모두 곡으로 슬픔을 다한다. 빈객이 재배한다. 주인이 곡을 하며 나가 서향하여 이마를 땅에 대고 재배한다.

빈객도 곡을 하여 동향하여 답배하고 나아가 뜻하지 않은 흉관으로 모친모관께서 갑자기 돌아가셨으니 엎드려 생각건대 슬픔과 사모함을 무엇으로 감당하겠습니까? 라고 말한다.

주인이 아무개의 죄가 너무 무거워 화가 모친에게 이어졌습니다. 엎드려 전뢰를 입고 아울러 오셔서 위로해 주시니 슬픔을 이기지 못하겠습니다. 라고 답하고 또 재배하면 빈객도 답배한다.
또 서로를 향해 곡으로 슬픔을 다한다.

빈객이 먼저 그치고 너그럽게_주인을 위로하여 명의 길고 짧음은 수가 있으니 애통해 하신들 어찌하겠습니까? 효성스런 생각을 억제하시고 엎드려 예의의 제도를 따르십시오. 라고 말한다.

곧 읍하고 나가고 주인은 곡하면서 들어간다. 호상이 전송하여 청사에 이르면 차와 탕을 대접하고 물러간다.
주인 이하는 곡을 그친다.

矣0黃宗海問父在母喪者,十五月禪後與人書札에似不當稱疏,倂哀오人之復書도亦然而亦不可全然以恒人處之로다
沙溪曰自稱曰心喪人이古有其文也니라0又問爲人後者,於本生父母之喪에旣服不杖朞則其答人慰書에不可與本生兄弟로同稱孤哀오人之慰書에亦似有別이있가曰爲人後者ㅡ爲本生父母喪에稱喪人而己오不可稱孤哀也오人之爲弔書者ㅡ亦只以喪人待之오不可稱大孝至孝也니라

南溪禮說에問心喪人,書疏之式이與禫服不同하니當稱狀上否아曰爲人後者ㅡ 與父在母喪으로同是心喪而輕重自別이나然父在母喪에持心喪者ㅡ 恐亦不可稱疏난盖以祥禫己盡에所持者ㅡ心喪耳라爲人後者ㅡ 本是不杖朞니小祥前엔依俗例稱疏도猶爲未安이오況於心喪後耶앙問爲人後者ㅡ有本生父母喪에其慰狀之規ㅡ如何오曰當稱狀上이요伯叔父母服次엔稱喪此似宜오第其辭語則不無斟酌이니從重處矣니라

<<解義>>

남의 조부모의 별세에 위로하는 서식

oo는 사뢰니다
뜻하지 않은 흉변에 존 조고께서 갑자기 별세 하셔서 부음을 받고 놀라움을 금할 수 없습니다.
엎드려 생각건대 효심이 지극하셔서 슬퍼 통곡하심 어찌 감내하십니까?
초봄이 아직 차가운데 높으신 몸 어떠하십니까?
엎드려 빌건대 너그러이 억제하시어 예를 행하소서
oo는 일에 얽매여 나아가 위로하지 못하오니 근심스러운 생각 금할 수 없습니다.
삼가 글월 올리오니 굽어 살피소서 예를 갖추지 못하고 삼가 씁니다.
년 월 일 성 명 올림 아무어른 앞

☞ 編譯者 善光 註: 조문 가서 절 하지 않는 相對者

凡死者 是敵以上則 拜 :
凡死者 是少者則 不拜

죽은 者가 敵 (나보다 나이가 10세 이상 과 이하자)以上 者 까지는 조문 가서 향 피우고 술 올리고, 곡을 하고 절을 한다.

죽은 자가 敵이하 인자 즉 나보다 나이가 11세 이하 인자는 香 피우고, 술 올리고, 哭을 하고 절은 하지 않는다.

卽 내 나이가 60세이면 50세 까지는 절하고 49세 이하인자는 절하지 않는다.

= 考證 沙溪全書 28卷 25 쪽 家禮輯覽 弔奠賻 =

<<解義>>

조부모의 별세 시 남의 위문 편지에 답서식

oo는 삼가 올립니다

<<原文>>

[慰人祖父母亡狀式]

謂非承重者,伯叔父母,姑,兄姊,弟妹,妻,子姪,孫도同이니라某,白不意凶變子孫엔去<不意凶變>四字하고亡者官爵엔改云邦國不幸尊祖考(祖母曰尊祖妣伯叔父母姑난隨槪하고兄姊弟妹엔改尊爲令하고降等엔改爲賢妻則云賢閤)某位內喪云某封無官云府君이오姑姉妹則稱以夫姓,云某宅,尊姑令姉妹子則云伏承令子,幾某位오姪孫並同降等엔改令爲賢奄忽違世亡者官尊云奄捐舘舍承訃驚怛,不能己己妻엔改怛爲愕이오子孫엔去承訃以下八字但云不勝驚怛伏惟平交云恭惟오降等云緬惟라孝心純至(伯叔父母姑云親愛加隆이오兄姊弟妹云友愛加隆이오妻云伉儷重이오子姪孫云慈愛隆深이라)哀慟摧裂,伯叔父母,姑兄 姊弟妹云,哀慟沈痛이오妻云悲悼沈痛이오姪孫云悲慟沈痛何可勝任,伯叔父母以下난改勝任爲堪勝孟春猶寒,(寒溫隨時)不審尊體何似,(稍尊云動止何如오降等云掃履何似)伏乞平交云伏願降 等云惟冀 深自寬抑, 以慰 慈念,(其人이無父母卽云遠誠,連書不上)某事役所縻,在官云職業有守末由趨 平交以下改趨爲奉

慰,其於憂想,無任下誠平交以下엔去其於以下八字하고但云悲係增涣謹 奉狀伏惟鑑察 平交以下엔去伏惟鑑察四字不備平交以下엔改備爲宣謹狀年號月日具位降等云某郡 姓名狀上某位服前平交以下엔改前爲次 [皮封式]重封同狀上某位服前隨改同前具位降等同前姓名謹封

<<原文>>

[祖父母亡答人慰狀式]

謂非承重者,伯叔父母姑兄

가문이 흉화를 당하여 선조고께서 갑자기 별세 하셔서 괴로운 심정을 스스로 감당하기 어렵더니
높으신 사랑으로 특별한 위문을 주시니 슬픈 감동에 감당하기 어렵습니다.
초봄에 아직도 추운데 높으신 몸 만복 하십니까. oo는 날로 시봉함에 다른 괴로움은 없으나 찾아뵙고 인사드릴 길이 없사오니
말문이 더욱 막힙니다.

삼가 봉함하여 올리며 이만 예를 가추지 못 합니다.

년 월 일 성 명 올림
아무 자리 앞에 삼가 바침

☞ 編譯者 善光 註:
袒: 상주가 웃옷의 한쪽 소매를 벗는 것.
括髮: 남자가 풀었던 머리를 묶는 것.
免:관을 벗고 머리를 묶는데 흰 천을 쓴다.
髽:부인이 풀었던 머리를 묶는 것.

姉弟妹妻子姪孫同某白家門凶禍(伯叔父母姑兄姉弟妹云家門不幸이오妻云私家不幸이오子姪孫云私門不幸이라)
先祖考(祖母云先祖妣오伯叔父母云幾伯叔父母오姑云幾家姑오兄姊云幾家兄,幾家姉오弟妹云幾舍弟,幾舍妹오妻云室人이오子云小子某오姪云從子某오孫曰幼孫某라)奄忽棄背(兄弟以下云喪逝오子姪孫云遽爾夭折이라)痛苦摧裂(伯叔父母,姑,兄姊弟妹云摧痛酸苦오妻云悲悼酸苦오子姪孫云悲念酸苦라不自勝堪父母以下엔改勝堪爲堪忽伏蒙尊慈平交云仰承仁恩特賜平交엔改賜爲垂오降等엔去伏蒙以下六字하고但云特垂라慰問哀感之至不任下誠平交엔改哀感以下八字하야爲其爲哀感但切下懷오降等엔但云哀感良深이라孟春猶寒(寒溫隨時)伏惟平交云恭惟,降等云緬惟某位尊體起居(平交엔不用起居오降等居某位以下六字하고但云動止)萬福,
某卽日
侍奉(無父母엔不用此句라)幸免佗苦,末由面訴,徒增哽塞,謹封狀上平交以下엔改上爲陳謝不備平交以下엔改備爲宣謹狀
年號月日某郡姓名(翰墨大全)祖父母喪云繐服姓某오妻喪云朞服姓某狀上某位座前謹空平交以下엔去謹空二字
[新增]南溪曰謹空은乃宋時狀例오猶言謹空其下니盖致敬之意也라
[皮封式]重封同 狀上
某位座前
繐服人或朞服人隨改
姓名 謹封

사례 권 4 상 36쪽 상례
<<解義>>

부모의 상사를 들은 즉시 곡을 하는 것이다.

부모의 상사를 들으면 곡하면서 사자에게 대답하고 어찌 돌아가셨는지 연고를 묻고 또 곡하여 슬픔을 다하는 것이다.

聞喪

<<原文>>始聞親喪이어든哭하고親은謂父母也라以哭答使者,問故하고又哭盡哀니라

<<解義>> 옷을 바꾸어 입는 것이다

남자는 관과 웃옷을 버리고 부인은 머리의 장식 또는 빛이 나고 좋은 옷을 벗고 머리를 풀고 버선을 벗고 아무것도 먹지 않고 ,가슴을 치면서 곡한다.
사각건을 쓰고 흰색 두루마기를 입고 집새기를 신는 것이다.

<<解義>> 곧 행하는 것이다

하루에 백리 길을 가되 밤에는 가지 아니 하나 다만 부모의 상에는 별을 보고 떠나고 별보고 숙소에 든다. 비록 슬픔이 지극하여도 남에게 피해를 않 주는 것이다.

제구 옷을 바꾸어 입고 떠나는 준비

【사각건】【백포삼】도포나 직령과 같은 것이다.

【노띠】【삼신】【악거】

만일 병으로 거름을 못하면 타는 것이다.
남계예설에 며느리가 먼 데 있어서 시부모하고 상면을 못하고 시부모가 도라 가셨을 때 며느리는 성복을 하고 들어오면 먼저 영연에 곡하고 시어미니에게 조상할 제 또한 예물이 있으면 드리는 것이요 또는 석 달 후에 사당에 보이는 것이다.

☞ 編譯者 善光 註; 先降神 後參神

凡神主 不出仍在故處則 =先降後參-朔望
設位而 無主則 亦先降 後參--墓祭,

若神主 遷動出外則, 不可虛視, 必拜而肅之 -時祭,忌祭

신주를 사당에서 내 오지 않고 그대로 告由나 제사 지낼 때는 먼저 강신 하고 후에 참신 하는 것이다-삭망참.

신주가 없어서 지방으로 제를 모실 때에도 역시 먼저 강신 하고 후에 참신 하는 것이다. - 墓祭 지낼때.

<<原文>>易服하고

(儀節)(男子난去冠及上服하고婦人은去首飾及華盛之服하고被 髮徒跣하고不食,哭擗無數니라)裂布爲四脚하고(備要)(斂髮爲髻著四脚巾)白布衫,繩帶, 麻屨니라

<<原文>>遂行하되

日行百里하되不以夜行하며(奔喪)惟父母之喪엔見星而行,見星而舍니라 雖哀戚이라도猶避害也니라

(孔子)曰夫人은不百里而奔喪이니라[新增]寒岡曰百里,不奔喪之說은恐不合於 今日用得이니許令奔哭하야俾伸爲人女子之情이如何오

[諸具]{易服遂行}[四脚巾](大全)用布一方幅하야前兩角에各綴一大帶하고後兩角에各一綴小帶하고覆項四垂하고因以前邊抹額而繫大帶於腦後하고復收後角而繫小帶於髻前하니亦名幞頭니라[白布衫]道袍直領之類[繩帶][麻屨][惡車]若病不堪步則乘之 [新增](南溪禮說)問婦在遠地에未及見舅姑而舅姑沒이어든婦成服而來歸則入哭之日에亦有奠菜之禮否아廟見禮에若舅沒姑存則當時見姑오三月에亦廟見而旣聞喪來,則似當先哭靈筵而後弔姑也오姑之前에亦似有禮物而旣非常時闕之如何오曰新婦三月奠菜之說은自是儀禮文이라第念吉凶婚喪之際에其分이甚嚴하니苟以人情俗例로行奠於始哭之日則容或可矣나赴舅初喪에何論見姑之常禮乎아問爲人後者-女子已嫁者奔哭則當着何冠고曰奔喪所着은男子난四脚巾이오女子則未聞이나其爲人後者- 似亦只

만약 신주를 밖으로 모실때에는 가볍게 여기지 말고 반드시 절하고 정숙하게 모셔야 한다. -四時祭, 忌祭

=考證 사계전서 疑禮 問解 35권 =

用白敢頭之俗이니라 問所後父喪中에聞生父訃音, 發喪則當別設哭位니就哭位時에仍着衰服乎아出哭後에當還本喪次하야以待成服乎아若在別室哭位以待成服則其間에亦常着衰服乎아退溪曰此事난未有考擧나但以意言之컨대就哭位時에不得已脫去衰服而自此至成服中間엔恐不可間間還着衰服,入前喪次之理하고須待成服還脫而入前次矣니라

<<解義>>도중에 슬픔을 느끼면 곡한다.

곡을 하되 시읍이나 시끄럽고 번화한 장소는 피한다.
사마온공이 말했다. 지금 사람들은 친상에 달려가는 사람이나 영구를 따라가는 경우에 성읍을 만나면 곡을 하다가 지나가면 그 치는 것은 이는 꾸미고 속이는 것이다.

<<原文>>道中에哀至則哭이니라

哭은避市邑喧繁之處니라司馬溫公曰今人이奔喪及從柩行者-遇城邑則哭하고過則止하니是飾詐之道也니라

<<解義>>

그 주의 경계, 그 현의 경계, 그 성, 그 집이 바라보이면 모두 곡한다.
집이 성안에 있지 않으면 그 시골이 바라볼 때 곡한다.

<<原文>>望其州境, 其縣境,其城,其家어든皆哭하고家不在城이어든望其鄕哭이니라

<<解義>> 문에 들어가 관 앞에 이르면 재배하고

다시 옷을 가라 입고 자리에 나아가 곡한다.
문에 들어 갈 때는 문 왼편으로 들어가서 관 앞에 나가 절하면서 곡을 하고 옷을 가라 입는 것은 초상 때와 같이 하는 것이다.
모두 관의 동쪽을 나가 머리 풀고 발을 벗고, 아무것도 먹지 않으면서 슬피 울다가 다시 대소렴 때와 같이 옷을 갈아입는다. 분상 주에 서향하여 앉아머리를 틀어 매고 흰 옷 소매를 벗는다.

<<原文>>入門에詣柩前再拜하고再變服,就位哭이니라

(奔喪)入門左하야升自西階라(儀節)(詣柩前且拜且哭이라)初變服은如初喪하야
(儀節)就東方하야被髮徒跣하고不食이니라柩東西向坐하야哭盡哀하고又變服如大小斂이니라
(奔喪註)西面坐哭하고括髮袒이라[諸具]{變服}[括髮麻]則麻繩[免布][布巾]並同上初終括髮條

<<解義>> 사일 만에 성복을 하는 것이다.

집안 식구와 서로 조상을 하고 손이 오면 절을 하는 것이다.

<<原文>>

後四日에成服하되

與家人相弔하고賓至어든拜之니라

[諸具]{成服}0同上本條

<<解義>>**만약 아직 도착하지 않았으면 영위는 설치하되 전제는 올리지 않는다.**

의자를 설치하여 시체의 널을 대신하고 전후좌우에 자리를 설치하고 곡을 하기를 예절과 같이하되 다만 전은 설하지 아니하는 것이다.

자손이 없으면 이쪽에서 전을 설하고 예절과 같이하는 것이다.

<<原文>>若未得行이어든則爲位不奠이니라
設椅하야以代尸柩하고左右前後에設位哭如儀하되但不設奠이니라(若喪側에無子孫이어든此中에設奠如儀)

[椅][席] [奠] 卽朝夕奠은同上初終始死奠條니라

<<解義>>

변복은 성복의 잘못이다=(상례비요).

들은 후 나흘 만에 성복하는 것이다.

<<原文>>變服하고
(備要)變字난成之誤亦以聞,後之第四日이라[諸具](成服)同上本條

<<解義>> **만약 이미 장사를 지냈으면 먼저 묘소로 가서 곡을 하고 절한다.**

묘소에 가는 사람은 묘가 바라보이면 곡을 한다. 묘소에 도착하면 곡을 하고 절하는데 집에서 하는 의례와 같이 한다.
아직 성복하지 못한 사람은 묘소에서 옷을 갈아 입는다.

집에 돌아와서는 영좌 앞에 나아가 곡을 하며 절한다. 나흘째에 성복하기를 의례대로 한다. 이미 성복한 자 또한 그렇게 하되 다만 옷을 갈아입지 않는다.

재최나 대공, 소공, 시마복에 해당한 이가 제복 후에 가면 오직 머리에 면포와 허리에 삼태두리는 묘소에서하고 곡을 파하고 복을 제하는 것이다.

<<原文>>
若既葬則先之墓,哭拜니라之墓者는望墓哭이니至墓哭拜,如在家之儀하고未成服者난變服於墓하고歸家엔詣靈座前哭拜하고四日成服如儀하고己成服者亦然하되但不變服이니다 (備要)奔喪이既除喪而後歸라도亦括髮據此오成服而奔喪者난恐當有括髮 (奔喪註)齊衰大功,小功, 緦服之親이奔在除服之後者난惟首免腰痲絰於墓所하고哭罷卽除라(儀節)戴白布巾이라
[諸具] (之墓哭)
[括髮痲] [免布]並同上初終括髮條[白布巾]同上成服心喪條[腰絰]同上成服條0免布以下난齊衰以下除服後奔喪者의所服이라

<<解義>>

재최 이하가 상사를 들으면 자리를 하고 우는 것이다.

높은 어른은 정당에서 곡을 하고 낮고 어린이는 별실에서 하는 것이다.

아버지의 당은 대청에서하고 모와 처에 당은 침실에서하

<<原文>>
齊衰以下聞喪은爲位而哭하고 尊長은於正堂이오卑幼난於別室이니라
(奔喪)哭父之黨於廟하고母妻之黨於寢하고師於廟門外하고朋友於寢

고 스승 당은 대청문 밖에서 하고 벗은 침문 밖에서 하고 극히 친하지 않는 사람은 들에 휘장을 치고 하는 것이다.

<<解義>> **만일 초상에 갔으면 그 집에 가서 성복을 하는 것이다.**

상사에 가는 자는 화려하고 성대한 옷은 벗어 두고 행장을 수습하여 곧 떠나 도착되면 재최 복자는 마을이 보이면 곡을 하고 대공은 문이 보이면 곡 을 하고 소공은 문에 이르러 곡 을하고 시마는 자리에 나가서 곡을 하는 것이고 또 문에 들어가면 널 앞에 나가서 곡하며 재배하고 성복 하고 나가서 곡 하는 것이다.

<<解義>>

만일 초상에 가지 못하면 사일 만에 성복은 하는 것이다

초상에 가지 못한 자는 재최에 삼일중 아침과 저녁으로 자리를 하고 모여서 곡을 하고 사일아침에 성복을 하고 대공이하는 처음 상사를 들으면 위를 하고 모여서 곡을 하고 사일 만에 성복을 하되 매월 초하루에 위를 하고 모여서 곡을 하되 달수가 차거든 그 다음 달 초하루에 위를 하고 모여서 곡을 하면서 제하는 것이나 그동안 슬픔이 지극하면 곡을 하는 것이 옳은 것이다.

율곡의 말씀에 스승이 돌아가심에 삼년기년을 행하려고 하는 자는 능히 초상에 가지 못하였으면 아침과 저녁으로 위를 설하고 곡을 하다가 사일 만에 끝이고 정이 중한 자는 이 정도에 끝이지 아니한다 하셨다.
또 스승이 비록 복이 없으나 달 초하루에 모여 곡하는 것은 또한 같다 하셨다.
우암의 말씀에 상복은 부고를 듣는 날부터 좇아서 계산하는 것이라고 하셨고 위를 하고 곡을 하면서 제한다는 것

門外하고 所識於野張帷이니라0又曰無服而爲位者난惟婦人降而無服者니라

<<原文>>若奔喪則至家成服이오
奔喪者-釋去華盛之服하고裝辦卽行하고旣至엔齊衰난望鄕而 哭하고大功은望門而哭하고小功은至門而哭하되(奔喪,緦麻난卽 位而哭이라)入門詣柩前하야哭再拜하고成服에就位哭하고弔如 儀니라
(雜記疏)小功以下난値主人成服之節하야與主人皆成之하고大功以上은必竟日 數而後成服이니라

<<原文>>若不奔喪則四日成服이니라
不奔喪者난齊衰三日中,朝夕爲位會哭하고四日之朝에成服亦如之하고(栗谷)曰降大功者亦同大功以下난始聞喪에爲位會哭하고四日成服을亦如之하되皆每月朔爲位會哭하고月數旣滿이어든次月之朔에乃爲位會哭而除之하되 其間哀至則哭이可也니라

(栗谷)曰師喪에欲行三年朞者난不能奔喪則當朝夕設位而哭하다가四日而止하되情重者난不止此限이라0又曰師友雖無服이나月朔會哭은亦同이니라

(尤庵)曰喪服은當從聞訃日計之니라
(按)爲位哭除之文은此則指不在喪側者而言이

은 곧 죽은 이 곁에 있지 아니 한자를 가리켜서 말한 것이 마땅한 것이다.

치장 : 장사지냄 = 사례 권 5 상 1쪽

<<解義>> 석 달 만에 장사를 하되 먼저 기일을 정하여 장사 할 만한 땅을 선택하는 것이다

사마온공이 말하기를 옛적에는 대부는 석 달 만에 장사지내고 선비는 한 달이 지나면 장사를 지냈다. 지금은 모두 3개월 만에 장사를 지낸다.

그러나 세속 사람들이 지사의 말을 믿어서 자손들의 빈부, 귀천, 현우, 수요 등이 다 여기에 달렸다고 생각하여 의론이 분분하여 쉽게 결정하지 못한다. 이리하여 장사지내는 것이 사람에 재화와 복을 이루는 것으로 생각하니 자손 된 자 그 예에 그릇되고 의리를 상하는 것이 이보다 지나친 것이 없다.
그러나 효자의 마음에는 생각과 근심이 적지 않은 것이니 반드시 흙이 좋고 물이 없는 땅을 구하여 장사를 하는 것이다.
정자는 말하기를 묘지를 구하는 것은 그 땅이 좋고 나쁜 것을 가리는 것이요.
음양가의 말하는 재화와 복은 아닌 것이다.
가리고 꺼린다는 것은 땅에 방위나 날의 길흉을 아는 것인데 조상을 받든다는 생각은 아니하고 후손에 이익을 위하는 것으로 생각을 하니 효자가 편안히 모시겠다고 생각하는 바와는 부당한 것이다,
그러나 아래 다섯 가지 걱정은 삼가 할 것이니 차후에 도로가 생기거나 성곽이 생기거가 못이 생기거나 세력가에 빼앗기거나 농토로 변하지 아니할 자리를 택하여야 할 것이다.
묘지 자리를 잡으면 장사지낼 날 자를 정하고, 미리 친척과 사돈과 친구에게 꼭 참여 할 자에게 고하는 것이다.

니其去喪側不遠者난自當哭於靈 座而除之니라[諸具] 齊衰以下난聞喪爲位成服이니라[椅][席]

喪 禮 三

<<原文>> **治 葬**

三月而葬하되先期하야擇地之可葬者니라

司馬溫公曰古者에大夫는三月이오士는踰月而葬하니今皆三月而葬하나

然世俗이信葬師之說하야以爲子孫의貧富,貴賤,賢愚,壽夭가盡繫於此라하야而爭論이紛紜에無時可決하야正使殯葬으로實能致人禍福하니爲子孫者- 其悖禮傷義無過於此라然孝子之心에慮患湥遠하니必求土厚水湥之地而葬之也니라

程子曰卜其宅兆는卜其地之美惡也오非陰陽家所謂禍福者也오拘忌者는或以擇地之方位하고決日之吉凶하되甚者난不以奉先爲計하고而專以利後爲慮하니 非孝子安厝之用心也오,惟五患은不得不謹이니須使佗日에,不爲道路,城郭,溝池,貴勢所奪,耕犁所及也니라(一本云所謂五患者는溝渠,道路,村落,幷窯)(旣夕禮)啓期告于賓이니라(儀節)旣得地則擇日하고(按)得地擇日後에祝이亦當因朝奠告于靈筵이니라
[新增](朽淺)曰禮의葬

땅을 얻어 날을 택한 후에는 축이 아침에 전을 드리며 영연에 고한다.

예에 장사를 지내는 기한은 천자로부터 서인에까지 달수가 있으니 이것을 어기면 잘못이며, 명당이란 말은 풍수의 현혹이거늘 이런 것으로 인하여 해를 지내는 자 까지 있으니 심히 잘못된 것이다.

우암의 말에도 이날을 구하여 장례하는 것은 극히 한심한 것이다.

고사식

이미 땅을 아무고을 아무 마을에 아무 좌 향 판에 얻어서 장차 아무 달 아무 날로 장사를 지나겠음으로 감히 고하나이다.

서식

아무 어른의 장례를 강차 모월, 모일에 모군 모리에서, 행하려고 모월, 모일에 빈소를 열기로 삼가 사람을 시키어 서신으로 기일을 고하나이다.

피봉식-신보 상장 모위 좌전

편역자주 :산신제 방위는 불문 하향배하고 단이 앞이 남이요 뒤는 북으로 한다.

<<解義>> = 사례 권 5 상 2쪽

날을 가리여 산소자리를 공사를 시작하고 토지지신에게 제사를 하는 것이다

주인이 아침 곡을 한 후 집사가를 거느리고 택한 땅에가서 네모로 구덩이를 파고 표목을 세운다.

먼 친척이나 혹은 손님의 한사람을 시켜서 후토씨즉 산신에게 고한다.

月은自天子至於庶人히皆有月數하니違此則非也오山運之説은術家之熒惑이어늘至有緣此而經年者하니甚無謂也라(尤庵)曰拘於時日而渴葬者난自是遠經悖禮之甚者니此何足言이리오又曰孔子ㅡ嘗許貧者還葬하시나今以貧賤不得已葬於三月之內則與無故渴葬者有異니라

[諸具] (治葬)

[祝][司書]發書告期者 [祝板]

[告辭式] {新補}

今已得地於某郡某里附葬先塋則此下當添<先塋下>三字 某坐之原,將以某月某日襄奉,合葬則不言得地某所하고但云將以某月某日,合窆于某親某官府君,或某親某封某氏之墓敢告 妻弟以下云玆告 [書式]{新補}

某親某人葬禮를將以某月某日에行於某郡某里할새某月某日에當啓殯키로謹專人不專人則改人爲書告期하나이다

年 號 月 日 護喪姓名上某位座前[皮封式](新補)狀上某位座前

<<原文>>

擇日,開塋域하고祠后土니라

主人이旣朝哭에帥執事者하고於所得地에掘穴四隅하고皇朝制 塋地난一品에九十步니每品에減十步하고七品以下난不得過三十步하고庶人은止於九步니라外其壤하고掘其中,南其壤하고不問何向背하고但以前爲南

축관은 집사자를 깨끗한 자리에 산신제 자리를 설치하고 가운데 표목 가운데에서 남향으로 토지지신 신위를 설치하고 잔, 실과, 포, 해를 그 앞에 설하고

또는 세수대와 세수수건을 그 동남에 설치하고 고히는 자는 길복을 입고 신위 앞에 북향으로 섰고 주인은 고자 우편에서 막대를 버리고 테두리를 벗고 서향하여 서되 같이 제사는 지내지 아니하고 집사자가 그 뒤에 서서 다 재배를 하고

고자와 집사자가 다 손을 씻고 고자가 나가서 신위 앞에 꿇어앉고 집사자 한사람은 술을 따르고 서향으로 꿇어앉고 한사람은 잔을 가지고 동향하여 꿇어앉고 고자가 잔을 가져가서 신위 앞에 강신하고,

또 술을 신위 전에 올리고 꾸부렸다 이러나서 조금 물러나 꿇어앉고 축관은 축판을 가지고 고자 왼편에 서 동향으로 꿇어앉아서 독축을 하고 제자리로 가거든

고자가 재배를 하고 축 또는 집사자도 다 재배를 하고 걷고 나오면 주인은 도라 가서 영좌 앞에서 곡을 하고 재배하는 것이다.

사계의 말씀에 선영에 부장을 하면 복이 경한자로 하여금 주과로써 고하되 참신과 강신의 절차가 있고 합장이면 또한 먼저 장사한 위에 고한다.

제구 산소지경을 열고 후토에 제사하는 것이다

【축】【집사자】【동역자】【일군】【새자리】

【축판】【과】【포】【해】【주주】【잔대】둘

【길복】【배석】【세수대】【세수수건】

【기용】 【지남철】【가는 노끈】【표목】

各立一標하되當南門立兩標하고擇遠親或賓客一人하야告后土氏하되(丘氏)曰改后土氏하야爲土地之神祝이帥執事者하야

設位用新潔席於中標之左南向하고設盞注酒果脯醢於其前하고

席之南端又設盥盆帨巾於其東南하고

告者-吉服하고入立於神位之前北向하고主人於告者之右에去杖脫絰하고西向立不與祭니라

執事者-在其後하야

(沙溪)曰西上皆再拜하고告者-與執事者-皆盥帨하고告者-進跪位前執事者一人은取酒注西向,跪하고一人은取盞東向跪하고告者-取注斟酒反注하고取盞하야酹于神位前하고(儀節)傾酒于地하고復斟酒하야置神位前俛伏興,少退跪하고祝은執板立於告者之左하야東向跪,讀云云訖復位어든告者-再拜하고祝及執事者- 皆再拜徹出에主人歸則靈座前哭再拜니라

(沙溪)曰附葬先塋에使服輕者로用酒果告之하되亦當有參降之節0(備要)合葬則又告先葬之位

[諸具]開塋域{祠后土}

[祝] [執事者] [董役者]如葬師之類 [役夫] [新潔席][祝板][果][脯][醢][酒注][盞盤]二一用以斟酒者[吉服]告者及祝及執事者所服은見下祭禮墓祭條[拜席][盥盆][帨巾][器用]如斧鎌鍤及(加乃)(廣耳)之類[指南鐵]用以審辨方位者[細繩]俗用以度塋域步數者 [標木]七一立은

= 사례 권 5 상 4쪽
동춘의 말씀에 산신의 제사에는 향은 없는 것이니 후토는 땅에 신이며 음에서 구하고 양에서 구하는 것이 아니니 의치가 그러할 것 같다하셨다.
음에서 구하고 양에서 구하지 아니한다는 것은 땅의 신은 음에 속한 것이므로 즉 향은 쓰지 아니하는 것이다.
축문식
유 단군oo년 세차간지, o월간지삭, o일간지,
모관성명 아무는 감히 밝게 토지지신에게 고하노니 아무 벼슬을 한 아무공의 유택을 만드니 신은 후한이 없도록 지키시고 도우소서 삼가 맑은 술과 포 해로써 공경하여 신에게 올리오니 흠향 하시옵소서

☞ 編譯者 善光 註: 산신제에 土地之神을 設位한다.
一人 告后土氏, 丘氏曰 改后土氏爲 土地之神,
祝師 執事者 設位.
한사람을 시켜 산신제를 지내는데 후토씨를 토지지신으로 고쳐서 축관이 집사자를 시켜서 설위한다.
= 考證 四禮便覽 卷5 喪3 治葬 =

고사식
아무날 아무부치에 아무는 감히 밝게 아무부치 아무벼슬한 어른 묘에 밝게 고하나이다. 이제 손 아무벼슬을 한 이의 무덤을 세우기로 경영해서 삼가 주과를 펴놓고 정성껏 삼가 고하나이다.
제구 위에 선영에 고하는 조목과 같다.

고사식
천상에 합장을 함에는 타인을 써서 구묘에 고하는 것이 혹 마음에 꺼리 끼는 것 같은 고로 말에 고애의 이름을 쓰고 전작이 있으면 남을 시키어 하는 것이 옳다함. 처음 가서 고하기를 마치면 주인 형제가 곡을 하고 절하는 절차가 있을 것이다.

아무 날 고애자 아무는 감히 밝게 현고 아무 벼슬한 어른의 묘에 고하나이다. 아무는 죄역이 많아서 어머니의 돌아가심을 뵙게 되었나이다. 세월이 흘러가서 장사 날이 이미

中央,四立은四隅,二立은南門
(同春)曰家禮에后土祠엔無香一節하니后土난地神故로只求之於陰而不求之於陽이니義似如此하니라

[祝文式]
維年號幾年歲次干支幾月干支朔幾日干支某官姓名敢昭告于土地之神,今爲某官姓名
(書儀)主人也0(按)若以主人名則文勢欠詳이라士喪禮에哀子某爲其父某甫云云하니以此推之컨대此下에當添爲其父某官某公或爲其母某封某氏營建宅兆合葬則改營建宅兆爲合窆于某封某氏或某官某公之墓神其保佑,俾無後艱,謹以淸酌脯醢,祗薦于神尙 饗
[諸具]{告先塋}
[新潔席]有石牀則不具
[香爐][香盒][祝板][果]
[脯][醢][酒 注][盞盤]二니一은用以酹酒者0若合窆則加具[拜席][盥盆][帨巾] [告辭式]{問解}
維
年號幾年,歲次干支,幾月干支朔,幾日干支,某親某,敢昭告于
顯某親某官府君或某封某氏合窆位則列書之墓,今爲孫隨屬稱某官,內喪云某封某氏 營建宅兆,此下에當添<于某所>三字0若有先葬而合窆則改 營建宅兆하야爲合窆于某親某封某氏或某親某官之墓 謹以酒果,用伸虔告 謹告
[諸具](合葬告先葬)同上告先塋條
[告辭式](新補)0親喪合祔엔使人告于舊墓가似或有未安於心者키로告辭에用孤哀名而奠酌則使人爲之可也0始至及告畢에主人兄弟-當有哭拜之節이니라
維
年號幾年,歲次干支,幾月干支朔,幾日干支,孤哀子承重엔稱孤哀孫이오旁親卑幼

되었음으로 장차 아무 달 아무 날로서 묘 왼편에 모시겠사온데 부모의 은혜가 망극 하옵기로 삼가서 주과를 펴놓고 정성껏 고하나이다.

☞ 編譯者 善光 註: 주자가례 천광에서

부부를 합장할 때의 위치를 물으니, 주희가 대답하기를 "내가 죽은 마누라를 묻을 때에 오직 동쪽 한편에 한자리를 남겨 놓았으나, 일찍이 예법에는 어떠한지 고찰하지 않았는데

진안경(陳安卿)이 이르기를, '지도(地道)는 오른쪽을 높이니 아마도 남자가 오른쪽에 있는 것이 옳은 듯합니다 하고, 제사 때에는 서쪽을 윗자리로 삼으니 마땅이 이와 같이 하여야 옳은 듯하다.'라고 하였다.

사람들의 분묘와 광중과 관과 곽은 너무 크게 해서는 안되니, 광중은 관이 들어갈 정도면 되고, 곽은 관이 들어갈 정도면 좋다. 근자에 진씨 집안의 분묘를 도굴당한 것은 모두 광중이 너무 넓기 때문이다.

그 도굴을 하지 못하는 것은 모두 광중이 좁아서 손발을 의지할 수가 없기 때문이니 이것을 몰라서는 안된다. 이곳의 분묘는 봉분이 낮기 때문에 도적들이 쉽게 들어가게 되어 있다.

'분(墳)과 墓는 어떤 차이가 있습니까?'라고 물었다.

답하기를, '墓는 영역을 말하고, 墳은 위를 덮어 솟아나게 한 봉토를 말한다.

엔隨屬稱某,弟以下不名 敢昭告于 弟以下但云告于
顯考母先葬이어든云顯妣라하고承重엔云顯祖考或顯祖妣라하고旁親卑幼엔隨屬稱하고卑幼엔改顯爲亡이라某官府君或某封某氏,幼엔去府君二字之墓,某,罪逆兇釁,旁親卑幼喪엔去某罪以下五字
先妣母先葬엔云先考라하고承重엔云先祖考或先祖妣라하고旁親卑幼엔隨屬稱이라見背,卑幼엔皆見背하야爲喪逝日月不居,葬期己届,將以某月某日,祔母先葬엔改祔爲合封이니旁親卑幼喪엔皆推此于墓左,母先葬엔改左爲右니旁親卑幼喪엔皆推此昊天罔極旁親卑幼엔皆昊天罔極四字以他語謹以弟以下云玆以酒果,用伸虔告謹告 弟以下난改用伸以下六字하야爲用告厥由

<<解義>> 수천광하되 사례편람 권 5 상례 3

땅을 곧게 내려 파서 광중을 만드는 것이다.

묻는 말에 夫妻의 위를 합장할 때에는 남자가 오른편에 있어야합니까 이에

주자의 말씀이 제사에 서쪽을 상으로 하였으면 장사를 할 때에도 이와 같은 방향으로 하는 것이 옳은 것이요.

정자는 원부인과 합장을 말하고,

주자는 후처는 딴 곳에 묘지를 쓴다.

지금 세속에 品자 모양으로 묘를 쓰는데 예법에 어긋나는 일이니 합장은 원 부인으로 하고, 후처 부인은 따로 조역을 하는 것이 신현들의 정론이다.

<<原文>>遂穿壙하되
穿地直下爲壙이니라

(問)合葬夫妻之位,恐男當居右,

朱子曰祭에以西爲上則葬時에亦如此라야方是니라0

(程子)曰合葬以元妃
(朱子)曰繼室은別營兆域이니라
(按)今俗品字之制,
非禮之正也니元配난祔하고繼配난葬於別岡이有先賢定論이어늘而鮮有行之者하니可歎이로다

<<解義>> **석회를 다지는 것** = 사례 권 5 상 7쪽

광중 파기가 끝나면 석회와 가는 모래와 황토를 고루 섞어서 다지되 밑은 이~삼촌정도 되게 단단히 다지어 평편하게 고루고 중간에 관을 놓을 곳을 먼저 정결한 회를 펴고 사방을 바르게 한 후 세 가지를 고루 섞은 것을 2-3치 정도로 넣고 가운데에 정결한 흙으로 메우고 밟아서 단단히 다지되 관 높이보다 4-5치쯤 더한 후에 편하게 고루우고 곧 정복 판을 금정기 같이 편하게 하고 메웠든 정토는 파버리고 다진 회 만두면 처음 밑에 쌓은 것이 지회가 되는 것이다.

또 엷은 판자를 아래에 깔고 기름회로 그 틈을 메우되 곽 모양같이 한다. 이때 담이 관보다 일촌쯤 높다 하였다.

만일 곽을 쓰면 먼저 지회를 다진 후에 곽을 내리고 밟고 흙 회를 곽밖에 네 벽을 채우는 것이다.

그리고 찹쌀 즙을 정한 회에 섞어서 사방을 덮어 바르되 세속에 집안 벽에 모래를 바른 것과 같이한다.

묻는 말에 아버지와 어머니의 관의 길이가 차이가 있을 때에는 머리와 아래 어느 쪽을 같이 합니까 한즉 사계의 말씀이 그 머리를 같이 하는 것이라고 말씀하셨다.

살피건대 송진 기름을 쓴다고 가례에는 있으나, 지금은 쓰는 이 가없다. 관에 외곽이 있는 것은 옛날의 예법이고 주자가례에는 쓰지 않고, 회막이가 굳어서 흙과 살이 하나가 안 되기 때문에 그런가 한다. 지금은 쓰는 이도 있고 않쓰는 있으니 참고하라.

제구 회를 다지는데 쓰는 기구

【삼물막】

【석회】 많고 적은 것은 적당히 하되 네벽의 회광은 각각

<<原文>>作灰隔하되

穿壙旣畢에布石灰,細沙,黃土, 拌匀者하야築實爲灰隔하되築底,厚二三寸然後에攤平其上하고卽於中間容棺之處에先布以淨灰하되務取方正하야以識低平하고乃於四旁에納三物拌匀者하되以二三寸爲度하고中實淨土亦如之하고幷杵踏築至八九度或十餘度하야視棺高加四五寸然後에攤平其上하고卽於正中에安內金井機하고掘去所實淨土하고盡淨灰而止면初築底者,卽爲地灰니라 (語類) 以薄板,布于下하고用油灰,布其縫하되如槨之狀이니라墻高於棺一寸許0若用槨則先築地灰然後에下槨而躡하고實泥灰於槨外四墻 (語類) 仍用糯米汁,調淨灰,遍灰四方이니라 薄塗난如俗屋壁塗沙니라 (問)考妣二柩가不無長短之差則齊其上乎아齊其下乎아(沙溪)曰當齊其上이니라

(按)瀝靑灰末之制-載於家禮而今俗에無用之者하고且先儒-已多所論故로於本註엔並刪之하노라0棺之有槨은古禮也어늘而家禮에不用하니蓋以灰隔成石之後에已是無使土親膚而然耶아今人이或有用之者하고或不用者키로玆並著其制하야以備參考하노라 [諸具]

[三物幕] [石灰]多少난隨宜하되四墻灰廣은各六七寸許하고天灰난約厚數三尺이니라(營造尺) [黃土]於石灰用三

육~칠촌 정도 되고 천회는 두께가 약 이~삼적이다
【황토】 석회의 삼분지일을 쓴다.
【고운모래】 석회의 삼분지이 혹은 배도 쓴다.
【정토】 회를 다질 때 정한 회 위에 채우는 것이며 세속에 모토<무덤의 구덩이를 지을 적에 바닥에 관이 들어가 놓일 자리를 깎아낸 흙>라고 한다.
【내금정기】

【엷은판자】
【기름】
【찹쌀】 달여서 즙을 내어 정한 회와 섞어서 광안에 사방을 바르는 것이다. 혹은 느릅나무 즙도 쓴다함.
【종이】 광안의 사방에 회로 다져지지 않는 곳을 발라서 흙을 펴는 것이다.

【회다진데덮개】 즉 횡대이니 가로로 덮는 판때기 다섯 쪽이나 혹은 일곱 쪽을 쓰되 두께는 약 삼~사촌되고 길이와 폭은 넉넉히 하여 회다진 사방위에 두치식 더하되 매 쪽이 닫는 곳에 생순 다린 것을 약 이~삼분을 발라서 서로 합하게 하니 세속에 치전이라함.

【곽】 즉 외관이니 제도는 내관과 같으나 두께는 2-3치이고 관안의 사방과 높이는 내관을 보아서 각각 반치쯤 넉넉하게 하되 널이 좁으면 이어서 하는 것이다.
만일 곽을 쓰면 먼저 땅이 편한 것을 살피고 다음에 곽을 편하게 하고 곽 안에 허리 닿는 곳 상하에 듣받이 <받침판>로 버티어 곁에 판이 쭈그러지지 않게하고 회를 다지되 곽의 높이를 표준하고 또 횡대로 덮는 것이다.
【기용】 빗자루로 땅에 불결한 것을 쓸고 대나무체로 세 가지 물건<회, 모래, 황토>을 체질하고 말로 두량을 하고 나무통으로 물 긷고 독에 물 담고 바가지로 물을 퍼붓고 공이로 회를 익이고 삼태미로 운반하고 흙 칼로 깎아서

分之一 [細沙]於石灰用三分之二,或倍用之0三物은或相等[淨土]作灰隔時에用以實於淨灰上者니俗稱(母土)[內金井機]用以安於築灰上하야掘去其中淨土者니制同金井機而小하고匡內四旁에視棺樣各剩半寸許하야以定內樣하고機面標墨은一依外金井機하야以備內外機照看
[薄板]用以鋪地灰上者니長廣이視棺樣稍剩이되厚一寸許 [油]俗稱(法油)니用以調淨灰,彌薄板縫者 [糯米]煎取汁이니用以調淨灰하야塗壙內四旁者라0或用楡汁 [紙]用以塗壙內,四旁,不築灰處하야以辟塵土者

[灰隔蓋]卽橫臺니用橫板五片,或七片하되厚約三四寸하고長廣은取足하야以加於灰隔四旁上各二寸하되(營造尺)每枚相聯處에交鬻生膂,約二三分하야使相문合이니俗稱(治鬻)
[槨]卽外棺이니制同內棺하되厚二三寸하고槨內四旁及高난視內棺各剩半寸許하되板狹則聯板爲之0若用槨則先審地平,次安槨하고郭內當腰處上下에傀以(同發伊)하야勿令旁板內縮하고次築灰하되以槨高爲準하고亦以橫臺爲蓋

[器用]箒以除地不潔하고竹篵以篵三物하고斗以量三物하고木桶以汲水하고甕以盛水하고瓢以勺水하고杵以搗灰하고畚以運三物하고鏝以

회면을 편하게 하는데 쓰는 것이다. 겨울에는 솟으로 물을 데워서 세 가지 물건을 조합하는데 편리하게 한다.

<<解義>> 지석을 색인다. = 사례 권 5 상 8쪽

돌 두 쪽을 써서 장사하는 날에 광중 앞 가까운 곳에 묻는 것이다.

세속에 구은사기를 쓰는 제도가 극히 정결하여 좋은 것이니 세속을 쫓아서 허는 것이 마땅한 것이요
또는 편회에 글자를 색이는 것도 또한 가한 것이다.

☞ 編譯者 善光 註; 焚香

焚香以 代之 ;丘儀 按 古無今世之香, 漢以前 只是焚,
蘭芷蕭艾之類, 後百越入中國 始有之雖 非古禮然通用已久鬼神 亦安之矣.
漢나라 이전에는 지금 쓰는 향이 없어서 난초 나 白芷(쑥)을 썼는데 百越(인도) 人이 香을 가지고 중국에 들어와 사용하기 시작했다.

=사계전서 30권 가례집람 24쪽 =

<<解義>> 사례편람 권 5 상례 3

지개식: 뚜껑에 쓰는 서식

모관 모공 휘 모 지묘

지저식 : 바탕에 쓰는 식

모관 모공휘모 자모 모군모리인 고휘모 모관 모모씨 모봉 모년월일생 서력관천차 모년월일종 모년우러일 장우모향

削平灰面0冬月엔用釜煖水하야以使調和三物이니라

<<原文>>刻誌石하되

用石二片하야葬之日에埋之壙前近地니라
(按)誌난今用燔瓷-制極精好니從俗爲宜오且依俗制컨대用片灰,刻字亦可니라0造明器,下帳苞,筲甖난家禮에旣有不用亦可之文하고朱子- 答陳安卿問에曰某家엔不曾用이라하니今從朱子定論하야並下文, 言明器等處난刪之하노라

[諸具] {刻誌石}

[刻工] [石]二니 一爲蓋하고一爲底하되用珉石爲之하고長廣은隨宜하되用沙石,砥礪하야磨治令滑하고刻大字於蓋石上面하고又刻小字文於底石上面或[燔瓷]用以代石誌者니隨文多少하야燔造幾片하야其一에書誌蓋所書大字하고其餘엔細書其文하고每片에各塡次第於一隅하되皆用(回回青)或以(石間朱)書之하야加水土重燔이니라 [片灰]亦用以代石誌者니用木爲匡하고用灰沙土三物拌勻者하야泥擣築其中然後에撤去木匡하고造幾片如甎甓狀하고倣誌蓋誌底式하야每片에各書一大字而深刻之하고用炭屑灰末하야和法油하야塡滿其畫令平하고細字則於各片에書三四字하고亦於各片에書其第次如上이니라

<<原文>> [誌蓋式]

某官無官則隨所稱 某公此下當添諱某二字 之墓

[誌底式]

某官,某公諱某,字某,某州某縣人,考諱某,某官,母(備要)此下有某字氏,

모리모처 취 모씨 모인지녀 자 남모 모관 여 적모관모인
아무벼슬을 하신 아무 공에 휘짜 아무, 자에 아무가 아무 고을 아무마을에 살던 사람으로 아버지의 휘자 아무와 아무 벼슬하셨고 어머니는 아무 씨이며 아무 해에 출생하시고 벼슬은 지낸 벼슬도 쓰고 아무 해 사망하고 아무 해에 아무고을에 장사하였으며 아무 씨의 딸 아무에게 장가가 시였고 아들에 남자 아무이고 아무벼슬을 하고 또 딸은 아무벼슬을 한 아무에게 출가 하였다 는 것 을 쓴다.

某封,某年月日生,叙歷官遷次,某年月日終,某年月日葬于某鄕,某里某處,娶某氏某人之女,子男某,某官,女適某官某人,

<<解義>>

부인 지개식 부인의 지석 뚜껑에 쓰는 식

모관성명 모봉 모씨 지묘

부인 지저식 부인의 지석 바탕에 쓰는 식

서년약간 적모씨 인부자 치봉호

나이가 몇에 아무 집에 시집을 가서 남편과 아들이 있다는 것과 봉과 호가 있음을 쓰고 이 외 것은 남자의 것을 참조하여 첨가해서 쓴다.

<<原文>>

[婦人誌蓋式]

某官姓名(夫亡則云某官某公)此下에當添諱某二字 某封 某封上에當添 配字오夫無官則但云妻 某氏 某氏上에或書某郡二字 之墓

[婦人誌底式]

叙年若干,適某氏,因夫子 (輯覽)謂夫及子也 致封號 其餘措語난與男子誌底式參用

<<解義>>

상여와 상여 옆에 세우는 운삽을 만든다.

옛적에는 큰 상여를 썼지만 지금은 그렇게 아니하고 풍속을 따라서 견고하고 편한 것을 취할 따름이다

큰상여의 제도는 좋기는 하나 부자 집에서나 생각할 바이니 세속의 제도를 좇아서 상여를 쓰는 것이 무방한 것이다.

☞ <u>編譯者 善光 註:</u> 士庶人은 雲翣 1, 黻翣 1씩만 쓴다.
黻翣 2개씩, 雲翣 2개씩은 대부용이다.
나무로 만들었고 사방 2자이다.
양쪽에 뿔 같이 2치씩 높게 한다.

<<原文>> 造大轝翣

古自에柳車制度甚詳이러니今不能然이나但從俗爲之하되取其牢固平穩而已니라(儀節)大夫난用黻翣하고士난用雲翣이니라

(按)大轝之制-固好而有非貧家所能辦者니從俗制하야用喪轝無妨이니라

[諸具]{造大轝}[大轝](家禮本註)에用兩長杠하고杠上에加伏兎하고附杠處에爲圓盤하고別作小方牀以載柩하되足高二寸에旁立兩柱하고柱外에施圓枘하야令入盤中하되長出其外하고枘盤之間에須極圓滑하고以膏塗之하야使其上

紫朱色으로 하여 구름의 氣運을 그린다.

☞ 編譯者 善光 註: 果實은 접시를 짝수로 陳設한다.

郊特牲 鼎俎奇而, 籩豆偶 陰陽之義也
교특생에 정과 조에는 홀수이고, 변과 두에는 짝수인 것은 음양의 뜻이다

陳氏曰 鼎俎之實 以天産爲主而, 天産陽屬, 故其數奇,
정과조에 담는 것은 천산을 주로하고 천산은 양에 속하므로 그 수는 홀수이다.

籩豆之實, 以地産爲主而, 地産陰屬, 故其數偶據此 ,
변과 두에 담는 것은 땅에서난 과일을 주로 한다.
땅에서 난 것은 음에 속한다, 그런고로 그 수를 짝수를 한 것이 여기에 근거함이다.

魚肉當用奇數, 果蔬當用偶數.
물고기와 고기종류는 당연히 홀수이고, 과실과 채소는 접시를 짝수로 하는것이다.

考證: 沙溪全書 33권 喪禮備要 18쪽 虞祭之具

<<解義>>신주를 만드는 것 = 사례 권 5 상 11쪽
☞ 編譯者 善光 註:성리대전서 권 18의15, 사계전서 29권 가례집람, 사의 도20을 참고하여 해설된 것 &이하 周尺임, 주척1자는 22.5쎈치

신주는 밤나무로 만들고, 신주 독은 검은 옷 칠을 한다. 혹 밤나무가 없으면 나무 중에 단단한 것으로 한다.
夏나라=松. 소나무. 殷나라=栢 잣나무. 周나라=栗 밤나무사용

下之際에柩常適平하고兩柱近上에更爲方盤하야加橫扃하고扃兩頭出柱外者엔更加小扃하며杠兩頭에施橫杠하고橫杠上에施短杠하고短杠上에或更加小杠하고仍多作新麤大索하야以備札縛하고以竹爲之格하야以綵結之하고上如撮蕉亭히施帷幔하되四角에垂流蘇而不可太高하고不須太華하되若道路遠이면決不可爲此虛飾이오但多用油單裹柩하야以防雨水而已
[小轝] (馬木)具卽今俗上下通用者니其制- 略倣大轝하되但不用小方牀하고只用帷蓋하고上施仰帳하고前後에設四紗籠하야以備明燭이라
[黻翣]二,大夫所用이니以木爲匡하되方二尺이오(周尺)兩角高하되各廣이二寸高四寸이니合高二尺四寸이오衣以白布或厚紙하고用紫色畫爲亞形하고其緣에畫雲氣 [畫翣]二, 大夫士所用이니制同黻翣하되但畫爲雲氣하고緣亦如之0並以竹爲杠하되長五尺이니俗에刻木爲荷葉狀而緣添하고設於杠頭하야以承翣이니라

<<原文>>作主用栗하고櫝用黑漆이니라
[諸具]{作主}[執事者]子弟一人監造 [木工][新潔席][卓]用以安主材者[主材] {家禮本註}에趺方四寸厚寸二分이니(周尺)盤之洞底하야以受主身하고身高尺二寸,博三寸,厚寸二分이오炎上五分하야爲圓首

천자와 제후만이 신주가 있으며 경대부는 없었다.
3왕의 시대에는 소상이전에는 뽕나무(신주길이1자,사방 5치,上頂;직경은1치8푼 四隅는각각 1치씩 깎아내어 위 아래가 사방으로 통하게 하는 구멍의 지름은 9푼이다)를 썻다.
桑 은 喪 과 같다
신주를 나무로 쓰는 것은 나무에는 시작과 끝이 있어서 사람과 서로 같아서이다: 考證 사계전서29권 가례집람 作主註 用栗

받침대는 4치:9쎈치는 4각지게;4계절을 상징하고 두께는 1치2푼;2,7쎈치을 파내어 신주 몸체를 끼워 넣는다.

신주의 높이는 1자 2치(27쎈치)=1년12달을 상징하고 폭은 3치;30일 1달을 상징하며, 두께는 1치2푼;1일을 상징함인데 위 5푼을 깍아서 머리를 둥글게;하늘이 둥근것을 상징하여 만든다.

위에서부터 1치 앞쪽 아래를 깍아서 턱을 만들어 2쪽을 만드는데 3분의 1(분면식 4푼)은 앞에 있고 3분의 2(함중식 8푼)는 뒤에 있는 것이다.

뒤에 함중식에는 길이 6치;13.5쎈치, 넓이 1치;2.25쎈치, 깊이 4푼:0.9쎈치.를 파고 묘지에서 제주 반혼 할때에 글을 쓰는데 故 某官 某公 諱某 字某 第 몇 번째 神主라고 쓴다.

그 함중식 옆에 위에서 부터 3치6분;8쎈치 아래에 구멍(4푼)을 뚫어서 함주식 글씨가 밖으로 통하게(신이 출입 하도록) 한다.
백색 분칠을 한 신주 앞면과 합하여 받침에다 꽂아 세우면 신주 높이가 받침 위로 1자 8푼이 되고 받침대와 합친 신주의 높이는 1자 2치;27 쎈치가 된다.

백색 분칠을 한 신주(粉面式)앞면은 현고 모관 부군 신주라고 쓰고 서쪽 아래에 작은 글씨고 孝子 某 奉祀 라고 쓴다
봉사자 명은 직계 존속만 쓰고 아래 사람과 처와 방계는 쓰지 않는다.
또한 紙榜에도 쓰지 않는다. 考證 ;백례 축집 제주서식 不書旁題

韜 (도:덮개)는 신주 머리 부분에 얇은 판지를 대고 위로부터 아래로 씌우는 것인데 考는 자주색, 妣는 붉은 색이다.

藉(자는 신주의 깔개인데 색깔은 역시 考紫妣緋이다.

하고寸之下勒前,爲頷而判之하되四分居前하고八分居後하고頷下陷中하되長六寸廣一寸,深四分이니合之植於趺下齊하고竅其旁하야以通中이되圓徑四分,竅居三寸六分之下하고下距趺面七寸二分이니라[粉]用以塗主面者[鹿角膠](備要)0用以煎取汁和粉者[木賊](備要)
0用以磨滑主身者0粉以下用餘난留置라가以備題主時,改書誤字之用
[韜](書儀)考난紫오妣난緋니라0用以韜主者니制如斗帳하야方闊視主樣이니用厚紙貼褙令堅剛하고裹之以帛하야合縫居後之中이니方四寸許요長尺二寸許니自上而下韜之하야與主身齊니라俗於頂之中央에著(團樞)하야以便開合이라[籍](書儀)用以籍櫝內者니紫緋同韜하고方闊與櫝內同하되疊布加厚하고裹之以帛이니라[櫝座]用板爲之하되黑漆之하고丹漆其內하되內方四寸許로稍寬於趺하고高尺二三寸하야比主身稍高하고面頂俱虛하고底板四方에各出半寸許하야以受蓋하고底板下四隅에有跗하되高寸許오又於前面下에橫貼板은如閾하니高與趺齊니라[櫝蓋]四方直下하야用韜櫝座하되但後面에下虛니라[箱]用以盛主者或[兩牕櫝](家禮圖)에平正四直에前作兩牕하고下作平底臺座니라[布巾][布裳]並俗以爲木工所著

<<解義>> 널을 옮기는 것 = 사례 권 5 상 12쪽

발인 하루 전에 아침 전을 드리고 널을 옮김을 고하는 것이다

오복을 입은 일가들이 다 모여 각각 복을 입고 들어가 제자리로 나가서 곡은 하지 않고 아침 전을 설하면 축이 술을 올리고 북향하여 무릎 꿇고 고하고 꾸부렸다 이러나면 주인 이하가 곡을 슬프게 하고 재배를 하는 것이다.

지금은 이미 빈소에 흙을 바르지 않으니 그 예가 시행되지 않고 있다. 그러나 또 전혀 절차를 없앨 수 없으므로 이 예를 하는 것이다.

오래도록 장사를 지내지 아니한 자는 오직 주상자만 제상을 아니 하고 나머지 시마 3개월로서 달수를 마치고 1 년 이하 시마 3개월 되는 일가들은 달수가 많으면 제상을 하되 복은 거두어두고 장사 때 까지 기다리는 것이다.

살피건대 형제가 이미 상기가 끝났으면 장례에는 복을 입고 우제와 졸곡에는 상을 면하고 만일에 갚지 못하면 벗기만 한다하니 여기에 의거하면 도로입고 장사하는 자도 졸곡을 당하여 벗는다 하였다.

고사식
이제 길한 때임으로 널을 옮기고자 감히 고하나이다.
처와 아우는 자이라고 한다.

<<原文>> 遷柩

發引前一日에因朝奠하고以遷柩告니라(備要)發忍上有啓殯二字
(儀節)五服之親이皆來會하되各服其服하고入就位니라(既夕禮)外內不哭이니라 設朝奠할새祝이斟酒訖에北面跪告,云云俛伏興이어든主人以下- 哭盡哀再拜니라
(備要)今人이有塗殯者則當用古禮오奠如小斂이니라0(小記)久而未葬者난惟主喪者만不除하고其餘以麻終月數者난除喪則已니註에朞以下至緦之親은至月數足而除하되猶必收藏以竢送葬也니라
(按)小記에兄弟既除喪이로대及其葬엔反服其服하고報虞卒哭則免하고如不報虞則除之라하니據此則反服而送葬者- 當卒哭而除오 若依古禮컨대以慢葬而不報虞則當葬訖卽除니라
[諸具]{遷柩}[祝][執事者][祝板][饌]卽朝奠饌0若塗殯則啓殯時別設奠

[告辭式]
今以吉辰, 遷柩敢告妻弟以下云玆告

<<解義>> 영구를 모시고 조상을 뵙는다.

널을 옮길 때에는 축이 꿇어앉아 고하고 굽혔다 일어나고 일꾼들이 들어오면 부인들은 모두 물러가고 주인 과 뭇 상제들은 상장을 들어 땅에 대지 않고 서서 본다.

축이 혼백상자를 받들고 먼저 사당 앞에 가면 집사자가 전과 의자 탁자를 받들고 따라 가고

그 뒤에 명정이 가고 역자가 널을 들고 다음에 가면 주인 이

<<原文>>

奉柩朝于祖將遷柩할새(儀節)祝이跪告云云俯伏興하고役者入이어든婦人은退避하고主人及衆主人은輯杖(儀節)擧之不拄地立視하고祝이以箱奉魂帛前行하야詣祠堂前이어든執事者-奉奠及椅卓次之하고銘

하가 곡을 하며 따라 가는데
남자는 동쪽에 서고 부인은 서쪽에 서는데

복이 많은 자가 앞에 서고 가벼운 복은 뒤에 있어
복으로 각 차례를 하여 시자가 끝에 있고 복이 없는 일가들은 남자는 여자 우편에 있고 여자는 남자의 좌편에 있어서 따른다.

부인들은 다 머리를 덮고 사당 앞에 가면 중문을 열고 집사자가 자리를 펴고 역자가 널을 머라를 북으로 가게 놓고 나오면 머리에 덮은 것을 벗고

축이 집사자를 거느리어 영좌와 전을 널 서쪽에 동향으로 설하고 주인이하가 자리로 나가 서서 곡을 하며 슬픔을 다하고 끝이는 것이다.

집이 좁으면 널을 옮기기가 어려우니 혼백을 받들어 널을 대신하고 곧 전과 의자 탁자를 받들어 앞에 가고 명정이 다음에 그 뒤에 혼백이 가서 사당 앞자리 위에 북향으로 두는 것이다.

우암의 말씀이 옛사람들이 사당을 말하되 할아버지라 하는 것이니 비록 아버지의 사당을 이은 집이라도 말하기를 할아버지라 하고 종가가 멀면 부득이 궐 할 것이라 하셨다.
제구

고사식
할아버지에게 보이기를 청하나이다.

= 사례 권 5 상 14쪽

<<解義>> 곧 청사에 옮기어 가는 것이다
집사자가 대청에 휘장을 설치하면 일하는 자가 들어가고 부인들은 물러나 피하고 축관이 혼백을 모시고 영구를 인

旐次之하고役者 擧柩次之하야主人以下哭從하되男子난由右하고婦人은由左하고重服은在前하고輕服은在後하야服各爲序하며侍者在末하고無服之親은男居男右하고女居女左하야皆次主人主婦之朽하고婦人은皆蓋頭,至祠堂前이어든(備要)中門을當開하고非宗子則不當開니라執事者-先布席兩階間當中이어든役者-致柩於其上하고北首而出이어든婦人은去蓋頭하고祝이帥執事者-設靈座及奠于柩西東向하고主人以下-就位立哭盡哀止니라0(儀節)人家狹隘이면難於遷轉이니금擬奉魂帛以代柩니則奉奠椅卓前行하고銘旐次之하고魂帛이又次之하야至祠堂前하야置魂帛於席上北向이니라

(尤庵)曰古人이謂廟曰祖니雖繼禰之家나亦可謂之祖矣0又曰宗家遠則朝祖를不得已似當闕之矣니라
[諸具]{朝祖}[執事者]五人[役夫]八人以魂帛代柩則不備[新潔席] [蓋頭]制見上成服條
[告辭式]{儀節}請朝 祖

<<原文>>
遂遷于廳事하고
執事者-設帷於廳事할새役者-入이어든婦人은退避하고祝이奉魂帛,

도하여 오른편으로 돌때에 주인 이하 남녀가 곡을 하면서 따르기를 전과 같이하며 청사에 나가면 집사자가 자리를 펴고 역자들은 널의 머리가 남으로 가게 자리위에 놓고 나온다.
축이 영좌와 전을 영구 앞에 남향으로 설하면 주인 이하가 자리로 나가서 앉아 곡을 한다.

지금 집들은 청사가 없고 또한 당이 있으니 그의 널을 영구를 모실 곳이 대청이니 간략하게 이동하는 것이 옳은 것이다.
이때 만일 혼백으로 널을 대신하여 조상에게 보였으면 혼백을 받들어서 영좌에 편하게 모시고
널은 머물렀든 곳에 대강 더 이동하여 널을 옮기였다는 뜻만 표하는 것이다.

<<解義>>
곡을 대신하는 것이다
염하기 전부터 발인 할 때 까지 대신 곡 하는 자를 시키는 것이다.
천척이나 손님은 부의를 표한다.
초종 예절과 같이하는 것이라 구씨의 말씀에 초상 때에는 향. 차. 촉. 주. 과를 쓰다가 이때에는 친분 이 두터운 사람은 생 즉 생고기를 바쳐도 좋다 하셨다.

<<解義>> 기구를 진설하는 것이다
방상이 앞에 있고 다음에는 명정이니 이때 발판은 버리고 다음에 영거, 다음에 대여이니 상여 앞에 공포가 있고 상여 곁에는 삽이 있는데 불삽이 앞에 있고 운삽이 뒤에 있는 것이다.
조상을 보이는 날에 이미 기구는 진설하고 밤에는 거두어 두었다가 날이 밝아 질 때에 다시 진설하는 것이다.

導柩右旋하고主人以下,男女-哭從如前하야詣廳事하되執事者-布席이어든役者- 置柩于席上하고男首而出하고祝이設靈座及奠卽朝祖時執事所奉 于柩前南向하고主人以下就位坐哭이니라0
(儀節)今人家末必有廳하고又有堂이니其停柩之處난卽是廳事를略移動이可也니라 若以魂帛으로代柩朝祖則朝祖後에擧魂帛奉安于靈座하고卽於停柩處에若加移動하야以存遷柩之意니라
[諸具](遷于廳事)[帷]卽幃니用以設於堂하야以障柩者니라 [席]

<<原文>>乃代哭하고
如未斂之前以至發引이니라
親賓이致奠賻니라如初喪儀니라
(丘氏)曰初喪에奠用香,茶,燭,酒,果라가至是하야親厚者-用牲이可也니라
[諸具]{奠賻}0同上成服奠賻條 狀式]同上成服奠賻條本式[祭文式]同上成服奠賻條本式

<<原文>> 陳器
方相이在前하고次銘旌이오(去跗執之)次靈車오次大轝니(儀節)(轝前에有功布니라)轝傍有翣이니라黻前雲後
(旣夕禮疏)朝祖之日에己陳器하고夜斂藏之라가至厥明에更陳之니라
[諸具]{陳器}[役夫]用以載轝者[轝夫]用以擔

제구 【역부】 【여부】 【담부】 【방상】 광부같이 하며 관복은 도사 같고 창을 잡고 방패를 드니 사품이상은 눈이 넷이니 방상이라 하고 그 이하는 눈이 둘이니 기두이라 하는 것이다. 【요여】 즉 영거이니 혼백을 받드는 것이다.	轝者니多少난隨宜니라[擔夫]用以奉靈車,旌布,翣輓者 [方相](家禮本註)狂夫爲之니冠服은如道士하고執戈揚盾이니四品以上은四目爲方相하고以下난兩目爲魌頭니라(周禮)四人이蒙熊皮하고黃金四目에玄衣朱裳이니라[腰轝](開元禮)0卽靈車,馬木具니用以奉魂帛者轝及獻褏,畵翣은已見上造大轝
【불】 관을 드는 색끼	[紼](檀弓)(疏)引棺索至下棺仍之
【명정】 세속에 막대의 머리에 나무로 용이나 봉의 머리를 색여 채색을 하고 입에는 둥근 구술을 물리였으며 유소를 늘어트리고 상하로 가로 축이 있다. 【공포】 널 위에 티끌을 닦아 버리는 것이니 발인 할 때에 축이 이것을 가지고 역부를 지휘하되 희고 익힌 가는 포백척 삼척을 하고 대나무 막대를 길이는 영조척 다섯~여섯 척이며 꾸니기는 명정의 막대와 같이하되 아래 축만 없는 것이다.	[銘旌]俗於杠頭에刻木爲龍鳳頭하야塗以彩하고口合圓環하며垂以流蘇하고上下有軌이니라[功布]用以拂去柩上塵者니發引時에祝이執此하야以指麾役夫하되用白熟布稍細者三尺(布帛尺)爲之하고以竹爲杠하되長五六尺이오(營造尺)飾如銘旌之杠하되但不設下軸이니라
【만사】 친척이나 친우들이 그 슬픔을 글로 표시하여 두꺼운 종이에 써서 기같이 하고 상하에 적은 굴대로 축을 만들고 대나무로 막대를 만들어 그 머리에 대강 꾸민 것이 있고 원래는 줄을 잡은 자의 만가이며 대여 앞에 있는 것이다.	[輓詞]親戚知舊- 作詞以哀之者니以厚地爲旌하고書其文하되上下用小軸하며以竹爲杠하고杠頭에略有飾하고原執紼者輓歌니當在大轝之前이라丘氏曰左傳公孫夏- 命其徒하야歌虞殯하니杜頂註云虞殯送葬에歌也則執紼者輓歌난其來遠矣로다[鐸](備要)用以齊衆者니俗稱搖鈴[雨具](備要)用油單或油紙爲之니大轝靈車,旌布,翣輓에皆有備니라[布巾]俗以爲,轝夫所著이라所陳之器-各有所守니預申戒飭하야發引時에使不失次라

= 사례 권 5 상 16쪽

<<解義>> **저녁때에 제사하는 전을 진설한다.**

찬은 아침전과 같이하고 축이 술을 붇고 북향하여 꿇어앉아 고한 후 엎드렸다가 일어나고 기타의식은 아침 저녁 전을 드리는 예절과 같은 것이다.

밤에는 횃불을 문안에 우측에서 피우는 것이다.

사마온공의 말씀이 만일 널이 다른 곳에서 돌아와 장사지내게 될 때에는 당일에 아침전만 드리고 축이 꿇어앉아 고한 후 곡하면서 가되 장사 때에 가서는 견 전례와 같이 할 것이다.

사계의 말씀에 日晡는 申時이니 저녁상 식후에 전제와 함께하는 것이 옳다고 하였다. 영원히 가는 예인데 좋은 때가 머무르지 아니하여 이제 상여를 받들겠으니 아침 길을 인도하여 준행하겠습니다.

<<解義>> = 사례 권 5 상 17쪽

다음날 아침 밝을 때 널을 옮기여 상여에 내가는 것이다

상여꾼들이 상여를 마당가운데 남향으로 놓으면 집사자가 조전 올린 것을 철하고 축관이 북향하여 꿇어앉아 고하고 영좌를 옮기어 대문 밖에서 상여에 실으면 축이 혼백을 받들고 먼저가고 시자가 각각의자 탁자 향안 등을 가지고 따라가서 상여에 실은 곳까지 가면 부인들은 물러가 피하고 역부를 불러 널을 옮기어 시체의 머리가 남으로 가게 상여에 실고 주인은 곡하며 널을 따라가 실는 것을 보고 부인들은 휘장가운데서 곡을 할 때 신기를 끝내면 축이 집사를 거느리고 영좌를 널 앞에 남향으로 옮기고 축이 혼백상자를 영좌에 편하게 모시는 것이다.

<<原文>>

日晡時에設祖奠하고　饌如朝奠하고(書儀)如殷奠祝이斟酒訖에北向跪告云云俛伏興하고餘如朝夕奠儀니라(既夕禮)宵에爲燎于門內之右니라　司馬溫公曰若柩自佗所歸葬則(儀節)(啓行前一日에因朝奠, 祝이跪告云云)行日에但設朝奠하고(儀節)(納大轝於庭하고祝이跪告云云)哭而行하다가至葬에乃備此及下遣奠禮니라

(沙溪)曰晡난申時也니夕上食後에設奠而兼行夕奠이爲是니以厥明徹奠之文觀之에可見이라
[諸具]{祖奠}[饌][炬][告辭式]
永遷之禮,靈辰不留, 今奉柩車, 式遵朝道,

<<原文>>

厥明에遷柩就轝하고轝夫-納大轝於中庭이어든南向執事者-徹祖奠하고北向跪告云云하고遂遷靈座,　置傍側이어든 載轝於大門外則祝이奉魂帛先行하고侍者-各執椅卓香案隨之하야載轝處니라 婦人은退避하고召役夫,遷柩就轝,乃載하고(輯覽)(尸首在南)以索維之하야令極牢實하고主人은從柩哭降視載하고婦人은哭於帷中하고載畢에祝이帥執事者하야遷靈座于柩前南向이니라祝安魂帛霜于靈座

고사식

이제 널을 옮기여 상여에 나감을 감히 고합니다

<<解義>> **발인제의 전을 진설하는 것**

찬은 아침에 전과 같으나 다만 부인들이 참여하지 아니하고 축이 술을 붓고 꿇어 앉아 고하고 주인이하가 곡을 하고 절을 하면 전을 철하는 것이다.

전제를 끝내고 견 전에 남은 포를 꾸러미에 싸서 상여에 넣는 자 가 있으니 이것이 비록 의리에는 지나친 일이나 대개는 포를 걷어서 주머니 속에 넣는 것은 효자의 마음이니 쫓아가도 무방할 것이며

또 증자 왈 전제를 하고 남은 음식을 싸는 것은 군자도 그렇다. 대향에서 이미 흠향했는데 삼성의 고기를 거두어 빈 관으로 가는 것은 부모를 손님처럼 대접하는 것은 슬퍼하기 때문이다.

지금 사람들은 견전 전에 상식을 겸하는 경우도 있는데 실행하기 어려워서 그렇지만 전제와 상식은 서로 선후의 순서가 있고 발인 날 아침에 상식을 한다 하였으니 세속을 좇아서 행할 수는 없다.

고사식

영혼을 실은 상여가 떠나가시면 곧 무덤입니다. 보내드리는 예를 베풀었으니 영원토록 이별함을 고하나이다.

[告辭式]

今遷柩,就轝敢告

妻弟以下云玆告下同

附[自侘所返柩前一日告辭式] {儀節}

今擇以某日,將還故鄕敢告

[行日告辭式] {儀節}

今日遷柩, 就轝敢告

<<原文>>乃設遣奠하고饌如朝奠하되惟婦人은不在하고(高儀)(祝이斟酒訖跪告云云)(儀節) (主人以下-哭拜)遂徹奠이니라(按)本註에有奠畢에執事者-徹脯,納苞中,置昇牀之文,而旣不用名器則所納苞中이己無所施故로今刪之나然,神道난依於飮食이니孝子之心이雖須臾之頃인들何忍使無憑依之所乎아或問於曾子曰旣奠而包其餘난猶旣食而裏其餘니君子旣食則裏其餘乎아曾子曰吾子不見大夫饗乎아夫人饗을旣饗하고劵三牲之俎하야歸于賓館하야父母而賓客之난所以爲哀也라子不見大饗乎아하시니以此觀之컨대其意甚微나恐不可全廢라世之好禮者-或有裏遣奠餘脯하야納于靈車而行者하니此雖涉於義起而蓋原於徹脯,納苞中之禮니從之라도恐亦無妨耶인저今人이例於遣奠前先行上食하고或遣奠時,兼設上食하니蓋爲路中에難於設食也나然,奠與食이自有先後之序하고且於發引條에明言食時上食則不可從俗行之也니라[諸具]{遣奠}[席]卽(地衣)之類니用以說於大轝前하야以安靈座者라[饌]如朝奠[紙]或油紙니用以裏遣奠餘脯者 [盥盆][帨巾]

[告辭式]{高儀}
靈輀既駕,往卽幽宅,
載陳遣禮,永訣終天

<<解義>> 사례편람 권 5 상례 19

축관이 혼백을모시고 수레에 올라 분향이라

혼백과 향불을 받들고

다른 상자에 신주를 담아서 혼백 뒤에 다두고 부인은 머리를 가리고

휘장에서 내려와서 곡을 하고 집을 지키는 자는 곡하면서 슬픔을 다하고 재배하고 물러가되

존장이면 절은 아니 하는 것이다.

부인들은 널을 쫓아서 가기가 불편할 것 같으니 집을 지키는 자와 같이 곡으로 사례를 하여도 무방할 것이다.

<<原文>>

祝이奉魂帛,升車焚香이라

奉魂帛焚香하고別以霜盛主하야置帛後하고婦人이乃蓋頭出帷하야降階立哭하고守舍者- 哭辭하되盡哀再拜而歸하고尊長則不拜니라

(按)奉魂帛香火一句난家禮再陳器條니今移置于此라0婦人從柩가似不便이니依守舍者哭辭도恐無妨이니라

[諸具]{奉魂帛}[侍者](喪服疏)僕隷爲之라俗稱行者니二人或四人[女僕]俗稱哭婢니二人或四人이오(布羅兀)이爲其所著이라[主霜][脯]0此時에當以靈座之具-隨之라

<<解義>> 발인 상여가 떠난다.

방상씨 등이 앞에서 인도를 하고, 기물을 진열한 순서대로 따라간다.

<<原文>>發引 柩行

方相等이前導하야如陳器之序니라 椅卓은在靈車之前이라

[諸具]{柩行}[執事者]護引行者[炬]卽燎니多少난隨宜하되日昏則用之하고又道遠經宿則於所之에設於庭及門이라[燭籠](備要)0多少隨宜0餘並見上陳器條

<<解義>>

주인 이하가 곡을 하면서 걸어가는 것이다

할아버지를 보이려 가는 차례와 같다

묘가 멀거나 또는 병으로 인하여 잘 걸어가지를 못하는 자는 주인이나 또는 모든 아들이 다 날근 수레를 타고 가

<<原文>>

主人以下-哭步從하고 如朝祖之序라

(開元禮註)墓遠及病不甚步者난主人及諸子-皆乘惡車라去塋三百步에皆下니라

다가 산소에서 약 3백보 떨어진 곳에서 내린다.

(按)婦人은不從이爲便故로白幕之制,並正文男女二字而刪之하되必欲依禮臨壙則追後에直到幄次似當이니라
[諸具] {哭步從}
[惡車]或樸馬[素轎]婦人所乘

<<解義>> 존장이 다음에 따라가고 복이 없는 친척이 그다음에 따라가고 손님들이 또 그다음에 가는 것이다.

모두 수레나 말을 타고 친한 손님들은 혹은 먼저 묘소에서 기다리기도 하고 길까에 나와서 곡하고 절하며 사례를 하고 돌아가기도 한다.

곽에 나올 때 만일 친한 손님이 돌아오다가 권도로 상여를 멈추면 행렬에 높은 이도 다 차나 말에서 내리고 친한 손님이 차례로 상여 왼편으로 나가서 널을 향하여 서서 곡을 하고 낮은 자들은 재배하고 물러가되 찬한 손님이 돌아가면 다 차나 말을 다시 타는 것이다.

<<原文>>
尊長이次之하고無服之親이又次之하고賓客이又次之하고
皆乘車馬하고親賓은或先待於墓所하며或出郭,哭拜辭歸니라
(開元禮)出郭에若親賓還者-權停柩車어든尊行者-皆下車馬하고親賓이以次就柩車之左하야向柩立哭하고卑者난再拜而退하되親賓旣還에皆乘車馬니라

<<解義>>친한 손님이 휘장을 성곽 밖의 길가에 설치하고 있으면 영구를 멈추고 전을 드린다.

제문식 위에 성복에 전을 드리고 부조를 하는 조목에 본식과 같다.

<<原文>>
親賓은設幄於郭外道傍하고駐柩而奠이니라
如在家之儀라
[諸具] {親賓奠}
[幄]俗用(遮日)(揮帳)之類 0餘並同上成服弔奠條
[祭文式] 同上成服奠賻條本式

<<解義>>

도중에서 슬픈 생각이 나면 언제나 곡을 한다.

만일 묘소가 멀면 30리마다 영좌를 설치하고 조석으로 곡을 하고 전을 드리며 식사 때는 상식을 하고 밤이면 주인 형제들은 다 널 곁에서 자고 친척들도 같이 지키며 뜰이나 문밖에 횃불을 핀다.

<<原文>>
塗中에遇哀則哭하고
若墓遠則每舍에(周禮註)所解止之處0(集說)舍난三十里 設靈座於柩前하고朝夕哭奠하며食時上食하고夜則主人兄弟- 皆宿柩傍하고親戚

	이共守衛之니라設燎于 中庭及門 及墓하되
<<解義>> **묘소에 이르러** **도착하기 전에 집사가 영구의 장막을 설치한다.** 묘의 길 서편에 남향을 하고 의자와 탁자를 두는 것이다. 제구영악을 설치함. 【악】세속에 광중 곁에 수간의 가짜 집을 만들어 널을 머무르고 전을 받드는 준비를 하는 것이다. 【병풍】【자리】【집자리】세속에 멍석으로 주인이하의 자리를 하는 것이다.	<<原文>> 未至에執事者-先設靈握하고在墓道西,南向有椅卓이니라 [諸具] {設靈握} [幄]俗於壙傍에架數間假家하야以備停柩奉奠이라[屛][席][席薦]用以爲主人以下位者
<<解義>>**친한 손의 자리를 하는 것이다.** 영악 앞 10여보 앞에 남향 한다.	<<原文>> 親賓次하고 在靈幄前,十數步南向이니라 [諸具]{親賓次}[白幕]俗用(遮日)[幃] [席]
<<解義>> **부인들의 장막** 영구의 장막 뒤 광중의 서쪽이다.	<<原文>> 婦人이幄하고在靈幄後,壙西니라[諸具]{婦人幄}[布幕][幃][席薦]
<<解義>> **방상이 도착한다.** 창으로 광중의 사방을 찌른다.	<<原文>> 方相이至하고以戈로擊壙四隅니라
<<解義>>**영거 지어든** 축이 혼백을 받들고 악좌에 나가서 신주상자를 열어 혼백을 뒤에 놓는 것이다.	<<原文>>靈車-至어든 祝이奉魂帛就幄座하되主霜을亦置帛後니라
<<解義>> **이에 전을 진설하고 물러가는 것** 술, 실과, 포, 해 등을 진설하며 발인에 남은 포는 이때에 곧 없애버린다.	<<原文>>遂設奠而退하고 酒果脯醢,遣奠餘脯를至是乃撤이라 [諸具]奠}[果][脯][醢][酒注][盞盤][筯楪][盥盆][帨巾]

<<解義>> 널이 오면

집사자가 먼저 자리를 광중 남쪽에 돗자리를 펴고 널이 오면 수레를 베끼고 자리위에 머리가 북으로 가게 놓으며 새끼를 베끼고 축이 공포로 널을 닦고 이금으로 널을 덮는다.

집사자가 명정을 막대에서 떼어 널 위에 놓는다.

<<原文>> 柩至어든

執事者－先布席於壙南이라가柩至脫載하고置席上北首어든 先置兩凳하야去所裏油單及索하고祝이以功布로拭柩幠하고用僉衾이라執事者－取銘旌去杠하고置柩上이니라

<<解義>>

주인 남녀가 각각 자리에 나가서 곡을 한다.

주인과 장부들은 광의 동쪽에서 서향으로 서고 주부와 부녀들은 광중 서쪽 악차 안에서 동향하여 서서 모두 북쪽을 상으로 하는 것이다

<<原文>>

主人男女－

各就位哭하고

主人諸丈夫는 立於壙東西向하고 主婦諸婦女는 立於壙西幄內東向하야皆北上이니라

<<解義>>

손님들은 절을 하며 사례를 하고 돌아가는 것이다.

손님들이 널 앞에 나가서 곡하며 재배를 하면 주인이 절을 하고 손님은 답배를 하는 것이다.

근래 시골풍속에는 성찬을 갖추어 손님을 대접하니 손님 대접하는 것이 장례의 비용보다 많아서 심한 자는 취한 소리로 지껄여 대면서 웃고 심지어 싸움을 하니 장례에 와서 조금도 슬픈 빛이 없으니 그 예를 어기고 풍속을 해침이 탄식할 노릇이다

<<原文>>

賓客은拜辭而歸니라

(既夕禮)在贈幣之後라

(儀節)(賓客이詣柩前,哭再拜라)主人이拜之하고賓이答拜니라

(近思錄)程子葬父에使周恭叔으로主客이러니客이欲酒어늘恭叔이以告한대先生曰勿陷人於惡하라하시다

(按)程子之訓이可謂嚴矣어늘近來鄕俗에具盛饌接賓客하고或有賓客之供이多於葬需而甚者난乘醉喧笑하며或鬪鬩作拏하야少無臨喪哀色之意하니其違禮敗俗이一至此哉아

<<解義>>

주인형제는 곡을 끝이고 하관하는 것을 살피되

그릇되어 기우러지거나 움직이지 않게 하며 하관하였으면 흰 실을 관 길이와 같은 것을 길이로 널 위에 중앙에다 놓고 횡지에 먹으로 표한 곳에 가는 끈 한 줄을 당겨 붙이고 비추어 보아서 실에 끈이 서러 닿게 하여 바른 것을 살핀 연후에 실에 끈 또는 널 아래위에 한 종이를 버리고

<<原文>> 乃窆

主人兄弟－徹哭臨視下柩를最須詳審用力이오不可誤有傾墜動 搖하고先用木杠短者二하야橫置灰隔上하고又用長杠二하야橫置壙口하야不令動搖하고徹銘旌柩衣하야置傍側하고別用長

설면자로 널 위에 흙을 닦고 구의와 명정을 바로 하여 편하게 하고 삽은 광 중앙 두 옆에 의지하고 불은 상에 운은 하로 하며 만일 운삽이면 중앙에 놓는다.

☞ 編譯者 善光 註: 주자가례의 해석

먼저 나무막대기를 회격 위에 가로질러 놓고, 끈 네 가닥을 관 밑에 고리에 끼워 묶지 않고 내려놓는다.

막대기에 놓이면 끈을 빼낸다. 따로 가는 무명이나 생견(: 로 짠 깁)을 접어서 관 밑을 감싸서 관을 내려놓고 다시 빼내지 않는다.

다만 그 나머지는 잘라버린다.

만약 관에 고리가 없으면 끈으로 관 밑을 양쪽을 걸어 막대기까지 내리고 끈을 빼버린다.

무명을 쓰는 것은 앞과 같다. 대저 관을 내리는 것은 가장 세심하게 힘을 써야 한다. 잘못하여 기울어지고 떨어지고 흔들리게 해서는 안 되니, 주인과 형제들은 마땅히 곡을 그치고 직접 가서 보아야 한다.

이미 내렸으면 관 덮개와 명정을 다시 손질하여 평평히 바르게 놓이도록 하여야 한다.

제구 하관할 때

【집사자】 여섯~일곱 사람이니 네 사람은 관을 다루는 두 막대를 들고 혹은 머리마다 두 사람씩 들게 되면 여덟 사람이 되며 두 사람은 회를 다진 위에와 아래 모에 섯고 관을 더듬어 구의와 명정만을 바로잡는 것이다.

【단강】 둘 ○짧은 막대 둘

【장강】 넷 긴 막대 넷

【측일기】 즉 시계

【하관포】 두 가닥을 쓰며 광은 전폭이요 길이는 각각 열 자쯤이다 【종이】 세속에 두 장을 쓰니 관의 상하에 각각

杠二하야橫擧于柩上하고兩頭에用布二條摺之하야舁柩底兩頭하고以其布四端으로直上懸繫於所橫擧之杠腰하고每一杠에繫布兩端하야齊擧其杠四頭하고遷柩置壙口兩杠上하야正其四旁하고乃微擧所擧杠而去壙口兩杠하고漸漸放下所擧杠하야安柩於短杠上하고更量懸柩布長하야可到壙底然後에復繫如初하고令二人으로分立灰隔上下하야以手按柩五隅하야不偏倚而又微擧杠하야去短杠하고仍漸下之니라0備要에或用兩柱轆轤라 己下어든 解布去杠에抽出其布하고用素絲長與棺同하야縱置柩上中央하고正當橫紙標墨處하야用蠟粘絲兩頭하야令不動하고又於金井機面標墨處에以一條細繩으로引著而照看하야令絲與繩相當하야以審其正然後에去絲繩及柩上下標紙하고用雪綿子하야拭柩上塵이니라 整柩衣銘旌하야令平正이니라(開元禮)翣倚於壙內兩廂이니라 黻上雲下하되只用雲翣則當中이니라

[諸具] {乃窆}

[執事者]六人或十人이니四人은擧懸棺兩杠하고或每頭에二人擧之則爲八人이니二人은立於灰隔上下隅하고按棺以下난仍整柩衣銘旌이니라 [短杠]二 [長杠]四 [測日器]俗用以測時刻者0或用時繩[下棺布](備要)用二條니廣全幅, 長各十尺許(布帛尺)[紙]俗用二條니於棺上

그 광을 표준하여 가운데를 접어서 먹으로 표를 하며 풀로 붙이는 것이다.

【흰실】 밀로 관의 상하머리에 붙이는 것이다.

【가는끈】 세속에 땅기어 금정기에 붙인 것.

【설면자】 관을 닦는 것.

【구의】 【명정】

【삽】 ○구의이하는 풍속에 견이나 사같은 등속을 쓰니 제도는 앞에 보라.

【녹로】 하관할 때 관이 기울어 지지 않게 하기위하여 쓰는 것이니 바퀴가 둘이 달려있다.

= 사례 권 5 상 24쪽

<<解義>>폐백(현훈)을 주인에게 주는 것이다.

집사자가 현훈을 받들어서 주인을 주면 주인이 받아서 축을 주고 축이 받들어서 널의 동쪽에 두는 데

사계왈; 위에는 玄이고 아래에 纁을 놓으며 주인이 이마가 땅에 닫게 배재하고 자리에 있는 자는 다 곡을 하여 슬픔을 다하는 것이다.

제구 【현훈】 현이 여섯이고 훈이 넷이니 각각 길이가 열여덟 자이며 집이 가난하여 갖추지 못하면 현과 훈이 각각 하나라도 무방하며 매단을 거두기를 마치면 색실로 그 위와 아래를 거듭 묶는다.

【반】 현, 훈을 담는 것 【세수대】 둘 【세수수건】 둘 다 주인과 축과 집사자가 세수하는데 쓴다.

下에各準其廣而中摺之하야墨標糊付者라素絲]俗用以蠟,粘棺上下頭者[細繩]俗用以引著金井機者[雪綿子]俗用以拭棺者[柩衣][銘旌] [翣]柩衣以下난今俗用絹紗之類로別製以用이요制並依前[轆轤]先於金井機左右에各竪上下兩柱하되凡四柱니每頭에作圓盤如半月形하야以受轆轤之杠하야俾容轉環하고取二長杠堅實者하야橫設其上하고杠兩頭之出柱外處에盤孔하야以小木橫貫하고又以小木으로交貫於其旁하야作十字形하고用熟麻或白布하야合作大索하야分繫於杠腰之上下,纏杠數匝하고以其兩端으로聯繫下棺布하야令健丁으로每柱各二人이分執小木兩端하고一心用力하야徐徐轉下에務極審愼하라大索은卽綍이니(備要)二十把許라

<<原文>>主人贈하고(開元禮)奉玄纁하야授主人이면執事者授也主人이受以授祝하고祝이奉以入奠於柩東이라 (尤庵)曰置棺槨之間이라하고

(沙溪)曰上玄下纁이라하니라 主人이再拜稽顙하고在位者-皆哭盡哀니라

[諸具] {贈}

[玄纁] (家禮本註)에玄六,纁四니各長丈八尺이라家貧不能具則玄纁各一이可也라(周尺)每段卷畢에用色絲하야重束其上下니라 [盤]用以盛玄纁者[盥盆]二[帨巾]二並主人及祝及執事者-所盥洗라

<<原文>>加灰隔蓋하

<<解義>>회를 다지고 두께를 더하는 것이다.

가로 판자로 회를 다진 위에 펴서 배합시키는 것이다
가례 본주에 회로 안팎의 뚜껑을 가린다 했는데 상례비요에는 송진 칠을 쓰지 않았으면 회로 바깥만 쓰라 했으니 안팎이란 두자는 삭제 한다.

<<解義>> 회로써 단단하게 채우는 것이다

세 가지 물건 즉 회, 황토, 고운모래를 고루 섞은 것에 막걸리 술을 뿌리고 채우되 널 가운데가 움직일까 조심되니 다지지 말고 다만 많이 써서 굳어지기를 기다리는 것이다.

만약 편 회에 글자를 새여 지석으로 쓴다면 광중을 다진 후에 지석 글 과 수평이 되게 하는 것이다.

= 사례 권 5 상 25쪽

<<解義>> 흙을 채워서 점점 다지는 것이다

흙을 한자정도 내리고 맨손으로 다지는 것이다.

<<解義>>

산신에게 제사하기를 묘소의 왼편에서 하는 것이다 앞의 예절과 같다.

축문식

아무 날에 아무 벼슬한 성명아무는 감히 밝게 토지지신에 고합니다. 이제 아무 벼슬한 아무 공에 무덤을 여기에 정하오니 신은 그를 보호하사 뒤에 근심이 없게 하소서 삼가 맑은 술과 포와 해로써 공경하여 신에 천신하오니 오히려 흠향 하소서.

고　用橫板,聯鋪灰隔上하야令脗合이라
(按)家禮本文에云灰隔은內外蓋而備要에云若不用瀝靑이면只用外蓋이니今旣不用瀝靑則無內外之可言故로正文中內外二字난刪去라

<<原文>>實以灰하고
三物拌勻者를以酒灑而躡實之하되恐震柩中하야故未敢築하고但多用之하야以竢其實耳라

(按)若用片灰刻字則於躡實之後에從壙內以次鋪奠을如誌蓋文이라
[諸具]{實灰}[執事者]子弟一人監視 [油紙]俗用以翦作長條하야鋪於橫臺縫者라[酒] [布巾] [布襪]並俗以爲躡實泥灰者所著이니多少난隨宜라

<<原文>>
乃實土而漸築之하고 下土每尺許에卽輕手築之니라
<<原文>>
祠后土於墓左하고如前儀라 [諸具]{祠后土}0同上開塋域,本條中祭具

[祝文式]
維
年號幾年歲次干支幾月干支朔幾日干支某官姓名敢昭告于　土地之神,今爲某官奉諡,(書儀)亡者也0此下에當添某公二字0內喪云某封某氏窆玆幽宅,神其保佑,俾無後艱,謹以淸酌脯醢,祗薦于神尙　饗

<<解義>> 지석을 묻는 것이다.

묘가 평지에 있으면 광중 안에 가까이 남쪽에 무거운 벽돌을 하나 펴고 지석을 그 위에 놓고 또 벽돌로 사방을 돌리고 그 위를 덮으며 만약 묘가 산 곁 높은 곳에 있으면 광중남쪽 몇 자 사이를 파서 땅을 깊이가 사~오 척이 되게 하여 묻는 것이다.

만일 구은 지석을 쓰면 돌 상자에 담아서 묻거나 나무 상자에 담아서 석회를 고루 섞은 것으로 그 상하와 사방을 바르는 것이다.

제구

위에 산소지경을 여는데 본 조목 가운데 제사하는 기구와 같다.

<<原文>>下誌石하고

墓在平地則於壙內近南에先布甎一重하고置石其上하고又以甎으로四圍之而覆其上하되若墓在山側竣處則於壙南數尺間에掘地深四五尺하야依此法埋之니라

(按)若用燔誌則盛以石函而埋之어나或盛以木櫃하고以石灰拌勻者로塗其上下四方이尤好니라

[諸具]{下誌石}[鐵束]用以束誌石者니以二石相向而疊之[甎]六卽甓이니用以包誌石者[石函]石蓋具或[木櫃]俗用三物泥搗니既掘地,築其底하고以櫃盛燔誌하야置其上하고又用三物築其四方을與櫃高同하고又用簿板以覆之하고又用三 物築之니라

<<解義>> 다시 흙으로 채워 견고하게 다진다.

흙을 메우기를 한자쯤을 표준 하여 메우고 절구 때로 단단히 다지는 것이다.

<<原文>>

復實以土하야而堅築之하고 下土를亦以尺許爲準하되但須密杵堅築이니라

<<解義>>신주를 쓰는 것이다= 사례 권 5 상 27쪽

집사자가 탁자를 영좌동남에서 서향으로 설치하고 벼루와 붓과 먹을 탁자에 놓고 세수대와 세수수건을 놓는다.

주인이 그 앞에 서서 북향을 하고 축이 손을 씻고 신주의 덮개는 놓아두고 신주만 내어다가 탁자위에 눕혀놓는다.

글씨 잘 쓰는 사람이 손을 씻고 서향하여 앉아서 먼저 뒤에 신주(함중식)를 쓰고 다음에 앞 신주(분면식)를 다 쓰면, 축이 신주를 합하여 바탕에 꽂은 것을 받들어 영좌에 둔다. 혼백은 상자 가운데 담아서 그 뒤에 두고

향을 피우고 술을 부으며 신주 판을 받들어 주인의 오른

<<原文>> 題主하고

執事者-設卓於靈座東南, 西向하고置硯筆墨對卓하고置盥盆帨巾如前하고主人이立於其前北向하고祝이盥手出主하야去趺判之臥置卓上하고

使善書者로盥手西向立하야或坐書便於事 先題陷中하고粉面題畢에祝이合主植趺奉置靈座而藏魂帛於霜中하야以置其後하고

炷香斟酒하고執板出於主人之右하야跪主人

편에 나가서 꿇어앉고 주인도 같이 꿇어 앉아 독축을 하고 마치면	亦跪讀云云畢에(儀節)
축문은 태우지 않고 주인의 가슴에 품고 신주를 모셔서 수례에 올라 집으로 가는 것이다. 주인하가 재배하며 곡하여 그 뒤를 따르는 것이다.	不焚이라懷之輿復位하고主人以下再拜哭盡哀止니라
가례에 신주를 쓸 때에는 따로 전을 설하지 아니하고 신주를 다 쓴 뒤에 향을 피우고 술을 붇고 축을 읽고 받들어서 수레에 오른다고 했는데 지금 사람들은 이것을 깊이 생각지 않고 따로 음식을 마련해 올리니 의리에 맞지 않는 것이다.	(頤庵)曰家禮에題主난不別設奠하고只於題了에令炷香斟酒하고讀祝纔畢에奉以升車하니其意를可知也어늘而世俗이不能深究하고仍設別奠으로以爲大禮하니蓋非昧義理哉아
우암에 말씀이 신주를 쓸 때의 축문을 태워도 무방할 것이다 하셨다 신주를 쓰는 것이 흙을 메운 뒤에 있는 것은 반드시 흙을 메우기를 기다린 후에 쓴다는 것을 말한 것은 아니다. 형체가 구덩이로 도라 갔으면 신과 혼은 떠서 머무를 곳이 없으니 속히 신주를 써서 의지할 곳을 있게 할 것이니 아래 글에 자제 중에 한사람이 머물러서 흙을 메우는 자를 감시케 한다는 것을 보면 가히 알 것이다. 【서자】 글씨 잘 쓰는 자.	(尤庵)曰題主祝文도終不可不焚也니라 (按)題主-在實土之後난文勢使然이오非謂必待實土而後題之라形歸窀穸則神魂飄忽에無所湊泊하니固當卽速題主하야俾有所憑依이니觀於下文留子弟監視實土者애可知矣라
【신결석】 【탁자】 【정단】 【연】 벼루 【필】 붓 【묵】 먹 【죽도】 분면을 글어서 고쳐 쓰는데 쓰는 대나무 칼. 세수대】 【세수수건】	[諸具]題主[善書者][新潔席][卓][井間]俗施於粉面은使行正字均者하되用紙塗蠟爲之어나或用色絲하야纏繞分井이니라[硯] [筆] [墨] [竹刀] 卽刮去粉面하야以備改書者0粉盞,鹿膠,木賊은己見上作條 [盥盆] [帨巾]
함중식 묻되 신주의 함중에 휘에 아무라 하는 휘짜는 낮고 어린이는 어떻게 씁니까. 말씀하시되 죽은 이를 말하자면 휘이라 하는 것이요 높고 낮은 것은 없다. 고모관 【벼슬이 없으면 상시 소칭 대로 하는 것이니 학생, 처사, 수사이나 별호 같은 것이요. 분면도 같다】 모공휘모	[陷中式]0[新增](問解)問神主陷中에諱某之諱字가無乃不稱於卑幼耶아 曰死曰諱니無尊卑矣니라故某官無官則隨常時所稱이니如學生,處士,秀士, 別號之類오粉面도同이니라 某公諱某, 字某,本有第幾二字而東俗에不用이

자모신주

분면식 퇴계의 말씀에 낮고 어린이에는 망자가 박절한 것 같으나 그 사람이 죽지 아니했다는 뜻은 아니니 그러므로 고치여도 무방할 것이라고 하셨다.

현고 【승중에는 현조고라 하고 방친이나 비우에는 부치를 따라서 칭하되 비유에는 현자를 고치여 망자로 한다】 **모관봉시부군** 【비유에는 부군 두자는 버린다】

방제식

효자 【승중에는 효손이라 칭함】 모봉사 【쓰기는 원문줄 아래에 왼편에 쓴다.<쓰는 사람의 왼편이다>
주자 왈 높은 이에 베푸는 것이니 낮으면 반드시 쓰지 아니하고 사계선생의 상례비요에 방친은 비록 높으나 쓰지 아니하는 것이다】

부인함중식

고모봉 【봉한 것이 없으면 또한 유인이라 칭하고 이 아래에 혹은 모관을 더하고 분면도 또한 같다】 **모씨휘모 신주**

부인분면식

현비 【승중에는 현조비이라 하고 처에는 망실이라 하고 방친이나 비유에는 부치를 따라서 칭하되 비유에는 현짜를 고치여 망짜로하고 서자의 어머니는 망모이라 칭하는 것이다】 **모봉모씨 신주**

축문식 제주 곧 성분축

유년호 기년 세치간지 기월간지삭 기일간지 고자 【모상에는 애자라 하고 구망에는 고애자라하고, 승중에는 고손이나, 애손이나, 고애손이라 하고, 처상에는 부라 하고, 방친이나 비유에는 부치를 따라 칭하는 것이다】

라0(退溪0曰今人이生時에無第幾之稱이니神主에不用이恐無不可라
神主,

[粉面式] (新增)退溪曰卑幼에亡字가似迫切이나非不死其人之意니以故로改之도恐無妨이니라
顯 家禮圖에用顯字而備要에從之하니後倣此라 考 承重에云顯祖考오傍親卑幼엔隨屬稱하되卑幼엔改顯爲亡이니라 某官封謚府君 卑幼엔去府君二字神主

[旁題式]
孝子承重엔稱孝孫某奉祀 書于原行下旁,寫者之左니라0
(朱子)曰旁註난施於所尊이니以下則不必書니라0(備要)旁親은雖尊이나不書니라

[婦人陷中式]
故某封 無封이면亦稱孺人이니此下에或添某貫이오粉面도同이니라 某氏諱某 本有字某,第幾四字而東俗에不用이라
神主
[婦人粉面式]
顯妣 承重은云,顯祖妣오妻난云,亡室이오旁親卑幼난隨俗稱하되卑幼난改顯爲亡이라0大全에庶子之所生母난稱亡母니라 某封某氏神主
[婦人旁題式]同前式

[祝文式] 維
年號幾年歲次干支幾月干支朔幾日干支孤子(備要)母喪엔稱哀子오俱亡엔稱孤哀子오承重

모 【제이하는 이름을 쓰지 아니함】 **감** 【처에는 감짜를 뺀다】 **소고우** 【제이하는 다만 고우라 하고 즉 제에 고함에는 다만 형은 제모에게 고한다하고 자에고 함에는 다만 부는 자모에게 고 한다 하고 질이나 손자도 이와 같고 제아무와 자 아무이라는 모짜는 벼슬에 호와 또는 이름이 다 그 가운데 포함이 된 것 같으니 모든 제사에는 다 같은 것이다】
현고 【모에는 현비라 하고 승중에는 현조고이나 현조비라 하고 처에는 망실이라 하고 방친이나 비유에는 부치를 따라 칭하되 비유에는 현짜를 고치여 망짜로 하고 서자가 소생모에는 망모이라 하는 것이다】
모관봉시부군 【내상에는 모봉모씨이라 하고 비유에는 부군 두자를 버림】 **형귀둔석 신반실당 신주기성 복유** 【처이나 제이하는 다만 유령이라함】
존령 사구종신 시빙시의 【만일 신주를 만들지 아니 하였으면 사구 이하 팔자를 고치어 혼상유존 잉구시의 라함】

축문식
아무 날에 고자 아무는 감히 밝게 현고 아무 벼슬한 어른에게 고하나이다. 형체는 광중으로 돌아가셨사오나 혼령은 집으로 돌아가소서. 신주를 이미 이루었으니 엎드려 생각건대 높으신 영혼은 옛것을 버리시고 새것을 좇아서 여기에 기대시고 의지 하소서.

엔稱孤孫哀孫孤哀孫이오0妻喪엔稱夫오旁親卑幼엔隨屬稱이라　某弟以下난不名이라　敢妻엔去敢字　昭告于　弟以下엔但云告于라0(備要)告弟에只云兄告于弟某라하고告子엔只云,父告于子某라하고姪孫도倣此라(按)弟某子某之某字난官號與名이似當幷包於其中이니凡祭皆同이니라顯考母엔云顯妣오承重엔云,顯祖考,或顯祖妣오妻에云,亡室이오旁親卑幼엔
隨屬稱하되卑幼난改顯爲亡하고庶子於所生母엔云亡母라某官封謚府君　內喪엔云某封某氏오卑幼엔去府君二字라形歸窀穸,神返室堂,神主旣成,伏惟尊靈妻弟以下엔但云
惟靈舍舊從新,是憑是依,

<<解義>> **축이 신주를 받들어 요여에 올리는 것이다** 혼백상자는 그 뒤에 놓는다. 신주를 덮는 것 과 까는 것과 씌우는 독은 다 이때에 쓰는 것이다.
이때에 분향이 있어야 하나 그런 글이 없으니 위에 글에 혼백을 받들고 요여에 올리고 향을 피운다는 것으로 보아 알 것이다. 제구 신주를 받들 때 위에 혼백을 받드는 조목과 같으나 다만 포가 없는 것이다.

<<原文>>
祝이奉神主升車하고魂帛箱이在其後라(備要)韜籍櫝은當於此에用之라
(按)此時에宜有焚香而無其文하니當與上文奉魂帛升車焚香으로互看하라　[諸具]{奉主}0同上奉魂帛條로대但無餘脯라

<<解義>>**집사자가 영좌를 걷고 곧 행하는 것이다**
주인 이하가 곡을 하면서 따라가고 올 때의 예절과 같이하되 다만 자제의 한사람이 머물러서 흙을 메우는 것을 감시하게하여 성분까지 보는 것이다.

<<原文>>執事者-徹靈座遂行이니라
主人以下-哭從을如來儀하되但留子弟一人하야監視實土하되以至成墳이니라

<<解義>>

무덤의 높이는 4척이니 적은 비석을 墓 앞에 세우되 또한 높이가 4척이요 바탕의 높이는 한자쯤 되는 것이다.

평토 후에 곧 금정기 안에 숫가루나 혹은 석회를 펴서 후일에 묘를 고치거나 혹은 합장을 할 때에 참고로 하기를 준비하고 한가운데 표목을 세우고 또는 노끈으로 한끝을 표목에 매고 그 한끝을 가지고 둘러서 잡고 적은 나무를 꽂아서 표를 하되 그 둘레가 십육~칠 척이고 합장을 하면 20여척이니 성분의 터를 잡는 것이 또한 산소지경 앞과 뒤에 각각 표목을 세워 좌 향을 바로잡고 금정기와 묘상각을 거두고 성분을 마치면 표목을 다 치우고 떼를 무덤 위와 산소지경에 입히고 또는 형편에 따라서 적은 비를 세우며 만일 부인이면 남편의 장사를 기다려서 세우는 것이며 돌사람과 석장과 망주석을 무덤 앞에 두는 것이다 세속에 혼유석을 석장 북쪽에 두고 향안석은 석장 남쪽에 두는 것이다.

묘에 다른 석물은 없고 다만 적은 비만이 잇더니 지금사람들은 문채를 숭상해서 사치를 차리는 고로 가난하여 준비를 하지 못하는 자는 다만 상석등에 물건만을 설치하고 비는 세우지 않으니 심히 결례를 하는 것이다. 적은 비만 우선 세우고 다른 석물은 천천히 계획하여도 또한 무방할 것이다.

【석공】 돌쟁이 【사초】 뗏장 【탄설】 숫 가루 【석회】 【표목】 셋 【세승】 가는 끈 【소표목】 많고 적은 것은 그때 형편에 따라서 적당히 한다 【소석비】 적은 돌비, 아름다운 돌을 쓰되 길이는 삼척쯤이고 넓이는 한자이상이요 두께는 넓이의 삼분지이가 된다. 예로서 만일 넓이가 척이촌이 되면 두게는 팔촌이 되는 것이니 이것으로 미루어보면 그의 제도가 규에 머리와 같으니 사석과 숫돌로 갈아 다듬어 미끄럽게 하고 큰 글자를 그 면에 색이고 그의 세계와 이름자, 행한 실적을 대강 기록을 해서 좌우에 색이고 또는 뒤

<<原文>>

墳高四尺이니立小石碑於其前하되亦高四尺이오趺高尺許니라

(備要)平土後에卽於金井機內에鋪炭屑,或石灰少許하야以備佗日修墓或合葬之時取考하고乃於正中에立標木하고又以繩一端으로繫於標木하고執其一端而環之하되髓植小木爲標其徑이十六七尺이오合葬則二十餘尺이니營造尺以爲成墳之基라 又於塋域前後에各立一標하야以正向背하고徹金井機及墓上閣하고成墳旣畢에並去標木하고加莎草於墳上及塋域이니라別立小碑난婦人則竢夫葬乃立이라(備要)石人,石牀,望柱石을亦置墳前이라 俗置魂遊石於石牀之北하고香案石於石牀之南이라

(按)家禮에墓無佗石物하고只有小碑러니後人이尙文하야必欲侈大而後已故로貧不能備者난只設牀石等物而碑則闕焉하니甚失輕重之義니今之監碑者- 只當依家禮오立小碑其他石物은徐圖亦不妨이라[諸具]{成墳}[石工][莎草][炭屑]或石灰[標木]三 [細繩] [小標]多少隨宜[小石碑]用美石하되長三尺許闊尺以上이오其厚난居三之二오若闊爲尺二寸則,厚爲八寸이니以此推之컨대其制- 倣圭首하고用沙石砥礪하야磨治令滑하고刻大字於其面하고乃略述其世系,名字,行實而刻於左하고轉及後右而周焉하되不能

에 돌리며 두루하는 것이되 못하겠으면 다만 비면에 큰 글자만 새겨도 되는 것이요 비아래 바탕이 있으니 바탕까지 합하여 4자인 것이다.【부】바탕, 높이는 한자 쯤되고 비를 그 위에 꽂는 것이니 세속에 농대이라 칭하는 것이다. 개체석】뜰 섬뜰【성】혼유석】【향안석】

【석인】둘 망주석】

모표식 지개식과 같으나 합장이면 다른 줄에 모봉모씨부좌이라 쓰되 왼쪽에 쓴다.

則只刻碑面大字亦可오碑下有趺하니並趺高四尺이라 [趺] 高난尺許오植碑其上이니(俗稱)籠臺

[階砌石] [石牀]
[魂遊石] [香案石]
[石人]二 [望柱石]二
凡象設은視其品秩及家力而爲之라

[墓表式]{新補}0同誌蓋式 合葬則別行에書某封某氏祔左

= 사례 권 5 상 31쪽

<<解義>> 도라 오면서 곡하는 것이다.

주인이하가 영거를 받들고 천천히 걸어가며 곡하는 것이다.

그 도라 올 때의 예절과 같이하되 부모가 영거에 계신 것 같이 슬픔을 다하는 것이다.

반혼을 할 때에 말의 안장을 갖추는 것은 비록 살아 계신듯 하는 뜻이나 증거가 없으니 어찌 하는가? 우암께서 말씀하시되 이미 영거가 있으니 그밖에 안장이야 헛되지 않는 것이라 하셨다.

<<原文>> 反哭

主人以下-奉靈車하고在塗徐行哭하고 其反如疑,爲親在彼하고哀至則哭

[問]反魂具鞍馬가雖象生之意而禮無可據니如何오尤庵曰旣有靈車어니其外鞍馬不亦虛乎아

<<解義>> 집에 이르러 곡하는 것

문이 바라보이면 곧 곡을 하는 것이다.

<<原文>>至家哭하고望門卽哭이니라

<<解義>> 축이 신주를 받들고 들어가서 영좌에 둔다.

집사자가 먼저 영좌를 그전 장소에 설치하면 축이 신주를 받들고 들어가 가서 신주를 모시고, 혼백상자는 신주 뒤에 두는 것이다.

제상과 의자 등은 장사 후에 흑색 칠을 하는데 주자가례에 금은 그릇은 상주가 슬픈 마음 때문에 3년간은 쓰지 않

<<原文>>

祝이奉神主하야入置于靈座하면

執事者-先設靈座於故處어든(雜記)(無柩者난不惟라)祝이奉神主入就位하고並出魂帛箱,置主後니라[諸具]{置靈座}[屛席][椅][大卓] [帕]用以覆主櫝者[香案][燭臺] [拭巾]

는다.
【병풍과자리】 의자】 큰탁자】 발】 신주독을 덮는 것【향안】 【촛대】 【식건】

(問)祭牀,椅子等物은葬後에用墨漆하되同春曰家禮에不用金銀鏤器난以主人이有哀素心故也니恐當通三年看이니라

<<解義>>**주인 이하가 대청에서 곡을 하는 것이다**
주인이하가 서쪽 계단으로 올라와 대청에서 울고 부인들은 먼저 들어가 당에서 운다.

<<原文>>**主人以下-哭于廳事하고**
主人以下-升自西階하야哭于廳事하고婦人은先入哭於堂이니라

<<解義>> **곧 영좌 앞에 가서 곡 한다.**
슬픔을 다하고 끝이는 것이다.
퇴계의 말씀이 한나라와 당나라 때에는 여막에 거처하는 일이 없더니 그 중간에 묘에서 시묘 하는 풍속이 생겨서 반혼의 예가 없어지니 심히 탄식할 일이나 다만 말세에 예법이 문어저서 집으로 반혼하는 이들이 많이 있으니 묘에서 여막을 하여 혼잡한 것만 같이 못하다 하셨다.
살피건대 집을 지키고 있던 자가 들어와 곡할 때에는 반드시 배례하는 것이다.

<<原文>>**遂詣靈座前哭하되盡哀止니라**
(退溪)曰漢唐以下에未柔居廬之名이러니其中에或有廬墓者-表旌其閭하니由是로廬墓成俗而反魂之禮-遂廢하니甚可歎也라但末世에禮法이壞亂하야反魂于家者-多有不謹之事하니反不若廬墓之免於混雜也니라(按)守舍者- 入哭時에當有拜禮라

<<解義>>**조문하는 이가 있으면 초상 때의 의식 대로한다.** 손님 중에 가까운 이가 반곡을 기다려서 다시 조상을 하는 것이다.
단궁에 은나라는 들으면 조상하고, 주나라는 반곡 후에 조상하였다. 공자 왈 나는 주나라의식을 따르리라.
요즈음 풍속에 반곡 할 때에 성 밖에 까지 나오거나 길까 복잡한 곳에서 맞이하여 위로함에는 절도 제대로 못하고 곡도 제대로 못하니 이것이 무슨 예인가?
공자께서는 들에서 곡하는 이를 싫어 하셨으니 들이나 길거리는 곡할 곳이 아닌 것이다.
옛적에 齊莊公이 거(莒)를 습격할 때에 杞梁이 죽어 그의 아내가 그 영구를 길에서 맞이하여 슬피 우니 장공이 사람을 시켜 조상을 하려고 하니 사양하여 말하기를 시부모가 집에 계시는데 아랫사람인 첩이 들에서 조문은 받을 수

<<原文>>
有弔者-拜之如初니라
謂賓客之親密者-旣歸라가待反哭而復弔라
(檀弓)殷이旣封耳弔周난反哭而弔라孔子曰殷己慤하니吾從周하리라
(按)今俗에於反哭之時에賓客이多出郭外하야迎慰於路傍紛擾之處하야拜未成儀하고哭不終聲하니此何禮也오孔子之惡野哭者하시니以郊野道路난非可哭之地也라昔에齊莊公襲莒에杞梁이死焉하니其妻- 迎其柩於路하야哭之哀러니莊公이使人弔之한대辭曰猶有先人敝廬在하니下妾이不得與郊弔라한대齊候- 弔諸其室하

없다 하여 제후가 그의 집에 가서 조상을 하였으니 오늘날 글을 배워서 도리를 안다는 이들이 여자도 안했든 일을 행하니 어찌 부끄럽지 아니하랴 비록 들 밖에서 맞이할지라도 길가에서 조상하는 예를 행하지 말고 상차에 돌아와서 반곡함을 기다린 후에 조상을 하는 것이 가한 것이다.

니今之讀書知義理者-反爲女子之所不爲하니寧不愧乎아雖或迎於郭外라도切勿行弔禮於路側하고只當隨後還喪次하야待反哭而後弔-可也니라

<<解義>>1년 상과 구월의 상복을 입는 자는 술을 마시고 고기를 먹되 잔치를 하지 않는다. 소공 이하와 대공의 상복을 입는 사람이 따로 살면 돌아가도 된다.
1년 상이란 상기가 끝날 때까지 고기와 술을 먹지 않는 것인데 아버지가 계실 때 어머니가 먼저 돌아 가셨을 때나 아내가 죽었을 때를 말함이다.

<<原文>>
朞九月之喪者,飮酒食肉하고不與宴樂하고小功以下大功異居者난可以歸니라
(喪大記)朞난終喪토록不食肉,不飮酒니父在에爲母爲妻니라

<<解義>>우제(초우제) = 사례 권 6 상 1쪽

첫 번째 우제를 지내는 것이다.

장사 지낸 그날 중으로 우제를 지내는 것이니 혹 묘가 멀더라도 다만 이날을 넘기지 않는 것이 옳은 것이요 만약 집으로 가다가 중간에서 밤을 지내게 되면 여관에서 지내는 것이다.

增補四禮便覽劵之六 喪禮 四

<<原文>>初虞(備要)
葬之日에日中而虞니或墓遠이라도則但不出是日이可也오若去家經宿以上이면則於所舘行之니라

<<解義>>

주인이하가 다 목욕을 하는 것이다.

목욕을 하고 빗질은 하지 않는다. 기년 이하는 빗질을 하고 혹은 늦어서 시간이 없으면 생략하되 스스로 정결하게 하면 된다.【목욕분】둘【세수수건】둘 주인과 주부가 목욕하는 것이니 부제까지 다 그대로 둔다.

<<原文>>
主人以下皆沐浴하고
{士憂記}沐浴不櫛하되(註)朞以下櫛 或己晩하야不暇어든卽略自澡潔이可也니라
[諸具]{沐浴}[沐浴盆]二 [帨巾]二並主人,主婦의所沐洗니至附祭皆仍이니라

<<解義>> 집사자가 제기를 진설하고 찬을 갖추는 것이다.

서쪽 층계에 세수 대야 와 수건을 두되 밑받침이 있고 수건도 걸이에 걸고 서쪽에는 놓지 않는 것이다. 술병은 영좌의 동남쪽 탁자 위에 두고 주전자와 잔대를 그 위에 설하

<<原文>>
執事者-陳器具饌하고 盥盆,帨巾於西階西南上하되東盆은有臺하고巾有架하고西者난無之오酒甁은並架하고於靈座東南에置卓於其東하고設注及盞盤於其上하

<table>
<tr>
<td>고 빈 그릇은 퇴주기로 쓰고,
화로는 영좌의 서남에 두고 상 하나를 그 서편에 놓고 축판을 그 위에 두며 향로에 불을 피우고 띠를 묶고 모래를 담아 향안 앞에 둔다.
만일 날이 어두우면 촛불을 켠다. 제물을 갖추는 것은 아침전과 같이 한다. 진설한 큰상을 당문 밖 동쪽에 준비 하는 것이다.</td>
<td>고又置空器하야以備退酒火爐於靈座西南하고置卓漁其西하고設祝板於其上하며炷火於香爐하고束茅聚沙於香案前하고(備要)
(若日昏則設燭이라)
具饌如朝(備要)朝난疑朔이라奠하고
(備要)(又設陳饌大牀이라)陳於堂門外之東이니라阼階東南</td>
</tr>
<tr>
<td>사계의 말씀이 기름으로 볶은 것은 쓰지 않는 다고 하나 세속에 꿀로 만든 과자와 술로 만든 떡을 쓰니 아마 고례에는 합당하지 않은 것이다.
【축】【집사자】모속】띠묶은것【띠소반】【탁자】둘【축판】【술병】【주가】【주전자】【잔대】기것은 강신하는데 쓰는 것 【철주기】아헌과 종헌할 때 퇴주하는 것 【닦는 수건】【큰상】【소반】수에 대하여는그때 형편대로 한다.【결척분】씻을 물통【잔】넷
【식건】잔과 소반과 그릇을 씻는 것【화로】제찬을 데우는 것 【횃불】마당에 설치하는 것.</td>
<td>(沙溪)曰膏煎之物,不用,出於儀禮,今俗,必用密果酒餠以祭,恐不合於古禮也
[諸具](陳器)[祝執事者][茅束][茅盤][卓]二[祝板][酒瓶][酒架][酒注][盞盤]用以降神者[徹酒器]亞,終,獻時에用以退酒者[拭巾]用以拭瓶口者[大牀][盤]多少隨宜[潔滌盆] [勺][拭巾]並用以洗盞盤及器楪者 [火爐]用以煖祭饌者[炬]用以設療於庭者</td>
</tr>
<tr>
<td>【세수대】넷 둘은 받침이 있으니 주인과 주부 또는 내외의 친한 손님이 세수하는 것이고 둘은 받침이 없으니 축과 내외 집사자가 세수하는 것이다.
【세수수건】넷 둘은 횃대가 잇고 둘은 횃대가 없는
것이다. 【내집사】【과】욕품 형편에 따라 두 가지도 가함
【포】【해】식해나 어해이다 【소채】숙채나 침채
부치이다 <청장>
【초】【잔대】【시저접시】【미식】떡이다【면식】만두, 창면, 국수 등이다 【반】【갱】고기국이나 나물국이다</td>
<td>[盥盆]四二난有臺하니主人主婦及內外親賓所盥이오二난無臺니축及內外執事者所盥[勺]四
[帨巾]四二난有架하고二난無架니라
[諸具](具饌)[內執事]
[果]六品或四品或兩品
[脯]凡乾魚肉은皆謂之脯
[醢]食醢魚醢
[蔬菜]熟菜,沈菜之屬
[淸醬][醋][盞盤]
[匕筯楪][米食]卽餠
[麵食]如(饅頭)及俗所謂(昌麪)(酸麪)(菊羞)之類[飯][羹]肉羹或菜羹</td>
</tr>
<tr>
<td>【육】한 그릇【어】한 그릇 혹 효 혹 회 혹 간, 혹 건 혹 초 등 어육탕을 쓰면 국은 나물국을 쓴다.</td>
<td>[肉]一器 [魚]一器 並或殽,或膾,或軒,或乾,或</td>
</tr>
</table>

【주적】 간 한 꼬지와 육 두 꼬지.
【차】 세속에 숙수로 대신한다. 【제기】

☞ 編譯者 善光 註: 虞祭의 目的
骨肉歸于土, 魂氣則無所不之, 孝子爲其彷徨, 三祭以安之.
뼈와 肉身은 흑으로 돌아갔고, 魂만을 집으로 모셔 오니 그 혼이 방황하여 가지 않는 곳이 없다, 孝子는 그 彷徨 함을 위하여 3번 우제를 지내여 慰安하여 드린다.
= 家禮 (주자) 虞祭 =

<<解義>> 채소와 과실을 진설한다.
채소와 실과와 잔대를 영좌 앞 상위에 진설하고 시저는 주앙에 술잔은 그 서쪽에 두고 초접 시는 동쪽에 첫째 줄에 있게 하고 과는 그 밖에서 넷째 줄에 있게하고 나물과 포와 해는 실과 안에 있게 하고<즉 차례로 셋째 줄> 술은 다병에 담는다. 그리고 숫은 화로에 피우는 것이다.
가례의 본문에는 채소와 과일을 진설하는 한 구절이 없고 음식 차리는 조에만 나온다. 사계선생의 상례비요에 의거하여 삽입하여 여기에 덧붙여 둔다.

<<解義>> 축이 신주를 영좌에 내오면 주인이 하 모두 들어가서 곡을 하는 것이다.
주인과 형제들은 막대를 집고 중문밖에 있고 같이 제사지낼 분들은 다 들어와 영좌 앞에서 곡을 하되 그 자리는 다 북향하고 복 입은 차례대로 서되 중자는 앞에 경자는 뒤에 잇고 어른은 앉고 어린이는 섰고 남자들은 동쪽에서 서쪽을 상으로 하고 부인들은 서쪽에 서되 동쪽을 상으로 하여 각각 어른과 어린이 순위로 하고 시자는 뒤에 선다.
살펴보매 축이 신주를 내 올 때는 손을 씻는 절차가 있는 것이다.

<<解義>>강신하는 것이다 初虞 = 사례 권 6 상 3쪽
축관이 곡을 멈추게 하면 주인이 서쪽 층계로 내려가 손을 씻고 영좌 앞에 나가 분향재배한다.

炒,魚肉用湯則羹當用菜

[酒炙]肝一串肉二串
[茶]俗代以熟水[祭器]
並詳見下祭禮時祭本條

初虞
<<原文>> 設蔬果하고
設蔬果盞盤於靈座前卓上하고匕筯具楪난居內當中하고酒盞은在其西하고醋楪은居其東하고卽第一行果居外하고卽第四行 蔬脯醢居果內하고卽第三行實酒于瓶이니라熾炭于爐 (按)家禮正文에無設蔬果一節而只見於具饌下註故로依備要添入而移置本註於此라

사례 권6 상3쪽
<<原文>>祝이出神主于座어든主人以下-皆入哭하고 主人及兄弟-倚杖於室外하고今中門外之西及與祭者-皆入哭於靈座前하되其位-皆北面하고以服爲列하야重者居前하고輕者居後하되尊長은坐하고卑幼난立하고丈夫난處東西上하고婦人은處西東上하되逐行에各以長幼爲序하고侍者난在後니라
(按)祝이將出主時에當有盥洗之節이라
<<原文>> 降神
祝이止哭者어든主人이降自西階하야盥帨하고

집사도 손을 씻고 한사람은 주전자에 술을 채워 가지고 주인 바른편에서 서향하여 서고, 또 한사람은 탁자위에 있던 잔반을 받들고 주인왼편에서 동쪽으로 향하여 선다.

주인과 집사 모두 꿇어앉는다. 집사가 술을 따르면 주인은 왼손으로 잔대를 오른손으로 잔을 잡아서 모사위에 강신을 하고 잔반을 집사자를 주면 집사자는 도로 잔대를 탁자위에 올리고 제자리로 돌아간다. 주인은 꾸부렸다 이러나서 조금 물러나와 재배하고 제자리로 돌아오는 것이다.

<<解義>> 축관이 제수를 올리는 것이다.

집사자가 돕는다. 집사자가 소반에다 어육, 적 국수 떡과 밥과 국을 받들고 영좌 앞에 와서 육은 잔대 남쪽에 놓고 국수는 육전의 서쪽에 놓고 떡은 어전의 동쪽 <즉 둘째 줄이며 신주에서 우>에 놓고 반은 잔대 서쪽에 놓고 갱은 초접 시 동쪽에 놓고 자간은 시접 남쪽 <신주에 앞>에 놓고 축과 집사자는 다 제자리로 돌아오는 것이다.

初虞 = 사례 권 6 상 4쪽

<<解義>> 初獻. 주인이 첫 잔을 드리는 것이다.

주인이 주전자를 놓은 탁자 앞에 나가서 주전자를 가지고 북향하여 선다, 집사자는 영좌 앞에 잔대를 받들 들고 주인 왼편에 동향한다.

주인은 술을 따르고 주전자는 도로 탁자위에 놓고 영좌 앞에 가서 북향하여 선다. 집사자는 잔을 받들고 따라가서 주인 왼편에서 동향하여 무릎 꿇는다.

집사자도 역시 꿇어앉아 잔반을 드리면 주인이 잔을 받아서 모사기에 세 번 술을 조금씩 따르고 잔은 집사자를 다시 주고 엎드렸다 이러나면 집사자는 잔을 받아 영좌 앞에 나가 먼저 놓았든 곳에 올리고 밥뚜껑을 열어서 그 남

詣靈座前焚香再拜하고 執事者－皆盥帨하고一人은開酒하야實于注,西面하고(備要)(立於主人之右라)一人은奉卓上盞盤하야東面跪(備要)作立於主人之左하고(備要)

(主人及執事者－皆跪하야執注者－授注)主人이斟酒以注授執事者하고執事者－反注於卓上復位左手取盤하고右手執盞하야酹之茅上하고以盞盤授執事者하고執事者－反盞盤於卓上復位俛伏興,少退再拜復位니라

<<原文>> 祝이進饌

執事者佐之니라(備要)以盤으로奉魚肉炙肝麪食米食飯羹하고從升至靈座前하야肉은奠于盞盤之南하고麪食은奠于肉西하고魚난奠于醋楪之南하고米食은奠于魚東하고卽第二行飯은奠于盞盤之西하고羹은奠于醋楪之東이니라 炙肝은奠于匕楪之南하고祝及執事者－皆復位니라

<<原文>> 初獻

主人이進詣注卓前하야執注北向立하고執事者－取靈座前盞盤하야立於主人之左東向하고主人이斟酒하야反注於卓上하고詣靈座前北向立하고(備要)(執事者－奉盞隨之하야立於主人之左東向主人이跪하고執事者－亦跪하야進盞盤하면主人이受盞하야三祭於茅東上하고以盞授執事者俛伏興이면執事者－受盞奉詣靈座前하야奠於故處하고(備要)

쪽에 두고 제자리로 도라 오고 주인이 조금 뒤로 물러서서 꿇어앉으면 모두 꿇어앉는다. 이때에 축관이 축판을 가지고 주인 오른편에 나가서 서향하여 꿇고 앉아서 축을 읽고 끝나면 축판을 도로 탁자 위에 놓고 일어나 제자리로 돌아가면.

주인이 곡을 하며 재배하고 제자리로 돌아오면 모두 곡을 하는 것이다.

이때 집사자는 퇴주 그릇에 徹酒하고 잔을 제자리에 놓는 것이다.

축문식 초우축

유【밧줄유자인데 예의염치를 묶는다는 뜻】

세차【해의 차례라는 뜻이며 세차는 항상 그대로 쓴다】

간지【천간과 지지이니 그해의 태세를 말한 것 이며 예로 금년이 갑자년이면 갑자로 쓰되 갑이 천간이요 자가 지지 되는 것이다】기월【그 당한 달을 따라 쓰되 예에 정월이면 정월, 오월이면 오월이라 쓴다】기일【그 당한 날을 쓰되 예로 그달 십육일이면 십육일이라 쓴다】간지【당한날 일진을 쓰며 예로서십육일이 정】

고자【제사를 받으는 사람의 자칭을 쓰되 고자는 졸곡제 까지 쓰며 졸곡 후에는 효자로 자칭하며 마지라는 뜻으로 종자 혹은 적자에 쓰며 지차에는 효짜를 쓰지 아니하고 자짜만 쓰는 것이 무방 할듯하다 그리고 고자 혹은 효자를 고치고 것은 아버지가 죽었으면 고자 혹은 효자로 하고 어머니가 죽고 아버지가 생전이으면 고손 혹은 효손이라 쓰고 할머니가 죽고 할아버지가 생전일대에는 애손 혹은 효손이라 하며 할아버지와 할머니가 다 죽었으면 고애손이라 하며 아내가 죽었으면 부이라 하고 남편이 죽었을 때 아내가 축을 고하면 처라 하고 일가 부치나 낮은 이에는 부치를 따라서 쓰되 예로서 삼촌이 죽었을 때에는 질이라 하며 아우가 죽었는데 형이 고하면 형이라고 고치여 쓰는 것이다 만약 제주가 출생타시에는 ○○자 출타미환, ○자나 ○손이○ ○ 대행, 제주가 병중이면 ○ 자 ○ ○○ 질병유고, ○ 자 ○ ○○ 가 대행이라고 하는 것이 비록 예에는 없으나 그렇게 하는 것이 행사상 실례가 없을 것 하다】모【제사를 받으는 사람의 이름을 쓰는 것이며 아우이하에는 이름을 쓰지 아니 하는 것이다】

감소고우【처상에는 감자를 버리고 제이하에는 다만 고우이라 한다】현고【어머니에는 현비라 하고 승중 즉 할아버지에는 현조고라 하고 할머니 상에는 현조비라 하고 처의 상에는 망실이라 하고 일가부치이나 비유에는 그부치를 따라서 칭하되 어린이에는 현짜를 고치여 망짜로 한다】모관【이 아래에 봉시 두자가 있을것이니 이하도 같다. ○봉은 벼슬을

(乃啓飯蓋하야置其南하고復位主人이稍退跪니以下皆跪라)祝이執板出於主人之右하야西向跪欋　云云0反板於卓上興이어든復位

主人이哭再拜하고復位哭하되(儀節)以下皆哭,少頃에止니라

執事者-以佗器로徹酒하고置盞故處니라

[祝文式]凡告祝은以家禮爲主而如年月干支를改皇爲顯等句語는多從備 要書之하노라

維

年號幾年,歲次干支,幾月干支朔,幾日干支,孤子 母喪엔稱哀子오俱亡엔稱孤哀子오

承重엔稱孤孫哀孫孤哀孫이오妻喪엔稱夫오旁親卑幼엔隨屬稱 某 弟以下난不名

敢昭告于妻엔去敢字하고弟以下엔但云告于

顯考母엔云顯妣오承重엔云顯祖考或顯祖妣오妻엔云亡室이오旁親卑幼엔隨屬稱하되卑幼엔改顯爲亡이라

某官 此下에當有封謚二字하니下同이라府君 內喪엔云某封某氏오

卑幼엔去府君二字라日月不居,奄及初虞(備要)再虞엔云再虞오三虞엔云三虞

夙興夜處,哀慕不寧,(備要)

봉한 것이 있으면 벼슬을 따라서 쓰고 시는 죽은 후에 나라에서 호를 준 것이 있으면 그것을 쓴다】 부군 【내상에는 모봉 모씨이라 하고 비유에는 부군 두자를 버린다】 일월불거 엄급초우 【재우에는 재우, 삼우에는 삼우라고한다】 숙흥야처 애모불녕 【 아들에게 고할 때는 비렴상속 심언여회 이라 하니 그 뜻은 슬픔 생각이 서로 엉키여 마음이 재와같이 사라진다는 것이고 아우에게 고할 때에는 비통위지 정하가처 이라하니 그 뜻은 ※슬프고 원통함이 한이 없어 정의에 어찌 진정할 수가 없다는 것이고 형에게 고할 때는 비통무이 지정여하이라 하니 그 뜻은 ※슬프고 원함이 끝이 없으메 지극한 정을 어찌할 수가 없다는 뜻이고, 안해에게 고할 때에는 비도산고 불자승감이라 하니 그 뜻은 ※슬픔에 입맛이 시고 쓰고 스스로 이겨낼 수가 없다는 뜻이다】 근이 【아내나 아우 이하에는 자이라고 한다】 청작서수 애천 【방친에는 천자이라 하고 처나 제이하에는 진차이라함】 협사 【재우에는 우사이라 하고 삼우에는 성사이라 함】 ※아무 날 고자 아무는 감히 밝게 돌아가신 아버지 아무벼슬하신 어른에게 고하나 이다 세월이 흘러서 벌서 초우가 되었사오니 일직이 이러나서 슬픈 생각에 편하지 못함으로 삼가서 맑은 술과 여러 가지 음식으로서 슬프게 협사로 천신하오니 오히려 흠향 하옵소서.	告子에云悲念相屬에心焉如燬오 告弟에云悲痛猥至에情何可處오 告兄에云悲痛無己에至情如何오 告妻에云悲悼酸苦에不自勝堪 謹以妻弟以下엔云,妶以淸酌庶羞,哀薦　旁親엔云薦此오 妻弟以下엔云陳此라 祫事 (備要)再虞에云虞事오三虞에云成事 尙饗
사례 권 6 상 5쪽 <<解義>> 아헌(亞獻)다음으로 잔을 드리는 것이다. 주부가 한다. 주부와 내집사가 손을 씻고 예절은 초헌과 같으며 다만 축을 읽지 아니하고 사배를 하는 것이다.	初虞 <<原文>> 亞獻 主婦爲之하되主婦及內執事－皆盥洗라禮如初하되但不讀祝하고四拜니라
<<解義>>終獻 마지막으로 잔을 드리는 것이다. 친척의 남자나 여자가 잔을 드리되 예는 아헌과 같고 다만 술과 炙을 물리지 않는다.	<<原文>> 終獻 親賓,或男,或女爲之하되禮如亞獻이오但不徹酒니라
<<解義>>侑食. 음식을 권하는 것이다. 집사자가 술 주전자를 가지고 잔에 술을 더 채우고 주전자는 탁상위에 다시 올려놓고 밥에 숟갈을 꽂고 젓가락은 잡는데 가 서쪽으로 가게 시접기 위에 바로 놓고 제자리로 도라 간다.	<<原文>> 侑食 執事者－執注하야就添盞中酒니라反注卓上(備要)扱匙飯中하고西柄正筯이니라正置楪上復位라
<<解義>>주인 이하 모두 나가고 축은 문을 닫는다. 비요에 문이 없으면 발을 친다. 주인은 문의 동쪽에서 서향하고 낮고 어린남자들은 그 뒤에 차례대로 선다.	<<原文>> 主人以下皆出하고祝이闔門이니라 (備要)無門處엔降簾이니라

주부는 문 서쪽에서 동향하고 낮고 어린 부녀들도 차례대로 그 뒤에 선다. 나이 많은 어른들은 다른 곳에서 쉬게 하되 시간은 밥을 아홉 숟가락 뜨는 시간이다. 구씨의 말씀에 만일 여관에서 예를 행할 것 같으면 옳게 갖추지 못할 것이니 문을 닫고 문을 여는 것과 기침을 하고 이성을 고하는 네 가지 절차는 생략하여도 무방할 것이라 하였다.

主人은立於門東西向하고卑幼,丈夫는在其後,重行北上하고主婦는立於門西東向하고卑幼婦女-亦如之하고尊長은休於佗所하야如食間이라
(士虞記註)一食九飯之頃　(丘氏)曰若於所館行禮면恐不能備可니略去闔門,啓門,噫歆,告利成,四節이니라

<<解義>>
축이 문을 열면 주인이하 들어가서 곡을 하고 사신한다.
축이 문 앞에서 북향하여 기침소리를 세 번하고 문을 열면 주인이하 들어가서 자리에 나가고 집사자는 국을 내리고 숙수를 국을 내린 자리에 놓고 축이 주인 오른편에 서서 서쪽을 향하여 이성을 고하고 집사자가 숟가락과 젓가락을 시접기에 내려놓고 뚜껑을 덮고 또 신주를 거두어 덮고 제자리로 돌아오면 주인 이하가 곡을 하고 재배한다.
축관이 축문을 태우는데 또한 제주 축문도 이때에 태우고 자리로 가면 집사자가 철상하는 것이다.
묻는 말에 해가 있을 때에 우제를 행하고 저녁에 다시 상식을 드립니까? 또한 하루에 세 번 상식을 올리는 것은 잘못된 예가 아닙니까?
우암께서 말씀하시기를 우제와 상식이서로 두 가지 일이되 세속에 예가 서녁밥에 우제를 행함으로 다시 상식을 아니하고 만일 해가 중천에 우제를 지냈으면 저녁때에 마땅히 상식을 올리는 것이다.

<<原文>>
祝이啓門이어든主人以下-入哭辭神이라
祝이進當門北向하야噫歆三하고乃啓門이어든主人以下-入就位하고執事者-徹羹點茶하고奠于徹羹處祝이立于主人之右하야西向,告利成하고執事者-下匕筯于楪中하고合飯蓋,復位斂主匣之어든復位主人以下-哭再拜盡哀止하고

(備要)(祝이揭祝文而焚之라)並焚題主祝出就次어든執事者-徹이니라
(問)日中行虞하고夕時에復上食하며或以爲一日三上食이非禮라한대尤庵曰虞與上食이自是二事而今人이例於夕食에行虞故로不復上食矣오若於日中行虞則夕時에自當上食矣니라

<<解義>> **축관이 혼백을 묻는 것이다.**
축관이 혼백을 가지고 집사자를 데리고 깨끗하고 궁벽한곳에 묻는 것이다. 만일 여관에서 예를 하였으면 반드시 집에까지 와서 묻는 것이다. 발일 때에는 신주상자가 혼백 뒤에 있고 반혼 때는 혼백상자가 신주 뒤에 있으니 그의 뜻을 알 것이다.

初虞

<<原文>>祝이埋魂帛祝이取魂帛하고帥執事者하야埋於屛處潔地니라
(儀節)若於所館行禮면必須至家埋之니라0(尤庵)曰發引時엔主箱이在帛後오反魂時엔帛箱이在主後하니其微意를可

사계의 말씀에 復부르든 옷은 혼백과 같이 묻지 않는 것이다.

☞ **編譯者 善光 註:**

祝埋魂帛- -三虞後 至家埋之: 사계전서 33권 상례비요 22쪽

사계선생의 상례비요에는 삼우제를 지내고 혼백을 묻는다.

<<解義>>

이때부터 조석전은 없애는 것이다.

아침과 저녁으로 곡은 하되 슬픔이 지극하면 곡하는 것이다.

<<解義>> **柔日을 만나면 再虞를 하는 것이다.**

일진에 천간이 을 정 기 신 계 가 든 날이면 유일이 되는 것이다. 그 예는 초우와 같다.

하루 전에 기구와 음식을 진설하고 찬을 갖추어 다음날 아침 일직이 일어나 채소와 과실과 술 찬을 진설하고 날이 밝으면서 행사를 한다.

만일 묘가 멀어서 돌아오는 도중에 유일을 만나면 여관에서 행하는 것이다.

<<解義>> **강일을 만나면 삼우를 지낸다.**

일진에 갑 병 무 경 임 이 강일이며 그 예도 재우와 같다.

만일에 묘가 멀어서 도중에 강일을 만나면 예는 행하지 않고 집에 돌아와서 제사를 한다.

우암의 말씀에 재우는 만일 도중에서 유일을 만나면 여관에서 지내고 집에 온 후에 강일을 만나면 삼우를 행한다. 집에 온 날을 단정하는 것은 아니다.

知니恐不可埋於葬地也니라

(沙溪)曰復衣를若並魂帛埋之則不可니라[諸具](埋魂帛)

[祝][執事者][器用]如畚鍤之類

<<原文>>

罷朝夕奠

朝夕哭하되哀至에哭如初니라

<<原文>> **遇柔日再虞**

乙丁己辛癸가爲柔日이오其禮-如初虞니惟

前期一日에陳器具饌하고厥明夙興하야設蔬果酒饌하고

質明行事하되若墓遠하야途中遇柔日이면亦於所館行之니라

<<原文>>**遇剛日,三虞**

甲丙戊庚壬이爲剛日이오其禮-如再虞니若墓遠하야途中遇剛日이라도且闕之하고至家에乃行此祭니라

(尤庵)曰再虞를若於道中에遇柔日則當於所館行之하고至家之後에隨値剛日而 行三虞오不可以至家日로爲斷也라

[新增](退溪)曰

兩葬行虞之節은

按禮,

偕喪偕葬은

先輕後重하고,

虞則先重後輕이

虞今改葬엔當虞於墓所오新葬은反哭而虞

☞ 編譯者 善光 註: = 禮記 曾子問에 記述 =
퇴계의 말씀에 두 사람(父子 同時死亡時)을 함께 장사를 지내는데 우제와 장례의 순서는 ?
葬事를 지낼때에는 輕한者(아들)를 먼저 지내고,
重한者(부모)를 뒤에 정성을 다하여 지내며,
虞祭행사는 重한者(부모)에게 먼저 올리고 輕한者(아들)를 뒤에 행한다. &改葬의 虞祭는 묘소에서, 효자라고, 시마복 입고, 한번만 지낸다.

니라

<<解義>> 卒哭; 사례편람 6권 喪 7쪽
삼우 후에 강일을 만나면 졸곡을 지내는 것.
빨리 장사를 하면 또한 빨리 우제를 지내여 신이 편안하게 하여야 되나 오직 졸곡만은 반드시 석 달을 기다리는 것이다. 근래의 풍속에는 귀천이 없이 모두 3개월 만에 장사를 지낸다. 고례에는 大夫만이 3개월 만에 장사를 지내고, 士는 한 달을 넘겨서 장사를 지낸다. 가령 사람이 그믐께 죽었고 다음 달 초 열흘 전에 장사를 지내고 달이 넘었다고 말하는 것은 말만이 1달이요 사실은 구차한 일이니, 이와 같은 때는 석달 후에 졸곡을 행할 것이요. 달이 넘는다(선비=逾月葬) 하는 것은 반드시 30일이 지내야만 옳은 것이다.

卒哭
<<原文>>
三虞後遇剛日,卒哭
(小記註)旣疾葬엔亦疾虞하야以安神을不可後어니와惟卒哭則必竢三月이니라

(按)近俗에無貴賤이皆三月而葬이나而古禮에

惟大夫는三月이오
士則逾月이니假令人死於晦間而葬於來旬前則謂之逾月者는苟也니若此者난

三月而後에當行卒哭이오
大抵所謂逾月者는必過三十日이可也니라

☞ 編譯者 善光 註: 49재라도 行하기를 권장함.
父母喪에 子息은 3년 居喪을 하는 것인데, 世上이 急變하여 1년상을 하다가 1990년 무렵 부터는 49齋로 변하여 행하다가 2000년 초부터는 三虞祭만 시행하는 者들이 있었다.
지음은 그마저 行하지 않는 者가 있다하니
참으로 통탄할일이다.

埋葬이나,火葬을 하여 題主返魂을 못하면 寫眞이라도 정중히 모셔서 葬禮禮式場이라도 活用하여 49재만이라도 모셔지기를 懇切히 勸奬 하는바이다. = 善光 =

<<解義>>

하루 전날에 기구와 음식을 차린다.

우제와 같다, 다만 정화수 병을 술병 서쪽에 차린다.

사례편람 6권喪 7쪽

<<原文>> 卒哭

前期一日에陳器具饌 並同虞祭하되惟設玄酒甁於酒甁之西니라

[諸具] (陳器) (具饌) [玄酒甁]0餘並同上虞祭本條

<<解義>>

다음날 새벽 일찍 일어나서 채소와 과일과 술과 음식을 진설한다.

모두 우제와 같다, 오직 정화수를 떠서 현주로 한다.

<<原文>>

厥明夙興하야設蔬果酒饌

並同虞祭하되惟取井華水하야(備要)卽平朝第一汲水充玄酒니라

<<解義>> 사례편람 6권喪 7쪽

날이 밝으려 할 때 축관이 신주를 내오고 주인 이하가 다 들어가 곡을 하며 강신을 한다.

예절은 우제와 같다.

<<原文>> 卒哭

質明에祝이出主하고主人以下-皆入哭降神이니라 並同虞祭니라

<<解義>>**주인과 주부가 제수를 드린다.**

주인과 주부는 다 손을 씻고 주인은 어육과 갱을 받들고 주부는 면과 떡과 메를 받들고 집사자는 적간을 받들고 나가서 우제와 같이 진설하는 것이다.

☞ 編譯者 善光 註; 禮記雜記 <u>大夫는 5개월에 卒哭</u>

士;三月而葬 是月也 卒哭, 大夫;三月而葬 五月而 卒哭, 諸侯五月而葬 七月而 卒哭, 士, 三虞. 大夫 五. 諸侯 七虞祭,.

<<原文>>

主人主婦-進饌

主人은奉魚肉하고主婦는盥帨하고奉麪米食하고主人은奉羹하고主婦는奉飯以進하야如虞祭之設이니라執事者-進炙肝이니라

<<解義>>初獻 卒哭 사례편람 6권 喪 8쪽

우제와 같으나 축이 축판을 가지고 주인 왼편에 나가서 동향하여 꿇고 앉아서 축을 읽는 것이다.

축문식 졸곡축= 우제축을 참고하라.

※아무 날 고자는 감히 밝게 돌아가신 아버지 아무 벼슬한 어른에 고합니다. 세월이 흘러가서 문득 졸곡이 되오니 일직이 일어나서 슬픈 생각이 편안치 못함으로 삼가서 맑은술과 여러 가지 음식으로서 슬프게 성사에 천신하옵고 오는

<<原文>> 卒哭 初獻

並同虞祭하되惟祝이執板하야出於主人之左하야東向跪讀云云

[祝文式] 維

年號幾年歲次干支幾月干支朔幾日干支孤子屬稱隨改見上虞祭祝式某敢昭告于告妻及弟以下見上虞祭祝式

顯考某官府君屬稱隨

날에 돌아가신 할아버지 아무벼슬을 하신식으로서 슬프게 성사에 천신하옵고 오는 날에 돌아가신 할아버지 아무벼슬을 하신어른에게 부치겠아오니 오히려 흠향 하시옵소서

<<解義>> 卒哭 사례편람 6권 喪 9쪽

아헌 종헌 유식 합문 계문 사신이라

다 우제와 같이하되 축이 오직 서계 위에서 동면을 하고 이성(잘 이루어 졌음)을 고하는 것이다.

고례에 소렴 뒤에 요질을 흩어 느렸다가 성복 때에 묵고 계빈에 다시 흩으렷다가 졸곡에 갈포로 바꾼다고 했으니 이는 주자가례에 근거한 것이다.

성복 때에 처음 흩어 내렸다가 졸곡에는 어찌 갈포로 바꾸라고 하지 않았는가 다시 매라는 글이 없었기 때문에 우암이 말하기를 요질을 흩어 늘인다 하고는

끝내 맺는 다는 말이 없다 해서 어찌 3년이 마치도록 매지 않아야할 이치가 있는가 했는데 상례비요에는 졸곡조에 계빈에 흩어 느린 자는 이때에 묶는다고 했으니 성복 때 느린 것은 이때에 다시맺음을 해야 한다.

<<解義>> **이때부터 아침과 저녁 사이에 슬픔이 일어도 (無時哭)곡을 하지 아니하는 것이다** 다만 아침과 저녁만 곡을 하는 것이다

<<解義>> 卒哭

주인형제가 거친 음식을 먹으며 물을 마시고 나물과 실과는 먹지 아니하고 자리에 잠을 자고 목침을 베는 것이다

改난見上虞祭祝式日月不居,奄及卒哭,夙興夜 處,慕哀不寧妻子,兄弟에改措語난見虞祭祝式謹以淸酌庶羞,哀薦旁親及妻弟以下改措語난見上虞祭祝式成事來日隮祔于祖考亡者之祖-在則云高祖考오內喪도亦惟此某官府君內喪云에祖姑某封某氏오姑姉妹以下喪에云祖妣某封某氏 尙 饗

<<原文>>亞獻,終獻,侑食,闔門,啓門,辭神은
並同虞祭하되惟祝이西階上東面하고告利成이니라

(按)古禮에小斂後에經帶散垂하고至成服乃絞라가啓殯復散하고卒哭易葛하되 磋書난旣本家禮하야成服始經而散垂하고而家禮에卒哭旣不易葛하고又無還 絞之文故로尤庵曰腰經散垂를終無結之之文하니豈有因此而終三年不結之理乎云云而備要卒哭條에有啓殯散垂者-至是,當還絞之語하니惟此則成服散垂者
-亦當於此時에還絞也니라

<<原文>>
自是로朝夕之間에哀至不哭하고猶朝夕哭이니라

<<原文>>
主人兄弟-疏食飮水하고不食菜果하고寢席枕木이니라
[雜記](飮水漿,無鹽酪不能食,食鹽酪可也오)以書弔者-須答之니라

물과 미음을 마시고 소금과 장이 없으면 맛나게 먹을 수는 없는 것이니 소금과 장을 먹는 것이 가하며 글로서 조상한 사람에게 답장하는 것이다.

제부와 형제의 상은 졸곡을 지내면 마치는 것이다.

(喪大記)諸父兄弟之喪에既卒哭而歸니라0

율곡의 말씀에 고례에는 삼 년 상에는 제사를 폐하셨고 주자의 말씀에 옛사람이 상에 있으면 최마에 옷을 몸에서 벗지 아니하였다 하고 곡하여 우는 소리가 입에서 끝이지 아니하고 그 출입과 거처와 의복 음식이 다 평일과 절대로 달랐으며 사당에 제사는 비록 폐하나 죽은 이와 산사람 사이에 서로 유감이 없거니와 이제 사람들이 상에 있으면 옛사람과 달라서 이한가지일은 폐하는 것이 미안하나

(栗谷)曰凡三年之喪에古禮則廢祭而朱子曰古人居喪에衰麻之衣−不釋於身하고哭泣之聲이不絶於口하고其出入居處와衣服飮食이皆與平日絶異故로宗廟之祭를雖廢而幽明之間에兩無憾焉이어니와今人居喪엔與古人異而廢此一事가恐有所未安이나

주자의 말씀에 장사를 지내기 전에는 예를 좇아서 제사를 폐할 것이요. 졸곡 후이면 四時의 절사와 기제 묘제 등을 복이 경한이로 부려 천신을 하되 찬품을 보통 때 보다 감할 것이요. 잔도 다만 한번만 들이는 것이 옳을 것이다.

朱子之言이如此故로未葬前엔準禮廢祭而卒哭後則於四時節祀及忌祭,墓祭를使服輕者로行薦而饌品을減於常時하고只一獻可也오

주자는 상중에 묵최로서 사당에 천신을 하였으니 속제에 상복으로서 묵최을 당하여 만일 복에 경한이가 없으면 상인이 속제상복으로 행사를 하는 것이다. 또 말씀하시되 기년이나 대공이면 장사 후에는 제사를 평시와 같이 하되 다만 제사를 지낸 고기는 수조를 아니학 장사전에는 시제는 폐하고 기제나 묘제는 간단히 행하기를 위에 예절과 같이하되 시마이나 소공이면 성복전에는 제사를 폐하는 것이니 비록 기일이라도 행하나 소공이면 성복전에는 제사를 폐하는 것이니 비록 기일이라도 행하지를 아니할 것이요. 성복 후이면 평시와 같이하되 다만 제사지낸 고기를 맛보지 아니하고 복중에 시제는 검은 갓과 흰옷과 검은 띠로서 행하는 것이다.

朱子난喪中에以墨衰로薦于廟어늘今人은以俗制喪服으로當墨衰하야若無服輕者則喪人이恐可以俗制喪服으로行祀하라0又曰朞大功則葬後에當祭如平時하되但不受胙하고未葬前엔時祭난可廢오忌祭,墓祭난略行如上儀하고緦小功則成服前廢祭니雖忌日이라도亦不可行이오成服後則當祭如平時하되但不受胙하고服中時祀난當以玄冠,素服,黑帶로行之니라

묻는 말에 처의 상에 이미 장사를 지냈으면 맞당히 제사를 지냅니까?

(問)妻喪己葬에當祭否아

주자에 말씀이 아마 제사를 지낼 수가 없을 것이니 나의 집에도 사시정제는 폐하였고 오히려 절사만 두었으며 기이라

朱子曰恐不得祭니라某家−廢四時正祭하고猶存節祀오忌者난喪之餘

는 것은 상에 나머지이니 제사를 지내도 무방할 것 같으나 그러나 정침에 이미 궤연을 설하여서 제사지낼 곳이 없으니 아마 잠간 머무르는 것이 좋을 것이라 하셨다.
우암의 말씀에 최장방할 신주를 받드는 것이 그의 사체가 종가와 다름이 있어서 다만 권도로서 제사를 받들고서 함인데 삼년이 돌아오도록 제사를 폐하는 것이 미안한바 있는 것이니 최장방이 죽으면 봉사하든 신주를 곧 차장에 옮길 것이요 반드시 삼년상이 끝나도록 기다리지 아니할 것이다.

아내의 상은 이것이 주부의 상이요 궤연을 이미 정침에 설하였으니 복 벗기 전에는 비록 기제이나 가히 예를 갖추지 못할 것이요 찬품은 평상시에 감하여서 한 잔으로 하고 축은 읽지 아니 하고 청사에서 행사하는 것이 좋을 것 같다.
그리고 최장방이 장사 후에는 체천하는 신주를 차장 방에 옮기여 받드는 것은 비록 고례에 없으나 인정으로 생각하면 맞당한 것이니 이제 맞당히 행하여야 한다.
조주천봉창장방후 개제고사식 체천할 신주를 옮기어서 차장 방에 받든 후 고치어 쓸때 고하는 말
유년호기년세차간지 기우러간지삭 기일간지 현손모관 모 감소고우 현고조고모관부군
현고조비모봉모씨 금이현손모 상장이흘 모 당이차장 봉사신주 금장개제 근이주과 용신건고근고

※아무 날 현손에 아무 벼슬한 아무는 감히 밝게 현고조고에 아무 벼슬한 어른과 현고조비 아무로 봉한 아무 씨에게 고하나이다. 이제 현손아무의 상사와 장사를 이미 마쳤음으로써 아무는 맞땅히 차장으로서 신주를 받들어 제사를 지내게 하고 이제 장차 고치어 쓰겠음에 삼가 술과 과실을 펴놓고 정성껏 삼가 고하나이다.

나祭似無嫌이나然正寢에己設几筵하야無祭處하니恐可暫停이니라

(尤庵)曰最長房之奉祧主가其事體ㅡ與宗家有異하야只欲權奉祭祀而復三年廢祭가有所未安이니最長房이死則其所奉神主를當卽遷于次長이오不必待三年喪畢이니라(問)最長房葬後에遷奉次長房則當以酒果告遷이며抑告遷時에改題而遷奉耶아尤庵曰凡祧主改題난自是薦奉者之事라旣遷之後에似亦當有酒果告由之禮니其時에改題似宜矣니라
(按)喪中入廟服은栗谷은以俗制喪服當之오俗制喪服은卽孝巾,直領而龜峰이難之以免冠拜先祖한대栗谷이答以謹改而要訣無改하니或未及釐正耶아今以平凉子에別製布帶,直領入廟似宜니라
妻喪은是主婦之喪而几筵을己設於正寢하니未除服前엔雖忌祭나恐不可備儀오饌品은減於平時하야一獻不讀祝而行於廳事ㅡ似當이니라最長房葬後에薦奉祧主於次長房은雖無古據나揆以人情에誠爲合宜오且旣有尤庵定論하니今當遵行矣라
[諸具](旣卒哭)[席][木枕][平凉子][布直領][布帶]並主人衆男祭先時所服

[祧主,遷奉次,長房後,改題,告辭式](新補)
維
年號幾年,歲次干支,幾月干支朔,幾日干支,玄孫某官,某,敢昭告于
顯高祖考某官府君
顯高祖妣某封某氏,今以玄孫某,喪葬己訖,某當以次長,奉祀神主,今將改題,謹以酒果,用伸虔告謹告

답인위소식 남이 위문한 편지를 답장하는 글의식
맏손자가 할아버지를 위하는 승중에도 같다 출계한 사람의 위문편지를 답장하는 것은 위에 위문편지 아래조목에 보라
모 계상재배언모 죄역심중 불가사멸 화연선고반호벽용 오내분봉 고지규천 무소체급 일월불거 엄유순삭
혹벌죄고 【아버지가 계시고 어머니가 돌아가심에는 편벌죄심이라 하고 아버지가 먼저 돌아갔으면 어머니와 아버지는 같다】 무망생전 즉일몽은지봉궤연
구존시식 복몽존자
부사위문 애감지지 무임하성 말유호소 불승운절 근봉소황미불차 근소 【강등에는 소자를 고치어 장자로 한다】 모

년모월모일 고자성명 소상모위좌전 근공
아무는 이마를 땅에 닿도록 두 번 절하고 말하되 아무는 죄역이 심중하여 스스로 죽어서 없어지지 못하였다가 재화가 선고에까지 미쳐서 발을 구르며 가슴을 치고 뛰에 오장 안이 미여지는 듯하고 땅을 두들이고 하늘을 부르짖음에 쫓을 바가 없으니 마음을 잡지 못하고 세월이 흘러가서 홀연히 달을 지내고 혹독한 형벌이나 죄가 말할 수 없어서 살아있음을 바랄 수가 없더니 곧 이날에 은혜를 입어서
조심하여 궤연을 받들고 구차하게 목숨을 보존 하였으니 엎드려 높이 사랑하심을 입사와 굽이어 위문까지 하여주시니 슬피 감동하여 지극한 것이 한이 없으되 가서 말을 못하니 죽은 것이나 같습니다. 삼가 글을 받음에 황황하고 아득하여서 두서없이 삼가 올리나이다.
년 월 일 고자아모는 글을 올림 아무의 자리 앞
피봉식 소
상모위 좌전 고자성명 근봉
답인위소식
아무는 이마를 땅에 닿도록 두 번 절하고 말하되 아무는 죄역이 심중하여 스스로 죽어서 어기지 못하였다가 재화가 선고에까지 미쳐서 발을 굴으며 가슴을 치고 뛰에 오장 안이 미여지는 듯하고 땅을 두들이고 하늘을 부르짖음

[答人慰疏式]嫡孫承重者同0出系人答慰난見上慰狀下(新增)條某,稽顙再拜言,降等에云叩首,去言字라

某,罪逆深重,不自死滅,禍延先考,母에云先妣오承重에云先祖考,先祖妣攀號擗踊,五內分崩,叩地叫天,無所逮及,日月不居,奄踰旬朔,卒哭,小祥,大祥,禫,隋時酷罰罪苦,父在母亡에云偏罰罪深이오父先亡則母與父同 無望生全,卽日蒙恩平交以下엔去此四字祇奉几筵,大祥後엔去祇奉几筵,四字苟存視　息,伏蒙尊慈,平交云仰承仁恩俯賜平交에改賜爲垂하고降等엔去伏蒙以下六字하고但云特承慰問,哀感之至,無任下誠,平交엔改哀感以下八字하야爲,其爲哀感,但切下懷하고降等엔但云,哀感良深,未由號　訴不勝隕絶,謹奉疏降等에云狀荒迷不次謹疏降等에云狀

年號,幾年某月某日,孤子,母喪엔稱哀子오俱亡에稱孤哀子오承重엔稱孤孫,哀孫(翰墨大全)心喪엔云心喪이오禫服엔云居禫姓名疏降等云狀上某位座前, 謹空,平交以下엔去此二字라

[皮封式]{重封同}疏隨改
同前上某位座前
孤子隨改同前姓名謹封

에 좇을 바가 없으니 마음을 잡지 못하고 세월이 흘러가서 홀연히 달을 지내고 혹독한 형벌이나 죄가 말할 수 없어서 살아있음을 바랄 수가 없더니 곧 이날에 은혜를 입어서 조심하여 궤연을 받들고 구차하게 목숨을 보존 하였으니 엎드려 높이 사랑하심을 입사와 굽이어 위문까지 하여주시니 슬피 감동하여 지극한 것이 없으되 가서 말을 못하니 죽은 것이나 같습니다. 삼가 글을 받음에 황당하고 아득하여서 두서없이 삼가 올리나이다.
년 월 일 고지아모는 글을 올림 아무의 자리 앞 피봉식

<<解義>> 부 (조상의 사당에 신주를 모시는 것)
졸곡 다음날 부제를 지낸다. 사례편람 권6 喪 13쪽
졸곡의 제사를 마치면 기물을 진설하고 음식을 준비한다.
기구는 졸곡과 같이하되 다만 사당에 진설하고 당이 좁으면 대청에 죽은 이의 할아버지와 할머니의 위패를 그 동남에 서향으로 진설하고 어머니의 상이면 한 아버지의 위패는 설하지 아니하고 술병과 현주병은 동편 뜰 위에 두고 화로는 서쪽 뜰 위에 두며 만일 사당이면 탁자를 설치하여 하나는 할아버지와 할머니의 주독을 담고 하나는 새 신주의 주독을 담으며 찬은 졸곡 찬과 같이 하여 셋으로 나누고 어머니의 상이면 둘로 나누되 할머니가 두 사람 이상이면 시아버지에 소생 모로 할 것이다.

사계의 말씀에 부는 소와 목 조상의 신주를 사당에 모시는 차례 왼쪽 줄을 소, 오른쪽 줄을 목이라 하는데 일 세를 가운데 놓고 2, 4, 7세를 소 3, 5, 7세를 목에 모심을 좇는 것이되 조부모가 계신즉 맞당히 한대를 사이에 두고 고조에 부하는 것이다. 만일 할아버지가 죽어서 소상을 지내지 않고 또 손자가 죽으면 오히려 할아버지에 부한다. 또 첩이 첩할미가 없는 자는 만 할머니에 부치는 것이니 왜냐하면 첩이 어머니가 대를 있기가 어렵기 때문이다.

제구
다 아래 제례에 시제의 조목과 같으나 다만 삼위만 갖추고 만일 할머니가 두 사람 이상이 있으면 위를 따라서 더 설하고 내상이면 다만 직속인 할머니 위를 설할 것이며 죽은 자의 위도 또한 모사를 설할 것이다.

사례편람 권6 喪 13쪽
<<原文>> 祔
卒哭明日而祔하되卒哭之祭既徹에卽陳器具饌器如卒器하되惟陳之於祠堂하고堂狹이어든卽於廳事에設亡者祖考妣位於中하되南向西上하고設亡者位於其東南西向하고母喪則不設祖考位하고酒瓶,玄酒瓶於阼階上하며火爐於西階上하고(儀節)在祠堂則設一卓在西階上盛新主하고若在他所어든設二卓하야一盛祖考妣櫝하고一盛新主櫝 具饌을如卒哭而三分하고母喪則兩分하되祖妣二人以上則以親者니라{小記註}謂舅所生母也라
(士虞禮)以其班,祔0(沙溪)曰祔從昭穆하되祖父母在則當間一代而祔於高祖니라{雜記}王父死에未練而孫又死어든猶是祔於王父니라0(小記)妾이無妾祖姑者는祔於女君이可也라{註}女君은謂適祖姑也라0(朱子)曰妾母가不世祭則永無妾祖姑矣니라

[諸具]{設位}{陳器}{具饌}並同下祭禮時祭本條

하되但只具三位하고若祖妣有二人以上則隨位加設하고內喪則只設祖妣親者位오亡者位도亦設茅沙니라

<<原文>>
沐浴,櫛搔翦 (士虞禮)
(備要)丘氏曰今網巾이與纚頗相似하되但古禮에只言其去纚之節而不言其還施之時하고至祔祭에主人以下-沐浴, 櫛髮則此時에似當用纚而無明文하고開元禮及杜氏說이雖與古禮不同이나喪人이當斂髮之義則似有據니라[諸具]{沐浴} [布網巾]

<<解義>> 목욕 하고 빗질하여 머리 손질을 한다.

☞ 編譯者 善光 註:
初虞: 急於安神, 再虞 虞祭 無尸者 陰厭之儀, 柔日 陰取其靜 陰과合
=士虞禮14-8
南溪(朴世采)왈 :柔者는 陰也니 取其靜也요
剛者는陽也니取其動也 將祔於祖故로 取動義 .= 增補四禮, 補遺 =
삼우(三虞)후에 바로 剛日을 만나면 卒哭을 지낸다 함을 考察하면 家禮 권 5 治葬에 天子는 7개월, 諸侯는 5개월 大夫는 3개월후에 葬禮를 모셧기 때문이며 서민들의 3일-5일 葬 때문에 아래 설문이 있다.
(小記註) 旣疾葬 亦疾虞 以安神不可後也, 維卒哭則 必竢三月,이미 병들어 죽었으면 질장이 되었으니 기다렸다가 안신 우제를 지내야하니 오직 졸곡 만큼은 필히 3개월을 지난후에 행하라

<<原文>>
厥明夙興하야設蔬果酒饌 並同卒哭하니라

<<解義>> 祔
새벽에 일찍 일어나 채소와 과일 및 술과 음식을 진설한다.
진설 하는 예는 위에 졸곡과 같다.

<<原文>>
質明에主人以下-哭於靈座前하고主人兄弟-皆倚杖於階下하야西界之西入哭盡哀止니라0繼祖, 宗子之喪엔其世適當爲後者-主喪하야乃用此禮하고若喪主-非宗子則皆以亡者繼祖之宗으로主此祭니라

(尤庵)曰宗子有故어든以攝主行之라하고0又曰祔祭時에五服之人이各服其服이니라

<<解義>>

날이 밝으려고 할 때에 주인이하 영좌 앞에서 곡을 하는 것이다

주인의 형제들이 다 막대를 집고 계단아래 서편 뜰에서 들어와 곡을 하며 슬픔을 다하는 것이다.
할아버지를 이어온 종자의 상에는 적손의 후사가 된자가 주상이 되어 예를 행한다. 만일 상주가 종자가 아니면 망자가 이은 할아버지의 종손으로 이 제사를 주관하는 것이다.
우암의 말씀이 종자가 연고가 있으면 주인이 대행한다 하였고 또 부제 때에는 다섯 가지 복을 입은 사람들이 각각 그에 맞는 복을 입는다 하셨다.

<解義>> 祔

사당에 가서 신주를 받들고 나와서 좌에다 모신다.

축이 발을 들어 신주를 열고 옆에 모시게 될 할아버지의 신주를 받들어서 자리에 두고 내 집사는 할머니의 신주를 받들어서 자리 서쪽에 두고 <어머니의 상이면 다만 할머니에 한위만 받들고 나온다.>

만일 다른 곳에 있으면 꿇어앉아 고하기를 운운 <축을 읽는다.>하고 그 독을 받들고 서쪽 뜰 위에 탁자에 두고 독을 열고 신주를 받들어서 좌에 두기를 예절과 같이한다.

만일 상주가 종자가 아니고 할아버지를 이은 종손과 다르게 살면 종자가 할아버지를 위하여 고함에는 허위 <지방>를 설하여 제사를 지내되 만일 허위를 설하면 강신을 먼저하고 참신을 뒤에 하며 제사를 마치면 허위는 불태우는 것이다.

동춘 말씀에 종자가 사당에 고하기는 하루 앞에 주과로써 부하는 감실에 고하는 것이라 하셨고 또 의절에 예를 다른 곳에서 행하면 주독을 받들 때에 꿇어앉아 고하는 글이 있으니 사당에서 행하나 장차 신주를 내올 적에 맞당히 고함이 있을 것이며 만일 다른 곳에 있으면 고 할 때에는 마땅히 분향을 한다.

명제의 말씀에 졸곡을 지내고 부를 하는 것은 가례이고 소상을 지내고 부를 하는 것은 은례이고 대상을 지내고 부를 하는 것은 오례의 이치이니 만일 더미루어서 행하는 부제이면 의지할 곳이 없는 것이라 하였다.

【사】 주독을 담아서 받드는 것 【향안】 다만 본감실 앞에 둔다.

고사식 증손이 자기아버지를 증조부에게 부치는 제사를 지내는 전날에 증조부 신주에서 고하는 식 의절에 고함은 있어도 자세하지 못하여 이것은 시제의 신주를 내오는데서 참작한 것이다.

효증손 【승중에는 효현손이라 하고 처이나 방친 비유의 상이면 부치를

<<原文>>

詣祠堂하야奉神主,出置于座니라

祝이軸簾啓櫝하고奉所祔祖考之主하야置于座하고內執事者-奉祖妣之主하야置于座西上하고母喪則只奉出祖妣一位若在佗所어든(儀節)(跪告云云奉其櫝以行)置于西階上卓上啓櫝이오奉主하야置于座如儀

若喪主-非宗子而與繼祖之宗으로異居則宗子-爲告于祖而設虛位(備要)用紙榜以祭하고(陳氏)曰只設虛位則當先降而後參祭訖에除之니라

(同春)問, 宗子-告祠堂을當前期一日하야酒果로只告于所祔之龕耶아沙溪曰是 니라
(按)儀節에行禮於他所則奉櫝時에有跪告之文이니雖行於祠堂이나將出主에恐當有告오若在佗所則告時에又當焚香이니라
[新增](明齊)曰卒哭而祔난家禮也오練而祔난殷禮也오大祥而祔난五禮儀也니若追行祔則俱有可據處也니라
[諸具]{奉主}[笥]用以盛主櫝而奉之者[香案]只設本龕前

[告辭式]{新補}0儀節에有告欠詳일새今參酌時祭出主告辭리
孝曾孫承重엔稱孝玄孫이오妻,旁親,卑幼喪則屬稱,隨亡者當祔位0若喪主-非宗子則隨宗子屬稱某今以隮祔先考 母

따라서 칭하되 망자의 당한 부위를 따른다. 만일 상주가 종자가 아니면 종자의 부치를 따라서 칭한다】 **모금이제부 선고**【모상에는 선비이고 승중에는 선조고이나 혹은 선조비이요 처이나 방친이나 비유의 상이면 부치를 따라서 칭한다】 **유사우현증조고**【모상에는 현증조비이요 처상에는 현조비이며 방친이나 비유의 상이면 부치를 따라서 칭하되 망자에 따라서 당한 부위이다】 **모관부군**【내상에는 모봉모씨 이라 함】 **강청현증조고 현증조비**【전후에 배가 있으면 같이 쓰고 내상에는 다만 조비에 청하고 만일 조비가 이인 이상이면 친자의 위이다】 **신주 출취우좌**【만일 다른 곳에 있으면 우좌를 고치여서 정침이나 혹은 청사이라 한다】 **효증손 아무는 이제 죽은 아버지를 증조부 아무 벼슬한 어른에게 부칠 일이 있어서 증조부와 증조모의 신주를 좌에 내가기를 감히 청하나이다.** **고사식 허위를 설하고 고 할때의 말 의식** **유 년호 기년 세차간지 기월간지삭 기일간지 모친** 【부치를 따라서 칭하되 망자에 대한 부위이다】 **모 감소고우현모고모관부군**【내상에는 현모비모봉모씨이다. 부치를 따라서 칭하되 망자에 대한 부위이다】 **금이손모관**【내상에는 손부모봉모씨이나 혹은 몇째손녀이라한다】 **예당제부이소거이궁 불득행제어 조묘 장이모일 근용지방 천우모가 근이주과 용신건고근고** **아무 날 아무 부치 아무는 감히 밝게 아무 할아버지 아무 벼슬한 어른에게 고하나 이다 이제 손 아무로써 예에 맞당히 부제를 할 것이되 사는 집이 달라서 할아버지 사당에 제사를 행하지 못하여 장차 아무 날로서 삼가 지방을 써서 그의 집에서 천신을 하겠사옴에 삼가 주과를 펴고 정성껏 삼가고하나이다.** **제구**	喪엔云先妣오承重엔云先祖考,或先祖妣오妻,旁親,卑幼喪則隨屬稱이라 有事于 顯曾祖考母喪엔云顯曾祖妣오承重엔云顯高祖考或顯高祖妣오妻喪엔云顯祖妣오旁親卑幼喪則屬稱,隨亡者當祔位니라某官府君內喪云某封某氏 敢請 顯曾祖考 顯曾祖妣有前後配則列書하고內喪엔只請祖妣하고若祖妣二人以上則親者位 新主出就于座 若在佗所則改于座하야爲正寢或廳事니라 [諸具]與宗武異居宗子告于祖0{同下祭禮有事則告條} [告辭式]{新補} 維 年號幾年,歲次干支,幾月干支朔,幾日干支,某親屬稱隨亡者當祔位某,敢昭告于 顯某考某官府君,內喪엔云顯某妣某封某氏0屬稱隨亡者當祔位今以孫某官,內喪엔云孫婦某封某氏,或第幾孫女 禮當隮祔而所居異宮,不得行祭於 祖廟,將以某日,謹用紙榜,薦于其家,謹以酒果,用伸虔告謹告[諸具] (紙榜) [紙]用厚白紙하되長廣은隨宜오以眞楷細書於紙中央하고臨祭貼於椅上하되隨位各書라[硯][筆][墨][盥盆][帨巾]

지방식

현모고[부치를 따라서 칭하되 망자에 대한 부위이다]

모관부군 신위현모비모봉모씨 신위【할머니가 두분이상이면 별도로 종이를 갖추어서 각각 쓰고 내상이면 할아버지의 위는 설하지 아니한다.】

[紙榜式] {新補}
顯某考屬稱隨亡者當祔位下同 某官府君神位
顯某妣某封某氏神位祖妣二人以上이면別具紙各書하고內喪則不設祖考位니라

<<解義>>

돌아와서 새 신주를 받들고 사당에 들어가서 좌에 두는 것이다

주인이하 영좌 있는 곳에 가서 곡을 하고 축이 주독을 받들고 사당 서편 뜰 위에 나가서 탁자에 올리면 주인이하가 곡을 하며 좇아가기를 널 좇든 순서와 같이하되 문에 와서 곡을 끝이고 축이 독을 열고 신주를 내오기를 앞에 예절과 같이한다.

만일 상주가 종자가 아니면 다만 상주와 주부이하가 도라와서 맞이하는 것이다.

신주를 받들 때에는 반드시 분향을 하고 고하는 절차가 있는 것이다.

<<原文>> 祔

還에奉新主入祠堂하야置于座하고 主人以下-還詣靈座所哭하고祝이奉主櫝詣祠堂西階上卓上이어든主人以下- 哭從을如從柩之序하되至門止哭하고祝이啓櫝出主如前儀라0若喪主-非宗子則惟喪主主婦以下-還迎이니라

(按)奉新主時에似當有焚香告之節이라

[諸 具] { 奉 新 主 }

[笥][告辭式] {新補}

請 主詣

祠堂正寢,廳事에隨所設이라

<<解義>> **서립**

우제의 예절과 같이한다. 만일 상주가 종자가 아니면 종자와 주부가 두 뜰 아래서 갈라서 상주는 종자의 오른편에, 종자부는 왼편에 있으며 어른이면 앞에 있고 어린이면 뒤에 있는 것이다.

지방식

<<原文>> 序立 祔

如虞祭之儀0若喪主-非宗子則宗子,主婦가分立兩階之下하야喪主난在宗子之右하고喪主婦난在宗子婦之左하고長則居前하고小則居後니라

<<解義>> 祔 **참신**

자리에 있는 사람은 모두 두 번 절하여 조고와 조비의 신위에 참신한다.

<<原文>> 參神

在位者-皆再拜하야參祖考妣

<<解義>> **강신하고** 사례편람 권6 喪 18쪽

졸곡과 같이한다. 만일 상주가 종자가 아니면 종자가 행한다.

<<原文>> 降神 祔

並同卒哭若喪主-非宗子則宗子行之니라

<<解義>> 축이 음식을 올린다.

우제와 같으나 다만 할아버지와 할머니의 신위 앞에 먼저 찬을 내오고 다음에 새 신주에게 찬을 내오되 의절은 졸곡과 같이하는 것이다. 상주가 종자가 아니면 종자와 종부가 맞당히 할아버지와 할머니의 위에 찬을 내오고 상주와 상주부는 새 신주에 찬을 내오되 의절은 졸곡과 같이한다.

<<原文>> 祝이進饌

並同虞祭 但,先詣祖考妣位前,進饌하고次詣新主前進饌이라

(按)喪主-非宗子則宗子宗婦-當進饌于祖考妣位하고使喪主喪主婦로進饌于 新主而儀同卒哭이니라

<<解義>> 祔 초헌 사례편람 권6 喪 18쪽

다 졸곡과 같되 잔을 올리는 것을 할아버지와 할머니에게 먼저하며 이때 축이 판을 가지고 주인 왼편에 서서 동 향하여 꿇어 앉아 읽고 일어나면 주인이 재배하며 다음에 망자에게 잔을 올리면 축이 또 주인의 왼편에서 남향하여 꿇어앉아 읽고 이러나면 주인이 또 재배한다. 이때 다 곡은 하지 않는 것이다. 만일 상주가 종자가 아니면 종자가 행하고 또 죽은 이가 종자보다 어리고 항렬이 낮으면 절을 하지 아니한다.

<<原文>> 祔 初獻

並同卒哭하되但酌獻을先詣祖考妣前하고(備要)(祝이執板立於主人之左,東向跪讀云云,祝이興에主人이再拜)次詣亡者前하되(備要)(祝이立於主人之左,南向跪讀云云祝이興에主人이再拜)皆不哭이니라若喪主-非宗子則宗子行之하고若亡者-於宗子에爲卑幼則不拜니라

<<解義>> 祔

조고위축문식 할아버지 신위의 축문식

유 년호 기년 세차간지 기월간지삭 기일간지 효증손

모 근이청작서수 적우현증조고 모관부군

제부손모관 【내상에는 손부모봉모씨라 하고 고모이나 맏누 누이동생이 하면 몇 째손녀이라 한다】 상향

※증손이 증조에게 제사를 올리면서 손 아무를 올리어 부하겠사오니 흠향 하시옵소서

<<原文>>

[祖考位祝文式]

維

年號幾年,歲次干支,幾月干支朔,幾日干支,孝曾孫屬稱隨改난見上出主告式某,謹以淸酌庶羞,適于

顯曾祖考某官府君(屬稱隨改난見上出主告式隮祔孫某官內喪엔云孫婦某封某氏姑姉妹以下엔云第幾孫女)尙 饗

<<解義>> 신주축문식 새 신주에 올리는 축문

유세차간지 기월간지삭 기일간지 효자 【승중에는 효손이라하고 처에는 부라하고 방친이나 비유에는 부치를 따라 칭하며 만일 상주가 종자가 아니면 종자의 부치를 따라서 칭한다】 모 【제이하는 이름을 쓰지아니한다】 근이 【처나 제이하는 자이이라 한다】 청작서수 애천 【방친에는 천차이라하고 처이나 제이하에는 진차이라 한다】 부사우현고 【모에는 현비라 하고 승중에는 현조고이나 혹은 현조비이라 하고 처에는 망

<<原文>>[新主祝文式]

維

年號幾年,歲次干支,幾月干支朔,幾日干支,孝子承重엔稱孝孫이오妻에稱夫오旁親卑幼엔隨屬稱0若喪主-非宗子則隨宗子屬稱某弟以下난不名謹以妻弟以下난云玆以淸酌庶羞,哀薦旁親

실이라 하고 방친이나 비유에는 부치를 따라 칭하되 편짜를 고치어 망짜로 한다】 **모관부군** 【내상에는 모봉모씨이라 하고 비유에는 부군 두자를 버린다】 **적우형증조고모관부군** 【부치를 따라서 고치는 것은 위에 신주를 내올 때 고하는 식에 보라】 **향**

상주가 부사로서 아버지에게 고하되 증조를 쫓으시고 흠향하소서

엔云薦此오妻弟以下엔云 陳此 祔事于
顯考母엔云顯妣오承重엔云顯祖考或顯祖妣오妻엔云亡室이오旁親卑幼난隨屬稱하고卑幼난改顯爲亡이라某官府君內喪엔云某封某氏오卑幼엔去府君二字適于
 顯曾祖考某官府君屬稱隨改난見上出主告式
尙　　饗

<<解義>> 祔 **아헌, 종헌** 사례편람 권6 喪 19쪽

초헌과 같으나 축을 읽지 아니하는 것이다. 만일 상주가 종자가 아니면 상주가 아헌을 올리고 주부가 종자의 부인이면 마지막 잔을 올리되 마지막 올린 것은 술을 물리지 아니한다.

<<原文>> 亞獻 終獻
 並同初獻하되惟不讀祝이라0若喪主-非宗子則喪主-爲亞獻하고主婦-宗子婦也爲終獻하고終獻은不徹酒라

<<解義>> 祔 **유식, 합문, 계문, 사신**

다 졸곡과 같으나 곡을 아니하는 것이다.

<<原文>> 祔
侑食,闔門,啓門,辭神,並同卒哭하되但不哭이니라

☞ 編譯者 善光 註: 부재모상(父在母喪)에 11월에 연제(練祭)를 지내고 기년(朞年)소상(小祥)에 1년으로 상기(喪期)를 마침은 상소왈(上疏曰) 하늘에서 하루에 2일이 없고 땅에서는 二君이 없고 집에서는 二尊이 없이 一로써 理致함이며 부재위모복상(父在爲母服喪):은 二尊을 避함이다. ═儀禮備要 母喪═

<<解義>> 祔

축이 신주를 각각 제자리로 갖다 놓는다.

축이 먼저 할아버지와 할머니의 신주를 감실가운데 드려놓아 덮고 다음에는 문을 나오면 주인이하가 곡을 하며 따르기를 올 때의 예절과 같이하되 슬픔을 다하고 끝이는 것이다. 만일 상주가 종자가 아니면 곡을 하며 먼저 가고 종자로 또한 곡을 하여 보내되 슬픔을 다하여 끝이는 것이다. 만일 다른 곳에서 제사를 지내면 할아버지와 할머니의 신주도 또한 새 신주와 같이 드리는 것이다. 사당에 받들고 돌아 갈 때도 내올 때의 예절과 같이하여 제자리에 편안히 모시고 발을 내리우고 문을 닫고 물러나오며 돌아 와서 제사

<<原文>> 祔
祝이奉主하야各還故處라
 祝이先納祖考妣神主于龕中匣之하고次納亡者神主하야西階卓上匣之하고奉之反于靈座할새出門이어든主人以下-哭從如來儀하고盡哀止니라0若喪主-非宗子則哭而先行하고宗子-亦哭送之하되盡哀止하고若祭於佗所則祖考妣之主-亦如新主納之니라奉歸祠堂,如來儀하야安于故處하고降簾闔門而退하고還詣祭所하야奉

를 지낸 곳에 가서 새 신주를 받들고 영좌로 돌아가는 것이다

상주가 종자가 아니면 할아버지와 할머니 신주를 출납하는 것은 종자와 종부가 하고 새신주의 출납은 축이 하는 것이다. 남계의 말씀에 할아버지가 죽어서 소상을 지내지 않았고 또 손자가 죽어서 오히려 할아버지에게 부할 것 같으면 삼년이 아닌 것으로서 관계될 것은 아닐 것 같되 다만 할아버지와 할머니의 신구 두 신주를 미처 사당에 같이 못 모시고 먼저 같이 제사를 지내는 것이 미안할 것이요. 또는 가히 그 예절을 폐하지는 못할 것이니 다만 할아버지 한분만 행할 따름이라 하였다.

<<解義>> **小祥 1년이면 소상이다** 사례편람 권6 喪 20쪽

상으로부터 이날에 이르기까지 윤달은 세지 아니하고 총13개월이니 옛적에는 날을 받아서 제사를 지내더니 이제는 그만두고 처음 기일을 쓰는 것이다.

잡기에는 기년에 상은 열한달만이 소상이요 13개월이 대상이요 15개월만이 담제인 것이다.

이것은 아버지가 계신데 어머니를 위하는 것과 아내를 위하는 것을 말한 것이다.

장자의 말씀에 대공 이하는 윤달을 계산하고 기년이하는 기년으로만 정하는 것이라 하였다.

비요에는 아버지가 계시는 세 어머니를 위하는 것과 또는 아내를 위하는 것은 실은 삼년의 체격을 갖추는 것이며 11개월 만에 소상을 재내는 것은 바르게 기년에 수이니 달로 계산하되 윤달은 계산할 수 없는 것이다.

소대상의 예는 날과 달이 찬수로 절차를 밟는 것이되 다만 그 사이에 기일에는 따로 제전을 설하는 것이 비로소 인정을 다하는 것이다.

新主反于靈座니라

(按)喪主非宗子則祖考妣神主出納을宗子宗婦ㅡ當爲之而新主出納則祝이當爲之니라[新增]

(南溪)曰雜記에旣言,王父死未練祥而孫又死하야猶是祔於王父則似不可以未三年拘也로대但祖考妣,新舊兩主를未及同廟而先行合享이未安이오又不可廢其義니只當單行祖考而已니라

小祥

<<原文>>朞而小祥이니 自喪至此히不計閏하고凡十三月이니古者에卜日而祭러니今止用初忌니라

(雜記)朞之喪은十一月而練이오十三月而祥이오十五月而禫이니라

{註}此난言父在爲母오

(備要)爲妻同이라

(張子)曰大功以下난算閏하고朞以上은以朞斷이라

(備要)父在爲母與爲妻난實具三年之體故로十一月而練者ㅡ正當朞年之數也니不可謂以月計而算閏也라

(尤庵)曰凡人,練祥은皆從聞訃日計之니라

(備要)大全, 練祥之禮난却當計,日月實數爲節이나但其閑忌日에却須別設祭奠이始盡人情이라按此난嫡子爲然이오庶子는聞喪在後則變除之節을亦計日月之數하야哭而行之오不敢祭耳라

잡기에 부모의 상에 장차 제사를 지낼 터인데 형이나 동생이 죽었으면 빈소를 하고 제사를 지내되 만일 같은 집이면 비록 신첩이라도 장사를 지내고 대소장을 지내는 것이다.

사계의 말씀에 남편이 아내를 위하는 소상에는 그 제삿날을 받기를 담제의 의절과 같이해서 먼저 명하기를 하순에 날로써 하는 것이다.

<<解義>> 小祥

하루 전에 주인 이하는 목욕을 하고, 기물을 진설하고 음식을 준비한다.

주인은 여러 남자들을 거느리고 끼끗이 치우고 추부는 부녀들을 거느리고 그릇을 닦고 제찬을 갖추되 다 졸곡의 예와 같이하는 것이다. 살펴보매 세속에 혹 소대장이나 또는 기일에 지차자손들이 따로 찬과 술을 갖추어서 더 잡수시게 한다 하고 음식을 권한 후에 탁자 앞에 잡다하게 진설하는 풍속이 있으니 만약 정을 펴고자 하면 물건으로써 찬을 갖추는 재료를 도와서 예를 갖추는 것이 좋다.

<<解義>>

자리를 정하여 소상 옷을 진설하는 것이다

남자와 부녀들이 각각 자리를 따로 하여 소상 옷을 그 가운데 두고 남자는 수질을 버리고 부녀들은 요질을 버리며 기

(尤庵)曰聞訃가若在亡月則只計月數而行練祥於亡日하야以應十三月,二十五月之文이니라0又曰國恤卒哭前에私家練祥을不敢行者난以殷祭故也니當待卒哭後,擇日追行而忌日則略行祭奠이니라

(雜記)父母之喪에將祭而昆弟死어든旣殯而祭하고如同宮則雖臣妾이라도葬而後祭니(註)將祭난將行大小祥祭也니라

(沙溪)曰夫-爲妻小祥엔其祭日을卜如禫儀耳先命以下旬之日이니라

(按)聞訃在後月이어든於忌日에別設祭奠則當單獻無祝하야如朔奠之儀而前一日에不可不,因上食告由니라

<<原文>>

前期一日에主人以下沐浴하고陳器具饌이니라

主人은帥衆丈夫하야灑掃滌濯하고主婦난帥衆婦女하야滌釜鼎具祭饌하되佗皆如卒哭之禮니라

(按)今俗에或於小大祥及忌日에支子孫이別具饌酒하야謂以加供이라하고侑食之後에雜陳於卓前하니其爲黷褻이孰甚於此리오如欲伸情則以物로助具饌之需가似合於古禮獻賢之義矣니라[諸具]{沐浴}同上虞祭本條[諸具]{陳器}{具饌}0並同上卒哭本條

<<原文>> 小祥

設次에陳練服이라

丈夫,婦人이各設次於別所하야置練服於其中하고男子난去首絰하고(備要)(婦

년복에 응한 자는 길복으로 고치는 것이다. 그러나 그달이 다 되도록 화려한 것 즉 금과 구슬이나 비단으로 수놓은 것과 붉은 것은 입지 아니한다.
살펴보매 가례에는 다만 빨은 옷을 진설한다 하였고 아무 옷은 빨지 아니한다는 글은 없으니 관과 중의와 최나 상을 다 빠는 것이 마땅할 것이다.
참최에는 관에 무와 끈을 빤다는 것은 선유에 말씀 갖지 아니하고 승교를 변하여 포교로 한다 하였으니 승무도 그대로 두는 것이 서로 맞지 아니하고 또는 의와 상에 베의 제도가 다대공과 같으니 관도 또한 대공과 같을 것이다.
○소상 후에 질과 띠는 세속에 숙마를 많이 쓰나 숙마는 다만 비요에만 나고 갈질과 베의 띠는 곧 글에 난데가 많으니 마땅히 고례로서 표준을 삼을 것이다.

우암의 말씀에 갈질의 칡이 없는 곳은 경을 쓴다 하였으니 경은 곧 세속에서 어저귀이니 그 빛이 곱기가 정한 칡보다 더하니 우계에 청홀지로 말씀하신 것이 옳은 것 같으되 우암께서는 상복에 마땅하지 아니하고 하였으니 결백한 것은 쓰지를 아니할 것이니 피갈을 대강 적시여 다듬어서 하는 것이 마땅할 것 같다 하셨다.

☞ 編譯者 善光 註: 孤獨한 사람에대한 考察

老而無妻曰 鰥환 = 늙어서 아내가 없으니 홀아비요,
老而無夫曰 寡과 = 늙어서 남편이 없으니 과부요,
老而無子曰 獨 =늙었는데 아들이 없어서 돌보는이 없으니 獨
幼而無父曰孤=어린데 아버지가없어 보살펴 주는이가 없으니 孤다.

此四者는 天下之窮民而無告者어늘 文王發政施仁하시어 必先斯四者하시다..
이 네가지의 사람들은 천하의 궁한 백성들로써 호소할데 없는 사람들이니 문왕이 정치를 하심에 仁을 베푸시어 반드시 이네가지 사람들을 돌보셨다..
考證: 孟子 梁惠王 下에

人은腰絰除之라)應服朞者난改吉服이나然猶盡其月토록不服金珠錦繡紅紫니라
(備要)今依圖式컨대冠與中衣를練之하고而衰裳則以大功七升布改製而不練이恐無違於古禮而與疏家正服不變之文으로相合矣이나然橫渠用練之說에圖式引之而不以爲非하고家禮에亦謂大功에用熟布하고小祥에換練布則雖幷練衰裳이亦不爲無據라
(牛溪)曰練時葛絰은卽俗所謂(青忽致)是也라
(尤庵)曰練帶用葛은去其外皮則潔白光鮮하야不宜於喪服이라0又曰絞帶之用布는出於儀禮니好古之家-從之니라0又曰家禮에旣云練布爲冠則武與纓이似當幷在其中矣라0又曰練時衣裳은見於備要圖式而家禮儀禮에皆無斬衰,緝邊之文이니若於小祥에緝邊則更無斬衰終三年之意니라
(按)家禮에只云陳練服而無某服不練之文하니正服不練이雖是疏說이나旣練冠及中衣하고不練衰裳則上下表裏가甚不相稱이니並練衰裳이恐得宜라0斬衰練冠之武纓은先儒說에不同而旣變繩絞爲布絞則繩武之仍存이甚不相稱이오且衣裳之布與制가皆同大功則冠亦當一如大功이니當以尤庵說,爲正이라練後絰帶난世多用熟麻而熟麻난只見於備要오葛絰與布帶則出於經이多矣니只當以古禮爲準이니라0葛絰之葛은沙溪는以爲, 疑用麤皮라하고尤庵은以用麤爲不可易이라하야至以全者爲言, 而以無葛之鄕用顈之義로推之컨대顈卽俗所謂(於作外)其光鮮이甚於精葛이니牛溪青忽致之說이似是而尤翁이以不宜於喪服駁之가旣無用證則不可遽用潔白者니以皮葛로略加漚治爲之가似得宜라

제구 소상 옷을 진설하는 것

【집사자】【장부자리】동쪽에 설함 부인자리】서쪽에 설함
【관】조금 가늘며 빨고 다듬은 것으로 하되 오른편을 꿰매고 베 끈을 다라서 대공과 같이함

【효건】조금 가늘며 빨고 다듬은 것으로 함.
【망건】조금 가늘며 빨고 다듬은 베로 한다.
【의】【상】다 족므 추하고 빨은 베를 다듬은 것으로 하되 참최에는 오히려 갓을 꿰매지 아니하고 다만 부판과 벽령은 버리고 최는 대공과 같이 함.
【중의】조금 가늘고 빨은 베를 다듬은 것으로 함.
【요질】허리테두리이니 칡으로 하되 네 가닥을 꽈서 겹쳐서 서로 거듭하니 즉 세 번을 거듭하여 네 가닥이요. 그 굵기는 다섯 치 일곱 푼, 재최에는 넷 치 여섯 푼 그 길이 허리에 둘러서 맞게 하고 테두리에 두 끈은 내려서 남은 것이 석자이며 참최는 베끈으로 한다.
【행건】조금 가늘고 빨은 베를 다듬은 것으로 하되 제도는 위에 성복에 각각 입는 조목에 보라.
【수질】머리테두리니 칡으로 하되 그 굵기는 일곱 치 두 푼, 재최에는 다섯 치 일곱 푼이며 참최는 마땅히 베 끈으로 한다.
【잠】비녀, 그 전대로 함
【개두】머리덮개, 조금 가늘고 발은 베를 다듬은 것으로 함【의】【상】조금 추하고 빨은 베를 다듬은 것으로 함. 제도는 위에 성복에 각각 그의 복을 입는 조목에 보라.

【막대】그전대로 함【신】빨은 삼으로 함. 교대이하는 남자와 부인에 통하는 옷이다. 동자의 옷의 제도는 어른과 같으나 다만 관과 건이 없다 남의 후가 된 자가 본생부모를 위하는 복의 제도는 아래 담제의 옷과 같다【시자, 첩, 비복】빨은 베를 쓰며 위에 성복에 각각 그 옷을 진설하는 조목을 보라.

[諸具]{陳練服}[執事者][丈夫次]設于東序之東

[婦人次]設于西序之西

[冠]用稍細練布鍛爲之하되右縫布纓大功이오

[孝巾] 用稍細練布鍛爲之並制見上成服各服其服條
[網巾]用稍細練布鍛爲之
[衣] [裳] 並用稍麤練布鍛爲之하되斬衰엔猷不緝邊하고但去負版辟領衰如大功이오

[中衣]用稍細練布鍛爲之0衣以下난並制見上成服各服其服條
[腰絰]用葛爲之니四股糾之에積而相重하니卽三重四股오其圍난五寸七分이오齊衰난四寸六分이오其長은中取圍腰하고絰兩端은垂餘三尺이오斬衰난亦當布纓

[行纏]用稍細練布鍛爲之니制見上成服各服其服條官以下난男子服[首絰]用葛爲之니其圍-七寸二分이오齊衰난五寸七分이오斬衰엔亦當布纓

[簪]仍舊
[蓋頭]用稍細練布鍛爲之
[衣] [裳]用稍麤練布鍛爲之0並制見上成服各服其服條하고斬衰엔猶不緝邊하되但去負版鈲領衰首絰以下난婦人服 [絞帶]用稍細練布鍛爲之하되布如冠升하고制見上成服各服其服條
[杖]仍舊 [屨] 用漚廡爲之0絞帶以下난男子婦人通服0童子服은並制同長者하되但無冠巾0爲人後者-爲本生父母服은制同下禫服
[侍者妾婢服]用練布니見上成服各服其服條

【길복】 기복 인이 입는 것이며 제사를 마치면 도로 소복을 하되 기일에 옷과 같이 하고 그 이튿날에는 도로 길복을 입는다.

[吉服]朞服人所服이니祭訖엔還著素服如忌日服하고明日에反著吉服이니라

<<解義>>새벽에 일찍 일어나 채소와 과일, 술과 음식을 진설한다.

<<原文>> 小祥
厥明에夙興하야設蔬果酒饌하고並同卒哭이라

<<解義>> 小祥 사례편람 권6 喪 24쪽

새벽에 축이 신주를 내오면 주인 이하는 들어와 곡한다.

모두 졸곡과 같다. 다만 주인은 침문 밖 서쪽에서 지팡이를 짚고 기년복의 일가들도 각각 그의 복을 입고 들어간다. 만일 이미 복을 벗은 자들이 와서 빛이 나고 좋은 옷으로 제사를 지내거든 벗도록 하고 곡을 하다가 슬픔이 다하고 끝이는 것이다.

<<原文>>
質明에祝이出主하고主人以下-入哭이라
皆如卒哭하되但主人이倚杖於門外하야寢門外之西與朞親으로各服其服而入하고若已除服者-來預祭어든亦釋去華盛之服하고皆哭盡哀止니라

<<解義>>

자리에 나가서 옷을 바꾸어 입고 다시 들어와 곡을 하는 것이다.

축이 곡을 끝이게 한다. 남녀의 복을 입은 이들이 다 자리에 가서 소상 옷을 바꾸어 입고 기년복의 일가들은 길복으로 바꾸어 입고 오직 아버지가 계시여 어머니를 위해서 11개월 만에 소상을 지내는 자는 옷을 바꾸어 입되 삼년 복을 입는 이와 같은 것이니 다시 들어와서 곡을 하면 조금 있다가 축이 끝이게 하는 것이다.

<<原文>>
乃出就次,易服하고復入哭이라
祝이止之라 界女有服者-皆出就次하야易練服하고朞親은換吉服하고惟父在爲母爲妻十一月而練者-易服하고與服三年者-同이니復入哭少頃에祝이止之니라

<<解義>> 小祥

강신 삼헌 유식 합문 계문 사신이라.

강신 다음에 진찬이라는 두자가 있을 것이다.

축문식 소상축

유 년호 기년 세차간지 기월간지삭 기일간지 효자 【부치를 따라서 고치는 것은 위에 우제축에 보라】

모 감소고우 【아내나 아우 이하에 고하는 것은 위에 우제축에 보라】

현고모관부군 【부치를 따라서 고치는 것은 위에 우제축에 보라】 일월

<<原文>> 小祥
降神,三獻,侑食,闔門,啓門,辭神하되降神下에當有進饌二字라
皆如卒哭之儀니라
[축문식]
維
年號幾年,歲次干支,幾月干支朔,幾日干支,孝子屬稱隨改난見上虞祭祝式某,敢昭告于 告妻及弟以下난見上虞祭祝

불거 엄급 소상 숙흥야처 애모불녕【처이나 자이나 형과 제에고치는 말은 위에 우제축에 보라】근이【처이나 제이하에는 자이 이라 한다】
청작서수 애천【방친이나 또는 처나제 이하에 고치여 놓는 말은 위에 우제축에 보라】
상사 상향
축문중에 비록 소심위기 불타기신의 여덟 자를 기입할 것이나 사대부의 집에서도 쓰지 아니하는 이가 많이 있었고 비인도 감히 쓰지 못하였다.

式
顯考某官府君屬稱隨改난見上虞祭祝式日月不居,奄及小祥,夙興夜處,哀慕不寧,妻子兄弟改措語난見上虞祭祝式 謹以妻弟以下엔云玆以淸酌庶羞,哀薦旁親及妻弟以下改措語난常事 尙 饗

(按)祝式中에雖載小心畏忌不惰其身八字나而士大夫家에不用者居多하고鄙人도曾亦不敢用矣라

<<解義>> 조석의 곡을 그친다. 小祥

오직 초하루와 보름에 복을 벗지 아니한 자가 모이여 곡을 한다.
사계의 말씀에 소상 후에는 비록 아침과 저녁에 곡은 그치나 상식에는 곡을 하고 절을 하는 예절이 있는 것이다.
퇴계의 말씀에 새벽과 저녁에도 마땅히 궤연에 절을 드리는 것이다.

아들이 부모를 섬기는데 아침저녁에 잠자리를 살피는 예절이 있는 것이요. 사당에 들어가면 새벽에 보이는 예절이 있을 것이니 어찌 소상한 후에만 전혀 새벽과 저녁에 예가 없으리요. 다만 삼년 안에는 한상 모시는 예가 있을 것이니 상전에는 절을 아니 하고 상후에는 절을 하는 것이 미안할 것 같으니 새벽과 저녁에는 궤연에 들어가서 모시고 섰다가 때를 지내고 물러가는 것이 마땅할 것이니 예를 말하면 소위 예를 돌보는 자가 이것이다.

<<原文>>止朝夕哭하고惟朔望에未除服者－卽朞以下,在外聞喪追服者會哭이라
(備要)小祥後에雖止朝夕哭이나至於上食則當有哭拜之節0(退溪)曰晨昏에當展拜几筵0
(同春)問大小祥日,親賓之來見者似當哭拜잇가沙溪曰客來則主人이 先哭待之可也니라
(按)子事父母에有定省之節이오自喪至練에有朝夕之哭하고喪畢入廟則有晨謁之禮니豈獨於小祥後에全無晨昏之禮리오退溪之說이深得禮意나但三年內에有常侍之義니祥前不拜而拜於祥後가似未安이오晨昏入几筵侍立타가移時而退가恐當이니以禮言之則所謂瞻禮者－是也니라

<<解義>> 小祥

비로소 채소와 과일을 먹는다.
부인은 부모상에는 소상을 지내면 벗는 것이고 또 부모가 돌아가시면 형제간에도 먼저 만기가 된 자는 먼저 벗고 후에 만기가 된 자는 후에 벗는 것이니 밖에 있어서 상사를 두른 것이 선후가 있을 것을 말한 것이다. 고례에 소상

<<原文>>始食菜果니라
(喪大記)婦人은喪父母어든旣練而歸0(語類)親喪에兄弟先滿者－先除하고後 滿者後除니以在外聞喪有先後일새니라

이나 대상 달에 날을 받아서 제사를 지내되 먼저차면 먼저 벗는 글이 의례에서 나왔으나 같은 달에 부고를 들은 이를 가르켜 말을 한 것이니 서자로서 상사를 들은 것이 만일 적자로 더불어 같은 달이면 적자가 소상이나 대상 때에 같이 벗는 것이 마땅한 것이다.

제구 소상후 모든 준비 【악실】 주인과 여러 아들들의 거처하는 곳이며 제도는 위에 초종에 상차의 조목에 보라. 【자리】 부들자리】 다 악실에 펴는 것이다.
고사식 주인의 상을 들은 것이 후 달에 있음에 그 죽은 날을 하루를 앞두고 고하는 말의 식
모 죄역흉흔 불극경효 작년문부 재어모월모일 장이시일 퇴행소상이명일 휘신 차행일전지례 미증망극 근고
아무는 반역하는 큰 죄가 많고, 공정과 효도를 다 못하여 작년에 부음을 들은 것이 아무 달 아무 날이므로 장차 이날로써 소상을 물리여 행하려 함에 내일이 돌아가신 때 이기로 또 한 번 전을 드리는 예를 행하오니 슬픔이 한이 없음으로 삼가 고하나 이다
명사식
아무는 장차 오는 달 오는 날로써 소상의 일을 돌아가신 아내 아무에 봉하능 아무 씨에게 드리노니 오히려 흠향하소서

고사식
남편 아무는 장차 오는 달 아무 날로써 소상의 일을 돌아가신 아내 아무에 봉한 아무 씨에게 드리겠음에 날을 가리어서 이미 길한것을 얻고 이에 고하나이다.

<<解義>> 大祥 사례 권 6상 26쪽
2년 즉 25개월이 지나면 대상이다.
죽음으로부터 대상까지는 윤달은 계산하지 아니하고 다만 25개월에 끝이는 것이니 둘째 기일을 쓰는 것이다. 만일 남편이 아내를 위함에는 13개월만이 대상인 것이며 다만 처음 기일을 쓰는 것이다.

(按)古禮에練祥之月에卜日而祭而先滿先除之文이出於儀禮나恐非指同月聞　訃者而言이오庶子-聞喪에若與嫡子同月則嫡子-練祥時에偕除似當이니先正意皆如此라
[諸具]{旣練}[堊室]主人衆男所居니制見上初終喪次條[薦][蒲席]並施於堊室者[主人聞喪,在後月,其亡日前一日,告辭式]{新補}某,罪逆兇釁,不克敬孝,昨年聞訃,在於某月某日,將以是日退行 小祥而明日諱辰,且行一奠之禮,彌增罔極,謹告
[諸具]{亡日行奠}[饌]多少隨宜[諸具]{夫爲妻엔十一月而練卜日}0與下時祭本條參看但不盛服

[命辭式] {新補}
某,將以來月某日,卽下旬或丁或亥하되不吉則復命以中旬하고又不吉則直用上旬日 陳常事于亡室某封某氏尙饗

[告辭式] {新補}
夫某,將以來月某日,陳常事于
亡室某封某氏,卜旣得吉,用上旬日則去卜旣得吉四字 玆告

<<原文>> 大祥
再朞而大祥
自喪至此-不計閏하고凡二十五月亦止니用第二忌日이라若夫爲妻 엔十三月而祥이니只用初忌日이라

<<解義>>

하루 전에 목욕을 하고 기구를 진설하고 찬을 갖추는 것이다 소상 때와 같이한다.

(비요) 일이 있으면 고하는 것인데 새신주를 사당에 부칫으니 불가불 먼저 사당에 고한다.

우암에 말씀이 전날에 사당에 고하고 다음날에 대상을 마친 후에 곧 들어가서 부하는 것이 순리라고 하였다.

고사식

사계의 말씀에 승중이면 아버지를 비록 위에 祔하여도 마땅히 고하는 것이다

유 세차간지 기월간지삭 기일간지 오대손【승중에는 육대손으로 칭하고 증조를 이여온 이하에 증손은 부치를 따라서 칭한다. 만일 상주가 종자는 아닌데 종자가 고하면 효 현손에 모관이라 칭한다】

모 감소고우 현오대 조고모관부군 현오대조비모봉모씨

고사식

아무 날 오대 손 아무는 감히 밝게 오대 조고 아무 벼슬한 어른과 오대조비 아무에 봉한 아무 씨에 고하나이다. 이에 돌아가신 아버지 아무 벼슬 항 이로써 대상이 이미 닥치었음에 예에 마땅히 증조 할아버지 아무 벼슬한 어른에게 부치겠음에 슬픔을 이기지 못하여서 삼가 주과를 펴놓고 정성으로 고하고 삼가서 고하나이다.

<<原文>>

前期一日에沐浴,
陳器具饌 皆如小祥
(備要)有事則告니今新主祔廟에不可不先告祠堂(尤庵)曰前期告廟而翌日祥祭畢後에卽入祔之爲順[諸具]{沐浴}0同上虞祭本條[諸具]{陳器}{具饌}0並同上卒哭本條[諸具]{前一日告祠堂}[平凉子][布直領][布帶]幷卽見上旣卒哭祭先服條者餘並同下祭禮有事則告條

[告辭式]{備要}承重則父雖祔位나亦當有告

維

年號幾年,歲次干支,幾月干支朔,幾日干支,五代孫承重엔稱六代孫이오繼曾祖以下之宗은隨屬稱

若喪主-非宗子而宗子告則稱孝玄孫某官某 敢昭告于

顯五代祖考某官府君

顯五代祖妣某封某氏 高祖考妣至祖考妣난列書하고承重則自六代祖考妣,至曾祖考妣列書하고父先亡母喪則自高祖考妣, 至考列書하고祔位난不書라0若宗子告則自高祖考妣以下,至亡者祖先位玆以先考母엔云先妣오承重엔云先祖考或先祖妣오妻엔云亡室0若宗子告則隨屬稱

某官內喪엔云某封某氏大祥已屆禮當祔於

顯曾祖考屬稱隨改난見上祔祭出主告式某官府君內喪엔云某封某氏不勝感愴,謹以酒果,用伸虔告,謹告

지자이거 시위이묘 비위고사식
아무 날 효자아무는 감히 밝게 돌아가신 어머니 아무에 봉한 아무 씨에게 고하나이다. 이에 돌아가신 아버지의 상기가 이미 다 되어서 예에 마땅히 사당에 들어가겠음으로 삼가 주과를 펴놓고 정성으로 삼가 고하나이다.

[支子異居始爲禰廟妣位告辭式] {新補}
維
年號幾年,歲次干支,幾月干支朔,幾日干支,孝子某,敢昭告于
顯妣某封某氏 父先亡엔云顯考某官府君玆以
先考父先亡엔云先妣喪期己盡,禮當入廟,謹以酒果,用伸虔告,謹告

<<解義>> 연복을 진설한다. 大祥
흰 직령. 베띠. 흰갓. 흰 흰신이요 부인은 소복과 흰 신을 신고 안 밖으로 각각 자리를 정하고 진설하는 것이다. 대상에는 흰 삼베옷을 입는다.

가례에는 이조항에 담제의 옷을 진열한다고 했으나
옛날과 꼭 같을 수는 없다.

명나라 만력연간에 정송강이 중국에 갔다가 예부에 물으니 낭중 호희가 답하기를 담제 복을 진설함이 순서이다.
상사의 제를 드림에 담제 복을 진열함이 아무도 이의 함이 없다.

우리나라의 예서를 참작해서 대상 날에는 익힌 세마포로 관복을 하고 담제에 가서야 담제 복을 입고 제사에 임한다.
지금 고증할 문헌이 없어서 상복으로 진열하고 주에 중국의 제도라 하였다.

제구 대상에 옷을 진설하는 것.
【집사자】【장부의자리】다 위에 소상 옷을 진설하는 조목과 같다.
【흰갓】희고 가는 베로 싼 것.
【망건】【징령】【띠】다 희고 가는베로 한다.
【흰양화】세속에는 삼신으로 대신 한다 백립이하는 남자의 복제이다.

<<原文>>
陳練服(皇朝制)
(儀節)白直領布帶(五禮儀)白笠白靴오婦人은用素衣履內外各設次陳之
(檀弓)祥而縞0(書傳)純白之色曰縞니大祥則服乎縞也0(間傳)大祥에素縞麻衣
(按)家禮此條에云陳禫服而不無古今之異라하고且在萬曆年間에鄭松江이赴京하야 問於禮部則郎中胡僖-答曰禫而陳禫服은序也어늘今當薦此祥事之日而先陳禫服이면人無不微疑其盂이오
我朝議禮考文에祥禫服을參酌時宜하야大祥日에用細熟麻布爲冠服하고及至禫服祭에卽服禫服承祭云而今文獻에無微故로但以陳祥服三字로爲大文이라註以皇朝制로以丘儀與國制를開錄于下而禫服一段은置移禫條라
[諸具] {陳祥服}
[執事者][丈夫次][婦人次]並同上陳練服條[白笠]裏以白細布
[網巾]用白細布爲之(按)家禮엔大祥이直用禫服故로於網巾은先儒-皆從禫服說하고沙溪以爲用黑白麤駿雜造爲之而今移禫服於禫條而大祥에純用素服則獨於網巾에不當用黲色이라하고
(問解)同春問目이亦以爲黑網巾이甚不稱於縞素之服이라하야欲以白布爲之하

【비녀】 그 전대로 둔다.

【의상】 베 심의와 같고 희고 큰옷이니 긴치마와 같은 종류이다.

【신】 비녀이하는 부인의 복제이다.

<<解義>> 大祥 사례편람 권6 喪 30쪽

다음날 새벽 행사를 하되 소상의 의식대로 한다.

가례에는 길제가 없는 고로 이 조목에 고하고 사당으로 옮기는 글이 있었는데 이제 길제를 행하려 하면 길제 때에 있어야한다. 여기서는 비요에 의거해서 옮기는 것이다.

우제와 졸곡과 소상에는 신주를 옮기는 일이 없음으로 먼저 신주를 옮기고 뒤에 신에게 사신하고 부제이면 받들고 돌아오는 절차가 있음으로 먼저 사신하고 신주를 거두는 것을 후에 하는 것이며 대상에는 임이 사당에 모셔있으므로 부제와 같이 사신을 먼저하고 거두기를 뒤에 하는 것이다.

축문식 대상축

유 년호기년 세차간지 기월간지삭 기일간지 효자 【부치를 따라서 고치여 놓는 말은 위에 우제축식에 보라】

모 감소고우 【아내나 아우 이하에 고하는 식은 위에 우제축에 보라】

현고모관부군 【부치를 따라서 고치는것은 위에 우제축에 보라】 근이 청각서수 애천 【방친이나 또는 처, 제에 고치는 것은 위의 우제축에 보라】

상사 상향

고又有人이問於尤庵曰宋龜峯이答鄭松江則以爲, 常用白布라한대尤庵答曰笠既白則巾亦白無妨이라하고其後所論이多以黲爲言하니蓋主禫服說也러니今於祥服에不用黲色故로以尤庵初說로爲正하고先輩-亦有行之者矣라 [直領][帶]幷用白細布爲之
[白靴]今俗代以麻履0白笠以下난男子服 [簪]仍舊
[衣裳]如布深衣,白大衣,長裙之類[履]簪以下는婦人服

<<原文>> 大祥

厥明行事-皆如小祥之儀라

(按)家禮에無吉祭故로此條上에有告遷祠堂之文而今行吉祭則當在吉祭時에玆依備要移置0虞, 卒哭, 及小祥에無遷主之事故로先斂主而後辭神하고祔祭則有奉還之節故로先辭神而後斂主오大祥에既當奉入祠堂則亦如祔祭而先辭後斂이爲是

[祝文式]

維年號幾年,歲次干支,幾月干支朔,幾日干支,孝子屬稱隨改난見上虞祭祝式 某,敢昭告于 告妻及弟以下난見上虞祭祝式 顯考某官府君 屬稱隨改난見上虞祭祝式 日月不居,奄及大祥,夙興夜處,哀慕不寧 妻子兄弟改措語난見上虞祭祝式 謹以淸酌庶羞, 哀薦 旁親及妻弟以下改措語난見上虞祭祝式祥事,
尙
饗

<<解義>> 大祥 사례편람 권6 喪 30쪽

마치고 나서 축관이 신주를 받들고 사당으로 들어가는 것이다.

축이 고하기를 마친 후에 주인이하가 곡을 하며 따르기를 부제 때의 순서와 같이하여 사당 앞에 가면 곡을 끝이는 것이다. 이때 할아버지 감실에 나가서 정위의 동남쪽에서 서향을 하여 부쳐 모시고 모두 재배하고 발을 내리고 문을 닫고 물러가는 것이다.

이미 상을 지내면 궤연을 철하고 그 신주는 또한 할아버지 사당에 부하는 것이니 준협을 마친 후에 옮기는 것이다.

비요에 비록 사당에 아버지가 먼저 들어갔으나 어머니의 상사를 마치면 또한 증조할머니에게 부할 것이니 준협을 할 때에는 아버지에게도 배하는 것이다.

만일 처음부터 대종가이면서 종손이 아니면서 따로 살면 대상 전에 새로 사당을 세우고 제사를 마치면 사당에 들이고 종손과 같이 살면 할아버지 사당에 부하였다가 길제 때에 별도로 사당을 세우는 것이 예의에 합당 할 것 같다.

<<原文>>

畢에祝이奉神主入于祠堂이니라

(備要)祝跪告云云主人以下ㅡ哭從如祔之序히至祠堂前哭止니라 詣祖龕軸簾,祔于正位東南西向하고皆再拜,降簾,闔門而退라

(大全)既祥而撤凡筵하고其主ㅡ且當祔於祖廟니竣祫畢後遷

(備要)父雖先入廟나母喪畢에且祔於曾祖妣니竣祫時配于父니라

(按)若始爲大宗及非宗子而與宗子異居則大祥前에新立祠堂하고祭訖入廟하고與宗子同居則祔于祖廟라가至吉하야乃別立廟가似合禮意라

[諸具]{奉主}[小卓]斂主時用以安櫝者 [笥帕]用黑緞爲之[告辭式]{備要}

<<解義>>

영좌를 철수하고 지팡이는 잘라서 깨끗한 곳에 버린다.

상복은 반드시 벗은 날에 뜯어서 가난한 사람이나 혹은 묘를 지키는 사람에게 허 터주는 것이 옳은 것이다. 이후부터 장과 포를 먹는 것이다.

아버지 상중에 어머니가 죽거든 그 아버지의 상을 벗을 적에는 그 벗은 옷을 입고 일을 마친후 다시 어머니의 상복을 입는 것이다.

<<原文>>

徹靈座하고斷杖은棄之屛處니라

(理窟)喪服은必於除日에毁以散諸貧者,或守墓者可也니라(喪大記)食鹽醬脯니라

(雜記)有父之喪을未沒喪而母死어든其除父之喪也에服其除服하고卒事反喪服 이니라(按)家禮此條下에有埋主,飮酒,肉食,復寢等文而據

古禮及丘儀컨대皆非祥後事故로移置下文하니幷如備要니라

사례 권6 상 31쪽

<<解義>>담제 복을 벗는 제사이다

대상 후 중간 달에 담제를 지내는 것이다

한 달을 사이에 둔다. 초상부터 27개월째이며 만일 남편이 아내를 위하는 제는 15개월째이다. 대상과 담제사이에 윤달이 들었으면 윤달도 계산한다.

禫 <<原文>>

大祥之後中月而禫이니間一月也니自喪至此,凡二十七月이오若夫-爲妻則十五月(理窟)閏月도亦筭之라 謂祥禫之間

부모와 아내와 장자를 위함과 아내가 남편을 위함에도 또한 담제를 지낸다.

(小記)爲父母妻長子에禫疏, 妻爲夫亦禫

상례비요에 앞뒤로 있는 상이면 전상에 담제를 지내고, 후상 가운데는 행하지 아니한다는 것은 흉한 때에 길한 예를 행하지 아니하는 뜻이요 또한 후상을 마친 뒤에도 행하지 아니하는 것이니 때가 지나면 제사를 지내지 않는 것이다.

(備要)前後有喪則前喪禫祭를不可行於後喪中은亦不忍於凶時에行吉禮之意也오又不可追行於後喪畢後니蓋過時不祭也라

우암의 말씀에 국상과 졸곡 전에는 담제를 행하지 않는다. 졸곡 후에도 행하지 아니하는 것이요. 다만 담제를 당한 달에 허위를 설하고 곡을 하는 것이다.

(尤庵)曰 國喪卒哭前에不可行禫이오卒哭後에不可追行이오只於當禫之月에設虛位哭이니라

<<解義>> 한달 전 하순에 날을 잡는다. 禫

하순 초에 다음 달 삼순 중에 한날을 정하되 정일이나 혹은 해일로 하여서 탁자를 사당 문밖에 설치하고 향로와 향합과 배교 등을 반위에 놓는데 서향한다.

<<原文>> 禫

前一月下旬이卜日이라 下旬之首에擇來月三旬의各一日或丁或亥하야設卓于祠堂門外하고置香爐盒,环珓盤于其上西向하고

주인은 길복을 입고 서향을 하고 아들들은 차례로 조금 물러서서 북을 상으로 하여서고 자손들은 그 뒤로 줄을 서되 항렬이 높은 자를 북쪽으로 하여 상석을 한다. 집사자는 북향하되 동이 상이다.

主人은服祥服西向하고衆主人次之하되少退北上하고子孫은在其後,重行北上하고執事者-北向東上하고

주인이 향을 피우고 교를 두 손으로 가지고 향로 위에 쪼이여 덥게 하여 상순에 날로 명하여 빌고 곧 배교를 소반위에

主人이炷香薰珓하야兩手執之,薰於爐上命以上旬之日하고云云卽以珓擲于盤하야以一俯一仰

던지어서 하나는 엎어지고 하나는 자처지면 길합을 삼되 불길하면 다시 중순의 날로 정하고 또 불길하면 하순의 날로 정하되 하순은 다시 점을 치지 않는다.

주인이 사당 감실 앞에 들어가서 재배를 하면 자리에 있는 이들도 다 재배를 하고 주인이 분향을 하고 축관이 주인 왼편에서 동향하여 꿇어 앉아 고하면

주인이 재배하고 내려가서 자리에 있는 이들과 같이 다 재배를 하고 축이 문을 닫고 물러가는 것이다.

명사식

모 장이내월모일【 삼순안에 정일이나혹 해일이다】

지천【아내나 아들에는 지천을 고치여 陳이라 한다】

담사우선고【모에는 선비이라 하고 승중에는 선조고 이나 혹은 선조비이라하고 처에는 망실이라 하고 자에는 망자이라 한다】

모관부군【내상에는 모봉모씨이라 하고 자에는 부군두자를 버린다】상향

당한위에 고하는 말 의식

효자 장이내월모일 지천 담사우선고모관부군

복기득길【하순의 날을쓰면 이녁자는 버린다】

감고【아내와 아들에는 자고이라 한다】

효자아무는 장차 오는 달 아무 날로써 공경하여 담사를 돌아가신 아버지 아무 벼슬한 어른에게 천신 하려하옴에 날을 가리여서 길한 날을 얻고 감히 고하나이다.

爲吉하고不吉이면更命中旬之日하고又不吉則用下旬之日키로하고下旬則不卜

主人이乃入祠堂本龕前再拜하고在位者도皆再拜하고主人이焚香하고祝이執辭하야立於主人之左,東向跪告云云이어든

主人이再拜降하야與在位者로皆再拜하고祝이闔門退니라

(尤庵)曰环珓之制-旣非難備者어늘今俗에無端不用하니未可曉也라

[諸具]{卜日}同下祭禮本條하되但不成服이라

[命辭式]

某將以來月某日 卽三旬內或丁或亥 祗薦 妻子엔改祗薦爲陳禫事于先考母엔云先妣오承重엔云先祖考或先朝妣오妻엔云亡室이오子엔云亡子某官府君內喪엔云某封某氏오子엔去府君二字 尙饗

[當位告辭式]

孝子承重엔稱孝孫이오妻엔稱 夫某 告子엔云父將以來月某日祗薦 妻子改措語난見上命辭式禫事于

先考某官府君 屬稱隨改난見上命辭式卜旣得吉用下旬日則去此四字 敢告 妻子엔云玆告

<<解義>> 禫 사례편람 권6 喪 33쪽

하루전날 목욕하고 자리를 설위하고 제기를 준비하고 음식을 갖추다.

신위를 영좌 하였든 자리에 모시고 대상의 예절과 같이 한다.

<<解義>>

자리를 정하여 담제의 옷을 진설하는 것이다

사마온공의 말씀이 장부들은 다리까지 늘어지는 검은 장삼과 복두건, 검은 한삼과 삼포 립을 대신 쓴다 백포대를 쓴다 부인들은 관을 쓰고 아황색 옥색 검은색 흰색으로 옷과 신을 하고 금은 보석의 노리개는 쓰지 아니한다.

제구 담제 옷을 진설하는 것

【집사자】【장부의자리】

【부인의자리】【삼포립】검은 끈을 갖춘 것이며 세속에서는 흑포립을 쓴다. 세속에서는 수각복두는 쓰지 아니함으로 이것으로 대신한 것이다.

【망건】검고 희고 추하고 얼룩진 것을 섞어 만들어서 쓰거나 혹은 없은 검은 베로서 한다.

【삼포삼】삼은 직령을 쓰니 혹 심의도 좋으나 만일 심의이면 삼포로 단을 하는 것이다. 실피어 보메 삼이란 것은 검고 흰빛을 경한 것이다. 간전에는 담제를 지내면 섬을 입는다 하였고 검은 날에 흰씨는 이제 세상에는 소용이 없는 것이니 먹물을 들여서 검푸른 빛을 만드는 것이다 옳다. 또는 설문에 말하기를 삼은 엷게 푸르고 검은 빛이요. 엷게 푸른 것은 곧 흰 옥색이니 아마 가례에는 기제복과 담제 복이 같으다 담제 때에 관과 옷을 그대로 두었다가 기제의 옷을 만드는 것이 좋을 것 같다.

<<原文>>

前期一日에沐浴하고設位,陳器具饌하고

設神位於靈座故處하고佗如大祥之儀라(儀節)設卓於西階上

[諸具] {沐浴} (設位) (具饌) 並同下祭禮忌祭本條

<<原文>> 禫

設次에陳禫服이라

司馬溫公曰丈夫난垂脚黲紗幞頭,今俗代用黲布笠 黲布衫,布裹角帶하고當代用白布帶婦人은冠梳하고以鵝黃青碧皁白爲衣履하고其金珠紅繡난皆不可用이니라

(間傳)禫而纖(疏)黑經白緯白纖0(書傳)에中月而禫則服乎纖也

[諸具] {陳禫服}

[執事者][丈夫次][婦人次]並同上陳練服條 [黲布笠]皁纓具니俗用黑布笠0今世에不用垂脚幞頭故로代之以此[網巾]用黑白麤駁雜造어나或用淡皁布爲之

[黲布衫] 衫用直領,或深衣爲可오如深衣則以黲布緣之니라(按)黲은是黑白兼之色이라(間傳)禫而纖하고黑經白緯者난今世에無用之者하니用水墨하야染作黲淡之色이可也오又說文에黲은淺青黑色이오淺青은卽白玉色之類오淺黑은卽灰色이니所云黲淡色이是也오又要訣에父母忌祭服은有官無官코通用玉色葱團領이니蓋家禮忌祭服與禫服이同이라0禫時冠服은並仍留하야作忌祭服이似好

【백포대】 베로 각대를 싼 것이니 보통 옷은 불가함으로 이것으로 대신한 것이요. 만일 심의로 하면 띠도 또한 베로 단을 하는 것이다. 살피어 보매 만일 삼삼으로 갖추지 못하고 흰옷을 입으면 띠는 삼포를 쓰는 것이 옳은 것이다.

라
[白布帶] 布裏角帶니 不可常服故로代之以此오如深衣則帶亦布緣이라0(按)若不能具黲衫而用素服則帶用黲布亦可라蓋古禮, 禫訖에著素端이니라沙溪曰雖著素端이나白帶則似過어늘今人이多從此說矣라然當以家禮禫服, 爲正

【조화】 혹은 흰 양화이다. 삼포립 이하는 남자의 옷이다.

[皁靴]或白靴0黲布笠以下난男子服

【관】 【담황피】 제도는 위에 혼례의 초녀조에 보라.
【백대의】
【신】 관이하는 부인의 옷이다. 다 아황과 청과 벽과 조와 백으로 한 것이니 청은 곧 남색이요, 벽은 곧 옥색이다.

[冠]制見上冠禮笄陳服條[淡黃帔]制見上昏禮醮女條[白大衣] 制見上朔參條
[履] 冠以下난婦人服0並用鵝黃青碧皁白爲之니鵝黃은卽兒鵝色이오青卽藍色이오碧卽玉色이라

<<解義>> 禫

그 다음날 새벽에 행사를 하되 다 대상 때의 의식과 같다.

주인이하가 사당 감실 앞에 나가서 발을 올리고 재배를 하면 축이 분향을 하고 꿇어앉아 고하기를 마치면 주독을 받들어서

<<原文>>
厥明行事-皆如大祥之儀하되 但主人以下-詣祠堂하야本龕前軸簾,皆再拜祝이(儀節)(焚香跪告云云)奉主櫝하야

주인이하가 다 따라 나와 서쪽층계 탁자위에 두고 신주를 내여서 영좌에 놓으면 주인이하 다 곡을 하며 재배를 하고 슬픔을 다한다.
자리에 나가서 옷을 바꾸어 입는다. 삼헌 드릴 때 까지는 곡을 않고 사신 때에 곡을 하며 슬픔을 다 한다. 절을 하고 나서 신주를 받들고 서쪽 뜰 탁자위에 가서 독을 씌우고 신주를 모시고 사당까지 도착하는 동안 곡을 아니한다. 발을 내리고 문을 닫고 물러가는 것이다.

主人以下從之置于西階卓上하고出主置于座하면主人以下-皆哭再拜盡哀하고出就次易服三獻엔不哭하고至辭神에乃哭盡哀하고拜畢에奉主就西階卓上櫝之 送神主,至祠堂不哭이니라(備要)猶祔祖龕降簾闔門而退라

남계의 말씀에 심상 중에는 맞당히 담제를 행하고 출계한 사람은 후계가 된 상중에는 본생담제에는 참례를 아니 하고 다만 들어가서 곡만 하고 물러가는 것이요 본생상중에는 후

(新增)(南溪)曰心喪中에當行禫하고所后喪中엔不參0本生禫而只入哭退하고本生喪中에行所后禫이니라

가된 바에 담제를 행하는 것이다.	[諸具]{奉主}並同上祔祭出主本條
고사식 효자 모 장지천 담사 감【아내와 아들에는 감짜를 버린다】천선고 신주 출취정침 아들 아무는 장차 담사를 행하려고 아버지에 신주를 제사지낼 곳에 내오겠다고 청하여 고하나이다.	[告辭式]{儀節} 孝子屬稱隨改난見上卜日告式 某 告子난見上卜日告式 將祗薦 妻子改措語난見上命辭式 禫事敢妻子엔去敢字 請先考屬稱隨改난見上命辭式 神主,出就正寢 行祭于靈座故處則改正寢爲靈座故處
축문식 유 년호기년 세차간지 기월간지삭지 효자 모감소고우【아내는 감짜를 버리고 아들에는 다만 고우이라 함】 현고【어머니에는 현비이라하고 승중에는 현조고 혹은 현조비이라 하고 처에는 망실이라하고 아들에 망자이라 함】	[祝文式] 維 年號幾年,歲次干支,幾月干支朔,幾日干支,孝子屬稱隨改난見上卜日告式某告子난見上卜日告式 敢昭告于 妻엔去敢字하고告子엔但云告于顯考母엔云顯妣오承重엔云顯祖考或顯祖妣오妻엔云亡室이오子엔云亡子某官府君屬稱隨改난見上命辭式
모관부군 일월불거 엄급담제 숙흥야처 애모불녕【아내에는 숙흥이하로 여덟자를 고치어서 비도산고 불자승감이라하고 아들에는 [비렴상속 심언여훼이라 한다.] 근이【아내나 아들에는 자이이라 한다】 청작서수 애천【아내나 아들에는 진차이라 한다】 담사 상향	日月不居,奄及禫祭夙興夜處,哀慕不寧妻엔改夙興以下八字하야爲非悼酸苦不自勝堪하고子엔云悲念相續,必焉如燬오謹以妻子엔云玆以淸酌庶羞,哀薦妻子엔云陳此禫事尙 饗
<<解義>> **이때부터 술과 고기를 먹는다.** 처음으로 술을 마시는 이는 먼저 식혜를 마시며 처음 고기를 먹는이는 먼저 말은 고기를 먹는 것이다.	<<原文>> 始飮酒食肉 (間傳)始飮酒者－先飮醴酒오始食肉者－先食乾肉이니라

吉祭 사례 권 6 상 36쪽

<<解義>>길 제

담제를 지낸 다음날에 날을 가리는 것이다

다음 달 삼순에서 각각 하루를 택하되 정일이나 해일을 택한다. 담제가 중간 달에 있었으면 이달 내에서 날을 점친다. 주인은 담제 옷을 입고 여러 형제들과 자손과 집사자를 거느리고 사당 중문 밖에서 서향하여 향을 피우고 배교를 쪼이되 담제 때의 날 점치는 의식대로 같이한다.

날을 정하였으면 시제 때 날 받고 고유하는 의식 같이한다. 담제가 만일 사시정제의 달에 당하면 곧 이달에 지낼 것이니 아마 삼년이나 제사를 폐하였든 나머지에 정제를 급하게 하는 것이며 제사를 지낼 때에는 고와 비의 위를 따로 하고 축도 판을 따로 쓰고 제사지낸 후에 독을 합하는 것이니 만일 달이 지났으면 제사를 지낼 때 위를 합할 것이다.

우암에 말씀이 길제는 실상 상사에 나머지 제사인 것인즉 비록 맹월에 지내도 관계가 없는 것이다.

신독제 왈 칠월에 길제를 지냈으면 가을제사는 임이 행한 것이니 마땅히 팔월에 두 번 지내지는 아니한다하였다. 아버지가 먼저 돌아가셔서 이미 사당에 들어 갔으면 어머니의 상을 마친 후에는 길제에 옮기는 절차는 없는 것이나 그라나 그의 정제만은 맞당히 여기에 비추어서 행할 것이다.

모장이내월모일 【곧 상순에 혹은 정일이나 혹은 해일이 불길하면 다시중순으로 명하고 또 불길하면 바로 하순의 날을 쓴다】 취차세사 적기 【처음으로 아버지 사당을 위한 종이면 다만 고이라 한다.

조고 상향

아무는 장차오는 달 아무 날에 이 세사를 물어서 그의 할아버지를 쫓게 하려 하나이다.

<<原文>> 吉祭

禫之明日에卜日

(備要)下同

擇來月三旬의各一日或丁或亥하되禫在中月則就是月內卜日하고主人이服禫하고帥衆兄弟及子孫執事하고立於祠堂中門外西向하야焚香薰珓하되並如禫祭卜日儀하고旣得日엔告如時祭卜日而告之儀니라

(土虞記)是月也에吉祭난猶未配라(註)是月은禫月也니當四時之祭則祭하고猶未以妃配라(備要)踰月而祭가是爲常制而禫祭가若當四時正祭之月則卽於是月而行之니蓋三年廢祭之餘에正祭爲急故也오祭時에考妣異位하고祝用異板하고祭後合櫝이오若踰月則祭時合位라

(尤庵)曰吉祭난實喪餘之祭則雖行於孟月이라도亦無嫌也라

(愼齊)曰七月에行吉祭則秋祭-已行이니不當再行於八月이라(備要)父-先亡已入廟則母喪畢後에固無吉祭遞遷之節矣이나然其正祭난似當倣此而行之니라[諸具]{卜日}0同下祭禮時祭本條하되但不成服이라

[命辭式]引用下時祭本式이니下도同하니라

某,將以來月某日 卽上旬或丁或亥不吉則復命以中旬이오又不吉則直用下旬日諏此歲事,適其祖考始爲禰宗但云考下同 尙饗

고사식

효손모 장이내월모일 지천세사우 조교 복기득길

【하순의 날을 쓰면 복기득길의 녁자를 버린다】 감고

효손이나 혹은 효자에 아무는 아무 날로 세사를 할아버지에게 올릴 려고 날을 가리어 이미 길한 것 을 얻고 감히 고하나이다.

[告辭式]

孝孫始爲宗禰云孝子下同 某,將以來月某日,祗薦歲事于 祖考,卜既得吉用下旬日則去卜既得吉四字 敢告

축명집사식 축이 집사를 명하는 말에 식

효손모 장이내월모일 지천세사우 조교 유사구수

효손 아무가 할아버지에게 세사를 들이는데 일을 맡아보려 하나이다.

[祝命執事辭式]

孝孫某,將以來月某日,祗薦歲事于祖考,有司具脩

<<解義>> 吉祭 삼일 전에 재계를 하는 것이다

주인은 여러 장부들을 거느리고 밖에서 재계를 하고 주부는 여러 부녀들을 거느리고 안에서 재계를 하되 다 목욕을 하는 것이다.

<<原文>> 吉祭

前期三日齋戒

主人은帥衆丈夫致齊於外하고主婦난婦女致齊於內하되皆沐浴이니라[諸具]{齋戒}同下祭禮時祭本條

<<解義>> 사당에 옮길 것을 고하는 것이다

<비요에는 고천위에 전일일 석자가 있었다>

하로 전날 일직 일어나서 사당에 나가 술과 실과로 고하기를 초하루의 의절과 같이하며 다만 별도로 한탁자를 향안동쪽에 설치하고 정한 물과 분가루의 담은 잔, 털이개, 대나무칼, 세수수건, 벼루, 붓, 먹을 그 위에 놓는다.

주인이 술을 붓고 재배하고 향탁 앞에 서고 축관이 축판을 가지고 주인의 왼편에 서면 주인이하가 다 꿇어앉고 축이 동향하여 꿇어앉아서 독축한다.

만일 승중한 할아버지의 상이 끝나서 아버지의 신주를 고치어 쓰게 되면 주인이 또 아버지 신위의 감실 앞에 꿇어앉고, 축관이 주인 왼편에서 꿇어앉아 독축한다. 고유가 끝나면 축관은 내려와서 제자리로 돌아가고 주인은 재배를 하고 나가서 고치어 쓸 가장 높은 신주를 받들어서 탁자위에 누여 놓는다.

<<原文>>告遷于祠堂

(備要)告遷上에有前一日三字라

前一日에夙興詣祠堂하야以酒果告를如朔參之儀하되但別設一卓於香案之東하고置淨水,粉盞刷子,竹刀,木賊,帨巾,硯筆墨於其上하고

主人이斟酒再拜訖에立於香卓之前하고祝이執板立於主人之左어든主人以下ㅡ皆跪하고祝이東向跪讀云云이오若承重祖喪畢後에改題考位神主則主人이又就考位所,祔龕前跪하고祝이就主人之左하야跪讀云云告畢에祝이降復位하고主人이再拜하고進奉所當改題最尊之主하야臥置卓上하고

집사자가 먼저 수건을 물에 적셔 분으로 쓴 면을 적시고 다음에는 대나무 칼로 전면에 쓴 글자를 긁어버리고 다음에 솔로 묵은 분가루를 쓸어내고 또 수건으로 닦고 또 나무칼로 긁어서 매끄럽게 하고 다시 분을 발라서 마르기를 기다린다.

글씨를 잘 쓰는 사람에게 명하여 손을 씻고 서향하여 앉아서 신주를 고쳐 쓰되,

함중(속에 있는 신주)은 고치지 않는다.

깨끗한 물로 사당 벽을 씻으면 주인이 신주를 받들어서 옛자리에 둔다.

모든 위를 고치여 쓰되 만약 전에 증조고비는 고쳐서 고조고비로 하고 조고비는 증조고비로 하고 고비는 조고비로 하고 곁에 쓰는 것은 다 그 부치로 쓰는 것이니 부위도 이 예에 모방하되 곁에 쓰는 것은 쓰지않고

가까움에 다하여서 매혼에 당한 신주이면 다시 고치어 쓰지를 아니하고 장방에 옮겨갈 신주도 또한 같이하되 만일 옮기지 아니할 위가 있으면 몇 대조로 고쳐 쓰고 곁에 쓰는 것도 또한 고치어 쓰고 내려와 제자리로 돌아와서 자리에 있는 자로 더불어 다 재배를 하여 신에게 하직을 하고 신주를 드리기를 마치고 발을 내리고 문을 닫고 물러가는 것이다.

고사식 유 吉祭

년호 기년 세차간지 기월간지삭 기일간지 오대손
모 감소고우 현오대조고모관부군 현오대조비모봉모씨
자이 선고 【승중에는 선조고라 한다】
모관부군 상기이진 예당천주입묘
현오대조고모관부군 현오대조비모봉모씨 【승중이면 육대조고비를 먼저 쓴다】

執事者-先以帨巾漬水하야沽潤粉面하고次以竹刀로刮去舊字하고次以刷字로梳去舊粉하고又以帨巾拭之하고又以木賊으로磨之使滑하고乃別塗以粉하고俟乾하야
命善書者盥手西向坐하야改題之하되

陷中은不改하고洗手以灑祠堂之四壁하고主人이奉主置故處하고改題諸位하되如前曾祖考妣난改題爲高祖考妣오祖考妣난爲曾祖考妣오考妣난爲祖考妣오旁題난皆以其屬書之니祔位倣此例하되不書旁題하고親盡當埋之主則不復改題하고當遷長房之主도亦同하고若有不遷之位면改題以幾代祖하고旁題도亦改書하고乃降復位하야與在位者로皆再拜辭神하고納主徹하고降簾闔門而退니라

[諸具](告遷)同下祭禮有事則告條하되但不盛服承重祖父喪畢이어나或母先亡父喪畢則祝用二板이니라
[諸具]{改題}[淨水][刷子][巾]餘並同上治葬題主條

[告辭式]{備要}
維
年號幾年,歲次干支,幾月干支朔,幾日干支, 五代孫承重엔稱六代孫하고繼曾祖以下之宗은隨屬稱 某,敢昭告于
顯五代祖考某官府君
顯五代祖妣某封某氏 高祖考妣로至祖考妣난列

친친신주당조 현고조고모관부군 현고조비모봉모씨
신주금장개제
세치질천 봉승감창 근이주과 용신건고근고

아무 날 오대 손 아무는 감히 밝게 오대조고 아무 벼슬한 어른과 오대조비 아무에 봉한 아무 씨에게 고하나이다. 이에 돌아가신 아버지 아무 벼슬한 어른이 상기가 이미 다 되어서 예에 마땅히 신주를 옮기어서 사당에 드리려고 하며 오대조고 아무 벼슬한 어른과 오대조비 아무에 봉한 아무 씨는 가까움이 다하여서 신주를 마땅히 체천을 하여야 하겠음으로 고조고 아무 벼슬한 어른과 고조비 아무에 봉한 아무 씨의 신주를 이제 장차 고치어 쓰겠으므로 대수에 차례가 서로 옮기게 됨에 슬픔을 이기지 못하여서 삼가 주과를 펴놓고 정성껏 삼가고하나이다.

書하고承重則自六代祖考妣로至曾祖考妣,列書
玆以先考 承重엔云先祖考某官府君,喪期已盡,禮當遷主入廟承重則此下에云先考某官府君,已於某年某月,祔于祖龕,亦當遷主入廟
顯五代祖考某官府君
顯五代祖妣某封某氏 承重則先書六代祖考妣 親盡神主當祧
顯高祖考某官府君
顯高祖妣某封某氏至祖考妣列書承重則至曾祖考妣, 列書 神主今將改題祔位에有改題者則此下에當云某親某官府君,或某親某封某氏神主,亦當改題卑幼엔不書府君
世次迭遷,不勝感愴,謹以酒果,用伸虔告謹告

사례편람 권6 喪 39쪽

모선망부상필개제비위고사식 어머니가 먼저 죽고 아버지상을 마침에 어머니의 위를 고치어 쓸 때 고하는 말의 식

조모가 먼저 돌아가서 승중이 된 자 조부의 상을 마치고 조비의 위를 고치어서 쓸 때 고하는 말도 같으나 다만 고칠 것은 부치를 따라서 하는 것이다.

유 세차간지 기월간지삭 기일간지 효자모 감소고우 현비모봉모씨 당초제주시 선고모관부군위주고 이기속서서 금선고상기이진 예당천주입묘 현비신주 역당합향 모 장이 현비개세 세차길천 미증망극 근이주과 용신전고근고

아무 날 효자아무는 감히 밝게 돌아가신 어머니 아무에 봉한 아무 씨에게 고하나이다. 처음에 신주를 쓸 때에는 돌아가신 아버지 아무 벼슬한 어른이 주장이 되었든 고로 그 부치로서 썼으니 이제 돌아가신 아버지에 상기가 이미 다 되어서 예에 마땅히 신주를 옮기어 사당에 드리며 돌아가신 어머니의 신주

[母先亡父喪畢,改題妣位,告辭式](新補)祖母先亡承重이祖父喪畢,改題祖妣位,告辭도同하되但改屬稱
維
年號幾年,歲次干支,幾月干支朔,幾日干支,孝子某,敢昭告于
顯妣某封某氏,當初題主時
先考某官府君爲主故,以其屬書之, 今,
先考喪期已盡,禮當遷主入廟,顯妣神主,亦當合享,某,將以顯妣改題,世次迭遷,彌增罔極,謹以酒果,用伸虔告謹告

를 또한 마땅히 합하여 배향하려고 아무는 장차 돌아가신 어머니로서 고치어 씀에 대수에 차례가 서로 옮기게 되오니 망극함이 다하여서 삼가 주과를 펴놓고 정성껏 삼가 고하나이다.	
승중조부상필 승중된이가 조부의 상을 마치고 아버지 위를 고치어 쓸 때 고하는 말 의식	[承重祖父喪畢改題考位告辭式] (新補)
유 년호기년 세치간지 기월간지삭 기일간지 효자모 감소고우 현고모관부군 당초제주시 선조고모관부군위조고 이기속서지 금 선조고 상기이진 예당천주입묘 현고신주 역입정위 모 장이 현고개제 세차질천 미증망극 근이주과 용신건고근고	維 年號幾年,歲次干支,幾月干支朔,幾日干支,孝子某,敢昭告于 顯考某官府君俱亡則顯妣某封某氏列書니下同이라 當初題主時,
아무 날 효자아무는 감히 밝게 돌아가신 아버지 아무 벼슬한 어른에게 고하나이다. 처음에 신주를 쓸 때에는 돌아가신 할아버지 아무 벼슬한 어른이 주장이 되었든 고로 그 부치로 썼으니 이제 도라사긴 아버지에 신주를 또한 정위에 드려야 하겠음으로 아무는 장차 도라신 아버지를 고치여 써서 댓수의 차례가 서로 옮기게 되오니 망극함이 한이 없어서 삼가 주과를 펴놓고 정성껏 삼가 고하나이다.	先祖考,某官府君,爲主故,以其屬書之, 今, 先祖考,喪期己盡,禮當遷主入廟,顯考神主,亦入正位,某- 將以 顯考改題,世次迭遷,彌增罔極,謹以酒果,用伸虔告謹告
<<解義>> **설위** 吉祭 신위를 설치하는 것이다 주인이 여러 장부들과 집사자를 거느리고 정침을 청소하고 탁자를 깨끗하게 닦고 5대조고비의 위를 당서북 벽 아래에 남향으로 설치하되 고위는 서쪽 비위는 동쪽으로 하여 각각 한 교의와 한 탁자를 설치하고 합설한다. 고조고비와 증조고비, 조고비는 차례대로 동쪽으로 설치하되 모두 오대조고비의 위와 같이한다. 아버지와 어머니의 위는 동쪽 벽 아래 서향으로 설치하되 자는 고는 북쪽으로 비는 남쪽으로 한다.	<<原文>> 設位 (備要) 同下 主人이帥衆丈夫及執事者하고灑掃正寢하며洗拭椅卓하되務令蠲潔하고設五代祖考妣位於堂西北壁下南向하되考西, 妣東하며各用一椅一卓而合之하고高祖考妣,曾祖考妣,祖考妣以次而東하야皆如五代祖考妣之位하고設考妣位於東壁下西向하되考北, 妣南하고
담제의 달에 제사를 행하면 새 신주의 고와비는 자리를 달리한다. 부치지 않는 부위는 다 동쪽에서 북을 상으로 하여	禫月行祭則新主, 考妣異位에世各爲位하고不屬祔位皆於東序,西向北

해의	원문
서향한다. 서로 향할 때에는 높은 이 가 서쪽에 있고 처 이하는 층계 아래에 있는 것이다. 만일 증조이하의 종손이면 세대수를 계산하여 자리를 설치하여 새 신주에 절을 할 때에는 다 남향하여 의절과 같이하고 만일 처음으로 아버지 사당을 이은 종이 되면 다만 새 신주에 자리를 당중 북쪽 벽 아래에 남향으로 설하는 것이다.	上하고或兩序相向에尊者-居西하고妻以下則於階下이라0若繼曾祖以下之宗則計世數設位하야拜新主, 皆南向如儀하고若始爲繼禰之宗則只設新主位於堂中北壁下南向이니라
사계의 말씀에 代數가 이미 찾는데 또 새 신주를 모시게 되면 이것은 다섯 대가 되어서 미안한 일이다. 그러므로 마땅히 새 신주는 동쪽 벽 아래에 모셔 두었다가 제사를 마치고 체천한 후에 비로소 정위로 모시는 것이 당연할 것이다. 네 대가 차지 아니 한자는 바로 정위에 모셔도 무방한 것이다. 만일 승중이 상을 마치면 할아버지와 또한 아버지의 위는 마땅히 아직은 동쪽 벽 아래 서향으로 설하는 것이다.	(沙溪)曰世數가若己滿而又陞新主則是五世라似未安하니當以新主로姑位於東壁下라가祭畢遷祧後에始入正位가恐當然則未滿四世者-直爲正位라도無妨이니라 [諸具] {設位}0若承重喪畢則祖考及考位난當並姑設於東壁下西向이니라
【합독】 개와 좌는 처음제도와 같이하되 다만 그 폭을 넓게 하여 고와 비의 신주를 용납하게 하고 만일 부위에 길제가 없는 자이면 담제홋달 초하루 삭망 때에 갖추는 것이다.	[合櫝]蓋座난如初制하되但闊其廣하야取足以容考妣之主하고若祔位-無吉祭者則禫之後月朔參時에乃具니라 0餘並同下祭禮時祭本條而設五位라
<<解義>> **기구를 진설하고 짐승을 잡고 제기를 닦고 찬을 갖추는 것이다.** 다 시제의 의절과 같다.	<<原文>> **陳器,省牲,滌器,具饌**하고 並如時祭儀
<<解義>> 吉祭 **자리를 펴서 길복을 진설하는 것이다** 길제에는 평상시에 쓰든 패몰을 다 차는 것이다. 만일 부위이며 길제가 없는 자 이면 담제홋달 초하루에 길복을 입을 것이다. 아버지가 계시고 어머니가 돌아가심에는 심상을 갖인 것으로 담제 달을 마치고 담제달이 다 되면 묘 앞에 가서 곡을 하고 벗는 것이 온당하다.	<<原文>>設次에陳吉服 (陳氏)曰至吉祭하얀平常所服之物을無所不佩니라 (按)此一節은備要在禫條而今移置于此라0若是祔位而無吉祭者則當於禫祭後月朔參而服吉矣니라0父在母喪엔持

<<解義>> 吉祭　사례편람 권6 喪 41쪽

새벽에 일찍 일어나 소과를 시제 때와 같이 차린다.

<<解義>>

동틀 때 신주를 받들고 자리에 나가는 것이다.

주인이하가 각각 자리에 나가서 좋은 옷을 바꾸어 입고 손을 씻고 사당 앞에 나간다. 다 시제의 예절과 같이한다.

고사식

오대손 모 금이체천【아버지가 먼저 죽고 어머니의 상을 마치면은 효현손모가 이제 상을 면하였다 하고 만일 처음으로 아버지 사당을 위한 종에는 효자 아무가 이제 타향을 한다하고 상을 맞미에는 타향을 고치여 합향이라 한다】

유사우

현오대조고모관부군 현오대조비모봉모씨【고조고비로부터 고비까지는 같이 쓰고 승중이면 육대조고비로부터 고비까지 같이 쓰고 만일 처음으로 아버지사당을 위한 종이면 현고모관부군이라 하고 다 죽었으면 현비모봉모씨도 같이 쓴다】

이모친모관부군【비유에는 부군 두 자를 버린다】

모친모봉모씨 부식 감청신주 출취정침 공신전헌

오대 손 아무는 이제 체천할 사유가 오대조고 아무 벼슬한 어른과 오대 조비 아무것에 봉한 아무 씨에 일이 있어서 아무 부치 아무 벼슬한 어른과 아무 부치 아무데 봉한 아무 씨로 부하여 잡수시게 함으로써 신주를 정침에 내오기를 감히 청하고 공손히 전을 펴고 드리나이다.

心制以終禫月하고禫月既盡이어든來哭於墓前,除之가亦似穩當이라

[諸具] {陳吉服}0同下祭禮朔參條盛服

<<原文>>

厥明夙興하야設蔬果如時祭儀

<<原文>>

質明에奉主就位라

主人以下-各就次,易盛服하고盥帨詣祠堂前하되餘並同時祭儀니라

[諸具] {奉主}0同下祭禮時祭本條

[告辭式] {備要}

五代孫承重則稱六代孫某,今以遞遷,父先亡,母喪畢엔云孝玄孫某,　今既免喪이라하고若始爲禰宗엔云孝子某,今以妥享이라하고喪畢엔改妥享爲合享이라有事于

顯五代祖考某官府君
顯五代祖妣某封某氏,高祖考妣로至考妣난列書하고重則自六代祖考妣,至考妣列書하고父先亡母喪畢엔自高祖考妣,至考妣列書하고若始爲禰宗則止云顯考某官府君하고俱亡則顯妣某封某氏,列書라　以某親某官府君　卑幼엔去府君二字某親某封某氏,祔食,敢請
神主,出就正寢,恭伸奠獻

<<解義>> 吉祭　　사례편람 권6 喪 42쪽

참신. 강신. 진찬. 모두 시제의 의식과 같이 한다.

<<解義>> **초헌** 吉祭

시제의 의식과 같이하되 다만 오대조의 위 앞에 나가서 잔을 드리며 축을 고하고 차례로 고위 앞에 나가서와 같이한다. 만일 담제 달에 제사를 행하면 아버지 위에 잔을 드리고 축을 마치고 다시 어머니 위 앞에 나가서 잔을 드리고 축을 고하며 또 만일 승중의 상을 마치면 할아버지 위에 잔을 올리고 축을 마치고 다시 아버지 위 앞에 나가서 잔을 올리고 축을 고하는 것이다.

친진고비위축문식

승중이면 육대조고비의 위와 같이하되 다만 부치로 칭함을 고치고 축도 다른 판을 쓴다.

유 년호 기년 세차간지 기월간지삭 기일간지 오대손모 감소고우 현오대조고모관부군 현오대조비모봉모씨 자이 선고【부치로 칭하는 것을 따라서 고치는 것은 위에 고치여 쓰고 고하는 식에 보라】

모관부군 상기이진 예당천주입묘【승중이면 고치여 놓는 말은 위에 고치여 쓰고 고하는 식에 보라】

선왕제례 사지사대 심수무궁 분즉유한 신주당조 매우묘소【옮기지 아니할 신위면 매짜를 고치여서 천짜로 하고 일가 사람에 가까움이 다하지 아니한 분이 있어서 장차 그의 방으로 옮기게 되면은 매우묘소를 고치여서 천우모친모지방이라 하는 것이다】

불승감창 근이청작서수 일배고사【본감실에 부위가 있으면 이 아래 말하기를 아무일가에 아무벼슬을한 어른과 아무벼슬을 봉한 아무성씨의 신주도 또한 다 묻는다하고 만일 정위를 체천해서 장방으로 옮기겨가고 묻지를 아니하면 역당병배 녁짜를 버리고 모씨신주아래에 매우본묘이라 하는 것이다】상 향

아무 날 오대손이 오대조고비에게 고하되 돌아가신 아버지 아무 벼슬을 한 어른이 상의기한이 다 되었음으로 예에 마땅히 신주를 옮기여서 사당에 들어가겠으며 선대 임금들이

吉祭

<<原文>>參神,降神,
進饌 並如時祭儀

<<原文>> 初獻

如時祭儀하되但先詣五代祖位前獻祝하고以次詣考位前如初라0若禫月行祭則考位獻祝畢에復就妣位前獻祝하고0若承重喪畢則祖位獻祝畢에復就考位前獻祝이니라

[親盡祖考妣位祝文式] (備要)0承重則六代祖考妣位祝同하고但改屬稱祝亦異板

維

年號幾年,歲次干支,幾月干支朔,幾日干支,五代孫某敢昭告于
顯五代祖考某官府君
顯五代祖妣某封某氏玆以先考屬稱隨改난見上改題告式　某官府君,喪期已盡,禮當遷主入廟承重則改措語난見上改題告式 先王 制禮,祀止四代,心雖無窮,分則有限, 神主當祧埋于墓所,不遷之位則改埋爲遷하고族人有親未盡者-將徒于其房則改埋于墓所하야爲遷于某親某之房

不勝感愴,謹以淸酌庶羞
日拜告辭
本龕에有祔位則此下에云某親,某官府君某親,某封某氏神主,　亦當並埋라하고若正位를祧遷于長房而不埋則去亦當並埋四字하고某氏神主

예를 마련하신 것이 봉사함을 사대에 끝이게 하였으니 마음은 비록 무궁하오나 분별하신 것을 함도가 있사오니 신주를 체천하여서 묘소에 묻으려 함에 슬픔을 이기지 못하여 삼가 맑은 술과 여러 가지 음식으로 오늘 절을 하면서 고사를 하나이다.

下에云埋于本墓 尙
饗

고조고비로부터 조고비위까지의 축문식
대마다 각각 다른 판이다

유 년호 기년 세차간지 기월간지삭 기일간지 효현손【증조를 이은 이하의 종은 부치르 fEk라서 칭한다】

모 감소고우 현고조고모관부군 현고보지 모봉모씨

모 죄역불멸 세급면상 세차질천 소목계서 선왕제례

불감불식【아버지가 먼저 돌아가시고 어머니의 상을 마친이나 또는 할아버지가 먼저 돌아가시고 승중으로 할머니의 상을 마치며는 이아래 세차이하로 육자를 버리고 고치여서 말하기를

시유중춘<때가 이월이라는 것이니>

추감세시<미루어 가며 어느 때이나 감동 되여서>

불승영모<영원히 생각하는 마음을 이길 수가 없다는 뜻>라 쓴다】

근이청작서수 지천세사 이모친모관부군

모친모봉모씨 부식 상 향

아무 날 효현손 아무는 고조고 비에게 고하나이다. 아무는 죄역으로 죽지 아니하였다가 세월이 상을 벗게 하여서 댓수의 차례는 서로 옮기여 가고 소와 목의 순서는 이어오며 선왕의 예를 마련하신 것을 감히 지극하게 아니할 수가 없어서 삼가 맑은 술과 여러 가지 음식으로써 공경하여 세사를 드려서 아무 부치 아무 벼슬한 어른과 아무 부치 아무것에 봉한 아무 씨로 부치여 잡수시게 하오니 흠향 하시옵소서.

[高祖考妣至祖考妣位祝文式]{高儀}0(備要)代各異板
維
年號幾年,歲次干支,幾月干支朔,幾日干支,孝玄孫繼曾祖以下之宗隨屬稱 某敢昭告于
顯高祖考某官府君
顯高祖妣某封某氏曾祖考妣祖考妣난隨屬稱某,罪逆不滅,歲及免喪,世次迭遷,昭穆繼序,先王制禮,不敢不至,父先亡母喪畢,及祖 先亡承重祖母喪畢엔此下에去世次以下十六字하고改云時維仲春,(隨時)
追感歲時,不勝永慕 謹以淸酌庶羞,祗薦歲事,以某親某官府君卑幼云云은見上出主告式某親某封某氏, 祔食 尙
饗

신주위축문식 새 신주 위의 축문식

유 년호 기년 세차간지 기월간지삭 기일간지 효자모 감소고우 현고모관부군【어머니가 먼저 돌아가셨으면 현비모봉모씨를 같이

[新主位祝文式]{備要}承重則祖考妣位祝同하고但改屬稱
維
年號幾年,歲次干支,幾

쓴다】
상제유기 【어머니가 먼저 죽었으면 상제유기를 고치여 현고상기이진이라한다】
추월무급 금이길신 식준전례 제립 【처음으로 아버지 사당을 한 종이면 제립을 고치여 타향이라 한다】 우 묘 【어머니가 먼저 돌아가셨으면 아래에 더할 것이 배이선비 녁짜이다】 근이청작서수 진천세차 상 향
아무 날 효자 아무는 감히 밝게 돌아가신 아버지 아무 벼슬한 어른에게 고하나이다. 상을 마련한 기한이 있음으로 멀리 미룰래야 미룰 수가 없어서 이제 좋은 날로서 법으로 마련한 예를 쫓아서 사당에 들이려 하오며 삼가 맑은 술과 여러 가지 음식으로서 세사를 드리오니 오히려 흠향하소서.

月干支朔,幾日干支,孝子某敢昭告于
顯考某官府君 母先亡엔顯妣某封某氏列書라 喪制有期 母先亡엔改喪制有期하야爲顯考喪期己盡이라追遠無及,今以吉辰,式遵典禮,隮入,始爲禰宗이어든改隮入하야爲妥享 于廟,
母先亡엔此下에當添配以先妣四字라謹以淸酌庶羞,祗薦歲事, 尙
饗

부선망모상필 고비위축문식 아버지가 먼저 죽고 어머니의 상을 마침에 아버지와 어머니 위에 축문식

할아버지가 먼저 죽고 승중이 할머니의 상을 마치면 할아버지와 할머니 위에 축도 같되 다만 고칠 것은 부치로 칭하는 것이다
유년호기년 세차간지 기월간지삭 기일간지 효자모 감소고우
현고모관부군 현비모봉모씨
현비상기이진 예당배향
시유중춘 【때를 따라서 고치어 쓴다】
추감세시 호천망극 【승중에는 호천망극을 고치여서 불승영모 이라한다】
근이청작서수 치천세사 상 향
아무 날 효자 아무는 감히 돌아가신 아버지 아무 벼슬한 어른과 돌아가신 어머니 아무것에 봉한 아무 씨에게 밝게 고하나이다. 어머니의 상기가 다하여서 예에 마땅히 배향할 때가 되었으니 때는 중춘이온데 미루어 해마다 감동됨이 넓은 하늘과 같이 다함이 없음으로 삼가 맑은 술과 여러 가지 음식으로서 공경하여 세사를 드리오니 오히려 흠향하소서

[父先亡母喪畢考妣位祝文式]{備要}0祖先亡하고承重祖母喪畢엔祖考妣位祝同하고但改屬稱
維
年號幾年,歲次干支,幾月干支朔,幾日干支,孝子某敢昭告于
顯考某官府君
顯妣某封某氏
顯妣喪期己盡,禮當配享,時維仲春,隨時追感歲時,昊天罔極,承重엔改昊天罔極하야爲不勝永慕謹以淸酌庶羞,祗薦歲事 尙
饗

부선망모상필 담월행제고위축문식 아버지가 먼저 돌아가시고 어머니의 상을 마치매 담제 달에 제사를 지낼 때 아버지 위의 축문식

할아버지가 먼저 돌아가시고 승중이 할머니 상을 마침에 할아버지 위에 축도 같으나 다만 고칠 것은 부치로 칭하는 것이다.

유 년호 기년 세차간지 기월간지삭 기일간지 효자모 감소고우 현고모관부군 모 죄역불멸 세급면상 【어머니가 먼저 죽었으면 모죄이하 아홉자를 고치어서 상제유기추원무급이라 한다

금일길신 식준전례 【어머니가 먼저 돌아갔으면 이 아래에 더할 것이 제입우묘 넉자이며 만일 처음으로 아버지 사당을 위한 종이면 제입을 고치어서 타향이라 한다.]

장배이 선비모봉모씨 시유중춘 【때를 따라서 쓴다】

추감세시 호천망극 [어머니가 먼저 죽으면 시유이하 십이자는 버린다】 근이청작서수 지천세사 상

비위 축문식

승중이면 할머니 위에 축도 같으나 다만 고칠 것은 부지로 칭하는 것이다.

유 년호기년 세차간지 기월간지삭 기일간지 효자모 감소고우 현비모봉모씨 상제유기 추원무급 【어머니가 먼저 돌아갔으면 상제이하 팔자를 고치어서 모죄역불멸세급면상 이라한다】

금이길신 식준전례

장배우 선고모관부군 근이청작서수 지천세사 상 향

승중조부상필(吉祭) 고위축문식

승중이 할아버지의 상을 마침에 아버지 위의 축문식

유 년호 기년 세차간지 기월간지삭 기일간지 효자모 감소고우 현고모관부군 모 죄역불멸 세급면상 금이길신 식준전례 선조고모관부군 제입우 묘

[父先亡母喪畢禫月行祭考位祝文式]{備要}0祖先亡하고承重祖母喪畢에祖考位祝同하되但改屬稱

維

年號幾年,歲次干支,幾月干支朔,幾日干支,孝子某敢昭告于

顯考某官府君,某,罪逆不滅,歲及免喪, 母先亡엔改某罪以下九字하야爲喪制有期,追遠無及今以吉辰.式遵典禮母先亡엔此下에當添隮入于廟四字而若始爲禰宗則改隮入爲妥享 將配以

先妣某封某氏,時維仲春,隨時追感歲時,昊天罔極,改措語난見上考妣位祝式0母先亡엔去時維以下十二字謹以淸酌庶羞,祗薦歲事 尙 饗

[妣位祝文式] (備謠)0承重則祖妣位祝同하고但改屬稱

維

年號幾年,歲次干支,幾月干支朔,幾日干支,孝子某敢昭告于

顯妣某封某氏,喪制有期,追遠無及,母先亡엔改喪制以下八字하야爲某罪逆不滅,歲及免喪今以吉辰,式遵典禮,將配于 先考某官府君,謹以淸酌庶羞,祗薦歲事尙

饗

[承重祖父喪畢考位祝文式]{新補}

維

年號幾年,歲次干支,幾月干支朔,幾日干支,孝子某敢昭告于

顯考某官府君俱亡則顯妣某封某氏列書하

선고 역이차입정위 세차질천 소목계서 추감미신 호천망극 근이청작서수 지천세사 상 향

아무 날 효자아무는 감히 밝게 돌아가신 아버지 아무 벼슬한 어른에게 고하나이다. 아무는 죄역으로 죽지 아니하였다가 세월을 따라 상을 벗게 되어서 이제 좋은 때로 법으로 마련한 예를 좇을 때.

돌아가신 할아버지에게 아무 벼슬한 어른을 올리어 사당에 드리고 선고를 차례를 정위에 드림에 댓수의 차례는 서로 옮기고 昭와 穆의 순서는 이은 것이며 미루어서 감동함에 더욱 새로움에 넓은 하늘과 같이 다함이 없어서 삼가 맑은 술과 여러 가지 음식으로 공경하여 세사를 천거하오니 흠향하여 주소서하는 뜻이다.

니下도同이라 母,罪逆不滅,歲及免喪今以吉辰,式遵典禮,

先祖考某官府君 祖母先亡則顯祖妣某封某氏, 列書 躋入于廟

先考,亦以次入正位,世次迭遷,昭穆繼序,

追感彌新,昊天罔極,謹以淸酌庶羞,祗薦歲事尙

饗

<<解義>> 吉祭 사례편람 권6 喪 47쪽

아헌을 하고, 종헌을 하며, 유식을 하고, 합문을 하였다가 계문을 하고, 수조를 하며, 사신을 한다 다 시제의 의식과 같이한다.

<<原文>>

亞獻,終獻,侑食,闔門,啓門,受胙,辭神,

並如時祭儀

하사식 복을 비는 말의식

시제의 본식을 인용하여 쓴 것이니 귀조이하는 같다

조고 명공축 승치다복 우여효손 내여효손 사여수록우천 의가우전 미수영년 물체인지

돌아가신 할아버지는 공축을 명하시와 많은 복을 이루게 하소서 가도 너희들이 효손이요 와도 너희들이 효손이라 하셔서 너희들로 하여금 녹은 하늘에서 받게 하시고 곡식은 땅에서 받도록 하시며 한없이 오래 살게 하셔서 끌리어 가지 말게 하소서.

[嘏辭式]引用下,時祭本式,歸胙-以下同하니라

祖考,命工祝承,致多福于汝孝孫,來音釐汝孝孫,使汝受祿于天 宜稼于田,眉壽永年,勿替引之

<解義>>주인과 주부가 다 올라가 각각 신주를 받드러서 독에 드릴것이니 아버지나 어머니께서 먼저 돌아가신분이 계시면 이때와서 합하여 독에 편안하게 하되 먼저 가까움이 가한 신주를 받들어서 협실에 편안히 하고 상자로 고조이하의 독을 거두어서 받들고 사당에 돌아갈때에는 내려올때에 의절과 같이하여 차례로 체천

<<原文>> 納主하고

主人主婦皆升하야各奉主,納于櫝이니考妣有先亡者어든至是合安于櫝하되先奉親盡新主하야安於夾室하고以笥로斂高祖以下之櫝하야奉歸祠堂如來儀하고以次遞

하여 올리되 새신주가 정위에 드러오면 발은 내리우고 문을 닫고 물러나오는 것이다.

<<解義>>吉祭 사례편람 권6 喪 48쪽

철상을 하고 남은 음식은 나누는 것이다.

다 시제의 의절과 같이한다.

어른에게 제사음식을 보낼 때 편지서식

모황공【평교이하에는 황공 두자는 버린다】

백 금월모일유사우조고 근【한등이 낮으면 근자를 고치여 금자로 한다】견귀한등이 낮으면 귀자를 고치여 치자로 한다】

조구집사【평교이하에는 우집사 석짜는 버린다】

복유조자부사【평교이하에는존자부사 넉자는버린다】

용납【평교에는 용납을 고치여서 유랍이라고 하고 강등에는 우집사이하 열한자를 버린다】

모황공재배【평교에는 황공 두자를 버리고 갈등에는 황공재배를 고치여 백이라 한다】

모인집사【평교에는 집사를 고치여 좌우로 한다】

아무는 황공하오나 사뢰옵나이다. 이 달 아무 날에 조고의 일이 있어 삼가 제사음식을 가지고 집사에게 올이오니 엎드려 생각하건대 높이 사랑하심을 굪이여 주셔서 용서하고 받으십시오 아무는 황공하여 재배하나이다. 아무사람에 일을 맡아보는 이라한다.

소존복서식 어른이 답서하는 식

모백【강등에는 황공백이라 한다. 오자【평교이하에는 복승모인 이라한다】효향 조고 불전유기복【강등에는 욕광기복이라하니 시【강등에는 시자를 고치여서 욕자로 한다】급노부【평교에는 천교이라 하고 강등에는 천자이라한다】감위양심【평교에는 불승감집이라하며 강등에는 과몽은사 불승감대지지이라 한다】모백 모인【평교에는모재배이나 모인좌우이라 하고 강등에는 모황공재배모인집사이라한다】

자네가 조고에게 효도로 제사를 올리고 그 음복을 널리하여 돌리는 것이 노부에게까지 오게 하니 위로하고 감사함이 참

升하고新主-亦入正位어든降簾闔門而退니라

<<原文>> 徹하고餕함
並如時祭儀

[歸胙所尊書式]
某,惶恐平交以下엔去惶恐二字白,今月某日,有事于祖考,謹降等엔 改謹爲今遣歸降等엔改歸爲致 胙于執事,平交以下엔去于執事三字伏惟尊慈俯賜,平交엔去尊慈俯賜四字容納,平交엔改容納爲留納하고降等엔去于執事以下十一字某惶恐再拜,平交엔去惶恐二字하고降等엔改惶恐再拜爲白이라某人執事平交엔改執事爲左右
[皮封式]{新補}狀上
某官執事 姓某謹封

[所尊復書式]
某白降等엔云惶恐白,降等平交云云은皆指復書者而言이니下同吾子 平交以下엔云伏承某人 孝享祖考,不專有其福,降等엔云欲廣其福
施,降等엔改施爲辱 及老夫平交엔云賤交오降等엔云賤子感慰良深 平交엔云不勝感戴이오降等엔云過蒙恩私,不勝感戴之至 某白

깊다는 뜻이다.

헌자축사식 잔을 드린이가 축사하는 식

사사기성 조고가향 복원 모친 비응오복 보족의가

제사의 일을 임이 이루었사오니 조고께서는 잘 흠향하시고 엎드려 원하오니 아무어른은 오복을 갖추셔서 일가를 보존하시고 집을 편안하게 하소서.

축사식

어른이 젊은 이에 권하는 축사식

사사기성 오복지경 여여조공지

제사의 일은 이미 이루었으니 오복에 경사를 너희들과 더불어 같이하라.

<<解義>> 吉祭 사례편람 권6 喪 50쪽

옮길 신주를 모셔서 묘소 옆에 묻는다.

세대의 친분(4대봉사)이 다하면 묻는 것이다. 만일 세대의 친분이 다한 조상이나, 따로 분파된 자손이면 묘소에 옮기되 묻지 아니하고, 신주를 편안히 받들어 그 지손 중에 4대를 다하지 아니한 최장자에게 옮겨가서 그 제사를 주관한다.

신주는 제사를 주장하는 이가 칭하는 대로 고치여 쓰되 방제에는 효로 칭하지 아니하며 부위에 신주도 본위가 사당에서 나왔으면 마땅히 묘소에 묻는 것이다.

우암의 말씀에 4대가 지난신주를 묻을 때는 묘소 우편에 구덩이를 파고 나무상자를 먼저 구덩이 속에 넣고 신주를 나무상자 속에 모신다. 자손들은 재배 하고 나무상자 뚜껑을 덮고 흙을 채운뒤에 띠를 입힌다. 혹 말하기를 사기 항아리에 넣어두면 썩지 않아서 좋다고도 말하는데 혹은 사기항아리에 물이 괴게 되면 나무 갑으로 한 것만 못하다 한다.

신주를 묻을 때에는 주과로서 묘에 고하는 것이 맞당할 것

某人平交엔云某再拜,某人左右라하고降等엔云某惶恐再拜, 某人執事
[皮封式] 同前式

獻者祝辭式]
祀事既成,
祖考嘉饗,伏願某親,備膺五福,保族宜家

[尊長酢長少祝辭式]
祀事既成,五福之慶,與汝曹共之

<<原文>>
奉遷主,埋于墓側이라
親己盡則埋라0若有親盡之祖而其別子卽始祖니凡不遷之位皆同也則遷于墓所,不埋하고(尤庵)曰墓所에有祠堂하야奉安神主 其支子也而族人에有親未盡者則遷于最長之房하야使主其祭니라(備要)神主난以主祭者所稱일새改題而房題엔不稱孝오凡祔位之主-本位出廟則當埋于墓所라

(尤庵)曰祧主-埋於本墓之右邊이어든既掘坎하고以木匣으로先安於坎中然後에以主櫝,安于木匣中하고子孫이皆再拜而辭畢에閉匣門而掩土堅築後에加以莎草하고或云盛以瓷缸則不朽라하고或云瓷缸入水則永無乾時하니不若木匣之

같다.

살피여 보매 신주를 묻을 때에 자손들이 슯음을 다 한다는 글이 없으나 세속에 행하는 이가 많이 있으니 정과 예를 다 갖추는 것이다.

제구 묘 곁에 가서 묻는 것.

【축】

【요여】 메는 사람도 선임한다. 【유의】 신주를 싸서 편안하게 묻는 것이니 복을 부른 옷이 있으면 다 쓴다 【나무갑】 신주를 담어서 편하게 하는 것이다. 【사조】 떠풀이다

爲善云矣라0(問)埋主時,似當有告墓之節한대尤庵曰以酒果告之似宜니라
(按)此條註說은家禮에在告遷條下故로今移置于此라0祧主埋安時에無子孫擧哀之文而今俗에多有行之者하니情禮俱得이니라
[諸具] {埋于墓側}
[祝][要轝]擔夫具[遺衣]用以裹主埋安者니有復衣則並用之
[木匣] 卽櫃屬이니用以盛主臥安者[莎草][諸具]{告墓}0同上治葬告先塋條

당위고사식 당한위에 고하는식 吉祭

유 년호 기년 세차간지 기월간지삭 기일간지 오대손모 감소고우 현오대조고모관부군 현오대조비모봉모씨지묘 세차질천 신주이조 정수무궁 분즉유한 식준전례 매우 묘측 불승감창 근이주과 용신건고근고

[고사식]
유 년호 기년 세차간지 기일간지삭 기일간지 현손 모관모 감소고우 현고조고모관부군
현고조비 모봉모씨
금이 효현손모 상제이필 기자친진 현고조고
현고조비 신주 이조 당이차장 봉사
신주 금장개제 근이주과 용신건고근고
아무 날 현손 아무 벼슬한 아무는 감히 밝게 고조 할아버지 아무 벼슬한 어른과 고조할머니 아무에 봉한 아무 씨에게 고하나이다. 이제 효현손 아무가 상에기한을 이미 마침에 그 아들에 가까움이 다 되었음으로 현고조고비의 신주를 체천을 함에 아무는 마땅히 차장으로 신주를 봉사하려고 이제 고치여 쓰겠음에 삼가 주과를 펴놓고 정성껏 삼가 고하나이다.

[當位告辭式](新補)承重則六代祖考妣位,告辭도同하되但改屬稱이라
維
年號幾年,歲次干支,幾月干支朔,幾日干支,五代孫某官某敢昭告于
顯五代祖考某官府君
顯五代祖妣某封某氏之墓,世次迭遷,
神主己祧,情雖無窮,分則有限,式遵典禮,埋于墓側,不勝感愴,謹以酒果,用伸虔告謹告[諸具]{不遷之位遷于墓所}[祠堂]立於墓所者[要轝][祭器][諸具]{遷于最長房}[要轝][祭器][諸具] {改題}0同上告遷條
[告辭式]{新補}
維 年號幾年,歲次干支,幾月干支朔,幾日干支,玄孫增孫或孫,隨屬稱某官某敢昭告于
顯高祖考某官府君
顯高祖妣某封某氏曾祖考妣或祖考妣-隨屬稱은下同今以孝玄孫某,

<<解義>> 吉祭 사례편람 권6 喪 52쪽

잠자는 침소로 돌아오는 것이다.

길제는 가례에는 없으나 사계선생의 상례비요에는 이미 옛날의 예를 채록하여 보충하였기 때문에 이제 따라 행한다. 그러나 비요의 기재된 내용이 자세하지 못하여 더 첨가 수정하였다.

改葬 四禮 卷 7 喪 1쪽

<<解義>> **개장** ; 묘를 다시 옮기는 것

장차 분묘를 다시 옮겨 장례를 지내려면 먼저 장사할 땅을 가리고 관을 준비하고, 염할 상을 준비하며 삼베와 끈과 이불과 옷를 준비한다.

관은 초상 때에 의식과 같이하며 대소는 초상 때 규격에 의거하고 없으면 묘를 연 뒤에 모양을 구관과 같이 하고 염상, 자리, 요, 묶을 것, 덮을 것과 옷을 갖추되 대렴에 의식과 같이하고 또 별도로 갖출 것은 금과 설면자와 새솜, 백지, 쪼갠 대나무, 가는 노끈, 쪼가리판자이며 묘를 열기를 기다려 자세히 보아서 만약 관을 바꾸지 못할 것이면 더 쓸 필요가 없다.

상례비요에 옛적에는 고치여 장사를 하는 것은 분묘가 붕괴되어 장차 시체의 널을 잃어버리게 될 것을 염려함이었는데 이제 풍속에는 풍수의 말에 혹하여 옮기여 장사하는 자가 있으니 심히 잘못된 것이다.
우암의 말씀에 개장 할 때의 의식은 초상 때와 같이한다.

제구 염하는상

喪制己畢,其子親盡,
顯高祖考
顯高祖妣神主,己祧,某,
當以次長,奉祀神主,今
將改題,謹以酒果,用伸
虔告謹告

<<原文>> 復寢

(按)吉祭난家禮所無而
備要에既採古禮補入故
로今亦從之而備要所載
則猶欠詳備故로就其中
更加添修하야俾便於考
閱하노라

增補四禮便覽卷之七
<原文>> 喪禮五

改葬 {儀節}

將改葬이면先擇地之可
葬者하고治棺,具斂牀,
布絞衾衣니라(備要)0下
同

治棺은如初喪之儀하되
大小난據初喪時見樣하
고無則啓墓後에取樣於
舊棺하고具斂牀,席褥,
絞衾衣하되如大斂儀하
고又別具,紟及雪綿子,
新綿,白紙, 片竹, 細繩,
薄板하고 待啓墓後審視
하야如不易棺則並不用
이니라

(備要)古者改葬은爲墳
墓-以佗故崩壞하야將
亡失尸柩也어늘世俗이
惑於風水之說하야有無
故而遷葬者하니甚非也
니라
(尤庵)曰遷葬時凡百은
一如初喪이니라

[諸具]{治棺}同上初喪

【집사자】경험이 있고 일에 능한자.【시자】【상】【자리】【요】【착자】【이불】【묶을것】【웃옷】【잠옷】.【금】곧 홋이불이니 흰베 다섯폭으로하여 염하는 밑에 이여 깔아서 시체를 드는것.【설면자】세속에 뼈 위에 펴는것.【새솜】보공을하는것.【백지】솜을편 사이에 놓는것.【청주】솜과 종이웨이 뿌려서 서로 붙게하는것.【세수대】【세수수건】

本條[諸具]{斂牀}
[執事者]經歷幹事者[侍者][牀][席][褥][卓][衾][絞][上衣][散衣]並同上初終大斂條 [衿]卽單衾이니用白布五幅爲之하야用以承籍于斂下하야以擧尸者라[雪綿子]俗用以鋪於骸上者[新綿]用以補空者[白紙]俗用以間於鋪綿者[淸酒]俗用以灑於綿紙上하야使相黏著者라[盥盆][帨巾]

<<解義>>개장 할 때 옷을 갖추어 입는 것이다

장사의 기구는 초상의 의식처럼 하되 삼년 복을 입어야 할 남녀는 다 시마복을 입고 손자나 증손이나 현손과 그의 처도 또한 같고 복 입을 일가는 다 조상 옷에 삼베를 껴입는다. 남편이 아내를 위하는 것도 같다.

개장에는 시마이니 신하가 임군을 위하는 것, 아들이 아버지와 어머니를 위하는 것과 아내가 남편을 위하는 것과, 아버지가 장자를 위하는 것과, 손자가할아버지를 위하는 것도 같다.

우암의 말씀이 삼년 안에 개장하는 자는 3년 복으로 행하고 시마로 고치지 아니한다 하였다.

사계의 말씀이 아버지의 상중에 어머니를 면례하는 자는 아버지의 장례 전에는 감히 변복을 하지 아니 할 것이요 만일 아버지를 장사하였으면 중한 상을 제하지 아니하고 경한 상을 만나서 하는 예에 의하여 어머니를 고치여서 장사하는데 시마를 입어서 일을 마치되 지팡이를 집지 아니하는 것이다.

살피어 보매 아버지가 계시고 어머니가 죽은 자는 눌리여 굽이고 스스로 마음대로 못하나마 그 사이에도 삼년에 체격만은 갖추는 것이니 면례<산소를 옮기는 것>할 때에는 마땅히 시마를 입을 것이다. 제구 복을 마련 하는것

【관】【건】【수질】【의】【상】【띠】【요질】【신】이상은 삼년 복에 응한 자가 입는 것이요 수질이하는 부인과

<<原文>>治葬에具制服이니라

葬具난一如治葬儀하되男子와婦人의應服三年者－皆制緦하고孫曾玄爲後者,及其妻도亦同하고應有服之親은改具弔服加麻하고夫爲妻에亦同이니라

(喪服記)改葬에緦니(註)臣爲君,子爲父妻爲夫오(疏)父爲長子,子爲母라하니라0(通典)孫爲祖後도亦緦라

(尤庵)曰三年內, 遷葬者난以原服行之오不必改制緦也니라

(沙溪)曰父喪中改葬母者－父未葬엔不敢變服이오若父旣葬則恐當依重喪未除,遭輕喪之例하야服母改葬之緦以終事하되杖亦當去니라

(按)父在母喪者－雖壓屈而不能自伸이나其間에猶能具三年之體니緬體之時에恐當服緦니라

[諸具]{制服}[冠][巾][首絰][衣][裳][帶][腰絰][屨]並制見上成服緦服條0以上은應服三年

같이 갖추는 것이다.【흰베건】【환질】백포삼】다 제도는 위에 조상 옷에 삼을 더하는 조에 보라. 이상은 복이 있는 일가에 응하여 입는 것이요 부인이면 희고 큰옷과 긴치마 같은 것을 쓰는 것.

<<解義>> 改葬　四禮 卷 7 喪 2쪽

날을 정하여 산소를 열며 산신제를 지내고 이에 천광을 하며 회다지는 것을 만들고<지석을 새기는 것>다 처음 장사지내는 의식과 같이한다.

축문식 만일 합편을 하거나 혹은 계장<조상의 묘지근처에 자손을 장사함>이면 선장에 고하는 것과 선영에 고하는 축은 치장의 본조목축식을 참고 하라.

유 년호 기년 세차간지 기월간지삭 기일간지 모관성명 감소고우

토지지신 금위【이 아래에 더할것이 모관성명지다섯짜이며 주인이고 하면 더할 것이 모지 두자이다.】모친모관【주인이고 하게 되면 아래에 더할 것이 부군두자이요 혹 비유이면 아니 쓰고 혹은 모봉모씨 이라한다.】택조불리 장개장우차【합폄이면 택조이하 구자를 고치여서 개조합폄우모관모공 이나 혹은 모봉모씨지묘이라한다.】

신기보우, 비무후간, 근이청작포해, 지천우,신 상 향

아무 날 아무 벼슬한 성명은 감히 밝게 토지지신에 고하나이다. 이제 아무 부치 아무 벼슬한 이의 무덤이 불리해서 장차 여기에 개장을 하겠사오니 그 신은 보호하시고 도와주셔서 뒤로 후환이 없게 하소서 삼가 맑은 술과 포와 해로써 공경하여 신에게 천신하오니 오히려 흠향하소서.

제구 지석을 색이는 것

만일 구묘의 옛적을 이용하려면 더 새길것이 모년모월모일에 모사로 인하여 고치여 장사하기를 모군모리모향 등의 글자를 새긴다.

者所服이오首絰以下난婦人同具라[白布巾][環絰][白布衫][帶]並制見上成服弔服加麻條0以上은應有服之親의所服이오婦人則用白大衣,長裙之類니制見下祭禮朔參條

<<原文>>

擇日,開塋域,祠土地,遂穿壙,作灰隔이刻誌石皆如始葬之儀니라

[諸具]{改塋域,祠土地}0同上治葬本條

[祝文式]{儀節}0若合窆,或繼葬,則告先葬及告先塋祝文與治葬本條祝式을參看하라

維

年號幾年,歲次干支,幾月干支朔,幾日干支,某官姓名敢昭告于

土地之神,今爲此下에當添某官姓名之五字오主人自告則當添某之二字某親某官,主人自告則此下에當添府君二字오卑幼則否오0或某封某氏라宅兆不利,將改葬于此,合窆則,改宅兆以下九字하야爲<改兆合窆于某官某公>或<某封某氏之墓>이라

神其保佑,俾無後艱,謹以淸酌脯醢,祗薦于神尙饗

[諸具]{穿壙}(作灰隔)0同上治葬本條

[諸具

{刻誌石}若移用舊墓所埋者,則添刻某年某月某日,改葬于某鄕某洞某向等字라0同上治葬本條

<<解義>>改葬 하루 전에 사당에 고하는 것이다.
일직이 일어나서 사당에 나가 장사할 신위의 감실 앞에 향탁을 설치하고 모사기를 그 앞에 놓고 주과로서 고하되 일이 있으면 고하는 의절과 같이한다.
만일 길이 멀면 미리 고하는 것이다. 만일 삼년 안에 개장을 하면 영좌에 나가서 상식을 올리며 고하는 것이다.
우암의 말씀에 아버지의 상을 장사지내지 않고 어머니를 개장할 때는 축관을 시켜서 사당에 향을 올리고 술을 붓는다. 영좌의 예와 같다.

당위고사식 改葬

유 년호 기년 세차간지 기우러간지삭 모친모관 모
감소고우 【아내는 소고우, 아우는 형고우 라 한다.】
현모친모관부군 【혹은 모봉모씨를 같이 옮기여서 합장을 하면 같이 쓰고 아내나 아무이하에는 현자를 고치여 망자로 하며 비유에는 부군 두자를 버린다.】 체백 탁비기지 공유의외지환 경동 선영 【겨례부치에는 선자를 고치여 존자로하고 안해나 아우이하에는 경동선령 넉자를 버린다.】 불승우구 장복이시월 모일 개장우모소 【합폄이면 체백이하 삼십이자를 고치어서 위장이 모월모일 개조합폄우 모친 모관부군이나 혹은 모봉모씨지묘 이라한다.】 근이 【아내나 아우이하에는 자이이라 한다.】 주과 용신건고근고 아내나 아우 이하에는 용신이하 육자를 고치여 용고궐유이라한다.】

아무 날 아무 부치 아무 벼슬한 아무는 감히 밝게 아무 부치 아무 벼슬한 어른에게 고하나이다. 체백을 의탁하실 그 땅이 아니어서 뜻밖에 근심이 있어서 선령이 경동 하실까 두려워 근심이 되고 두려움을 이기지 못하여 장차 이달 아무 날을 가리여서 아무 곳에 개장을 하겠으므로 삼가주과로써 그의 사유를 고하나이다.

<<原文>>
前期一日에告于祠堂
夙興, 詣祠堂하야就所當遷葬之位하야別設香卓於龕前하고束茅聚沙於其前하고以酒果告하되如有事則告之儀니라
若道遠則臨行預告라0若三年內,改葬,則就 靈座因上食告니라
(問)父喪未葬에遷葬母者-告祠堂時에上香斟酒를可自行否아(尤庵)曰使祝行之니如新喪靈座之禮니라
[諸具]{告祠堂}0同下祭禮有事則告條로대但不盛服이니라

[當位告辭式] {儀節}

維
年號幾年,歲次干支,幾月干支朔幾日干支,某親某官某弟以下엔不名敢昭告于妻엔去敢字하고弟以下엔但云告于라

顯某親某官府君,或某封某氏,同遷合葬則列書하고妻弟以下엔改顯爲亡하고卑幼엔去府君二字라體魄,托非其地,恐有意外之患,驚動
先塋,傍親엔改先爲尊하고妻弟以下엔去驚動先靈四字라不勝憂懼,將卜以是月某日,改葬于某所,合窆則改體魄以下三十二字하야爲將以某月某日, 改兆合窆于某親某官府君或某封某氏之墓 謹以 妻弟以下엔云玆以酒果,用伸虔告謹告妻弟以下엔改用伸以下六字하야爲用告厥由니라

<<解義>> 改葬 집사자가 흰 포장을 구 묘소에 치는 것이다 묘 서쪽에서 님향으로 치고 자리를 펴고 의자와 탁자를 둔다.

<<原文>>
執事者-於舊墓所에張白布幕張於墓西南向,布席有椅卓이라
[諸具]{舊墓에도張白幕}同上治葬靈幄條

<<解義>> 남자와 여자의 자리를 하는 것이다.
남자는 묘동 쪽에서 서향으로 북을 상으로 하고 여자는 묘 서쪽 장막 안에서 동향으로 북을 상으로 하는 것.

<<原文>>
爲男女位次라
男子난於墓東에西向北上하고婦人은於墓西幄內에東向北上이니라
[諸具] {男女位次}0同上治葬親賓次條

<<解義>> 改葬
다음날 새벽 내외 친족이 모두모여 자리에 나간다.
주인은 시마 복을 입고 다른 이들은 다 흰옷을 입고 곡을 하며 슬픔을 다 하는 것이다.
우암의 말씀에 자손들 중에서 오지 못하는 자는 흰옷을 입고 묘소 쪽을 바라보고 곡을 하는 것이 정리에도 당연하고 국법에도 옳은 것이다.

<<原文>> 改葬
厥明에內外諸親이皆至하야各就次하되主人은服緦하고餘皆素服으로就位哭盡哀니라
(尤庵)曰子孫之不得來會者-素服望哭은情理之不可幾者오況國朝已成典禮者 耶아

改葬 四禮 卷 7 喪 5쪽

<<解義>> 축관이 산신제를 지내는 것이다.
장차 묘를 열 때 먼저 주과로서 토지에 土地之神 이라고 設位를 하고 제사를 하되 묘의 왼편에서 북향하여 지낸다. 처음 장사 할 때의 예와 같이한다.
우암의 말씀에 묘를 열 때에 조상의 선묘가 한곳에 한산이면 이같이 중한 일에 어찌 고하지 아니할까? 이것이 비록 분명한 글은 없으나 그러나 부장 때에 선묘에 고하는 것으로 보아 개장할 때에도 마땅히 고하는 것은 의심할 것이 없는 것이다. 또 두 묘가 한산이되 한 묘는 옮기고 한 묘는 옮기지 아니하면 둘에 고하는 것이다. 제구 구산의 토지에 제사하는 것.
[축] 집사자] 【새자리】 【축판】 【과실 【포】 【해】 술부울

<<原文>>祝이祠土地라
將啓墓하되先以酒果로祠土地於墓左를如始葬之儀니라

(尤庵)曰啓墓之時에祖先墓-同處一岡,則如此重事에何可不告耶아此雖無明文이나然以祔葬時,告于先墓로推之則遷改時에當告無疑矣니라
0又曰兩墓同岡而一遷一否, 則兩告之니라

[諸具] {舊山祠土地}
[祝][執事者][新潔席][祝板][果][脯][醢][酒注][盞盤]二一用以酹酒

것】【잔대】절하는자리】세숫대】세수수건】

축문식

유 년호 기년 세차간지 기월간지삭 기일간지 모관성명 감소고우 토지지신 자유모친모관 복택자지, 공유타환【만일 합폄을하려고 개장을하면 공유타환 넉자를 고치여 금위합부이라 한다.】장계폄, 천우타소, 근이청작포해, 지천우신, 신기우지, 상 향

아무 날 아무벼슬한 성명은 감히 밝게 토지 신에게 고하나이다. 이에 아무일가의 아무 벼슬한 이가 있어서 이 땅에 묘를 모셨더니 다른 근심이 두려워서 장차 관을 열어서 다른 곳에 개장하려고하여 삼가 맑은술과 포와 해로서 공경하여 신에게 천신하오니 신은 도와주소서.

고사식 옮겨 가는 묘 改葬

유 년호 간지 기년 세차간지 기월간지삭 기일간지 모친모관 모 감소고우

편모친모관부군【혹은 모봉모씨라하고 합폄위이면 같이쓴다.】지묘, 증이모친모관부군【혹은 모봉모씨 이라하고 합폄위이면 같이 쓰고 비유에는 부군두자를 버린다.】부장우차, 공유타환, 장계폄 천우타소【만일 국내에 있으면 모방이라하고 만일 합폄을 하려고 개장을 하는 것이면 공유이하로 십일자를 고치여서 장이모월모일 개조합봉우 모친모관부군이나혹은모봉모씨지묘이라한다.】근이주과 용신건고근고

아무 날 아무 부치 아무 벼슬한 아무는 감히 밝게 아무 부치 아무 벼슬한 어른 묘에 고하나이다. 일직이 아무 부치 아무 벼슬한 어른으로 여기에 부장을 하였더니 다른 근심이 있을까 두려워서 하관 하였던 것을 장차 열어서 다른 곳으로 옮기여 가려고 함에 삼가 술과 과실로서 천신하나이다.

고사식 옮겨가지 않는묘 改葬

유 년호 기년 세차간지 기월간지삭 기일간지 모친모관 모【아우이하에는 이름을 쓰지 아니한다.】감소고우【아우이하에 고하는

者[拜席][盥盆][帨巾]

[祝文式] {儀節}
維
年號幾年,歲次干支,幾月干支朔,幾日干支,某官姓名,敢昭告于
土地之神,玆有添措語난見上祠土地, 祝式 某親某官,添措語난見上祠土地祝式卜宅玆地,恐有佗患,若爲合窆而改葬,則改恐有佗患四字하야 爲今爲合祔 將啓窆,遷于佗所,謹以清酌脯醢,祗薦于神,神其佑之, 尙
饗
[諸具] {舊岡告先塋}
[香爐][香盒]0餘並同上舊山祠土地條,若合窆位,則盞盤을加具一이라

[告辭式] {新補}
維
年號幾年,歲次干支,幾月干支朔,幾日干支,某親某官某敢昭告于
顯某親某官府君,或某封某氏오合窆爲則列書之墓,曾以某親某官府君,或某封某氏오同遷合葬則列書하고卑幼엔去府君二字祔葬于此,恐有佗患,將啓窆,遷于佗所,若在局內則云某方이라하고0若爲合窆而改葬,則改恐有以下十一字하야爲將以某月某日,改兆合封于某親某官府君,或某封某氏之墓 謹以酒果,用伸虔告謹告
[諸具]{兩墓同岡一遷一否,告不遷之墓}同上舊岡告先塋條

[告辭式] {新補}
維
年號幾年,歲次干支,幾

것은 위에 당위에 고하는 식에 보라.】
현모친모관부군 【혹은모봉모씨이라하고 비유에는 현짜를 고치여서 망짜로 하고 부군두자를 버리는 것이니 아래도 같다.】 **지묘, 증이 현모친모봉모씨** 【혹은모관부군이라한다.】 **동장우일강, 공유타환, 금장계폄, 천우타소** 【이 아래에는 같이 옮기여 가지 아니한다는 이유를 쓰되 그 당시의 형편에 따라서 쓰며 예로서 길하여 옮기지 않을 때는 공유타환 아래 십일 자를 버리고 별무타환 잉구유존 이라는 것도 무방할 것이다.】 **추감미신** 【아버지나 어머니에는 이 아래에 더할 것이 호천망극 사자이며 아우이하에는 추감미신을 고치여서 비념무이 이라 하는것이 무방하다】 **근이** 【아우이하에는 자이 이라한다】 **주과, 용신건고근고** 【아우이하에는 용신이하 육자를 고쳐서 용고궐유이라한다】

아무 날 아무 부치 아무 벼슬한 아무는 감히 밝게 아무 부치 아무 벼슬한 어른 묘에 고 하나이다. 일찍이 모봉모씨로서 같은 산등에 같이 장사하였더니 다른 환이 있을까 해서 장치 폄을 열어서 다른 곳으로 옮기려함에 미루어서 감동됨이 더욱 새로워서 술과 과실로서 삼가 천신 하나이다.

<<解義>> 改葬 **묘를 파서 여는 것이다.**

깨끗한 돗자리를 묘 앞에 펴고 잔과 술과, 포, 해등을 석상이 있으면 그 위에 진설하고 향로와 향합은 그 앞에 둔다. 주인이하가 차서대로 서서 곡하고 곡이 끝나면 재배를 한다. 주인이 분향과 강신을 하며 재배를 하고 자리로 돌아오면 축관이 기침을 세 번하고 꿇어앉아 독축을 하고 일어나서 자리로 돌아오면 주인이하 곡을하며 재배하고 철상하는 것이다.

고사식 改葬 묘를 열기전에 고하는 축문.

유 년호 기년 세차간지 기월간지삭 기일간지 모친모관 모감소고우 【아내나 아우이하에 고하는것은 위에 당위고식에 보라.】 **편모친모관부군** 【부치를 따라서 고치는 것은 위에당위고식에 보라.】 **장우자지 세월자구 체백불녕 금장개장** 【합폄이면 장우이하로 십육

月干支朔,幾日干支,某親某官某弟以下엔不名敢昭告于告弟以下난見上當位告式

顯某親某官府君或某封某氏오卑幼엔改顯爲亡하고去府君二字하니下同 之墓,曾以

顯某親某封某氏,或某官府君 同葬于一岡,恐有佗患,今將啓窆,遷于佗所,此下엔敍不能同遷之由니라追感彌新,考妣엔此下에當添昊天罔極四字오弟以下엔改追感彌新以佗語니라

謹以 弟以下엔云 玆以酒果,用伸虔告謹告 弟以下엔 改用伸以下六字하야爲用告厥由라

<<原文>> 啓墓 改葬

用新潔席,陳於墓前하고設盞盤,酒果,脯醢於其上하되有石牀則設於其上하고設香爐盒於其前하고主人以下-敍立擧哀哀止再拜하고主人이焚香酹酒奠酒하고再拜復位어든祝이噫歆三聲에北面跪告云云興復位어든主人以下-哭再拜,乃徹이니라
[諸具]{啓墓}幢上舊岡告先塋條

[告辭式]{儀節}
維
年號幾年,歲次干支,幾月干支朔,幾日干支,某親某官某敢昭告于
告妻及弟以下난見上當位告式
顯某親某官府君,屬稱隨

자를 고치여서 장차모월모일로서 모친모관부군이나 혹은 모봉모씨의 묘에 합봉하올가해서 이제 바야흐로 묘를 연다는 것이다.】 복유존령 【아내나 아우이하에는 다만 유령이라 한다.】 불진불경

아무 날 아무 부치 아무 벼슬한 아무는 감히 밝게 아무 부치 아무 벼슬한 어른에게 고하나이다. 이 땅에 뫼신 지가 세월이 너무 오래되어서 체 와 백이 편안치 못하실까 해서 장차 다른데 모시려고 함에 엎드려 생각하건대 높으신 혼령은 진동치 마시고 놀래지 마시옵소서.

<<解義>>改葬산일하는 자가 묘를 여는 것이다.
무덤을 파서 회가 보이면 사방의 회다진 밖에 흙을 파서 제치고 천회와 방회가 서로 닿은 곳이 보이면 쇠 막대를 써서 구멍을 내고 다음에 크고 작은 철봉이나 나무 봉을 써서 점점 헐어 제치고 두 개의 긴 막대를 넣고 막대 밑에 고임목을 넣어서 천회를 떠들고 관중 안을 자세히 살핀 후에 두 개의 송판으로 좌우방회 상면에 길이로 놓고 송판위에 크고 적은 끌림목을 가로놓고 또는 전면에 회다진 밑을 파서 땅에 길을 내고 길이로 두 개의 막대를 놓고 막대위에 둥근 토막을 가로놓되 높이는 벽에 회와 같이하고 굵은 새끼를 천회 웃머리에 씌우고 아랫머리로 내리어서 새끼의 두 끝을 당기여 끌리어 내고 남녀가 각각 자리에 나가서 곡을 하고 끝이면 흙을 파서 물리고 회다진 것을 꺼내버리고 널을 꺼내기에 편리하게 하는 것이다.
[역부】[기용】[나무말뚝】
[쇠지래】[긴막대】[송판】

둥근토막】 굵은새끼】 도끼】
삽】
괭이】
가래】 같은 것.

概난見上當位告式葬于玆地,歲月滋久,體魄不寧,今將改葬,合窆則,改葬于以下十六字하야爲將以某月某日合封于某親某官府君,或某封某氏之墓今方啓墓伏惟尊靈,妻弟以下엔但云惟靈 不震不驚,

<<原文>> 役者開墳
破墳至天灰어든又掘開四旁灰隔外土하고至天灰,傍灰,交縫處어든乃於交縫處에用鐵抹作穴하고次用大小鐵抹,或木抹하야(俗稱地乃)漸次劈開하고納兩長杠하고杠下에枕大塊木하야撐擧天灰하고細審壙內然後에以兩松板으로縱置於左右旁灰上面하고松板上에橫排大小散輪하고又於前面灰隔盡處에拓開地道하고縱置兩長杠하고杠上에排散輪하되高與墻灰齊하고用大索하야兜天灰上頭하고從下頭하야引索兩端하야齊力退出하고男女各就位-哭如初하고訖掘退三面灰隔外土하고乃劈去灰隔하야以便出柩이니라

[諸具]{開墳}[役夫][器用]如木抹,鐵抹,長杠,松板,散輪,大索,斧鍤,及(廣耳)(加乃之類

<<解義>> 改葬 改葬 四禮 卷 7 喪 9쪽

관을 들고 나와 천막 안 자리에 모시는 것.

부인들은 물러가서 휘장가운데 피하고 집사자가 베 두 가닥을 접어서 널 밑에 양머리를 씌워서 관을 들되 여럿이 부축하여 휘장 밑의 자리위에 머리가 남으로 가게 두고 주인 이하가 곡을 하며 쫓는 것이다.

<<原文>>

擧棺,出置幕下席上

婦人은退避帷中하고執事者-用布二條摺之하야兜柩底兩頭擧棺하고衆이扶助之하야出置幕下席上南首하고主人以下-哭從이니라

<<解義>>**축관이 공포로 관을 닦고 이불로 덮는 것.**

휘장을 널 남쪽에 치고 주인이하 남녀가 자리에 나가 곡을 하고 축관이 명정을 가져오고 명정 바탕을 널 동쪽에 세우는 것이다.

<<原文>>**祝이以功布로**

拭棺하고覆以衾衾은卽俠衾設帷於柩南하고主人以下-男女爲位而哭如初喪하고祝이取銘旌하야設跗于柩東이니라

[諸具]{擧棺}(拭棺) [俠衾] [銘旌]跗具난並制見上初終條[功布]制見上治葬陳器條[幃]

改葬 四禮 卷 7 喪 9쪽

<<解義>> **영구 앞에서 전제를 올리는 것이다.**

좌대를 만들어서 발로 덮고 병풍을 관남 쪽에 휘장밖에 처서 의자와 탁자를 그 앞에 두고 유품복은 의자위에 두고 주, 과, 포, 해는 탁자위에 설하며 향안은 탁자 앞에 두어서 향로와 합을 두고 축관이 손을 씻고 향안 앞에 나가서 분향하고 술을 부어 강신하면 주인이하가 재배하면서 곡하여 슬픔을 다하는 것이다.

식사 때 상식과 조석 곡전을 한다.

아버지의 친구들은 이때에 와서 곡을 하는 것이 옳은 것이다. 주인에게 조상을 하면 주인은 절을 하는 것이다.

우암의 말씀이 삼년 안에 옮겨 장사하는 이들이 항상 진지를 올리고 전을 드리는 것을 어느 쪽에 할까 의심을 하되 말하자면 예는 마땅히 어른을 먼저 올리는 것이니 두 곳에 전을 드릴지라도 크게 해될 것은 없다.

<<原文>> **設奠于柩前**

設扡覆以帊하고或設屛於柩南幃外하야置椅卓其前하고置遺衣服於椅上하고設酒果脯醢於卓上하고設香案於卓前하야置香爐盒하고祝이盥水詣香案前하야焚香斟酒하고主人以下-再拜哭盡哀니라0食時, 上食及朝夕哭奠은皆如初喪儀니라

執友親厚之人은至是에入哭可也니遂弔主人이면主人이拜之니라

(尤庵)曰三年內,遷葬之家에每以饋奠을當於何處爲疑而第,禮宜從厚니兩處並奠이라도似無大害니라[諸具]{設奠}[遺衣]無則只設虛位0餘並同上初終靈座及小斂奠條하되但無魂帛箱이니라[諸具{朝夕奠}(上食)並同上成服本條

<<解義>> 改葬 일하는 자가 새 관을 들어서 천막 밖에 남향하여 놓고, 천막에 나가면 집사자가 새 관 서쪽에 영상을 설치하고 관을 열고 시체를 들어서 염상에 놓고 염을 한다. 대렴의 의절과 같이한다. 새 관과 또는 염상을 장막문밖에 서쪽에 설하고 자리와 요를 상위에 펴고 집사자가 먼저 영좌와 전을 은 장막 밑 서상에 옮기고 주인과 친지들이 팔을 걷고 염상을 들어서 관의 남쪽에 조금 동으로 놓고 먼저 홋 이불을 펴고 다음에 끈과 이불과 옷을 그 위에 펴기를 대렴에 의절과 같이 한다. 일하는 자가 새 관을 들고 들어가 시체의 서쪽에 놓고 두 등상으로 받들고 일하는 자가 나옴에 집사자가 출회를 펴고 칠성판을 아래에 펴고 요와 베개를 펴기를 다 의절과 같이하고 구관을 열어서 사방 판을 치우고 쪼갠 대나무로 칠성판사이에 놓고 가는 끈으로 대나무 끝을 엮어서 깎은 판자에 매되 극히 단단하게 묶으면 시자가 손을 씻고 깎은 판자의 네 머리를 같이 들어서 시체를 염상위에 옮기고 깎은 판자를 풀어 버리고 쪼갠 대나무도 빼내고 의와 금을 거두어서 교로 매끼를 다 대렴의 예절과 같이하되 그 매끼를 조금 늘어지게 하여 의와 금으로 하여금 헤어지지 아니하게 할 따름이요	<<原文>>役者-舁新棺於幕門外하고南向遂詣幕所어든執事者-設斂牀於新棺之西하고執事者-開棺擧尸하야置于斂牀하고遂斂如大斂之儀니라 設新棺及斂牀於幕門外之西하고施席褥於牀上하고執事者-先遷靈座及奠於幕下西廂하고主人及親者袒하고擧斂床하야置于柩南少東하고先鋪紟하고次鋪絞衾衣於其上,如大斂儀하고役者-擧新棺하야入置于柩西하야承以兩凳하고役者-出에執事者-鋪秫灰,下七星板하고鋪褥枕을皆如儀하고乃開舊棺하야徹四旁板하고用片竹하야揷於七星板,地板之間하되其密如簀하고用剪板하야縱置七星板外하고用細繩하야編結竹端於翦板,極牢固하고侍者-洗手하고共擧翦板四頭하야舁尸遷于斂牀上하고解去翦板,拔片竹하고乃斂衣衾結絞,皆如大斂之儀,而微緩其結하야使衣衾不散而已오
자손들은 다 세수를 하고 이불의 네 끝을 같이 들어서 새 관 가운데 드려놓고 이불의 네 끝을 거두어서 시체위에 덮고 관 가운데 빈틈이 있으면 새 솜으로 채우되 눌리거나 너무 무겁게 하지 말 것이며 천금을 덮으면 주인과 주부가 의지하여 울면서 슬픔을 다하고 부인들은 물러가서 장막가운데 들어가고 목수를 불러서 뚜껑을 씌우고 칠관을 하고 염상과 구관을 걷고 관을 홋 이불로 덮고 영좌를 그 전 곳에 둔다. 주인과 또는 친한 이들이 염습하는 자리에서 옷을 걷고 전을 설하기를 대렴에 의절과 같이한다.	子孫侍者-俱盥手하고共擧紟之四嗇하야納于新棺中하고斂衾四嗇하야覆于尸上하고棺中有空缺處,則用新綿充實而毋敢壓得太重히覆天衾하고主人主婦以下-憑哭盡哀하고婦人이退入幕中하고乃召匠加蓋而漆棺하고徹斂牀及舊棺하고覆棺以侇衾하고設靈座於古處,皆如儀하고主人及親者-襲所袒衣하고乃設奠如大斂之儀라

만약 관을 고치지 아니하면 관을 열고 자세히 보아서 빈틈이 있으면 새 솜으로 채워서 뚜껑을 덮고 만일 심히 썩어서 고칠 수가 없으면 널을 움직이거나 하관을 할 때 지탱하기가 어려 우면 엷은 판자로 고를 만들어 구관을 싸고 그 밖을 칠하고 만일 조금 썩었으면 베를 칠에 적시여서 관의 사방을 싸고 그 밖을 칠하는 것이다.	若不改棺則但開棺審視하고若空缺則鋪新綿充實而加蓋하고若不至於當改而甚朽敗하야動柩下棺에有難支之慮則用薄板爲棺하야匣於舊棺而漆其外하고若略朽則用布하야侵于漆中하야裹棺四旁而漆其外니라
퇴계의 말씀에 묘를 고치는 것은 옛사람들이 다 상례로 처리를 하되 만일 부모를 동시에 개장을 하면 염을 하고 하관을 하는 선후가 동시에 죽은 예와 같이한다.	(退溪)曰改墓난古人이皆以喪禮則之하되若父母를同時改葬則其斂窆先後가似當比類於并有喪之禮也라
우암의 말씀이 내외의 상에 빈소가 다른 것은 밝은 예문이 있으니 비록 조석과 상식 때라도 또한 그의 복을 입는 것이다.	(尤庵)曰內外喪異殯은明有禮文하니雖朝夕上食之時라도亦當各服其福이니라
관을 고치거나 염을 고치는 것은 경솔하게 하지 않을 것이다. 만에 하나 조금이라도 소홀하게 하여 뼈가 부러지면 효자의 원통함이 어떠할까? 반드시 잘 배워서 잘 아는 사람을 미리 택하여서 염을 하되 자세히 살피여서 후회가 없게 하고 또는 구관이 썩어서 어찌할 수가 없게 되면 부득이 고치되 모양이 견딜 만한 것 같으면 고치지 아니할 것이니 그 석은 것에 정도에 따라서 관을 싸거나 혹은 칠포로 하는 것이 옳으니 여기에 그 제도를 다 기록하여 해당한자로 하여금 형편을 보아서 택하여 쓰게 하는 것이다.	(按)改棺改殮을不可輕易라萬一少忽하야使骨節錯誤則孝子之痛이當如何哉아必須預擇便習更事之人하야使之改殮而極其詳審하야勿之有悔하고且舊棺이腐爛하야至於不可奈何而後면不得已改之하되容有可堪之勢則不當改니隨其朽敗之如何하야或匣棺,或漆布爲可일새玆並著其制하야使當之者로觀勢擇用焉이니라
【관을드는 베】 두 가닭을 쓰되 폭은 전폭으로 각각 십척쯤 한다. 【은정빼는칼】 구관에 은정을 빼는 것. 【쪼갠대나무】 큰대나무를 쪼개서 쪼각을 하되 각각 폭은 한치 쯤되게 다듬어서 미끄럽게 하고 관에 폭보다 길게 하며 다소는 적당하게 한다. 【가는끈】 【깎은판자】 둘 나무는 단단한 것으로하되 그 길이는 관 모양에 넉넉하게 한다. 이상은 다 널을 꺼낼 때 쓰는 것이다.	[諸具]{改棺}[擧棺布]用二條하되廣全幅各十尺許(布帛尺) [拔袵刀]俗에用以刻去舊棺袵者[片竹]俗剶大竹爲片하되各廣寸許오治之令滑하고長於棺廣하며多少난隨宜[細繩][翦板]二俗에用水堅固者爲之하되其長이取足以剩於棺樣0以上은出柩時所用이라0若棺朽甚則用片

만일 관이 썩은 것이 심하면 쪼갠 대나무로 칠성판 아래와 출회의 위로 가로 꽂아서 그 빽빽한 것은 발같이 하고 깎은 판자 둘로 칠성판밖에 쪼갠 대나무 양끝을 놓고 가는 노끈으로 극히 견고하게 엮어매고 깎은 판자 네 머리로 드러내는 것이다.

竹하야橫揷於七星板之下,秫灰之上하야其密如簀하고用翦板二하야置七星板外片竹兩端하고用細繩하야編結極牢固하고擧翦板四頭以出

【엷은판자】넷 상하와 장광은 칠성판보다 넉넉하게 한다.

[薄板]四,上下長廣을取足以用七星板이라

혹 칠성판사방에 엷은 판자를 관에 모양과 같이 부치고 먼저 백지를 거듭 할만치 뼈위에 펴고 청주를 뿌린 다음 고은 솜을 그 위에 펴고 또 술을 뿌리기를 상간으로 하여 뼈 위에 들어붙게 하여 단단하게 채운 후에 드러내고

사방의 판자와 쪼갠 대나무 또는 깎은 판자를 버리고 옷과 이불을 거두어서 매끼로 매기를 의절과 같이한다 하셨다.

或說에七星板四旁에黏薄板如棺狀하고先用白紙一重하야鋪骸上하고灑以淸酒하야次鋪雪綿子하고又灑以酒하야重重相間에令黏著於骸上하고緊緊塡補然後에擧而出之하야乃去四旁板,及片竹,翦板,斂衣衾,結絞如儀니라餘並見上初終納棺條諸具]{漆棺}[薄板]用以匣於棺者[漆布]用以黏裹棺四縫者餘並同上初終本條
[諸具]{結裹}同上初終本條

改葬 四禮 卷 7 喪 11쪽

<<解義>> 관을 들어 상여에 모신다.

기구를 진설하기를 처음 장사지내는 의절과 같이하되 상여를 장막밖에 두고 집사자가 전을 거두고

축이 북향으로 꿇어앉아 고하기를 마치면 영좌를 옮기여 곁에 두고 부인들은 물러가서 장막으로 피하고 역부를 시켜 널을 상여에 실이고 집사자는 영좌와 탁자를 널 앞에 남향으로 옮기고 탁자위에 전을 설하고

축이 세수하고 분향을 하며 술을 붓고 꿇어앉아 고하기를 마치고 엎드렸다 일어나면 주인이하가 곡을 하고 재배를 하면 거두고 유의를 요여에 들이고 분향을 하며 만일 유의가 없으면 다만 노와 합을 상여 앞에 두고 향을 피우는 것이다.

<<原文>>遷柩就轝 儀節에有乃設奠三字陳器를如始葬之儀하고納大轝於幕門外하고執事者-撤奠하고
祝이北向跪告云云에遂遷靈座置傍側하고婦人이退避幕中하고召役夫,遷柩就轝하야乃載,載畢에執事者-遷靈座及卓於柩前南向하고乃設奠於卓上하고
祝이盥帨焚香斟酒하고跪告云云에俯伏興이어든主人以下哭再拜遂徹奠하고納遺衣於靈車焚香하고無遺衣則只置爐盒於靈車而焚香이니라

만일 묘가 멀어서 잡에 갔다 다시 와서 장사를 지내게 되

(按)庾蔚之曰若墓遠하

면 저녁전과 발인전이 있을 것이니

만약 집으로 돌아가면 다른 곳에서 돌아와서 장사를 지내는 예로 하니 다만 아침 전을 진설하여 집에 돌아가면 다른 곳에서 돌아와서 장사를 지내는 예로 하니 다만 아침 전을 진설하여 집에 돌아온 뜻으로 고하고 장사할 때에 조전과 견전을 설하는 것이 옳은 것이다.

부인들은 따라가기를 불편이 여기면 처음 장사할 때에 의절에 집을 지키는 자의 곡으로 사례하는데 이때에도 또한 곡으로 하직하고 돌아가는 것이 무방할 것이다.

고사식
오늘 관을 옮겨 상여에 나감을 감히 고하나이다.
위에 장사를 지낼때 발인에 전과 또는 혼백을 받드는 조목과 같다. 신주의 상자는 초혼한 옷으로 대신한다.

고사식
발인하여 집에 돌아올 자가 아침에 장사할 때 고사.
금일 장천구취여 환귀 실당 감고
오늘 널을 옮기여 상여에 나감에 집으로 돌아가겠다는 말을 감히 고한다는 뜻.

고사식 영천지례 영신불류 금봉 구거 식준조도
영원히 옮기여 가는 예임에 좋은 때가 머물지 아니하여 이제 영구를 실은 상여를 받들어서 길 귀신에 제사하는 의절을 쫓는다는 뜻.

改葬 發引 祝 고사식
영이재가 왕즉신택 재진견례 영결종천
상여에 실고 가면 곧 새 집일 것 입니다. 이에 보내는 예를 베푸니 죽어서 영원히 이별을 한다는 뜻

야至家復葬則當有祖奠遣奠이니
今若還家則用自佗所歸葬例行日하되但設朝奠하야告以還家之意하고至葬時하야乃設祖奠遣奠爲可니라

婦人이從柩不便하야始葬儀에既依守舍者哭辭則此時에亦哭辭而 歸-無妨이니라
[諸具]{陳器}同上治葬本條

[告辭式]{儀節}
今日,遷柩就轝,敢告
[諸具]{設奠}0同上治葬遣奠及奉魂帛條하되但神主箱은代以遺衣니라

[告辭式] {儀節}
靈輀載駕,往卽新宅,

附[發引還家者因朝葬告辭式] {新補}
今日,將遷柩就轝,還歸室堂, 敢告
[諸具] {至家復者,前一日祖奠}同上治葬本條
[告辭式]{引用治葬本式}
永遷之禮,靈辰不留,今奉 柩車,式遵祖道,

[遣奠告辭式]
{新補}
靈輀載駕,往卽新宅,
載陳遣禮,永訣終天,

改葬 四禮 卷 7 喪 13쪽

<<解義>> 발인을 처음 장사에 의절과 같이하되 가기 전에 집사자가 먼저 영좌와 영악을 설하여 남녀의 자리를 하고 관이가면 주인남여가 각각 자리에 나가서 곡을 하고 하관을 하기를 처음 장사의 의절과 같이 하는 것.

【영악】【악차】【설전】【내폄】【증】【실회】【하지석】【성분】

<<原文>>發引을如始葬之儀하되未至에執事者-先設靈幄靈座하야爲男女位次하고柩至어든主人男女-各就位哭,乃窆을一如始葬之儀니라

(按)靈座之設은爲尸柩所在故也라旣窆則形歸窀穸에神已在廟하니靈座난 似當卽徹이니라

[諸具]{發引}0同上治葬柩行條

[諸具]{靈幄}{幄次}{設奠}[乃窆][贈][實灰][下誌石][成墳]0並同上 治葬本條

<<解義>> 산신에 제사하는 것은 묘의 왼편에서 행하는 것이다. 토지지신을 설위한다 改葬

축문식

유 년호 기년 세차간지 기월간지삭 기일간지 모관성명 감소고우 토지지신 금위【이 아래에 더할것은 모관성명지모친 일곱자이오 주인이 스스로고하면 마땅히 더할 것이 모지모친녁짜이다.】모관【더하는 말은 위에 토지에 제사하는 축식에 보라.】건자택조[합폄이면건자택조를고치여금이장필이라한다】

신기보우 비무후간 근이 청작포해 지천우 신 상 향

<<原文>>

祠土地於墓左

如始葬之儀

[諸具] {祠土地}0同上舊山祠土之條

[祝文式]{儀節}

維

年號幾年,歲次干支,幾月干支朔,幾日干支,某官姓名敢昭告于

土地之神,今爲此下에當添某官姓名之某親七字하고主人自告則當添某之 某親四字 某官, 添措語난見上祠土地祝式建玆宅兆,合窆則改建玆 宅兆하야爲今已葬畢이라 神其保佑,俾無後艱,謹以淸酌脯醢,祗薦于神 尙

饗

<<解義>> 改葬 四禮 卷 7 喪 14쪽

장사가 끝나면 전을 드리고 돌아온다.

깨끗한 새 자리를 묘 앞에 펴고 잔대와 주전자와 찬을 진설하고 축이 손을 씻고 향을 피우고 술을 붓고 북쪽으로 꿇어앉아 독축을 마치고 제자리로 돌아오면 주인이하가 곡을 하면서 재배하며 슬픔을 다한 다음 제물을 걷고 돌아오는 것이다.

<<原文>>

葬畢奠而歸(語類)下同

用新潔席,陳於墓前하고設盞注及饌하고祝이盥帨하고炷香斟酒,北面跪告云云에興復位어든主人以下-哭再拜盡哀하고徹而歸니라

왕숙이 이미 우제를 지내고 복을 벗는다고 하였으니
만약 개장에도 이렇게 한다면 신위가 사당에 계신지 오래 되었는데 어떻게 우제를 할 수 있겠는가?
라고 물으니 이와 같이 함이 옳으나 지금은 도무지 상고할 길이 없다. 관례대로 당연히 사당에 반곡 하는 것이 당연하다.
개장에 우제를 행한다고 하면 구의에서 시작된 것인데 우암은 주자의 뜻이라고 하면서 개장이 끝난 뒤에 묘소에서 전제를 올리고 곡할 뿐이라고 하니 우제의 한 절차는 삭제하고 어류에 근거하여 전제를 올리고 돌아와 사당에서 고하고 곡하는 두 단계를 첨가하였다.
새 상례를 당하여 옛무덤을 옮기여 합폄을 하는 자가 그 축문을 가슴에 품고 반우 할 때에 묘전에는 참배를 아니 할 것이요 급히 반곡을 하여 신상에 우제를 행하고 다시 묘소에 가서 전을 드리고 돌아오는 것이 가할 것이다.

(按)語類에問王肅하되以爲,既虞而除之나若是改葬엔神已在廟久矣니何得虞乎아曰便是如此而今都不可考라看來에也須當反哭於廟라하니蓋改葬之虞-始於丘儀而尤庵은以爲失朱子之意而云只於葬畢에奠於墓而哭之而已라故로虞祭一節은刪去하고且依語類하야添入奠而歸及告廟哭二段이니라 遭新喪, 遷舊葬,合窆者-當其懷祝及虞之時에不可以參墓奠이오急宜反哭行虞於新喪하고而復至墓所하야待事畢奠而歸爲可니라
[諸具]{奠而歸}[饌]餅麪魚肉隨宜餘並同上舊岡告先塋條

축문식 개장에 성분축.
유 년호기년 세차간지 기월간지삭 기일간지 모친모관 모 감소고우 【아내나 또는 아우이하에 고하는 것은 위에 당위에 고하는식에 보라.】
현모친모관부군 【부치를 따라서 고치는것은 위에 당위고식에 보라.】
지묘, 신개유택, 사필봉영, 복유, 존영 【고치여 놓는말은 위에 무덤을 열때 고하는 식에보라.】 영안체백
축문식
아무 날 아무붙이 아무 벼슬한 아무는 감히 밝게 아무붙이 아무 벼슬한 어른 묘에 고하나이다. 새로 무덤을 고치여 일을 마치고 봉분을 하였으니 엎드려 생간 하건대 높으신 혼령은 영원히 몸과 혼이 편안 하소서.

[祝文式] {新補}
維
年號幾年,歲次干支,幾月干支朔,幾日干支,某親某官某敢昭告于告妻及弟以下난見上當位告式
顯某親某官府君屬稱隨改난見上當位告式之墓,新改幽宅,事畢封塋,伏惟尊靈,改措語난見上啓墓告式永安體魄,

신상을 만나서 구장을 옮기여 합폄을할 때 선망위에 축문식
유 년호기년 세차간지 기월간지삭 기일간지 효자 【승중에는 효손이라칭하고 비유이나 방친에는 부치를 따라서칭한다.】 감소고우 【제이하에 고함에는 위에 당위고식에보다.】

遭新喪遷舊葬合窆先亡位祝文式] {新補}
維
年號幾年,歲次干支,幾月干支朔,幾日干支,孝子承重엔稱孝孫하고旁親卑幼엔隨屬稱敢昭告于告弟以下난見上當

현고 【어머니가 먼저죽었으면 현비이라하고 승중에는 현조고이나 혹은 현조비이라하고 방친이나 비유에는 부치를 따라서 칭하되 비유에는 현짜를 고치여 망짜로한다.】 **모관부군** 【혹은 모봉모씨이라 하고 비유에는 부군두자를 버린다.】 **지묘, 신개유택, 합폄이선비** 【승중에는 선조비이라 한다.】 **모봉모씨** 【어머니가 먼저 죽었으면 고치여서 선고모관부군에 합부를 한다 하고 승중이나 또는 방친이나 비유에도 또한 이것으로 미루어보라.】 **사필봉영, 복유, 존령** 【아우이하에는 다만 유령이라 한다.】 **영안체백**

位告式

顯考母先亡엔云顯妣오承重엔云顯祖考,或云顯祖妣오旁親卑幼엔隨屬稱이오卑幼엔改顯爲亡이라某官府君或某封某氏오卑幼엔去府君二字之墓,新改幽宅,合窆以先妣承重云先祖妣某封某氏, 母先亡엔改以合祔于先考某官府君하고承重及旁親卑幼에도亦推此 事畢封塋,伏惟尊靈,弟以下엔但云惟靈永安體魄,

<<解義>> 改葬 四禮 卷 7 喪 16쪽

사당에 고하되 곡을 한 후에 끝낸다.

제사를 고할 때 신주를 정침에 내오는 것이다.

주인은 시마 복을 입고 다른 사람들은 소복을 입고 집사들은 정침에 물 뿌리고 쓸며 의자와 탁자를 닦고 의자는 당중 북벽아래에 두고 탁자는 그 앞에 둔다. 향안은 탁자 앞에 놓고 향로와 향합을 갖추고 모사기를 그 앞에 놓고 기구를 진설하는 것은 사당에 참례할 때 의절과 같이하고 찬을 탁자위에 진설하는 것도 초하루에 전을 드리는 의절과 같이하고 또 한 탁자는 서쪽계단 위에 놓고 주인이하 사당에 나가되 주인이 손을 씻고 감실 앞에 나가서 발을 올리고 분향하고 꿇어앉아 독축하고 엎드렸다 일어나서 신주를 상자에 놓으면 축이 받들고 주인은 앞을 인도하고 주부와 비유들은 뒤따라와 정침에 와서 서쪽 뜰 탁자위에 두고 주인은 신주를 받들고 나와 정침에 놓고 자리에 나가 차례로 서서 재배를 하면서 다 곡하고 슬픔을 다하고,

<<原文>>

告廟哭而後畢事하고祭告時에出主於寢이라主人은緦服하고餘人은皆以改葬時所服하고及執事者-灑掃正寢하며洗拭椅卓하고設椅堂中北壁下하고置卓於其前하고設香案於卓前하고具香爐盒하고東茅聚沙於其前하고陳器를如祠堂衆禮之儀하고設饌於卓上도如朔奠之儀하고又設一卓於西階上하고主人以下-俱詣祠堂하야主人이盥帨하고升詣本龕前軸簾,焚香,跪告云云,俯伏興하고出神主,置于笥어든祝이奉之하고主人은前導하고主婦及卑幼-從後至正寢하야置于西階卓上하고主人이 奉神主하야出就位하야序立再拜擧哀하고哀止,

강신을 하고 술을 올리고 반개를 열고 숟가락을 꽂고 젓가락을 바로 놓고 주인이 향탁 앞에 꿇어앉고 축이 축판을 가지고 주인의 왼편에서 동향하여 꿇어앉아 독축을 하고 제자

降神,斟酒,皆如儀하고啓飯蓋扱匕正筯하고主人이立於香卓前跪하고祝이執板立於主人之左,

리로 간다. 주인은 재배를 하고 제자리로 간다. 잠시 9숟가락 밥 먹을 동안 기다렸다가 집사자가 국을 내리고 숭늉을 올린다. 조금 있다가 수저를 내리고 반개를 덮고 사신을 하며 축문을 태우고 신주를 거두어서 받들고 사당에 돌아가는 것이다. 신주를 사당에 모시고 발을 내리며 문을 닫고 철상하는 것이다.	東向跪, 讀云云畢에興復位하고主人이再拜,降復位하고 食間에執事者-徹羹,進熟水하고少頃에下匕筯,合飯蓋,辭神,焚祝文,斂主하고奉歸祠堂,如來儀하고納主,降簾,闔門而退,徹이니라
만일 삼년 안에 개장을 하면 영좌에 나가서 제사를 고하며 초하루에 전을 드리는 의절과 같이한다.	若三年內改葬則就靈座하야祭告如朔奠之儀니라
우암의 말씀이 장사 후 제복하기 전 옷 색깔은 시마복인의 옷 색과 같이한다 하셨고 신독제 선생은 보통 시마보다 좀 다르니 석 달은 고기를 먹지 않고 따로 천신을 한다고 말씀하셨다.	(尤庵)曰葬後除服前服色은只如凡干緦服人服色이라하고愼齋先生은以爲與凡緦로畧異하니當三月不肉하고別處云矣라0(問)改葬未除服時上墓則哭如何잇고尤庵曰南軒先生은雖尋常時라도若至墳墓則必哭하고鄭松江도亦然하니況旣遷改則朱子所謂墳土未乾者-如來示而行之니豈不合於人情乎아 [諸具]{設位}[陳器][具饌][奉主]0並同下祭禮忌祭條하되若考妣同遷則具 二分之饌
신주를 내 올때 고하는 말 의식 금이 현모친모관부군 【부치를 따라서 고치는 것은 위에 당위고식에 보라.】 개장사필 감 【아내에나 아우이하면 감짜는 버린다.】 청신주 출취정침 공신 【아내나 아우이하에는 공신을 고치여 신차이라 한다.】 전고 이제 아무 어른으로 다시 장사하는 일을 마치고 삼가 신주를 정침에 내가기로 청함에 공순히 전을 펴고 고하나이다.	[出主告辭式]{新補} 今以 顯某親某官府君屬稱隨改난見上當位告式改葬事畢,敢妻弟以下엔去敢字 請 神主,出就正寢,恭伸妻弟以下엔改恭伸하야爲伸此 奠告,
축문식 유 년호기년 세차간지 기월간지삭 기일간지 모친모관 모 감소고우 현모친모관부군 신개유택, 예필반곡, 숙야미녕, 체호망극 【조이상은 제초망극 사자를 고치여 불승추감이라 하고 방친이나	[祝文式]{新補} 維 年號幾年,歲次干支,幾月干支朔,幾日干支,某親某官某敢昭告于告妻

<table>
<tr>
<td>아내, 아우이하에는 숙야이하 팔자를 버리고 비통무이 이라하는 것도 무방할 것같다.】 근이 【아내나 아우이하에는 위에 당위 고식에 보라.】 청작서수, 공신 【아내나 아우이하에는 위에신주를 내올 때 고하는 식에 보라】 전고, 상 향

아무 날 아무 부치 아무 벼슬한 아무는 감히밝게 아무 부치 아무벼슬한 어른에게 고하나이다. 새로 무덤을 고치고 예를 맞치고 곡을 하고 돌아옴에 밤이나 낮이나 편안치 못하여서 곡을 하여도 망극함에 맑은술과 여러 음식을 올리면서 고하오니 흠향 하소서</td>
<td>及弟以下見上當位告式顯某親某官府君,屬稱隨改난見上當位告式新改幽宅,禮畢反哭, 夙興靡寧,啼號罔極, 祖以上은改啼號罔極四字以佗語하고旁親妻弟以下엔改夙夜以下八字以佗語라謹以妻弟以下엔見上當位告式淸酌庶羞,恭伸妻弟以下난見上出主告式 奠告, 尙 饗
[諸具]{三年內,改葬就靈座祭告}同上成服朔日條
[告辭式] 同上告廟祝</td>
</tr>
<tr>
<td>改葬 四禮 卷 7 喪 17쪽
<<解義>> 改葬 석 달 만에 복을 벗는 것이다.
무덤을 파고부터 넉 달 만인 초하루 날에 허위를 설하고 그 복을 입고 곡을 하고 벗는 것이다.
조상 옷에 삼을 더한 것은 제사를 고하고 바로 벗는다.</td>
<td><<原文>>三月而除服
(備要)自破墳으로第四月之朔에設虛位하고服其服하고哭而除之라0弔服加麻者는祭告訖卽除之니라</td>
</tr>
<tr>
<td>우암에 말씀이 조상 옷에 삼을 더한자는 마땅히 장사를 마치고 벗되 주인이 시마복을 벗는 날에 주인과 같이 모여 곡을 하는 것이 또한 정을 펴는것이다.</td>
<td>(尤庵)曰弔服加麻者난當葬訖除之하되至於主人除緦之日에躲主人會哭이亦可以伸情矣니라</td>
</tr>
<tr>
<td>개장은 주자가례에는 문헌이 없고 상례비요에 있는데 구의에 의식을 보충하여 넣어서 지금 행하고 있다.</td>
<td>(按)改葬은家禮所無而備要에依丘儀補入故로今亦從之而備要所載則節目之間에頗欠詳備키로玆取本條하고并採經歷慣熟者之言하야參互錄之而正之以先儒說하고另加添修하야便於據而行之라[諸具]{除服}
[椅] [席]</td>
</tr>
</table>

喪禮　圖說

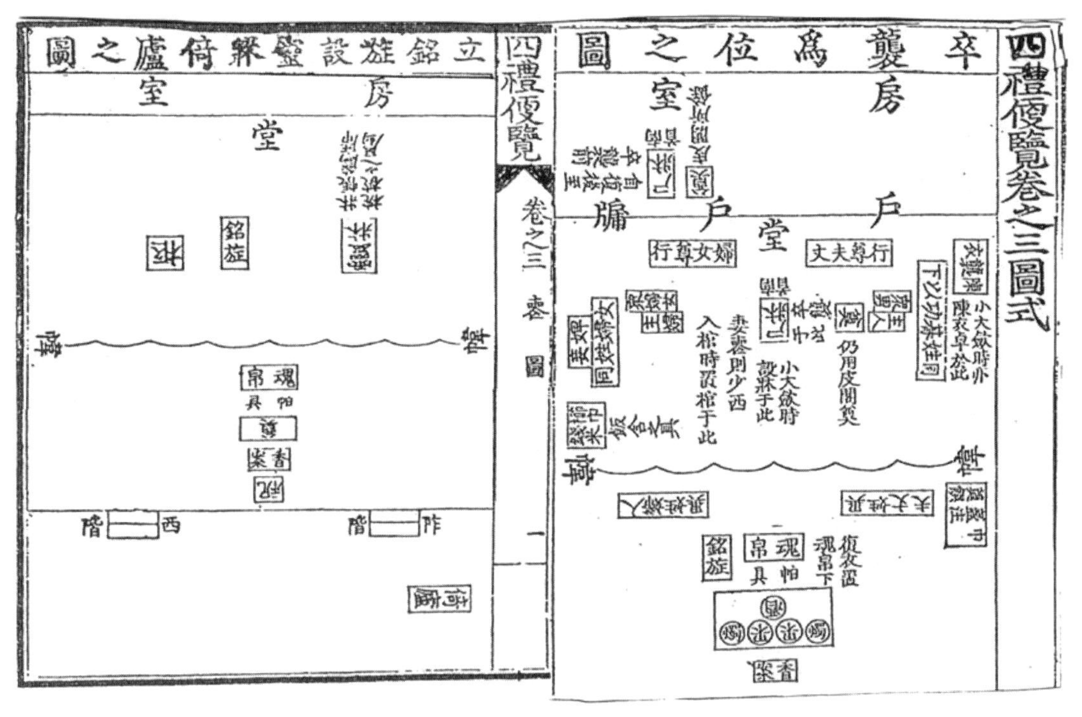
四禮便覽卷之三圖式
卒襲爲位之圖
立銘旌設靈牀倚廬之圖
四禮便覽
卷之三　喪　圖
室
房
堂
戶
牖
丈夫尊行
婦女尊行
魂帛
帛具
銘旌
小大斂時
設牀于此
仍用皮閒奠
西階
阼階
倚廬

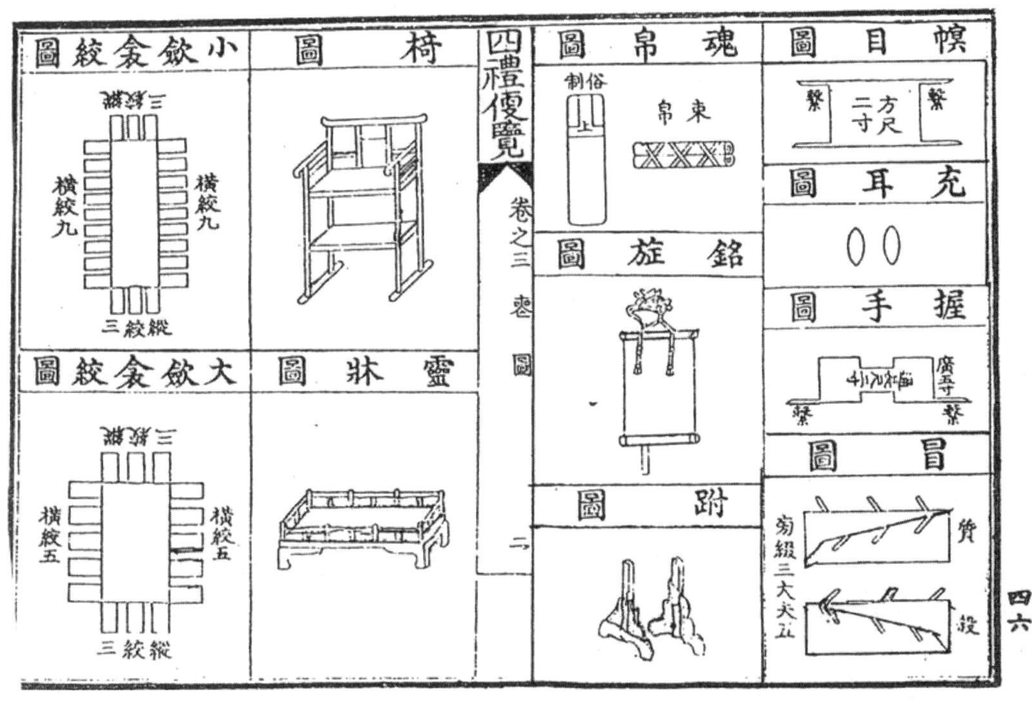
小斂衾絞圖
三絞縱
橫絞九
大斂衾絞圖
橫絞五
椅圖
靈牀圖
四禮便覽
卷之三　喪　圖
魂帛圖
俗制
束帛
銘旌圖
跗圖
幎目圖
方尺二寸
繫
充耳圖
握手圖
廣五寸
冒圖
質
殺

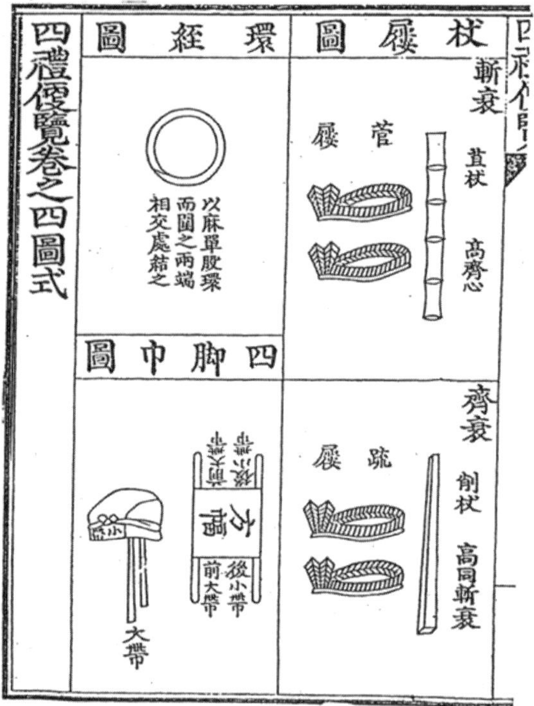

四禮便覽卷之四圖式
杖屨圖
斬衰
苴杖 高齊心
菅屨
齊衰
削杖 高同斬衰
疏屨
環經圖
以麻單股環而圍之兩端相交處結之
四脚巾圖
大帶

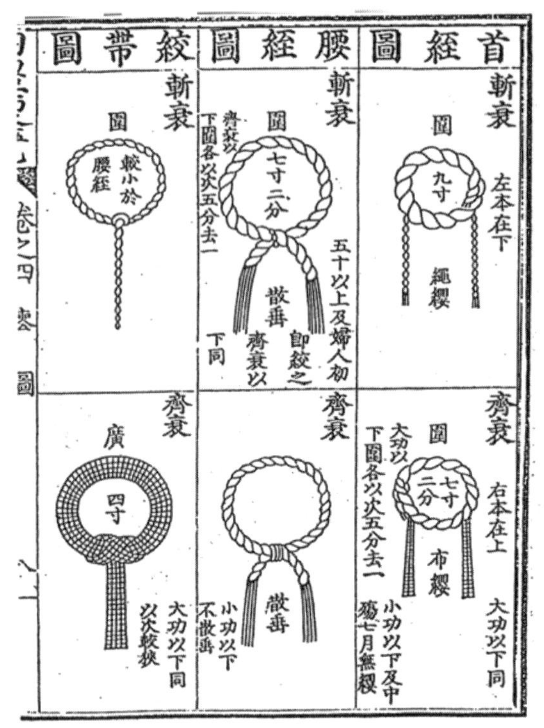

首經圖
斬衰
圍
九寸
左本在下
繩纓
五十以上及婦人初
齊衰
圍
七寸二分
右本在上
布纓
大功以下同
小功以下及中殤七月無纓
大功以下圍各以次五分去一
腰經圖
斬衰
圍
七寸二分
散垂
卽絞之
齊衰以下同
齊衰以下圍各以次五分去一
齊衰
散垂
小功以下不散垂
絞帶圖
斬衰
圍
較小於腰經
齊衰
廣
四寸
大功以下同
以次較狹

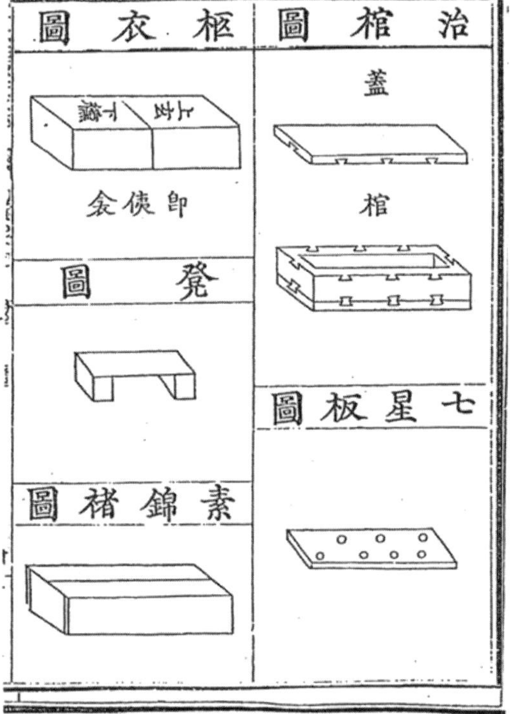

治棺圖
蓋
棺
柩衣圖
凳圖
素錦褚圖
七星板圖

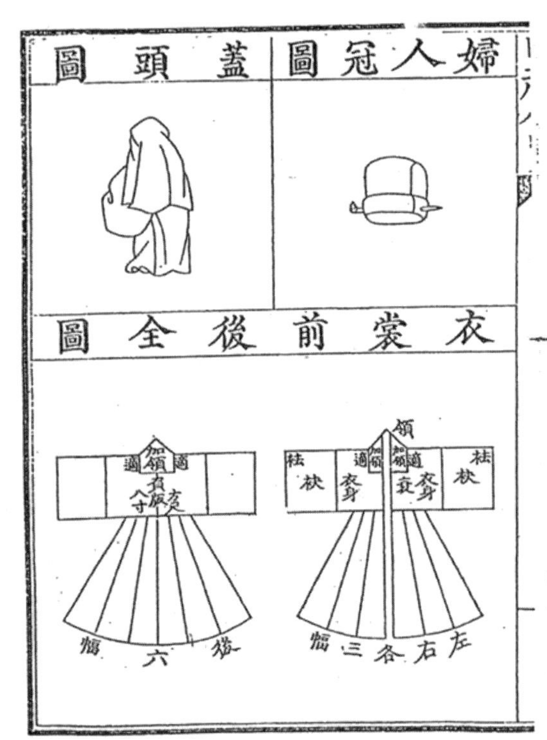

婦人冠圖
蓋頭圖
衣裳前後全圖
領
袂
袪
衣身
左右各三幅
六

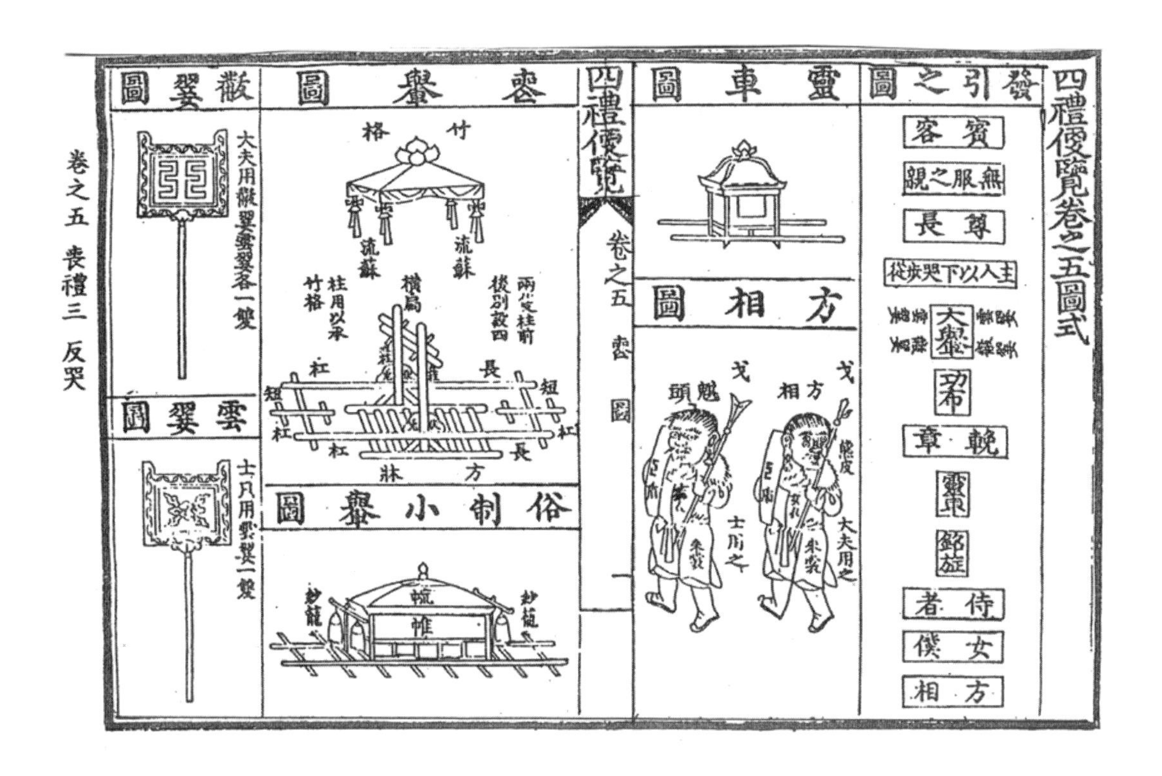
四禮便覽卷之五圖式
發引之圖
賓客
無服之親
尊長
主人以下哭步從
大轝
功布
輓章
靈車
銘旌
侍者
女僕
方相
靈車圖
方相圖
戈
方相
大夫用之
魌頭
士用之
四禮便覽
卷之五 喪圖
喪轝圖
竹格
流蘇
橫扃
柱用以承竹格
兩小足柱前後別設四
長杠
短杠
方牀
俗制小轝圖
紗籠
黻翣圖
大夫用黻翣畫翣各一雙
雲翣圖
士只用雲翣一雙

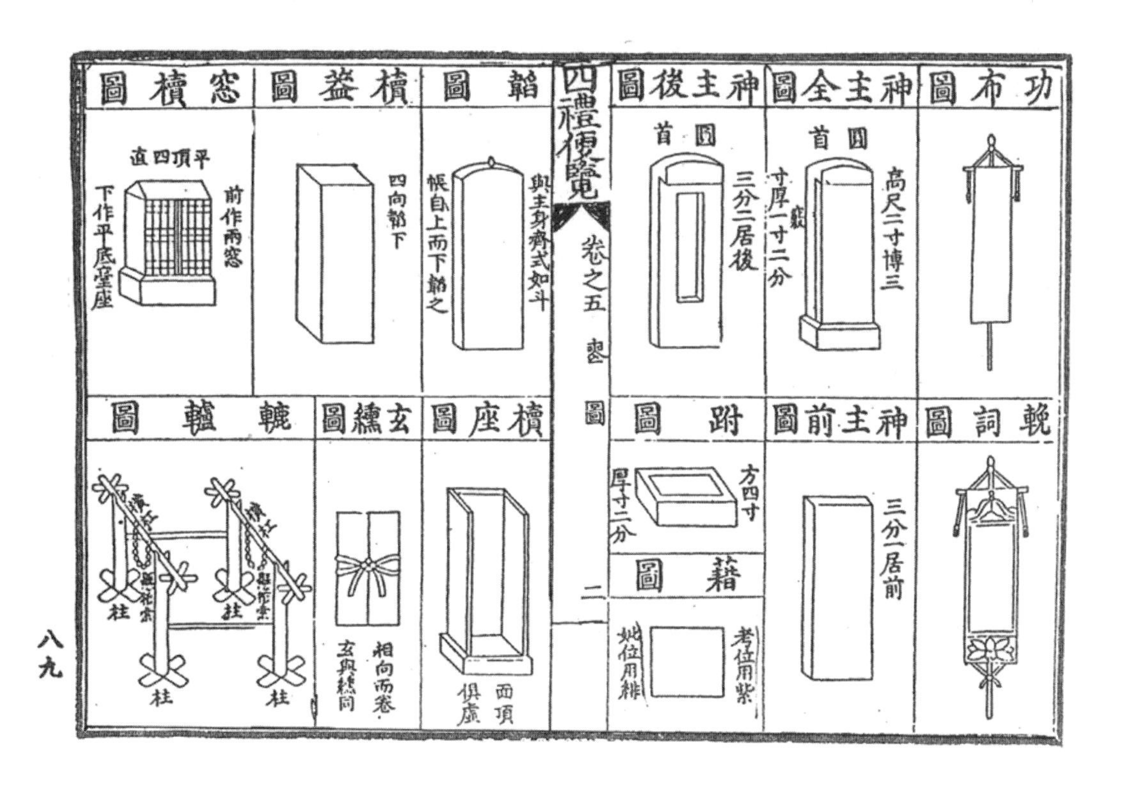
功布圖
神主全圖
圓首
高尺二寸博三寸厚一寸二分
神主後圖
圓首
三分二居後
四禮便覽
卷之五 喪圖
韜圖
與主身齊式如斗帳自上而下韜之
櫝盝圖
四向韜下
窓櫝圖
平頂四直
前作兩窓
下作平底臺座
輓詞圖
神主前圖
三分一居前
趺圖
方四寸厚寸二分
藉圖
考位用紫
妣位用緋
櫝座圖
兩頂俱虛
玄纁圖
相向而卷
玄與纁同
柱

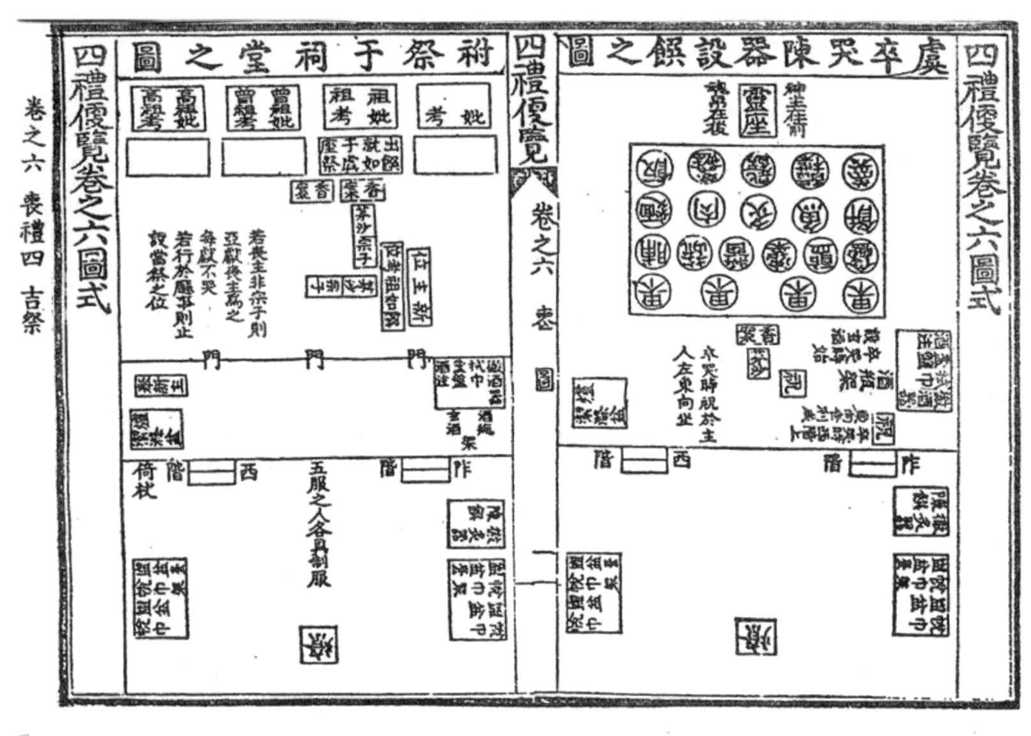
卷之六 喪禮四 吉祭
四禮便覽卷之六圖式
祔祭于祠堂之圖
高祖妣 高祖考
曾祖妣 曾祖考
祖妣 祖考
妣 考
若長主非宗子則亞獻於主爲之
若行於廳事則止設當祭之位
五服之人各具制服
四禮便覽
卷之六 喪圖
虞卒哭陳器設饌之圖
靈座
四禮便覽卷之六圖式

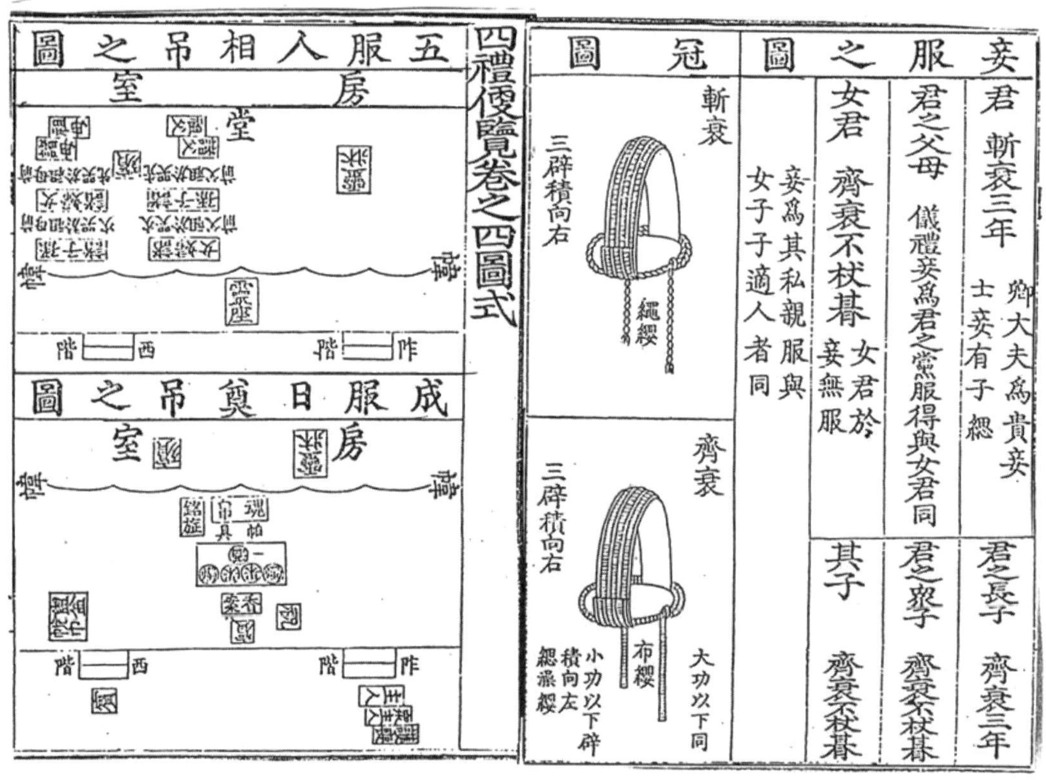
五服入相吊之圖
室
房
堂
靈座
階
西
阼
成服日奠吊之圖
四禮便覽卷之四圖式
妾服之圖
君 斬衰三年 卿大夫爲貴妾 士妾有子緦
君之父母 儀禮妾爲君之黨服得與女君同
女君 齊衰不杖朞 女君於妾無服
妾爲其私親服與女子子適人者同
君之長子 齊衰三年
君之衆子 齊衰不杖朞
其子 齊衰不杖朞
冠圖
斬衰
三辟積向右
繩纓
齊衰
三辟積向右
布纓
大功以下同
小功以下辟積向左緦澡纓

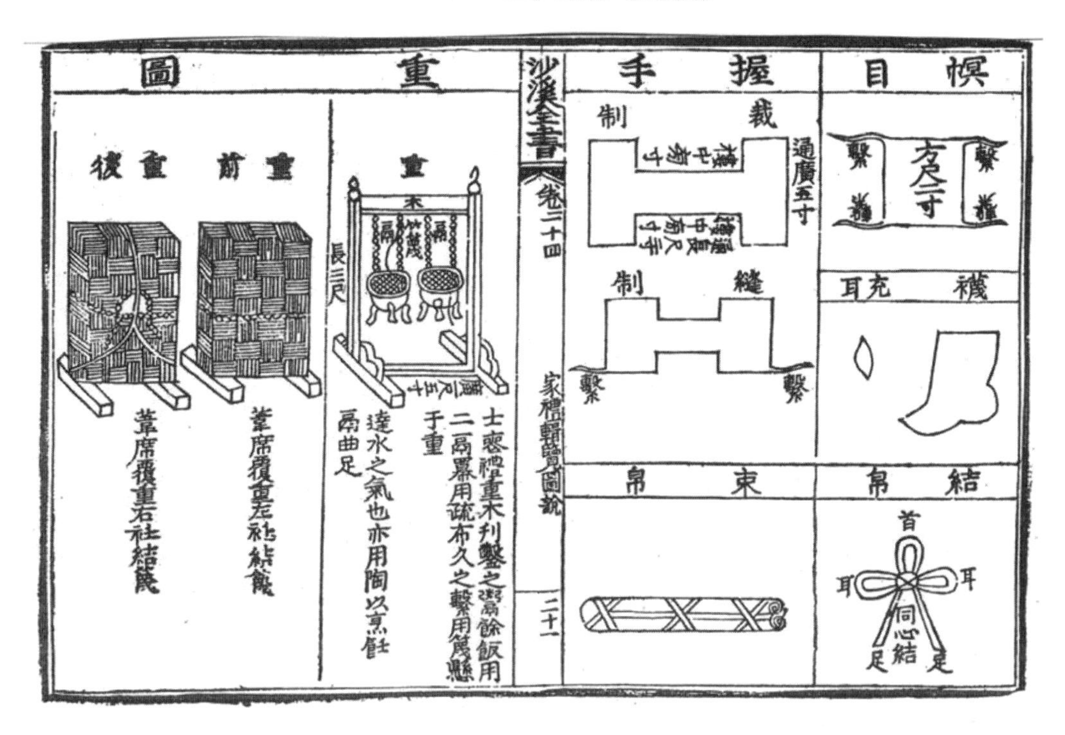

幎目
方尺二寸
握手
通廣五寸
纊充耳
結帛
首
耳
耳
同心結
足
足
束帛
沙溪全書 卷二十四
家禮輯覽圖說
二十一
重圖
重
重前
重後

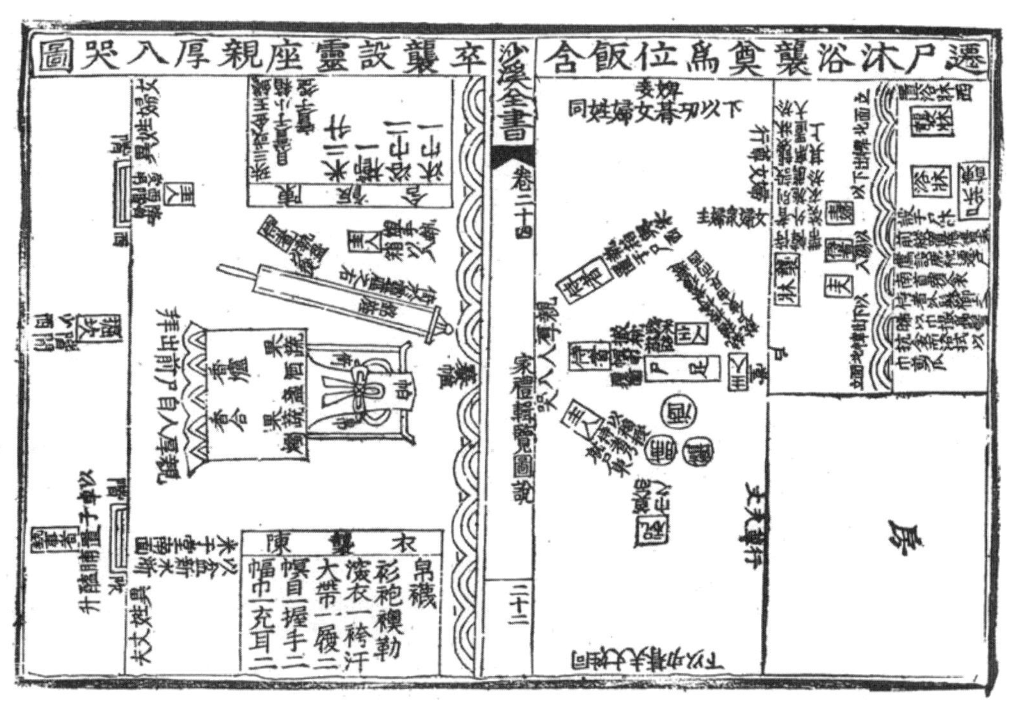

遷尸沐浴襲奠爲位飯含
沙溪全書 卷二十四
家禮輯覽圖說
二十二
房
卒襲設靈座親厚入哭圖
衣襲陳
帛襪
衫袍
襖勒
深衣一
袴汗
大帶一
履二
幎目
握手二
幅巾一
充耳二

家禮輯覽 도설

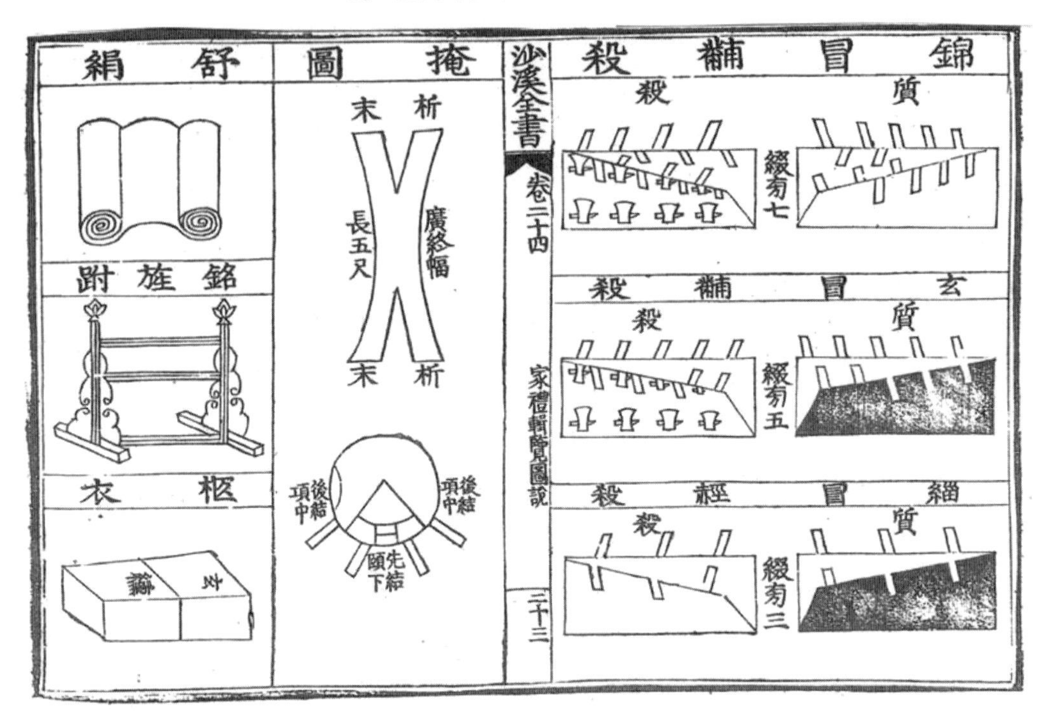

錦冒黼殺
質
殺
綴旁七
玄冒黼殺
綴旁五
緇冒經殺
綴旁三
沙溪全書
卷二十四
家禮輯覽圖說
二十三
掩圖
析
末
廣終幅
長五尺
後項中結
先結頤下
舒絹
銘旌趺
柩衣

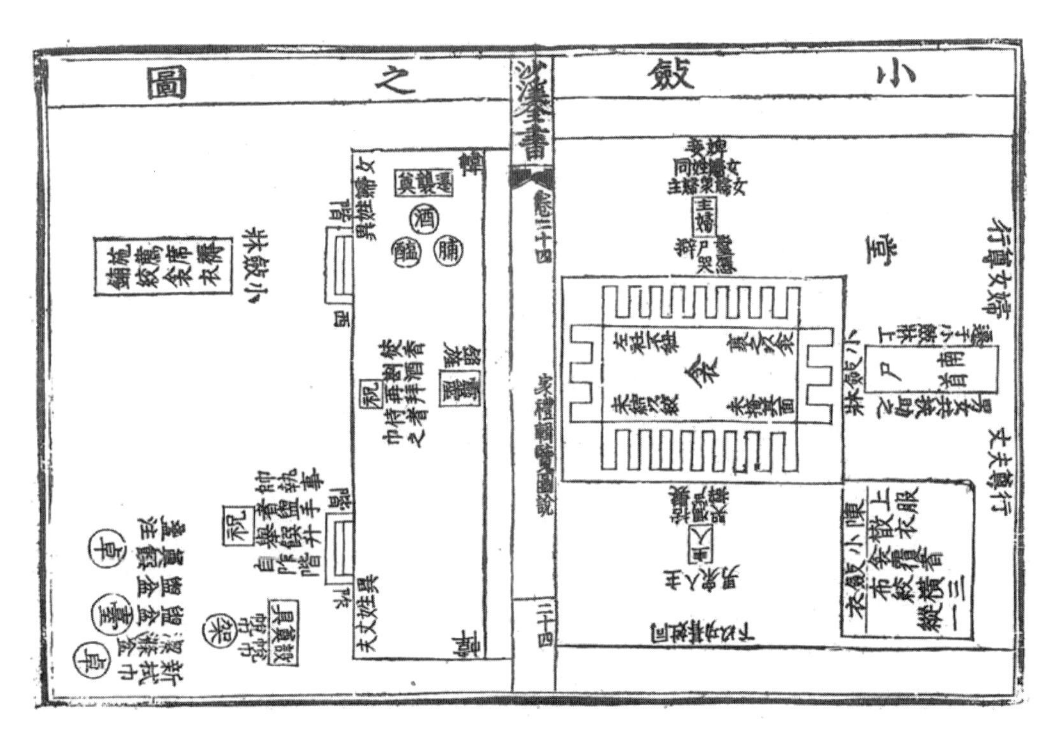

小斂之圖
沙溪全書
卷二十四
家禮輯覽圖說
二十四
堂
行尊女婦
行尊丈夫
小斂牀
衾
祝
酒
脯
醢

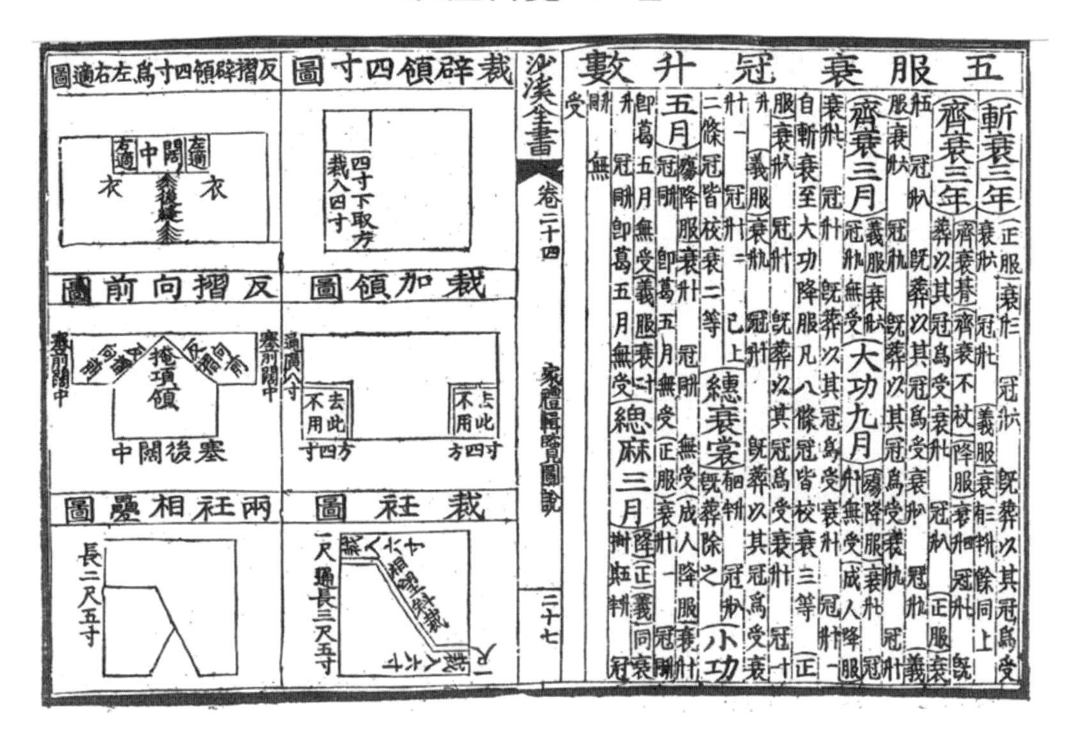
五服冠衰升數
斬衰三年
齊衰三年
齊衰三月
大功九月
小功五月
緦麻三月
沙溪全書
卷二十四
家禮輯覽圖說
二十七
裁辟領四寸圖
反摺辟領四寸爲左右適圖
左適
中闊
右適
衣
衣
裁加領圖
反摺向前圖
掩項領
中闊後塞
裁衽圖
兩衽相疊圖
長二尺五寸

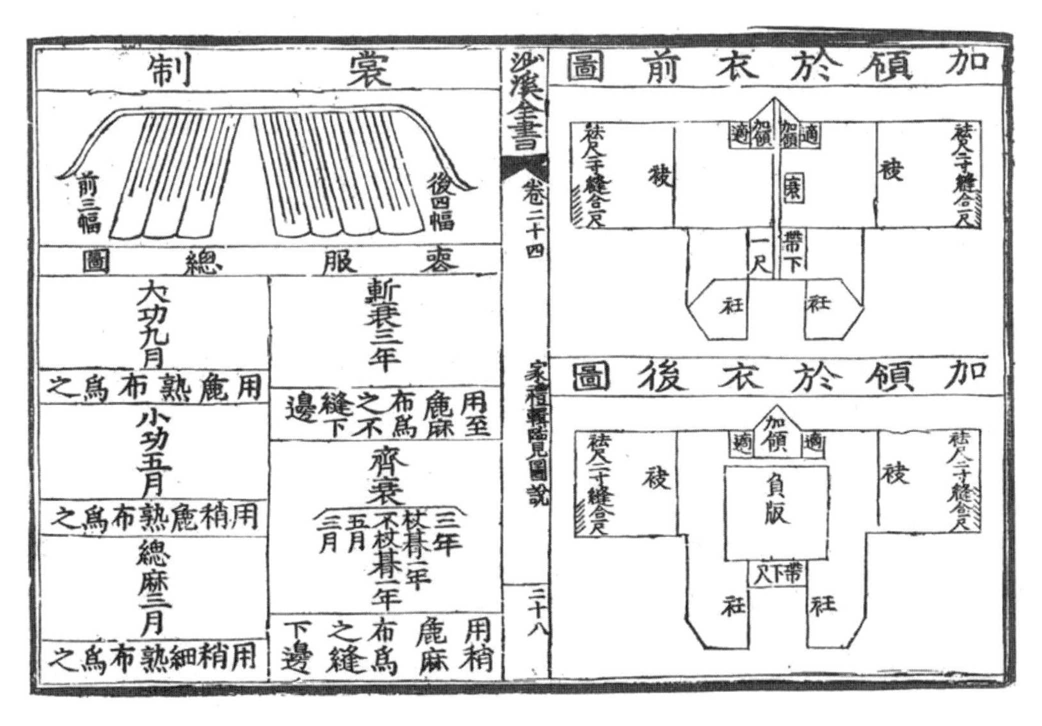
加領於衣前圖
適
加領
加領
適
袂
袂
帶下
一尺
衽
衽
加領於衣後圖
加領
適
適
負版
袂
袂
帶下尺
衽
衽
沙溪全書
卷二十四
家禮輯覽圖說
二十八
裳制
前三幅
後四幅
喪服總圖
斬衰三年
用至麁麻布爲之不縫下邊
齊衰
三年
杖朞一年
不杖朞一年
五月
三月
用稍麁麻布爲之縫下邊
大功九月
用麁熟布爲之
小功五月
用稍麁熟布爲之
緦麻三月
用稍細熟布爲之

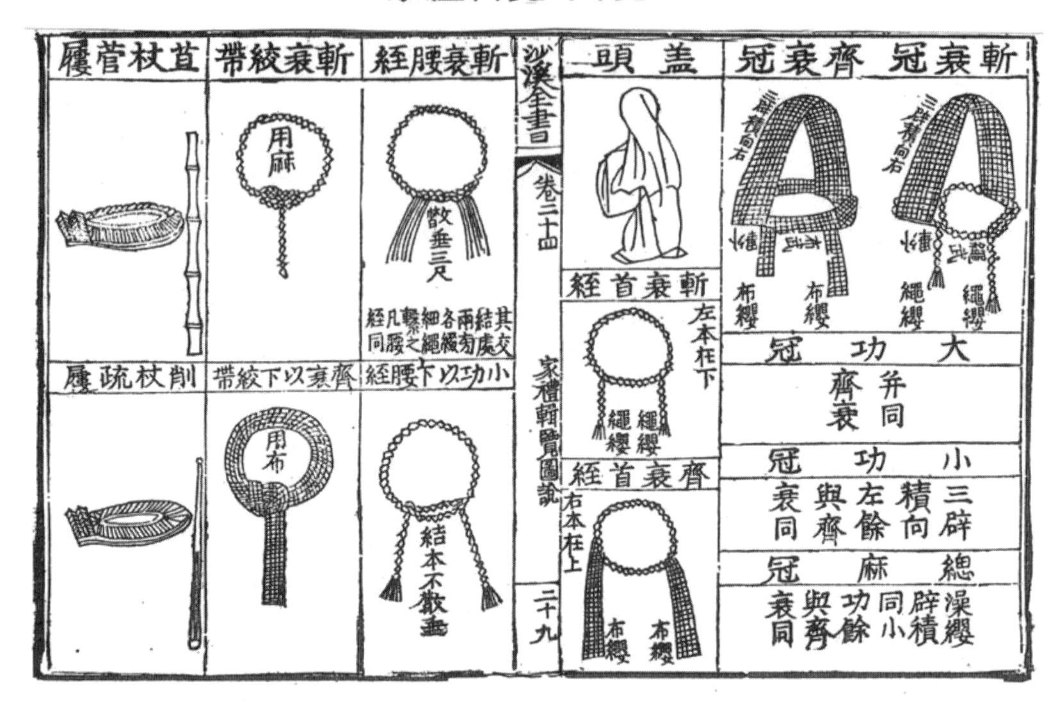

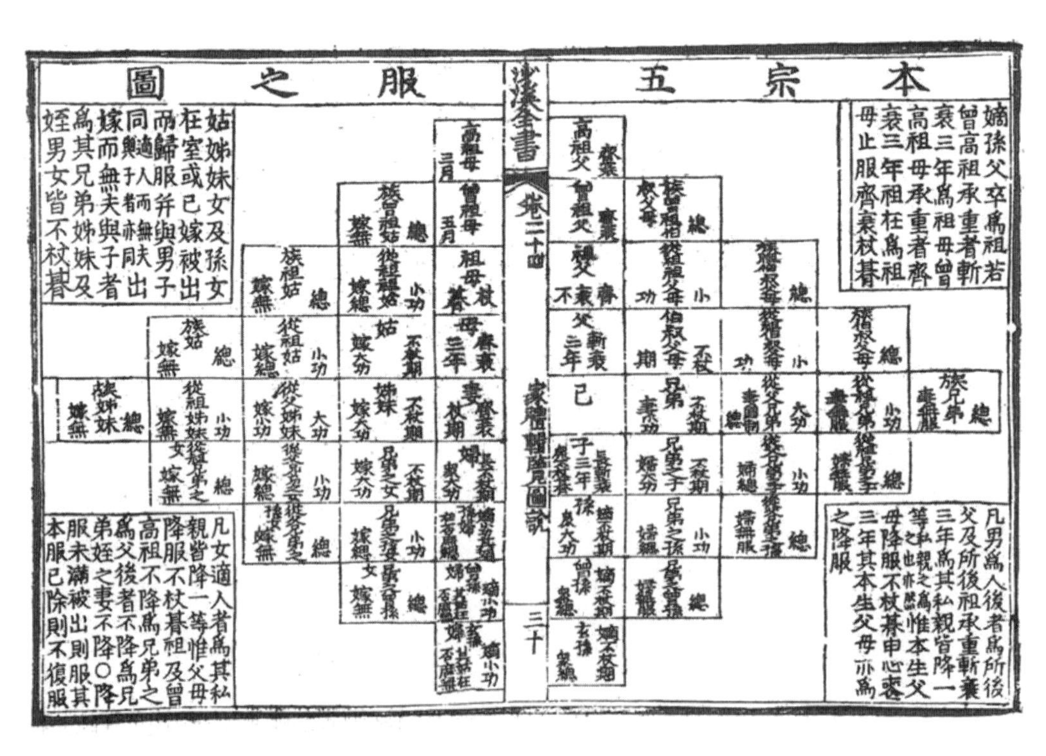

三父八母服圖

同居繼父 父子皆無大功之親者也 不杖朞

不同居繼父 謂先同今異或雖同居而繼父有子己有大功以上親者也 齊衰三月 ○元不同居繼父無服

附 異父同母兄弟姊妹小功

嫡母 謂妻生子稱父之正妻也

齊衰三年 本條不著

嫡母父母 小功 嫡母死則不服

嫡母兄弟姊妹 小功 嫡母死則不服

繼母 謂父後妻

齊衰三年 繼母出則無服

若父卒繼母嫁而己從之者杖期 繼母報服不杖期

母出則爲繼母之父母兄弟姊妹小功

養母 謂養同宗及三歲以下遺棄子者養母也

齊衰三年 本條不著

慈母 謂庶子無母而父命他妾之無子者慈己者

齊衰三年 不命則小功

嫁母 謂親母因父死再嫁他人者也

齊衰杖期 爲父後者不服 母爲子不杖期 而爲父後猶服 女適人者大功 母爲女報服

出母 謂親母被父出棄者

上同

庶母 謂父妾之有子者也

士爲庶母緦麻 庶母慈己者小功 所生子齊衰三年 庶子爲父後者爲其母緦 而爲其母之父母兄弟姊妹則無服 庶子之子爲父之母不杖期 而爲祖後則無服

乳母 謂哺乳者 曰乳母

緦麻

沙溪全書 卷三十四 家禮輯覽圖說 三十一

三殤降服之圖

從祖祖父 長緦

從祖祖姑 長緦

從祖父 長緦

叔父 長大功 中七月 下小功

姑 長大功 中七月 下小功

從祖姑 長緦

從祖兄弟 長緦

從父兄弟 長中小功 下緦

兄弟 長大功 中七月 下小功

己

姊妹 長大功 中七月 下小功

從父姊妹 長中小功 下緦

從祖姊妹 長緦

從父兄弟之子 長緦

兄弟之子 長大功 中七月 下小功

子 長大功 中七月 下小功

兄弟之女 長大功 中七月 下小功

從父兄弟之女 長緦

兄弟之孫 長緦

孫 嫡孫長大功中七月下小功 衆孫長小功中緦

兄弟之孫女 長緦

嫡曾玄孫上同

大功之殤中從上 小功之殤中從下

齊衰之殤中從上 大功之殤中從下 此主謂妻爲夫之親服也

外黨妻黨服之圖

喪服疏 外親雖適人不降

君母之父母小功 君母死則不服

外祖父母 小功 母之君母小功 母卒則不服 庶子爲後者爲其外祖無服 爲人後者爲本生外祖父母緦

母出則爲繼母之父母兄弟姊妹小功

舅 母之兄弟 小功 妻爲夫舅服緦

妻父母 緦 妻亡而別娶亦同 妻親母雖嫁出猶服

從母 母之姊妹 小功

君母之兄弟姊妹小功 君母死則不服

舅之子 即內兄弟 緦

己

姑之子 即外兄弟 緦

從母之子 謂兩姨兄弟姊妹也 緦

甥 姊妹之子 小功

甥婦 緦

壻 即外甥 緦

甥女 姊妹之女 小功

外孫 女之子也 緦

婦同

沙溪全書 卷三十四 家禮輯覽圖說 三十二

妻爲夫黨服圖

夫爲祖曾高祖及祖母曾高祖母承重者 夫爲人後則爲本生舅姑服大功 并從夫服

夫高祖父母 緦

夫曾祖父母 緦

夫祖父母 大功

夫伯叔祖父母 緦

夫祖姑 儀節緦

舅姑 斬衰三年 齊衰三年

夫伯叔父母 大功

夫從祖父母 緦

夫姑 小功 適人不降

夫從祖姑 國制緦

夫 斬衰三年

夫兄弟婦 小功

夫從父兄弟妻 國制緦

夫姊妹 小功 適人不降

夫從父姊妹 緦 適人降

夫從祖兄弟之子 緦

夫從父兄弟之子 小功 婦緦

夫兄弟之子 不杖期 婦大功

子 長子齊衰三年 衆子不杖期 婦長子婦不杖期 衆子婦大功

夫兄弟之女 不杖期 嫁大功

夫從父兄弟之女 小功 嫁緦

夫從祖兄弟之女 緦 嫁無

夫從父兄弟之孫 緦

夫兄弟之孫 小功 婦緦

孫 大功 孫婦 緦

夫兄弟之孫女 小功 嫁緦

夫從父兄弟之孫女 緦 嫁無

夫兄弟之曾孫 緦

曾孫 緦

夫兄弟之曾孫女 緦 嫁無

玄孫 緦

夫外祖父母及舅從母 并緦麻

婦從夫服 降夫一等

凡婦服夫黨當喪而出則除之

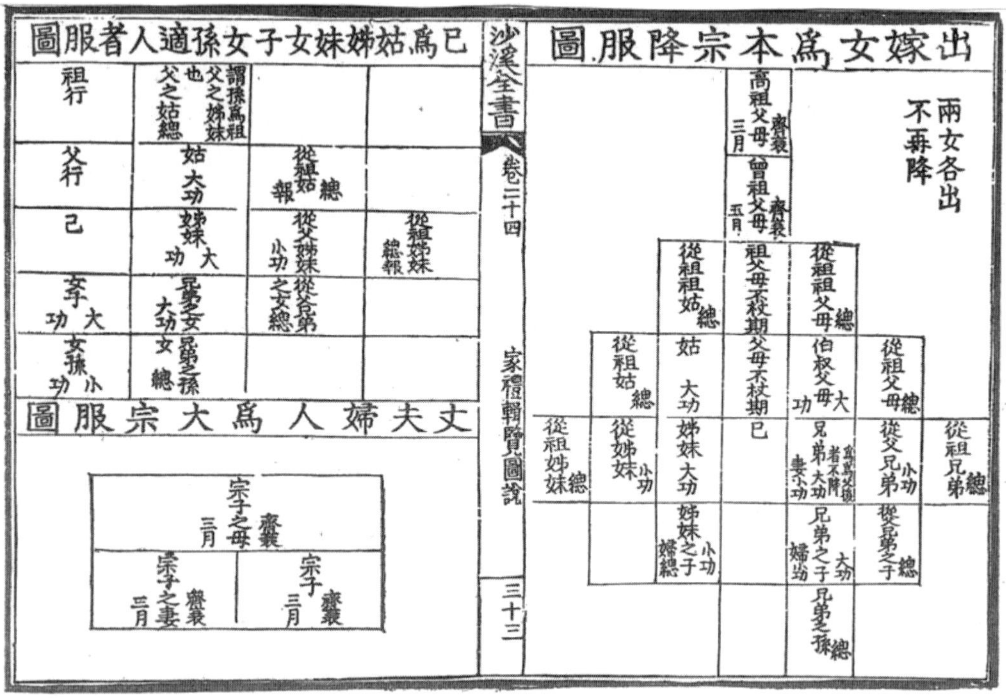

出嫁女爲本宗降服圖

兩女各出不再降

			高祖父母 齊衰三月		
			曾祖父母 齊衰五月		
		從祖祖姑 緦	祖父母不杖期	從祖祖父母 緦	
	從祖姑 緦	姑 大功	父母不杖期	伯叔父母 大功	從祖父母 緦
從祖姊妹 緦	從姊妹 小功	姊妹 大功	已	兄弟 大功 兄弟爲父後者不降 兄弟妻 小功	從父兄弟 小功	從祖兄弟 緦
		姊妹之子 小功 姊妹 緦		兄弟之子 大功 兄弟之子婦 小功	從兄弟之子 緦
				兄弟之孫 緦	

已爲姑姊妹女子女孫適人者服圖

祖行	謂孫爲祖父之姊妹也 父之姑 緦		
父行	姑 大功	從祖姑 緦 報	
己	姊妹 大功	從父姊妹 小功	從祖姊妹 緦 報
子行	女子子 大功 昆弟之女 大功	從父兄弟之女 緦	
孫行	女孫 小功 昆弟之孫女 緦		

丈夫婦人爲大宗服圖

宗子之母 齊衰三月	
宗子 齊衰三月	宗子之妻 齊衰三月

沙溪全書 卷二十四 家禮輯覽圖說 三十三

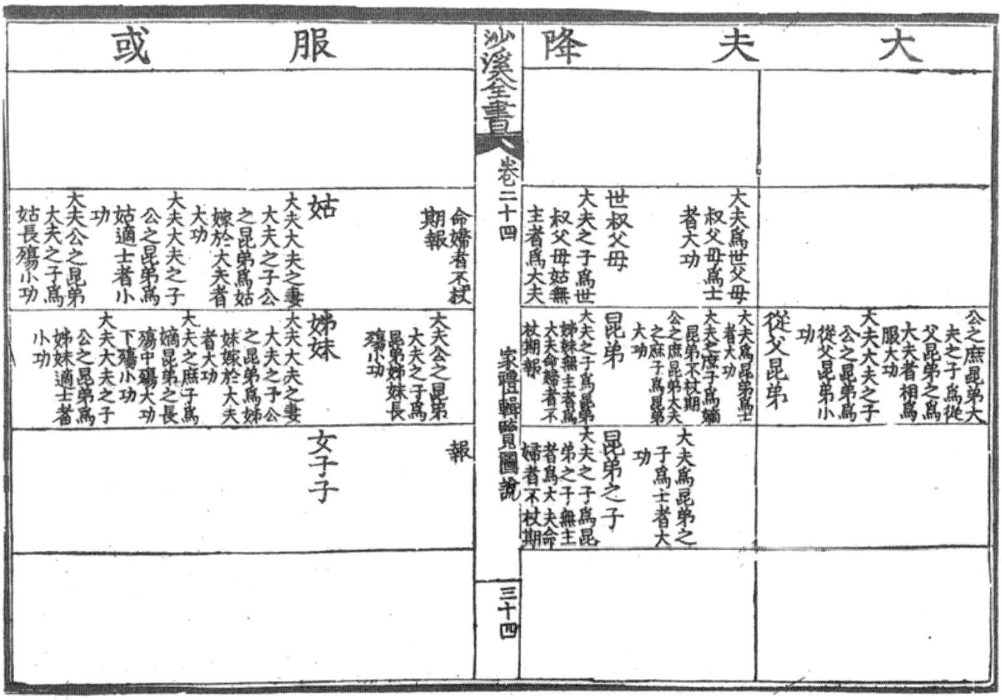

大夫降服或

世叔父母
大夫爲世叔父母爲士者大功
大夫之子爲世叔父母姑無主者爲大夫命婦者不杖期報

昆弟
大夫爲昆弟爲士者大功
大夫之庶子爲嫡昆弟不杖期
公之庶昆弟大夫之庶子爲昆弟大功
大夫之子爲昆弟姊妹無主者爲大夫命婦者不杖期報
大夫公之昆弟大夫之子爲昆弟姊妹長殤小功

從父昆弟
公之庶昆弟大夫之子爲從父昆弟之爲大夫者相爲服大功
大夫大夫之子公之昆弟爲從父昆弟小功

昆弟之子
大夫爲昆弟之子爲士者大功
大夫之子爲昆弟之子無主者爲大夫命婦者不杖期報

姑
大夫大夫之妻大夫之子公之昆弟爲姑嫁於大夫者大功
大夫大夫之子公之昆弟爲姑適士者小功
大夫公之昆弟大夫之子爲姑長殤小功

姊妹
大夫大夫之妻大夫之子公之昆弟爲姊妹嫁於大夫者大功
大夫之庶子爲嫡昆弟之長殤中殤大功下殤小功
大夫大夫之子公之昆弟爲姊妹適士者小功

女子子

沙溪全書 卷二十四 家禮輯覽圖說 三十四

沙溪全書 卷二十四 家禮輯覽圖說 三十五

不降圖

曾祖父母 — 曾祖父母爲士者如衆人

祖父母 — 大夫爲祖父母爲士者不杖期

父母 — 公之庶昆弟大夫之庶子爲其母大功

妻 — 大夫之適子爲妻不杖期 世子爲妻不杖期 公之庶昆弟大夫之庶子爲其妻大功

己

子 — 大夫爲庶子之爲士者大功 大夫爲適子之長殤中殤大功 大夫公之昆弟大夫之子爲其庶子之長殤小功 大夫之子爲女子子無主者爲大夫命婦者不杖期

女子子 — 大夫大夫之妻大夫之子公之昆弟爲女子子嫁於大夫者大功適士者小功 大夫公之昆弟大夫之子爲女子子之長殤小功

孫 — 適孫爲士者不杖期 大夫大夫之子公之昆弟爲庶孫小功

妾服圖

妾爲其私親服與女子子適人者同

君 斬衰三年

君之父母 按儀禮妾爲君之黨服得與女君同

女君 齊衰不杖朞

卿大夫爲貴妾緦 士妾有子緦

女君於妾無服

君之長子 齊衰三年

君之衆子 齊衰不杖期

其子 齊衰不杖期

沙溪全書 卷二十四 家禮輯覽圖說 三十六

爲人後者爲本宗降服圖

兩男各爲人後不再降

曾祖父母 緦

從祖祖姑 緦 嫁無

祖父母 大功

從祖祖父母 緦

從祖姑 緦 嫁無

姑 大功 嫁小功

父母 不杖期

伯叔父母 大功

從祖父母 緦

從祖姊妹 緦 嫁無

從父姊妹 小功 嫁緦

姊妹 大功 嫁小功

己

兄弟 大功 妻緦

從父兄弟 小功

從祖兄弟 緦

從父兄弟之女 緦 嫁無

兄弟之女 大功 嫁小功

兄弟之子 大功 婦小功

從父兄弟之子 緦 婦無

兄弟之孫女 緦 嫁無

兄弟之孫 緦 婦無

五服沿革圖

	儀禮	家禮	皇朝制	國制
子爲父	斬衰三年	同	同	同
	女子子在室嫁反在室同			軍士及庶人服百日毋同軍士類行三年者聽
父卒爲祖承重	斬衰三年	同 妻從服曾高祖同	同	同
父爲長子	斬衰三年	同	朞	同
	庶子不爲長子斬			
爲人後者爲所後父	斬衰三年	同	同	同
爲人後者父卒爲所後祖承重	斬衰三年	同 妻從服	同	同
妻爲夫	斬衰三年	同	同	同

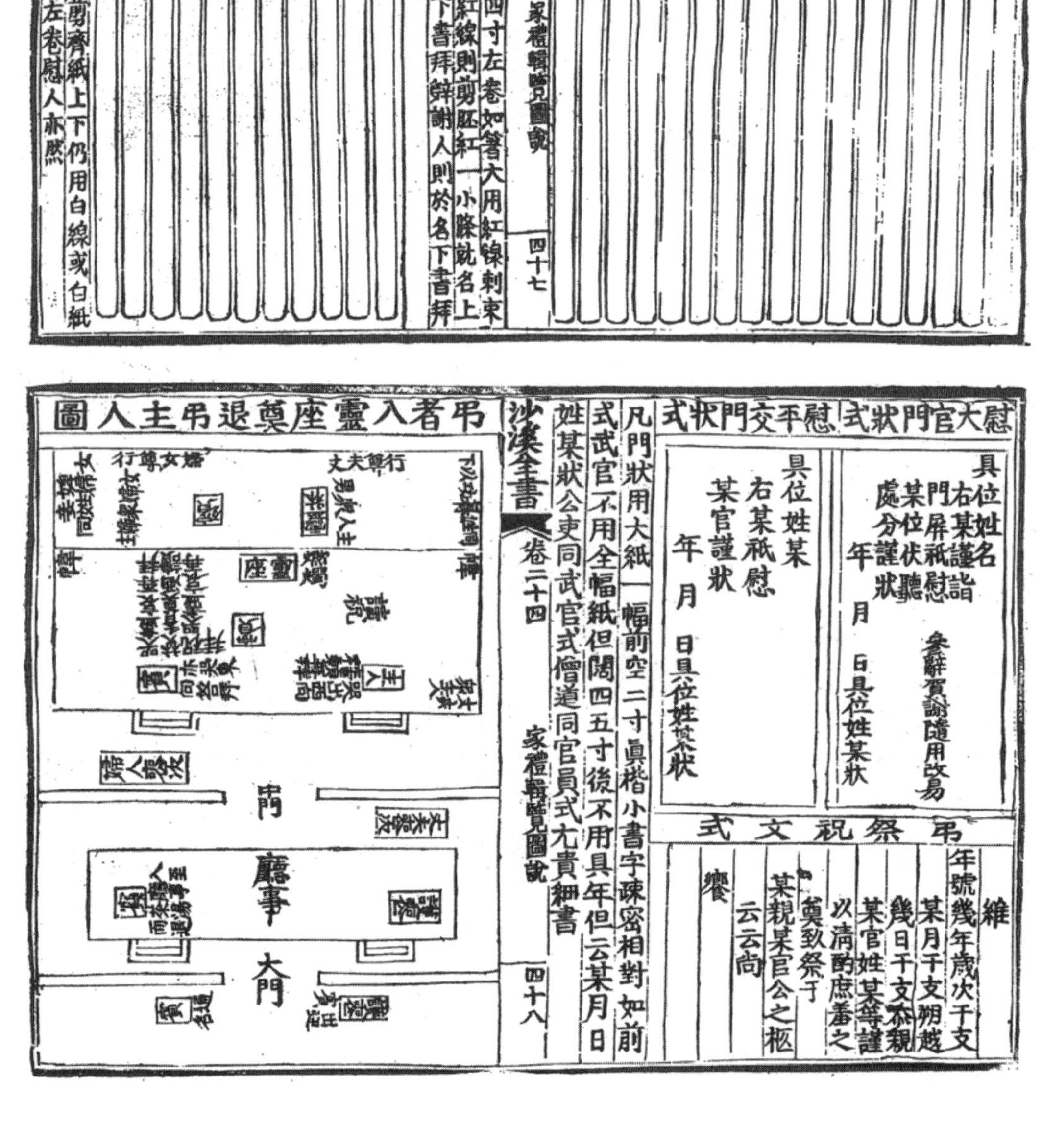

修名刺式

見官員	進士姓某
見縣官	邑士姓某
見鄉貴	里生姓某
見尊官	學生姓某
見恩官	門生姓某
契家官員	契生姓某
親戚鄉貴	親契生姓某
父祖同年	年家姪姓某
父祖朋友	親契姪姓某
親族尊長	族姪姓某
同姓尊長	宗姪姓某
見師長	學生姓某
見契家	契弟姓某
見同年	年弟姓某
見朋友	友末姓某
見常人	契末姓某
見外鄉人	某郡姓某

沙溪全書 卷二十四 家禮輯覽圖說 四十七

凡名刺用好門狀紙闊三四寸左卷如箸大用紅線刺束腰須眞楷細書或倉卒無紅線則剪胚紅一小條就名上束定亦得若辭人則於名下書拜辭謝人則於名下書拜謝送人則於名下書拜違

有官居喪	持服姓某
常人居喪	罪服姓某
居父喪	孤子姓某
居母喪	哀子姓某
父母俱喪	孤哀子姓某
居祖喪	承孫姓某
居心喪	心制姓某
	心喪姓某
居禫服	居禫姓某
祖父母喪	縗服姓某
妻喪	期服姓某

凡居父母喪則右卷不可剪齊紙上下仍用白線或白紙條束腰其他服用粉青葺左卷慰人亦然

慰大官門狀式

具位姓名
右某謹詣
門屏祇慰
某位伏聽
處分謹狀
年月日具位姓某狀

參辭賀謝隨用改易

慰平交門狀式

具位姓某
右某祇慰
某官謹狀
年月日具位姓某狀

凡門狀用大紙一幅前空二寸眞楷小書字疎密相對如前式武官不用全幅紙但闊四五寸後不用具年但云某月日姓某狀公吏同武官式僧道同官員式尤貴細書

弔祭祝文式

維
年號幾年歲次干支某月干支朔越
幾日干支忝親
某官姓某等謹
以清酌庶羞之
奠致祭于
某親某官公之柩
云云尚
饗

沙溪全書 卷二十四 家禮輯覽圖說 四十八

弔者入靈座奠退弔主人圖

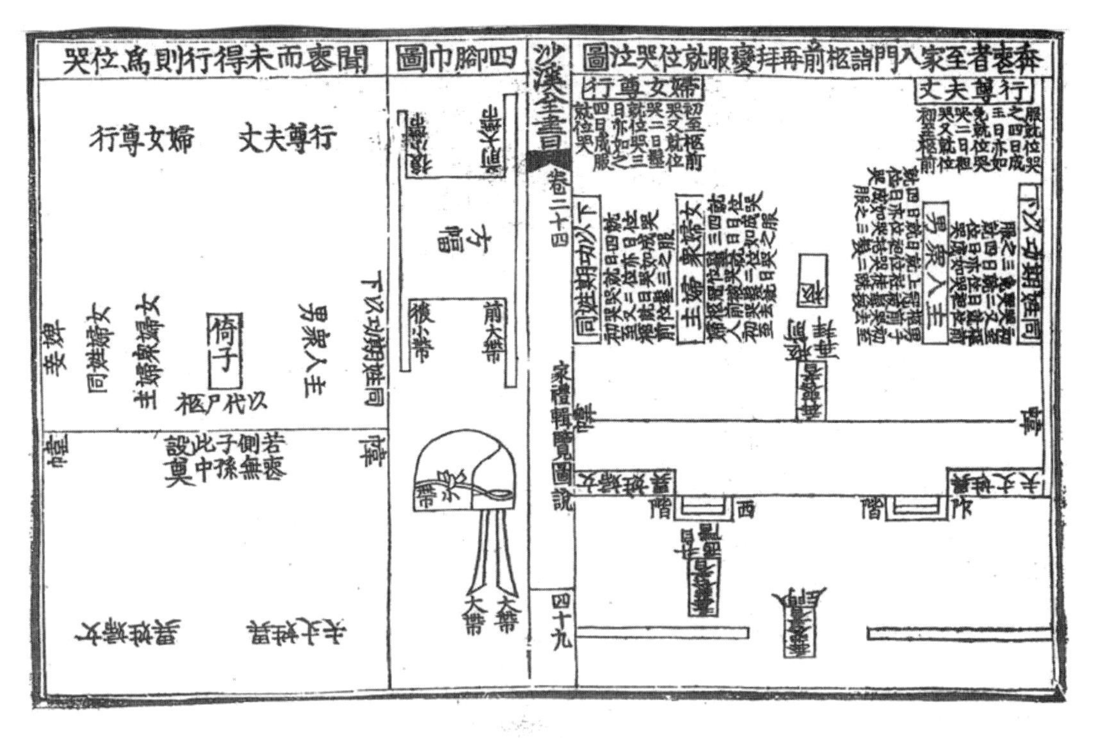
奔喪者至家入門詣柩前再拜變服就位哭泣圖
四脚巾圖
聞喪而未得行則爲位哭
沙溪全書 卷二十四
家禮輯覽圖說
四十九
行尊夫丈
行尊女婦
主人衆男
倚子
以代尸柩

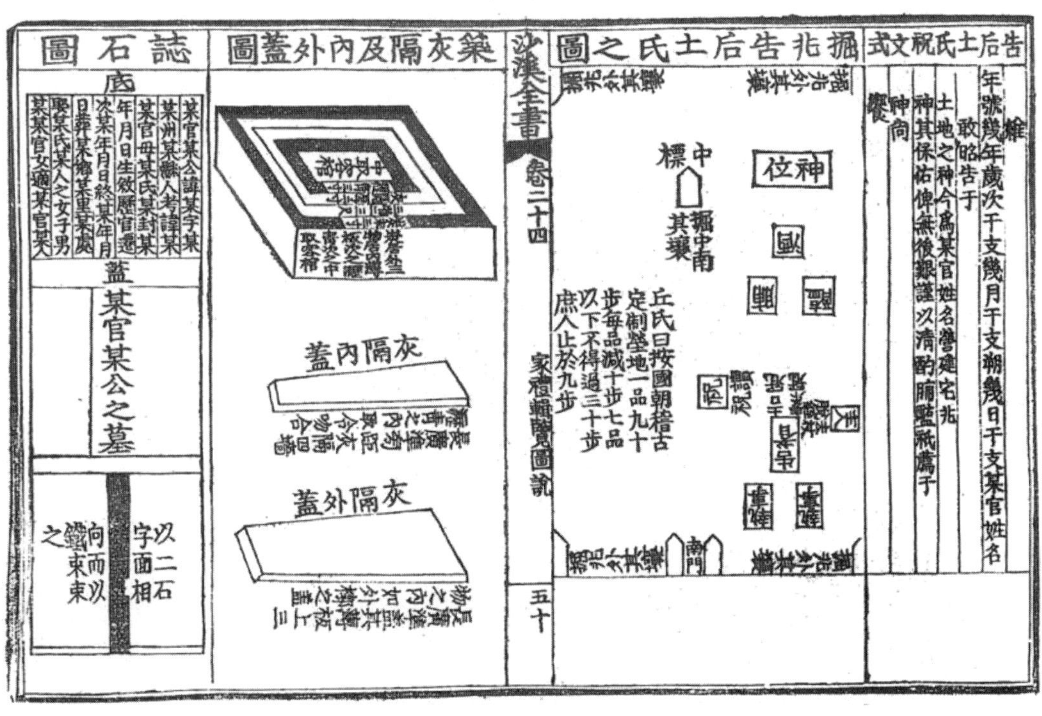
告后土氏祝文式
維年號幾年歲次干支幾月干支朔幾日干支某官姓名
敢昭告于
土地之神今爲某官姓名營建宅兆
神其保佑俾無後艱謹以清酌脯醢祇薦于
神尙
饗
掘兆告后土氏之圖
神位
沙溪全書 卷二十四
家禮輯覽圖說
五十
築灰隔及內外蓋圖
灰隔內蓋
灰隔外蓋
誌石圖
蓋
某官某公之墓
底

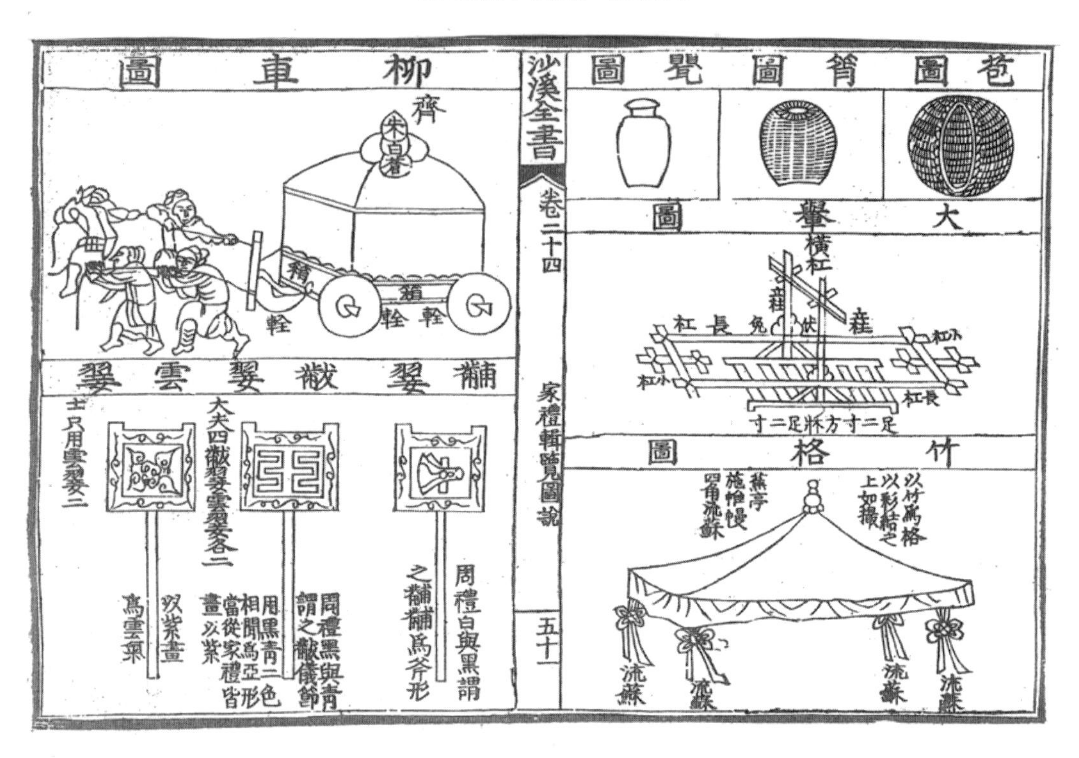
沙溪全書
卷二十四
家禮輯覽圖說
五十一
苞圖
筲圖
甖圖
大轝圖
橫杠
長杠
小杠
竹格圖
以竹爲格 以彩結之 上如撮蕉亭 施帷幔 四角流蘇
流蘇
柳車圖
齊
輇
黼翣
黻翣
雲翣
周禮白與黑謂之黼 黼爲斧形
周禮黑與青謂之黻 儀節用黑青二色相間爲亞形 當從家禮皆畫以紫
大夫四 黻翣雲翣各二
以紫畫爲雲氣
士只用雲翣各二

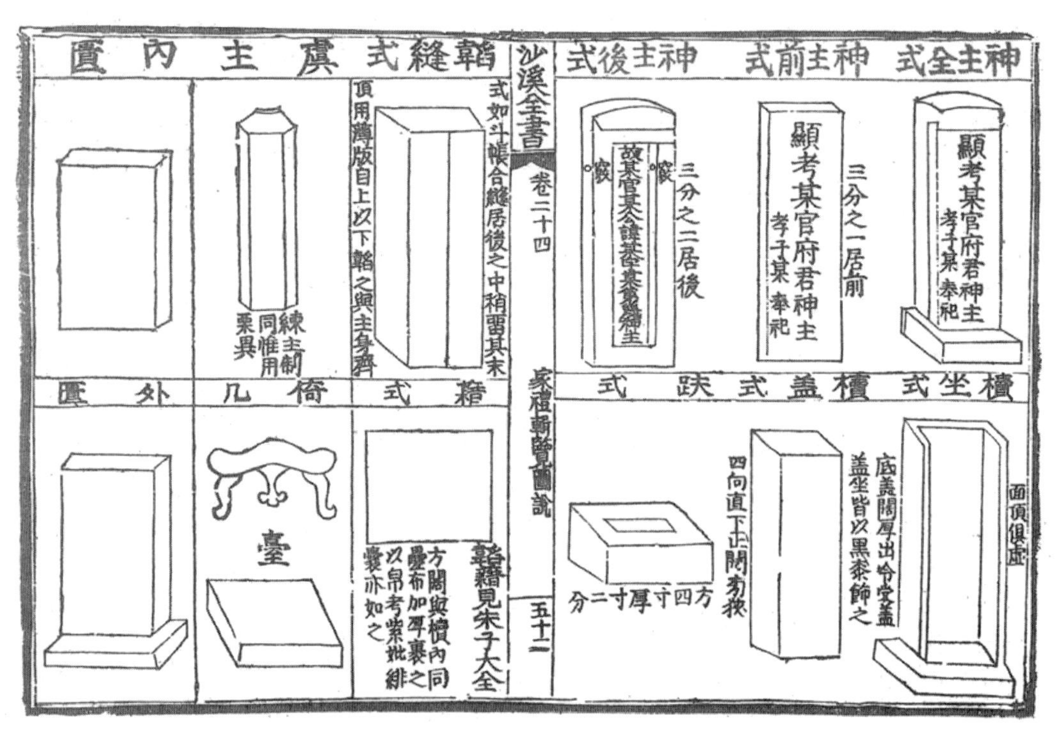
沙溪全書
卷二十四
家禮輯覽圖說
五十二
神主全式
顯考某官府君神主
孝子某奉祀
神主前式
三分之一居前
神主後式
故某官某公諱某字某第幾神主
竅
三分之二居後
櫝坐式
面頂俱虛
櫝蓋式
底蓋闊厚出令容蓋 蓋坐皆以黑漆飾之
四向直下止開竅
趺式
方四寸厚寸二分
韜縫式
式如斗帳合縫居後之中稍留其末 頂用薄版自上以下韜之與主身齊
虞主
練主制同惟用栗異
內匱
藉式
韜藉見朱子大全
方闊與櫝內同 疊布加厚裹之 以帛考紫妣緋 韜亦如之
倚几
臺
外匱

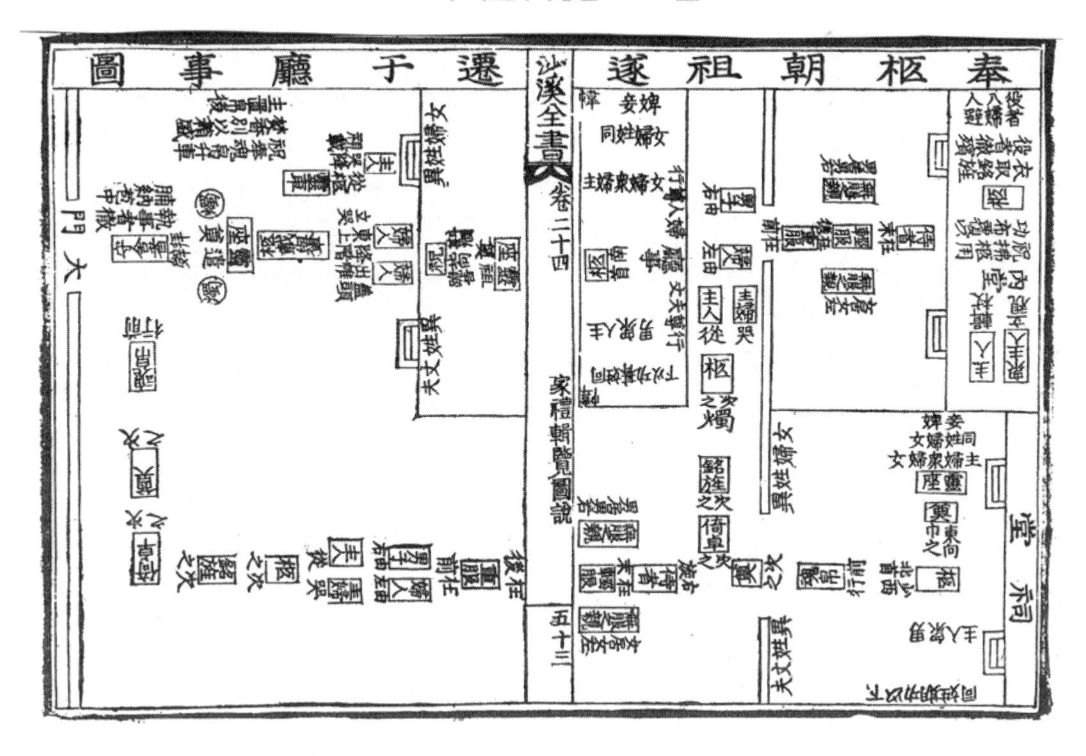
奉柩朝祖遂遷于廳事圖
沙溪全書 卷二十四
家禮輯覽圖說
五十三
祠堂
大門

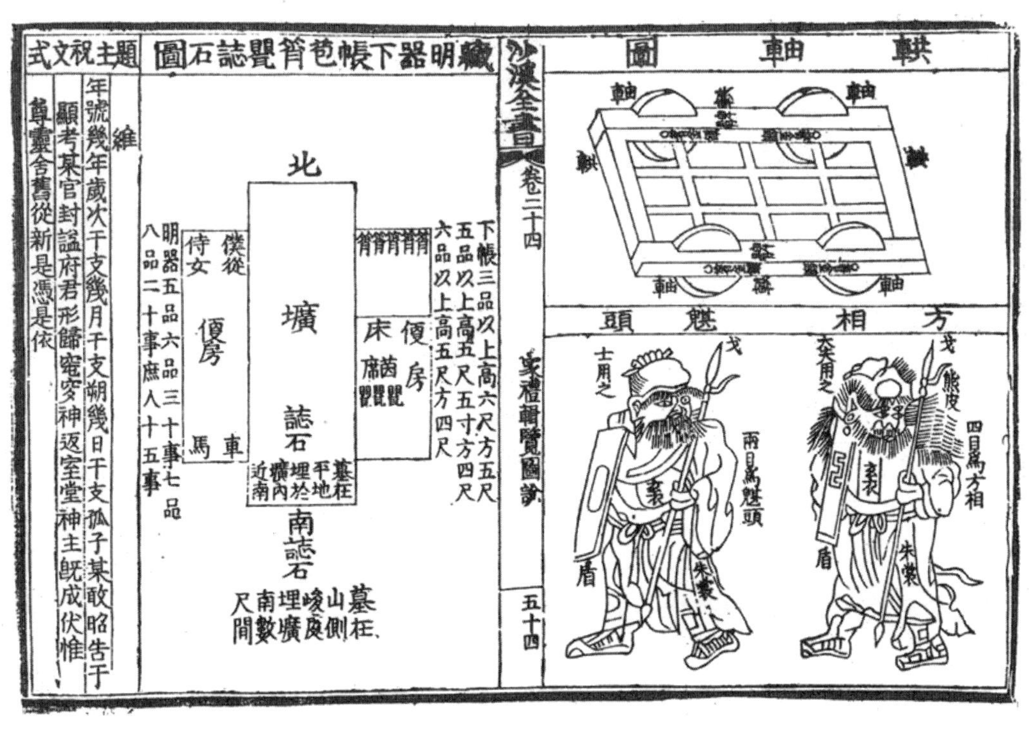
輴車圖
方相魌頭
沙溪全書 卷二十四
家禮輯覽圖說
五十四
藏明器下帳苞筲甖誌石圖
北
壙
誌石
南
誌石
墓在山側峻處埋南數尺間
下帳三品以上高六尺方五尺 五品以上高五尺五寸方四尺 六品以上高五尺方四尺
明器五品六品三十事七品八品二十事庶人十五事
題主祝文式
維
年號幾年歲次干支幾月干支朔幾日干支孤子某敢昭告于
顯考某官封謚府君形歸窀穸神返室堂神主旣成伏惟
尊靈舍舊從新是憑是依

家禮輯覽 도설

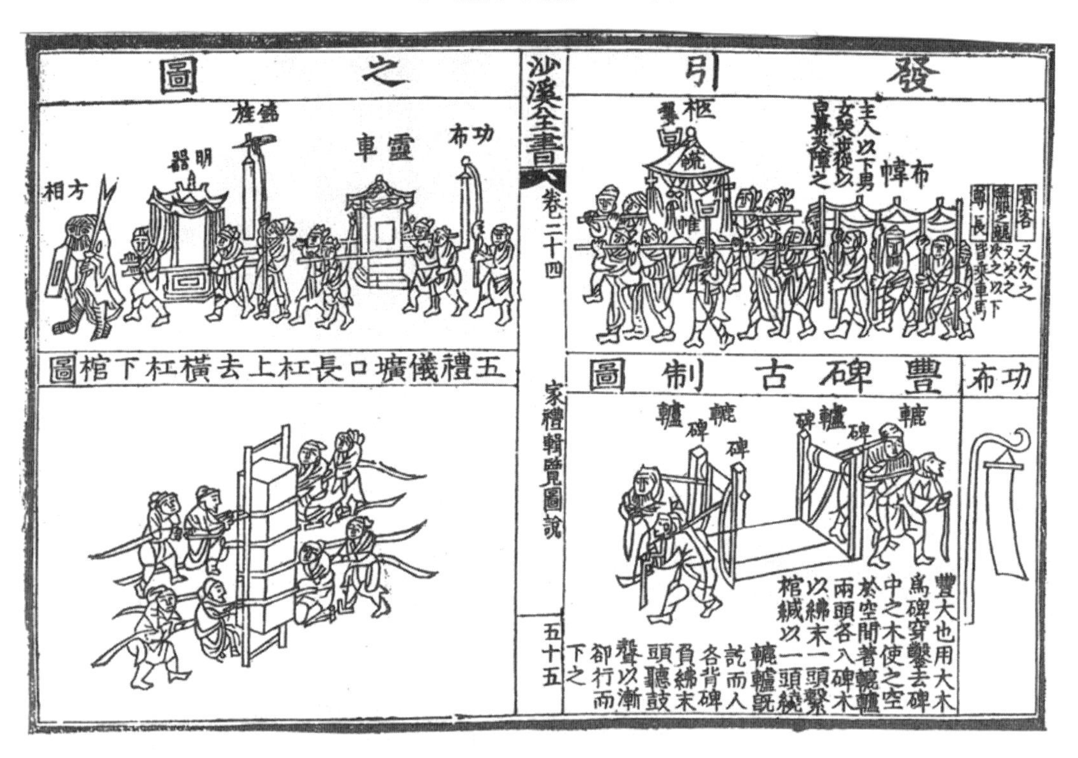

發引之圖
沙溪全書
卷二十四
家禮輯覽圖說
五十五
功布
靈車
銘旌
明器
方相
柩
翣
布幃
五禮儀壙口長杠上去横杠下棺圖
豐碑古制圖
功布
豐大也用大木爲碑穿鑿去碑中之木使之空於空間著轆轤兩頭各入碑木以紼末一頭繫棺緘以一頭繞轆轤既訖而人各背碑負紼末頭聽鼓聲以漸却行而下之

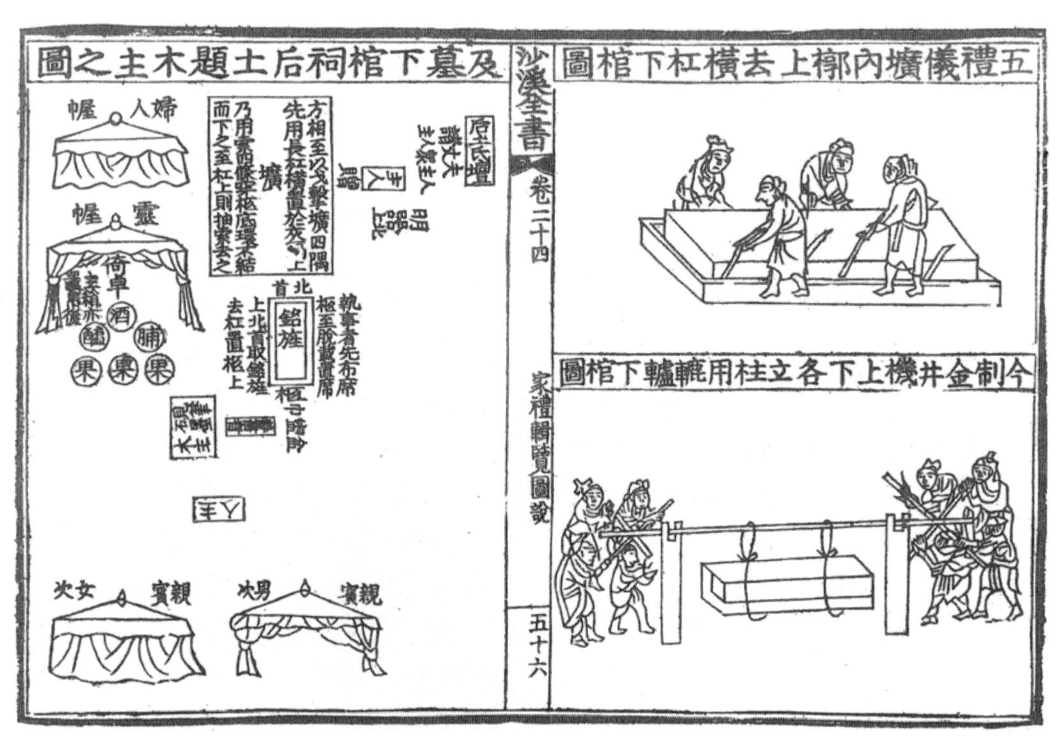

五禮儀壙內槨上去横杠下棺圖
沙溪全書
卷二十四
家禮輯覽圖說
五十六
今制金井機上下各立柱用轆轤下棺圖
及墓下棺祠后土題木主之圖
婦人幄
靈幄
倚卓
酒
脯
醢
果
棗
銘旌
親賓
女次
男次

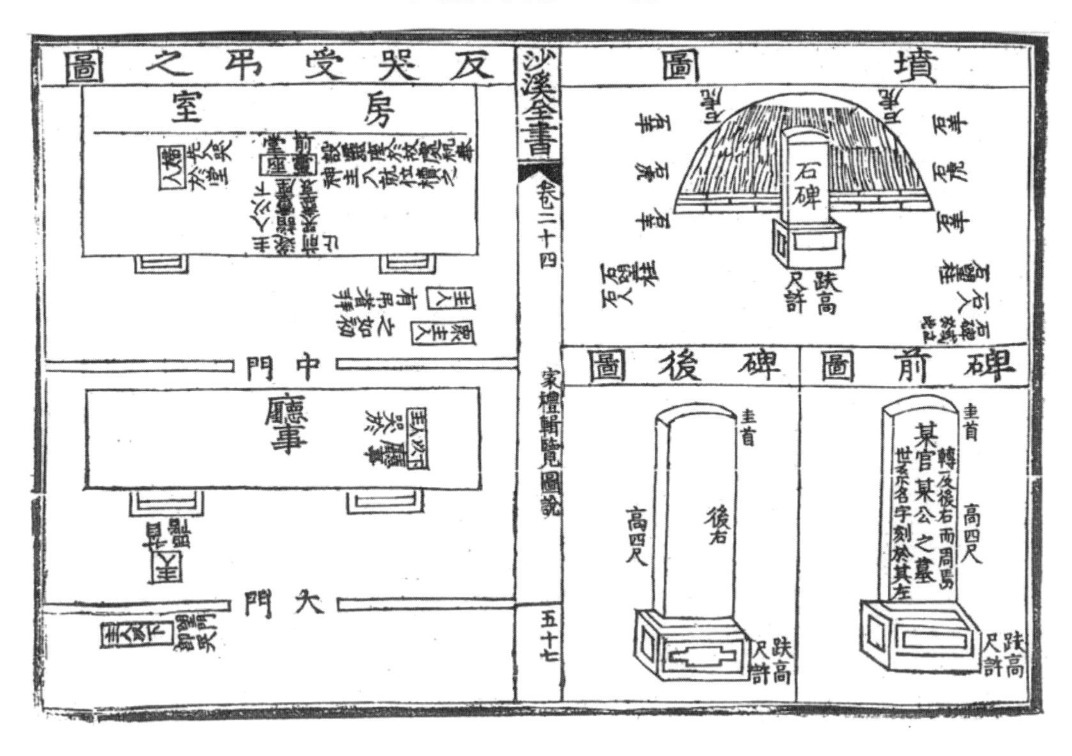

反哭受弔之圖
墳圖
碑前圖
碑後圖
沙溪全書
卷二十四
家禮輯覽圖說
五十七
房
室
中門
廳事
大門
石碑
趺高尺許
圭首
高四尺
某官某公之墓
轉及後右而周焉
世系名字刻於其左
後右

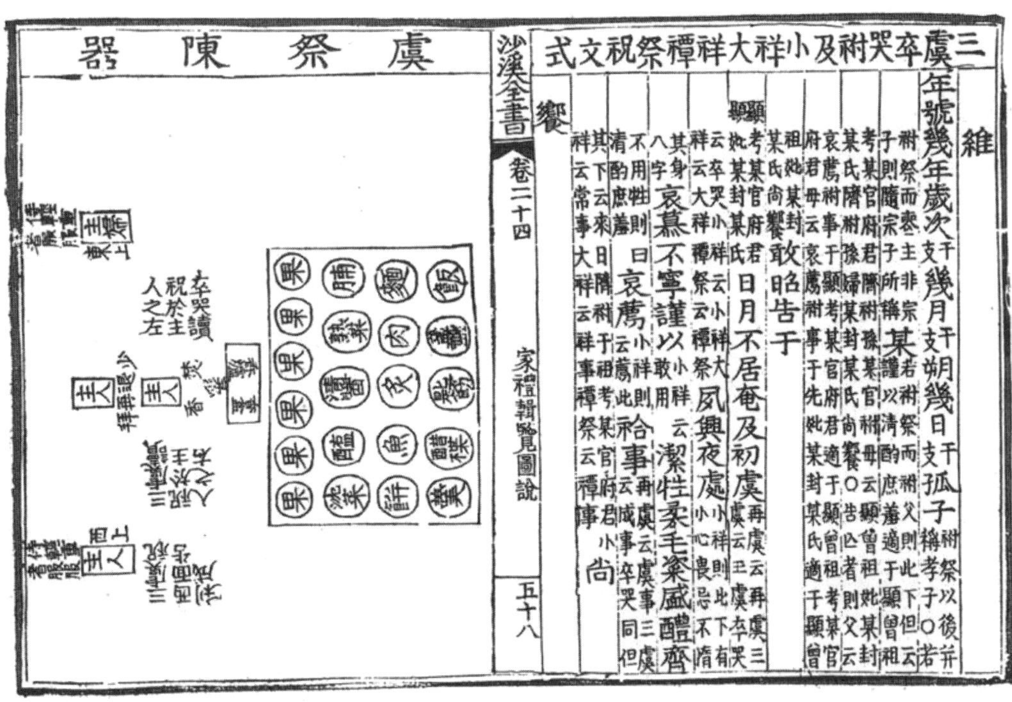

虞祭陳器
三虞卒哭祔及小祥大祥禪祭祝文式
沙溪全書
卷二十四
家禮輯覽圖說
五十八
維
年號幾年歲次干支幾月干支朔幾日干支孤子
敢昭告于
日月不居奄及初虞
夙興夜處
哀慕不寧謹以
潔牲柔毛粢盛醴齊
哀薦祫事
尚
饗
果
飯
羹
肉
炙
魚
醋
匙
主人

士儀 圖說

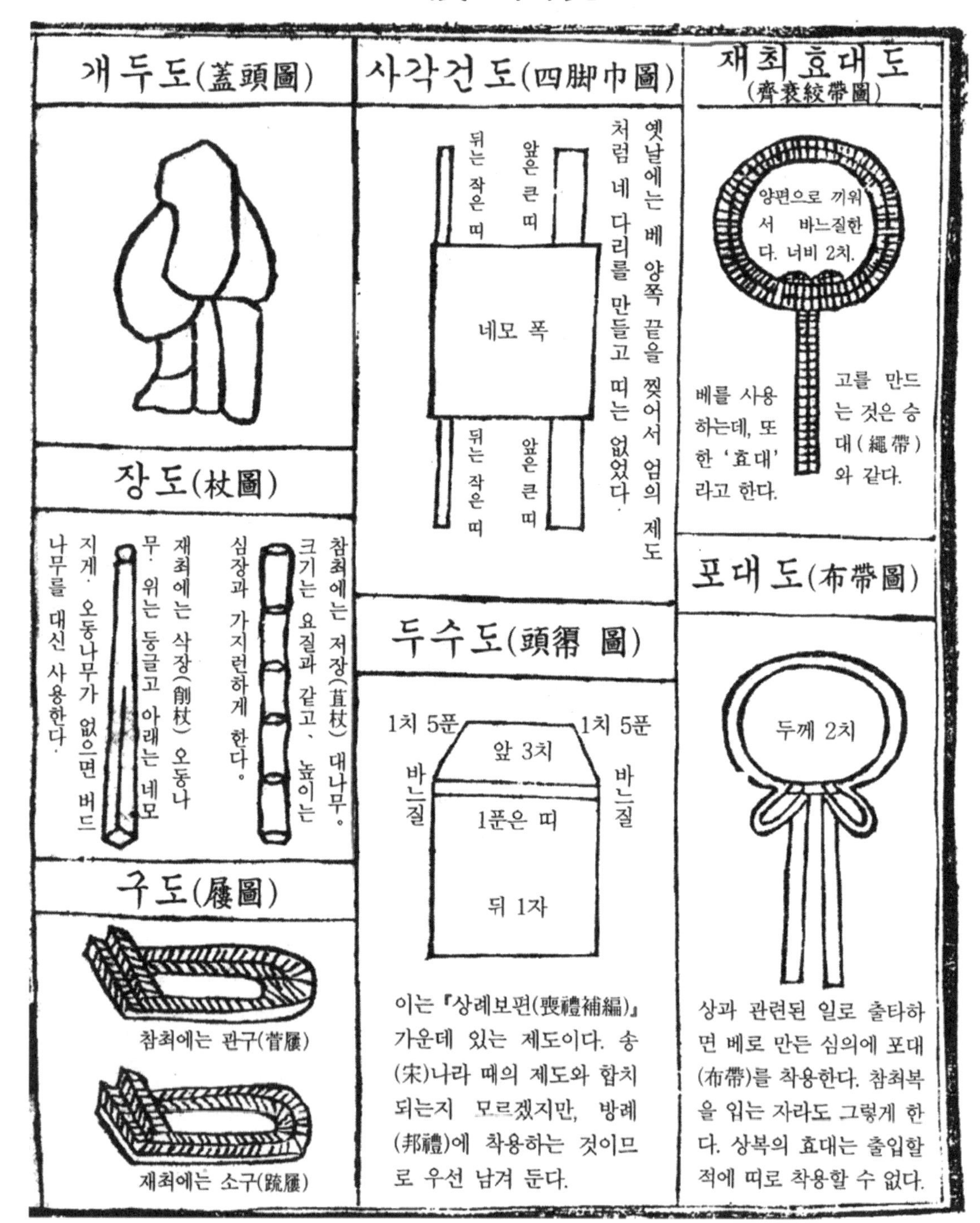

개두도(蓋頭圖)
사각건도(四脚巾圖)
재최효대도
(齊衰絞帶圖)
옛날에는 베 양쪽 끝을 찢어서 엄의 제도처럼 네 다리를 만들고 띠는 없었다.
앞은 큰 띠
뒤는 작은 띠
네모 폭
앞은 큰 띠
뒤는 작은 띠
양편으로 끼워서 바느질한다. 너비 2치.
베를 사용하는데, 또한 '효대'라고 한다.
고를 만드는 것은 승대(繩帶)와 같다.
장도(杖圖)
참최에는 저장(苴杖) 대나무. 크기는 요질과 같고, 높이는 심장과 가지런하게 한다.
재최에는 삭장(削杖) 오동나무. 위는 둥글고 아래는 네모지게. 오동나무가 없으면 버드나무를 대신 사용한다.
포대도(布帶圖)
두께 2치
두수도(頭䯻 圖)
1치 5푼
1치 5푼
앞 3치
바느질
바느질
1푼은 띠
뒤 1자
이는 『상례보편(喪禮補編)』 가운데 있는 제도이다. 송(宋)나라 때의 제도와 합치되는지 모르겠지만, 방례(邦禮)에 착용하는 것이므로 우선 남겨 둔다.
상과 관련된 일로 출타하면 베로 만든 심의에 포대(布帶)를 착용한다. 참최복을 입는 자라도 그렇게 한다. 상복의 효대는 출입할 적에 띠로 착용할 수 없다.
구도(屨圖)
참최에는 관구(菅屨)
재최에는 소구(疏屨)

士儀　圖說

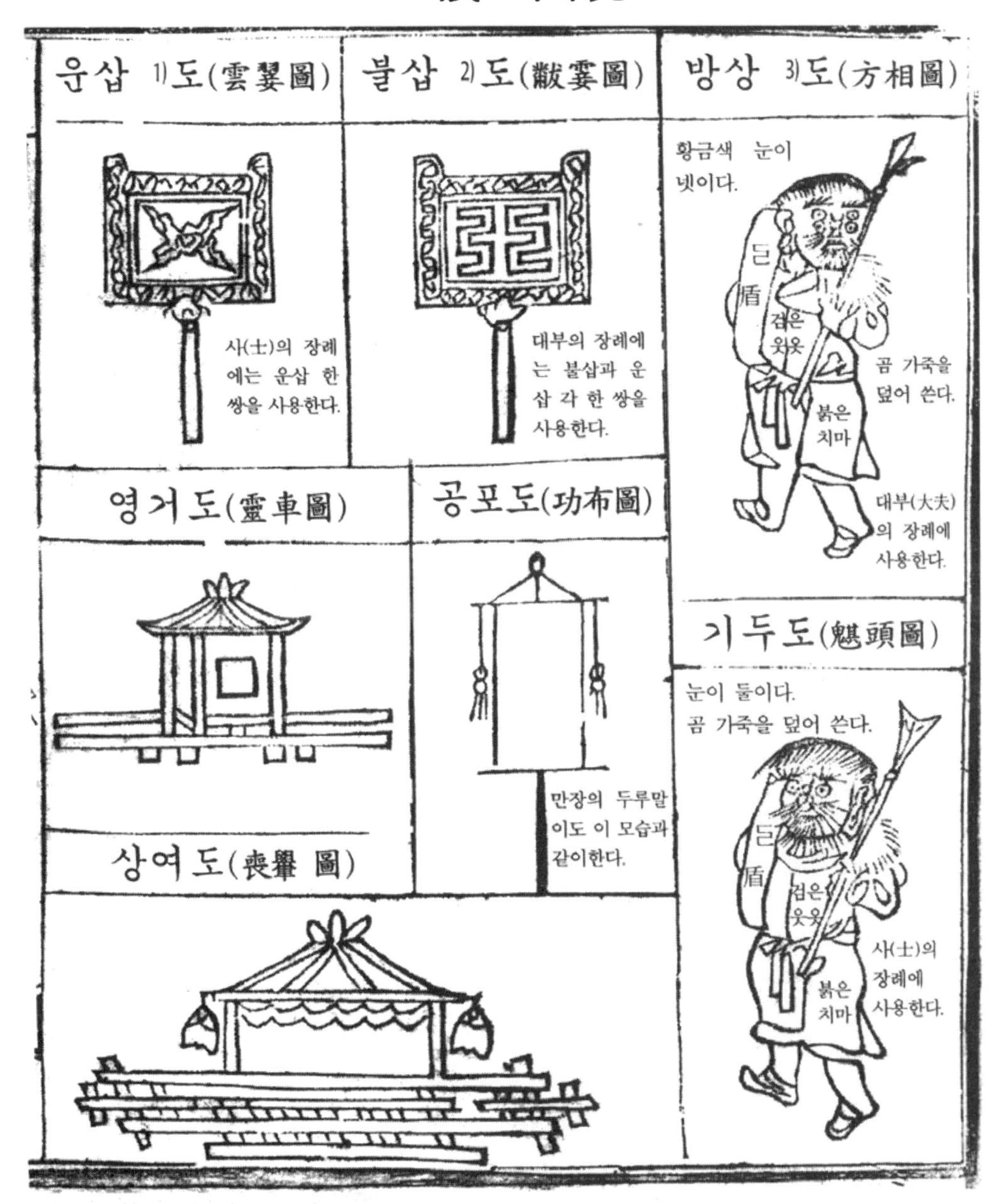

1) 운삽(雲翣): 넓적한 판자에 구름 무늬를 그려넣은 삽. 광중에 있는 관을 바로잡는 데 사용하는 도구이다.

2) 불삽(黻翣): 넓적한 판자에다 불(黻) 문양을 그려넣은 삽. 광중(壙中)에 놓인 관을 바로잡는 데 사용하는 도구이다.

3) 방상(方相): 옛날 상여가 나갈 때 상여 행차에 앞장서서 창을 들고 잡귀를 물리치는 역할을 했던, 눈이 네 개인 가면의 이름.

士儀 圖說

신주는 밤나무를 사용하여 만든다. 받침은 사방 4치인데 네 계절을 나타낸다. 신주 몸체의 높이는 1자 2치인데 12월을 나타낸다. 너비는 30푼인데 한 달의 날 수를 나타낸다. 두께는 12푼인데 하루의 시각을 나타낸다.〔신주와 받침은 모두 두께가 1치 2푼이다.〕 위의 5푼을 깎아서 머리를 둥글게 하고, 1치 앞쪽 아래를 깎아서 턱을 만들어 쪼개는데 삼분의 일은 앞에 있고 삼분의 이는 뒤에 있다.〔앞쪽이 4푼이고 뒤쪽이 8푼이다.〕 함중(陷中) 에는 작위와 성명과 행동을 적고는 "고모관모공휘모자모(故某官某公諱某字某)의 신주"라고 쓴다. 함중은 6치이다. 합하여 받침에다 세우면 신주 몸체가 받침 위로 1자 8푼이 되고, 받침대와 아울러 1자 2치가 된다. 그 곁에다 구멍을 내어 가운데로 통하게 하는데 신주 두께의 삼분의 일〔지름〕과 같게 하고, 4분의 2 위에 있게 한다.〔7치 2푼 위에 있음이다.〕 그 앞쪽에 분칠을 하여 속칭(屬稱) 및 방제(旁題)와 제사 주관자의 이름을 적는다. ○덮개와 깔개는 『가례』에는 말하지 않았으나 『서의』 및 「가례도」에 있으므로 우선 남겨 둔다.

신주전도(神主全圖)

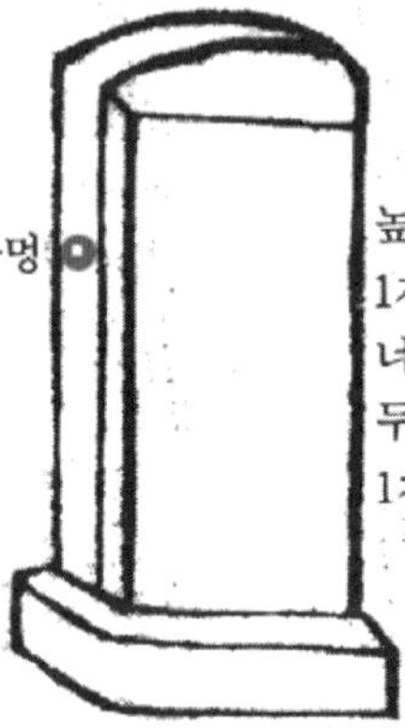

구멍

높이 1자 2치 너비 3치 두께 1치 2푼

신주전도(神主前圖)

신주 몸체 두께의 삼분의 일은 앞 부분에 위치함

덮개와 깔개[韜藉]

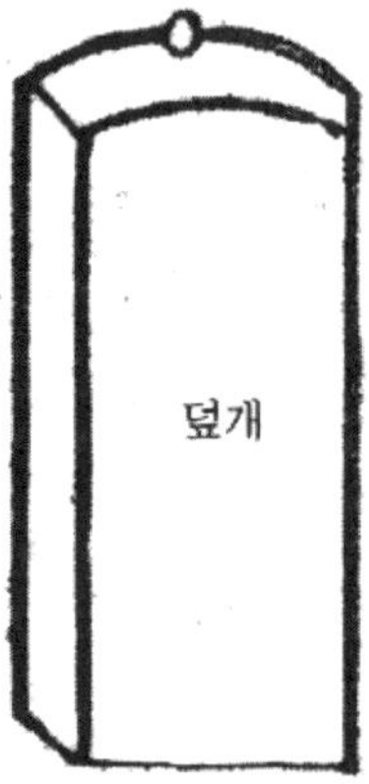

위에서부터 아래로 덮음

덮개

신주 몸체와 가지런하되, 형상은 두장(斗帳)과 같이 함

깔개

신주후도(神主後圖)

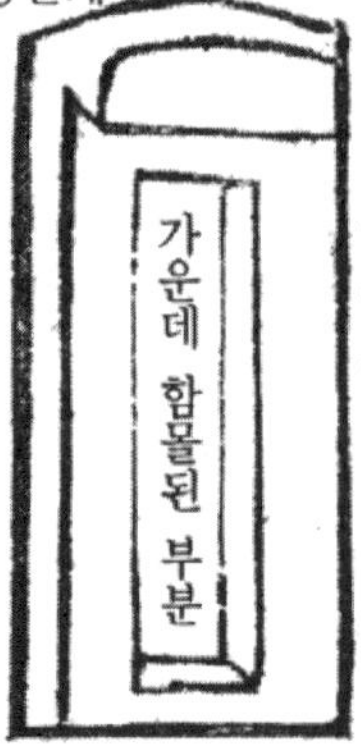

머리는 둥글게

가운데 함몰된 부분

신주 몸체 두께의 삼분의 이는 뒤 부분에 위치함

네모난 받침[趺方]

두께 1치 2푼

사방 4치

함중(陷中): 신주의 몸체 앞쪽에 망자의 신분을 적을 수 있도록 길게 파 놓은 홈.

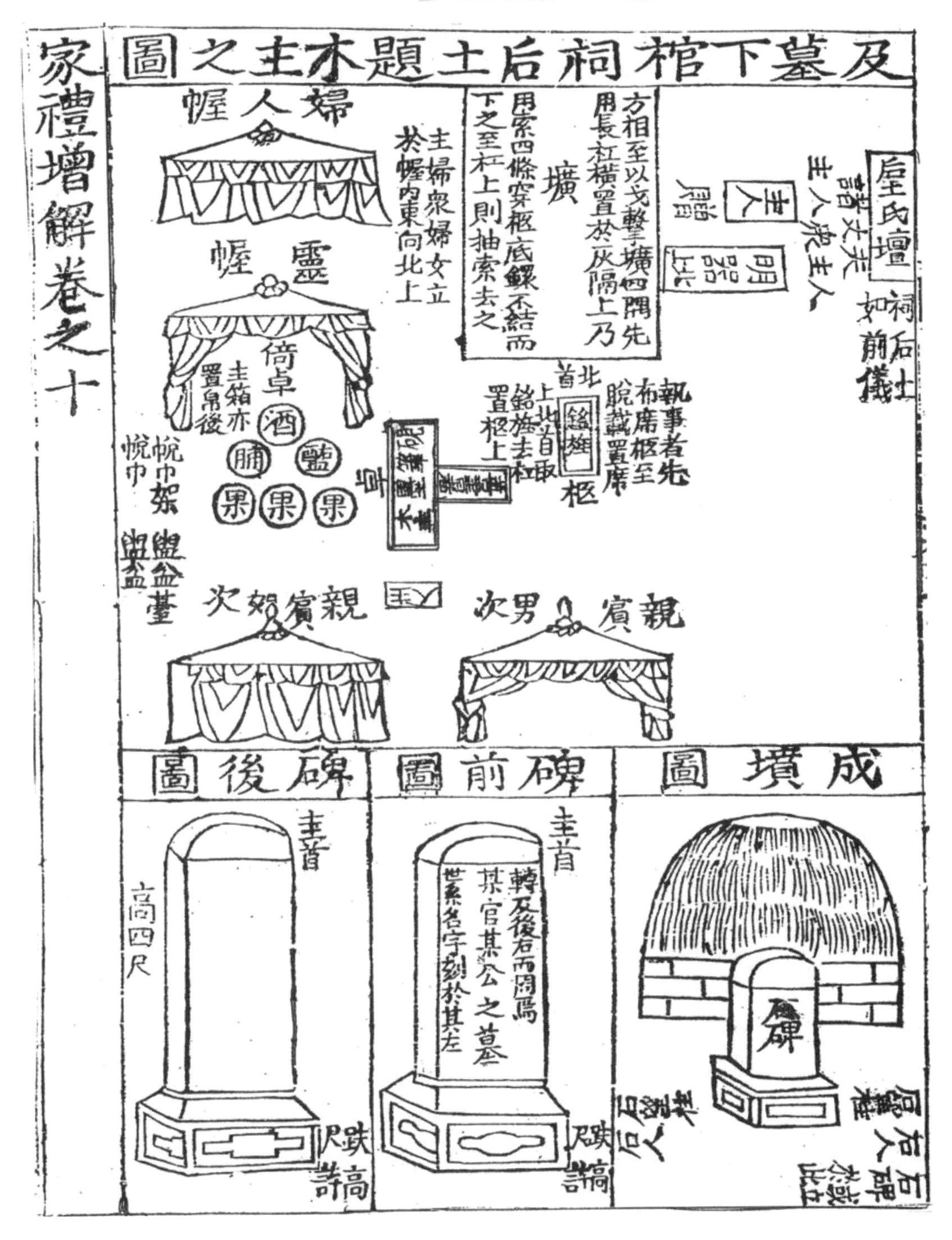
家禮增解卷之十
及墓下棺祠后土題木主之圖
婦人幄
靈幄
親賓男次
親賓婦次
碑後圖
碑前圖
成墳圖
圭首
高四尺
趺高尺許

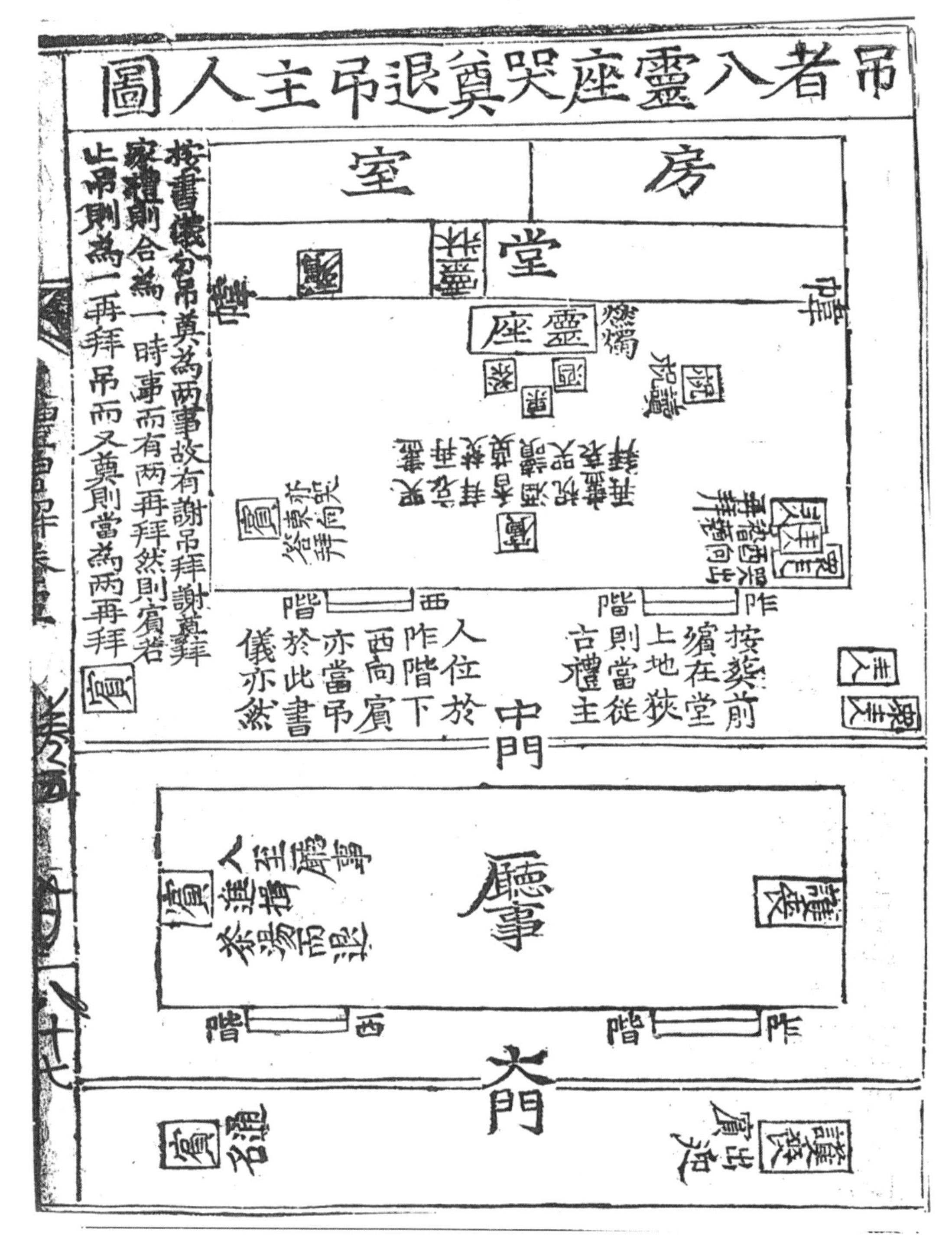

吊者入靈座哭奠退吊主人圖
房
室
堂
靈座
按書儀吊奠爲兩事故有謝吊拜謝奠拜
家禮則合爲一時事而有兩再拜然則賓者
止吊則爲一再拜吊而又奠則當爲兩再拜
階
西
階
阼
按襲前須在堂上地狹則當從吉禮主
人位於阼階下西向賓亦當吊於此書儀亦然
中門
廳事
階
西
階
阼
大門

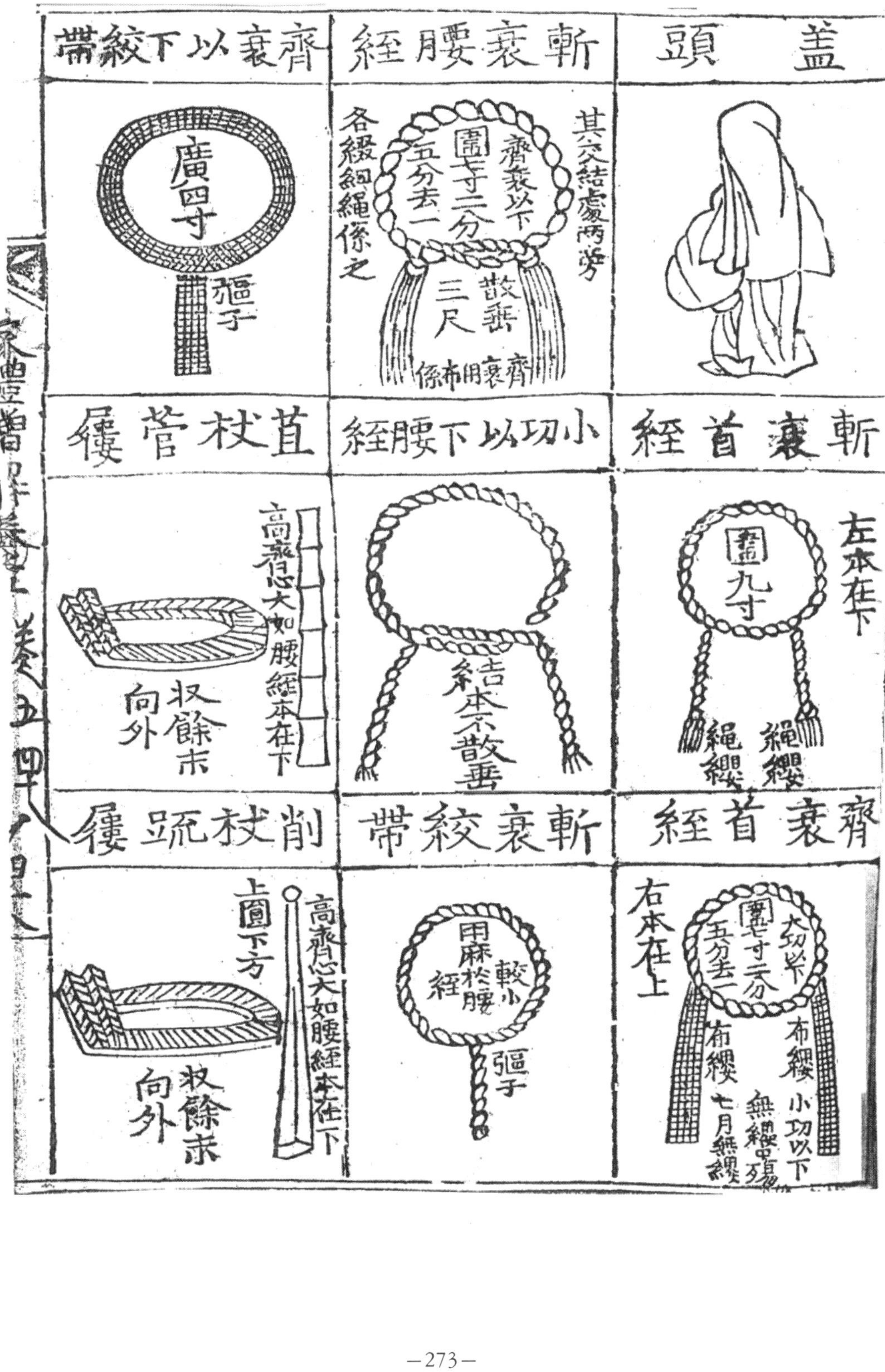

蓋頭

斬衰腰絰

其交結處兩旁
齊衰以下
圍七寸二分
五分去一
各綴細繩係之
散垂
三尺
齊衰用布係

齊衰以下絞帶

廣四寸
彄子

斬衰首絰

左本在下
圍九寸
繩纓
繩纓

小功以下腰絰

結本不散垂

苴杖菅屨

高齊心大如腰絰本在下
收餘末
向外

齊衰首絰

右本在上
圍七寸二分
五分去一
大功以下
布纓
布纓
小功以下
無纓
七月無纓

斬衰絞帶

較小
用麻於腰
絰
彄子

削杖疏屨

上圓下方
高齊心大如腰絰本在下
收餘末
向外

祭　禮

<<解義>> **사당 제 례** 四禮 卷 八 祭 祠堂

군자가 집을 지으려면 먼저 정침의 동쪽에 사당을 세우는 것이다.

사당이 있는 집은 종손이 대대로 지키며 아무에게도 나누어 주지 못하는 것이다.

【사당】삼칸 집에 안으로 벽돌을 쌓거나 나무 판자로 벽을 만들고 자리를 깐다. 중간시렁 밑에 문을 만들고 매 칸마다 앞시렁 아래에 네 쪽 문을 세워 열고 닫게 하니 분합이라 한다.

문 밖에 두 개의 섬돌을 둔다. 동쪽에 있는 것을 阼階라하고 서쪽에 있는 것을 西階라 하니 뜰의 층계를 모두 세 계단으로 만든다.

주자家禮 本註에 집을 지을 때는 어느 방향으로 등진 것을 따지지 말고 다만 앞을 남으로 보고 뒤를 북으로 삼는 것이며 만일 집이 가난하여 땅이 좁으면 단 한간만 세운다.

【序立屋】사당 뜰아래에 땅이 넓고 좁은 것을 따라 집을 지여 정리하여 가족들이 차례로 서도록 하는 것이다.

사계의 말씀이 그 제도는 마땅히 사당집 앞 처마에 서로 닿게 하니 지금의 능침의 정자각과 같고 네 감실밖에 향탁을 두 뜰 사이에 둔다.

우암은 가로로 세우는 것이 옳다고 했으니 만일 두 섬돌 사이에 향탁을 설치한다면 집 가로의 중간에 향탁을 놓으면 두 섬돌 중간이 되는 것이다.

增補四禮便覽卷之八

<<原文>> **祭禮** 祠堂

君子-將營宮室이어든先立祠堂於正寢之東이라

祠堂所在之宅은宗子-世守之오不得分析이니라

[諸具]{祠堂}[祠堂]五架屋三間에內鋪甓하거나或作板樓하고用席鋪陳하고中間前皮下에爲門하야爲之中門하고俗於每間前皮下에立四扇門하야使之開闔하니謂之分闔이오門外爲兩階하니在東楹之東曰阼階오在西楹之西曰西階오階皆三級이라0(家禮本註)不問何向背하고但以前爲南하고後爲北이오若家貧地狹則止立一間이라

[序立屋] {家禮本註}祠堂階下에隨地廣狹以屋覆之하야令可容家衆序立이라0(按)沙溪曰其制-當與祠堂前簷相接하니今陵寢丁字閣이亦其制也오四龕下註에香卓을設於兩階之間이라하니然則香卓을豈可設於雨陽之下乎아沙溪說이雖如此나然丁閣之制난不獨有嫌於僭이라以本註推之라도亦似未然이오旣爲家衆序立而作則當用家衆之位矣라爲子孫者-或至數十百人之多면將何以分內外位於丁閣縱屋之下乎아本註에不曰隨地長短而曰隨地廣狹則其爲横屋이明矣오

尤庵이亦以廣屋爲是하니若慮兩階間, 香卓之設於兩暘之下則置香卓

【주고】 부엌삼간을 동쪽에서 서향하여 길게 세우는 것이다. 그 북쪽에 한간은 유품으로 남겨진 책과 옷이나 물품을 보관하고 가운데 한간은 제기를 두고 남쪽에 한간은 제사 때에 제수와 기타 예비적으로 지은 것이다.

【큰궤】 2, 만일 한간에 사당을 세우고 부엌창고를 짖지 못하면 사당 안 동서 벽 아래에 각각 궤 한 개씩 두고 서쪽에 궤는 서적과 옷 종류를 두고 동쪽에 궤는 제기를 둔다.

【주원】 :둘러싼 담. 사당이나 부엌창고에 담을 둘러쌓고 앞에 외문을 만든다.

【외문】 사당의 남쪽 뜰에 있게 하고 사당의 중문으로 쓰고 그 동서에 담을 둘러싸는 것이다.

四禮 卷 八 祭 2 祠堂

<<解義>>

네 개의 감실을 두어 선대의 신주를 모신다.

사당 안에 북쪽에 가까운 한 칸을 네 감실로 하고 매 감실 안에 탁자하나씩을 두고 신주는 주독 가운데에 소장하여 탁자위의 북쪽 끝단에서 남향한다.

고조는 맨 서쪽에 첫째 감실에 모시고. 증조는 다음으로 둘째 감실이요, 조고를 다음으로 하고 셋째 감실이요. 부모를 다음으로 넷째감실이다. 감실 밖에는 각각 발을 내리고 발밖에는 향탁을 당중에 설치하고 향로와 향합을 그 위에 두되 향로는 서쪽으로 향합은 동쪽이다.

또 두 층계사이에도 똑같은 향탁을 설치한다.

증조부터 계승하는 소종 가는 서쪽감실 하나를 비우고, 할아버지부터 이었으면 감실 둘을 비우고 아버지 사당만 이었으면 서쪽 감실 셋을 비운다. 대종가도 댓 수가 차지 않았으면 서쪽감실을 비워 소종 가와 같이 하는 법이다. 신주의 격식은 상례 편에 보라.

於横屋中間이亦自爲兩階間이라何必當階然後에爲兩階間也리오禮書에言兩楹間者-亦多不與楹相當而直以東西之間言之者矣라

[廚庫]縱立三間於序立屋之東,西向이니其北一間은藏遺書衣物하고中一間은藏祭器하고南一間은爲神廚하야以備作祭需或臨祭更煖之處라

[大櫃]二, 若立一間祠하야不得立廚庫則於祠堂內東西壁下에各置一櫃하야西藏遺書衣物하고東藏祭器라

[周垣]祠堂及廚庫에繚以方垣하야前作外門이라

[外門] 在祠堂庭南,當祠堂中門이니其東西-屬以周垣이라

<<原文>> 祠堂

爲四龕하야以奉先世神主

祠堂之內에以近北一架爲四龕하고每龕內에置一卓하고神主난皆藏於櫝中하야置於卓上北端南向하되高祖난居西하고卽第一龕曾祖-次之하고卽第二龕祖-次之하고卽第三龕父-次之하고卽第四龕 龕外에各垂小簾하고簾外에設香卓於堂中하고置香爐盒於其上하고爐西盒東兩階之間에又設香卓,亦如之니라0繼曾祖之小宗則虛其西龕一하고繼祖則虛其二하고繼禰則虛其三하고大宗世數未滿則亦虛其西 龕이如小宗之制니라0主式은見喪禮

제구

【감실】 사당 안에 북으로 가까운 한 칸에 넷으로 나누어서 판자로 막는 것이다. 【큰탁자】 넷 각각 감실 안에 두어서 그 북단에는 신주를 받들고 동서 단에는 부위 신주를 받들고 남단에는 찬을 설하는 것이다.

【앉는 요】 즉 방석이며 탁자에 쓰는 것이다.

【좌면지종이】 세속에는 기름종이를 쓰니 탁자마다 다 있다. 【닦는 수건】 탁자마다 둔다. 【발】 넷 감실 앞에 내리는 것 【자리】 즉 돗자리 이니 당 안에 펴는 것.

【향안】 둘 하나는 당 안에 두고 하나는 두 뜰 사이에 두되 향로와 향합과 향을 뜨는 수저를 진설하는 것이다.

【향로】 둘 【향합】 둘

【향 순갈】 둘 【부저갈】 둘

[諸具]
{四龕}[龕]祠堂內,近北一架에四分而以板隔之라 [大卓]四. 用以置各龕內에其北端엔以奉神主하고東西端엔以奉祔主하고南端엔用設饌이라
[坐褥]卽方席이니用以鋪於卓上者니隨位各其
[座面紙]俗用油紙니隨卓各其 [拭巾]隨卓各其
[簾]四,用以垂於龕前者
[席] 卽(地衣)니用以鋪於堂內者
[香案]二,一設於堂內하고一設於兩階間하야用以陳爐盒匕筯者라이,,
[香爐]二,[香盒]二
[香匕]二,[火筯]二,

四禮 卷 八 祭 3쪽 祠堂

<<解義>> 祠堂 **방계의 조상으로 후손이 없는 자는 그 신주의 반열에 부쳐 모신다.**

백숙조부모는 고조의 신주 곁에 부쳐 모시고 백숙부모는 증조에 부치고 아내나 형제 또는 형제의처는 할아버지에게 부하고, 아들과 조카와 자부, 질부도 아버지에게 부치되 손자나 손부는 조에 부하되 서향한다.

<<原文>>
傍親之無後者난以其班祔 伯叔祖父母난祔于高祖하고伯叔父母난祔于曾祖하고妻若兄弟之妻난祔于祖하고子姪은子婦姪婦同祔于父하되孫若孫婦난中一而祔于祖皆西向이니라卓上東端正位東南

程子의 말씀이 服이 없이 아이로 죽은 것(殤=7세 이하)은 제사를 지내지 않고 下殤(8세-11세)의 제사는 부모에 생존 시까지 하고 中殤(12세-15세)의 제사는 형제의 생존 시까지 하고 長殤(16-19세)의 제사는 형제의 아들에 생존 시까지 하며 성인이 되어 후가 없는 자의 제사는 형제의 손자의 생존 시까지만 하는 것이다.

小記에 서자가 제사를 지내지 않는 殤과 또는 자손이 없는 자는 조부에 부쳐서 한다. 또 첩살이의 어머니나, 할머니는 제사를 아니 한다 첩의 아들 대에까지는 제사를 지내고 손

程子曰無服之殤은不祭하고下殤之祭난終父母之身하고中殤之祭난終兄弟之身하고長殤之祭난終兄弟之子之身하고成人而無後者,祭난終兄弟之孫之身이라
(小記)庶子-不祭殤與無後者와殤與無後者난從祖祔食又曰妾母난不世祭라
(註)於子祭-於孫에止라
程子曰庶母난不得入廟니子當祀於私室이니라

자 대에서는 그친다 하였다.
정자의 말씀이 서모는 사당에 들어가지 못하니. 첩 아들의 사실에서 제사를 지낸다 하였다.
감실중의 반열에 부치는 것은 행하기가 어려운 것은 협소하여 사하지 못할 것이나 시제의 신위를 배설하는 조항에 부치는 신위가 동쪽에서 서향 하는데 북을 상으로 한다. 혹은 두 서열이 서로 相向함에는 높은 이가 서쪽에 있다는 글이 있으니 여기에 의거하여 변통하면 하나의 감실에도 비록 동서로 각각 여러 위라도 또한 용납하기가 어려울 염려는 없는 것이니 어찌 서쪽으로 향한다는 말에 협소한 것을 근심하여 손자를 할아버지에 부하는 정례를 폐할 것인가.

(按)龕中班祔난今之說難行者-未始不以狹窄爲辭나然時祭設位條에有祔位東序西向北上, 或兩序相香에尊者居西之文하니倣此而通變之則一龕中에雖東西各屢位라도亦無難容之慮矣니何可滯泥於本註西向之語하야以狹窄爲憂而遽廢孫祔祖之正禮也리오

四禮 卷 八 祭 3쪽 祠堂

<<解義>> **제사용 전답을 마련한다.**

밭을 계산하여 보아 매 감실에 그 20분의 1을 취하여 제사용 논밭으로 만들어 제사에 용도로 주었다가 친족의 촌수가 다하면 묘전을 하되 부친 신위도 여기에 모방한다. 처음부터 전답을 준비 못하였으면 묘소와 관계된 자손에 밭을 합하여 숫자대로 계산하여 활 당을 하여 약정을 하고 관에 등록하여 법으로 팔지 못하게 하는 것이다.

<<原文>> **置祭田** 祠堂

計見田하야每龕에取其二十之一하야以爲祭田하야以給祭用타가親盡則以爲墓田하되詳見下遞遷註祔位도皆倣此하고
初未置田則合墓下子孫之田하야計數以劏之하되皆立約聞官하야不得典賣니라

<<解義>> **제구** 제사의 기구 四禮 卷 八 祭 4쪽 祠堂

제상과 자리, 의자, 탁자, 술, 음식에 기구를 창고에 저장하고 봉하여 다른 용도에 쓰지 못하도록 하고 창고가 없으면 궤 가운데 두되 두지 못할 것은 바깥 문에 진열하여 둔다.

<<原文>> **具祭器** 祠堂

牀席,椅卓,酒食之器를貯於庫中하고封鎖之하야不得佗用하고無庫則貯於櫃中하되不可貯者난列於外門之內니라

왕제에 대부는 제기를 빌리지 않는 것이니 제기를 장만하지 못하였으면 보통 그릇으로는 만들지 아니 한다 곡례에 전록이 이란자는 먼저 제복을 하고 군자는 비록 가난하나 제기는 팔지 아니 하고 비록 추우나 제복은 입지 아니하고 제복이 낡아서 못 입게 되였으면 태우고 제기가 깨졌으면 땅

(王制)大夫난祭器난不假하고祭器를未成이어든不造燕器니라
(曲禮)有田祿者-先爲祭服하고君子-雖貧이나不鬻祭器하고雖寒이나不衣祭服하고又曰祭服敝則焚之하고祭器敝則

에 묻는 것이다. 제상돗자리[의] 교의라 하는 것이니 위를 따라 각각 갖출것. 【앉는요】 길이와 폭은 의자에 판과 같고 위마다 다 있다. 【큰탁자】 곧 제상이니 위마다 있다. 【자리면에종이】 탁자를 따라 다 둔다. 【적은탁자】. 【큰상】 즉 중배상. 【닦는수건】 【향안】 【향로】 【향합】 【향】 【향숟갈】 【부절갈】	埋之니라 椅]俗稱交椅니隨位各具 [坐褥]長廣은與椅板同하고隨位各具 [大卓] 卽祭牀이니隨位各具 [座面紙]隨卓各具 [小卓]二, 卽東西卓 [大牀]卽中排床[拭巾]隨卓各具[香案][香爐] [香盒][香][香匕] [火筯]
【촛대】 매위에 각각 하나식 하되 만일 합설이면 한쌍을 갖춘다. 【촉】 【역막】. 【병풍】 혹 【발】 【자리】 주인과 주부에 절하는 자리로 둔것. 【상자】 독을 따라 각각 갖출 것. 【개좌】 기제때에 한위를 받들고 나오는 것. 【띠묶은것】 다섯 가례부주에 띠를 팔촌 남짓하게 끊어서 묶음을 만들되 붉은 것으로 묶어서 반 안에 세우는 것 【띠소반】 모사기 :다섯 가례부주에 모난사기 그릇을 쓰되 폭이 한자 남짓하고 혹은 흑칠소반이라하고 비요에는 주발을 쓴다함 【축판】 넷 가례본조에 길이가 일척. 높이가 오촌이다. 위씨의 말씀에 축판은 법상이 있는 것이 아니니 조금 커도 무방하다함. 【축문종이】 길이와 폭은 판과 같다. 【벼루】 【붓】 【먹】 【배교】 서의에는 큰대나무 뿌리로 한다. 비요에는 쪼개면 길이가 이촌이다. 폭은 패를 쓰되 가라서 둥글게 두쪽이다. 【배교반】 【술병】 【술상】 【술전자】 【잔대】 【닦는수건】 【현주병】 【초접】 【시저】 【시저접】 【과기】 【포기】	[燭臺]每位各一하되若合設則具一雙[燭] [帟幕]周禮(註)에帟은平帳也오幕之小者니在幄內承塵者오上及四方에皆有帷 [屛]或[簾] [席](卽地衣)니又有主人主婦拜席 [笥]隨櫝各具 [蓋座] 忌祭時에一位奉出者 [茅束]五,(家禮祔註)에截茅八寸餘(周尺)作束하고束以紅하야立于盤內라(備要)에二搤이라 [茅盤]五,(家禮祔註)에用瓷匾盂하되廣一尺餘오(周尺)或黑漆小盤이라(備要)에用椀 [祝板]四,(家禮本註)에長一尺高五寸이니(備要)에周尺(魏氏)曰祝板은非有法象이니稍大不妨이라 [祝文紙]長廣은與板同 [硯][筆] [墨][环珓]書儀에取大竹根,라0(備要)判之에長二寸(周尺)或用具니磨作圓二片이라[环珓盤][酒瓶][酒架] [酒注][盞盤]每位에各一이오又有酹酒者하니盤卽盞臺 [拭巾][玄酒瓶][醋楪][匕筯][匕筯楪][果器][脯器]

【해기】 【소채기】 다 큰 접시이다. 【장기】 즉 종자. 【반기】 덮께 가있다. 【갱기】 덮게가 있다. 【어육기】 주발이나 혹은 접시. 【떡그릇】 즉 큰접시. 【면기】 즉 주발. 【구이그릇】 즉 큰접시. 【철주기】 퇴주기 【철구기】 즉 큰접시, 초접시 이하는 위를따라 각각 있다. 【수조반】 즉 접시. 【수조시】 수조용숟가락 【수조석】 【분조합】 【결척분】 【식건】 【가마】 【시루】 【숟갈】 【잔】 【모난광주리】 【도마】 【주발】 【앙반】 【칼】 【화로】 【적쇠】 부 와 증 이하는 찬을 갖출때 쓰는것. 【제복】 아래 초하루에 보이는 조목과 또는 기일에 변복하는 조목게 보라. 【횃불】 【세수대】 4 【분대】 2 【잔】 4 【세수수건】 4 【수건거리】 2 【목욕분】 2 ☞ 編譯者 善光 註: 【세수대】 4 : 1) 주인과 남자 참례자용,으로 세면대가 있음. 2) 주부와 여자 참례자용으로 세면대가 있음 3) 축자와 남자집사(외집사)용, 다이가 없음. 4) 여자집사(내집사) 용으로 다이가 없음. 【盆臺】 2 1) 위의 1)번용 즉 주인과 남자어른용 임. 2) 위의 2)번용 즉 주부와 여자 어른용으로 총2개.	[醢器][蔬菜器]並卽大楪[醬器]卽(鍾子)[飯器]蓋具[羹器]蓋具[魚肉器]椀或楪[餠器]卽(大楪) [麪器]卽椀[炙器]卽大楪 [徹酒器]卽椀 [徹炙器]卽(大楪)醋楪以下ㄴ隨位各具 [受胙盤]卽楪 [受胙匕][受胙席][分胙盒][潔滌盆][拭巾][釜] [甑] [匕] [勺] [筐] [籩][俎板] [椀] [盎盤][刀][火爐] [炙鐵]之屬釜甑以下ㄴ卽備饌時所用[祭服]見下朔參條及忌日變服條 [炬][盥盆]四,[盆臺]二[勺]四[帨巾]四 [巾架]二[沐浴盆]二 [帨巾]二
<<解義>> 祠堂 **주인은 새벽마다 대문 안에 들어가 사당에 뵙는다.** 주인이 심의를 입고 양 계단사이에 향탁을 놓고 분향하고 재배한다.	祠堂 <<原文>>主人이晨謁於大門之內 主人이深衣로焚香於兩階間香卓再拜
율곡의 말씀에 비록 주인이 아닐지라도 주인을 따라 같이 뵈는 것은 무방하다.	(栗谷)曰雖非主人이라도隨主人同謁이不妨
사계의 말씀은 주인이 없으면 혼자서는 행하지 않는다고 하였다. **제구:**심의, 치관, 복건, 큰띠, 신에끈.	(沙溪)曰無主人則不可獨行 [諸具] {晨謁}[深衣]緇冠,幅巾,大帶,絛履具

<<解義>> 四禮 卷 八 祭 5쪽 祠堂

출입할 때에 반드시 사당에 고 하는 것이다.

주인과 주부가 가까운 곳을 나갈 때는 대문 안에 들어가서 쳐다보며 예를 하고 돌아오면 또한 같이한다.

밤을 자고 돌아오면 두 뜰 사이에 향탁에서 분향을 하고 재배를 하며 멀리 나가서 열흘을 지내겠으면 재배를 하고 분향을 하고 꿇어앉아 고축을 하고 또 재배를 하며 돌아오면 또한 그와 같이 하고.

달을 지내고 돌아오면 중문을 열고 뜰 밑에서 분향하고 꿇어앉아 고축하고 재배하고 내려와서 제자리에 돌아와서 재배하며 다른 사람도 또한 그렇게 하되 다만 중문만 열지 아니한다.

무릇 올라가거나 내려 갈 때 오직 주인만이 동쪽 층계를 이용하고. 주부나 다른 사람들은 비록 높은 어른이라도 서쪽 층계를 이용하는 것이며 절을 할 때에는 남자는 재배하고 부인들은 사배를 한다.

출입고사식 모 장적모소 감고 【아무는 장차 아무 곳에 가겠음으로 감히고 하나이다.】 모 금일귀자모소 감현 【아무는 오늘 아무 곳에서 돌아왔음으로 감히 알현하나이다.】

<<原文>> **出入에必告**

主人主婦－近出則入大門瞻禮而行하고歸亦如之하며
經宿而歸則焚香於兩階間香卓再拜하고

遠出經旬則再拜焚香跪告云云又再拜而行하고歸亦如之하며

經月而歸則開中門,立於階下再拜하고升自阼階焚香跪告云云畢에再拜하고降復位再拜하며餘人도亦然하되
但不開中門이니라

凡升降에惟主人은由阼階하고主婦及餘人은雖尊長이라도亦由西階하며凡拜에男子난再拜하고婦人은四拜니라

[出入告辭式]
某,將適某所,敢告
某,今日,歸自某所,敢見

<<解義>> 四禮 卷 八 祭 6쪽 祠堂

정월초하루나 동지날, 초하루와 보름날이면 사당에 참배를 한다. 하루 전에 물을 뿌려 청소하고 재계하면서 잔다. 날이 밝을 때 일찍 일어나 문을 열고 발을 걷고 각 감실에 새 실과를 탁자위에 진설하고 각 신위에 잔대는 신주 독 앞에 놓고 모사는 향탁 앞에 놓고 동쪽층계위에 따로 탁자를 설치하여 그 위에 주전자와 잔반을 놓고 서쪽에 술병을 놓는다. 세수 대와 수건은 동쪽계단 아래 동남쪽에 놓는다. 또 주부와 내집사의 세수 대와 세수수건을 서쪽계단 아래 서남쪽에 둔다. 제사 때의 의식과 같다.

<<原文>> 祠堂

正,至,朔,望則參

前一日에灑掃齋宿하고厥明夙興하야開門軸簾하고每龕에設新果盤於卓上하고每位에盞盤於神主櫝前하고茅沙於香卓前하고別設卓於阼階上하고置酒注盞盤於其上하고酒瓶於其西하고

盥盆帨巾於阼階下東南하고又設主婦,內執事,盥盆,帨巾於西階下西南하니凡祭同

주인이하 성복을 하는데 성복이란 벼슬이 있으면 복두와 공복에 띠와 양화이요 진사는 복두와 난삼에 띠요. 처사이면 복두와 조삼에 띠며 벼슬이 없는 자는 통용하는 모자와 삼과 띠이요 또는 능히 갖추지 못하면 모자와 심의와 한삼이요. 벼슬이 있는 자도 또한 모자로 통용하되 화려한 복장은 하지 않는다.. 부인이면 관과 피, 대의, 장군이요. 출가하지 아니한 여자는 관자와 배자이며 여러 여자들은 가괄과 배자이요. 주부는 검은 삼을 입는다.	主人以下－盛服하고(凡言盛服者난有官則幞頭,公服帶,靴오進士則幞頭襴衫帶오處士則幞頭皁衫帶오無官者난通用帽子衫帶오又不能具則深衣或凉衫이오有官者도亦通服帽子以下하되但不爲盛服이오婦人則冠與帔大衣長裙이오女在室者난冠子背子오衆妾은假髻背子라(特牲饋食禮)主婦난宵衣라)
문에 들어가 자리에 나가서 주인은 동쪽 층계아래에서 북향을 하고 주부는 서쪽층계 아래에서 북향을 하되 주인의 어머니가 계시면 특별히 주부 앞에 자리를 하고 주인의 제부이나 제형이 있으면 특별히 주인오른쪽에 자리를 하되 서쪽을 상으로 하여 조금 앞으로 선다. 제모나 고모, 수씨, 맞누이가 있으면 특별히 주부의 왼쪽에 자리를 하되 조금 앞으로 동을 상으로 하고 모든 아우들은 주인 오른편에서 조금 물러서고	入門就位하야主人은北面於阼階下하고主婦난北面於西階下하고 主人이有母則特位於主婦之前하고主人이有諸父諸兄則特位於主人之右,少前,重行西上하고有諸母姑嫂姊則特位於主婦之左,少前,重行東上하고諸弟난在主人之右少退하고
자손에 외집사는 주인의 맨 뒤에 있으되 줄을 서쪽을 상으로 하고 아우나 안해 또는 누이동생들은 주부의 왼편에 있으되 조금 물러가고 자손의 부에 내 집사는 주부의 뒤에 있으되 줄을 동을 上을하고 서열이 되었으면 주인은 손을 씻고 올라가 독을 열어서 독개는 독좌 동쪽에 북으로 가까이 두고 모든 고에 신주를 받들어서 독 앞에 두고 주부도 손을 씻고 올라가서 모든 비의 신주를 받들어서 고의 동쪽에 두고 다음에는 부친 신주를 내오되	子孫外執事난在主人之後,重行西上하고弟之妻及諸妹난在主婦之左,少退하고子孫婦,女內執事난在主婦之後,重行東上하고立定이어든主人은盥帨升,啓櫝하야櫝盖난置於櫝座東近北奉諸考神主하야置於櫝前하고主婦난盥帨升하야奉諸妣神主하야置于考東하고次出祔主－亦如之하고
장자나 장자부 혹은 장녀를 시켜서 손을 씻고 올라가서 곁들인 신주에 낮은 자를 모시는 것도 같이한다. 다 마치면 주부이하가 먼저 내려와서 제자리로 돌아간다.	命長子,長婦,或長女하야盥帨升,分出祔主之卑者－亦如之하고皆畢에主婦以下－先降復位하고
주인이 향탁 앞에 나가서 강신과 분향재배를 하고 조금 물러와서 서있으면 집사자가 손 씻고 병을 열어서 술을 주전	主人이詣香卓前하야降神焚香再拜,少退立이어든執事者－盥帨升하야

자에 담고 한사람은 술을 받들고 주인의 오른편에 나가고 한사람은 잔 때를 가지고 주인왼편에 나가고 주인이 꿇고 앉으면 집사자도 다 꿇어앉는다. 주인이 주전자를 받아서 술을 붓고 주전자는 다시 집사에게 주고 잔대를 받들되 왼손에는 잔대를 잡고 오른손에는 잔을 잡아서 모사위에 강신을 하고 잔대를 집사자에게 주면 집사자는 잔반을 상위에 놓고 다 내려와서 제자리로 돌아오면 주인은 부복하고 일어나 조금 물러가서 재배를 하고 내려와 제자리로 도라 와서 여러 참여자와 같이 재배를 하여 참신을 한다.	開甁實酒于注하고一人은奉酒詣主人之右하고一人은執盞盤,詣主人之左하고主人跪에執事者皆跪하고主人이受注斟酒反注하고取盞盤奉之하되左執盤,右執盞하야酹于茅上하고以盞盤으로授執事者하고執事者,皆降復位俛伏興少退,再拜降復位하야與在位者로皆再拜參神하고
주인이 주전자를 들고 올라가서 정위에 먼저 술을 붓고 부위에는 다음으로 하며 장자를 명하여 모든 부위의 낮은 자들에게 술을 붓고 장자는 먼저 내려가서 제자리에 돌아가면 주인이 향탁 앞에 서서 재배를 하고 제자리로 돌아와서 조금 기다렸다가 여러 참여자와 같이 재배를 하여 사신을 한다.	主人이升執注斟酒하야先正位,次祔位하고次命長子하야斟諸祔位之卑者하고先降謂長子降復位하면主人이立於香卓之前,再拜降復位하고少頃與在位者로,皆再拜辭神
주인과 주부는 올라가서 신주를 거두어서 독으로 덮는 것은 독을 열 때 의절과 같이하고 내려와서 제자리로 돌아가고 집사자가 올라가서 주과를 철하고 발을 내리고 문을 닫고 내려와서 물러가는 것이다.	主人主婦升,斂主櫝之난如啓櫝儀, 降復位하고執事者, 升徹酒果, 降簾闔門降 而退라
보름날에는 술을 쓰지 않고 신주도 모셔내지 않고 위에 의절과 같이한다.	望日엔不設酒,不出主하고餘如上儀니라
율곡에 말씀이 신주는 내오지 아니하며 다만 독은 열고 술로 강신도 아니하고 분향만 한다 하셨다.	(栗谷)曰不出主,只啓櫝,不酹酒只焚香
율곡의 말씀이 만일 정월 초하루나 동지 때는 따로 찬을 몇가지를 진설하되 동지이면 팥죽으로 하고 정조에는 떡국으로 한다. 만일 동지에 시제를 행하면 참례는 행하지 아니한다 하셨다.	(栗谷)曰若正朝冬至則別設饌數品하되冬至則加以豆粥하고正朝엔湯餠이오若冬至行時祭則不行參禮니라
@ 차는 중국에서만 쓰고 우리나라 풍속에는 쓰지 않기 때문에 차를 준비한다거나 차를 따른다는 글은 다 삭제하였다. 만일 별다른 음식이 있으면 각 신위의 고와 비의 잔대 사이에 시저를 놓고 주인이 술을 따른 뒤에 주부가 올라가서 젓	(按)茶,是中國所用而國俗에不用故로設茶點茶等文은一幷刪去하고若別有饌品則設筯楪於每位考妣盞盤之間하고主人이斟酒訖에主婦升正筯하고主人主婦-分立於香卓之前東西하야皆

가락을 바로 놓고 주인과 주부가 향탁 앞에 동서로 나누워 서서 다 북향하여 절하는 것이 옳은 것이다.

<<解義>> **제구** 초하루와 보름에 쓰는 것

【집사자】 내외 자제의 부녀들과 친척인 것. 【과】 매 위에 각각 큰반으로 하되 부위도 같이 한다. 【술】 【잔대】 매위에 각각 하나식 하되 부위도 같다. 【띠묶은것】 모래위에 세우는 것

【띠반】 모래를 담는 것 【탁자】 【술병】 [주전자]

【잔반】 【반】 제찬을 받드는 것. 【복두】 지금은 사모를 쓴다 【공복】 즉 단령이다 【띠】 즉 관대이다 【양화】 복두이하는 벼슬이 있는 자의 성복이다

【복두】 지금의 연건이다.

【난삼】 【띠】 즉 방울이 달린 띠. 【양화】 연건이하는 진사에 성복이다. 【복두】 역시 연건이다

【조삼】 웃옷에 검은색으로 물드 린 것이다. 【띠】 즉 혁대이다

【혜】 가죽신이다. 연건이하는 처사의 성복이다.

【모자】 즉 갓이다. 연건이하에 제도는 위에 관복을 진설하는 조목에 보라. 【삼】 도포나 직령의류이다 【띠】 【양삼】 즉 백삼이다. 모자이하는 성복을 갖추지 못하는 자가 입는 것이다.

【심의】 치관, 복건, 큰띠, 신에 끈을 갖춘 것이며 벼슬이 잇고 없는 자에 통한 옷이니 제도는 위에 관례의 관복을 진설하는 조목에 보라.

【관】 출가하지 아니한 자에 통한 옷이니 제도는 위에 관례에 계의 옷을 진설하는 조목에 보라.

【배자】 제도는 위에 혼례의 초 녀 조목에 보라 【대의】 염색한 명주를 쓰니 제도는 세속에 당의와 같되 커서 길이가 무릎에 내려오되 다만 소매가 크니 소매의 길이가 주척으로 이 척 이 촌이며 둥근 소매이니 또 한가지 이름은 대수 혹은 한삼이라 한다. 【긴치마】 제도는 육 폭을 쓰되 언치기도하고 버러지기도하게 열두 폭으로 하여 치마를 하니 길이는 땅에 끌린다. 국조오례의에 나오는 보통 치마이다.

北向拜爲可니라

[諸具]{朔望參}[執事者]外內子弟婦女親戚[果]每龕에各一大盤하되祔位도同이니라 [酒][盞盤]每位各一,祔位同[茅束]用以立於沙上者[茅盤]用以盛沙者[卓][酒瓶] [酒注] [盞盤]用以斟酒者 [盤]用以奉祭饌者

[幞頭]今用紗帽[公服]卽團領[帶]卽品帶 [靴]幞頭以下난有官者盛服[幞頭]今用軟巾[襴衫][帶]卽鈴帶 [靴]軟巾以下난進士盛服[幞頭]亦軟巾 [皂衫]卽上衣染黑者[帶]卽革帶 [鞵]卽革鞋軟巾以下난處士盛服[帽子]卽笠子軟巾以下制난見上冠禮陳冠服條[衫]道袍直領之類 [帶]卽常時所帶帽子以下난無官者所服[凉衫]卽白衫帽子以下난凡不能具盛服者所服

[深衣]緇冠,幅巾,大帶,絛履具니有官無官者通服이오制見上冠禮陳冠服條

[冠]女在室者의通服이니制見上冠禮笄陳服條[帔]制見上昏禮醮女條[大衣]裁用色紬니制如俗唐衣而寬大하야長至膝하되但袖大니袖長二尺二寸이오(周尺)圓袂오一名大袖或稱垣衫이니(卽五禮儀本國長衫)[長裙] 制用六幅이오交解爲十二幅하야聯而爲裙하니長拖地라(卽五禮儀本國裳이니用常服에도惟裳이亦可니라

[宵衣]制見上昏禮醮女

【소의】 제도는 위에 혼례 초 녀 조목에 보라. 【띠】 제도는 위에 혼례 초 녀 조목에 보라.

【배자】 출가하지 아니한 여자에 통한 옷이니 제도는 위에 관례에 비녀할 때 옷을 진설하는 조목에 보라. 관이 하는 부인의 성복이다.

【가괄】 여러 첩이 입는 것이다

【세수대】 넷 하나는 걸이가 있으니 주인친속에 세수하는 것이며 또 하나는 걸이가 없으니 집사자가 손 씻는 것이요 또 하나는 걸이가 있으니 주부 친속이세수하는 것이고 또 하나는 걸이가 없으니 내집사가 손 씻는 것이다.

[분대】 둘 【잔】 넷 【세수수건】 넷 둘은 걸대가 있고 둘은 걸대가 없다. 구봉에 말씀이 남녀의 세수 대와 세수수건은 반드시 달리한다 하였다. 【수건걸대】 둘 무릇 기구로 쓰는 것이 거듭나오나 알기 쉬운 것은 다시 주를 달지 아니하고 오직 제도의 의문으로 참고 할 것은 곳을 따라 주를 다라서 아무 조목에 보라 하였다.

四禮 卷 八 祭 9쪽 祠堂

<<解義>> 祠堂

세속의 명절에는 계절음식을 드린다.

명절이라는 것은 청명, 한식, 단오, 구월구일이니

율곡의 말씀에 정월보름, 삼월삼일, 오월오일, 유월십오일, 칠월칠일, 팔월보름, 구월구일 또는 납일 등이라 하셨다. 대체로 시골풍속에는 숭상하는 것이 음식이니 그 계절에 숭상하는 음식을

율곡은 약밥, 쑥떡, 수단 등이니 만일 풍속에 숭상하는 음식이 없으면 떡과 실과 둬가지를 큰 접시에 차리고 채소와 실과를 함께 쓴다. 예는 정조나 동지, 삭일에 의식과 같이한다.

율곡은 새로운 음식이 있으면 천신을 하되 삭망 때 함께 올리도록 하고, 오곡 중에 밥을 지을 곡식이 있으면 찬을 몇가지 갖추어 같이 진설하되 예는 초하루에 의절과 같이하고 보름날에도 또 신주를 내오고 술로 강신을 하되 어류나 과일 같은 것으로 차리고 새벽에 보일 때에 독을 열고 한잔만 드리고 분향재배하되 형편껏 차려 천신을 하고 반드시 삭망

條袡衣註하니但不施緣이라[帶]制見上昏禮醮女條[背子]女在室者의通服이니制見上冠禮笄陳服條

冠以下난婦人盛服[假髻]衆妾所服 [盥盆]四,一은有臺니主人親屬所盥이오一은無臺니執事者所盥이오一은有臺니主婦親屬所盥이오一은無臺니內執事所盥

[盆臺]二 [勺]四[帨巾]四,二난有架오二난無架라龜峯曰男女盥巾을必異라[巾架]二 凡器用之重出而易知者난不復懸註하고惟制度儀文之可考者난逐處懸註하야以見某條라

<<原文>> 祠堂

俗節則獻以時食

節은如清明,寒食,重午,重陽

(栗谷)曰正月十五日,三月三日,五月五日,六月十五日,七月七日,八月十五日,九月九日, 及臘日之類라凡鄕俗所尙者食이니凡其節之所尙者를

(栗谷)曰藥飯,艾餠,水團之類니若無俗尙之食則當具餠果數品 薦以大盤하고間以蔬果하야禮如正至朔日之儀니라

(栗谷)曰有新物則薦하되須於朔望俗節並設하고五穀可作飯者則當具饌數品同設하되禮如朔參之儀하고雖望日이라도亦出主酹酒하되若魚果之類及菽小麥等,不可作飯者則於晨謁之時에啓櫝而單獻하고焚香再

이나 명절을 기다리지 않을 것이요.

새 물건을 천신하기 전에 먼저 먹지를 않는 것이고 만일 타향에 있으면 그렇게 하기가 어려울 것이다. 가례본주에 중국에서 이런 의식이 있었으나 불교에서 숭상하는 의식이라 주자가 만년에 와서는 행하지 안했기에 지금은 삭제하였다.

祠堂**제구** 세속에 명절 차림.

【떡국】【약반】 즉 약밥. **【쑥떡】【각시】** 찹쌀가루에 대주를 섞어 꿀에 반죽하여 속을 넣고 송편같이 빚어 기름에 지진 떡 **【증편】** 시루떡. **【수단】** 경단 **【상화】** 백설기 **【조율고】** 즉 대추와 밤을 섞은 백설기 **【나복고】** 무시루떡 **【두죽】** 팥죽 **【전약】** 동지 날에 음식 **【납육】** 사슴, 돼지, 꿩, 기러기 같은 것이다. 이상은 사절시식이라 한다. **【소재】** 시절에 맞게 하는 것이다. 떡국이하는 매감 실에 각각 한 그릇씩이니 주과 외에 더 진설하는 것이다. **【시저접】** 위마다 각각 있다. 나머지는 다 위에 초하루에 보이는 조목과 같다.

拜하되單獻之物은隨得卽薦하고不必待朔望俗節이요

凡新物未薦前엔不可先食이되若在他鄕則不必然이라

(按)家禮本註에有中元而是,佛家所尙이라朱子晩年에亦自不行故로今刪之라 [諸具]{俗節}[湯餠] [藥飯] [艾餠] [角黍] 卽菰葉으로裹수米作粽者니五月五日時食이나東俗에不尙角黍하고但以俗稱端午草爛搗하야和作靑餠[蒸餠] [水團] [霜花][棗栗餻][蘿葍餻][豆粥][煎藥][臘肉]鹿豕雉鴈之類니凡田獵所獲0以上은國俗四節時食이라 [蔬菜]用宜於時節者湯餠以下난每龕各一器니酒果外에加設이라匕筯楪]或止具筯隨位各設 餘並同上朔參條

<<解義>> **일이 있으면 고한다.** 四禮 卷 八 祭 10쪽 祠堂

정월초하루와 동지 달과 초하루 날에 의절과 같이하되 술을 한잔만 올리고 주인이 향탁 남쪽에 서고 축관이 축판을 가지고 주인의 왼쪽에서 동향하여 꿇어앉으면 주인이하가 다 꿇어앉는다. 축이 독축을 하고 축판을 향안 위에 두고 일어나서 제자리로 돌아오면 주인이 재배하고 제자리로 돌아온다. 축문을 태운다.

벼슬을 받았을 때 고하고 벼슬이 떨어져도 고하며 죽은 뒤에 주는 벼슬을 받으면 받은 감실에만 고한다. 별도로 향탁을 감실 앞에 설치하고 敎旨 한통을 축판에 넣고 다시 반에 담아 향안위에 놓고 또 탁자를 그 동쪽에 설하여 정한 물과 분을 담은잔과 대나무 칼, 닦을 수건, 벼루, 붓, 먹 등을 그 위에 두고 나머지는 다 위에 예절과 같으며 고하기를 마치면 주인은 재배하고 제자리로 돌아와 꿇어앉으면

<<原文>>**有事則告**

如正至朔日之儀하되單獻酒訖에主人이立於香卓之南하고祝이執板立於主人之左하야東向跪主人以下皆跪讀之云云畢에置板於香案上興이어든降復位主人이再拜降復位하고餘並同이라(儀節)焚祝文

告授官, 云云貶降,云云告追贈則只告所贈之龕하되別設香卓於龕前하고(儀節)錄制書一通하야以盤盛置香案上하고又設卓於其東하야置淨水,粉盞,刷子,竹刀木賊帨巾硯筆墨於其上하고餘並同하며告畢,主人再拜하고

주인이하가 다 꿇어앉고 축은 동향하여 교지(敎旨)를 읽기를 마치면 부복하였다가 일어나고 집사자가 기록한 제서를 반드러서 향탁 앞에 나가서 축문 과같이 태우고
주인이 나가서 신주를 받들어서 탁자위에 눕혀 놓고 받은바 관봉을 고치여 쓴다. 주인이 신주를 받들어서 그전 곳에 두고 내려와서 제자리로 가며 나머지는 의절과 같이한다.

주인이 장자를 낳은 후 만 삼 개월이 되면 사당에 아뢴다. 위에 의절과 같이하되 다만 축은 읽지 않고 주인이 향탁 앞에 꿇어앉아 아뢴다. 마치면 향탁 동남에 서향으로 섰고
주부는 아들을 안고 나가 두 뜰 사이에 서서 아들을 유모에게 주고 재배하고<주부는 사배 한다>

주인이 내려와서 제자리로 돌아가고 나머지는 위에 의절과 같이한다. 일을 고 히는 축은 정위에만 고하고 부위에는 고하지 아니하되 술은 다 진설하는 것이다.

율곡의 말씀에 신주를 옮기거나 다시 모셔오거나 할 때에는 삭망의 의식과 같이하며 만일 사당 안에 비가 새든가, 보수할 때도 고하고 제사하기를 삭망의 의절과 같이 한다. 고하는 말은 임시로 지여서 하는 것이다.
집에 상고가 있어서 마땅히 고하는 의절은 상례의 초종 조목에 보고 개장이면 개장 본조목에 보라.
제구 [축반] 교지를 받드는 것이니 없으면 갖추지 아니한다.
【축판】 네대를 한판에 한다.

四禮 卷 八 祭 11쪽 祠堂

<<解義>> **벼슬을 받고 고하는 말의식**
유 년호 기년 세차간지 기월간지삭 기일간지 효현손 【증조를 이은 종은 부치를 따라서 칭한다.】 모관모 감소고우 현고조고모관 부군

(儀節)主人이復位跪어든以下皆跪하고祝이東面立하야宣制書畢에俯伏興하고執事者-奉所錄制書,卽香案前하야並祝文焚之하고,主人이進奉主,置臥置也卓上하고改題所贈官封이어든 儀並見吉祭改題條主人이奉主,置故處하고乃降復位하니後도同하고

主人이生嫡長子則滿月滿三月而見,如上儀하되但不用祝하고主人이立於香卓之前,跪告云云畢에立於香卓東南西向하고主婦난抱子進立於兩階之間하야
(儀節)以子授乳母再拜하고主婦四拜主人이乃降復位,後同하고冠昏則見本篇이오告事之祝은止告正位하고不告祔位하되酒則並設이니라
(栗谷)曰凡神主를移安,環眼或奉遷佗處等事則告祭를用朔祭之儀하되若廟中에改排器物鋪陳,或修雨漏處則告祭를 用望儀하되告辭則臨時製述이라
(按)家有喪當告之儀난見喪禮初終條하고改葬則見本條라
[諸具]{有事告}[祝盤]用以奉敎旨者니無則不具[祝板]四代共一板0餘並同上朔參條

<<原文>>
[授官告辭式]凡告祝은以家禮爲主而如年月干支에改皇爲顯等句語난 多從備要書之하니餘倣此하고若官者之母己沒이라도雖在祔位

현고조비모봉모씨 【증조고비에서 고비까지는 같이 쓰고 부위는 쓰지 아니 한다. 종자가 아니면 다만 벼슬을 받은 조선의 위에만 고한다.】 **모** 【종자가 아니면 이 아래에 더 할 것이 지모친모 넉자이다.】 **이, 모월 모일 몽은수모관** 【급제를하면 말하기를 모관 모제에 급제를 주셨다하고 생이나 진을 고하면 말하기를 생원이나 혹은 진사 모등에 입격을 주셨다고 한다.】 **모슨**
선훈, 획첨녹위 【급제이면 획참 출신 이라 하고 생원이나 진사이면획승국상이라 한다.】 **여경소급, 불승감모** 【벼슬에서 떠러서 내려가면 몽은 이하 이십 일 자를 고치여 언폄모관, 황추선훈, 황공무지이라하되 만일 제부이나 제형이면 황추이 하는 고치여 다른 말로 쓴다.】 **근이주과, 용신건고근고**

아무 날 효손 아무 벼슬한 아무는 감히 밝게 고조 고비에게 고하나이다. 아무는 아무 달 아무 날에 국은을 입어서 아무 벼슬을 주심에 선대의 어른에 훈계를 받들어서 녹봉을 받게 되였으니 경사로움에 감동함을 이기지못해서 주과를 올리며 정성껏 삼가 고하나이다.

<<解義>> 四禮 卷 八 祭 12쪽 祠堂

고사식 死後 追贈<사후에 주는 벼슬>**에 고사.**

만일 사건으로 인하여 특별히 주시는 것이면 별도로 글을 지어서 그 뜻을 편다.

유 세차간지 기우러간지삭 기일간지 모친모관모 【아우이하에는 이름을 쓰지 아니한다.】 **감소고우** 【아내에는 감자를 버리고 아우이하에는 다만 고우이라 한다.】

현모친모관부군

현모친모봉모씨 【처이나 제이하는 현짜를 고치여 망짜로 하니 아래도 같다. 비유에는 부군두자는 버린다.】 **봉모우러모일 제서** 【제서두자를 고치여라 한다.】 **중**

현모친모관 편모친모봉모, 봉승 선훈, 절위우 조 지봉 은경, 유차 포증, 늑불급양, 추인난승 【이 아래 경록이분 익중애운 팔자가 있는 것이니 마땅히 그렇게 써야 되며 또는 주신 벼슬을 장차 신주에

나亦當有告니라
維年號幾年,歲次干支,幾月干支朔,幾日干支,孝玄孫繼曾祖以下之宗은隨屬稱某官某敢昭告于
顯高祖考某官府君
顯高祖妣某封某氏,曾祖考妣至考妣列書하고祔位난不書非宗子則只告官者祖先之位某非宗子則此下에當添之某親某四字以某月某日,蒙恩授某官 (要訣)告及第則曰授某科,某第及第라하고告生進則曰授生員或進士某等入格 奉承先訓,獲霑祿位,(要訣)及第則曰獲叅出身이라하고生進則曰獲升國庠 餘慶所及,不勝感慕(貶降則改蒙恩以下二十一字言貶某官,荒墜 先訓,惶恐無地) (備要)若諸父諸兄則荒墜以下난改以佗 語酒果,用伸虔告謹告[諸具]{追贈改題}[香案]餘並同上吉祭 改題條
<<原文>>
[告辭式]若因事特贈則別爲文하야以敍其意니라
維
年號幾年,歲次干支,幾月干支朔,幾日干支,某親某官某弟以下난不名敢昭告于妻엔去敢字하고弟以下엔但云告于
顯某親某官府君
顯某親某封某氏,妻弟以下난改顯爲亡이니下同卑幼엔去府君二字 奉某月某日制書當改以敎旨 贈
顯某親某官
顯某親某封某,奉承先訓,竊位于朝,祗奉恩慶,有此褒贈,祿不及養,摧

쓴다는 것이다. 할아버지 이상에 위는 녹불이하 팔자를 고치여서 경녹이분 불승 감창이라 하고 아내에는 표증을 고치여서 종증이라 하고 녹불이하 팔자를 고치여서 다른 말로하고 아우이하는 모봉이라 이십 오자를 고치여서 다른 말로 한다.】 근이주과, 용신건고, 근고

아무 날 아무 부치 아무 벼슬한 아무는 감히 밝게 아무 부치 아무 벼슬한 어른과 아무 부치 아무것에 봉한 아무 씨에게 고하나이다. 아무 달 아무 날에 제서를 받드오니 사후에 보내 주신 것이 아무 부치의 아무벼슬과 아모 씨에 아무로 봉한 것을 아모는 받들고 선대의 훈계를 이여서 외람이 조정에 벼슬자리로 가게 됨에 국은에 경사를 공경하여 받들어서 이와 같이 표창하여 주심은 있사오나 녹으로 봉양은 못하겠음에 목이 메이는 오열을 이길 수가 없어서 삼가 주과로 정성을 펴 삼가 아뢰나이다.

咽難勝,(儀節)此下에有敬錄以焚,益增哀殞八字하니當採用이오又當云所贈官封,今將改題神主祖以上位난改<祿不>以下八字하야爲敬錄以焚,不勝感愴하고妻改褒贈以從贈하고改祿不以下八字以他語하고弟以下난改某奉以下二十五子,以佗語謹以酒果, 用伸虔告謹告
(朱子)曰焚黃은近世行之墓次하니不知於禮何據라張魏公贈謚에只告于廟하니疑爲得體나但今世에皆告墓하니恐未免隨俗耳라

四禮 卷 八 祭 13쪽 祠堂

<<解義>> **적장자를 낳으면 고하는 의식.**

모지부 모씨, 이모월모일, 생자, 명모, 감현

아무의 부인 아무 씨가 아무 날에 아들을 낳았음에 이름은 아무로서 감히 아뢰나이다.

<<原文>> 祠堂

[嫡子生告辭式]

某之婦某氏,以某月某日,生子,名某,敢見

四禮 卷 八 祭 13쪽 祠堂

<<解義>> 祠堂 **지방 관리로 나갈 때 고하는 의식**

유 년호 기년 세차운우느 몽, 은, 수모주모관, 금일사, 폐, 장봉, 사당이행, 근이주과, 용신건고근고 【우암의 말씀에는 지자는 관원이 되어도 신주를 받들지 못한다 하셨다.】

모년 모월 모일에 아무는 은혜를 입어서 아무고을 아무 관원으로 주심에 오날 임금의 앞에서 하직을 하고 장차 사당을 받들고서 가겠음에 삼가 주과를 펴고 정성껏 삼가 고하나이다.

<<原文>>

[出宰告辭] {新增}

維歲云云,蒙恩,授某州某官,今日辭陛,將奉祠堂以行,謹以酒果,用伸虔告謹告

尤庵曰支子作官엔不可奉神主往이니라

<<解義>> **돌아가신 부모의 생신에 고하는 말.**

유 년호 기년 세차운운 현모친모관부군 【혹은 모봉모씨이라한다.】 **세서천역, 생신부우, 존기유경, 물녕감망, 추원감시, 호천망극, 운운** 【약 전작이 있을 때에는 호천망극 다음에 근이주과 용건

<<原文>> 祠堂

[亡親生辰告辭] {新增} [沙溪]曰生辰祭난馮善이刱開而退溪ㅡ非之니라

維歲次云云,顯某親某官

고근고 열자를 더하는것이 고례에는 없으나 좋을듯하다.】

돌아 가신 아무 부치 아무 벼슬한 어른에 고하나이다. 해의 차례가 바뀌어서 생신을 다시 맞았습니다. 살아계셨으면 이미 경사스러울 것이나 돌아 가셨던들 어찌 감히 잊으오리까 오래 미루어가며 때때로 느껴짐이 넓은 하늘과 같이 그지없나이다.

府君, 或某封某氏 歲序遷易,生辰復遇,存旣有慶,沒寧敢忘,追遠感時,昊天罔極云云

<<解義>> 祠堂소중한일을 자손에게 전하고 고사.

늙어서 가사를 아들에게 위탁하고 사당에 고할 때.

유 년호기년 세차운운, 모, 행년칠십, 쇠질익고, 근해이폐, 불능궤전, 장의고례, 노전지문, 소유가정, 부우자, 지어묘경, 체천개제, 이위난행, 금욕영모, 용섭사의, 범어축사, 칭섭사손, 소제지위, 역칭기속, 여시행사, 서무소애, 타일불초, 행유여기— 역이전례, 소신미침, 자당세수, 감고궐유

아무는 지낸 나이 칠십이 됨에 늙은 병이 더욱 굳어지고 근력이 풀려서 꿇어앉아 제전도 올리지 못하겠기에 장차 고례에 늙으면 전하는 글에 의하여 소유하던 가정살림을 아들에게 부탁하였으니 사당에 신주를 옮기고 고치여 쓰는데 있어서 행하기가 어려움으로써 이제 아무로 하여금 일과 의절을 대신 시켜려고 합니다. 무릇 축사에 攝祀孫으로 하여 제사 드리는 신주에도 또한 그의 부치를 칭하였사오니 이와 같이 행사를 하는데 앙애가 없게 하오서 후일에 불초한 제가 다행이 여력이 있으면 다시 예로서 정성을 펼가 하오며 이에 한해를 당하여서 감히 그 사유를 고하나이다.

<<原文>> 祠堂

[傳書告辭] {新增}

維歲云云,某,行年七十,衰疾益痼,筋骸弛廢,不能跪奠,將依古禮,老傳之文,所有家政,付于子,至於廟庭遞遷改題,自朱先生,以爲難行,今欲令某,用攝事儀,凡於祝辭,稱攝祀孫,所祭之位,亦稱其屬,如是行事,庶無所碍,他日不肖,行有餘氣,亦以展禮,小伸微忱, 玆當歲首,敢告厥由,

<<解義>> 祠堂 사당을 수리할 때 고하는 말.

이안시고왈, 금이묘우불와느 장개수즙, 감청신주, 작이타소

【신주를 옮기여 놓을 때.】

옮길 때 편안하시라고 고하여 말하되 이제 사당집이 온전치 못하여 장차 수리하고자 하여 감히 신주를 잠간 다른 곳으로 옮기겠나이다.

환안시고왈, 금이수묘역필, 봉환우묘, 복유, 신위, 시안시녕

【옮겼던 신주를 다시 사당에 뫼실 때.】

<<原文>>

四禮便覽卷之 八 祠堂

[修廟告辭] {新增}

移安時告曰,今以廟于不完,將改修葺敢請神主,暫移他所,

還安時告曰,今己修廟役畢,奉還于廟,伏惟神位,是安是寧,

다시 모셔올 때 고하여 말하되
이제 사당을 수리하는 일을 마치고 사당에 돌아가겠사오니 엎드려 바라건대 신위께서는 평안하시도록 옮겨 드리겠나이다.

<<解義>> 祠堂 **집을 사가지고 이사할 때의 고사.**

이거시고왈 【이사갈 때】
가택불리, 이매모방, 금이길신, 봉배이우
옮기려 할때 고하여 말하되 집이 불리하와 이사할 집을 아무곳에 샀습니다. 이제 길한 때 모시고 옮깁니다.
이안신택시고왈 【새집으로 이사가서】
옥우유신, 묘의여구, 복유, 신위, 시거시녕
새집에 옮기고 고하여 말하되 집은 새것이되 사당에 모양은 전과 다름이 없습니다. 엎드려 바라건데 신위께서는 여기에 거처하시여 평안하소서.

<<解義>> 四禮 卷 八 祭 13쪽 祠堂
유수화도적, 즉선구사당하야 천신주유서하고 차급제기연후에 급가재니라
수재나 화재나 도적이 들면 먼저 사당을 구하여 신주와 유서를 옮기고 다음에 제기와 가재를 구하는 것이다.
<단궁>:사당이 다 타면 삼일을 곡을 한다.
퇴계의 말씀이 신주가 불에 타면 전일에 모셨든 곳에서 신위를 고쳐 써서 분향하며 고유제를 지낸다.

<<解義>> 祠堂 四禮 卷 八 祭 14쪽
세대가 바뀌면 신주를 고쳐 써서 체천을 하는 것이다
고쳐 써서 체천을 하는 예는 상례 길제에 보라.
대종가에서는 시조의 대가 지나면 그 신주를 묘소에 매장하고 대종가에서 그 묘전으로 묘제를 지낸다.
시조의 조상은 계속하여 묘제를 지내게 한다 하셨고 그 신주를 묘소에 두고 묻지 않는 것이며 묘소에 반드시 사당을 두어 받들어 모신다 하셨다.
해마다 종인들을 거느리고 제사 지내기를 영원히 고치지 않

<<解義>>
四禮便覽卷之 八 祠堂
[買家移居告辭]
{新增}
移居時告曰,家宅不利移買某方,或里或坊 今以吉辰.奉陪移寓,

移安新宅時告曰,屋宇維新,廟儀如舊,伏惟神位,是居是寧,

祠堂
<<原文>>有水火盜賊,則先救祠堂하야遷神主遺書하고次及祭器然後에及家財니라

(檀弓)有焚先人之室(宗廟也)則三日哭
(退溪) 曰神主火焚則於前日安神之所에卽設位改題하야焚香告祭하되或云寢爲當이라하니라

<<原文>> 祠堂
易世,則改題主而遞遷之
改題遞遷禮난見喪禮하니라吉祭條大宗之家엔始祖親盡則藏其主於墓所而大宗이猶主其墓田하야以奉其墓祭하고(朱子)曰始其之祖난只存得墓祭0(楊氏)曰藏其主於墓所而不埋則墓所에必有祠堂以奉祭라 歲

고 이세이하 다 하거나 또는 소종의 집에 세대가 다하면 그 신주를 옮겨서 묘에 묻고 그의 묘전은 여러 일가들이 맡아서 해마다 그의 자손들을 거느리고 묘소에서 제사를 지내되 백세토록 변하지 아니한다 하셨다. ☞ 編譯者善光 註; 4代祖 이내의 조상님께 4계절의 중간 2월, 5월, 8월,11월에 堂이나. 대청에서 1-2품 이상 벼슬한 位는 初旬,(1일-10일)에, 3품 이하-6품은 中旬(11일-20일), 7품 이하 官吏 祖上은 下旬(21일-30일)에 忌祭祀 외에 더 지낸다.	帥宗人하야一祭之를百世不改하고其第二世以下親盡及小宗之家에親盡則遷其主而埋之하고見吉祭條其墓田則諸位,迭掌而歲帥其子孫하야一祭之하되于墓前 亦百世不改也니라
<<解義>> **사시제** 사례 권 8 제 14 쪽 四時祭 **時祭는 사계절의 중간 달에 하되 전달 하순에 날짜를 점치는 것** 봄, 여름, 가을 어느 때나 첫 달 하순의 초기에 , 다음달, 중월 상중하순 주에 각 하루를 정하는데 하루를 택하되 정일이나 해일로 하여	四禮 卷 8 祭 14 쪽 <<原文>> 四時祭 時祭난用仲月이니前旬에卜日 孟春,夏秋冬同下旬之首에擇仲月三旬에各一日或丁或亥하야
주인이 성복을 입고 사당의 중문밖에 서서 서향하고 형제들은 주인 남쪽에서 서서 조금 물러가 북을 상석으로 하고, 자손들은 주인 뒤에 서서 항렬대로 서서 서향하되 북을 상으로 하고 선다. 탁자를 주인 앞에 놓고 향로와 향합과 배교 소반을 그 위에 놓는다. 주인이 향을 피우고 배교를 쪼이여서 상순의 날로 명을 받는다.	主人이盛服하고立於祠堂中門外西向하고兄弟난立於主人之南少退北上하고子孫은立於主人之後,重行西向,北上하야置卓於主人之前하고設香爐盒,环珓及盤於其上이어든主人이焚香薰珓而命以上旬之日하고云云卽以珓,
곧 교를 소반위에 던져 하나는 자쳐지고 하나는 엎어진 것으로 길함을 삼고 불길하면 다시 중순의 날을 가리고 또 불길하면 다시는 가리지 아니하고 바로 하순의 날을 쓴다. 임이 날을 얻었으면 축관이 중문을 열고 주인이하가 북향하여 서되 삭망의 자리와 같이하여 모두 재배한다.	擲于盤하야以一俯一仰爲吉하고不吉이어든更卜中旬之日하고又不吉則不復卜而直用下旬之日하고旣得日이어든祝이開中門하고主人以下-北向立如朔望之位하야皆再拜하고
주인이 올라가서 분향재배하고 꿇어앉으면 축이 축사를 갖고 주인왼편에서 동향하여 꿇어앉아 독축을 마치고 일어나 제자리로 돌아가면 주인은 재배하고 제자리로 돌아와 참석자들과 같이 다 재배를 한다.	主人이升焚香再拜하고跪祝이執辭,東向跪于主人之左,讀하고,云云興復位主人이再拜降復位하야與在位者로皆再拜하고

축관이 문을 닫으면 주인이하 제자리로 돌아가서. 서향을 하고 집사자가 문 서쪽에 서서 다 동면으로 북상을 하고 축이 주인 오른편에 서서 집사자에 명하는 축을 읽는다. 집사자가 응락 하고 이에 물러간다.	祝이闔門하고主人以下-復西向位하고執事者-立于門西하야皆東面北上하고祝이立于主人之右하야命執事者云云하면執事者應曰諾다하고乃退니라 (溫公)曰若不暇卜日則用分至,亦可
율곡의 말씀에 만일 연고가 있으면 물려 잡는 이유를 3일전에 사당에 고하고 물러가서 3일간은 나가지 않는다.	(栗谷)曰前期三日告廟하고若有故則退定하되不出三日하고以退定之故, 告廟0(曾子問)君子-過時不祭
사계의 말씀에 중월에 연고가 있으면 계절 끝 달에 제사 지내도 가하다 하셨다.	(沙溪)曰仲月에有故어든季月에亦可祭
퇴계의 말씀에 졸곡 전에 국장이면 시제는 폐한다. 때가 지났다고 제사를 아니 지낸다는 것은 춘제는 봄에 지내는 것인데 봄에 지내지 못하면 궐하는 것이니 여름이나 가을이나 겨울에도 이와 같다 한다. 제구[축】【집사자】【탁】【향로】【향합】【축판】【배고】 날을 택하는것.【반】 배교를 담는것【성복】 ☞ 編譯者 善光 註; 祭禮의 目的 1. 祈 ; 福을 빈다. 祈雨祭, 豊漁祭, 祈請祭. 등등. 2. 辟 ; 免禍. 病難, 災難, 兵禍. 3. 報本反始.; 조상님께 올리고 蔭德을 받는것.	(退溪)曰國恤卒哭前엔時祭난宜停廢 (新增) 過時不祭난本註에春祭난過春하고夏祭난過夏[諸具]{卜日}[祝執事者][卓][香爐] [香盒][祝板][环珓]用以卜日者[盤]用以盛环珓者[盛服]見上朔參條 [幞頭]今用紗帽[公服]卽團領[帶]卽品帶 [靴]幞頭以下난有官者盛服 [幞頭]今用軟巾[襴衫][帶]卽鈴帶 [靴]軟巾以下난進士盛服[幞頭]亦軟巾 [皁衫]卽上衣染黑者[帶]卽革帶[�]卽革鞋軟巾以下난處士盛服[帽子]이상정지삭망참 제구에서 첨가 =선광=
<<解義>> 명사식 모, 장이 내월모일 취차 세사, 적기, 조고 상 향 아무는 다음 달 아무 날로서 절사를 문의하려고 할아버지께 왔습니다.	[命辭式] 某,將以來月某日,卽三旬內或丁或亥諏此歲事,適其祖考繼禰之宗은但云考니下同 尙 饗

고사식 효손 모, 장이내월모일 지천세사우 조고 복기득길 감고 축이 집사자를 명하는 말 의식 효손, 모, 장이내월모일, 지천세사우 조고, 유사구수	[告辭式] 孝孫繼禰之宗은稱孝子니下同某,將以來月某日,祗薦歲事于 祖考,卜旣得吉,(用下旬日則不言卜旣得吉)敢告 [祝命執事辭式] 孝孫,某,將以來月某日,祗薦歲事于 祖考,有司具脩
<<解義>> 삼일 전에 제계 한다. 사례 권 8 제 16쪽 주인이 여러 장부들을 인솔하여 밖에서 재개를 하고 주부는 여러 부녀들을 인솔하여 안에서 재계를 하며 목욕하고 옷을 갈아입고 술을 마시되 난잡 하게 아니하고 고기를 먹되 냄새나지 않게 하고, 조문을 하지않고 풍악도 듣지 않고 모든 흉한 일에는 참례하지 않는다. 제구 [목욕분] 【세건】 둘 세수수건 【신결석】 즉 새자리, 안과 밖에서 옷을 고치여 입는 자리.	<<原文>> 四時祭 前期三日에齊戒 主人이帥衆丈夫하야致齋于外하고主婦-帥衆婦女하야致齋于內하야沐浴更衣하고飮酒에不得至亂하고食肉에不得茹葷하고不弔喪, 不聽樂하고凡凶穢之事를皆不得預니라 [諸具]{齊戒}[沐浴盆]二 [帨巾]二 [新潔席]內外更衣者
<<解義>> 하루 전에 자리를 만드는 것이다. 주인이 여러 남자들을 거느리고 심의를 입고 집사자는 정침을 청소하고 의자와 탁자를 닦아서 깨끗하게 하고 고조고비의 신위를 서쪽에서 북쪽 벽 아래에 남향으로 설위한다. 고위는 서쪽으로 비위는 동쪽으로 각기 같은 교의와 탁자를 쓰되 합하고 증조고비와 조고비, 고비도 차례로 동으로 하여 다 고조의 신위와 같이하고, 세대마다 각기 자리를 하여 합하지 아니하고 부위는 다 동쪽에서 서향으로 북 쪽을 상으로 하며 혹은 양쪽에서 서로 마주향하면 높은자가 서쪽에 있고 처 이하면 뜰아래에 동에서 서향 하는 것이다.	<<原文>> 前一日에設位 主人이帥衆丈夫,深衣하고及執事-灑掃正寢하며洗拭椅卓하야務令蠲潔하고設高祖考妣位於堂西,北壁下南向하되考西,妣東으로各用一椅一卓而合之하고曾祖考妣와祖考妣考妣도以次而東하야皆如高祖之位하되世各爲位不屬하고祔位난皆於東序,西向北上하며或兩序相向하되尊者居西하고妻以下則於階下니라
고위와 비위는 원래 각 탁자에 모시는 것이 예법인데 만일 재취나 삼취를 했을 때는 정침이 아무리 넓어도 10여 탁자를 차리기 어려우니 이럴 때는 어찌합니까?	(問)考妣各卓은禮也而有再娶,或三娶則正寢雖廣이나亦難容十餘卓에如何

우암은 고위와 비위는 각기의 탁자로 차리는 것이 예문에 있으니 탁자를 작게 만들어 각각 모시는 것이 옳다고 했다.

제구 사례 권 8 제 17 쪽 四時祭

【휘장】 정침에 치는 것. **【병풍】** 교의 뒤에 치는 것. **【자리】** 주인과 주부의 절하는 자리와 또는 음복하는 자리로 갖춘 것 **【교의】** 여덟 위를 설하는 것이니 만일 전후의 배이나 또는 부위가 있으면 큰 탁자를 더 설하는 것이다. **【앉을요】** 의자위에 까는 위마다 다 있다. **【적은탁자】** 넷 신주를 내올 때 독을 편안히 하는 것. **【큰탁자】 여덟 제상 [자리면의종이】 제상**위에 펴는 것이니 탁자마다 다 있다 **【닦는수건】** 탁자마다 다 둔다. **【병풍】** 혹은 발이며 합문을 하는 것이니 정침에 문이 있으면 갖추지 아니한다. **【심의】** 치포관과 복건과 끈띠와 신의 기구이니 큰띠조에 보라. 주인이하가 입는 것이며 제도는 다 위에 관례에 관복을 진설하는 조목에 보라.

사례 권 8 제 17 쪽 四時祭

<<解義>> 기구를 진설하는 것이다.

향안을 당 가운데 두고 향로와 합을 그 위에놓고 촛대는 매위 마다 탁자위에 두고 띠를 묶어 모래를 넣은 것은 향안 앞에 놓고. 또는 신위를 마다 탁자 앞에 하고 부위에는 두지 아니한다. 술 소탁자는 별도로 동쪽 뜰 위에 설하고, 주전자와 강신 잔반을 놓는다.
아래에 철주 할 때에 쓰는 퇴주기를 놓는다. 이때에 빈 그릇을 놓아 음복하는 반과 숟갈, 수건, 초병을 그 위에 두고, 화로와 향을 뜨는 숟갈과 부젓가락은 서쪽 뜰 위에 둔다. 따로 소 탁자를 서쪽에 두어 축판은 그 위에 두고 세수 대와 세수수건은 동쪽 뜰아래에 놓고 그 서쪽에 것은 받침과 걸때가 있다.

또는 찬을 진설하는 큰 상을 그 동쪽에 두는 것이다.
제구 【향안】【향로】【향합】【향숟갈】【부젓갈】【촛

(尤庵)曰考妣各卓은禮有明文하니何可違也리오不若小其床卓하야使可容排也니라

[諸具]{設位}[帟幕]用以設於正寢者[屛]用以設於椅後者[席]用以鋪陳者오又具主人主婦,拜席及受胙席[椅]八 用以設位者니如有前後配及祔位則加設大卓亦然[坐褥]用以籍於椅上者니隨位各具[小卓]四 出主時,用以安櫝者
[大卓]八 用以設於椅前而陳饌者 [座面紙] 用以鋪於卓上者니隨卓各具 [拭巾]隨卓各具[屛]或簾하되用以闔門者니寢有門則不具[深衣]緇冠,幅巾,大帶條履具니主人以下所服은制幷見上冠禮陳冠服條

<<原文>> 陳器
設香案於堂中하고置香爐盒於其上하고設燭臺於每位卓上 束茅聚沙於香案前,及逐位,卓前하고(集說)祔位난不設 設酒架於東階上하고別置卓於其東하고設酒注,酹酒盞盤,下有以佗器徹酒之文하니此時에亦當設空器 受胙盤,匕巾,醋瓶於其上하고火爐,香匕,火筯於西階上하고別置卓於其西하고設祝板於其上하고盥盆,帨巾於阼階下之東하되其西者-有臺架하고又設陳饌大牀于其東이니라

[諸具] {陳器}[香案][香爐] [香盒] [香匕][火筯][燭臺][茅束]五

대】 【모사]5 【모사기】 5 하나는 향안 앞에 두고 넷은 각각 매위 앞에 두되 부위이면 두지 아니한다.	[茅盤]五,一設於香案前하고四各設於每位前하되祔位則不設
【탁자】 2 【축판】 4 【술병】 【술주전자】 【잔반】 강신 할 때 쓰는 것. 【현주병】 제사 날 이른 아침에 처음으로 길어온 물을 담은 것. 【술시렁】 【닦는 수건】 병입구를 닦는 것 【철주기= 퇴주기】 술을 철하는 그릇이며 아헌이나 종헌 때에 퇴주하는데 쓰는 것이니 매 위에 각각 하나씩이다.	[卓]二,[祝板]四,[酒瓶][酒注] [盞盤]用以酹酒者[玄酒瓶]取祭日平朝,第一汲水,盛之[酒架]用以安瓶者[拭巾]用以拭瓶口者 [徹酒器]亞終獻時에用以退酒者니每位各一
【철적기】 아헌이나 종헌 때에 구이를 철하는 것이니 위마다 각각 있다. 【큰상】 먼저 제찬을 진설하는 것이며 또한 철한 구이 그릇을 그 위에 둔다. 【수조반】 음복할 반이니 숟갈이 있다. 【수조석】 음복할 자리이며 적당하게 한다. 【결조분】 씻을 물그릇이다.	[徹炙器]亞終獻時에用以退炙者니每位各一[大牀] 用以先排祭饌者오又置徹炙器於其上[受胙盤]匕具[受胙席盤]多少난隨宜[潔滌盆][拭巾]並用以洗盞盤及器楪者
【화로】 제찬을 데우는 것. 【관분】 넷 세수 대이니 둘은 받침이 있으며 주인과 주부 또는 안과 밖의 친족들이 세수하는 것이며 둘은 받침이 없으니 축과 또는 내외 집사자가 세수하는 것이다 【잔】 4 【세건】 4 둘은 걸대가 있고 둘은 걸대가 없다.	[火爐]用以煖祭饌者[炬]用以設燎於庭者[盥盆]四 二난有臺하니主人主婦及內外親屬所盥이오二난無臺니祝及內外執事者所盥 [勺]四[帨巾]四 二난有架오二난無架
<<解義>> 四時祭 사례 권 8 제 18쪽 **짐승을 잡고, 제기를 씻으며 음식을 차린다.** **주인이 여러 장부들을 거느리고 심의를 입고 짐승을 잡게 한다. 주부는 부녀들을 거느리고 배자를 입고 제기를 씻으며 솥을 씻고 제찬을 갖추되 정결하게하고 제사를 지내기전에 먼저 먹거나 고양이, 개, 쥐들이 더럽히지 않게 한다.** **제구** 【집사자】 【생】 대부는 양이나 돼지로 하고 선비는 돼지로 하고 서인은 일정한 희생이 없고 예서에 알이 있는 물고기나 도야지, 기러기, 거위, 오리 등이다. 이제 사부의 제사는 희생이 없는 것이요 다만 여러 가지 음식뿐인 고로	사례 권 8 제 18쪽 <<原文>> **省牲滌器具饌이오** 主人이帥衆丈夫,深衣에省牲,莅殺하고主婦난帥衆婦女,背子에滌濯祭器,潔釜鼎具,祭饌하야務令精潔하고未祭之前엔勿令人先食,及爲猫犬蟲鼠의所汚니라 [諸具](省牲)(滌器具饌)[內執事] [牲](按)大夫난以羊豕하고士난以豚犬하고庶人은無常牲이오見於禮書者-有卵魚豚鴈豁鵝鴨이라今士夫

축사에도 희생을 칭하지 아니하고 여러 가지 음식만 칭한 것이요. 구이로서 희생을 대신하여 쓰는 것이나 지금은 온전한 것을 죽이지 아니하고 저자에서 사서 쓰니 비록 쇠고기이라도 무방하다 하셨다.	之祭난無牲이오只庶羞而己故로祝辭에亦皆不稱牲而稱庶羞오澤堂은以炙으로當古之牲云爾나今不能全殺하고未免貿於市則雖牛肉이라도亦不可謂之僭也라
【과】 가례본주에 여섯 가지라고 하였으니 무릇 나무열매에 가히 먹을 만한 것이면 쓰지 아니 할 것이 없다하였다.	[果] (家禮本註)六品凡木實之可食者無不用
공자의 말씀은 과실 종류에는 복숭아는 하품이니 제사에 쓰지아니한다 하셨다. 사계의 말씀에 만일 갖추기가 어려우면 네 가지나 혹은 두 가지라 하셨다.	(孔子)曰果屬은桃爲下니祭祀에不用 (沙溪)曰若難備어든四品或兩品
【포】 우암의 말씀에 격몽요결에 포는 곧 좌반이니 두 가지가 아마 한 물건이라 하였고 또 말씀하시기를 무릇 마른 물고기나 육은 다 포라고 하셨다.	[脯] (尤庵)曰要訣에脯即佐飯이니二者-恐是一物又曰凡乾魚肉은皆謂之脯
【젓】 물고기를 젓 담은 것이나 고기로 담은 것. **【소채】** 익은 나물이나 물김치들이다.	[醢]食醢魚醢[蔬菜] 熟菜沈菜之屬
【청장】 장은 음식반찬의 주가 되니 빼 놓을 수가 없는데 주자가례에 초접만 있고 장에 대한 글이 없으니 율곡과 사계선생은 옛 문헌을 근거하여 채소나 포나 젓갈 중에서 청장을 처음으로 삽입하여 올렸고 지금은 청장을 젓갈 한가지로 대리하여 쓰고 있다. **【초】 【잔반】 【시접기】** **【떡】**	[淸醬] (按)醬是食之主니似不可闕이어늘家禮에只有醋楪而無用醬之文하고栗谷沙溪-始以淸醬으로據古禮하야添入於蔬菜脯醢之中하니今以淸醬으로代醢一品用之爲宜[醋][盞盤][匕筯楪][米食]卽餠
【면식】 만두이니 세속에 말하는 창면, 산면, 국수종류다.	[麪食]如(饅頭)니及俗所謂(昌麪)(酸麪)(匊羞)之類
【밥】 【갱】 대갱이라는 것은 곧 고기국이니 다섯 가지 맛을 겸하지 않한것이고 형갱이라는 것은 곧 고기와 나물을 섞어 다섯 가지 맛을 겸한 것이요 채갱이라는 것은 순전히 나물만 쓰는 것이니 이제 탕에 어탕과 육탕을 쓰면 국은 마땅히 나물을 쓰고 탕에 어와 육을 쓰지 아니하면 국을 마땅히 육을 쓴다.	[飯][羹](按)古者에大羹은卽肉羹이니不致五味者오鉶羹은卽肉和菜調五味者오菜羹은卽純用菜者니今湯用魚肉則羹當用菜오湯不用魚肉則羹當用肉
【육】 육탕과 어탕은 각각 한 그릇씩이다 가축이나 산과 못에서 생긴 것이되 먹을 것이면 다 쓴다. **【어】** 무릇 물에서 생긴 것이면 다 쓰되 황씨왈 잉어는 제사에 쓰지 아니하고 어육은 마땅히 신선한 생물로 쓴다	[肉](家禮本註)肉魚各一盤0家畜及山澤之族可食者無不用[魚]凡水族之可食者無不用(黃氏)曰鯉魚난不用於祭祀

<table>
<tr>
<td>
하였다.
四時祭 사례 권 8 제 19쪽
어육은 혹은 뼈에 붙은 것이나 혹은 회, 가늘게 점인 것이나 말린 것, 구은 것, 이니 무릇 음식에 어나 육으로 한 것 이면 다 좋다. 그리고 고기가 뼈가 낀 것을 효 이라하고 날것으로 가늘게 점인 것을 회이라 하며 길게 절인 것을 헌 이라 한다.
</td>
<td>
云(栗谷)曰魚肉을當用新鮮生物(按)魚肉은或殽,或膾,或軒,或乾,或炒니凡羞之以魚肉,爲之者-俱無不可오肉帶骨曰殽오腥細切爲膾오丈切爲軒
</td>
</tr>
<tr>
<td>
【술안주】 간을 한 꼬치요 육은 두 꼬치 이다. 간은 초헌에 올리고, 고기 종류는 아현과 종헌에 올리되 각각 반에 담는다.

우암의 말씀이 세 번 잔을 드릴 때 각각 한가지 씩 쓰는 것이요 다소는 적당 하게 한다.
【차】 상례비요에 숭 늉, 물로서 대신하니 곧 더운 물이다. 과이하는 위마다 둔다. 【제기】 찬을 갖출 때 쓰는 것이다
</td>
<td>
[酒炙](家禮本註)肝一串,肉二串,肝進於初獻하고肉分進於亞終獻하되各盛于盤
(要訣)에又有魚雉等物
(少牢禮)魚난石首
(尤庵)曰三獻엔各用一物이오多少난隨宜 [茶](備要)國俗에代以水니卽熟水果以下난隨位各其 [祭器] 備饌時所用은並見上本條
</td>
</tr>
<tr>
<td>
【배자】 혹 【장의】 주부이하에 입는 것이다. 배자의 제도는 위에 관례 계례 때 옷을 진설하는 조목에 보라 장의는 곧 도포이니 제도는 위에 상례에 습의를 진설하는 조목에 보라.
</td>
<td>
[背子] 或[長衣] 主婦以下所服,背子制난見上冠禮笄陳服條하고長衣난卽長襖子니制見上喪禮陳襲衣條
</td>
</tr>
<tr>
<td>
四時祭 사례 권 8 제 19쪽
주자의 말씀에 제사에 고기를 산적한 나머지이나 또는 껍질이나 털같은 것도 더럽게 생각하여 밟아 버리지 말라 하셨다.
</td>
<td>
(朱子)曰凡祭肉臠割之餘及皮毛之屬은皆當勿令殘穢褻慢이니라
</td>
</tr>
<tr>
<td>
<<解義>> 사례 권 8 제 19 쪽 四時祭
다음날 새벽 일직 일어나 나물과 과일과 술과 음식을 진설한다.
주인이하 심의를 입고 집사자와 같이 제사지낼 장소에 나가서 초를 밝히다가 날이 밝아지면 초를 끄고 손을 씻고 제상 남쪽 끝(제4열)에 실과접시를 진설하고 소채나 포와 젓갈은 다음 셋째 줄에 놓고 잔대와 초 접시는 북단으로 진설하되 잔은 서쪽으로 접시는 동쪽이다. 시저는 첫째 줄의 중앙에 놓는다. 현주와 술병은 다른 상에 두되 현주는 서쪽에 둔다. 화로에 숯을 피우고 주부는 배자를 입고 제사 음식을 따뜻하게 하여 합에 담아서 동쪽 뜰 밑 큰상위에 둔다.
</td>
<td>
<<原文>>厥明夙興하야
設蔬果酒饌
主人以下深衣하고及執事者-俱詣祭所하야燃燭竢明乃滅 盥手하고設果楪於逐位卓南端하고卽第四行
蔬菜脯醢난相間次之하고卽第三行設盞盤,
醋楪于北端하되盞西,楪東하고匕筯난居中하고卽第一行設玄酒,及酒甁於架上하되玄酒난在西하고熾炭于爐하고主婦난背子에炊煖祭饌하야皆令極熱하야以盒盛하야出置東階下,大牀上이
</td>
</tr>
</table>

<<解義>>　　　　　　四時祭 사례 권 8 제 20쪽

날이 밝을 때 신주를 모셔서 자리에 내온다.

주인과 주부이하 각각 성복을 하고 손을 씻고 사당 앞에 나가 차례로 서되 삭망 때 의식으로 한다. 문을 열고 발을 올린다. 주인이 동쪽 계단으로 올라가서 분향을 하고 꿇어앉아 고하고 부복하고 일어나서 주독을 거두어 정위와 부위를 각각 한 상자에 담아 각각 집사자 한사람으로 받들게 하고 주인이 앞에서 인도하고 부주는 뒤에 따르고 어린이도 뒤에 따른다.

정침에 와서 서쪽 뜰 탁자위에 두고 주인은 독을 열어서 모든 할아버지들의 신주를 받들어서 자리에 모시고 주부도 올라가서 모든 할머니들의 신주를 받들어 모신다. 부쳐있는 신주는 자제 한사람이 받들어서 모신다. 주인이하 모두 내려와 제자리로 간다.

자로가 새벽에 제사를 시작하여 밝을 때에 제사를 끝내는 것은 예가 아니다 하는 것을 공자는 이것은 주례이다. 그러나 늦어서 실례를 하는 것 보다는 차라리 밝기 전에 제사 지내는 것이 옳을 것이다.

장자 왈 五更에 제사를 지냄은 예가 아니다.

율곡 왈 상중에 시제는 현관에 소복하고 검은 띠를 쓰고 행하라.

<<解義>> **고사식** 신주를 정침에 내올때 고사.

효손 모 금이중춘 【여름, 가을, 겨울에는 때를 따라서 쓴다.】 **지월유사우 현고조고모관부군**

현고조비모봉모씨 【증조고비부터 고비까지는 같이 쓰고 증조 이하의 종손은 가장 높은 이를 위주로 한다.】 **이 모친모관부군** 【나보다 낮은 자는 부군이란 두자를뺀다.】 **모친 모봉모씨 부식 감청 신주 출취 정침** 【대청에서 지낼 때는 청사라고 한다.】

고사식

효손 아무는 이제 중춘의 달로써 고조 고비에 일이 있어서 아무붙이 아무 벼슬한 어른 과 아무붙이 아무것에 봉

니라

<<原文>>質明奉主就位
主人主婦以下-各盛服,盥手帨手하고詣祠堂前序立하고如朔望之位 立定에 開門軒簾 主人이升自阼階하야焚香跪告云云俯伏興하고斂櫝하야正位祔位,各置一笥하고各以執事者一人奉之하고主人이前導에主婦-從後하고卑幼在後至正寢하야置于西階卓上하고主人은啓櫝하야諸考神主出就位하고主婦난升하야奉諸妣神主,亦如之하고其祔位則子弟一人이奉之旣畢에主人以下-皆降復位니라

(陳氏)曰子路-質明而始行事하고晏朝而退러니孔子取之하시니此난周禮也라然與其失於晏也론寧早則雖未明之時라도祭之可也니라0 (語類)先生은侵晨에己行事畢이라

(張子)曰五更而祭난非禮也니라

[諸具](奉主)[笥] 隨櫝各具[盛服]見上朔參條

(栗谷)曰服中時祭난當以玄冠,素服,黑帶로行之니라

[告辭式]

孝孫屬稱隨改난見上卜日告式某,今以仲春(夏秋冬隨時)之月有事于
顯高祖考某官府君
顯高祖妣某封某氏曾祖考妣로至考妣난列書하고繼曾祖以下之宗은亦以最尊位爲主而隨屬稱以某親某官府君卑幼去府君二字某親某封某氏,祔食,敢請神主,出就正寢,或廳事 恭伸尊獻

한 아무 씨를 부쳐서 대접하고자 감히 신주를 정침에 내가기를 청하며 공손히 펴놓고 전을 드리나이다.

<<解義>> **참신** 사례 권 8 제 21 쪽 四時祭

주인이하 차례로 서되 사당에서의 의절과 같이하고 모두 들어왔으면 재배를 하되 만일 어른이나 늙어서 병이든 자는 다른 곳에서 쉬는 것이다.

<<解義>> **강신** 사례 권 8 제 21 쪽 四時祭

주인이 올라가서 분향 한후 재배를 하고 조금 물러가 서면 집사자 한사람은 술병을 열 되 수건으로 병 입구를 닦고 주전자에 술을 붓고 한사람은 동쪽 뜰 탁상에 잔대를 가져와서 주인 왼편에 섰고 한사람은 주전자를 갖고 주인 오른편에 서면 주인이 꿇고 앉으며 잔대를 받든 자도 또한 꿇어앉아 잔반을 올리면 주인이 받고 주전자를 가진 자가 또한 꿇어앉아서 잔에 술을 부으면 주인이 왼손으로 잔반을 잡고 오른손으로 잔을 잡아서 띠 위에 세 번을 기우러 강신을 하고 잔반을 집사자에게 주면 집사자는 잔대와 주전자를 그 전 곳에 다시 놓고 먼저 자리로 돌아간다. 주인은 굽혔다 엎드렸다 일어나서 재배를 하고 내려와서 제자리로 돌아온다.

<<解義>> **진찬**(祭羞 陳設) 사례 권 8 제 21 쪽 四時祭

주인이 오르고 주부가 따른다. 집사 한사람은 반에 어육을 받들고 한사람은 반에다 떡과 국수를 받들고 따라 올라가며 또 한사람은 소반에다 국과 밥을 받들고 따라 올라간다.

고 조위 앞에 가면 주인은 육전을 받들어 잔반남쪽에 놓고 주부는 국수를 받들어서 육전의 서쪽에 놓고 주인은 어전을 받들어 초 접시 남쪽에 놓고 주부는 떡을 받들어서 어전의 동쪽에 놓으니 차례로 둘째 줄이다. 주인은 갱을 받들어서 초 접시 동쪽에 놓고 주부는 밥을 받들어서 잔반의 서쪽에 놓는다. 이 진설은 正位의 진설이고 자제와 부녀들로 하여

四時祭 사례 권 8 제

<<原文>> **參神**

主人以下序立,如祠堂之儀하고立定에再拜하되若尊長老疾者난休於佗所니라

<<原文>> **降神**

主人이升焚香,

(備要)再拜小退立이어든執事者-一人은開酒하야取巾拭瓶口하야實酒于注하고一人은取東階卓上盞盤하야立于主人之左하고一人은執注立于主人之右하고立主人跪에奉盞盤者-亦跪하야進盞盤하면主人이受之하고執注者-亦跪하야斟酒于盞하면主人이左手執盤하고右手執盞하야灌 (朱子)曰盡傾于茅上하고以盞盤授執事者하고 執事者-反注及盞盤於故處하고先降復位라俛伏興하야再拜降復位니라

<<原文>> **進饌**

主人升에主婦從之하고執事者一人은以盤으로奉魚肉하고一人은以盤으로奉米麪食하고一人은以盤으로奉羹飯하고從升至高祖位前이면

主人은奉肉,奠于盞盤之南하고主婦난奉麪食,奠于肉西하고主人은奉魚,奠于醋楪之南하고主婦난奉米食,奠于魚東하고卽第二行主人은奉羹,奠于醋楪之東하고主婦난奉飯, 奠于盞盤之西하

금 각 祔位를 진설하게 한다. 모두 진설 하였으면 주인이하 다 내려와서 제자리로 간다.	야以次設諸正位하고使諸子弟,婦女로各設祔位,皆畢에主人以下-皆降復位니라
<<解義>> **초헌** 四時祭 사례 권 8 제 22쪽 주인이 올라가서 고조의 신위 앞에 나간다. 집사 한사람이 술 주전자를 가지고 오른편에 서고,	<<原文>> 初獻 主人이升詣高祖位前하면執事者一人이執酒注,立于其右하고(冬月엔卽先煖之라)
주인이 고조고위의 잔반을 받들고 향안 상 앞에서 동향하여 서면 집사가 서향하여 술을 잔에 따른다. 주인은 받들어서 제 자리에 오린다. 다음에는 고조비의 잔반을 받들어서 그와 같이하면 집사자는 주전자를 제자리에 둔다. 주인은 신위 앞에 북향하여 서면 집사자 두 사람이 고조고비의 잔반을 받들고 주인의 좌우로 선다. 주인이 굻어 앉으면 집사도 또한 꿇어앉는다.	主人이奉高祖考, 盞盤,位前東向立하고執事自-西向,斟酒于盞하면主人이奉之하야奠于故處하고次奉高祖妣,盞盤,亦如之하고執事者反注故處 位前北向立하고執事者二人이奉高祖考妣盞盤하고立于主人之左右하면主人이跪하고執事者-亦跪하고
주인이 고조고의 잔반을 받되 왼손으로 반을 잡고 오른손으로 잔을 잡아서 모사위에 조금씩 세 번 따르고 잔반을 집사자에게 주면 집사자는 제자리에 올리고 고조비의 잔반도 받아서 또한 같이하고 구부렸다가 일어나서 조금 물러나서 선다. 집사자가 간을 화로에 구어서 접시에 담고 형제들 중에 장자 한사람이 받들어서 고조고비 앞 시저의 남쪽에 올리고 모든 뚜껑을 열어서 그 남쪽에 두고 제자리로 돌아온다.	主人이受高祖考盞盤하야左手執盤右手取盞하야祭三祭(要訣)少傾 之茅上하고以盞盤으로授執事者하야反之故處하고受高祖妣盞盤,亦如之하고俛伏興小退立하면執事者-炙肝于爐하야以楪盛之하고兄弟之長一人이奉之하야奠于高祖考妣前,匕筯之南하고(備要)(啓飯蓋,置其南)降復位
축이 축판을 받들고 주인 왼편에서 동향하여 꿇어앉으면 주인 이하 다 꿇어앉으면 축문을 다 읽는다. 축자가 축판은 향탁위에 두고 이러나서 제자리로 돌아간다. 주인은 재배하고 물러난다. 모든 신위에도 술을 올리고 축 읽기를 처음과 같이하고 축 읽기를 마치면 형제 중에 남자가 아헌이나 종헌을 들인다.	祝이取板立於主人之左하야東向跪(儀節)(主人以下,皆跪)讀云云畢, 置板於卓上興하며降復位主人이再拜退하야詣諸位獻祝如初하고每位讀祝畢에兄弟衆男之,不爲亞終獻者,以次,
본위에 부치한 신위에는 子弟를 시켜 잔을 들이되 잔을 기	分詣本位,所祔之位하야酌獻不祭酒如儀하되但

우리지 않고 축을 읽지 않고 절도 하지 않으며 잔 올리는 의식이 마치면 다 제자리로 돌아간다. 집사자가 퇴주 그릇에는 술을 거두고 肝炙은 걷어서 동쪽의 대상에 놓는다. 잔반을 제자리에 두고 제자리로 돌아온다.

不讀祝하고(開元禮)不拜獻畢에皆降復位하면執事者-以佗器로徹酒及肝하고置盞故處니라降復位

조상을 부치한 축문

<<解義>> **축문식** 대마다 다른 축판을 쓴다.

유 년호 기년 세차간지 기월간지삭 기일간지 효현손 【증손, 효손, 효자 는 부치를 따라서 칭한다.】 **모관, 모, 감소고우 현고조고모관부군 현고조비모봉모씨** 【증조고비, 조고비, 고비는 부치를 따라서 칭한다.】 **기서유역, 시유중춘** 【때를따라서 쓴다.】 **추원감시, 불승영모** 【친 아버지와 어머니는 불승영모를 고쳐서 호천망극이라한다.】 **敢以, 청작서수, 지천세사, 이모친모관부군모친모봉모씨, 祔食** 【만일 본위가 없으면 부식이라 하지 아니한다.】 **상 향**

아무 날 효현 손 아무 벼슬한 아무는 감히 밝게 고조고비에 고하나이다. 세월이 흘러가서 때는 중춘임에 미루어서 해마다 감동됨이 영원히 생각하는 것을 이기지 못하여 감히 맑은 술과 여러 가지 음식으로 공경하여 세사를 올리오며 아무 부치 아무 벼슬한 어른과 아무 부치 아무에 봉한 아무씨로서 부하여 잡수시게 하오니 흠향 하시옵소서

[祝文式] 代各異板
凡告祝은以家禮爲主而如年月日干支에改皇爲顯,淸酌庶羞等句語난多從備要書之라
維
年號幾年,歲次干支,幾月干支朔,幾日干支,孝曾孫孝孫孝子,隨屬稱某官某敢昭告于
顯高祖考某官府君
顯高祖妣某封某氏曾祖考妣,祖考妣,考妣난隨屬稱氣序流易,時惟仲春,隨時　追遠感時
不勝永慕禮本註}考엔改不勝永慕,爲昊天罔極
謹以祗薦歲事,以某親某官府君,卑幼云云은見上告式某親某封某氏,祔食
{家禮本註}如本位無면卽不言이니凡祔倣 此
尙　饗

<<解義>> **아헌** 사례 권 8 제 24 쪽 四時祭

주부가 행하되 모든 부녀들(內執事)이 炙肉 올림을 초헌에 의절과 같이하되 다만 축을 읽지 않고 4배한다.

주자의 말씀에 주부가 없으면 아우가 아헌을 한다 하셨다.

<<原文>> 亞獻
主婦爲之하되諸婦女-奉炙肉及分獻을如初獻儀하고但不讀祝이니라{朱子}曰未有主婦則,弟得爲亞獻

<<解義>> **종헌** 사례 권 8 제 24 쪽 四時祭

형제 중 장남이나 친빈이 한다. 여러 자제들이 고기 적을 올리며 술 올림을 아헌의 의식과 같이하고 다만 술과 적은 물리지 않는다.

<<原文>> 終獻
兄弟之長이나或長男,或親賓이爲之하되衆子弟-奉炙肉及分獻을如亞獻儀하고但不徹酒及炙

<<解義>> 음식을 권하는 것.

주인이 주전자를 들고 올라가서 모든 신위의 술잔에 가득하게 붓는다. 부처된 신위에는 붓지 아니한다.
주전자를 제자리에 놓고 향안 동남에 선다.
주부가 올라가서 밥에 숟가락을 꽂고 젓까락은 자루가 서쪽으로 가게 접시 가운데에 올려놓고 주인과 주부가 향안 서남에 서서 북향하여 주인은 재배하고 주부는 사배를 한다. 부위에 숟갈을 꽂고 저를 바로 놓은 것은 자제들과 부녀들이 행하되 절은 하지 않고 제자리로 돌아온다. 주부가 제사에 참여하지 않으면 숟갈을 꽂는 것을 주인이 합니까? 퇴계의 말씀이 당연하다 하셨다.

<<原文>> 侑食

主人升하야執注,就斟諸位之酒,祔位不斟 皆滿이어든反注故處立於香案之東南하고主婦升하야扱匕飯中하되西柄正筯하고{沙溪}曰正之於楪中立于香案之西南하야皆謂主人主婦北向再拜 主婦四拜0祔位扱匕正筯은諸子弟婦女,行之而不拜 降復位니라
(問)主婦不參祭則扱匕를主人이爲之否아退溪曰當然이니라

<<解義>> 문을 닫는 것이다.

축이 문을 닫고 나오는데 문이 없는 곳은 발이나 병풍, 휘장을 치고 주인이하 다 뜰에 올라가서 문의 동쪽에서 서향하고 여러 장부들은 그 뒤에 있고 주부는 문 서쪽에서 동향하고 여러 부녀들은 그 뒤에 선다. 존장이면 다른 곳에서 쉬는 것이다.

四時祭 사례 권 8 제

<<原文>> 闔門

祝이闔門하고(無門處엔降簾 或屛幃)主人이以下皆升階立於東門,西向하고衆丈夫-在其後하고主婦-立於門西,東向하고衆婦女-在其後하고尊長則少休於佗所니라

공자의 말씀이 주인을 대신하여 제사 지낼 때는 기도하지 않고 복을 빌지도 아니하며 고기도 들지 않고 가고 만일 주인이 멀리 있거나 혹은 병이 들면 자제를 시켜서 대신 하는 것이 가한 것이다. 합문과 계문과 수조는 생략한다.

{按}孔子曰攝主난不厭祭,不假가,不歸肉하고若主人이遠遊或疾病이면使子弟代則可니略去闔門, 啓門, 受胙等節

<<解義>> 계 문: 문을 여는 것.사례 권 8 제 25 쪽 四時祭

축이 세 번 기침소리를 하고 문을 열면 주인이하 제자리로 가고 다른 곳에서 쉬었든 존장들도 다 제자리로 나간다. 주인과 주부는 올라가서 국을 물리고 숭늉을 올린다. 모든 신위에도 국을 물리고 숙수를 올리고 부쳐진 신위는 자제와 부녀를 시켜 올리고 주부가 먼저 제자리로 돌아간다.

四時祭 사례 권 8 제

<<原文>> 啓門

祝이聲三噫歆,乃啓門하면主人以下皆降復位 尊長,先休于佗所者-皆入就位하고主人主婦升徹羹奉茶하야代以水分進于諸位考妣之前하고奠于徹羹處祔位난使子弟婦女,進之니라主婦以下先降復位

<<解義>> 수조:제주의 음복례 의식사례 권8 제25 쪽 四時祭.
집사가 향안 앞에 자리를 펴면 주인이 자리에 나가서 북향을 한다. 축이 고조고 앞에 나가서 술을 잔반에 거두어 들고 주인 오른편에 나가면 주인이 꿇어앉고 축이 또한 꿇고 앉으면 주인이 잔반을 받아서 술을 모사기에 조금 따르고 술을 맛본다. 축이 숟갈과 반을 가지고 모든 신위의 밥을 각각 조금씩 떠서 받들고 주인 왼편에 나가서 주인에게 복받기를 빌면 주인이 술을 자리 앞에 놓고 굽혔다 이러나서 재배를 하고 꿇어앉아 밥을 받아서 맛보고 또 술을 받아서 다 마시되 집사자가 꿇어앉아서 오른편으로 잔을 받아 주전자의 곁에 놓고 왼편으로 밥을 받아 그와 같이한다.

주인이 굽혔다 이러나서 동쪽 계단위에 서서 서향하고 축관은 서쪽계단위에 서서 동향하여 利成(利는 養이요, 成은 禮를 훌륭하게 畢 하였음)을 고하고 내려와 제자리로 간다.
참여자 모두 재배를 하되 주인은 절을 하지 않고 제자리로 간다.
율곡의 말씀에 집사자가 올라가서 모든 위에 나가서 반개를 덮고 내려와 제자리로 돌아온다. 반개를 덮을 때는 수저를 먼저 접시가운데 내려놓는 것이다.

하사식 복을 비는 말의 식.
조고 명공축, 승치다복 우여효손 내여효손 사여, 수록우천, 의가우전, 미수영년, 물체인지
할아버지께서 공축을 명하사 이여서 많은 복을 이루어주소서 가도 너희들이 손이라 하시고 와도 너희들이 효손이라 하셔서 너의 들로 하여금 녹은 하늘에서 받게 하여 주시고 곡식은 땅에 마땅하게 하여주셔서 오래 살기를 한이 없이 하시되 쇠하는데 끌리어 가지 말게 하여 주소서 하는 뜻이다.

<<原文>> 受胙
執事者-設席于香案前하면主人이就席北面하고祝이詣高祖考前하야擧酒盞盤,詣主人之右하면主人跪,祝亦跪하고主人이受盞盤, 祭酒,于席前啐酒하고祝이取匕並盤하야抄取諸位之飯.各少許하야奉以詣主人之左하야 嘏于主人하면云云主人이置酒于席前,俛伏興再拜하야跪,受飯嘗之하고實于左袂하고掛袂于季指하고取酒卒飮하고執事者,跪受盞自右하야置注旁하고受飯自左,亦如之하고

主人이俛伏興,立於東階上西向하고祝이立於西階上東向하야告利成하고降復位하야與在位者로皆再拜하되主人은不拜降復位니라

{栗谷}曰執事者-升,詣諸位하야合飯蓋,降復位니라0合飯蓋時에先下匕筯于楪中이니라

[嘏辭式]

祖考-屬稱隨改난見上命辭式 命工祝,承致多福于汝孝孫,屬稱隨改난見上卜日告式下同來音釐 汝孝孫,使汝受祿于天,宜稼于田,眉壽永年,勿替引之

<<解義>> **사신**신을 보내고 축문을 태우는 것,사례 권8 제26 쪽 四時祭 주인이하 다 재배를 하고 축문을 태운다.	<<原文>> 辭神 主人以下-皆再拜[儀節]焚祝文
<<解義>> **납주** :신주를 사당에 모시는 의식 주인과 주부가 다 올라가서 각각 신주를 주독에 담고 주인이 상자에 독을 담아서 사당에 모셔 가되 내어오는 의식과 같이 한다. 제자리에 편안히 모시고 발을 내리고 문을 닫고 내려온다.	<<原文>> 納主 主人主婦-皆升하야各奉主,納于櫝하고主人이以笥斂櫝하야奉歸祠堂,如來儀니라 各安于故處하고降簾闔門而退
<<解義>> **철하라.** 주부가 철상하는 의식 주부는 돌아와 철상 하는 것을 감독하고 잔과 주전자와 퇴주기에 있는 술을 거두어 모두 병에 넣어 봉한다. 과일과 채소와 육식을 다 그릇에 옮기고 주부는 제기를 씻어서 보관한다.	<<原文>> 徹 主婦還하야監徹하되酒之在盞注,佗器中者난皆入于甁,緘封之하고果蔬肉食은並傳于燕器하고滌祭器而藏之니라
<<解義>> **준** 제물을 나누어 대접함 사례 권 8 제 26 쪽 四時祭 이날 주인이 남은 제물을 분배하되 조금씩 합에 담고 또 술을 봉하여 하인을 시켜 편지를 가지고 친구들에게 음식을 보낸다. 자리를 펴서 남녀의 자리를 달리하고 높은 항렬을1열로 하여 남향하고 당 중앙에서 동서로 상석을 삼는다.	<<原文>> 餕 是日에主人이監分祭胙하되品取少許하야置于盒하고並酒,皆封之하야遣僕執書하야云云歸胙於親友하고遂設席하되男女異處하야尊行이自爲一列하야南面하고自堂中東西分首하되
만약 한사람이면 중앙에 앉으면 기타의 사람들은 차례대로 서로 마주보게 하여 동서로 향하게 한다. 존장 한분이 먼저 나가 앉으면 여러 남자들이 차례로 어른 앞에서 북향하여 대마다 한 줄로 하여 동이 상석으로 삼아서 다 재배하고 자제중의 어른 한 사람이 조금 나가서 서면 집사자 한 사람이 주전자를 가지고 그의 오른편에 서고, 한사람은 잔반을 가지고 그의 왼편에 선다. 잔 드리는 자가 꿇어앉아서 이때 아우가 들이면 높은 이가 일어서고 아들이나 조카이면 앉는다.	若止一人則當中而坐하고其餘난以次相對하야分東西向하고尊者一人이先就坐어든衆男이序立에尊者前北向 世爲一行하야以東爲上하야皆再拜하고子弟之長者一人이少進立이어든執事者一人은執注立于其右하고一人은執盞盤,立于其左하야獻者跪,(弟獻則尊者起立하고子姪則坐라)
주전자를 받아 술을 붓고 주전자는 도로 주고 잔을 받아서 축사를 마치고 집사자를 주어서 높은 이 앞에 놓으면 어른이 술을 다 마시고 어른이 굽혔다가 일어나서 제자리	受注斟酒하야反注受盞하고祝이云云授執盞者하야置于尊者之前하면尊者-擧酒畢에長者-俛

로 물러가서 여러 남자들과 재배한다. 어른이 집사에게 명하여 주전자와 장자의 잔을 앞에 놓게 하여 자기가 술을 따라준다.	伏興退復位하야與衆男皆再拜하고尊者-命取注及長子之盞하야置于前自斟之하면
축관이 축문을 읽고 나면 집사에게 명하여 각각 자기자리에 앉게 하고 술을 따라 돌린다. 이때에 어른이 나가 꿇고 앉아서 받아 마시고 꾸부렸다 일어나서 물러가 선다.	祝이云云命執事者하야以次就位,斟酒皆徧하면長者進跪,受飮畢에俛伏興退立하고
여러 남자들이 나가서 읍을 하고 물러가 술을 마시면 장자와 여러 남자들이 재배한다.	衆男이進揖, 退立飮하면長者-與衆男으로皆再拜하고
모든 부녀들도 여 존장에게 술을 올리는 의식도 여러 남자들의 의절과 같이 하되 다만 꿇고 앉지 않는다. 마치면 자리에 나가 동과 서로 서로향하여 앉고 고기를 나누어 먹는다. 부녀들이 당 앞에 나가서 남존 자에게 올이면	諸婦女-獻女尊長於內를如衆男之儀하되但不跪하고旣畢에乃就坐하고東西相向下同薦肉食하되諸婦女-詣堂前하야獻男尊長壽하면男尊長이酌之如儀하고
남존장이 중당에 나가 여자 존장에게 올린다. 남녀가 동성이면 친히 들이고 이성이면 남을 시켜서 대신하고 이번에는 나가서 앉아 면식을 먹는다. 내외의 집사가 각각 내외존장들에게 헌수 하는 것을 의절과 같이 하며 권하지 않고 나가서 앉은 자들에게 들이고 다 들기를 기다려 재배를 하고 물러간다. 떡을 드린 연후에 두루 술을 권하고 간간히 제사음식으로 하되 술과 찬이 부족하면 다른 술과 다른 찬으로 보충한다. 끝날 무렵이면 주인이 바깥 종들에게 음식을 돌리고 부인은 안종들에게 음식을 나누어 주고 천한 사람까지라도 먹도록 하여 그날로 음식을 나누어 주고 없애버린다. 받는 자는 다 재배하고 이에 자리를 끝내는 것이다.	衆男이詣中堂하야獻女尊長壽하면女尊長이酌之如儀하야 {坊記註}男女同姓則親獻異姓則使人攝之 乃就坐하고薦麪食하되內外執事者-各獻內外尊長壽,如儀而不酢하고遂就斟,在坐者偏하고竢皆擧하야乃再拜退하고 遂薦米食然後에泛行酒하고閒以祭饌하되酒饌不足則以佗酒,佗饌으로益之하고將罷에主人은頒胙于外僕하고主婦난頒胙宇內執事者하야偏及微賤히其日皆盡하고受者-皆再拜하고乃徹席이니라
주인이 만일 연고가 있어 남을 대신시키면 친우에게도 제사음식을 들이지 아니하고 남은 것도 모여 먹기만 한다. 귀조소존서식 ;제수를 존자에게 보내며 쓴 글 아무는 황공하게 아뢰나이다. 이달 아무 날에 할아버지 제사가 있어서 삼가 집사에게 음식을 보내오니 엎드려 바라건대 높게	(按)主人이若有故하야使人代之則不歸胙於親友하고餕止會食에不行慶禮-爲可니라 [諸具]{徹餕}[燕器]卽常用之器[盒]用以分胙者

사랑하시고 굽혀 주시어 용서하시고 받아주소서 아무는 황공재배 하고 아무 집사에게 올림

☞ 編譯者 善光 註 ; 起 居 動 作 = 禮記 曲禮 下 =

凡奉者當心,提者當帶, 執天子之器則上衡,
國君則平衡, 大夫則綏之, 士則提之,

제물을 받드는자는 가슴 높이로 받들고, 드는자는 관대띄에 댄다. 황제의 물품을 들때는 가슴보다 높혀서 들고, 제왕의 물품은 가슴 높이로 들고, 대부의 것은 가슴보다 낮추고 선비의물품은 혁대 옆에 들고 간다.

凡執主器執輕,如不克,操幣圭璧則尙左手,行不擧足,車輪曳踵,

물건을 들었을 때에 비록 가벼울 지라도 무거운 것처럼 들고, 왕의 홀이나 폐백 같은 것은 왼쪽으로 하여 오른손으로 받쳐 들고, 걸어 갈때에 발바닥을 들지 않고 차바퀴가 굴러 가듯이 걸어간다.

[歸胙所尊書式]{書儀}
某, 惶恐平交以下엔去惶恐二字白今月某日,有事于祖考,謹降等엔改謹爲令 遣歸 降等엔改歸爲致 胙于執事平交以下엔去于執事三字 伏惟

尊慈俯賜平交엔去尊慈俯賜四字容納平交엔改容納爲留納하고降等엔去伏惟以下八字某,惶恐再拜平交엔去惶恐二字하고降等엔改惶恐再拜爲白某人執事平交엔改執事爲左右[皮封式]{新補}狀上某官執事姓某謹封

소존복서식= 제수를 존자에게 보낸 후에 보내온 답서

아무는 사뢰오. 그대가 할아버지께 효도로 제사를 지내고 자네만 음복을 하지 않고 나에게까지 보내주시니 감동하여 위로함이 참 깊소. 아무는 아무에게 올린다. 피봉식

[所尊復書式{書儀}
某白 降等엔云惶恐白0降等平交云云은改指復書者而言이니下同 吾子平交以下엔伏承某人孝享 祖考不專有其福降等엔云欲廣其福施降等엔改施爲欲及老夫平交엔云賤交오降等엔云賤子感慰良深平交엔云不勝感濺이오降等엔云過蒙恩私不勝感戴之至 某白
某人平交엔云某再拜某人左右요降等엔云某惶恐再拜某人執事[皮封式] 同前式

헌자축자식;음복할 때 어른에게 바치는 글 사례 권 8 제 29 쪽 四時祭

제사하는 일을 이미 이루어서 할아버지께서는 잘 흠향하시었으니 엎드려 원하건대 아무 부치는 오복을 갖추셔서 일가를 보호하시고 집을 편하게 하소서 하는 뜻이다.

[獻者祝辭式]
祀事旣成,
祖考嘉饗, 伏願
某親,備膺五福,保族宜家,

존장작장소축사식 : 어른이 아랫 사람에게 축사하는 글 사사기성 오복지경 여여조공지 제사의 일을 이미 이루었으니 오복의 경사를 너희들과 같이 하라.	[尊長酌長少祝辭式] 祀事既成,五福之慶,與汝曹共之,
<<解義>> 사례 권 8 제 29 쪽 四時祭 **범제는 주어진 애경지성이이니 빈즉칭가지유무오 질즉량근력이행지하되재력가급자는자당여의니라.** **모든 제사는 존경과 정성을 극진히 해야 한다. 가난하면 집안 형편에 맞게 하고 병환 중에는 기력에 맞게 참여하고, 재력이 가능하면 예의 의식대로 행함이 당연하다.**	<<原文>>凡祭난主於盡愛敬之誠而已니貧則稱家之有無오疾則量肋力而行之하되財力可及者난自當如儀니라
제사라는 것은 반드시 부부가 친히 행하는 것이다. 군자가 제사지내는 것이며 반드시 몸소 친히 하는 것이요, 유고하면 남을 시켜서라도 행함이 가하다.	(祭統)祭也者난必夫婦親之니라 又曰君子之祭也난必身親莅之오有故則使人可也니라
주자의 말씀이 증조의 같은 자손이 같이 살면 종형제나 재종형제가 있을 것이니 제사를 지낼 때에는 첫날에는 적손이 그의 증조와 조와 부모에게 제사를 지내되 기타 자손도 같이 제사를 지내고 다음날에는 부쳐진 자손으로 하여금 그의 조나 부에 제사를 지내고 또 다음 날에는 다음 자리의 자손으로 하여금 스스로 그의 아버지의 제사를 지내는 것이니 이것다. 옛날 종법에 있는 것이니 고금 제례를 통하여 그와 같이 할 것이다. 율곡의 말씀에 주자께서 사시제와 년 말 제사에 토지 신에 제사를 지냈으니 봄과 겨울에 별도로 한위의 찬을 차려서 가묘에 제사를 마치고 바로 토지 신에게 제사를 하는 것이 마땅할 것 같아 강신,참신,진찬,초헌,아헌,종헌,사신,하고 바로 철상하였다. 토지지신의 제사 위치는 집 북쪽 정원에 정결한 곳에 땅을 다듬고 단을 하는 것이다.	(朱子)曰同居同出於曾祖면便有從兄弟及再從兄弟니祭時에嫡孫이當一日하야祭其曾祖及祖及父하고餘子孫은與祭하고次日에却令次位子孫으로自祭其祖及父하고又次日에却令次位子孫으로自祭其父니此-却有古宗法意니古今祭禮자般處,皆有之니라 (栗谷)曰朱子居家에有一神之祭하야四時及歲末에皆祭土神하니今雖未能備擧나例於春冬에別具一分之饌하야家廟祭畢에乃祭土神이似爲得宜오降神,參神,進饌,初獻,亞獻,終獻,辭神,乃徹하고祭土神之所난宜於家北園內,淨處,除地爲壇이니라
시제는 정제이다. 제사에 시제보다 더 중한 것이나 요새	(按)時祭난乃正祭라祭莫重於時祭而近世行之

세상에는 행하는 자가 심히 적으니 참 한심한 일이다. 그 예의를 알지 못하여 만일 행하고자 하면서도 그의 가난한 것만을 근심하고 있으니 주역에 있듯이 동쪽 집에서 소를 잡는 것이 서쪽 집에서 봄 제사를 지내는 것만도 갖지 못하다 하였으니 참 그 존경지심만 다 있다면 비록 한 그릇의 밥과 한 그릇의 국이라도 속절에 따라서 천신하는 것이 무방할 것이다.

율곡의 격몽요결에 - - - 토지지신에 시저를 놓지 않고, 유식과 진숙수가 없는 것은 밥과 국이 없음이다.

국가에서 산천제나, 종묘 사직제에 반갱과 시저를 놓지 않으니 토지의 신이 제사의신과 다르기 때문이다.

☞ 編譯者 善光 註 ; 讀祝聲 高低

退溪왈 太高不可, 太低亦不可, 要使在位者, 得聞可也.

독축의 소리는 커도 않되며, 또한 너무 적어도 않된다. 행사에 참석한 자들이 알아들으면 가하다.

凡祭無執事則 祝文自讀之耶. = 百禮祝輯 1쪽 =

독축할 자가 없으면 주인이 읽는다.

@ 축판에 받쳐서 읽어야 하며, 축자가 옷이 더럽거나, 병든자가 읽어도 않된다. =輪鑑錄=

사계의 말씀에 집에서 토지신의 제사는 행하지 아니하나 만약에 행하려면 묘제의 토지신제와 같이 해서 반갱 시저를 놓는 것이다.

주자가례에 묘제 토신 제에 반, 잔, 시저를 북쪽에 진설한다. 문헌에도 반갱이 분명히 있고 丘氏의 의절에도 역시 시저가 있다.

제구 : 잔반 2중 1개는 뢰주용, 향로와 향합과 모사는 놓지 않고 뢰주는 땅에 한다.

者-甚尠하니誠可寒心이라其不識禮義則已矣어니와亦有欲行之而患其貧者난易曰東鄰殺牛가不如西隣之禴祭라하니苟能盡其愛敬之心則雖以一簞食,一豆羹이라도因俗節而薦之가恐亦不妨이니라

[新增]問擊蒙要訣에云, 朱子居家에有土神之洗하야四時及歲末에皆祭之니今雖不能備擧四時之祭나例於春冬時祀에別具一分之饌하야家祭畢에除地築壇於此園淨處하고乃祭土神이似爲得宜云云하니依此行之如何오但不設匙箸하고亦無侑食進茶之儀則應不設飯羹矣니此是何義耶아然則墓祭土神도亦不設飯羹耶아國家-山川廟社之祭에不設飯羹匙箸하니祭神이固異於祭先이라栗谷之不設匙箸於土神이無乃有意耶아

(沙溪)曰家中土神祭난世無行之者나若行之則當依墓祭土神하야具飯羹匙箸也니라家禮墓祭土神에有設盤盞匙箸于其北하고餘幷上同之文則其有飯羹이明矣오丘氏儀節에亦有匙箸하니家中에若祭土神則宜無異同이니要訣엔無乃從簡而然耶아

[諸具]{祭土神}[祝][執事者][新潔席][燭臺] [祝板] [饌]如祭先之饌一分[酒注][盤盞]二 一用以酹酒者[徹酒器] [潔滌盆][拭巾] [盛服] [拜席] [盥盆]二,[帨巾]二,並主人

축문식 四時祭 사례 권 8 제
아무 날 아무벼슬한 성명은 감히 밝게 토지지신에 고하나이다. 계절이 중춘임에 이해의 일에 처음으로 시작되오니 감히 공정하지 아니할 수가 없어서 제물이 비록 적은 제수이오나 성의를 다하는 것이오니 바라건대 신께서는 흠향하시고 영원히 거처를 정하여 주소서.

☞編譯者 善光 註:양자간 자가 생부의 축문? 사계35권 의례문해 13쪽
出繼者於 本生父母之喪,不得已主祀則祝辭屬稱 ?
養子간 아들이 生父母의상에 祭祀 지낼때 祝辭의 칭호는
程子,朱子之言, 顯伯叔父稱之而, 自稱從子.
정자와 주자의 말에 현백부,현숙부라 하고 종자 모,감소고우,로한다.

<<解義>> 녜제 사례 권 8 제 31쪽 禰祭
계추(9월)에 아버지 사당에 제사 지내는데 전달 하순에 제사 날짜를 정한다.
시제의 의식과 같이하는데 다만 본 감실 앞에 고하는 것이다.
주자의 말씀이 이제를 지내는 아버지의 생일날을 제사 지내는 것인데 마침내 모의 생일이 9월 15일인고로 아무에 집에서는 그날로써 제사를 지낸다 하셨다.
명사식
아무개는 장차 아무달 아무날로 아버지 ,어머니의세사가 적합한 것인지 점치려합니다,

고사식
효자 모는 장차 모월 모일로 고비에게 세사의 제사를 올리고자 길한 날을 점처서 얻었기에 감히 아룁니다.

축명집사사식
효자 모는 장차 모월 모일로 고비에게 세사를 올리려고

及祝及執事者所盥洗不設爐盒茅沙 하고只酹酒於地라
[祝文式] {大全}
維
年號幾年,歲次干支,幾月干支朔,幾日干支,某官姓名敢昭告于
土地之神,維此仲春,歲功云始,夏엔改維此以下八字云,仲夏應期,時物暢茂이오秋엔云維此仲秋歲功將就오冬云維此仲冬,歲功告畢이오歲云歲律將更,幸玆安吉若時昭事,秋冬歲엔改昭事爲報事敢有不欽,熕燥雖微,庶將誠意,惟神監享,永奠厥居,歲엔改永奠厥居,爲介以春祺 尙 饗

<<原文>> 禰 [新增]
禮記에父廟曰禰니禰者난近世니라
季秋에祭禰니前一月下旬에卜日
如時祭之儀하되惟告于本龕之前이오餘並同
(朱子)曰某家-祭禰난用某生日祭之하니適値某生日이在季秋(九月十五日)也 니라
[諸具]{卜日}同上時祭本條 [命辭式]
某-將以來月某日,卽上旬,或丁或亥,不吉則復命以中旬,又不吉則直用下旬日諏此歲事,適其考妣,母在止云考下同
尙 饗
[告辭式]
孝子某,將以某月某日,祗薦歲事于 考妣,卜旣得吉,用下旬日則,去卜旣得吉四字 敢告

[祝命執事辭式]
孝子某,將以來月某日,

제반사를 갖추었습니다.	祇薦歲事于考妣,有司具脩,
<<解義>>禰**삼일 전에 齋戒하고 하루 전에 신위를 설치하고 제기를 진설한다.** 시제의 의례와 같이 하되 다만 정침에 당 가운데에서 서쪽을 상석으로 아버지와 어머니 신위를 설치한다.	<<原文>> 禰 前三日齊戒하고前一日,設位陳器具饌 如時祭之儀하되但於正寢에止設兩位於堂中西上이라[諸具]{齊戒}{設位} {陳器}{具饌}並同上,時祭本條하되但止具二位
<<解義>>禰_**그날 아침에 일찍 일어나서** 채소, 과일, 술, 음식을 진설하고, 날이 샐 무렵 제복을 차려입고 사당에 나아가 신주를 받들고 정침으로 간다. 시제의 의례와 같이 한다. 다만 사당 앞에 나가 재배하고 사당 문을 열고 향안 상을 감실 앞에 차리고 발을 열고 주인이 올라가서 무릎 꿇고 분향하고 신주 내오는 축을 읽고 구부렸다가 일어나 사당의 신주 독을 대소쿠리에 담아 집사 1인이 받들게 하고 주인은 그 앞에서 인도하고 주부는 뒤따른다. 여러 자손들도 뒤따라서 안방으로 가는 것이다.	<<原文>>厥明夙興하야設蔬果,酒饌하고質明에盛服하고詣祠堂하야奉神主,出就正寢이라 並如時祭儀하되但詣祠堂前, 序立再拜하고開門設香案於本龕前,軸簾하고主人升, 焚香跪告云云,俛伏興,斂櫝,置于笥하야以執事者一人奉之하고主人前導에主婦從之하고諸子弟,婦女以次隨後,至正寢하니後同하니라[諸具]{奉主}[香案]餘並同上時祭本條但止具一笥
고사식; 아버지 신주를 안방에 내올 때 고하는 축 효자 아무는 이제 가을에 만물이 성숙하기 시작할 때에 고비에게 제사를 봉행하기 위하여 신주를 정침으로 모십니다."라고 한다.	[告辭式] 孝子某,今以季秋成物之始,有事于 顯考某官府君 顯妣某封某氏 (儀節)此下엔云敢請,神主出就正寢,恭伸奠獻
<<解義>> 禰 四禮便覽 卷之 八 祭 33쪽 **참신, 강신, 진찬, 초헌, 아헌, 종헌, 유식, 합문, 계문, 수조, 사신, 납주, 철, 준.** 모두 시제의 의식과 같이한다. 축문식 아무 날 효자 아무 벼슬한 아무는 감히 아버지와 어머니에게 고하나이다. 이제 가을 만물이 성숙하기 시작할 때에 계절을 느껴 추모하오니 넓은 하늘과 같이 한이 없어서	<<原文>>參神,降神,進饌,初獻,亞獻,終獻,侑食,闔門,啓門,受胙,辭神納主,徹,餕 並如時祭之儀니라 [祝文式] 維 年號幾年,歲次干支,幾月干支朔,幾日干支,孝子某官某敢,昭告于

감히 맑은 술과 여러 음식으로 공경하여 세사를 올리오니 흠향 하소서.	顯考某官府君 顯妣某封某氏,今以季秋成物之始,感時追慕,昊天罔極,敢以淸酌庶羞,祇薦歲事 尙　饗
하사식 嘏 ; 복을 내리는 말 아버지께서 공축(제사신)에게 명하tu서 너희에게 많은 복을 받게 하리니 효자들로 하여금 녹을 하늘에서 받고 곡식을 땅에서 이루어져서 오래 오래 살고 사악한일에 끌려가지 않게 하여 주소서.	[嘏辭式] 參用上時祭本式 考命工祝,承致多福于汝孝子,來音釐　汝孝子,使汝受祿于天,宜稼于田眉壽永年,勿替引之,
<<解義>>忌祭祀 四禮 卷8 祭 33쪽 君子-有終身之喪 忌日 **군자가 종신토록 슬퍼하는 일이 있으니 기일을 말하는** 것이요, 忌日은 다른 일을 하지 않는 것이다. 기일은 부모가 돌아가셔서 슬픈 마음이 있어서 즐거운 일은 피하는 것이다. 기일과 휘일이라는 것은 忌는 禁자의 뜻이니 다른 즐거운 일을 하지 않는 것이요 諱는 避자의 뜻이니 서로 근사하여 같이 쓴다.	<<原文>> 忌日 (新增)(祭義)曰 君子-有終身之喪하니忌日之謂也오忌日不用은非不祥也{註}忌日은親之死日이라不用不以此日로爲他事也오非不祥은言非以死爲不祥而避之也라 (同春)이問忌日을謂之諱日하되(沙溪)曰忌是禁字之義니謂含恤不及他事오諱是避字之義라하니其義, 相近이라
<<解義>> 忌日 사례 권 8 제 34 쪽 **하루전날에 재계를 하고 신위를 설한다.** 이제의 의식과 같이한다. 다만 신위 한분만 모신다. 父의 忌日에는 부의 신위만 설하고 母의 忌日에는 모의 신위만 설하는 것이고, 할아버지 이상 또는 방친에도 다 그렇게 하는 것이다. 우암 왈 국장 전에 일반인들의 제사는 축을 쓰지 않고 술 한 잔만 올려서 제사 지낸다. 율곡 왈 五服을 성복하기 전에는 비록 기제이라도 행하지를 아니하는 것이다. 祭祀에 한 位만 제사 지내는 것은 禮에 바른 것이다. 대개 기일은 그 부모의 죽은 날을 생각해서 그 한분만 제사하는	<<原文>> 前一日에齊戒設位 如祭禰之儀하되但止設一位니라 (補註)父之忌日엔止設父一位하고母之忌日엔止設母一位하고祖以上及旁親도皆然이니라 (尤庵)曰 國葬前, 私家忌祭난不用祝하고一獻하야以示變於常時也라 (栗谷)曰 五服未成服前엔雖忌祭라도亦不可行이니라 (按)只設一位난禮之正也라蓋忌日은乃喪之餘

것이요 배위는 생각할 여지가 없는 것이다. 그러나 배위에 제사를 드리지 않는 것이 박하게 하는 것이 아니요 슬퍼하는 것이 제사 드리는 자에게만 있는 때문이다. 한위에만 제사 드리는 것은 正이요 부모를 합설 하는 것은 선유의 말씀이 있기는 하나 따를수 없을 듯 하다. 만일 외당이나 처당의 상중에 성복전이면 집안에 복이 없는 자를 시켜 대행하는 것이 가하다. 대행을 할 때에는 술 한 잔 들이고 축도 없는 것이다.

회제 왈 주자가례에 기일에는 한위만 모신다 하였고 程子의 제례에는 考妣를 배향을 하니 두 집의 예가 같지 아니하다. 한위만을 제사 지내는 것은 禮之正也이고 考妣合設하는 것은 禮之情也, 禮之本於人情者也 이다.

퇴계 왈 합설하여 제사 지내는 것은 옛 문헌에 없는 것이나 우리 집은 전부터 합설제사를 행하였으니 지금에 와서 감히 경솔하게 논하기 어렵다.

사계 왈 기제사에 고비합설은 주자의 뜻과 다르나 우리나라 선현들은 일찍부터 행하였다.
율곡 왈 제사의 합설에 불안한 마음들을 논하나 꼭 피할 수 없는 것이다. 기구를 진설하고 찬을 갖춘다.

[제구] 위에 시제의 본조목과 같고 한위만 갖춘다
以下 사시제 생성, 구찬 추가=善光=
【향안】【향로】【향합】【향숟갈】【부젓갈】【촛대】【모사기]5【띠반】5 하나는 향안앞에 두고 넷은 각각 매위앞에 두되 부위이면 두지 아니한다.【탁자】2【축판】4【술병】【술주전자】【잔대】강신할때쓰는 것.【현주병】제사날 이른아침에 처음으로 기러온 물을 담은것.【술시렁】【닦는수건】병입구를 닦는것【철주기= 퇴주기】술을 철하는 그릇이며 아헌이나 종헌때에 퇴주하

니値其親死之日하야當思是日不諱之親而祭於其位오不宜援及佗位라只祭所祭之位而不爲配祭라非薄於所配祭오以哀在於所爲祭者故耳라然則當以只祭一位爲正이오考妣並祭난雖有先儒之說이나恐不可從이라如外黨妻黨之服則未成服之前에使家中無服者로代行이亦可오代行則似當單獻無祝이라

[新增] (晦齋)曰按文公家禮컨대忌日에只設一位오程子祭禮엔忌日에配考妣하니二家禮之禮-不同이나蓋只設一位난禮之正也오 配祭考妣난禮之本於人情者也니禮之本於人情者도亦有所不能已也니라
(退溪)曰忌日合祭난古無此禮나但吾家난自前合祭之니今不敢輕議라
(沙溪)曰忌日에幷祭考妣가雖非朱子意나我朝先賢이嘗行之라
(栗谷)亦曰祭兩位가於心爲安云이나援尊之嫌은恐不必避니라
陳器具饌如祭禰之饌, 一分이라
[諸具] {齊戒} {設位} {具饌} 並同上時祭本條하되但止具一位니라
이하
사시제 생성 구찬추가 善光
[諸具]
(省牲)(滌器具饌)
[內執事] [牲]

(按)大夫난以羊豕하고

士난以豚犬하고

庶人은無常牲이오見於

는데 쓰는 것이니 매 위에 각각 하나씩이다. 【철적기】 아헌이나 종헌 때에 구이를 철하는 것이니 위마다 각각 있다. 【큰상】 먼저 제찬을 진설하는 것이며 또한 철한 구이 그릇을 그 위에 둔다. 【수조반】 음복할 반이니 숟갈이 있다. 【수조석】 음복할 자리이며 적당하게 한다. 【결조분】 씻을 물그릇이다. 【화로】 제찬을 데우는 것. 【관분】 넷 세수 대이니 둘은 받침이 있으며 주인과 주부 또는 안과 밖의 친족들이 세수하는 것이며 둘은 받침이 없으니 축과 또는 내외 집사자가 세수하는 것이다 【잔】 4 【세건】 4 둘은 걸대가 있고 둘은 걸대가 없다. **제구** 【집사자】 【생】 대부는 양이나 돼지로 하고 선비는 돼지로 하고 서인은 일정한 희생이 없고 예서에 알이 있는 물고기나 도야지, 기러기, 거위, 오리 등이다. 이제 사부의 제사는 희생이 없는 것이요 다만 여러 가지 음식뿐인 고로 축사에도 희생을 칭하지 아니하고 여러 가지 음식만 칭한 것이요. 구이로서 희생을 대신하여 쓰는 것이나 지금은 온전한 것을 죽이지 아니하고 저자에서 사서 쓰니 비록 쇠고기이라도 무방하다 하셨다.	禮書者－有卵魚豚鴈鵝鴨이라 今士夫之祭난無牲이오只庶羞而已故로祝辭에亦皆不稱牲而稱庶羞오澤堂은以炙으로當古之牲云爾나今不能全殺하고未免貿於市則雖牛肉이라도亦不可謂之僭也라
[과] 가례본주에 여섯 가지라고 하였으니 무릇 나무열매에 가히 먹을 만한 것이면 쓰지 아니 할 것이 없다 하였다. 공자의 말씀은 과실 종류에는 복숭아는 하품이니 제사에 쓰지아니한다 하셨다. 사계의 말씀에 만일 갖추기가 어려우면 네 가지나 혹은 두 가지라 하셨다. [포] 우암의 말씀에 격몽요결에 포는 곧 좌반이니 두 가지가 아마 한 물건이라 하였고 또 말씀하시기를 무릇 마른 물고기나 육은 다 포라고 하셨다. 【젓】 물고기를 젖 담은 것이나 고기로 담은 것. 【소채】 익은 나물이나 물김치 들이다. 【청장】 장은 음식반찬의 주가 되니 빼 놓을 수가 없는데 주자가례에 초접만 있고 장에 대한 글이 없으니 율곡과 사계선생은 옛 문헌을 근거하여 채소나 포나 젓갈 중에서 청장을 처음으로 삽입하여 올렸고 지금은 청장을 젓갈 한가지로 대리하여 쓰고 있다. 【초】 【잔반】 【시접기】 미식 【떡】 【면식】 만두이니 세속에 말하는 창면, 산면, 국수종류다. 【밥】 【갱】 대갱 이라는 것은 곧 고기 국 이니 다섯 가지 맛을 겸하지 못한	[果] (家禮本註)六品凡木實之可食者無不用 (孔子)曰果屬은桃爲下니祭祀에不用 (沙溪)曰若難備어든四品或兩品[脯] (尤庵)曰要訣에脯卽佐飯이니二者－恐是一物又曰凡乾魚肉은皆謂之脯[醢]食醢魚醢 [蔬菜] 熟菜沈菜之屬 [淸醬] (按)醬是食之主니似不可闕이어늘家禮에只有醋楪而無用醬之文하고栗谷沙溪－始以淸醬으로據古禮하야添入於蔬菜脯醢之中하니今以淸醬으로代醢一品하야用之爲宜[醋][盞盤][匕筯楪][米食]卽餠[麪食]如(饅頭)니及俗所謂(昌麪)(酸麪)(匇羞)之類 [飯][羹](按)古者

것이고 형갱이라는 것은 곧 고기와 나물을 섞어 다섯 가지 맛을 겸한 것이요 채갱이라는 것은 순전히 나물만 쓰는 것 이니 이제 탕에 어탕과 육탕을 쓰면 국은 마땅히 나물을 쓰고 탕에 어와 육을 쓰지 아니하면 국을 마땅히 육을 쓴다.	에大羹은卽肉羹이니不致五味者오鉶羹은卽肉和菜調五味者오菜羹은卽純用菜者니今湯用魚肉則羹當用菜오湯不用魚肉 則羹當用肉
【육】 육탕과 어탕은 각각 한 그릇씩이다 가축이나 산과 못에서 생긴 것이되 먹을 것이면 다 쓴다. **【생선】** 무릇 물에서 생긴 것이면 다 쓰되 황씨왈 장어는 제사에 쓰지 아니하고 어육은 마땅히 신선한 생물로 쓴다하였다.	[肉](家禮本註)肉魚各一盤家畜及山澤之族可食者無不用 [魚]凡水族之可食者無不用(黃氏황서절(黃瑞節))曰鯉魚난不用於祭祀云
四時祭 사례 권 8 제 19쪽 어육은 혹은 뼈에 붙은 것이나 혹은 회, 가늘게 절인 것이나 말린 것, 구은 것, 이니 무릇 음식에 어나 육으로 한 것이면 다 좋다. 그리고 고기가 뼈가 낀 것을 효이라 하고 날것으로 가늘게 절인 것을 회이라 하며 길게 절인 것을 헌이라 한다.	(栗谷)曰魚肉을當用新鮮生物(按)魚肉은或殽,或膾,或軒,或乾,或炒니凡羞之以魚肉,爲之者-俱無不可오肉帶骨曰殽오腥細切爲膾오丈切爲軒
【술안주】 간을 한 꼬치이요 육은 두 꼬치이다. 간은 초헌에 올리고, 고기 종류는 아헌과 종헌에 올리되 각각 반에 담는다. 우암의 말씀이 세 번 잔을 드릴 때 각각 한 가지 씩 쓰는 것이요 다소는 적당하게 한다.	[酒炙](家禮本註)肝一串,肉二串,肝進於初獻하고肉分進於亞終獻하되各盛于盤 (要訣)에又有魚雉等物 (少牢禮)魚난石首 (尤庵)曰三獻엔各用一物이오多少난隨宜
【차】 상례비요에 숭늉, 물로서 대신하니 곧 더운 물이다.과이하는 위마다 둔다.	[茶](備要)國俗에代以水니卽熟水果以下난隨位各其
【제기】 찬을 갖출 때 쓰는 것이다.	[祭器] 備饌時所用은並見上本條
【배자】 혹 **【장의】** 주부이하에 입는 것이다. 배자의 제도는 위에 관례 계례 때 옷을 진설하는 조목에 보라 장의는 곧 도포이니 제도는 위에 상례에 습의를 진설하는 조목에 보라.	[背子] 或[長衣] 主婦以下所服,背子制난見上冠禮笄陳服條하고長衣난卽長襖子니制見上喪禮陳襲衣條
주자의 말씀에 제사에 고기를 산적한 나머지이나 또는 껍질이나 털 같은 것도 더럽게 생각하여 밟아 버리지 말라 하셨다. 以上 사시제 제구추가 = 善光 =	(朱子)曰凡祭肉臠割之餘及皮毛之屬은皆當勿令殘穢褻慢이니라

<<解義>>忌日**그날 새벽 일찍 일어나 소과와 주찬을 진설하다.** 아버지 제사하는 의식과 같다.

<<原文>> 忌日
厥明夙興하야設蔬果,
酒饌 如祭禰之儀니라

<<解義>>**날이 밝으면 주인이하 제복으로 갈아입는다.**
아버지 제사를 행할 때 주인과 형제가 참사복두와 참포삼과 포과각대를 한다. 祖 이상에 제사지낼 때는 참 사삼을 입고, 방친에게 재사지낼 땐 조 사삼을 입는다. 주부는 머리를 묶어 장식하지 않고, 백대의와 담황피를 입는다. 나머지 사람도 화려한 의복을 입지 않는다. 한강이 담제 때에 옷을 두었다가 기제사에 입는 것을 물으니 퇴계 답 왈 예에 지나칠 것 같으나 예를 좋아하는 군자이면 행하는 것도 좋다하셨다.

<<原文>> 忌日
質明에主人以下-變服
禰則主人兄弟-黲紗幞頭,黲布衫,布裹角帶오祖以上則黲紗衫이오旁親則皁紗衫이오主婦난特髻去飾하고白大衣,淡黃帔오餘人은皆去華盛之服이니라

(按)寒岡이留禫服一襲하고遇忌日服之하고之問退溪한대雖以爲太過나然好禮君子-行之爲好니라

<기제때의 복식>

제구【참포립】【포심의】【백포대】휜신】이상은위에 상례에 담복을 진설하는 조목에 있으니 부모의 기일에는 입는 것이다.**【흑립】【소대】【검은신】**흑립이하는 조이상과 또는 방친의 기일에 입는 것이다. 참사복두와 삼포삼과 포과각대와 삼 사삼과 조사삼은 이제 풍속에 쓰지 아니함으로 다 이것으로 대신한 것이다.
【담황피】 제도는 위에 혼례에 초 녀 조목에 보라.

【백대의】 제도는 위에 초하루에 보이는 조목에 보라. 부모의 기일에 부인이 입는 것이다.**【옥색치마】**
【대】 무릇 기일에는 마땅히 흰 것을 쓴다. 방친의 기일에도 부인은 빛이 나는 옷을 금한다.

[諸具]{變服}[黲布笠][布深衣][白布帶][皁靴]或白靴以上은見上喪禮陳禫服條하니父母忌所著 [黑笠] [素帶][皀靴]黑笠以下난祖以上及旁親忌所著黲紗幞頭,黲布衫,布裹角帶,黲紗衫,皀紗衫은今俗不用故로幷代以此[淡黃帔]制見上昏禮醮女條
[白大衣] 制見上朔參條父母忌에婦人所服
[玄帔] [玉色裳] 玄帔以下난祖以上忌에婦人所服[帶]凡忌에皆當用白 旁親忌에婦人은只去華盛之服

<<解義>> 忌日 四禮 卷8 祭 35쪽**사당에 가서 신주를 정침에 모신다.** 아버지 제사하는 의절과 같다. 제구

☞ 編譯者 善光 註; = 韓魏公 =
無祝則 主人 自讀 =축문 읽을자가 없으면 주인이 읽어라.

<<原文>>詣祠堂하야奉神主出就正寢 如祭禰之儀니라(尤庵)曰祭一位則雖合櫝이나何嫌於以空櫝奉出一位耶아
[諸具]{奉主}[蓋座][笥][香案]只設本龕前

고사식;아버지 제삿날에 신주를 정침에 내가겠다고 고하는 말

금이 현 모친모관부군【혹은 모봉모씨이라하고 처에는 망실이라 하고 비유에는 현자를 고쳐 망자로 하고 부군 두자를 버린다.】**원휘지신** 처나제 이하에는 망이라 한다】**감**【처나 제이하에는 감자는 쓰지 않는다】**청**

신주, 출취정침【혹은 축취 청사이라 한다.】**공신추모**【처나 제이하에는 추신정례이라 한다.】

<신주 출취 축>

지금 모친 모관 부친의 어른이 돌아가신 날입니다. 감히 신주를 정침에 내가기를 청하고 공손히 추모의 정을 폅니다.

[告辭式]
今以
顯某親某官府君,　或某封某氏오妻엔云亡室이오卑幼엔改顯爲亡하고去府君二字　遠諱之辰,(備要)妻弟以下엔云亡敢 (備要)妻弟以下엔不用敢字請神主,出就正寢,(備要)或廳事　恭伸追慕 (備要)妻弟以下엔云追伸情禮

<<解義>>　　忌日　사례 권 8 제 36 쪽

참신, 강신, 진찬을 하고, 초헌을 한다.

아버지 제사하는 의절과 같이하되 만일 고비이면 주인이하가 곡을 하여 슬픔을 다하고 미루어서 섬기는 것은 조고비도 이와 같다.

묻는 말에 기일에도 마땅히 곡을 합니까? 물으니 슬픈 생각이 있을 때 에는 곡을 하여도 무방하다.

<<原文>>　忌日
參神,降神,進饌,初獻
如祭禰之儀하되若考妣則主人以下-哭盡哀니라(備要)逮事난祖考妣同,
(語類)問忌日當哭否아曰若是哀來時엔自當有哭

축문식 기제 축문 사례 권 8 제 36 쪽 忌日

유 년호기년 세차간지 기우러간지삭 기일간지 모친모관 모【제 이하에는 이름을 쓰지 아니 한다】**감소고우**【처는 감자를 버리고 제 이하는 다만 고우이라 한다.】

현모친모관부군 세서천역, 휘일부림【처이나 제 이하에는 망일부지 이라한다.】**추원감시, 불승영모**【고비에는 불승영모를 고쳐 호천망극이라 하고 방친에는 추원감시불승영모를 버리고 불승감창이라 한다. 처나 제 이하는 감창을 고쳐서 비감이라 한다.】**근이**【처나 제 이하에는 자이 이라한다】**청작서수, 공신전헌**【처나 제 이하에는 신차전의 이라한다.】**상 향**

[祝文式]
維
年號幾年,歲次干支,幾月干支朔,幾日干支,某親某官某弟以下엔不名敢昭告于妻去敢字하고弟以下엔但云告于
顯某親某官府君,屬稱隨改난見上出主告式歲序遷易,諱日復臨,(備要)妻弟以下엔云亡日復至 追遠感時,不勝永慕,(考妣엔改不勝永慕爲昊天罔極이오旁親엔去追遠以下八字云不勝感愴이오妻弟以下엔當改感愴以佗語)謹以妻弟以下엔云玆以 清酌 庶羞,恭伸奠獻,(備要)妻弟以下엔云伸此奠儀 尙
饗

忌日 <한글 해석 축문>

유, 단군기원 4343년 세차경인 8월 계미삭 2일 갑신, 효자 o o는 감히 밝혀 아무어른에게 고하나이다.
해의차례가 옮겨 바뀌어서 돌아가신 날이 다시 다다랐습니다. 멀리 추모하면서 감동되어 하늘에 부르짖어도 한이 없습니다. 삼가 맑은 술과 여러 음식으로 공손히 예를 드리오니 흠향하시옵소서.

살펴보매 고의 기제인데 비를 같이 제사를 지내게 되면 신주를 내오는 고사에는 감청아래에 마땅히 더할 것은 현비모봉모 씨를 정침에 내온다하고 조 고비 이상도 위에와 같이 부치를 따라 더하기를 다 같이한다. 또 축사에도 세서천역 아래에 더할 것은 현비 모봉모씨 라고하고 조 이상도 부치를 따라서 같이 쓴다. 만일 고비를 같이 지낼 때에는 한 탁자에 합설을 하는 것도 정례에 무방할 것 같다.

[新增] (同春)問並祭考妣則告辭與祝辭를似當添一兩語라
(沙溪)曰告辭의遠諱之辰敢請下에當添顯考,顯妣,祖以上並同 神主出就云云하고祝辭의歲序遷易下에當添某親, 考妣난隨屬稱하고祖以上도並同諱日復臨云云이라
(同春)問,今俗에同奉考妣於一椅하고又兼設饌於一卓하니與家禮考妣各用一椅一卓之意不同而孤家엔從前從俗이나今欲變改라
(愚伏)曰兩位共一卓은五禮儀之文에從時王之制니亦無妨이라吾家난自先世로遵五禮儀하니今不敢必變이라

以下 사시제 참신, 강신, 진찬 , 초헌 의식 추가 =善光=

<<解義>>忌日 **참 신** 사례 권 8 제 21 쪽 四時祭

주인이하 차례로 서되 사당에서의 의절과 같이하고 모두 들어왔으면 재배를 하되 만일 어른이나 늙어서 병이든 자는 다른 곳에서 쉬는 것이다.

사시제 참신, 강신, 진찬 초헌 의식추가 =善光=

<<原文>> 參神

主人以下序立,如祠堂之儀하고立定에再拜하되若尊長老疾者난休於佗所니라

<解義>> 忌日 **강신.** 사례 권 8 제 21 쪽 四時祭

주인이 올라가서 분향한 후 재배를 하고 조금 물러가서면 집사자 한사람은 술병을 열 되 수건으로 병 입구를 닦고 주전자에 술을 붓고 한사람은 동쪽 뜰 탁상에 잔대를 가져와서 주인 왼편에 섰고 한사람은 주전자를 갖고 주인 오른편에 서면 주인이 꿇고 앉으면 잔반을 받든 자도 또한 꿇고 앉아서 잔반을 올리면 주인이 받고 주전자를 가진 자가 또한 꿇어앉아서 잔에 술을 부으면
주인이 왼손으로 잔대를 잡고 오른손으로 잔을 잡아서 띠위에 세 번을 기우러 강신을 하고 잔반을 집사자에게 주면

<<原文>> 降神

主人이升焚香, (備要)再拜小退立이어든執事者-一人은開酒하야取巾拭瓶口하야實酒于注하고一人은取東階卓上盞盤하야立于主人之左하고一人은執注立于主人之右하고立主人跪에奉盞盤者-亦跪하야進盞盤하면主人이受之하고執注者-亦跪하야斟酒于盞하면
主人이左手執盤하고右手執盞하야灌 (朱子)曰

집사자는 잔대와 주전자를 그전 곳에 다시 놓고 먼저 자리로 돌아간다. 주인은 굽혔다 엎드렸다 일어나서 재배를 하고 내려와서 제자리로 돌아온다.	盡傾 于茅上하고以盞盤授執事者하고 執事者-反注及盞盤於故處하고先降復位라俛伏興하야再拜降復位니라
<<解義>>진찬(祭羞 陳設) 사례 권 8 제 21 쪽 四時祭 주인이 오르고 주부가 따른다. 집사 한사람은 반에 어육을 받들고 한사람은 반에다 떡과 국수를 받들고 따라 올라가며 또 한사람은 소반에다 국과 밥을 받들고 따라 올라간다. 고조위 앞에 가면	<<原文>> 進饌 主人升에主婦從之하고執事者一人은以盤으로奉魚肉하고一人은以盤으로奉米麪食하고一人은以盤으로奉羹飯하고從升至高祖位前이면
주인은 육전을 받들어 잔대남쪽에 놓고 주부는 국수를 받들어서 육전의 서쪽에 놓고 주인은 어전을 받들어 초접시 남쪽에 놓고 주부는 떡을 받들어서 어전의 동쪽에 놓으니 차례로 둘 째 줄이다.	主人은奉肉,奠于盞盤之南하고主婦난奉麪食,奠于肉西하고主人은奉魚,奠于醋楪之南하고 主婦난奉米食,奠于魚東하고卽第二行
주인은 갱을 받들어서 초접시 동쪽에 놓고 주부는 밥을 받들어서 잔대의 서쪽에 놓는다. 이 진설은 正位의 진설이고, 자제와 부녀들로 하여금 각 祔位를 진설하게 한다. 모두 진설 하였으면 주인이하 다 내려와서 제자리로 간다.	主人은奉羹,奠于醋楪之東하고主婦난奉飯,奠于盞盤之西하야以次設諸正位하고 使諸子弟,婦女로各設祔位,皆畢에主人以下-皆降復位니라
<<解義>>_忌日 초헌. 四時祭 사례 권 8 제 22쪽 주인이 올라가서 고조의 신위 앞에 나간다. 집사 한사람이 술 주전자를 가지고 오른편에 서고 주인이 고조고위의 잔반을 받들고 향안 상 앞에서 동향하여 서면 집사가 서향하여 술을 잔에 따른다. 주인은 받들어서 제 자리에 오린다. 다음에는 고조비의 잔반을 받들어서 그와 같이하면 집사자는 주전자를 제자리에 둔다. 주인은 신위 앞에 북향하여 서면 집사자 두 사람이 고조고비의 잔반을 받들고 주인의 좌우로 선다. 주인이 굻어 앉으면 집사도 또한 꿇어앉는다.	<<原文>> 初獻 忌日 主人이升詣高祖位前하면執事者一人이執酒注,立于其右하고(冬月엔卽先煖之라) 主人이奉高祖考, 盞盤,位前東向立하고執事自-西向,斟酒于盞하면主人이奉之하야奠于故處하고次奉高祖妣,盞盤,亦如之하고執事者反注故處 位前北向立하고執事者二人이奉高祖考妣盞盤하고立于主人之左右하면主人이跪하고執事者-亦跪하고
주인이 고조고의 잔반을 받되 왼손으로 반을 잡고 오른손으	主人이受高祖考盞盤하

로 잔을 잡아서 모사위에 조금씩 세 번 따르고 잔반을 집사자에게 주면 집사자는 제자리에 올리고 고조비의 잔반도 받아서 또한 같이하고 구부렸다가 일어나서 조금 물러나서 선다.
집사자가 간을 화로에 구어서 접시에 담고 형제들 중에 장자 한사람이 받들어서 고조고비 앞 시저의 남쪽에 올리고 모든 뚜껑을 열어서 그 남쪽에 두고 제자리로 돌아온다.

축이 축판을 받들고 주인 왼편에서 동향하여 꿇어앉으면 주인 이하 다 꿇어앉으면 축문을 다 읽는다.
축자가 축판은 향탁위에 두고 이러나서 제자리로 돌아간다.
주인은 재배하고 물러난다.

모든 신위에도 술을 올리고 축 읽기를 처음과 같이하고 축 읽기를 마치면 형제 중에 남자가 아헌이나 종헌을 들인다.
본위에 부치한 신위에는 子弟를 시켜 잔을 들이되 잔을 기우리지 않고 축을 읽지 않고 절도 하지 않으며 잔 올리는 의식이 마치면 다 제자리로 돌아간다. 집사자가 퇴주 그릇에는 술을 거두고 肝炙은 걷어서 동쪽의 대상에 놓는다. 잔반을 제자리에 두고 제자리로 돌아온다.
以上 사시제 참신,강신,진찬, 초헌의식 추가 =善光=

<<解義>>忌日 **아헌, 종헌, 유식, 합문, 계문하고**
모두 아버지 사당에 제사하는 의식과 같이하되 음복의 절차는 없다.

以下 사시제; 아헌,종헌,유식,합문,계문의식추가 수조없음=善光=

<<解義>> 忌日 **아 헌** 사례 권 8 제 24 쪽 四時祭
주부가 행하되 모든 부녀들(內執事)이 炙肉 올림을 초헌에 의절과 같이하되 다만 축을 읽지 않고 4배한다.
주자의 말씀에 주부가 없으면 아우가 아헌을 한다 하셨다.

야左手執盤右手取盞하야祭三祭(要訣)少傾 之茅上하고以盞盤으로授執事者하야反之故處하고受高祖妣盞盤,亦如之하고俛伏興小退立하면執事者-炙肝于爐하야以楪盛之하고兄弟之長一人이奉之하야奠于高祖考妣前,匕筯之南하고(備要)(啓飯蓋,置其南)降復位
祝이取板立於主人之左하야東向跪(儀節)(主人以下,皆跪) 讀云云畢,置板於卓上興하며降復位
主人이再拜退하야

詣諸位獻祝如初하고每位讀祝畢에兄弟衆男之,不爲亞終獻者,以次,分詣本位,所祔之位하야酌獻不祭酒如儀하되但不讀祝하고(開元禮)不拜獻畢에皆降復位하면執事者-以佗器로徹酒及肝하고置盞故處니라降復位
以上 사시제참신,강신,진찬 초헌추가 =善光=

<<原文>>
亞獻,終獻,侑食,闔門,啓門,
 並如祭禰之儀오但不受胙니라

以下사시제;아헌,종헌,유식,합문,계문의식추가 =善光=
<<原文>> 亞獻
主婦爲之하되諸婦女-奉炙肉及分獻을如初獻儀하고但不讀祝이니라
{朱子}曰未有主婦則,弟得爲亞獻

<<解義>>忌日 **종 헌** 사례 권 8 제 24 쪽 四時祭

형제 중 장남이나 혹은 친빈이 한다. 여러 자제들이 고기 적을 올리며 술 올림을 아헌의 의식과 같이하고 다만 술과 적은 물리지 않는다.

<<原文>> 終獻

兄弟之長이나或長男,或親賓이爲之하되衆子弟-奉炙肉及分獻을如亞獻儀하고但不徹酒及炙

<<解義>>**유식**; 음식을 권하는 것.

주인이 주전자를 들고 올라가서 모든 신위의 술잔에 가득하게 붓는다. 부처된 신위에는 붓지 아니한다.
주전자를 제자리에 놓고 향안 동남에 선다.
주부가 올라가서 밥에 숟가락을 꽂고 젓까락은 자루가 서쪽으로 가게 접시 가운데에 올려놓고 주인과 주부가 향안 서남에 서서 북향하여 주인은 재배하고 주부는 사배를 한다.
부위에 숟갈을 꽂고 저를 바로 놓은 것은 자제들과 부녀들이 행하되 절은 하지 않고 제자리로 돌아온다. 주부가 제사에 참여하지 않으면 숟갈을 꽂는 것을 주인이 합니까? 퇴계의 말씀이 당연하다 하셨다.

<<原文>> 侑食

主人升하야執注,就斟諸位之酒,祔位不斟　皆滿이어든反注故處立於香案之東南하고主婦升하야扱匕飯中하되西柄正筯하고{沙溪}曰正之於楪中立于香案之西南하야皆謂主人主婦北向再拜　主婦四拜0祔位扱匕正筯은諸子弟婦女,行之而不拜 降復位니라
(問)主婦不參祭則扱匕를主人이爲之否아退溪曰當然이니라

<<解義>> **합문**; 문을 닫는 것이다.

축이 문을 닫고 나오는데 문이 없는 곳은 발이나 혹은 병풍, 휘장을 치고 주인이하가 다 뜰에 올라가서 문의 동쪽에서 서향하고 여러 장부들은 그 뒤에 있고 주부는 문 서쪽에서 동향하고 여러 부녀들은 그 뒤에 선다. 존장이면 다른 곳에서 쉬는 것이다.
공자의 말씀이 주인을 대신하여 제사 지낼 때는 기도 하지 않고 복을 빌지도 아니하며 고기도 들지 않고 가고 만일 주인이 멀리 있거나 혹은 병이 들면 자제를 시켜서 대신 하는 것이다. 합문과 계문과 수조는 생략한다.

<<原文>> 闔門

祝이闔門하고(無門處엔降簾　或屛幃)主人이以下皆升階立於東門,西向하고衆丈夫-在其後하고主婦-立於門西,東向하고衆婦女-在其後하고尊長則少休於佗所니라
{按}孔子曰攝主난不厭祭,不假가,不歸肉하고若主人이遠遊或疾病이면使子弟代則可니略去闔門, 启門, 受胙等節

<<解義>> **계 문**: 문을 여는 것.사례 권 8 제 25 쪽 四時祭

축이 세 번 기침소리를 하고 문을 열면 주인이하 제자리로 가고 다른 곳에서 쉬었든 존장들도 다 제자리로 나간다. 주인과 주부는 올라가서 국을 물리고 숭늉을 올린다. 모든 신위에도 국을 물리고 숙수를 올리고 부쳐진 신위는 자제와

<<原文>> 启門

祝이聲三噫歆,乃启門하면主人以下皆降復位 尊長,先休于佗所者-皆入就位하고主人主婦升徹羹奉茶하야代以水分進于諸位考妣之前하고奠于徹羹處祔位난使子弟婦女,進之니라主婦以下

부녀를 시켜 올리고 주부가 먼저 제자리로 돌아간다. 以上 사시제; 아헌,종헌,유식,합문,계문의식추가 수조없음=善光=	先降復位 以上 사시제; 아헌,종헌,유식,합문,계문의식추가 수조없음=善光=
<<解義>>忌日 **사신, 납주, 철이라** 四禮 卷8 祭 37쪽 **아버지 사당에 제사를 지내는 의식과 같다. 다만 음식을 나누는 준이 없다.** 以下 사시제; 사신,납주,철상의식 追加 餕이없음=善光=	<<原文>>辭神,納主,徹並如祭禰之儀오但不餕이라 以下 사시제; 사신,납주,철상의식추가 餕이없음=善光=
<<解義>>**사신**신을 보내고 축문을 태우는 것,사례 권8 제26 쪽 四時祭 **주인이하 다 재배를 하고 축문을 태운다.**	<<原文>> 辭神 主人以下ㅡ皆再拜[儀節]焚祝文
<<解義>> 忌日 **납주** :신주를 사당에 모시는 의식 **주인과 주부가 다 올라가서 각각 신주를 주독에 담고 주인이 상자에 독을 담아서 사당에 모셔 가되 내어오는 의식과 같이 한다. 제자리에 편안히 모시고 발을 내리고 문을 닫고 내려온다.**	<<原文>> 納主 主人主婦ㅡ皆升하야各奉主,納于櫝하고主人이以笥斂櫝하야奉歸祠堂,如來儀니라 各安于故處하고降簾闔門而退
<<解義>>**철.** 주부가 철상하는 의식 **주부는 돌아와 철상 하는 것을 감독하고 잔과 주전자와 퇴주기에 있는 술을 거두어 모두 병에 넣어 봉한다.** **과일과 채소와 육식을 다 그릇에 옮기고 주부는 제기를 씻어 보관한다.** 이상 사시제; 사신,납주,철상의식추가餕이없음=善光=	<<原文>> 徹 主婦還하야監徹하되酒之在盞注,佗器中者난皆入于甁,緘封之하고果蔬肉食은並傳于燕器하고滌祭器而藏之니라 이상 사시제; 사신,납주,철상의식 추가 餕이 없음=善光=
<<解義>> 忌日 사례 권 8 제 37 쪽 忌日 **제사지낸 날은 술을 마시지 않고 고기를 먹지 않으며 음악을 듣지 아니하고 검푸른 건을 쓰고 소복을 입고 흰 띠를 띠고 있다가 밤에는 밖에 있는 방에서 잠을 잔다.**	<<原文>> 是日에不飮酒,不食肉,不聽樂,黲巾,素服,素帶以居하고夕寢于外니라
여행 중에서 기일을 만나면 여관에서 탁자를 설하고 향을 피우며 제사를 지내는 것도 의리에 벗어나는 것은 아니니 행하는 것도 또한 무방할 것이다.	(語類)問人在旅中에遇私忌면於所舍에設卓炷香可否아曰若是無大礙於義理니行之亦無害니라
옛날에는 기일에 제사가 없었고 다만 초상 때와 같이 곡만	(按)古者에忌日無祭하

했을 뿐이다. 송나라 때에 와서 현인들이 천신과 전 올리는 제사를 시작하였다. 지금 사람들은 기제가 큰 대사인 줄 만 알고 초상났을 때와 같이 所重하게 알지 못한다. 그리하여 제사가 끝난 후에는 손님을 접대하는데 평시와 같이하고 어떤 이는 재계가 끝났다고 술 마시고 담소하고, 안방 출입도 평시 같이하니 심히 옳지 못한 것이다. 이날을 당하면 오직 슬픈 마음으로 하루를 마쳐야 한다.

고只行終身之喪而己러니有宋諸賢이特起奠薦之禮어늘今人은但知忌祭之爲大하고不知忌日之爲重하야己祭之後에應接賓客을不異平時하고或有謂己罷齊에出入如常者하니甚不可也라當節其酬應하고致哀示變하야以終是日也니라

[諸具] {旅中遇忌}

[椅]用以設位者[香案]

<<解義>>**묘제;**5대조이상 墓에서 음력3월또는10월 歲一祀함=善光=

삼월 상순에 택일하고 하루 전에 재계 한다.

집에서 제사지내는 의례와 같다. 묘제는 옛날의 제도는 아니다. 주자가 한번 묘제를 지냈을 때 남헌은 예법이 아니라고 하여 여러 번 토론이 오고간 뒤에 이를 좇아서 묘제를 지냈다. 그런즉 묘제와 사당제의 특수성을 알게 되었다.

이제 사당에서는 사시 제를 지내고 또 네 명절날에는 묘에 가서 지낸즉 이는 묘소와 사당이 동등하게 여긴 것이니 어찌하여 옳다고 하는가?

우리나라 풍속에서는 4절기의 묘제를 지낸지가 이미 오래 되어 변할 수가 없게 되었다. 그런고로 율곡의 격몽요결에서 간략하게 하였지만 그래도 과중한 바이나, 주자가례를 정본으로 삼아 묘제를 3월에 한번만 제사 지내게 되었다.

옛날에 말한 묘제는 즉 시제이다. 묘제는 시제보다 더 중한 것이었는데 지금 사람들은 그 중한 것을 알지 못하고 전연히 지내지 않는 사람이 있고 삼절에 묘제까지 폐하니 더욱 미안한 것이다. 이것은 또한 불가불 아라야 할 것이다. 세속에 다만 묘제만 행하고 시제를 행하지 않는 이는 묘제를 사당으로 옮겨 행하고 묘에서는 한번만 지내는 것이 옳을 것이다.

四禮 卷8 祭 37쪽

<<原文>> **墓祭**

三月上旬에擇日하고前一日齊戒 如家祭之儀

(按)墓祭난非古也오朱子-隨俗一祭而南軒은猶謂之非禮라하야往復甚勤然後에始從之하니然則墓廟事體之殊別을可知矣라今於廟行四時祭와又於四節日上墓則是墓與廟等也니烏可乎哉아

四節墓祭난國俗에行之己久하야有難頓變故로栗谷要訣에略加節損이나然猶未免過重하야終不若以家禮爲正而三月一祭也라

蓋古所謂祭난卽時祭也니祭莫重於時祭어늘今人이不知其爲重하고或全然不行而又廢三節日墓祭則尤爲未安이니此亦不可不知也라世之只行墓祭,不行時祭者난須移祭墓者하야行之於廟而於墓則一祭之爲宜니라

<<解義>> 墓祭 **찬을 갖춘다.** 사례 권 8 제 38 쪽

묘제의 제물은 시제의 찬품과 같이 준비하고, 다시 생선과 고기 쌀 국수를 더 준비하여 토지 신에게도 제사지낸다.

墓祭 사례 권 8 제 38 쪽 墓祭

<<解義>>**날이 밝을 때 물을 뿌리고 청소한다.**

주인은 심의에 검은 갓을 쓰고 흰옷을 입고 검은 띠를 띠고 집사를 거느리고 묘소에 가서 재배를 하고 묘역 안팎을 두세 번 돌며 살피고, 풀이나 가시는 칼이나 낫으로 베고, 쑥대 같은 것은 호미로 파서 없앤다. 깨끗하게 청소가 끝나면 묘의 왼편에 산신제 지낼 땅을 딲는다.

제구 【집사자】 【칼】 【낫】 【식건】 상석용 【상석】 【심의】 【치관】 【복건】 【대대】 【신】 【현관】 【소복】 【흑대】 【배석】

<<解義>> 墓祭 **자리를 펴고 찬을 진설한다.**

새것의 자리를 묘 앞에 펴고 찬을 진설한다. 석상이 있으면 찬을 그 위에 진설하는데 집에서 제사지내는 의절과 같이하고 향로와 향합은 자리 앞에 둔다. 만일 향안석이 있으면 그 위에 둔다.

집제사의 의식은 먼저 소과를 진설하고. 강신 후에 또 찬을 내오는데 묘제는 진찬의식이 없이 한 번에 같이 진설하는 것이다. 들에서 제사지내는 예는 생약하는 것이기 때문에 집제사의 두절차를 진찬 하나로 포함하는 것이다. **제구** 【축】 【새자리】 별도로 한자리를 하여 진찬용 큰상을 대신한다. 【향로】 【향합】 【축판】 【찬】 위에 시제의 조목과 같되 다만 한 분만 차리고, 합장때는 2분을 차린다. 적도 세 번잔을 들일 때 각각 올리지 않는다. 【술병】 【주전자】 【잔반】 둘 하나는 강신술잔, 합폄위이면 하나를 더 갖춘다. 【수저접시】 합폄시는 시저도 하나 더 갖춘다 【퇴주그릇】 【씻을물통】 【식건】 【탕병】 숙수용. 따로자리와 화로를 두어서 묘 앞에 서쪽에 진설한다. 【세수대】 둘 【세수수건】 둘인데 주인용 하나와 축자와 집사용 하나씩 손씻는 용이며 묘 앞에 동쪽에 둔다.

<<原文>> 具饌

墓上每分을如時祭之品하고更設魚肉米麪食하야以祭后土니라

<<原文>> 厥明灑掃

主人深衣에(栗谷)曰玄冠素服黑帶帥執事者,詣墓所再拜하고奉行塋域,內外環繞에哀省三周하고其有草棘이어든卽用刀斧鋤斬芟夷하고灑掃訖에又除地於墓左하야以祭后土니라

[諸具]{灑掃}[執事者][刀][斧][拭巾]有石牀則用以洗淨者[深衣]緇冠幅巾大帶條履具或[玄冠] [素服] [黑帶] [拜席]

<<原文>> 布席陳饌

用新潔席,陳於墓前하고設饌을有石牀則陳饌於其上如家祭之儀라置香爐盒於席前하되若設香案石則置於其上

(按)家祭儀에先設蔬果,降神後에又進饌而墓祭엔無進饌一節하니當於此時同設이라蓋原野之禮差略故로家祭兩節을並包於陳饌二字矣라

[諸具]{陳饌}[祝][新潔席]又別用一席하야以代陳饌大牀[香爐] [香盒] [祝板] [饌]同上時祭條하되但具一分하고合葬則具二分이오

炙則三獻에不各具

[酒瓶][酒注][盞盤]二一用酹酒者合窆位則加具一[匕筯楪]合窆位則匕筯加具一[徹酒器][潔滌盆][拭巾][湯瓶]用以盛熟水者並設別席與火爐하야陳於墓前之西[盥

盆]二,[帨巾]二,並主人及祝及執事者所盥洗니設於墓前之東이라

☞編譯者 善光 註: 墓祭에 紙榜을 設位해야 한다.
(沙溪)曰設位而無主則 先降,後參이오 墓祭도亦然. =墓祭參神=

<<解義>> 墓祭 참신과 강신 四禮 卷8 祭 39쪽
사계의 말씀에 신주가 없어서 (紙榜)신위를 설위 할 때는 강신을 먼저하고 참신을 하는 것이요, 묘제도 또한 그렇거늘 가례에 참신을 먼저하고 강신을 후에 하니 그 뜻을 알지 못할 일이다. 격몽요결에 묘제에는 강신을 먼저 하는 것이 옳을 것이다. 라고 하였다.

<<原文>> 參神,降神
(沙溪)曰設位而無主則先降,後參이오墓祭도亦然이어늘家禮엔先參後降하니未知其意라要訣에墓祭先降이恐爲得也니라

<<解義>>초헌처음 잔을 들이는 것. 四禮 卷8 祭 39쪽 墓祭
집에서 제사지내는 의식과 같이한다.
율곡 왈 초헌에 삽시정저 한다.

<<原文>> 初獻
如家祭之儀
(栗谷)曰扱匕正筯

<<解義>> 墓祭초헌; 以下 사례 권8 제 14쪽 사시제 초헌 추가
주인이 올라가서 고조의 신위 앞에 나간다. 집사 한사람이 술 주전자를 가지고 오른편에 서고
주인이 고조고위의 잔반을 받들고 향안 상 앞에서 동향하여 서면 집사가 서향하여 술을 잔에 따른다.
주인은 받들어서 제 자리에 오린다. 다음에는 고조비의 잔반을 받들어서 그와 같이하면 집사자는 주전자를 제자리에 둔다. 주인은 신위 앞에 북향하여 서면

집사자 두 사람이 고조고비의 잔반을 받들고 주인의 좌우로 선다. 주인이 굻어 앉으면 집사도 또한 꿇어앉는다.

주인이 고조고의 잔반을 받되 왼손으로 반을 잡고 오른손으로 잔을 잡아서 모사위에 조금씩 세 번 따르고 잔반을 집사자에게 주면 집사자는 제자리에 올리고 고조비의 잔반도 받아서 또한 같이하고 구부렸다가 일어나서 조금 물러나서 선다.
집사자가 간을 화로에 구어서 접시에 담고 형제들 중에 장

이하 사례 권8 제 14쪽 사시제 추가 = 善光 =
<<原文>> 初獻
主人이升詣高祖位前하면執事者一人이執酒注,立于其右하고(冬月엔卽先煖之라)
主人이奉高祖考, 盞盤,位前東向立하고執事自-西向,斟酒于盞하면主人이奉之하야奠于故處하고次奉高祖妣,盞盤,亦如之하고執事者反注故處 位前北向立하고
執事者二人이奉高祖考妣盞盤하고立于主人之左右하면主人이跪하고執事者-亦跪하고
主人이受高祖考盞盤하야左手執盤右手取盞하야祭三祭0(要訣)少傾之茅上하고以盞盤으로授執事者하야反之故處하고受高祖妣盞盤,亦如之하고俛伏興小退立하면執事者-炙肝于爐하

자 한사람이 받들어서 고조고비 앞 시저의 남쪽에 올리고 모든 뚜껑을 열어서 그 남쪽에 두고 제자리로 돌아온다.	야以楪盛之하고兄弟之長一人이奉之하야奠于高祖考妣前,匕筯之南하고(備要)(啓飯蓋,置其南)降復位
축이축판을 받들고 주인 왼편에서 동향하여 꿇어앉으면 주인 이하 다 꿇어앉으면 축문을 다 읽는다. 축자가 축판은 향탁위에 두고 이러나서 제자리로 돌아간다. 주인은 재배하고 물러난다.	祝이取板立於主人之左하야東向跪(儀節)(主人以下,皆跪)讀云云畢, 置板於卓上興하며降復位主人이再拜退하야
모든 신위에도 술을 올리고 축 읽기를 처음과 같이하고 축 읽기를 마치면 형제 중에 남자가 아헌이나 종헌을 들인다. 본위에 부치한 신위에는 子弟를 시켜 잔을 들이되 잔을 기우리지 않고 축을 읽지 않고 절도 하지 않으며 잔 올리는 의식이 마치면 다 제자리로 돌아간다. 집사자가 퇴주 그릇에는 술을 거두고 肝炙은 걷어서 동쪽의 대상에 놓는다. 잔반을 제자리에 두고 제자리로 돌아온다.	詣諸位獻祝如初하고每位讀祝畢에兄弟衆男之,不爲亞終獻者,以次,分詣本位,所祔之位하야酌獻不祭酒如儀하되但不讀祝하고(開元禮)不拜獻畢에皆降復位하면執事者－以佗器로徹酒及肝하고置盞故處니라降復位
축문식 묘제 축문 유 년호기년 세차간지 기월간지삭 기일간지 모친모관 모 감소고우 현모친모관부군 【혹은 모봉모씨이라하고 합폄위이면 같이 쓰고 처에는 망실이라 하고 비유에는 현짜를 고치여 망짜로 하고 부군는 버린다】 지묘, 기서유력, 우로기유, 첨소 봉영, 불승감모 【고비에는 불승감모를 고치여 호천망극이라 하고 방친에는 불승감창이라 하고 처와 제 이하에는 감창을 고쳐서 해당되는말로 한다.】 근이 청작서수, 지천 【방친에는 천자이라 하고 처이나 제 이하에는 진차이라 한다.】 세사, 상 향 **< 한글 축문 >** 아무 날 몇 대손 아무 벼슬한 아무는 감히 밝게 아무붙이 아무 벼슬한 어른의 묘소에 고하나이다. 계절이 흐르고 순서가 바뀌어서 비와 이슬이 이미 젓었음에 봉분을 청소하며 감동하여 감격과 사모함을 이기지 못하여 삼가 맑은술과 여러 가지 음식으로 계절의 세사를 공손히 드리오니 흠향하시옵소서.	[祝文式] 維 年號幾年,歲次干支,幾月干支朔,幾日干支,某親 某 官 某 , 敢 昭 告于告妻及弟以下난見上忌祭祝式 顯某親某官府君或某封某氏오合窆位則列書하고妻엔云亡室이오卑幼엔改顯爲亡하고去府君二字 之墓,氣序流易,雨露既濡,瞻掃封塋,不勝感慕,考妣엔改不勝感慕,爲昊天罔極이오旁親엔爲不勝感愴이오妻弟以下엔當改感愴以他語謹以妻弟以下改措語난見上忌祭祝式淸酌庶羞,祗薦旁親엔云薦此오妻弟以下엔云陳此歲事 尙 饗
주자대전에는 아들의 묘제 문 글에는 계절이 흐르고 순서	(按)大全,祭子墓文에는

가 바뀌어 비와 이슬이 이미 젖었도다. 너의 음성과 용모를 생각해보니 영원히 황천과 구천 길이 막혔구나. 한 잔의 강신하는 술도 병이 들어서 친히 못하도다. 네가 생각하여 나의 뜻을 알 것이다. 만약 몸소 절을 드리면 맑은 술과 여러 가지 음식으로 이 전을 들인다. ☞ 編譯者善光 註; 墓祭 儀式 5代祖 이상의 遞遷된 조상님께 10월중에 墓에서 1-2품 이상 벼슬한 神位는初旬,(1일-10일)에,3품 이하-6품은中旬(11일-20일),7품 이하 官吏祖上은 下旬(21일-30일)에 四時祭와 같은 의식으로 1년에 한번 지내는 것을 墓祭 즉享祀라한다.=善光=	氣序流易,雨露旣유,念爾音容,永隔泉壤,一觴之酹, 病不能親,諒爾有知,向識子意라하고於告卑幼則之墓之下에遵用此文하고 若躬奠則改一觴之酹,病不能親하야爲淸酌庶羞,伸此奠儀가似可라
<<解義>> 墓祭 **아헌과 종헌** .사례 권 8 제 40 쪽 子弟나 친한 벗이 올리고, 율곡 왈 종헌을 한 후에 숭늉을 올린다.	<<原文>> 亞獻終獻 以子弟親朋으로薦之 (栗谷)曰終獻後進熟水
<<解義>> 墓祭 **사신례 後 바로 철상한다.** 송강 왈 삼년내의 묘제는 한잔만 들이는 것이 옳은 것이다. 3년 상 안에 궤연을 바꿀 때의 禮文이 있으니 신주가 아직 합설되기도 전에 묘에서 합설 제사는 심히 미안한일이다. 합장의 묘소에는 각각행하고	<<原文>> 辭神,乃徹 (松江)曰三年內墓祀난叔獻及礪城이皆以單獻爲是라墓祝指新喪 (按)三年內,異几난明有禮文하야神主未合位之前에墓所並祭난甚未安이라
두 분이 합장한 묘는 같이 죽었으면 중한 아버지를 먼저 모시고 뒤에 경한 어머니를 모시는 것이니 각기 자기의복을 입고 울면서 행사한다. 만일 아버지가 먼저 작고하고 어머니의 상이 삼년 안에 있으면 평량자와 직령을 입고 들어가서 곡 없이 먼저 아버지에게 제사를 드리고, 어머니 상복으로 갈아입고 곡을 하면서 어머니의 제사를 지낸다. 만일 어머니가 먼저 작고하시고 아버지의 상이 삼년 안이면 아버지의 제사를 마치고, 지팡이를 버리고 머리에 수질을 벗고 곡을 하지 않으면서 어머니의 제사를 행하는 것이 마땅하다 친족으로 봉제사 代가 다한 조상의 묘제는 위에 체천하는 조목에 보고, 韓魏公의 예에 따라 10월1일에 묘제를 지내는 것이 옳을 듯하다.	凡合葬之墓난須各行而並有喪則先重後輕이니而各服其服하야哭而行事오 若父先亡,母喪三年內則以平凉子,直領으로不哭而先祭父하고改以衰服으로哭祭母오 若母先亡,父喪三年內則祭父畢에但去杖脫絰하고不哭而行母祀가似爲合宜라0親盡祖墓祭난見上遞遷條니依韓魏公禮하야十月一日祭之-恐得宜라

5대 이상 조상의 묘제 축문식 **유 년호 기년 세차간지 십월삭일간지 기대손모관모, 감소고우 시조고** 【혹은 시조비나 기대조고나 혹은 기대조비나 혹은 선조고나 혹은 선조비이라 한다.】 **모관부군** 【혹은 모봉모씨이라 하고 합폄위이면 같이쓴다.】 **지묘, 금이초목 귀근지시, 추유보본, 예불감망, 첨소봉영, 불승감모, 근이청작, 서수지천, 세사 상 향** 유,단군기원 4343년, 歲次 庚寅, 10월 초하루일진, 10월 21일 癸丑, 14대손 應善, 감소고우. 시조고 무슨 벼슬 부군 의 묘소에 고하나이다. 이제 초목의 氣運이 뿌리로 돌아가는 때에 미루어 근본의 보답을 갚고자 산소를 살피고 쓸면서 감격과 사모함을 이길 수가 없어서 삼가 맑은 술과 여러 가지 음식으로 공손히 세사를 올리오니 흠향 하시옵소서.	[親盡祖墓祭祝文式] (新補) 維 年號幾年,歲次干支,十月朔日干支,幾代孫某官某,敢昭告于 始祖考或先祖考,或幾代祖考,或始祖妣,或先祖妣,或幾代祖妣某官府君或某封某氏,合窆位則列書之墓,今以草木歸根之時,追惟報本,禮不敢忘,瞻掃封塋,不勝感慕,謹以淸酌庶羞,祗薦歲事,尙 饗
<<解義>> 墓祭후 山神祭는 三獻 祭祀이다. 四禮 卷8 祭 41쪽 **묘제를 다 지냈으면 산신제 자리를 편다.** 묘소의 왼쪽에서 자리의 남단에 소반을 깔고 잔반과 시저는 북쪽에 진설하되 나머지는 다 위에와 같다. **제구 후토에 자사 하는 것.** 【찬】 육전이나 어전, 떡, 국수를 각각 큰 소반위에 놓는다. 위의 시제의 산신제 지내는 조목과 같되 촛불은 놓지 않는다.	<<原文> 遂祭后土,布席陳饌 四盤于席南端하고設盞盤匕筯于其北하고餘並同上 [諸具] {祭后土} [饌]肉魚餠麪各一大盤餘並同上時祭祭土神條但不設燭
祭后土 사례 권 8 제 41 쪽 墓祭 <<解義>>강신을 하고 참신을 한 후 삼헌을 하고 사신을 하였다가 철하고 물러가는 것이다. <<解義>>**축문식** 토지지신에 드리는 축문식. 維 **檀君紀元 4343년, 歲次庚寅, 10월丙戌朔, 15일 임오, 幼學 성명 감소고우.** **土地神 모공** 【처이나 제 이하에는 공자는 버린다】 **수세사우** **모친모관부군** 【혹은 모봉모씨이라 하고 비유에는 부군 2자는 버린다.】 **지묘 유시보우 신뢰 신휴 감이주찬 경신전헌 상 향**	<<原文>>降神,參神,三獻,辭神,乃徹而退 [祝文式] 維 年號幾年,歲次干支,幾月干支朔,幾日干支某官姓名敢昭告于 土地之神, 某, 恭 妻弟以下엔去恭字修歲事于某親某官府君 或 某封某氏오卑幼엔去府君二字 之墓,維時保佑,實賴

<묘제후 산신제 축문>

아무 날 아무벼슬한 성명은 감히 밝게 토지지신에 고하나이다. 아무는 아무붙이 아무 벼슬한 어른의 묘소에 세사를 드렸나이다. 계절 따라 보호하여 주셔서 신의 덕택을 입사옵고 감히 술과 찬으로 공손히 드리오니 흠향 하소서.

神休,敢以酒饌,敬伸奠
獻, 尙
饗

소분고사

<벼슬을 받고 고을사리를 떠날 때 산소에 가서 고하는 축> 유 년호 기년 세차 운운, 모, 이 모월모일, 몽은, 수모주모관, 금장부임, 배소선영, 불승감모, 근이 주과, 용신건고, 근고아무는 모월모일에 聖恩을 입어서 아무고을에 아무벼슬을 받았습니다. 이제 장차 赴任하게 되어 선영에 절하고 성묘하오니 사모하는 감격을 이기지 못하여 삼가 주과로 정성을 펴서 고하나이다.

[掃墳告辭] {新增}
維歲次云云某,以某月某日,蒙恩,授某州某官,
今將赴任,拜掃先塋,
不勝感慕,謹以 酒果,
用伸 虔告謹告

☞編譯者 善光 註: 執禮의 位置

執禮位二. 一於堂上前楹外, 一於堂下俱近東 西向.
집례 위치는 조금 동쪽에서 西向한다.

考證; 國朝五禮儀 卷지1 吉禮 25쪽 四時급 臘享宗廟儀

☞編譯者 善光 註: 夏.殷.周 三代文化의 차이점을 考察

	夏나라	殷(商)나라	周 나라
神主	松(소나무)	栢 (잣나무)	栗 (밤나무)
제례시간	闇(어두울때)	陽 (낮)	日中 (저녁때)
제례때牲	心(염통)	肝	肺
大事시간	昏	日中	日出
尙(즐기는것)	黑色	白色	赤色
正月	寅月(1월)	丑月(12월)	子月(11월)
朔望	平旦(아침)	鷄鳴(닭울때)	夜半(밤중)
根據	末(결과)	本(근본)	本(근본)

考證; 沙溪全書 卷30 家禮輯覽 24쪽 質明奉主就位 &28쪽 首心肝肺.

時祭卜日之圖

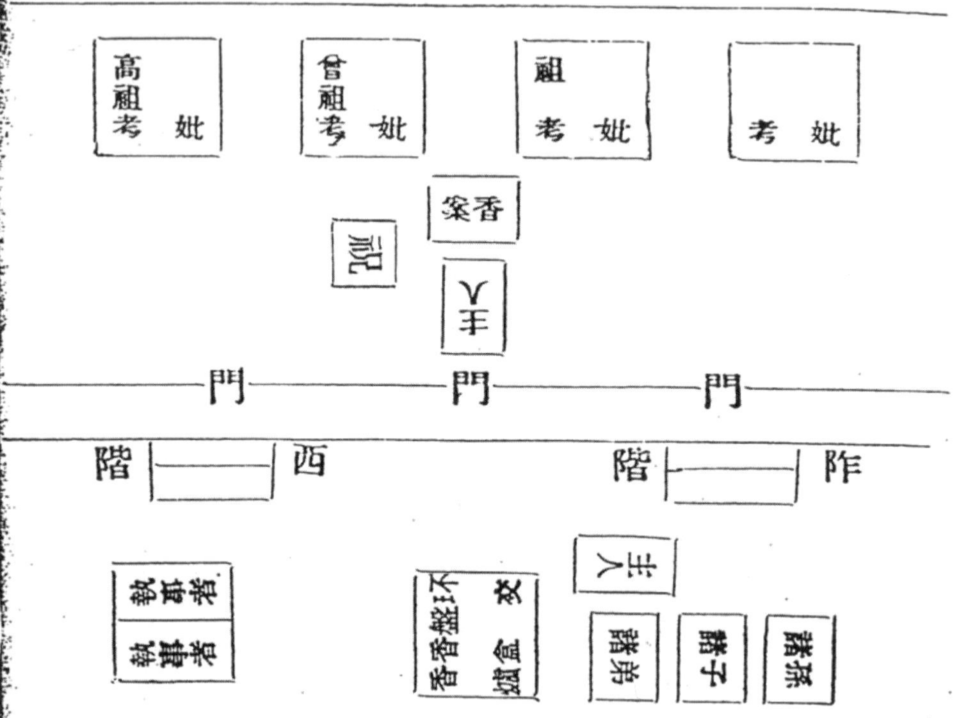

考 妣	祖考 妣	曾祖考 妣	高祖考 妣

香案

祝

主人

門　門　門

阼階　　西階

主人

諸孫　諸子　諸弟

執事者　執事者

時祭進饌之圖

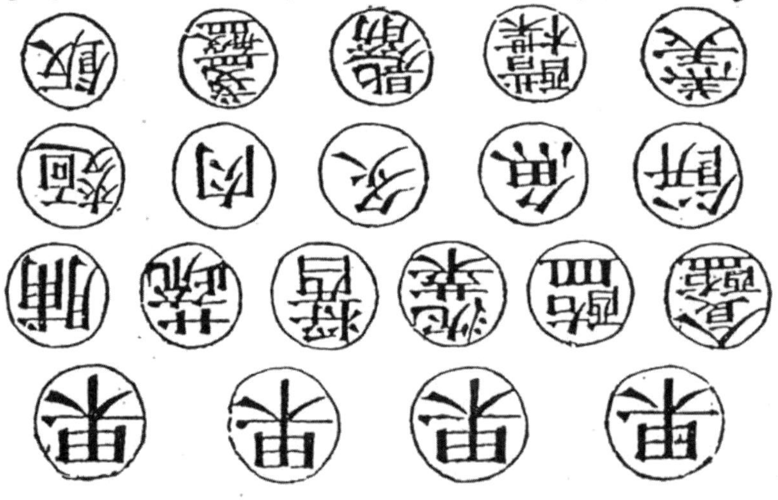

正寢時祭之圖

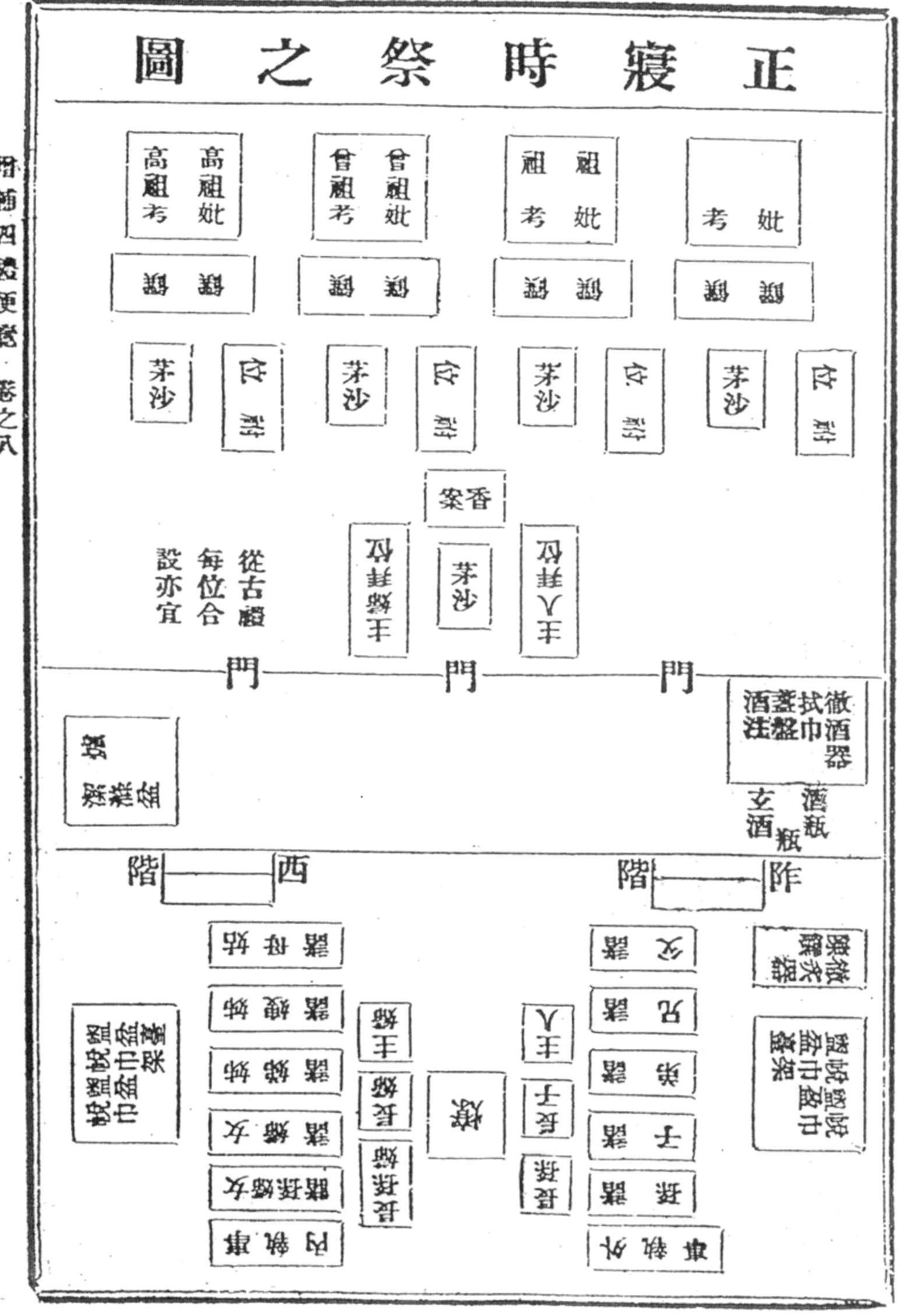
高祖妣 高祖考
曾祖妣 曾祖考
祖妣 祖考
妣 考
茅沙
祔位
香案
主人拜位
主婦拜位
從古禮每位合設亦宜
門
門
門
酒瓶
玄酒瓶
西階
阼階
諸父
諸兄
諸弟
諸子
諸孫
外執事
內執事
主人
主婦
祝

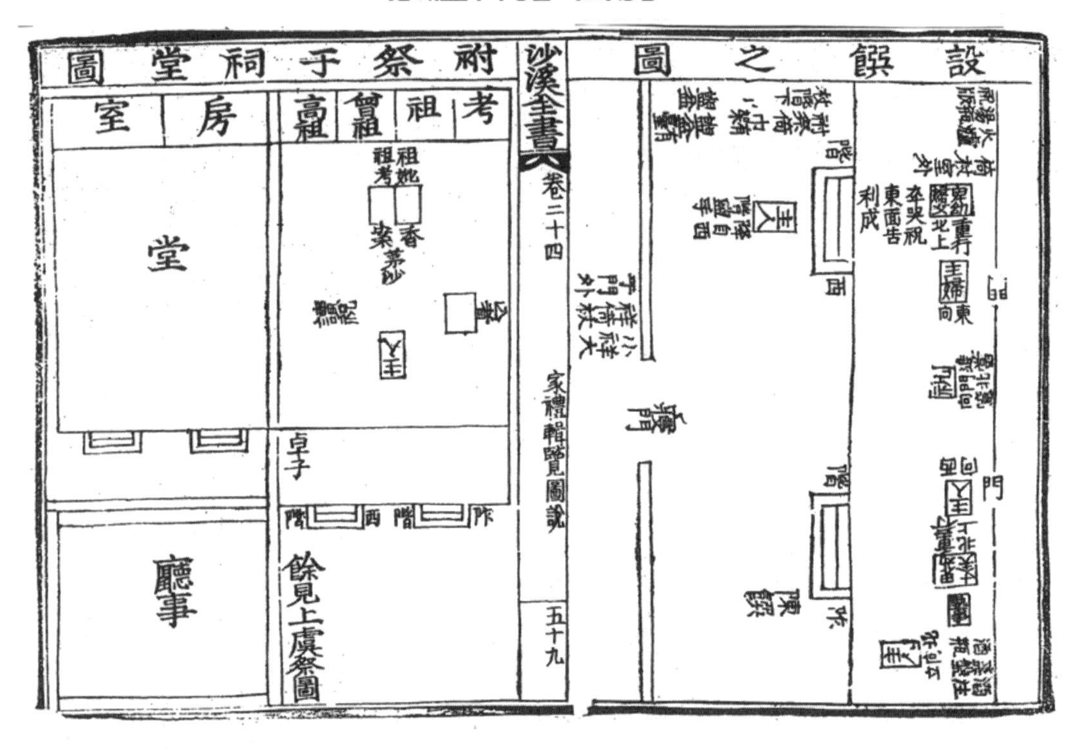

設饌之圖
祔祭于祠堂圖
沙溪全書
卷二十四
家禮輯覽圖說
五十九
考
祖
曾祖
高祖
房
室
堂
廳事
卓子
阼
西
階
餘見上虞祭圖
主人
中門
陳饌
門

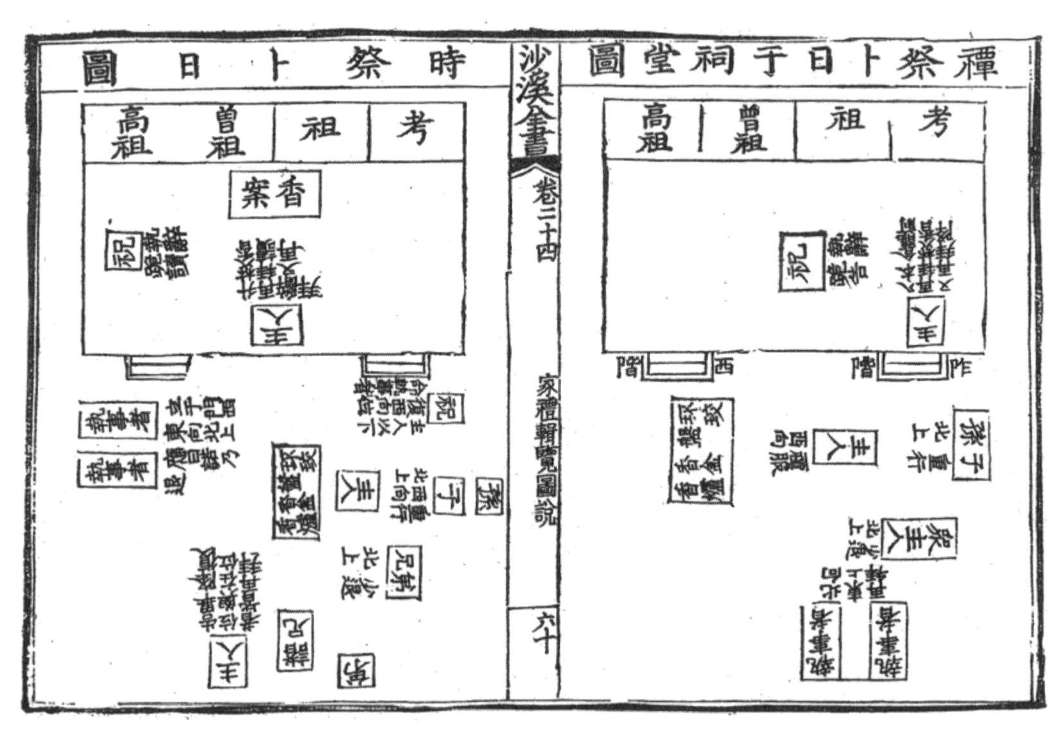

禫祭卜日于祠堂圖
時祭卜日圖
沙溪全書
卷二十四
家禮輯覽圖說
六十
考
祖
曾祖
高祖
香案
祝
主人
衆主人
子孫
執事
兄
弟
阼
西
階

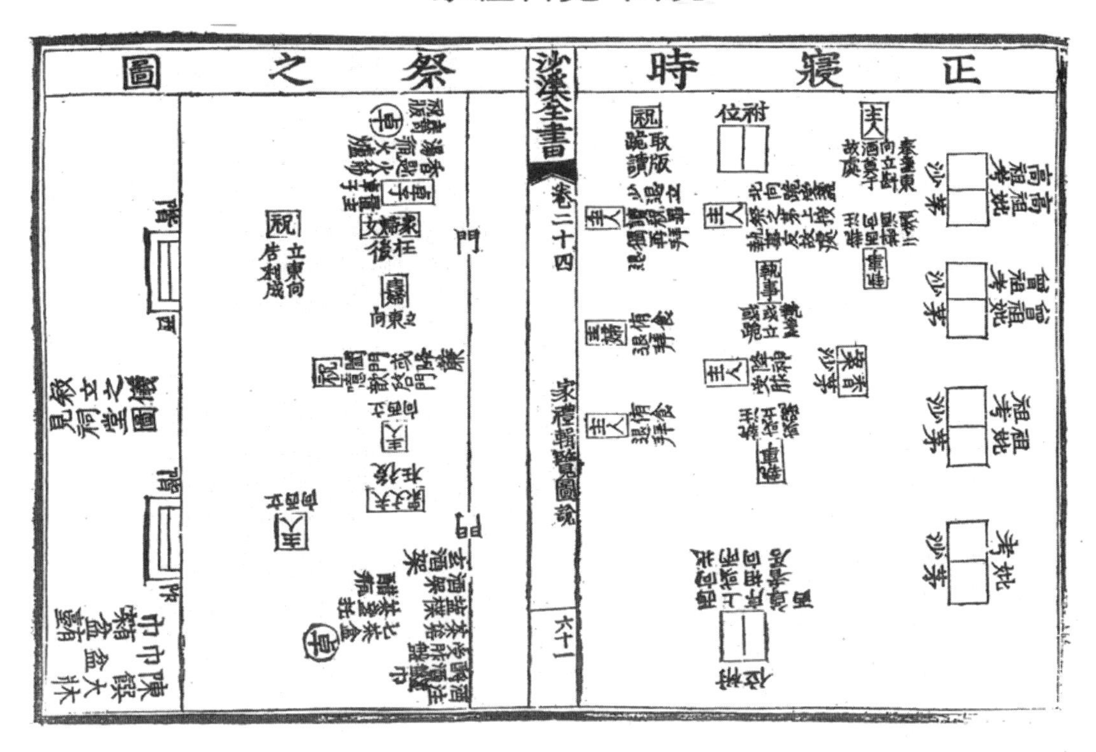
正寢時祭之圖
沙溪全書
卷二十四
家禮輯覽圖說
六十一

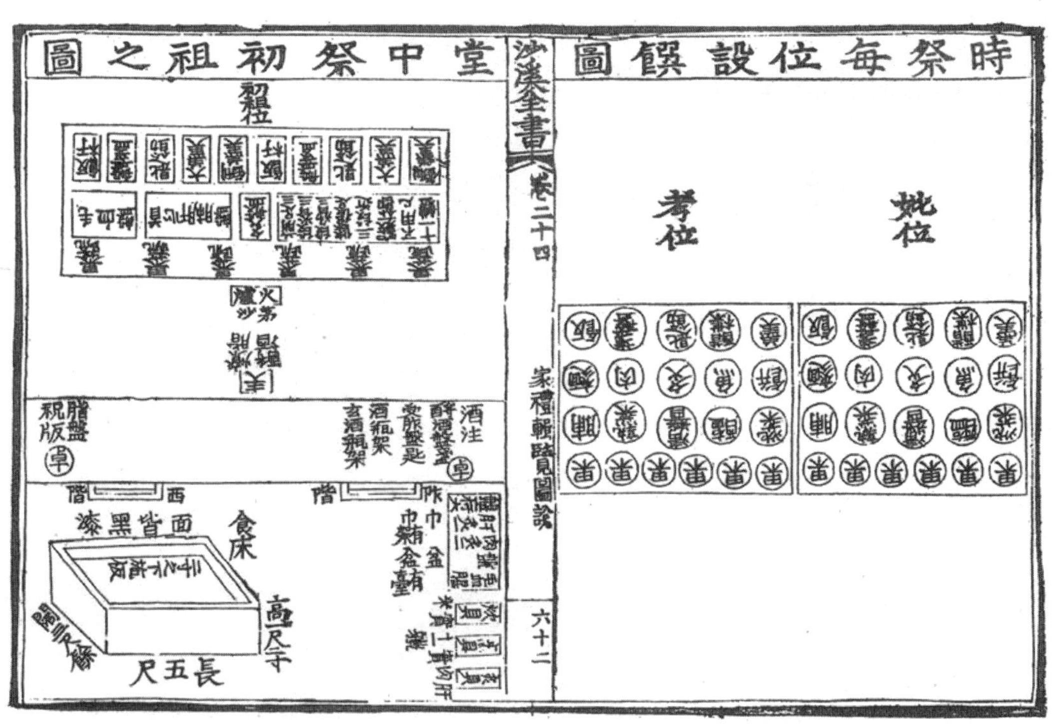
時祭每位設饌圖
堂中初祖祭之圖
沙溪全書
卷二十四
家禮輯覽圖說
六十二
考位
妣位

時祭卜日于祠堂之圖

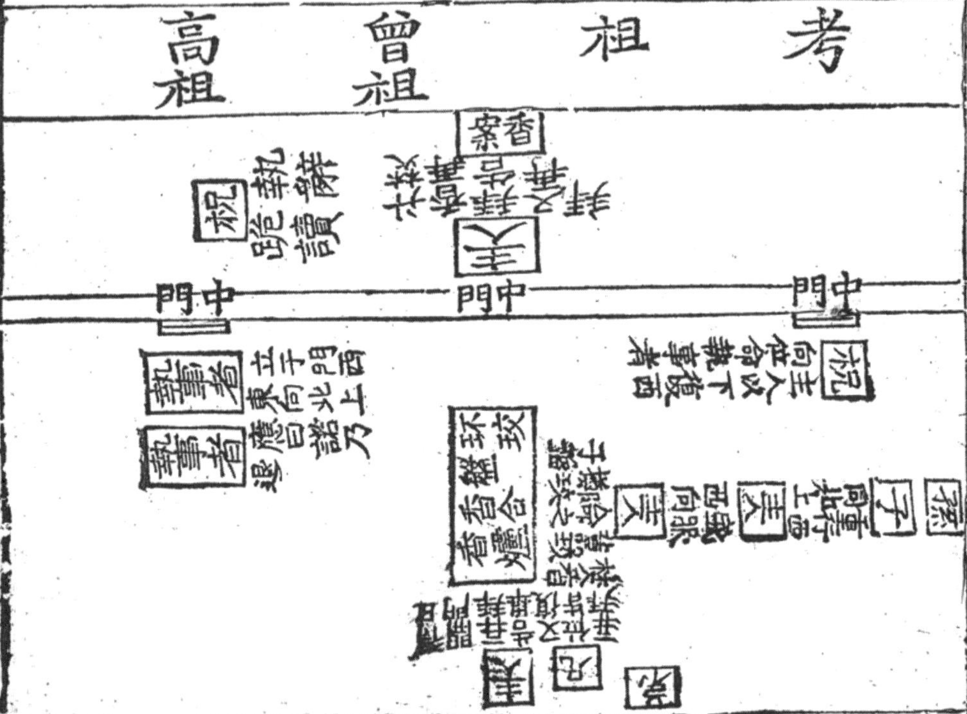

考　祖　曾祖　高祖

香案

主人 焚香告辭 再拜

祝 執辭跪讀

中門　中門　中門

祝 主人以下復西向位命執事者

子 ［illegible］　主人 西向　主人 ［illegible］

[illegible]

執事者 執事者 立于門西東向北上 乃應曰諾退

兄　弟

時祭每位設饌之圖

妣位

羹　醋楪　匙箸　盞盤　飯

米食　魚　炙　肉　麪食

沈菜　鮓　醬　醢　熟菜　脯

果　果　果　果　果　果

考位

羹　醋楪　匙箸　盞盤　飯

米食　魚　炙　肉　麪食

沈菜　鮓　醬　醢　熟菜　脯

果　果　果　果　果　果

按圖從備要而但以鮓醋菜加設以應蔬菜脯醢各三品之文以醋醬當醋楪皆從三禮儀及尤菴之論

國朝五禮儀 圖說

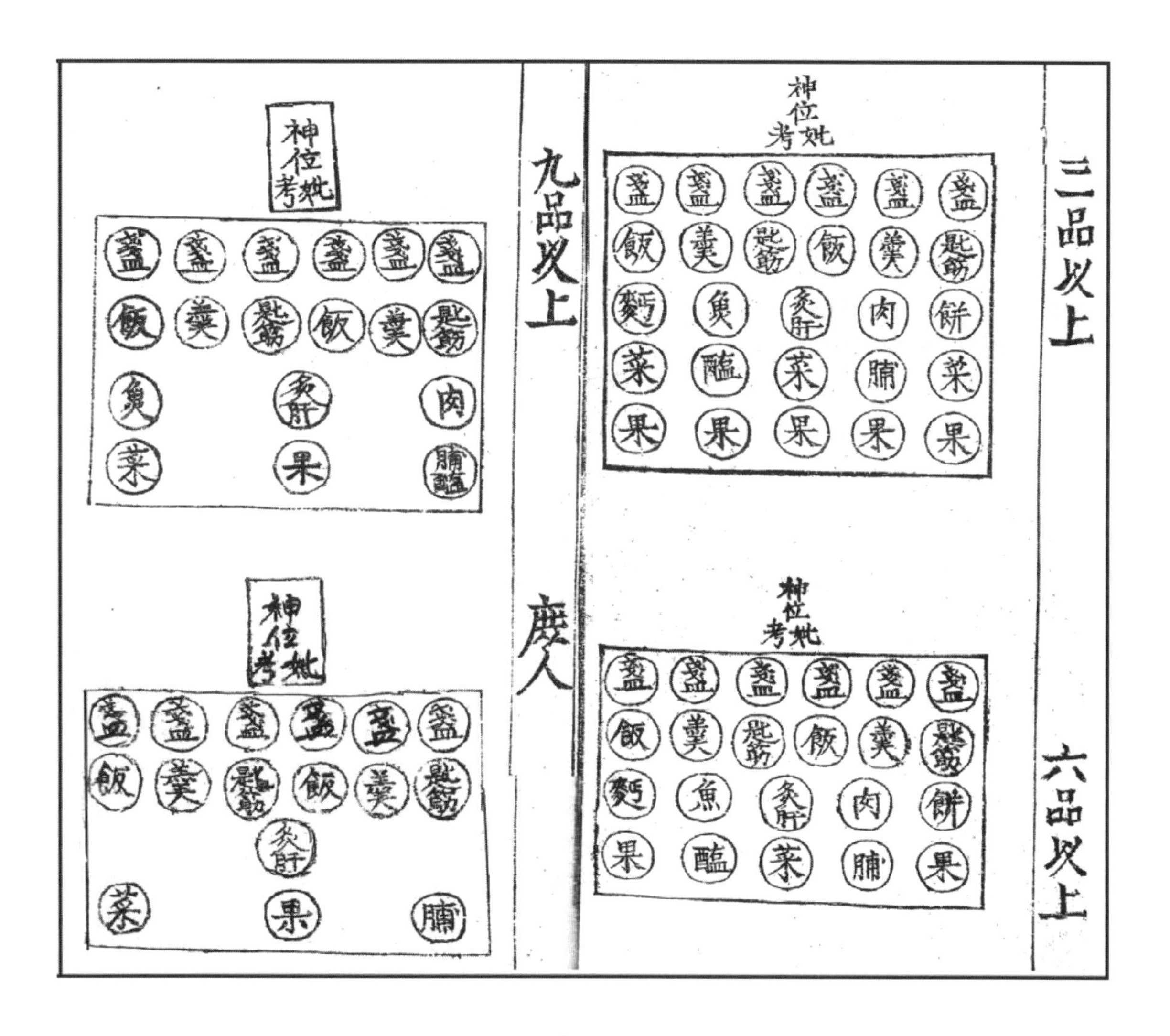
三品以上
神位 考妣
盞 盞 盞 盞 盞 盞
飯 羹 匙筯 飯 羹 匙筯
麪 魚 炙肝 肉 餠
菜 醢 菜 脯 菜
果 果 果 果 果
六品以上
神位 考妣
盞 盞 盞 盞 盞 盞
飯 羹 匙筯 飯 羹 匙筯
麪 魚 炙肝 肉 餠
果 醢 菜 脯 果
九品以上
神位 考妣
盞 盞 盞 盞 盞 盞
飯 羹 匙筯 飯 羹 匙筯
魚 炙肝 肉
菜 果 脯醢
庶人
神位 考妣
盞 盞 盞 盞 盞 盞
飯 羹 匙筯 飯 羹 匙筯
炙肝
菜 果 脯

補遺 通禮

補遺　　通禮　증보 사례편람 312 P

[士冠禮](儀禮記)冠義曰嫡子-冠於阼난以著代也오醮於客位난加有成也오三加彌尊은諭其志也오冠而字之난敬其名也라無大夫冠禮而有其昏禮하니古者에五十而后에爵하니何大夫冠禮之有며公侯之有冠禮也난夏之末造也오天子之元子난猶士也니天下無生而貴者也라

士冠禮

관의에 말하였으되 적자가 동쪽 뜰에서 관례를 하는 것은 대를 나타내는 것이요, 객의 자리에서 초례를 하는 것은 성인이 되였다는 것을 표시하는 것이요, 세 번 싸울 적에 더욱 높이는 것은 뜻을 알게 하는 것이요, 관례를 하고 자를 부르는 것은 그의 이름을 존경하는 것이다.

[昏禮](儀禮註)曰士-娶妻之禮가以昏爲期키로因而名焉이오必以昏者난陽往而　陰來하고日入三商爲昏이라.

혼례 선비에 장가가는 예가 혼으로써 시기를 삼은 고로 이름 한 것으로 반드시 혼으로써 하는 것은 양이 가서 음을 오게 하는 뜻이다.

[六禮]{納采},　(問名),(納吉),(納徵),(請期),(親迎)也니(儀禮疏)曰五禮엔用鴈하고唯(納徵)에不用鴈은以其自有幣帛可執故也오且三體엔不云納하니言納者난恐女氏不受니

육례 납채, 문명, 납길, 납징, 청기, 친영이며, 세 가지에는 드린다고 말하지 아니하였고 또 세 가지에는 드린다고 말하였으니 즉 납 채에 드린다고 말한 것은 처음으로 예물을 드릴 적에 여자 측에서 허락을 아니할까봐 두려워하는 것이요, 또 납길에 드린다고 말한 것은 남자 측에서 혼일 날을 받아서 여자 측에 알리면 여자 측에서 받지 아니할까 두려워서하는 것이요, 납징에 드린다고 말하는 것은 남자 측에서 폐백을 드리면 혼례는 임이 이룬 것이나 여자 측에서 받지 아니할까 다시 두려워서 하는 것이며 또는 문명에 드린다고 말을 하지 않는 것은 여자 측에서 임이 허락을 했기 때문이요 또 청기와 친영에 드린다고 말을 아니 한 것은 폐백을 드렸으면 혼례를 이미 이룬 것이니 여자 측에서 능히 변동할 수가 없기 때문이다.

(納采)에言納者는以其始相采擇에恐女家不許오.

@編譯者 善光 註=신부 집에서 받아드리지 않을까 두려워서 納자를 쓴다.

=가례집람 남채=

(問名)에不言納者난女氏己許오(納吉)에言納者난男家卜吉에往與女氏면復恐女家翻悔不受오(納徵)에言納者난納幣帛則婚禮成이나復恐女家不受오(請期),(親迎),不言納者난納幣則婚禮已成이니女家-不得移改也니라.

[所齊五服] 증보 사례편람 312 P

(喪服疏)曰斬엔三升布로以爲衰니不言裁割,而言斬者난取痛甚之義라.

(喪服傳)曰齊者난何오緝也라0(禮記疏)曰衰, 是當心에廣四寸者니取其哀摧在於遍體故로衣亦名爲衰라 (南溪)曰凡服은衣重, 裳輕이니而縫向外者난示變於吉也라

一曰(斬衰) 三年이니象閏加隆也오.

二曰<齊衰>三年이니(喪服註)曰尊得伸이라하고(疏)曰得伸三年, 猶未伸斬이라하고(傳)曰禽獸난知母而不知父라하고野人曰父母를何算焉고都邑之士則知尊禰矣오.

3년 상; 3년을 지나면 윤년이 오는 것을 상징함이다.

<杖朞>난喪服疏曰母之與父가恩愛本同이로대爲父所厭屈而至朞猶伸禫杖하고妻雖義合이나爲夫斬衰하고爲妻에報以禫杖하고不杖朞난輕於禫杖이오.

<朞服>은象一歲是也오.

1년 상: 1년 12달의 의미이다.

<五月><三月>은 (喪服註)曰高祖난宜緦麻오曾祖난宜小功이니重其衰麻尊尊也오感其日月은恩殺也라.

三曰 <大功>九月이니 象物之三時而成이是也오.

9개월 상 : 1년즉 4季節은 12개월인데 3개절만 계산하여 9개월이다.

四曰<小功>五月이니象五行이是也오.

5개월 상: 음양 5행 木, 火, 土, 金, 水의 상징.

五曰(緦麻)三月이象一時-是也라.

3개월 상; 1년 四계절중 한 계절 즉 3개월만 상징함.

(喪服疏)曰爲父哀極에直見深痛이니 <斬>은不沒功之麤오至於義服斬衰之等은乃見麤稱이오至於<大功><小功>하야난更見人功之顯이오.

<緦麻>난極輕이오又表細密之事니皆爲哀有深淺이니라.

소재오복

상복 소에 참최 복은 3승 포(1승=80올 X 3승= 240올) **꿰매지 않고 옷을 만든다. 칼로 베는 것 같은 아픔의 뜻.**
상복 전에 자최복은 꿰맨 것이다.
남계 왈 모든 옷은 상의가 중하고 하의는 경한 것이며 꿰맨 곳이 밖으로 나온 것은 길복과는 다른 뜻을 표시한 것이다.

또는 어머니와 아버지가 본래 은혜는 같되 아버지가 계셔서 감하게 될 때에는 기년이되 오히려 펴서 담제까지 막대를 집고 아내는 비록 의로 합한 것이나 남편을 위하여서는 참최를 입도 아내를 위하여서도 담제까지 막대를 집는 것이다.

@ 編譯者 善光 註 (1승=80올 X 3승= 240올)
3年喪 = 閏年은 3년이 지나야 다시 돌아오기 때문이다.
1년 상은=1년12달을 의미하고 9개월 상=3계절의 뜻이고 5개월은 오행. 3개월 상은 한 계절의 뜻.

[服術有六] 증보 사례편람 313 P
(出寒岡圖式)0<親親>은父母爲首오次以妻子오伯叔이副니라0
<尊尊>은君爲首니次以公卿大夫니라 <名>은伯叔母,及子婦,幷弟婦,兄嫂之屬이니라0 (出入)은女子在室爲入이오適人爲出이니及出繼爲人後者니라0
<長幼>난長謂成人이오幼謂諸殤이라0<從服>이有六이니(屬從)은骨肉連屬以爲親이니子從母而服母黨하고妻從夫而服夫黨하고夫從妻而服妻黨이니所從이雖沒이라도也服이니라0(徒從)은徒난空也니非親屬而空從之服이니臣從而服君之黨하고妻從夫而服夫之君하고妾服女君之黨하고庶子-服君母之父母하고子服母之君母하되四徒之中에惟女君雖沒이라도妾猶服女君之黨하고餘徒난所從이亡則已니라0 ,<有從有服而無服>하니公子之妻가爲父母期而公子-被壓不從妻服하면父母及叔嫂은無服이是也오0 <有從無服而有服>하니公子-爲君所壓하야不服已母之外家, 而公子之妻則服之하고妻爲夫之昆弟無服, 而服姉妹오 0<有從重而輕>하니妻爲父母期난重也오夫從妻而服之三月則爲輕이오母爲其兄弟之子, 大功은重也오子從母而服之三月則爲輕이오0 <有從輕而重>하니公子-爲君所壓하야自爲其母練冠은輕矣오 公子之妻-爲之服期난重也니라.
종복경중
살피여 보매 좇는 복은 아들이 어머니를 좇아서 어머니에 당을 입고 아내가

남편을 쫒아서 남편에 당을 입고 남편이 아내를 쫒아서 아내의 당을 입는 것이니 쫒는 이는 비록 죽었으나 복은 입는다.
쫒아서 입는 복에 중하고 경한 것이 있으니 아내가 남편에 부모를 위하여 기년을 입는 것은 중한 것이요 남편이 아내의 부모를 입는 것이 석 달이면 경한 것이요. 어머니가 친정 조카의 복에 대공은 중한 것이요 아들이 외사촌에 복이 석 달은 경한 것이다.

[成服之變] 중보 사례편람 313 P

(偕喪成服先後라(問)內喪未成服而外喪出이면入棺則先內喪하고成服則先外喪이如何오(陶庵)曰似如來示라 0(成服有故追行)(旅軒)曰喪初不成服은已爲失禮니今旣避在別所則,尤不可遲延成服이오要就切近不煩處, 成服이可也라0 (所後喪中,遭本生親喪奔哭)(退溪)曰重喪을旣成服이니在途에恐只以重服行,而至彼에行未成之禮-似可라盖重喪에遭輕喪이면當事則服其服하고旣事에反重服云則, 重服이爲常故也라0(聞親喪未奔) (遂庵)曰奉使,死於佗國而其子-不得越境奔喪則,似在見柩之後에爲成服而若返櫬無期하고遲速難知則,如丘禮所謂未奔喪之人이爲先成服은勢不得不然이라0(尤庵)曰婦人이在家設位하고朝夕哭하다가待男子,侍柩至然後에始去니라.

<<解義>> **성복지변** 補遺 현토사례편람 권 8-313쪽

살피여 보매 내상을 성복은 하지 아니하여서 외상을 또 입게 될 때에는 내상의 입관을 먼저 하며 성복이면 외상을 먼저 하고 내상을 후에 하는 것이다. 성복을 유고하여 못하였으면 임이 실례가 된 것이나 오래 지체할 것이 아니요 요컨대 번거롭지 않는 곳에 가서 성복을 하는 것이 옳은 것이다. 남편이 외지에서 죽었는데 부인이 가지 못하였을 때는 집에서 위를 설하고 조석으로 곡을 하고 있다가 남자의 널을 모시고 올 때를 기다린 연후에 비로소 철거를 한다.

(服人追成服) (沙溪)曰主人이成服已過則小功以下난亦當日後成服이니라0 (親喪年久後,追成服)(退溪)曰朱子- 以爲意亦近厚라하니觀亦近二字에其非得禮之正이明矣라旣失其時而從事吉常,久矣어늘一朝哭擗行喪이已不近情이오其於節文에亦多窒礙,難行處故也라0(尤庵)曰久後追服之說은未有前聞이라如或行之라도或誘於徑情이니徑情二字난聖人도以爲夷虜라하니盖孔夫子, 少孤에未聞追服之禮호라.

[虞祭剛柔] 중보 사례편람 314 P

(初虞)를不出葬日은急於安神이오再虞난柔日이오(三虞)난剛日이니라.
(南溪)曰柔者난陰也니取其靜也오 剛者난陽也니 取其動也오將祔於祖故로取其動義니라.

(尤庵)曰初虞가遇剛日則,三個虞를逐日行之오如遇柔日이면不得不越剛用柔,而當間日行之니라.

우제강유

初虞는 급히 신을 안정시켜야 하고(陽), 재우는 유일(陰) 이요. 3우는 剛 즉 陽日이다. 柔라는 것은 음이니 그 안정한 것을 의미한 것이요, 강이라는 것은 양이니 그 동하는 것을 취하는 것이니 장차 조에게 부 하려는 고로 그 동하는 의를 취하는 것이다. 초우가 강일이면 세 개의 우제를 날마다 행할 것이요, 만일 초우가 유일이면 부득불 강일을 지내고 유일을 쓸 것이니 마땅히 강일을 사이에 하여 행하는 것이다.

[禫吉祭或丁或亥] 증보 사례편람 314 P

(小牢饋食禮)來日丁亥에用薦歲事于皇祖라하고(註)丁에未必亥也오直擧一日以言之耳라(禫于太廟禮) 日用丁亥하되不得丁亥則己亥辛亥도亦用之오無則苟有亥焉도可也라(疏)丁에未必亥오直擧一日以言之耳라(鄭氏) 云必須亥者난按陰陽式法컨대亥爲天倉이라祭祀所以求福이니宜稼于田故로先取亥니라0 (劉氏敞)曰丁巳丁亥-皆取於丁이니以先庚三日,後甲三日故也니라大抵,郊祭엔卜辛하고社祭엔卜甲하고宗廟祭엔卜丁이오無取於亥라 註家-不論十干之丁巳하고專取十二干支之亥하니以爲解,其失經文之意遠矣라.
(朱子)曰先甲三日은是辛이오後甲三日은是丁이오先庚三日도亦是丁이오.
後庚三日은是癸니丁與辛이皆是古人祭祀之日이오但癸日은不見用處라又曰庚之言은更也오辛之言은新也오丁은有丁寧意니라.

담길시제홍정혹해

살피여 보매 종묘 제사에 정일을 쓰는 것이니 정자의 의미는 정녕이라는 의미를 포함한 것이요 해이라는 것은 음양식 법에 보면 해가 천창이라 제사에 복을 구하는 것이니 곡식을 밭에 심은 고로 해를 먼저 취하는 것이다.

[祭儀] 증보 사례편람 314 P

(茅沙)난(會通註)曰截茅一搤하야束以紅絲하고立沙中이라(周禮註)曰必用茅者난謂其體順理直하고柔而潔白하니丞祀之德이當如此也라.
(尤庵)曰紅, 欲其汶이오沙, 欲其淨也라.

<제의>

모사는 회통 주에 말하였으되 띠를 한줌을 끊어서 붉은 실로 묶어서 모래가운데 세운다. 주례 주에 말하였으되 반드시 띠를 쓰는 것은 그의 몸이 순하고 절매가 곧으며 유하고 결백한 것이니 제사 지내는 덕이 이와 같은 것이기 때문이다. 우암의 말씀이 붉은 것은 그 문채를 나게 하고자 하는 것이요 모래는 그 정하게 하고자 하는 것이다.

<設饌>은(牛溪)曰虞난祭禮故로左設이니與上食不同이라(龜峯)曰脯醢난燥左,濕右니라
찬을 진설하는 것은 우계의 말씀이 우제부터는 제례인 고로 설하는 것이니 상식과는 같지 아니하다. 구봉의 말씀은 포해는 마른 것은 좌로 하고 젖은 우로 한다.
(尤庵)曰脯西,醢東(退溪)曰祭饌尙左之說은恐未然이라
盖食以飯爲主故로飯之所在,卽爲所尙이니如平時左飯右羹은是爲尙左오而祭時右飯左羹은是乃尙右니所謂神道난上古者-然也라
우암의 말씀은 포는 서쪽으로 하고 해는 동쪽으로 한다. 퇴계의 말씀은 제찬의 좌로 하기를 숭상한다는 말은 아마 그렇지 아니할 것이다. 대개 음식은 밥으로써 주장을 삼는 고로 밥이 있는 곳이 곧 높은 바가 되는 것이니 평소에 좌반우갱은 이것이 좌를 숭상하는 것이 되고 제사 때에 우반 좌갱은 이것이 우를 숭상하는 것이니 소위 신의 도는 우편을 숭상한다는 것이 그러할 것 같다 하셨다.

(沙溪)曰祭時,揷匙飯中은雖在侑食之時나啓盖則應在初獻之後,未讀祝之前이니라
사계의 말씀은 제사 때에 밥 가운데 삽시하는 것은 비록 유식을 할 때에 있는 것이나 뚜껑을 여는 것은 초헌을 한 후 독축을 하기 전에 있을 것이다.

(退溪)曰揷匙西柄은嘗思得之하니所謂尙左尙右난但以是方爲上이오非謂尙左方則,手必用右하고尙右方則手必用左也라故로雖陳饌은以右爲上而手之用匙난依舊只用右手니라.
퇴계의 말씀은 삽시를 하고 서쪽으로 자루가 가게 하는 것은 일찍이 생각하여 알았으니 말을 하는 바 좌로 숭상하느니 우로 숭상하느니 하는 것이 다만 이 방위로써 높은 데로 삼는 것이요 좌방을 숭상하면 손은 반드시 우를 쓰고 우방을 숭상하면 손은 반드시 좌를 쓰는 것을 말하는 것이 아니다. 그럼으로 비록 찬을 진설하는 것은 우편으로서 높음을 삼되 손이 숟갈을 쓰는 것은 전에 의하여 다만 오른 손을 쓰는 것이다.

(參神)(降神)은(沙溪)曰凡神主不出하고仍在故處則,先降後參하니如朔望參禮之類-是也오設位而無主면亦先降後參이니如祭始祖及紙牓之類-是也오若神主,遷動出外則, 不可虛視라必拜而肅之하니如時祭, 忌祭之類-是也오又曰焚香再拜난求神於陽이오灌酒再拜난求神於陰이라.
강신과 참신을 하는 것은 사계의 말씀이 무릇 신주를 내 오지 아니하고 그대로 그전 곳에 있으면 먼저 강신을 하고 후에 참신을 하는 것이니 삭망에 참례라는 것 같은 것이 이것이요 위만 설하고 신주가 없으면 또한 강신을 먼저하고 참신을 후에 하는 것이니 시조에 제사하는 거와 또는 지방 같은 것이 이것이요 만일 신주를 옮기어 밖에 내오면 가히 허시할 수가 없는 것이다. 반드시 절을 하고 엄숙히 하는 것이니 시제이나 기제 같은 것이 이것이다. 또한 말씀하되 분 행을 하고 재배를 하는 것은 신을 양에서 구하는 것이요. 강신을 하고 재배를 하는 것은 신을 음에서 구하는 것이다.

(進饌)은(明齋)曰虞卒祥禫은皆喪祭故로進饌時에並進炙하고忌祭,時祭난皆吉祭故로初獻後進炙이라.
진찬을 하는 것은 명제의 말씀이 우제 졸곡 소대상 담제에는 다 상의 제사인 고로 찬을 내올 때에 아울러 적을 내오고 기제나 시제에는 다 길제인 고로 초헌 후에 적은 내오는 것이다.

(三獻)은(朱子)曰主人이初獻하고未有主婦則,弟爲亞獻이오弟婦爲終獻이요若主人兄弟가三人以上이면可以三獻而必以弟婦로爲終獻否아 (愼齋)曰婦人이與祭則,嫂尊故로爲終獻이라.
주자의 말씀이 주인이 초헌을 하고 주부가 있지 아니하면 제가 아헌을 하고 제부가 종헌을 하는 것이요. 만일 주인 형제가 삼인 이상이면 가히 삼헌을 하되 반드시 제부로써 종헌을 합니까. 신제의 말씀이 부인이 같이 제사 지내면 수가 높은 고로 종헌을 한다.

(讀祝)은韓魏公祭儀에無祝則, 主人이自讀이니라(沙溪)曰聲以太高도不可오太低도不可오要使在位者로得聞其聲이可也니라.
(尤庵)曰吉祭난尙左오其尙右난喪禮也니라.
독축을 하는 것은 한위공이 제의에는 축이 없으면 주인이 스스로 읽는다.

사계의 말씀이 소리가 너무 높아도 불가하고 너무 낮아도 불가한 것이요 곁에 가리에 있는 자들로 하여금 그 소리를 얻어듣게끔 하는 것이 가한 것이다.
우암의 말씀이 길제는 좌를 높이는 것이요. 그 우를 높이는 것은 상례이다 하셨다.

(侑食)은(問)虞祔練祥에皆無再拜니라(南溪)曰皆兇禮故로不能盡同於時祭니其義,然也니라(問)虞卒祥祔에幷揷匙正筯이直在進饌時난何義오.
(沙溪)曰喪祭난哀遑故로從間省이니라(退溪)난曰正筯于卓上이라하고(明齋)난曰正于楪上이라하고 (南溪)난曰首西尾東이니라.
유식을 하는 것은 묻는 말에 우제나 부제나 소상이나 대상에 다 재배가 없다 하였다. 남계의 말씀은 다 흉례인고로 능히 시제와 같지 아니한 것이니 그의 의미가 그러할 것이다 하였다. 묻는 말에 우제이나 졸곡이나 소대상이나 부제에 다 숟갈을 꽂고 젓갈을 바로 놓는 것이 바로 찬을 내올 때에 있는 것은 무슨 의미입니까 사계의 말씀이 상제에는 애황한 고로 간략한 것을 좇아서 덜은 것이다. 퇴계의 말씀은 저를 바로 놓기를 탁자 위에 한다 하였고 명제의 말씀은 접시 위가 바른 것이다 하였고 남계의 말씀은 머리는 서쪽으로 꼬리는 동쪽으로 한다 하였다.

(闔門은)(一食九飯之頃이라)饋食禮士九飯(註)에三飯,又三飯又三飯이라(退溪)曰一食而九擧匙也라0(啓門)祝이聲噫歆은今祭無尸告也라.
합문을 하는 것은 일식구반지경이라 하였고 귀식례사구반주에는 삼반우삼반우삼반이라 하였다. 계문을 할 때 축이 기침소리를 하는 것은 지금 제사에는 시동이 없는 연고이다.

(利成)은利난養也오 成은畢也니 告其養神禮成而 今俗에避諱하야
改稱禮成이라(예성이라고 하는 자도 있다)
이성이라는 것은 이는 양하는 것이요 성은 필하는 것이니 그 신을 양하는 례를 이루었다는 것을 고하는 것이되 이제 풍속에는 휘를 피해서 고치어 예성이라 칭한다.
(沙溪)曰喪祭엔西向告하고吉祭엔東向告니라 (南溪)曰妻及旁親卑幼엔皆可告利成이니라.

사계의 말씀이 상제에는 서향으로 고하고 길제에는 동향으로 고한다 하였고 남계의 말씀은 처이나 또는 방친이나 비유에는 다 가히 이성이라 고한다 하였다.

(辭神)은斂主先後난見上大祥條,(陶庵)解說中이니라.
사신을 하는 것은 신주를 걷는데 먼저 하고 뒤에 하는 것은 위에 대상의 조목에 보라.

[行祭變禮] 증보 사례편람 315 P
{栗谷}曰(未葬前)엔準禮廢祭하고(卒哭後)則, 節祀及忌祭, 墓祭를使服輕者行薦하고無服輕者면以俗制喪服行祀오.
饌品은減於當時하고只一獻, 不讀祝, 不受胙니라.
(沙溪)曰無侑食, 闔門이니라.
(南溪)曰輕服者-代行則, 降神後, 參神하고初獻時,扱匙正筯,而無再拜라.
(尤庵)曰親忌則參而哭之니라. = =(부모의 親忌는 哭하라)
(同春)曰(主婦-遭私親喪)에無廢祭之文이나但成服前엔恐難參祭니라
(名齋)曰(禫後吉前遇先忌)어든三獻有祝而屬號난已稱於祔廟告辭니雖未改題나祝文은當稱屬號라.
(南溪)曰(本生親喪中에所後家祭)난當如禮오(又)曰解産廢祭난禮無其文이오惟(通解)內則에妻將生子에居側室이라가至于子生하야夫齋則不入 側室之門이라하니是-當祭者-不入産室而已오祭則自如를可知오只一婦有産에他無代行者則其勢-亦只得姑廢오古之臣妾與今奴僕이固無所分이나然今臣妾之喪에無必待三月而葬者하니事過行祭가無疑矣라.
(同春)曰祭時에未出生,問喪則廢之오旣出主則畧行之니라(雜記)曰於死者에無服則祭니(註)謂外戚也라.
(問)國恤中,祭先之禮한대(退溪)則以爲,國君內喪與君喪,이有間이니卒哭前, 時祭난不可行而忌祭則可行이라하니.

(沙溪)則雖忌祭나似不可行於卒哭前이라하니當何適從고盖服有三年, 期年之別則凡干禮節이似當有差別이라.
(南溪)曰退沙兩先生이論國恤喪祭에禮果不同이나然,退溪又言廟中節祀난有官者난不得行이라하고栗谷이亦謂忌墓祭에有官而衰服者난可廢오無官者난可畧設奠이라하니此似後來定論也라. 盖服制난雖有三年, 期年之差나要之同是君喪故로其於禮制에自不得懸異矣라(崔奎瑞, 問), 近世士大夫之退行祥事於國恤卒哭後者난固出於禮오疑從厚之意나然, 親喪

은不可過制오祥日變除하니旣無薄於親之嫌이오除私喪而著君服하니又無薄於君之嫌이니則, 韓子所從厚雖善이나未若 允合之爲懿者-正謂此等也라.

(南溪)曰國恤葬祭諸禮난初誤於註疏하야以殷祭爲二祥而謂其必當行於君服旣除之後者오, 再誤於栗龜諸賢하야以國制卒哭後,擬之於君服除後者오三誤於備要하야不分有官無官而遂爲一時通行之禮者하야以至於此하니其弊-有不可勝言이라然, 國有大殯에時祭난決不可矣, 山陵에廢祭하니臣子之家-不可獨行節祀오. 忌祭난雖行이나終亦不過一酌矣니此皆前後諸賢이因心起義하야庶幾有以自安於臣子之分者오而至凶禮하야如葬如練祥은固有歲月定限이著於禮法하야又非吉禮之此則, 恐無不行之義오盖葬在卒哭後則, 以匹夫而行天子之禮오練祥이在卒哭後則, 或有數年不脫衰絰之患이니其可乎哉아(愚)於甲午十月七日에遭先妣喪하야翌年八月, 明成皇后,喪事가至十月望後頒布故로小祥則, 如期設行하고大祥則以 國恤逾年未葬으로不得已退定이러니後因朝命, 特許私祭키로始克設行於十一月하니盖備要所定은已爲一世通行之禮온況朝令에亦有所不許則未可以南溪所論凶祭之說로遽爾徑行이오至如丙申 特令하야난又是變禮中變禮也니似不可視爲常例也니라.

증보 사례편람 316 P

[時忌祭齋戒不同]{問}時祭, 忌祭, 俱是祭先이어늘而齋戒時,有三日,一日之異者난何也오(沙溪)曰開元禮, 齋戒條註에去凡散齋난大祀에四日, 中祀에三日,小祀에二日이오致齋난大祀에三日, 中祀에二日, 小祀에一日이니以此觀之컨대祭有大小而齋戒之日도亦隨而有異也니라(退溪)曰時祭난極事神之道오 忌墓祭난後世隨俗之祭라祭儀有不同하니齋安得不異리오.

시제와 기제는 제계가 같지 않다.

시제이나 기제는 선대의 제사하는 것이되 재계를 할 때에 삼일이나 일일의 다름이 있는 것은 무엇입니까. 사계의 말씀이 개원 례에 재계조주에 말하였으되 무릇 산재를 하는 것은 대사에는 사일 중사에 삼일 소사에는 이일이요 치재를 하는 것은 대사에는 삼일 중사에는 이일 소사에는 일일이니 이것으로 보면 제사에도 대소가 있고 재계를 하는 날도 따라서 다름이 있는 것이다. 퇴계의 말씀이 시제는 신을 섬기는 도를 극진히 하는 것이요 기묘 제는 후세로 풍속을 따라가는 제이다. 제의가 같지 아니함이 있으니 재계인들 어찌 다르지 아니 하리요 하셨다.

[避亂時神主處置]或謂神道난尙靜이라流離中, 不可奉安하야埋於墓면久後朽腐殆盡하야木理,字畫이不成形樣이니似不若奉安一笥나或負或載에以身保之爲愈也오況三年內几筵則, 決不可埋置云한대,

(沙溪)曰神道尙靜之說은乃迂濶者之言이라鄙家,則倭亂時에奉神主,　去匣入箱하야奉安卜馱之上하야得以全保하고几筵則有朝夕上食하니尤不可埋置云하고,

(尤庵)曰與其被戮於道하고委棄於巷으론不若埋之爲愈也라하고(星湖)曰匹夫-仳儷於干一之際에或四世八主를何能奉行가摺帛,爲依神之制하야如俗用魂帛하야奠告而行하고木主卽埋之라가如得不死而返復奉安하되或傷朽어든改造亦可니라.

피란시신주처치
신의 도는 고요한 것을 숭상하는 것이다. 떠돌아다니는 중에는 가히 편안히 받들지 못해서 묘에 묻으면 오햰 후에는 썩어서 나무의 절매와 글자의 획이 형체와 모양이 온전치 못할 것이니 한 상자에 편안히 받들어서 몸으로서 보존하여 가는 것이 남이 되는 것만 같지 못할 것 같고 하물며 삼년 안에 궤연이면 결단코 가히 묻어 두지를 못할 것이라고 말을 한데 사계의 말이 신의 도는 고요한 것을 숭상한다는 말은 다 이에 오 활 한자의 말이다.

우리 집은 곧 왜란 때에 신주를 받들되 갑을 버리고 상자에 넣어서 짐 실은 위에 편안히 받들어 온전히 보호했고 궤연이면 조석으로 상식도 있었으니 더욱 묻어 두지는 못 할 것이라고 말씀을 하셨고,

우암의 말씀은 길에서 욕을 보고 구렁에다 버리는 것보다는 묻어서 남이 되는 이만 같지 못하다 하셨고,

성호의 말씀은 필부가 돌아다니기를 난리 때에 함에 혹 사태에 여덟 신주를 어찌 받들고 다닐까 비단을 접어서 신이 의지할만한 제도로 하되 세속에서 쓰는 혼백과도 같이 해서 전으로 고하고 다닐 것이요 목주이면 묻었다가 만일 죽지 않고 돌아오게 되면 다시 받들어서 편안히 하되 혹이나 상해서 섞였거든 고치여서 만드는 것이 또한 가할 것이다 하였다.

修墓儀 以下出撮要

(尤庵)曰省墓時에初度再拜而退則, 禮-尤爲懇惻而周詳矣니라.

(栗谷)曰旁親墓가在先塋則一年一度再拜를不可廢也니라.

수묘의

우암의 말씀이 성묘할 때에 처음에 가서 재배만 하고 물러오면 예가 더욱 섭섭하게 될 것이니 고루 살피라 하셨다. 율곡의 말씀은 방친의 묘이라도 선영에 있으면 한해 한 번의 재배만은 불가피 이라 하셨다.

[改莎草告辭] 증보 사례편람 317 P

維 年護 幾年歲次云云孝子隨稱某, 敢昭告于 顯某親某官府君合葬則列書之墓,

歲月滋久,草衰土圮,今以吉辰,益封改莎,伏惟尊靈,不震不驚,謹以酒果,用伸虔告謹告

維歲云云,伏以封築不謹,歲久土圮,將加修葺,伏惟 尊靈,勿震勿 驚,謹以云云

개가초고사식

아무 날 효자 아무는 감히 밝게 아무 어른 묘에 고하나이다. 세월이 오래되어서 풀도 없어지고 흙도 무너져서 이제 길한 때로서 봉분을 더하고 떼를 다시 입히겠사오니 엎드려 생각하건데 높으신 영혼은 진동치 마시고 놀라지 마소서 주과를 펴 놓고 삼가서 고하나이다.

[土地祝]

維년호기년,歲次云云,某官姓名,敢昭告于土地之神,今爲某官姓名,同上塚宅 崩頹,將加修治, 神其保佑,俾無後艱,謹以酒果,祗薦于神尙 饗

토지축

아무 날 아무 벼슬한 성명은 감히 밝게 토지지신에 고하나이다. 이제 아무 벼슬한 아무 공에 무덤이 허물어짐을 위하여서 장차 수리하기를 더하겠사오니 신은 보로래 주시어 후에 근심이 없게 하여 주소서 산가 주과로서 신에게 천신하오니 오히려 흠향하소서.

[改莎後慰安祝] 증보 사례편람 317 P

維년호기년,歲云云,某孫某,敢昭告于 顯某親某官府君, 上同旣封旣莎, 舊宅惟新,伏惟 尊靈,永世是寧, 擇日,將改莎草,復封築하고執事-設酒果脯醯於墓前하고將改莎草墓主人이盥手,進跪,焚香,酹酒,灌地再拜하고奠酒,置前,俯伏,興跪하고祝이噫嘻三

聲,跪讀,祝文見上訖에主人이再拜하고執事-設饌하야上同於墓左에祠土地하되告者-進跪,焚香,酹酒,再拜하고奠酒,俯伏,興跪어든祝이跪讀,祝文見上訖에告者與祝,執事-皆再拜하고役畢後에慰安於其墓告辭見上而無獻酌奠具니라
개사초후위안축
아무 날 아무 손 아무는 모친오관부군에게 감히 고하오니 이미 봉분을 더하고 띠를 고치여서 예전 집이 오직 새 집이 되었으니 엎드려 생각하건데 높으신 영혼은 영세토록 이에 편안히 계시옵소서.
택일을 해서 장차 고치여 사초를 하고 다시 봉축할 새 집사가 주과와 포해를 묘전에 설하고 주인이 세수하고 나아가 꿇어앉아서 분향을 하고 술을 부은 다음 재배를 하고 술을 올리어 앞에 놓고 굽혔다 엎드렸다 일어나 꿇어앉고 축이 기침소리를 세 번 하고 꿇어앉아 읽기를 마치면 주인이 재배를 하고 집사자가 찬을 설하되 위와 같이 묘 왼편에 하여 토지신의 제사를 하되 고자가 나아가 꿇어앉아 분향을 하고 술을 올리며 굽혔다 엎드렸다 일어나 꿇어앉거든 축이 꿇어앉아 읽기를 마치면 고자와 또는 축과 집사자가 다 재배를 하고 일을 마친 후에 위안하기를 그의 묘에 하되 잔을 드리거나 전을 갖추는 것은 없는 것이다.

[追後立石物告辭] 증보 사례편람 318 P
維년호기년,歲云云,某孫某,柑昭告于　顯某位某官府君,見改莎草伏以,昔行 襄奉,儀物多闕,今至有年,謹具某物,
{碑誌},(床石),(望柱),(石人)等物을 雖所備而稱之用衛墓道,
(碑石)은改用衛,爲用表하고(誌石)엔云略敍世系하야埋于羨門 伏惟 尊靈,是憑是安,
추후입석물고사
아무 날 아무 손 아무는 모위모관부군에게 감히 밝게 고하오니 전에 장사는 지냈어도 의물을 많이 권하였음으로 이에 풍년인 해에 와서 삼가 아무 물건을 갖추어 묘의 도를 호위하오니 높으신 영혼께서는 여기에 의지하여 편안 하소서.
[土地祝]
維년호기년,歲云云,某官姓名,敢昭告于,土地之神,今爲某官姓名,上同墓儀未具,玆將某物上同用衛神道,神其保佑,俾無後艱,謹以酒果云云
擇日告墓난皆如改莎草儀라.

{尤庵}曰石物은當隨成隨立하되立時에當節日則, 因節祀告之니라.
토지축
아무 날 아무 벼슬한 아무는 감히 밝게 토지지신에 고하나이다. 이제 아무 벼슬한 아무 공을 위하여서 묘의를 갖추지 못했더니 이에 아무 물건을 가지고 와서 신의 도를 호위하오니 신은 보우하사 후한이 없게 하소서 삼가서 주과를 펴놓고 정성껏 삼가택일을 하야 묘에 고하는 것은 다 개사초의 의절과 같이 한다.

상복실화개제고유축
아무 날 아무는 감히 밝게 아무부티 영연에 고하나이다. 불효함이 말할 수 없어서 삼가 수호하지 못하였다가 상복이 타서 없어졌사오니 이제 감히 다시 지으려고 삼가서 주과를 펴놓고 정성껏 삼가 고하나이다.

정문수리고유축
아무 날 효손 아무는 아무 부치 아무 벼슬한 어른에게 감히 밝게 고하나이다. 정문이 무너져서 이제 수리하여 고치고 다시 세움으로써 감창함을 이기지 못하여서 삼가 주파를 펴놓고 삼가서 그 사유를 고하나이다.

[墓失火慰安告辭] 증보 사례편람 319 P
維년호기년,歲云云,某孫某,敢昭告于 顯某位某官府君 或某封某氏,合窆則列書累代則各告之墓,伏以守護不勤,野人失火,勢成燎原,災延塋域, 伏惟震驚,不勝痛慕,謹以酒果,恭伸安慰
若火不及塚하고只及塋域則, 災延은改災近이라
是日에諸子孫이皆素服詣墓所하야再拜,哭盡哀하야哀省三周에又哭再拜하고執事-淨掃塋域에乃奠酌而不備儀하고祝文見上行素三日이니라
{寒岡}曰墳墓失火則淨掃而已오不必以蕘草益之오慰安祭난當哭而行之하되服素하고行素三日而止니라(明齋)曰亦用家廟火變服行之禮니라
묘실화위안고사
아무 날 아무 손 아무는 감히 밝게 아무 위 아무 벼슬 한 어른 묘에 고하나이다. 엎드려 수호하기를 조신하지 못하여 야인들이 불을 흘리어 형세가 불덤이를 이루어서 재앙이 산소지경에 뻗치었으니 엎드려 생각하건대 진동하고 놀래실까 하여 애통하는 생각을 이기지 못하여 삼가 주과를 공손히 펴놓고 위로 하나이다.

이날에 모든 자손들이 다 소복으로 묘소에 나가서 재배를 하고 곡을 하며 슬픔을 다하고 슬프게 살피기를 세 번을 돌 적에 또 곡을 하고 재배를 하며 집사가 영역을 정하게 쓸고 이에 잔을 올리되 의절은 갖추지 않고 행소하기를 삼일을 한다.
살피여 보매 분묘에 불이 탔으면 정하게 쓸 따름이요 반드시 짚을 펴지 않는다. 가묘에 불이 타면 변복으로 행하는 예를 쓴다 하셨다.

[祠堂火神主改造] 증보 사례편람 319 P

{檀弓}曰有焚其先人之室. 則三日哭이라하고(註)先人之室은宗廟也라0(退溪) 曰人死則,葬於山野하고諸主畢에卽速反魂者난使其神,安在於生存之處也어늘一朝에神主火燒則, 神魂飄散하야無所依泊矣니卽於安神之所에設虛位하야改題神主하고焚香設祭하야使飄散之神으로更依於神主- 可也오前日已返之魂을豈可往依於體魄所在之處乎아 又曰屋雖盡燒니亦不當題王於墓니라

사당화신주개조

살피여 보매 사당에 불이 타면 삼일을 곡한다. 사람이 죽으면 산이나 들에 장사하고 신주를 쓰기를 마치면 곧 속히 반혼을 하는 것은 그의 신으로 하여금 편안하고 신주 쓰기를 마치면 곧 속히 반혼을 하는 것은 그의 신으로 하여금 편안히 있게 하기를 생존하였든 곳에서 하거늘 일조에 신주가 불에 탔으면 신과 혼이 표산하여서 의지하여 머무를 곳이 없으니 곧 안신을 시켰던 곳에 허위를 설해서 신주를 고치여 쓰고 향을 피우고 제사를 설해서 표산하였든 신으로 하여금 다시 신주에 의지시키는 것이 가한 것이요. 집이 비록 다 탔으나 마땅히 묘에서 신주를 쓰지는 아니하는 것이다.

[墳墓遭水患] 증보 사례편람 320 P

{遂庵}曰尸柩露見則,服緦하되雖三月이라도待改葬後除之니라.

분묘조수환

살피여 보매 시체의 널이 들어나서 보이면 시마를 입는 것이되 비록 석 달이라도 다시 당사하기를 기다린 후에 벗는 것이다.

[墳墓遇賊見毁]{通典}東晋,荀組의表에言王路漸通하야士人이得視冢墓에多聞凶問하니朝野所行이不同이라臣은謂墓毁之制에改葬緦麻,當包之矣라하고鄭康成, 王子雍이皆云棺毁見尸난痛之極矣니今遇賊見毁가理無輕重也라하고杜夷, 議墓旣修復而後聞은宜依春秋

新宮之災하야哭而不服이라하고江啓의表에按鄭玄이云, 親見尸柩에不可無服이니如鄭義의以見而服,不見不服也라하고臨潁前表에改葬之緦난不以吉臨凶이니今聽其墳墓毁發이어든依改葬服緦하고不得奔赴及已修復者난惟心喪縞素,深衣,白幘으로哭臨三月이라庾蔚之曰人子之情이無可輟이나聖人이以禮斷之故로改葬緦麻가服雖輕而用情은甚重하니聞親尸柩毁露,及更葬이어든便應制服奔往하야縱已修復이라도亦應臨赴오苟道路阻碍라도猶宜制服緦하야依三月而除니豈以不及葬事로便晏然不服乎아.

何修之曰止侵土墳하고不及於槨이면可依新宮火,三日哭而已라.

(退溪)曰當觀其遭變之輕重而酌處니라.

분묘우적견훼

살피여 보매 만일 분묘가 헐어져서 시테의 널이 보일 때에는 불가불 개장하는 예에 시마복을 입을 것이니 남의 자손 된 도리에 가히 아니할 수는 없는 것이다. 그러나 성인들이 예로써 단정하신 고로 이와 같이 하는 것이 복은 비록 경하나 정을 쓰는 것은 심히 중한 것이니 장사를 할 깨에는 오히려 시마를 입어서 석 달 후에 벗는 것이 가할 것이니 어찌 안연히 있을 것일까 삼일을 곡을 할 것이다. 그러나 마땅히 그 변을 만난 것에 경중을 보아서 적당히 처리할 것이다.

[失墓追尋祝辭] 중보 사례편람 320 P

維년호기년,歲云云,某官姓名,敢昭告于, 古塚之神, 某,幾代祖某官之墓,久失其處,古來相傳,在於某地,既無碑表,莫可指的,或冀有壙誌之可以考證者,不敢不,畧啓塋域,伏願不震不驚,

실묘주심축사

아무 날 아무 벼슬한 성명은 감히 밝게 고총지신에게 고하나이다. 아무의 몇 대조인 모관의 무덤을 잃어버린 지가 오래되어서 예전부터 내려오면서 서로 전하는 말이 있었기는 아무데 땅에 있었다 하되 이미 비표가 없어서 가히 적실한 것을 가릴 수가 없었기로 혹이나 바라기를 광중에 지석으로 가리 고증할 만한 것이 있을까 하여 감히 아니할 수가 없어서 간략히 산소지겨을 여는 것이오니 엎드려 원하건대 진동치 마시고 놀래지 마소서.

[尋墓慰安祝] 중보 사례편람 320 P

維년호기년,歲云云,某,代孫,某,敢昭告于 顯某代祖考某官府君或某封某氏之墓,竟失守護,歲已百餘,今玆啓驗,乃的幽誌,顯晦有時,喜且感慕,改尋既涉,封域玆新,伏惟尊靈,永世是安,謹以酒果,用伸虔告謹告

심묘위안축

아무 날 몇 대 손 아무는 감히 밝게 몇 대조고의 묘에 고하나이다.

마침내 수호하기를 잃어버려서 햇수로 이미 백 여 년이 되었더니 이제 여기를 열어서 증험하여 보오니
이에 호리하던 지석이 적실합니다. 모르다가 드러난 것이 때가 있어서 기쁘고 또한 감동하는 생각으로 다시 종분을 하고
이미 떼를 입혀서 봉분과 제절을 이에 새로 하였사오니
엎드려 생각 하옵 건데 높으신 영혼은
영원한 세상을 이에 편안히 지내시옵소서.
삼가 주과로써 정성껏 고하나이다.

[無徵古墓慰安祝]

維년호기년,歲云云,某官姓名敢昭告于古墓之靈,竟失先塋,將尋幽誌,敢毁封域,爰玆誤啓,仍築既莎,依舊新封,謹以以酒,休咎是寧,

무징고묘위안축

아무 날 아무 벼슬한 성명 아무는 감히 밝게 고묘지령에 고하나이다. 필경에는 선영을 잃어버리겠어서 장차 무친 지석을 찾아보려고 감히 봉분의 제절을 하렸더니,
이제 여기를 그릇 열었사옵기로 그대로 묻고 이미 떼를 입혔사오며 전에 의하여 새로 봉분을 하옵고,
삼가 고하기를 술로서 하오니 허물을 용서하시고 이에 편안히 계시옵소서.

凡先世,邱隴을曠不能省掃하고而世代寖遠하야墓前碑碣이爲人鎭石하야流轉子姓이면後來推尋을安所得知乎아事在疑信間則,守護可也오祭之,不可니當亟改莎草하고遍求誌石하되若未有徵則,亦慰安其塚矣니라.
선대의 산소를 오래도록 잘 살피지 못하고 세대가 점점 멀어져서 묘 앞에 비석도 없어지고 떠돌아다니는 자손들이 후에 와서 찾은들 어찌 쉽게 찾을 수 있을까? 사실이 분명하지 못하면 수호하는 것이 가하다. 제사를 지내는 것은 불가한 것이니 빨리 고쳐 사초를 하고 지석을 널리 찾아보되 만일 증거가 없으면 그 무덤을 위안하는 것이 당연한 것이다.

補 遺 終

四禮便覽跋

繼家禮而言禮者난在我東에惟喪禮備要爲最切하야今士大夫-皆遵之나然而家禮則節文이未或盡備오備要則專主乎喪祭하야未可并行於古今,而通用於吉凶也라是故로陶菴李先生이以家禮爲網하니其例-倣備要,而增之以冠昏二儀하고並据古禮及先儒說하야酌其繁簡하고訂其異同하야作爲一部禮書하니明曰四禮便覽이라盖亦備要난源於家禮하고家禮난源於儀禮하니冠昏喪,虞饋徹,咸具之義而網擧節該에靡有底蘊하야可以質聖人也라.

凡原書中,雙書而不言出處者,與雙書而加按字者-爲先生定論也일새其按說에冠이爲十有一則이오昏이爲六則이오喪이爲一百則이오祭爲十有九則이오按字下,加圈者-又通爲二十有七則而每段註解닌不與焉하니不其詳且博哉아先生이既沒에傳寫之藁-尙有所照檢未到者하야不能與原集並布하니好禮家-多遲之러니先生之孫,華泉公이盖嘗積校讎之功하야遂爲定本하고華泉公之兩胤,

文簡公,尙書君이繼其未卒而修述之,及鋟諸梓,附以圖式하니卽又尙書君이分司華都時也라是書-首尾,纔八篇耳라閱四世百年而後에始克成成編하니書之難이有如是矣러라寅永은俗儒也라何敢爲論禮之而竊聞爲禮之方이有體有用하니體也者난本也니如林放問이是也요用也者난儀物度數之末也니如曲禮內則에曾子問諸篇이是也라苟不因其用以達其本,則烏足爲徹上徹下之道哉아　然則其命以便覽者-寔先生自謙之也라謹因尙書君之託하야略識緣起如右하야以竢夫後之爲恭儉莊敬之敎者云爾

崇禎四甲辰上之十年孟冬 後學 豊壤趙寅永 謹跋

附 [自來慣行昏禮及新式婚喪]

婚姻儀節이四禮便覽에詳載하얏스나自來世人이冠婚喪祭난致行하는者-有하되婚禮난各其富貴貧賤과地方의遠近을隨하야儀節이懸殊할뿐더러其酷婿婦交拜와奠贄見舅姑의禮가無한地方도有하고畿湖間上等社會의婚禮난太繁에涉하며又現今은各社會의婚喪儀節이不一其規하야各宗敎家或非敎人家에서各其意見으로自作禮를行하난者-多하도다今其新舊의禮儀를畧擧하야覽者의叅考에供하노라.

[自來慣行上等婚儀]

兩家約婚後,婿家에서柱單을婦家에送하되約婚送單은友人或媒婆의紹介로定함.

[婿家의諸具][大牋紙] 一, 婿의生年月日時를記하난者 [靑紅絲] 二絇,牋紙를纏하난者 [紅袱]一,牋紙를褁하난者　歸家해서柱單을受한後, 納幣와奠鴈의日涓記를婿家에送함.

納幣 (俗稱봉치) 325 P

[諸具]　[綵段]二匹, 一은靑色, 一은紅色이니裳次라或取伏義氏以儷皮爲禮之義하야備置鹿皮二張하야世代以此爲幣者-有之하니라.

[靑紅絲]二紽, 綵段을纏하난者니靑纏紅, 紅纏靑綵 [漆函]一, 兩段을盛하는者
[紅袱]一이니函을裹하난者,
[白木]八尺, 函을負하는者 [朱笠]一, 朱漆한笠子 [紅團領] 一, 卽관듸니並函夫所着 [炬]三四雙 [紗灯籠]數三雙,

納幣난必行於昏時故로炬火前導에灯籠이次之하고函夫隨行하야婦家에到하면婦家에서函을受하야豫備한白餻甑上에安置하고函夫와軍丁을行下함(賞金)盖納幣난奠鴈前日에例行者-多하나或日의吉凶及事勢에依하야幾日前行者도柔하며或奠鴈當日先行者도有하거니와下等社會난納幣前, 紬段布木及金錢을婦家請求에依하야盡力厚送하고(俗稱선치)上等社會도勿論壻婦하고一富一貧하야備禮末由한境遇에난金錢을先送하야助婚하는者-有하나下等人은婦家에서壻家를助하난者-無하니라.

奠鴈 [諸具] 증보 사례편람 326 P
[絳紗袍]일,卽軟紅團領(분홍관듸)이니初娶에난絳色이오再三娶에난黑色
[靴]一,卽목화 [冠帶函]一, [鴈]一,生鴈或木鴈 [具鞍馬] 或轎子二니一은壻所乘一은護行者所乘 [朱笠]一, [紅團領]一, 並鴈夫所着 [傘]二柄,婚行左右奉持者 [紗灯籠]二三雙隨宜

[婦家의諸具] 증보 사례편람 326 P
[高足床]二, 如祭床耳紅漆者니, 一用於廳上禮卓하고,一用於拜天卓하되或以祭床代之 [臥龍燭臺] 二雙이니一用於禮卓하고一用於庭卓者니
紅漆燭臺 [屛]二, 一用於禮卓, 一用於庭卓 [香爐][香盒]二具니一用於禮卓,
一用於庭卓[碗]一이니淸水,盛하야庭卓에奠하난者
[花紋席]三이니一用於庭,二用於禮卓東西 [行步席],庭內에布하야壻의路次를作함
[木鴈]或餠鴈二, 古用烹鷄러니今以爲不祥而多以屛作鴈 [酒甁]一 [盞]並舟一雙
[棗栗] [鐵子] [餠麵]各一器니鴈以下난設於禮卓上者
[袡衣]一, 其制가廣袖傍圻에畧如舊日중치막而以紅段爲質하고燦爛紋繡者니壻婦交拜及見舅姑時所着[綿冠](俗稱솜쪽도리)婦奠鴈當日朝에編髮를解하고顱後에雙髻를結(속칭서양머리쪽지)하고醮禮前까지着하난자
[袷冠]或花冠(겹족도리)袷冠은不着綿者오,花冠은족도리에各種佩物로飾한者나婦

醮禮後及見舅姑後所着燕冠[龍簪]一, 簪頭에龍을象하고長이一尺許曲尺 [개子타]一(俗稱낭조다레)其制난長大한타로龍簪에縱橫纏繞하야顱後本�에結合하야大堆髻를成하난者 [垂증](俗稱압줄)黑繒으로,時俗에두토락단기와如히金을鍍하고珍珠等佩를其兩端에飾하야개子及簪의兩頭에纏繞하고증의兩端을限數寸下垂한者
[채子]一(俗稱첩지)長髮著大許中間을編廣하고局鐵과如한銀片(두끝흔들리오중간은平하고長은一寸許(木尺)을附着한者)을頂上髮際上에着하고銀片左右의髮을兩耳를掩過하야顱後髻底에結着하난者니此난妃嬪尙宮及正卿家婦人常着者오閭巷家上等社會宴禮時例着者라
[金扇]一,扇에彩色鍍金한者니婦交拜時에擧而遮面하난者 [塊髻](俗稱정에머리)婦交禮時及見舅姑時所着이니,其制난長五六寸(木尺)圍四五寸許의木爲柱하고髮타들肙褁其木하고各種佩物을裝飾한者니行禮時에婦의首上에立하고兩次姆(젓시모)가左右에서扶持하난茨 [携타](끌머리)兩條, 亦醮禮及見舅姑時外에不用하난者니其制가타를極長極大히作하고編髮의目目間에各種珍奇佩物을挿入한者라,此를顱後本髮에繫着하야行禮時에兩人이各一條式持擧하되此一次貰金이數十圓이니非豪富家外不可用也 [姆]一(슈모) [次姆](졋슈모)二三人隨宜니슈모者난卽婚姻是婦의師導者及婦를梳櫛粉粧하고行時扶護敎導者
[男執事]一人(俗稱팔밀이)婿到時延接又行禮柴護導者

[婿到婦家醮禮] 증보 사례편람 328 P
婿-婦家女侍의三請來를待하야婦家에往하되
鴈夫-先行하야其家에到하면婦家에셔婿를延入하야
庭中旣設卓前에焚香拜天하고(此時에鴈夫난鴈을廳上에奠하면婦家에서鴈을受하얏다가 禮畢後鴈主의게環交하되酷婿가親奠鴈도흠)
廳事에上하야禮卓의東西向立하고婦난禮卓의西東向立하야姆의引導로婦先再拜에婿答一拜하고婦又再拜에婿亦一拜答에
姆-斟酒하야婦의게致하면婦-姆에게還授하야婿에게獻하고男執事-亦斟酒하야婿의手를經하야
姆에게傳하야婦에獻하면婦-此를啐하고
禮畢한後婿及一同을他室에宴饗하고嫝의冠服을脫하고新衣를賜着하고歸家한後婿의餕을婿家로歸함.
此醮禮時엔勿論貴賤上下하고一般男女의觀光을許함.

于禮 증보 사례편람 328 P

[婦家의諸具]

[轎子]或덩一,婦所乘也니덩者난如轎子하되上盖가圓尖하고四人이肩擔하난者니卽各宮家所用而上流社會婚時或借用, [虎皮]一領, 轎子上에覆하난者 [傘]二, [轎當](교군밧탕)或로子一二, 卽姆或乳母所乘

[羅兀](너올)一,卽乳母或房直婢所着이니,以黑紗로製如大囊하야首를冐하난者

[轎子]一, 姆所乘이니姆난婦轎에或同乘함.

[褖衣](俗稱당의)一,婦見舅姑後所着也니其制가軟두色段爲質하고廣袖將裾에類似於衲衣而無紋繡者라.

[面紗袱]一, 婦人入壻家門時에冐頭者니卽方二尺紗袱이라 [당에]二或四, 童婢所着也니制如褖衣而短하야長不過腰하고前後에附鳳鶴胸背者오胸背난卽方二三寸段에紋繡한者,

[掩태]二,(俗稱가리마)以前廣後狹橢圓하고, 長尺許, 廣四五寸許木板으로爲質하고其周圍에以髮纏冐하고上飾佩物하야隨行女侍-或姑受贄時首에加하고纓을係하난者

[贄]난卽棗脩니棗一,二升(舅에게奠하난者)脩幾脡,但脩난卽脯니或雉肉을取脯하거나牛臀을爛切하고桂薑等藥餌를加施作脯하야姑에게獻하난者

[酒甁]一,舅姑께獻하난者 [大개](큰머리)二, 此난以大타로遐方婦女의首髮과如히另結以置하야首에戴하고下하난者니宮內侍及婚時下女陪從時所戴者也라 [袷冠](족도리)二或四니童婢所着也 [紗灯籠]三四雙隨宜

[婦往壻家]

壻歸家後에婦卽隨往하되灯籠及족도리하님(女婢의稱)이先行하고,其次에奩,贄物酒甁,匙箸笲(笲은祖傳婢가持함)飯器等物을衆侍女가雙雙히或戴或奉하고壻家에到하야廳事에上하면

姆-盛服으로棗笲을舅前에奠한後에婦를導하야再拜하고姆-又脩를姑前에奠하고婦를導하야再拜하고姆-酒를斟하야婦의手를經하야舅姑前에獻하고(舅난紗帽團領,姑난掩蓋(가리마)緣衣或개子(낭자)花冠을着함)壻家家族一同의昭穆의次第로相見禮를淬한後(婦見舅姑한後花冠개子에褖衣를着하되貧者에난褖衣를不用함) 婦의冠禮를行하나니卽婦-兩개髻를解하고一般婦女의髻와如히櫛結하고舅姑난禮物을賜하나니卽鐕指環佩物及衣裳紬段等屬이라婦난新衣裳에佩物을着한後盛饌을賜하되預히多數한親戚或相親家婦女를請하야各其饌을賜하야婦와同宴하고婦의夕飯은水米

藿湯을饋하야本家로歸하고婦의餕는婿家로送하고婦家에서난當夕에馬를具하야婿를請來하야婿歸花燭의緣을結한後翌日婦의父母前에拜式을行한後에婿를其家로治送하고夕에如前請來하야經宿한後如前治送한지三日이經過한時난婦亦夫家로永去하되　婦見舅姑翌日부터朝朝히舅姑及一般尊行者又夫의兄弟姉妹에게問安書를書送하고婦永來한時난婦의母난姑에게修書하나니其槪意난未敎女息을法門에送하난事-未安하거니와恕而善敎하라난意味오婦永來時에亦飴餠襪子等屬을備來하야舅姑께獻하고其翌日부터淸晨에早起하야盥櫛盛服으로　舅前에問安하고臨夜亦然하되舅姑의問安停止命令이有할時까지行하며婿婦의衣服洗縫은婦家에서施給하되或數三年或七八年에至하나니라.

此난皆豪富의誇張儀節이니一般婚家의通行하난者아니어니와雖貧窶하야酌水成禮者라도奠鴈交拜奠贄見舅姑난禮不可廢오同城內라도婦當日永來者-多하고無論遠近하고或事勢에依하야奠鴈後幾月幾年後于歸者도有하고　0奠贄의禮난各家不同하니或家에서난婿의本生父母又祖父母와庶子本生母에게奠不奠의厚薄이有하고婿婦의餕(밧앗던큰상)은姆의所掌이라하야主人이姆에게無賂하면姆가其餕을徹去하고舅난贄를受한同時에棗一二個를嚼한後에其核或棗一二枚를婦에게投하고或棗笲全部를使婦持去하나니盖贄以棗난取仙棗長壽之意也오投以核者난爲其婦之生子也라婦醮禮時에又有別服하니卽桶裙(俗稱무지개)五六件七八件을紅裙內에袷着하나니其制가最下端은或紅或藍而最先着者난與裳齊하고其次漸次遞短하야最後着은長不過數寸也오又有名膝按帍(자지슬안)內藍外紫之袷帍也니着於紅裳之表而用於行禮時而冠禮後-廢之者也라.

又有紅色藍色之名하니卽新婦受饌(큰상밧을때)之時에婿家-預請老少親知婦女하야共宴이되二十歲以下婦女난指定以紅色하고二十歲以上者난指定以藍色以請하나니紅色者난兩頰臙脂에채子(쳠자)개子(낭자)袷女冠(졉족도리)에紅裙을着하고藍色은藍裙에不施臙脂하고所着은皆同하고當日新婦난以密封眼하고又施頂紅하나니此난韋固의婦-嫌於頂疵하야嫁時에粘以紅氈이러니俗이效之하며稱謂梅花氈하니라俗에婿家侍婢난婦家大廳에上하되婦家侍婢난婿家命令이無할時난上廳을不得하나니라.

西北人은婦家族戚에對하야各其昭穆에依하야呼叔呼兄을己의族戚과如히하고京湖上流社會에난婦의父母以外에난一般鄕黨交際와如히年齒가比等한間에난婦의男兄又伯叔父母라도肩隨之하고但姉夫만以兄呼之하니可謂薄俗也니라.

現行 新式婚喪

現行新式婚禮도無一定之式하고各自定行하나니今擧其盛行者以論之則如天道敎會耶蘇敎會-是也오其他非宗敎人家婚喪도亦各不同하야不可枚記어니와先以天道敎人婚禮論之컨대如左하더라.

議婚의節次난何社會何人을勿論하고普通同一하거니와彼此約婚한後에左記第一號書式의書를婦家에送致한後舊日擇日吉凶의謬習을除去하고必히某日曜日로禮式日를定하고式場은敎會堂으로定하고其行禮의儀式은如左하니라.

婚姻兩家族이當日午前十時에會堂으로會集하야(其乘具난隨宜함)敎會侍禮式을畢한後에敎會에서豫備한執禮와男女執事가新郎新婦를會堂으로導入하야敎堂에備置된男女의冠服을着한後에執事一人이左記笏記를唱함.

笏　記

一. 執事-淸水卓을聖化室主壁에設함.
一. 執事-禮卓을淸水卓前에設함.
一. 執事-行禮를告함.
一. 男女執事-新郎新婦를導하야禮卓을向하야立케함.
一. 執事-淸水를卓上에奠함.
一. 執禮-告天告師를衆禮員一同에게告함.
一. 男女執事-新郎新婦를導하야坐케함.
一. 執禮-告天告師를新郎新婦에告함.(第二號書紙를新郎新婦에게分給하야暗告케하나니라)
一. 男女執事-新郎新婦를導하야起立함.
一. 執禮-誓天文을朗讀함(第三號書式)
一. 男女執事-新郎新婦를導하야少退相向立케함.
一. 男女執事-新郎新婦를導하야相向拜禮를行함.
一. 男女執事-新郎新婦를屠하야復位케함(初次立處)
一. 女執事-禮物을新郎에致함.
(禮物이有할時난新婦가此를受하야女執事에게還授하야禮卓에置함)
一. 男女執事-新郎新婦를導하야坐케함.
一. 男女執事-淸水를酌하야新郎新婦에게致함.
一. 執禮-告天告師를新郎新婦에告함(第四號紙를給하야黙告케 하나니라)
一. 執禮-告天告師를衆禮員一同에게告함.
一. 執禮-閉式을告함.

禮를畢한後新郎新婦同馬車或各乘腕車로其婿家로往하고宴饗은隨宜함.

第一號書式

約　婚　書

人倫正則

天福大源

全州后人李大永第二子秀京某年月日生

清風后人金奎大長女京嬅某年月日生

右信男信女約婚

年　　月　　日

主婚　李　　某　　印

主婚　金　　某　　印

第二號書式

오날져의가,부부의의를맷삽고,혼례를,행하옵은,다한우님과,량뷔신사의은혜로,아옵나이다

第三號書式

結婚誓天文

年　　月　　日

楊州后人　趙　秉　正

密陽后人　朴　眞　嬅

長子俊熙年十八

星州后人　李　庚　燮

安東后人　金　庚　嬅

第二女淑媛年十七

右兩人은

天主와兩位神師의恩德을입사와今日結婚式을行하옵고,　永遠히夫婦의誼를結하옵기天主와 兩位神師前에盟誓하옵나이다.

第四號書式

져의두사람은,한우님과두분신사의감화를입사와,부부의의를맵삽고,　무궁한　복록을, 누리게 되오니, 감사 하옵나이다.

納幣는隨宜하되, 婦家-極貧한境遇에난婿家에서新婦의衣次를隨力備送하되 擇日의禮난不行하고若兩家貧富가同一한時난各히衣裳을備着하나니라.

耶蘇敎會의結婚式

兩家結婚한後에式日을日曜日로定하고期日에兩家家族이乘具난隨宜로敎堂門前에到하야其父母가各其家族의手腕을扶腋하고堂內에入하되(或兩童子가花籃을携하고婿婦前路에撒花함도有함) 新郞은通常服或厚祿高套에帽子를着하고
新婦난西洋婦女의禮服或通常服에帽子를着하고或帽子에花를挿하고兩家族이一處에簇立하면牧師가普通祈禱를畢하고一同이讚頌歌를唱한後牧師가新郞新婦를向하야結婚의式辭를導하나니其槩에今日某某兩氏가天主의恩惠를蒙하야夫婦의結婚式을擧行하노니兩人은疾病에相救하며患難에相助하야永遠히夫婦의誼를謹守하야百年을一日과如히同樂云云畢에新郞新婦가執手禮를行하고新郞이禮物로指環(반지)을新婦의手에着한後一同이讚頌歌를唱하고各其歸家하되兩家族은入門時와如히互相扶腋하고婿婦兩人은手를執하고門外에出하야或同乘馬車或各乘腕車而歸하고宴饗은或其本家或於料理店에行하되新郞新婦及叅禮員一同이一堂內에共饌하되婿婦의家族은一隅에團聚하나니라但納幣난先行하되兩段의禮난不行하고普通衣服次를送할而已오舅姑前에奠鶩도無하나니라.

敎外人의結婚式

敎人以外에난團體가無함을因하야各自家의意見대로行禮하난故로一定한禮式이無하야指一說明키不能하거니와其或見聞한바를記하건대大略如左하더라.
兩家約婚한後에擇日은恒常舊禮를從하야星命家의委託이多하고納幣도亦舊式을履行하되但其場所는何許山亭이나或學校와如한處로定하고期日에兩家家族이齊去하되乘具난隨宜하고服裝은婿난厚祿高套나或短領을着하고婦난外國婦人禮服이나或自來婦人禮服을着하고兩家親近人을請邀하야叅禮케하고禮卓은大廳中에設하되卓上에兩個花甁만置하고新郞新婦-卓의東西에對立한後執禮者가左記誓天文을朗讀畢에新郞新婦-相向拜揖한後新郞이指環을新婦에게傳하고閉式한後一同이同所管內에豫備한食卓으로會集하야宴饗하고婿婦同車或各車로婿家로往하난者도有하고或婿婦-各歸其家하얏다가追後于禮하기도하고或婿가婦家로同往하야三日後歸家하기도하나니此皆兩家協議的方便이라不可指一而論也니라.

誓天文(此난其中最精要者를採取)

年　　月　　日

某所　　某貫姓名 第幾子 某와某所　　姓名　第幾女 某난

天主의恩德을厚蒙하와今日夫婦의佳緣을締結하옵고合姓의親禮를實行하오니此로從하야民生의資格이完成하옵고家門의福源이造端하온지라오즉乃和乃順의道를永遠不渝하기로玆에誓告하오니　於皇上天은降監默祐하샤福履永享하시기를伏望하나이다.

新 式 喪 禮

大凡婚喪祭禮난政治法律家의制定하난者아니오即宗教家의制定함을須行하는者라是故로吾東四禮난出於儒教而又無他校故로四禮均一하고泰西列邦之禮난出於羅馬教而亦然한바近日吾人의處地로論하건대儒教난漸次萎靡하야無振興之道하고他多數宗教가混雜無統한故로婚喪의儀節이隨教不同하고從此而人各異禮하니此-理之常然而無可望如前統一之道也니라今槩大多數之宗教則天道教가占居第一位하고耶蘇教가次之로天道教난出世屬耳하야婚禮난足可曰制定이나喪禮則姑未得其善美之禮故로姑且讓後하고耶蘇教則行之已久에自成一規故로畧擧其見聞者而記之如右하고次揭非教人之喪禮하노라.

蓋近日他宗教人이死亡할桀에皐復(초혼)披髮,　哀哭及成服,魂魄,朝夕奠,題主,虞祭,卒哭等節은並皆不行하나니更不可擧論者也오但祭를丁할時난教會에通訃하면教人數名이來하야屍體에對하야何許文字를呪誦하고斂襲治棺等節은舊例를倣行하되何時던지入棺한後면發引하며教會喪契員은教會의喪轝를用하고其他난貰輴를用하야先히該教堂으로往하야靈柩를教堂內에運入하야祈禱式을行한後墓地에往하야埋葬하고　0喪服은或方笠,　布周衣를着하얏다가葬後엔此를脫하고白帽子나或帽子에布片을纏하되亦不過數月에此布片을除去하고,　或은初喪時에廣二寸許의黑緇을左腕에纏하고帽子와白周衣를着한者도有하고大小祥及忌祭난設饌致祭가無하고家族及親戚이團坐하야紀念할而已오或飮食을備하야賓主共餐하나니라　0或非宗教人의喪에도諸般儀式은同一히行하되靈柩가教堂에往하난事난無하니라.

非宗教人喪禮

非宗教人家에도或外國遊覽者或社會에著名者或官吏在勤者類난各其主見대로或教人의喪式을倣行하난者도有하며或新舊式混用하난自도有하야指一論定하기不能하거나와大槪喪章만着하고喪服과方笠을用하난者-無하며官吏로在勤하난自난其華麗한服裝에喪章을着할뿐이오服人도喪章을着한즉喪에喪主가無함과如하고或婦人은朝夕哭,-上食其他儀式은舊禮와彷彿하되男子난非喪人과如한者도有하야一一이枚擧키不能하거니와毋論教不教人하고其實頑固者外에난大功,小功,緦麻服은其名도知하난者-無한境에至하니라.

附錄 1. 관례홀기

附錄 2. 成均館 석전대제
笏記와 祝文

附錄 3. 陶庵 李 縡 先生 著
原本 四禮便覽

附錄 1. 冠, 昏, 喪, 祭. 茶禮, 墓祭歲一祀. 笏記와 祝文.

1) 冠禮 笏記

主人以下序立

主人以下盛服就位, 主人阼階下少東西向, 子弟親戚在其後, 重行西向北上

주인이하 모두 옷을 갖추어 입고, 주인은 동쪽에서 서향하시고, 자제 친척들은 그 뒤에 두 줄로 서향하여 서시오.

擇子弟親戚習禮者爲儐, 立於外門外西向

자제 친척 중 한 사람은 대문 밖 동쪽 기둥에서 서향해 서시오.

將冠者, 雙紒, 四楑衫, 勒帛, 彩履, 在房 中南面.

장관자는 쌍상투하고 사규삼을 입고 행전 치고 신을 신고 방안에서 南向立하시오.

<u>賓至, 主人迎入升堂</u>

賓自擇其子弟親戚, 習禮者爲贊, 至門外, 俱盛服,東面立.贊者在右少退, 儐入告主人, 主人出門左 西向再拜, 賓答拜.

빈은 예복을 갖추어 입고, 大門 西쪽에서 東向하여 서시오.

찬자는 賓이 到着했음을 主人에 告하시오."큰손님 오셨습니다. 맞으시지요

주인은 大門 좌측으로 나와 西向하여 賓에게 (재배) 읍례 하시오,

賓도(답배) 읍례하시오 (계빈과 주부는 굴신례)

主人揖贊者, 贊者報揖,主人遂揖而行.賓贊從之入門,分庭而行, 揖讓而至階,

又揖讓而升, 主人由阼階先升, 少東西向, 賓由西階繼升, 少西東向.

주인은 찬자(執事)에게도 揖을 하고, 찬자도 答揖하시오.

주인이 또 揖하면서 오르기를 권하며, 서로 먼저 오르기를 권하시오.

主人은 東쪽계단으로 賓보다 한발먼저 올라가서 東쪽에서 西向하여 서시오.

賓은 西쪽 계단으로 올라가서 서쪽에서 東向하여 서시오.

主人과 賓은 서로 再拜하시오.(大門外 再拜 次際人事)

贊者盥帨, 由西階升, 立於房中西向, 將冠者之東,

儐筵于阼階上之東少北 西向, 將冠者 出房南面

찬자는 손을 씻고 서계로 올라가 장관자의 동쪽에서 서향하여 서시오.

(빈)찬자는 동쪽계단위의 東北에서 남향(장자=서향)하여 자리를 펴시오.
장관자는 四楑衫을 입고 房에서 나와 南向立하시오.

4. 시가래(始加禮)(笄禮는 單加임)

賓揖將冠者立于席右向席, 贊者取櫛掠 置于席左 興立於將冠者之左,
賓揖將冠者 卽席西向跪, 贊者卽席, 如其向跪, 爲之櫛,合紒, 包網巾訖, 贊者降.
찬자는 빗과 망건을 가지고 나와 장관자의 좌측에 서시오.
빈은 장관자에게 읍을 하면 장관자는 빈에게 상읍례를 하고, 무릎꿇어
앉으시오.(溫公曰 衆子 南向坐.-四禮 卷1 冠 12쪽)
찬자도 꿇어앉아 빗질하고, 쌍상투를 합치고, 망건을 씌우고, 내려가시오.
賓乃降, 主人亦降 賓盥畢, 主人 揖升復位,
빈은 내려가서 손을 씻으시오. 主人도 따라가 옆에 서시오. 빈이 손을 다씼엇으면, 主人은 읍하고 오르기를 권하면서 같이 오르시오.

執事者, 以冠巾 盤進, 東面授賓.
집사자는 치포관(緇布冠)과 복건(笄禮-화관,비녀)을 소반에 받혀 빈에게 주시오.

賓降一等, 受冠笄執之, 右手執項左手執前, 正容徐詣 將冠者前向之, 祝曰
빈은 한계단 내려가 관을 받아서 오른손으로 관의 뒤를 잡고, 왼손으로 관의 앞을 잡고, 장관자의 앞에서 始加 祝辭를 하시오.
吉月令日에 始加元服하노니棄爾幼志하고 順爾成德하면 壽考維祺하야 以介景福하리라.
길한달 좋은 날에 비로소 관을 씌우니, 너의 어린 뜻을 버리고,
성인의 덕성을 이루어라. 그리하면 장수하면서 큰 복을 받으리라.
乃跪加之,贊者以巾跪進, 賓受加之,興復位, 冠者興揖 冠者適房, 釋四楑衫, 服深衣,
加大帶 納履出房, 正容南向立良久. @元服 首服 謂冠也 가례집람 26-8쪽
빈은 무릎꿇고 관을 씌우고, 찬자는 비녀를 꽂으시오. 계례-화관과 비녀,
집사가 복건을 빈에게 주면 관 위에 씌우고 일러나시오.
관자도 일어나 빈께 읍을 하고 방으로 들어가 사규삼을 벗고, 심의를 입고,
혁대를 띄고, 치포관을 쓰고, 방을 나와서 남향하여 서시오.
(笄者는 背子를 입고 出)

재가례(再加禮)賓揖冠者,卽席跪,執事者以帽子盤進,賓降二等受之,執以詣冠者前,祝曰
빈이 관자에게 읍을 하면 관자도 상읍례를 하고, 즉시 무릎 꿇어 앉으시오.
빈이 내려가면 주인도 따라 내려간다, 빈이 손을 다 씻으면 주인이 읍을 하고 다시 올라간다.

집사자가 모자를 소반에 담아 거저 오면, 빈은 두계단 내려가 모자를 받아서 장관자 앞으로 나가 재가축사를 하시오.

吉月令辰에 乃申爾服하노니 謹爾威儀하고 淑愼爾德하면 眉壽永年하야 享受遐福하리라.
좋은 달 좋은 날에 거듭 네 옷을 입으니, 너의 몸가짐을 삼가고 너의 덕을 맑게 하여 오랜 수명을 누려 큰 복을 누리게 하라.

贊者徹巾冠, 執事者受冠巾入房, 乃跪加之, 贊者結纓 興復位, 冠者亦興,
찬자는 치포관을 벗기고, 집사는 관을 받아 방으로 들어가시오. 빈은 모자를 씌우고, 찬자는 끈을 묶으시오. 일어나 제자리에 돌아 가시오. 관자도 일어나 빈에게 읍을 하시오.

揖冠者適房 釋深衣 服皂衫 革帶繫鞋出房立
관자는 방에 들어가 심의를 벗고, 조삼을 입고, 혁대를 띄고, 모자를 쓰고 가죽신을 신고 방에서 나오시오.

삼가례(三加禮)
禮如再加, 執事者 以幞頭盤進, 賓降 沒階受之, 祝曰.
빈이 내려가면 주인도 따라 내려간다, 빈이 손을 다 씻었으면 주인이 읍을 하고 다시 올라 오시오.
빈은 끝 계단까지 내려가 집사가 주는 복두를 받고 올라오시오.
관자와 빈은 서로 읍을 하고, 관자는 즉시 무릎 꿇어 앉으시오, 빈은 관지에게 축사를 하시오,
以歲之正과以月之令에咸加爾服하노니兄弟具在하야以成厥德하면黃耉無疆하야受天之慶하리라.
좋은 해 좋은 달에 형제가 같이 있는데서 너의 관과옷을 모두 입혔으니 그덕을 이루고, 검버섯이 필 때까지 오래오래 살아서 하늘의 경사를 받으라.

贊者徹帽, 執事者受帽, 徹櫛入于房,賓乃跪加幞頭 贊者結纓 興復位冠者亦興, 揖冠者適房釋皁衫,服襴衫加帶納靴 出房立.
찬자는 모자를 거두고, 집사자에게 주어 방으로 보내시오,

빈은 무릎꿇고 복두를 씌우고, 찬자는 끈을 묶으시오.
빈은 일어나시고, 관자도 일어나 빈에게 읍을 하고, 방으로 들어가 조삼을 벗고, 난삼을 입고, 혁대를 띄고, 신을 신고, 방에서 나오시오..

초례(乃醮)

儐改席于堂中間, 少西南向, 贊者酌酒于房中, 出房立冠者之左.
찬자는 당 가운데 조금 서쪽에 남향하여 자리를 펴시오,
찬자는 방에서 술잔을 씻고 술을 따르고 들고 나와 잔을 들고 관자의 왼쪽에 서시오.

賓揖冠者 就席右南向乃取酒, 贊者西向 授賓, 就席前, 北向祝曰.
빈은 관자에게 읍을 하면, 관자도 읍례하고 자리를 옮겨 남향하여 선다.
찬자는 동쪽에서 西向하여 빈에게 술잔을 주시오
빈은 술잔을 받아 北向하여 초례 축사를 하시오.
夏殷之禮 一加而 醮 周三加畢에 一醮也 ;考證 禮記 郊特牲註

旨酒旣淸하여嘉薦令芳하니 拜受祭之하야 以定爾祥하노니 承天之休하야 壽考不忘하라.
좋은 술이 맑고 좋은 안주가 향기로우니 절하고 받아서 고수례 하여 너의 덕을 받고 하늘의 기쁨을 받으며 오래 오래 살면서 잊지 말아라.

冠者再拜, 升席南向受盞, 賓復位, 東向答拜, 冠者進席前跪, 左手執盞右手執盤 脯醢楪,
置于席前空地, 祭酒,
관자는 빈에게 재배하고, 南向하여 잔을 받아 들으시오. 빈은 동향하여 답배하시오.

찬자는 술상을 갖이고 나와서 자리에 놓으시오.
답배=재배중보 字典尺牘 大正7년 1918년
관자는 무릎 꿇고 왼손으로 잔을 잡고, 오른손으로 포 접시를 잡아당겨 놓고,
모사기에 좨주하시오.

興就席末跪，啐酒，興降席，授贊者盞，南向再拜，賓東向答拜，
冠者遂拜贊者,贊者東向答拜

관자는 끝자리로 가서 무릎 꿇고 돌아앉아 술을 마시고,
돌아와 찬자에게 잔을 주시오.
남향하여 다시 또 두 번 절하시오. (筓者 四 拜)
빈은 동향하여 답배하시오.
관자는 찬자에게도 절하시오. 찬자도 동향하여 답배하시오.

명자례 賓字冠者= =父前子名=父至尊,君前臣名 <曲禮上>
賓降階東向，主人降階西向，冠者降自西階 少東南向，賓字之曰. 冠者對曰,某雖不敏，敢不夙夜 ,祇奉
冠者拜，賓不答
빈은 서계단으로 내려가 東向하시오. 主人도 동계단을 내려가西向하시오.
冠者는 서계로 내려가 조금 동쪽에서 南向하시오.

빈은 자를 내리는 축사를 하시오.
禮儀既備하야令月吉日에 昭告爾字하노니爰字孔嘉라 髦士攸宜니宜之于嘏하야
永受保之하라.

예의가 이미 다 갖추어졌으니 성인이 되었다. 좋은 달 길한 날에 너에게 자를 밝혀준다. 너의 자는 00이니라. oo란 뜻이 있느니라. 字는 매우 아름답고 소중히 지닐 것이며, 마땅히 복을 받아 길이 보존하라.
(연이어 계자 당호례 실시)

관자는 대답하시오.
"제가 비록 불민하오나, 감히 밤낮으로 공경하여 받들겠습니다."
관자는 두 번 절하고 빈은 답배하지 않는다.

2) 傳統婚姻禮성균관笏記<家禮,四禮便覽 卷二昏,成均館 生活禮節考證>

1.親迎禮 - 女家設次于外 (여가설차우외)

신부집의 대문 서쪽에 신랑이 묵을 장막을 치고 친영 의식을 거행한다.

2.行醮子禮 - 遂醮其子而 命之迎

자식에게 초례를 하고, 아내를 맞아오기를 명하는 의식.

先以卓設酒注盞盤於堂上 (선이탁설 주주 잔반어당상)

먼저 당위에 상을 설치하고, 술주전자와 잔반을 놓으시오.

主人成服,坐於堂之東序 西向 (주인성복, 좌어당지동서 서향)

주인은 옷을 갖추어 입(설고, 당의 동쪽에서 서향하여 앉으시오.

設壻席於其西北,南向서석어 기서북남향)

신랑의 자리는 서북쪽에서 남향하여 설치하시오.

贊者取盞斟酒,執之詣壻席前 (찬자취잔짐주,집지예서석전)

찬자는 잔에 술을 따라 신랑의 앞으로 가시오.

壻再拜升席南向,受盞跪祭酒 (서재배,승석남향,수잔궤쵀주)

신랑은 두번 절하고, 자리로올라가 남향하여 잔을 받아무릎꿇고 쵀주하시오.

興就席末, 跪啐酒.(홍취석말, 궤쵀주)

일어나 자리 끝으로 가서 무릎꿇고 술을 마시시오.

興降席西 授贊者盞,又再拜 (홍강석서, 수찬자잔 우재배)

일어나자리 서쪽으로 내려가서 찬자에게 잔을주고,또두 번 절하시오.

進詣父坐前 東向跪 (진예 부좌전 동향궤)

아버지 앞에 나아가 동향하여 무릎 꿇고 앉으시오.

父命之曰 往迎爾相,承我宗事,勉帥以敬 若則有常

(부명지왈 왕영이상, 승아종사, 면솔이경 약즉유상)

아버지는 명하시오(종손이아니면 私室에서 초례를하고, 宗事라는말을 家事로 바꾼다)

"가서 너의 아내를 맞이하여 우리집 종사를 잇되, 공경하면서 통솔하여 강상이 있도록 하여라.

壻曰諾,惟恐不堪,不敢忘命,俛伏興 再拜出 (서왈낙, 유공불감, 불감망명, 면복홍재배출)

◎"예, 알겠습니다. 오직 감당하지 못할까 두렵습니다. 감히 명을 잊을 수 없습니다."

라고 대답하고 엎드렸다가 일어나 두 번 절하고 나오시오. 宗孫 自婚則 不擧行

壻出乘馬 以燭前導(서출승마 이촉전도)촛불로 앞에서 신랑을 인도하고, 기러아범도 기러기를 안고 앞서가시오

3. 行醮女禮(행초녀례)

遂醮其女而命之(수초기녀이명지) 딸에게 초녀례 할 것임을 명한다

女盛飾 姆相之 立於室外 南向 (여성식 모상지 입어실외 남향)

신부는 복식을 갖추고, 보모가 도와서 방 밖에 나와 남향하여 서시오.

父坐東序西向 母坐 西序東向 (부좌동서서향, 모좌 서서동향)

아버지는동쪽에서 서향하고, 어머니는서쪽에서 동향하여앉으시오

設女席 於母之東北南向 설여석 어모지동북 남향

신부의 자리는 어머니의 동북쪽에서 남향하여 차려 놓으시오.

贊者醮以酒,如壻禮 姆導女 出於母左 (찬자초이주 여서례 모도녀 출어모좌)

찬자가 초자례 때와 같이 초례 술을 돕고, 보모는 신부를 인도하여 어머니의 좌측으로 나오시오.

父起 命之曰, 敬之 戒之, 夙夜無違 舅姑之命(부기명왈경지계지,숙야무위 구고지명)

아버지는일어나명하시오공경하고경계하여 밤낮으로시부모 명령을어기지 말라

母送至西階上 爲之整冠 斂帔 (모송지 서계상 위지정관 렴피)

어머니는 서측 층계로 내려오며 관과배자를 정돈하면서 명령하시오.

命之曰 勉之敬之 夙夜無違 爾閨門之禮(명지왈 면지경지 숙야무위 이규문지례)

"힘쓰고 공경하여 밤낮으로 너의 규문의 예절을 어기지 말라."

諸母姑 嫂姊送之于 中門之內爲之 整裙衫 申以父母之命曰

(제모고 수자송지우 중문지내위지 정군삼 신이 부모지명왈)

여러 고모와 자매들은 중문 안에서 전송하면서 군삼을 매만지며 부모님의 명하심을 거듭 주의시키면서 명하시오.

謹聽 爾父母之言 夙夜無愆 (근청 이부모지언 숙야무건)

"너의 부모님의 말씀을 삼가 들어서 밤낮으로 허물됨이 없게 하라."

4. 行奠鴈禮 主人出迎 壻入奠鴈 (주인출영 서입전안)

청사초롱이 인도하며 기럭아범이 앞서 걸어오고, 사선(紗扇)을 들고 들어오는 신랑을 맞아들여 전안례를 올리겠습니다.

= = 신랑 입장 = 기러기 상을 내놓으시오

主人迎 壻于門外,壻出次東面 主人西面(주인영 서우문외 서출차동면 주인서면)

主人은 문밖에서 신랑을 맞이하시오.

新郎은 西쪽에서 東向하고 主人은 東쪽에서 서향하시오.

揖讓而入 奉鴈者進鴈 壻執鴈左首 (읍양이입 봉안자진안 서집안 좌수)

서로 읍하면서 주인이 먼저 들어가시오. 신랑은 기러기의 머리를 좌로 하여 잡고 따라 들어가시오.

以從至于廳事 主人升自阼階立西向 壻升自西階,就阼階上 北向跪 置鴈於地.

(이종지우청사 주인승 자조계 입서향 서승자서계 취조계상 북향궤 치안어지

주인은 동쪽층계로 올라와 서향하여 서있고, 신랑은서계로 올라와 동쪽계단으로 나가서 북향하여 무릎 꿇고 앉아서 기러기를 땅위에 놓으시오.

主人侍者受之,壻俛復興再拜 主人不答拜(주인시자 수지 서면복흥 재배 주인불답배)

신랑이 두 번 절하면, 시자는 기러기를 받아서 들어가시오.

姆奉女 有帕蒙頭 出中門 壻揖之 降自西階 主人不降, 壻遂出, 女從之

(모봉여 유파몽두 출중문 서읍지 강자서계 주인불강 서수출 여종지)

보모는 머리수건을 씌워서 신부를 인도하여 중문으로 나오면 신랑은 읍하시오. 신랑은 서쪽 계단으로 내려 오시오. 신부도 따라 오시오.

5. 大禮儀式

@ 兩家父母 立場 ,점촉, 相見禮 ,賀客人事 청사 초롱 신랑신부 입장

(1) 壻婦 交拜 (서부교배)

신랑과 신부가 절을 교환하는 의식.

婦從者 布壻席於東方,壻從者 布婦席於西方,皆於室中卓之南.

(부종자 포서석어동방 서종자 부석어서방, 개어실중 탁지남)

신부의 집사는 동쪽에 신랑의 자리를 펴고, 신랑의 집사는 서쪽에 신부의 자리를 펴시오.

壻盥于南 婦從者沃之進帨, 婦盥于北 壻從者沃之進帨,
(서관우남 부종자옥지진세, 부관우북 서종자 옥지진세)
신부의 집사는 신랑의 손을 닦아주고, 신랑의 집사는 신부의 손을 닦아주시오.

신랑신부의 집사는 제자리로 돌아가시오.壻執事=男執事(증보 사례편람 부록 328쪽)

壻爲婦 擧蒙頭 揖婦就席 (서위부 거몽두 읍부취석)
신랑은 신부의 머리 가리개를 걷어 주고, 신부에게 읍을 하고, 자리에 오르시오.

婦先(二)再拜. 신부는 먼저 두 번 절하시오.
(夫) 壻答一拜. 신랑은 답배로 한번 절하시오.

婦又(二)再拜, 신부는 또 두 번 절하시오.
(夫)壻又答一拜. 신랑은 또 답배로 한번 절하시오.

壻揖婦 就坐 壻東婦西 (서읍부취좌 서동부서)
신랑은 신부에게 읍을 하고 신부는 답례하고 신랑은동쪽, 신부는서쪽에 앉으시오.

이하 成均館式으로 代行
(2) 誓天地禮 각 좌집사는 잔반을 신랑 신부에게 주고, 각 우집사는 술을 따르시오.
신랑과 신부는 잔반을 높이 들어 올려 하늘에 서약하고, 다시 잔반을 아래로 내려 좨주하여 땅에 서약 하시오. 신랑 신부는 잔반을 집사에게 주고,안주를 집어 빈접시에 놓으시오

(3) 誓配偶禮 배우자에게 서약 의식.
각 右집사는 일어나시오. 신랑의 右집사는 청실을 왼 손목에 한 번감고, 신부의 右집사는 홍실을 오른 손목에 두 번 감아 걸치시오.

돌아가 술을 따르시오. 각 左집사는 잔반을 신랑 신부에게 주시오.

신랑과 신부는 잔반을 들어올려 배우자에게 서약하고, 술을 반쯤 마시고, 右집사에게 주시오.

각 右집사는 잔반을 받고 일어나 상대편 左집사의 왼쪽에 서서 잔반을 주시오.
각 左집사는 잔반을 받아 신랑 신부에게 주시오.

신랑과 신부는 잔반을 받들어올려 배우자의서약을 받아 드리고,남은술을 모두마시시오

각 左집사는 잔반을 받아 상대 右집사에게 주고, 각 右집사는 돌아가 잔반을 놓으시오.
<以上 成均館 發行 生活禮節 婚禮, 誓天地禮, 誓配偶禮로 適用>

(4) 合巹禮 @又取巹, 分置 壻婦之前(우취근 분치서부지전)
각 右집사는 표주박 잔을 주례로부터 받아가시오.
돌아가 신랑 신부의 잔을 내리고, 잔대 위에 놓으시오.

斟酒 壻揖婦 擧飮 不祭無殽 (짐주 서읍부 거음 부제무효)
각 左집사는 잔반을 신랑 신부에게 주시오.
@각 右집사는 술을 따르시오. 신랑은 신부에게 읍을 하고, 제주 하지 않고, 신랑 신부는 술을 마시시오.

각 右집사는 표주박잔을 주례에게 주시오.

또 앞으로 나아가서 靑, 紅실을 합하여 松, 竹분에 걸치시오.
禮畢==祝辭 ?

3) 喪葬禮 【虞祭 지내는 順序】

1) 主人 以下 皆沐浴(목욕)
2) 執事者陳器具饌. (집사가 제기를 진설, 제수를 준비.)
3) 設蔬果 (채소 ,과일, 盞盤과 초접, 시저, 포해를 진설)
4) 祝出神主于座, 主人 以下 皆入哭 = 服이 重한자 先就
축자가 신주를 영좌에 내 놓으면 주인 이하 모두 들어와 곡한다.
복이 중한 자는 앞에 서고,가벼운 자는 뒤에 선다. 존장은 앉고, 어린 자는 선다. 남자는 동쪽에 서고, 여자는 서쪽에 선다.
5) 강신(降神)
축자가 곡을 멈추게 하고, 주인이 손을 씻고, 향을 피우고 두 번 절한다. 집사도 모두 손을 씻고, 한 사람은 주인 우측에서 주전자를 들고 서향하여 무릎 꿇고, 또 한 사람은 탁자 위의 잔을 들고 주인의 좌측에서 무릎 꿇고 앉는다.

주전자를 주인에게 주면 주인은 술을 따르고, 주전자를 동집사에게 주고, 모사기에 酹酒(뇌주)를 하고, 잔반은 서 집사에게 준다. 집사자는 주전자와 잔반을 탁상 제자리에 놓는다. 주인은 잠시 구부렸다가 일어나 두 번 절하고 물러난다.
@ 參神이 없다.

6) 축진찬(祝進饌):
집사와 축자가 전,면,떡,메와 초헌의 육적(肉炙)도 진설한다.

7) 초헌(初獻) :
主人이 주전자를 들고 북향(北向)하여 서면 집사가 영좌전 잔반을 내려와 주인의 좌측에서 동향하여 선다.
주인이 술을 따르고, 주전자를 탁상에 놓고, 영좌전에 가서 북향하여 선다.
집사도 잔을 들고, 주인의 좌측에서 동향하여 선다.
주인과 집사는 무릎꿇고, 주인이 잔을 받아서 모사기에 좨주하고, 잔을 집사에게 주면 신위전에 올린다.
모든 뚜껑을 열고, 모두 무릎 꿇으면,

축자가 주인의 右側에서 西向하여 무릎꿇고 독축한다. 끝나면 주인은 곡(哭)을 한 후 재배(再拜)하고 돌아가서 또 哭한다.
모두 잠시 동안 곡하고 그친다. 집사는 퇴주기에 철주(徹酒)한다.

우제 축문 (祝文)

維.

年號幾年 歲次干支.幾月干支朔.孤子某(弟以下不名)敢昭告于(妻去敢字 夫昭告于, 弟兄告于)
顯考某官府君 日月不居 奄及初虞(흑再虞,三虞)夙興夜處 哀慕不寧 謹以(妻,弟=玆以) 清酌庶羞 哀薦祫事(再虞= 虞事, 三虞=成事) 尙. 饗

8) 아헌(亞獻) :주부가 한다. 초헌과 같이 하나,독축 없이 사배한다<四禮 권6喪>
9) 종헌(終獻)친척 손님혹은 남녀가 아헌과같이 하되, 철주하지 않는다.
10) 유식(侑食) :
집사가 주전자를 잡고, 잔에 술을 추가하여 따르고, 수저를 밥에 꽂고, 젓가락을 시접기 위에 바로 놓고, 절하지 않고 물러간다.

11) 합문(闔門) :
모두 나가는데 축자가 문을 닫고 제일 늦게 나온다. 남자는 동쪽에서 서향하여 서 있고, 여자는 서쪽에서 동향하여 서 있는데, 아홉 숟가락 먹는 동안 서 있는다. (主東 婦西 相向立, 一食九飯之頃 士=九) 존장은 다른 데로 가서 쉰다.

12) 축계문(祝啓門) :
축자가 문 앞에서 으흠 소리를 세 번하고, 제일 먼저 들어간다. 주인과 주부가 따라 들어가서 국을 내리고 숙수를 올린다.

13) 사신(辭神) :
잠시 기다렸다가 모두 곡하고, 사신(辭神) 재배.

4) 祭儀禮. 考妣合設. 忌祭祀. 笏記

< 考證: 家禮 晦庵, 家禮輯覽, 四禮便覽>

<主人 이하 序立>
주인과 주부는 손을 씻고, 주인은 향안상東쪽에서 北향하여 서고, 주부는 향안상 西쪽에서 北향하여 서시오.

종헌자와 축자, 그리고 여러 남자 참사자와 남자 동서집사도 차례대로 손을 씻고, 향안상 東쪽에서 北향하여 서시오.
여자 참사자와 여자동서 집사도 손을 씻고, 향안상 西쪽에서 北향하여 차례대로 서시오.

점촉이 있겠습니다. 서집사는 고위 전에 먼저 점촉하고, 동집사는 비위 전에 점촉하시오.
<奉主就位>
부모님 신위를 받들겠습니다. 주인은 고위 신위를, 주부는 비위 신위를 받드러 신주를 여시오. 제자리로 돌아오시오.

<降神>신을 청하는 강신례가 있겠습니다.
주인은 향안상 앞에 나와 읍례를 하고 무릎을 꿇고, 왼손으로 향로 뚜껑을 열고, 오른손으로 향합 뚜껑을 열어 향을 세 번불 사르시오. 일어나서 두 번 절

하시오.

주인은 조금 물러나 서시오. 동집사는 술병을 열어 수건으로 병 입구을 닦고 술을 주전자에 부어 주전자를 들고, 주인의 우측에서 서향하여 서 있고, 서집사는 동쪽 계단 주가상에 있는 뇌주 잔반을 들고, 주인의 좌측에서 동향하여 서시오.

주인이 무릎을 꿇고 앉으면, 동서집사도 꿇어앉으시오.
주인은 뇌주 잔반을 받아 잔에 동집사의 술을 따라 받아서 왼손으로 잔대를 잡고, 오른손으로 잔을 잡아, 모사기 위에 세 번에 나누어 모두다 따르시오.

주인은 잔반을 서집사에게 주어 원 자리에 놓고, 집사자는 먼저 제자리로 돌아오시오.
주인은 일어나 두 번 절하고 제자리로 돌아가시오.
<參神>
참신례가 있겠습니다. 남자는 두 번, 여자는 네 번 절하시오.

<進饌>
식어서는 안 되는 음식을 올리는 진찬이 있겠습니다.

주인은 외집사의 도움을 받아, 육전과 초장을 잔반의 남쪽에 놓고,
주부는 내집사의 도움을 받아, 고위 면과 비위 면을 육전의 서쪽에 놓으시오.
주인은 또 외집사의 도움을 받아 어전과 겨자를 초첩의 남쪽에 놓으시오. 주부는 또 내집사의 도움을 받아 고위 떡과 비위 떡과 꿀을 각각 어전의 동쪽에 놓으시오.

주인은 또 외집사의 도움을 받아 고위 국을 서쪽에, 비위 국을 초첩의 동쪽에 놓으시오. 주부는 또 내집사의 도움을 받아 고위 (메)밥을 잔반의 서쪽에, 비위 밥을 동쪽에 놓으시오.

집사들은 육탕을 서쪽에, 소탕을 중앙에, 어탕을 동쪽에 놓으시오.

<初獻>
초헌례가 있겠습니다.
주인은 향안상 앞에서 북향하여 읍례를 하고, 서쪽의 고위 잔반을 받들어 향안상 앞으로 와서 동향하여 서 있고, 남자 동집사는 주전자를 들고 서향하여 고위 잔에 술을 따르시오.

주인은 고위 잔반을 받들어 원래의 자리에 놓으시오. 주인은 또 동쪽의 비위 잔반을 받들어 와서 향안상 앞에서 동향하여 서고, 동집사는 또 서향하여 비위 잔에 술을 따르시오.
주인은 비위 잔반을 받들어 원래의 자리에 놓으시오.

주인은 향안상 앞에서 북향하여 서시오. 동서집사는 고위 잔반과 비위 잔반을 순서대로 받들어와 초헌자의 앞에서 서로 마주보고 서시오.
주인은 무릎을 꿇고 앉고, 동서 집사도 따라 앉으시오.
주인은 왼손으로 서집사의 잔대를 잡고, 오른손으로 잔을 잡아 모사기 위에 세 번 조금씩 술을 따르고, 서집사에게 잔반을 주시오. 서집사는 받아서 원래의 자리에 놓으시오.

주인은 동집사의 잔반을 받아서 세 번 모사기에 조금씩 따르고, 잔반을 동집사에게 주어 원래의 자리에 올리도록 하시오.
@ 주인은 일어서시오.
<奠炙>
동서집사는 육적과 소금을 시접의 남쪽에 올리고 물러서시오.
<啓飯蓋>
서집사는 고위 메와 국, 그리고 양위의 면 덥개를 열어 그 남쪽에 놓으시오.
동집사는 비위 메와 국과 탕의 덥개를 열어 그 남쪽에 놓으시오.
<讀祝>
축자가 축판을 들고 주인의 왼쪽에서 동향하여 무릎꿇으면, 주인 이하 모두 꿇어앉으시오.
축자는 축문을 축판에 받쳐 들고 독축하시오.@독축이 끝나면 모두 일어서고 주인은 제일 늦게 부복한 후에 일어나 두 번 절하시오.
<徹酒> 외집사는 퇴주기를 들고 고위 잔과 비위 잔의 술을 철주하시오.
<徹炙> 또 철적하고, 원래의 자리에 돌아가시오.
<亞獻禮>
아헌례가 있겠습니다. 주부는 향안상 앞에 나와 굴신례를 하고 서쪽의 고위

잔반을 받들어 와서 향안상 앞에서 동향하여 서고,
여자 동집사는 주전자를 들고 마주보고 술을 따르시오.
주부는 잔반을 받들어 원래의 자리에 놓으시오.

동쪽의 비위 잔반을 받들어 와서, 향안상 앞에서 동향하여 서고,
동집사로부터 술을 받아서 잔반을 원래의 자리에 놓으시오.

주부는 향안상 앞에 나와 북향하여 서 있고, 동서집사는 잔반을 받들어 와서 서로 마주보고 서시오. 주부가 무릎 꿇어앉으면 다같이 앉으시오.

주부는 왼손으로 고위 잔대를 잡고, 오른손으로 잔을 잡아 모사기 위에 조금씩 세 번 따르고, 서집사에게 주면 원래의 자리에 올리시오.

주부는 동집사의 잔반을 받아 세 번 따르고, 동집사에게 주어 잔반을 원래의 자리에 올리시오.
서집사는 어적을 올리시오.
주부는 네 번 절하시오.
동서집사는 퇴주기에 고위 잔과 비위 잔을 비우시오. 서집사는 어적을 내리시오. 주부는 굴신례를 하고 물러나시오.

<終獻禮> 종헌례가 있겠습니다.
종헌자는 향안상 앞에 나와 읍례를 하고, 서쪽의 고위 잔반을 받들어 향안상 앞에서 동향하고,

동집사는 주전자를 들고 마주서서 술을 따르시오. 종헌자는 잔반을 받들어 원래의 자리에 놓으시오.
종헌자는 동쪽으로 나아가 비위 잔반을 받들고 나와 향안상 앞에서 동향하여
동집사로부터 술을 따라 받고, 잔반을 원래의 자리에 올리시오.

종헌자는 향안상 앞에 나와 북향하여 서고, 동서집사는 잔반을 받들어와서 향안상 앞에서 마주보고 서시오.
종헌자가 무릎꿇어 앉으면, 동서 집사도 같이 앉으시오.

종헌자는 왼손으로 고위 잔대를 잡고 오른손으로 잔을 잡아 모사기 위에 조금씩 세 번 따르고, 서집사에게 주어 고위 잔반을 원 자리에 놓게 하시오. 또 동집사의

잔반을 받아 조금씩 따르고, 비위 잔반을 원래의 자리에 올리게 하시오. 서집사는 계적을 올리시오. 종헌자는 두 번 절하시고 물러나시오.

<侑食>음식을 더 권하는 유식이 있겠습니다. 주인과 주부는 향안상 앞에 나와 주인은 읍례, 주부는 굴신례를 하고, 주인은 주전자를 들고 고위 잔과 비위 잔에 술을 더따르시오.
주부는 고위 메에 수저를 동향하여 꽂고, 젓가락은 시접기 위에 자루가 서쪽젓가락을 바로 놓고 나오시오. 주인은 두 번, 주부는 네 번 절하시오.

<闔門>합문이 있겠습니다.
참사자 모두 나가시고, 축자가 문(병풍,발)을 닫고 늦게 나오시오.
주인과 남자들은 문 동쪽에서 서향하여 서 있고, 주부들은 문 서쪽에서 동향하여 서 있고, 노인은 나가서 쉬시오. <九食頃>

<啓門>축자가 문앞에서 으흠 소리를 세 번 내고, 문을 열고 들어가시오.
<熟水 準備> 주인과 주부는 국을 내리고, 숙수를 올리시오. 집사자들은 下匙筯를 하고 뚜껑을 다 덮으시오.

<辭神>주인 이하 모두 주인은 두번, 주부는 네 번절하고, 축문을 불사르시오.
<納主> 주인과 주부는 신주를 받들어 사당에 모시시오.
<徹饌>주부는 철찬을 감독하면서 잔에 있는 술과 퇴주기에 있는 술을 병에 넣어 봉함하고, 과일과 채소 고기 등은 그릇에 담고 각종 제기 들은 잘 닦아서 보관하시오.

<부모님 기제 축문>

維
檀君紀元四千三百四十三年 歲次庚寅 十月戊子朔 五日壬辰 孝子00 敢昭告于
顯考學生 府君
顯妣孺人文化柳氏 歲序遷易
顯考諱日復臨 追遠感時 昊天罔極 謹以 淸酌庶羞 恭伸奠獻 尙
饗

@ 孫子들이 앞 다투어 祝文을 읽으며 祭祀에 參與하는 한글축문 例 @

단군기원4344년,3월5일 큰아들영수는 아버님,어머님 신위전에 삼가 아뢥니다.
아버님께서 돌아가신 날이 다시 돌아오니, 사모의 정을 금할 수 없습니다.
이에 간소한 술과 제물을 드리오니, 강림하시어 흠향 하시 옵 소서 !

5) 茶禮 지내는 順序

<考證 : 家禮 卷一 5쪽 正至朔望則參 , 四禮 卷 8 祭 7쪽>

1. 봉주취위(奉主就位):
主人은 남자(諸考位)의 神主를, 主婦는 여자(諸妣位)의 신주를 모신다.

2. 강신(降神) :
주인이 향탁 앞에 가서 꿇고 앉아, 삼상향(三上香)하고 재배한다.
조금 물러서 있으면-東 執事가 주전자를 들고 主人의 右측 앞에서 西向하여 서 있고,
西執事는 뇌주 잔반을 들고 主人의 左측 앞에서 동향하여 서 있는다.

主人이 무릎 꿇어 앉으면 東西 執事도 꿇어 앉는다.
主人이 주전자를 받아 술을 따르고, 주전자를 동집사에게 물리고,

잔반을 받아서 모사기 위에 세 번에 나눠어 전부 붓는다.
主人은 일어나 再拜한다.

3. 참신(參神) :
참석한 諸 子孫은 남자는 두 번 절하고, 여자는 四拜한다.

4. 전주(奠酒) :
主人이 주전자를 들고 서쪽의 웃어른부터 차례대로 술을 따른다.
개(뚜껑)을 열고 시저(匙著)를 올려놓고, 主人이 두 번 절한다.
@ 잠시 기다린다.

5. 사신(辭神) : 하시저(下匙著)하고, 참사자 모두 절한다.

6. 납주(納主) : 神主를 사당에 모시고 紙榜은 불사른다.

7. 철찬음복(徹饌飮福)

6) 祧墓 歲一祀(墓祭) 笏記

<敍立>諸子孫詣墓所 再拜序立
제자손은 묘소 앞에 나아가 두 번 절하고, 차례대로 서시오.
諸執事 分定記貼于 床石前面 제집사는책임을 맡은 대로 상석 앞에 서시오.
執禮立於 內階上西邊 唱笏 집례는 계단 위 서쪽에 서서 창홀하시오.
陳設四人 盥手 진설할 네 사람은 손을 닦으시오.
各奉果楪 奠于床南 각과일 접시를 받들어 상석 제일 남쪽 열에 놓으시오..
次奉盤床及脯醢奠之 다음 줄에는 포와 생선젓을 놓으시오.
次奉肴南奠之 다음에는 부꾸미를 놓으시오.
次奉匙箸楪及 盤盞奠之 다음은수저, 젓가락, 접시와 잔과 잔대를 올리시오
次奉餠麵奠之 다음은 떡과 면을 올리시오.
次奉飯羹奠之 다음에는 밥과 국을 올리시오.
次奉魚肉湯奠之 어적 육적, 그리고 탕을 올리시오.
設祭酒甁及 酹酒盤盞及 酒注 退酒器 於內階上東邊
제주병과 뢰주 잔반과 주전자, 그리고 퇴주기를 계단 위 동편에 놓으시오.
香爐香盒 設於香爐石上 爐西盒東 향로는 향로석 서쪽에, 향합은 동쪽에놓으시오
祝板置于香爐石傍 축판은 향로석 서쪽에 놓으시오.
陳設四人皆退復位 진설자는 제자리로 물러나시오.

<降神> 강신례가 있겠습니다.
初獻者及執事盥手 초헌자와 집사는 손을 닦으시오.
初獻者詣 香爐石前跪 초헌자는 향로석 앞에 나와 무릎꿇어 앉으시오.
焚香再拜少退立 분향하고 두 번 절하고 물러서시오.
執事者一人取酒甁 傾酒于酒注中 집사 한 사람은 술병을 들고 주전자에 술을 따르시오.
執注立于 初獻者之右. 주전자를 들고 초헌자의 우측에 서시오.
執事者一人酹酒盞盤 立于初獻者之左
집사 한 람은 초헌자의 좌측에서 뢰주 잔반을 들으시오.
初獻者跪 執事二人皆跪 초헌자가 무릎꿇으면 집사도 무릎꿇어 앉으시오

奉盞盤者以盞盤授初獻者 잔반을 초헌자에게 주시오.
初獻者受之 초헌자는 잔반을 받으시오.

執注者 斟酒于盞　주전자를 잡은 사람은 잔에 술을 따르시오.
初獻者左手執盤, 右手執盞, 三灌于地上
초헌자는 왼손으로 잔대를 잡고, 오른손으로 잔을 잡아 세 번에 나누어 땅위에 모두 따르시오.
以盞盤 授執事　잔반을 집사에게 주시오.
執事二人皆退復位 집사자 모두 제자리로 물러나시오.

初獻者 俛伏興再拜　초헌자는 엎드렸다가 일어나 두 번 절하시오.
退復位 원래의 자리로 물러나시오.

<參神> 참신례가 있겠습니다.
三獻者及諸執事者 ,與諸子孫, 皆再拜 헌관과 제집사,제자손 모두재배하시오.

<初獻> 초헌례가 있겠습니다.
初獻者盥手 초헌자는 손을 닦으시오.
詣香爐石前立 향로석 앞에 나와 서시오.
執事一人執酒注, 立于初獻者之右 집사 한 사람은 술 주전자를 들고 헌관의 우측에 서시오.
初獻者 自左詣 奉考位盞盤 초헌자는 좌측의 고위 잔반을 받들어 오시오
退詣香爐石前 東向立　향로석 앞에 와서 동향하여 서시오.
執注者 西向斟酒于盞 주전자를 든 집사는 서향하여 잔에 술을 따르시오
初獻者 奉之奠于故處　초헌자는 잔반을 받들어 원자리에 올리시오.

次奉妣位盞盤 다음에는 비위 잔반을 받드시오.
退詣香爐石前 東向立　물러와 향로석 앞에서 동향하여 서시오.
執注者西向斟酒于盞　서향하여 잔에 술을 따르시오.
初獻者 奉之奠于故處　초헌자는 잔반을 원래자리에 올리시오.

退詣香爐石前 北向立 헌관은 향로석 앞에 나와 북향하여 서시오.
執事二人 進奉考妣位盞盤. 집사 두 사람은 고위, 비위 잔반을 받드시오.
退立於 初獻者之左右 양집사는 잔반을 받들고 물러나와 헌관의 좌우에서 마주 보고 서시오.

初獻者跪　초헌자는 무릎을 꿇으시오.
執事二人皆跪 집사 두 사람도 무릎 꿇으시오.
執事 以考位盞盤 授初獻者　고위 잔반을 초헌자에게 주시오.

初獻者受之 左手執盤 右手執盞 三祭于地 초헌자는 외손으로 잔대를 잡고, 오른손으로 잔을 잡아 땅위에 조금씩 세 번 좨주하시오.
以盞盤 授執事反之故處잔반을 집사에게 주어 원래의 자리에 올리게 하시오.

執事以妣位盞盤授初獻者 비위 잔반을 초헌자에게 주시오.
初獻者受之左手執盤右手執盞三祭于地　초헌자는 왼손으로 잔대를 잡고, 오른손으로 잔을 잡아 땅위에 세 번 좨주하시오.
以盞盤授執事 返之故處. 잔반을 집사에게 주어 원래의 자리에 올리도록 하시오.

初獻者 俛伏興 少退立　초헌자는 엎드렸다 일어나 조금 물서시오.
執事 奉肉炙奠之 집사는 육적을 올리시오.
啓飯盖置其南 밥 덮개를 열어 그 남쪽에 놓으시오.
扱匙飯中 수저를 밥 중앙에 동향하여 꽂으시오.
正筯楪上 젓가락을 시접기 위에 바로 놓으시오.
執事二人 皆退復位　집사자 모두 제자리에 물러나시오.

祝 進取祝板立于 初獻者之左
축자는 축판을 들고, 초헌자의 좌측에서 동향하여 서시오.
初獻者以下 諸執事及 諸子孫皆跪. 초헌자, 제집사, 제자손 모두 무릎 꿇어 앉으시오
祝亦跪 於初獻者之左, 讀祝 축자도 초헌자의 외쪽에서 무릎 꿇고 독축하시오.

세일사(歲一祀) 축문

維
檀君紀元四千三百四十三年 歲次庚寅 十月干支朔 0日干支 0代孫00 敢昭告于
顯0代祖考0000 府君
顯0代祖妣00 000氏之墓 代序雖遠 遺澤尙新 謹以 歲擧一祭 式薦明禋 尙
饗
讀畢退復位 축문을 다 읽었으면 물러나시오.

初獻者以下 諸執事及諸子孫 皆興 초헌자 이하 모두 일어나시오.
初獻者再拜, 退復位. 초헌자는 두 번 절하고 물러나시오.
執事二人進取考妣位盞盤詣東階上.집사 두 사람은 고위비위 잔반을 동측계단으로 물려오시오.
傾酒于 退酒器 퇴주기에 술을 따르시오.

各盞盤于故處. 徹炙 각잔반을 원래의 자리에 놓고 육적을 동쪽으로 내리시오.
執事皆退復位. 집사는 모두 물러나시오.

<亞獻> 아헌례가 있겠습니다.
亞獻如初獻儀초헌례와같은 의식으로 하시오. 단.독축이 없고 어적을 올리시오.

<終獻> 종헌례가 있겠습니다.
終獻如亞獻儀,아헌례와 같이 행하시오.
단 꿩이나 계적을 올리며, 철주를 하지 않는다.
無侑食.

執事者, 進徹考妣位羹. 집사자는 고위 비위 국을 내리시오.
奉熟水奠之.退復位. 고위 비위 숙수를 올리고 물러나시오.
肅俟少頃 모두 정숙하게 조금 기다리시오.

<辭神> 사신례가 있겠습니다.
執事進 下匙筯 집사는 시저를 내리시오.
闔飯盖. 退復位 모든 뚜껑을 덮고 물러나시오.

三獻者及 執事與諸子孫 皆再拜. 삼헌자와 제자손 모두 재배하시오.

<徹饌> 執事二人. 與進設四人 進徹諸饌 집사와 진설자 모두 나와 제물을 거두시오.

祝焚祝文. 축자는 축문을 불사르시오.

附錄 2. 成均館 釋奠大祭, 紫雲書院, 笏記와 祝文.

1) 成均館 釋奠大祭 笏記

典祀官廟司,入實饌具畢 전사관과 묘사는 들어가서 제수를 진설 하시오
贊引引, 監察升自東階按視, 堂之上下糾察
찬인은 감찰을 인도하여 동쪽 계단으로 올라가서 살피도록 하시오.
執禮及廟司司洗, 先就階間拜位 北向西上 ,四拜訖, 盥洗位盥手就位.
집례와묘사,사세는 계간배위에 먼저 나아가서 북향하여 4배하시오.
관세위에서 손을 씻고 자기자리로 가시오.
謁者贊引, 俱就階間拜位, 四拜訖,盥洗位 盥手就位.
알자와 찬인은 계간배위에 나가서 4배하고 손을 씻고 자기 자리로 가시오

@ 唱笏 @

典樂帥,樂生二舞,入就位. 전악은 악생과 무희를 인솔하여 들어 오시오.
贊引引, 大祝及諸執事,入階間拜位 北向 西上立.
찬인은 대축과 제집사를 인도하여 계간배위에 들어가 북향하여 서시오.
四拜, 大祝以下,皆四拜 대축이하 모두 4배 하시오.
大祝及諸執事, 詣盥洗位盥手, 各就位.
대축과 제집사는 관세위에서 손을 씻고 자기 자리로 가시오.
廟司及 奉香奉爐升, 點燈, 開扉, 開櫝, 啓蓋.
묘사와봉향봉로는 올라와 점촉하고, 뚜껑을 열고 신주를 열고 문을 여시오.
奉香奉爐, 降復位. 봉향봉로는 자기자리로 내려 가시오.
贊引引, 大祝詣傳香門前, 奉祝板, 香櫃, 引詣香所.
찬인은 대축을 전향문앞에 인도하여, 축판과 향궤를 향소로 인도 하시오.
司樽詣, 爵洗位, 洗爵拭爵訖, 置於篚, 奉詣樽所, 置於坫上.
사준은 작세위에 가서 잔을 씻고 광주리에 담아 준소의 점 위에 놓으시오.
降復位 제자리로 내려가시오.
謁者贊引 各引獻官入就位. 謁者, 請行事(有司謹具請行事)
알자와 찬인은 각 헌관을 인도하여 자리에 들어오시오. 알자는 행사할 것을 청하시오.
軒架作,凝安之樂,烈文之舞作擧麾 응안지악과 열문지무를 하게 하시오.

四拜,獻官以下儒生在位者,皆四拜.(一般鞠躬)국궁-궤.배-흥.배-흥.배-흥.배-흥평신
헌관이하 유생 모두 4배 하시오 (먼저 구기에대한 배례)

樂止偃麾 음악을 중지하시오.

1. 行奠幣禮 전폐례를 행하시오.

謁者引,初獻官詣,盥洗位盥手(搢笏, 盥手, 洗手, 執笏)
알자는 초헌관을 관세위에서 손을 씻도록 인도하시오
引詣,大成至聖,文宣王,神位前, 北向立.
대성지성 문선왕 신위 앞에서 북향하여 서도록 인도하시오.

登架作,明安之樂,烈文之舞作擧麾 명안지악과 열문지무를 추게 하시오..
大祝及,奉香奉爐升(헌관궤진홀)三上香
대축과 봉향봉로는 올라오시오, 삼상향 하시오.
大祝以幣篚, 授初獻官.初獻官,執幣獻幣, 以幣,授大祝. 대축은 폐비를 초헌관에게
(헌관의 우측에서 꿇어앉아드리고)헌관은 헌폐하고 대축에게 주시오.
大祝, 奠于神位前. 대축은(헌관의 좌측에서)받아서 신위앞 폐백위치에 올리시오.
次詣,復聖公,神位前, 三上香. 다음은 복성공 신위앞에서 삼상향 하시오.
大祝,以幣篚, 授初獻官. 대축은(獻官之右)폐비(폐백광주리)를 초헌관에게 주시오
初獻官,執幣獻幣,以幣授大祝, 초헌관은 헌폐하시고 대축에게 주시오.
大祝, 奠于神位前 대축은 (獻官의 左측에서) 신위 앞에 올리시오.

次詣,宗聖公神位前.三上香. 다음은 종성공 신위앞에서 삼상향 하시오.
大祝, 以幣篚, 授初獻官 대축은 폐비를 초헌관에게 주시오.
初獻官,執幣獻幣, 以幣授大祝 초헌관은 헌폐하고 대축에게 주시오.
大祝, 奠于神位前. 대축은 신위 앞 폐백자리에 올리시오.

次詣, 述聖公,神位前,三上香. 다음은 술성공 신위 앞에서 삼상향 하시오.
大祝, 以幣篚授初獻 대축은 폐비를 초헌관에게 주시오.

初獻官,執幣獻幣, 以幣授大祝.大祝, 奠于神位前
초헌관은 헌폐하시고 대축에게 주시오. 대축은 신위전에 올리시오.

次詣,亞聖公神位前, 三上香. 다음은 아성공 신위앞에 삼상향 하시오.
大祝,以幣篚, 授初獻官 대축은 폐비를 초헌관에게 주시오.
初獻官,執幣獻幣, 以幣授大祝. 초헌관은 헌폐하시고 대축에게 주시오.
大祝,奠于神位前 대축은 신위전에 올리시오.
樂止 偃麾.음악을 중지하시오.

初獻官以下, 降復位. 초헌관 이하 자리로 내려가시오.
2. 行初獻禮 초헌례를 행하시오.
謁者引, 初獻官詣, 大成至聖, 文宣王樽所, 西向立.
알자는 초헌관을 인도하여 문선왕 준소에 서향하여 서도록 하시오.
登架作.成安之樂, 烈文之舞作 거휘 성안지악 열문지무를 추게 하시오.
奉爵,奠爵,司樽升 봉작, 전작 사준은 올라오시오.
司樽,擧冪酌醴齊,奉爵以爵受酒
사준은 예제의 멱(칙으로 된 덥개)을 열고 봉작은 술을 받으시오.

引詣,大成至聖文宣王,神位前.,北向立.
초헌관을 문선왕 신위전에 북향하여 서도록 하시오.
奉爵,以爵授初獻官.봉작은(헌관의 우측에서 무릎꿇고)헌관에게 잔을 올리시오.
初獻官,執爵獻爵, 以爵授奠爵.초헌관은 잔을잡아 헌작하시고 전작에게 주시오.
奠爵, 奠于神位前 전작은(헌관의 좌측에서)잔을 받아 신위전에 올리시오.
樂止 偃麾 음악을 중지하시오.

大祝升 大祝,詣獻官之左,東向跪
대축은 올라와서 헌관의 좌측에서 무릎 꿇어 앉으시오.
獻官以下 諸執事, 俯伏, 參祀者, 鞠躬.
헌관이하 모두 부복하시오. 참사자 모두 국궁 하시오.
讀祝文 讀祝畢 (興平身) 독축하시오. 끝났으면 모두 일어나시오.
樂作 擧麾 음악하시오.
大祝, 降復位. 대축은 내려가시오.
謁者引, 初獻官詣, 配位樽所, 西向立.
알자는 초헌관을 배위 준소에 인도하여 서향하여 서도록하시오.
司樽,擧冪酌醴齊,奉爵以爵受酒
사준은 예제의 멱(칙으로 된 덥개)을 열고 봉작은 잔에 술을 받으시오.

引詣, 復聖公神位前.(獻官搢笏跪) 복성공 신위전에 인도하시오.
奉爵, 以爵授初獻官. 봉작은 잔을 초헌관에게 드리시오.
初獻官,執爵獻爵,以爵授奠爵. 초헌관은 헌작하시고 전작에게 주시오.
奠爵, 奠于神位前. 전작은 신위전에 올리시오.

次詣 ,宗聖公 神位前. 다음은 종성공 신위전으로 가시오.
司樽,擧冪酌醴齊,奉爵以爵受酒

사준은 예제의 멱(칙으로 된 덥개)을 열고 봉작은 잔에 술을 받으시오.
奉爵, 以爵授初獻官 봉작은 초헌관에게 술을 주시오.
初獻官,執爵獻爵,以爵授奠爵.초헌관은 헌작하고 술을 전작에게 주시오.
奠爵, 奠于神位前 전작은 신위전에 올리시오.

次詣, 述聖公神位前. 다음은 술성공 신위전에 가시오.
司樽,擧冪酌醴齊,奉爵以爵受酒
사준은 예제의 멱(칙으로 된 덥개)을열고 봉작은 잔에술을받으시오.
奉爵, 以爵授,初獻官. 봉작은 초헌관에게 잔을 주시오.
初獻官,執爵獻爵,以爵授奠爵. 초헌관은 헌작하고 잔을 전작에게 주시오.
奠爵, 奠于神位前. 전작은 신위전에 올리시오.

次詣, 亞聖公神位前. 다음은 아성공 신위전에 가시오.
司樽,擧冪酌醴齊,奉爵以爵受酒
사준은 예제의 멱(칙으로 된 덥개)을열고 봉작은 술을 받으시오.
奉爵, 以爵授初獻官. 봉작은 초헌관에게 잔을 주시오.
初獻官,執爵獻爵,以爵授奠爵.초헌관은 헌작하시고 전작에게 잔을 주시오.
奠爵,奠于神位前. 전작은 신위전에 잔을 올리시오.
樂止偃麾(악지 언휘)음악을 중지 하라는 명령신호.
謁者引, 初獻官 ,降復位. 알자는 초헌관을 인도하여 내려가시오.
文舞退,武舞進,軒架作,舒安之樂, 擧麾
문무가 물러가고 무무가 나오고 서안지악을 하시오.
樂止,偃麾 음악을 중지하시오.

3. 行 亞獻禮 아헌례를 행하시오.
謁者引,亞獻官詣, 盥洗位盥手
알자는 아헌관을 관세위에 인도하여 손을 씻도록 하시오.

引詣,大成至聖文宣王樽所,西向立.문선왕 준소에서 서향 하도록 인도 하시오.
軒架作,成安之樂,昭武之舞作擧麾. 성안지악과 소무지무를 하시오.
司樽,擧冪酌盎齊,奉爵以爵受酒
사준은 앙제의멱(칙으로 된 덥개)을열고 봉작은 잔에 술을 받으시오.

引詣大成至聖文宣王神位前北向立 문선왕신위전에서 북향하도록 인도 하시오.

奉爵, 以爵授亞獻官. 봉작은 아헌관에게 잔을 주시오.
亞獻官,執爵獻爵, 以爵授奠爵. 아헌관은 헌작 하시고 전작에게 주시오.
奠爵,奠于神位前. 전작은 신위전에 올리시오.
謁者引, 亞獻官詣,配位樽所,西向立.
알자는 아헌관을 배위 준소에서 서향 하도록 인도 하시오.
司樽,擧冪酌盎齊,奉爵以爵受酒
사준은 앙제의 멱(칙으로 된 덥개)을열고 봉작은잔에 술을받으시오.

引詣, 復聖公神位前. 복성공 신위전에 안내하시오.
奉爵,以爵授亞獻官.亞獻官,執爵獻爵,以爵授奠爵.奠爵,奠于神位前.
봉작은 잔을 아헌관에게 주고 아헌관은 헌작 하시고 전작에게 주시오. 전작은 신위전에 올리시오.

次詣, 宗聖公神位前. 다음은 종성공 신위전에 가시오.
司樽,擧冪酌盎齊,奉爵以爵受酒
사준은앙제의 멱(칙으로 된 덥개)을열고 봉작은 잔에 술을 받으시오.
奉爵, 以爵授亞獻官.봉작은 아헌관에게 잔을 주시오.
亞獻官,執爵獻爵, 以爵授奠爵.아헌관은 헌작하고 전작에게 주시오.
奠爵, 奠于神位前. 전작은 신위전에 올리시오.

次詣, 述聖公神位前. 다음은 술성공 신위전으로 가시오.
司樽,擧冪酌盎齊,奉爵以爵受酒사준은 앙제의멱을 열고 봉작은 잔에 술을 받으시오.
奉爵, 以爵授亞獻官 봉작은아헌관에게 잔을 주시오.
亞獻官,執爵獻爵,以爵授奠爵. 아헌관은 헌작하시고 전작에게 주시오.
奠爵, 奠于神位前 전작은 신위전에 올리시오.

次詣, 亞聖公神位前. 다음은 아성공 신위 전에 가시오.
司樽,擧冪酌盎齊,奉爵以爵受
사준은 앙제의 멱(칙으로 된 덥개)을 열고 봉작은 잔에 술을 받으시오.
奉爵, 以爵授亞獻官.봉작은 아헌관에게 잔을 주시오.

亞獻官,執爵獻爵, 以爵授奠爵. 아헌관은 헌작하시고 전작에게 주시오.
奠爵, 奠于神位前. 전작은 신위전에 올리시오.
謁者引, 亞獻官降復位. 알자는 아헌관을 인도하여 내려가시오.
樂止,偃麾. 음악을 중지하시오.

4. 行終獻禮 兼分獻禮 종헌례와 분헌례를 행하시오.
謁者引,終獻官詣,盥洗位盥手
알자는 종헌관을 관세위에 인도하여 손을 씻으시오.
贊引各引,分獻官,詣盥洗位盥手찬인은 각분헌관을 관세위에 인도하여 손을 씻으시오.

引詣, 大成至聖,文宣王樽所, 西向立.
종헌관을 문선왕 준소에 서향하여 서도록 인도하시오.
引詣,各引分獻官,從享位樽所西向立.
각 분헌관을 각종향위 준소에 서향하여 서도록 인도하시오.
各從享位,奉爵奠爵司樽詣定就位 각 종향위 봉작, 전작, 사준은 정위치에 서시오.
軒架作,成安之樂,昭武之舞作擧麾 성안지악과 소무지무를 행하시오.
各司樽,擧冪酌淸酒,奉爵以爵受酒
각사준은 청주의 멱(칙으로 된 덥개)을열고 봉작은 잔에 술을 받으시오.

引詣,大成至聖, 文宣王神位前, 北向立.
종헌관을 문선왕 신위전에 북향하여 서도록 인도하시오.
引詣,各引分獻官,從享位神位前,各向立.각분헌관은 종향위 신위전에 서도록인도하시오.
各奉爵,以爵授獻官各獻官, 執爵獻爵, 以爵授奠爵奠爵, 奠于神位前各分獻官,
酌獻從享, 如上儀.
각봉작은 헌관에게 잔을 주고 각헌관은 헌작하고 전작에게 주시오.
전작은 신위전에 올리시오. 각 분헌관은 종향위에 헌작 하시오.
謁者引, 終獻官詣,配位樽所, 西向立.
알자는 종헌관을 배위준소에서 서향하여 서도록 인도하시오.
司樽,擧冪酌淸酒,奉爵以爵受酒
사준은 청주의 멱(칙으로 된 덥개)을열고 봉작은잔에 술을 받으시오.

引詣, 復聖公神位前. 복성공 신위 앞으로 가시오.
奉爵, 以爵授終獻官 봉작은 종헌관에게 잔을 주시오.
終獻官,執爵獻爵,以爵授奠爵. 종헌관은 헌작하고 전작에게 주시오.
奠爵, 奠于神位前. 전작은 신위전에 올리시오.

次詣, 宗聖公神位前. 다음은 종성공 신위전에 가시오.
司樽,擧冪酌淸酒,奉爵以爵受酒
사준은 청주의 멱(칙으로 된 덥개)을열고 봉작은 잔에 술을 받으시오.

奉爵, 以爵授終獻官 봉작은 잔을 종헌관에게 주시오.
終獻官,執爵獻爵,以爵授奠爵. 종헌관은 헌작하고 전작에게 주시오.
奠爵, 奠于神位前. 전작은 신위전에 올리시오.

次詣, 述聖公神位前. 다음은 술성공 신위전에 가시오.
司樽,擧冪酌淸酒,奉爵以爵受酒
사준은 청주의 멱(칙으로 된 덥개)을열고 봉작은 잔에 술을 받으시오.
奉爵, 以爵授終獻官. 봉작은 종헌관에게 주시오.
終獻官,執爵獻爵,以爵授奠爵. 종헌관은 헌작하고 전작에게 주시오.
奠爵, 奠于神位前. 전작은 신위전에 올리시오.

次詣,亞聖公神位前 다음은 아성공 신위전에 가시오.
司樽擧冪酌淸酒,奉爵以爵受酒
사준은 청주의 멱(칙으로 된 덥개)을 열고 봉작은 잔에 술을 받으시오
奉爵,以爵授終獻官. 봉작은 종헌관에게 잔을 주시오.

終獻官,執爵獻爵,以爵授奠爵 종헌관은 헌작하고 전작에게 주시오.
奠爵,奠于神位前 전작은 신위 전에 올리시오.
謁者贊引,各引終獻官,分獻官,奉爵奠爵司樽 降復位.
알자, 찬인은 각 종헌관, 분헌관을 인도하여 내려가시고
봉작, 전작, 사준도 내려가시오.
樂止 偃麾 음악을 정지하시오.

5. 行 飮福受胙禮 음복례를 행하시오.
大祝詣, 文宣王樽所, 以爵酌罍福酒 ,又大祝, 持俎進減, 神位前胙肉.
대축은 문선왕 준소에서 복주와 신위전의 조육을 도마에 잘라서 가져오시오.
謁者引, 初獻官升詣,飮福位, 西向立
알자는 초헌관을 음복위 자리에서 서향하여 서도록 인도하시오..

大祝進, 初獻官之左北向跪 以爵授初獻官.
대축은 초헌관의 좌에서 북향하여 무릎 꿇어앉아 초헌관에게 잔을 주시오.
初獻官,受爵飮卒爵,大祝受虛爵,復於坫.
초헌관은잔을 받아 마시고,대축은 빈잔을 점위에 다시 놓으시오.
大祝,以俎授初獻官,初獻官, 受俎以俎授執事.
대축은 초헌관에게 도마를 주고 초헌관은 도마를 받아서 집사에게 주시오.

執事, 受俎降自,東階出門.집사는 도마를 받아 동계출문으로 나가시오.
謁者引, 初獻官 降復位. 알자는 초헌관을 인도하여 내려가시오.
四拜, 獻官皆 四拜. 헌관은 모두 4배하시오.

6. 徹籩豆. 철변두를 하시오.
登架作,娛安之樂,擧麾. 오안지악을 하시오.

大祝升, 徹籩豆.(各一少移)대축은 올라와서 좌변하나와 우두하나를 조금씩 옮기시오.
樂止, 偃麾음악을 중지하시오. 軒架作,凝安之樂,擧麾 응안지악을 하시오.

四拜, 獻官以下儒生, 在位者 皆四拜.(일반국궁) 樂止 偃麾.
헌관이하 유생들 모두 4배하시오. 음악을 중지하시오.

7. 行望燎禮 망료례를 하시오.
謁者引, 初獻官詣, 望燎位,北向立.(執事帥, 贊者詣,望燎位,西向立)
알자는 초헌관을 인도하여 망료위에서 북향하여 서시오.
찬자는 망료위에서 서향하여 서시오.
大祝, 以篚取, 祝及幣, 降自西階, 置於坎.
대축은 폐비를 갖이고 축과 폐백을 담아 서계로 내려와 망료위에가시오.

可燎,置土半坎. 반절은 불에 태워서 하늘에 올리고, 반절은 흙으로 묻으시오.
謁者引初獻官復位.大祝,贊引復位
알자는초헌관 강복위시키고 대축찬인도 내려가시오.

謁者,告禮畢(謁者,初獻官之左白,告禮畢)알자는 초헌관의 좌측에서 예필을 고하시오.
謁者贊引,各引獻官及在位者出.
알자 찬인은 각헌관과 재위자 모두 인도하여 나가시오.
贊引引, 大祝及諸執事,俱復階間拜位, 四拜.
찬인은 대축과 제집사를 계간 배위로 인도하여 4배하시오.

贊引引,大祝及諸執事,以次出. 찬인은 대축과 제집사를 나가도록 하시오.
典樂帥,工人二舞出 전악은 악공과 무희를 인도하여 나가시오.

=(無唱)=*執禮帥, 贊者,謁者, 贊引, 俱復階間拜位 ,四拜訖, 以次出.*
典祀官廟司,各帥其屬,徹禮饌, 閉櫝,閉扉,消燈以降四拜出..10-8월

成均館 釋奠大祭 祝文

(聲太高不可, 太低不可, 要使在位者, 得聞其聲可也=百禮祝輯:退溪)

維

檀君紀元, 四三三四年, 歲次辛巳, 四月丙戌朔, 十八日癸卯, 成均館長,
崔昌圭, 敢, 昭告于
大成至聖, 文宣王, 伏以, 維王, 道冠百王, 萬歲宗師, 玆値上丁,
精禋是宜, 謹以, 牲幣醴齊, 粢盛庶品, 式陳明薦以,
先師, 兗國復聖公, 郕國宗聖公, 沂國述聖公, 鄒國亞聖公, 配享,
孔門十哲, 宋朝六賢, 我國, 十八賢, 從, 尙,
饗

유

단군기원, 사천삼백삼십사년, 세차신사, 사월병술삭, 십팔일계묘, 성균관장,
최창규, 감, 소고우,
대성지성, 문선왕, 복이, 유왕, 도관백왕, 만세종사, 자치상정,
정인시의, 근이, 생폐예제, 자성서품, 식진명천이,
선사, 연국, 복성공, 성국, 종성공, 기국, 술성공, 추국, 아성공, 배향,
공문십철, 송조육현, 아국, 십팔현, 종, 상,
향.

2). 紫雲書院 笏記

(栗谷 李珥선생, 沙溪 金長生선생, 玄石 朴世采선생)

執禮以擧案 獻官及諸執事 諸生先就外位

집례자가 제관과 제집사를 호명하고 개식 안내를 한다.
헌관과 제집사 그리고 제유생은 밖에서 열지어 세운다.

贊者引 初獻官 陞自阼階 點視陳設訖 還出

찬자는 초헌관을 동쪽계단으로 인도하여 올라와 진설된 것을 점검하고 돌아 나가시오.

大祝入 開櫝啓蓋

대축은 들어가서 신주를 열고, 모든 뚜껑을 열고.
添加: 점촉하고 중문과 바깟 중문을 여시오.

執禮贊者司帨,先就拜位, 皆再拜 盥洗 各就位

집례, 찬자, 사세는 먼저 올라가서 재배하고 손을 씻고 자기 위치로 가서 서시오.

唱笏(홀기를 읽는것) 始作

贊者引 大祝及諸執事 入就拜位, 皆再拜 皆詣 盥洗位 盥手帨手 各就位
@찬자는 대축과 제집사를 인도하여 절하는 자리로 들어오게 하시오. 전부재배를 시킨 후, 손씻는 자리로 인도하여 손을씻게 하고 각자의 자리로 서게 하시오.
贊者(謁者)進 初獻官之左 有司謹具請行事
@찬자는 초헌관의 앞좌측에서 행사를 청하시오. *添; 有司 謹具請行事 (유사 근구청행사)*
贊者引 獻官及諸生,入就拜位 皆再拜
@찬자는 헌관과 제유생을 인도하여 들어와 모두 재배 시키시오.

行 奠幣禮(행 전폐례)*폐백(모시 18자) 을 올리는 의식.*
贊者引 初獻官 詣盥洗位 搢笏 盥手 帨手 執笏
찬자는 초헌관을 손 씻는 곳으로 인도하여 홀을 꽂고 손을 씻게 하고 홀을 잡도록 하시오.
引詣 栗谷李先生 神位前 跪
@ 율곡 선생 신위 전으로 인도하여 무릎 꿇어 앉게 하시오.
奉香 獻官之右 西向跪, 奉爐獻官之左 東向跪 @봉향은 헌관의 우측에서 서향 하여 무릎 꿇어 앉고, 봉로는 헌관의 좌측에서 동향 하여 무릎 꿇어 앉아 향과 향로를 받드시오.
搢笏 三上香 @초헌관은 홀을 꽂고 향을 세 번 사르시오.
奉香,奉爐 少退立 @ 봉향 봉로는 조금 물러나서시오.

大祝 獻官之右 西向跪 奉幣授獻官 獻官執幣 獻幣 以幣授大祝
대축은 헌관의 우측에서 서향하여 무릎 굻어 앉으시오.
폐백을 받들어 헌관에게 주시오, 헌관은 폐백을 받아 헌폐하고 대축에게 주시오.
大祝 獻官之左 東向跪 受幣奠于 神位前
@대축은 헌관의 좌측에서 꿇어앉아 폐백을 받아 신위전에 올리시오.
獻官 執笏 俯伏興 @헌관은 홀을 잡고 엎드렸다가 일어나시오.

次詣 沙溪金先生 神位前 跪다음에는 사계 김선생 신위전에 무릎 꿇어 앉으시오.
奉香 獻官之右 西向跪 奉爐獻官之左 東向跪
봉향은 헌관의 우측에서 서향 하여 무릎 꿇어 앉고,
봉로는 헌관의 좌측에서 동향 하여 무릎 꿇어 앉아 향과 향로를 받드시오.
獻官 搢笏 三上香 @헌관은 홀을 꽂고 향을 세 번 사르시오.

奉香奉爐 少退立　@ 봉향 봉로는 조금 물러나 서시오.
大祝 獻官之右 西向跪,奉幣授 獻官
대축은 헌관의 우측에서 서향하여 무릎꿇어 앉아서, 폐백을 받들어 헌관에게 주시오.
獻官執幣 獻幣 以幣授大祝, 大祝 獻官之左 東向跪 受幣奠于 神位前
@ 헌관은 폐백을 받아 헌폐하고 대축에게 주시오.
@대축은 헌관의 좌측에서 꿇어앉아 폐백을 받아 신위전에 올리시오.
獻官執笏 俯伏興　@헌관은 홀을 잡고 엎드렸다가 일어나시오.

次詣 玄石 朴先生 神位前 跪　다음은 현석 박선생 신위전에 무릎 꿇어 앉으시오.
奉香 獻官之右 西向跪 奉爐 獻官之左 東向跪 @봉향은 헌관의 우측에서 서향 하여 무릎 꿇어 앉고,
봉로는 헌관의 좌측에서 동향 하여 무릎 꿇어 앉아 향과 향로를 받드시오.
獻官搢笏 三上香　@홀을 꽂고 향을 세 번 사르시오.
奉香奉爐 少退立　@ 봉향 봉로는 조금 물러나서시오.

大祝 獻官之右 西向跪 奉幣授 獻官
@대축은 헌관의 우측에서 서향궤 하여 폐백을 받들어 헌관에게 주시오.
獻官執幣 獻幣 以幣授大祝 ,大祝 獻官之左 東向跪 受幣奠于 神位前
@ 헌관은 폐백을 받아 헌폐하고 대축에게 주시오.
@ 대축은 헌관의 좌측에서 꿇어앉아 폐백을 받아 신위전에 올리시오.
獻官執笏 俯伏興　@헌관은 홀을 잡고 엎드렸다가 일어나시오.
引降復位 @헌관을 제자리로 인도하여 내려가시오.

行 初獻禮:*초헌관이 첫 번째 술을 올리고 축을 읽는 의식.*

贊者引 初獻官詣 栗谷李先生 罇所 西向立, 奉爵, 奠爵, 司罇升由司罇擧冪酌酒
찬자는 초헌관을 인도하여 율곡선생의 술항아리 앞에서 서향하여 서시오.
봉작, 전작, 사준은 올라와서 사준은 칙으로된 덮개를 거두고 잔에 술을 따르시오.

引詣 栗谷李先生 神位前 跪 搢笏
율곡선생 신위전에 인도하여 꿇어 앉게 하시오. 홀을 꽂으시오.
奉爵 受爵 獻官之右 西向跪 以爵授獻官
봉작은 잔을 받아 헌관의 우측에서 서향하여 꿇어앉아 헌관에게 잔을 주시오.
獻官執爵 獻爵 授奠爵 奠爵 以爵受 奠于神位前

헌관은 잔을받아 헌작하고 전작에게주면 전작은 잔을 받아 신위전에 올리시오.
執笏 俯伏 興 @ 홀을 잡고 구부렸다가 일어나시오.

次詣 配位罇所 西向立 @다음은 배위 술독에 가서 서향하여 서시오.
擧冪酌酒 @ 칙으로 된 덮개를 거두고 술을 따르시오.
引詣 沙溪金先生 神位前 跪 搢笏사계선생 신위전에서 꿇어앉고 홀을 꽂으시오.
奉爵 受爵 獻官之右 西向跪 以爵授獻官
봉작은 잔을 받아 헌관의 우측에서 서향하여 꿇어앉아 헌관에게 잔을 주시오.
獻官執爵 獻爵 授奠爵 奠爵以爵受 奠于神位前
헌관은 잔을 받아 헌작하고 전작에게주면 전작은 잔을 받아 신위전에 올리시오.
執笏 俯伏 興 @ 홀을 잡고 구부렸다가 일어나시오.

次詣 玄石朴先生 神位前 跪 搢笏
@다음은 현석선생 신위전에서 꿇어앉고 홀을 꽂으시오.
奉爵 受爵 獻官之右 西向跪 以爵授獻官
봉작은 잔을 받아 헌관의 우측에서 서향하여 꿇어앉아 헌관에게 잔을 주시오.
獻官執爵 獻爵 授奠爵 奠爵以爵受 奠于神位前
헌관은 잔을받아 헌작하고 전작에게 주면 전작은 잔을받아 신위전에 올리시오.
執笏 俯伏 興 @ 홀을 잡고 구부렸다가 일어나시오.
奉爵, 奠爵, 司罇 降復位 @ 봉작, 전작, 사준은 내려가시오.

引詣 栗谷李先生 神位前 跪 搢笏
@헌관은 율곡선생 신위전에 꿇어앉고 홀을 꽂게 하시오.
大祝 獻官之左 東向跪 俯伏 獻官 以下 皆 俯伏 讀祝
대축은 헌관의 좌측에서 동향하여 꿇어앉아 독축하고 헌관이하 모두 부복하시오.
執笏 俯伏 興 引降復位 @홀을 잡고 일어나 제자리로 내려가시오.

行 亞獻禮==*아헌관이 두 번째 술을 올리는 의식*.

贊者引 亞獻官詣 盥洗位 搢笏 盥手帨手 執笏
찬자는 아헌관을 인도하여 관세위로 가서 홀을 꽂고 손을 씻고 홀을 잡으시오.

引詣 栗谷李先生 罇所 西向立 奉爵,奠爵,司罇升由 司罇擧冪酌酒
@ 율곡선생의 술독에서 서향하여 서시오.

@봉작, 전작 사준은 올라오고 사준은 보자기를 거두고 술을 따르시오.

引詣 栗谷李先生 神位前 跪 搢笏
율곡선생의 신위전에 인도하여 꿇어앉고 홀을 꽂으시오.
奉爵 受爵 獻官之右 西向跪 以爵授獻官
봉작은 술잔을 받아 헌관의 우측에서 서향하여 꿇어앉아 헌관에게 주시오.
獻官執爵 獻爵 授奠爵 奠爵奠于神位前
@ 헌관은 잔을 잡아 전작에게 주면 전작은 신위전에 올리시오.
執笏 俯伏 興 @ 홀을 잡고 구부렸다가 일어나시오.

次詣 配位罇所西向立 擧冪酌酒
@다음은 배위 준소에 가서 서향입하시오. 보자기를 거두고 술을 따르시오.
引詣 沙溪金先生 神位前 跪 搢笏
@사계선생 신위전에 인도하여 꿇어앉아 홀을 꽂으시오.
奉爵 受爵 獻官之右 西向跪 以爵授獻官
봉작은 잔을 받아 헌관의 우측에서 서향하여 꿇어앉아 헌관에게 잔을 주시오.
獻官執爵 獻爵 授奠爵 奠爵以爵受 奠于神位前
헌관은 잔을받아 헌작하고 전작에게주면 전작은 잔을 받아 신위전에 올리시오.
執笏 俯伏 興 @ 홀을 잡고 구부렸다가 일어나시오.

次詣 玄石朴先生 神位前 跪 搢笏
다음은 현석 박선생 신위전에 꿇어앉아 홀을 꽂으시오.
奉爵 受爵 獻官之右 西向跪 以爵授獻官
봉작은 잔을 받아 헌관의 우측에서 서향하여 꿇어앉아 헌관에게 잔을 주시오.
獻官執爵 獻爵 授奠爵 奠爵以爵受 奠于神位前
헌관은 잔을받아 헌작하고 전작에게주면 전작은 잔을 받아 신위전에 올리시오.
執笏 俯伏 興 引降復位 홀을잡고 구부렸다가 일어나서 제자리로 돌아가시오.

行 終獻禮==*종헌관이 마지막 술을 올리는 의식*

贊者引 終獻官詣 盥洗位 搢笏 盥手帨手 執笏
@찬자는 종헌관을 관세위에 인도하고 홀을 꽂고 손을 씻고 홀을 잡으시오.

引詣 栗谷李先生 罇所 西向立 율곡선생 준소에 인도하여 서향입 하시오.
奉爵,奠爵,司罇升由司罇擧冪酌酒@봉작,전작 사준은 올라와서 사준은 보자기를 거두고 술을 따르시오.

引詣 栗谷李先生 神位前 跪 搢笏
@율곡선생 신위전에 인도하여 꿇어앉게 하시오. 홀을 꽂으시오.
奉爵 受爵 獻官之右 西向跪 以爵授獻官

봉작은 잔을 받아 헌관의 우측에서 서향하여 꿇어앉아 헌관에게 잔을 주시오.
獻官執爵 獻爵 授奠爵 奠爵以爵受 奠于神位前
헌관은 잔을 받아 헌작하고 전작에게 주면 전작은 잔을 받아 신위전에 올리시오.
執笏 俯伏 興 @ 홀을 잡고 구부렸다가 일어나시오.

次詣 配位罇所 西向立 擧冪酌酒
@다음은 배위 준소에 가서 서향하여 서시오. 보자기를 거두고 술을 따르시오.
引詣 沙溪金先生 神位前 跪 搢笏
@사계선생 신위전에 인도하여 꿇어앉아 홀을 꽂으시오.
奉爵 受爵 獻官之右 西向跪 以爵授獻官
봉작은 잔을 받아 헌관의 우측에서 서향하여 꿇어앉아 헌관에게 잔을 주시오.
獻官執爵 獻爵 授奠爵 奠爵以爵受 奠于神位前
헌관은 잔을 받아 헌작하고 전작에게 주면 전작은 잔을 받아 신위전에 올리시오.
執笏 俯伏 興 @ 홀을 잡고 구부렸다가 일어나시오.

次詣 玄石朴先生 神位前 跪 搢笏
@다음은 현석 박선생 신위전에 꿇어앉아 홀을 꽂으시오.
奉爵 受爵 獻官之右 西向跪 以爵授獻官
봉작은 잔을 받아 헌관의 우측에서 서향하여 꿇어앉아 헌관에게 잔을 주시오.
獻官執爵 獻爵 授奠爵 奠爵以爵受 奠于神位前
헌관은 잔을 받아 헌작하고 전작에게 주면 전작은 잔을 받아 신위전에 올리시오.
執笏 俯伏 興 引降復位 홀을 잡고 구부렸다가 일어나서 제자리로 내려가시오.
獻官 皆再拜 @헌관 모두 재배하시오.

行 飮福禮==*제사한술을 마셔 복을 받는 의식*

贊者引 初獻官詣 飮福位 西向跪
@찬자는 초헌관을 음복위(壇上 東南 西向)로 인도하여 서향하여 꿇어앉으시오.
大祝 第一爵 及脯徹 授獻官 獻官受爵 啐爵 受胙
@대축은 제일 첫번째 술과 포를 거두어 와서 헌관 에게 주면 잔을 받아 술을 마시고 도마에 고기를 어루만지시오.

執笏俯伏興引降復位 홀을잡고 구부렸다가 일어나시오. 제자리로 내려가시오.

大祝入 徹籩豆 @대축은 들어가서 변 하나와 두 하나를 조금씩 옮기시오.
獻官 及 諸生 皆再拜 @헌관과 제유생은 모두 재배하시오.
闔櫝 @독을 덮으시오.

行 望燎禮==*축문과 폐백을 태워 땅에 묻는 의식*

贊者引 初獻官詣 望燎位 北向立
@찬자는 초헌관을 망료위(단하 서북, 북향)에 인도하여 북향하여 서시오.
大祝入 以篚取祝及幣 降自西階 可燎 置于坎
대축은 들어가서 축과 폐백을 소쿠리에 담아 서쪽계단으로 내려와 태워 땅에 묻으시오.
引降復位 @인도하여 제자리로 내려가시오.

贊者進 初獻官之前 告 禮畢 @찬자는 초헌관의 좌측 앞에서 예필을 고하시오.
贊者引 獻官 及 諸生 以出 @찬자는 헌관과 제유생을 인도하여 나가시오.

大祝 及 諸執事 皆再拜 次出 @대축과 제집사는 모두 재배하고 나가시오.
執禮 贊者入就拜位 皆再拜而出
@집례와 찬자는 (촛불을 끄고 문을 닫고) 자리에 나와 재배하고 나가시오.

紫雲書院 祝文:

維
年號기년歲次 干支 幾月 干支朔 幾日干支 幼學 某 敢昭告于 栗谷 李先生 伏以
道全體用 工存繼開 於萬斯年 享此腥膻 以 沙溪 金先生 玄石 朴先生 配 尙
饗

단군기원 4343년 세차경인 10월임자삭 13일갑자 후학 0 00는 감히 이율곡선생님께 고하나이다. 가르쳐주신 도를 온전히 몸에 익혀서 영원히 이어 열어 가겠나이다. 이에 간소한 제물을 올리오니 사계 김선생님과 현석 박선생님을 배향하여 흠향 하시옵소서.

東夷列傳 동이열전 (註:檀奇古史 附錄)= 實踐禮節槪論(김득중 著)에서 拔萃

東方有古國, 名曰東夷, 星分箕尾, 地接鮮白. 始有神人檀君, 遂應九夷之推戴而爲君, 與堯竝立, 虞舜生於東夷而入中國爲天子, 至治卓冠百王, 紫府仙人,有通之學,過人之智, 黃帝受內皇文於其門下, 代炎帝而爲帝. 小連,大連善居喪,三日不怠,三年憂,吾先夫子稱之. 夏禹塗山會,扶婁親臨而定國界.有爲子以天生之聖人,英名洋溢乎中國. 伊尹受業於其門而, 爲殷湯之賢相. 其國雖大, 不自驕矜, 其兵雖强,不侵人國,風俗淳厚,行者讓路,食者推飯, 男女異處而不同席, 可謂東方禮儀之君子國也

是故 殷太師箕子,有不臣於周朝之心而, 避居於東夷地 吾先夫子, 欲居東夷而, 不以爲陋, 吾友魯仲連, 亦有欲踏東海之志 余亦有欲居東夷之意,往年賦觀東夷使節之入國,其儀容若有大國人之衿度也.東夷蓋自千有餘年以來,與吾中華, 相有友邦之義, 人民互相來居 往住者接踵不絶 吾先夫子,以東夷不以爲陋者,其意亦在乎此也. 余亦有感而, 記其實情, 以示後人焉. 魏, 安釐王 十年, 曲阜 孔斌 記 (字, 子順)

(해설)옛날에 동방에한나라가 있었는데 그이름은 동이이다. 그나라의방위는 箕와尾방에있다. 땅은 조선의 백두산에 접해있다, 檀君이라는 신인이 있었는데 그를 따르고 호응하더니 아홉 부족이 추대하여 왕이 되었다. 이때 가 중국의 요임금과 같은 시대이다.

(堯 25년 戊辰年=檀君開國元年: 歷代總目)=堯元年 甲辰 至乙卯 ,禪于舜, 在位72年 壽118 歲)

舜임금은 東夷에서 낳아 중국으로 들어가 天子가 되였다. 다스림이 특출하여 역대 임금 중에 으뜸이 되었다. 학문과 지혜가 뛰어난 紫府仙人 문하에서 공부하든 황제는 내 황문을 받아 가지고 가서 炎帝를 이어 황제가 되었다. 小連,大連이 상을 당하여 삼일간을 슬퍼함에 게을리 하지 않고 삼년간을 추모하며 애통해 하였다고, 나의 할아버지 孔子는 칭찬 하셨다.

중국의 夏나라 禹 임금과 扶婁 임금(조선)이 도산에서 만나 양국의 경계를 정하고 회담하였다. 하늘에서 난 有爲子라는 성인이 있었는데 영특하고 명성이 높기를 중국에까지 알려졌다.

중국의 伊尹이라는 사람도 그 문하에서 배워서 殷나라 湯왕의 어진 재상이 되었다.

그 나라는 크지만 교만하지 않고 그 군대도 비록 강하지만 남의 나라를 침범하지 않았다, 풍속이 순후해서 걸어 갈 때에 서로 길을 양보하고, 밥을 먹을 때에도 서로 미루고, 남자와 여자가 따로 거처해 자리를 함께 하지 않으니 이르기를 동방의 예의바른 군자의 나라이다.

그러므로 망한 殷나라 태사 箕子는 周나라를 섬길 마음이 없어 東夷나라로 피하여 와서 살았다. 나의 할아버지 孔子도 東夷에 와서 살고자했다. 또한 누추한 나라가 아니 라고 하였다.

나의 친구 魯仲連도 한국을 한번 가보고 싶다고 하였다. 또한 東夷에 가서 살고자 하는 뜻이 있었다. 지난해에 동이족 사절이 중국에 다녀가는 행차를 보았는데 그 의식과 용채가 대국사람 같았다. 동이는 천년 여 동안 우리중화와 우방으로 서로 내왕하면서 살아오기도 하였었는데 우리 孔子께서도 동이는 깨끗하고 살기 좋은 나라라고 한 것도 그 뜻이 여기에 있는 것이 아니겠는가? 고로 깊이 느낀바가 있어 그 실정을 기록하여 후세 사람에게 알리고자 한다.

위나라, 안리왕 10년 곡부에서 공빈 씀 (孔子의 八世孫) 2300年 前

附錄 終 解說人;韓國 傳統禮節硏究院長 http://cafe.daum.net/junre 善光 金 錠

國譯
增補 四禮便覽

初版 發行 2010年 9月 30日
再版 發行 2010年 10月 30日
三版 發行 2011年 8月 12日
四版 發行 2013年 8月 15日

發行·編著者 金 錠
韓國傳統禮節研究院
住所 서울시 은평구 통일로 71가길 10-5〈대조동〉 404호
http://cafe.daum.net/junre 〈tel & fax 02-383-9345〉

발행처 書翰文人畵 · ㈜이화문화출판사
등록번호 제311-2009-000027
주소 (우)110-053 서울시 종로구 내자동 167-2
전화 02-738-9885
FAX 02-738-9887
홈페이지 www.makebook.net

ISBN 978-89-89842-60-6 03810

정가 30,000원

國譯. 增補

四禮便覽

善光 金 錠 編譯

韓國傳統禮節硏究院

= 일러 두기 =

國譯增補四禮便覽을 아래와 같은 요령으로 엮었다. 四禮便覽은 한국의 傳統을 繼承하는 예절서적 原書인데 한문해석을 잘못하는 後世人이 있다면 쉽게 배우고 실천하여 전통이 이어지는 東方禮義之國을 재건하여 주기를 바라는 마음으로 이 책을 번역하였고, 또한 중요하지 않은 부분은 번역을 생략하고 代身編譯者가 참고 될 만한 예절 註를 考證에 依하여 중간에 添加하였다.

@ 編譯者가 본 韓國의 主로 應用實踐한 禮書는 周禮, 儀禮, 禮記가 三禮이고 --家禮(晦菴朱熹)--- 家禮輯覽(沙溪金長生)--- 四禮便覽(陶庵, 李縡1844年)--增補사례편람(檜山黃泌秀1900년)--- 懸吐사례편람(洪淳泌1924年)---國譯增補, 사례편람(善光,金 錠 2010년)을 편역하여 전통을 잇고자 하는 心情임.

1. 국역에 참고한 禮書는 주자가례 번역서(유교대사전)와 四禮正解(신화문화사 발행인 이종영선생과 편집인 이종수 학자님)의 번역문을 크게 표방하고 응용하였으며, 관혼상제 을유문고 (이민수 편역)과 가례언해, 국역士儀(性齋 許傳원저,정경주 역주)상례언해, 가례 증해를 참고하여 編譯한것임.

2. 현토 사례편람 原文의 잘못된 부분은 원본 사례편람과. 가례증해, 士儀圖, 가례집람, 주자가례를 근거하여 바로 잡았음.

3. 本人編譯者의 주석 添加는 編譯者善光註; 라고 쓰고 考證에 의거하여 添加하였다.

4. 본인이 淺學非才하여 아주 중요하지 않은 일부분은 번역하지 않고, 또는 주자가례 번역문을 참고 삼아 첨가한 부분도 간혹 있음을 諒解바라오며 오류가 많을 듯하니 E-mail;junre2002@hanmail.net로 고증을 제시하면서 指導鞭撻을 伏望합니다.

5. 부록 1은 冠, 婚, 喪, 祭, 茶禮, 歲一祀, 笏記와 祝文을 追加하였고.
부록 2는 釋奠大祭와 紫雲書院笏記와 祝文과 東夷列傳을 追加하였다.
부록 3은 陶庵 李 縡先生 著 原本 四禮便覽을 追加하였다.

단기 4346년 서기 2013년 (癸巳 炎夏) 8월 10일

前)保健福祉部가정의 심의위원, 前)成均館전례위원, 前사) 한국전례원장
論山胎生 乙亥(1935年)生 光山後人 善光 金 錠 識

附錄 3.

陶庵 李 縡先生 著

原本 四禮便覽

目次

四禮便覽凡例

一古今禮書詳略不同太詳者失於煩太略者傷於簡惟家禮則是朱夫子酌古通今之制固當一一遵奉然其節目之間或不無疏略處先儒多以未成書爲言故沙溪先生於喪祭禮祖述家禮參證諸說作爲備要之書然其爲書猶有所未盡備者今一依其例以朱夫子本文爲主參之以古禮訂之以先儒說以補其闕略而又添入冠昏二儀合爲一書蓋爲其便於考覽以作巾衍之藏而已

一家禮正文則並以大字書之而其有疏略處則旁採諸書補入(如冠禮笄者見于祠堂之類)而細其字據註以書名其有古今異宜事勢難行者則刪之(如冠禮公服喪禮明器之類)

一家禮本註則以大字低一格書之而或刪其煩或易其次以便考閱其本註中有訓釋註意者及辭命中有改用他句者則以單行小字書於本段下而不書出處以古禮及先儒說添補者則先書書名加匡而別之諸說之發明註說者則雙書而亦書書名或姓氏別號其雙書而不書出處者瞽說也

一古禮及先儒說有可參考而不涉於註說者則各條下低二格雙書以愚見附論者則又低一格雙書加按字

一此編雖以家禮爲主而既名以四禮便覽故通禮中祠堂章則移置於祭禮之首深衣制度則略加刪節移置於冠禮諸具之中司馬氏居家雜儀及喪禮之居喪雜儀雖甚緊要而與應行儀節有異初祖先祖

二祭朱先生已自不行故玆並不錄

一家禮諸具之見載於本註者或欠詳備故別爲蒐輯且採世俗之所遵行者以附於每條之下

一告祝狀書之式爲便考據附錄於每條諸具之下

一既有諸具不可不以圖明之且諸書之以圖式列之編首者不便於考閱故此書則以圖式置之每編之末

一世人多有行其禮而不知其義者故博考諸書詳其名義以次於圖式今逸

一便覽之作蓋欲一開卷瞭然而編帙尚多倉卒之際考檢亦難故別爲類會一編比類相次如一事而異用則註之曰某時如此某時如此之類以附編末今逸

四禮便覽凡例

四禮便覽卷之一

冠禮

冠 笄附

男子年十五至二十皆可冠

司馬溫公曰古者二十而冠所以責成人之禮也近世以來人情輕薄過十歲而總角者少矣今且自十五以上俟其能通孝經論語粗知禮義然後冠之其亦可也

程子曰冠所以責成人冠禮廢天下無成人旣冠矣不責以成人之事則終其身不以成人望之也徒行此節文何益

必父母無朞以上喪始可行之

大功未葬亦不可行

南溪問冠禮云父母無朞以上喪昏禮云身及主昏者無朞以上喪此未知互文之義否尤庵曰恐是互文也

前期三日主人告于祠堂

古禮筮日今不能然但正月內擇一日可也主人謂冠者之祖父 輯覽謂祖及父 自爲繼高祖之宗子者○若非宗子則必繼高祖之宗子主之有故則命其次宗子若其父自主之若宗子自冠則亦自爲主人

士冠禮註前期三日空二日也○魏氏曰四時皆可冠不當以正月爲拘也

諸具 告祠堂同下祭禮有事則告條

告辭式 下同 若冠者之母已歿雖在祔位亦當有告

維

年號幾年歲次干支幾月干支朔幾日干支孝玄孫 繼曾祖以下之宗隨屬稱 某官某敢昭告于

顯高祖考某官府君

顯高祖妣某封某氏 曾祖考妣至考妣列書祔位不書○非宗子之子則只告冠者祖先之位

某之 非宗子之子則此下當添某親某之四字 子某 若宗子自冠則去之子某三字 年漸長成將以某月某日加冠於其 若宗子自冠則去其字 首謹以酒果用伸虔告謹告

戒賓

古禮筮賓今不能然但擇朋友賢而有禮者可也是日

主人深衣詣其門所戒者出見如常儀戒者起言曰某有子某(若某之某親有子某)將加冠於其首(若宗子自冠則但曰某將加冠於首)願吾子敎之也對曰某不敏恐不能供事以病吾子敢辭戒者曰願吾子之終敎之也對曰吾子重有命某敢不從(士冠禮)(主人再拜賓答拜主人退賓拜送)○地遠則爲書(云云)遣子弟致之所戒者辭使者固請乃許而復書(云云)

書具(戒賓)

深衣(緇冠幅巾大帶絛履具主人及賓所服幷制見下陳冠服條)**牋紙**(用以爲書者○袱具○下同)

書式(儀節)

某郡姓某再拜奉啓(備要本 朝進御文字皆稱啓字私書恐不敢用代以白字○後倣此)

某官執事某(非宗子之子則此下當添之某親某四字)有子某(若宗子自冠則去有子某三字)年及成人將以某月某日加冠於其(若宗子自冠則去其字)首求所以敎之者僉曰以德以齒咸莫吾子宜至日不棄

寵臨以惠敎之則某之父子(若宗子自冠則去之父子三字)感荷無極矣未及躬詣門下尚祈

照亮不宣

具位姓某再拜(具位上當有年月日後倣此)

皮封式(新補)

上狀

某官執事　　具位姓某謹封

復書式(儀節)

某郡姓某再拜奉復

某官執事某無似伏承吾

子不棄名爲冠賓深恐不克供事以病盛禮然

嚴命有加敢不勉從至日謹當躬造治報弗虔餘

需面旣不宣

具位姓某再拜奉復

皮封式（同前式）

前一日宿賓

遣子弟以書致辭（云云）答書（云云）

諸具（宿賓）

牋紙

書式（儀節）

某上

某官執事某將以來日加冠於（非宗子之子則此下當添某之某親某之六字）子某（若宗子自冠則去於子某三字）吾

子既許以惠臨矣敢宿

某再拜上

皮封式（同前式）

復書式（儀節）

某復

某官執事承

命以來日行禮既蒙見宿敢不夙興

某再拜上

皮封式（同前式）

陳設

以帟幕爲房於廳事之東北或廳事無兩階則以堊畫而分之（並設席）設盥帨（士冠禮）直（音値）于東榮（註屋翼也）南北以堂深（鄕飮酒禮疏假令堂深二丈洗亦去堂二丈）水在洗東（儀節用帷幕爲

賓次在外門外之西

諸具（陳設）

帟幕二（卽小幕制見下祭禮祭器條）屛席（用以爲鋪陳又爲賓席及冠席醮席者冠與醮無純）堊土（卽白土）盥盆二（一有臺賓所盥一無臺贊及執事者所盥）勺二 帨巾二（一有架一無架）

厥明夙興陳冠服

襴衫（帶靴）皁衫（革帶鞋）深衣大帶履櫛掠皆（通攷曰恐有以字）卓陳于房中（士冠禮西墉下）東領北上酒注盞盤（士冠禮角柶脯醢南上）亦以卓陳于服北（士冠禮註洗在北堂）（士昏記註房中半以北）直室東隅幞頭帽子冠笄巾各以盤盛之

簪以帕以卓陳于西階下少西執事者守之（置冠者席於東序）

（按家禮本註有𦅾而今人既不用其制又不可詳故刪之）

諸具（陳冠服）

執事者 **卓** 三 **緇冠** 用厚紙糊爲材裁一長條爲武武高寸許長一尺四寸許（指尺）環之聯其兩端又用一條方八寸許襞積爲五梁其法從一旁計六分六釐有奇之外又中摺八分爲梁如是者凡五所餘又爲六分六釐有奇襞積之則爲廣四寸跨頂前後下著於武外屈其兩端各半寸自外向內黏於武之內則武左右各廣三寸前後各廣四寸武之兩旁中央各半寸之上爲竅以受笄冠五梁襞積縫皆向左而黑漆之或用烏紗加漆爲之○（尤庵曰緇冠只用家禮寸數則

髻大者高濶頗不著不得已當稍寬其寸數以相著爲度 **笄** 用以插於冠者圓首尖末○家禮本註用齒骨凡白物 **幅巾** 用以加於緇冠上者凡服深衣必著緇冠加幅巾後凡言深衣皆倣此其制用黑繒或紬長六尺四寸許廣一尺四寸許（指尺）中摺其長爲兩葉而反屈之就屈處圓殺一角如規合縫循其邊而下至于兩末而止下邊及不縫處皆摺二寸許爲緣而翻轉之使縫餘及緣皆藏在裏爲長三尺廣一尺二寸通廣二尺四寸既而從不殺邊中屈處提起左旁小許摺向左又提起右旁少許摺向右兩相轉著相韈在內用線綴住而空其中爲（帆子）從帆子兩旁循邊而下左右每三寸許當鬢旁各綴小帶一廣二寸長二尺用巾覆首以帆當額前裹之以兩小帶自巾外過項相結於腦後而垂其餘 **深衣** 用白細布鍛濯灰治爲之布廣二尺二寸（指尺）後凡言布

帛廣全幅者皆倣此衣用布二幅各長四尺六寸中屈下垂前後共爲四幅兩肩上中屈處各裁入三寸縫合背後直縫除縫餘兩邊各一寸則兩肩上裁入合爲四寸自裁入處向前反摺至衣下即翦去之以備綴領○（儀節）家禮衣長二尺二寸今裁法前加四寸後加一寸裁時其在前兩葉從一邊修起除去四寸漸漸斜修至將近邊處不動其在後兩葉亦從一邊修起除去一寸漸漸斜修至將近邊處不動不如此則兩衿相疊衣領交而不齊矣○（按）若從裁法則（衣）用布長五尺一寸前垂二尺七寸後垂二尺四寸（領）用布長五尺八寸自項後摺轉向前綴於肩上左右至摺翦處表裏各二寸衣初裁時通前後四幅廣八尺八寸除背後縫餘兩邊各一寸及兩衿摺翦處各三寸則爲八尺左右各綴領廣二寸則爲八尺四寸又除兩腋之餘前後各三寸則爲七尺二寸以備下聯於裳

聯裳時除縫餘一寸則衣長爲二尺二寸每幅屬裳三幅（裳）用布六幅其長隨體之長短並衣身以及踝爲準交解爲十二幅一頭廣一頭狹廣頭爲一尺四寸狹頭爲八寸以狹頭向上而聯其縫每幅兩邊各除縫餘一寸則上頭每幅六寸通廣七尺二寸下齊每幅一尺二寸通廣十四尺四寸上屬於衣背後衣裳之縫相當直下此縫兩幅皆用不裁開處（俗稱直縫）合縫其當兩腋之縫前後幅皆用裁開處（俗稱解縫）合縫（圓袂）用布二幅各長四尺六寸中屈之屬於衣之左右而縫合其下爲袂除縫餘一寸爲長二尺二寸如衣之長袖端下旁圓殺如規縫之留袂口一尺二寸屬衣處各除縫餘一寸袂口綴緣處又各除一寸而衣屬袖處亦除縫餘各一寸則袖廣通衣兩腋餘二寸爲二尺二寸袂之長短反詘之及肘不以一幅爲拘（黑緣）用黑繒飾領及袂口裳旁下際表裏各一寸半

領及裳旁下際則疊縫在布上○丘氏曰按白雲
袂口則布外別綴此緣之廣　朱氏曰袵說文
曰衽註交袵為襟爾雅襟通作衽正義云深衣外
衽之邊有緣則深衣有袵明矣宜用布一幅交解
裁之上尖下濶內連衣為六幅下屬於裳玉藻曰
深衣袵當旁王氏謂袷下施衽趙氏謂上六幅皆
是也後人不察至有無袵之衣朱氏此說蓋欲於
衣身上加內外兩衽如世常服之衣如此則便於
穿着但以非家禮本制不敢從姑存以備一說○
又曰深衣制度乃溫公據禮深衣篇所新製非古
相傳者也愚於考證疑其裳制于深衣篇文勢不
倫固已著其說矣後又得吳興敖繼公說謂衣六
幅裳六幅通十二幅吳草廬亦謂裳以六幅裁為
十二片不可言十二幅又但言裳之幅而不言衣
之幅尤不可良以敖說為是蓋衣裳各六幅象一
歲十二月之六陰六陽也愚因參以白雲朱氏之

說衣身用布二幅袖用二幅別用一幅裁領又用
一幅交解裁兩片為內外衽綴連衣身則衣為六
幅矣裳用布六幅裁十二片後六片如舊式前四
片綴連外衽二片綴連內衽上衣下裳通為十二
幅則於深衣本章文勢順矣舊制無衽故領微直
而不方今以領之兩端各綴內外衽上穿著之際
右衽之末斜交於左脅左衽之末斜交於右脅自
然兩領交會方如矩矣○按家禮云裳每三幅屬
衣一幅而若丘氏說也又用布一幅交解兩片為
內外衽則衽之濶頭向下者恰受裳之狹頭向上
者二片之廣每裳二片屬衣一幅然後可無空闕
處如是則裳居後為四片居前者內外各為四片
其云後六片如舊式者成不得矣

大帶 用以帶於深衣者其制用白繒廣四寸許夾縫之為
廣二寸長圍腰而結於前再繚之為兩耳乃垂其
餘為紳下與裳齊以黑繒飾其紳兩旁及下表裏
各半寸大夫則兩耳亦緣之

絛 用以約結大帶相結處者其制用五色絲織成廣三分或用青
小組為之長可中屈而垂其兩末與紳齊

履 用黑絹或皁布褙紙為材又用二白帶或組長二尺
條橫綴於履後跟又於履頭以條為絇而受繫穿貫○緇冠以下始加服

帽子 丘氏曰今世帽
子有試等所謂大帽者乃是笠子以蔽雨日所謂
小帽者或紗或羅或緞為之○小帽即今甑頭
闊僉用帛六瓣縫成之其制類古皮弁特縫間少玉飾耳此為齊民之服

皁衫 按昔有問皁衫
之制世所罕傳者尤庵答曰如今黑團領凡上衣
之染黑者皆可用又答人問有再加常服之說常
服即今道袍之類雖非染黑今制染青者亦可代用

革帶 用以帶於皁衫者

鞋 尤庵曰革
履謂之鞋又履之無絇謂之鞋○帽子以下再加服

幞頭 即國朝新恩所着者略似紗帽今

代用皇朝儒巾或稱軟巾

襴衫 用藍絹或玉色絹布為材○沙溪曰以青黑緇廣四五寸
飾領緣及袖端與裔末○尤庵曰制如闌領而但傍耳一葉

帶 用以帶於襴衫者皇朝太學
儒服襴衫之帶名條帶一名鈴帶其制織絲為之
再圍腰其綴縮處有二小鈴垂其餘於後兩末相
合處有一大鈴無則代以細條帶

靴 幞頭以下三加服

網巾 用以理髮者盛以筒

掠 流即
代以網巾○用以包髮者織騣為之

盤 帕具○三加各具

脯醢 并盛于樏醮時以盤捧之

角柶 用以祭醴者○宝冠禮註狀如七

酒瓶 **酒架** **酒注** **盞盤** 脯以下用
以醮冠者者

主人以下序立

主人以下盛服就位主人阼階下少東西向子弟親戚在其後重行西向北上擇子弟親戚習禮者爲儐立於外門外西向(儀節請習禮者爲禮生引導唱贊立於阼階西西向)將冠者雙紒(丘氏曰紒是髻字作兩圓髻子也)四䙆衫勒帛彩屐在房中南面○若非宗子之子則其父立於主人之右尊則少進卑則少退宗子自冠則服如將冠者而就主人之位

諸具(序立)

儐禮生盛服(賓主以下所服見下祭禮朔參條)**四䙆衫**(或稱(缺胯)衫用藍絹或紬爲之對衿圓袂開旁折後以錦緣領及袖端與裾兩旁及下齊童子常服如俗(中赤莫)之類可代用)**勒帛**(俗稱(行縢)用綿布爲之長三尺許廣三寸許(布帛尺)一頭有二繫束脛至膝纏繞袴管)**彩屐**(丘氏曰屐是木履今云彩屐蓋當時童子服今不必泥隨時用童子所常服者代之無害)

賓至主人迎入升堂

賓自擇其子弟親戚習禮者爲贊至門外(先入次改服)俱盛服(出次)東面立贊者在右少退儐入告主人主人出門左(士冠禮註出以東爲左)西向再拜賓答拜主人揖贊者贊者報揖主人遂揖而行賓贊從之入門分庭而行揖讓而至階又揖讓而升主人由阼階先升少東西向賓由西階繼升少西東向贊者盥帨由西階升立於房中西向(朱子曰在將冠者之東)儐筵(士冠禮註布席也)于阼階上之東少北西向(衆子則少西南向宗子自冠則如長子之席少南)將冠者出房南面(士冠禮註立于房外之西待賓命)○若非宗子之子則其父從出迎賓入從主人後賓而升立於主人之右如前

賓揖將冠者就席爲加冠巾冠者適房服深衣納履出

賓揖將冠者立于席右(河西曰席之北端)向席贊者取櫛掠置于席左(輯覽席之南端)興立於將冠者之左賓揖將冠者即席西向跪(溫公曰衆子南向坐)贊者即席如其向跪爲之櫛合紒(儀節包網巾)訖贊者降賓乃降主人亦降賓盥畢主人揖升(儀節有俱字)復位執事者以冠巾盤進(士冠禮升一等東面授賓)賓降一等受冠笄執之(士冠禮右手執項左手執前)正容徐詣將冠者前(贊者受巾從之)向之祝曰(云云)乃跪加之(儀節贊者

代簪之贊者以巾跪進賓受加之(贊者繫其帶)興復位(士冠禮)冠者興揖(士冠禮賓揖)冠者適房釋四䙆衫服深衣加大帶(條)納屨出房正容南向立良久○若宗子自冠則賓揖之就席賓降盥主人不降餘幷同

始加祝辭式

吉月令日始加元服棄爾幼志順爾成德壽考維祺以介景福

再加帽子服皁衫革帶繫鞋

賓揖冠者即席跪(賓乃降主人亦降賓盥畢主人揖升俱復位)執事者以帽子盤進賓降二等受之執以詣冠者前祝曰(儀節贊云云)者徹巾冠(龜峯曰執事者受冠巾入房)乃跪加之(贊者結纓)興復位(冠者亦興)揖冠者適房釋深衣服皁衫革帶繫鞋出房立

再加祝辭式

吉月令辰乃申爾服謹爾威儀淑愼爾德眉壽永年享受遐福

三加幞頭襴衫納靴

禮如再加執事者以幞頭盤進賓降沒階受之執以詣冠者前祝曰(云云)贊者徹帽(執事者受帽徹櫛入于房)賓乃跪加幞頭(贊者結纓)(儀節)興復位(冠者亦興)揖冠者適房(釋皁衫服襴衫加帶納靴)出房立

三加祝辭式

(按家禮陳冠服條註有官者公服此條正文有公服革帶納靴執笏之語蓋宋時多未冠而官者故有是制而今無未冠而官者公服一節似無所用正文中刪去九字)

以歲之正以月之令咸加爾服兄弟具在以成厥

德黃耇無疆受天之慶

乃醮

儐改席于堂中間少西南向(衆子則仍故席)贊者(士冠禮註房中洗東北面盥而洗爵)酌酒于房中(士冠禮加柶)出房立冠者之左賓揖冠者就席右南向乃取酒(士冠禮疏賓自至房戶贊者西向授賓)就席前北向祝曰(云云)冠者再拜升席南向受盞賓復位東向答拜(儀節)贊者以楪(脯醢楪幷置一小盤)自房中出冠者進席前跪(儀節)左手執盞右手執脯醢楪置于席前空地

(士冠禮)左執觶右祭脯醢○(曲禮註)每品出少許置豆間祭酒(士冠禮)以柶祭醴三○(朱子)曰祭酒於地○又曰少傾也興就席末(鄉飲酒義疏)席西頭跪啐(士昏禮註)嘗也酒興降席授贊者盞(贊者受以授執事者執事者受盞徹脯醢斂祭俱入于房贊者退立于賓左少退)南向再拜賓東向答拜冠者遂拜贊者贊者東向答拜

醮祝辭式

旨酒旣清嘉薦令芳拜受祭之以定爾祥承天之休壽考不忘

賓字冠者

賓降階東向(士冠禮)直西序主人降階西向(士冠禮)復初位冠者降自西階少東南向賓字之云云曰伯某父仲叔季惟所當冠者對曰某雖不敏敢不夙夜祗奉(儀節)冠者拜賓不答

字冠者祝辭式 賓或別作辭命以字之之意亦可

禮儀旣備令月吉日昭告爾字爰字孔嘉髦士攸宜宜之于嘏永受保之

出就次

(儀節)賓揖主人曰盛禮旣成請退主人揖賓曰某有薄酒敢禮從者賓辭曰某不敢當主人請曰姑少留賓曰敢不從命主人揖賓送出外(士冠禮註)不出外門贊從之(衆賓皆從之)至次賓主對揖主人乃退(還入)命執事治具(徹醮席及所陳冠服卓房中之陳亦並徹之)

主人以冠者見于祠堂

如生子而見之儀冠者進立於兩階間再拜○若冠者私室有曾祖祖以下祠堂則各因其宗子而見自爲繼

曾祖以下之宗則自見

諸具(見祠堂) 同下祭禮有事則告條

告辭式 主人自告

某之子某(改措語見上告式)今日冠畢敢見

冠者見于尊長

父母堂中南面坐諸叔父兄在東序諸叔父南向諸兄西向諸婦女在西序諸叔母姑南向諸姊嫂東向冠者

北向拜父母父母爲之起同居有尊長則父母以冠者
詣其室拜之尊長爲之起還就東西序每列再拜應答
拜者答○若非宗子之子則先見宗子及諸尊於父者
於堂乃就私室見於父母及餘親若宗子自冠有母則
見于母如儀族人宗之者皆來見於堂上宗子西向拜
其尊長每列再拜受卑幼者拜

乃禮賓

(士冠禮贊者爲介(儀節)親朋有來觀者並待之(鄉飲酒

禮)乃席(註)敷席也 賓主人介衆賓之席(註)賓席牖前南面主人席阼階上西面介
席西階上東面衆賓於賓席之西(疏)同南面(圖)坐不盡
則東面北上○主人親屬席于主人之後西面北上
(大全)設卓於兩楹間置大栢於其上 酒注及洗栢水亦陳於卓上令執事
者守之(儀節)主人至次迎賓主人先行賓從之贊儐禮生
及諸親朋各以序隨至堂 堂恐當 階主人揖賓請升賓辭
主人先升自東階賓繼升自西階贊以下各以序升就
位主人拱手向賓曰某子加冠賴吾子教之敢謝主人
再拜賓答拜謝 主人謝也 贊者再拜謝儐同上 贊儐皆答拜 (大全

主人降席立於卓東西向上客 卽賓下同 亦降席立於卓西
東向主人取栢親洗上客辭主人 洗畢 置栢卓上親執酒
斟之以器 卽注 授執事者遂執栢以獻上客上客受之復
置卓上主人西向再拜上客東向再拜取酒東向跪祭
遂飲以栢授贊者 卽執事者 遂拜(鄉飲酒禮疏)遂拜不起因拜也 主人答拜
一拜上客酢主人 如主人獻賓儀 (鄉飲酒禮)主人酬賓 主人取栢洗置卓上
執酒斟之以注授執事者取酒西向跪祭遂飲以栢授
執事者遂拜興賓答拜主人復洗栢賓辭主人洗畢置
栢卓上執酒斟之以注授執事者遂執栢以酬賓賓受
之復置卓上東向再拜主人西向再拜賓取酒復位奠

於席前而不舉(儀節)主人獻贊 如獻賓儀 (鄉飲酒禮)介酢主人 贊取栢洗
主人辭贊洗畢執栢授主人主人受之置卓上執酒斟
之以注授執事者取酒西向跪祭遂飲以栢授執事者
遂拜興贊答拜復位(儀節)主人獻儐 如獻贊儀 ○儐復位(大全)主人乃獻衆
賓如前儀惟獻不拜 (鄉飲酒禮)衆賓每一人獻則不拜受爵坐祭立飲不拜授主人爵復
位(儀節)酒遍請主人 請也 升席主人自席末先升賓次升贊
儐及陪席者以次皆升坐冠者及執事者行酒或三行
或五行饌隨宜 盡歡賓請退執事者徹栢盤 執事者以盤奉幣 幣各有差
○主人降席就兩楹閒賓以下皆降席 主人受以獻賓 賓就兩楹閒 受以授從

者、賓謝再拜、主人答拜、以次捧贊者及儐者幣贊儐謝、再拜、主人答拜、送賓至大門外、揖㑻賓上馬、歸賓俎

(按家禮此段本註本於書儀不無疏畧而士冠禮曰禮賓以一獻之禮一獻之禮卽鄕飮酒禮而若用鄕飮全文則儀文太繁難於奉行故以士冠禮註所云獻酬酢賓主人各兩爵而禮成爲主取用朱子增損鄕約兼採丘儀而錄之如此)

諸具(禮賓)

席 主人及賓介席各一、衆賓及親屬席、無常數 卓 饌 多少隨宜如俗待賓客之禮 酒 瓶 酒架 酒注 盞盤 幣 布帛隨宜紙束亦可 盤三 用以盛幣者 俎

四禮便覽 卷之一 冠 十九

潔滌盆 拭巾 幷用以洗梧者 盥盆四 二有臺主人及賓所盥二無臺儐贊及執事者所盥 勺四 帨巾四 二有架二無架

冠者遂出見于鄕先生及父之執友

冠者拜、先生執友皆答拜、若有誨之則對、如對賓之辭、且拜之、先生執友不答拜

(按冠者所以責成人之道、將責爲人子爲人臣爲人弟爲人少者之行於其人則禮莫重於冠禮、不於成人之初以禮導之則將何望其動遵禮敎以無忝古人之行也、朱子曰古禮惟冠禮最易行只一家事、蓋四禮之中、冠禮最爲簡易而今人尠有行之者、誠可歎也)

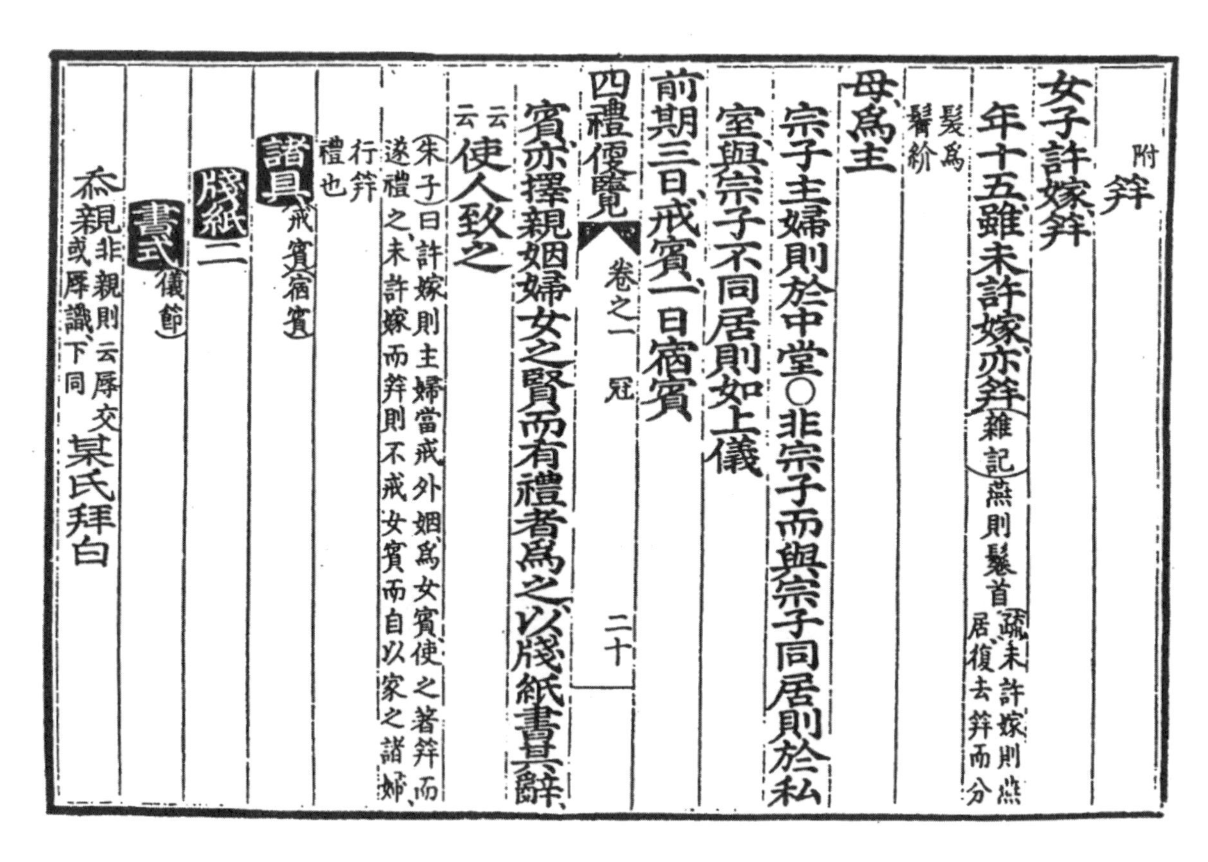

附 笄

女子許嫁笄

年十五雖未許嫁亦笄 (雜記)燕則鬈首(疏)未許嫁則燕居復去笄而分髮爲髻紒

母爲主

宗子主婦則於中堂○非宗子而與宗子同居則於私室與宗子不同居則如上儀

前期三日戒賓一日宿賓

四禮便覽 卷之一 冠 二十

賓亦擇親姻婦女之賢而有禮者爲之以牋紙書其辭云云使人致之

(朱子曰許嫁則主婦當戒外姻爲女賓使之著笄而遂禮之未許嫁而笄則不戒女賓而自以家之諸婦行笄禮也)

諸具(戒賓宿賓)

牋紙二

書式(儀節)

忝親 非親則云厚交或厚識下同 某氏拜白

某親某封(非親則但云某封夫人孺人隨所稱下同)維次玆(家禮本註凡婦人稱於己之尊長則曰兒卑幼則以屬於夫黨尊長則曰新婦卑幼則曰老婦非親戚而往來者以其黨爲稱)有女年適可笄欲舉行之伏聞吾

親閒於禮度敢屈

惠臨以敎之不勝幸甚

月　日某氏拜白

復書式(儀節)

忝親某氏拜復

某親某封維次蒙不棄

名爲笄賓自念粗俗不足以相盛禮然旣有

命敢不勉從謹此奉復

月　日某氏拜復

陳設

如冠禮但於中堂布席如衆子之位(不設門外次)

諸具(陳設)

屛席(用以爲鋪陳又爲賓席及笄席醮席者) 盥盆 帨巾(笄賓所盥洗)

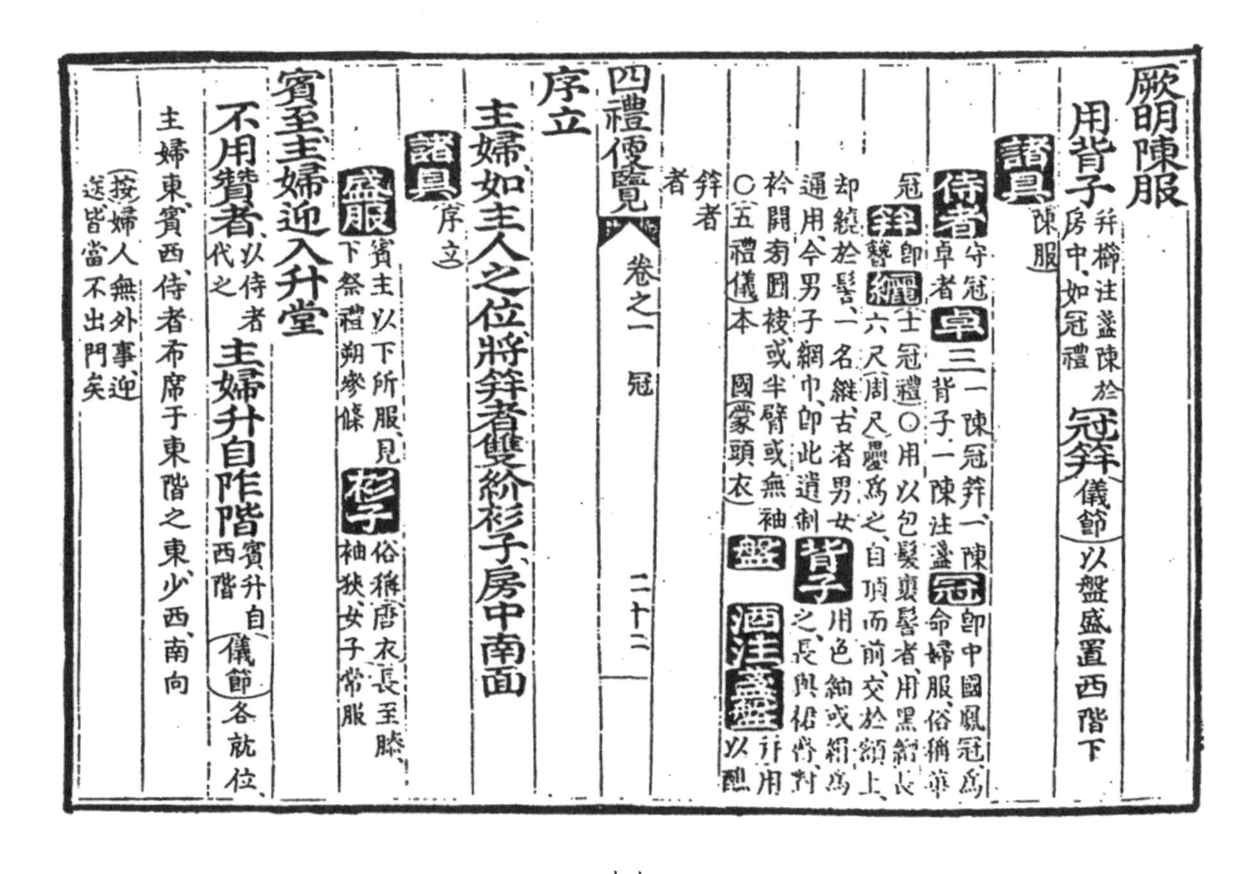

厥明陳服

用背子(笄楙注盞陳於房中如冠禮) 冠笄(儀節)以盤盛置西階下

諸具(陳服)

侍者(守冠卓者) 卓(三一陳冠笄一陳背子一陳注盞) 冠(卽中國鳳冠爲命婦服俗稱華冠) 笄(卽簪) 纚(士冠禮○用以包髮裹髻者用黑繒長六尺(周尺)疊爲之自頂而前交於額上卻繞於髻一名繼古者男女通用今男子網巾卽此遺制) 背子(用色紬或綃爲之長與裙齊對衿開旁圓裾或半臂或無袖○五禮儀本國蒙頭衣) 盤 酒注盞盤(幷用以醮)

笄者

序立

主婦如主人之位將笄者雙紒衫子房中南面

諸具(序立)

盛服(賓主以下所服見下祭禮朔參條) 衫子(俗稱唐衣長至膝袖狹女子常服)

賓至主婦迎入升堂

不用贊者以侍者代之 主婦升自阼階 賓升自西階(儀節)各就位

主婦東賓西侍者布席于東階之東少西南向

(按)婦人無外事迎送皆當不出門矣

賓爲將笄者加冠笄適房服背子

(儀節)將笄者出房侍者奠櫛席左賓以手導將笄者卽席西(當作南)向跪侍者如其向跪解髮梳之爲之合髮爲髻賓降階主婦亦降洗訖主婦請賓復初位侍者以冠笄盤進賓詣將笄者前祝曰云云跪加冠笄起復位笄者與適房易服(徹櫛侍者徹)笄者服上衣(背子)出房

(按)旣有冠字則不可髮上加冠依古禮用纚包髮以承冠似當

冠笄式 用冠禮始加祝醮與字辭亦同冠禮但字辭改髦士爲女士

乃醮

(儀節)侍者酌酒立于笄者之左賓揖以手導之笄者卽席笄者立席右南向賓受酒詣醮席祝曰云云笄者四拜賓答拜笄者跪受酒祭酒啐酒興四拜

乃字

(儀節)賓主俱降階主東賓西笄者降自西階少東南向賓祝云云曰某笄者四拜賓不答拜賓休于佗所

主人以笄者見于祠堂(儀節)

(按)此條家禮所無而依丘儀補入其儀與子冠而見同

諸具 見祠堂(同下祭禮有事則告條)

告辭式 (儀節)○主人自告某之(非宗子之女則此下當添某親某之四字)第幾女今日笄畢敢見

乃禮賓

以酒饌延賓酬之以幣而拜謝之(如常日賓客之禮)

(按)家禮於此正文云皆如冠儀而此書則冠禮禮賓取用一獻之禮此若云皆如冠儀則便成亦令

行一獻之禮故正文中四字刪之移置冠禮禮賓下註于此○禮廢旣久笄禮無復行之者古昔婦人冠服之制殆廢不考可勝歎哉今依本文收錄以爲羊存禮復之漸若自一二大家始則可以變俗矣

諸具 禮賓(幷見上禮賓條從簡爲宜)

四禮便覽卷之一

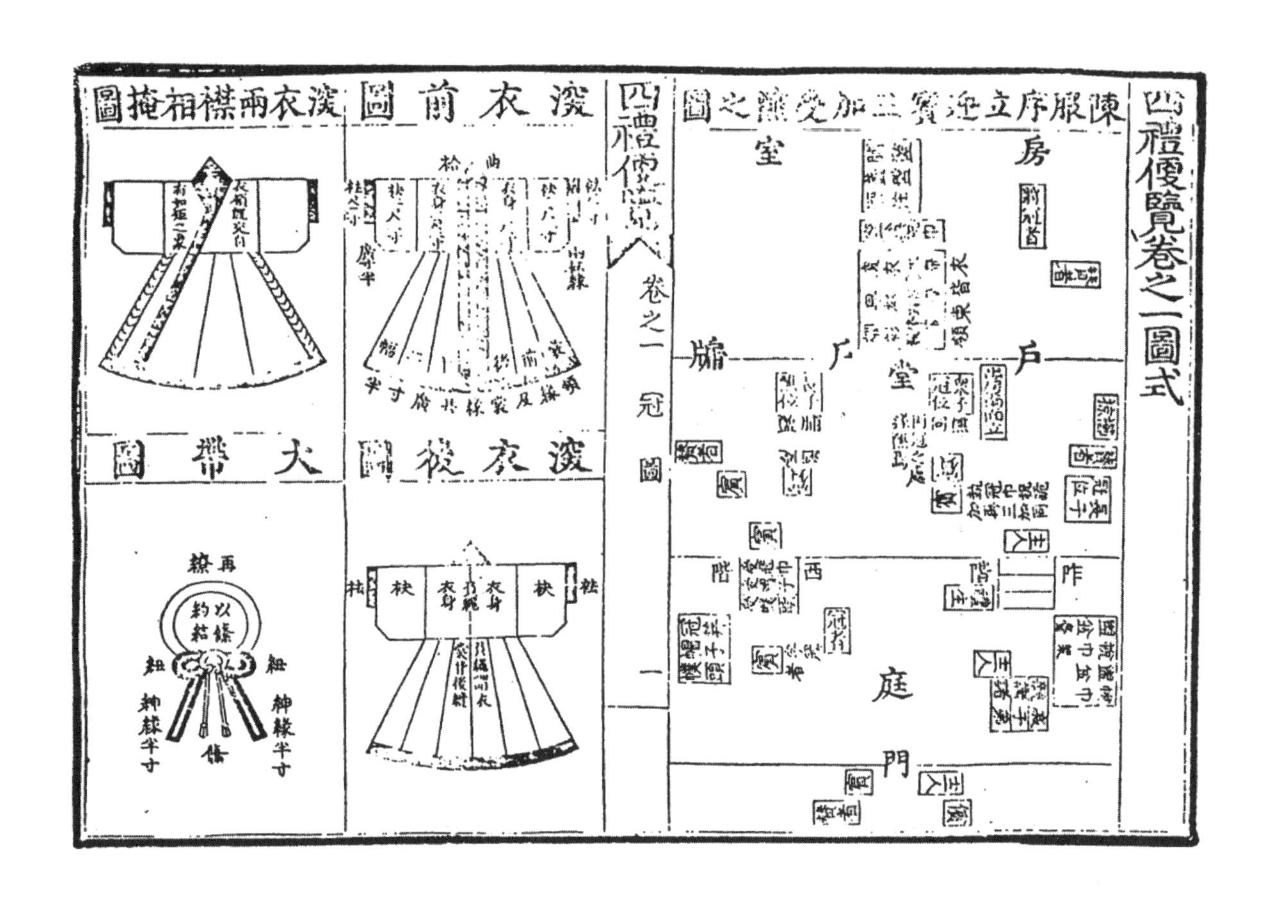
四禮便覽卷之一圖式
陳服序立迎賓三加受醮之圖
室
房
堂
庭
門
四禮便覽
卷之一 冠圖
一
深衣前圖
深衣兩襟相掩圖
深衣後圖
大帶圖

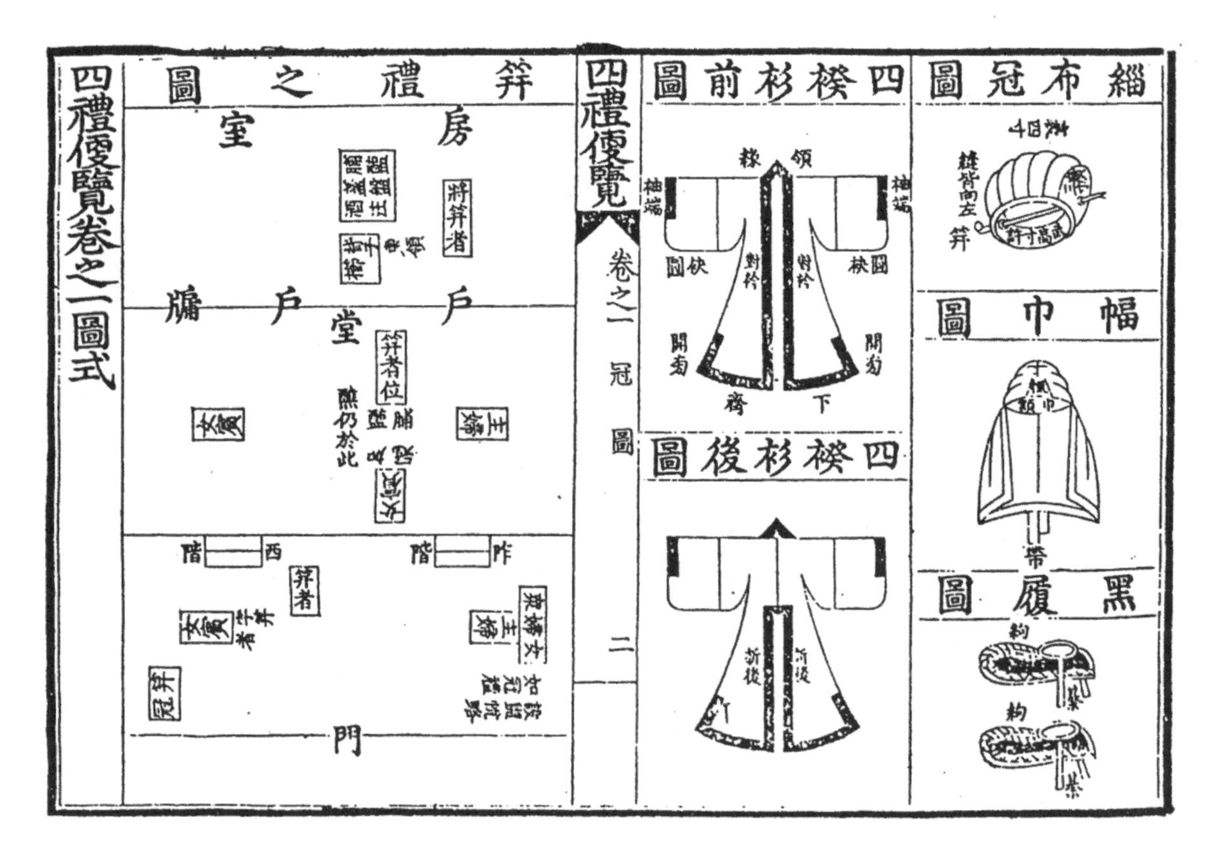
四禮便覽卷之一圖式
笄禮之圖
室
房
堂
門
四禮便覽
卷之一 冠圖
二
四褛衫前圖
四褛衫後圖
緇布冠圖
幅巾圖
黑履圖

四禮便覽卷之二

昏禮

議昏

男子年十六至三十女子年十四至二十

司馬溫公曰古者男三十而娶女二十而嫁今令文男年十五女年十三以上幷聽昏嫁今爲此說所以參古今之道酌禮令之中順天地之理合人情之宜也○又曰世俗好於襁褓童幼之時輕許爲昏亦有指腹爲昏者及其旣長或不肖無賴或身有惡疾或家貧凍餒或喪服相仍遂至棄信負約者多矣吾家男女必俟旣長然後議昏故終身無此悔也

(家語)哀公問曰禮男子三十而有室女子二十而有夫豈不晩哉孔子曰夫禮言其極不是過也○(王吉)曰夫婦人倫大綱夭壽之萌也世俗嫁娶太蚤未知爲人父母之道而有子是以敎化不明而民多夭○(文中子)曰蚤昏少聘敎人以偸

身及主昏者無朞以上喪乃可成昏

大功未葬亦不可主昏○凡主昏如冠禮主人之法但

宗子自昏則以族人之長爲主

(按)冠禮條父母無朞以上喪可通看於昏禮蓋父母包在主昏中不可以冠昏異文而苟且用禮也

必先使媒氏往來通言俟女氏許之然後納采

司馬溫公曰凡議昏姻當先察其壻與婦之性行及家法何如勿苟慕其富貴壻苟賢矣今雖貧賤安知異時不富貴乎苟爲不肖今雖富盛安知異時不貧賤乎婦者家之所由盛衰也苟慕其一時之富貴而娶之彼挾其富貴鮮有不輕其夫而傲其舅姑養成驕妒之性異日爲患庸有極乎借使因婦財以致富依婦勢以致貴苟有丈夫之志氣者能無愧乎○又曰文中子曰昏娶而論財夷虜之道也夫昏姻者所以合二姓之好以事宗廟繼後世也今世俗之貪鄙者先問資裝之厚薄聘財之多少亦有欺紿負約者是乃駔儈賣鬻之法豈得謂之士大夫哉其舅姑旣被欺紿則殘虐其婦以攄其忿由是務厚其資裝以悅其舅姑貨有盡而責無窮昏姻之家往往爲仇讐然則議昏有及於財者勿與爲昏

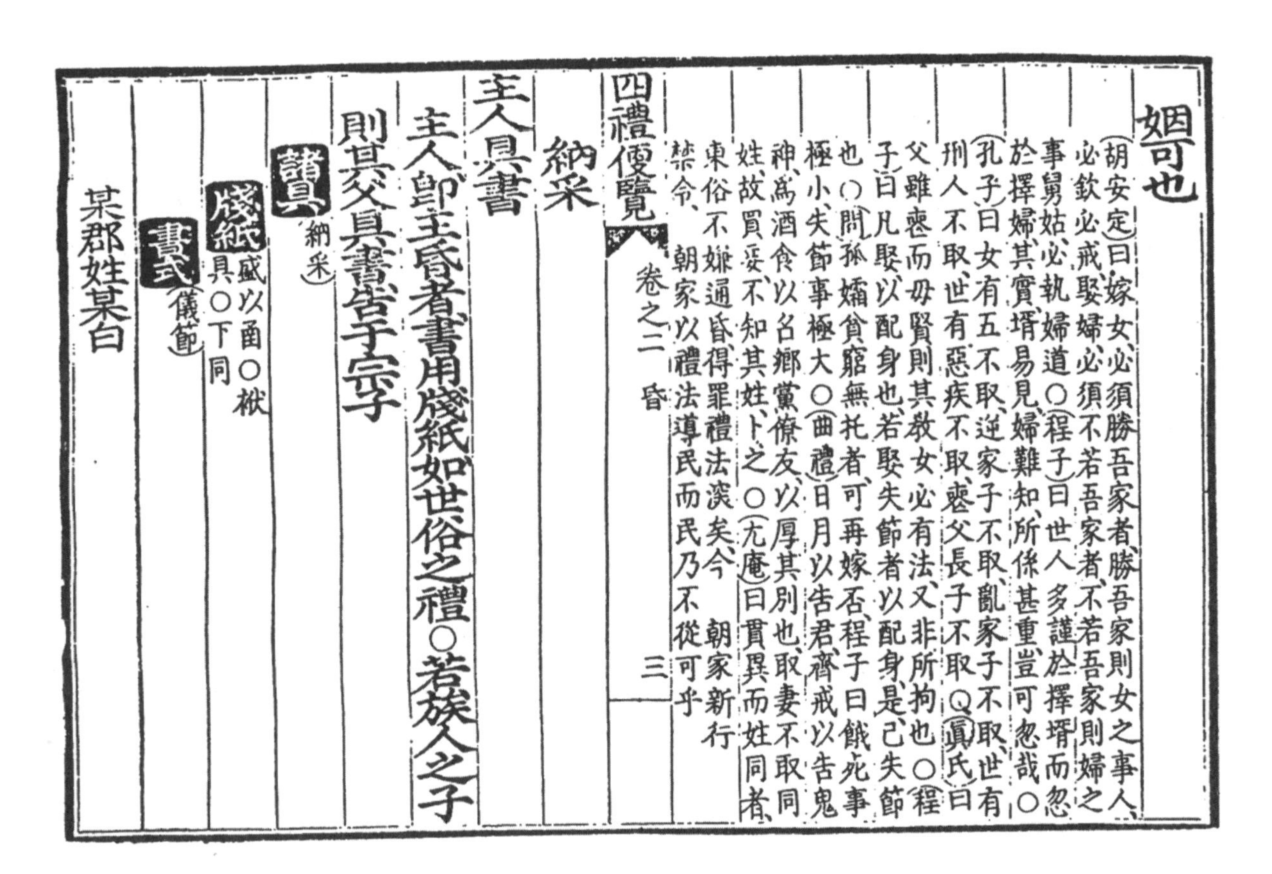

姻可也

(胡安定)曰嫁女必須勝吾家者勝吾家則女之事人必欽必戒娶婦必須不若吾家者不若吾家則婦之事舅姑必執婦道○(程子)曰世人多謹於擇壻而忽於擇婦其實壻易見婦難知所係甚重豈可忽哉○(孔子)曰女有五不取逆家子不取亂家子不取世有刑人不取世有惡疾不取喪父長子不取○(眞氏)曰父雖喪而母賢則其教女必有法又非所拘也○(程子)曰凡娶以配身也若娶失節者以配身是己失節也○問孀婦貧窮無托者可再嫁否程子曰餓死事極小失節事極大○(曲禮)日月以告君齊戒以告鬼神爲酒食以召鄕黨僚友以厚其別也取妻不取同姓故買妾不知其姓卜之○(尤菴)曰買異而姓同者東俗不嫌通昏得罪禮法滋矣今　朝家新行禁令　朝家以禮法導民而民乃不從可乎

納采

主人具書

主人即主昏者書用牋紙如世俗之禮○若族人之子則其父具書告于宗子

諸具(納采)

牋紙(盛以函○袱具○下同)

書式(儀節)

某郡姓某白

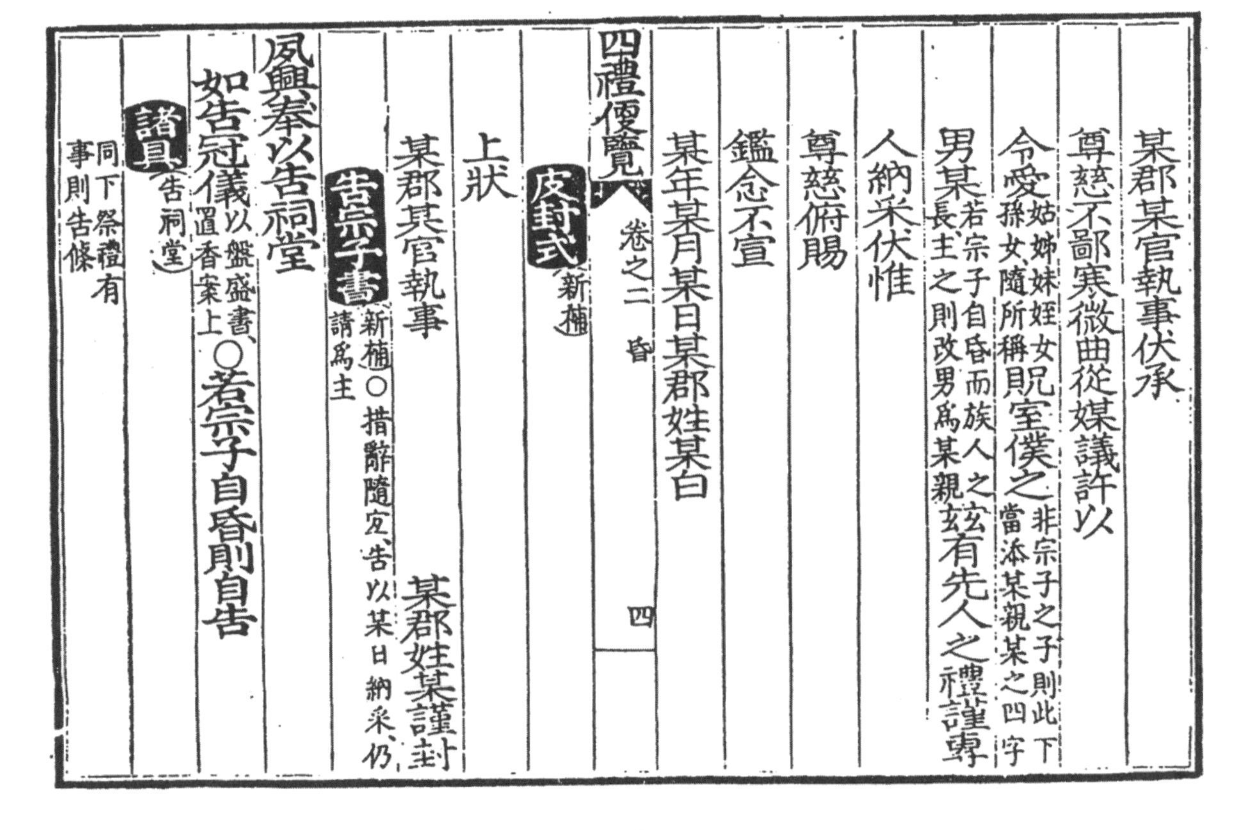

某郡某官執事伏承

尊慈不鄙寒微曲從媒議許以

令愛(姑姊妹姪女孫女隨所稱)貺室僕之(非宗子之子則此下當添某親某之四字)

男某(若宗子自昏而族人之長主之則改男爲某親)玆有先人之禮謹專

人納采伏惟

尊慈俯賜

鑑念不宣

某年某月某日某郡姓某白

皮封式(新補)

上狀

某郡某官執事　　某郡姓某謹封

告宗子書(新補○措辭隨宜告以某日納采仍請爲主)

夙興奉以告祠堂

如告冠儀以盤盛書置香案上○若宗子自昏則自告

諸具(告祠堂)

同下祭禮有事則告條

告辭式 若昏者之母已歿、雖在祔位、亦當有告、下同

維

年號幾年歲次干支幾月干支朔幾日干支孝玄孫 繼曾祖以下之宗、隨屬稱 某官某敢昭告于

顯高祖考某官府君

顯高祖妣某封某氏 曾祖考妣至考妣列書、祔位不書○非宗子之子則只告昏者祖先之位 某之 非宗子之子則此下當添某親某之四字 子某 若宗子自昏則去之子某三字 年已長成未有伉儷 再娶則去年已以下八字 已議 再娶則此下當添再字 娶某官某郡姓名之女、今日納采、不勝感愴

謹以酒果用伸虔告謹告

乃使子弟爲使者如女氏、女氏主人出見使者

使者盛服如 往也 女氏、先設次于大門外之西、入竢于次。〔儀節〕媒氏先入告女氏、亦宗子爲主、執事者設卓于中庭 主人盛服〔士昏禮〕如賓服 出 使者亦出次東向立 見使者、〔士昏禮〕迎于門外、揖入 從者執書函隨置於卓上 至階三讓、主人升阼階西面、賓升西階東面 使者致辭曰吾子有惠貺室某也、壻名 某壻名之某親某官有先人之禮使某使名請納采、從者以書進使者、以書授〔士昏禮〕授于楹間南面 主人、主人對曰某之子 若妹姪孫 惷愚、又弗能教、若許嫁者於主人、爲姑姊則不云惷愚又弗能教 吾子命之某不敢辭、〔儀節〕受亦南面受以授執事者就阼階上授 北向再拜使者避〔儀節〕避席屛立 不答拜、使者請退竢命、出就次○非宗子之女則其父位於主人之右、尊則少進卑則少退

諸具 使者如女氏

使者從者 壻家僕隷之屬 **媒氏執事者** 女氏子弟或僕隷之屬 **幕** 用以爲使者次者 **席** 用以爲鋪陳者 **卓** **盛服** 使者及女氏主人所服、見下祭禮朔參條

遂奉書以告于祠堂

如壻家之儀〔儀節〕以盤盛壻家書、置香案上

諸具 告祠堂 同下祭禮有事則告條

告辭式 若嫁者之母已歿、雖在祔位、亦當有告、下同

維

年號幾年歲次干支幾月干支朔幾日干支孝玄孫 屬稱

隨改見上告式某敢昭告于

顯高祖考某官府君

顯高祖妣某封某氏 列書見上告式○非宗子之女則只告昏者祖先之位 某

之 非宗子之女則此下當添某親某之四字 第幾女年漸長成已許嫁

某官某郡姓名之子今日納采不勝感愴謹以酒

果用伸虔告謹告

出以復書授使者遂禮之

主人出延使者升堂 儀節 執事者以書進主人 授以復

書使者受之 儀節 以授從者 請退主人請禮賓使者 士昏禮禮辭許 至是始與主人交拜揖如常日賓客之禮

就坐 乃以酒饌禮使者其從者亦禮之別室皆酧以幣 儀節 賓謝再拜主人答拜送賓至大門外揖拱族賓上馬

諸具 復書授使者

牋紙 席 用以爲主人及使者席者 卓 用以陳注盞者 酒 饌 多少隨宜 幣 隨宜 盤 用以捧幣者

復書式 儀節

某郡姓某白

某郡某官執事伏承

尊慈不棄寒陋過聽媒氏之言擇僕之 改措語見上告式

第幾女作配

令似 或令某親之子 弱息惷愚又不能教 姑姊妹則去弱息以下八字

旣

辱采擇敢不拜從伏惟

尊慈特賜

鑑念不宣

某年某月某日某郡姓某白

皮封式 同前式

使者復命壻氏主人復以告于祠堂

不用祝 儀節 以盤盛所復書置香案上

諸具 告祠堂 同下祭禮有事則告條

告辭式 儀節○主人自告

某之子某（改措語見上壻家告式）聘某官某郡姓某之第幾
女今日納采禮畢敢告

納幣

納幣

幣用色繒（士昏禮玄纁）貧富隨宜

具書遣使如女氏女氏受書復書禮賓使者復命並同納
采之儀

禮如納采但不告廟使者致辭（辭同納采）改采爲幣從者以

書幣進（置書幣于卓上又舉幣置兩楹間）使者以書授主人主人對曰
吾子順先典貺某重禮某不敢辭敢不承命乃授書執
事者受幣（舉書幣入）主人再拜使者避之復進請命主人授
以復書餘並同

諸具（納幣）

擔幣者 俗吏僕爲之用（笠子）珠纓團領帶靴爲其盛服 **幣** （家禮本註）少不過兩多不踰十

○俗用色絲每段各束兩端 **函** 二一盛幣一盛書 **栿** 隨函各具○餘并同上使者如女氏復書授使者條

書式（儀節）

忝親某郡姓某白
某郡某官尊親執事伏承
嘉命許以
令女貺室僕之子某（改措語并見上納采書式）茲有先人之禮
敬遣使者行納幣禮伏惟
尊慈特賜
鑑念不宣

某年某月某日忝親姓某再拜

皮封式（新補）

上狀
某郡某官尊親執事　　忝親姓某謹封

復書式（儀節）

忝親某郡姓某白
某郡某官尊親執事伏承
嘉命委禽寒宗顧惟弱息教訓無素切恐弗堪（姑姊）

妹則去顧惟以下十二字 玆又蒙順先典貺以重禮辭旣不獲

致不重拜伏惟

尊慈特賜

鑑念不宣

某年某月某日忝親姓某再拜

皮封式 同前式

親迎

前期一日女氏使人張陳其壻之室

所張陳者但氈褥帷幕應用之物其衣服鎖之篋笥不必陳也

(朱子曰親迎近則迎於其國、儀節作家遠則迎於其館)

諸具 陳壻室

氈 即地衣毯每之類用以鋪陳者 褥二 即寢褥 席二 即寢席 衾二 枕二 以上壻婦寢具 帷 即寢帳○或屏 幕 即帟幕 衣服 多少隨宜 篋笥 幷鑰具

厥明壻家設位于室中

設椅卓兩位東西 壻東婦西 相向蔬果盞盤匕筯如賓客之

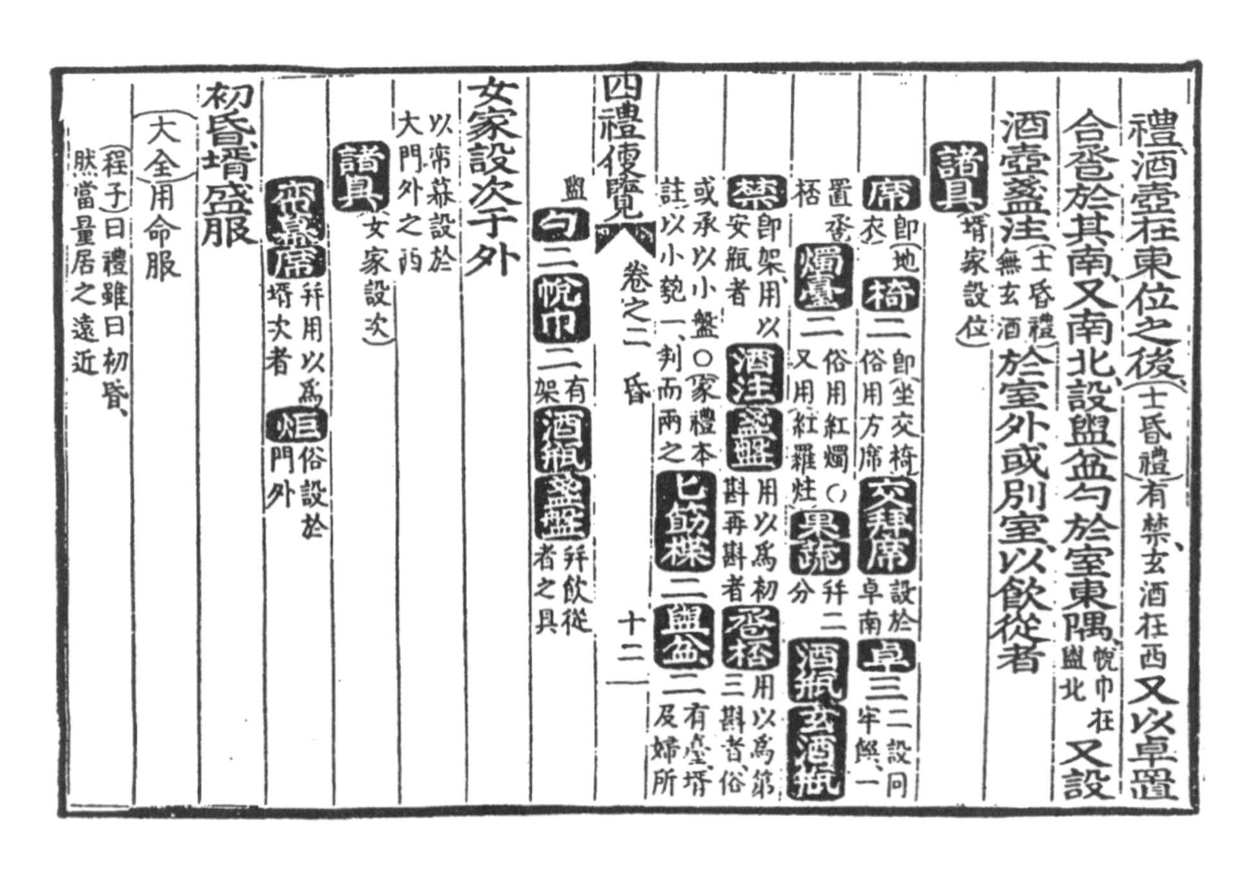

禮酒壺在東位之後(士昏禮有禁玄酒在西)又以卓置合巹於其南又南北設盥盆勺於室東隅 帨巾在盥北 又設酒壺盞注(士昏禮無玄酒)於室外或別室以飲從者

諸具 壻家設位

席 即地衣 椅二 即坐交椅 交拜席 設於卓南 卓三 二設同牢與一置巹桮 燭臺二 俗用紅燭○又用紅羅炷 果蔬 幷二分 酒瓶 玄酒瓶 禁 即架用以安瓶者 酒注 盞盤 用以爲初斟再斟者 巹桮 用以爲第三斟者 俗或承以小盤○家禮本註以小匏一判而兩之 匕筯楪二 盥盆二 有臺壻及婦所盥 勺二 帨巾二 有架 酒瓶 盞盤 幷飲從者之具

女家設次于外

以帟幕設於大門外之西

諸具 女家設次

帟幕席 幷用以爲壻次者 炬 俗設於門外

初昏壻盛服

大全 用命服

(程子曰禮雖曰初昏、然當量居之遠近)

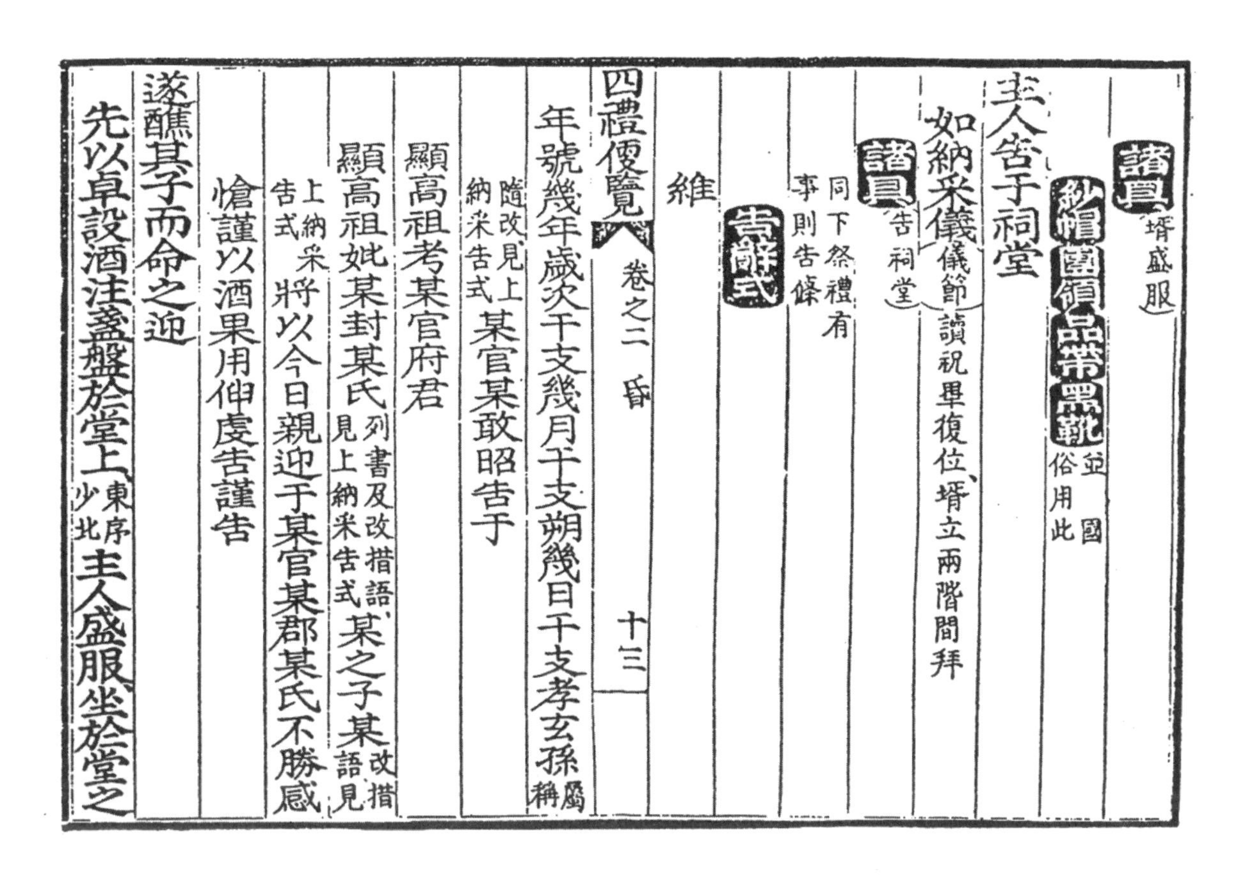

諸具（壻盛服）

紗帽　團領　品帶　黑靴（並國俗用此）

主人告于祠堂

如納采儀（儀節）讀祝畢復位、壻立兩階間拜

諸具（告祠堂）同下祭禮有事則告條

告辭式

維

四禮便覽　卷之二　昏　十三

年號幾年歲次干支幾月干支朔幾日干支孝玄孫（稱屬隨改見上納采告式）某官某敢昭告于

顯高祖考某官府君

顯高祖妣某封某氏（列書及改措語見上納采告式）某之子某（改措語見上納采告式）將以今日親迎于某官某郡某氏不勝感愴謹以酒果用伸虔告謹告

遂醮其子而命之迎

先以卓設酒注盞盤於堂上、（東序少北）主人盛服、坐於堂之

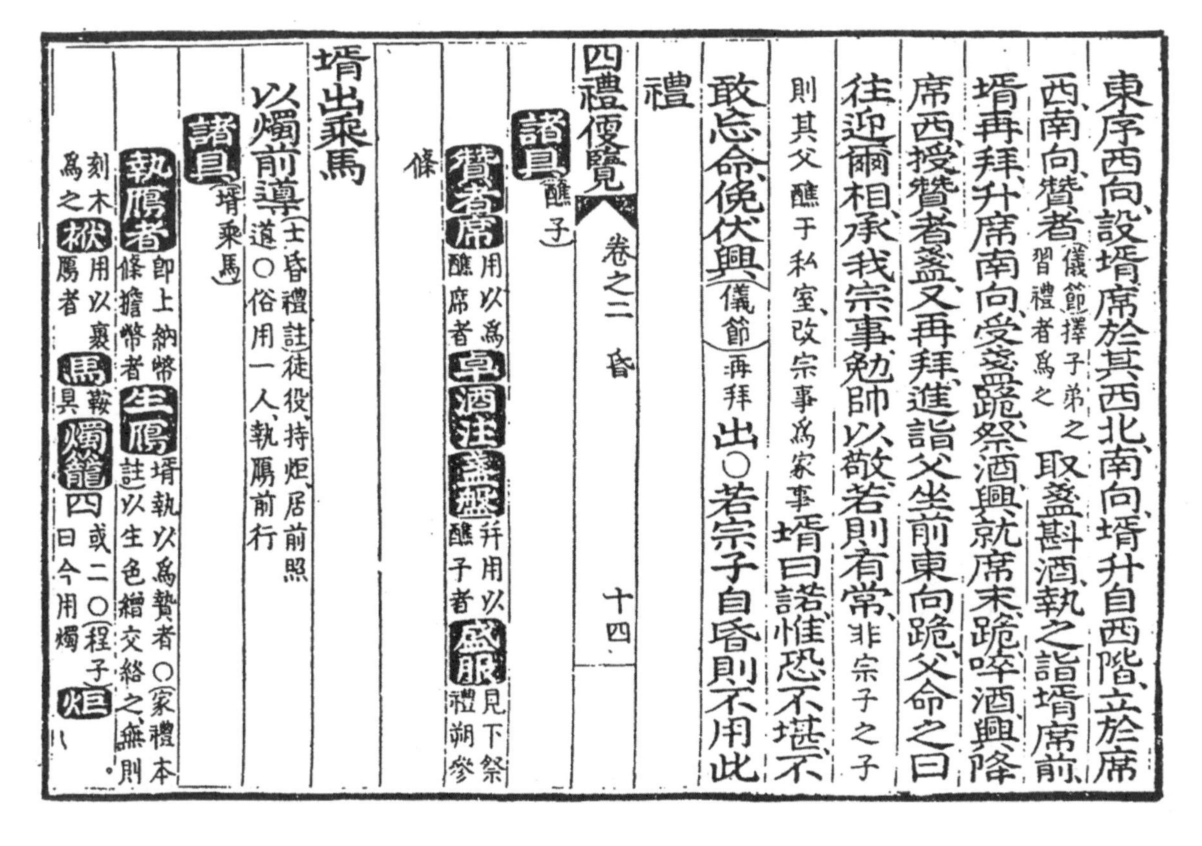

東序西向、設壻席於其西北、南向、壻升自西階、立於席西南向、贊者（儀節擇子弟之習禮者爲之）取盞斟酒、執之詣壻席前、壻再拜、升席南向、受盞跪祭酒興、就席末跪啐酒興、降席西授贊者盞又再拜、進詣父坐前東向跪、父命之曰往迎爾相、承我宗事、勉帥以敬、若則有常、（非宗子之子則其父醮于私室、改宗事爲家事）壻曰諾、惟恐不堪、不敢忘命、俛伏興（儀節再拜）出○若宗子自昏則不用此禮

四禮便覽　卷之二　昏　十四

條

諸具（醮子）贊者席（用以爲醮席者）卓　酒注　盞盤（幷用以醮子者）盛服（見下祭禮朔參）

壻出乘馬

以燭前導（士昏禮註）徒役持炬居前照道○俗用一人、執鴈前行

諸具（壻乘馬）執鴈者（即上納幣條擔幣者）生鴈（壻執以爲贄者○家禮本註以生色繒交絡之、無則刻木爲之）栿（用以裹鴈者）馬（具鞍）燭籠（四或二○程子曰今用燭）炬

至女家俟于次

壻下馬于大門外入俟于次

女家主人告于祠堂

(儀節)其儀如壻家

諸具 告祠堂(同下祭禮有事則告條)

告辭

維

年號幾年歲次干支幾月干支朔幾日干支孝玄孫(屬稱隨改見上納采告式)某官某敢昭告于

顯高祖考某官府君

顯高祖妣某封某氏(列書及改措語見上納采告式)某之(改措語見上納采告式)第幾女將以今日歸于某官某郡姓名(尤庵曰恐脫之子二字)不勝感愴謹以酒果用伸虔告謹告

遂醮其女而命之

女盛飾(士昏禮純衣纁袡)姆相之立於室外南向父坐東序西向母坐西序東向設女席於母之東北南向贊者(儀節擇侍女爲之)醮以酒如壻禮姆導女出於母左父起命之曰敬之戒之夙夜無違舅姑之命母送至西階上爲之整冠斂帔命之曰勉之敬之夙夜無違爾閨門之禮諸母姑嫂姊送之于中門之內爲之整裙衫申以父母之命曰謹聽爾父母之言夙夜無愆○非宗子之女則其父醮於私室

(語類問出門之戒若只以古語告之彼將何謂朱子曰只以今之俗語告之使易曉乃佳)

(按古者昏用袡衣玄衣而纁緣義有所取今俗用紅長衫甚無謂好禮之家當製用袡衣以爲變俗復古之漸矣)

諸具 醮女

姆(卽女師若今乳母以背子長衣之類爲其盛服用玄色) **贊者席**(用以爲醮席者) **冠**(見上冠禮笄陳服條○尤庵曰註有整冠斂帔之文當用冠) **袡衣**(色玄連衣裳不異色用紋綺之屬爲之以素紗爲裏以纁緣衣下袂長二尺二寸袂口一尺二寸(指尺)一名純衣○按歷考禮書袡衣宵衣褖衣同是一衣而其制之可據者不過玄衣不殊裳以素紗爲裏袂長二尺二寸袂口一尺二寸而袡則但有纁緣爲異耳尤庵有兩說一則以爲袡制未能考欲用古制則連上衣下裳

而緣之以紅一則以爲衻亦是漆衣而但緣用紅色爲異今亦未敢信其必然註疏以爲袍制而古人袿袍亦不可考然想與男子之袍不甚遠矣且椽衣是周禮王后六服之一六服制度無異特色章各殊爾周禮圖只有服之之象而衣制則未嘗箸也就考三才圖會有所畫皇后褘衣制度恰與男子袍相似惟文章燦爛而已椽衣士妻得以服之則當去其文章倣此製成庶幾寡過矣今擬參酌而作一通用之服於嫁時則以纁緣衣下四五寸謂之衻衣於見舅姑及祭祀賓客及襲時皆去緣而用之以代宵衣椽衣用素爲之以代古之布漆衣用於初喪易服時及忌祭則制約而用幘庶爲近正之衣而可革時俗婦人服雜澆之弊矣蓋婦人質務尚專一德無所兼故古者婦人服必連衣裳不異色至秦始皇方令短作衫衣裙之分自秦始也今世之短衣長裳卽莫嗣所謂服妖者家

禮以大衣長裙爲盛服朱子旣因時制而從之則賢於今服遠矣而猶失尚專一之義又起隋唐之世則不可謂先王之法服矣故此編於喪禮婦人襲衣有所論說最似椽衣而猶以漆衣爲首者以椽衣制度之分明可據不如漆衣故不得已爲從先進之論也玆笞新制於下覽者詳之○玄衣素裏衣身用黑綃二幅中屈下垂通衣裳長可曳地綴內外衿亦通衣裳而衣身通廣令可容當人之身衣身兩邊接袖處度二尺二寸爲袖斜入裁破腋下一尺留一尺二寸爲格格下兩邊並前後幅及衿旁皆反摺直下剪去之又用三幅長可自格下至衣末交解裁之爲六幅一頭尖一頭闊尖頭向上闊頭向下三綴於左旁格下一尺之下二綴於右旁亦如之二各綴一於內外兩衿旁亦如之並衣身下垂者前後合四幅內外衿下垂者二幅則爲裳十二幅聯之而平其下齊領則如俗所謂

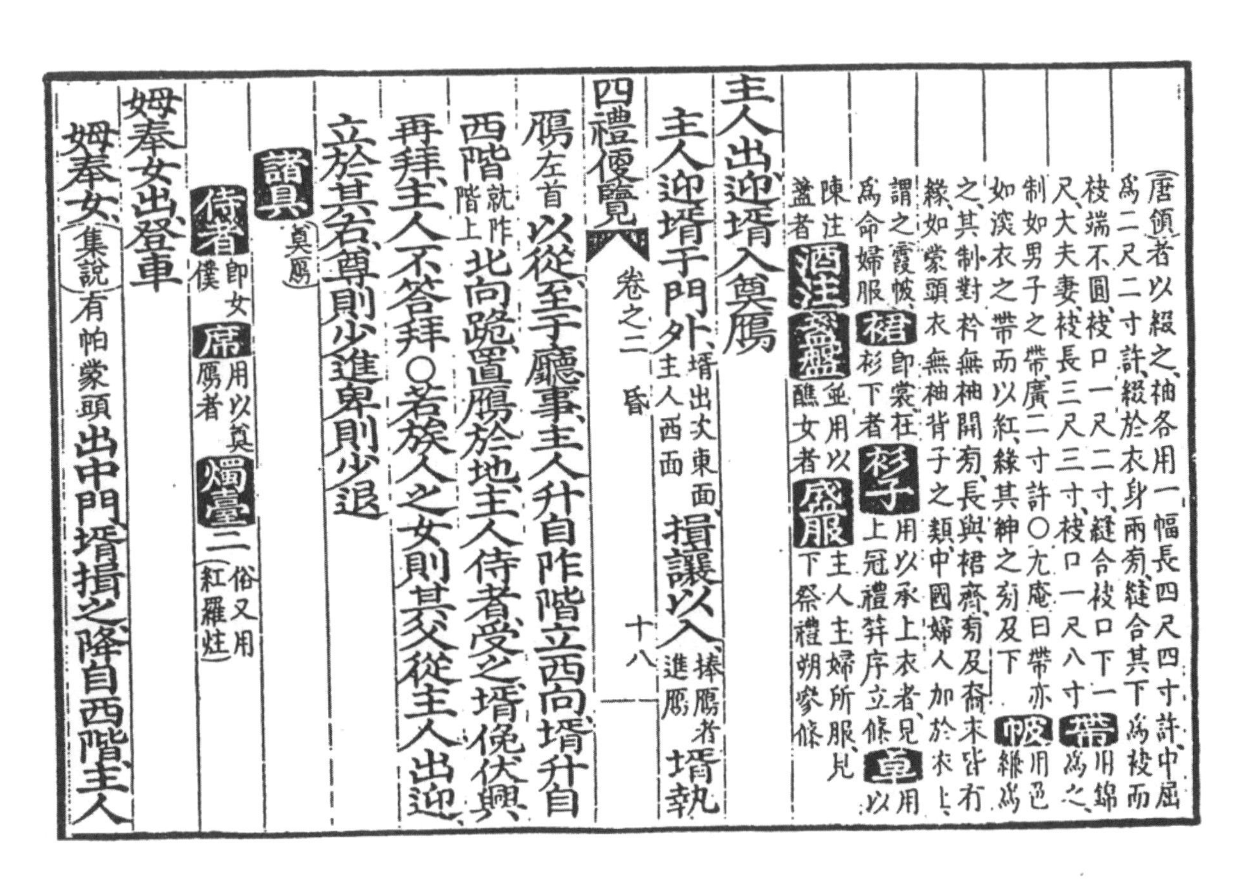

唐領者以緞之袖各用一幅長四尺四寸許中屈爲二尺二寸許綴於衣身兩旁縫合其下爲袪而袪端不圓袪口一尺二寸縫合袪口下一尺大夫妻袪長三尺三寸袪口一尺八寸

帶 用錦爲之制如男子之帶廣二寸許○尤庵曰帶亦如漆衣之帶而以紅緣其紳之旁及下

帔 用色緋爲之其制對衿無袖開旁長與裙齊旁及裔末皆有緣如蒙頭衣無袖背子之類中國婦人加於衣上謂之霞帔爲命婦服 **裙** 卽裳在衫下者 **衫子** 用以承上衣者見上冠禮笄序立條 **卓** 用以陳注盞者 **酒注** **盞盤** 並用以醮女者 **盛服** 主人主婦所服見下祭禮朔參條

主人出迎壻入奠鴈

主人迎壻于門外 壻出次東面主人西面 揖讓以入 捧鴈者進鴈 壻執鴈 左首 以從至于廳事主人升自阼階立西向壻升自西階 就阼階上 北向跪置鴈於地主人侍者受之壻俛伏興再拜主人不答拜○若族人之女則其父從主人出迎立於其右尊則少進卑則少退

諸具 奠鴈

侍者 卽女僕 **席** 用以奠鴈者 **燭臺**二 俗又用紅羅炷

姆奉女出登車

姆奉女 集說有帕蒙頭 出中門壻揖之降自西階主人

不降壻遂出女從之壻擧轎簾以俟姆辭曰未教不足與爲禮也女乃登車(大全下簾)

諸具 奉女登車

從者 卽女僕奉贄幣先行者 轎簾具 帕 如衣襆之類 贄 棗栗腶脩 幣 隨宜 盤 用以盛贄幣者隨品各具 袱 用以裹贄幣盤者隨盤各具 燭籠 四 俗又用炬

壻乘馬先婦車

婦車亦以燭前導

至家導婦以入

壻至家(大門外下馬)立于廳事俟婦下車(廳前)揖之導以入(士昏禮及寢門揖入升自西階 大全 婦從之適其室)

壻婦交拜

婦從者布壻席於東方壻從者(溫公曰各以其家女僕爲之)布婦席於西方(皆於室中卓之南)壻盥于南婦從者沃之進帨婦盥于北壻從者沃之進帨壻(大全爲婦擧蒙頭)揖婦就席婦拜壻答拜(語類婦先二拜夫答一拜婦又二拜夫又答一拜)

就坐飮食畢壻出

壻揖婦就坐(椅上當卓)壻東婦西從者斟酒設饌壻(書儀揖婦祭酒 儀節各傾酒少許 大全擧飮)擧殽(各以少許置豆間空處 大全食畢)又斟酒壻揖婦擧飮(丘儀曰自飮而導婦使飮也)不祭無殽又取巹分置壻婦之前斟酒壻揖婦擧飮不祭無殽壻出就他室姆與婦留室中徹饌(從者徹也)置室外設席(媵衾枕只設于奧北趾壻席在東婦席在西壻從者布婦席婦從者布壻席)壻從者餕婦之餘婦從者餕壻之餘

復入脫服燭出

壻脫服婦從者受之婦脫服壻從者受之(士昏禮燭出)

媵(註女從者)侍于戶外

主人禮賓

男賓於外廳女賓(賓皆從者)於中堂(士昏禮饗送者 儀節凡女家送來者皆酬以幣)

諸具 禮賓

席 用以爲主人及從者席者 饌 多少隨宜 幣 隨宜 盤 用以捧餽幣者

明日夙興婦見于舅姑

婦夙興盛服(士昏禮 宵衣)竢見舅姑坐於堂上東西相向(舅東 姑西)各置卓於前家人男女少於舅姑者立於兩序如冠禮之序(儀節 姆引婦侍女以盤盛贄幣從之)婦進立於阼階下北面拜舅(盥洗受 贄幣)升(士昏禮 自西階)奠贄(士昏禮 笲棗栗)幣于卓上舅撫之侍者以入婦降又拜畢詣西階下北面拜姑升奠贄(士昏禮 笲腶脩)幣姑舉以授侍者婦降又拜○若非宗子之子而與宗子同居則先行此禮於舅姑之私室

(尤庵曰古禮見舅姑時只用贄家禮兼用贄幣然世俗單用贄從俗恐無妨若從家禮而並用贄幣則不得不各盛一器矣雖或用幣非必布帛也紙束亦可)

諸具(見舅姑)

席二(用以爲舅姑席者) 卓二(卽食案用以置舅姑前者○席與卓至饗婦皆仍) 笄二(用以捧贄者○如又用幣當別具二盤) 冠(見上冠禮笄陳服條) 宵衣(帶具制見上醮女條衵衣註但不施緣無則代以大衣長裙制見下祭禮絅襂條○(士昏禮疏)與純衣同亦是褖衣○褖衣制見下喪禮陳襲衣條○帨己見上醮女條○冠以下婦盛服) 盥盆帨巾

舅姑禮之如父母醮女之儀○(士昏記)庶婦使人醮之(疏於房外之西)

諸具(舅姑禮之)

席(用以爲婦席者) 卓(用以陳注盞者) 酒注盞盤

婦見于諸尊長

婦既行禮降自西階同居有尊於舅姑者(尤庵曰夫之祖父母)則舅姑以婦見於其室如見舅姑之禮還拜諸尊長于兩序如冠禮無贄(溫公曰長屬雖多共爲一列受拜以從簡易)小郎小姑皆相

拜(士昏禮婦降出)○非宗子之子而與宗子同居則既受禮詣其堂上拜之如舅姑禮而還見于兩序其宗子及尊長不同居則廟見而後往

若冢婦則饋于舅姑

是日食時婦家具盛饌酒壺婦從者設蔬果卓于堂上設盥盂于阼階(下)東南帨架在東舅姑就坐(如始見儀節)(姆引婦)婦盥升自西階洗盞斟酒置舅卓上降竢舅飲畢拜(復升階)(儀節 洗盞斟酒)遂獻姑姑飲畢又降拜(儀節)

從者以盤盛湯盛飯至。遂執饌（婦執饌也）升。薦于舅姑之前。侍立姑後。以俟卒食。徹飯。侍者徹饌。分置別室。婦就餕姑之餘。婦從者餕舅之餘。壻從者又餕婦之餘。○非宗子之子則於私室如儀

（士昏記。庶婦不饋）

諸具（饋舅姑）

席二 **盛饌**（湯飯果蔬肉魚之類多少隨宜） **盤**二（用以捧饌者） **酒注盞盤** **盥盆帨巾**（並用以洗盞者） **盥盆帨巾**

舅姑饗之

如禮婦之儀（儀節。湯飯隨宜）禮畢。舅姑先降自西階。婦降自阼階（士昏禮。歸婦俎于婦氏人）

諸具（舅姑饗之）

席饌盤俎

三日。主人以婦見于祠堂

古者三月而廟見。今以太遠。改用三日。如子冠而見之儀○（士昏禮）若舅姑旣歿。則乃奠菜于廟。祝盥。婦盥于門外。婦執笲菜。祝帥婦以入。祝曰（云云）婦以菜授執事者。拜。還受奠菜于考。拜。婦降堂。取笲菜入。祝曰（云云）奠菜于妣位前。拜。如初禮。婦出。祝徹菜。闔牖戶

（語類）昏禮廟見舅姑之亡者而不及祖。蓋古者宗子法行。非宗子之家。不可別立祖廟。故但有禰廟。今只共廟。如何只見禰而不見祖。此當以義起。亦見祖可也

（按）朱子義起之論。是見祖廟之謂也。非奠菜之謂也。如蚤孤者取婦入門。不可不追伸饋奠之禮。欲行此禮者。若同見祖廟而只奠禰位。則誠爲未安。並奠於高祖以下。則事涉抱長。先於正寢設考妣兩位。出主行薦。如儀禮。又依家禮見于祖廟。則恐兩行不悖矣

諸具（廟見）

同下祭禮有事則告條

告辭式（主人自告）

子某（子某上當添某之二字○非宗子之子則子某上當添某之某親某之六字。若宗子自昏則但云某）之婦某氏敢見

諸具（奠菜）

菫（士昏禮○無則代以芹） **盤**（用以盛菜者○餘並同下祭禮有事則告條。設位奉主之具並同禰祭。但不設饌）

告辭式 士昏禮○奉主時當別有告辭

某氏婦姓來婦敢奠嘉菜于

皇舅某子 當改某子爲某官府君○右告舅位

某氏來婦敢告于

皇姑某封 此下當添某封二字 某氏 右告姑位○舅在則當移用奠嘉菜之文

明日壻往見婦之父母

婦父迎送揖讓如客禮 (儀節)從者執幣隨壻婦父升立于東少北壻立于西少南 拜 壻拜也 則跪 婦父跪也 而扶之 恐是推兩手而辭之之意 (儀節)從者授壻幣壻以奉婦父受之以授從者 入見婦母婦母闔門左扉 東扉也 立于門內 西面 壻 東面 拜于門外 (儀節)以幣奉婦母從者受以入 婦母答拜○婦父非宗子卽先見宗子夫婦不用幣如上儀然後見婦之父母 (儀節)婦父引壻至祠堂前再拜上香跪告 云云 俯伏興壻立兩階間拜畢婦父拜

(按)壻見婦之父母儀禮單言贄家禮單言幣儀節竝言贄幣當與見舅姑條尤菴說互看

諸具 壻見

從者 於婦父用男從者於婦母用婦家女僕 **幣** 隨笥 **盤** 用以捧幣者

婦家告辭式 儀節○主人自告

某之 改措語見上納采告式 女壻某來見

次見婦黨諸親

不用幣婦女相見如上儀

婦家禮壻如常儀

(儀節)餼如俗儀酒或三行或五行○親迎之夕不當見婦母及諸親及設酒餼以婦未見舅姑故也

(孔子)曰嫁女之家三夜不息燭思相離也取婦之家三日不擧樂思嗣親也○曲禮昏禮不賀人之序也

(按)古者昏必親迎今世行之者絶少蓋禮廢敎弛而然也子思曰君子之道造端乎夫婦今於行姻之初不以禮相從則其視正始之道果何如也若好古之君子仍當如儀

諸具 禮壻

餼盤○ 條竝同上舅姑禮之條

四禮便覽卷之二

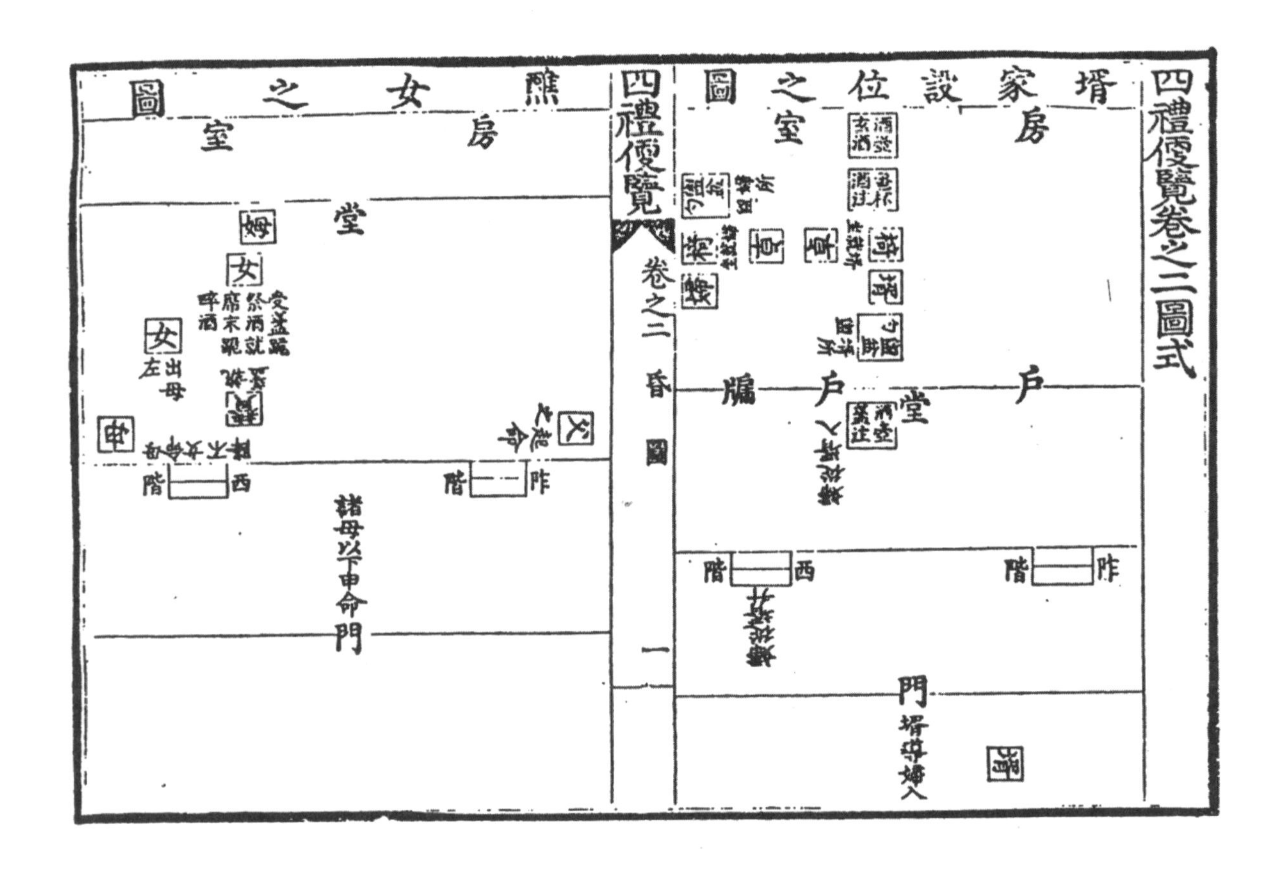

四禮便覽卷之二圖式
壻家設位之圖
房
室
堂
戶
牖
戶
阼
階
西
階
門
四禮便覽
卷之二
昏圖
一
醮女之圖
房
室
堂
姆
女
女
父起命之
阼
階
西
階
諸母以下申命門

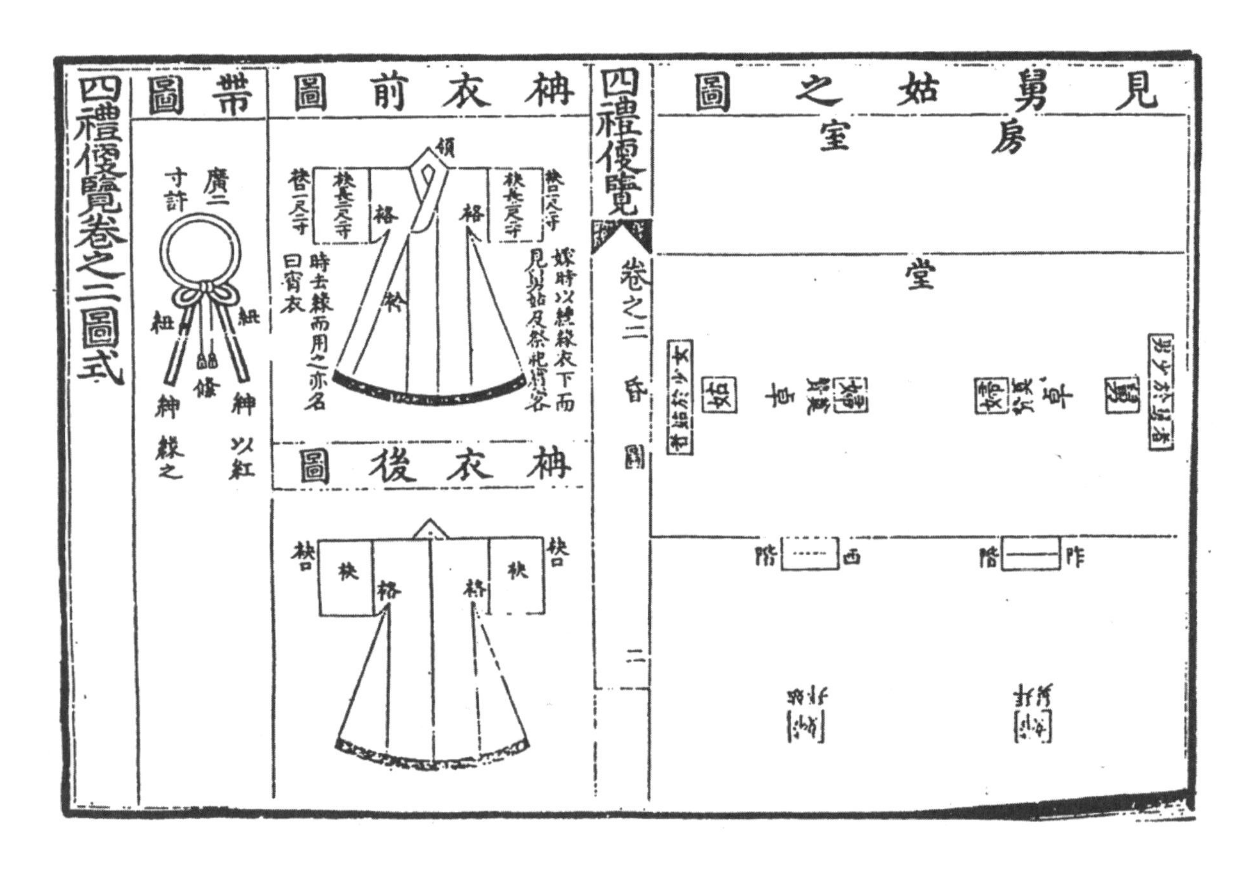

見舅姑之圖
房
室
堂
阼
階
西
階
四禮便覽
卷之二
昏圖
二
袡衣前圖
領
袷
袷
嫁時以純緣衣下而見舅姑及祭祀待客時去緣而用之亦名曰宵衣
袡衣後圖
袂
袂
袷
袷
帶圖
廣二寸許
紳
紳
四禮便覽卷之二圖式

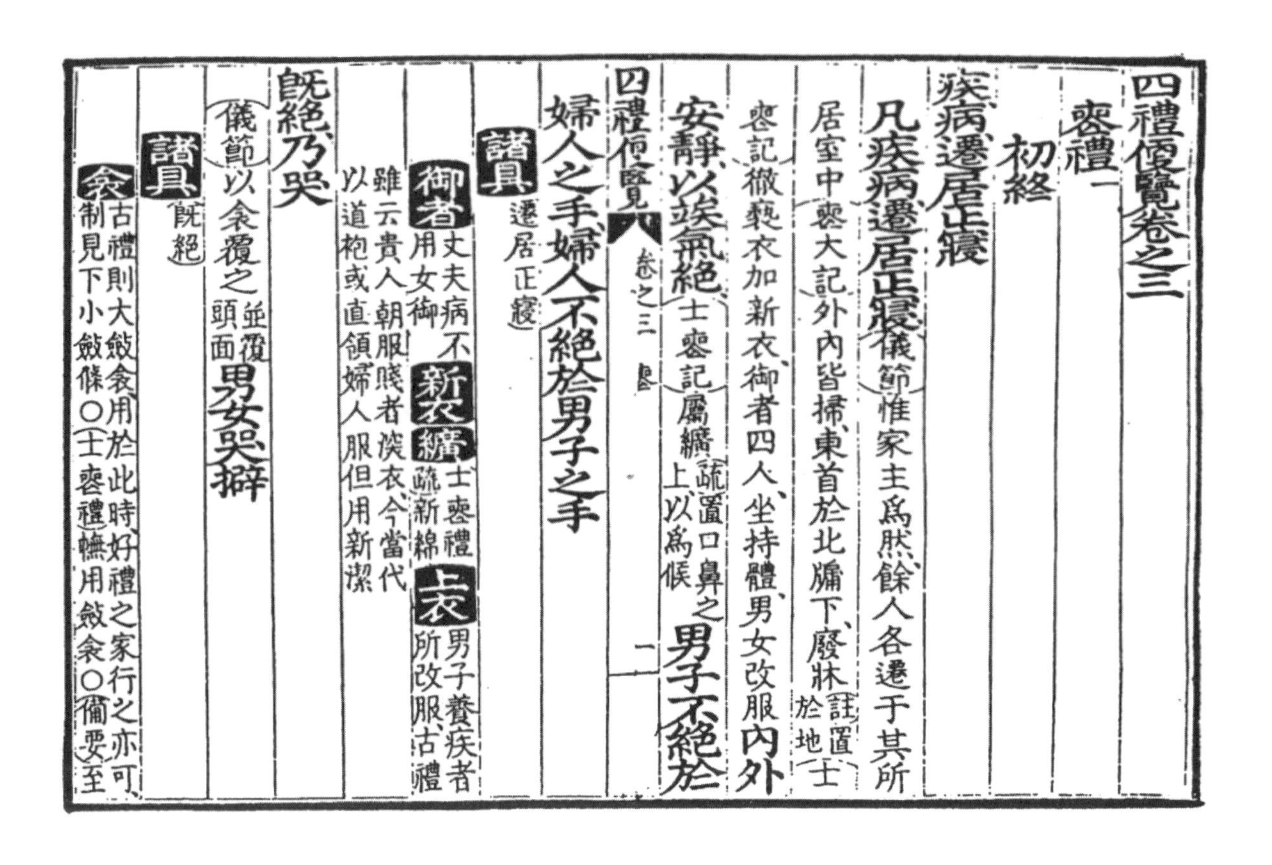

四禮便覽卷之三

喪禮一

初終

疾病遷居正寢

凡疾病遷居正寢(儀節)惟家主爲然餘人各遷于其所居室中喪大記外內皆掃東首於北牖下廢牀(註)置於地士喪記徹褻衣加新衣御者四人坐持體男女改服內外安靜以俟氣絕(士喪記)屬纊(疏)置口鼻之上以爲候男子不絕於

婦人之手婦人不絕於男子之手

(諸具) 遷居正寢

(御者)丈夫病不用女御 (新衣) 士喪禮 (纊) 疏新綿 (上衣) 男子養疾者所改服古禮雖云貴人朝服賤者褖衣今當代以道袍或直領婦人服但用新潔

旣絕乃哭

(儀節)以衾覆之並覆頭面 男女哭擗

(諸具) 旣絕

(衾) 古禮則大斂衾用於此時好禮之家行之亦可制見下小斂條○士喪禮幠用斂衾○備要至小斂去之俟大斂用之

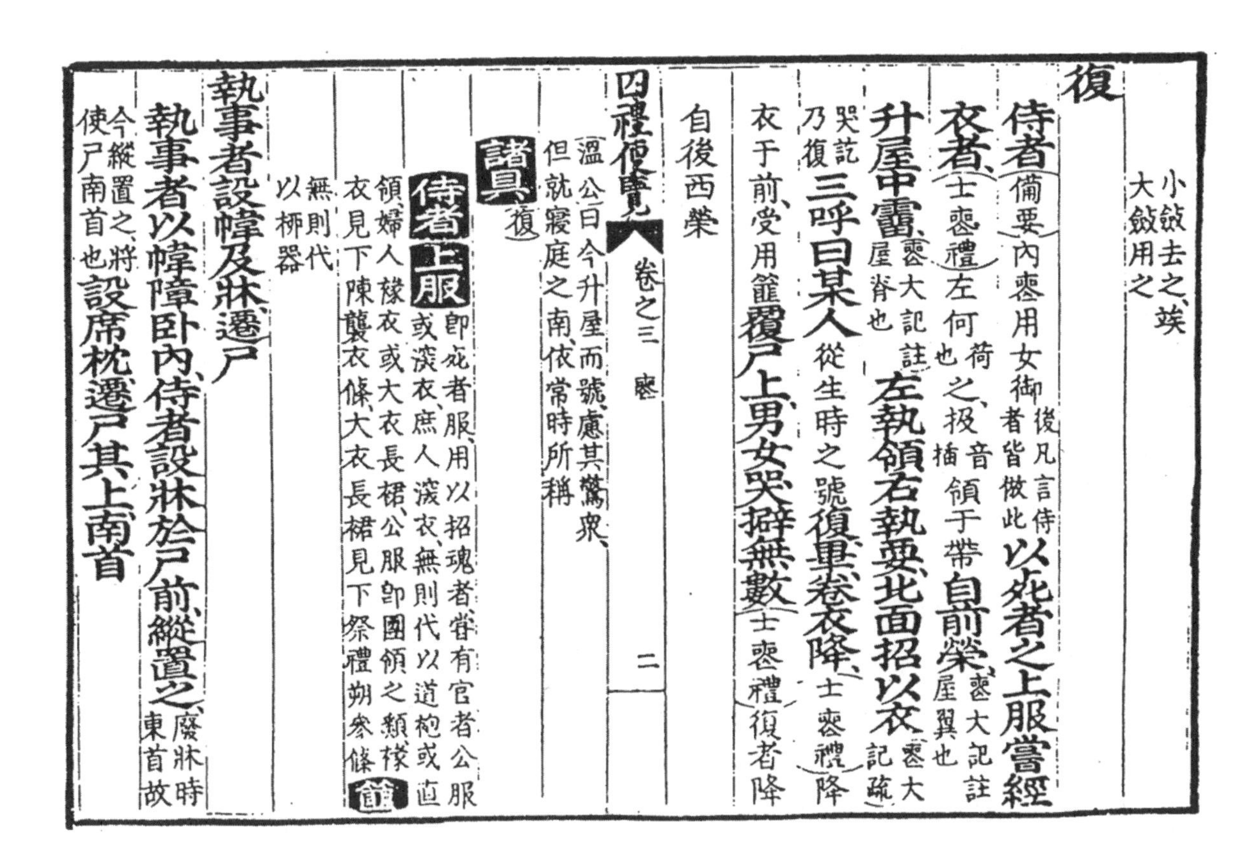

復

侍者(備要)內喪用女御後凡言侍者皆倣此 以死者之上服嘗經衣者(士喪禮)左何也荷之扱音插領于帶 自前榮(喪大記註)屋翼也 升屋中霤(喪大記註)屋脊也 左執領右執要北面招以衣(喪大記疏)哭訖乃復 三呼曰某人 從生時之號 復畢卷衣降(士喪禮)降衣于前受用篋 覆尸上男女哭擗無數(士喪禮)復者降自後西榮

溫公曰今升屋而號慮其驚衆但就寢庭之南依常時所稱

(諸具) 復

(侍者)(上服) 卽死者服用以招魂者皆有官者公服或褖衣庶人深衣無則代以道袍或直領婦人褖衣或大衣長裙公服卽團領之類褖衣見下陳襲衣條大衣長裙見下祭禮朔參條 (篚) 無則代以柶器

執事者設幃及牀遷尸

執事者以幃障臥內侍者設牀於尸前縱置之(廢牀時東首故今縱置之將使尸南首也) 設席枕遷尸其上南首

(按家禮此條在掘坎上而古禮復後卽遷尸而楔綴事勢當如此故今依古禮移置于此)

諸具 遷尸

執事者 **幃** 或屛 **牀** 卽寢牀 **席** **褥** **枕** 並用以施於牀上者

楔齒綴足 (士喪禮)

(士喪禮楔齒用角柶入口使綴足用燕几拘綴使不辟戾) **襲以衾** 備要斂衾 四裔使之無隙以辟蠅

(按此一節家禮所無而依備要添入蓋楔綴已是見於經者而非徒此也頭面肢體以至眼睫鬚髮必令正直手足肘膝亦當以溫手按摩使其伸舒矣或因凡具未辦斂若不能如期而於斯時也或有此忽則手辟足戾將有難言之憂必須以時入審可也孔子曰敬爲上哀次之子思曰附於身者必誠必信勿之有悔附於身者猶然況於身體乎孝子之盡其誠信尤當在於正尸之節也)

諸具 楔齒綴足

角柶 士喪禮疏屈之如軛中央入口兩末向上○備要以角爲之長六寸(周尺)○無則斲木爲之 **燕几** 卽書案 **組** 俗用布或紙用以整手足者 **衾** 卽始死時所覆者之類

立喪主

凡主人謂長子無則長孫承重以奉饋奠 (奔喪) 凡喪父在父爲主父歿兄弟同居各主其喪親同長者主之不同親者主之 **其與賓客爲禮則同居之親且尊者主之**

(雜記姑姊妹其夫死夫黨無兄弟使夫之族人主喪妻黨雖親不主)

主婦

謂亡者之妻無則主喪者之妻

(沙溪曰初喪則亡者之妻當爲主婦時未傳家於冢婦故也虞祔以後主喪者之妻當爲主婦祭祀之禮必夫婦親之故也)

護喪

以子弟知禮能幹者爲之凡喪事皆禀之 (儀節) 親友或鄕鄰中素習禮者爲相禮喪事皆聽之處分而以護喪助焉 **祝以親賓爲之**

(按祝一段家禮在襲奠條而不爲表出只見於節目間而已祝明於喪禮後主人而治事者不可不預爲擇定玆移置于此)

司書司貨

以子弟或吏僕爲之 (儀節) 置二曆一書當用之物及財貨出入一書親賓賻襚之數凡喪事合用之物預爲之

備所用之人如浴者襲者斂者之類求其人庶臨時得用不致匱乏

諸具 護喪

祝相禮司書司貨曆二 又具一錄弔問者 硯筆墨紙

乃易服不食

妻子婦妾皆去冠及上服被髮 婢僕同 男子 士喪記註服深衣 扱上衽 喪大記註扱前衿於帶 備要婦人白長衣 徒跣 問喪註無屨而空跣 餘有服者皆去華飾 錦繡紅紫金玉珠翠之類 爲

人後者爲本生父母及女子已嫁者皆不被髮徒跣諸子三日不食朞九月之喪三不食五月三月之喪再不食 間傳士 註朋友 與斂焉則一不食 親戚鄰里爲糜粥以食之尊長強之少食可也 問喪 三日不擧火

按去冠於禮惟妻子婦妾爲之而朞大功則不論故後世議者多歧沙溪以爲祖父母與妻喪豈有不去吉冠之禮尤庵亦以爲朞而吉冠似駭俗無寧從俗去冠先正所論雖如此而於禮旣無明文雖是哀遑之中頭上不冠亦甚無儀且被髮之制始自開元禮則開元以前遭父母喪者但去冠而已今之朞大功者若去冠則是與古之服三年者無異矣不其過乎○去上服一節孔子曰始死羔

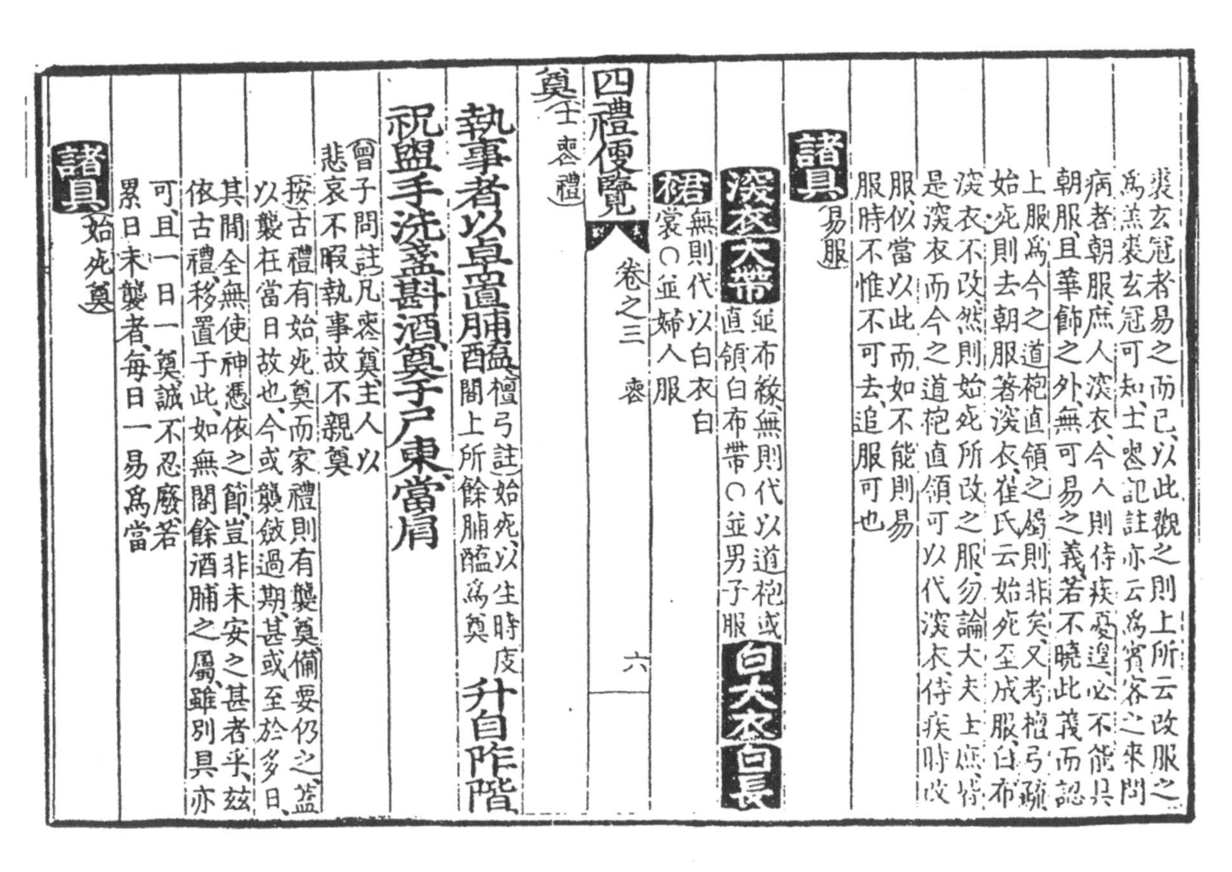

裘玄冠者易之而已以此觀之則上所云改服之爲羔裘玄冠可知士喪記註亦云爲賓客之來問病者朝服庶人深衣今人則侍疾憂遑必不能具朝服且華飾之外無可易之義若不曉此義而認上服爲今之道袍直領之屬則非矣又考檀弓疏始死則去朝服著深衣崔氏云始死至成服白布深衣不改然則始死所改之服勿論大夫士庶侍是深衣而今之道袍直領可以代深衣侍疾時改服似當以此而如不能則易服時不惟不可去追服可也

諸具 易服

深衣大帶 並布無則代以道袍或直領白布帶○並男子服 白大衣白長裙 無則代以白衣白裳○並婦人服

奠 士喪禮

執事者以卓置脯醢 檀弓註始死以生時庋閣上所餘脯醢爲奠 升自阼階祝盥手洗盞斟酒奠于尸東當肩

曾子問註凡喪奠主人以悲哀不暇執事故不親奠

按古禮有始死奠而家禮則有襲奠備要仍之蓋以襲在當日故也今或襲斂過期甚或至於多日其間全無使神憑依之節豈非未安之甚者乎玆依古禮移置于此如無閣餘酒脯之屬雖別具亦可且一日一奠誠不忍廢若累日未襲者每日一易爲當

諸具 始死奠

卓 即常時食案○士喪禮用吉器註未變也 脯醢 果菜及他品亦可 酒 盤 盆 帨

巾

治棺

護喪命匠擇木爲棺油杉爲上栢次之

諸具 治棺

木工 漆工 棺材 以松板爲之天板一地板一四旁板各一無白邊者爲上厚三寸或二寸半營造尺高廣長短擬小斂裁定僅取容體而高則又量七星板秫灰之厚以存其剩 衽 即小要以松木爲之用以著天地板左右合縫處者或於上下頭合縫處亦用之俗稱隱釘 漆 用以彌棺縫或漆棺內者 或瀝青 松脂 並用以鎔瀉於棺內合縫處者若漆棺內則不用 七星板 用松板一片長廣準棺內厚五分版面穿七孔如北斗狀○按黑繒塗棺只爲入棺時襯美而已糊塗無益不用亦可

訃告于親戚僚友

護喪司書爲之發書若無則主人自訃親戚不訃僚友

自餘書問悉停

按備要有事則告條云家有喪亦當告也蓋禮君薨祝取羣廟之主藏諸祖廟註象爲凶事而聚也以此推之可知其必告也但無告廟之文故世俗行之者甚少然子生既告則其死也安得無告家

禮亦無所見不敢擅爲補入然事莫大於死生如欲行之則似當在訃告之前

訃告書式 儀節

某親某人以某月某日得疾不幸於某月某日棄

世專人 不專人則改人爲書 訃告

年號 月 日護喪姓名上

某位座前

皮封式 新補

訃告

某位座前

襲

掘坎

掘坎于屛處潔地 既夕記廣尺輪二尺深三尺南其壤

陳襲衣

以卓陳于堂前東壁下西領南上 士喪禮不綪註綪屈也 幅巾充耳幎目握手深衣大帶汗衫裏肚袍襖袴勒帛襪

履

(雜記)不襲婦服○(備要)女喪不襲男服

(按)備要謂婦人襲衣用圓衫，而圓衫之制無出處，又曰帶當考。以是婦人服未有定制，最爲可疑。尤庵答人問，以爲襲古禮則婦人亦當用深衣，帶亦當用深衣之帶。今俗以深衣謂非婦人之服，絶無行之者，以古禮廢而俗制勝故也。深衣者於古爲貴賤文武男女吉凶通用之服，俗制無稽，古禮有據，去彼取此，有何可疑。此制雖似駭俗，而若自一二家而始，則或可以變俗矣。玉藻有士妻褖衣之說，亦可採用

諸具 (陳襲衣)

牀 **席** **褥** **枕** **幅巾** 制見上冠禮陳冠服條 **網巾** (大明集禮)○用以包髮者，以黑繒爲之，制如俗網巾 **深衣** 制見上冠禮陳冠服條 或 **圓領** (備要)○即公服 **褡䕶** (記原)○即無袖氅衣，對衿聯旁析後者，用以承圓領者○並當有官者，若不用深衣則用之 或 **直領** (備要)○即俗制常服上衣，不能具深衣者用之 **帶** 條具○(備要)無則用平日所帶 **裹肚** 用以包裹腹腰者，用紬或綿布爲之，廣全幅，長匝身，四角有繫 **袍襖** (儀節)有綿者○(韻書)袍長襦○即褻衣，如俗中赤莫冬衣之類 **汗衫** 即近身之小衫，俗稱的衫，用紬或綿布爲之○(按)韻書謂家見下白紗中單，據此則當爲今俗氅衣之類，果然則當別具小衫矣。中單之制見下成服條中衣註 **袴** 有絮，用紬或綿布爲之 **單袴** (備要)○在袴內襯身者，用紬或綿布或布爲之 **小帶** (新補)用以束袴於腰者，俗稱腰帶 **勒帛** 制見上冠禮序立條 **履** 制見

上冠禮陳冠服條○幅巾以下男子服 **掩** (士喪禮)練帛廣終幅，長五尺(周尺)(註)裹首也○析其兩末爲四脚，或用黑繒爲之 **纚** 用以包髮者，制見上冠禮笄陳服條 **深衣** 制同男子服，但玄衣素裏 或 **褖衣** 褖或作稅○(周禮)六服圖釋褖衣色黑○(周禮)內司服疏六服皆袍制，不禪，以素紗裏之，通衣裳○(士喪禮疏)赤緣謂之褖者，爾雅文，彼釋嫁時褖衣，此褖衣雖不赤緣，褖衣之名同○制見上昏禮醮女條褖衣註 或 **圓衫** 即大衣，用色絹或紬爲之，制見下祭禮朔參條○(按)備要所謂圓衫，即家禮之大袖，而俗制圓衫則對衿後長前短，又於袖端以彩帛施數層，謂之(燕香袖)，詭異不經，若去燕香袖，使前後無長短，得與裙齊，則爲有袖背子，制見上冠禮笄陳服條 或 **長襖子** (備要)○袖狹，俗稱長衣 **帶** 條具，制同男子，帶不用深衣則用錦帶，制見上昏禮醮女條 **衫子** 用以承上衣者，制見上冠禮笄序立條 **袍襖** 俗稱(赤古里)三稱 **小衫** (新補)即近身者 **裹肚** 俗稱腰帶，制同男子裹肚，但下兩角無繫 **裙** (備要)○或用二 **袴** **單袴** (備要) **彩鞋** (備要)○掩以下婦人服 **充耳** (家禮本註)用白纊如棗核大，所以塞耳者○俗用雪綿 **幎目** (家禮本註)帛方尺二寸，所以覆面者○(備要)用指尺，下同○(士喪禮)用緇赬裏，(註)充之以絮，(疏)四角有繫○或用紬爲之 **握手** (家禮本註)用帛長尺二寸，廣五寸，所以裹手者○(備要)三分其長，取中央四寸，從兩邊各裁入一寸，削約之，以纁爲裹，充之以絮，兩端下角有繫○繫長一端尺五六寸，一端三尺許○或用紬爲之 **襪** 有絮○充耳以下男子婦人通用 **冒** (士喪禮註)韜尸者○用絹紬玄七尺餘(造禮器尺)，中屈之，縫合一邊而不縫邊

上下兩葉各綴小帶三、大夫五、此所謂質、又用纁七尺、中屈之、縫合一邊而不縫邊旁、綴小帶亦如之、此所謂殺、上曰質、下曰殺 **擧布** 俗用以兜尸腋而擧者、用布三四尺布帛尺 **盥盆**

帨巾

沐浴飯含之具

以卓陳于堂前西壁下、南上、錢米櫛巾

諸具 沐浴

卓 喪大記○卽瓮、用以煖沐浴水者 **瓦盤** 三 喪大記○卽盆、一盛沐髮潘、二盛浴身水、上下體用各器 **潘** 士喪禮○卽淅米汁、大夫以稷、士以粱或稻、用以沐髮者○按君喪浴用香湯、卽本國之制、爲臣子者、空不敢僭犯、而至於沐髮、並用香湯、尤極可笑 **水** 用以浴體者

沐巾 用以晞髮者 **浴巾** 二 用以浸水、浴上下體者 **拭巾** 二 用以拭乾上下體者、並用紬或布尺許 **櫛** 用以理髮者、盛以簞 **組** 士喪禮○用以束髮者、用黑緞或繒爲之、俗稱唐只 **笄** 士喪禮用桑、長四寸、註以安髮、疏兩頭闊、中央狹○男女同制 **小囊** 五 備要 ○用色紬爲之、用紙五片、裹髮與爪、紙面書以頭髮左手爪右手爪左足爪右足爪、又於囊面亦各書識、或加造以備落髮落齒之用 **幎巾** 備要用布方二尺爲之○或用紬

諸具 飯含

貝 三 備要、金玉錢貝俱可○俗用無孔珠 **米** 卽稻米、淅令精白、多少量宜○並用以爲含者

笄 士喪禮○卽籝、用以盛珠者 **盌** 用以盛米者 **匕** 用以抄米者、俗斲柳爲之 **盥盆**

帨巾 並孝子所盥洗

乃沐浴

侍者盥手、以湯 備要、潘及水各盛于盆 入、主人以下皆出帷外北面、

士喪禮疏、辟、奠于室西南隅 侍者沐髮、備要以潘 櫛之、

用紙承落髮 晞以巾、撮爲髻、備要用組、乃施笄、女喪亦用、以組束髮、以笄橫置髮上、用髮纏繞於笄、復用餘組、重束安髮 落髮盛于囊、悉去病時衣

及復衣、復衣置傍側、以俟置靈座 抗衾而浴、備要以水先靧面、次盥手、始抗衾而

浴、先上體、次下體、水當各用 拭以巾、上下體各用以幎巾覆面、剪爪、備要左右手足爪、各盛于囊、先剪左右手爪、次剪左右足爪、如有落髮及平日落齒則亦盛于囊 俟大斂還覆以衾、其沐浴餘水並巾櫛棄于坎、

士喪禮 主人入卽位

喪大記復衣不以衣尸、不以斂 按悉去病時衣及復衣一段、本在襲條而移置于此、從備要也、以幎巾覆面、在飯含條而浴後似當卽用、故亦移置于拭以巾之下

設冰 士喪禮

(士喪禮疏)先納冰槃乃設牀於其上袒(註)單也簀去席而遷尸、通冰之寒氣(喪大記)士無冰(註)盛水(備要)夏月用之

(按)此一節家禮所無而依備要添入、禮註雖曰浴後斂前之事而當暑、恐宜隨得卽設、不必拘於浴之前後也

諸具 設冰

牀 卽有足者 **冰** 或 **水盤** 用以盛冰或水者

襲

侍者(盥手)**別設襲牀於幃外、施席褥枕、先置大帶深衣袍襖汗衫袴**並單袴小帶、女喪並裳 **襪勒帛裹肚之類於其上、**先以深衣至汗衫疊襖之領下直縫處及至左右袖端、用線綴住、袴與單袴、亦疊襖而綴住其腰 **遂舉以入**

置浴牀之西、於浴牀上、侍者四人分立左右、微舉下體、別以新席承藉之、一人執袴腰、納尸足於袴、引袴漸上著之、著左右襪、用勒帛束脛至膝、仍結其繫、重引袴腰、整而斂之、結小帶、用裹肚包裹腹腰而結其繫、女喪則用裳、著于裹肚上、結小帶 **遷尸於其上、**(備要)衣之、皆右袵 侍者一人奉尸首令直、一人奉兩足、又左右各一人夾奉、以布一幅、橫納于當腋處、各執其一端、齊心共力、舉而還之、令尸腰正在衣領上、納尸手于袖、共舉尸漸漸下之、而又二人分在左右、各以一手自袂口入、迎執尸手、又各以一手執衣領、引上整之、抽出當腋處橫布、不用右袵、結小帶 **但未著幅巾深衣**深衣

古者於此時不著、今從便並著、但未斂袵、未結紐、以待卒襲 **履**(備要)覆以衾、侍者撤浴牀

(按)備要略有遷尸服上之節而猶欠詳備、故以原說爲主而並採經歷慣熟者之言而參互錄之、使便於舉而行之

徙尸牀、置堂中間(儀節)當堂正中、南首(朱子)曰妻喪則少西、以避正中 **卑幼則各於室中間、餘言在堂者倣此**

(按)古禮奉尸于堂、在小斂後、家禮則在襲後、今依本文錄之、而堂有中門則可以闔門行事、若無門而只設幃隔障則勢有難行者、蓋尸觸風則致浮氣、入棺尚遠、何可遽爲徙尸、經累日於堂中也、不惟此時難行、雖小斂後、亦難卽行、似當於室中間徙置、待大斂時奉遷于堂也

乃設奠

(士喪禮疏)始死奠反之於尸東、因名襲奠

(按)家禮此奠、卽古禮之始死奠、既從古禮則此奠不設爲宜、故本註則移置於上文始死奠下、而襲在經宿則依家禮、設此奠無妨、但既是小斂之日則自有小斂奠、此奠自當闕之

主人以下爲位而哭

主人坐於牀東奠北、衆男應服三年者坐其下、皆藉以

藁同姓朞功以下各以服次坐于其後皆西向南上尊行以長幼坐于牀東北壁下南向西上藉以席薦主婦衆婦女坐于牀西藉以藁同姓婦女以服爲次坐于其後皆東向南上尊行以長幼坐于牀西北壁下南向東上藉以席薦妾婢立於婦女之後別設幃以障內外異姓之親丈夫坐於幃外之東北向西上婦人坐於帷(儀節作幃)外(背儀作內)之西北向東上皆藉以席以服爲行無服在後○若內喪則同姓丈夫尊卑坐于幃外之東北向西

上異姓丈夫坐於帷外之西北向東上(儀節自是以後凡爲位哭皆如此儀)○三年之喪夜則寢於尸傍藉藁羸病者藉以草薦朞以下寢於側近男女異室

諸具 爲位

編藁席薦席草薦 **幃帷** 並用以設于堂中間以別內外者 ○未襲之前男女哭擗無數奚暇爲位而哭雖或延至二三日之後必死者襲而後生者方可爲位也

乃飯含

主人哭盡哀(士喪禮)出南面左袒自前扱於腰之右盥手執箱(盛珠)以入侍者插匕于米盌執以從(士喪禮祝受貝(今用珠)奠于尸西又受米奠于貝北(疏)就尸東受從尸南過奠于尸西立主人之右佐飯事)徹枕(士喪禮徹楔)主人就尸東由足而西牀上坐東面舉巾(沐浴時所覆者)以匕抄米(士喪禮左扱米)實于尸口之右(尤庵曰抄米多少隨宜)幷實一錢(備要作珠)又於左於中亦如之(士喪記祝徹餘飯)主人襲所袒衣復位

(退溪曰不獨飯含如斂絞擧尸撫尸之類皆喪者所當自爲古人於此非不知有所不忍當此終天之事不自爲而付之人尤所不忍故古禮如此今人不忍於小不忍而反忽於大不忍竊恐不可)

侍者卒襲覆以衾

(備要)設枕去幎巾先著網巾加幅巾(備要以其帶向巾外過項後相結以垂之○內喪用掩以掩全幅當顱裹之以後二脚向前結於頤下又以前二脚向後繞之結於項中)充耳設幎目(備要以其繫結於後)納屨(備要以其繫穿于約中結于足背又以餘組合繫兩足使不相離)乃襲深衣(斂衣右衽結小帶)結大帶(本註圍腰而結於前再繚之爲兩耳垂其餘爲紳下與裳齊復以條約其相結處長與紳齊)設握手(先以右手置於握中用下一端掩手背以綦繫繞掔一匝還從上自貫又用上一端重掩之以綦繫向手裏繞掔由手表向上納于無名指長指之間出于長指食指之間以鉤中指取繫向下由小指後掔際復向手裏與自貫者結於掌後節中(卽掌掔之際)於左手亦

如之（士喪禮）設冒櫜之（備要先以殺韜足而上後以質韜首而下乃結其帶）乃覆以衾（備要）楔齒與幎巾並餘米埋于坎（凡襲斂時牀席器用之屬亦埋之可燒者燒之勿令人褻瀆）

設燎（通解）

（士喪禮）宵爲燎于中庭

（按此一節家禮所無而依備要添入古者襲必在死日而今則不能盡然禮疏曰有喪則於中庭終夜設燎至曉滅燎以此觀之雖於襲前當夜似當設之）

諸具（設燎）

燎（即炬）

置靈座設魂帛

設椸於尸南（外幃）覆以帕置椅卓其前結白絹爲魂帛置椅上（源流以紙裹復衣納諸箱中○儀節衣上置魂帛○尤菴曰蓋則未有考以帕代之或覆或開）設盞注酒果於卓上巾之（設香案於卓前置爐盒爐西盒東）（備要若日昏先設燭以照饌設巾後還滅之凡奠同）侍者朝夕設櫛頮奉養之具皆如平生（問東帛世俗夜則闔而臥置之晝則開而立置之尤菴曰臥置似是禮意）

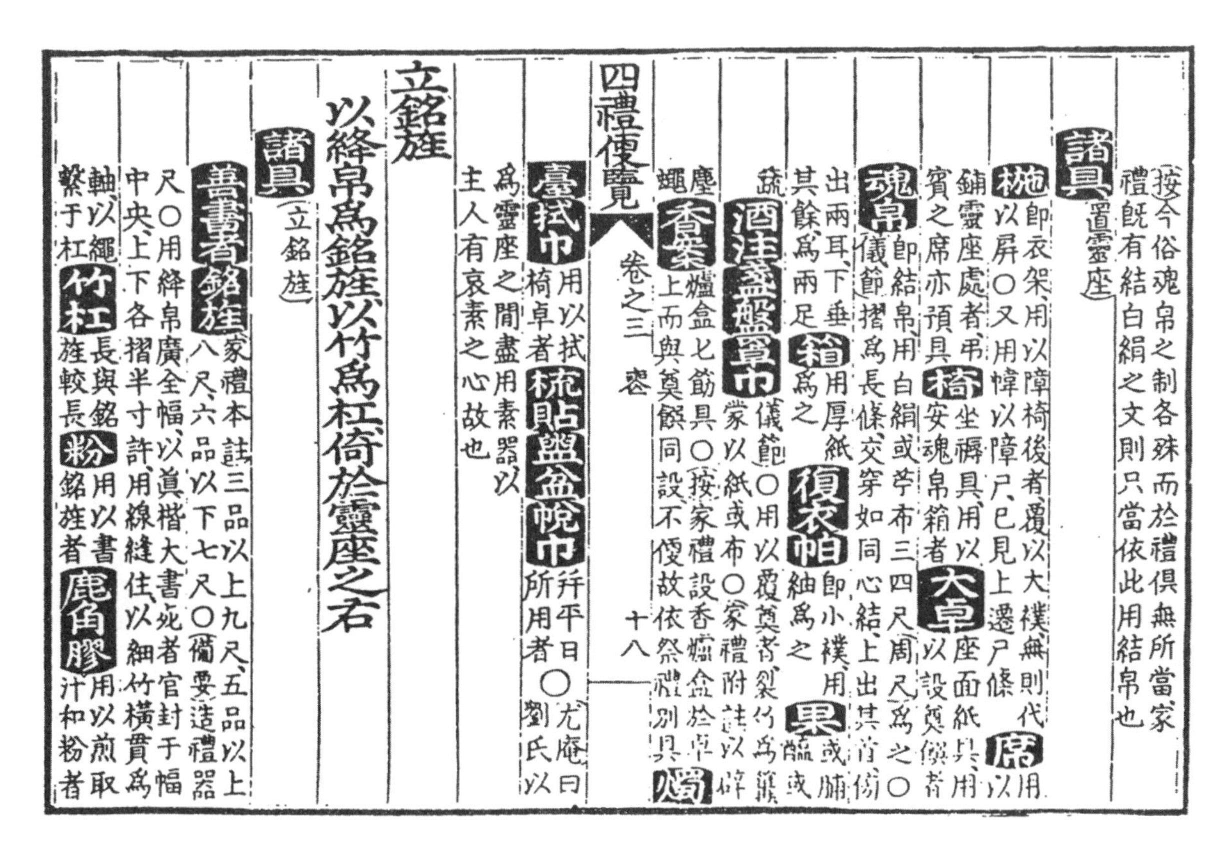

（按今俗魂帛之制各殊而於禮俱無所當家禮既有結白絹之文則只當依此用結帛也）

諸具（置靈座）

椸（即衣架用以障椅後者覆以大襆無則代以屛○又用幃以障尸已見上遷尸條）席（用以鋪靈座處者弔賓之席亦預具）椅（坐褥具用以安魂帛箱者）大卓（座面紙具用以設奠饌者）魂帛（即結帛用白絹或苧布三四尺周尺爲之○儀節摺爲長條交穿如同心結上出其首傍出兩耳下垂其餘爲兩足）箱（用厚紙爲之）復衣帕（即小襆用紬爲之）果（或脯醢或蔬）酒注盞盤卓巾（儀節○用以覆奠者裂竹爲籠冪以紙或布○家禮附註以碎塵蠅）香案（爐盒匕筯具○按家禮設香爐盒於卓上而與奠饌同設不便故依祭禮別具）燭臺 拭巾（用以拭椅卓者）梳貼盥盆帨巾（幷平日所用者○尤菴曰劉氏以爲靈座之間盡用素器以主人有哀素之心故也）

立銘旌

以絳帛爲銘旌以竹爲杠倚於靈座之右

諸具（立銘旌）

善書者 銘旌（家禮本註三品以上九尺五品以上八尺六品以下七尺○備要造禮器尺○用絳帛廣全幅以眞楷大書死者官封于幅中央上下各摺半寸許用線縫住以細竹橫貫爲軸以繩繫于杠）竹杠（長與銘旌較長）粉（用以書銘旌者）鹿角膠（用以煎取汁和粉者）

筆與盥帨巾

銘旌式

某官某公之柩(國制一品大匡輔國崇祿 輔國崇祿崇祿崇政宗親顯祿興祿宗德嘉德儀賓綏祿成祿靖德明德二品正憲資憲嘉義嘉善宗親崇憲承憲中義昭義儀賓奉憲通憲資義順義三品文蔭通政武折衝宗親明善儀賓奉順堂下三品文蔭通訓中直中訓武禦侮建功保功宗親彰善保信資信儀賓正順明信敦信四品文蔭奉正奉列朝散朝奉武振威昭威定略宣略宗親宣徽廣徽奉成光成五品文蔭通德通善奉直奉訓武果毅忠毅顯信彰信宗親通直秉直謹節愼節六品文蔭承議承訓宣敎宣務武敦勇進勇勵節秉節宗親執順從順七品文蔭務功啓功武廸順奮順八品文蔭通仕承仕武承義修義九品文蔭從仕將仕武效力展力○文蔭宗親四品以上大夫五品以下郎武二品以上大夫堂上三品以下將軍五品以下校尉七品以下副尉) 無官則隨所稱

婦人銘旌式(備要)

某封某貫某氏之柩(國制一品大君妻府夫人文蔭武官妻貞敬夫人宗親妻郡夫人二品文蔭武官妻貞夫人宗親妻縣夫人三品文蔭武官妻淑夫人宗親妻愼夫人堂下三品文蔭武官妻淑人宗親妻愼人四品文蔭武官妻令人宗親妻惠人五品文蔭武官妻恭人宗親妻溫人六品文蔭武官妻宜人宗親妻順人七品文蔭武官妻安人八品文蔭武官妻端人九品文蔭武官妻孺人儒士妻亦得稱孺人○凡婦人稱號皆從夫實職官卑而秩高或秩卑而官高者皆不從資秩)

不作佛事

(按)此段所載溫公說甚多而近世禮教漸明士夫家鮮有作此事者故玆不錄焉

執友親厚之人至是入哭可也

主人未成服而來哭者當服深衣臨尸哭盡哀出拜靈座上香再拜遂弔主人相向哭盡哀主人以哭對無辭

(檀弓)大夫弔當事而至則辭焉○(尤菴)曰魂帛銘旌之具一時皆備則待其設而哭拜可也或曠日未設則親厚之人何可等待不入哭乎哭尸而當拜與否未有明文不敢質言○(問)入哭盡哀則出拜時不哭耶尤庵曰當看情義之輕重也

(按)遂弔主人一段儀節之見於備要者頗詳然此在始死日孝子哀遑罔極之中未可語此出見禮不出見禮恐皆難行親厚之入哭者拜靈座後還入幃內向主人而哭主人哭對無辭如是而已未親厚者徐待成服而弔慰未晚也

小斂

厥明

謂死之明日

執事者陳小斂衣衾

以卓陳于堂東壁下、(士喪禮)南領西上、綪據死者所有之衣隨宜用之若多則不必盡用也衾用複者絞橫者三縱者一下有舒絹之文、此時亦當具絹

喪大記絺綌紟不入

諸具 陳小斂

牀 席 褥 枕 卓 衾 用紬聯縫爲衾有綿隨人長短裁定長可用五尺半(布帛尺)下同○(士喪禮)緇衾赬裏無紞(註)凡衾制同皆五幅○紞衾領 **絞** 用細布鍛濯者爲之縱者一幅長十

尺許析其兩端各爲三片畱其幅中間三分之二、不析橫者三幅長各四尺或三尺餘亦每幅兩端各析爲三片畱其幅中間八寸許不析吾東則布廣甚狹用四幅每幅兩端各析爲二片又加侘半幅合爲九片凡量尺隨其尸之長短肥瘠裁定橫者取足以周身相結縱者取足以掩首與足而結於正中 **上衣** 卽褑衣團領之類內喪當用褖衣圓衫之類褑衣制見上冠禮陳冠服條團領褖衣圓衫、並制見上陳襲衣條 **散衣** 如袍襖雜衣袴之類或顚或倒承藉掩裹或以補空○(士喪禮)凡十有九稱陳衣繼之不必盡用(註)褌複具曰稱○(喪大記)衣必有裳謂之稱○又別具一厚襖疊于舒絹上以掩首 **絹** 三四尺或一匹用以舒於疊衣下當首處者○或用紬十餘尺屈其半爲褥厚著新綿縱鋪於衣下衾上上下兩端取足以裹首掩足俗稱長片衣又以紬五六尺餘屈

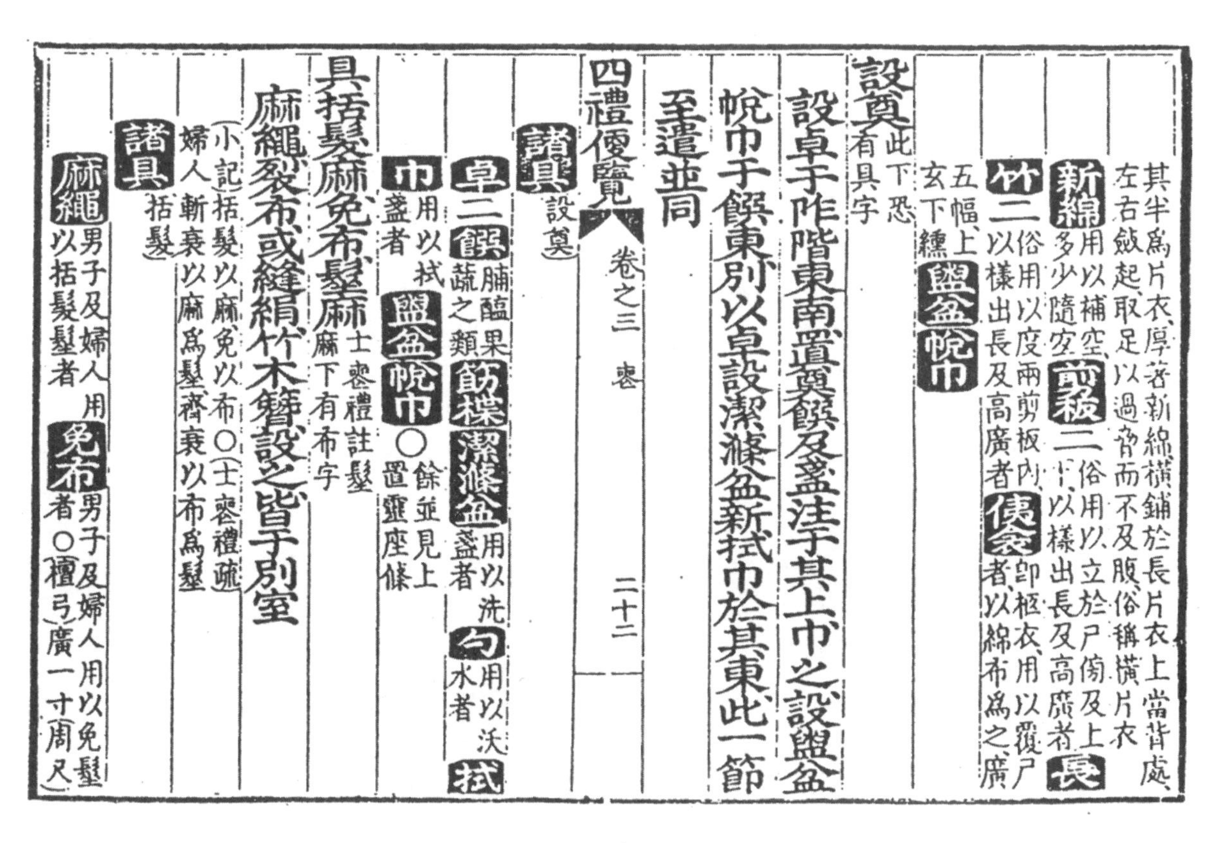

其半爲片衣、厚著新綿橫鋪於長片衣上當背處、左右斂起、取足以過脅而不及腹、俗稱橫片衣

新綿 用以補空、多少隨宜 **翣** 二 俗用以立於尸傍及上下、以榛出長及高廣者 **長**

竹 二 俗用以度兩剪板內、以榛出長及高廣者 **侇衾** 卽柩衣、用以覆尸者、以綿布爲之、廣五幅、上玄下纁 **盥盆帨巾**

設奠 此下恐有具字

設卓于阼階東南置奠饌及盞注于其上巾之設盥盆帨巾于饌東別以卓設潔滌盆新拭巾於其東此一節至遣並同

諸具 設奠

卓 二 **饌** 脯醢果蔬之類 **飣楪** **潔滌盆** 用以洗盞者 **勺** 用以沃水者 **拭**

巾 用以拭盞者 **盥盆帨巾** ○餘並見上置靈座條

具括髮麻免布髽麻士喪禮註髽麻下有布字

麻繩裂布或縫絹竹木簪設之皆于別室

(小記)括髮以麻、免以布○(士喪禮疏)婦人斬衰以麻爲髽齊衰以布爲髽

諸具 括髮

麻繩 男子及婦人用以括髮髽者 **免布** 男子及婦人用以免髽者○(檀弓)廣一寸(周尺)

○長取足以自項交額而繞紒、裂布爲之、服輕者縫絹爲之【布巾】用以承括髮麻免布者用白布爲之、大全云斜布、㨿此則制當如甑頭【簪】婦人用以安髮者、斬衰用竹爲之、無首、齊衰用榛木爲之、有首、凡白理木亦可○〔喪服傳〕笄長尺

設小斂牀布絞衾衣

設小斂牀施席褥于西階之西鋪絞衾衣舉之升自階置于尸南先鋪絞之橫者於下乃鋪縱者於上次衾次上衣次散衣衣或顚或倒但取正方〔士喪禮〕美者在中惟上衣不倒

乃遷襲奠

執事者遷置靈座西南俟設新奠乃去之後凡奠皆倣此

遂小斂

侍者盥手〔喪大記〕斂者袒、凡六人徹衾舉尸、男女共扶助之遷于小斂牀上先去枕而舒絹疊衣以藉其首仍卷兩端以補兩肩空處〔丘庵〕曰以絹先鋪於當頭處然後疊衣藉其首仍卷兩端補其肩虛處而以絹結之使不解散則肩上不殺而小斂方正也又卷衣夾其兩脛取其正方然後以餘衣掩尸、左衽、裹之以衾先掩足次掩首、次掩左次掩右〔喪大記〕結絞不紐先結縱者次結橫者斂單用剪板長竹、摸出長及高廣以識別覆以衾〔士喪禮〕侇衾

〔按〕丘氏曰儀禮無未結絞未掩面之文、家禮蓋本書儀也、若當暄熱之時宜依儀禮卒斂爲是、此論固有理、其事勢之行不得不獨暄熱之時爲然也、故結絞之節、依古禮補入

主人主婦憑尸哭擗

主人西向憑尸哭擗、主婦東向亦如之、凡子於父母憑之〔喪大記註〕身俯而憑之父母於子、夫於妻執之〔喪大記註〕執持其衣婦於

舅姑奉之〔喪大記註〕捧持其衣舅〔喪大記〕有姑字於婦撫之〔喪大記註〕當尸之心胷處按撫之於昆弟執之〔喪大記〕妻於夫拘之、〔註〕微牽引其衣〔雜記〕嫂不撫叔叔不撫嫂凡憑尸父母先妻子後

袒括髮免髽于別室

男子斬衰者袒括髮〔語類〕束髮爲髻○〔小記註〕以麻自項而前交於額上、卻繞紒齊衰以下至同五世祖者皆袒免著之、與括髮同于別室婦人髽〔士喪禮疏〕著之、如男子括髮與免○先以竹木簪安髻乃髽〔奔喪〕婦人降而無服者麻〔註〕雖無服猶袒免

按斬衰括髮之制與齊衰之免相等蓋古禮親始死露笄纚將小斂乃去笄纚著素冠斂訖又去素冠於是時也頭無所著故以麻免代之而今則始死被髮斂後束髮而例著頭巾旣著頭巾則麻免之制似無所施固當從古禮去頭巾而只用麻免習俗之久有難猝變嘗見溫公之說有曰齊衰以下著頭巾加免於其上此則只言齊衰而不及於斬衰然免旣加於其巾則括髮之麻亦無不可施之義愚意以爲無論斬齊衰皆當著頭巾而加之以麻免此所謂頭巾卽丘氏所謂白布之巾也或者謂免之爲名出於免冠則旣巾而免殊無意義是則有不然者蓋孝巾所以承冠者非冠也龜峯嘗論要訣中用孝巾行祭之失曰免冠而拜先祖可乎栗谷亦不能難以此觀之巾之不可爲冠明矣然則白巾上加麻免有何不可乎○頭須一節家禮雖有之而今不得其制之詳故依冠禮陳冠服條姑略之

還遷尸牀于堂中

執事者徹襲牀遷尸其處哭者 士喪禮 襲儀節 掩向所袒之上衣

復位尊長坐卑幼立

按備要有將小斂白巾環絰旣遷尸拜賓襲絰之文蓋據古禮也然孝子哀遑罔極之中似未暇論於此等儀節家禮之闕而不書無亦以是耶玆依本文並不錄

乃奠

祝帥執事者盥手擧饌升自阼階至靈座前 徹襲奠設新奠 祝

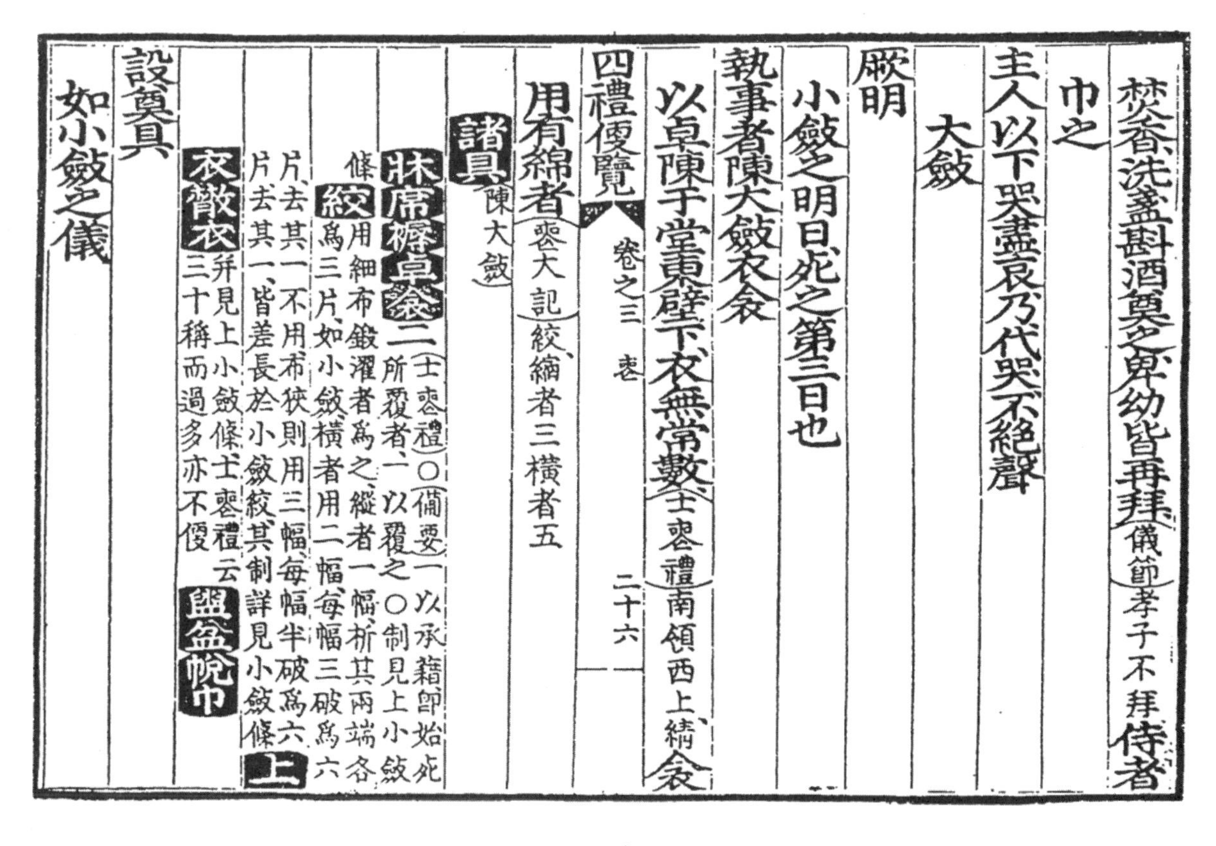

焚香洗盞斟酒奠之卑幼皆再拜 儀節 孝子不拜 侍者巾之

主人以下哭盡哀乃代哭不絶聲

大斂

厥明

小斂之明日死之第三日也

執事者陳大斂衣衾

以桌陳于堂東壁下衣無常數 士喪禮 南領西上綪衾

用有綿者 喪大記 絞縮者三橫者五

諸具 陳大斂

牀 席 褥 枕 衾 二 士喪禮○備要 一以承藉卽始死所覆者一以覆之○制見上小斂條

絞 用細布鍛濯者爲之縱者一幅析其兩端各爲三片如小斂橫者用二幅每幅三破爲六片去其一不用布狹則用三幅每幅半破爲六片去其一皆差長於小斂絞其制詳見小斂條 上

衣 散衣 三 并見上小斂條士喪禮云三十稱而過多亦不侵

盥盆 帨巾

設奠具

如小斂之儀

諸具（設奠）同上小斂奠條

舉棺入置于堂中少西

執事者先遷靈座及小斂奠於旁側（士喪禮）序西南（士喪禮）主人及親者袒（備要）設大斂牀（士喪禮）美者在外役者舉棺以入置于牀西承以兩凳若卑幼則於別室役者出

（備要）鋪秫灰於棺中使極均平次下七星板次鋪褥

乃大斂

侍者與子孫婦女俱盥手（備要）遷尸于大斂牀上先去枕收衾先掩足次掩首次掩左次掩右（備要）先結絞之縱者次結橫者不紐徹小斂牀共舉尸納于棺中納棺之際必須謹審無少偏側實生時所落齒髮髮多則依古禮埋之（備要）並沐浴時所落髮及所剪爪有落鬚亦當並入于棺角又揣空缺處卷衣塞之務令充實勿以金玉珍玩置棺中啓盜賊心用天衾覆棺內主人主婦憑哭盡哀婦人退入幕中乃召匠加蓋古下釘而今則設衽設衽時用漆彌之徹牀覆柩以衣以厚紙小索裹結之冬月則以氈厚裹又以油單大索裹結之然後乃覆以侇衾祝取銘旌設跗于柩東復設靈座於故處

（士喪禮）主人復位襲親者亦當襲所袒衣留婦人兩人守之○司馬溫公曰凡動尸舉棺哭擗無算然殯殮之際亦當徹哭臨視務令安固不可但哭而已

（備要）棺中大斂非但非古禮而已棺中逼窄結絞之際多有不敬之事決不可爲也○（備要）古禮殯于坎中而塗之朱子殯長子亦然家禮所謂壘墼塗之卽此意今俗亦有塗殯或沙殯者當隨宜

（按）備要治棺條有漆棺之文而治棺時勢未暇爲當於入棺後卽時著漆而加漆多少可隨力爲之漆棺後結裹復如初未結裹之前成出樣子以待葬時憑據○若塗殯則或翼廊或斜廊隨便爲之

掘地深二尺許濶三四尺長七八尺營造尺內以火甎鋪之四旁亦以甎壘之以塞土用石灰泥塗其隙鋪藁席置兩凳將下棺設奠旣下覆柩衣又於坎外上下立童子木用一長木置其上如屋樑用小木多設於其上如屋椽用索交絡以藁席厚覆之其上塗土或聚沙殯前設素帳施屛于帳內

諸具（納棺）

役夫 棺凳其長準棺之廣足高三四寸俗稱（塊木）秫灰卽糯米灰用以鋪於棺內者厚薄隨宜容入四五斗用器炒黑或熾炭燒之作屑細篩之不去皮者亦可無則代以炭屑 紙用以鋪於棺內以受秫灰而覆之者 褥（備要）○用以鋪於七星板上者用色紬爲之不緝夾縫之長廣依七星板裁之 枕俗用以安於褥上頭者用色紬爲之其長視褥廣 散衣見上小斂

條、卷塞空缺處、無則代以新綿 **天衾** 用色紬廣一幅、幅狹則或聯幅爲之、長五尺(布帛尺) **柩**
衣 卽夷衾小斂時所用者、裁縫四隅如斗帳而罩之、四旁有剩 **跗** 用以立銘旌者、設機豎兩
柱、柱間施兩層架、當中穿孔、以受旌竿

諸具 漆棺

漆凳 用以承棺於漆棺時者、高二尺許 **漆** 用以漆全棺者、多少隨宜 **松炭末** 用以
和漆、彌于棺縫者 **巾二** 一用布以拭棺、一用白苧以漉漆 **屛** 用以環障柩四旁者 **紟**
卽單衾、俗用以浸瀝、覆於屛上以乾漆者 ○ 用厚紙度棺長及上下高廣、各書識之

諸具 結裹

紙 俗用厚紙作柩衣、如斗帳樣罩于棺上 **氊**(備要)○用以裹於紙上者、多少隨宜、無則代以
厚綿衾、夏月則稍薄亦可 **油單** 用以裹於氊上者、大小取足以裹棺 **小索** 俗用以結棺者
草席 俗用以裹於油單上者、 **紙環** 俗用以著於棺上下四隅當索處、以防結裹運動時
皷陷之患 **大索** 俗用以重結棺、以賫擧棺者、或合布爲之、覆以柩衣

諸具 塗殯○奠具視小斂條

甎 **石灰** **材木** **藁席** 並多少隨宜 **凳二** **屛帳**

設靈牀于柩東

牀帳薦席屛枕衣被(備要)櫛頮之屬、皆如平生

(尤庵)曰靈座靈牀、兩設盥櫛之具、似無是理、靈座註說云云、恐是未設靈牀時事也

諸具 設靈牀

幕 卽帟幕、用以設於靈牀上、以承塵者 **屛帳** 卽寢帳 **牀** 卽寢牀 **薦** 俗用登每 **席**
卽寢席 **褥枕被** 卽衾 **衣** 薦以下用以設於牀上者、盥用平生日用之物、若杖屨几案竿
硯之類、無所不設 ○ 梳貼盥盆帨巾已見上置靈座條

乃設奠

如小斂之儀

主人以下各歸喪次

中門外擇朴陋之室、爲丈夫喪次、(喪大記)父不次於子、兄不次於弟 斬衰寢苫枕塊、不脫絰帶、不與人坐焉、齊衰同
非時見乎母也、不及中門、齊衰喪牀之寢席、大功以下
異居者、既殯而歸、居宿於外、三月而復寢、婦人次于中
門之內別室、或居殯側、去帷帳衾褥之華麗者、不得輒
至男子喪次

(備要)喪大記父母之喪居倚廬、註既練居堊室、與家禮不同、量而行之可也○(語類)問喪之五服皆有制、不知飮食起居亦當從其制否、朱子曰合當盡其制、但今人不能行、然在斟酌行之

諸具 喪次

朴陋之室別室 亦朴陋之室 **苫** 卽編藁 **塊** 土塊 陳氏曰○若次倚廬則依唐禮設廬次於東廊下無廊則於墻下北上凡倚廬先以一木橫於墻下去墻五尺卧於地爲楣卽立五椽於上斜倚於東墉上以草苫蓋之其南北面亦以草屛之向北開門一孝一廬門簾以縗布形如偏屋其間容半席廬間施苫塊其廬南爲堊室以墼壘三面上至屋如於墻下卽亦如偏屋以瓦覆之西向開戶室施薦木枕室南爲大功幕次中施蒲席次南爲小功緦麻次施牀幷西戶其堊室及幕次不必每人爲之共處可也其爲母與父同爲妻準母婦人次西廊下

止代哭者

按代哭旣止朝夕哭當自此日始

四禮便覽卷之三

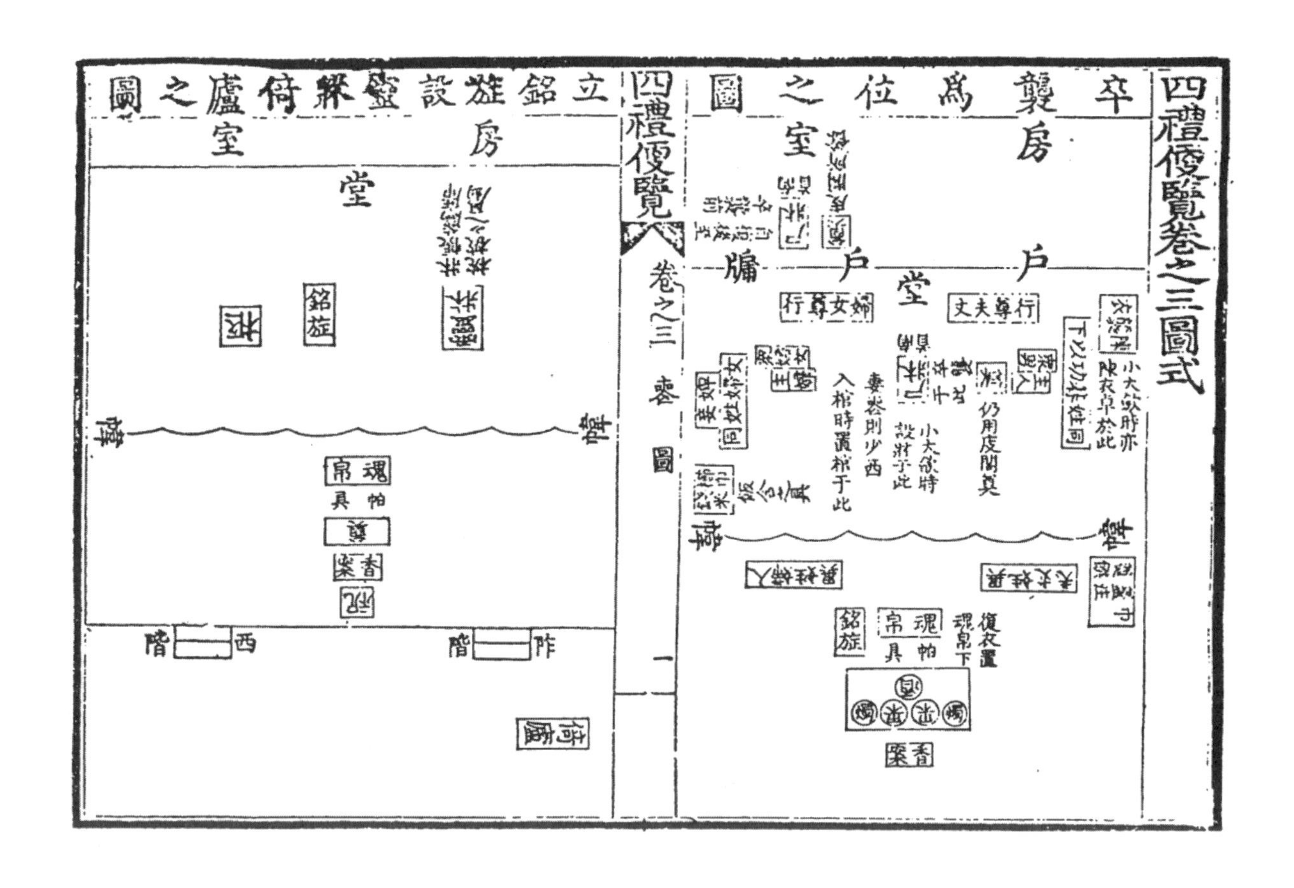
四禮便覽卷之三圖式
卒襲爲位之圖
房
室
戶
牖
堂
主人
主婦
行尊夫丈
行尊女婦
魂帛
銘旌
香案
四禮便覽
卷之三
喪
圖
一
立銘旌設靈牀倚廬之圖
房
室
堂
銘旌
魂帛
香案
西
阼
階
倚廬

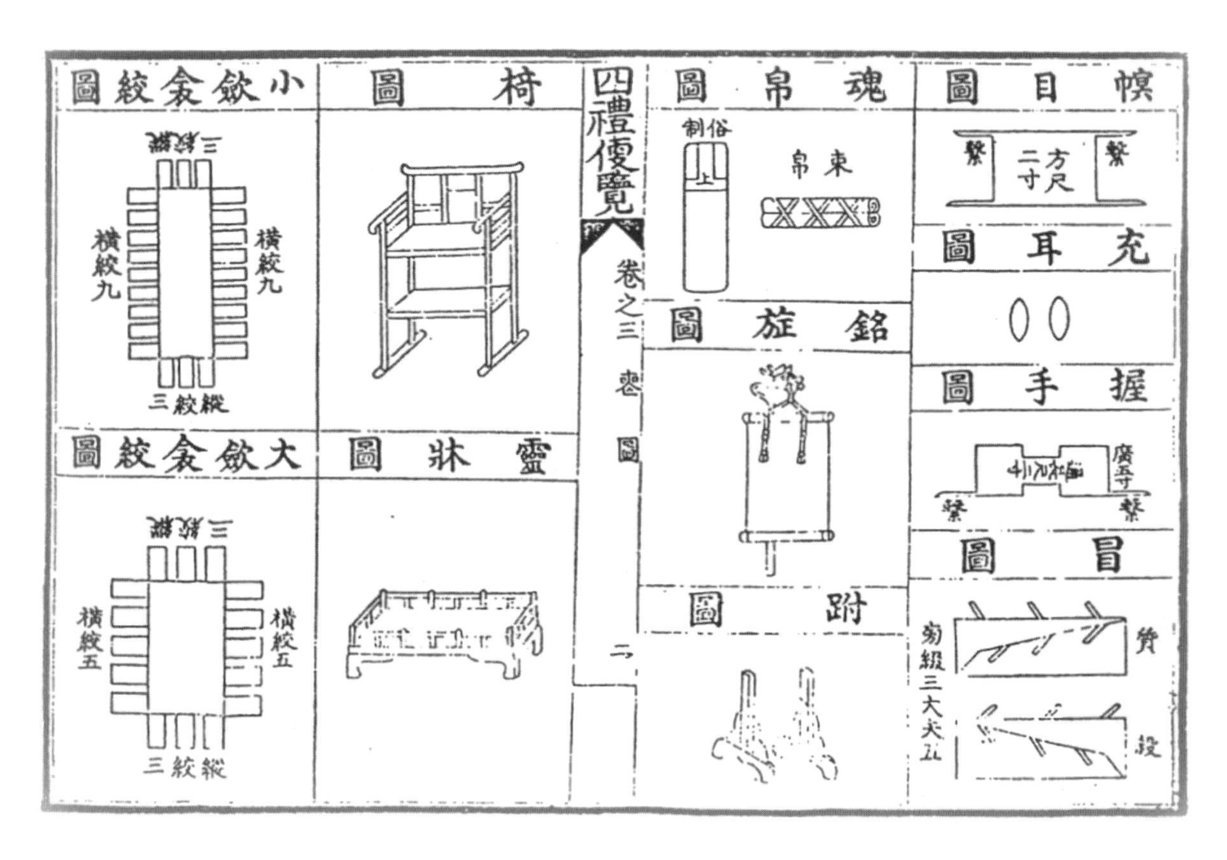
小斂衾絞圖
三絞縱
橫絞九
椅圖
大斂衾絞圖
橫絞五
靈牀圖
四禮便覽
卷之三
喪
圖
二
魂帛圖
俗制
束帛
銘旌圖
幎目圖
方尺二寸
充耳圖
握手圖
冒圖

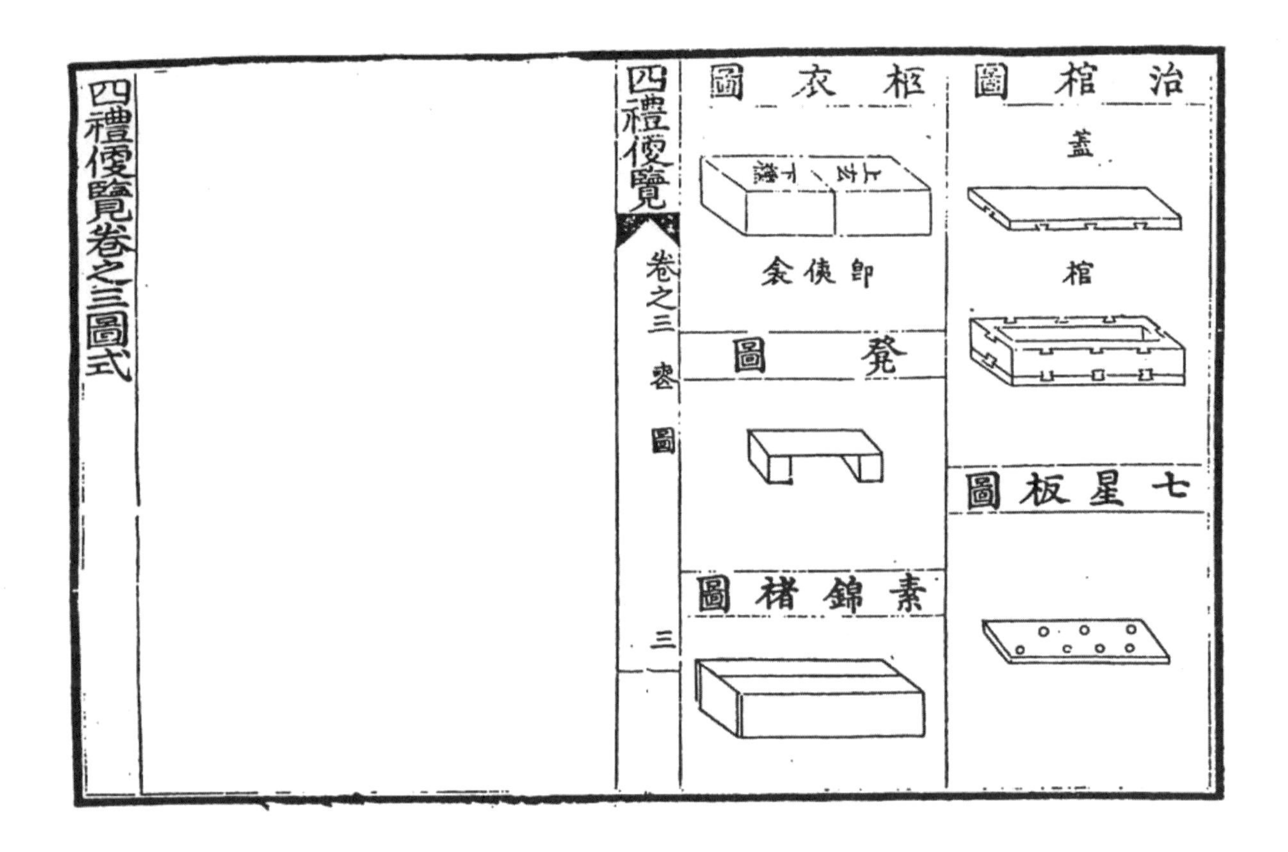

治棺圖
蓋
棺
七星板圖
柩衣圖
上玄
下纁
即偯衾
凳圖
素錦褚圖
四禮便覽
卷之三 喪 圖
三
四禮便覽卷之三圖式

四禮便覽卷之四

喪禮二

成服

厥明

大斂之明日死之第四日也

(備要)楊氏曰人子不忍死其親故不忍遽成服必四日而後成服據此大斂與成服不可同日幷行也世人或以斂具未備過三日而大斂仍以其日成服殊失禮意

五服之人各服其服入就位然後朝哭相弔如儀

(儀節)是日夙興五服之人各服其服去括髮免著喪冠以孝巾承之加首絰服衰裳承以中衣帶絞帶腰絰著屨杖朞以上執杖婦人去髽亦著冠衰裳絰帶屨杖○(雜記)爲長子杖則其子不以杖卽位

男位於柩東西向女位於柩西東向各以服爲序舉哀相弔諸子孫就祖父及諸父前跪哭盡哀又就祖母及諸母前亦如之女子就祖母及諸母前哭遂就祖父及諸父前如男子之儀 賓至拜之

(按)古之成服必於朝哭朝哭則無拜而今俗多兼行於朝奠而成服故有拜賓非禮也

諸具 成服

布 用以制五服衰裳者○(備要)斬衰極麤生布齊衰次麤生布朞次等生布大功稍麤熟布小功稍細熟布緦極細熟布○五服冠及孝巾絞帶纓武布各於其服用稍細者婦人蓋頭衰裳布準男子冠裳之布古者布廣必二尺二寸而吾東布廣至狹須連幅爲之○喪服傳帶緣各視其冠○中衣亦依疏說視冠布 **麻** 用以爲五服絰帶者○(備要)斬衰用苴麻卽有子麻齊衰以下用枲麻卽無子麻緦用熟麻 **針線** 並用以制服者 **冠** 用厚紙糊爲材廣五寸二分半裹以布布升比衰稍細三年之喪鍛而勿灰朞以下用灰鍛襞積爲三梁其法從一方計七分半之外又中摺七分半爲梁如是者凡三所餘又爲七分半襞積之則爲廣三寸或以廣五寸二分半之材分識作七以第二分第四分第六分中摺之爲梁則如法而大功以上皆向右小功以下皆向左用線縱縫其梁

長足跨頂前後斬衰以麻繩爲武齊衰以下用布夾縫廣一寸許從額上約之至項後交向前各至耳邊結之垂其餘爲纓使結於頤下屈冠兩頭入武內向外反屈之縫於武所謂外畢○(按)今之喪冠太狹似未安就考三才圖會所畫喪冠其廣恰覆人首豈華人所著不似我東所著之狹耶朱子於造主尺式云非如律尺得一書爲據足矣如神主之重大而猶以得一書爲據爲足則家禮喪冠下旣無用指尺之語今若度用布帛尺則可與圖會所畫合矣朱子於喪冠之制考之政和禮而始知之或以政和所用之尺言之而東人未之考耶 **孝巾** (備要)○用以承冠者其制用布裹首合縫在後之中摺其兩旁藏在裏縫合其上從前後望之如方冠俗稱頭巾 **衣** 用布二幅各長四尺六寸(指尺)中屈下垂前後各長二尺三寸除縫餘一寸則長二尺二寸兩肩上中屈處四寸之

下。喪前後兩葉左右幅各裁入四寸訖分摺所裁
者向外各加兩肩上以爲左右適卽辟領也旣摺
所裁者向外其前後左右虛處各方四寸卽闊中
也大功以下無辟領其分摺向外者卽翦去之以
後兩葉聯合背後縫凡五服衣縫皆向外下並同
(袂)用布二幅各長四尺六寸中屈之縫聯於衣身
之左右又縫合其下際除縫餘一寸則亦各二尺
二寸又於袂端縫合其下一尺爲方袂留其上一
尺二寸爲袂口卽袪也(加領)別用布長一尺六寸
許闊八寸許縱摺而中分之其下一半兩端各裁
斷方四寸除去不用只留中間八寸以加後之闊
中從項上分左右對摺向前垂下以加於前闊中
(袷)卽加於領裏者用布一條長一尺六寸許廣一
尺四寸分作三條二條疊縫於領以加於前闊中
一條橫摺爲二重加於後闊中並加領乃三重也
帶下尺用縱布廣一尺一寸上屬於衣橫繞於腰

以腰之闊狹爲度除縫餘一寸則高一尺(衽)用布
二幅各長三尺五寸每幅上於左旁一尺之下裁
入六寸下於右旁一尺之上亦裁入六寸便於盡
處相望斜裁以廣頭向上疊之布邊在外交映垂
之如燕尾狀者綴於衣兩旁腋下斬衰前掩其後
齊衰以下後掩其前(衰)用布長六寸廣四寸綴於
衣外衿之前當心處大功以下不用(負版)用布方
尺八寸綴於領下當背垂之大功以下不用(衣繫)
四卽小帶二各綴於內外衿旁一綴於衣用布
外右腋下一綴於衣內左腋下使相掩結(裳)七幅
長短隨宜縫合爲前三後四每縫除左右縫餘各
一寸前後不連每幅作三𢄼其作𢄼則於每幅上
頭用指提起小許摺向右又提起小許摺向左兩
相湊著用線綴住而空其中以爲𢄼相湊在外與
幅巾𢄼不同如是者三又以布一條廣四五寸縱
摺之綴前後七幅而前後相當處疊複小許而夾

縫之約圍於腰又交掩小許兩端皆有小帶後帶
短向前前帶長向後使重圍而相結於前〇(備要)
五服衣裳斬衰不緝邊齊衰以下緝邊〇(家禮)〇
本註衣縫向外裳縫內向〇(備要)用線綴住
(金貴亨)曰喪禮衰衣圖無內外衿與儀禮不合儀
禮喪服云衰長六寸博四寸註云廣袤當心疏云
綴於外衿之上故得廣袤當心觀此衰衣有衿明
矣今圖無衿而衰綴於衣之左殊失當心之義〇
(王廷相)曰衽註疏謬誤之大莫甚於此問喪曰親
始死扱上衽若在裳之兩旁安謂之上大記曰小
斂大斂祭服不倒皆左衽論語曰被髮左衽謂左
掩其衿也若在裳之兩旁謂之左衽何居許氏說
文曰衽衿交也若衽裳之兩旁安有交義當別用
布交解裁之綴於衣身之旁以承領以一爲上衽
以一爲下衽黃氏所謂領下施衿是也近世丘氏
有云註疏有綴衰於外衿上之文旣曰有外衿則

必有內衿矣今之衰衣制只有衣身而繫帶於兩
旁如世俗所謂對衿衣者衣着之際遂使衰不當
心殊失古制今擬綴繫帶四條以外衿掩於內衿
之上則具服之際衰正當心矣丘氏雖有是論然
不知以衿施於袷下橫於衣正幅之旁雖欲以外
衿掩內然領止於領下安得斜掩於脇亦不通之
論也惟四明黃氏論云衽二尺五寸言用布一幅
長二尺五寸斜尖裁施於領下作內外衿乃爲得
之蓋衣必有衿而後可以掩其胷體若如鄭賈之
說是衣皆無衽如對衿比甲之制矣當心正中其
膚體褻露豈事理之順適聖人制衣之善哉〇(黃
宗羲)曰鄭賈之說衽綴於衣兩旁以掩裳旁際此
與深衣之曲裾其義同蓋以深衣之裳一旁連一
旁不連故曲裾兩條重者而掩於一旁喪服前後
不連故衽分綴於兩旁也夫旣同是一物不應在
彼爲鉤邊在此爲衽知彼曲裾之非則知此衽之

制未爲得矣且衣旣對衿則前綴之衰不能居中
鄭所謂廣袤當心者亦自牴牾矣今用布二尺五
寸交解裁之爲二狹頭向上廣頭向下綴於衣身
之旁上以承領下與衣齊在左爲外衽在右爲內
衽此定制也喪服之制惟黃潤玉爲得之○按儀
禮喪服記具著喪服制度其曰衣帶下尺者謂束
帶之下一尺則衣通長足以掩裳上際也其曰衽
二尺五寸者謂前衿二尺五寸則其廣足以交掩
而結於腋下而兩領之交自方也其曰袂屬幅衣
二尺有二寸者謂衣袂相屬處足以運肘也其曰
袪尺二寸者爲袂口足容幷兩手也聖人制衣皆
以人身爲度取便而止非有巧法而若其曰負曰
適曰衰者皆是衣外之別物綴於衣身之前後左
右義各有取其文義本非難曉而註疏家艱險求
之傅會己甚欲得巧法其說多鑿不必盡信是故
朱子於家禮著其制而不言衣尺寸幾何但曰衣

長過腰足以掩裳上際盡棄註疏之說此蓋朱子
深有得於聖人制作之意也以其衣者人之所常
服其制不必要著而惟長短則有許多般不可不
明言故以人身爲準只據喪服記所謂衣帶下尺
之長曰過腰而掩裳上際其意甚簡易矣有領有
衿衣之所必然雖不各著其制而人自知之故不
別言而包在一衣字之中矣非謂有巧法也又非
謂無是也於負版辟領之下泛云綴於領下則可
知領無別般制也於衰下云綴於左衿之前則可
知其有左右衿矣而楊氏拾取疏說於朱子所棄
之餘乃列用布尺寸之數詳錄裁領綴領之法必
於衣身中裁成辟領爲左右適巧則巧矣而未必
是聖人制衣之意乃曰吉凶異制喪服領與吉服
領不同是果有見於經傳乎同一衣也而吉凶之
所以不同者如內削幅外削幅之異及吉服則有
黼黻文章以明其等威凶服則有衰適負版以表

其哀戚而已上下經傳衣領不同之說不少概見
凡經傳中言領者只有玉藻袷二寸及深衣曲袷
如矩則喪服領與吉服領不同者楊氏何證而取
此說也尤可疑者作爲無衿之衣若果無衿則所
謂左衿者是何物也是故後儒論說不止金氏以
圖爲與儀禮不合黃氏王氏以衽爲衿丘氏則綴
四繫相掩備要亦取丘說是不過欲使衰當心而
如是則衰雖當心衣前牽引不正格反當胷亦非
恰好之制徐氏通考以黃氏王氏說爲最善至以
得此數說而衰裳之式無遺憾爲言夫註疏之說
若果是正當之制則朱子何不取錄於家禮之中
而只以一衣字了當也朱子之意又有可證者語
類因論喪服朱子曰禮時爲大某嘗謂衣冠本以
便身古人亦未必一一有義若要行須是酌古之
制去其重複使之簡易然後乃可此正家禮不從
註疏說之意也又於君臣服議引用冕服朝服曰

皆直領垂之則如今婦人之服交掩而束帶焉則
如今男子之服語類又答人問衰服領曰古制直
領如今婦人服以今考之冕服朝服領衿之制與
東俗所謂直領衣之領衿無異且宋之婦人服卽
大衣而大衣領衿亦與今常服之衣無異以彼以
此無一合於疏家之制而又於家禮斬衰註曰旁
及下際皆不緝齊衰註曰旁及下際皆緝若如疏
家之制則其將指何邊謂旁而可緝不可緝耶以
是知疏家之制非朱子之所取也楊氏說載於家
禮附註故卽今仍襲旣久有難廢革而以朱子改
楊氏恐爲當然今以家禮爲正而參之以大全語
類之意證之以朝服大衣之制兼採王氏黃氏之
說質之曲袷如矩之文略倣丘氏新制深衣衿領
之樣著其制于下方而家禮又無帶下尺別用布
之文明儒又以別用布爲謬妄無據不成法制故
亦依家禮不用別布而衽則王廷相所引衽字來

歷皆有可據黃宗羲所云知曲裾之非則知衽之制未爲得者足破註疏家衽與曲裾義同之語矣朱子晩年去深衣曲裾不用則衰服之衽亦安知不在當去之中而既無朱子不用之證則今不敢擅爲除去當仍存之而姑錄諸儒說以俟知者○今擬釐正衰服之制用布二幅各長六尺八寸(指尺)中屈下垂前後各長三尺四寸兩肩上各裁入五寸縫合背後直縫除縫餘各一寸則兩肩上裁入合爲八寸此衣身正幅也又於衣身兩旁自中屈處留掖袖二尺三寸之下疊前後兩葉左右各裁入八寸布狹則隨宜留一尺四寸反摺至衣下翦去之縫合兩旁除兩邊縫餘則每幅廣各一尺二寸接袖處除袂下合縫一寸則摺翦處長一尺二寸除經帶之廣二寸(斬衰腰絰圍七寸二分徑一圍三徑二寸四分故舉大數云二寸)則其下一尺此所謂帶下尺也又用布一幅長二尺五寸交解裁之爲二一頭廣一頭狹廣頭爲一尺四寸狹頭爲八寸以狹頭向上各綴於衣前左右正幅之旁除縫餘一寸則下廣一尺三寸上廣七寸下與正幅齊上以備承領此即衽也衣正幅四各廣一尺二寸左右衽各廣一尺三寸衣前通廣二尺五寸所謂衽二尺五寸者似指此也齊衰以下兩衽旁各緝邊一寸則圍七尺二寸又自兩肩上裁入處至衿上斜摺又自衿上屬正幅處至衿邊上於六寸之下斜摺皆翦去之或摺向裏藏在又用布一條長四尺八寸廣八寸自項後摺轉向前綴於肩上左右裁入處至兩衿上斜摺處表裏各四寸夾縫之如婦人衣領此即領也又用布二幅各長四尺六寸中屈之縫聯於衣身之左右又縫合其下際除縫餘一寸則長各二尺二寸此所謂袂屬幅衣二尺有二寸也又於袂端縫合其下一尺爲方袂留其上一尺二寸爲袂口此所謂袪尺二寸

也又用布四條縫合爲衣繫四二各綴於內外衿旁領末一綴於衣外右腋下一綴於衣內左腋下使相掩結凡五服衣縫皆向外但斬衰旁及下際皆不緝齊衰以下旁及下際皆緝之展出外用線綴住負版同前衰同前適即辟領左右有辟領用布各方八寸屈其兩頭相著爲廣四寸綴於領下在負版兩旁各攙負版一寸大功以下無負版辟領衰衽同前裳同前○又按儀禮負廣出於適寸適博四寸出於衰凡言長又言博者廣也單言博則方也書儀云辟領方四寸亦以此也似當用布兩片各方四寸分綴於領下左右搭在肩上從在負版兩旁各攙負版內一寸使負版左右各出於適外一寸適前出於衰上左右而家禮改書儀方四寸爲方八寸屈其兩頭相著爲廣四寸者必有意義故不敢遽改而復從書儀姑依家禮本文錄之博識者宜詳考之

中衣 用以承衰服者

用布生熟同衰服布升比衰稍細制同深衣斬衰亦以布緣邊○或用中單衣制如俗周遮衣袂端不圓殺袂端及衿旁末皆緣之一名汗衫

行纏 即家禮所謂勒帛小學所謂縛袴禮雖不見於衰服今人皆用布爲之固不可廢布升當如中衣○冠以下男子服

蓋頭 用以障身者用布稍細者凡三幅長與身齊或五尺(布帛尺)斬衰不緝邊齊衰緝邊今俗(羅兀)即其遺意

冠 齊衰以上用素

免 即上括髮時所用者

衣裳 衣布升及裁制並同男子但無帶下尺又無衽裳用布六幅交解爲十二幅如深衣之裳連綴於衣○蓋頭以下婦人服

首絰 用以加於冠上者用麻兩股相交其大斬衰九寸齊衰七寸二分大功五寸七分小功四寸六分緦三寸五分○(士喪禮疏大搹指與大巨指搤圍九寸)○喪服疏齊衰以下皆以五分去一經帶之等倣此推之○(儀節長一尺

七八寸○斬衰麻本在左從額前向右圍之以其末加於本上而繫之齊衰以下麻本在右從額前向左圍之以其末繫於本下斬衰以麻繩爲纓而垂之結於頤下齊衰以下用布小功以下無纓中殤七月亦無纓

腰絰 用以申東絞帶上者用麻兩股相交五分首絰去一以爲腰絰其圍斬衰七寸二分齊衰五寸七分大功四寸六分小功三寸五分緦二寸八分其長中取圍腰而相結處左右各綴小帶以備固結斬衰用麻繩齊衰以下用布絰相交之下左右各散垂三尺不絞至卒哭後絞之年五十以上者及小功以下及婦人不散垂初卽絞之亦垂三尺兩頭用麻繩結之使不解散

絞帶 用以東於腰絰下者斬衰用麻繩一條長十八九尺中屈之爲兩股各一尺餘結合爲彄子然後合其餘順目相糾四脚積而相重卽三重四股其大較小於腰絰通長八九尺圍腰從左過

後至前乃以其右端穿彄子而反揷於右齊衰以下用布廣四寸許夾縫之爲二寸大功小功緦以次較狹皆屈其右端尺許用線綴住以爲彄布升各如其冠生熟各如其服

杖 (家禮本註)斬衰用竹高齊心本在下齊衰以桐爲之(附註)削之使下方取象於地○(小記)大如絰(註)腰絰○無桐用柳

屨 (喪服)斬衰菅屨(疏)齊衰疏屨不杖麻屨○(小記)齊衰三月與大功繩屨(註)小功以下吉屨無絇○(儀節)小功用白布爲之○首絰以下男子婦人過服

童子服 制同長者服但無冠巾首絰○(按)古禮雖云童子不杖惟當室者杖而家禮不言當依家禮雖庶子服三年者亦皆杖

侍者服 (備要)生布衣制如俗直領或中單孝巾環絰絞帶○齊衰布帶

妾婢服 生布背子竹木簪絞帶

諸具 (朝哭)○夕哭同 見上初終設靈牀條

其服之制一曰斬衰三年

其正服則子爲父也 (喪服)女子子在室嫁反在室(小記)女爲父母喪未練而出則三年既練而出則已未練而反則朞既練而反則遂之

其加服則適孫父卒爲祖若曾高祖承重者也父爲適子當爲後者也 (備要)不解官○(喪服疏)繼祖禰適已三世卽得爲斬雖承重不得三年有四種一正體不得傳重謂適子有廢疾不堪主宗廟也二傳重非正體庶孫爲後是也三體而不正立庶子爲後是也四正而不體立適孫爲後是也

也○(小記註)將所傳重非適服之如庶子(疏)養他子爲後者

其義服則婦爲舅也夫承重則從服也 (小記)屬從所從雖沒也服 **爲人後者爲所後父也爲所後祖承重也** (備要)曾高祖承重同 **夫爲人後則妻從服也妻爲夫也妾爲君也** (備要)妾爲君之父也(喪服圖)妾爲君之黨服得與女君同

(朱子)曰禮經敎令子爲父適孫承重爲祖父皆斬衰三年蓋適子當爲父後以承大宗之重而不能襲位執喪則適孫繼統而代之執喪義當然也○(通解)宋敏求議曰子在父喪而亡適孫承重禮令無文大凡外襄終事內奉靈席爲練祥禫祭可無主之者乎當因其葬而再制斬衰服三年詔如敏求議○又曰今

服制令適子未終喪而亡適孫承重亡在小祥前者則於小祥受服在小祥後者則伸心喪幷通三年而除○(沙溪)曰通解之說可據但亡在練後則只伸心喪云者未知恰當否也○(尤庵)曰老先生以只伸心喪之說爲大不安蓋代父承重是禮經之大節目且祖喪練後不可不祭如祭則當服何服故必如老先生之說然後節節理順矣父喪成服後服祖服者非鄙說乃老先生之說也且父喪成服之後値朔望則可以服祖若朔望遠則其間祭祖時當服何服以此知服父服後不待朔望而卽服祖之說爲得也

(按)代服一節自是變禮故家禮不載而人家之遭此變者當哀遑急遽之際未易善處玆附先儒說數段於此以備參考蓋喪不可一日無主父或廢疾未能執喪或未終喪而亡其子之爲父代服斷不可已通典賀氏雖有父死未殯而祖亡則服祖以周之說而其後因宋敏求議以再制斬衰爲令

父喪中祖死者亦可代服則祖喪中父死者尤豈有可論耶○爲人後者爲所後者親戚服之如子旣有喪服傳之文則凡爲所後黨服皆當一如正服故不爲一一載錄於各條而惟此所後父一段依本文錄之以見其例焉

二曰齊衰三年

其正服則子爲母也父在降嫁母出母降(備要)女子子在室及嫁反在室者同庶子爲其母同爲父後則降見緦麻條也其加服則適孫父卒爲祖母(通典)被出無服若曾高祖母承重者也(喪服疏)不問夫之在否○(備要)此亦(備要)祖若曾高祖在則降母爲適子當爲後者也

繼三世長子其義服則婦爲姑也(備要)舅在則降夫承重則從服也(備要)婦爲夫爲繼母(備要)父在則降出則無服(通典)所後母被出無服也(備要)婦爲夫之繼母同妾子爲適母同妾子之妻爲夫之適母同爲慈母謂庶子無母而父命佗妾之無子者慈己也父在降○父不命則降(見小功條)繼母爲長子也妾爲君之長子也(備要)亦繼三世者(備要)妾爲君之母(國制)爲養父母(備要)謂三歲前收而養育者己之父母在者及父沒長子則降○(備要)士大夫於賤人亦降(見緦麻條)○(張子)曰族屬之喪不可有加若爲族屬之親有恩而加等則待己無恩者可不服乎

(喪服)父卒則爲母(疏)父卒三年之內母卒仍服朞要父服除而母死乃得伸三年○(備要)父死未殯而母死則未忍變在猶可以通典所云父未殯服祖周之說推之而服母朞也若父喪將竟而又遭母喪則亦以父喪三年內而仍服朞似未安○(尤庵)曰此年父死明年母死者母之朞尙在父喪未沒之前則猶有壓屈之義矣若明日父喪當畢而今日母死則亦當朞而朞盡之後便爲無服之人耶此不可不深思也

(按)父喪中母死者其服最爲可疑玆附儀禮及先儒說數條於此以備參考蓋儀禮父卒則爲母之文本自明白而賈氏因一則字曲爲解釋以爲父服除而母卒然後乃伸三年沙溪尤庵兩先生旣以爲可疑與其泥滯於可疑之疏說無寧直依經文之爲寡過若一依經文則父先卒而母後死者雖一日之間亦可以伸三年未知果如何也

杖朞

其正(尤菴曰正字加之誤)服則適孫父卒祖在爲祖母也、(備要)曾高祖母承重同 其降服則(喪服)父在爲母繼母適母慈母同、義服 爲嫁母出母爲父後則無服也、其義服則(備要)婦舅在爲姑、夫承重同 爲父卒繼母嫁而已從之者也、(開元禮)不從則不服 夫爲妻也

(問)小記疏爲妻不杖則不禫、尤菴曰妻喪實具三年之體段故練杖祥禫只是一串事小記疏說恐不得爲定論

(按)雜記有父在爲妻不杖之文而家禮不論父在父亡、通爲杖朞當以家禮爲正

不杖朞

其正服則爲祖父母、女雖適人不降也、庶子之子爲父之母爲祖後則不服也、爲伯叔父也、爲兄弟也、爲衆子也、長子不當斬者、子爲人後者同 爲兄弟之子也、爲姑姊妹女在室及適人而無夫與子者也、(備要)已嫁被出同 婦人無夫與子者爲其兄弟姊妹及兄弟之子也、已嫁被出同 妾爲其子也、其加服則爲適孫若曾玄孫當爲後者也、(喪服傳)有適子者無適孫 女適人者爲兄弟之爲父後者也、父在則同衆昆弟 其降服則嫁母出母爲其子、子雖爲父後猶服也、其義服則(備要)繼祖母 繼母嫁而爲前夫之子從已者也、爲伯叔母也、爲夫兄弟之子也、繼父同居父子皆無大功之親者也、妾爲女君也、(喪服註)女君於妾無服 妾爲君之衆子也、舅姑爲適婦也、長子當斬者之妻 (國制)父母在爲養父母、父母雖沒長子則朞而除

(楊氏)曰爲人後者爲其父母報、女子子適人者爲其父母、此是不杖朞大節目、何以不書也、蓋此條在後

凡男爲人後女適人者爲其私親皆降一等中故不見於此

五月

其正服則爲曾祖父母、女適人者不降也(備要)繼曾祖母同義服

三月

其正服則爲高祖父母、女適人者不降也、(語類)自四世以上凡逮事者、皆當齊衰三月 其義服則(備要)繼高祖母繼父不同居者 謂先同今異、或雖同居而繼父有子、

已有大功以上親者也其元不同居者則不服（喪服）丈夫婦人爲宗子宗子之妻（傳）宗子之母在則不爲宗子之妻服（大傳陳註）凡大宗族人與之爲絶族者五世外皆爲之齊衰三月母妻亦然爲小宗者則以本親之服服之

三曰大功九月

其正服則爲從父兄弟姊妹謂伯叔父之子也爲衆孫男女也（備要）孫女已嫁被出同爲庶孫承重者 適子在爲長孫支子爲適孫同 其義服則爲衆子婦也 長子不當斬者之妻出後子婦同 爲兄弟子之婦也爲夫之祖父母（備要）繼祖母同伯叔父母兄弟子之婦也夫爲人後者其妻爲本生舅姑也爲同母異父之兄弟姊妹也

（鄭玄曰）以月數者數閏

（按）家禮同母異父兄弟姊妹一段在小功條而附註據先生儀禮經傳補服條以爲當添於大功而備要亦採之故移置于此

四曰小功五月

其正服則爲從祖祖父從祖祖姑謂祖之兄弟姊妹也

爲兄弟之孫爲從祖父從祖姑謂父之從父兄弟姊妹也爲從父兄弟之子也爲從祖兄弟姊妹謂從祖父之子所謂再從兄弟姊妹也爲外祖父母謂母之父母也（喪服傳）出妻之子爲外祖父母無服 爲舅謂母之兄弟也爲甥謂姊妹之子也爲從母謂母之姊妹也（備要）女爲姊妹之子 外親雖適人不降 其義服則爲從祖祖母也爲夫兄弟之孫也爲從祖母也爲夫從兄弟之子也爲夫之姑姊妹 適人者不降 也女爲兄弟姪之妻 已適人亦不降 也爲娣姒婦 謂兄弟之妻相名長婦謂次婦曰娣婦娣婦謂長婦曰姒婦也庶子爲適母之父母兄弟姊妹 適母死則不服 也（小記）爲母之君母母卒則不服 母出則爲繼母之父母兄弟姊妹也 （虞氏曰）雖有十繼母當服次其母者之黨 爲庶母之慈己者 謂庶母之乳養己者 也爲適孫若曾玄孫之當爲後者之婦 其姑在則否 也爲兄弟之妻也爲夫之兄弟也

（問）喪服疏旣爲君母父母其己母之父母或亦兼服之若馬氏義君母不在乃可申矣尤菴曰妾子爲君母之黨只是從服也寧有因此而遂不服其外親之理乎

(按)通典云出母之黨無服、嫁母父不命出、何得同出母乎、嫁母之黨自應服之、愚意則嫁母雖無父命出之節、旣與父絶則同於出母矣、沙溪亦於嫁出母黨之或服或不服、爲未可知、通典說恐不必從也

五曰緦麻三月

其正服則爲族曾祖父族曾祖姑 謂曾祖之兄弟姊妹 也爲兄弟之曾孫也爲族祖父族祖姑 謂族曾祖父之子 也爲從父兄弟之孫也爲族父族姑 謂族祖父之子 也爲從祖兄弟之子也爲族兄弟姊妹 謂族父之子、所

謂三從兄弟姊妹 也爲曾孫玄孫也爲外孫也 (通典)子雖不服外祖、謂出妻之子、爲外祖父母無服者 外祖猶爲服 爲從母兄弟姊妹 謂從母之子 也爲外兄弟 謂姑之子 也爲內兄弟 謂舅之子 也 (尤庵)曰姑之子舅之子、只言兄弟而不言姊妹者、省文也 其降服則庶子爲父後者爲其母 爲其母之父母兄弟姊妹則無服 也其義服則爲族曾祖母也爲夫從兄弟之曾孫也爲族祖母也爲夫從兄弟之孫也爲族母也爲夫從祖兄弟之子也爲庶孫之婦也 適孫婦其姑在者、支子爲適孫婦、出後孫婦同 爲庶

母 謂父妾之有子者 也 (通典)兩妾之子相爲庶母 爲乳母也爲壻也爲妻之父母 妻亡而別娶亦同、卽妻之親母、雖嫁出猶服 (尤庵)曰適母繼母之不嫁出者同於親母 也爲夫之曾祖高祖也爲夫之從祖祖父母也 (儀節)爲夫之從祖姑卽夫之從祖祖姑 爲兄弟孫之婦也爲夫兄弟孫之婦也爲夫之從祖父母也 (國制)爲夫之從祖姑 爲從父兄弟子之婦也 (國制)爲從父兄弟之妻、爲夫從父兄弟 爲夫從父兄弟之妻也爲夫之從父姊妹 適

人者不降 也 (備要)女適人者爲其從父兄弟之妻 爲夫之外祖父母也爲夫之從母及舅也爲外孫婦也女爲姊妹之子婦也爲甥婦也 (國制)爲舅之妻 (沙溪)曰甥爲舅妻旣有服則舅妻當爲之報 (楊儀)爲同爨 (通典)兩妾相爲服 (國制)爲養父母、卽士大夫於賤人 (問喪)童子不總、惟當室總

凡爲殤服以次降一等

凡年十九至十六爲長殤、十五至十二爲中殤、十一至

八歲爲下殤。應服朞者長殤降服大功九月，中殤七月，下殤小功五月。應服大功以下以次降等。不滿八歲爲無服之殤，哭之以日易月。（馬融）曰以哭之日易服之月，殤之朞親則旬有三日哭，緦麻之親則以三日爲制 生未滿三月則不哭也。男子已娶，女子許嫁，皆不爲殤。

（小記）丈夫冠而不爲殤，婦人笄而不爲殤。○（國制）男子受職，亦不爲殤。○（通典）吳徐整問射慈曰八歲以上爲殤者，服，未滿八歲爲無服。假令以元年正月生，七年十二月死，此爲七歲，則無服也。或以元年十二月生，八年正月死，以但跨八年，計其日月，適六歲耳，然號爲八歲，日月甚少，全七歲者日月爲多。答曰凡

制數，自以生月計之，不以歲也。

（按）禮緣人情而骨肉之情無間於長幼，此殤服之所由起也。今世服之者，於同室之喪之外，鮮有行者，豈非禮敎不明之致耶。甚可歎也。然長幼之分不同，故詳略之制亦殊。備要雖據儀禮而錄之，亦欠詳備。然苟欲行之，以家禮本文推之，可見矣。不復條列，但存其大體如此。○又按備要言服必相報，長者於童子，有三殤遞減之制，則童子於長者，亦當遞減其服云。而考之古禮，未有明據，且禮之不爲未成人制服，以其用心不能一也。其能勝者不禁。劉智云童子八歲則制服。射慈曰六七歲雖未爲童，其姊死，宜服布深衣。今童子八歲以上者，哀戚親黨之喪，如成人者有之，又況年十八九者於五服之喪，豈可以己爲童子而遞減其服乎。備要說恐難遽從。

凡男爲人後，女適人者，爲其私親，皆降一等，私親之爲之也亦然。

女適人者降服，未滿被出，則服其本服，已除則不復服也。○凡婦服夫黨，當喪而出，則除之。○凡妾爲其私親則如衆人。

（通典）兩女各出不再降，兩男各爲人後亦如之。○（尤庵）曰出繼人子孫，復出繼，亦不再降，惟出繼而出嫁然後，得再降。○又曰出後者旣降其私親，則其子從而亦降一等。○（通典）雖外親無二統。○（賈氏）曰旣爲所後母黨服，又爲生母黨服，是二統也。○（同春）問妾從夫服，皆降一等，禮也。爲人後者之妻，於夫本親，又

降一等乎。沙溪曰降二等無疑。

（按）喪服曰爲人後者爲其父母報，疏曰報者兩相爲服。旣言報，則爲人後者爲其父母朞，其父母亦當爲之朞。家禮圖式本生父母亦爲不杖朞之說，蓋本於此。以此推之，則本生祖父母當報以大功，曾祖父母亦當報以緦。○又按沙溪曰爲人後者爲所生母黨降一等爲是，以故今俗多用之。然通典有雖外親無二統之文，此於禮律極嚴正，恐當以此爲準。

心喪三年（備要）

（檀弓疏）爲師三年直行。（喪服）父在爲母。（備要）適母、繼母同。慈母同。爲出母、嫁母、父母在爲養父母、適孫祖在爲祖母、曾

高祖母 謂曾高祖在者同、爲本生父母、婦、舅在爲姑、妾子之妻爲夫之適母同

夫承重同、爲其父母、以上服朞而伸三年 庶子爲父後者爲其母 服緦而伸三年○爲父後者爲出母嫁母、雖無服亦伸三年

〔檀弓註〕身無衰麻之服、心有哀戚之情○〔檀弓〕孔子之喪、門人疑所服、子貢曰昔者夫子之喪顏淵若喪子而無服、喪子路亦然、請喪夫子、若喪父而無服○〔補服〕曰孔子之喪、弟子皆家于墓、行心喪之禮○〔程子〕曰師不立、服不可立也、當以情之厚薄事之大小處之、如顏閔於孔子、雖斬衰三年可也、其次各有淺深、稱其情而已、豈可一概制服○〔尤庵〕曰師服、以單股環絰白布巾並著白布衫、謂之弔服加麻、帶則或布或綿皆無所妨

〔按〕此條家禮所無而依備要添入○婦爲夫之本生父母及嫁母出母、及庶子爲父後者之妻爲夫所生母、見於備要而此於古禮、無所見、蓋子於本生父母及嫁母出母、及庶子爲父後者於其母、服雖盡而心伸其私者、未忘生育之恩故也、若婦之於姑則無生育之恩故其爲服、本是義服而今旣無可服之義、則又安有心喪之可言、且凡婦之服皆從夫降一等而於心喪則必令比同於其夫、不亦過乎、備要之添入、恐不可從也、退溪嘗以爲夫之本生父母心喪、謂之不可而曰亦不必二鼎而烹飪、對案而飮啖、自有隨時之宜、沙溪又論此、無許伸心喪之語而但曰當從禮爲大功、不可加服、若居處飮食則不必以大功爲斷、據此兩說則於夫之嫁母出母、及庶子爲父後者之妻爲夫所生母、恐亦當推此而處之

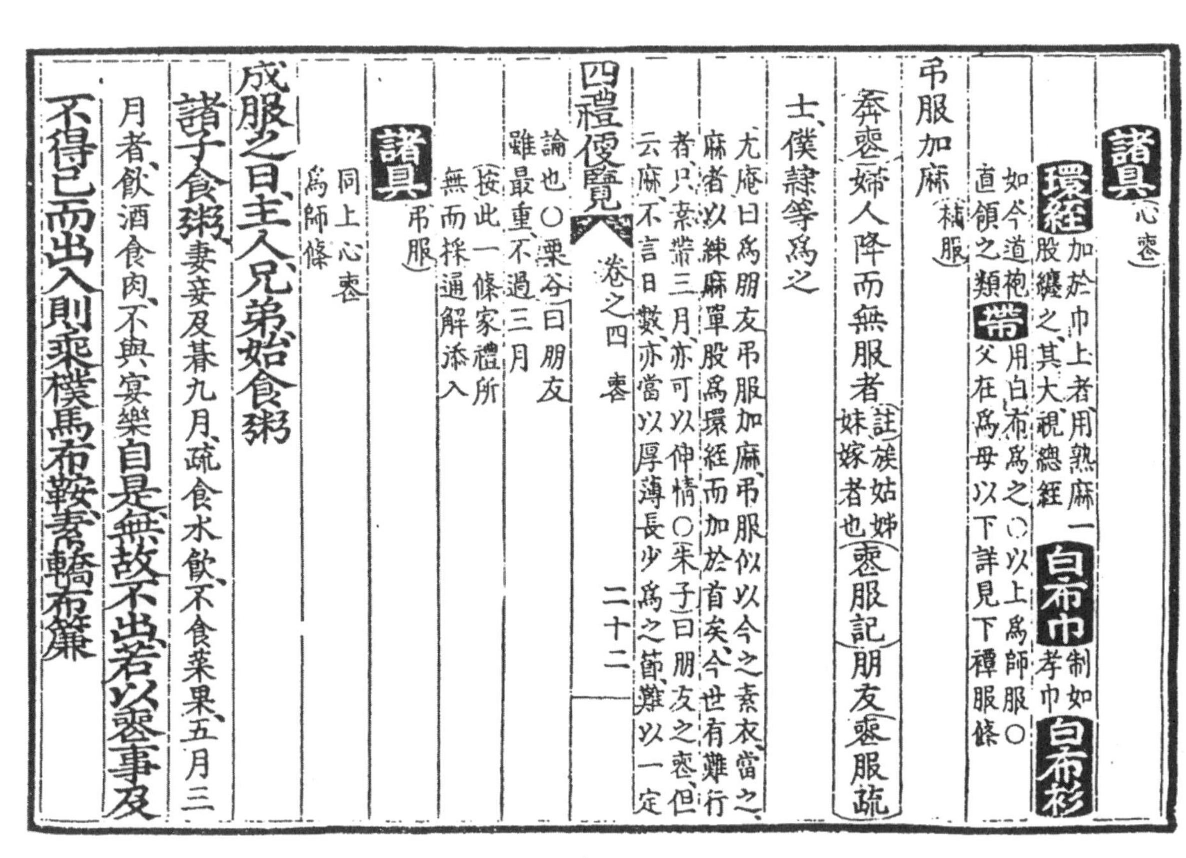

諸具〔心喪〕

環絰 加於巾上者、用熟麻一股纏之、其大視緦絰 **白布巾** 制如孝巾 **白布衫** 如今道袍直領之類 **帶** 用白布爲之○以上爲師服○父在爲母以下詳見下禫服條

弔服加麻〔補服〕

〔奔喪〕婦人降而無服者〔註〕族姑姊妹嫁者也〔喪服記〕朋友〔喪服疏〕

士、僕隷等爲之

〔尤庵〕曰爲朋友弔服加麻、弔服似以今之素衣、當之、麻者以練麻單股爲環絰而加於首矣、今世有難行者、只素帶三月、亦可以伸情○〔朱子〕曰朋友之喪、但云麻、不言日數、亦當以厚薄長少爲之節、難以一定

論也○〔栗谷〕曰朋友雖最重、不過三月

〔按〕此一條家禮所無而採通解添入

諸具〔弔服〕

同上心喪爲師條

成服之日、主人兄弟始食粥

諸子食粥、妻妾及朞九月、疏食水飮、不食菜果、五月三月者、飮酒食肉、不與宴樂、自是無故不出、若以喪事及不得已而出入、則乘樸馬布鞍、素轎布簾

(備要)出入時方笠生布直領雖非古制、從俗亦可

(按)方笠直領載於備要而世俗所通行者、然好古禮者往往以制服出入、恐亦不可以駭俗爲嫌○朞服人出入、著黲布笠爲可

諸具 出入

方笠 **直領** (備要)○(愼齋)曰直領雖俗制、然斬衰當斬下齊○帶杖屨已見上各服其服條

樸馬 布鞍具 **素轎** 布簾具 **黲布笠** 皁纓具

凡重喪未除而遭輕喪、則制其服而哭之、月朔設位、服其服而哭之、旣畢、返重服、其除之也、亦服輕服、若除重喪而

輕服未除、則服輕服、以終其餘日

(按)喪出月晦而成服於次月者、大功以下除服月數、以死月計、不以成服計、已有沙溪正論、南溪雖擧鄭氏以月數之說、以難之、然要當以死月爲準

朝奠

每日晨起、主人以下皆服其服、入就位、尊長坐哭、卑者立哭、(卽朝哭) 侍者設盥櫛之具于靈牀側、奉魂帛出就靈座、(徹盥櫛之具) (儀節)侍者入靈牀、斂枕被、然後朝奠、執事者(士喪禮註)徹大斂奠(此從成服日說自後作前奠看) 設蔬果脯醢(盞盤)祝盥手、焚香斟酒、主人以下再拜、哭盡哀(出就次、侍者巾之)

(檀弓)朝奠日出、夕奠逮日 (註)逮日、及日之未落也○劉氏曰朝奠將至徹夕奠、夕奠將至徹朝奠、各用罩子、若暑月、恐臭敗、則食頃去之、只留酒果

諸具 朝奠○夕奠同

同上初終小斂奠條

食時上食

如朝奠儀 但徹酒不徹奠、設上食饌品及匕筯楪、斟酒、啓飯蓋扱匕正筯、食頃徹羹進熟水、小間徹

諸具 上食

飯 **羹** **饌** **匕** **筯** **楪** **盤** **茶** 俗用熟水○餘並同上初終小斂奠條、但不別具果品

夕奠

如朝奠儀

夕哭 (備要)

(儀節)侍者先入靈牀、鋪被安枕、出 奉魂帛入就靈座、(補註)作牀 主人以下哭盡哀 出就次

(沙溪)曰儀禮朝夕哭與奠節次各異而或者以哭奠誤認爲一項、非是○(問)朝哭則竢日出、夕哭則竢日暗、似合定省之儀、尤庵曰禮記夕奠逮日、家禮夕奠畢、奉魂帛入靈牀、哭盡哀、合二禮觀之、則似不至暗

矣○又曰奉魂帛置于衾枕之間、雖似猥屑、然朝夕設奉養之具、如平生則如此、恐亦無妨○又曰朝夕哭時雖葬前、燃燭非禮也

哭無時

(按)家禮哭與奠不分言、而今依備要別之

朝夕之間、哀至則哭於喪次

(檀弓)穆伯之喪、敬姜晝哭、文伯之喪、晝夜哭、孔子曰知禮矣(註)哭夫以禮、哭子以情、中節矣

朔日則於朝奠設饌

饌用肉魚麪米食羹飯各一器、禮如朝奠之儀

(士喪禮)月半不殷奠(疏)大夫以上月半又奠○(高氏)曰朔望節序則具盛饌、比朝奠差衆、士則惟朔奠而已○(士喪記)朔月不饋于下室○(同春)問三年內俗節、(沙溪)曰俗節因朝奠兼上食行之、似太盛、朝上食後別設無妨

(按)士之月半奠不見於經、而東俗設饌甚盛、與月朔無別、殊非禮意、然狃於習俗、猝難變改、則依沙溪差減行之之說、或不至大悖耶○又按馮氏生忌之祭、實非禮之禮、先儒已斥之、三年之內則有象生之義、於朝上食後、別設數品饌而儀如朝夕奠、恐亦不妨否

諸具 (朔日)○俗節生日附

蔬菜 淸醬 米食 卽餅 麪食 飯 羹 肉 魚 匕筯 楪 盤 熟水

○餘并同上初終小斂奠條、俗節生日則參用時食、不設飯羹

有新物則薦之

如上食儀

(劉氏)曰五穀百果一應新熟之物、必以薦之

(按)栗谷論祠堂薦新、有曰若五穀可作飯者則當具饌數品、同設儀如朔參、若魚果之類及菽小麥等不可作飯者、則於晨謁時、啓櫝而單獻、以此推之、三年內薦新五穀之可作飯者作飯、用於上食、其餘於上食及奠同設爲宜

諸具 薦新

新物 與下祭禮俗節條參看

弔

凡弔、皆素服

幞頭衫帶、皆以白生絹爲之

(退溪)曰素冠雖不可爲、白衣白帶甚可

奠用香茶燭酒果 國俗不用茶

有狀或用食物、卽別爲文

(溫公)曰奠貴哀誠、酒食不必豐腆○(頤庵)曰今俗致奠爭相侈靡、以爲不若是、不足以行禮、或未易辦則遂不行之惑矣

諸具 (弔奠)

白衣白帶香燭果或食物 (即饌多少隨宜隻雞亦可) 酒瓶盞盤

盥盆帨巾 (並弔奠者所盥洗)

狀式

具位姓某

某物若干

右謹專送上

某人 (儀節某官某公內喪云某封某氏) 靈筵聊備奠儀伏惟

歆納謹狀

年 月 日具位姓某狀

皮封式

狀上

某官 (備要有某公二字○內喪云某封某氏) 靈筵 具位姓某謹封

謝狀式 三年之喪未卒哭只令子姪發謝書 (備要) (無子姪以族人代)

具位姓某

某物若干

右伏蒙

尊慈 (平交改尊慈爲仁私降等去伏蒙尊慈四字) 以某 (發書者名) 某親

違世

特賜 (平交以下改賜爲貺) 奠儀 (襚賻隨事) 下誠 (平交不用此)

二字不任哀感之至謹具狀上 (平交以下改上爲陳) 謝謹狀

年 月 日具位姓某狀

皮封式

狀上

某官 (備要有座前二字) 具位姓某謹封

祭文式 (儀節)

維

年號幾年歲次某年某月干支朔某日干支孤親 (備要隨所稱) 某官姓某謹以淸酌庶羞之奠致祭于

某親某官某公之柩云云 (別爲文字以敘情意) 尚

饗

賻用錢帛

有狀惟親友分厚者有之

諸具 賻

錢帛 (卽布屬○並多少隨宜) 衣服 (卽襚斂時所助)

狀式 (同上奠狀式但改奠儀爲賻儀)

謝狀式 (同上奠狀謝式)

具刺通名

賓主皆有官則具門狀、(否則名紙榜子[備要]) 先使人通之與

禮物俱入

門狀式

某位姓某

右某謹詣

門屛 (平交云去此四字) 祇慰

某位 (平交云某官) 伏聽

處分 (平交去此四字) 謹狀

年號 月 日某位姓某狀

榜子式 (備要)

某官姓某 慰

入哭奠訖乃弔而退

旣通名喪家炷火燃燭布席、(儀節) 主人以下各就位靈座東南 皆哭以俟護喪出迎賓賓入至廳事進揖曰竊聞某

人傾背不勝驚怛敢請入酹 (河西曰酹當作奠○備要不奠則改酹爲哭) 並

伸慰禮護喪引賓入靈座前哭盡哀再拜焚香跪 (儀節)

若衆賓則尊者獨詣 酹酒 (備要)執事者跪奉盞與賓賓受之還授執事置靈座前

俛伏興護喪止哭者祝 (西向) 跪讀祭文奠賻狀於賓之右、

畢興賓主皆哭盡哀賓再拜 (儀節焚祭文) 主人哭出、(輯覽阼階下)

西向稽顙再拜賓亦哭東向答拜進曰不意凶變

某親某官奄忽傾背、(若亡者官尊卽云捐館生者官尊則云奄棄榮養存亡俱無官卽云色養) 伏惟哀慕何以

堪處主人對曰某罪逆深重禍延某親伏蒙奠酹並賜

臨慰、(備要)不奠則無奠酹並賜四字) 不勝哀感又再拜賓答拜、(胡儀)孝子尊弔人卑則側身避位、候孝子伏、丈卑者卽跪、還須詳緩去就、無令跪伏、與孝子齊) 又相向哭盡哀、

賓兗止寬譬主人曰脩短有數痛毒奈何願抑孝思俯從禮制乃揖而出主人哭而入護喪送至廳事主人以下止哭出就次

(曲禮)知生不知死弔而不傷知死不知生傷而不弔○(曾子)曰朋友之墓有宿草而不哭焉○(曲禮)臨喪不笑望柩不歌入臨不翔○(檀弓)弔於人是日不樂不飮酒食肉○又曰死而不弔者三畏厭溺○又曰有殯(註)三年之喪聞遠兄弟之喪雖緦必往非兄弟異姓雖鄰不往○(雜記)三年之喪不弔有服而將往哭之則服其服而往○(少儀)尊長於己踰等莫事不特弔○(雜記)凡喪服未畢有弔者則爲位而哭拜○(廣記)路遠或有故不及赴弔者爲書慰問

慰人父母亡疏式

適孫承重者同

某頓首再拜言平交云頓首言降等止云頓首不意凶變亡者官尊云邦國不幸先某位無官云先府君母云先某封無封云先夫人(備要)改夫人爲孺人承重云尊祖考某位尊祖妣某封(語類)問妾母之稱曰五峯稱妾母爲小母南軒亦然奄棄榮養亡者官尊云奄捐館舍生者無官云奄違色養承

訃驚怛不能已已伏惟平交云恭惟降等云緬惟孝心純至思慕號絶何可堪居日月流邁遽踰旬朔經時云已忽經時已葬云遽經襄奉卒哭小祥大祥禫隨時哀痛奈何罔極奈何不審自罹荼毒父在母亡云憂苦氣力何如平交云何似伏乞平交云伏願降等云惟冀

強加饘粥已葬云疏食俯從禮制某役事所縻在官云職業有守未由奔慰其於憂戀無任下誠平交以下但云未由奉慰悲係增深謹奉疏平交云狀伏惟鑑察平交以下去此四字不備謹疏平交云不宣謹狀

年號 月 日具位降等云某郡姓某疏平交云狀上

某官大孝母亡云至孝承重則大孝至孝上當加承重二字苫前平

交以下云次既葬改苫爲哀

皮封式 重封同

疏 隨改同前 上

某官大孝 隨改同前 苫前 隨改同前 具位 降等同前 姓某謹封

慰人祖父母亡狀式 謂非承重者伯叔父母姑兄姊弟妹妻子姪孫同

某白不意凶變 子孫去不意凶變四字亡者官尊改云邦國不幸 尊祖考 祖母曰尊祖妣伯叔父母姑隨改兄姊弟妹改尊爲令降等改爲賢妻

則云賢閤某位 內喪云某封 無官云府君姑姊妹則稱以夫姓云某宅尊姑令姊妹〇子卽云伏承令子幾某位姪孫並同 降等改令爲賢 奄忽違世 亡者官尊云捐館舍 承訃驚怛不能已已 妻改怛爲愕子孫去承訃以但下八字云不勝驚怛 伏惟 平交云恭惟降等云緬惟 孝心純至伯叔父母姑云親愛加隆兄姊弟妹云友愛加隆妻云伉儷義重子姪孫云慈愛隆深 哀慟摧裂 伯叔父母姑兄姊弟妹云哀慟沈痛妻云悲悼沈痛子姪孫云悲慟沈痛 何可勝任 伯叔父母以下改勝任爲堪勝 孟春猶寒 寒溫隨時 不審尊體何似 稍尊云動止何如降等云所履何似 伏乞 平交云伏願降等云惟冀 深自寬抑以慰慈念其人無父母卽云遠誠連書不上 某事役所縻 在官云職業有守 未由趨 平交以下改趨爲奉 慰其於憂想無任下誠 平交以下去其於以下八字但云悲係增深 謹

奉狀伏惟鑑察 平交以下去伏惟鑑察四字 不備 平交以下改備爲宣 謹狀

年號 月 日具位 降等云某郡 姓名狀上

某位服前 平交以下改前爲次

皮封式 重封同

狀上

某位服前 隨改同前 具位 降等同前 姓名謹封

祖父母亡答人慰狀式 謂非承重者伯叔父母

姑兄姊弟妹妻子姪孫同
某白家門凶禍伯叔父母姑兄姊弟妹云家門不
幸妻云私家不幸子姪孫云私門不幸先祖考祖
母云先祖妣伯叔父母云幾伯叔父母姑云幾家
姑兄姊云幾家兄幾家姊弟妹云幾舍弟幾舍妹
妻云室人子云小子某姪云從子某孫曰幼孫某
奄忽喪背兄弟以下云喪逝子姪孫云遽爾夭折
痛苦摧裂伯叔父母姑兄姊弟妹云摧痛酸苦妻云

悲悼酸苦子姪孫云悲念酸苦不自勝堪伯叔父母以下改勝堪爲堪忍伏蒙
尊慈平交云仰承仁恩特賜平交改賜爲垂降等去伏蒙以下六字但云特垂
慰問哀感之至不任下誠平交改哀感以下八字爲其爲哀感但切下懷
降等但云哀感良深孟春猶寒寒溫隨時伏惟平交云恭惟降等云緬惟
某位尊體起居平交不用起居降等去某位以下六字但
云動止萬福某節日侍奉無父母不用此句幸免
佗苦未由面
訴徒增哽塞謹奉狀上平交以下改上爲陳謝不備平交以下改備

爲宣謹狀
年號 月 日某郡姓名翰墨大全祖父母喪云縗服姓某妻喪云朞服
姓某狀上
某位座前謹空平交以下去謹空二字

皮封式 重封同

狀上
某位座前 縗服人或朞服人隨改 姓名謹封

聞喪

始聞親喪哭
親謂父母也以哭答使者問故又哭盡哀
易服
儀節男子去冠及上服婦人去首飾及華盛之服被髮
徒跣不食哭擗無數裂布爲四脚備要斂髮爲髻著四脚
巾白布衫繩帶麻屨
遂行
日行百里不以夜行奔喪惟父母之喪見星而行見星而舍雖哀戚猶避

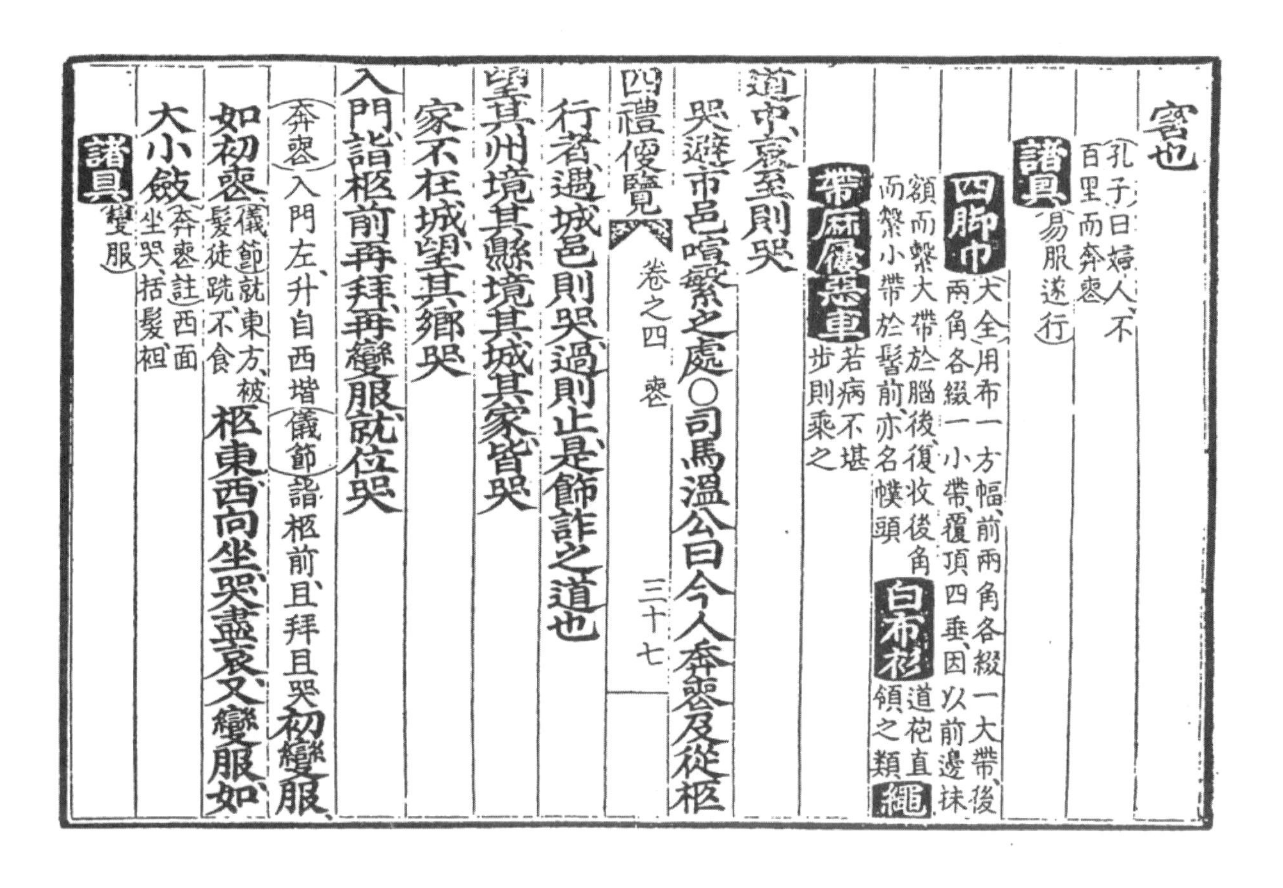
喪也

孔子曰婦人不百里而奔喪

諸具 易服遂行

四脚巾 大全用布一方幅前兩角各綴一大帶後兩角各綴一小帶覆頂四垂因以前邊抹額而繫大帶於腦後復收後角而繫小帶於髻前亦名幞頭 **白布衫** 道袍直領之類 **繩帶** **麻屨** **惡車** 若病不堪步則乘之

道中哀至則哭

哭避市邑喧繁之處○司馬溫公曰今人奔喪及從柩行者遇城邑則哭過則止是飾詐之道也

望其州境其縣境其城其家皆哭

家不在城望其鄉哭

入門詣柩前再拜再變服就位哭

奔喪入門左升自西堦儀節詣柩前且拜且哭 初變服如初喪 儀節就東方被髮徒跣不食 柩東西向坐哭盡哀又變服如大小斂 奔喪註西面坐哭括髮袒

諸具 變服

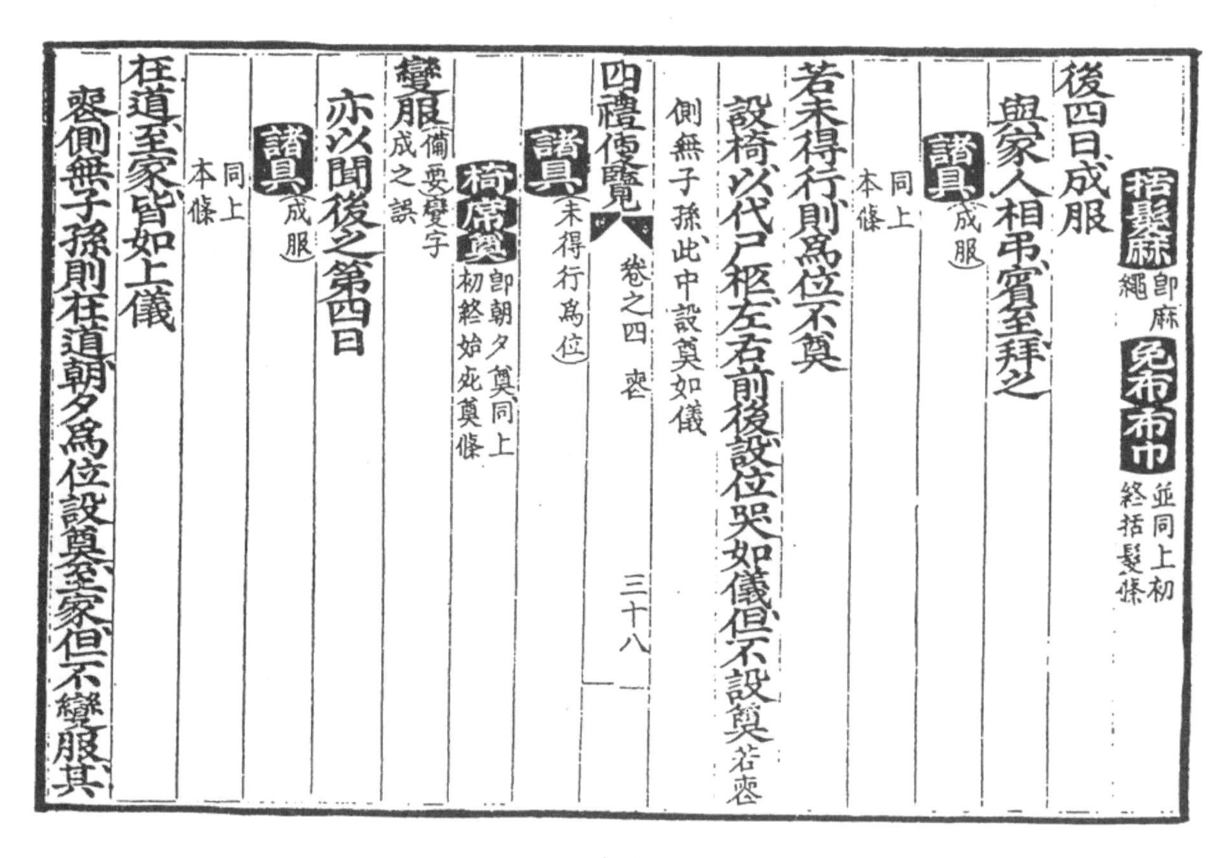
後四日成服

括髮麻 卽麻繩 **免布** **布巾** 並同上初終括髮條

與家人相弔賓至拜之

諸具 成服

同上本條

若未得行則爲位不奠

設椅以代尸柩左右前後設位哭如儀但不設奠 若喪側無子孫此中設奠如儀

諸具 未得行爲位

椅 **席** **奠** 卽朝夕奠同上初終始死奠條

變服 備要變字成之誤

亦以聞後之第四日

諸具 成服

同上本條

在道至家皆如上儀

喪側無子孫則在道朝夕爲位設奠至家但不變服其

相弔拜賓如儀

若既葬則先之墓哭拜

之墓者望墓哭至墓哭拜如在家之儀未成服者變服於墓歸家詣靈座前哭拜四日成服如儀已成服者亦然但不變服

(備要)奔喪既除喪而後歸亦括髮據此成服而奔喪者恐當有括髮○奔喪註齊衰大功小功緦服之親奔柩除服之後者惟首免腰麻絰於墓所哭罷即除○(儀節)戴白布巾

諸具 之墓哭

括髮麻 **免布** 並同上初終括髮條 **白布巾** 同上成服心喪條 **腰絰** 同上成服條○免布以下齊衰以下除服後奔喪者所服

齊衰以下聞喪爲位而哭

尊長於正堂卑幼於別室

(奔喪)哭父之黨於廟母妻之黨於寢師於廟門外朋友於寢門外所識於野張帷○又曰無服而爲位者惟婦人降而無服者

若奔喪則至家成服

奔喪者釋去華盛之服裝辦即行既至齊衰望鄉而哭

大功望門而哭小功至門而哭(奔喪)緦麻即位而哭入門詣柩前哭再拜成服就位哭弔如儀

(雜記疏)小功以下値主人成服之節與主人皆成之大功以上必竟日數而後成服

若不奔喪則四日成服

不奔喪者齊衰三日中朝夕爲位會哭四日之朝成服亦如之(栗谷)曰降大功者亦同 大功以下始聞喪爲位會哭四日成服亦如之皆每月朔爲位會哭月數既滿次月之朔乃爲位會哭而除之其間哀至則哭可也 栗谷曰師喪欲行三年朞

者不能奔喪則當朝夕設位而哭四日而止情重者不止此限○又曰師友雖無服月朔會哭亦同 (尤庵)曰喪服當從聞訃日計之

(按)爲位哭除之文此則指不在喪側者而言其去喪側不遠者自當哭於靈座而除之

諸具 齊衰以下聞喪爲位成服

椅席

四禮便覽卷之四

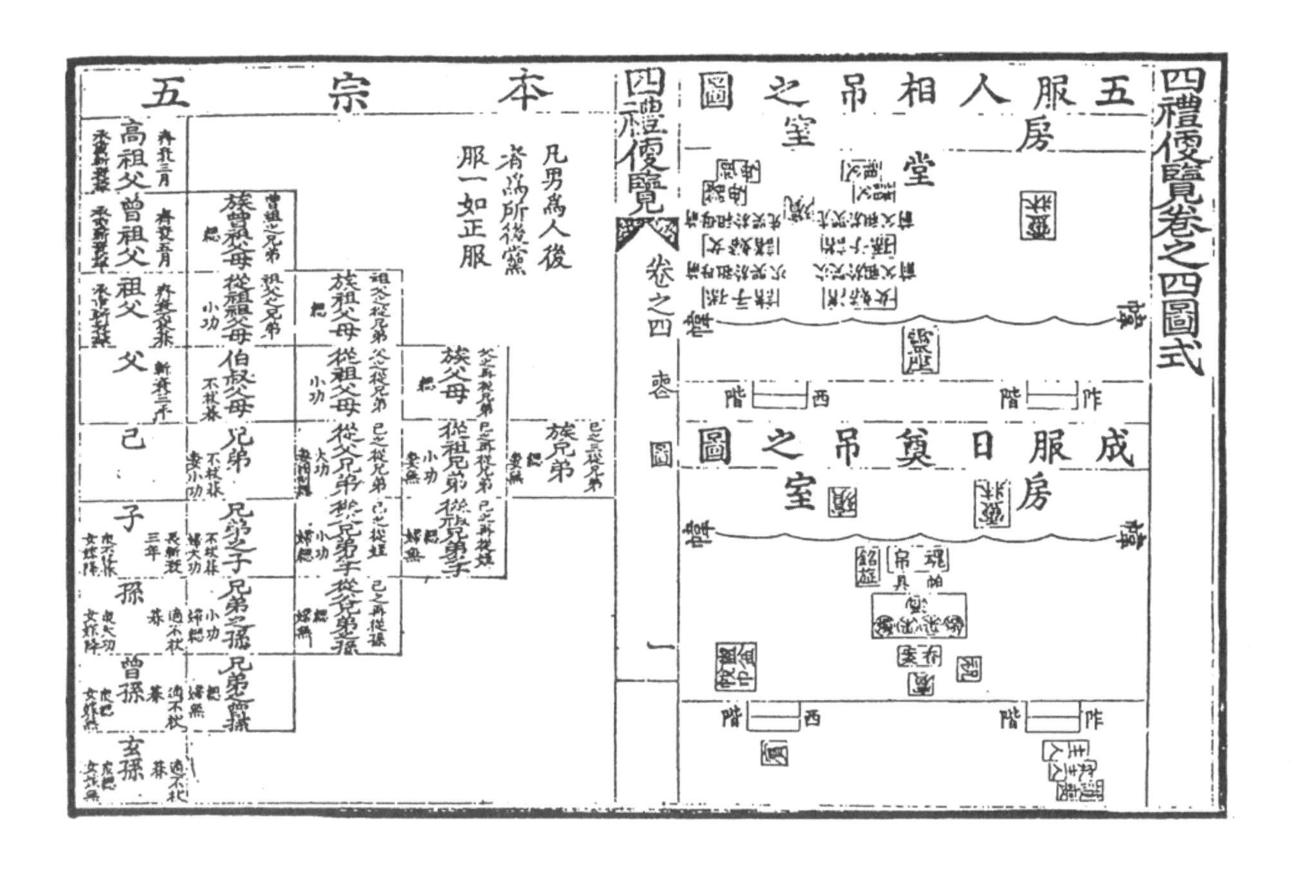
四禮便覽卷之四圖式
五服人相弔之圖
室
房
堂
階
西
階
阼
成服日奠弔之圖
室
房
階
西
階
阼
四禮便覽
卷之四 喪圖
一
本宗五服之圖
凡男爲人後者爲所後黨服一如正服
高祖父 齊衰三月
曾祖父 齊衰五月
祖父 齊衰不杖朞
父 斬衰三年
己
子
孫
曾孫
玄孫
族曾祖父母 緦
從祖祖父母 小功
伯叔父母 不杖朞
兄弟 不杖朞
兄弟之子 不杖朞
兄弟之孫 小功
兄弟之曾孫 緦
族祖父母 緦
從祖父母 小功
從父兄弟 大功
從父兄弟之子 小功
從父兄弟之孫 緦
族父母 緦
從祖兄弟 小功
從祖兄弟之子 緦
族兄弟 緦

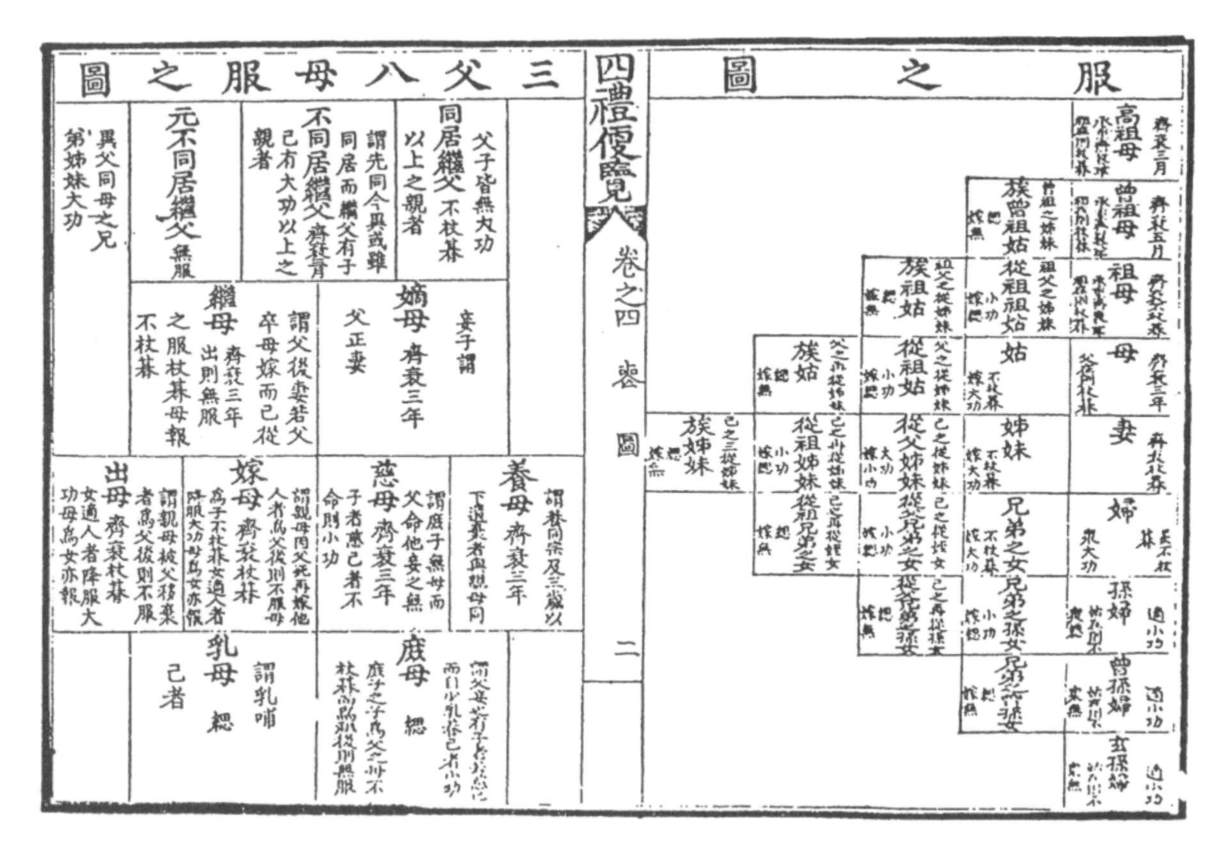
服之圖
高祖母 齊衰三月
曾祖母 齊衰五月
祖母 齊衰不杖朞
母 齊衰三年
妻 齊衰杖朞
婦
孫婦
曾孫婦
玄孫婦
族曾祖姑 緦
從祖祖姑 小功
姑 不杖朞
姊妹 不杖朞
兄弟之女 不杖朞
兄弟之孫女 小功
兄弟之曾孫女 緦
族祖姑 緦
從祖姑 小功
從父姊妹 大功
從父兄弟之女 小功
從父兄弟之孫女 緦
族姑 緦
從祖姊妹 小功
從祖兄弟之女 緦
族姊妹 緦
四禮便覽
卷之四 喪圖
二
三父八母服之圖
同居繼父 不杖朞 父子皆無大功以上之親者
不同居繼父 齊衰三月 謂先同今異或雖同居而繼父有子己有大功以上之親者
元不同居繼父 無服
異父同母之兄弟姊妹大功
嫡母 齊衰三年 妾子謂父正妻
繼母 齊衰三年 謂父後娶者若父卒母嫁而己從之服杖朞 母報 出則無服 不杖朞
養母 齊衰三年 謂養同宗及三歲以下遺棄者與親母同
慈母 齊衰三年 謂庶子無母而父命他妾之無子者慈己者 不命則小功
嫁母 齊衰杖朞 謂親母因父死再嫁他人者 爲父後則不服 爲子不杖朞 女適人者降服大功 爲女亦報
出母 齊衰杖朞 謂親母被父棄者 爲父後則不服 女適人者降服大功 母爲女亦報
乳母 緦 謂乳哺己者
庶母 緦

三殤降服之圖

從祖祖父 長三月 中從下無服

從祖祖姑 長三月 中從下無服

從祖父 長三月 中從下無服

伯叔父 長九月 中七月 下五月

姑 長九月 中七月 下五月

從祖姑 長三月 中從下無服

從祖兄弟 長三月 中從下無服

從父兄弟 長五月 中下從上

兄弟 長九月 中七月 下五月

己

姊妹 長九月 中七月 下五月

從父姊妹 長五月 中下從上

從祖姊妹 長三月 中從下無服

從父兄弟之子 長三月 中從下無服

兄弟之子 長九月 中七月 下五月

子 長九月 中七月 下五月

兄弟之女 長九月 中七月 下五月

從父兄弟之女 長三月 中從下無服

兄弟之孫 長三月 中從下無服

孫 嫡 長九月 中七月 下五月 衆 長五月 中從上 下三月

兄弟之孫女 長三月 中從下無服

嫡曾玄孫 長九月 中七月 下五月

大功之殤中從上 齊衰之殤亦中從上 小功之殤中從下 此丈夫爲殤者服也

齊衰之殤中從上 大功之殤中從下 小功之殤亦中從下、此妻爲夫黨殤者服也

外黨妻黨服之圖

君母之父母君母死則不服 母之君母母死不服 庶子爲後者爲其外祖無服

外親雖適人不降

外祖父母 小功

舅 母之兄弟 小功 妻開元禮緦 國制同

妻父母 緦 妻之親母雖嫁出猶服 妻亡而別娶亦同妻

從母 母之姊妹 小功 君母之兄弟姊妹 君母死則不服

母出則爲繼母之父母兄弟姊妹小功

舅之子 內兄弟 姊妹 緦

己

姑之子 外兄弟 姊妹 緦

從母之子 姨兄弟 姊妹 緦

甥 姊妹之子 小功 婦緦

壻 外甥 緦

甥女 姊妹之女 小功

外孫 女之子 緦 婦同

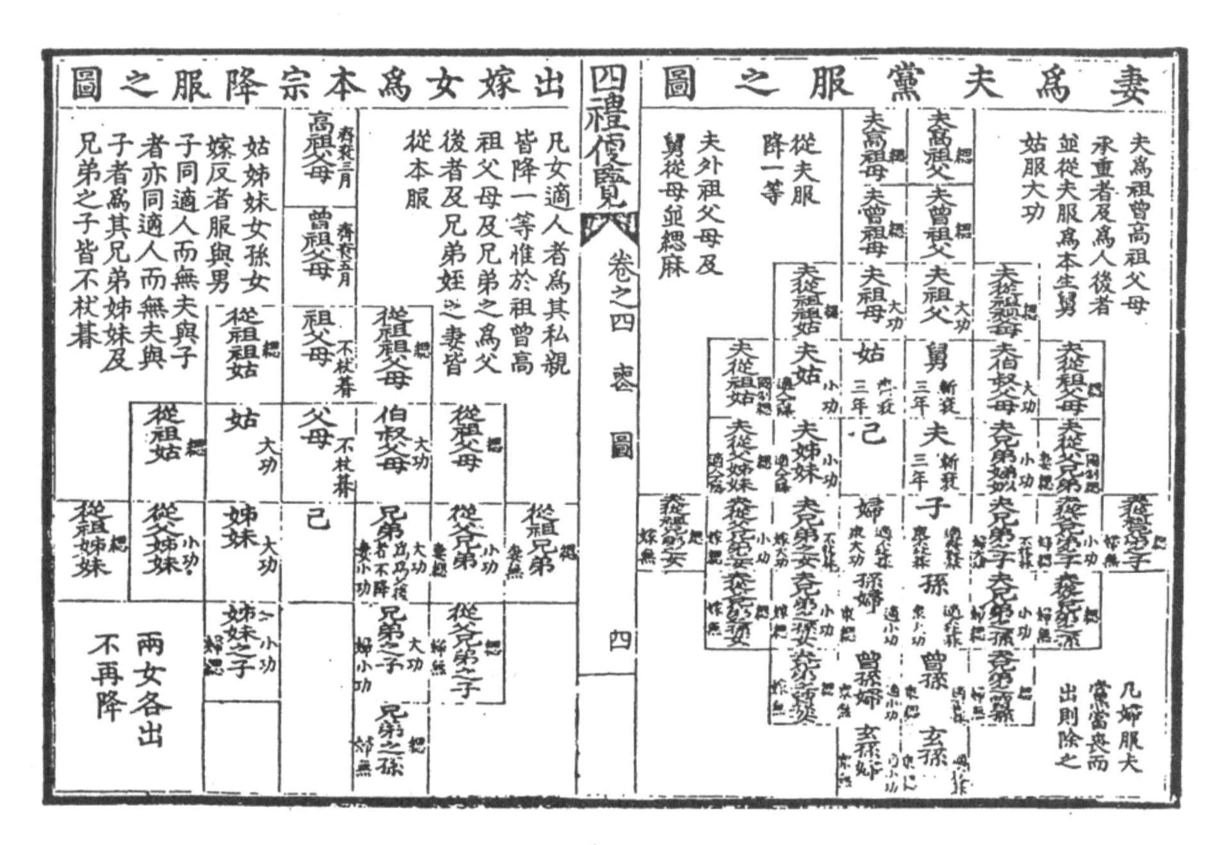

妻爲夫黨服之圖

夫爲祖曾高祖父母承重者及爲人後者並從夫服爲本生舅姑服大功

從夫服降一等

夫外祖父母及舅從母並緦麻

夫高祖父 緦

夫高祖母 緦

夫曾祖父 緦

夫曾祖母 緦

夫祖父 大功

夫祖母 大功

夫從祖祖母 緦

夫從祖祖姑 緦

舅 斬衰三年

姑 齊衰三年

夫伯叔父母 大功

夫從祖父母 緦

夫姑 小功 適人緦麻

夫從祖姑 國制緦

夫 斬衰三年

己

夫兄弟姊姒 小功

夫從父兄弟妻 國制緦

夫姊妹 小功 適人緦麻

夫從父姊妹 緦 適人無服

子 婦

夫兄弟之子 不杖朞

夫兄弟之女 不杖朞

夫從父兄弟之子 小功

夫從父兄弟之女 小功

夫從祖兄弟之子 緦

夫從祖兄弟之女 緦

孫 孫婦

夫兄弟之孫 小功

夫兄弟之孫女 小功

夫從父兄弟之孫 緦

夫從父兄弟之孫女 緦

曾孫 曾孫婦

夫兄弟之曾孫 緦

夫兄弟之曾孫女 緦

玄孫 玄孫婦

凡婦服夫黨當喪而出則除之

出嫁女爲本宗降服之圖

凡女適人者爲其私親皆降一等惟於祖曾高祖父母及兄弟之爲父後者及兄弟姪之妻皆從本服

高祖父母 齊衰三月

曾祖父母 齊衰五月

祖父母 不杖朞

父母 不杖朞

從祖祖父母 緦

從祖祖姑 緦

伯叔父母 大功

姑 大功

從祖父母 緦

從祖姑 緦

己

兄弟 大功 爲父後者不降 妻小功

姊妹 大功

從父兄弟 小功 妻緦

從父姊妹 小功

從祖兄弟 緦 妻無

從祖姊妹 緦

兄弟之子 大功 婦小功

姊妹之子 小功 婦緦

從父兄弟之子 緦 婦無

兄弟之孫 緦 婦無

姑姊妹女孫女嫁反者服與男子同適人而無夫與子者亦同適人而無夫與子者爲其兄弟姊妹及兄弟之子皆不杖朞

兩女各出不再降

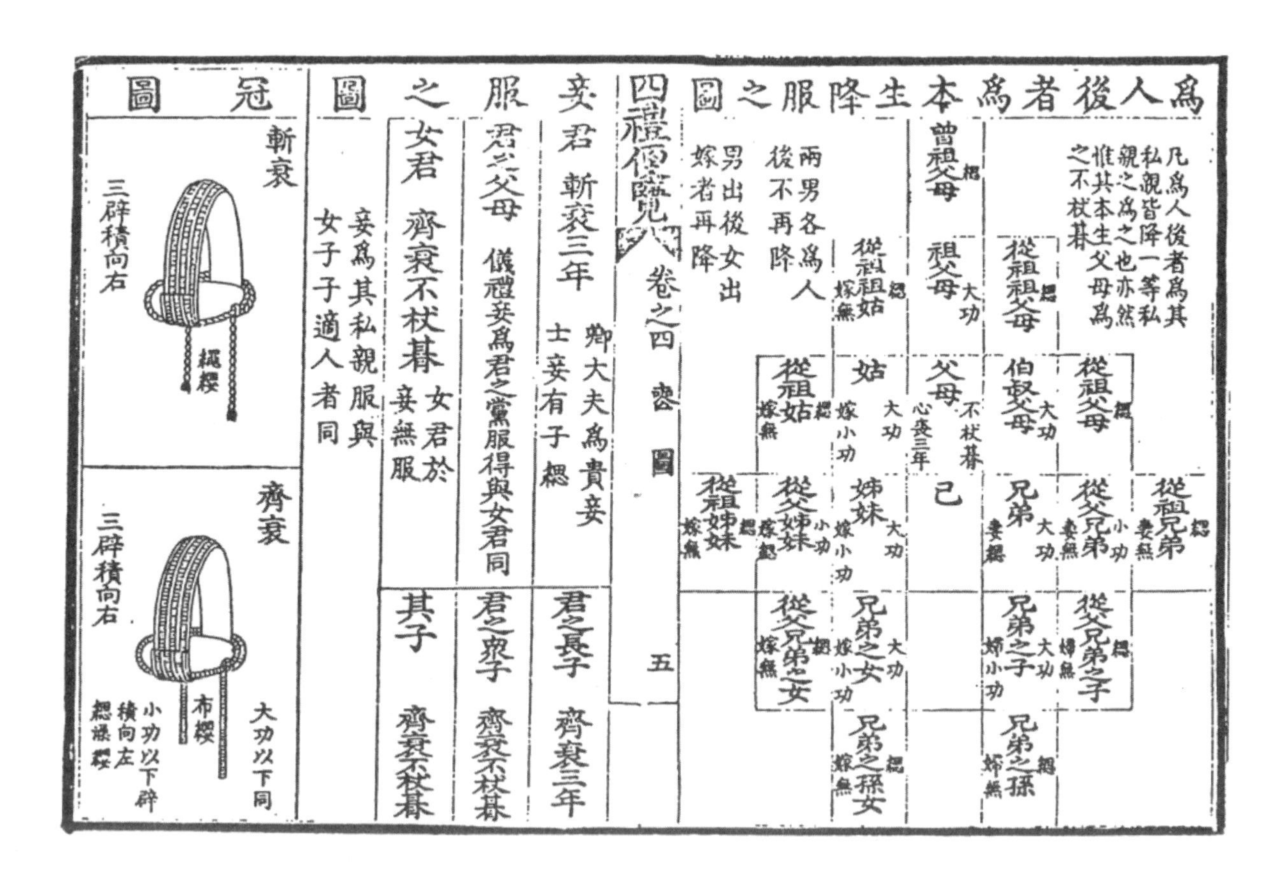
四禮便覽 卷之四 喪圖 五
爲人後者爲本生降服之圖
凡爲人後者爲其私親皆降一等私親之爲之也亦然惟其本生父母爲之不杖朞
兩男各爲人後不再降
男出後女出嫁者再降
曾祖父母 緦
祖父母 大功
父母 不杖朞 心喪三年
己
從祖祖父母 緦
伯叔父母 大功
從祖父母 緦
從祖祖姑 緦 嫁無
姑 大功 嫁小功
從祖姑 緦 嫁無
從祖姊妹 緦 嫁無
從父姊妹 小功 嫁緦
姊妹 大功 嫁小功
兄弟 大功 妻緦
從父兄弟 小功 妻無
從祖兄弟 緦 妻無
從父兄弟之女 緦 嫁無
兄弟之女 大功 嫁小功
兄弟之子 大功 婦小功
從父兄弟之子 緦 婦無
兄弟之孫女 緦 嫁無
兄弟之孫 緦 婦無
妾服之圖
君 斬衰三年
卿大夫爲貴妾士妾有子緦
君之父母 儀禮妾爲君之黨服得與女君同
女君 齊衰不杖朞 女君於妾無服
君之長子 齊衰三年
君之衆子 齊衰不杖朞
其子 齊衰不杖朞
妾爲其私親服與女子子適人者同
冠圖
斬衰
三辟積向右
絰纓
齊衰
三辟積向右
布纓
大功以下同
小功以下辟積向左 緦澡纓

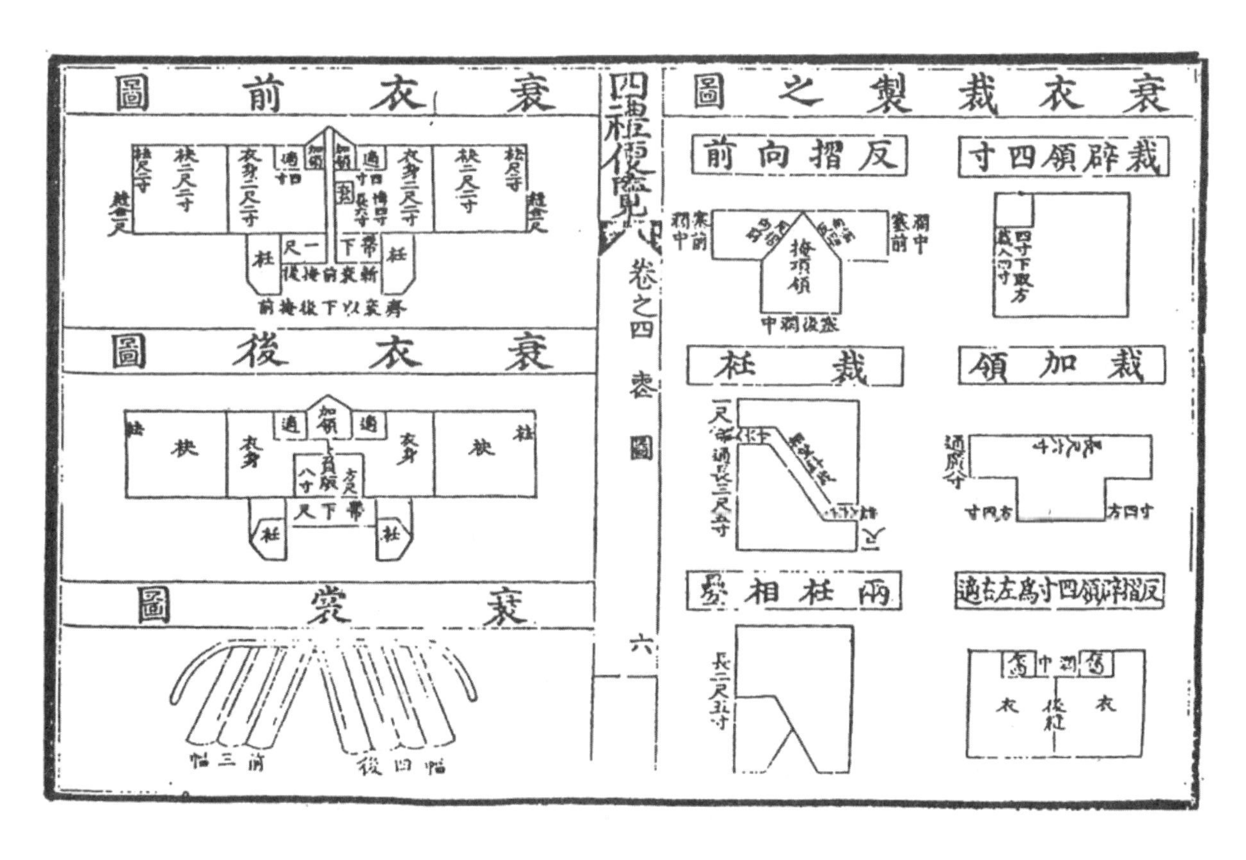
衰衣前圖
衰衣後圖
衰裳圖
前三幅
後四幅
四禮便覽 卷之四 喪圖 六
衰衣裁製之圖
裁辟領四寸
反摺向前
裁加領
裁衽
兩衽相掩
反摺辟領四寸爲左右適

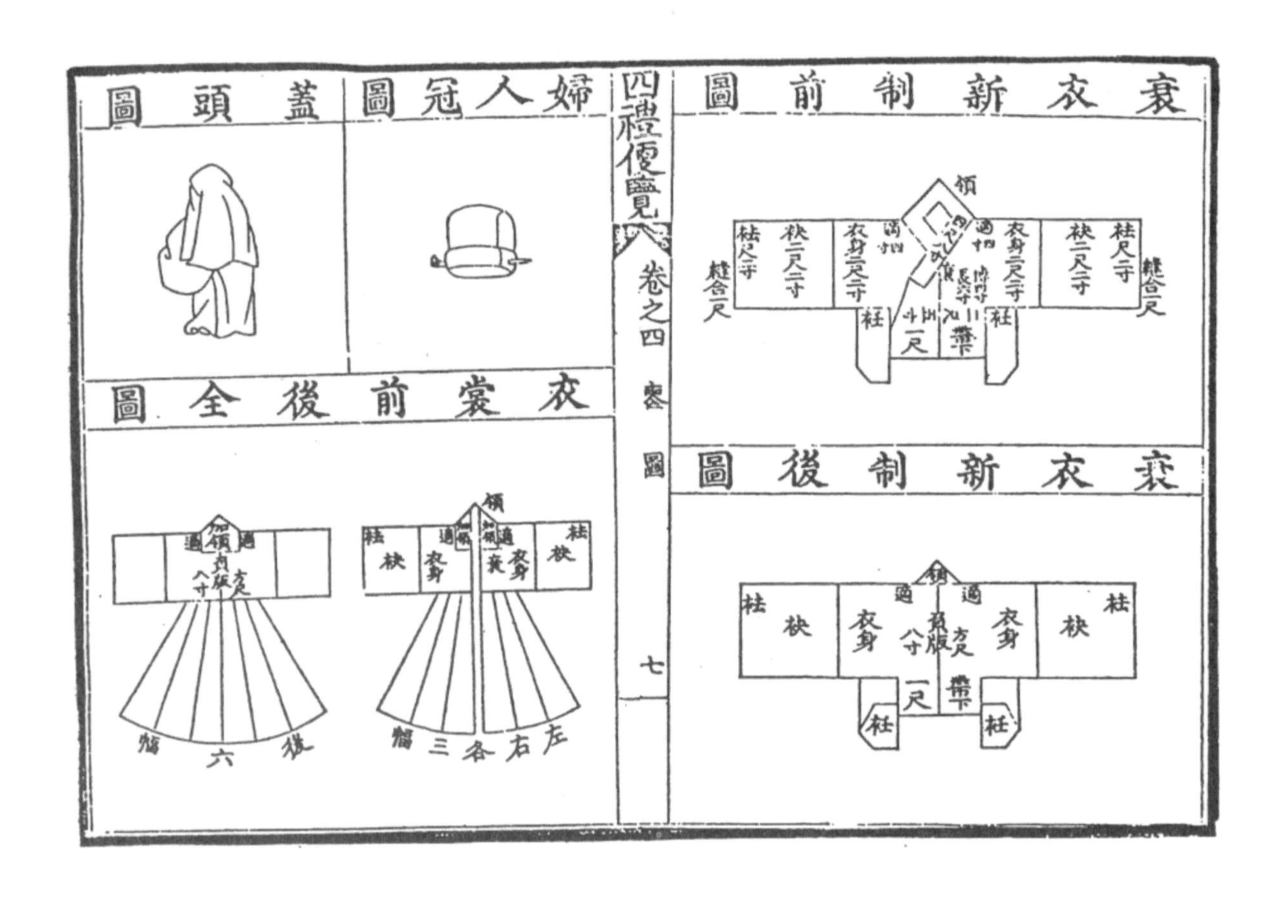
四禮便覽 卷之四 喪圖 七
蓋頭圖
婦人冠圖
衣裳前後全圖
後六幅
左右各三幅
衰衣新制前圖
衰衣新制後圖

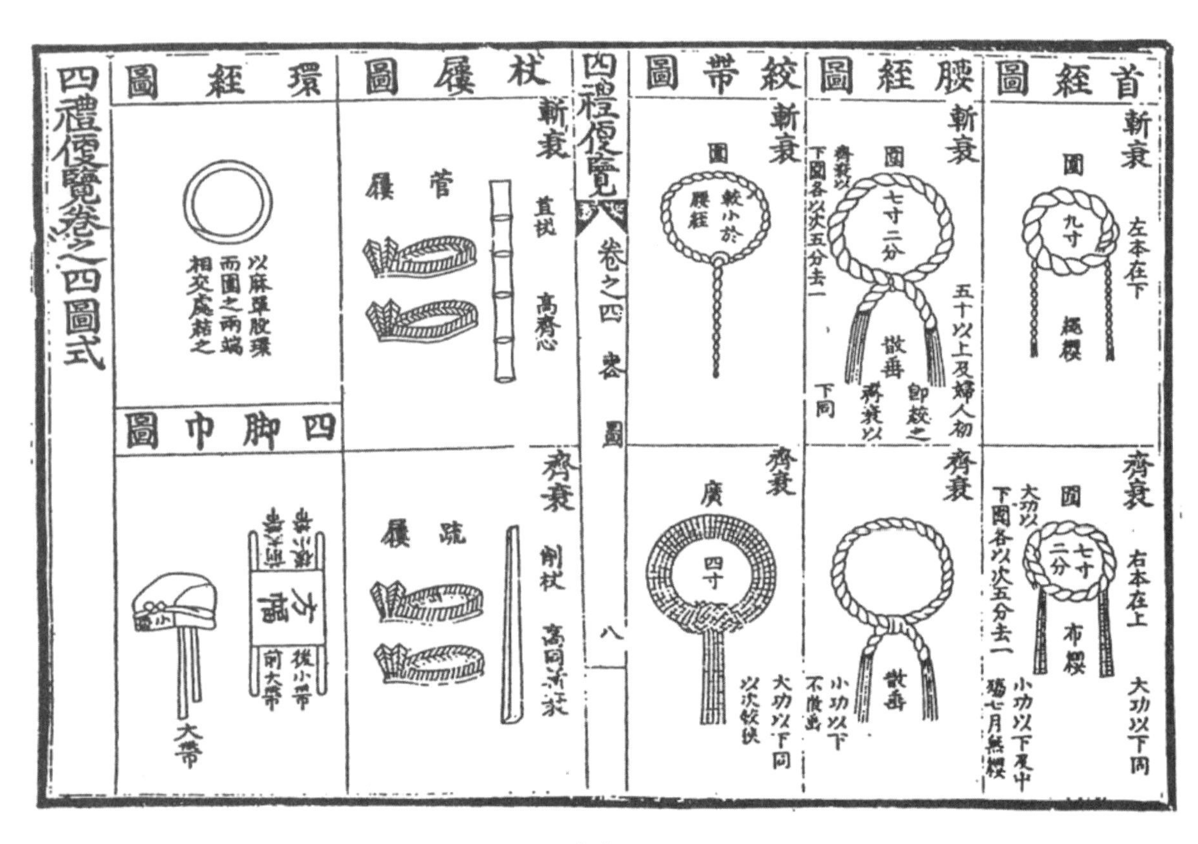
四禮便覽卷之四圖式
四禮便覽 卷之四 喪圖 八
首經圖
斬衰
九寸
左本在下
齊衰
七寸二分
右本在上
布纓
大功以下同
腰經圖
斬衰
七寸二分
散垂
齊衰
散垂
絞帶圖
斬衰
齊衰
四寸
杖屨圖
斬衰
菅屨
苴杖
齊衰
疏屨
削杖
環經圖
以麻單股環
兩圈之兩端
相交處結之
四脚巾圖
大帶

四禮便覽卷之五

喪禮三

治葬

三月而葬先期擇地之可葬者

司馬溫公曰古者大夫三月士踰月而葬今皆三月而葬然世俗信葬師之說以爲子孫貧富貴賤賢愚壽夭盡繫於此而爭論紛紜無時可遂使殯葬實能致人禍福爲子孫者其悖禮傷義無過於此然孝子之心慮

患深遠必求土厚水深之地而葬之也○程子曰卜其宅兆卜其地之美惡也非陰陽家所謂禍福者也拘忌者或以擇地之方位決日之吉凶甚者不以奉先爲計而專以利後爲慮非孝子安厝之用心也惟五患不得不謹須使佗日不爲道路城郭溝池貴勢所奪耕犁所及也(一本云所謂五患者溝渠道路村落井窰)(既夕禮)

啓期告于賓(儀節 既得地則擇日預先以啓期告于親戚姻婭僚友之當會葬者)(按得地擇日後祝亦當因朝奠告于靈筵)

諸具(治葬)

祝司書(發書告期者) 祝板

告辭式(新補)

今已得地於某郡某里(祔葬先塋則此下當添先塋下三字)某坐之原將以某月某日襄奉(合葬則不言得地某所但云將以某月某日合窆于某親某官府君或某親某封某氏之墓)敢告(妻弟以下云玆告)

書式(新補)

某親某人葬禮將以某月某日行於某郡某里某

月某日當啓殯謹專人(不專人則改人爲書)告期

年號 月 日 護喪姓名上

某位座前

皮封式(新補)

狀上

某位座前

擇日開塋域祠后土

主人既朝哭師執事者於所得地掘穴四隅(皇朝制塋地一品九

十步、每品減十步、七品以下不得過三十步、庶人止於九步 外其壤、掘其中、南其壤(不問何向背、但以前爲南) 各立一標、當南門立兩標、擇遠親或賓客

一人告后土氏(丘氏曰改后土氏爲土地之神) 祝帥執事者設位(用新潔席)

於中標之左南向、設盞注酒果脯醢於其前(席之南端) 又設

盥盆帨巾於其東南、告者吉服入立於神位之前北向、

(主人於告者之右去杖、脫絰西向立不與祭) 執事者在其後(西上)(沙溪曰) 皆再拜、

告者與執事者皆盥帨(告者進跪位前) 執事者一人取酒注西

向跪、一人取盞東向跪、告者(取注)斟酒反注取盞酹于神

位前(儀節斟酒置神位前)傾酒于地、復 俛伏興少退(跪) 祝執板立於告

者之左東向跪讀(云云) 訖復位、告者再拜、祝及執事者皆

再拜、徹出、主人歸則靈座前哭再拜

(沙溪曰祔葬先塋、使服輕者用酒果告之、亦當有參降之節○備要合葬則又告先葬之位開塋域祠后土)

諸具

祝執事者、童役者(如葬師之類) 役夫、新潔席、祝板、果脯、醢、酒注、盞盤二(一用以酹酒者) 吉服(告者及祝及執事者所服見下祭禮墓祭條) 拜席、盥盆帨巾、器用(如斧鎌鍤及加乃廣耳之類) 指南鐵(用以

審辨方位者) 細繩(俗用以度塋域步數者) 標木七(一立中央、四立四隅、二立南門)

○(同春曰家禮后土祀無焚香一節、后土、地神、故只求之於陰而不求之於陽、義似如此)

祝文式

維

年號幾年歲次干支幾月干支朔幾日干支某官姓名

敢昭告于

土地之神、今爲某官姓名(書儀主人也○按若以主人名則文勢欠詳、士喪禮哀子某爲其父某甫云云、以此推之、此下當添爲其父某官某公或爲其母某封某氏) 營建

宅兆(合葬則改營建宅兆爲合窆于某封某氏或某官某公之墓)

神其保佑俾無後艱、謹以清酌脯醢祗薦于

神尚

饗

諸具(告先塋)

新潔席(有石牀則不具) 香爐、香盒、祝板、果脯醢、酒注、盞盤二(一用以酹酒者○若合窆位則加具一) 拜席、盥盆帨巾

告辭式(問解)

維

年號幾年歲次干支幾月干支朔幾日干支某親某敢

昭告于

顯某親某官府君（或某封某氏合窆位則列書）之墓（今爲孫隨屬稱）

某官（內喪云某封某氏）營建宅兆（此下當添于某所三字○若有先葬而合窆則改營建宅兆爲合窆于某親某封某氏或某親某官之墓）謹以酒果用伸虔告

謹告

諸具（合葬告先葬）

同上告先塋條

告辭式（新補）○親喪合祔使人告于舊墓似或有未校於心者告辭用孤哀名而奠酌則使人爲之可也○始至及告畢主人兄弟當有哭拜之節

維

年號幾年歲次干支幾月干支朔幾日干支孤哀子（承重稱孤哀孫旁親卑幼隨屬稱）某（弟以下不名）敢昭告于（弟以下但云告于）

顯考（母先葬云顯妣承重云顯祖考或顯祖妣旁親卑幼隨屬稱卑幼改顯爲亾）某官府君（或某封某氏卑幼去府君二字）之墓某罪逆凶釁（旁親卑幼喪去某罪以下五字）

先妣（母先葬云先考承重云先祖考或先祖妣旁親卑幼隨屬稱）見背（卑幼改見背爲喪逝）

日月不居葬期已屆將以某月某日祔（母先葬改祔爲合封）

旁親卑幼喪皆推此于

墓左（母先葬改左爲右旁親卑幼喪皆推此）昊天罔極（旁親卑幼喪改昊天罔極四字以他語）

謹以（弟以下云玆以）酒果用伸虔告謹告（弟以下改用伸以下六字爲用告厥由）

遂穿壙

穿地直下爲壙

（問）合葬夫妻之位恐男當居右（朱子）曰祭以西爲上則葬時亦如此方是○（程子）曰合葬以元妃○（朱子）曰繼室別營兆域

（按）今俗品字之制非禮之正也元配祔繼配葬於別岡有先賢定論而鮮有行之者可歎

諸具（穿壙）

莎土匠 **墓上閣**（俗稱翼家用以覆壙上蔽雨日者）**棺槨**（即漆棺後槨出者）

金井機（備要）○用木四條爲匡匡外各留尺許如井字形匡內取棺槨先度其長短廣狹又量四墻灰廣幾寸及棺槨外上下左右各剩幾寸合計得幾尺習造○用以安於地上穿其內爲壙者

又以定內樣其四隅相交處著木釘使不動搖又於機之縱橫四木正中幷標以墨以審正方位

金井蓋 俗稱掩壙總鑰具停役時用以閉鎖壙口者或用薄板聯付如門扇機與蓋左右相當處施鐵樞鐵環(排目)以備開鎖 **貫尺** (備要)所以度金井機者 **地平尺** 俗用二條木作丁字形當中柱面著繩墨柱頭垂絲絲末懸錘安於壙底視絲之當墨而驗其地平○穴淺隨穵若合葬則依舊壙 **細繩** (備要)所以度壙者 **器用** (備要)○如曲鍤畚簣及(直廣耳)之類 **布巾布囊布機** 並俗以爲莎土匠所著至灰隔皆仍

作灰隔

穿壙旣畢布石灰細沙黃土拌勻者築實爲灰隔 築底厚二

三寸然後擣平其上卽於中間容棺之處先布以淨灰務取方正以識底平乃於四旁納三物拌勻者以二三寸爲度中實淨土亦如之幷杵踏築至八九度或十餘度視棺高加四五寸然後擣平其上卽於正中安內金井機掘去所實淨土盡淨灰而止初築底者卽爲地灰 (語類)以薄板布于下用油

灰布其縫 **如槨之狀** 墻高於棺一寸許○若用槨則先築地灰然後下槨而躡實泥灰於

槨外(語類)仍用糯米汁調淨灰遍灰四方四墻 屋壁塗沙薄塗如俗

(問)考妣二柩不無長短之差則齊其上乎齊其下乎沙溪曰當齊其上

(按)瀝青炭末之制載於家禮而今俗無用之者且先儒已多所論故於本註並刪之○棺之有槨古禮也而家禮不用宜以灰隔成石之後已是無使土親膚而然耶今人或有用之者或有不用者玆

並著其制以備參考

讀 作灰隔

三物石灰 多少隨宜四墻灰廣各六七寸許天灰約厚數三尺(營造尺) **黃土** 於石灰用三分之一 **細沙** 於石灰用三分之二或倍用之○三物或相等 **淨土** 作灰隔時用以實於淨灰上者俗稱(母土) **內金井機** 用以安於築灰上掘去其中淨土者制同金井機而小匡內四旁視棺樣各剩半寸許以定內樣機面標墨一依外金井機以備內外機照看 **薄板** 用以鋪地灰上者長廣視棺樣稍剩厚一寸許 **油** 俗稱(法油)用以調淨灰彌薄板縫者 **糯米** 煎取汁用以調淨灰塗壙內四旁者○或用楡汁 **紙** 用以塗壙內四旁不築灰處以辟塵

土者 **灰隔蓋** 卽(橫臺)用橫板五片或七片厚約三四寸長廣取足以加於灰隔四旁上各二寸(營造尺)每板相聯處交蘸生膠約二三分使相脗合俗稱(治蘸) **槨** 卽外棺制同內棺厚二三寸槨內四旁及高視內棺各剩半寸許板狹則聯板爲之○若用槨則先審地平以安槨槨內當腰處上下橫以(同發伊)勿令旁板內頹灰築灰以槨高爲準亦以橫臺爲蓋 **器用** 簾以除地不潔竹篩以篩三物斗以量三物木桶以汲水甕以盛水瓠以勻水杵以擣灰畚以運三物鏝以削平灰面○冬月用釜煖水以便調和三物

刻誌石

用石二片葬之日埋之壙前近地

(按)誌今用燔瓷，制極精好，從俗爲宜。且依俗制，用片灰刻字亦可。○造明器下帳苞筲甖，家禮既有不用亦可之文，朱子答陳安卿問曰某家不曾用。今從朱子定論，並下文言明器等處刪之。

諸具 (刻誌石)

刻石二 一爲蓋，一爲底，用珉石爲之，長廣隨宜，用沙石砥礪磨治令滑，刻大字於蓋石上面，又刻小字文於底石上面。**或燔瓷** 用以代石誌者，隨文多少，燔造幾片，其一書誌蓋所書大字，其餘細書其文，每片各塡次第於一隅，皆用回回靑，或以(石間朱)書之，加水土重燔。**片** 片書三四字，亦於各片書其第次如上。**灰** 亦用以代石誌者，用木爲匡，用灰沙土三物拌勻者，泥擣築其中，然後撤去木匡，造幾片如甎甓狀，倣誌蓋誌底式，每片各書一大字而深刻之，用炭屑灰末和法油塡滿其畫令平，細字則於各

誌蓋式

某官 無官則隨所稱 某公 此下當添諱某二字 之墓 崇禎以後，我東士大夫家多以有明朝鮮國五字首揭於某官之上

誌底式

某官某公諱某字某某州某縣人，考諱某某官，母 備要此下有某字 氏某封，某年月日生，敍歷官遷次，某年月日終，某年月日葬于某鄉某里某處，娶某氏某人之女，子男某某官，女適某官某人

婦人誌蓋式

某官姓名 夫公則云某官某公 此下當添諱某二字 某封 某封 上當添配字，夫無官則但云妻 某氏 某氏上或書某郡二字 之墓

婦人誌底式

敍年若干，適某氏，因夫子 (輯覽)謂夫及子也 致封號 其餘措語，與男子誌底式參用

造大轝翣

古者柳車制度甚詳，今不能然，但從俗爲之，取其牢固平穩而已。(儀節)大夫用黻翣雲翣，士用雲翣。

(按)大轝之制固好，而有非貧家所能辦者，從俗制用喪轝無妨。

諸具 (造大轝)

大轝 (家禮本註)用兩長杠，杠上加伏兔，附杠處爲圓鑿，別作小方牀以載柩，足高二寸，旁立兩柱，柱外施圓枘，令入鑿中，長出其外，枘鑿之間須極圓滑，以膏塗之，使其上下之際柩常適平，兩柱近上，更爲方鑿，加橫扃，扃兩頭出柱外者，更加小扃，杠兩頭施橫杠，橫杠上施短杠，短杠上或更加小杠，仍多作新麻大索以備扎縛，以竹爲之格，以綵結之，上如撮蕉亭，施帷幔，四角垂流蘇，而不可

太高不須太華若道路遠洩不可爲此虛飾但多用油單裹柩以防雨水而已 **小轝** 馬木具卽

今俗上下通用者其制略倣大轝但不用小方牀只用帷蓋上施仰帳前後設四紗籠以備明燭

黻翣 二大夫所用以木爲匡方二尺(周尺)兩角高二角廣二寸高四寸合高二尺四寸衣以白

布或厚紙用紫色畫爲亞形其緣畫雲氣 **畫翣** 二大夫士所用制同黻翣但畫爲雲氣緣亦

如之○並以竹爲杠長五尺俗刻木爲荷葉狀而緣漆設於杠頭以承翣

作主

用栗櫝用黑漆

諸具 (作主)

執事者 子弟一人監造 **木工** **新潔處** **卓** 用以安主材者 **主材** 家禮本註

趺方四寸厚寸二分(周尺)鑿之洞底以受主身身高尺二寸博三寸厚寸二分剡上五分爲圓首寸

之下勒前爲頷而判之四分居前八分居後頷下陷中長六寸廣一寸深四分合之植於趺下齊竅

其有以通中圓徑四分竅居三寸六分之下下距趺面七寸二分 **粉** 用以塗主面者 **鹿角**

膠 (備要)○用以煎取汁和粉者 **木賊** (備要)○用以磨滑主身者○粉以下用餘畱置以備

題主時改書誤字之用 **韜** (書儀)考紫妣緋○用以韜主者制如斗帳方闊視主櫝用厚紙貼褙

令堅剛裹之以帛合縫居後之中方四寸許長尺二寸許自上而下韜之與主身齊俗於頂之中央

著圓樞以便開合 **藉** (書儀)○用以藉櫝內者紫緋同韜方闊與櫝內同疊布加厚裹之以帛

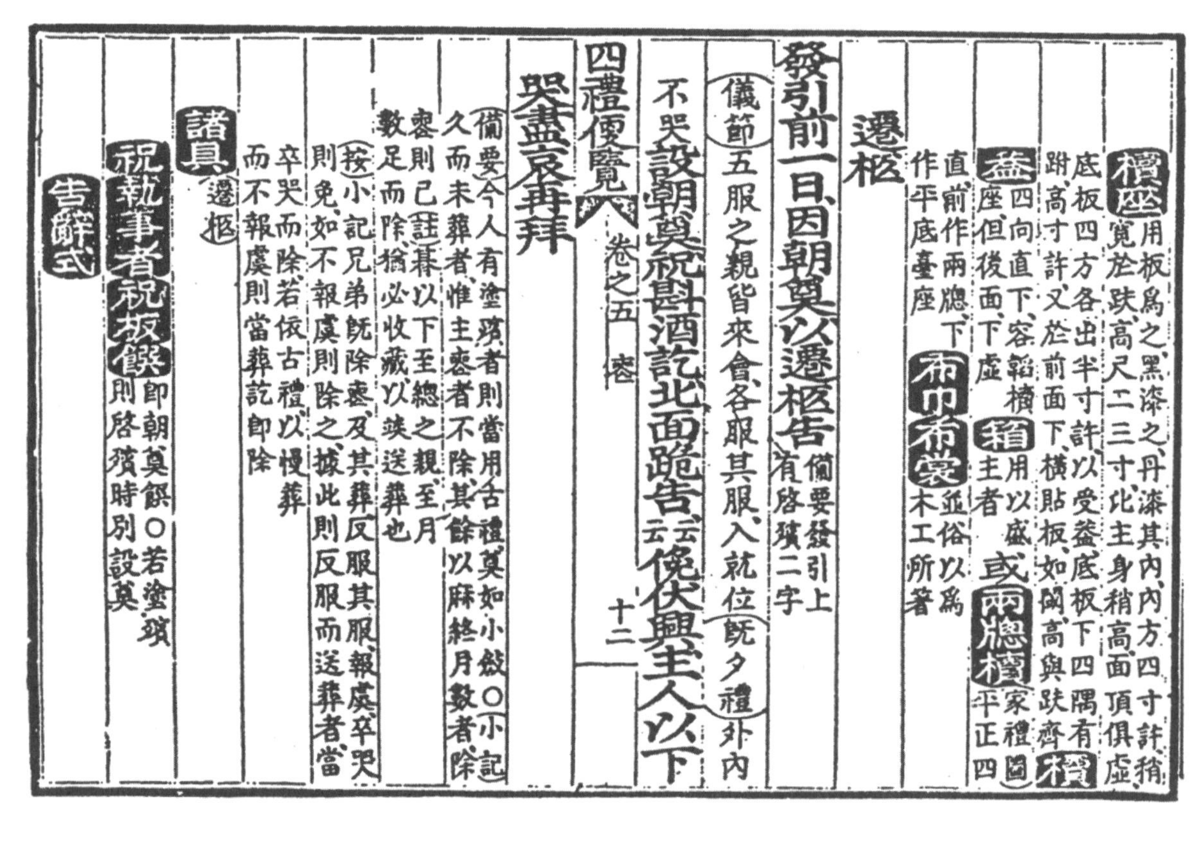

櫝座 用板爲之黑漆之丹漆其內內方四寸許稍寬於趺高尺二三寸比主身稍高面頂俱虛

底板四方各出半寸許以受蓋底板下四隅有趾高寸許又於前面下橫貼板如閾高與趺齊 **櫝**

蓋 四向直下容韜櫝座但後面下虛 **韜** 用以盛主者 **或兩牕櫝** 家禮圖平正四

直前作兩牕下作平底臺座 **布巾布袋** 並俗以爲木工所著

遷柩

發引前一日因朝奠以遷柩告 備要發引上有啓殯二字

(儀節)五服之親皆來會各服其服入就位(旣夕禮)外內

不哭 設朝奠祝斟酒訖北面跪告 云云 俛伏興主人以下

哭盡哀再拜

(備要)今人有塗殯者則當用古禮奠如小斂○(小記)久而未葬者惟主喪者不除其餘以麻終月數者除

喪則已(註)葬以下至緦之親至月數足而除猶必收藏以俟送葬也

(按)小記兄弟旣除喪及其葬反服其服報虞卒哭則免如不報虞則除之據此則反服而送葬者當

卒哭而除若依古禮以慢葬而不報虞則當葬訖卽除

諸具 (遷柩)

祝執事者 **祝板** **饌** 卽朝奠饌○若塗殯則啓殯時別設奠

告辭式

今以吉辰遷

柩敢告 妻弟以下云兹告

奉柩朝于祖

將遷柩(儀節)祝跪告云云俯伏興役者入婦人退避主人

及衆主人輯杖(儀節)舉之不拄地 立視祝以箱奉魂帛前行詣

祠堂前執事者奉奠及椅卓次之銘旌次之役者舉柩

次之主人以下哭從男子由右婦人由左重服在前輕

服在後服各爲序侍者在末無服之親男居男右女居

女左皆次主人主婦之後婦人皆蓋頭至祠堂前(備要)

中門當開 非宗子則不當開 執事者先布席 兩階間當中 役者致柩

於其上北首而出婦人去蓋頭祝帥執事者設靈座及

奠于柩西東向主人以下就位立哭盡哀止○(儀節)人

家狹隘難於遷轉今擬奉魂帛以代柩則奉奠椅卓前

行銘旌次之魂帛又次之至祠堂前置魂帛於席上北

向

(尤菴)曰古人謂廟曰祖雖繼禰之家亦可謂之祖

矣○又曰宗家遠則朝祖不得已似當闕之矣

諸具 朝祖

執事者 五人 **役夫** 八人以魂帛代柩則不備 **新潔席** **蓋頭** 制見上成服條

告辭式 (儀節)

請朝

祖

遂遷于廳事

執事者設帷於廳事役者入婦人退避祝奉魂帛導柩

右旋主人以下男女哭從如前詣廳事執事者布席役

者置柩于席上南首而出祝設靈座及奠 卽朝祖時執事所奉

柩前南向主人以下就位坐哭○(儀節)今人家未必有

廳又有堂其停柩之處卽是廳事略移動可也 若以魂帛代柩

朝祖則朝祖後舉魂帛奉安于靈座卽於停柩處略加移動以存遷柩之意

諸具 遷于廳事

帷 卽幃用以設於堂以障柩者 **席**

乃代哭

如未斂之前以至發引

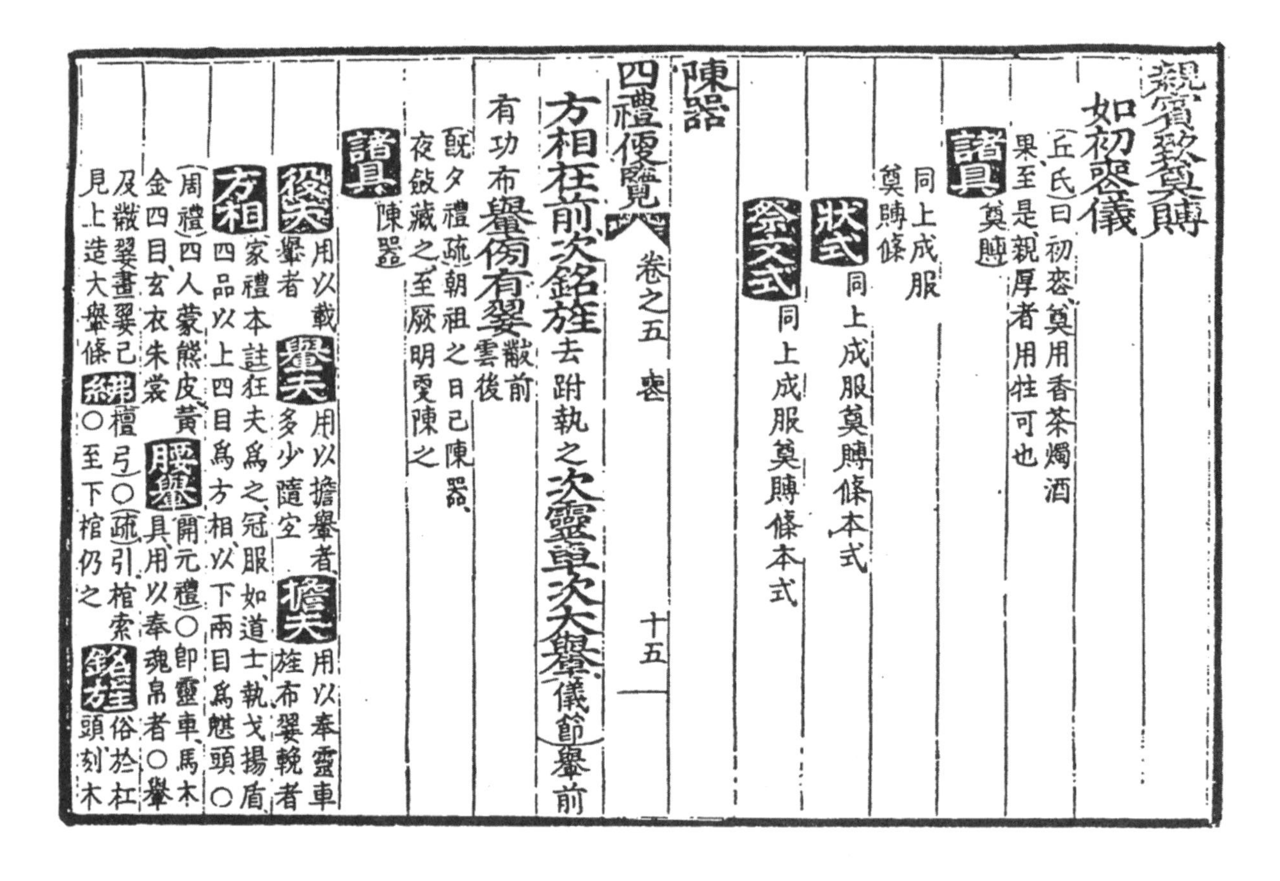
親賓致奠賻

如初喪儀

(丘氏)曰初喪奠用香茶燭酒果至是親厚者用牲可也

諸具 奠賻

同上成服奠賻條

狀式 同上成服奠賻條本式

祭文式 同上成服奠賻條本式

陳器

方相在前次銘旌去跗執之次靈車次大轝(儀節)轝前有功布轝傍有翣黻前雲後

既夕禮疏朝祖之日已陳器夜斂藏之至厥明更陳之

諸具 陳器

發夫 用以載轝者 轝夫 用以擔轝者多少隨宜 擔夫 用以奉靈車旌布翣輓者

方相 家禮本註狂夫爲之冠服如道士執戈揚盾四品以上四目爲方相以下兩目爲魌頭○(周禮)四人蒙熊皮黃金四目玄衣朱裳 腰轝 開元禮○卽靈車馬木具用以奉魂帛者○轝及黻翣畫翣已見上造大轝條 紼 禮弓○(疏)引棺索○至下棺仍之 銘旌 俗於杠頭刻木

爲龍鳳頭塗以彩口含圓環垂以流蘇上下有軸 功布 用以拂去柩上塵者發引時祝執此以指麾役夫用白熟布稍細者三尺布帛尺爲之以竹爲杠長五六尺營造尺飾如銘旌之杠但不設下軸 輓詞 親戚知舊作詞以哀之者以厚紙爲旌書其文上下用小軸以竹爲杠杠頭略有飾原執紼者輓歌當在大轝之前○丘氏曰左傳公孫夏命其徒歌虞殯杜預註云虞殯送葬歌也則執紼者輓歌其來遠矣 鐸 備要○用以齊衆者俗稱搖鈴 雨具 備要○用油單或油紙爲之大轝靈車旌布翣輓皆有備 布巾 俗以爲轝夫所著○所陳之器各有所守預申戒飭發引時使不失次

日晡時設祖奠

饌如朝奠(書儀如殷奠) 祝斟酒訖北向跪告云云俛伏興餘如朝夕奠儀(既夕禮)宵爲燎于門內之右○司馬溫公曰若柩自他所歸葬則(儀節)啓行前一日因朝奠祝跪告云云行日但設朝奠(儀節)納大轝於庭祝跪告云云哭而行至葬乃備此及下遣奠禮

(沙溪)曰晡申時也夕上食後設奠而兼行夕奠爲是以厥明徹奠之文觀之可見

諸具 祖奠

饌卓

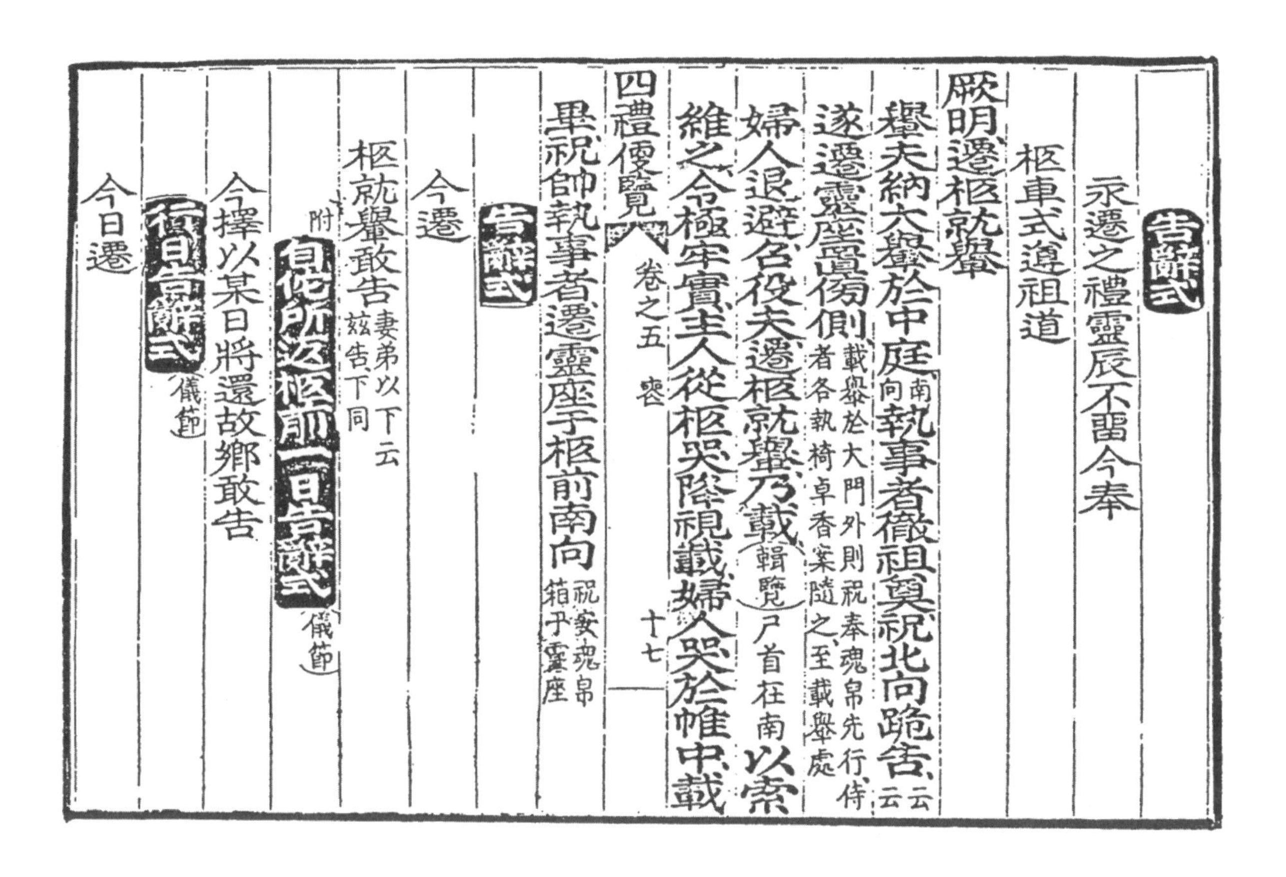
告辭式

永遷之禮靈辰不留今奉

柩車式遵祖道

厥明遷柩就轝

轝夫納大轝於中庭(南向)執事者徹祖奠祝北向跪告(云云)

遂遷靈座置傍側(載轝於大門外則祝奉魂帛先行侍者各執椅卓香案隨之至載轝處)

婦人退避召役夫遷柩就轝乃載(輯覽)尸首在南以索維之令極牢實主人從柩哭降視載婦人哭於帷中載畢祝帥執事者遷靈座于柩前南向(祝安魂帛箱于靈座)

告辭式

今遷

柩就轝敢告(妻弟以下云茲告下同)

附 自他所返柩則一日告辭式(儀節)

今擇以某日將還故鄉敢告

行日告辭式(儀節)

今日遷

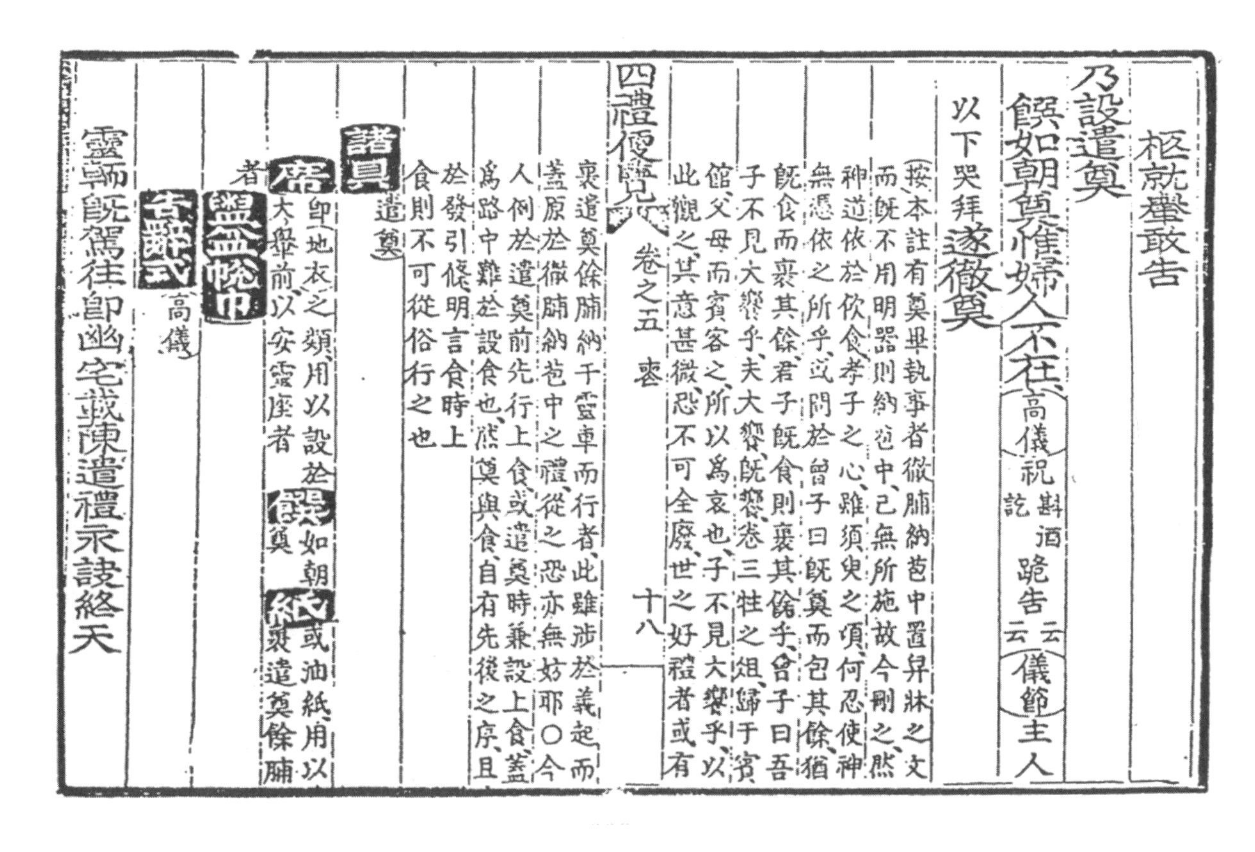
柩就轝敢告

乃設遣奠

饌如朝奠惟婦人不在(高儀)祝斟酒跪告云云(儀節)主人以下哭拜遂徹奠

(按本註有奠畢執事者徹脯納苞中置舁牀之文而既不用明器則納苞中已無所施故今刪之然神道依於飲食孝子之心雖須臾之頃何忍使神無憑依之所乎或問於曾子曰既奠而包其餘猶既食而裹其餘乎君子既食則裹其餘乎曾子曰吾子不見大饗乎夫大饗既饗卷三牲之俎歸于賓館父母而賓客之所以爲哀也子不見大饗乎以此觀之其意甚微恐不可全廢世之好禮者或有裹遣奠餘脯納于靈車而行者此雖涉於義起而蓋原於徹脯納苞中之禮從之恐亦無妨耶○今人例於遣奠前先行上食或遣奠時兼設上食蓋爲路中難於設食也然奠與食自有先後之序且於發引侵明言食時上食則不可從俗行之也)

諸具 遣奠

席(卽地衣之類用以設於大轝前以安靈座者) 饌(如朝奠) 紙(或油紙用以裹遣奠餘脯者)

盥盆帨巾

告辭式(高儀)

靈輀既駕往卽幽宅載陳遣禮永訣終天

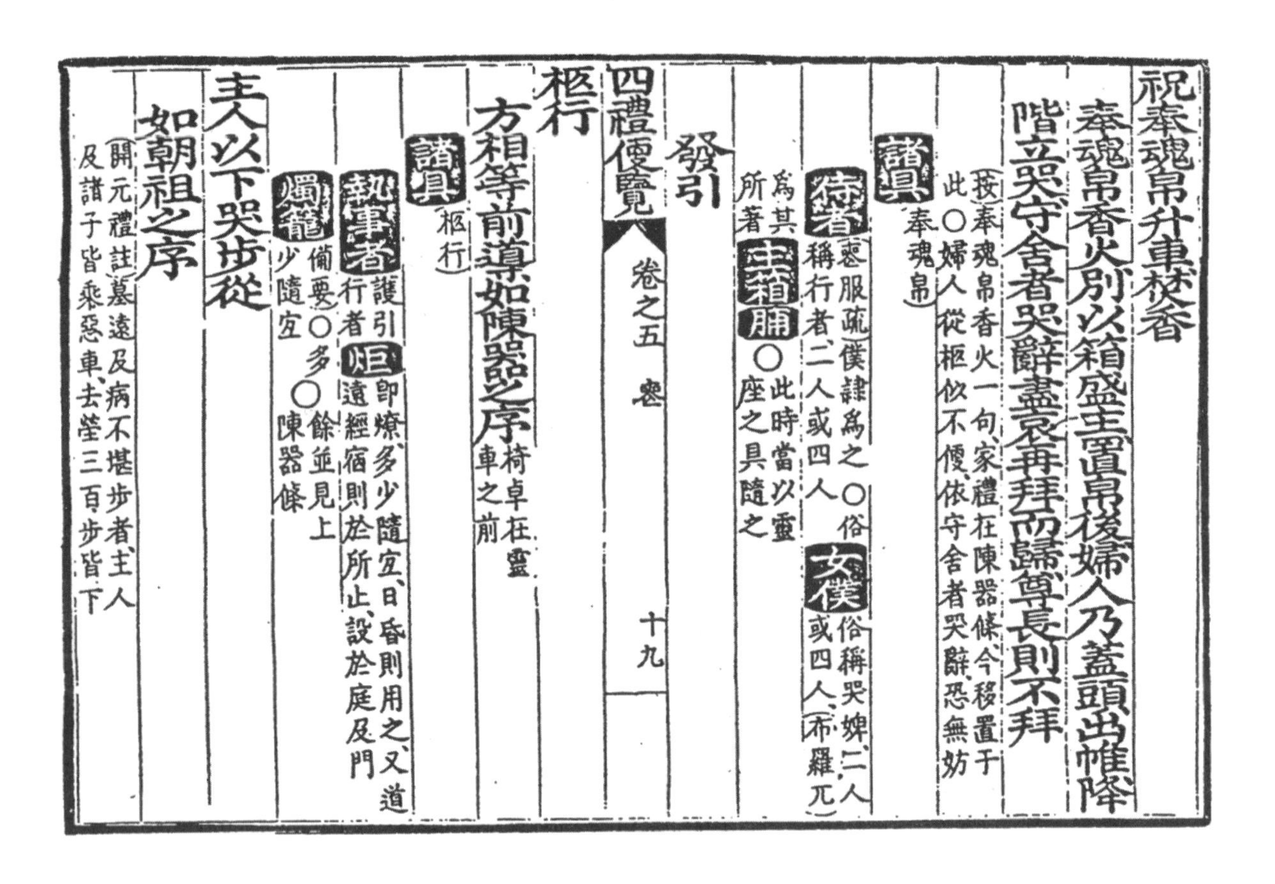

祝奉魂帛升車焚香

奉魂帛香火別以箱盛之置帛後婦人乃蓋頭出帷降階立哭守舍者哭辭盡哀再拜而歸尊長則不拜

諸具 奉魂帛

按奉魂帛香火一句家禮在陳器條今移置于此○婦人從柩似不便依守舍者哭辭恐無妨

發引

侍者 喪服疏僕隷爲之○俗稱行者二人或四人 女僕 俗稱哭婢二人或四人(布羅兀) 爲其所著 主箱 掤 ○此時當以靈座之具隨之

柩行

方相等前導如陳器之序 椅卓在靈車之前

諸具 柩行

執事者 護引行者 炬 卽燎多少隨宜日昏則用之又道遠經宿則於所止設於庭及門

燭籠 備要○多少隨宜 ○餘並見上陳器條

主人以下哭步從

如朝祖之序

開元禮註墓遠及病不堪步者主人及諸子皆乘惡車去塋三百步皆下

按婦人不從爲便故白菴之制並正文男女二字而刪之必欲依禮臨壙則追後直到壙穴似當

諸具 哭步從

尊長次之無服之親又次之賓客又次之

諸具 惡車 或轎 馬 素轎 婦人所乘

皆乘車馬親賓或先待於墓所或出郭哭拜辭歸

開元禮出郭若親賓還者權停柩車尊行者皆下車馬親賓以次就柩車之左向柩立哭卑者再拜而退

親賓既還皆乘車馬

親賓設幄於郭外道傍駐柩而奠

如在家之儀

諸具 親賓奠

幄 俗用遮日揮帳之類 ○餘並同上成服弔奠條

祭文式 同上成服奠賻條本式

塗中遇哀則哭

若墓遠則每舍 周禮註所解止之處○集說舍三十里 設靈座於柩前朝夕哭奠食時上食夜則主人兄弟皆宿柩傍親戚共守衛之 設燎于中庭及門

及墓

柩未至執事者先設靈幄

在墓道西南向有椅卓

【諸具】（設靈幄） 幄（俗於壙傍架數間假家以備停柩奉奠） 屛席 席 薦（用以爲主人以下位者）

親賓次

在靈幄前十數步南向

【諸具】（親賓次） 白幕（俗用遮日） 幃 席

婦人幄

在靈幄後壙西

【諸具】（婦人幄） 布幕 幃 席 薦

方相至

以戈擊壙四隅

靈車至

祝奉魂帛就幄座主箱亦置帛後

遂設奠而退

酒果脯醢（遣奠餘脯至是乃徹）

【諸具】（奠） 果 脯 醢 酒 注 盞盤 匙筯 楪 盥盆 帨巾

柩至

執事者先布席於壙南柩至脫載置席上北首（先置兩凳去所褁油單及索祝以功布拭柩幭用侇衾） 執事者取銘旌去杠置柩上

主人男女各就位哭

主人諸丈夫立於壙東西向主婦諸婦女立於壙西幄內東向皆北上

賓客拜辭而歸（旣夕禮在贈幣之後）

（儀節）賓客詣柩前哭再拜 主人拜之賓答拜

（近思錄）程子葬父使周恭叔主客客欲酒恭叔以告先生曰勿陷人於惡

（按）程子之訓可謂嚴矣近來鄕俗具盛饌接賓客或有賓客之供多於葬需而甚者乘醉喧笑或鬪鬨作挐少無臨喪哀色之意其違禮敗俗一至此哉

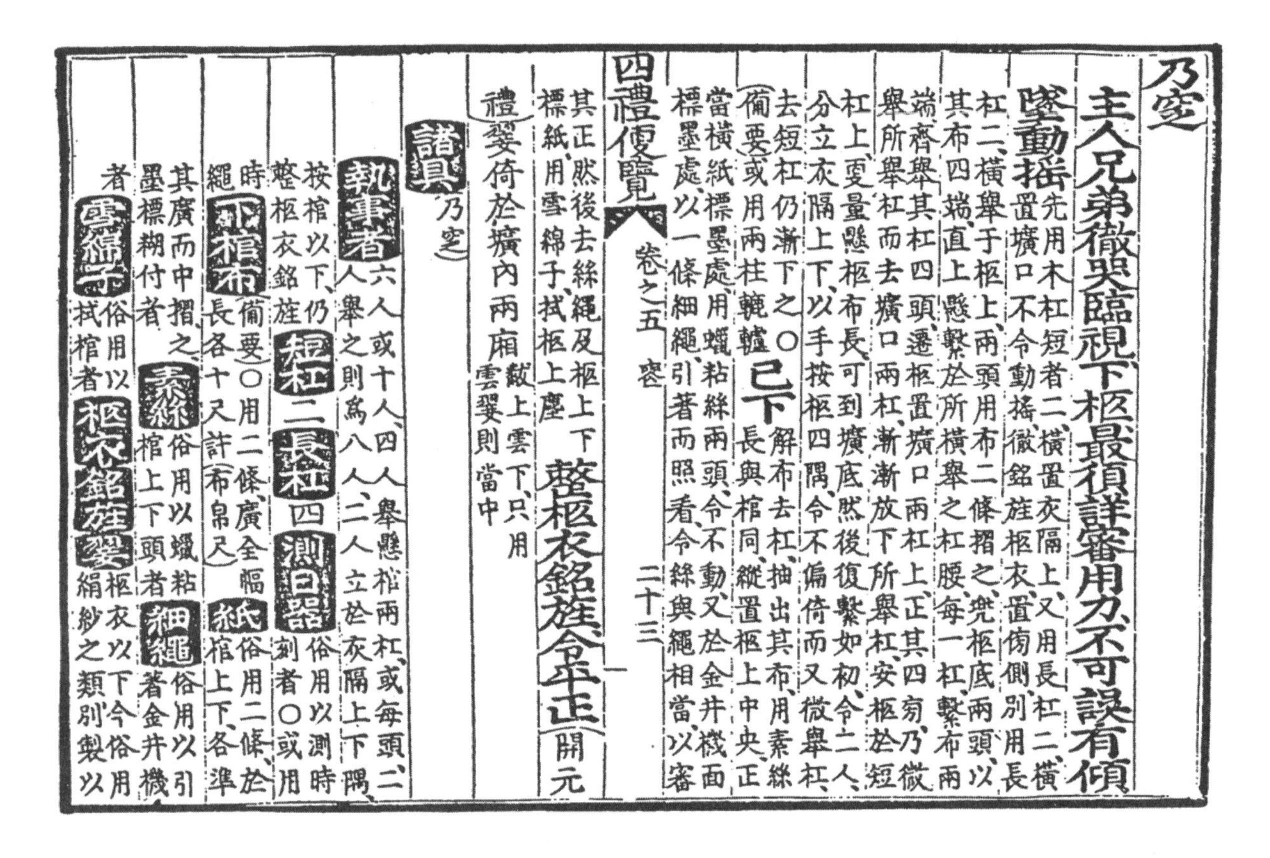

乃窆

主人兄弟徹哭臨視下柩最須詳審用力不可誤有傾墜動搖先用木杠短者二橫置灰隔上又用長杠二橫置壙口不令動搖徹銘旌柩衣置傍側別用長杠二橫舉于柩上兩頭用布二條摺之兜柩底兩頭以其布四端直上懸繫於所橫舉之杠腰每一杠繫布兩端齊舉其杠四頭遷柩置壙口兩杠上正其四旁乃徹舉所舉杠而去壙口兩杠漸漸放下所舉杠安柩於短杠上更量懸柩布長可到壙底然後復繫如初令二人分立灰隔上下以手按柩四隅令不偏倚而又徹舉杠去短杠仍漸下之○(備要)或用兩柱轆轤已下解布去杠抽出其布用素絲長與棺同縱置柩上中央正當橫紙標墨處用蠟粘絲兩頭令不動又於金井機面標墨處以一條細繩引著而照看令絲與繩相當以審

其正然後去絲繩及柩上下標紙用雪綿子拭柩上塵整柩衣銘旌令平正(開元禮)翣倚於壙內兩廂斂上雲下只用雲翣則當中

諸具 乃窆

執事者 六人或十人四人舉懸棺兩杠或每頭二人舉之則爲八人二人立於灰隔上下隅按棺以下仍整柩衣銘旌 短杠二 長杠四 測日器 俗用以測時刻者○或用時繩 下棺布 (備要)○用二條廣全幅長各十尺許(布帛尺) 紙 俗用二條於棺上下各準其廣而中摺之墨標糊付者 素絲 俗用以蠟粘棺上下頭者 細繩 俗用以引著金井機者 雪綿子 俗用以拭棺者 柩衣銘旌翣 柩衣以下今俗用絹紗之類別製以

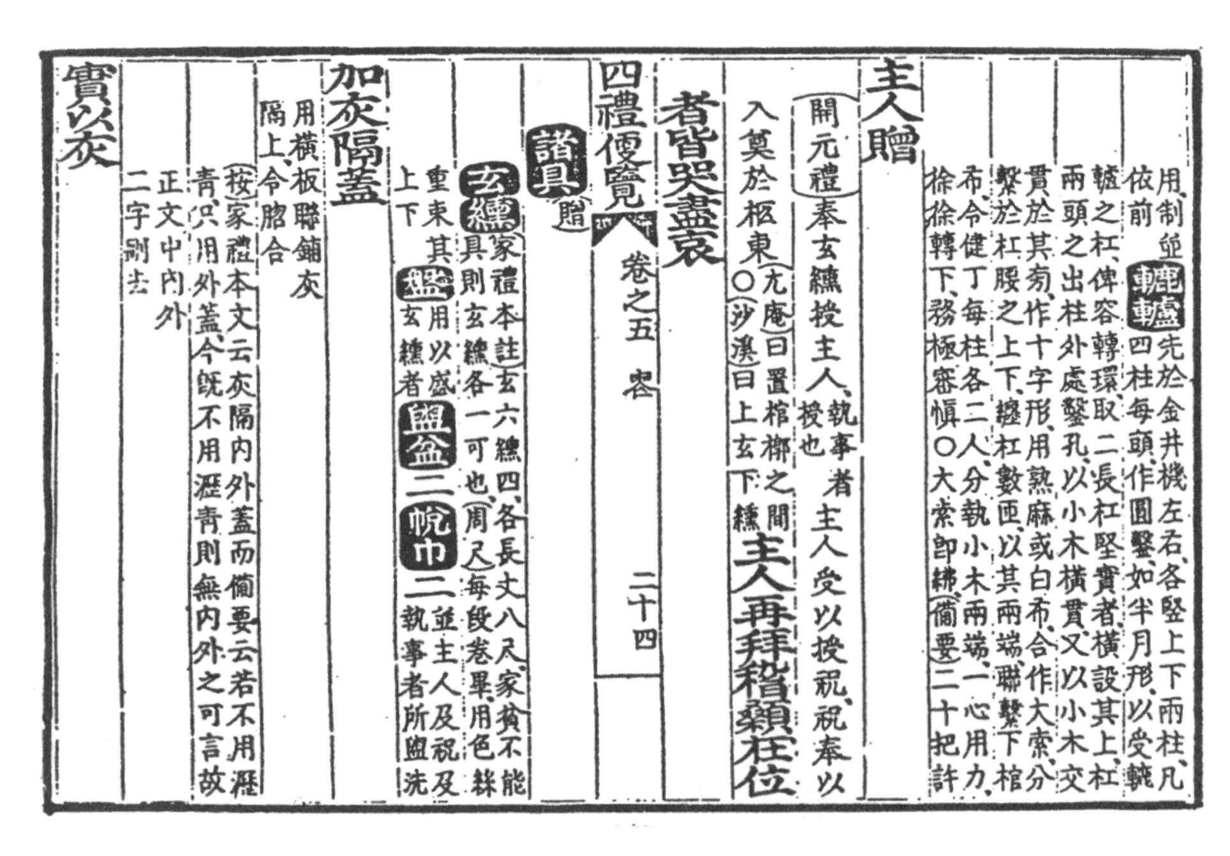

用制竝依前 轆轤 先於金井機左右各竪上下兩柱凡四柱每頭作圓鑿如半月形以受轆轤之杠俾容轉環取二長杠堅實者橫設其上杠兩頭之出柱外處鑿孔以小木橫貫又以小木交貫於其旁作十字形用熟麻或白布合作大索分繫於杠腰之上下纏杠數匝以其兩端聯繫下棺布令健丁每柱各二人分執小木兩端一心用力徐徐轉下務極審愼○大索卽紼(備要)二十把許

主人贈

(開元禮)奉玄纁授主人執事者授也主人受以授祝祝奉以入奠於柩東(尤庵)曰置棺槨之間○(沙溪)曰上玄下纁主人再拜稽顙在位

者皆哭盡哀

諸具 贈

玄纁 (家禮本註)玄六纁四各長丈八尺家貧不能具則玄纁各一可也(周尺)每段卷畢用色絲重束其上下 篚 用以盛玄纁者 盥盆二 帨巾二 竝主人及祝及執事者所盥洗

加灰隔蓋

用橫板聯鋪灰隔上令脗合

(按)家禮本文云灰隔內外蓋而備要云若不用瀝青只用外蓋今既不用瀝青則無內外之可言故正文中內外二字刪去

實以灰

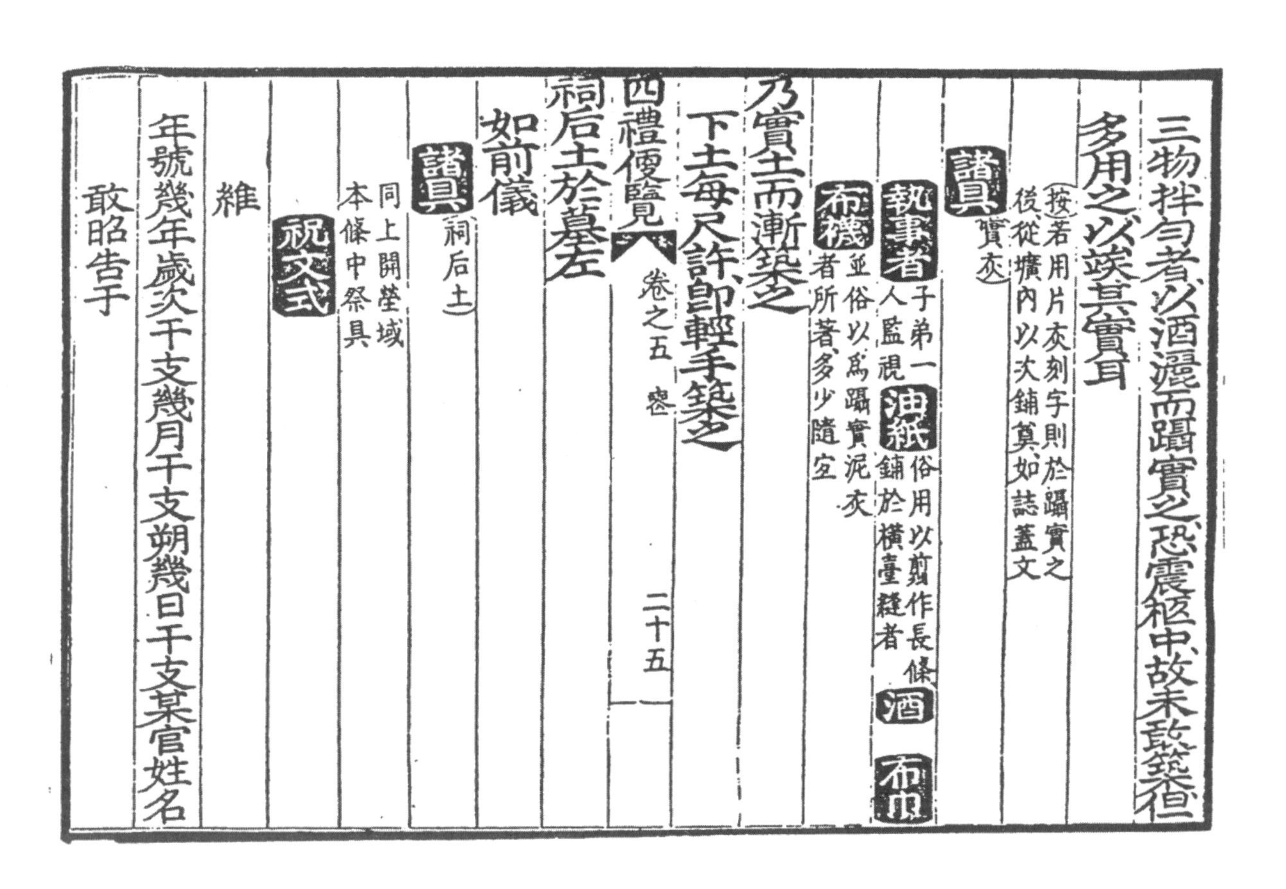

三物拌勻者以酒灑而躡實之恐震柩中故未敢築從
多用之以堅其實耳
(按若用片灰刻字則於躡實之後從壙內以次鋪箕如誌蓋文)
諸具 實灰
執事者 子弟一人監視 油紙 俗用以煎蘋作長條鋪於橫臺縫者 酒 布巾
布襪 並俗以爲躡實泥灰者所著多少隨宜
乃實土而漸築之
下土每尺許即輕手築之

祠后土於墓左
如前儀
諸具 祠后土
同上開塋域本條中祭具
祝文式
維
年號幾年歲次干支幾月干支朔幾日干支某官姓名
敢昭告于

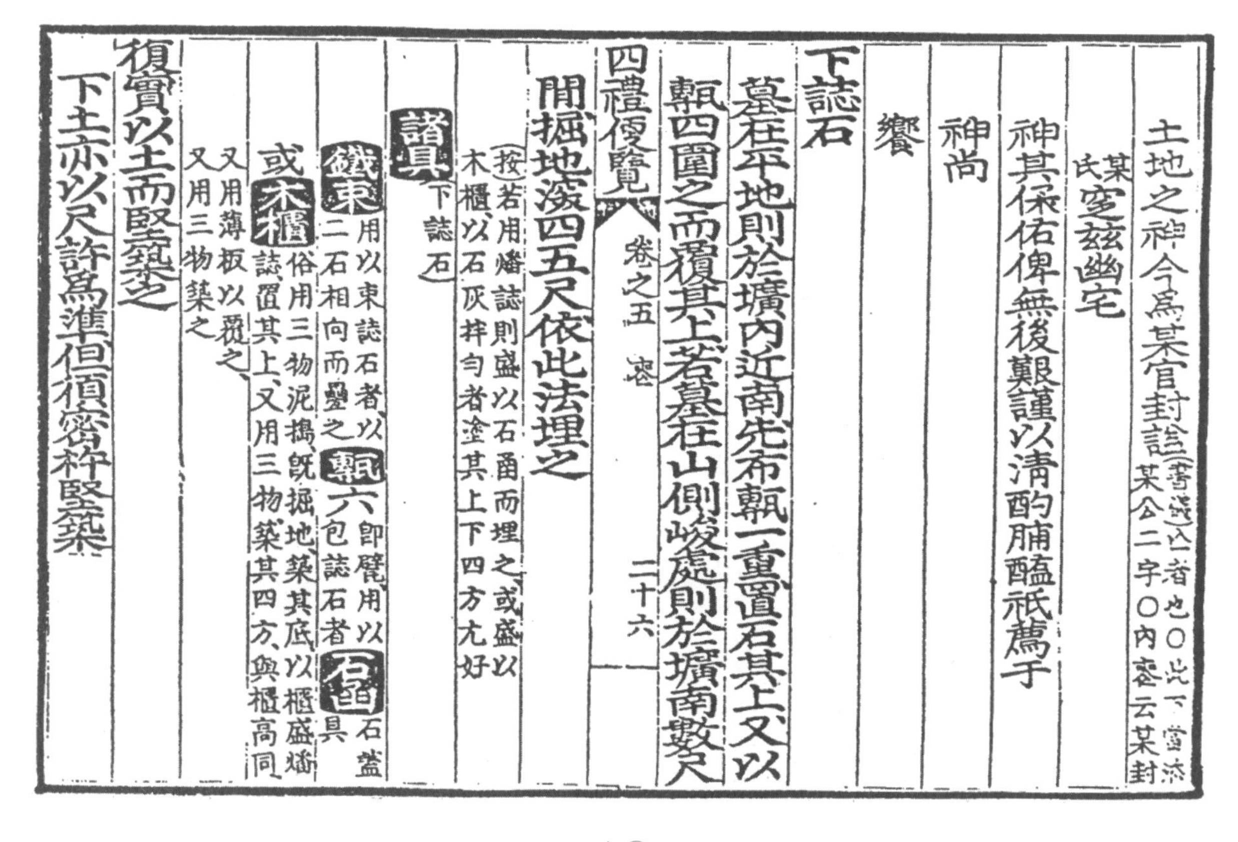

土地之神今爲某官封謚(書謚亡者也○此下當添某公二字○內喪云某封某氏)窆茲幽宅
神其保佑俾無後艱謹以淸酌脯醢祗薦于
神尙
饗
下誌石
墓在平地則於壙內近南先布甎一重置石其上又以
甎四圍之而覆其上若墓在山側峻處則於壙南數尺

間掘地深四五尺依此法埋之
(按若用燔誌則盛以石函而埋之或盛以木櫃以石灰拌勻者塗其上下四方尤好)
諸具 下誌石
鐵束 用以束誌石者以二石相向而疊之 甎六 即甓用以包誌石者 石函 石蓋具
或木櫃 俗用三物泥搗既掘地築其底以櫃盛燔誌置其上又用三物築其四方與櫃高同
又用薄板以覆之又用三物築之
復實以土而堅築之
下土亦以尺許爲準但須密杵堅築

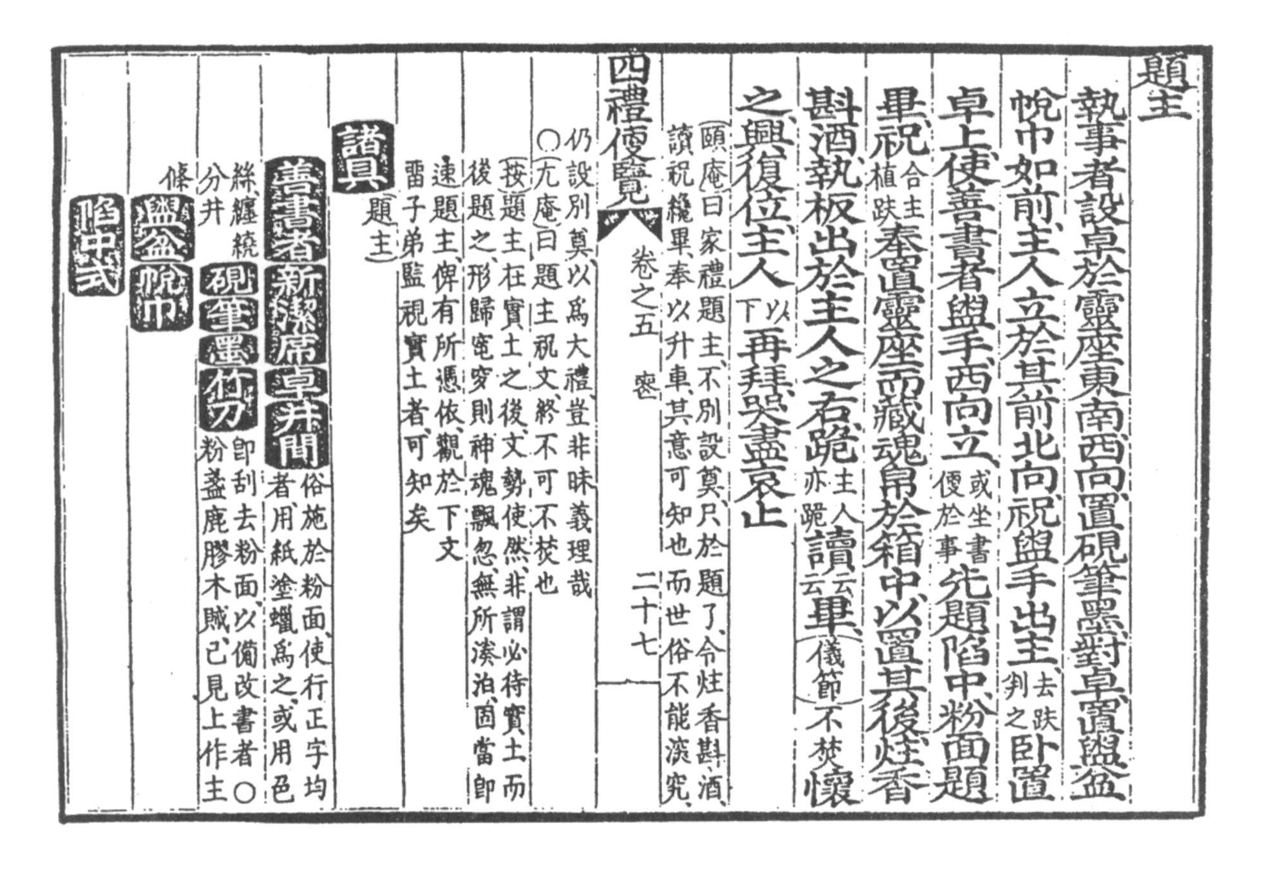
題主

執事者設卓於靈座東南西向置硯筆墨對卓置盥盆帨巾如前主人立於其前北向祝盥手出主去趺卧置卓上使善書者盥手西向立或坐書便於事先題陷中粉面題畢祝合主植趺奉置靈座而藏魂帛於箱中以置其後炷香斟酒執板出於主人之右跪主人亦跪讀云云畢儀節不焚懷之興復位主人以下再拜哭盡哀止

頤庵曰家禮題主不別設奠只於題了令炷香斟酒讀祝纔畢奉以升車其意可知也而世俗不能深究

仍設別奠以爲大禮豈非昧義理哉○尤庵曰題主祝文終不可不焚也

按題主在實土之後文勢使然非謂必待實土而後題之形歸窀穸則神魂飄忽無所湊泊固當即速題主俾有所憑依觀於下文留子弟監視實土者可知矣

諸具 題主

善書者 新潔席 卓 并間俗施於粉面使行正字均者用紙塗蠟爲之或用色絲纏繞分井 硯 筆 墨 竹刀 即刮去粉面以備改書者○粉盞鹿膠木賊已見上作主條 盥盆 帨巾

陷中式

故某官無官則隨常時所稱如學生處士秀士別號之類粉面同某公諱某字某本有第幾二字而東俗不用○退溪曰今人生時無第幾之稱神主不用恐無不可神主

粉面式

顯家禮圖用顯字而備要從之後倣此考承重云顯祖考旁親卑幼隨屬稱卑幼改顯爲亾某官封謚府君卑幼去府君二字神主

旁題式

孝子承重稱孝孫某奉祀書于原行下旁實者之左○朱子曰旁註施於所尊以下則不必書○備要旁親雖尊不書

婦人陷中式

故某封無封亦稱孺人此下或添某貫粉面同某氏諱某本有字某第幾四字而東俗不用神主

婦人粉面式

顯妣承重云顯祖妣妻云亾室旁親卑幼隨屬稱卑幼改顯爲亾○大全庶子之所生母稱亾母某封某氏神主

婦人旁題式同前式

祝文式

維

年號幾年歲次干支幾月干支朔幾日干支孤子（備要母喪稱哀子、俱亡稱孤哀子、承重稱孤孫哀孫孤哀孫○妻喪稱夫、旁親卑幼隨屬稱）某（弟以下不名）敢（妻去敢字）昭告于（弟以下但云告于○備要告弟只云兄告于弟某、告子只云父告于子某、姪孫倣此○按弟某子某之某字、官號與名、似當并包於其中、凡祭皆同）

顯考（母云顯妣、承重云顯祖考或顯祖妣、妻云亡室、旁親卑幼隨屬稱、卑幼改顯爲亡、庶子於所生母云亡母）某官封謚府君（內喪云某封某氏、卑幼去府君二字）形歸窀穸神返室堂神主既成伏惟尊靈（妻弟以下但云惟靈）舍舊從新是憑是依

祝奉神主升車

魂帛箱在其後（備要韜藉櫝當於此用之）（按此時宜有焚香而無其文、當與上文奉魂帛升車焚香互看）

諸具（奉主）同上奉魂帛條、但無餘脯

執事者徹靈座遂行

主人以下哭從如來儀但留子弟一人監視實土以至

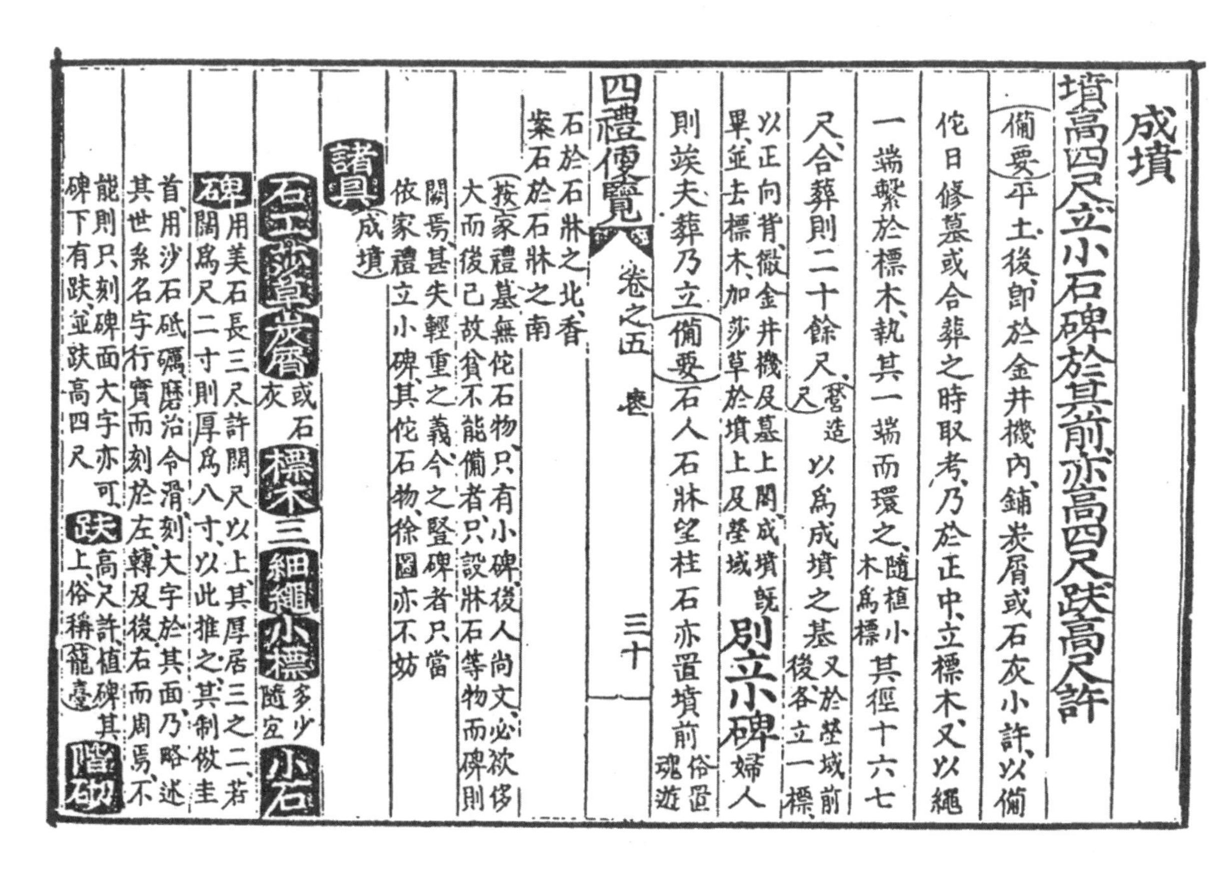

成墳

墳高四尺立小石碑於其前亦高四尺趺高尺許

（備要平土後、卽於金井機內、鋪炭屑或石灰小許、以備佗日修墓或合葬之時取考、乃於正中、立標木、又以繩一端繫於標木、執其一端而環之、隨植小木爲標、其徑十六七尺、合葬則二十餘尺（營造尺）以爲成墳之基、又於塋域前以正向背、徹金井機及墓上閣、成墳既畢、並去標木、加莎草於墳上及塋域後、各立一標、）

別立小碑（婦人則俟夫葬乃立○備要石人石牀望柱石亦置墳前、俗置魂遊石於石牀之北、香案石於石牀之南）（按家禮墓無佗石物、只有小碑、後人尚文、必欲侈大而後已、故貧不能備者、只設牀石等物而碑則闕焉、甚失輕重之義、今之竪碑者、只當依家禮立小碑、其佗石物、徐圖亦不妨）

諸具（成墳）

石灰 莎草 炭屑（或石灰） 標木三 細繩 小標（多少隨宜） 小石碑（用美石長三尺許、闊尺以上、其厚居三之二、若碑闊爲尺二寸則厚爲八寸、以此推之、其制倣圭首、用沙石砥礪磨治令滑、刻大字於其面、乃略述其世系名字行實而刻於左、轉及後右而周焉、不能則只刻碑面大字亦可、碑下有趺、並趺高四尺） 趺（高尺許、植碑其上、俗稱龍臺） 階砌

石石牀魂遊石香案石石人二望柱石二○凡象設視其品秩及家力而爲之

墓表式（新補）○同誌蓋式○合葬則別行書某封某氏祔左

反哭

主人以下奉靈車在塗徐行哭

其反如疑爲親在彼哀至則哭

（問）反魂具鞍馬雖象生之意而禮無可據如何尤菴曰旣有靈車其外鞍馬不亦虛乎

至家哭

望門卽哭

祝奉神主入置于靈座

執事者先設靈座於故處（雜記）無柩者不帷祝奉神主入就位櫝出魂帛箱置主後

諸具（置靈座）

屛扆 椅 大卓 帕（用以覆主櫝者） 香案 燭臺 拭巾○（問）祭牀椅子等物葬後用黑漆同春曰家禮不用金銀鏤器以主人有哀素心故也恐當通三年看

主人以下哭于廳事

主人以下升自西階哭于廳事婦人先入哭於堂

遂詣靈座前哭

盡哀止

（退溪）曰漢唐以下未有居廬之名其中或有廬墓者表旌其閭由是廬墓成俗而反魂之禮遂廢甚可歎也但末世禮法壞亂反魂于家者多有不謹之事反不若廬墓之免於混雜也

（按）守舍者入哭時當有拜禮

有弔者拜之如初

謂賓客之親密者旣歸待反哭而復弔

（檀弓）殷旣封而弔周反哭而弔孔子曰殷已慤吾從周

（按）今俗於反哭之時賓客多出郭外迎慰於路傍紛擾之處拜未成儀哭不終聲此何禮也孔子之惡野哭者以郊野道路非可哭之地也昔齊莊公襲莒杞梁死焉其妻迎其柩於路哭之哀莊公使人弔之辭曰猶有先人敝廬在下妾不得與郊弔齊侯弔諸其室今之讀書知義理者反爲女子之所不爲寧不愧乎雖或迎於郭外切勿行弔禮於路側只當隨後還喪次待反哭而後弔可也

朞九月之喪者飮酒食肉不與宴樂小功以下大功異居者可以歸

（喪大記）朞終喪不食肉不飮酒父在爲母爲妻

四禮便覽卷之五

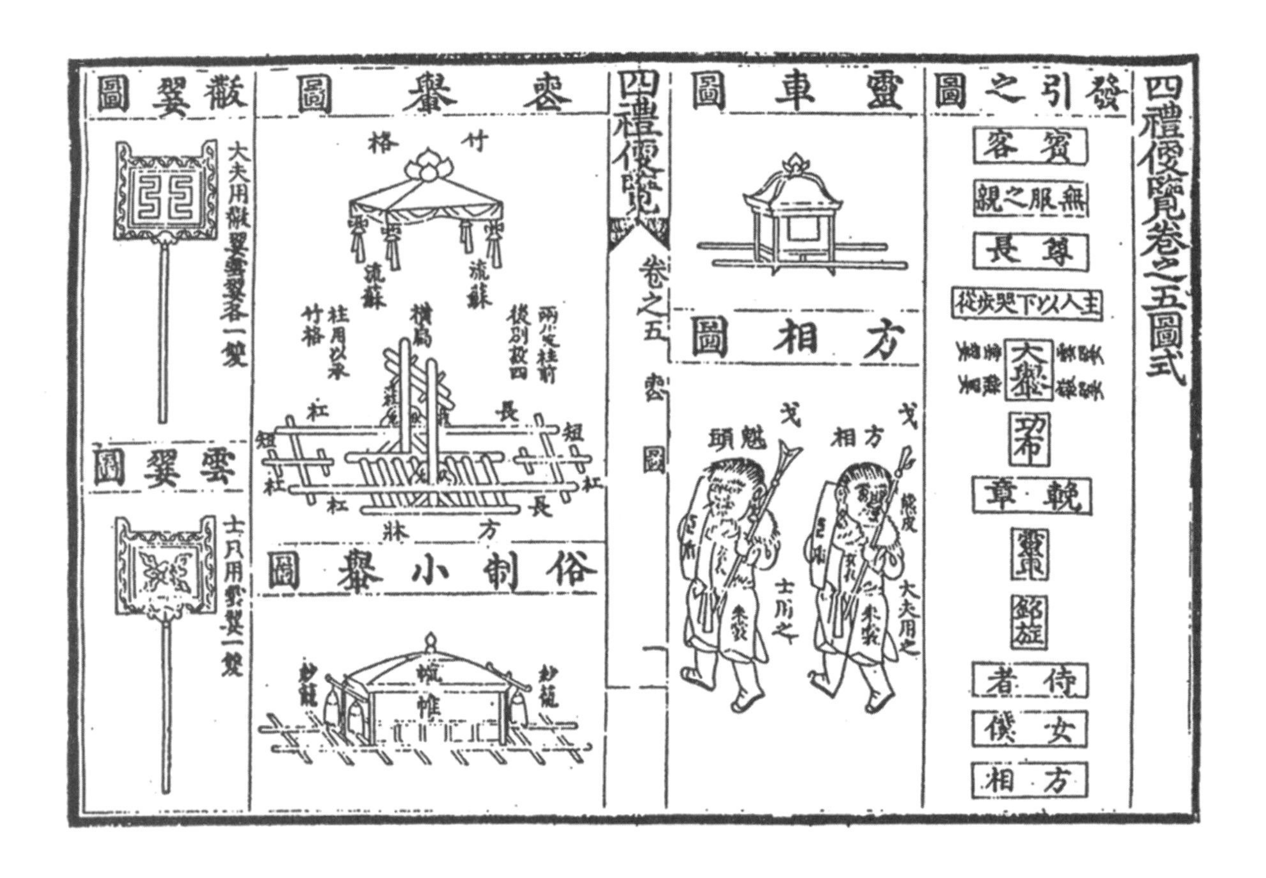
四禮便覽卷之五圖式
發引之圖
賓客
無服之親
尊長
主人以下哭從
大轝
功布
輓章
靈車
銘旌
侍者
女僕
方相
靈車圖
方相圖
戈
方相
大夫用之
魌頭
士用之
四禮便覽 卷之五 喪圖
喪轝圖
竹格
流蘇
橫扃
長杠
短杠
方牀
俗制小轝圖
黻翣圖
大夫用黻翣雲翣各一雙
雲翣圖
士只用雲翣一雙

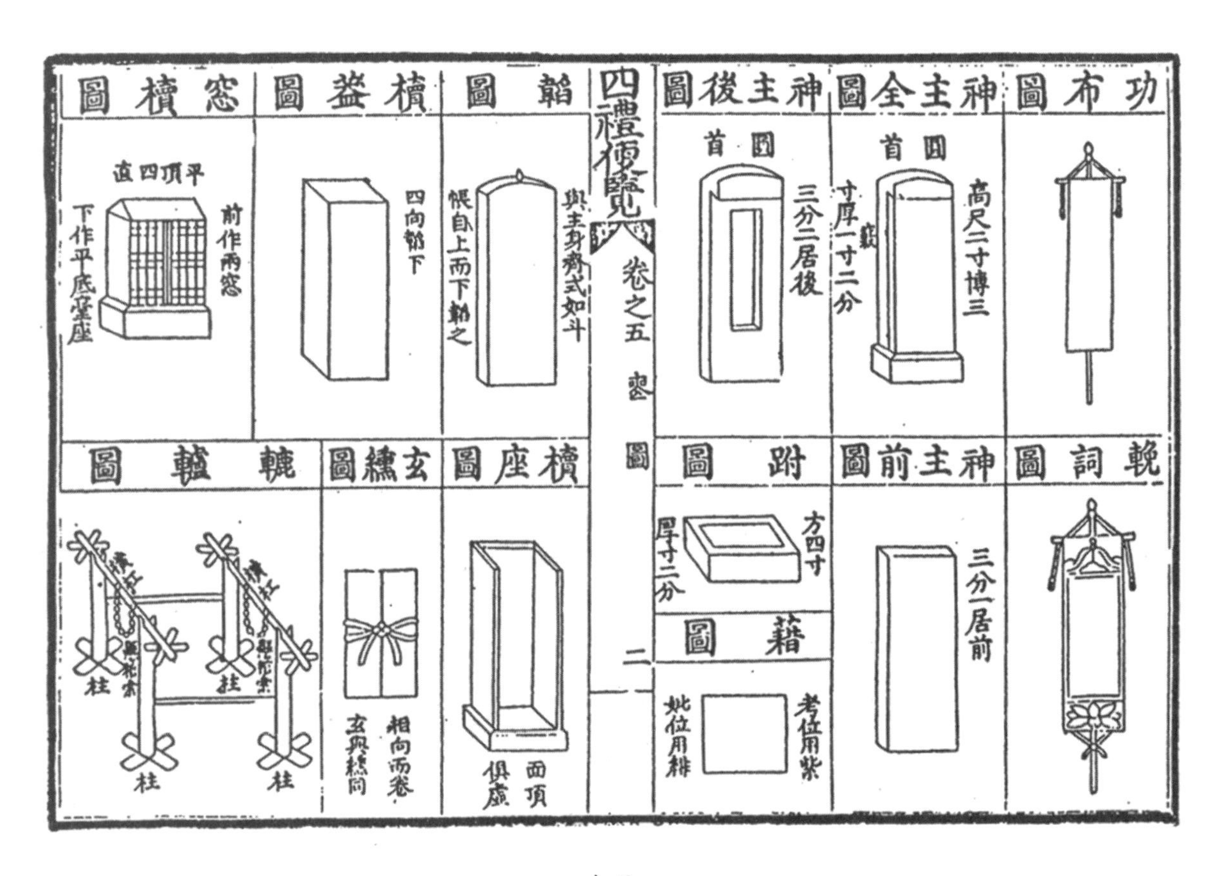
功布圖
神主全圖
圓首
高尺二寸博三寸厚一寸二分
神主後圖
圓首
三分二居後
四禮便覽 卷之五 喪圖
韜圖
與主身齊式如斗帳自上而下韜之
櫝盖圖
四向韜下
窓櫝圖
平頂四直
前作兩窓
下作平底安坐座
輓詞圖
神主前圖
三分一居前
趺圖
方四寸
厚寸二分
藉圖
考位用紫
妣位用緋
櫝座圖
玄纁圖
相向而卷
玄與纁同
柱

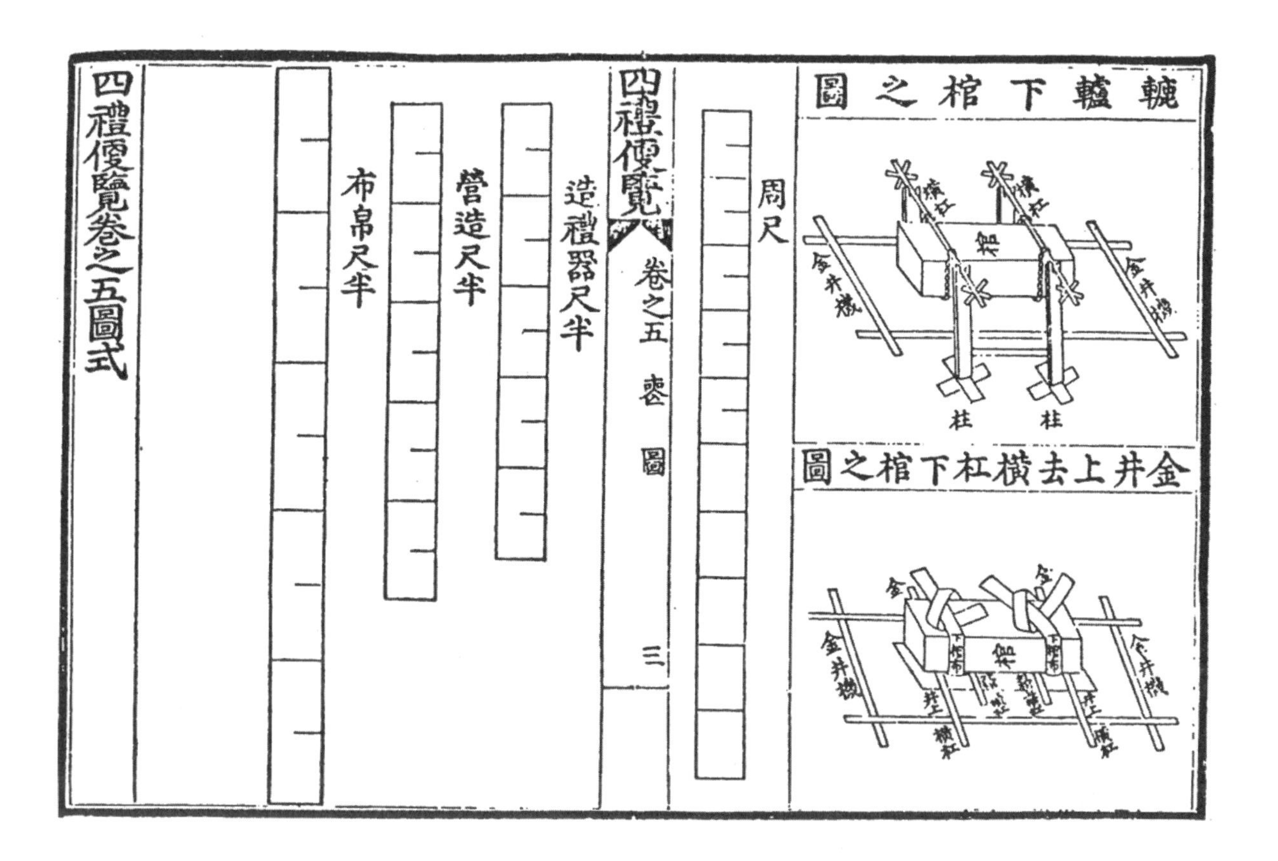

輴轝下棺之圖
橫杠
棺
金井機
柱
金井上去橫杠下棺之圖
棺
金井機
周尺
造禮器尺半
營造尺半
布帛尺半
四禮便覽 卷之五 喪 圖 三
四禮便覽卷之五圖式

四禮便覽卷之六

喪禮四

虞祭

初虞（備要）

葬之日日中而虞或墓遠則但不出是日可也若去家經宿以上則於所館行之

主人以下皆沐浴（士虞記）沐浴不櫛（註）朞以下櫛 或已晩不暇卽略自澡潔可也

諸具（沐浴）

沐浴盆二 帨巾二（並主人主婦所沐洗至祔祭皆仍）

執事者陳器具饌

盥盆帨巾於西階西南上東盆有臺巾有架西者無之酒甁並架於靈座東南置卓於其東設注子及盞盤於其上（又置空器以備退酒）火爐於靈座西南置卓於其西設祝板於其上炷火於香爐束茅聚沙於香案前（備要）若日昏則

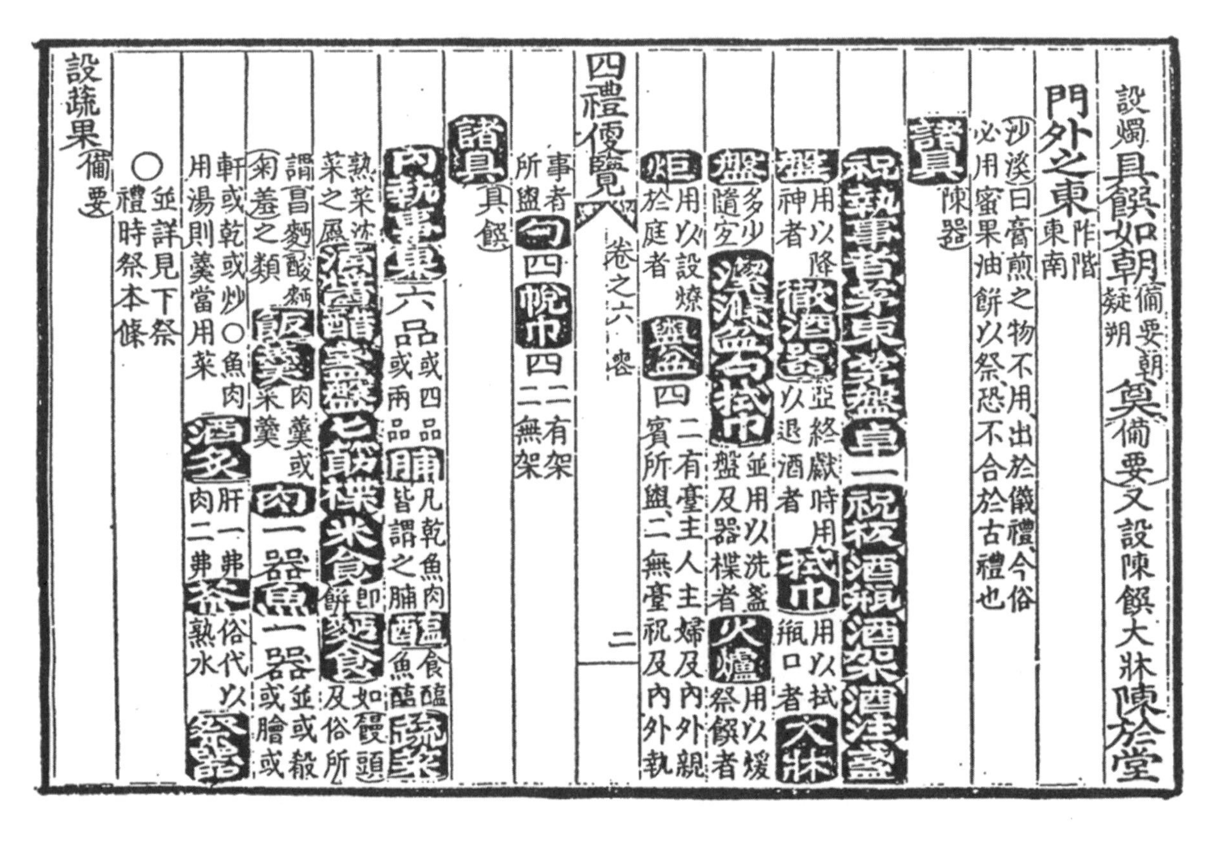

設燭具饌如朝（備要朝疑朔）奠（備要）又設陳饌大牀陳於堂門外之東（作階東南）（沙溪）曰膏煎之物不用出於儀禮今俗必用蜜果油餠以祭恐不合於古禮也

諸具（陳器）

祝執事者盥盆卓一 祝板 酒甁 酒架 酒注 盞盤（用以降神者） 徹酒器（盞終獻時用以退酒者） 拭巾（用以拭甁口者） 大牀 盤（多少隨宜） 潔滌盆一 拭巾一（並用以洗盞盤及器楪者） 火爐（用以煖祭饌者） 炬（用以設燎於庭者） 盥盆四（二有臺主人主婦及內外親賓所盥二無臺祝及內外執

事者所盥） 句四 帨巾四（二有架二無架）

諸具（具饌）

內執事果六品（或四品或兩品） 脯（凡乾魚肉皆謂之脯） 醢（食醢魚醢） 蔬菜（熟菜沈菜之屬） 淸醬 醋 盞盤 匕筯 楪 米食（即餠） 麪食（如饅頭及俗所謂昌麪酸麪）（炙羞之類） 飯羹（肉羹或菜羹） 肉一器 魚一器（並或膾或軒或乾或炒○魚肉用湯則羹當用菜） 酒炙（肝一弗肉二弗） 茶（俗代以熟水） 盞

○並詳見下祭禮時祭本條

設蔬果（備要）

設蔬果、盞盤於靈座前卓上、匕筯具楪居內當中、酒盞在其西、醋楪居其東、即第一行果居外、即第四行蔬脯醢居果內、即第三行

實酒于瓶熾炭于爐

按家禮正文無設蔬果一節而只見於具饌下註故依備要添入而移置本註於此

祝出神主于座、主人以下皆入哭

主人及兄弟倚杖於室外、今中門外之西及與祭者皆入哭於靈座前、其位皆北面、以服爲列、重者居前、輕者居後、尊長坐、卑幼立、丈夫處東西上、婦人處西東上、逐行各以

長幼爲序、侍者在後

按祝將出主時當有盥帨之節

降神

祝止哭者、主人降自西階、盥帨、詣靈座前、焚香再拜、執事者皆盥帨、一人開酒、實于注、西面、備要立於主人之右一人奉卓上盞盤、東面跪、備要作立於主人之左、備要主人及執事者皆跪、執注者授注主人斟酒、以注授執尊者、執事者反注於卓上、復位左手取盤、右手執盞、酹之茅上、以盞盤授執尊者、執事者反盞盤於卓上、復位俛伏興、少退再拜、復位

祝進饌

執事者佐之備要以盤奉魚肉炙肝麪食米食飯羹從升至靈座前、肉奠于盞盤之南、麪食奠于肉西、魚奠于醋楪之南、米食奠于魚東、即第二行飯奠于盞盤之西、羹奠于醋楪之東、炙肝奠于匕楪之南、祝及執事者皆復位

初獻

主人進詣注卓前、執注北向立、執事者取靈座前盞盤、

立於主人之左、東向主人斟酒、反注於卓上、詣靈座前北向立、備要執事者奉盞隨之、立於主人之左東向主人跪、執事者亦跪、進盞盤、主人受盞、三祭於茅束上、以盞授執事者俛伏興、執事者受盞奉詣靈座前、奠於故處、備要乃啓飯蓋置其南、復位主人稍退跪、以下皆跪祝執板出於主人之右、西向跪讀、云云○反板於卓上興、復位主人哭再拜、復位哭、儀節以下皆哭少頃止執事者以他器徹酒、置盞故處

祝文式

凡告祝、以家禮爲主而如年月干支改皇爲顯等句語、多從備要書之

維

年號幾年歲次干支幾月干支朔幾日干支孤子母喪稱哀子、俱亡稱孤哀子、承重稱孤孫哀孫孤哀孫、妻喪稱夫、旁親卑幼隨屬稱某弟以下不名敢

昭告于妻去敢字、弟以下但云告于

顯考母云顯妣、承重云顯祖考或顯祖妣、妻云亡室、旁親卑幼隨屬稱、卑幼改顯爲亡某官此下當有封諡二字、下同府君內喪云某封某氏、卑幼去府君二字日月不居奄

及初虞備要再虞云再虞、三虞云三虞夙興夜處哀慕不寧備要告子云悲念相屬心焉如燬、告弟云悲痛猥至情何可處、告兄云悲痛無已至情如何、告妻云悲悼酸苦

不自勝堪謹以妻弟以下云茲以淸酌庶羞哀薦旁親云薦此、妻弟以下云陳此祫事備要再虞云虞事、三虞云成事尚

饗

亞獻

主婦爲之主婦及內執事皆盥洗禮如初但不讀祝四拜

終獻

親賓或男或女爲之禮如亞獻但不徹酒

侑食

執事者執注就添盞中酒反注卓上備要扱匙飯中、西柄正正置楪筯上、復位

主人以下皆出祝闔門備要無門處降簾

主人立於門東西向卑幼丈夫在其後重行北上主婦立於門西東向卑幼婦女亦如之尊長休於他所如食間士虞記註一食九飯之頃

丘氏曰若於所館行禮、恐不能備可略去闔門啓門噫歆告利成四節

祝啓門主人以下入哭辭神

祝進當門北向噫歆三乃啓門主人以下入就位執事者徹羹點茶奠于徹羹處祝立于主人之右西向告利成執事者下匕筯于楪中、合飯蓋、復位斂主匣之復位主人以下哭再拜盡哀止備要祝揭祝文而焚之並焚題主祝出就次執事者徹

問日中行虞夕時復上食或以爲一日三上食非禮九庵曰虞與上食自是二事而今人例於夕時行虞故不復上食矣若於日中行虞則夕時自當上食矣

祝埋魂帛

祝取魂帛帥執事者埋於屛處潔地

〔儀節〕若於所館行禮必須至家埋之○〔尤庵〕曰發引時主箱在帛後反魂時帛箱在主後其微意可知恐不可埋於葬地也○沙溪曰復衣若並魂帛埋之則不可

諸具 埋魂帛

祝執事者器用 如畚鍤之類

罷朝夕奠

朝夕哭哀至哭如初

遇柔日再虞

乙丁己辛癸爲柔日其禮如初虞惟前期一日陳器具饌厥明夙興設蔬果酒饌質明行事若墓遠途中遇柔日亦於所館行之

遇剛日三虞

甲丙戊庚壬爲剛日其禮如再虞若墓遠途中遇剛日且闕之至家乃行此祭

〔尤庵〕曰再虞若於道中遇柔日則當於所館行之至家之後隨値剛日而行三虞不可以至家日爲斷也

卒哭

三虞後遇剛日卒哭

〔小記註〕旣疾葬亦疾虞以安神不可後也惟卒哭則必俟三月

〔按〕近俗無貴賤皆三月而葬而古禮惟大夫三月士則逾月假令人死於晦間而葬於來旬前則謂之逾月者苟也若此者三月而後當行卒哭大抵所謂逾月者必過三十日可也

前期一日陳器具饌

並同虞祭惟設玄酒甁於酒甁之西

諸具 陳器具饌

玄酒甁○ 餘並同上虞祭本條

厥明夙興設蔬果酒饌

並同虞祭惟取井華水〔備要〕卽平朝第一汲水 充玄酒

質明祝出主主人以下皆入哭降神

並同虞祭

主人主婦進饌

主人奉魚肉主婦盥帨奉麪米食主人奉羹主婦奉飯以進如虞祭之設 執事者進炙肝

初獻

並同虞祭惟祝執板出於主人之左東向跪讀云

祝文式

維

年號幾年歲次干支幾月干支朔幾日干支孤子(屬稱隨改)(見上虞祭祝式)某敢昭告于(告妻及弟以下見上虞祭祝式)

顯考某官府君(屬稱隨改見上虞祭祝式)日月不居奄及卒哭夙

興夜處哀慕不寧(妻子兄弟改措語見上虞祭祝式)謹以淸酌庶

羞哀薦(旁親及妻弟以下改措語見上虞祭祝式)成事來日隮祔于

祖考(亡者之祖妣則云高祖考內喪亦推此)某官府君(內喪云祖姑某封某氏姑姊妹以下喪云祖妣某封某氏)尚

饗

亞獻終獻侑食闔門啓門辭神

並同虞祭惟祝西階上東面告利成

(按)古禮小斂後經帶散垂至成服乃絞啓殯復散卒哭易葛此書既本家禮成服始經而散垂而家禮卒哭既不易葛又無還絞之文故尤庵曰腰經散垂終無結之之文豈有因此而終三年不結之理乎云云而備要卒哭條有啓殯散垂者至是當還絞之語推此則成服散垂者亦當於此時還絞也

自是朝夕之間哀至不哭

猶朝夕哭

主人兄弟疏食水飮不食菜果寢席枕木

(雜記)飮水漿無鹽酪不能食食鹽酪可也 以書弔者須

答之

(喪大記)諸父兄弟之喪既卒哭而歸○(栗谷)曰凡三年之喪古禮則廢祭而朱子曰古人居喪衰麻之衣不釋於身哭泣之聲不絕於口其出入居處衣服飮食皆與平日絕異故宗廟之祭雖廢而幽明之間兩無憾焉今人居喪與古人異而廢此一事恐有所未安朱子之言如此故未葬前準禮廢祭而卒哭後則於四時節祀及忌祭墓祭使服輕者行薦而饌品減於常時只一獻可也朱子喪中以墨衰薦于廟今人以俗制喪服當墨衰若無服輕者則喪人恐可以俗制喪服行祀○又曰朞大功則葬後當祭如平時但不受胙未葬前時祭可廢忌祭墓祭略行如上儀緦小功則成服前廢祭雖忌日亦不可行成服後則當祭如平時但不受胙服中時祀當以玄冠素服黑帶行之○(問)妻喪已葬當祭否朱子曰恐不得祭某家廢四時正祭猶存節祀忌者喪之餘祭似無嫌然正寢已設几筵無祭處恐可暫停○(尤庵)曰最長房之奉祧主其事體與宗家有異只欲權奉祭祀而復三年廢祭有所未安最長房死則其所奉神主當卽遷于次長不必待三年喪畢○(問)最長房葬後遷奉次長房則當以酒果告遷抑告遷時改題而遷奉耶尤庵曰凡祧主改題自是遷奉者之事既遷之後似亦當有酒果告由之禮其時改題似宜矣

(按)喪中入廟服、栗谷以俗制喪服當之、俗制喪服
卽孝巾直領而龜峯難之以免冠拜先祖、栗谷答
以謹改而要諓無改、或未及釐正耶、今以平凉子、
別製布帶直領、入廟似宜○妻喪是主婦之喪、而
几筵已設於正寢、未除服前雖忌祭、恐不可備儀
饌品減於平時、一獻不讀祝而行於廳事似當○
最長房葬後、遷奉祧主於次長房、雖無古據、揆以
人情誠爲合宜、且旣有尤庵定論、今當遵行矣

諸具（旣卒哭）

席 **木枕**

平凉子 **布直領** **布帶** 並主人衆男祭先時所服

祧主遷奉次長房後改題告辭式（新補）

維

年號幾年歲次干支幾月干支朔幾日干支玄孫某官
某敢昭告于
顯高祖考某官府君
顯高祖妣某封某氏今以玄孫某喪葬已訖某當以
次長奉祀
神主今將改題謹以酒果用伸虔告謹告

答人慰疏式 適孫承重者同

某稽顙再拜言 降等云叩首、去言字 某罪逆深重
不自死滅禍延先考 母云先妣、承重云先祖考先
祖妣 攀號擗踊五內分崩叩地叫天無所逮及日
月不居奄踰旬朔 卒哭小祥大祥禫隨時 酷罰罪苦 父在母
亡云偏罰罪深父先亡則母與父同 無望生全卽
日蒙
恩 平交以下去此四字 祇奉几筵 大祥後去祇奉几筵四字 苟
存視息伏蒙
尊慈 平交云仰承仁恩 俯賜 平交改賜爲垂降等去伏蒙以下六字、但

云特 承
慰問哀感之至無任下誠 平交改哀感以下八字、爲其爲哀感但切下懷
降等但云哀感良深 未由號
訴不勝隕絶謹奉疏 降等云狀 荒迷不次謹疏 降
等云狀
年號幾年某月某日孤子 母喪稱哀子、俱亡稱孤哀子、
承重稱孤孫哀孫孤哀孫 (翰墨大全)心喪云心喪禫服云居禫 姓名
疏上 降等云狀

某位座前謹空 平交以下去此二字

皮封式 重封同

疏 隨改上 同前

某位座前 孤子 隨改 同前 姓名謹封

祔

卒哭明日而祔卒哭之祭既徹卽陳器具饌

器如卒哭惟陳之於祠堂堂狹卽於廳事設亡者祖考妣位於中南向西上設亡者位於其東南西向母喪則

不設祖考位酒甁玄酒甁於阼階上火爐於西階上 儀節 在祠堂則設一卓在西階上盛新主若在他所設二卓一盛祖考妣櫝一盛新主櫝 具饌如卒哭而三分母喪則兩分祖妣二人以上則以親者 小記註 謂舅所生母也

士虞禮 以其班祔○沙溪曰祔從昭穆祖父母在則當間一代而祔於高祖○雜記王父死未練祥而孫又死猶是祔於王父○小記妾無妾祖姑者祔於女君可也 註 女君謂適祖姑也○朱子曰妾母不世祭則永無妾祖姑矣

諸具 設位陳器具饌

並同下祭禮時祭本條但只具三位若祖妣有二人以上則隨位加設內喪則只設祖妣親者位○亡者位亦

設茅沙

沐浴櫛搔翦 士虞禮

備要 丘氏曰今網巾與纚頍相似但古禮只言其去纚之節而不言其還施之時至祔祭主人以下沐浴櫛髮則此時似當用纚而無明文開元禮及杜氏說雖與古禮不同喪人當斂髮之義則似有據

諸具 沐浴

布網巾

厥明夙興設蔬果酒饌

並同卒哭

質明主人以下哭於靈座前

主人兄弟皆倚杖於階下 西階之西 入哭盡哀止○繼祖宗子之喪其世適當爲後者主喪乃用此禮若喪主非宗子則皆以亡者繼祖之宗主此祭

尤庵曰宗子有故以攝主行之○又曰祔祭時五服之人各服其服

詣祠堂奉神主出置于座

祝軸簾啓櫝奉所祔祖考之主置于座內執事者奉祖

妣之主置于座西上(母喪則只奉出祖妣一位)若在他所(儀節跪告云云奉其櫝以行)置于西階上卓上啓櫝(奉主置于座如儀)○若

喪主非宗子而與繼祖之宗異居則宗子爲告于祖而設虛位(備要用紙牓)以祭(陳氏曰只設虛位則當先降而後參)祭訖除之

(同春)問宗子告祠堂當前期一日以酒果只告于所祔之龕耶沙溪曰是

(按)儀節行禮於他所則奉櫝時有跪告之文雖行於祠堂將出主恐當有告若在他所則告時又當

焚香

諸具(奉主)

笥(用以盛主櫝而奉之者) 香案(只設本龕前)

告辭式(新補○儀節有告文詳今參酌時祭出主告辭)

孝曾孫(承重稱孝玄孫妻旁親卑幼喪則屬稱隨亾者當祔位○若喪主非宗子則隨宗子屬稱)某今以隮祔先考(母喪云先妣承重云先祖考或先祖妣妻旁親卑幼喪則隨屬稱)有事于

顯曾祖考(母喪云顯曾祖妣承重云顯高祖考或顯高祖妣妻喪云顯祖妣旁親卑幼喪則屬稱隨亾者當祔位)某官府君(內喪云某封某氏)敢請

顯曾祖考

顯曾祖妣(有前後配則列書內喪只請祖妣若祖妣二人以上則親者位)神主出就于座(座若在他所則改于座爲正寢或廳事)

諸具(與宗子異居宗子告于祖)

(同下祭禮有事則告條)

告辭式(新補)

維

年號幾年歲次干支幾月干支朔幾日干支某親(屬稱隨亾者當祔位)某敢昭告于

顯某考某官府君(內喪云顯某妣某封某氏○屬稱隨亾者當祔位)今以孫某官(內喪云孫婦某封某氏或第幾孫女)禮當隮祔而所居異宮不得行祭於

祖廟將以某日謹用紙牓薦于其家謹以酒果用伸虔告謹告

諸具(紙牓)

紙(用厚白紙長廣隨宜以眞楷細書於紙中央臨祭貼於椅上隨位各書) 硯筆墨

盥帨巾

紙牓式 新補

顯某考 屬稱隨亡者當祔位下同 某官府君神位

顯某妣某封某氏神位 祖妣二人以上別具紙各書內喪則不設祖考位

還奉新主入祠堂置于座

主人以下還詣靈座所哭祝奉主櫝詣祠堂西階上卓上主人以下哭從如從柩之序至門止哭祝啓櫝出主如前儀○若喪主非宗子則惟喪主主婦以下還迎

按奉新主時似當有焚香告之節

諸具 奉新主

笏

告辭式 新補

請

主詣

祠堂 正寢廳事隨所設

序立

如虞祭之儀○若喪主非宗子則宗子主婦分立兩階之下喪主在宗子之右喪主婦在宗子婦之左長則居前少則居後

參神

在位者皆再拜參祖考妣

降神

並同卒哭○若喪主非宗子則宗子行之

祝進饌

並同虞祭 但先詣祖考妣位前進饌次詣新主前進饌

按喪主非宗子則宗子宗婦當進饌于祖考妣位使喪主喪主婦進饌于新主而儀同卒哭

初獻

並同卒哭但酌獻先詣祖考妣前 備要 祝執板立於主人之左東向跪讀云云祝興主人再拜 次詣亡者前 備要 祝立於主人之左南向跪讀云云祝興主人再拜 皆不哭○若喪主非宗子則宗子行之若亡者於宗子爲卑幼則不拜

祖考位祝文式

維

年號幾年歲次干支幾月干支朔幾日干支孝曾孫(屬稱隨改見上出主告式)某謹以清酌庶羞適于

顯曾祖考某官府君(屬稱隨改見上出主告式)隮祔孫某官(內喪云孫婦某封某氏姑姊妹以下云第幾孫女)尚

饗

新主祝文式

維

年號幾年歲次干支幾月干支朔幾日干支孝子(承重稱孝孫妻稱夫旁親卑幼隨屬稱○若喪主非宗子則隨宗子屬稱)某(弟以下不名)謹以(妻弟以下云玆以)清酌庶羞哀薦(旁親云薦此妻弟以下云陳此)祔事于

顯考(母云顯妣承重云顯祖考或顯祖妣妻云亾室旁親卑幼隨屬稱卑幼改顯爲亾)某官

府君(內喪云某封某氏卑幼去府君二字)適于

顯曾祖考某官府君(屬稱隨改見上出主告式)尚

饗

亞獻終獻

並同初獻惟不讀祝○若喪主非宗子則喪主爲亞獻

主婦(宗子婦也)爲終獻(終獻不徹酒)

侑食闔門啓門辭神

並同卒哭但不哭

祝奉主各還故處

祝先納祖考妣神主于龕中匣之次納亾者神主西階卓上匣之奉之反于靈座出門主人以下哭從如來儀盡哀止○若喪主非宗子則哭而先行宗子亦哭送之盡哀止若祭於他所則祖考妣之主亦如新主納之(奉歸

祠堂如來儀安于故處降簾闔門而退還詣祭所奉新主反于靈座)

(按)喪主非宗子則祖考妣神主出納宗子宗婦當爲之而新主出納則祝當爲之

小祥

朞而小祥

自喪至此不計閏凡十三月古者卜日而祭今止用初

忌

(雜記)朞之喪十一月而練十三月而祥十五月而禫(註)此言父在爲母○(備要)爲妻同○(張子)曰大功以下筭閏朞以上以朞斷○(備要)父在爲母與爲妻實具三年之體故十一月而練者正當朞年之數也不

可謂以月計而葬閏也○(尤庵)曰凡人練祥皆從閏計日計之○(備要)大全練祥之禮却當計日月實數爲節但其間忌日却須別設祭奠始盡人情按此適子爲然庶子間喪在後則變除之節亦計日月之數哭而行之不敢祭耳○(尤庵)曰聞計若在亾月則只計月數而行練祥於亾日以應十三月廿五月之文○又曰 國恤卒哭前私家練祥不敢行者以殷祭故也當待卒哭後擇日追行而忌日則略行祭奠○(雜記)父母之喪將祭而昆弟死旣殯而祭如同宮則雖臣妾葬而後祭(註)將祭將行大小祥祭也○(沙溪)曰夫爲妻小祥其祭日卜如禫儀而先命以下旬之日

前期一日主人以下沐浴陳器具饌

(按)聞計在後月於忌日別設祭奠則當單獻無祝如朔奠之儀而前一日不可不因上食告由

主人帥衆丈夫灑掃滌濯主婦帥衆婦女滌釜鼎具祭饌佗皆如卒哭之禮

(按)今俗或於小大祥及忌日支子孫別具饌酒謂以加供侑食之後雖陳於卓前其爲瀆褻孰甚於此如欲伸情則以物助具饌之需似合於古禮獻賢之義矣

諸具 (沐浴)

同上虞祭本條

諸具 (陳器具饌)

並同上卒哭本條

設次陳練服

丈夫婦人各設次於別所置練服於其中男子去首絰(備要)婦人腰絰除之**應服朞者改吉服然猶盡其月不服金珠錦繡紅紫**

(備要)今依圖式冠與中衣練之而衰裳則以大功七升布改製而不練恐無違於古禮而與疏家正服不變之文相合矣然橫渠用練之說圖式引之而不以爲非家禮亦謂大功用熟布小祥換練布則雖升練衰裳亦不爲無據○(牛溪)曰練時葛絰卽俗所謂青忽致是也○(尤庵)曰練帶用葛去其外皮則潔白光鮮不宜於喪服○又曰絞帶之用布出於儀禮好古之家從之○又曰家禮旣云練布爲冠則武與纓似當幷在其中矣○又曰練時衣裳見於備要圖式而家禮儀禮皆無斬衰緝邊之文若於小祥緝邊則更無斬衰終三年之意

(按)家禮只云陳練服而無某服不練之文正服不練雖是疏說旣練冠及中衣不練衰裳則上下表裏甚不相稱並練衰裳恐得宜○斬衰練冠之武纓先儒說不同而旣變繩絞爲布絞則繩武之仍存甚不相稱且衣裳之布與制皆同大功則冠亦當一如大功當以尤庵說爲正○練後絰帶世多用熟麻而熟麻只見於備要葛絰與布帶則出於經多矣只當以古禮爲準○葛絰之葛沙溪以爲疑用麤皮尤庵以用麤爲不可易至以全者爲言而以無葛之鄕用顈之義推之顈卽俗所謂於作外其光鮮甚於精葛牛溪青忽致之說似是而尤翁以不宜於喪服駁之旣無明證則不可遽用潔

白者以皮葛略加漚治爲之似得宜

諸具 陳練服

執事者丈夫次 設于東序之東 婦人次 設于西序之西 冠 用稍細練布鍛爲之右縫布纓如大功 帯 用稍細練布鍛爲之○並制見上成服各服其服條 網巾 用稍細練布鍛爲之 衣裳 並用稍麤練布鍛爲之、斬衰猶不緝邊但去負版辟領衰如大功

中衣 用稍細練布鍛爲之○衣以下並制見上成服各服其服條 腰絰 用葛爲之、四股糾之、積而相重卽三重四股其圍五寸七分齊衰四寸六分其長中取圍腰絰兩端垂餘三尺、斬衰亦當布纓 行纏 用稍細練布鍛爲之、制見上成服各服其服條○冠以下男子服 首絰

用葛爲之、其圍七寸二分、齊衰五寸七分、斬衰亦當布纓 髽 仍舊 蓋頭 用稍細練布鍛爲之 衣裳 用稍麤練布鍛爲之○並制見上成服各服其服條、斬衰猶不緝邊但去負版辟領衰○首絰以下婦人服 絞帯 用稍細練布鍛爲之、布如冠升、制見上成服各服其服條 杖 仍舊

屨 用漚麻爲之○絞帯以下男子婦人通服○童子服、並制同長者、但無冠巾○爲人後者爲本生父母服、制同下禫服 侍者妾婢服 用練布、見上成服各服其服條 吉服 朞服入所服、祭訖、還著素服、如忌日服、明日反著吉服

厥明夙興設蔬果酒饌

並同卒哭

質明祝出主主人以下入哭

皆如卒哭但主人倚杖於門外 寢門外之西 與朞親各服其服而入若已除服者來預祭亦釋去華盛之服皆哭盡哀止

乃出就次易服復入哭

祝止之 男女有服者皆出就次易練服朞親換吉服、惟父在爲母爲妻十一月而練者易服與服三年者同復入哭少頃祝止之

降神三獻侑食闔門啓門辭神 降神下當有進饌二字

皆如卒哭之儀

祝文式

維

年號幾年歲次干支幾月干支朔幾日干支孝子 屬稱隨改、見上虞祭祝式 某敢昭告于 告妻及弟以下見上虞祭祝式

顯考某官府君 屬稱隨改、見上虞祭祝式 日月不居奄及小祥夙興夜處哀慕不寧 妻子兄弟改措語、見上虞祭祝式 謹以 妻弟以下云玆以 清酌庶羞哀薦 旁親及妻弟以下改措語、見上虞祭祝式 常事尚

饗○(按)祝式中、雖載小心畏忌不惰其身八字、而士大夫家不用者居多、鄙人曾亦不敢用矣

止朝夕哭

惟朔望未除服者(卽朞以下在外聞喪追服者)會哭

(備要)小祥後雖止朝夕哭、至於上食則當有哭拜之節○(退溪)曰晨昏、當展拜几筵○(同春)問大小祥日親賓之來見者、似當哭拜、沙溪曰客來則主人先哭待之可也

(按)子事父母、有定省之節、自喪至練、有朝夕之哭、喪畢入廟則有晨謁之禮、豈獨於小祥後、全無晨昏之禮、退溪之說、深得禮意、但三年內有常侍之義、祥前不拜而拜於祥後、似未安、晨昏入几筵侍立移時而退、恐當以禮言之則所謂瞻禮者是也

始食菜果

(喪大記)婦人喪父母、既練而歸○(語類)親喪兄弟先滿者先除、後滿者後除、以在外聞喪有先後

(按)古禮練祥之月、卜日而祭、而先滿先除之文、出於儀禮、恐非指同月聞訃者而言、庶子聞喪、若與適子同月則適子練祥時、偕除似當、先正意皆如此

諸具(旣練)

堊室 主人衆男所居、制見上初終喪次條

薦席 並施於堊室者

主人聞喪在後月其亡日前一日告辭式(新補)

某罪逆凶釁不克敬孝昨年聞訃在於某月某日

將以是日退行小祥而明日

諱辰且行一奠之禮彌增罔極謹告

諸具(亡日行奠)

饌 多少隨宜

諸具(夫爲妻十一月而練卜日)

與下時祭本條參看但不盛服

命辭式(新補)

某將以來月某日(卽下旬或丁或亥不吉則復命以中旬、又不吉則直用上旬日)

陳常事于亡室某封某氏尚饗

告辭式(新補)

夫某將以來月某日陳常事于

亡室某封某氏卜既得吉(用上旬日則去卜既得吉四字)茲告

大祥

再期而大祥

自喪至此不計閏凡二十五月、亦止用第二忌日(若夫爲妻十三月而祥、只用初忌日)

前期一日沐浴陳器具饌

皆如小祥（備要有事則告今新主祔廟不可不先告祠堂○尤庵曰前期告廟而翌日祥祭畢後即入祔之爲順）

【諸具】（沐浴）同上虞祭卒條

【諸具】（陳器具饌）並同上卒哭本條

【諸具】（前一日告祠堂）

【平凉子布直領布帶】并即見上既卒哭祭先服條者○餘並同下祭禮有事則告條

【告辭式】備要○承重則父雖祔位亦當有告

維

年號幾年歲次干支幾月干支朔幾日干支五代孫承重稱六代孫繼曾祖以下之宗隨屬稱○若喪主非宗子而宗子告則稱孝玄孫某官某敢昭

告于

顯五代祖考某官府君

顯五代祖妣某封某氏高祖考妣至祖考妣列書承重則自六代祖考妣至曾祖考妣列書父先亾母喪則自高祖考妣至考列書祔位不書○若宗子告則自高祖考妣以下至亾者祖先位玆以先考母云先妣承重云先祖考或先祖妣妻云亾室○若宗子告則隨屬稱某官內喪云某封某氏大祥已屆禮當祔於

顯曾祖考屬稱隨改見上祔祭出主告式某官府君內喪云某封某氏不勝感愴謹以酒果用伸虔告謹告

【支子異居始爲禰廟妣位告辭式】（新補）

維異

年號幾年歲次干支幾月干支朔幾日干支孝子某敢

昭告于

顯妣某封某氏父先亾云顯考某官府君玆以

先考父先亾云先妣喪期已盡禮當入廟謹以酒果用伸虔

告謹告

陳祥服（皇朝制）

（儀節）白直領布帶（五禮儀）白笠白靴婦人用素衣履內外各設次陳之

〔檀弓〕祥而縞○〔書傳〕純白之色曰縞大祥則服乎縞也○〔間傳〕大祥素縞麻衣

〔按〕家禮此條云陳禪服而不無古今之異且在萬曆年間鄭松江赴京問於禮部則郎中胡僖答曰禪而陳禪服序也今當薦此祥事之日而先陳禪服人無不徵疑其間我 朝議禮考文祥禪服參酌時宜大祥日用細熟麻布爲冠服及至禪祭卽服禪服承祭云而今文獻無徵故但以陳祥服三字爲大文註以 皇朝制以丘儀與 國制開錄于下而禪服一段移置禪條

諸具 〔陳祥服〕

執事者丈夫婦人服 幷同上陳練服條 **白笠** 易以白細布 **網巾** 用白細布爲之○按家禮大祥直用禪服故於網巾先儒皆從禪服說沙溪以爲用黑白麤騣雜造爲之而今移禪服於禪條而大祥純用素服則獨於網巾不當用黲色問解同春問目亦以爲黑網巾甚不稱於縞素之服欲以白布爲之又有人問於尤庵曰宋龜峰答鄭松江則以爲當用白布尤庵答曰笠旣白則巾亦白無妨其後所論多以黲爲言蓋主禪服說也今於祥服不用黲色故以尤庵初說爲正先輩亦有行之者矣 **直領帶** 幷用白細布爲之 **白靴** 今俗代以麻屨○白笠以下男子服 **髢** 仍舊 **衣裳** 如布瀒衣白大衣長裙之類 **屨** 䋶以下婦人服

厥明行事皆如小祥之儀

〔按〕家禮無吉祭故此條上有告遷祠堂之文而今行吉祭則當在吉祭時玆依備要移置○虞卒哭及小祥無遷主之事故先斂主而後辭神祔祭則有奉還之節故先辭神而後斂主大祥旣當奉入祠堂則亦如祔祭而先辭後斂爲是

祝文式

維

年號幾年歲次干支幾月干支朔幾日干支孝子 屬稱隨改 見上虞祭祝式 某敢昭告于 告妻及弟以下見上虞祭祝式

顯考某官府君 屬稱隨改見上虞祭祝式 日月不居奄及大祥夙

興夜處哀慕不寧 妻子兄弟改措語見上虞祭祝式 謹以淸酌庶

羞哀薦 祔親及妻弟以下改措語見上虞祭祝式 祥事尚

饗

畢祝奉神主入于祠堂

〔備要〕祝跪告云云 **主人以下哭從如祔之序至祠堂前哭止** 詣祖龕軸簾祔于正位東南西向皆再拜降簾闔門而退

〔大全〕旣祥而撤几筵其主且當祔於祖廟俟祫畢後遷○〔備要〕父雖先入廟母喪畢且祔於曾祖妣俟祫時配于父

〔按〕若始爲大宗及非宗子而與宗子異居則大祥前新立祠堂祭訖入廟與宗子同居則祔于祖廟至吉乃別立廟似合禮意

諸具(奉主)

小卓 斂主時用以安櫝者 **簡帕** 用黑緞爲之

告辭式(備要)

請入于

祠堂

徹靈座斷杖棄之屛處

(理窟)喪服必於除日毁以散諸貧者或守墓者可也(喪大記)食醯醬

(雜記)有父之喪未沒喪而母死其除父之喪也服其除服卒事反喪服

(按)家禮此條下有埋主飮酒食肉復寢等文而據古禮及丘儀皆非祥後事故移置下文幷如備要

禫

大祥之後中月而禫

間一月也自喪至此凡二十七月 若夫爲妻則十五月(理窟)閏月亦筭之 謂祥禫之間

(小記)爲父母妻長子禫(疏)妻爲夫亦禫○(備要)前後有喪則前喪禫祭不可行於後喪中亦不忍於凶時行吉禮之意也又不可追行於後喪畢後蓋過時不祭也○(尤庵)曰 國喪卒哭前不可行禫卒哭後不可追行只於當禫之月設虛位哭

前一月下旬卜日

下旬之首擇來月三旬各一日或丁或亥設卓子祠堂門外置香爐香盒环珓盤子其上西向主人服祥服西向衆主人次之少退北上子孫在其後重行北上執事者北向東上主人炷香熏珓(兩手執之薰於爐上)命以上旬之日(云云)卽以珓擲于盤以一俯一仰爲吉不吉更命中旬之日又不吉則用下旬之日(下旬則不卜)主人乃入祠堂本龕前再拜

在位者皆再拜主人焚香祝執辭立於主人之左(東向)跪告(云云)主人再拜降與在位者皆再拜祝闔門退

(尤庵)曰环珓之制旣非難備者今俗無端不用未可曉也

諸具(下日)

同下祭禮時祭本條但不盛服

命辭式

某將以來月某日(卽三旬內或丁或亥)祗薦(妻子改祗薦爲陳)禫事于先考(母云先妣承重云先祖考或先祖妣妻云亡室子云亡子)某官府君(內喪)

云某封某氏子去府君二字尚饗

當位告辭式

孝子承重稱孝孫妻稱夫某告子但云父將以來月某日祗薦妻子改措語見上命辭式禫事于

先考某官府君屬稱隨改見上命辭式卜既得吉用下旬日則去此四字

敢告妻子云茲告

前期一日沐浴設位陳器具饌

設神位於靈座故處佗如大祥之儀儀節設卓於西階

上

讀沐浴設位陳器具饌並同下祭禮忌祭本條

設次陳禫服

司馬溫公曰丈夫垂脚黲紗幞頭今俗代用黲布笠黲布衫布

裹角帶當代用白布帶婦人冠梳以鵝黃青碧皂白爲衣履冥

金珠紅繡皆不可用

間傳禫而纖疏黑經白緯曰纖○書傳中月而禫則服乎纖也

讀陳禫服

執事者丈夫次婦人次並同上陳練服條黲布笠皁纓具俗用墨布笠○今世不用垂脚幞頭故代之以此網巾用黑白麤騣雜造或用淡皁布爲之黲布

衫衫用直領或深衣爲可如深衣則以黲布緣之○按黲是黑白兼之色間傳禫而纖黑經白緯者今世無用之者用水墨染作黲淡之色可也又說文黲淺青黑色淺青卽葱白玉色之類淺黑卽灰色所云黲淡色是也又要訣父母忌祭服有官無官通用玉色團領盖家禮忌祭服與禫服同○禫時冠服並仍吾作忌祭服似好

白布帶布裹角帶不可常服故代之以此如深衣則亦布緣○按若不能具黲衫而用素服則帶用黲布亦可蓋古禮禫訖著素端沙溪曰雖著素端白

帶則似過今人多從此說矣然當以家禮禫服爲正

皁靴或白靴○黲布笠以下男子服

冠制見上冠禮笄陳服條

淡黃帔制見上昏禮醮女條

白大衣制見上朔參條

履冠以下婦人服○並用鵝黃青碧皁白爲之鵝黃卽兒鵝色青卽藍色碧卽玉色

厥明行事皆如大祥之儀

但主人以下詣祠堂本龕前軸簾皆再拜祝儀節焚香跪告云云奉

主櫝主人以下從之置于西階卓上出主置于座主人以下皆

哭再拜盡哀出就次易服三獻不哭至辭神乃哭盡哀拜畢奉主就西階卓上櫝之

送神主至祠堂不哭備要猶祔祖龕降簾闔門而退

贊 奉主

並同上祔祭出主本條

告辭式 儀節

孝子(屬稱隨改見上卜日告式)某(告子見上卜日告式)將祗薦(妻子改措語見上命辭式)禫事敢(妻子去敢字)請

先考(屬稱隨改見上命辭式)神主出就正寢(行祭于靈座則改正寢爲靈座故處)

祝文式

維

年號幾年歲次干支幾月干支朔幾日干支孝子(屬稱隨改見上卜日告式)某(告子見上卜日告式)敢昭告于(妻去敢字告子但云告于)

顯考(母云顯妣承重云顯祖考或顯祖妣妻云亡室子云亡子)某官府君(屬稱隨改見上命辭式)日月不居奄及禫祭夙興夜處哀慕不寧(妻改夙興以下八字爲悲悼酸苦不自勝堪子云悲念相續心焉如燬)謹以(妻子云茲以)淸酌庶羞哀薦(妻子云陳此)禫事尙

饗

始飮酒食肉

(間傳)始飮酒者先飮醴酒始食肉者先食乾肉

吉祭 (士虞記)

禫之明日卜日(備要)○下同

擇來月三旬各一日或丁或亥禫在中月則就是月內卜日主人禫服帥衆兄弟及子孫執事立於祠堂中門外西向焚香薰珓並如禫祭卜日儀

旣得日告如時祭卜日而告之儀

(士虞記)是月也吉祭猶未配(註)是月禫月也當四時之祭月則祭猶未以妣配○(備要)踰月而祭是爲常制而禫祭若當四時正祭之月則卽於是月而行之蓋三年廢祭之餘正祭爲急故也祭時考妣異位祝

用異板祭後合櫝若踰月則祭時合位○(尤庵)曰吉祭實喪餘之祭則雖行於孟月亦無嫌也○(稼齋)曰七月行吉祭則秋祭已行不當再行於八月○(備要)父先亡已入廟則母喪畢後固無吉祭遞遷之節矣然其正祭似當倣此而行之

贊 卜日

同下祭禮時祭本條但不盛服

命辭式 引用下時祭本式下同

某將以來月某日(卽上旬或丁或亥不吉則復命以中旬又不吉則直用下旬日)諏此歲事適其祖考(始爲禰宗但云考下同)尙饗

告辭式

孝孫 始爲禰宗云孝子下同 某將以來月某日祗薦歲事于

祖考卜既得吉 用下旬日則去卜既得吉四字 敢告

祝命執事辭式

孝孫某將以來月某日祗薦歲事于

祖考有司具脩

前期三日齊戒

主人帥衆丈夫致齊於外主婦帥衆婦女致齊於內皆沐浴

諸具 齊戒

同下祭禮時祭本條

告遷于祠堂 備要告遷上有前一日三字

前一日夙興詣祠堂以酒果告如朔參之儀但別設一卓於香案之東置淨水粉盞刷子竹刀木賊帨巾硯筆墨於其上主人斟酒再拜訖立於香卓之前祝執板立於主人之左主人以下皆跪祝東向跪讀云云若承重祖喪畢後改題考位神主則主人又就考位所祔龕前跪祝就主人之左跪讀云云告畢祝降復位主人再拜進奉所當改題最尊之主卧置卓上執事者先以帨巾漬水沾潤粉面次以竹刀刮去舊字次以刷子梳去舊粉又以帨巾拭之又以木賊磨之使滑乃別塗以粉俟乾命善書者盥手西向坐改題之陷中不改洗水以灑祠堂之四壁主人奉主置故處改題諸位如前曾祖考妣改題爲高祖考妣祖考妣爲曾祖考妣考妣爲祖考妣旁題皆以其屬書之祔位皆倣此例不書旁題親盡當埋之主則不復改題嘗遷長房之主亦同若有不遷之位改題以幾代祖旁題亦改書乃降復位與在位者皆再拜辭神納主徹降簾闔門而退

諸具 告遷

同下祭禮有事則告條但不盛服○承重祖父喪畢或母先亡父喪畢則祝用二板

諸具 改題

淨水刷子巾○餘並同上治葬題主條

告辭式 備要

維

年號幾年歲次干支幾月干支朔幾日干支五代孫承重 稱六代孫繼曾祖以下之宗隨屬稱 某敢昭告于

顯五代祖考某官府君

顯五代祖妣某封某氏 高祖考妣至祖考妣列書承重則自六代祖考妣至曾祖考妣列書 茲以先考 承重云先祖考 某官府君喪期已盡禮當遷主入廟 承重則此下云先考某官府君已於某年某月祔于祖龕亦當遷主入廟

顯五代祖考某官府君

顯五代祖妣某封某氏承重則先書六代祖考妣親盡神主當祧

顯高祖考某官府君

顯高祖妣某封某氏至祖考妣列書承重則至曾祖考妣列書神主今將

改題祔位有改題者則此下當云某親某官府君或某親某封某氏神主亦當改題○卑幼不書府君世次迭遷不勝感愴謹以酒果用伸虔告謹

告

母先亡父喪畢改題妣位告辭式新補○祖母先亡承重祖父喪畢改題祖妣位告辭同但改屬稱

維

年號幾年歲次干支幾月干支朔幾日干支孝子某敢

昭告于

顯妣某封某氏當初題主時

先考某官府君爲主故以其屬書之今

先考喪期已盡禮當遷主入廟

顯妣神主亦當合享某將以

顯妣改題世次迭遷彌增罔極謹以酒果用伸虔告

謹告

承重祖父喪畢改題考位告辭式新補

維

年號幾年歲次干支幾月干支朔幾日干支孝子某敢

昭告于

顯考某官府君俱亡則顯妣某封某氏列書下同當初題主時

先祖考某官府君爲主故以其屬書之今

先祖考喪期已盡禮當遷主入廟

顯考神主亦入正位某將以

顯考改題世次迭遷彌增罔極謹以酒果用伸虔告

謹告

設位備要○下同

主人帥衆丈夫及執事者灑掃正寢洗拭椅卓務令蠲潔設五代祖考妣位於堂西北壁下南向考西妣東各用一椅一卓而合之高祖考妣曾祖考妣祖考妣以次而東皆如五代祖考妣之位設考妣位於東壁下西向考北妣南禫月行祭則新主考妣異位世各爲位不屬祔位皆於東序西向北上或兩序相向尊者居西妻以下則於階下○若繼曾祖以下之宗則計世數設位幷新主皆南向如儀若始爲繼禰之宗則只設新主位於

堂中北壁下南向

沙溪曰世數若已滿而又陞新主則是五世似未安常以新主姑位於東壁下祭畢遷祧後始入正位恐當然則未滿四世者直爲正位無妨

【諸具】設位○若承重喪畢則祖考及考位當並姑設於東壁下西向

【合積】蓋座如初制但闊其廣取足以容考妣之主若祔位無吉祭者則禫之後月朔參時乃具

(　)餘並同下祭禮時祭本條而設五位

陳器省牲滌器具饌

竝如時祭儀

設次陳吉服

陳氏曰至吉祭平常所服之物無所不佩

按此一節備要在禫條而今移置于此○若是祔位而無吉祭者則當於禫祭後月朔參而服吉矣

○父在母喪持心制以終禫月禫月所盡來哭於墓前除之亦似穩當

【諸具】陳吉服

同下祭禮朔參條盛服

厥明夙興設蔬果

如時祭儀

質明奉主就位

主人以下各就次易盛服盥帨詣祠堂前餘並同時祭儀

【諸具】奉主

同下祭禮時祭本條

【告辭式】備要

五代孫承重則稱六代孫某今以遞遷父先亡母喪畢云孝玄孫某今既免喪若始爲禰宗云孝子某今以安享母喪畢改妥享爲合享有事于

顯五代祖考某官府君

顯五代祖妣某封某氏高祖考妣至考妣列書承重則自六代祖考妣至考妣列書父先亡母喪畢自高祖考妣至考妣列書若始爲禰宗則止云顯考某官府君俱亡則顯妣某封某氏列書以某親某官府君君卑幼去府君二字某親某封某氏

祔食敢請

神主出就正寢恭伸奠獻

參神降神進饌

竝如時祭儀

初獻

如時祭儀但先詣五代祖位前獻祝以次詣考位前如初○若禫月行祭則考位獻祝畢復就妣位前獻祝○若承重喪畢則祖位獻祝畢復就考位前獻祝

親盡祖考妣位祝文式 (備要)○承重則六代祖考妣位祝同但改屬稱祝亦異板

維

年號幾年歲次干支幾月干支朔幾日干支五代孫某

敢昭告于

顯五代祖考某官府君

顯五代祖妣某封某氏茲以先考 屬稱隨改見上改題告式 某官

府君喪期已盡禮當遷主入廟 承重則改措語見上改題告式 先

王制禮祀止四代心雖無窮分則有限

神主當祧埋于墓所 不遷之位則改埋爲遷奉入有親未盡者將徙于其房則改埋于墓所爲遷于某親某之房 不勝感愴謹以清酌庶羞百拜告

辭 本龕有祔位則此下云某親某官府君某親某封某氏神主亦當竝埋若正位祧遷于長房而不埋則去亦當竝埋四字某氏神主下云埋于本墓 尚

饗

高祖考妣至祖考妣位祝文式 (高儀)○(備要)代各異板

維

年號幾年歲次干支幾月干支朔幾日干支孝玄孫 繼曾祖以下之宗隨屬稱 某敢昭告于

顯高祖考某官府君

顯高祖妣某封某氏 曾祖考妣祖考妣隨屬稱 某罪逆不滅歲及

免喪世次迭遷昭穆繼序先王制禮不敢不至 父先亡母喪畢及祖先亡承重祖母喪畢此下去世次以下十六字改云時維仲春隨時追感歲時不勝永慕 謹以清酌庶羞祇薦歲事以某親某官府君 卑幼云云見上出主告式 某親某封某氏祔食尚

饗

新主位祝文式 (備要)○承重則祖考妣位祝同但改屬稱

維

年號幾年歲次干支幾月干支朔幾日干支孝子某敢

昭告于

顯考某官府君 母先亡顯妣某封某氏列書 喪制有期 母先亡改喪制有期

爲顯考喪期已盡追遠無及今以吉辰式遵典禮隮入始爲禰宗改隮入爲妥享于
廟母先亡此下當添配以先妣四字謹以清酌庶羞祇薦歲事尚
饗

父先亡母喪畢考妣位祝文式 備要○祖先亡承重祖母喪畢祖考妣位祝同但改屬稱

維
年號幾年歲次干支幾月干支朔幾日干支孝子某敢
昭告于
顯考某官府君
顯妣某封某氏
顯妣喪期已盡禮當配享時維仲春隨時追感歲時昊
天罔極承重改昊天罔極爲不勝永慕謹以清酌庶羞祇薦歲事
尚
饗

父先亡母喪畢禫月合祭考妣位祝文式 備要○祖先亡

承重祖母喪畢祖考位祝同但改屬稱

維
年號幾年歲次干支幾月干支朔幾日干支孝子某敢
昭告于
顯考某官府君某罪逆不滅歲及免喪母先亡改某罪以下九字爲喪制有期追遠無及今以吉辰式遵典禮母先亡此下當添隮入于廟四字而若始爲禰宗則改隮入爲妥享將配以
先妣某封某氏時維仲春隨時追感歲時昊天罔極改措語見上考妣位祝式○母先亡去時維以下十二字謹以清酌庶羞祇薦歲
事尚
饗

妣位祝文式 備要○承重則祖妣位祝同但改屬稱

維
年號幾年歲次干支幾月干支朔幾日干支孝子某敢
昭告于
顯妣某封某氏喪制有期追遠無及母先亡改喪制以下八字爲某

罪逆不滅歲及免喪 今以吉辰式遵典禮將配于

先考某官府君謹以淸酌庶羞祇薦歲事尚

饗

承重祖父喪畢考位祝文式 新補

維

年號幾年歲次干支幾月干支朔幾日干支孝子某敢

昭告于

顯考某官府君 俱亡則顯妣某封某氏列書下同 某罪逆不滅歲及

免喪今以吉辰式遵典禮

先祖考某官府君 祖母先亡則顯祖妣某封某氏列書 隮入于

廟

先考亦以次入正位世次迭遷昭穆繼序追感彌新

昊天罔極謹以淸酌庶羞祇薦歲事尚

饗

亞獻終獻侑食闔門啓門受胙辭神

並如時祭儀

嘏辭式 引用下時祭本式歸胙以下同

祖考命工祝承致多福于汝孝孫來 音釐 汝孝孫使汝

受祿于天宜稼于田眉壽永年勿替引之

納主

主人主婦皆升各奉主納于櫝考妣有先亡者至是合安于櫝先奉親盡神主安於夾室以笥斂高祖以下之櫝奉歸祠堂如來儀以次遞升新主亦入正位降簾闔門而退

徹餕

並如時祭儀

歸胙所尊書式

某惶恐 平交以下去惶恐二字 白今月某日有事于祖考謹

降等改謹爲今 遣歸 降等改歸爲致 胙于

執事 平交以下去于執事三字 伏惟

尊慈俯賜 平交去尊慈俯賜四字

容納 平交改容納爲留納降等去于執事以下十一字 某惶恐再拜 平交去惶恐二字降等改惶恐再拜爲白

某人執事 平交改執事爲左右

皮封式 新補

狀上

某官執事　姓某謹封

所尊復書式

某白 降等云惶恐白○降等平交云云、皆指復書者而言下同 吾

子 平交以下云伏承某人 孝享

祖考不尊有其福 降等云欲廣其福

施 降等改施爲辱 及老夫 平交云賤交降等云賤子 感慰良深 平交云不勝感

戢 降等云過蒙恩私不勝感戴之至 某白

某人 平交云某再拜某人左右、降等云某惶恐再拜某人執事

皮封式 同前式

獻者祝辭式

祀事旣成

祖考嘉饗伏願

某親備膺五福保族宜家

尊長酢長少祝辭式

祀事旣成五福之慶與汝曹共之

奉遷主埋于墓側

親盡則埋○若有親盡之祖而其別子 卽始祖、凡不遷之位皆同

也則遷于墓所不埋 无菴曰墓所有祠堂、奉安神主 其支子也而族人

有親未盡者則遷于最長之房、使主其祭 備要 神主以

主祭者所稱改題而旁題不稱孝、凡祔位之主、本位出

廟則當埋于墓所

无菴曰祧主埋於本墓之右邊、旣掘坎以木匣先安於坎中、然後以主櫝安于木匣中、子孫皆再拜而辭

畢、閉匣門而掩土、堅築後、加以莎草、或云盛以瓷缸則不朽、或云瓷缸入水則永無乾時、不若木匣之爲

善云矣○問埋主時似當有告墓之節、尤菴曰以酒果告之似宜

按此條註說、家禮在告遷條下、故今移置于此○祧主埋安時、無子孫擧哀之文、而今俗多有行之

者、情禮俱得

諸具 埋于墓側

祝 要訣 具 擔夫 遺衣 用以裹主埋安者、有復衣則並用之 木匣 卽櫃屬、用以盛

主卧安者 莎草

諸具 告墓

同上治葬告先塋條

當位告辭式（新補）○承重則六代祖考妣位告辭同但改屬稱

維

年號幾年歲次干支幾月干支朔幾日干支五代孫某

官某敢昭告于

顯五代祖考某官府君

顯五代祖妣某封某氏之墓世次迭遷

神主已祧情雖無窮分則有限式遵典禮埋于

墓側不勝感愴謹以酒果用伸虔告謹告

諸具（不遷之位遷于墓所）

祠堂立於墓所者 要[illegible]祭器

諸具（遷于最長房）

要[illegible]祭器

諸具（改題）

同上告遷條

告辭式（新補）

維

年號幾年歲次干支幾月干支朔幾日干支玄孫（曾孫或孫）

（隨屬稱）某官某敢昭告于

顯高祖考某官府君

顯高祖妣某封某氏（曾祖考妣或祖考妣隨屬稱下同）今以孝玄孫

某喪制已畢某于親盡

顯高祖考

顯高祖妣神主已祧某當以次長奉祀

神主今將改題謹以酒果用伸虔告謹告

復寢

（按吉祭家禮所無而備要旣採古禮補入故今亦從之而備要所載則猶欠詳備故就其中更加添修俾便於考閱）

四禮便覽卷之六

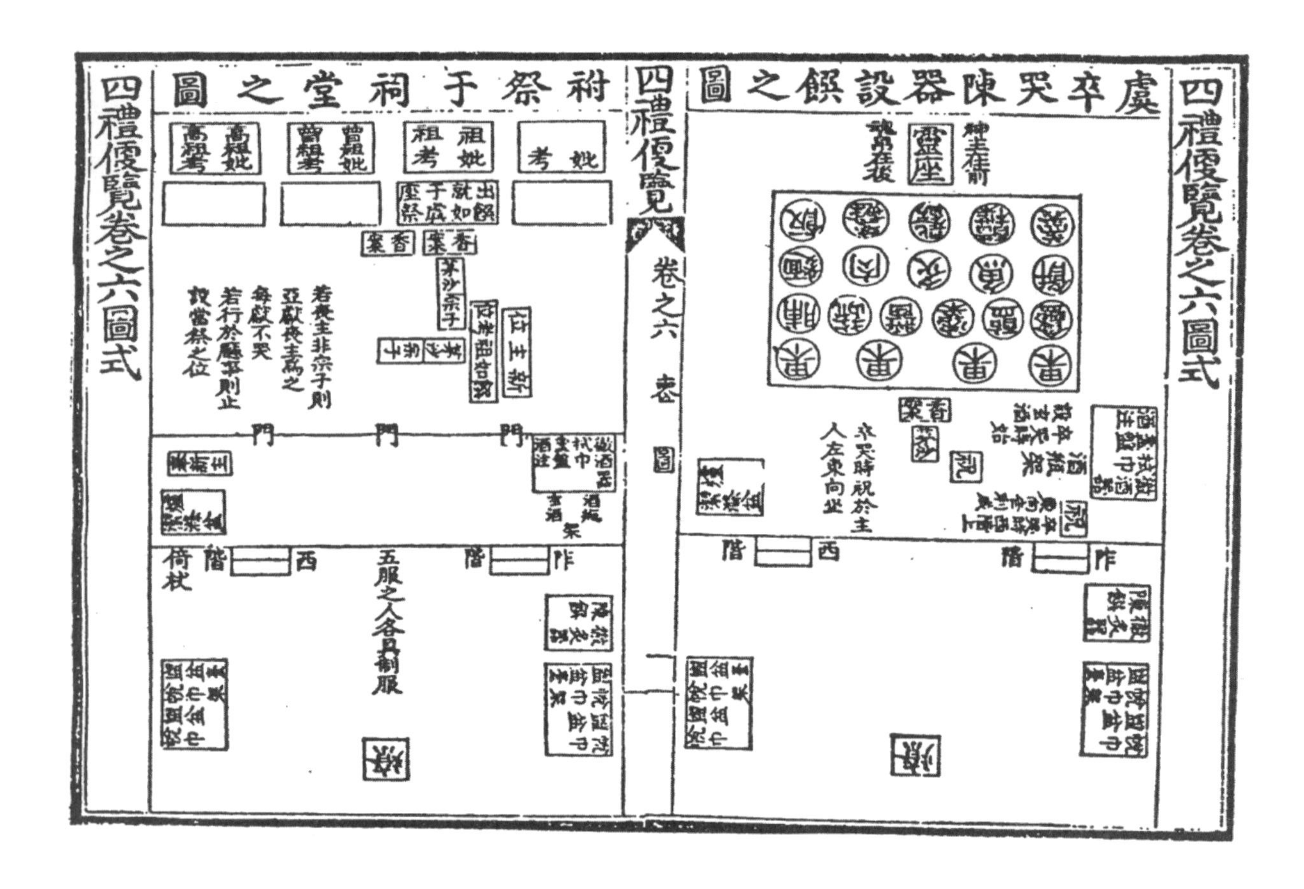
四禮便覽卷之六圖式
祔祭于祠堂之圖
高祖妣
高祖考
曾祖妣
曾祖考
祖妣
祖考
妣
考
香案
香案
新主位
若喪主非宗子則
亞獻喪主爲之
若行於廳事則止
設當祔之位
門
門
門
西
階
阼
階
倚杖
五服之人各以其服
四禮便覽
卷之六
虞卒哭陳器設饌之圖
靈座
香案
祝
亦哭時祝於主人左東向立
西
階
阼
階
四禮便覽卷之六圖式

四禮便覽卷之七

喪禮五

改葬(儀節)

將改葬先擇地之可葬者治棺具斂牀布絞衾衣(備要)○下同

治棺如初喪之儀大小據初喪時見櫬無則啓墓後取櫬於舊棺具斂牀席褥絞衾衣如大斂儀又別具紟及雪綿子新綿白紙片竹細繩翦板待啓墓後審視如不易棺則並不用

(備要)古者改葬爲墳墓以佗故崩壞將亡失尸柩也世俗惑於風水之說有無故而遷葬者甚非也○(尤庵)曰遷葬時凡百一如初喪

諸具(治棺)

諸具(斂牀) 同上初終本條

執事者(經歷幹事者) **侍者牀席褥卓衾絞上衣散衣**(並同上初終大斂條) **紟**(卽單衾用白布五幅爲之用以承藉于斂下以舉尸者) **雪綿子**(俗用以鋪於斂上者) **新綿**(用以補空者) **白紙**(俗用以間於鋪綿者) **淸酒**(俗用以灑於綿紙上使相黏著者) **盥盆帨巾**

治葬具制服

葬具一如始葬儀男子婦人應服三年者皆制緦孫曾玄爲後者及其妻亦同應有服之親皆具弔服加麻夫爲妻亦同

(喪服記)改葬緦(註)臣爲君子爲父妻爲夫(疏)父爲長子子爲母○(通典)孫爲祖後亦緦○(尤庵)曰三年內遷葬者以原服行之不必改制緦也○(沙溪)曰父喪中改葬母者父未葬不敢變服若父旣葬則恐當依重喪未除遭輕喪之例服母改葬之緦以終事杖亦當去

(按)父在母喪者雖壓屈而不能自伸其間猶能具三年之體緬禮之時恐當服緦

諸具(制服) **冠巾首絰衣裳帶腰絰屨**(並制見上成服緦服條○以上應服三年者所

服首絰以下婦人同具) **皁巾環絰皁布衫帶**(並制見上成服弔服加麻條○以上應有服之親所服婦人則用白大衣長裙之類制見下祭禮朔參條)

擇日開塋域祠土地遂穿壙作灰隔(刻誌石)皆如始葬之儀

諸具(開塋域祠土地) 同上治葬本條

祝文式(儀節)○若合窆或繼葬則告先葬及告先塋祝文與治葬本條祝式參看

維

年號幾年歲次干支幾月干支朔幾日干支某官姓名

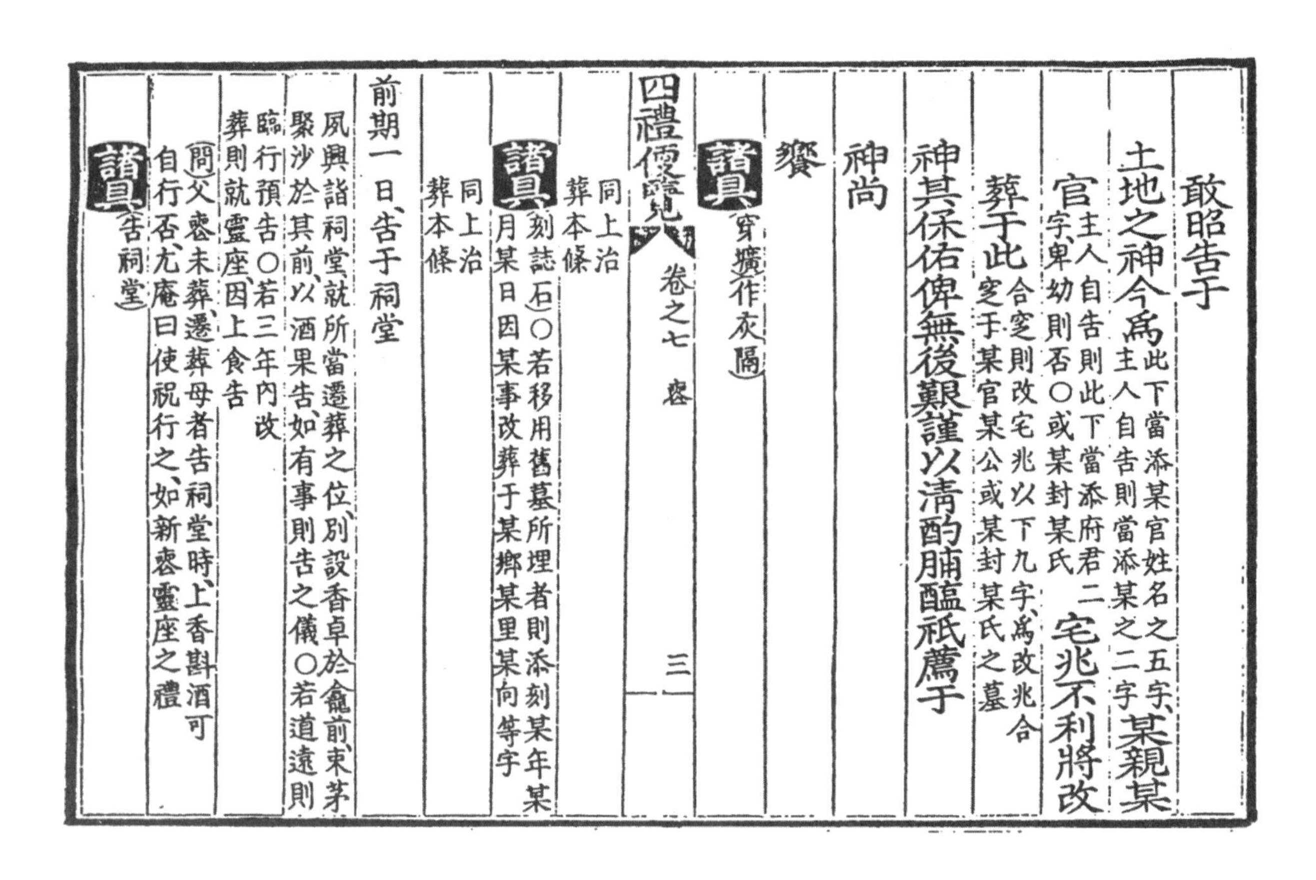

敢昭告于

土地之神今爲此下當添某官姓名之五字、主人自告則當添某之二字某親某

官主人自告則此下當添府君二字卑幼則否○或某封某氏宅兆不利將改

葬于此合窆則改宅兆以下九字爲改兆合窆于某官某公或某封某氏之墓

神其保佑俾無後艱謹以淸酌脯醢祇薦于

神尚

饗

諸具(穿壙作灰隔)

同上治葬本條

諸具(刻誌石)○若移用舊墓所埋者則添刻某年某月某日因某事改葬于某鄕某里某向等字

同上治葬本條

前期一日告于祠堂

夙興詣祠堂就所當遷葬之位別設香卓於龕前束茅聚沙於其前以酒果告如有事則告之儀○若道遠則臨行預告○若三年內改葬則就靈座因上食告

(問)父喪未葬遷葬母者告祠堂時上香斟酒可自行否尤庵曰使祝行之如新喪靈座之禮

諸具(告祠堂)

同下祭禮有事則告條但不盛服

當位告辭式(儀節)

維

年號幾年歲次干支幾月干支朔幾日干支某親某官

某弟以下不名敢昭告于妻去敢字弟以下但云告于

顯某親某官府君或某封某氏同遷合葬則列書妻弟以下改顯爲亡卑幼去府君二字體魄托非其地恐有意外之患驚動

先靈旁親改先爲尊妻弟以下去驚動先靈四字不勝憂懼將卜以是月

某日改葬于某所合窆則改體魄以下三十二字爲將以某月某日改兆合窆于某親某官府君或某封某氏之墓謹以妻弟以下云玆以酒果用伸虔告

謹告妻弟以下改用伸以下六字爲用告厥由

執事者於舊墓所張白布幕

張於墓西南向布席有椅卓

諸具(舊墓張白幕)

同上治葬靈幄條

爲男女位次

男子於墓東西向北上婦人於墓西幄內東向北上

諸具 男女位次

同上治葬親賓次條

厥明內外諸親皆至各就次主人服緦餘皆素服就位哭

盡哀

尤菴曰子孫之不得來會者素服望哭情理之不可已者況 國朝已成典禮者耶

祝祠土地

將啓墓先以酒果祠土地於墓左如始葬之儀

尤菴曰啓墓之時祖先墓同處一岡則如此重事何可不告耶此雖無明文然以祔葬時告于先墓推之則遷改時當告無疑矣○又曰兩墓同岡而一遷一否則兩告之

諸具 舊山祠土地

祝執事者新潔席祝板果脯醢酒注盞盤二一用以酹酒者拜席盥盆帨巾

祝文式 儀節

維

年號幾年歲次干支幾月干支朔幾日干支某官姓名

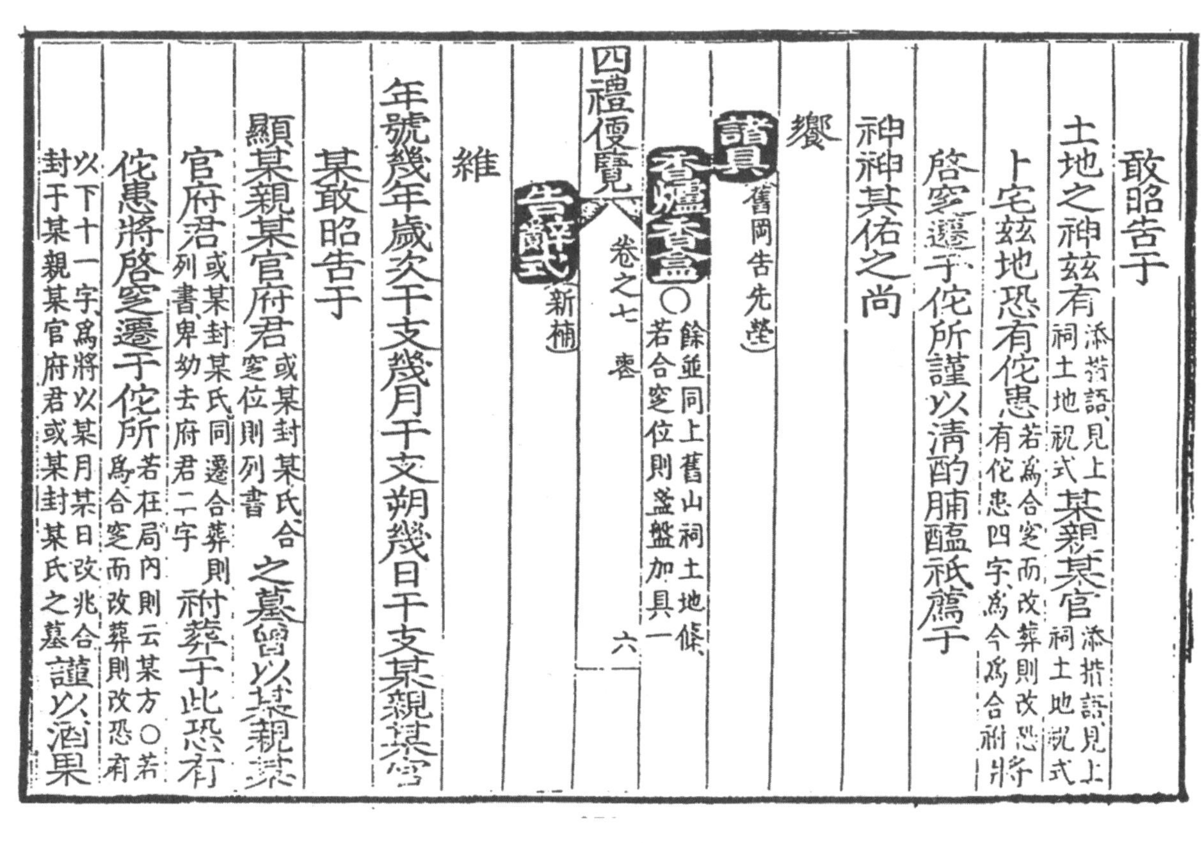

敢昭告于

土地之神玆有 添措語見上祠土地祝式 某親某官 添措語見上祠土地祝式

卜宅玆地恐有佗患 若爲合窆而改葬則改恐有佗患四字爲今爲合祔將

啓窆遷于佗所謹以淸酌脯醢祇薦于

神神其佑之尚

饗

諸具 舊岡告先塋

香爐香盒○餘並同上舊山祠土地條若合窆位則盞盤加具一

告辭式 新補

維

年號幾年歲次干支幾月干支朔幾日干支某親某官

某敢昭告于

顯某親某官府君 或某封某氏合窆位則列書 之墓曾以某親某官府君 或某封某氏同遷合葬則列書卑幼去府君二字 祔葬于此恐有佗患將啓窆遷于佗所 若在局內則云某方○若爲合窆而改葬則改恐有以下十一字爲將以某月某日改兆合封于某親某官府君或某封某氏之墓 謹以酒果

用伸虔告謹告

諸具 兩墓同岡一遷一否告不遷之墓

同上舊岡告先塋條

告辭式 新補

維

年號幾年歲次干支幾月干支朔幾日干支某親某官

某 弟以下不名 敢昭告于 告弟以下見上當位告式

顯某親某官府君 或某封某氏卑幼改顯爲亡去府君二字下同 之墓曾以

顯某親某封某氏 或某官府君 同葬于一岡恐有他患今

將啓窆遷于他所 此下敍不能同遷之由 追感彌新 考妣此下當添昊天罔極四字弟以下改追感彌新以他語 謹以 弟以下云茲以 酒果用伸虔

告謹告 弟以下改用伸以下六字爲用告厥由

啓墓

用新潔席陳於墓前設盞盤酒果脯醢於其上有石牀則設於其上設香爐盒於其前主人以下敍立擧哀哀止再拜主人焚香酹酒奠酒再拜復位祝噫歆三聲北面跪告云云興復位主人以下哭再拜乃徹

諸具 啓墓

同上舊岡告先塋條

告辭式 儀節

維

年號幾年歲次干支幾月干支朔幾日干支某親某官

某敢昭告于 告妻及弟以下見上當位告式

顯某親某官府君 屬稱隨改見上當位告式 葬于茲地歲月滋久

體魄不寧今將改葬 合窆則改葬于以下十六字爲將以某月某日合封于某親某官府君或某封某氏之墓今方啓墓 伏惟

尊靈 妻弟以下但云惟靈 不震不驚

役者開墳

破墳至天灰又掘開四旁灰隔外土至天灰旁灰交縫處乃於交縫處用鐵抹作穴次用大小鐵抹或木抹俗稱地乃漸次劈開納兩長杠杠下枕大塊木榤擧天灰細審壙內然後以兩松板縱置於左右旁灰上面松板上橫排大小撒輪又於前面灰隔盡處拓開地道縱置兩長杠杠上排撒輪高與壙灰齊用大索兜天灰上頭從下頭引索兩端齊力退出男女各就位哭如初訖掘退三面灰隔外土乃劈去灰隔以便出柩

諸具 開墳

役夫器用 如木抹鐵抹長杠松板撒輪大索斧鍤及廣耳加乃之類

舉棺、出置幕下席上
婦人退避帷中、執事者用布二條摺之、兜柩底兩頭、
舉棺、衆扶助之、出置幕下席上、南首、主人以下哭從
祝以功布拭棺、覆以衾 衾卽俵衾
設帷於柩南、主人以下男女爲位而
哭如初喪、祝取銘旌、設跗于柩東
諸具 舉棺 拭棺
俵衾 **銘旌** 跗具、並制見上初終條 **功布** 制見上治葬陳器條 **幃**
設奠于柩前
設椸覆以帕、或設屛於柩南幃外、置椅卓其前、置遺衣
服於椅上、設酒果脯醢於卓上、設香案於卓前、置香爐

盒、祝盥手詣香案前、焚香斟酒、主人以下再拜哭盡哀
○食時上食及朝夕哭奠、皆如初喪儀○執友親厚之
人至是入哭可也、遂
弔主人、主人拜之
(尤庵)曰三年內遷葬之家、每以饋奠當於何
處爲疑、而第禮宜從厚、兩處並奠、似無大害
諸具 設奠
遺衣 無則只設虛位 ○ 餘並同上初終靈座及
小斂奠條、但無魂帛箱
諸具 朝夕奠 上食
並同上成
服本條
役者舁新棺於幕門外、南向、遂詣幕所、執事者設斂牀於新

棺之西、執事者開棺舉尸、置于斂牀、遂斂如大斂之儀
設新棺及斂牀於幕門外之西、施席褥於牀上、執事者
先遷靈座及奠於幕下西廂、主人及親者袒、舁斂牀置
于柩南少東、先鋪紟、次鋪絞衾衣於其上、如大斂儀、役
者舉新棺入置于柩西、承以兩凳、役者出、執事者鋪秫
灰、下七星板、鋪褥枕、皆如儀、乃開舊棺、撤四旁板、用片
竹、揷於七星板地板之間、其密如簀、用剪板二、縱置七
星板外、用細繩編結竹端於剪板、極牢固、侍者洗手共
舉剪板四頭、舁尸遷于斂牀上、解去剪板、拔片竹、乃斂
衣衾結絞、皆如大斂之儀、而微緩其結、使衣衾不斂而
已、子孫侍者俱盥手、共舉紟之四角、納于新棺中、斂衾
四角、覆于尸上、棺中有空缺處、則用新綿充實、而毋敢
壓得太重、覆天衾、主人主婦以下憑哭盡哀、婦人退入
幕中、乃召匠加蓋而漆棺、撤斂牀及舊棺、設帷以俵衾
設靈座於古處、皆如儀、主人及親者襲所袒衣、乃設奠

如大斂之儀○若不改棺、則但開棺審視、若空缺則鋪
新綿充實而加蓋、若不至於當改、而甚朽敗、則於下棺
有難支之慮、則用薄板爲棺、匣於舊棺而漆其外、
若略朽則用布、浸于漆中、裹棺四旁而漆其外
(退溪)曰改墓古人皆以喪禮處之、若父母同時改葬
則其斂窆先後、似當比類於幷有喪之禮也○(尤庵)
曰內外喪異殯、明有禮文、雖朝
夕上食之時、亦當各服其服
(按)改棺改斂、不可輕易、萬一少忽、使骨節錯誤、則
孝子之痛、當如何哉、必須預擇便習更事之人、使
之改斂、而極其詳審、勿之有悔、且舊棺腐爛、至於
無可奈何而後、不得已改之、容有可堪之勢、則不
當改、隨其朽敗之如何、或匣棺或漆布爲
可、玆並著其制、使當之者觀勢擇用焉
諸具 改棺

舉棺布 用二條廣全幅各十尺許(布帛尺) **挍柾刀** 俗用以刻去舊棺柾者 **片竹** 俗刳大竹爲片各廣寸許治之令滑長於棺廣多少隨宜 **細繩** **翦板二** 俗用木堅固者爲之其長取足以剩於棺槨○以上出柩時所用○若棺朽舊則用片竹橫插於七星板之下秫灰之上其密如簀用翦板二置七星板外片竹兩端用細繩編結極牢固舉翦板四頭以出 **薄板四** 上下長廣取足以容七星板○或說七星板四旁黏薄板如棺狀先用白紙一重鋪骸上灑以淸酒次鋪雪綿子又灑以酒重重相間令黏著於骸上緊緊塡補然後舉而出之乃去四旁板及片竹翦板斂衣衾結絞如儀○餘並見上初終納棺條

諸具 (漆棺)

薄板 用以匝於棺者 **漆布** 用以黏裹棺四縫者○餘並同上初終本條

諸具 (結裹)

同上初終本條

遷柩就轝 儀節有乃設奠三字

陳器如始葬之儀納大轝於幕門外執事者徹奠祝北向跪告云云遂遷靈座置傍側婦人退避幕中召役夫遷柩就轝乃載載畢執事者遷靈座及卓於柩前南向乃設奠於卓上祝盥帨焚香斟酒跪告云云俯伏興主人以下哭再拜遂徹奠納遺衣於靈車焚香無遺衣則只置爐盒於靈車而焚香

(按)庾蔚之曰若墓遠至家復葬則當有祖奠遣奠今若還家則用自俛所歸葬例行日但設朝奠告以還家之意至葬時乃設祖奠遣奠爲可○婦人從柩不便始葬儀既依守舍者哭辭則此時亦哭辭而歸無妨

諸具 (陳器)

同上治葬本條

告辭式 (儀節)

今日遷

柩就轝敢告

諸具 (設奠)

同上治葬遣奠及奉魂帛條但神主箱代以遺衣

告辭式 (儀節)

靈輀載駕往卽新宅

附 **發引還家者因朝奠告辭式** (新補)

今日將遷

柩就轝還歸室堂敢告

諸具 (至家復葬者前一日祖奠)

同上治葬本條

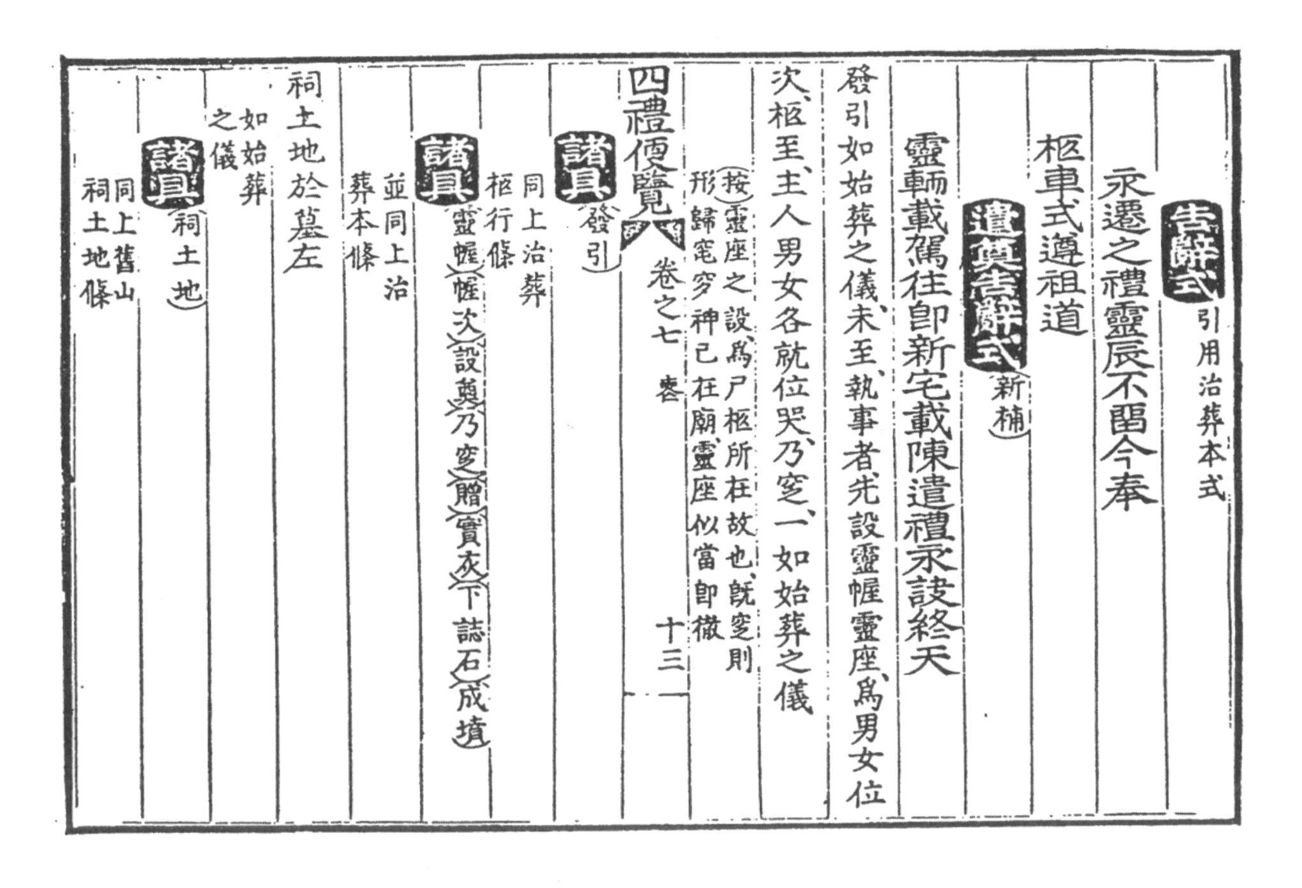

告辭式 引用治葬本式

永遷之禮靈辰不留今奉

柩車式遵祖道

遣奠告辭式 新補

靈輀載駕往卽新宅載陳遣禮永訣終天

發引如始葬之儀未至執事者先設靈幄靈座爲男女位

次柩至主人男女各就位哭乃窆一如始葬之儀

按靈座之設爲尸柩所在故也既窆則形歸窀穸神已在廟靈座似當卽徹

諸具 發引

同上治葬柩行條

諸具 靈幄 幄次 設奠 乃窆 贈 實灰 下誌石 成墳

並同上治葬本條

如始葬之儀

祠土地於墓左

諸具 祠土地

同上舊山祠土地條

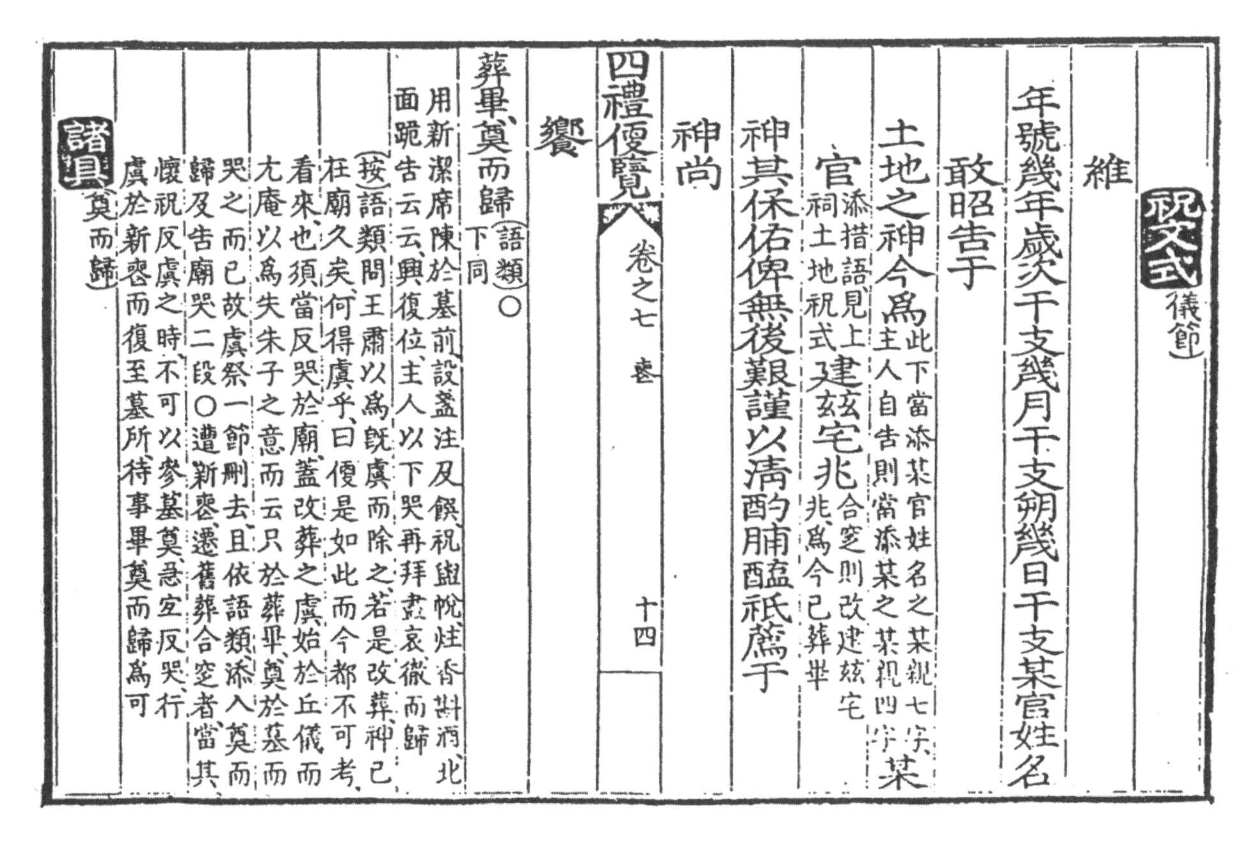

祝文式 儀節

維

年號幾年歲次干支幾月干支朔幾日干支某官姓名

敢昭告于

土地之神今爲 此下當添某官姓名之某親七字主人自告則當添某之某親四字 某

官 添措語見上祠土地祝式 建茲宅兆 合窆則改建玆宅兆爲今已葬畢

神其保佑俾無後艱謹以淸酌脯醢祇薦于

神尚

饗

葬畢奠而歸 語類 下同 ○

用新潔席陳於墓前設盞注及饌祝盥帨灶香卓酒北面跪告云云興復位主人以下哭再拜盡哀徹而歸

按語類問王肅以爲既虞而除之若是改葬神已在廟久矣何得虞乎曰便是如此而今都不可考看來也須當反哭於廟蓋改葬之虞始於丘儀而尤庵以爲失朱子之意而云只於葬畢奠於墓而哭之而已故虞祭一節刪去且依語類添入奠而歸及告廟哭二段○遣新喪遷舊葬合窆者當其懷祝反虞之時不可以參墓奠急宜反哭行虞於新喪而復至墓所待事畢奠而歸爲可

諸具 奠而歸

祭 餅麪魚肉隨宜○餘並同上舊岡告先塋條

祝文式(新補)

維

年號幾年歲次干支幾月干支朔幾日干支某親某官

某敢昭告于 告妻及弟以下見上當位告式

顯某親某官府君 屬稱隨改見上當位告式 之墓新改幽宅事畢

封塋伏惟

尊靈 改措語見上啓墓告式 永安體魄

遭新喪遷舊葬合窆先亡位祝文式(新補)

維

年號幾年歲次干支幾月干支朔幾日干支孝子 承重稱孝孫旁親卑幼隨屬稱 某敢昭告于 告弟以下見上當位告式

顯考 母先亡云顯妣承重云顯祖考或顯祖妣旁親卑幼隨屬稱卑幼改顯爲亡 某官府君 或某封某氏卑幼去府君二字 之墓新改幽宅合祔以

先妣 承重云先祖妣 某封某氏 母先亡改以合祔于先考某官府君承重及旁親卑幼亦推此 事畢封塋伏惟

尊靈 弟以下但云惟靈 永安體魄

告廟哭而後畢事祭告時出主於寢

主人總服餘人皆以改葬時所服及執事者灑掃正寢洗拭椅卓設椅於堂中北壁下置卓於其前設香案於卓前具香爐盒束茅聚沙於其前陳器如祠堂參禮之儀設饌於卓上如朔奠之儀又設一卓於西階上主人以下俱詣祠堂主人盥帨升詣本龕前軸簾焚香啓櫝云云俯伏興出神主置于笥祝奉之主人前導主婦及卑幼從後至正寢置于西階卓上主人奉神主出就位序立再拜舉哀哀止降神斟酒皆如儀啓飯蓋扱匕正筯主人立於香卓前跪祝執板立於主人之左東向跪讀云云畢興復位主人再拜降復位食間執事者徹羹進熟水少頃下匕筯合飯蓋辭神焚祝文斂主奉歸祠堂如來儀納主降簾闔門而退徹○若三年內改葬則

就靈座祭告

如朔奠之儀

(尤庵)曰葬後除服前服色只如凡干總服人服色愼齋先生以爲與凡總略異當三月不肉別處云矣○(問)改葬未除服時上墓則哭如何尤庵曰南軒宪主雖尋常時若至墳墓則必哭本朝鄭松江亦然況既遷改則朱子所謂墳土未乾者如來示而行之豈不合於人情乎

諸具 (設位)(陳器)(具饌)(奉主)

並同下祭禮忌祭條若考妣同遷則具二分之饌

出主告辭式(新補)

今以

顯某親某官府君（屬稱隨改見上當位告式）改葬事畢敢（妻弟以下去敢字）請

神主出就正寢恭伸（妻弟以下改恭伸爲伸此）奠告

祝文式（新補）

維

年號幾年歲次干支幾月干支朔幾日干支某親某官

某敢昭告于（告妻及弟以下見上當位告式）

顯某親某官府君（屬稱隨改見上當位告式）新改幽宅禮畢反哭

夙夜靡寧啼號罔極（祖以上改啼號罔極四字以佗語旁親妻弟以下改夙夜以下八字以佗語）謹以（妻弟以下見上當位告式）淸酌庶羞恭伸（妻弟以下見上出主告式）奠告尙

饗

諸具（三年內改葬就靈座祭告）

（同上成服朔日條）

告辭式（同上告廟祝）

三月而除服（備要）

自破墳第四月之朔設虛位服其服哭

而除之○弔服加麻者祭告訖卽除之

（尤庵曰弔服加麻者當葬訖除之至於主人除緦之日與主人會哭亦可以伸情矣）

（按改葬家禮所無而備要依丘儀補入故今亦從之而備要所載則節目之間頗欠詳備玆取本儀幷採經歷慣熟者之言參互鉎之而正之以先儒說另加添修俾便於據而行之）

諸具（除服）

椅席

四禮便覽卷之七

四禮便覽卷之八

祭禮

祠堂

君子將營宮室先立祠堂於正寢之東

祠堂所在之宅宗子世守之不得分析

諸具（祠堂）

祠堂 五架屋三間內鋪甓或作板樓用席鋪陳中間前庋下爲門爲之中門俗於每間前庋下立四扇門使之開闔謂之分闔門外爲兩階在東楹之東曰阼階在西楹之西曰西階階皆三級○

（家禮本註）不問何向背但以前爲南後爲北若家貧地狹則止立一間 序立屋 （家禮本註）祠堂階下隨地廣狹以屋覆之令可容家衆序立○按沙溪曰其制當與祠堂前簷相接令 陵寢丁字閣亦其制也四龕下註香卓設於兩階之間然則香卓豈可設於兩暘之下乎沙溪說雖如此然丁閣之制不獨有嫌於僭以本註推之亦似未然既爲家衆序立而作則當用家衆之位矣爲子孫者或至數十百人之多將何以分內外位於丁閣縱屋之下乎本註不曰隨地長短而曰隨地廣狹則其爲橫屋明矣尤庵亦以橫屋爲是若慮兩階間香卓之設於兩暘之下則置香卓於橫屋中間亦自爲兩階間何必當階然後爲兩階間也禮書言兩楹間者亦多不與楹相當而直以東西之間言之者矣 廚庫 縱立三間於序立屋之東西向其北一間藏遺書衣物中一間藏祭器南

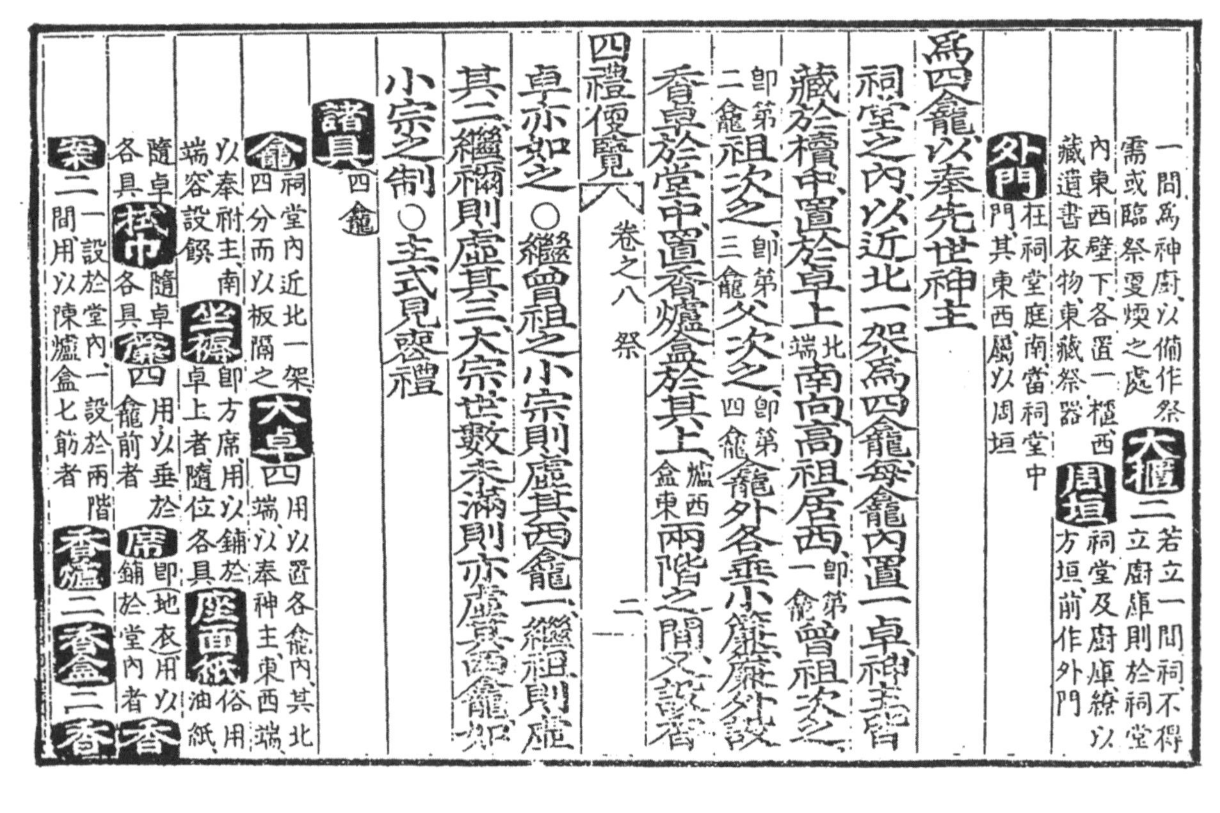

一間爲神廚以備作祭需或臨祭要煥之處 大櫃 二若立一間祠不得立廚庫則於祠堂內東西壁下各置一櫃西藏遺書衣物東藏祭器 周垣 祠堂及廚庫繚以方垣前作外門 外門 在祠堂庭南當祠堂中門其東西屬以周垣

爲四龕以奉先世神主

祠堂之內以近北一架爲四龕每龕內置一卓神主皆藏於櫝中置於卓上南向（北端）高祖居西（卽第一龕）曾祖次之（卽第二龕）祖次之（卽第三龕）父次之（卽第四龕）龕外各垂小簾簾外設香卓於堂中置香爐香盒於其上（爐西盒東）兩階之間又設香

卓亦如之○繼曾祖之小宗則虛其西龕一繼祖則虛其二繼禰則虛其三大宗世數未滿則亦虛其西龕如小宗之制○主式見喪禮

諸具（四龕）

龕 祠堂內近北一架四分而以板隔之 大卓 四 用以置各龕內其北端以奉神主東西端以奉祔主南端容設饌 坐褥 卽方席用以鋪於卓上者隨位各具 座面紙 俗用油紙隨卓各具 椅巾 隨卓各具 簾 四 用以垂於龕前者 席 卽（地衣）用以鋪於堂內者 香案 二 一設於堂內一設於兩階間用以陳爐盒七筯者 香爐 二 香盒 二 香

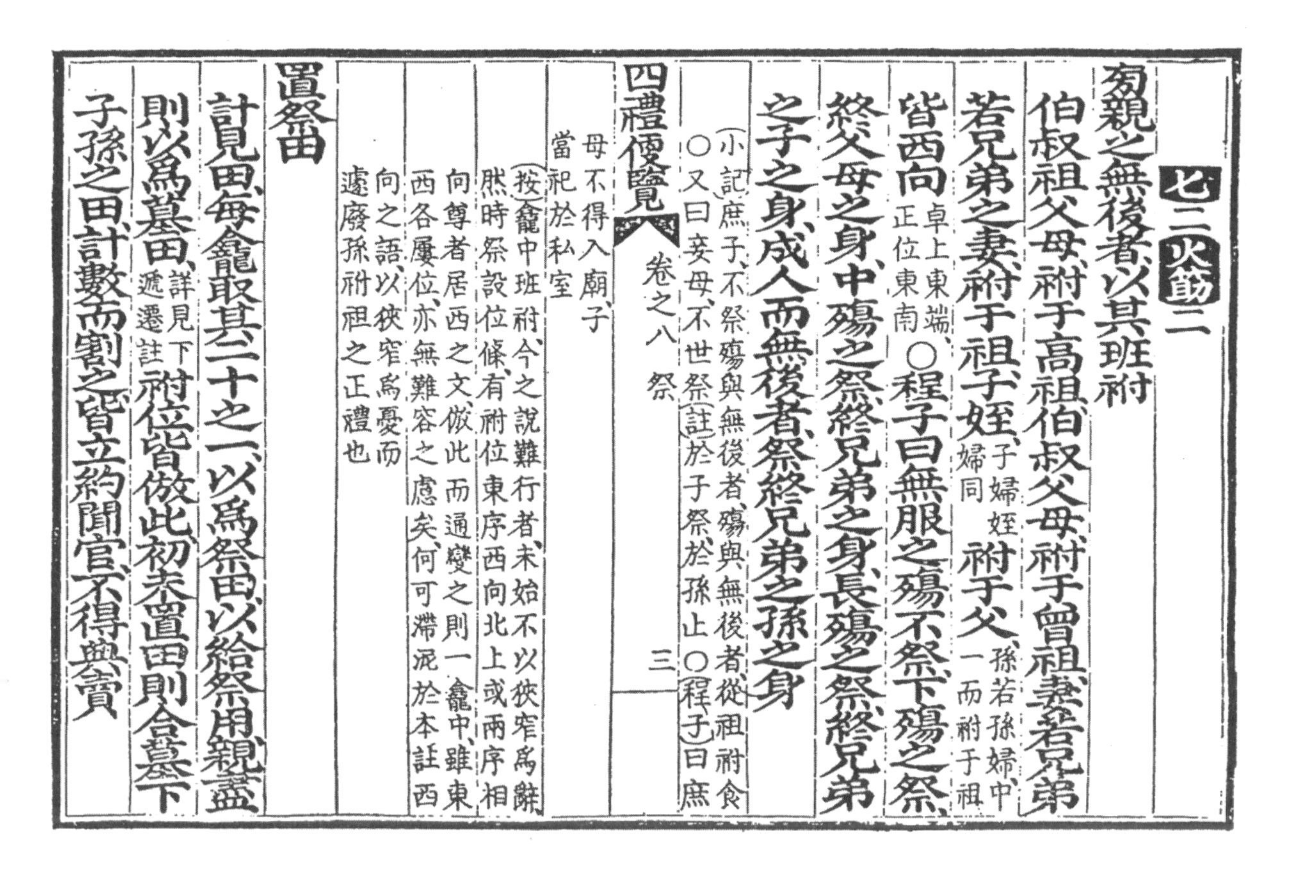

七二火筯二

旁親之無後者以其班祔

伯叔祖父母祔于高祖伯叔父母祔于曾祖妻若兄弟

若兄弟之妻祔于祖子姪(子婦姪婦同)祔于父(孫若孫婦中一而祔于祖)

皆西向(卓上東端正位東南)○程子曰無服之殤不祭下殤之祭

終父母之身中殤之祭終兄弟之身長殤之祭終兄弟

之子之身成人而無後者祭終兄弟之孫之身

(小記庶子不祭殤與無後者殤與無後者從祖祔食○又曰妾母不世祭註於子祭於孫止○程子曰庶母不得入廟子當祀於私室)

(按龕中班祔今之說難行者未始不以狹窄爲辭然時祭設位條有祔位東序西向北上或兩序相向尊者居西之文倣此而通變之則一龕中雖東西各屢位亦無難容之慮矣何可滯泥於本註西向之語以狹窄爲憂而遽廢孫祔祖之正禮也)

置祭田

計見田每龕取其二十之一以爲祭田以給祭用親盡則以爲墓田(詳見下遞遷註)祔位皆倣此初未置田則合墓下子孫之田計數而劃之皆立約聞官不得典賣

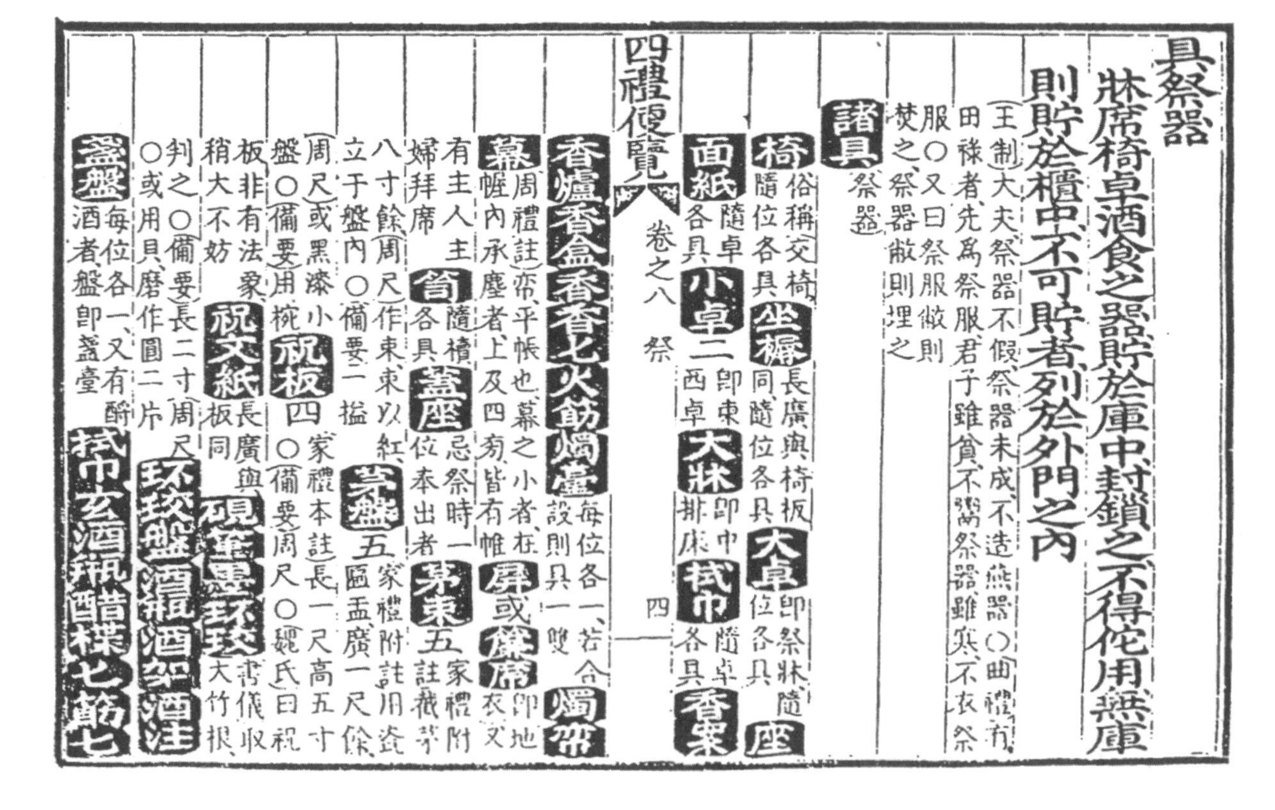

具祭器

牀席椅卓酒食之器貯於庫中封鎖之不得佗用無庫則貯於櫃中不可貯者列於外門之內

(王制大夫祭器不假祭器未成不造燕器○曲禮有田祿者先爲祭服君子雖貧不鬻祭器雖寒不衣祭服○又曰祭服敝則焚之祭器敝則埋之)

諸具 祭器

椅(俗稱交椅隨位各具) 坐褥(長廣與椅板同隨位各具) 大卓(卽祭牀隨位各具) 座

面紙(隨卓各具) 小卓二(卽東西卓) 大牀(卽中排床) 拭巾(隨卓各具) 香案

香爐 香盒 香 七火筯 燭臺(每位各一若合設則具一雙) 燭剪

幕(周禮註帟平帳也幕之小者在幄內承塵者上及四旁皆有帷) 屛 或簾 席(卽地衣又有主人主婦拜席)

笥(隨櫝各具) 盞座(忌祭時一位奉出者) 茅束 五(家禮附註截茅八寸餘(周尺)作束束以紅立于盤內○備要二一搵)

茅盤 五(家禮附註用瓷區盂廣一尺餘(周尺)或黑漆小盤○備要用椀)

祝板 四(家禮本註長一尺高五寸○備要周尺○魏氏曰祝板非有法象稍大不妨)

祝文紙(長廣與板同) 硯筆墨 環珓(書儀取大竹根判之○備要長二寸(周尺)○或用貝磨作圓二片)

環珓盤 酒瓶 酒架 酒注

盞盤(每位各一又有酹酒者盤卽盞臺) 拭巾 玄酒瓶 醋楪 七 筯 七

匙楪　果器　脯器　醢器　蔬菜器(並卽大楪)　醬器(卽鍾子)　飯器(蓋具)　羹器(蓋具)　魚肉器(椀或楪)　餠器(卽大楪)　麪器(卽椀)　炙器(卽大楪)　徹酒器(卽椀)　徹炙器(卽大楪)○醋楪(以下隨位各具)　受胙盤(卽楪)

受胙匕　受胙席　分胙盒　潔滌盆　拭巾　釜　甑　匕　勺　筐　筐　俎　板　椀　盞　盤　刀　火爐　炙鐵之屬(釜甑以下卽備饌時所用)　祭服(見下朔參條及忌日變服條)　炬　盥盆四　盆臺二　勺四　帨巾四

巾架二　沐浴盆二　帨巾二

主人晨謁於大門之內

主人深衣焚香(於兩階間香卓)再拜

(栗谷)曰雖非主人隨主人同謁不妨○(沙溪)曰無主人則不可獨行

諸具(晨謁)

深衣(緇冠幅巾大帶條履具)

出入必告

主人主婦近出則入大門瞻禮而行歸亦如之經宿而歸則焚香(於兩階間香卓)再拜遠出經旬則再拜焚香(跪)告(云云)又再拜而行歸亦如之經月而歸則開中門立於階下再拜升自阼階焚香(跪)告(云云)畢再拜降復位再拜餘人亦然但不開中門○凡升降惟主人由阼階主婦及餘人雖尊長亦由西階凡拜男子再拜婦人四拜

出入告辭式

某將適某所敢告

某今日歸自某所敢見

正至朔望則參

前一日灑掃齋宿厥明夙興開門軸簾每龕設新果一盤

於卓上每位盞盤於神主櫝前茅沙於香卓前別設卓於阼階上置酒注盞盤於其上酒瓶於其西盥盆帨巾於阼階下東南(又設主婦內執事盥盆帨巾於西階下西南凡祭同)主人以下盛服(凡言盛服者有官則幞頭公服帶靴進士則幞頭襴衫帶處士則幞頭皁衫帶無官者通用帽子衫帶又不能具則深衣或凉衫有官者亦通服帽子以下但不爲盛服婦人則冠與帔大衣長裙女在室者冠子背子衆妾假髻背子(特牲饋食禮主婦宵衣))入門就位主人北面於阼階下

主婦北面於西階下主人有母則特位於主婦之前主人有諸父諸兄則特位於主人之右少前重行西上有諸母姑嫂姊則特位於主婦之左少前重行東上諸弟在主人之右少退子孫外執事在主人之後重行西上弟之妻及諸妹在主婦之左少退子孫婦女內執事在主婦之後重行東上立定主人盥帨升啓櫝櫝盖置於櫝坐東近北奉諸考神主置於櫝前主婦盥帨升奉諸妣神主置于考東次出祔主亦如之命長子長婦或長女盥帨升

分出祔主之卑者亦如之皆畢主婦以下先降復位主人詣香卓前降神焚香再拜少退立執事者盥帨升開甁實酒于注一人奉酒詣主人之右一人執盞盤詣主人之左主人跪執事者皆跪主人受注斟酒反注取盞盤奉之左執盤右執盞酹于茅上以盞盤授執事者執事者皆降復位俛伏興少退再拜降復位與在位者皆再拜參神主人升執注斟酒先正位次祔位次命長子斟諸祔位之卑者先降謂長子降復位主人立於香卓之前再拜降

復位少頃與在位者皆再拜辭神主人主婦升斂主櫝之如啓櫝儀降復位執事者升徹酒果降簾闔門降而退○望日不設酒不出主餘如上儀栗谷曰不出主只啓櫝不酹酒只焚香

(栗谷)曰若正朝冬至則別設饌數品冬至則加以豆粥正朝湯餠若冬至行時祭則不行參禮

(按)茶是中國所用而　國俗不用故設茶點茶等文一并刪去若別有饌品則設筯楪於每位考妣盞盤之間主人斟酒訖主婦升正筯主人主婦分立於香卓之前東西皆北向拜爲可

諸具(朔望參)

執事者外內子弟婦女親戚　果每龕各一大盤祔位同　酒　盞盤每位各一祔位

同　茅束用以立於沙上者　茅盤用以盛沙者　卓　酒甁　酒注　盞盤用以酹酒者　盤用以奉祭饌者　幞頭今用紗帽　公服即團領　帶即品帶　靴幞頭以下有官者盛服　幞頭今用軟巾　襴衫　帶即鈴帶　靴軟巾以下進士盛服　幞頭亦軟巾　皁衫即上衣染黑者　帶即革帶　鞵即革鞋○軟巾以下處士盛服　帽子即笠子○軟巾以下制見上冠禮陳冠服條　衫道袍直領之類　帶即常時所帶○帽子以下無官者所服　凉衫即白衫○帽子以下凡不能具盛服者所服　深衣緇冠幅巾大帶絛履具有官無官者通服制見上冠禮陳冠服條　冠女在室者通服制見上冠禮筓陳服條　帔制見上昏禮醮女條　大衣裁用色紬制如俗唐衣而寬大長至膝但袖大袖長

二尺二寸、周尺圓袂、一名大袖或稱圓衫卽五禮儀本 國長衫 **長裙** 制用六幅、交解爲十二幅、聯而爲裙、長拖地、卽五禮儀本 國裳、用常服帷裳亦可 **宵衣** 制見上昏禮醮女條、緣衣註、但不施綵 **帶** 制見上昏禮醮女條 **背子** 女在室者通服、制見上冠禮笄陳服條○冠以下婦人盛服 **假髻** 衆妾所服 **盥盆** 四 一有臺主人親屬所盥、一無臺執事者所盥、一有臺主婦親屬所盥、一無臺內執事所盥 **盥臺** 二 **勺** 四 **帨巾** 四 二有架、二無架 ○(龜峯)曰男女盥巾必異 **巾架** 二 ○凡器用之重出而易知者、不復懸註、惟制度儀文之可考者、逐處懸註以見某條

俗節則獻以時食

節、如淸明寒食重午重陽 (栗谷)曰正月十五日三月三日五月五日六月十五日七月七日八月十五日九月九日及臘日 之類凡鄕俗所尙者食凡其節之所尙者、(栗谷)曰藥飯艾餠水團之類若無俗尙之食則當具餠果數品 薦以大盤間以蔬菓禮如正至朔日之儀

(栗谷)曰有新物則薦須於朔望俗節並設五穀可作飯者則當具饌數品同設禮如朔參之儀雖望日亦出主酧酒若魚果之類及穀小麥等不可作飯者則於晨謁之時啓櫝而單獻焚香再拜單獻之物隨得卽薦不必待朔望俗節凡新物未薦前不可先食若在他鄕則不必然

(按)家禮本註、有中元而是佛家所尙、朱子晩年、亦自不行故今刪之

諸具(俗節) **湯餠 藥飯 艾餠 角黍** 卽菰葉裹糯米作粽者、五月五日時食、東俗不尙角黍、但以俗稱端午草爛擣、和作靑餠 **蒸餠 水團 霜花 蒸菓 餻 蘿 葛 餻 豆** **粥 飯 燻 臘肉** 鹿豕雉鴈之類、凡田獵所獲○以上 國俗四節時食 **蔬菜** 用於時節者○湯餠以下每龕各一器、酒果外加設 **七節糕** 或止具節、○餘隨位各設 並同上朔參條

有事則告

如正至朔日之儀、但獻酒訖、主人立於香卓之南、祝執

板立於主人之左、東向跪、主人以下皆跪、讀之、云云畢、置板於香案上、興、降復位、主人再拜、降復位、餘並同、(儀節)焚祝文○告授官云云、貶降云云、告追贈則只告所贈之龕、別設香卓於龕前、(儀節)錄制書一通、以盤盛置香案上、又設卓於其東、置淨水粉盞刷子、竹刀木賊帨巾、硯筆墨於其上、餘並同、告畢、主人再拜、(儀節)主人復位跪、以下皆跪、祝東面立宣制書畢、俯伏興、執事者奉所錄制書、卽香案前、並祝文焚之、主人進奉主、置、卧置也 卓上、改題所贈官封、儀並見吉祭改題條 主人奉

盡讀故處乃降復位後同○主人生適長子則滿月(滿三月)

而見如上儀但不用祝主人立於香卓之前告云云(跪)

畢立於香卓東南西向主婦抱子進立於兩階之間(儀)

節以子授乳母再拜(主婦四拜)主人乃降復位後同○冠昏

則見本篇○告事之祝止告正位不告祔位酒則並設

(栗谷曰凡神主移安還安或奉還他處等事則告祭用朔參之儀若廟中改排器物鋪陳或修雨漏處則告祭用望儀告辭則臨時製述)

按家有喪當告之儀見喪禮初終條改葬則見本條

諸具(有事告)

祝盤 用以奉敎旨者無則不具 **祝板** 四代共一板 ○餘並同上朔參條

授官告辭式 凡告祝以家禮爲主而如年月干支改皇爲顯等句語多從備要書之餘倣此 ○若官者之母已沒雖在祔位亦當有告

維

年號幾年歲次干支幾月干支朔幾日干支孝玄孫(繼曾祖以下之宗隨屬稱)某官某敢昭告于

顯高祖考某官府君

顯高祖妣某封某氏(曾祖考妣至考妣列書祔位不書○非宗子則只告官者祖先)

之位(非宗子則此下當添之某親某四字)某以某月某日蒙

恩授某官(要訣告及第則曰授某科某第及第告生進則曰授生員或進士某等入格)奉承

先訓獲霑祿位(要訣及第則曰獲參出身生進則曰獲升國庠)餘慶所及

不勝感慕(貶降則二十一字改蒙恩以下言貶某官忝墜先訓皇恐無地 備要若諸父諸兄則忝墜以下改以他語)謹以酒果用伸

虔告謹告

諸具(追贈改題)

香案 ○餘並同上吉祭改題條

告辭式 若因事特贈則別爲文以敍其意

維

年號幾年歲次干支幾月干支朔幾日干支某親某官

某(弟以下不名)敢昭告于(妻去敢字弟以下但云告于)

顯某親某官府君

顯某親某封某氏(妻弟以下改顯爲亡下同○卑幼去府君二字)奉某月某

日

制書(當改以教旨)贈

顯某親某官

顯某親某封某奉承

先訓竊位于

朝祇奉

恩慶有此

襃贈祥不及養摧咽難勝(儀節此下有敬錄以焚益增哀殞八字當採用又當云所貽官封今將改題神主○祖以上位改祿不以下八字爲敬錄以焚不勝感愴妻改襃贈以從贈改

祿不以下八字以俗語弟以下改某奉以下二十五字以俗語)謹以酒果用伸虔

告謹告○(朱子曰焚黃近世行之墓次不知於禮何據張魏公贈謚只告于廟疑爲得體但今世皆告墓恐未免隨俗耳)

適子生告辭式

某之婦某氏以某月某日生子名某敢見

或有水火盜賊則先救祠堂遷神主遺書次及祭器然後

及家財(檀弓有焚先人之室(宗廟也)則三日哭○退溪曰神主火焚則於前日安神之所卽設位改題焚香告祭(或云正寢爲當)

易世則改題主而遞遷之

改題遞遷禮見喪禮吉祭條 大宗之家始祖親盡則藏其

主於墓所而大宗猶主其墓田以奉其墓祭(朱子曰始基之祖只存得墓祭○楊氏曰藏其主於墓所而不埋則墓所必有祠堂以奉祭)歲帥宗人一祭之

百世不改其第二世以下親盡及小宗之家親盡則遷

其主而埋之(見吉祭條)其墓田則諸位迭掌而歲帥其子孫

一祭之(于墓前)亦百世不改也

四時祭

時祭用仲月前旬卜日

孟春(夏秋冬同)下旬之首擇仲月三旬各一日或丁或亥主

人盛服立於祠堂中門外西向兄弟立於主人之南少

退北上子孫立於主人之後重行西向北上置卓於主

人之前設香爐香盒环珓及盤於其上主人焚香薰珓而

命以上旬之日(云云)卽以珓擲于盤以一俯一仰爲吉不

吉更卜中旬之日又不吉則不復卜而直用下旬之日

既得曰、祝開中門、主人以下北向立、如朔望之位、皆再拜、主人升、焚香再拜、跪 祝執辭、東向跪于主人之左、讀云云興復位 主人再拜、降復位、與在位者皆再拜、祝闔門、主人以下復西向位、執事者立于門西、皆東面北上、祝云云

主人之右命執事者、云云 執事者應曰諾、乃退

(溫公)曰若不暇卜日、則用分至亦可 ○(栗谷)曰前期三日告廟、若有故則退定、不出三日、以退定之故告廟 ○(曾子)問君子過時不祭 ○(沙溪)曰仲月有故、季月亦可祭 ○(退溪)曰 國恤卒哭前時祭宜停廢

諸具 卜日

祝執事者 **卓子** **香爐** **香盒** **祝板** **环珓** 用以卜日者 **盤** 用以盛环珓者 **盛服** 見上朔參條

命辭式

某將以來月某日 卽三旬內或丁或亥 諏此歲事、適其祖考 繼禰之宗但云考、下同 尙饗

告辭式

孝孫 繼禰之宗稱孝子、下同 某將以來月某日祗薦歲事于

祖考、卜既得吉 用下旬日則不言卜既得吉 敢告

祝命執事辭式

孝孫某將以來月某日祗薦歲事于

祖考、有司具脩

前期三日、齊戒

主人帥衆丈夫、致齊于外、主婦帥衆婦女、致齊于內、沐浴更衣、飮酒不得至亂、食肉不得茹葷、不弔喪、不聽樂、凡凶穢之事、皆不得預

諸具 齊戒

沐浴盆 二 **帨巾** 二 **新潔服** 內外更衣者

前一日、設位

主人帥衆丈夫、深衣及執事、灑掃正寢、洗拭椅卓、務令蠲潔、設高祖考妣位於堂西北壁下、南向、考西妣東、各用一椅一卓而合之、曾祖考妣、祖考妣、考妣、以次而東、皆如高祖之位、世各爲位、不屬、祔位皆於東序、西向北上、或兩序相向、尊者居西、妻以下則於階下

(問)考妣各卓、禮也、而有再娶或三娶、則正寢雖廣、亦難容十餘卓、如何 (尤庵)曰考妣各卓、禮有明文、何可

違也、不若小其牀卓、使可容排也

諸具(設位) 帟幕 用以設於正寢者 屛 用以設於椅後者 席 用以鋪陳者、又具主人主婦拜席及受胙席 椅 八 用以設位者、如有前後配及祔位則加設、大卓亦然 坐褥 用以藉於椅上者、隨位各具 小卓 四 出主時用以安櫝者 大卓 八 用以設於椅前而陳饌者 函 面紙 用以鋪於卓上者、隨卓各具 拭巾 隨卓各具 屛 或簾、用以閤門者、寢有門則不具 祭衣 緇冠幅巾大帶絛履具、主人以下所服、制幷見上冠禮陳冠服條

陳器

設香案於堂中、置香爐盒於其上、(設燭臺於每位卓上) 束茅聚沙於香案前、及逐位(卓前、集說祔位不設) 設酒架於東階上、別置卓於其東、設酒注酹酒盞盤(下有以佗器徹酒之文、此時亦當設空器) 受胙盤匕巾醋瓶於其上、火爐香匕火筯於西階上、別置卓於其西、設祝板於其上、盥盆帨巾於阼階下之東、其西有臺架、又設陳饌大牀于其東

諸具(陳器) 香案 香爐 香盒 香匕 火筯 燭臺 茅束 五 茅盤 五 一設於香案前、四各設於每位前、祔位則不設 卓 二 祝板 四 酒瓶 酒注 盞盤 用以酹酒者 玄酒瓶 一 取祭日平朝第一汲水、盛之 酒架 用以安瓶者 拭巾 用以拭瓶口者 徹酒器 亞終獻時用以退酒者、每位各一 徹炙器 亞終獻時用以退炙者、每位各一 大牀 用以先排祭饌者、又置徹炙器於其上 受胙盤 匕具 受胙席盤 多少隨宜 潔滌盆 拭巾 並用以洗盞盤及器楪者 火爐 用以煖祭饌者 炬 用以設燎於庭者 盥盆 四 二有臺、主人主婦及內外親屬所盥、二無臺、祝及內外執事者所盥 勺 四 帨巾 四 二有架、二無架

省牲滌器具饌

主人帥衆丈夫深衣、省牲莅殺、主婦帥衆婦女背子、滌濯祭器、潔釜鼎、具祭饌、務令精潔、未祭之前、勿令人先食、及爲猫犬蟲鼠所汚

諸具(省牲滌器具饌) 內執事 牲 (按)大夫以羊豕、士以豚犬、庶人無常牲、見於禮書者、有卵魚豚鴈鷄鶩鴨、今士夫之祭無牲、只庶羞而已、故祝辭亦皆不稱牲、而稱庶羞、澤堂以炙當古之牲云、爾今不能全殺、末免貿於市、則雖牛肉、亦不可謂之僭也 果 (家)禮本註六品○凡木實之可食者無不用○(孔子)曰果屬桃爲下、祭祀不用○(沙溪)曰若難備、四品或兩品 脯 (尤菴)曰要訣脯卽佐飯、二者恐是一

物○又曰凡乾魚肉皆謂之脯　醢　食醢魚醢　蔬菜　熟菜沈菜之屬　清醬　按醬是食之主、似不可闕、家禮只有醋楪而無用醬之文、栗谷沙溪始以清醬據古禮添入於蔬菜脯醢之中、今以清醬代醢一品、用之爲宜　醋盞盤　匕筯楪　米食　即餅　麪食　如饅頭及俗所謂昌麪酸麪(菊羹)之類　飯　羹　按古者大羹、即肉羹不致五味者、鉶羹即肉和菜調五味者、菜羹即純用菜者、今湯用魚肉則羹當用菜、湯不用魚肉則羹當用肉　肉　家禮本註肉魚各一盤○家畜及山澤之族可食者無不用　魚　凡水族之可食者無不用○黃氏曰鯉魚不用於祭祀云○栗谷曰魚肉當用新鮮生物○按魚肉或殽或膾或軒或乾或炒、凡羹之以魚肉爲之者俱無不可、肉帶骨曰殽、腥細切爲膾、大切爲軒　酒炙　家禮本註肝一弗、肉二弗○肝進於初獻、肉分

進於亞終獻、各盛于盤○要訣又有魚雉等物○少牢禮魚右首○尤菴曰三獻各用一物、多少隨宜　茶　備要國俗代以水○即熟水○果以下隨位各具　祭器　備饌時所用、並見上本條　背子或長衣　主婦以下所服、背子制見上冠禮笄陳服條、長衣即長襖子、制見上喪禮陳襲衣條○朱子曰凡祭肉臠割之餘及皮毛之屬、皆當勿令殘穢褻慢

厥明夙興設蔬果酒饌

主人以下深衣及執事者俱詣祭所、燃燭俟明乃滅盥手設果楪於逐位卓南端、即第四行蔬菜脯醢相間次之、即第三行設盞盤醋楪于北端、盞西楪東、匕筯居中、即第一行設玄酒及酒瓶於架上、玄酒在西、熾炭于爐、主婦背子炊煖祭饌、皆令極熱、以盒盛出、置東階下大牀上

質明奉主就位

主人主婦以下各盛服盥手帨手、詣祠堂前序立、如朔望之位立定、開門軸簾、主人升自阼階焚香跪告云云俯伏興斂櫝正位、祔位各置一笥、各以執事者一人奉之、主人前導、主婦從後、卑幼在後、至正寢、置于西階卓上、主人啓櫝、奉諸考神主出就位、主婦升奉諸妣神主亦如之、其祔位則

子弟一人奉之、既畢、主人以下皆降復位

陳氏曰子路質明而始行事、晏朝而退、孔子取之、此周禮也、然與其失於晏也、寧早、則雖未明之時祭之可也○語類先生侵晨已行事畢○張子曰五更而祭、非禮也

諸具　奉主　笥　隨櫝各具　盛服　見上朔參條○栗谷曰服中時祭、當以玄冠素服黑帶行之

告辭式

孝孫　屬稱隨改、見上卜日告式　某今以仲春　夏秋冬隨時　之月

有事于

顯高祖考某官府君

顯高祖妣某封某氏(曾祖考妣至考妣列書繼曾祖以下之宗亦以最尊位爲主而隨屬稱)以某親某官府君(卑幼去府君二字)某親某封某氏

祔食敢請

神主出就正寢(或廳事)恭伸奠獻

參神

主人以下序立如祠堂之儀立定再拜若尊長老疾者休於他所

降神

主人升焚香(備要)再拜少退立執事者一人開酒取巾拭瓶口實酒于注一人取東階卓上盞盤立于主人之左一人執注立于主人之右主人跪奉盞盤者亦跪進盞盤主人受之執注者亦跪斟酒于盞主人左手執盤右手執盞灌(朱子曰盡傾)于茅上以盞盤授執事者(執事者反注及盞盤於故處先降復位)俛伏興再拜降復位

進饌

主人升主婦從之執事者一人以盤奉魚肉一人以盤奉米麪食一人以盤奉羹飯從升至高祖位前主人奉肉奠于盞盤之南主婦奉麪食奠于肉西主人奉魚奠于醋楪之南主婦奉米食奠于魚東(卽第二行)主人奉羹奠于醋楪之東主婦奉飯奠于盞盤之西以次設諸正位使諸子弟婦女各設祔位皆畢主人以下皆降復位

初獻

主人升詣高祖位前執事者一人執酒注立于其右(冬月卽先煖之)主人奉高祖考盞盤位前東向立執事者西向斟酒于盞主人奉之奠于故處次奉高祖妣盞盤亦如之(執事者反注故處)位前北向立執事者二人奉高祖考妣盞盤立于主人之左右主人跪執事者亦跪主人受高祖考盞盤(左手執盤)右手取盞祭(三祭○要訣少傾)之茅上以盞盤授執事者反之故處受高祖妣盞盤亦如之俛伏興少退立執事者炙肝于爐以楪盛之兄弟之長一人奉之奠于高祖考妣前匕筯之南(備要啓飯蓋置其南)降復

位

祝取板立於主人之左(東向)跪(儀節)(主人以下皆跪)讀

云云畢(置板於卓上)興(降復位)主人再拜退詣諸位獻祝如初每

位讀祝畢兄弟衆男之不爲亞終獻者以次分詣本位

所祔之位酌獻(不祭酒)如儀但不讀祝(開元禮)不拜獻畢

皆降復位執事者以佗器徹酒及肝置盞故處(降復位)

祝文式(代各異板○凡告祝以家禮爲主而如年月干支改皇爲顯淸酌庶羞等句語多從備要書之)

維

年號幾年歲次干支幾月干支朔幾日干支孝玄孫(孝曾孫孝孫孝子隨屬稱)某官某敢昭告于

顯高祖考某官府君

顯高祖妣某封某氏(曾祖考妣祖考考妣隨屬稱)氣序流易時維

仲春(隨時)追感歲時不勝永慕(家禮本註)(考改不勝永慕爲昊天罔極)

敢以淸酌庶羞祗薦歲事以某親某官府君(卑幼云云見上告式)某親某封某氏祔食(家禮本註)(如本位無卽不言凡祔倣此)尚

饗

亞獻

主婦爲之諸婦女奉炙肉及分獻如初獻儀但不讀祝

(朱子)曰未有主婦則弟得爲亞獻

終獻

兄弟之長或長男或親賓爲之衆子弟奉炙肉及分獻

如亞獻儀(但不徹酒及炙)

侑食

主人升執注就斟諸位之酒(祔位不斟)皆滿(反注故處)立於香案

之東南主婦升扱匙飯中西柄正筯(沙溪曰正之於楪中)立于香

案之西南皆(謂主人主婦)北向再拜(主婦四拜○祔位扱匙正筯諸子弟婦女行之而不拜)降復位

(問)主婦不參祭則扱匙主人爲之否退溪曰當然

闔門

祝闔門(無門處降簾或屏幃)主人(以下皆升階)立於門東西向

衆丈夫在其後主婦立於門西東向衆婦女在其後尊

長則少休於佗所

(按)孔子曰攝主不厭祭不假嘏不歸肉若主人遠遊或疾病使子弟代之則可略去闔門啓門受胙等節

啓門

祝聲三噫歆乃啓門(主人以下皆降復位)尊長先休于他所者入就位主人主婦(升徹羹)奉茶(代以水)分進于(諸位)考妣之前(奠于徹羹處)祔位使子弟婦女進之(主婦以下先降復位)

受胙

執事者設席于香案前主人就席北面祝詣高祖考前舉酒盞盤詣主人之右主人跪祝亦跪主人受盞盤祭酒(于席前)啐酒祝取匕並盤抄取諸位之飯各少許奉以詣主人之左嘏于主人(云云)主人置酒于席前俛伏興再拜跪受飯嘗之實于左袂掛袂于季指取酒卒飲執事者(跪)受盞自右置注旁受飯自左亦如之主人俛伏興立於東階上西向祝立於西階上東向告利成降復位與在位者皆再拜主人不拜降復位(栗谷曰執事者升詣諸位合飯蓋降復位○合飯蓋時先下匕筯于楪中)

嘏辭式

祖考(屬稱隨改見上命辭式)命工祝承致多福于汝孝孫(屬稱隨改見上卜日告式下同)來(音釐)汝孝孫使汝受祿于天宜稼于田眉壽永年勿替引之

辭神

主人以下皆再拜(儀節焚祝文)

納主

主人主婦皆升各奉主納于櫝主人以笥斂櫝奉歸祠堂如來儀(各安于故處降簾闔門而退)

徹

主婦還監徹酒之在盞注他器中者皆入于瓶緘封之果蔬肉食並傳于燕器滌祭器而藏之

餕

是日主人監分祭胙品取少許置于盒並酒皆封之遣僕執書(云云)歸胙於親友遂設席男女異處尊行自爲一列南面自堂中東西分首若止一人則當中而坐其餘

以次相對分東西向尊者一人先就坐衆男序立（尊者前北向）世爲一行以東爲上皆再拜子弟之長者一人少進立執事者一人執注立于其右一人執盞盤立于其左獻者跪（弟獻則尊者起立子姪則坐）受注斟酒反注受盞祝（云云）授執盞者置于尊者之前尊者擧酒畢長者俛伏興退復位與衆男皆再拜尊者命取注及長者之盞置于前自斟之祝（云云）命執事者以次就位斟酒皆徧長者進跪受飮畢俛伏興退立衆男進揖退立飮長者與

衆男皆再拜諸婦女獻女尊長於內如衆男之儀但不跪既畢乃就坐（東西相向下同）薦肉食諸婦女詣堂前獻男尊長壽男尊長酢之如儀衆男詣中堂獻女尊長壽女尊長酢之如儀（坊記註男女同姓則親獻異姓則使人攝之）乃就坐薦麪食內外執事者各獻內外尊長壽如儀而不酢遂就斟在坐者徧送皆擧乃再拜退遂薦米食然後泛行酒間以祭饌酒饌不足則以他酒他饌益之將罷主人頒胙于外僕主婦頒胙于內執事者徧及微賤其日皆盡受者皆

再拜乃徹席

（按主人若有故使人代之則不歸胙於親友餕止會食不行慶禮爲可）

諸具（徹餕）

餕器（卽常用之器）

盒（用以分胙者）

歸胙所尊書式（書儀）

某惶恐（平交以下去惶恐二字）白今月某日有事于祖考謹（降等改謹爲今）遣（降等改歸爲致）胙于

執事（平交以下去于執事三字）伏惟

尊慈俯賜（平交去尊慈俯賜四字）

容納（平交改容納爲留納降等去伏惟以下八字）某惶恐再拜（平交去惶恐二字降等改惶恐再拜爲白）

皮封式（新補）

某人執事（平交改執事爲左右）

狀上

某官執事　姓某謹封

所尊復書式（書儀）

某白 降等云惶恐白〇降等平交云云皆指復書者而言下同 吾

子 平交以下云伏承某人 孝享

祖考不專有其福 降等云欲廣其福

施 降等改施爲賜 及老夫 平交云賤交降等云賤子 感慰良深 平交云不勝感

戢降等云過蒙恩私不勝感戢之至 某白

某人 平交云某再拜某人左右降等云某惶恐再拜某人執事

反封式 同前式

獻者祝辭式

祀事旣成

祖考嘉饗伏願

某親備膺五福保族宜家

尊長酢長少祝辭式

祀事旣成五福之慶與汝曹共之

凡祭主於盡愛敬之誠而已貧則稱家之有無疾則量筋

力而行之財力可及者自當如儀

祭統祭也者必夫婦親之〇又曰君子之祭也必身親莅之有故則使人可也〇朱子曰同居同出於曾

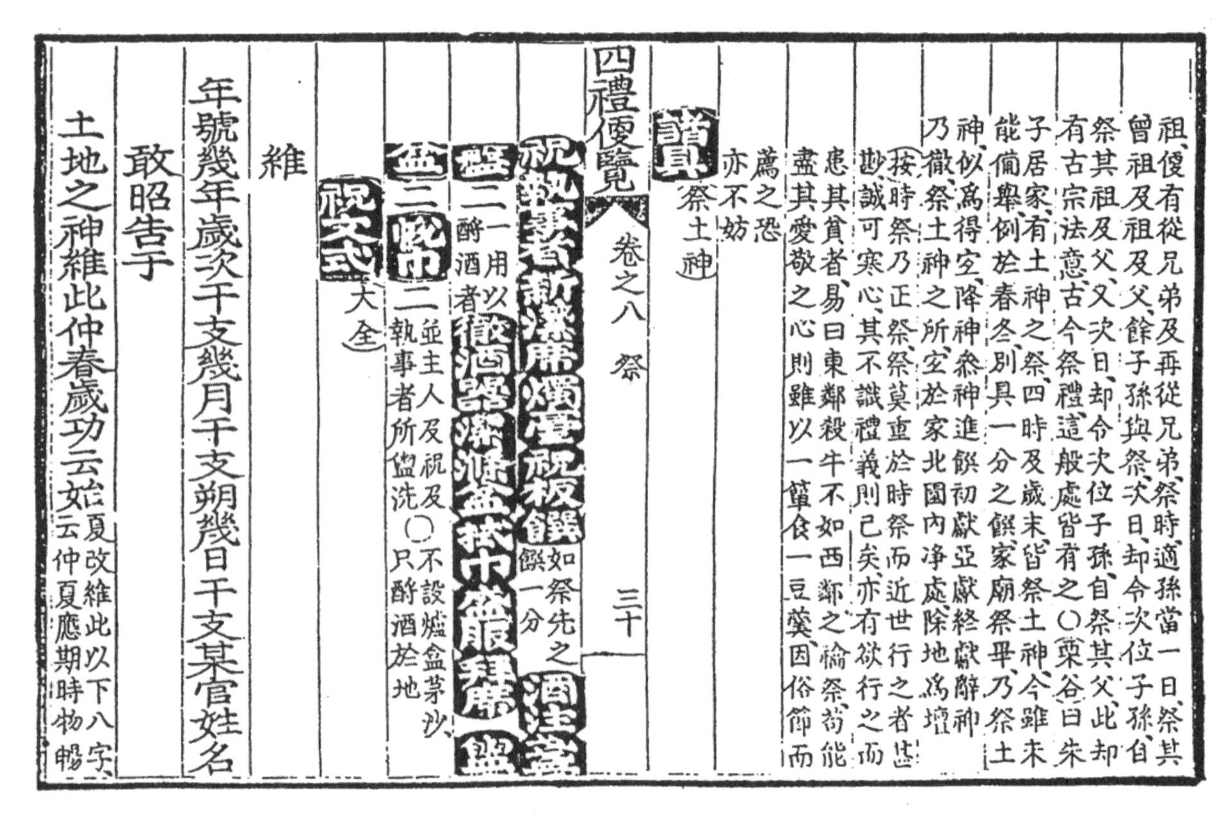

祖便有從兄弟及再從兄弟祭時適孫當一日祭其

曾祖及祖及父餘子孫與祭次日卻令次位子孫自

祭其祖及父又次日卻令次位子孫自祭其父此卻

有古宗法意古今祭禮這般處皆有之〇栗谷曰朱

子居家有土神之祭四時及歲末皆祭土神今雖未

能備擧倒於春冬別具一分之饌家廟祭畢乃祭土

神似爲得宜降神參神進饌初獻亞獻終獻辭神

乃徹祭土神之所宜於家北園內淨處除地爲壇

按時祭乃正祭祭莫重於時祭而近世行之者蓋

尠誠可寒心其不識禮義則已矣亦有欲行之而

患其貧者易曰東鄰殺牛不如西鄰之禴祭苟能

盡其愛敬之心則雖以一簞食一豆羹因俗節而

薦之恐亦不妨

附 祭土神

祝執事者 新潔席 燭臺 祝板 饌 如祭先之饌一分 酒注 盞

盤 二一用以酹酒者 徹酒器 潔滌盂 拭巾 篚 拜席 盥盤

盂二 帨巾二 並主人及祝及執事者所盥洗〇不設爐盒茅沙只酹酒於地

祝文式 大全

維

年號幾年歲次干支幾月干支朔幾日干支某官姓名

敢昭告于

土地之神維此仲春歲功云始 夏改維此以下八字云仲夏應期時物暢

茂秋云維此仲秋歲功將就冬云維此仲冬歲功告畢歲云歲律將更幸茲安吉若時昭

事秋冬歲改昭事爲報事敢有不欽蘋藻雖微庶將誠意惟

神監享永奠厥居歲改永奠厥居爲介以春祺尚

饗

禰

季秋祭禰前一月下旬卜日

如時祭之儀惟告于本龕之前餘並同

(朱子曰某家祭禰用某生日祭之適値某生日在季秋九月十五日)也

諸具(卜日)

同上時祭本條

命辭式

某將以來月某日卽上旬或丁或亥不吉則復命以中旬又不吉則直用下旬日

諏此歲事適其考妣母在止云考下同尚饗

告辭式

孝子某將以某月某日祇薦歲事于

考妣卜旣得吉用下旬日則去卜旣得吉四字敢告

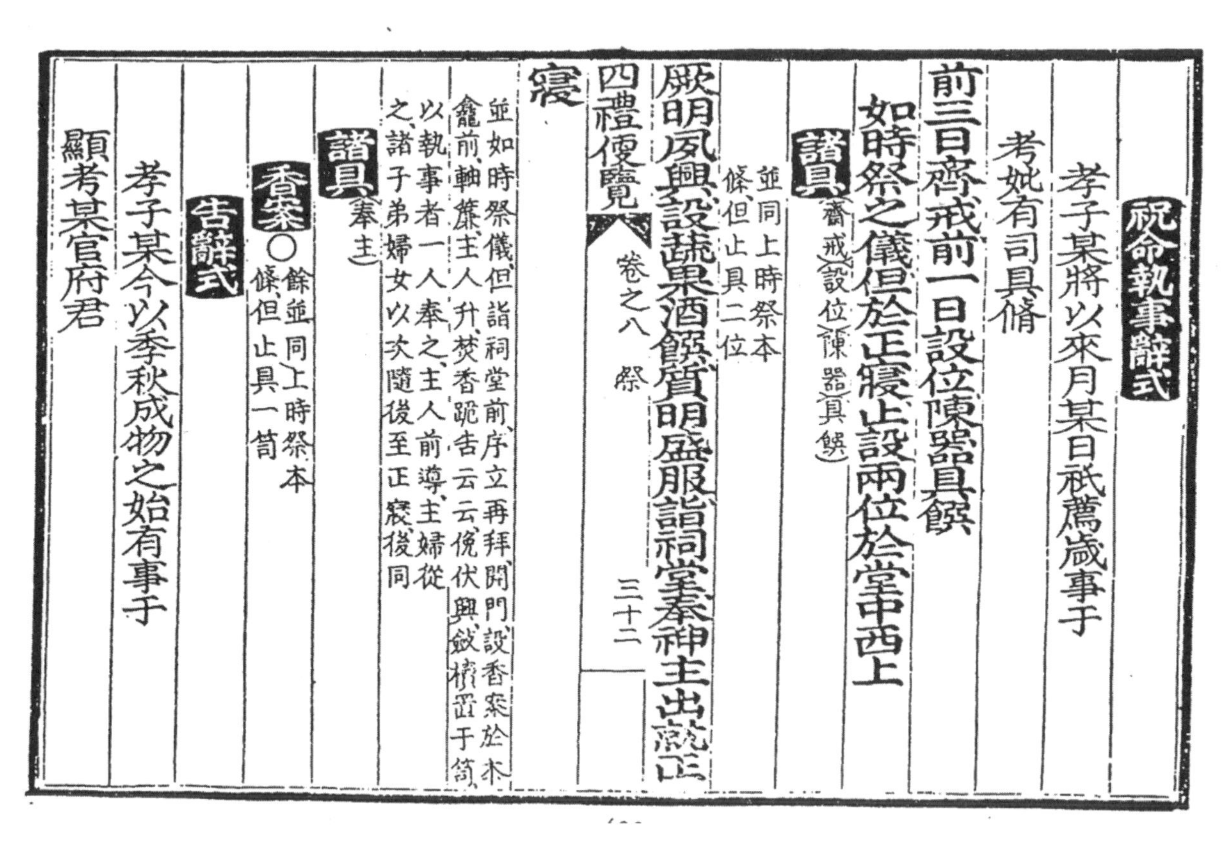

祝命執事辭式

孝子某將以來月某日祇薦歲事于

考妣有司具脩

前三日齊戒前一日設位陳器具饌

如時祭之儀但於正寢止設兩位於堂中西上

諸具(齊戒設位陳器具饌)

並同上時祭本條但止具二位

厥明夙興設蔬果酒饌質明盛服詣祠堂奉神主出就正

寢

並如時祭儀但詣祠堂前序立再拜開門設香案於本龕前軸簾主人升焚香跪告云云俛伏興斂櫝置于笥以執事者一人奉之主人前導主婦從之諸子弟婦女以次隨後至正寢後同

諸具(奉主)

香案○餘並同上時祭本條但止具一笥

告辭式

孝子某今以季秋成物之始有事于

顯考某官府君

顯妣某封某氏 儀節此下云敢請神主出就正寢恭伸奠獻

參神降神進饌初獻亞獻終獻侑食闔門啓門受胙辭神

納主徹餕

並如時祭之儀

祝文式

維

年號幾年歲次干支幾月干支朔幾日干支孝子某官

某敢昭告于

顯考某官府君

顯妣某封某氏今以季秋成物之始感時追慕昊天

罔極敢以淸酌庶羞祗薦歲事尚

饗

嘏辭式 參用上時祭本式

考命工祝承致多福于汝孝子來音釐汝孝子使汝受

祿于天宜稼于田眉壽永年勿替引之

忌日

前一日齊戒設位

如祭禰之儀但止設一位 (補註)父之忌日止設父一位母之忌日止設母一位祖以上及旁親皆然

(尤庵)曰 國葬前私家忌祭不用祝一獻以示變於常時也○(栗谷)曰五服未成服前雖忌祭亦不可行

(按)只設一位禮之正也蓋忌日乃喪之餘值其親死之日當忠是日不諱之親而祭於其位不宜援及他位只祭所祭之位而不爲配祭非薄於所配祭以哀在於所爲祭者故耳然則當以只祭一位爲正考妣並祭雖有先儒之說恐不可從○如外黨妻黨之服則未成服之前使家中無服者代行亦可代行則似當單獻無祝

陳器具饌

如祭禰之饌一分

諸具 齊戒設位具饌 並同上時祭本條但止具一位

厥明夙興設蔬果酒饌

如祭禰之儀

質明主人以下變服

禰則主人兄弟黲紗幞頭黲布衫布裹角帶祖以上則

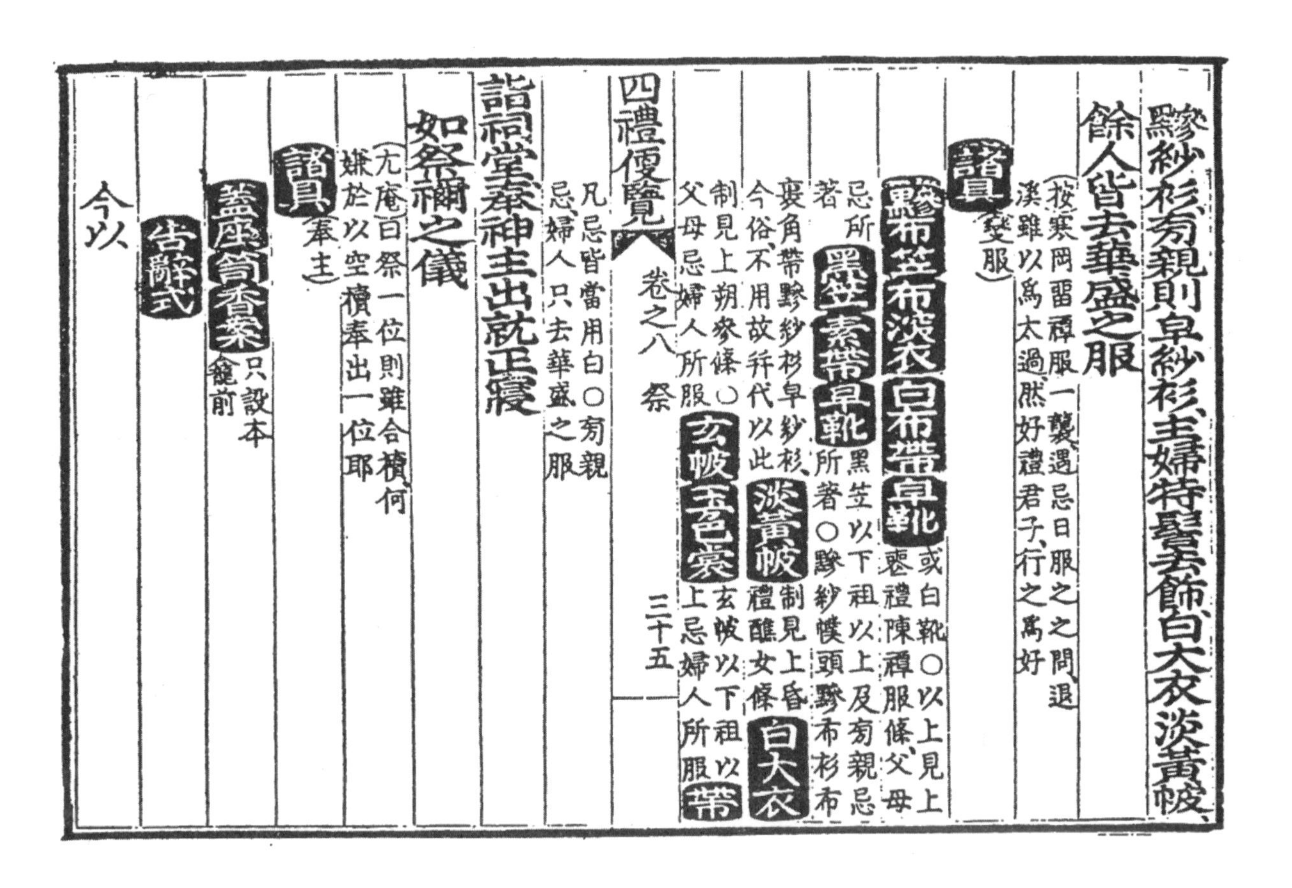

黲紗衫、旁親則皁紗衫、主婦特髻去飾白大衣淡黃帔、

餘人皆去華盛之服

(按寒岡留禫服一襲遇忌日服之之問退溪雖以爲太過然好禮君子行之爲好)

諸具(變服)

黲布笠布淡衣白布帶皁靴(或白靴○以上見上喪禮陳禫服條父母忌所著)黑笠素帶皁靴(黑笠以下祖以上及旁親忌所著○黲紗幞頭黲布衫布裹角帶黲紗衫皁紗衫、今俗不用故幷代以此)淡黃帔(制見上昏禮醮女條)白大衣(制見上朔參條○父母忌婦人所服)玄帔玉色裳(玄帔以下祖以上忌婦人所服)帶

凡忌皆當用白○旁親忌、婦人只去華盛之服

詣祠堂奉神主出就正寢

如祭禰之儀

(尤庵曰祭一位則雖合櫝何嫌於以空櫝奉出一位耶)

諸具(奉主)

蓋座、笥、香案(只設本龕前)

告辭式

今以

顯某親某官府君(或某封某氏妻云亡室卑幼改顯爲亡去府君二字)遠諱之

辰(備要妻弟以下云亡日)敢(備要妻弟以下不用敢字)請

神主出就正寢(備要或廳事)恭伸追慕(備要妻弟以下云追伸情禮)

參神降神進饌初獻

如祭禰之儀若考妣則主人以下哭盡哀(備要逮事祖考妣同)

(語類問忌日當哭否曰若是哀來時自當有哭)

祝文式

維

年號幾年歲次干支幾月干支朔幾日干支某親某官

某(弟以下不名)敢昭告于(妻去敢字弟以下但云告于)

顯某親某官府君(屬稱隨改見上出主告式)歲序遷易

諱日復臨(備要妻弟以下云亡日復至)追遠感時不勝永慕(考妣改不勝永慕爲昊天罔極旁親去追遠以下八字云不勝感愴妻弟以下當改感愴以佗語)謹以(妻弟以下云玆以)淸酌庶羞恭

伸奠獻(備要妻弟以下云伸此奠儀)尚

饗

亞獻終獻侑食闔門啓門

並如祭禰之儀但不受胙

辭神納主徹

並如祭禰之儀但不餕

是日不飮酒不食肉不聽樂黲巾素服素帶以居夕寢于外

（語類）問人在旅中遇私忌於所舍設卓炷香可否曰若是無大礙於義理行之亦無害

（按）古者忌日無祭只行終身之喪而已有宋諸賢特起奠薦之禮今人但知忌祭之爲大不知忌日之爲重已祭之後應接賓客不異平時或有謂已罷齋出入如常者甚不可也當節其酬應致哀示變以終是日也

諸具（旅中遇忌）

椅 用以設位者 香案

墓祭

三月上旬擇日前一日齋戒

如家祭之儀

（按）墓祭非古也朱子隨俗一祭而南軒猶謂之非禮往復甚勤然後始從之然則墓廟事體之殊別可知矣今於廟行四時祭又於四節日上墓則是墓與廟等也烏可乎哉四節墓祭國俗行之已久有難頓變故栗谷要訣略加節損然猶未免過重終不若以家禮爲正而三月一祭也蓋古所謂祭即時祭也祭莫重於時祭今人不知其爲重或全然不行而又廢三節日墓祭則尤爲未安此亦不可不知也世之只行墓祭不行時祭者須移祭墓者行之於廟而於墓則一祭之爲宜

具饌

墓上每分如時祭之品更設魚肉米麪食以祭后土

厥明灑掃

主人深衣（栗谷曰玄冠素服黑帶）帥執事者詣墓所再拜奉行塋域內外環繞哀省三周其有草棘即用刀斧鋤斬芟夷

灑掃訖又除地於墓左以祭后土

諸具（灑掃）

執事者刀斧鋤巾 有石牀則用以洗淨者 深衣 緇冠幅巾大帶絛履具 或玄冠素服黑帶拜席

布席陳饌

用新潔席陳於墓前設饌 有石牀則陳饌於其上 如家祭之儀 置香

爐盒於席前若設香案石則置於其上

(按)家祭儀先設蔬果降神後又進饌而墓祭無進饌一節當於此時同設蓋原野之禮差略故家祭兩節並包於陳饌二字矣

諸具 陳饌

祝新潔席 又別用一席以代陳饌大牀 **香爐香盒祝板饌** 同上時祭條但具一分合葬則具二分考則三獻不各具 **酒瓶酒注盞盤二** 一用以酹酒者○合窆位則加具一 **匕筯楪** 合窆位則匕筯加具一 **徹酒器潔滌盆拭巾湯瓶** 用以盛熟水者○並設別席與火爐陳於墓前之西 **盥盆二帨巾二** 并主人及祝及執事者所盥洗設於墓前之東

參神降神

(沙溪)曰設位而無主則先降後參墓祭亦然家禮先參後降未知其意要該墓祭先降恐爲得也

初獻

如家祭之儀(栗谷)曰扱匕正筯

祝文式

維

年號幾年歲次干支幾月干支朔幾日干支某親某官

某敢昭告于 告妻及弟以下見上忌祭祝式

顯某親某官府君 或某封某氏合窆位則列書妻云亡室卑幼改顯爲亡去府君二字

之墓氣序流易雨露旣濡瞻掃

封塋不勝感慕 考妣改不勝感慕爲昊天罔極旁親爲不勝感愴妻弟以下當改感愴以他語

謹以 妻弟以下改措語見上忌祭祝式

淸酌庶羞祗薦 旁親云薦此妻弟以下云陳此

歲事尚

饗

(按)大全祭子墓文氣序流易雨露旣濡念爾音容永隔泉壤一觴之酹病不能親諒爾有知尚識予意於告卑幼則之墓之下遵用此文若船奠則改一觴之酹病不能親爲淸酌庶羞伸此奠儀似可

亞獻終獻

並以子弟親朋薦之(栗谷)曰終獻後進熟水

辭神乃徹

(松江)曰三年內墓祀叔獻及礪城皆以單獻爲是墓祀指新喪

(按)三年內異几明有禮文神主未合位之前墓所並祭甚未安凡合葬之墓須各行而並有喪則先重後輕而各服其服哭而行事若父先亡母喪三年內則以平凉子直領不哭而先祭父改以衰服哭而祭母若母先亡父喪三年內則祭父畢但去杖脫絰不哭而行母祀似爲合宜○親盡祖墓祭

見上遞遷條、依韓魏公禮、十月一日祭之恐得宜

親盡祖墓祭祝文式 新補

維

年號幾年歲次干支十月朔日干支幾代孫某官某敢

昭告于

始祖考或先祖考或幾代祖考、或始祖妣或先祖妣或幾代祖妣某官府君或某封某氏合窆位則列書之墓今以草木歸根之時追惟報本禮

不敢忘瞻掃

封塋不勝感慕謹以淸酌庶羞祇薦歲事尚

饗

遂祭后土布席陳饌

四盤于席南端設盞盤匕筯于其北餘並同上

諸具 祭后土

饌 肉魚餠麪各一大盤 ○ 餘並同上時祭祭土神條但不設燭

降神參神三獻辭神乃徹而退

祝文式

維

年號幾年歲次干支幾月干支朔幾日干支某官姓名

敢昭告于

土地之神某恭妻弟以下去恭字修歲事于某親某官府君或某封某氏卑幼去府君二字之墓維時保佑實頼

神休敢以酒饌敬伸奠獻尚

饗

四禮便覽卷之八

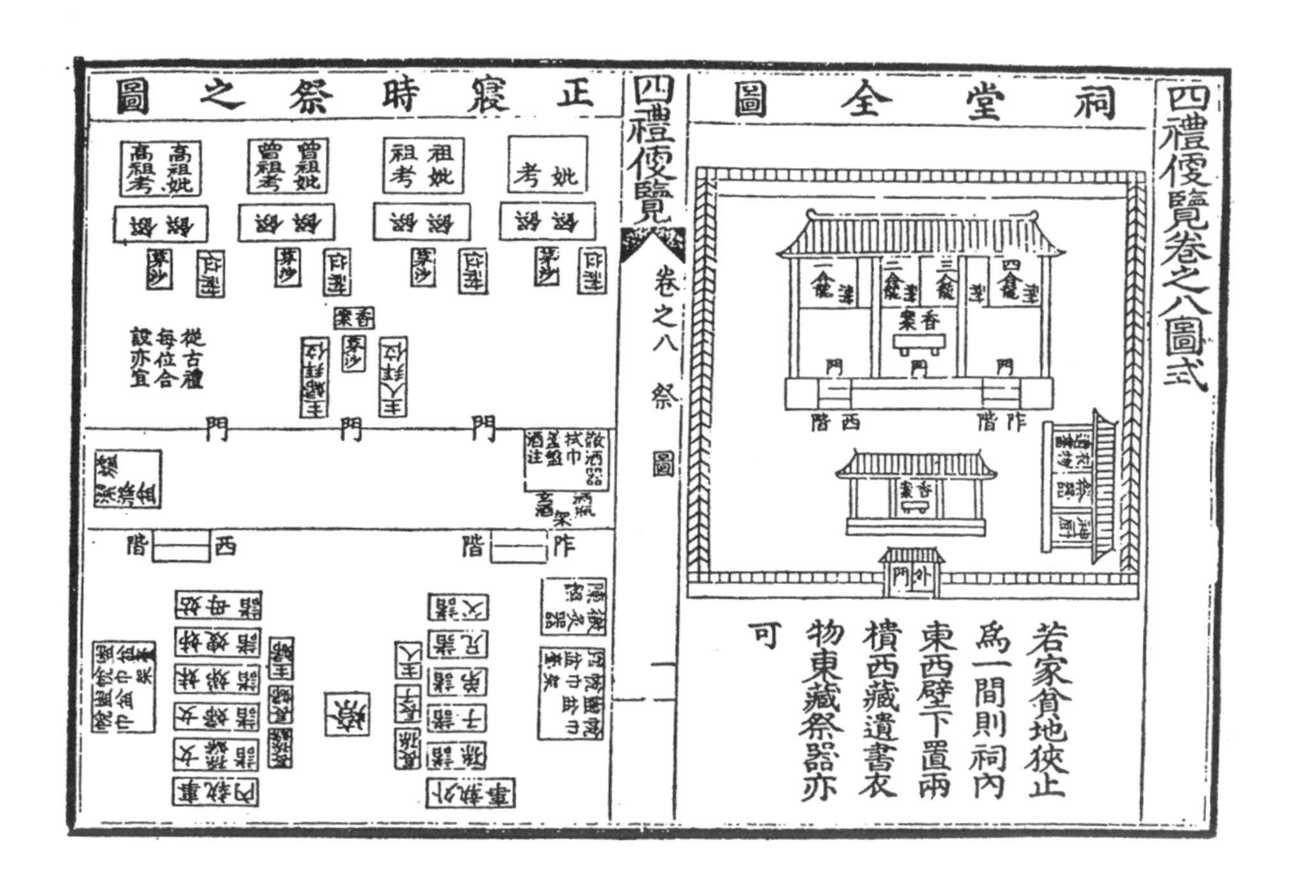

四禮便覽卷之八圖式
祠堂全圖
若家貧地狹止爲一間則祠內東西壁下置兩櫝西藏遺書衣物東藏祭器亦可
四禮便覽
卷之八 祭圖
一
正寢時祭之圖
高祖考 高祖妣
曾祖考 曾祖妣
祖考 祖妣
考 妣
從古禮每位合設亦宜
香案
門
西階
阼階

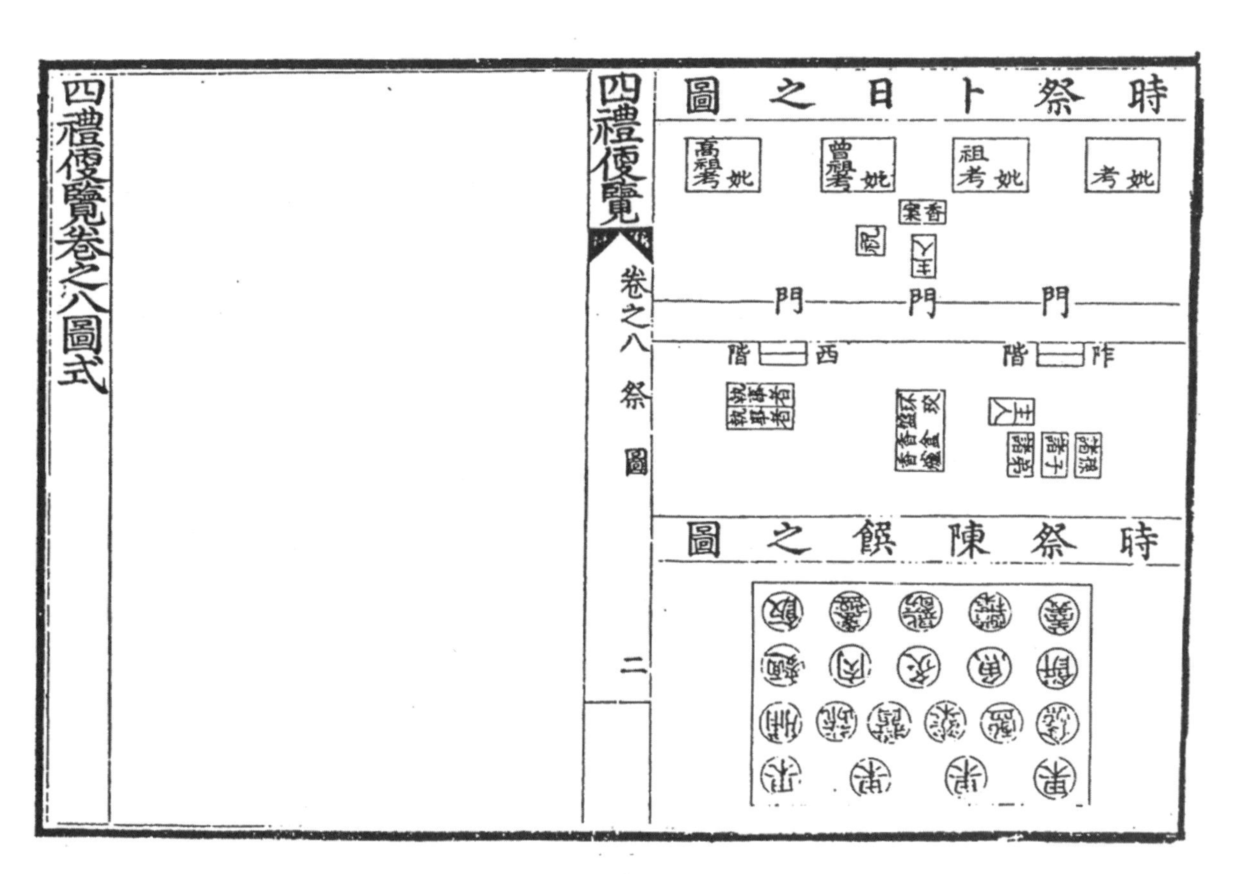

四禮便覽
卷之八 祭圖
二
時祭卜日之圖
高祖考 妣
曾祖考 妣
祖考 妣
考 妣
香案
門
西階
阼階
時祭陳饌之圖
四禮便覽卷之八圖式

四禮便覽跋

繼家禮而言禮者在我東惟喪禮備要爲最切今士大夫皆遵之然而家禮則節文未或盡備備要則專

主乎喪祭未可并行於古今而通用於吉凶也是故陶菴李先生以家禮爲綱其例倣備要而增之以冠昏二儀並据古禮及先儒說酌其繁簡訂其異同作爲一部禮書名曰四禮便覽蓋亦備要源於家禮家禮源於儀禮冠昏喪賓饋徽咸具之義而綱擧節該

庶有底蘊可以質聖人也凡原書中雙書而不言出處者与雙書而加按字者爲先生定論也其按說附焉十有一則昏爲六則喪

爲一百則祭爲十有九則
按字下加圈在文通爲二
十四七則而每段註觧不
與焉不其詳且傳哉先生
旣沒傳寫之藁尚有所照

撿未到者不能與原集並
布好禮家多遲之先生之
孫華泉公蓋嘗積棱纚之
功遂爲定本華泉公之兩
胤文簡公尚書君繼其未

卒而修述之及録諸梓附
以圖式即又尚書君分司
義者時也是書首尾纔八
篇耳閱四世百年而後始
克成編書之難有如是矣

寅永俗儒也何敢為論禮
言而竊聞爲禮之方有體
有用體也者本也如林放
問是也用也者儀物度數
之末也如曲禮內則曾子

問法篇是也苟不因其用以達其本則旨足爲徹上徹下之道哉然則其命以便覽者寔先生自謙之也謹因尚書君之託略識緣起如右以竢夫後之爲崇儉莊敬之教者云爾

崇禎四甲辰

上之十年孟冬後學豐壤趙寅永謹跋

附錄 3.

陶庵 李 縡先生 著

原本 四禮便覽